中国教育学会中学语文教学专业委员会专家审定

青少年经典阅读书系〔名师解读〕
QINGSHAONIAN JINGDIAN YUEDU SHUXI

TANGJIHEDE

堂吉诃德
【文艺复兴时期的现实主义杰】

〔西〕塞万提斯 ◎ 著
《青少年经典阅读书系》编委会 ◎ 主编

首都师范大学出版社
CAPITAL NORMAL UNIVERSITY PRESS

图书在版编目(CIP)数据

堂吉诃德/"青少年经典阅读书系"编委会主编.—北京：首都师范大学出版社,2011.11(2025年2月重印)
(青少年经典阅读书系.文学名著系列)
ISBN 978-7-5656-0513-0

Ⅰ.①堂… Ⅱ.①青… Ⅲ.①长篇小说-西班牙-中世纪 Ⅳ.①I551.43

中国版本图书馆 CIP 数据核字(2011)第 222677 号

堂吉诃德

"青少年经典阅读书系"编委会 主编

策划编辑	徐建辉

首都师范大学出版社出版发行

地　　址	北京西三环北路 105 号
邮　　编	100048
电　　话	68418523(总编室)　68418521(发行部)
网　　址	www.cnupn.com.cn
印　　厂	廊坊市安次区团结印刷有限公司
经　　销	全国新华书店发行
版　　次	2012 年 8 月第 1 版
印　　次	2025 年 2 月第 3 次印刷
书　　号	978-7-5656-0513-0
开　　本	710mm×1000mm　1/16
印　　张	52
字　　数	731 千
定　　价	130.00 元

版权所有　违者必究
如有质量问题请与出版社联系退换

总 序
Total order

被称为经典的作品是人类精神宝库中最灿烂的部分,是经过岁月的磨砺及时间的检验而沉淀下来的宝贵文化遗产,凝结着人类的睿智与哲思。在滔滔的历史长河里,大浪淘沙,能够留存下来的必然是精华中的精华,是闪闪发光的黄金。在浩瀚的书海中如何才能找到我们所渴望的精华,那些闪闪发光的黄金呢?唯一的办法,我想那就是去阅读经典了!

说起文学经典的教育和影响,我们每个人都会立刻想起我们读过的许许多多优秀的作品——那些童话、诗歌、小说、散文等,会立刻想起我们阅读时的那种美好的精神享受的过程,那种完全沉浸其中、受着作品的感染,与作品中的人物,或者有时就是与作者一起欢笑、一起悲哭、一起激愤、一起评判。读过之后,还要长时间地想着,想着……这个过程其实就是我们接受文学经典的熏陶感染的过程,接受文学教育的过程。每一部优秀的传世经典作品的背后,都站着一位杰出的人,都有一颗高尚的灵魂。经常地接受他们的教育,同他们对话,他们对社会、对人生的睿智的思考、对美的不懈的追求,怎么会不点点滴滴地渗透到我们的心灵,渗透到我们的思想和感情里呢!巴金先生说:"读书是在别人思想的帮助下,建立自己的思想。""品读经典似饮清露,鉴赏圣书如含甘饴。"这些话说得多么恰当,这些感

总 序
Total order

受多么美好啊！让我们展开双臂、敞开心灵，去和那些高尚的灵魂、不朽的作品去对话、交流吧，一个吸收了优秀的多元文化滋养的人，才能做到营养均衡，才能成为精神上最丰富、最健康的人。这样的人，才能有眼光，才能不怕挫折，才能一往无前，因而才有可能走在队伍的前列。

《青少年经典阅读书系》给了我们一把打开智慧之门的钥匙，会让我们结识世界上许许多多优秀的作家作品，会让这个世界的许多秘密在我们面前一览无余地展开，会让我们更好地去感悟时间的纵深和历史的厚重。

来吧！让我们一起品读"经典"！

国家教育部中小学继续教育教材评审专家
中国教育学会中学语文教学专业委员会秘书长

丛书编委会

丛书策划 复 礼
　　　　　王安石
主　　编 首 师
副主编 张 蕾
编　　委（排名不分先后）
　　　　　张 蕾　李佳健　安晓东　石 薇　王 晶
　　　　　付海江　高 欢　徐 可　李广顺　刘 朔
　　　　　欧阳丽　李秀芹　朱秀梅　王亚翠　赵 蕾
　　　　　黄秀燕　王 宁　邱大曼　李艳玲　孙光继
　　　　　李海芸

阅读导航

作者简介

　　《堂吉诃德》是一部广为人知的经典文学名著。它是欧洲文艺复兴时期最伟大的文学杰作之一，取得了西班牙文学史上的最高成就。现在已经被译成一百种以上的文字，在世界许多地方流传。

　　《堂吉诃德》的作者是米盖尔·台·塞万提斯·萨阿维德拉，简称塞万提斯（1547—1616）。关于塞万提斯的生平，所存资料甚少。他的传记，尤其是文学传记也不多。德国作家布鲁诺·弗朗克（1887—1945）写的《塞万提斯传》被公认为是关于塞万提斯最优秀的传记。在这部传记中，他生动地描写了菲利普二世统治下的西班牙社会和文化生活及塞万提斯的种种艰辛遭遇。

　　塞万提斯一生历尽坎坷，穷困潦倒。他二十二岁的时候，教皇派遣到西班牙的使者到了罗马，二十三岁的时候加入西班牙驻意大利的军队当兵，二十四岁参加著名的列班托战役，左手残废，二十五岁，伤愈后继续当兵，二十七岁时在回国途中被阿尔及尔海盗劫持，在该地沦为奴隶，长达五年。他曾四次组织逃亡，均告失败，三十二岁的时候，才被赎回西班牙。回国以后，塞万提斯一贫如洗，生计无着。三十七岁时娶了卡塔琳娜。四十岁时找到为"无敌舰队"当采购员的差事，使他有机会接触到许多城镇各行各业的人，为后来的创作积累了丰富的经验。四十五岁时被冤判入狱。有人认为，《堂吉诃德》就是在皇家监狱中开始写作的。他五十八岁的时候（1605年），出版了《堂吉诃德》第一部，十年以后，即1615年，逝世的前一年，才出版该书的第二部，这时他已经六十八岁，真可谓是大器晚成。1616年，塞万提斯因患水肿病而死，葬于三位一体修道院的墓园里，但无人知晓确切的墓址。在塞万提斯生前所发表的作品中，除

《堂吉诃德》之外，还有牧歌体传奇《加拉泰亚》、戏剧《尚未上演的八出幕间短剧》、短篇小说集《模范故事》、长诗《巴拿索神山瞻礼记》，等等，这些作品已经成为世界文学的重要组成部分。

成书背景

《堂吉诃德》是塞万提斯生前最重要也是最完整的一部长篇小说。作者创作这部作品的时代，社会上正流行着"骑士小说热"。骑士小说最早是一种对史诗经过加工的散文形式，这种存在于欧洲中古时期的文学体裁，题材比较单一，主角都是查理大帝时代和有关圣杯的传奇人物，内容无非是一些勇猛超人的英雄，落难的美人，怪兽，魔法师以及种种离奇古怪的冒险故事。骑士小说就是通过这些东西来宣扬骑士武功，歌颂骑士的爱情。后来，在欧洲又产生了一种仿效骑士文学的戏剧，把骑士写成滑稽可笑的人物。这些作品一般都没有深刻地反映社会现实，人物形象也流于肤浅。在创作意图上，塞万提斯最初也许是想写一篇短小的故事来对骑士行为进行一番嘲讽，但是写到后来，思想内容越来越丰富，人物形象也越来越充实，故事最终发展成了长篇小说，不仅写了一个奇思异想的骑士堂吉诃德，还增加了一个名叫桑丘·潘沙的可笑侍从，并通过他们的一系列的冒险行为广泛地再现了16、17世纪的西班牙的社会生活。塞万提斯蓄意要把这部小说写得富有意义，希望以此清扫以往那些无聊平庸的骑士文学。

《堂吉诃德》一出版便风靡了整个西班牙，无论年轻人还是年老的人，无不沉迷其中。据记载，西班牙菲利普三世在王宫阳台上看见一个学生一面看书，一面狂笑，就说，这学生一定在看《堂吉诃德》，不然一定是个疯子。果然那学生是在读《堂吉诃德》，由此可见这部小说影响之广。但是，当时的人们并没有把它作为一部严肃的文学作品来看，而只是把它看作一个逗人发笑的滑稽故事，认为它不过是一部通俗读物而已。至于它的作者塞万提斯，也常常被人视为一个尽管富有才华，却是一个不学无术的作家。这使得他的这部小说尽管享有盛名，作者本身并没有获得实惠，依然是个穷文人，在高雅的文坛上，他没有获得自己的一席之地。由于这种对《堂吉诃德》的偏见，人们在后来很长一段时间没有真正深入地对塞万提斯和他的《堂吉诃德》进行探讨和研究。

内容概要

《堂吉诃德》主要叙述了堂吉诃德和他的仆人桑丘·潘沙在三次外出冒险中遭遇到的种种荒诞经历。

堂吉诃德是个没落的小贵族或绅士地主（hidalgo），因看骑士小说入迷，自命为游侠骑士，要遍游世界去锄强扶弱，维护正义和公道，实行他所崇信的骑士道。他单枪匹马，带了侍从桑丘，出门冒险，但受尽挫折，一事无成，回乡郁郁而死。

据作者一再声明，他写这部小说，是为了讽刺当时盛行的骑士小说。其实，作品的客观效果超出作者主观意图，已是文学史上的常谈。而且小说作者的声明，像小说里的故事一样，未可全信。但作者笔下的堂吉诃德，开始确实是亦步亦趋地模仿骑士小说里的英雄；作者却是用夸张滑稽的手法讽刺骑士小说。他处处把堂吉诃德和骑士小说里的英雄对比取笑。骑士小说里的英雄武力超人，战无不胜。堂吉诃德却是个哭丧着脸的瘦弱老儿，每战必败，除非对方措手不及。骑士小说里的英雄往往有仙丹灵药。堂吉诃德按方炮制了神油，喝下却呕吐得搜肠倒胃。骑士小说里的英雄都有神骏的坐骑、坚固的盔甲。堂吉诃德的驽骍难得却是一匹罕有的驽马，而他那套霉烂的盔甲，还是拼凑充数的。游侠骑士的意中人都是娇贵无比的绝世美人。堂吉诃德的杜尔西内娅是一位像庄稼汉那么壮硕的农村姑娘；堂吉诃德却又说她尊贵无比、娇美无双。那位姑娘心目中压根儿没有堂吉诃德这么个人，堂吉诃德却模仿着小说里的多情骑士，为她忧伤憔悴，饿着肚子终夜叹气。小说里的骑士受了意中人的鄙夷，或因意中人干了丑事，气得发疯；堂吉诃德却无缘无故，硬要模仿着发疯。他尽管苦恼得作诗为杜尔西内娅"哭哭啼啼"，他和他的情诗都只成了笑柄。

堂吉诃德虽然惹人发笑，他自己却非常严肃。小丑可以装出严肃的面貌来博笑，所谓冷面滑稽。因为本人不知自己可笑，就越发可笑。堂吉诃德不只面貌严肃，他严肃入骨，严肃到灵魂深处。他要做游侠骑士不是做着玩儿，却是死心塌地、拼生舍命地做。他表面的夸张滑稽直贯彻他的思想感情。他哭丧着脸，披一身杂凑破旧的盔甲，待人接物总按照古礼，说话常学着骑士小说里的腔吻；这是他外表的滑稽。他的思想感情和他的外表很一致。他认为最幸福的黄金时代，人类只像森林里的素食动物，饿了吃橡实，渴了饮溪水，冷了还不如动物身上有毛羽，现成可以御寒。他所要保卫的童女，作者常说是"像她生身妈妈那样童贞"。他死抱住自己的一套理想，满腔热忱，尽管在现实里不断地栽跟头，始终没有学到一点儿乖。堂吉诃德的严肃增加了他的可笑，同时也代他赢得了更深的同情和尊敬。

堂吉诃德究竟是可笑的疯子，还是可悲的英雄呢？从他主观出发，可说他是个悲剧的主角。但主观上的悲剧主角，客观上仍然可以是滑稽的闹剧角色。塞万提斯能设身处地，写出他的可悲，同时又客观地批判他，写出他的可笑。堂吉诃德能逗人放怀大笑，但我们笑后回味，会尝到眼泪的酸辛。作者嘲笑堂吉诃德，也仿佛在嘲笑自己。

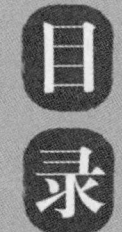

第一章	/ 1	第十七章	/ 96
第二章	/ 5	第十八章	/ 102
第三章	/ 10	第十九章	/ 111
第四章	/ 17	第二十章	/ 116
第五章	/ 22	第二十一章	/ 126
第六章	/ 25	第二十二章	/ 137
第七章	/ 32	第二十三章	/ 148
第八章	/ 36	第二十四章	/ 157
第九章	/ 45	第二十五章	/ 163
第十章	/ 49	第二十六章	/ 177
第十一章	/ 55	第二十七章	/ 184
第十二章	/ 61	第二十八章	/ 198
第十三章	/ 66	第二十九章	/ 208
第十四章	/ 73	第三十章	/ 217
第十五章	/ 82	第三十一章	/ 228
第十六章	/ 88	第三十二章	/ 237

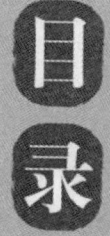

第三十三章 / 242

第三十四章 / 256

第三十五章 / 270

第三十六章 / 276

第三十七章 / 285

第三十八章 / 292

第三十九章 / 295

第四十章 / 301

第四十一章 / 310

第四十二章 / 323

第四十三章 / 330

第四十四章 / 338

第四十五章 / 344

第四十六章 / 351

第四十七章 / 359

第四十八章 / 366

第四十九章 / 371

第五十章 / 376

第五十一章 / 381

第五十二章 / 385

第五十三章 / 395

第五十四章 / 403

第五十五章 / 407

第五十六章 / 413

第五十七章 / 417

第五十八章 / 423

第五十九章 / 428

第六十章 / 433

第六十一章 / 439

第六十二章 / 442

第六十三章 / 449

第六十四章 / 454

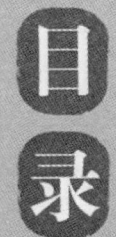

第六十五章	/ 460	第八十一章	/ 561
第六十六章	/ 467	第八十二章	/ 566
第六十七章	/ 475	第八十三章	/ 570
第六十八章	/ 476	第八十四章	/ 578
第六十九章	/ 483	第八十五章	/ 587
第七十章	/ 490	第八十六章	/ 593
第七十一章	/ 498	第八十七章	/ 599
第七十二章	/ 503	第八十八章	/ 607
第七十三章	/ 512	第八十九章	/ 611
第七十四章	/ 518	第九十章	/ 613
第七十五章	/ 524	第九十一章	/ 618
第七十六章	/ 531	第九十二章	/ 620
第七十七章	/ 536	第九十三章	/ 624
第七十八章	/ 544	第九十四章	/ 632
第七十九章	/ 553	第九十五章	/ 636
第八十章	/ 557	第九十六章	/ 640

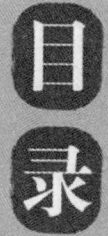

第九十七章	/ 649	第一一二章	/ 738
第九十八章	/ 655	第一一三章	/ 747
第九十九章	/ 661	第一一四章	/ 749
第一〇〇章	/ 667	第一一五章	/ 758
第一〇一章	/ 674	第一一六章	/ 766
第一〇二章	/ 682	第一一七章	/ 771
第一〇三章	/ 689	第一一八章	/ 775
第一〇四章	/ 695	第一一九章	/ 778
第一〇五章	/ 700	第一二〇章	/ 782
第一〇六章	/ 704	第一二一章	/ 786
第一〇七章	/ 710	第一二二章	/ 791
第一〇八章	/ 717	第一二三章	/ 798
第一〇九章	/ 720	第一二四章	/ 802
第一一〇章	/ 724	第一二五章	/ 806
第一一一章	/ 732	第一二六章	/ 810

第一章

在那遥远的蛮荒之地,大地在太阳的炙烤下蒸尽最后一滴水珠,张着她那干涸的裂口渴望着雨露的再次惠顾。一座黑黝黝的火山耸立其间,岩浆翻滚嘶叫着围绕着一座孤零零的城堡,城堡里囚着美丽的公主。与她相伴的则是暴躁的喷火龙。这是一个远古的神话,神话中的公主在等待着英勇的骑士,只有骑士那无畏的宝剑才能解她的诅咒……这是传说更是梦想,千余年来骑士在人们的想象中滋长,但是如果有一天你周围真正出现了一个"骑士",那又会怎样呢?

著名绅士堂吉诃德·台·拉·曼却的性格和日常生活。

不久以前,有位绅士住在拉·曼却的一个村上,村名我不想提了。他那类绅士,一般都有一支长枪插在枪架上,有一面古老的盾牌、一匹瘦马和一只猎狗。他日常吃的砂锅杂烩里,牛肉比羊肉多些,晚餐往往是剩肉凉拌葱头,星期六吃煎腌肉和摊鸡蛋;星期五吃扁豆;星期日添只小鸽子——这就花了他一年四分之三的收入。他在节日穿黑色细尼子的大氅、丝绒裤、丝绒鞋,平时穿一套上好的本色粗尼子衣服,这就把余钱花光。他家里有一个四十多岁的管家妈,一个不到二十岁的外甥女,还有一个能下地也能上街的小伙子,替他套马、除草。我们这位绅士快五十岁了,体格很强健。他身材瘦削,面貌清癯,每天很早起身,喜欢打猎。据说他姓吉哈达,又一说是吉沙达,记载不一,推考起来,大概是吉哈那。不过这点在本书中无关紧要,咱们只要讲来不失故事的真相就行。

且说这位绅士,一年到头闲的时候居多,闲来无事就埋头看骑士小说,看得爱不释手,津津有味,简直把打猎呀,甚至管理家产呀都忘个一干二净。他好奇心切，而且入迷很深，竟变卖了好几亩田去买书看，把能弄到手的骑士小说全搬回家。他最称赏名作家斐利西阿诺·台·西尔巴的作品，因为文笔讲究，会绕着弯儿打比方；他简直视为至宝，尤其是经常读到的那些求情和怨望的书信，例如："你以无理对待我的有理，这个所以然之理，使我有理也理亏气短；因此我埋怨你美，确是有理。"又如："……崇高的天用神圣的手法，把星辰来增饰了你的神圣，使你能值当你的伟大所当值的价值。"

可怜的绅士给这些话迷了心窍，夜里还眼睁睁醒着，要理解这些句子，探索其中的意义。其实，即使亚里士多德特地为此还魂再生，也探索不出，也不会理解。这位绅士对于堂贝利阿尼斯打伤了人自己也受到的创伤，总觉得不大放心，因为照他设想，尽管外科医生手段高明，伤口治好了也不免留下浑身满脸的瘢疤。不过话又说回来，作者在结尾声明故事还未完待续，这点他很赞成。他屡次手痒痒地要动笔，真去把故事补完。只因为他时时刻刻盘算着更重要的事，才没有这么办，否则他一定会动笔去写，而且真会写出来。他常常和本村的一位神父（西宛沙大学毕业的一位博学之士）争论骑士里谁最杰出：是巴尔梅林·台·英格拉泰拉呢，还是阿马狄斯·台·咖乌拉。可是本村的理发师尼古拉斯师傅认为他们都比不上太阳骑士，能和太阳骑士比美的只有阿马狄斯·台·咖乌拉的弟弟堂咖拉奥尔，因为他能屈能伸，不是个谨小慎微的骑士，也不像他哥哥那么爱哭；论勇敢，也一点儿不输他哥哥。

长话短说，他沉浸在书里，每夜从黄昏读到黎明，每天从黎明读到黄昏。这样少睡觉，多读书，他脑汁枯竭，失去了理性。他满脑袋尽是书上读到的什么魔术呀、比武呀、打仗呀、挑战呀、创伤呀、调情呀、恋爱呀、痛苦呀等荒诞无稽的事。他固执成见，深信他所读的那些荒唐故事都千真万确，是世界上最真实的信史。他常说：熙德·如怡·狄亚斯是一位了不起的骑士，但是比不上火剑骑士；火剑骑士只消把剑反手一挥，就把一对凶神恶煞的巨人都劈成两半。他尤其佩服贝那尔都·台尔·咖比欧，因为他仿照赫拉克利斯用两臂扼杀地神之子安泰的办法，在隆塞斯巴列斯杀死了有魔法护身的罗尔丹。他很称赞巨人莫冈德，因为他那一族都是些傲慢无礼的巨人，唯独他温文有礼。不过他最喜欢的是瑞那尔多斯·台·蒙达尔班，尤其喜欢他冲出自己的城堡，逢人抢劫，又到海外把传说是全身金铸的穆罕默德的像盗来。他还要把出卖同伙的奸贼咖拉隆狠狠地踢一顿，情愿赔掉一个管家妈，甚至再贴上一个外甥女作为代价。

总之，他已经完全失去理性，天下疯子从没有像他那样想入非非的。他要去做个游侠骑士，披上盔甲，拿起兵器，骑马漫游世界，到各处去猎奇冒险，把书里那些游侠骑士的行事一一照办：他要消灭一切暴行，承当种种艰险，将来功成业就，就可以名传千古。他觉得一方面为自己扬名，一方面为国家效劳，这是美事，也是非做不可的事。这可怜家伙梦想凭双臂之力，显身成名，少说也做到个特拉比松达的皇帝。他打着如意算盘自得其乐，急要把心愿付诸实践。他头一件事就是去擦洗他曾祖传下的一套盔甲。这套盔甲长年累月堆在一个角落里没人理会，已经生锈发霉。他用尽方法去擦洗收拾，可是发现一个大缺陷，这里面没有掩护整个头脸的全盔，光有一只不带面甲的顶盔。他巧出心裁，设法弥补，用硬纸做成个面甲，装在顶盔上，就仿佛是一只完整的头盔。他拔剑把它剁两下，试试是否结实而经得起刀剑，可是一剑砍下，把一星期的成绩都断送了。他瞧自己的手工一碰就碎，大为扫兴。他防再有这种危险，用几条铁皮衬着重新做了一个，自以为够结实了，不肯再检验，就当它是坚牢的、带面甲的头盔。

他接着想到自己的马。这匹马，蹄子上的裂纹比一个瑞尔所兑换的铜钱达多儿文；它比郭内拉那只皮包瘦骨的马还毛病百出。可是在我们这位绅士看来，亚历山大的布赛法洛、熙德的巴比艾咖都比不上。他花了四天工夫给它取名字，心想：它主人是大名鼎鼎的骑士，它本身又是好匹骏马，没有出色的名字说不过去。他要想个名字，既能表明它在主人成为游侠骑士之前的声价，又能表明它现在的声价：它主人今非昔比了，它当然也该另取个又显赫又响亮的名字才配得过它主人的新声价和新职业。他心里打着稿子，拟出了好些名字，又撇开不要，又添拟，又取消，又重拟。最后他决定为它取名"驽骍难得",觉得这个名字高贵、响亮,而且表明它从前是一匹驽马,现在却稀世难得。

他为自己的马取了这样中意的名字,也要给自己取一个,想了八天,决定自称堂吉诃德。大概就是根据这一点,上文说起这部真实传记的作者断定他姓吉哈达,而不是别人主张的吉沙达。可是他想到英勇的阿马狄斯认为单以阿马狄斯为姓还不够,他要为国增光,把国名附加在姓上,自称阿马狄斯·台·咖乌拉。我们这位绅士因为要做地道的骑士,决定也把自己家乡的地名附加在姓上,自称堂吉诃德·台·拉·曼却。他觉得这样可以标明自己的籍贯,而且以地名为姓,可以替本乡增光。

他的盔甲已经收拾干净,顶盔已经改成头盔,马已经取了名字,自己也已经定了名称,可是觉得美中不足,他还得找个意中人。因为游侠骑士没有意中人,好比树没有叶子和果子,躯壳没有灵魂。他想:"游侠骑士常会碰到巨人。假如我是罪有应得而倒了霉,或是交上了好运,也碰到个把巨人,我和他交手,把他打倒或劈作两半,一句话,我把他打败,降伏了他,那么,我可以命令他去拜见个人儿,叫他进门去双膝跪倒在我那可爱的小姐面前,低声下气地说:'小姐,我是巨人卡拉库良布洛,是马林德拉尼亚岛的大王。有一位赞不胜赞的骑士堂吉诃德·台·拉·曼却和我决斗,把我打败了,命我到您小姐面前来,听您差遣。'那可多好啊!"啊!我们这位绅士想出了这段道白,尤其是给自己意中人选定了名字之后,真是兴高采烈。原来,据人家说,他曾经爱上附近村子上一个很漂亮的农村姑娘,不过那姑娘看来对这事毫无所知,也满不在乎。她名叫阿尔东沙·罗任索;他认为她可以称为自己的意中人。他想给她取个名字,既要跟原名相仿佛,又要带些公主贵人的意味,最后决定称她为"杜尔西内娅·台尔·托波索",因为她是托波索村上的人。他觉得这个名字就像他为自己以及自己一切东西所取的名字一样,悦耳、别致,而且很有意思。

第二章

奇情异想的堂吉诃德第一次离乡出行。

梦想总会让人激动不已，儿童的梦想是他们展翅高飞前的必要准备，青年的梦想是他们奋斗的目标，即使多了一层幻想的色彩也仍然如此美丽，因为那里充满希望。成年人的梦想多了一份老骥伏枥的悲壮，却依然令人敬仰，而这里整装待发的堂吉诃德，他那宏远的计划是梦想还是荒诞呢？让我们拭目以待吧。

他做好种种准备，急不可待，就要去实行自己的计划。因为他想到自己该去扫除的暴行、申雪的冤屈、补救的错失、改革的弊端以及履行的义务，觉得迟迟不行对不起世人。炎炎七月的一天早上，天还没亮，他浑身披挂，骑上驽骍难得，戴上拼凑的头盔，挎上盾牌，拿起长枪，从院子的后门出去，到了郊外。他没把心上的打算向任何人泄露，也没让一个人看见。他瞧自己的大志初步行来竟这么顺利，非常得意。可是他刚到郊外，忽然想起一桩非同小可的事，差点儿使他放弃刚开始的事业。原来他想到了自己并没有封授为骑士。按骑士道的规则，他没有资格和任何骑士交战，即使得了封授，新骑士只能穿素白的盔甲，拿的盾牌上也没有徽章；徽章得凭自己的力气去挣。他想到这些，没了主意。可是他的疯狂压倒了其他一切道理。他打算一碰到个什么人，就请他把自己封为骑士。在那些使他神魂颠倒的书本上，这类事他读到不少，都可作为先例。至于素白的盔甲，他打算等几时有空，把身上的一套擦得比银鼠皮还白。他这么一想，

> 虽然略显狼狈，但首次出行的雄心壮志却也令其威风大增。

放了心继续赶路。这无非是信马而行,他认为这样碰到的事才是真正的奇遇。

> 华美流俗的词汇装扮起"骑士"远行的晨曦,它们在同堂吉诃德现实行头的对比中蕴含了无限的讽刺,作者故意采用骑士小说的手法,以达到讽刺骑士制度和骑士小说的目的。

我们这位新簇簇的冒险家一边走一边自言自语:"记载我丰功伟绩的真史,将来会传播于世;那位执笔的博学之士写到我大清早的第一次出行,安知不是用这样的文词呢:金红色的太阳神刚把他美丽的金发撒上广阔的地面,毛羽灿烂的小鸟刚掉弄着丫杈的舌头,啼声婉转,迎接玫瑰色的黎明女神;她呀,离开了醋罐子丈夫的软床,正在拉·曼却地平线上的一个个门口、一个个阳台上和世人相见;这时候,著名的骑士堂吉诃德·台·拉·曼却已经抛开懒人的鸭绒被褥,骑上他的名马驽骍难得,走上古老的、举世闻名的蒙帖艾尔郊原。"他确实是往那里走。他接着说:"我的丰功伟绩值得镂在青铜上,刻在大理石上,画在木板上,万古流芳;几时这些事迹留传于世,那真是幸福的年代、幸福的世纪了。哎,这部奇史的作者、博学的魔术师啊,不论你是谁,请不要忘记我的好马驽骍难得,我道路上寸步不离的伴侣。"他接着又仿佛真是痴情颠倒似的说:"哎,杜尔西内娅公主,束缚着我这颗心的主子!你严词命我不得瞻仰芳容,你这样驱逐我,呵斥我,真是对我太残酷了!小姐啊,我听凭你辖治的这颗心,只为一片痴情,受尽折磨,请你别把它忘掉啊!"

他还一连串说了好些胡话,都是书上学来的一套,字眼儿也尽量模仿。他一面自言自语,走得很慢,太阳却上升得很快,而且炎热得可以把他的脑子融化掉,如果他有些脑子的话。

> 叙事主体的有意介入,使小说在形式上有了怎样的变化?

他几乎走了一整天,没碰到什么可记载的事。这使他很失望,因为他巴不得马上碰到个人,可以施展自己两臂的力量,彼此较量一下。据有些传说,他第一次遭遇的是拉比塞峡口之险,有说是风车之险,但是据我考证,并且据拉·曼却地方志的记载,他只是跑了一整天,到傍晚,人马都筋疲力尽,饿得要死。他四面张望,想找个堡垒或牧人的茅屋去借宿,并解救一下目前的窘急;只见离大路不远有个客店。这在他仿佛看见了指引的明星,他不仅救急有门,也有了可供宿息的居处。他急忙赶路,到那里已经暮色苍茫。

恰巧客店门口站着两个年轻女人,所谓跑码头的娘儿们。她们是跟当夜在店里投宿的几个骡夫一起到塞维利亚去的。我们这位冒险家所思、所见、所想象的事物,无一不和他书上读到的一模一样,所以这个客店到他眼里马上成为一座堡垒,周围四座塔,一个个塔尖都是银光闪闪的;凡是书上写的吊桥、壕沟等,这里应有尽有。他向心目中当作堡垒的客店走去,还差几步路,先勒住驽骍难得的缰绳,等待个侏儒在城堞之间吹起号角,传报有骑士来临。可是迟迟不见动静,驽骍难得又急要到马房去,他就跑往客店门口。他看见那里的两个妓女,以为是两位美貌的小姐或高贵的命妇在堡垒门口闲眺。恰好有个牧猪奴要从割掉庄稼的田里召回一群猪(我冒昧直呼其名了),吹起召集猪群的号角。堂吉诃德这可称了心愿,认为是侏儒见他到来而发的信号。他得意扬扬,跑到客店门口的那两个女人面前。她们看见这个全身披挂、拿长枪挎盾牌的人,大吃一惊,待要躲进店里去。堂吉诃德瞧她们躲避,料想是害怕,就掀起硬纸做成的护眼罩,露出一张又干又瘦、沾满尘土的脸,斯义和悦地说:"两位小姐不用躲避,也不用怕我粗野。按照我信奉的骑士道,对谁都不行非礼,何况您两位一望而知是名门闺秀,更不用说了。"

两个姑娘正在端详他,尽力张望那拼凑的护眼罩遮掩的嘴脸。她们听到"闺秀"这个称呼,觉得跟自己的行业太不相称,忍不住哈哈大笑,笑得堂吉诃德都生气了。他

> 也许弗洛伊德对此能做出一个满意的解释。那种对骑士的执着追求,使堂吉诃德陷入了幻想的迷都,但把娼妓幻化成贵妇,不知是对贵妇的讽刺,还是对堂吉诃德的嘲弄。

说:"美人应该举止安详,况且为小事大笑也很愚蠢。我这话并不是存心冒犯,也不是发脾气,我一片心只是为您两位好。"

两个女人听了这套话莫名其妙,又瞧他模样古怪,越发笑得打跌;我们这位骑士也越发生气了。这时候要不是店主人出场,说不定会闹出事故来。店主人是个大胖子,胖人都性情和平。他瞧这人蒙着个脸,配备的缰绳、长枪、盾牌、盔甲等又都不伦不类,差点儿也跟着两个女人笑起来。可是他毕竟给那一整套兵器吓倒了,觉得说话和气为妙,就说:"绅士先生,您如果要借宿,我们店里就只没有床,别的都多的是。"

堂吉诃德把店主当作堡垒长官,看他这样赔小心,就回答说:"咖斯底利亚诺先生,我不拘怎么样都行,因为'我的服装是甲胄,我的休息是斗争……'"

店主人以为他把自己看作咖斯底利亚的良民,所以这么称呼。其实他是安达路西亚人,圣路加码头生长的;他和加戈一样的贼皮贼骨,和学生、小童一样调皮促狭。他回答说:"照这么说,您的床应该是'硬石头',您的睡眠是'长夜清醒'。您不妨下马吧,我这小店里稳可以叫您整年不睡,别说一夜。"

他说着就上来给堂吉诃德扶住鞍镫。堂吉诃德很困难、很吃力地下了马,因为他从早起还没吃一口东西呢。

他随就吩咐店主加意照料他的马匹,说天下一切吃草料的牲口里数它最好。店主把马匹端详一番,觉得并不像堂吉诃德说的那么好,打个对折还嫌过分。他把马安顿在马房里,然后回来听客人的吩咐。两个姑娘已经和这位客人言归于好,正在替他脱卸盔甲。她们脱下护胸和护背的甲,却脱不下护脖子的部分和那只仿造的头盔;那是用绿带

堂吉诃德的古风却也有几分道理。

滑稽的装扮,破旧的小客店,浪荡的娼妓……加之高雅的骑士语言,喜剧效果尽展眼前。

众人的侍候使堂吉诃德真有了几分威严,但戴着头盔过夜倒令人难以理解。

子系住的，一个个结子无法解开，只好割断。可是他死也不答应，因此头盔整夜就戴在脑袋上，那滑稽古怪的模样简直难以想象。他把替他脱卸盔甲的两个跑码头妓女当作堡垒里的高贵女眷，所以她们替他脱卸盔甲的时候，他很客气地说：

> 从来女眷们款待骑士，
> 哪像这一次的殷勤周至！
> 她们是款待堂吉诃德，
> 他呀刚从家乡到此。
> 公主照料他的马匹，
> 他自己有小姐服侍。

美丽的诗句，文雅的谈吐，形式上堂吉诃德已够得上骑士资格了。

"两位小姐，我的马叫做驽骍难得，我自己的名字是堂吉诃德·台·拉·曼却。我本来不想自报姓名，要等我为两位效劳而立下的功绩来表明我是谁。可是我忍不住要把古代这首朗赛洛特的歌谣改来应景，就预先把姓名奉告了。不过我听候两位小姐差唤的日子还有的是，到时且看我用力之猛，就可以知道我为两位效劳何等热心。"

两个姑娘没听惯这种辞令，无言可对，只问他要不要吃些什么东西。

堂吉诃德回答说："我不拘什么都吃，因为我觉得很该吃些东西了。"

那天偏偏是个星期五，客店里只有几份鱼。那种鱼，咖斯底利亚人称为鳘鱼，安达路西亚人称为鳕鱼，有些地方称为长鳕鱼，又有些地方称为小鳟鱼。他们问他要不要吃小鳟鱼，因为没别的鱼给他吃。

堂吉诃德说："多几条小鳟鱼就抵得一条大鳟鱼，比如给我价值八个银瑞尔的铜钱，或者一个当八的大银瑞尔，都是

> 华丽的文雅是给他人看的，唯有肚子才是真理，最后一句话解构了一切的高雅。

一样。还有一层，说不定小鳟鱼反倒好。比如小牛肉比牛肉好，小羊肉比羊肉好。反正不管什么，赶快做上来！背着这一身盔甲很累很沉，空心饿肚子撑不住。"

店家把桌子摆在门口，取那儿凉快。店主送上一份腌鳘鱼，没泡掉盐，烹调也很糟；外加一个面包，和他的盔甲一样又黑又发霉。他吃东西的样子实在令人发笑。他戴着头盔，掀起护眼罩，拿了东西吃不到嘴，得别人把东西送进他嘴里去。一个姑娘就在干这件事。可是要喂他喝却没办法。这还多亏店主，他通了一根芦苇，把一头插在他嘴里，从另一头灌酒进去。种种麻烦他都耐心忍受，只要不割断他系住头盔的带子。正好这时候客店里来了个阉猪的人；他一进门就把芦笛吹弄了四五声。堂吉诃德听了心上愈加踏实了：他的确是在一个有名的城堡里，主人家正在奏乐款待他；小鳟鱼是大鳟鱼，面包是上好白面做的，两个妓女是贵妇人，店主是城堡的长官，因此他觉得自己打的主意不错，这番出行大有好处。不过他有一桩心事未了，他还没有封授骑士；没这个称号而从事冒险是名不正、言不顺的。

> 漫画式的图景令人很难想象它的现实存在将会产生怎样的效果。

第三章

堂吉诃德自封骑士的趣事。

他心上有事，草草吃下那餐简陋的客饭，就把店主叫到马房里，关上门，对他双膝跪下说：

"英勇的骑士，我求您一件事：这事会增长您的名誉，也是为人类造福，请您惠然垂允；要不，我就跪在这儿一辈子不起来。"

店主看到脚边跪着的客人，又听到他这套话，瞪着眼不知所措,拉他又不肯起来,只好答应;他这才起身。

堂吉诃德对店主说:"我的先生,我知道您顶爽气;您既已答应,我就告诉您吧。我是个游侠骑士,一心要去周游世界,猎奇冒险,拯救苦难的人,尽我骑士的本分。我急要有个骑士的头衔,干这些事才名正言顺。所以我求您明天封授我骑士的名号,多承您已经答应了。今晚我在您堡垒的小礼拜堂守夜,看护我的盔甲,明早呢,我已经说过,您就可以封我。"

> 看来"名不正则言不顺"不仅仅是孔夫子恪守的信条,在那遥远的异国仍有它的市场。

上文已经说过,店主相当狡猾,早怀疑这位客人脑筋有病;他听了这番话心里越发了然,决计迎合他,借此晚上可以逗笑取乐。店主就对堂吉诃德说,他的愿望和要求都很合理,他这样相貌堂堂,风度文雅,一望而知是很高贵的绅士,这么高贵的绅士应该有这样的心愿。店主还说自己年轻的时候也曾干过这个光荣的事业,到各地去猎奇冒险,像玛拉咖的晾鱼场呀,利阿朗的"列岛"呀,塞维利亚的管辖区呀,赛果比亚的小市场呀,瓦兰西亚的橄榄林广场呀,格拉那达的环行路呀,圣路加码头呀,果都巴的石马区呀,托雷都的小酒店呀,等等,他都到过,凭他脚轻手巧,干下不少坏事,引诱过许多寡妇,糟蹋过几个姑娘,也欺骗过几个孤儿,反正西班牙国内所有的衙门、法院,都知道他的名字。后来他退隐在这座城堡里,靠自己和别人的财产过日子,凡是游侠骑士,不论什么等级、什么地位的他都招待,这无非因为对他们情谊深厚,并且指望他们分出些财物来,作为酬谢。他又说,他堡垒里没有小礼拜堂供客人看守盔甲;小礼拜堂已经拆掉,准备重盖新的呢;不过据他所知,不得已的时候,随便哪里都可以看守盔甲,今晚堂吉诃德不妨在堡垒的院子里看守,明天早上只要天公作美,就可以举行封授仪式,叫堂吉诃德成为全世界最货真价实的骑士。

> 店主倒颇有几分风趣和机灵,一切皆简化的提议显得十分合理。

> 又是一个骑士小说迷，通过店主丰富的关于骑士形象的联想，让我们更加同情眼前这位极端寒酸的"骑士"。只有对比产生的强烈的差距感，才能加重讽刺色彩，进一步凸显主题。

他问堂吉诃德带钱没有。堂吉诃德说，一个子儿也没带，他在游侠骑士的传记里从没读到骑士带钱。店主说这不对，随身带些钱和干净衬衣分明是少不了的，这种事不言而喻；尽管书上不写，不能就以为游侠骑士不带。他拿定那么许多书上写的游侠骑士，个个都带着饱满的钱袋做盘缠，还带干净衬衣，还带一满盒油膏，受了伤可以用来治疗。他们在荒郊野地里跟人家决斗，受了伤谁给治疗呀？如有要好的魔术家，就马上会去救护，叫个小姑娘呀、侏儒呀带一瓶仙水，乘一朵云从天上飞去；受伤的骑士喝下一滴仙水，伤口立刻平复，好像没受伤一样。如果没这种方便，从前的骑士总叫自己的侍从随身带些钱和少不了的东西，像医疗用的软布油膏之类。不带侍从的骑士是很少的，他们就把东西装在精致的褡裢袋里亲自带着。这种褡裢袋看不出来，搭在马鞍后面好像是别的什么贵重东西；因为游侠骑士如果不是为了刚才讲的那个缘故，带着个褡裢袋究竟不成体统。店主人还说，他一会儿就要做堂吉诃德的教父了，教父可以命令教子，但他只劝告堂吉诃德，以后出门一定要带钱，还得置备刚才讲的那些东西，碰到意外就知道多么有用。

堂吉诃德答应一一听从店主的劝告，就照当时的安排到客店旁边一个大院里去看守盔甲。他把盔甲一件件堆在井边水槽里，自己挎着盾牌，绰起长枪，神气十足地在水槽前面来回巡行。这时天色已渐渐昏黑。

店主把这位客人的疯病告诉了所有的旅客，又讲他要看守盔甲，等待那封授骑士的典礼。大家想不到他疯得那么别致，都赶出来远远观望。只见他一会儿专心致志地来回巡行，一会儿靠着长枪站定，好半天目不转睛地看着自己的盔甲。夜渐深，可是月光皎洁，照耀得如同白昼，这位新骑士的一举一动大家都看得清清楚楚。当时住店的一个骡夫想起要打水饮他的一群骡子,他得把堂吉诃德堆在水槽里的盔甲挪开。这位骑士瞧他跑近来就大声喝道:"嘿!莽撞的骑士!这副盔甲的主人是带剑的骑士里最勇敢的,你想来碰他的盔甲吗?不论你是谁,瞧着点儿,别来碰!要是大胆胡闹,准备着拿性命赔偿!"

> "骑士"的盔甲可以放在水槽里,但骑士的尊严不能受损。

骡夫听了这番话要是小心在意,就安全无事了;可是他满不理会,抓着盔甲上的皮带,把盔甲扔得老远。堂吉诃德看见了就抬眼望天,好像是和他的意中人杜尔西内娅通诚的样儿,说道:"我的小姐啊!我这颗向你皈依的心第一次受到侮辱了,我求你救援!这是我第一个紧急关头,请不要吝惜你的保佑啊!"

> 每一个骑士似乎都应有一个情人,堂吉诃德的情人是一个幕后的重要人物。她的隐性存在对本文又有何作用?

他一面说,一面放下盾牌,双手举起长枪,对准骡夫的脑袋狠狠打了一下。骡夫重伤倒地,假如再挨那么一下,就不用请教外科医生了。堂吉诃德打倒了骡夫,把盔甲仍旧堆好,还照原先那样专心致志地来回巡行。过一会儿,又一个骡夫跑来,也是要打水饮他的一群骡子。他没知道刚才的事,因为第一个骡夫还没苏醒。他正想把水槽里的盔甲挪开,堂吉诃德一句话不说,也不求哪位保佑,重又放下盾牌,拿起长枪。他没把长枪打断,只把第二个骡夫的脑袋打得四分五裂。客店里的人都闻声赶来,店主也在内。堂吉诃德一见就挎上盾牌,按剑喊道:"美丽的小姐呀!我这副软弱的心肠靠了你才有勇气和力量!为你颠倒的骑士正有大难临头,现在是请求你小姐垂念的时候了!"

他这么一喊,觉得勇气百倍,即使全世界的骡夫都向他冲来,他也绝不退却一步。别的骡夫看见同伙受伤,就在远处拣起石子,雨点似的向堂吉诃德掷来。堂吉诃德尽力用盾牌抵挡,却不敢离开水槽,因为要守护盔甲。客店主大声叫骡夫别惹堂吉诃德,说已经告诉他们这人是疯子,即使把他

> 用典雅周正的语句描写着堂吉诃德和骡夫之间混乱不堪的打斗，这种错位的对照既讽刺了骑士小说的矫揉造作，又嘲笑了堂吉诃德脱离实际、耽于幻想的性格。

们一个个都打死，也不能依法判罪。堂吉诃德也在叫嚷，嚷得比店主还响。他骂那伙人两面三刀，不讲信义，堡垒长官纵容他们这样，可见也是混蛋，不是好人，他堂吉诃德要是已经封授骑士的称号，对他决不轻饶。"至于你们这伙下贱小人，我不跟你们计较。你们掷吧！向前吧！来吧！尽量跟我作对吧！回头你们自己瞧瞧，你们这样愚蠢粗暴，对自己有什么好处！"

他讲得非常理直气壮，掷石子的那伙人不由得害怕了。他们一半为此，一半也因为店主劝阻，就住手不掷。堂吉诃德让他们把两个受伤的骡夫抬走，照旧看守盔甲，和原先一样沉着、镇静。

店主受不了这位客人的胡闹，决计直截了当，马上把那倒霉的骑士封号授予他，免得再出乱子。他找了堂吉诃德，为自己辩解说，一点儿不知道那伙蠢人冒犯他；他们胆大妄为，反正已经狠狠地受了惩罚。他又说，他早已声明堡垒里没有小礼拜堂，所以封授骑士也就不必再讲究仪式。他知道这种仪式的关键只在用手掌拍一下颈窝，再用剑平拍一下肩膀；这是郊野里也可以举行的。看守盔甲只消两个钟头，堂吉诃德已经看守了四个多钟头，可算是格外地道了。堂吉诃德句句信以为真，表示一切听命，只求尽快完事；等他封授了骑士称号，如果再受攻击，准把全堡垒的人杀个一干二净，除非堡垒长官特别关照的，才卖面子手下留情。

> 严肃的闹剧并不好玩，你瞧里面竟藏着生命危险。

这位堡垒长官听了他的话提心吊胆，忙去拿一本供给骡夫草料的账簿，叫一个男孩子举着个蜡烛头跟着，还带着上文说起的两个姑娘，同到堂吉诃德跟前，叫他跪下。店主仿佛念经似的对着账簿念念有词，一面举手在堂吉诃德颈窝上狠狠打一掌，接着又用堂吉诃德自己的剑在他肩膀上使劲拍一下，齿缝里嘟嘟囔囔，好像在念经；然后命令一个姑娘替堂吉诃德挂剑。她干事非常正经，也非常沉着；要不是那么正经沉着，举行这套仪式随时都保不住失声大笑的。可是两个姑娘领教过这位新骑士的本领，忍住没笑。这位贵小姐替他挂剑的时候说："但愿上帝保佑您做个福将，百战百胜。"

堂吉诃德问她叫什么名字，让他知道自己是受了谁的恩，将来凭力气赢得荣誉，可以分一份给她。她很谦虚地说，她名叫托萝沙，父亲是托雷都的鞋匠，住在桑丘·卞那牙那些小店附近；还说她无论在哪里，都愿意伺候他，把他奉为主顾。堂吉诃德说，请她赏脸以后用"堂"的尊号，自称堂娜托萝沙。她一口答应。另一个姑娘替他套上踢马刺，他也照样答谢，问她的名字。她说叫莫利内拉，父亲是安德盖拉有身份的磨坊主人。堂吉诃德也请她用"堂"的尊号，自称堂娜莫利内拉。他说以后还要为她效劳，给她好处。

这一套破天荒的仪式飞快举行完毕，堂吉诃德急不可待，就要骑马出去猎奇冒险。他立即为驽骍难得套上鞍辔，骑上马，拥抱了店主，谢他封授骑士称号的恩典；他那套话异想天开，简直无法转述。店主巴不得他出门，答辞虽然风格相似，却简洁得多。他连住店的钱都没要，就欢送客人走了。

> 以俚语俗句来表达受封的虔诚庄重，主持仪式的是客店老板，手里捧着的《圣经》也换成了账簿，挂剑的竟然是两个妓女。一切都那么荒诞，而堂吉诃德竟严肃认真地投入仪式的"庄严"中。这种讽刺尖刻而不失理智，让人在忍俊不禁中又会产生思索。

▌情境赏析▌

这是堂吉诃德的第一次外出游侠时在客栈中接受骑士封号时的情景。它突出表现了小说诙谐、幽默的整体风格。作者采用了错位的手法，经过艺术夸张和渲染，再现了骑士小说的荒谬，收到了奇妙的讽刺效果。在语言上，作者有意模仿骑士小说的写法和口吻，结合西班牙民间口语，构成了小说独特的叙述风格，通过语言的错位，通过不同风格语言极不协调的对照，造成了强烈的讽刺效果，使语言的运用达到了或庄重、或诙谐、或明快、或含蓄生动而富于表现力。

名家点评

（塞万提斯）一面写讽刺，拆了旧小说的台，一面就给我们所谓近代小说的新型创作立下了模范。

——（德）海涅

《堂吉诃德》是一切故事中最惨痛的故事，最惨痛是因为它使我们发笑，而它的主人公是正确的。

——（英）拜伦

第四章

受了封赐,也名正言顺了,这位雄心壮志的"骑士"应该更加趾高气扬了,幻想中的许多丰功伟绩正等着他去领取呢,急不可待的情绪从客店里一直散发到了周围的空气中,这些都刺激了他的勇气和雄心,下一步将会发生怎样惊天动地的大事呢?让我们看看走出客店的"英雄"吧!

我们这位骑士离开客店以后的遭遇。

堂吉诃德走出客店,天都快亮了。他想到自己已经封授骑士,说不尽的满意、得意、快意,鼓鼓的一肚子欢欣,险得把坐骑的肚带都迸断。可是他记起店主的劝告,决计回家一趟,置办些出门必备的东西,尤其是钱和衬衣。他还要带个侍从,打算就雇用街坊上的一个老农。这人很穷,又有孩子,可是做骑士的侍从却很合适。他心上那么盘算,就带转驽骍难得回家。这匹马仿佛嗅到了自己马房的气味,跑得脚不沾地,十分起劲。

他没走多远,忽听得右边树林深处隐隐有哭喊的声音。他立刻说:"感谢上天照应,叫我马上有机会尽尽本分,实现自己的雄心壮志。准有男人或女人遭了难在叫喊,要我去援救呢。"

他掉转辔头,循声跑去,进树林才走了几步,就看见一棵橡树上拴着一匹母马,另一棵橡树上绑着个十五岁左右的男孩子,上身脱得精光;正是他在哭喊。原来一个粗壮的农夫正拿着一条皮腰带狠狠地抽他,一下下抽,一声声训斥。他说:"少说话!多留神!"

那孩子说:"我的主人啊,我下次不敢了,我对上帝发誓,下次一定改过，保证以后看羊多多留心。"

堂吉诃德看见了怒声喝道："你这骑士不讲理！怎么虐待一个不能自卫的人啊！太不像话了！你骑上马，拿起长枪，"——原来那人也有一支长枪倚在拴马的橡树上——"你这样卑劣，我要好好儿教训你呢！"

农夫忽见一个浑身披挂的人举枪在他头上挥舞，怕性命难保，忙赔小心说："绅士先生，我惩罚的这小子是我佣人。我叫他在附近看管我的一群羊，他心不在肝儿上，每天丢一只，也许是不小心，也许竟是不老实。我惩罚他，他却说我抠门儿，要借此赖掉欠他的工钱。我凭上帝、凭自己的灵魂发誓，他撒谎！"

堂吉诃德道："你这下流东西，竟在我面前说'他撒谎'！我凭照耀咱们的太阳发誓，我要用这支长枪戳你一个透明窟窿！不准分辩，快把工钱付给他！你要道个'不'字，我凭主宰咱们的上帝告诉你，我此时此刻就断送了你！快把他解下来！"

农夫一言不发，低头解下了他的佣人。堂吉诃德就问那孩子，主人欠了他多少钱。他说：九个月的工钱，每月七个瑞尔。堂吉诃德一算，共计六十三个瑞尔，就对农夫说：如果不想送命，马上掏出钱来。农夫吓得战战兢兢，说没欠那么多钱，因为曾经给他佣人三双皮鞋，佣人生病还放过两次血，花了他一个瑞尔，这些费用都该一一扣还；他生死关头，决不敢胡说，况且这是他发誓保证的——其实他并没有发誓。

堂吉诃德答道："好，可是他平白挨了你这顿鞭打，皮鞋和放血的账就此抵消了。他虽然穿破了你那几双皮鞋的皮，你也打破了他身上的皮；他生了病，你虽然叫理发师给他放血，他这会儿身体好好的，却给你打得出血。所以旧账一笔勾销了。"

"绅士先生，糟的是我没带钱。让安德瑞斯跟我回家去，我一定把工钱如数付给，一个瑞尔也不短他的。"

那孩子说："我还跟他回家去吗？那真是倒霉了！先生，我怎么也不去的！他背着人，准把我像圣巴多罗美那样活剥了皮呢。"

堂吉诃德道："那不会。我怎么命令，他就得照办。如果他凭自己封授的骑士称号起个誓,我就放他走,保证他把钱付给你。"

那孩子说:"先生,请您还仔细想想,我主人不是骑士,也从没有封授过什么骑士的称号。他是居住金达拿尔的财主胡安·阿尔杜多。"

堂吉诃德说:"这不相干,阿尔杜多族里也会有骑士;况且'干什么事,就成什么人'。"

安德瑞斯说:"不错呀,可是我这个主人赖掉我的工钱,白叫我辛苦劳累,他干的是什么事,他该是什么人呢?"

农夫说:"安德瑞斯小兄弟,我没有赖。请你跟我回去,我凭骑士的一切称号发誓,一定把工钱付给你,像我刚才说的那样,一个瑞尔不短你的;甚至还要给你添上点儿油水呢。"

堂吉诃德说:"油水我就免了你,只要你把瑞尔照数付给他就行。记着,你发了誓务必做到,不然的话,我凭你刚才的誓也发个誓,我一定回来找了你痛打一顿,你即使比壁虎还藏得严,我也能找你出来。假如你先要问明是谁的命令,才死心塌地地服从,那么,你听着,我是专打不平的勇士堂吉诃德·台·拉·曼却。再见吧,你要是不想挨我刚才说的那顿打,别忘了你许的愿和发的誓。"

他说完踢动驽骍难得,一阵风似的跑了。农夫目送他出了树林,不见影踪,就转身对他佣人安德瑞斯说:"过来,我的孩子,我听从那位专打不平的侠士下的命令,要把欠你的都还你呢。"

安德瑞斯说:"您非还不可!您得听那位好骑士的话。我祝愿他长命百岁!他真勇敢!真是个公正的判官!您要是不还,他一定回来,怎么说就怎么干。"

农夫说:"我也一定怎么说就怎么干。只为我爱你深,所以要多欠你点儿,好多多还你。"

他抓住孩子的胳膊,重又把他绑在橡树上,把他狠狠地抽了一顿,抽得他九死一生。

那农夫说:"安德瑞斯少爷啊,你现在把那位专打不平的家伙叫来吧!瞧他再有什么办法打不平!不过我还是手下留情了;你想得不错,我恨不得活剥了你呢！"

　　农夫终究把孩子解下，随他去找他那位判官来怎么说、怎么干。安德瑞斯垂头丧气地走了，发誓要去找英勇的堂吉诃德·台·拉·曼却，把方才的事一一报告，叫他主人加几倍还账。尽管这么说，他是哭着走的，他主人却在那里笑。勇士堂吉诃德的打不平，原来是这么回事。他却为此得意非凡，觉得自己在骑士的道路上迈出了可喜可傲的第一步，欢欢喜喜骑马回村，一面低声自言自语："绝世美人杜尔西内娅·台尔·托波索啊，你真是现在世界上最有福的人！英名冠绝古今的堂吉诃德·台·拉·曼却，注定是向你拜倒、随你使唤的！谁不知道他昨天刚封授骑士，今天已经消除了穷凶极恶的暴行呢！残忍的敌人刚才无故鞭打一个娇弱的孩子，他把那家伙手里的鞭子夺掉了。"

　　这时他走到一个十字路口，立刻想到这是游侠骑士停马选择道路的地方；他要学样，也停下来。往哪条路上走呢？他仔细想了一会儿，就撂下缰绳，让驽骍难得自己做主。这匹马随着它第一个心愿，奔向自己的马房去。堂吉诃德走了约摸两个米里亚路，忽见一大队人马。原来那是到穆尔西亚去买丝的一伙托雷都商人。他们一行六人，都打着阳伞，四个佣人骑马跟随，还有三个步行的骡夫。堂吉诃德远远望见，立刻认为碰上奇遇了。他正要尽量模仿书上读到的行径，觉得这真是天赐其便，可以照书行事。他雄赳赳地在鞍镫上坐稳了，紧握长枪，把盾牌遮在胸前，在路中心勒住马，等候他心目中的那队游侠骑士。他们走向前来，到可以见面打话的远近，他就提高嗓门，傲然说："你们大家都得承认，普天下的美女，都比不上拉·曼却的女王、独一无二的杜尔西内娅·台尔·托波索！谁不承认，休想过去！"

　　一群商人听了都停步端详这发话的人，瞧他模样古怪，又加上刚才那番话，马上知道这人是疯子。可是他们还想从容追究一下那句话的用意。其中一人爱开玩笑，也很风趣，就说："绅士先生，我们不知道您刚才说的那位美人儿是谁，您且让我们瞧瞧吧。如果她真像您说的那么美，您要我们承认的就是事实，我们不用强迫，都甘心承认。"

堂吉诃德答道："我要是让你们瞧见了，我说的就是明摆着的事，你们承认了有什么稀罕呢？关键是要没看见就相信，死心塌地地奉为真理，坚决卫护。你们不这样，就是狂妄自大，得和我交交手见个高下。你们或者按骑士道的规则，一个一个上来；或者照你们这伙人的下流习惯，一拥齐上。我在这儿等着你们。正义在我的一面，我是有信心的。"

那商人说："骑士先生，我替在场几位王子向您求情。我们没有耳闻目见的事，承认了于心不安；况且这话对阿尔咖利亚和埃斯特瑞玛杜拉的那些女皇和王后很不公平。您别叫我们心上不安，把那位小姐的相片给我们瞧瞧吧，哪怕只有麦粒儿大小的也行，因为'拿到了线头儿，就抽开了线球儿'。这样我们才心安，您也可以满意。而且我觉得我们已经非常向往那位小姐，即使相片上她一眼瞎、一眼流朱砂和硫黄，我们为了讨您的好，随您要怎么恭维我们就怎么恭维。"

堂吉诃德勃然大怒，喝道："无耻的混蛋！她眼睛里不流那些东西！不流你说的那些东西！流的是龙涎香和裹在棉花里的麝香！她不是独眼，也不是驼背，她身子比瓜达拉玛的纺车轴儿还直。你信口亵渎我那位绝世美人，我决不白饶你！"

他说罢斜托着长枪，怒气冲天，直奔那个商人。要不是侥天之幸驽骍难得半道绊倒，那冒昧的商人就遭殃了。驽骍难得一跤跌倒，它主人摔在野地里滚得老远，想爬起来，却给长枪呀、盾牌呀、踢马刺呀、头盔呀、再加上那套古董铠甲的分量碍着手脚，怎么也爬不起来。他一面挣扎，一面喊道："胆小鬼，不要跑！奴才，等着我！我的马把我摔倒了，不是我的错。"

他们中间有个赶骡的小伙子脾气不大好，听这个倒霉货躺在地上口出狂言，忍不住要回敬他一顿好打。他走上来夺过长枪，折作几段，随手拿起一段，把堂吉诃德结结实实地揍了一顿。堂吉诃德虽然披着一身铠甲，也打得像碾过的麦子一样。骡夫的东家都大声喝住他，那小子却打上火来，定要打个畅快才罢。他拣起其余的断柄，一股脑儿全撒在那摔倒的可怜虫身上。堂吉诃德虽然着了暴雨似的一顿棍子，嘴却没有闭一闭，直在呼天喝地，又恫吓他心目中的这一帮强盗。

那小子打累了，一队商人重又上路；一路上只顾谈论这挨揍的倒霉蛋。堂吉诃德一看只剩自己一人了，又试图爬起来。可是方才身体好好儿的都爬不起，这会子揍得七死八活，哪里还行呢？他倒是私自庆幸，觉得这种灾殃是游侠骑士分内应有的，都怪他那匹马不好。不过他浑身疼痛，要自己起来真是休想了。

第 五 章

我们这位骑士的灾殃。

他瞧自己实在动弹不得，就应用惯技，默想他书上读过的那些情节。他疯癫的头脑立刻想起巴尔多维诺斯在山里给卡洛多打伤后碰到曼图阿侯爵的事。这段故事小孩子都熟悉，青年人也知道，老年人不仅赞赏，还信为真实——当然，这只是像穆罕默德的奇迹一样真实。他觉得那情节和自己的处境恰好相似，就在地上打滚，好像疼痛得厉害，一边有气无力地背诵那位绿林骑士受伤后的话；相传是这么说的：

> 你在哪里啊？我的夫人，
> 怎么对我的痛苦毫无怜悯？
> 夫人啊，你大概不知道吧？
> 不然就是已经失节变心。

他一句句往下背诵，直背到下面两行：

> 啊，尊贵的曼图阿侯爵！
> 我的舅舅，我的骨肉至亲！

无巧不巧，他刚背到这里，他街坊上一个老乡运了麦子上磨坊，回来恰好路过，看见躺着个人，就来问是谁，害了什么病哼得这么苦痛。堂吉诃德拿定他是自己的舅父曼图阿侯爵,所以并不答话,只照着歌谣往下背诵,叙说自己怎么遭祸,自己的老婆怎么和大皇帝的儿子恋爱,讲的全是歌谣里的那一套。

老乡听了这一派胡言,莫名其妙。堂吉诃德的护眼罩已经给那顿乱棒打碎,老乡揭开了,抹掉满脸尘土,一看原来认识,就说:"吉哈那先生,"——他发疯变为游侠骑士之前,还安安闲闲当绅士的时候,想必就叫这个名字——"谁把您弄成这副模样的呀?"

随人家问什么,他只顾把那歌谣背下去。老乡没奈何,只好尽力把他胸前背后的铠甲除下,看受伤没有,可是未见流血,也找不到伤痕。他设法把这位街坊扶起来,费了好大劲,抱上了自己的驴子,因为觉得还是这头驴安稳。他把许多兵器和长枪的断柄捆成一堆,叫驽骍难得驮着,自己拉着一马一驴的缰绳,取道回村,一路上想着堂吉诃德说的那些胡话,老大不放心。堂吉诃德心上也一样沉重,他挨了好一顿揍,驴背上摇兀不稳,不时大口叹气,声彻云霄。老乡不免又问他哪里疼痛。准是魔鬼在提示他对景的故事,他这会儿把巴尔多维诺斯忘了,却记起了摩尔人阿宾德来被安德盖拉总督罗德利戈·台·那尔巴艾斯捉住,押送到总督署去的事。这是他在霍尔黑·蒙台玛姚的传奇《狄亚娜》里读到的;他就把书上阿宾德来被俘后回答罗德利戈·台·那尔巴艾斯的话,逐字逐句照搬着回答。他应用得很对景,老乡听着那一派胡言,只好自认晦气;由此知道这位街坊是疯了,就赶紧回村,免得听他没完没了的背诵不耐烦。堂吉诃德背到末了说:"您知道吗,堂罗德利戈·台·那尔巴艾斯先生,我刚才说的哈丽法美人,就是现在那位漂亮的杜尔西内娅·台尔·托波索。我曾经为她立下些骑士的功绩,都赫赫有名,而且空前绝后,当世无双;今后呢,我还要照样干下去。"

农夫听了这话,答道:"先生,您瞧瞧,我区区不是罗德利戈·台·那尔巴艾斯,也不是曼图阿侯爵,我是您的街坊贝德罗·阿朗索;您既不是巴尔多维诺斯,也不是阿宾德来,您是有体面的绅士吉哈那先生。"

堂吉诃德说:"我知道自己是谁,也知道自己不但可做刚才说的那两人,还可以做法兰西十二武士,甚至世界九大豪杰。他们的功绩,不论各归各或一股脑儿总在一起,都比不上我的伟大。"

他们说着话,到村已经夜色四合。老乡要等天黑了进村,免得人家看见这位挨打的绅士骑着这么下贱的牲口。他看着是时候了,就进村到堂吉诃德家,只听得里面闹嚷嚷的。本村的神父和理发师是堂吉诃德的好朋友,两人都在那里,管家妈正提高嗓门跟他们说话呢。

"贝罗·贝瑞斯硕士先生,"——这是神父的名字——"您瞧我们先生是遭了什么祸吧?三天没见他的影儿了。他的马呀、盾牌呀、长枪呀、盔甲呀都不见了。真糟糕!他收藏了那些倒霉的骑士小说,成天成夜的读,我瞧他准是读得头脑颠倒了。这好比一个人有生就有死一样千真万确。我现在想起来,我有好几回听见他自言自语,说要做游侠骑士,走遍世界去猎奇冒险呢。那种书断送了拉·曼却最精明的头脑,我真恨不得一股脑儿都交给地狱里的魔鬼去!"

那外甥女也这么说,还说得多些:"尼古拉斯师傅,"——这是理发师的名字——"您可知道,我舅舅往往一口气把那种胡说乱道的倒霉小说连看两日两夜,看完了把书一撂,拔剑对着墙乱斫,斫得筋疲力尽,就说自己杀了高塔似的四个巨人;他累得浑身大汗,就说那是打仗受伤流的鲜血。他喝下一大壶凉水,定下神,就说那是他朋友大法师艾斯忌讳博士送来的仙水。都怪我不好,没把我舅舅这些疯疯癫癫的事告诉您两位,让你们趁早防止,并且把那些害人的书烧光。他有好多书就像邪说异端一样,该一把火烧掉。"

神父道:"我也这么说。明天一定要对他的书公审一番,判处火刑,免得人家读了也像我这位好朋友一样行径。"

里面说话,外面都听见。那老乡才明白他这位街坊的病情,就高声喊道:"请开门啊!重伤的巴尔多维诺斯先生由曼图阿侯爵送回来了!摩尔人阿宾德来先生给英勇的安德盖拉总督罗德利戈·台·那尔巴艾斯活捉了押回来了!"

大家闻声赶到门口,朋友上来认朋友,管家妈上来接东家,外甥女上来迎舅父。堂吉诃德没有下驴,因为没力气了。大家跑来拥抱他,他说:"你们大家别乱,都是我这匹马的罪过,害我受了重伤回来。你们抬我上床,想办法请女法师乌尔干达来给我治伤吧。"

管家妈道:"瞧!真倒霉!我早看透我们东家瘸了哪一条腿!您好好儿上楼吧,不用请什么乌尔疙瘩,我们这里会给您治疗的。嘻!我真要千遍万遍咒骂那些骑士小说,把您害到这个地步!"

他们随即抬他上床,检点他身上的伤痕,可是一点儿没找着。他说自己刚和十个巨人交战,一个个都高大无比、凶猛绝伦;正打呢,他坐下的驽骍难得把他摔了一大跤,他身上的伤都是跌撞的暗伤。

神父说:"啊哈!这里面还有巨人呢!我凭圣十字架发誓,明天不到天黑,准把那些小说烧个干净。"

他们问堂吉诃德许多话,他一句不答,只要求给点儿东西吃,让他睡觉;那是他最迫切的需要。他们照办了。神父就细细盘问老乡怎样找到堂吉诃德的。老乡原原本本讲了一遍,连堂吉诃德躺在地下和一路上说的那些疯话也没漏掉。这位硕士听了越发觉得自己想办的事得赶紧下手,第二天就邀了他的朋友尼古拉斯理发师同到堂吉诃德家来。

第 六 章

神父和理发师到我们这位奇情异想的
绅士家,在他书房里进行有趣的大检查。

堂吉诃德还直在睡觉。他那些害人的书都在书房里;神父问主人家的外甥女要那书房的钥匙,她欣然交出。大家进去,管家妈也跟着;只见里面有一百多部精装的大书,还有些小本子。管家妈一看见这些书,忙出去拿了一盆圣水和一柄洒圣水的帚子进来说:"硕士先生,请您屋里洒上圣水吧。咱们要把书里那许多魔术家赶出人世呢,别留下个把在这里兴妖作怪,对咱们报复。"

硕士瞧管家妈那么实心眼，忍不住笑了。他叫理发师把书一本一本递给他，看里面讲些什么，也许有几本可以免于火刑。

外甥女说："不行，对哪一本书都不能开恩，因为都有害。最好把书从窗口扔到天井里去，做一堆烧掉；或者搬到后院去大堆焚烧，免得烟气熏人。"

管家妈也那么说，她们俩都一心要把那些无辜的东西处死。可是神父不答应，他至少先要看看书名再说。尼古拉斯师傅递给他的第一部书是《阿马狄斯·台·咖乌拉四卷》。神父说："看来这是当时应运而生的东西。我听说这是西班牙出版最早的骑士小说，是其他一切骑士小说的祖宗。就为它创立了这样坏的流派，我觉得应当毫不宽恕，判它火里烧死。"

理发师说："先生，这话不对。我听说它是骑士小说里写得最好的。它是部杰作，应该赦它无罪。"

神父说："这也对；凭这点，暂且缓刑。咱们且瞧瞧它旁边的那部书吧。"

理发师说："那是《艾斯普兰狄安的丰功伟绩》，它是阿马狄斯·台·咖乌拉的嫡亲儿子。"

神父说："平心而论，父亲的长处不能归功于儿子。管家太太，你把它拿下！打开这扇窗子，扔它后院去！咱们要堆个大堆生火呢，叫它去垫底吧。"

管家妈欣然照办，这位艾斯普兰狄安就给抛入后院，耐心等待火焰烧身。

神父说："下一部！"

理发师说："下一部是《希腊的阿马狄斯》。照我看，这一边全是阿马狄斯的子子孙孙。"

神父说："那么请他们全伙儿都到后院去。里面的宾底基内斯特拉皇后呀，达利耐尔牧童呀，加上他们的牧歌呀，再加那扭扭捏捏、令人作呕的文章呀，都非烧掉不可。假如我的亲爸爸扮作游侠骑士在外漫游，宁可连累他一起遭殃，也不能放过那些家伙。"

理发师说:"我也是这个意思。"

外甥女说:"我也是。"

管家妈说:"那么全伙儿都到后院去!"

他们就把书交给她,好大一堆书,她省得下楼,都从窗口扔下去。

神父说:"那大件儿是什么?"

理发师说:"那是《堂奥利房德·台·劳拉》。"

神父说:"这部书就是《群芳圃》的作者写的。我实在不知道这两部书里哪一部真话多些,或者干脆说,哪一部谎话少些。我只能说,它很荒谬,应该到后院去。"

理发师说:"下一部是《茀萝利斯玛德·台·伊尔加尼亚》。"

神父答道:"茀萝利斯玛德先生在这儿吗?哼哼!尽管他身世离奇,经历怪诞,单为文笔枯燥,也该到后院去!管家太太,送它上后院!那一部也一起去。"

她说:"好得很啊!"她欣欣喜喜地执行命令。

理发师说:"这一部是《普拉底尔骑士》。"

神父说:"这是一部古书,里面也找不出可以赎罪获赦的东西。干脆叫它和扔出去的书做伴儿去。"

这件事照办了。他又翻开一本,只见书题是《十字架骑士》。

"这部书标题这么神圣,内容荒谬可以不计较了吧。可是常言道:'魔鬼就躲在十字架后面',送它火里去!"

理发师又拿起一本书说:"这是《骑士宝鉴》。"

神父说:"这部大作我读得很熟。里面有瑞那尔多斯·台蒙答尔班先生和他的朋友伙伴们,都是赛过加戈的大贼;还有十二武士和实事求是的史家杜尔宾。这些人物对名诗人坞德欧·博雅铎的作品有贡献;基督教诗人卢铎维戈·阿利奥斯陀又从博雅铎取材。平心说,单为这一点,我对这部小说里的人物判个终身流放的罪也就罢了。至于阿利奥斯陀,如果他跑来不说本国话,我对他并不佩服;如果他说本国话,我对他顶礼膜拜。"

理发师说:"我藏的一部倒是意大利文的,只是看不懂。"

神父答道:"你看懂了也没什么好处。那位上尉先生不该把它带到西班牙来,叫它入籍归化;它就此大为减色了。翻译诗都有这毛病;不论功夫多深,技巧多精,总不能像原诗一样美好。我说呀,以后再有讲法兰西故事的书,都该和这本一起扔到干爽的地窖里去存着,等仔细查审了再决定怎么处置。不过有两本书是例外:一是《贝那尔都·台尔·咖比欧》,这里准有它;一是《隆塞斯巴列斯》。这两本书一到我手里,那就毫无宽容,马上得交给管家妈,由她扔到火里去。"

理发师一一赞成,认为这样处置很恰当。他知道神父是好基督徒,坚信真理,不合理的话是决不出口的。他又翻开一本书,一看是《巴尔梅林·台·奥利巴》;旁边一本是《巴尔梅林·台·英格拉泰拉》。那位硕士看见了说:"奥利巴该劈碎了烧得灰也不剩。这个巴尔梅林·台·英格拉泰拉该当作稀世的珍品,好好保藏。从前亚历山大大帝征服了达利欧大帝,从战利品里获得一个匣子,他专用来贮藏诗人荷马的著作;咱们也该做那么一个匣子贮藏这部书。老哥啊,这部书有两点可贵:一是作品本身好;二是相传作者是一位贤明的葡萄牙国王。书里讲米拉瓜达堡垒里的种种冒险,都妙不可言,笔下很有功夫,对话又文雅,又流利,贴切人物的身份,并且很入情入理。所以我说呀,尼古拉斯师傅,这部书和《阿马狄斯·台·咖乌拉》一起留下不烧,别的书不用再审查,一律处死吧,你说怎么样?"

理发师说:"那不行,老哥,我手里这本是有名的《堂贝利阿尼斯》。"

神父说:"这本书的第二、第三、第四部都火气太旺,得吃些大黄清泻一下。里面写'光荣堡'的一段,还有些更荒谬的部分都得删掉。咱们不妨暂缓定案,瞧它悔改的情形,再酌定从宽发落还是依法裁判。目前就寄放在你家里吧,老哥,可是谁都不许看。"

理发师说:"好得很!"

神父懒得再费心审查,吩咐管家妈拣大本子的都扔到后院去。管家妈只想烧书,即使织了一匹幅面最宽、质地最细的布,也不如这件事快意称心。她不傻不聋,听了吩咐,一下子抱着七八本往窗外扔。她拿得太多,有一本掉在理发师脚边。他想瞧瞧是谁的作品,一看原来是《著名的白骑士悌朗德传》。

神父嚷道:"啊呀!白骑士悌朗德原来在这里!老哥,拿来给我。我觉得这部书趣味无穷,很可解闷。里面讲到英勇的骑士堂吉利艾雷宋·台·蒙达尔班、他的兄弟托马斯·台·蒙达尔班和封塞咖骑士;还讲勇敢的悌朗德和恶狗打架,少女'欢乐姑娘'口角玲珑,寡妇'娴静夫人'谈情说爱、弄虚作假,还有皇后娘娘爱上了她的侍从伊博利多。老哥,你听我说句平心话,照它的文笔来说,这是世界上第一部好书。书里的骑士也吃饭,也在床上睡觉,并且死在床上,临死还立遗嘱,还干些别的事,都是其他骑士小说里所没有的。可是,话又说回来,作者故意捏造这么许多荒唐无稽的事,应该发送到海船上去,罚做一辈子苦役。你拿回家去看看,就知道我说的都千真万确。"

理发师说:"那准是不错的。可是这里还剩些小本子的书,咱们怎么办啊?"

神父说:"那些想必是诗歌之类,不是骑士小说。"

他翻开一本,一看是霍尔黑·蒙台玛姚的《狄亚娜》,料想其余都是一类的,就说:"这种书不比骑士小说,向来不那么害人,读了增长知识,无害于人,不用烧毁。"

外甥女说:"哎,硕士先生,您还是送出去一起烧掉吧。等我舅舅养好了骑士病,一读这种书,保不定又想当牧羊人,跑到树林和田野里去唱歌奏乐;或者又想做诗人,那就更糟了,据说想作诗的那种病是治不好的,而且还传染呢。"

神父说:"这位姑娘说得不错。咱们朋友前途的魔障还是及早除掉为妙。咱们就从蒙台玛姚的《狄亚娜》开头。我想这本书不要烧,只把有关女巫费丽西亚和仙水的部分全删掉,长诗也一概删掉,只保留散文的部分,就不失为这类作品里最出色的一本。"

理发师说:"下一本是所谓《萨拉曼咖人的】〈狄亚娜〉续集》,另一本是希尔·波罗写的《狄亚娜》。"

神父说:"萨拉曼咖人的那本,送到后院那伙罪犯里去充数;希尔·波罗的一本,应该当作阿波罗的著作那样保藏起来。老哥,看下去吧,咱们得赶紧,时候不早了。"

理发师又翻开一本说:"这是《爱情的运道十卷》,作者是萨狄尼亚诗人安东尼欧·台·罗弗拉索。"

神父说:"我凭自己的职位发誓,自有阿波罗、缪斯和诗人以来,还没有谁写过这样离奇有趣的书;就书论书,也是这类作品里最拔尖儿的。没读过这本趣味横生的书,就是没开眼界。老哥啊,给我吧。我找到这本书,比得了弗萝伦西亚哔叽的道袍还稀罕。"

他喜滋滋地把这本书放在一边。理发师接着说:"以下是《伊贝利亚的牧羊人》《艾那瑞斯的仙女》和《疗妒篇》。"

神父说:"这些呀,只好交给管家妈去依法处理了。别问我为什么,省得说个没完。"

"这一本是《费利达的牧羊人》。"

神父说:"这不是牧羊人,是个很有风趣的朝臣,该把它当作珍品收藏。"

理发师说:"这个大本子标题叫作《诗库》。"

神父说:"假如诗不那么多,就更好了。该把夹杂在里面的坏诗都删掉。作者是我的朋友,他还写过些气魄大、格调高的作品呢;这本书收起来吧。"

理发师接着说:"这是《罗贝斯·马尔多那多诗歌集》。"

神父说:"这本书的作者也是我的好朋友。他亲口朗诵起来声调悠扬,简直迷人,谁听了都倾倒。他写的牧歌稍为长些,不过好东西不会嫌长。这本书可以和刚才挑出来的几本藏在一起。它旁边的那本是什么呀?"

理发师说:"米盖尔·台·塞万提斯的《咖拉泰》。"

"这个塞万提斯是和我有深交的老友。我看他与其说多才,不如说多灾。这本书里有些新奇的想象,开头不错,结局还悬着呢,该等着读他预告的第二部。现在有些读者求全责备,修改了也许大家都会宽容。且把它监禁在你家,等将来再瞧吧。"

理发师说:"好啊,老哥。这里一起又有三本:堂阿隆索·台·艾尔西利亚的《阿饶咖那》,果都巴法官胡安·儒富的《奥斯特利阿达》,巴伦西亚诗人克利斯多巴尔·台·比鲁艾斯的《蒙塞拉德》。"

神父说:"这三本书都是咖斯底利亚语的史诗杰作,可以跟鼎鼎大名的意大利史诗比美;应该当做西班牙诗歌里无上珍贵的宝物,好好保藏。"

神父没心思多看,不问情由,要把其余的一概烧毁。可是理发师已经翻开了一本,叫做《安杰丽咖的眼泪》。

神父听到这个题目说:"要是把这样的书送出去烧掉,我也要掉眼泪呢。作者全世界闻名,不仅在西班牙。他翻译过奥维德的几个故事,译笔也好得很。"

第七章

第一次出行可谓"出师未捷身先死",总算成为了真正的"骑士"却招来了遍体鳞伤,而愤怒的家人却又趁其昏睡之际偷偷焚烧了他的骑士小说。不知道首次出行的重创和赖以生存的小说的被焚是否能动摇"骑士"的决心,使他在村庄中安度余生尽享天伦。这得等到"骑士"醒来方见分晓。

我们这位好骑士堂吉诃德·台·拉·曼却第二次出行。

这时堂吉诃德忽大叫大嚷,喊道:"来啊!来啊!英勇的骑士,该来显显身手了!这场比武都让朝廷上的骑士占了上风!"

他们听见叫嚷忙赶去,其余的书就没再检查。所以《咖罗雷阿》《西班牙的狮子》和堂鲁伊斯·台·阿比拉的《大皇帝的功业》这几本书,大概未经审查,就送进火里去了。它们一定是在剩下的那堆书里,神父要是看见,也许不会判处它们那样的酷刑。

> 愤怒往往能遮蔽住人的双眼,也会在不经意中伤害无辜。

他们赶去,堂吉诃德已经起床,嘴里乱嚷,手里挥剑四面乱剁乱斫。他非常清醒,没一点儿睡起矇眬的样子。他们抱住他,硬把他又送上床。他安静了一些,对神父说:"杜尔宾大主教大人啊,这番比武,我们自称十二武士的没当作一回事,竟让朝廷上的骑士得胜,真是奇耻大辱。过去三天都还是我们这班有冲劲的骑士赢得了锦标呢。"

神父说:"老哥啊,您安静着点儿,也许天照应您就要转运了。'今天失掉的,明天会到手'。目前您且养好身体,我瞧您尽管没受重伤，一定也疲劳过度了。"

堂吉诃德说："受伤倒没有，揍得浑身酸痛是千真万确的。罗尔丹那混蛋用整棵的橡树干揍了我一顿。他无非为了忌妒，因为知道只我一人赛得过他的英勇。不过随他魔术多高，等我起床，不还他个厉害，我不叫瑞那尔多斯·台·蒙答尔班！现在给我吃点东西吧，我觉得这是当前最紧急的，至于报仇，我自会等待时机。"

他们给他吃了些东西，他又睡着了。大家瞧他疯成这样，不胜惊讶。

当晚管家妈把扔在后院的书和家里所有的书全都烧掉。有些是值得收藏的，大概也烧了。它们命该如此，又加审查的人懒得挑选，就此同归于尽。这就应了一句老话："<u>有时候好人替坏人受罪</u>"。

神父和理发师设法医治他们朋友的病。一个办法是把那间书房的门砌上砖堵死，叫他起床后无从找他的那些书。说不定铲掉病根，病症也会消失。他们可以说：有个魔术家把他的书房连带所有的书一起摄走了。他们马上着手办这件事。过两天堂吉诃德一起床就去看他的书。他不见藏书的屋子，就满处寻找。他跑到原先有门的地方，用手去摸索，东看西望，一言不发。过了好一会儿，他问管家妈他的书房在哪里。管家妈早知道该怎么回答，她说："您还找什么书房，什么没影儿的东西呀？现在这座房子里没有书房也没有书了，魔鬼亲自出马，一股脑儿都摄走了。"

外甥女说："不是魔鬼，是个魔术家，您出门以后一个晚上腾云来的。他骑着一条蛇，一下地就走进书房去，我也不知道他在里面干些什么，只见他过一会儿穿出屋顶飞走了，留下满屋子的烟。等我们赶去瞧他干下了什么事，一看，书呀、书房呀，全都没有了。有一件事我和管家太太记得很清

第七章 33

妄想中的人总易把自己夸大，即使是失败也要显得如此伟大，看来堂吉诃德身上也沾染着阿Q精神。

如何看待此事此话？它在全书中意味着什么？

不知道这种以其人之道还治其人之身的做法是否能奏效。

楚。那老混蛋临走大声说：他和这些书和书房的主人有私仇，所以到这儿捣乱来了；他干的事一会儿就有分晓。他还说，他名叫穆尼阿冬博士。"

堂吉诃德说："大概说的是弗瑞斯冬。"

管家妈接口说："我也搅不清他叫弗瑞斯冬还是弗利冬，只知道名字末了一个字是'冬'。"

堂吉诃德说："对啊。这人是个博学的魔术家，是我的死冤家。他恨我，因为他精通法术，预知他庇护的一位骑士将来要跟我决斗，输在我手里；他却没法儿阻挡，所以他拼命跟我作对。叫他瞧着吧，上天注定的事，他不能违拗，也躲避不了。"

外甥女说："这还用说！可是舅舅，谁叫您去干预这些吵架的事呀？安安静静待在家里，不是顶好吗？'吃了人间最上好的白面包还嫌不好，硬要走遍天下去找更上好的'，这又何苦呢？您也不计较计较，'出去剪羊毛，自己给剃成秃瓢'。"

> 俗语谚语的大量出现，生动活泼地展现出西班牙民间多彩的生活和民众的睿智。

堂吉诃德答道："哎，我的外甥女，你计较错了。我才不让人家剃我的毛呢！谁要想碰我一根头发梢儿，我先就把他的胡子揪光拔净！"

她们俩瞧他发火，就不敢再开口。

他以后在家安安静静待了十五天，好像一点儿没有再想出门胡闹的意思。这些日子，他跟神父和理发师两个老朋友谈论得非常有趣。他认为世上最迫切需要的是游侠骑士，而游侠骑士道的复兴，全靠他一人。神父有时反驳，有时附和，因为不用这种手段不能劝服他。

> 另一位重要人物出场了，只是出场仪式略显简单，一切皆在平凡中。

堂吉诃德趁这时候，游说他街坊上的一个农夫。假如穷苦人也可以称为"好人"，那么这人该说是个好人，不过他脑袋里没什么脑子。反正堂吉诃德说得天花乱坠，又是劝诱，又是许愿，这可怜的农夫就决心跟他出门，做他的侍从。堂吉诃德还叫他尽管放心跟自己出门，因为可能来个意外奇遇，一眨眼征服了个把海岛，就让他做岛上的总督。这农夫名叫桑丘·潘沙。他听了这话，又加许他的种种好处，就抛下老婆孩子去充当他街坊的侍从。

　　堂吉诃德马上去筹钱，或卖或当，出脱了些东西，反正都是吃亏的交易；这样居然筹到小小一笔款子。他又弄到一面圆盾牌，是向朋友商借的；又千方百计把破碎的头盔修补完整。他就把上路的日期和时间通知他的侍从桑丘，让他收拾些随身必需的东西，还特地嘱咐他带一只褡裢袋。桑丘说一定带，还说他有一头很好的驴子，也想骑着走，因为他不惯长途步行。堂吉诃德为这头驴的问题踌躇了一下。他搜索满腹书史，寻思有没有哪个游侠骑士带着骑驴的侍从。他记不起任何先例，可是决计让桑丘带着他的驴子，等有机会再为他换上比较体面的坐骑；也许路上碰到个无礼的骑士，就可以把他的马抢来抵换驴子。他按照客店主人的劝告，尽力置备了衬衣和其他东西。一切齐备，桑丘没向老婆和孩子告辞，堂吉诃德也没向管家妈和外甥女告辞，两人在夜晚离开了村子，没让任何人看见。他们一夜走了老远的路，到第二天早上方定了心，家里人即使找他们也找不到了。

　　桑丘一路上骑着驴，像一位大主教，他带着褡裢袋和皮酒袋，满心想当东家许他的海岛总督。堂吉诃德恰好又走了前番的道路，向蒙帖艾尔郊原跑去。他这回不像上回那么受罪，因为是清早，太阳光斜照着他们，不那么叫人疲劳。桑丘·潘沙这时对他主人说："游侠骑士先生，您记着点儿，别忘了您许我的海岛，不论它多么大，我是会管理的。"

　　堂吉诃德答道："桑丘·潘沙朋友，你该知道，古时候游侠骑士征服了海岛或者王国，总把自己的侍从封做那些地方的总督，那是通常的习惯。我决不让这个好规矩坏在我手里，还打算做得更漂亮些呢。那些骑士往往要等自己的侍从上了

又一次旅行开始了，准备工作虽有些局促，但较之第一次完备多了，但这种出逃式的夜行仍有失"骑士"风度。

年纪,厌倦了白天受累、夜晚吃苦的差使,才封他们在或大或小的县里、省里,做个伯爵或至多做个侯爵。可是只要你我都留着性命,很可能六天之内,我就会征服一个连带有几个附庸国的王国,那就现成可以封你做一个附庸国的国王。你别以为这有什么稀奇。游侠骑士的遭遇,好些是从古未有而且意想不到的,所以我给你的报酬即使比我答应的还多,我也绰有余力。"

桑丘·潘沙答道:"假如我凭您说的什么奇迹做了国王,那就连我的老伴儿华娜·谷帖瑞斯也成了王后了,我的儿子也成了王子了。"

堂吉诃德道:"那还用说吗?"

> 桑丘是一个贫困潦倒的雇农,他的出行非常具有功利性,是带着当海岛总督的幻想出发的。

桑丘·潘沙说:"我就不信。我自己肚里有个计较,即使老天爷让王国像雨点似的落下地来,一个也不会稳稳地合在玛丽·谷帖瑞斯头上,先生,我跟您说吧,她不是王后的料,当伯爵夫人还凑合,那也得老天爷帮忙呢。"

堂吉诃德说:"那你就听凭老天爷安排吧,他自会给她最合适的赏赐。可是你至少也得做个总督才行,别太没志气。"

桑丘回答说:"我的先生,我不会的。况且我还有您这么尊贵的主人呢。只要对我合适,我又担当得起,您什么职位都会给我。"

第 八 章

骇人的风车奇险;堂吉诃德的英雄身手;以及其他值得大书特书的事情。

这时候,他们远远望见郊野里有三四十架风车。堂吉诃德一见就对他的侍从说:"运道的安排,比咱们要求的还好。你瞧,桑丘·潘沙朋友,那边出现了三十多个大得出奇的巨人。我打算去跟他们交手,把他们一个个杀死,咱们得了胜利品,可以发财。这是正义的战争,消灭地球上这种坏东西是为上帝立大功。"

桑丘·潘沙道:"什么巨人呀?"

他主人说:"那些长胳膊的,你没看见吗?那些巨人的胳膊差不多二哩瓦长呢。"

桑丘说:"您仔细瞧瞧,那不是巨人,是风车;上面胳膊似的东西是风车的翅膀,给风吹动了就能推转石磨。"

堂吉诃德道:"你真是外行,不懂冒险。他们确是货真价实的巨人。你要是害怕,就走开些,做你的祷告去,等我一人来和他们大伙儿拼命。"

他一面说,一面踢着坐骑冲出去。他侍从桑丘大喊说,他前去冲杀的明明是风车,不是巨人;他满不理会,横着念头那是巨人,既没听见桑丘叫喊,跑近了也没看清是什么东西,只顾往前冲,嘴里嚷道:"你们这伙没胆量的下流东西!不要跑!前来跟你们厮杀的只是个单枪匹马的骑士!"

这时微微刮起一阵风,转动了那些庞大的翅翼。堂吉诃德见了说:"即使你们挥舞的胳膊比巨人布利亚瑞欧的还多,我也要和你们见个高下!"

他说罢一片虔诚向他那位杜尔西内娅小姐祷告一番,求她在这个紧要关头保佑自己,然后把盾牌遮稳身体,托定长枪飞马向第一架风车冲杀上去。他一枪刺中了风车的翅膀;翅膀在风里转得正猛,把长枪迸作几段,一股劲把堂吉诃德连人带马直扫出去;堂吉诃德滚翻在地,狼狈不堪。桑丘·潘沙趱驴来救,跑近一看,他已经不能动弹,驽骍难得把他摔得太厉害了。

桑丘说:"天啊!我不是跟您说了吗,仔细着点儿,那不过是风车。除非自己的脑袋里有风车打转儿,谁还不知道这

> 同样的事物在主仆两人的眼中变成了不同的。到底谁的眼睛了出问题?原因又是什么?

> 瘦骨嶙峋的堂吉诃德骑着一匹瘦马、手举长枪奋勇战风车。这是一幅已经定格了的"经典形象"。

是风车呢?"

> 想象与风车作战的情景,看败下阵的堂吉诃德怎样"自圆其说"和"虽败犹荣"的。

堂吉诃德答道:"甭说了,桑丘朋友,打仗的胜败最拿不稳。看来把我的书连带书房一起抢走的弗瑞斯冬法师对我冤仇很深,一定是他把巨人变成风车,来剥夺我胜利的光荣。可是到头来,他的邪法毕竟敌不过我这把剑的锋芒。"

桑丘说:"这就要瞧老天爷怎么安排了。"

桑丘扶起堂吉诃德;他重又骑上几乎跌歪了肩膀的驽骍难得。他们谈论着方才的险遇,顺着往拉比塞峡口的大道前去,因为据堂吉诃德说,那地方来往人多,必定会碰到许多形形色色的奇事。可是他折断了长枪心上老大不痛快,和他的侍从计议说:"我记得在书上读到一位西班牙骑士名叫狄艾果·贝瑞斯·台·巴尔咖斯,他一次打仗把剑斩断了,就从橡树上劈下一根粗壮的树枝,凭那根树枝,那一天干下许多了不起的事,打闷不知多少摩尔人,因此得到个绰号,叫作'大棍子'。后来他本人和子孙都称为'大棍子'巴尔咖斯。

> 痴迷骑士而自不量力,可以想象"照样也折它一枝"会显出怎样的"身手"来。

我跟你讲这番话有个计较:我一路上见到橡树,料想他那根树枝有多粗多壮,照样也折它一枝。我要凭这根树枝大显身手,你亲眼看见了种种说来也不可信的奇事,才会知道跟了我多么运气。"

桑丘说:"这都听凭老天爷安排吧。您说的话我全相信;可是您把身子挪正中些,您好像闪到一边去了,准是摔得身上疼呢。"

堂吉诃德说:"是啊,我吃了痛没作声,因为游侠骑士受了伤,尽管肠子从伤口掉出来,也不得哼痛。"

桑丘说:"要那样的话,我就没什么说的了。不过天晓得,我宁愿您有痛就哼。我自己呢,说老实话,我要有一丁点儿疼就得哼哼,除非游侠骑士的侍从也得遵守这个规矩,不许哼痛。"

堂吉诃德瞧他侍从这么傻，忍不住笑了。他声明说：不论桑丘喜欢怎么哼、什么时候哼，不论他是忍不住要哼还是不哼，反正他尽管哼好了，因为他还没读到什么游侠骑士的规则不准侍从哼痛。桑丘提醒主人说，该是吃饭的时候了。他东家说这会子还不想吃，桑丘什么时候想吃就可以吃。桑丘得了这个准许，就在驴背上尽量坐舒服了，把褡裢袋里的东西取出来，慢慢儿跟在主人后面一边走一边吃，还频频抱起酒袋来喝酒，喝得津津有味，玛拉咖最享口福的酒馆主人见了都会羡慕。他这样喝着酒一路走去，早把东家许他的愿抛在九霄云外，觉得四出冒险尽管担惊受怕，也不是什么苦差，倒是很舒坦的。

长话短说，他们当夜在树林里过了一宿。堂吉诃德折了一根可充枪柄的枯枝，换去断柄把枪头挪上。他曾经读到骑士们在穷林荒野里过夜，想念自己的意中人，好几夜都不睡觉。他要学样，当晚彻夜没睡，只顾想念他的意中人杜尔西内娅。桑丘·潘沙却另是一样。他肚子填得满满的，又没喝什么提神醒睡的饮料，倒头一觉，直睡到大天亮。阳光照射到他脸上，鸟声嘈杂，欢迎又一天来临，他都不理会，要不是东家叫唤，他还沉睡不醒呢。他起身就去抚摸一下酒袋，觉得比昨晚越发萎瘪了，不免心上烦恼，因为照他看来，在他们这条路上，无法立刻弥补这项亏空。堂吉诃德还是不肯开斋，上文已经说过，他决计靠甜蜜的相思来滋养自己。他们又走上前往拉比塞峡口的道路，约摸下午三点，山峡已经在望。

堂吉诃德望见山峡，就说："桑丘·潘沙兄弟啊，这里的险境和奇事多得应接不暇，可是你记着，尽管瞧我遭了天大的危险，也不可以拔剑卫护我。如果我对手是下等人，你可

> 要求自己严格，对属下却宽松，看来是个好"领导"。

> 靠虚幻的精神食粮来充饥，骑士可真难当。看来浪漫主义总是不如现实主义来得实惠。

以帮忙；如果对手是骑士，按骑士道的规则，你怎么也不可以帮我，那是违法的。你要帮打，得封授了骑士的称号才行。"

桑丘答道："先生，我全都听您的，决没有错儿。我生来性情和平，最不爱争吵。当然，我如要保卫自己身体，就讲究不了这些规则。无论天定的规则，人定的规则，总容许动手自卫。"

堂吉诃德说："这话我完全同意。不过你如要帮我跟骑士打架，那你得捺下火气，不能使性。"

> 堂吉诃德遵循的是骑士规则，桑丘以保全自己为准则，看来骑士多了一层轻松，平民则多了一层行动的自由。

桑丘答道："我一定听命，把您这条戒律当礼拜日的安息诫一样认真遵守。"

他们正说着话，路上来了两个圣贝尼多教会的修士。他们好像骑着两匹骆驼似的，因为那两头骡子简直有骆驼那么高大。两人都戴着面罩，撑着阳伞。随后来一辆马车，有四五骑人马和两个步行的骡夫跟从。原来车上是一位到塞维利亚去的比斯盖贵妇人；她丈夫得了美洲的一个很体面的官职要去上任，正在塞维利亚等待出发。两个修士虽然和她同路，并不是一伙。可是堂吉诃德一看见他们，就对自己的侍从说："要是我料得不错，咱们碰上破天荒的奇遇了。前面这几个黑魆魆的家伙想必是魔术家——没什么说的，一定是魔术家；他们用这辆车劫走了一位公主。我得尽力去除暴惩凶。"

> 又一次"除暴惩凶"，荒诞行为将再次重演，但具体情形却颇特别。请细细体味。

桑丘说："这就比风车的事更糟糕了。您瞧啊，先生，那些人是圣贝尼多教会的修士，那辆马车准是过往客人的。您小心，我跟您说，您干事要多多小心，别上了魔鬼的当。"

堂吉诃德说："我早跟你说过，桑丘，你不懂冒险的事。我刚才的话是千真万确的，你这会儿瞧吧。"

他说罢往前几步，迎着两个修士当路站定，等他们走近，估计能听见他搭话了，就高声喊道："你们这群妖魔鬼怪！快把你们车上抢走的几位贵公主留下！要不，就叫你们当场送命；干了坏事，得受惩罚！"

两个修士带住骡子，对堂吉诃德的那副模样和那套话都很惊讶；他们回答说："绅士先生，我们不是妖魔，也并非鬼怪。我们俩是赶路的圣贝尼多会修士。这辆车是不是劫走了公主，我们也不知道。"

堂吉诃德喝道："我不吃这套花言巧语！我看破你们是撒谎的混蛋！"

花言巧语：指虚假而动听的话。

他不等人家答话，踢动驽骍难得，斜绰着长枪，向前面一个修士直冲上去。他来势非常凶猛，那修士要不是自己滚下骡子，准被撞下地去，不跌死也得身受重伤。第二个修士看见伙伴遭殃，忙踢着他那匹高大的好骡子落荒而走，跑得比风还快。

桑丘瞧修士倒在地下，就迅速下驴，抢到他身边，动手去剥他的衣服。恰好修士的两个骡夫跑来，问他为什么脱人家衣服。桑丘说，这衣服是他东家堂吉诃德打了胜仗赢来的战利品，按理是他应得的。两个骡夫不懂得说笑话，也不懂得什么战利品、什么打仗，他们瞧堂吉诃德已经走远，正和车上的人说话呢，就冲上去推倒桑丘，把他的胡子拔得一根不剩，又踢了他一顿，撒他直挺挺地躺在地下，气都没了，人也晕过去了。跌倒的修士心惊胆战，面无人色，急忙上骡，踢着骡子向同伴那里跑；逃走的修士止在老远等看，看这番袭击怎么下场。他们不等事情结束，马上就走了，一面只顾在胸前画十字；即使背后有魔鬼追赶，也不必画那么多十字。

桑丘去剥修士的衣服是否表明他和主人堂吉诃德一样遵循着骑士规则呢？

上文已经说了，堂吉诃德正在和车上那位夫人谈话呢。

他说:"美丽的夫人啊,您可以随意行动了,我凭这条铁臂,已经把抢劫您的强盗打得威风扫地。您不用打听谁救了您;我省您的事,自己报名吧。我是个冒险的游侠骑士,名叫堂吉诃德·台·拉·曼却;我倾倒的美人是绝世无双的堂娜杜尔西内娅·台尔·托波索。您受了恩不用别的报酬,只须回到托波索去代我拜见那位小姐,把我救您的事告诉她。"

> 不知此时的夫人作何感想。

有个随车伴送的侍从是比斯盖人,听了堂吉诃德的话,瞧他不让车辆前行,却要他们马上回托波索去,就冲到他面前,一把扭住他的长枪跟他理论,一口话既算不得西班牙语,更算不得比斯盖语,似通非通地说:"走哇!骑士倒霉的!我凭上帝创造我的起誓:不让车走啊你,我比斯盖人杀死你是真!好比你身在此地一样是真!"

这话堂吉诃德全听得懂。他很镇静地答道:"你呀,不是个骑士;你要是个骑士,这样糊涂放肆,我早就惩罚你了,你这奴才!"

> 小说多处在人物语言中使用谚语和成语,仔细阅读整篇小说,理解其对塑造人物形象的作用。

比斯盖人道:"我不绅士?对上帝我发誓:你很撒谎!好比我很基督徒一样!如果你长枪放下,拔出来剑,马上可以你瞧瞧,你是把水送到猫儿旁边去呢!陆地上比斯盖人,海上也绅士!哪里都绅士!你道个不字,哼,撒谎你就是!"

堂吉诃德答道:"阿格拉黑斯说的:'你这会儿瞧吧。'"

> 又是一个堂吉诃德,只是不知这位是真呆还是装傻,但此处描写仍是生动之极,让人在紧张中忍俊不禁。

他把长枪往地下一扔,拔出剑,挎着盾牌,直取那比斯盖人,一心要结果他的性命。比斯盖人因为自己的坐骑是雇来的劣骡子,靠不住;他想要下地,可是瞧堂吉诃德这般来势,什么也顾不及,只有拔剑的工夫,幸亏正在马车旁边,就从车上抢了个垫子,权当盾牌使用,两人就像不共戴天的冤家那样打起来。旁人想劝解,可是不行,比斯盖人用他那种支离破碎的话向大家声明：他们要是不让他把这一仗打到底，他就亲手把女主人杀掉，把所有阻挡他的人都杀掉。车上那位太太看到这样情况，又惊又怕，忙叫车夫把车赶远些，就在那边遥遥观看这场恶战。当时比斯盖人伸手越过堂吉诃德的盾牌，在他肩上狠狠劈了一剑；要不是他身披铠甲，腰以上早劈作两半了。这一剑好不凶猛，堂吉诃德觉得分量不轻，大喊道："啊！我心上的主子、美人的典范杜尔西内娅！你的骑士为了不负你的十全十美，招得大难临头了！请你快来帮忙呀！"

> 支离破碎：形容事物零散破碎，不成整体。

他说着话，一手握剑，一手用盾牌护严身子，直向比斯盖人冲去。说时迟，那时快，他一股猛劲，要一剑劈去立见输赢。

比斯盖人瞧堂吉诃德这股冲劲，看出对手的勇猛，决计照样跟他拼一拼；可是坐下的骡子已经疲乏不堪，况且天生也不是干这种玩意儿的，所以一步也挪移不动，左旋右转都不听使唤，他只好把坐垫护严身子，站定了等候。上文说过，堂吉诃德举剑直取这机警的比斯盖人，一心要把他劈作两半；比斯盖人也举着剑，把坐垫挡着身子迎候；旁人不知道这两把恶狠狠的剑下会生出什么事来，惴惴不安地等待着；车上那位太太和几个侍女只顾向西班牙所有的神像和礼拜堂千遍万遍地许愿，求上帝保佑这侍从和她们自己逃脱当前这场大难。可是偏偏在这个紧要关头，作者把一场厮杀半中间截断了，推说堂吉诃德生平事迹的记载只有这么一点儿。当然，这部故事的第二位作者决不信这样一部奇书会被人遗忘，也不信拉·曼却的文人对这位著名骑士的文献会漠不关心，让它散失。因此他并不死心，还想找到这部趣史的结局。靠天保佑，他居然找到了。如要知道怎么找到的，请看本书第二卷。

> 这是一处特别的写法，即像中国评书中的"欲知后事如何，请听下回分解"，又更能让人确定这仅是一部小说而已。

情境赏析

堂吉诃德大战风车巨人是小说中影响最大的故事之一，是堂吉诃德游侠冒险经历中的标志性事件。堂吉诃德一直生活在自己主观构建的一个完整世界里，这其中包括对过去的回忆、留恋，对现实的魔化变形，对未来的憧憬向往以及对自己观点的阐发和对自己行为的辩解。大战风车确实让人感到滑稽，他的行为举止也都叫人忍俊不禁，但在大笑之余也许我们更应该看到在堂吉诃德的行为过程中表现出来的认真和坚定，他始终不怀疑自己的信仰，也不怀疑世界的美好和生存价值。这也是令人敬佩的。

名家点评

堂吉诃德其实是一个十分老实的书呆子。看他和风车开仗，的确傻相可掬，觉得可笑可怜。

真堂吉诃德的做傻相是由于自己的愚蠢，而假堂吉诃德是故意做些傻相给人家看，想要剥削别人的愚蠢。

——鲁迅

第九章

堂吉诃德和比斯盖人的生死决斗正在酣处却戛然而止，给人留下了无限的期待和想象，究竟是堂吉诃德用利剑劈开了比斯盖人，还是比斯盖人的长剑刺穿了堂吉诃德。总之，两个荒唐人的一场荒诞但激烈的决斗在吸引了读者目光之际却跟我们开了一个玩笑，吊足了你的胃口，让你去无端地提心吊胆，但庆幸的是情节在下面又展开了。

大胆的比斯盖人和英勇的曼却人一场恶战如何结束。

这个故事第一部分的结尾，讲到骁勇的比斯盖人和威名赫赫的堂吉诃德都举着明晃晃的剑，待要狠命地往下劈；如果这两把剑不偏不倚地劈下去，那就至少各把对手从上到下分做两半，像裂开的石榴一样。正在这千钧一发的当口，这么有趣的故事忽然中断了，作者也没交代散失的部分有何下落。

这使我非常懊丧。依我看，这个趣味无穷的故事大部分是散失了。我想到散失的大部分无从寻觅，才读了那一小段反惹得心痒难搔。那样一位好骑士，却没个博学者负责把他的丰功伟绩记录下来，我认为事理和情理上都说不过去。凡是游侠骑士，所谓漫游冒险的人物，从来少不了有摇笔杆子的为他们写传作记。他们都有一两个好像是专为他们用的博学大师，不仅把他们的功业记载下来，就连他们琐碎无聊的心思，不论多么隐秘，都一一描绘。像普拉底尔那一流的骑士，还有很多博士为他们作传呢，我们这么一位卓越的骑士决不会倒霉得无人过

> 古典小说的啰唆在此可见一斑了，它不管你是否已经厌烦透顶，只一味地讲述下去。

问。所以我不信他那么有趣的故事会残缺不全;我只归罪于时间的恶意捣乱,它磨灭一切东西,把这篇故事埋没或吃掉了。

　　但是我又转念:堂吉诃德所藏的书里既有《疗妒篇》《艾瑞那斯的仙女和牧羊人》这类近代作品,他本人的传记当然也是近代的了;或许还没写成文字呢,可是他本乡和附近的人一定还记得他的事情。我这么一想,就像热锅上的蚂蚁似的,急要把我们这位西班牙名人堂吉诃德·台·拉·曼却的生平奇迹考察确实。他是曼却骑士道的光辉和典范;在我们这个年代,在这样多灾多难的时世,他第一个投身于游侠事业,去消灭强暴,援助寡妇并保护童女。古时候确有那种执鞭骑马的童女,带着她们的贞操,在山岭和田野里来来往往;如果没有恶棍或手拿斧头、头戴兜帽的村夫、或魁伟的巨人对她们横施强暴,她们尽管活到八十岁没有在屋里睡过一宵,进坟墓依然还是清白无玷的闺女,像生她的妈妈一样。反正为了以上种种缘故,咱们这位豪侠的堂吉诃德值得万世颂赞;我费了心力去访求这部趣史的下文,我区区也应得表扬。诸位如果专心阅读,整个故事大约可供两小时的消遣和享受;我深信若不是靠天、靠机会、靠运气,这点消遣和享乐是得不到的。现在我且讲讲找到这部趣事的经过。

> 这具有中国人说书的风格,叙述者毫不客气地进入故事,同读者进行着近乎戏谑性的对话。

　　有一天,我正在托雷都的阿尔咖那市场。有个孩子跑来,拿着些旧抄本和旧手稿向一个丝绸商人兜售。我爱看书,连街上的破字纸都不放过。因此我从那孩子出卖的故纸堆里抽一本看看,识出上面写的是阿拉伯文。我虽然认得出,却看不懂,所以想就近找个通晓西班牙文的摩尔人来替我译读。要找这种翻译并不困难,即使要翻译更好更古的文字也找得到人。我可巧找到一个。我讲明自己的要求,把本子交给他。他从半中间翻开,读了一段就笑起来。我问他笑什么,他说:笑旁边加的一个批语。我叫他讲给我听;他一面笑一面说:

> 塞万提斯无端插入并开始讲述起另一个买书的故事,似乎《堂吉诃德》真是地摊货。难怪他的小说如此之长,长得连当代人都顾不上看他的全文。

"书页边上有这么一句批语:'据说,故事里时常提起的这个杜尔西内娅·台尔·托波索是腌猪肉的第一把手,村子里的女人没一个及得她'。"

我听他提起杜尔西内娅·台尔·托波索这个名字,不胜惊讶;立刻猜测到这些抄本里有堂吉诃德的故事。我心上这么想,就直催他把开头一段翻给我听。他依言把阿拉伯文随口译成西班牙文,说这是《堂吉诃德·台·拉·曼却》,作者是阿拉伯历史学家熙德·阿梅德·贝南黑利。我听到这个书名,真是十二分的乖觉才没把快活露在脸上。我从丝绸商人手里抢下这笔买卖,花半个瑞尔收买了那孩子的全部手稿和抄本。如果他是个机灵的小子,看透我多么急切,为这笔交易尽可以讨价六个瑞尔以上,稳稳地可以成交。我马上带着摩尔人走出市场,跑到大教堂的走廊里。我请他把抄本里讲到堂吉诃德的部分全翻成西班牙文,不得增删;随他要多少代价我都愿意。他要两个阿罗巴的葡萄干,两个法内加的小麦,答应一定翻得又好、又忠实、又迅速。我为了工作方便,又要把这么名贵的稿本留在手边,就把他请到家里。一个半月以后,他全部翻完。以下都是他的译文。

抄本的第一册有一幅堂吉诃德和比斯盖人交战的图,画得栩栩如生。两人的姿态就像故事里讲的那样,都举着剑,一个用盾牌护身,一个用垫子招架。比斯盖人的骡子画得尤其传神,远在一箭之地以外就看得出是一头雇骡。比斯盖人脚下有个标签,写着"堂桑丘·台·阿斯贝悌亚",这一定就是他的名字。驽骍难得脚下也有个标签,写着"堂吉诃德"。驽骍难得画得妙极了,它又长又细溜,又瘦又瘦,背脊上骨骼嶙峋,仿佛害了极重的痨病,称它驽骍难得显然是名副其实,恰配身份。旁边是桑丘·潘沙牵着他驴子的缰绳,驴子脚下也有个标签,写着"桑丘·桑伽斯"。照那幅画上看来,他是个大肚子,矮个子,

堂吉诃德心中的女神又一次出现,不过略为惨了一些。

这些插叙的故事也许很好,也很有深意,但过分冗长的聒噪仍让人难以忍受,吊胃口是一种吸引读者的方法,但需要一个度的把握。

两条小腿却很长,大概因此称为"潘沙",又称"桑伽斯",故事里往往用这两个名字称呼他。此外还看到些枝枝节节,不过都无关紧要;故事只要真实就好,那些末节是无足轻重的。

假如有人批评这个故事不真实,那无非因为作者是阿拉伯人,这个民族是撒谎成性的。不过他们既然跟我们冤仇很深,想来是只讲得减色贬低,不增光夸大。我就是这么想,因为有时候应该笔酣墨饱,把这位好骑士称扬一番,作者却故意不赞一辞。这种行为不好,居心更是可恶。历史学家的职责是要确切、真实、不感情用事;无论利诱威胁,无论憎恨爱好,都不能使他们背离真实。历史孕育了真理;它能和时间抗衡,把遗闻旧事保藏下来;它是往古的迹象,当代的鉴戒,后世的教训。我知道这部历史以最有趣的方式,具备了一切应有的条件。如果有什么美中不足,我认为都是那混蛋作者的过错,绝不是题材的毛病。闲话少说,按照译文,以下是第二卷的开头。

两位勇猛而愤怒的战士都高举着锋利的剑,仿佛是向上天下土和地狱示威,他们的勇敢和神气真是不可一世。暴怒的比斯盖人先下手,他一剑劈得非常凶猛,要不是歪了些,单这一下子就足以结束这场恶战,咱们这位骑士毕生的冒险也都完了。可是命运还要保全着他,有更伟大的事业要等他去干呢,所以他冤家的剑锋偏了方向;那一剑虽然砍在他左肩上,只砍掉整半边铠甲连带一大块头盔和半只耳朵。砍下的东西零落满地,使这位骑士狼狈不堪。

这曼却人瞧自己遭了毒手,心头冒火。天啊!谁能描摹他当时的情景呢!这里只能说,他在鞍镫上重又挺直身子,两手更使劲捧住剑,恶狠狠地向比斯盖人砍下去。这一剑隔着垫子在他脑袋上砍个正着。比斯盖人尽管有那么好的防身之具,顶门上也仿佛塌下了一座大山;他的鼻孔里、嘴里、耳朵里鲜血直冒,看样子就要栽下地去,要不是抱住牲口的脖子,一定摔倒了。不过他两脚终究脱开了脚镫,两臂也松了劲;骡子给那狠狠的一剑震惊得落荒逃跑,颠几颠就把它主人掀在地下。

　　堂吉诃德冷眼瞧着,看见比斯盖人落地,就跳下马,三脚两步抢上来,把剑锋直指到他眼前,叫他投降,不然就斫下他的脑袋。比斯盖人吓呆了,一句话也答不上来。堂吉诃德火头上什么都不顾,照那样子,比斯盖人准得送命。车上几个女眷一直在哆哆嗦嗦看打架,这会儿亏得她们赶来,恳求堂吉诃德宽宏大量,手下留情,饶了她们这位侍从的性命。堂吉诃德大咧咧地正色回答说:"行啊,诸位美人,我愿意遵命,不过有一个条件、一点默契:这位骑士得答应我到托波索村上去走一遭,代我拜见那位绝世无双的杜尔西内娅,由她随意发落。"

　　几个女人惊慌失措,也没有考虑堂吉诃德的要求,也没有探问杜尔西内娅是谁,满口答应说,她们的侍从必定一一照办。堂吉诃德说:"我认为他不该轻饶,不过既有你们担保,我就不难为他了。"

> 打斗虽简单但仍写出了十分的惊险,堂吉诃德虽丢了半只耳朵却赢得了胜利,狼狈是免不了的,但比起比斯盖人,仍有了一些英雄色彩。

> 这也许就是传说中的"骑士"风度吧!

第十章

堂吉诃德和他的侍从桑丘·潘沙的趣谈。

　　桑丘·潘沙挨了修士的骡大一顿收拾,这时已经爬起来,看他主人堂吉诃德打架。他心里暗暗祷求上帝保佑主人打个胜仗,赢得个把海岛,可以践诺封自己做岛上的总督。他瞧这一架已经打完,他主人又要上马,就去扶住鞍镫,在他上马之前双膝跪倒,抓住他的手,亲吻一下说道:

"我的堂吉诃德先生啊,您这场苦战赢来的海岛,求您赏我管辖吧;不论它多么大,我觉得自己有本领管辖;别处岛上的总督怎么管,我也怎么管,人家能管得多好,我也能管得多好。"

堂吉诃德回答说:"我告诉你,桑丘兄弟,今天的事和所有这一类的事,都是四岔路口碰上的,不是什么赢取海岛的奇遇;从这种厮杀里得不到什么,除非砸破个脑袋,或者赔掉一只耳朵。你且耐着点儿心,将来还会有别的奇遇,我不但能照应你做总督,还做到比总督更大的呢。"

桑丘对他谢了又谢,再吻一下他的手,又吻他铠甲的边缘。他扶主人骑上驽骍难得,自己也骑上驴子,跟着他一同上路。堂吉诃德没向车上的女人辞行,也没跟她们再说什么话,就纵马跑进附近的树林。桑丘跟在后面,让驴子撒着腿追赶。可是驽骍难得跑得太快,他瞧自己落在后面,只得大声喊他主人等他一下。堂吉诃德依他勒住驽骍难得,等待这个疲乏的侍从赶上来。桑丘到了他跟前说:"先生,我瞧咱们还是到哪个教堂里去躲一躲妥当。刚才那家伙跟您交手吃了那么大亏,说不定会去报告神圣友爱团来抓咱们。说实话,咱们要是给抓去,得尾巴尖儿上都冒了汗才得脱身呢。"

堂吉诃德说:"住嘴吧。游侠骑士可以杀人累累,哪有抓进法院的!你见过或读到过吗?"

桑丘答道:"我不懂得什么'杀人类',我对谁也没干过这种事。我只知道神圣友爱团专管野外打架;至于您说的那话儿,反正与我无关。"

堂吉诃德说:"那你就放心吧,朋友,你即使落在咖勒底人手里,我也能救你出来,别说神圣友爱团。不过你老实告诉我,你瞧全世界还有比我勇敢的骑士吗?我既能猛冲,又

> 桑丘的愿望是如此的直接,也许他深知总督背后是富足的生活,看来艰辛的生活能把人折磨得只剩下一个谋生的信念了。

能苦战,有本领把对手杀得马仰人翻,你在传记上读到的古今骑士,有谁胜如我的吗?"

桑丘回答说:"老实告诉您,我从来没读过什么传记,因为我不会看书,也不会写字。不过我可以打赌,我这一辈子从来没伺候过比您勇敢的主人。但愿天保佑,您别勇敢得出了乱子,落到我刚说的那地方去。您让我给您包扎一下伤口吧,您这只耳朵直流血;我这褡裢袋里现带着软布和白油膏呢。"

堂吉诃德说:"我要是早想到做一瓶子大力士的神油,你那些东西都用不着,只要搽上一滴,马上药到病除。"

桑丘·潘沙问道:"那是什么瓶子、什么油呀?"

堂吉诃德答道:"是治伤的油,我记得炮制的方子。有了这种油就不会死,受了重伤不愁送命。等我几时做了给你。你要是看见我打仗给人家齐腰斩成两段(这是常有的事),你趁血没凝结,轻巧地把掉下地的半截身子好好儿合在鞍子上的那半截身子上,要扣得严丝合缝;然后你只消给我喝两口油,我马上就完好无恙,比个苹果还完好。"

桑丘道:"照这么说,我以后不想做您许我的海岛总督了。您只要传授我神油的方子,就能酬报我的种种效劳。我估计一两油至少值两瑞尔,哪里都卖得出,单靠这种油就够我下半辈子过得又体面又舒服的了。不过我先得问问,这东西的成本贵不贵?"

堂吉诃德答道:"花不了三瑞尔就可以做三阿松布瑞的油。"

桑丘说:"哎呀!那么您还要等怎么着才动手去做呀?您几时才教给我呀?"

堂吉诃德说:"别着急,朋友。我还打算教你更了不起的奥妙、给你更大的好处呢。咱们这会子且包扎伤口吧,我这只耳朵疼得不好受。"

"好了伤疤忘了疼",耳朵刚被削掉又开始了吹嘘。

桑丘的话总是能与堂吉诃德的言语形成尖锐的对比,使讽刺效果倍增。

这又是堂吉诃德的幻想,他的幻想总是在桑丘的头脑中变成实际的利益关系,在桑丘的眼中当总督就是为了赚钱,如果有了更直接的办法,总督便失去了价值。

桑丘从褡裢袋里取出些软布和油膏。可是堂吉诃德一看到自己的头盔,差点儿发疯。他一手按剑,抬眼望着天,说道:

"伟大的曼图阿侯爵曾经发誓:他没有为他外甥巴尔多比诺斯报得杀身之仇,就不摊着桌布吃饭,不和妻子亲近,还有其他等等,我一时记不起了。现在我凭天地万物的创造者和全套四部福音起誓:我没有对侮辱我的人报仇,就完全按照曼图阿侯爵发誓说的那样过日子;就连我记不起的事,也权当我声明了一样,都得一一照做。"

> 这种滑稽的誓言唯有堂吉诃德说得出来。

桑丘听了这话,对他说:"堂吉诃德先生,您可别忘记,那位骑士要是听您的吩咐跑去见了咱们的杜尔西内娅·台尔·托波索小姐,他的事情就完了;他要是没干别的坏事,就不该再受惩罚。"

堂吉诃德答道:"你这话很对,也说在骨节上。所以报仇的誓言就此作废了。可是我重新发誓声明:我一定要从不论哪个骑士头上抢过一只头盔来,要和我这只相仿,而且一样好;这件事没做到,我就永远照我刚才说的那样过日子。桑丘,你别以为我随口乱说,我是确有依据的。从前为了曼布利诺的头盔出过一模一样的事,萨克利邦泰就为它吃了大亏。"

> 桑丘对主人的折台向来是毫不留情的。

桑丘说:"我的先生,发这种誓既害身体,又坏良心,我劝您把这些都送给魔鬼吧。要不,我请问您,假如连着几天碰不到一个戴头盔的人,咱们怎么办?您现在重申了那个曼图阿老疯子的誓言,什么不脱衣服睡觉呀,在荒野里过夜呀,还有千千万万吃苦赎罪的勾当,您就不管多么不方便、不舒服,当真要一一照办吗?您留神瞧瞧,这一路上来往的,并没个披戴盔甲的人,只有骡夫和赶车的,他们非但不戴头盔,只怕连头盔这个名字都一辈子没听见过呢。"

堂吉诃德说:"这回你错了。咱们在这个四岔路口耽不了

第十章 53

两个钟头,就能看到很多披甲戴盔的武士,比赶到阿尔布拉卡去夺取美人安杰丽咖的还多。"

桑丘说:"得了,但愿如此吧。我求上天保佑咱们走好运,累我赔好大本钱的海岛能早早到手,我就死也闭眼了。"

"我跟你说过,桑丘,你不用为这个担心。要是没有海岛,有的是丹麦王国,或者索布拉狄萨王国,给了你就仿佛戒指戴在指头上那么合适;而且你是在大陆上,一定更加享福。不过这些事将来再说吧,你且瞧瞧褡裢袋里有什么可吃的。然后咱们得找个城堡过夜,还得做些我刚说的那种油。老实告诉你,我这只耳朵痛得厉害。"

桑丘说:"我这里带着一个葱头,一点儿干奶酪,还有几块掰剩的面包。不过像您这样一位英勇的骑士,是不吃这种东西的。"

堂吉诃德答道:"你太外行了。我告诉你,桑丘,游侠骑士整个月不吃东西是光荣;即使吃东西,也是有什么吃什么。你要是像我读过那么多的传记,就知道这是千真万确的。我读得真不少,可是没一本书上讲到游侠骑士吃东西,除非偶然提起,或者在款待他们的大宴会上才吃;其他日子他们过得很清苦。当然,他们究竟是跟咱们一样的人,一定得吃东西,还得干些人身罢不得的事;不过他们一辈子老在树林荒野里奔走,又不带厨师,经常吃的当然也就是你这会儿给我吃的这种简朴的东西了。所以,桑丘朋友,你别为我甘心的事担忧,别另出花样,也别去改革游侠骑士道的常规。"

桑丘说:"我请您原谅,我才说了我不会看书写字,游侠骑士的规矩我也不懂,也不熟悉。以后我就在褡裢袋里给您装上各种干果子,因为您是一位骑士;我呢,不是骑士,我就给自己另外采办些鸡鸭之类和禁饱的东西。"

堂吉诃德答道:"桑丘,我并不是说,游侠骑士只许吃你

> 妄想终不能填饱肚子,在狂言乱语之际突然转向了食物,可见实际的小事较之幻想中的壮举要有用得多。

> 绅士的高雅语言终是比不过桑丘锐利的俗语,堂吉诃德在对话中显得捉襟见肘。

说的那些果子；我只说，他们经常吃的想必是那些东西和一些野菜。我和他们一样，都能辨识野菜。"

桑丘说："能辨识野菜是好事，因为照我看来，恐怕有一天得要用到这门学问呢。"

> 丢掉了半只耳朵仍不能扔掉"骑士"的浪漫。

他把带的干粮拿出来，两人吃得很亲热。不过他们急要找个地方过夜，草草吃罢，立即各上坐骑忙忙赶路，趁天还没黑想找个村落。可是太阳下去了，他们的希望也落空了。附近有几间牧羊人的茅屋，他们决计到那里去投宿。桑丘因为赶不上宿头非常懊丧，他主人却因为要露天过夜不胜欣喜，因为觉得露宿一次就是修炼一番骑士道的功行。

情境赏析

这是对传统现实主义小说叙事的一次突破，打破了以往那种单一叙事的常规，在本文中塞万提斯创造出了两个叙事者，从而赋予小说独特的意味。从前文看小说的叙事者是塞万提斯本人，叙事采用的自然也是第三人称的形式，但发展到堂吉诃德和比斯盖人拔剑相对之时，却出现了以第一人称出现的第二个叙事者。这个叙事者引出了《堂吉诃德》作者和版本问题，一时竟也使人们对故事本身的真实和虚构产生了混淆，这也算是塞万提斯小说创作的一个突破性功绩了。

名家点评

这种小说中第一第二作者分别叙事，又相互混杂和冲突的情况，导致了小说叙述的真实和虚构之间的界限模糊不清，而这一手法无独有偶，20世纪魔幻现实主义的经典之作《百年孤独》，其结尾就出现了由于叙事者身份的变化所带来的历史真实和文学虚构的混乱。

——（德）库勒

第十一章

堂吉诃德最终赢得了胜利，虽然略显狼狈并且丢掉了半只耳朵，但骑士的尊严和自豪感在胜利中得到了维护和慰藉，也许后面有着更多离奇古怪的事情等待着他们，而我们能做的就是静观其变。

堂吉诃德和几个牧羊人的事。

　　堂吉诃德受到牧羊人殷勤接待。当时他们火上炖着一锅腌羊肉正在沸滚，香味四溢。桑丘尽力安顿好驽骍难得和自己的驴，闻香赶来，恨不得马上尝尝锅里的东西熟了没有。可是不用他多事，牧羊人已经把锅子端下。他们把几张羊皮铺在地下，一转眼就摆上了朴素的便饭，诚诚恳恳邀请两位客人同吃。茅屋里住着一伙六人；他们把木盆反过来，用村野的礼数请堂吉诃德坐，自己就团团围坐在羊皮上。堂吉诃德坐下，桑丘站在旁边拿着羊角杯给他斟酒。这位东家瞧桑丘站着，就对他说："桑丘，我要你和他们几位同席，坐在我旁边，和自己的主子不分彼此，同在一个盘儿里吃，一个杯子里喝。据说恋爱'使一切平等'，这话对游侠骑士道也照样适用。你由此可以看到游侠骑士道的好处，谁为它服务，不论职位，马上受到大家尊重。"

　　桑丘说："多谢您了。不过我告诉您吧，我只要有好吃的，自己一人站着吃，不输坐在皇帝身边吃，还吃得更香呢。而且，说老实话，如果得嚼得慢，喝得少，时刻擦嘴巴，要打嚏咳嗽都不行，自己一人可以放肆的事都干不得，那么，即使坐酒席，吃火鸡，还不如在自己角落里，不装斯文，不讲礼数，吃些面包葱头香得多呢。我的先生啊，我当了侍从为游侠骑士道服务，您不是要给我种种体面吗？我请您折换些更实惠的东西赏我吧。您给的这些体面，我很领情，可是我从现在起直到世界末日也用不着啊。"

"可是你还是得坐下，因为上帝抬举卑逊的人。"

堂吉诃德抓住桑丘的胳膊，硬拉他在自己身边坐下。

那些牧羊人不懂得什么侍从呀、游侠骑士呀那一套话，他们不声不响地只顾吃，一面愣着眼看那两位客人。他们俩很自在，胃口也很好，拳头大的腌羊肉一块块往肚里塞。羊肉吃完了，牧羊人又把许多干橡树子堆在羊皮上，旁边还摆上半个比灰泥饼子还硬的干奶酪。当时那只羊角杯一刻不停地在各人手里传来递去，一会儿满，一会儿空，像水车上的吊桶；面前两皮袋酒转眼就空了一只。堂吉诃德吃饱了，就抓一把橡树子凝神细看，大发议论道："古人所谓黄金时代真是幸福的年代、幸福的世纪！这不是因为我们黑铁时代视为至宝的黄金，在那个幸运的时代能不劳而获；只因为那时候的人还不懂得分别'你的'和'我的'。在那个太古盛世，东西全归公有。茁壮的橡树上，甜熟的果实累累满树，要吃饱肚子不用操劳，伸手采来吃就行。泉源和活水河里，清冽的水滔滔不尽，供人饮用。勤劳智慧的蜜蜂在石缝和树洞里建立了共和国，它们无比甜蜜的工作收获丰富，随大家分享，毫不计较利息。高大的软木树自己脱下很轻的大片树皮，不用费力去剥，就可以拣来盖在朴质的梁柱上，造成可蔽风雨的房子。那时一片和平友爱，到处融融洽洽。弯头的犁还没敢用它笨重的犁刀去开挖大地妈妈仁厚的脏腑。她不用强迫，她那丰厚宽阔的胸膛，处处贡献出东西来，使她的儿女能吃饱喝足，生存享乐。现在这群儿女做了妈妈的主人了。那时候，天真美丽的牧羊姑娘在田野山林里来来往往，披散着头发，不穿衣服，只把人身上为遮羞而历来掩盖的部分，规规矩矩地遮上；这点遮饰，不用狄罗紫色的绫罗巧加剪裁，而是用碧绿的羊蹄叶和茑萝编成的。她们这样打扮非常鲜妍美丽，不输朝廷命妇穿了赶时髦的奇装异服。那时候，表达爱情的语言简单朴素，心上怎么想，就怎么说，不用花言巧语，拐弯抹角。真诚还没和欺诈刁恶掺杂在一起。公正还有它自己的领域；私心杂念不像现在这样，公然敢干扰侵犯。法官心目里还没有任意裁判的观念，因为压根儿没有案件和当事人要他裁判。贞洁的年轻姑娘就像我刚才说的，尽管单身满处跑，不怕遭受轻薄或强暴，她要是失身是自己甘心情愿的。现在我们这个可恶的年代呢，没一个女人是安全的了。即使再盖一所克里特的迷宫，把女人关在里面也没用。爱情的瘟疫凭它那股子该死的钻劲儿，会从隙缝里、空气里传透进去，她们尽管藏得严严密密，也会失身丧节。世道人心，一年不如一年了。建立骑士道就是为了保障女人的安全，保护童女，扶助寡妇，救济孤儿和穷人。各位牧羊的老哥啊，我就是干这一行的。我和我的侍从多承你们殷勤款待，我谨向你们道谢。尽管照顾游侠骑士人人有责，我知道你们并不懂得这项义务，却殷勤留宿款待，所以我一片至诚，感谢你们的美意。"

这个长篇大论大可不发。我们这位骑士因为看到牧羊人给他吃的橡树子，想起黄金时代，所以异想天开，对他们说了这一套废话。那群牧羊人莫名其妙，一言不答，只听他讲。桑丘不声不响地咀嚼着橡树子，又频频光顾晾在软木树上的第二只酒袋。

堂吉诃德早已吃完，只是话讲得长。一个牧羊人等他讲完说道："游侠骑士先生，一会儿我们有个伙伴要来。那小伙子很聪明，很多情，还会看书写字，三弦琴弹得好极了。我们要叫他唱个歌给您解闷，略尽我们的心意，别太辜负了您刚才的夸奖。"

他刚说完，就听得三弦琴声；一会儿弹琴的人也到了。他是个将近二十二岁的小伙子，相貌非常漂亮。他的伙伴问他吃过晚饭没有，他说吃过了。建议要他唱歌的人说："那么，安东尼欧，你赏脸给我们唱个歌吧，让我们这位贵客知道，山林里也有懂得音乐的人。我们已经对他夸过你的本领，希望你拿点儿出来，证明我们不是吹牛。你请坐下，你那位领教会薪俸的叔叔不是把你的恋爱故事编成了歌吗，咱们村里大家都很欣赏，你就把那歌儿唱一遍吧。"

那小伙子说："好！"

他不等人家三邀四请，就坐在一棵斫倒的橡树上，调准三弦琴，很动听地唱了下面的歌。

安东尼欧的歌

我知道你爱我，欧拉丽亚，
尽管你嘴里不说，你眼睛
——传达爱情的哑默的舌头
也并没有向我道出衷情。

但我知道你已经看透我，
因此深信你会怜我情痴；
痴情一旦被心上人识破，
就不是没指望的单相思。

确实也有时候，欧拉丽亚，
你对我流露出一些迹象：
你的灵魂似是青铜铸成，
雪白的胸膛如石头一样。

可是随你把我责备埋怨，
你无限端重中对我冷淡，
希望的女神并没有离去，
我时时瞥见她飞动的裙缘。

我的信心是一往直前地，
投止在它信赖的人身上，
受到冷淡它并不消减，
受到青睐也不能再增长。

假如和颜悦色表示有情，
那么你的容色使我揣想：

我梦魂中缠绵思量的事
也许有一天能如愿以偿。

假如一片殷勤地趋奉献好，
能博取意中人的喜爱怜悯，
那么我取悦于你的一些事
也许能赢得你几分欢心。

假如你曾留意到那些事，
你会看出我在刻意修饰，
会看到我屡次在星期一
还打扮讲究得像星期日。

因为爱情常和鲜衣美服，
并肩联步走在一条路上，
我愿意自己在你眼睛里
永远显得整洁、优雅、漂亮。

我甭说供你娱乐的舞蹈，
甭说为你演奏的乐章——
你往往欣赏倾听到半夜，
有时到清晓第一声鸡唱。

我也不提我对你的称誉；
说你的容貌是怎样美丽，
我的话虽然没一句虚假，
却招到其他女人的嫌忌。

山边那位德瑞萨姑娘，
听到我正在夸耀你美好，
就说："你以为爱上了天使，

你其实是对猴精倾倒。"

"她是凭借了假发的丰软,
她是凭借了宝石的光艳,
她是凭借了矫饰的娇媚,
竟使恋爱神也心迷目眩。"

我说她诽谤,她怫然嗔怒,
她表兄还对她一味偏袒,
竟向我挑战,以后我怎样、
他又怎样,反正你都了然。

我对你的爱并不同等闲,
我没一点儿苟且非分之想,
我所以追求你、为你效劳,
是为满足我更高的愿望。

教堂里备有柔韧的丝绳,
牢牢拴缚住同轭的两人。
你如肯俯首在轭下就缚,
你瞧吧,我更是多么甘心!

不然的话,大家都请听着,
我凭德行最高的圣人起誓:
我从今隐遁在这座山里,
要下山呢,除非去做修士。

牧羊人唱完了,堂吉诃德请他再唱。桑丘却不赞成,因为他急要睡觉,不耐烦听唱歌了。他对东家说:"您今夜在哪儿歇,这会儿就去躺下吧。几位老哥辛苦了一天,不能整夜唱歌。"

堂吉诃德答道:"桑丘啊,我懂你的意思,我心里透亮,你几次三番光顾那只酒袋,这会儿得用睡觉来还账了,音乐是不能抵账的。"

桑丘说:"谢天,我们大家都喝得乐陶陶的。"

堂吉诃德说:"这也是真的。你爱哪儿歇就歇着去吧;干我们这一行的,总觉得睡觉不如守夜好。不过桑丘,我这只耳朵实在疼得厉害,你得替我重新包扎一下。"

桑丘奉命替堂吉诃德包扎耳朵。一个牧羊人看见伤处,叫堂吉诃德放心,他有药敷上就好。那地方多的是迷迭香,他摘下些叶子,嚼烂了调上些盐,给他敷在耳上,包扎妥帖,告诉他说这就不用别的药了。他的话果然不错。

第十二章

牧羊人向堂吉诃德等人讲的故事。

这时有几个小伙子从村上运了些粮食来,一个说:"伙伴儿们,你们知道村上出的事吗?"

一个牧羊人回答说:"我们怎么会知道呢?"

那小伙子道:"那么,听我讲吧。今天早上,有名的牧羊学士格利索斯托莫死了,人家说是因为爱上了富翁基列尔摩的女儿玛赛妲那害人精。她扮成牧羊姑娘,常在这儿附近来来往往。"

一个牧羊人说:"你说是为了玛赛妲吗?"

那牧羊人答道:"是啊。妙的是他遗嘱上要求像摩尔人那样葬在野地里,墓穴选在软木树下泉水旁边的岩石脚下。据说他自己告诉人家,他在那里第一次碰见那位姑娘。他还有些别的嘱咐,村上那些神父都说有异教的嫌疑,不便照办。他的好朋友——和他一起牧羊的安布罗修学士坚持不折不扣地执行遗嘱。为这件事村子上闹得沸沸扬扬。据说后来还是按照安布罗修和他那些牧羊伙伴的主张办事。明天他们要在我说的那地方举行别致的葬礼,想必很好看,反正我一定去,即使当天回不了村子也要去瞧瞧。"

那群牧羊人说:"咱们都去瞧热闹吧。谁留下给大家看羊,咱们拈个阄。"

一个牧羊人说:"贝德罗,你说得对,可是不用拈阄,我留下替代你们大家得了。我倒不是做好人,或者没兴趣;只因为那天脚上扎了个刺,走不得路。"

贝德罗说:"我们还是感谢你帮忙。"

堂吉诃德探问贝德罗:死者是谁?牧羊姑娘又是谁?贝德罗说:据他所知,死者是附近山村里的一个有钱公子,在萨拉曼咖上了好多年大学回村的,盛传他什么都懂,学问好得很,尤其精通星星的科学,知道太阳和月亮在天上的情况,能说准哪一天太阳和月亮给吃掉。

堂吉诃德说:"朋友啊,太阳星和太阴星的晦暗叫作'蚀',不是'吃'。"

可是贝德罗顾不得这些琐碎,他接着说:"他还能预言哪年是丰年或是谎年。"

堂吉诃德说:"朋友,你大概是说'荒年'吧?"

贝德罗说:"荒年、谎年,都是一回事。我告诉你,他父亲和朋友们相信他,靠他发了大财。他经常给他们出主意:'今年种大麦,别种小麦;或今年种小豆,别种大麦;明年橄榄油大丰产,以后三年一滴油也不收。'他们全听他的。"

堂吉诃德说:"这种学问叫作占星学。"

贝德罗说:"我也不知道这叫什么名堂,反正他都懂,还不光是这些事。干脆说吧,他从萨拉曼咖回来不多几个月,忽然有一天他脱下学士的长袍,拿起牧羊人的杖,披上羊皮袄,扮成了牧羊人。他的同学好友安布罗修也跟他一起换上牧羊人的装束。我还忘了说,死者格利索斯托莫作诗很有一手,能写圣诞夜唱的颂歌,还能编写耶稣圣体节演的圣经故事戏,给村上的小伙子们扮演;据说都写得好极了。村上的人看见这两位学士忽然改扮成牧羊人,非常诧怪,猜不透他们究竟为什么突然来一番这么奇怪的改装。正在那时候,我们这位格利索斯托莫的父亲去世了,格利索斯托莫得了好大一份遗产:货物呀,田地呀,大群的牛羊呀,大注的现钱呀,都由这小伙子继承了。他确实也配,因为他是个很好的伙伴,心肠热和,专跟好人做朋友,脸蛋儿也生得讨人喜欢。后来大家知道他改装是要在旷野里追随那个牧羊姑娘玛赛妲;可怜的死者爱上她了。现在我告诉你那姑娘是谁吧,你真该听听。你即使比萨纳还长寿,说不定——或者竟可以断定——你一辈子没听到过这种事。"

堂吉诃德听不惯牧羊人的别字,就说:"该是'萨妲'吧。"

贝德罗回答说:"萨纳够长寿的。先生,你要是每句话都挑我的错,咱们说一年也没个完。"

堂吉诃德说:"别见怪,朋友,我只为萨纳和萨妲大不相同,所以告诉你一声。不过你说得很对,萨纳比萨妲还长寿。你讲下去吧,我再也不打岔了。"

那牧羊人说:"那么你听我讲,我的好先生。我们村里有个老乡叫基列尔摩,比格利索斯托莫的父亲还富裕;上帝赏赐了他大宗财富不算,还赏赐他一个女儿。这孩子出世就断送了她妈。她妈是村上最受尊重的女人,这会儿好像就在我眼前,那张脸仿佛上边有个太阳,下边有个月亮似的,而且做事勤快,热心帮助穷人。所以我相信她的灵魂正在极乐世界享福呢。她丈夫基列尔摩失去了这样的好妻子,伤心得不久也死了,把个豪富的年轻女儿玛赛妲抛给她叔叔抚养。这叔叔是修士,就是本村的神父。小姑娘渐渐长大,出落得非常漂亮,叫人想起她妈妈的相貌。她妈妈很美,可是大家觉得还比不过女儿。这姑娘长到十四五岁,人人见了都颂赞上帝把她长得这么美,多半人爱上了她,为她失魂落魄。他叔叔把她管得很紧,藏得很严。饶是这样,她的美名还是传扬开了。再加上她还有好大一份家产,我们村上和周围好几哩瓦内那些富贵人家的公子哥儿,都缠着她叔叔求婚。这位叔叔是个方正的好基督徒,瞧侄女已到婚嫁的年龄,很想马上为她成家,可是一定要征得她本人同意。他虽然保管着侄女的财产,并不想拖延她的婚事借此占便宜。村子上三三两两地讲起来,都称赞这位好神父。我告诉你吧,游侠先生,这种小地方,一举一动大家都要议论。你不妨相信我的话,一个神父准是好得出奇,他那教区的人才会称赞,尤其在村子里。"

堂吉诃德说:"这话不错。你讲下去吧,这件事很有趣,而且,贝德罗老哥,你讲得也很厚道。"

贝德罗说:"但愿上帝也对我厚道,这是最要紧的。你请听下文吧。她叔叔把一个个求婚人的情况都告诉她,劝她挑个中意的。她总说自己年纪还小,觉得没本事撑起门户当家,目前还不想结婚呢。她的推托说来也有道理,所以她叔叔不再勉强,等她年纪稍大,自己能选择称意的男人。他说得好:做长辈的不能强迫儿女成家。可是,嗨!意想不到,这个拘谨的玛赛妠忽然一天变成了牧羊姑娘。她叔叔和村上的人都不赞成,劝她别那样,可是她满不理会,跟着村上的牧羊姑娘们跑到山野里去看守自己的羊群了。她这么一露面,大家看见了她的美貌,我也说不清多少青年公子和富农家的小伙子换上牧羊人的装束,到山野里去追着她求婚。格利索斯托莫也是里面的一个。据说他不是什么爱她,干脆是崇拜她。玛赛妠过着这种无拘无束的生活,在家的日子很少,简直不待在家里了。可是你别就此以为她有什么不规矩或不像样的事。她品行非常端重,追求她的许多人谁也没夸口说她给了自己半点儿如愿的希望,他们凭什么也不能这样夸口的。牧羊人去找她做伴,跟她谈话,她并不逃跑,也不躲避,总和和气气,以礼相待。谁要向她谈情,尽管是正经纯洁地求婚,她就像弹弓似的,把人家一下子弹得老远。她生就这种性情,在村上的祸害比瘟疫还大。她温柔美丽,和她相交就不由得倾心相爱;可是她瞧不起人,说话又直率,叫人没法儿忍受。他们不知道怎样才能说动她,只好大声叹怨,说她狠心无情;这种话用在她身上很恰当。先生,你要是在这里多待几时,你有一天会听到山野里一片声都是追求绝望的人在怨恨叹息。附近有二十多棵大榉树,每棵树的光皮上都刻着玛赛妠的名字;有的名字上还刻着一只王冠,表示玛赛妠夺到了美人的王冠,全世界只有她佩戴。那些牧羊人这里叹气,那里伤心;那边是热情的恋歌,这边是绝望的哀唱。有的彻夜坐在橡树或岩石脚下，一眼不闭地直流眼泪；早上太阳出来，他还在害相思失魂落魄。夏天有人中午在毒太阳底下，躺在滚烫的沙地上，连连叹气，向慈悲的上天诉苦。姣美的玛赛拉把他们一个个都颠倒了，自己却平平静静，无牵无挂。我们认识她的都想瞧瞧她骄傲一世，怎么下场，不知哪个有福气的男人能驯服这个厉害家伙，消受她的绝世美貌。我讲的都是实实在在的事，所以，我一听说格利索斯托莫为她死了，就知道是可靠的。先生，明天的葬礼我劝你务必到场，一定很有看头。格利索斯托莫朋友很多，他选定的葬地离这里还不到半哩瓦。"

堂吉诃德说："我一定去，多谢你给我讲这样有趣的事，我听得很有味道。"

牧羊人说："唉，关于玛赛拉那些情人的事，我知道的还不到一半呢。不过咱们明天也许路上碰到个把牧羊人，会讲给咱们听。你这会儿还是到屋里去睡吧；你的伤口敷上药就不怕了，可是着了露水不好。"

桑丘·潘沙听牧羊人那么啰唆，直在暗暗咒骂。他这时也劝主人到贝德罗的屋里去睡。堂吉诃德在那屋里学着玛赛拉那些情人的样，彻夜思念他的杜尔西内娅小姐。桑丘·潘沙在驽骍难得和他的驴子中间找到个安身的地方，酣呼大睡，不像失恋的情郎，只是个挨了踢打、浑身疼痛的汉子。

第
十
三
章

> 他们的款待是热情真挚的,这同堂吉诃德以前的遭遇相比更可见牧羊人的坦诚和可爱,同样他们的琴声、歌声也是如此优美动听。这是天籁之音,但它却在讲述着一个个哀婉动人的故事,下面便是其中的一个。

牧羊姑娘玛赛娅的故事叙完;又及其他事情。

太阳刚从东方露脸,六个牧羊人里五个起来了。他们叫醒堂吉诃德说,如果他仍想去看格利索斯托莫的别致葬礼,可以一起走。堂吉诃德觉得再好没有,起身叫桑丘立刻备好驴马;桑丘赶紧照办,大家立刻出发。他们走了不到四分之一哩瓦,在一个十字路口看见迎面来了六个牧羊人,都穿着黑羊皮袄,戴着松柏枝编成的冠,各拿一条粗壮的冬青木棍;一起还有两个骑马的漂亮人物,都穿着讲究的旅行服,三个佣人步行跟随。大家碰到一处,彼此叙过礼,一问才知都是送丧的。大家就并作一路走。

一个骑马的客人跟他同伴说:"比伐尔多先生,咱们耽误了行程去瞧这场别致的葬礼,我想一定值得。据这几位牧羊人的话,去世的牧羊人和害死人的牧羊姑娘行径都非常古怪,这番葬礼一定不同寻常。"

比伐尔多答道:"我也这么想。别说耽搁一天,耽搁四天,我也去看。"

堂吉诃德问他们听到了什么有关玛赛娅和格利索斯托莫的事。一个客人说:他和他同伴今天清早碰到这几位牧羊人,瞧他们穿着丧服,问起原因,据说有位牧羊姑娘名叫玛赛娅,她怎么乖僻,又怎么美貌,许多求婚的人对她怎么爱慕颠倒；接着讲到格利索斯托莫的死，说他们都是去送丧的。一句话，他把贝德罗告诉堂吉诃德的话重复了一遍。

他们又谈起别的事。那个名叫比伐尔多的问堂吉诃德，在这样安静的地方行走，干吗浑身披挂。堂吉诃德回答说："干了我们这一行，在外行走，只可以这样打扮。安闲享福是娇懒的朝臣所追求的；而辛勤劳苦，披坚执锐，只有世上所谓游侠骑士才当作自己的本分。惭愧得很，我就是一个微不足道的游侠骑士。"

他们一听这话，知道他是疯的，可是还想探问着实，并且要瞧瞧是怎样的疯，所以比伐尔多又请教他，什么叫作游侠骑士。

堂吉诃德说："你们各位没读过记载阿瑟王丰功伟绩的英国史吗？那亚瑟王咱们西班牙语历来称为阿图斯王。据大不列颠王国流行的古老传说，亚瑟王并没有死，只是由魔术变成了一只乌鸦，将来还要执政，恢复自己的王国和主权。所以直到现在，有哪个英国人杀死过一只乌鸦吗？历史上找不到一点儿凭据呀。就在这位贤君当政的时代，建立了鼎鼎大名的圆桌骑士道。也是在这个时代，堂朗赛洛特·台尔·拉戈爱上希内布拉王后，高贵的金塔尼欧娜傅姆替他们俩牵线，充当了心腹。这件事如实地记载在历史上，由此产生了咱们西班牙人传诵的歌谣：

> 从来女眷们款待骑士，
> 哪像这次的殷勤周至！
> 她们是款待朗赛洛特，
> 他呀，刚从不列颠到此。

歌谣里把他这段儿女英雄故事叙述得娓娓动听。从此骑士道逐渐推广到世界各地，许多人献身此道，个个立下大功，亨到威名。例如骁勇的阿马狄斯·台·咖乌拉和他五代的子子孙孙，豪侠的费丽克斯玛德·台·伊尔加尼亚，赞不胜赞的白骑士悌朗德。像堂贝利阿尼斯·台·格瑞西亚那样英勇无敌的骑士，我们如今还仿佛能看见他，和他交往，听到他说话。各位先生，像他们那样的就叫作游侠骑士；我讲的就是他们的骑士道。我方才说过，我虽然罪过多端，却已经献身于骑士道；那些骑士毕生致力的事业，就是我的事业。因此我跑到这个荒野的地方来猎奇冒险，决心在最险恶的境地，舍身尽力，帮助弱小穷困的人。"

两个旅客听了这番议论，断定堂吉诃德确是疯子，也看明他是哪一路的疯。他们和别人一样，初次见到这种发疯非常惊讶。比伐尔多很俏皮，喜欢说笑。他听说到达山里的葬地还有一小段路，就故意怂恿堂吉诃德再发些怪论路上解闷。他说："游侠骑士先生，我觉得您献身的事业是天下最艰苦的。据我看，当苦修会的修士都没那么艰苦卓绝。"

我们这位堂吉诃德答道："很可能一样艰苦。不过是否一样切合时代的需要呢，这一点我就不敢说了。老实讲，执行命令的战士，功劳不亚于发号施令的将帅。我认为教士是平平安安地向上天祈求世人的福利，而我们战士和骑士却要实现他们的祷告，凭勇力和剑锋来保卫世人的福利。而且这些事不是在室内，却是在野外干的，夏天要忍受毒太阳，冬天要忍受刺骨的冰霜。我们是上帝派到世上来的使者，是为上帝维持正义的胳臂。凡是打仗和一切有关战斗的事，不出汗、不吃苦是不行的，所以把战斗当职业的，比平平安安求上帝扶弱济贫的教士显然来得辛苦。我不是说，游侠骑士和寺院里的修士地位相当，我绝无此心。我只说，凭我亲身的经历来看，游侠骑士分明比教士劳累，常常挨打，得忍饥耐渴，受种种困苦，而且穿得破烂，浑身虱子。古时候的游侠骑士，一生要忍受许多折磨，这是没什么说的。假如有几个骑士凭勇力做到了帝王，他们流的血和汗也实在不少；要是没有法师博士从旁帮忙，他们想升到那个地位就不免空有雄心，难以如愿。"

那旅客说："我也这么想。不过我觉得游侠骑士干的好些事很糟糕，别的不提，单说一桩吧。每当他们干什么凶险的事，在性命交关的时候，基督徒就该把自己交托上帝保佑，他们却从不想到这点，只一片虔诚，把自己交给意中人庇护，好像她们就是上帝。我觉得这来有点异教的情味。"

堂吉诃德说："先生，游侠骑士非如此不行啊，不这样就失体了。据骑士道的规矩:游侠骑士准备狠打一场的时候,心目中就见到了他的意中人,他应该脉脉含情,抬眼望着她的形象,仿佛用目光去恳求她危急关头予以庇护;尽管没人听见,也该牙齿缝里喃喃求告。这种例子历史上多得数不清呢。别就此以为他们不向上帝祈祷,他们厮杀的时候尽来得及,尽有机会。"

那旅客说:"不过我还是有点想不通。我常读到两个游侠骑士争论几句就动起火来,两人各自掉转马头,跑得老远,然后又拨回马头,相向冲杀。他们冲上前去的路上就祷告意中人保佑。交锋的结果,往往是一个给对手的长枪刺透,颠下马去;那一个要不是抓住马鬃毛,也不免翻身落地。事情来得这么急迫,那个戳死的骑士哪还有工夫求上帝保佑呀。我看他还是把冲杀之前向心上人通诚的那点时间,干些基督徒应尽的本分吧。况且游侠骑士不见得个个都在恋爱,如果没有意中人,向谁去祷告呢?"

堂吉诃德说:"这话绝不可能。游侠骑士哪会没有意中人呀!他们有意中人,就仿佛天上有星星,同是自然之理。历史上决找不到没有意中人的游侠骑士;没有意中人,就算不得正规骑士,只是个杂牌货色,他没从正门走进骑士的营垒,而是像强盗小偷一样爬墙进去的。"

那旅客说:"不过我要是没记错,照书上看来,英勇的阿马狄斯·台·咖乌拉的弟弟堂咖拉奥尔从没有专一的意中人,叫他向谁祷告去?但是他并不因此低了名头;他还是个很威武显赫的骑士呀。"

我们这位堂吉诃德答道:"先生,'单有一只飞燕,还算不了夏天'。况且我知道这位骑士底子里是一往情深的。至于他见一个惹眼的女人就爱上一个,那是不由自主的生性,算不得数。反正证据确凿,他心中的意中人只有一个;时常偷偷向她祷告,因为他自诩是个深沉的骑士。"

那旅客说:"游侠骑士既然一定得恋爱,您是干这一行的,想必也在恋爱呢。如果您不像堂咖拉奥尔那样自诩深沉,我恳求您看在场诸君面上,也看区区薄面,把您那位意中人的姓名、籍贯、身份和她那美丽的相貌讲给我们听听吧。要是人人知道像您这样一位骑士为她颠倒、听她使唤,她一定自己也觉得脸上增光。"

堂吉诃德听了这话，深深叹口气说："我那位可爱的冤家是否愿意大家知道我听她使唤，我还摸不透呢。您既然彬彬有礼地问我，我只能一一奉告。她名叫杜尔西内娅；她的家乡在托波索，那是拉·曼却的一个村子；她的地位至少也该是一位公主，因为她是我的王后和主子。她的美貌是人间没有的，诗人赞美意中人的许多异想天开的形容词——体现在她的身上。她头发是黄金，脑门子是极乐净土，眉毛是虹，眼睛是太阳，脸颊是玫瑰，嘴唇是珊瑚，牙齿是珍珠，脖子是雪花石膏，胸脯是大理石，手是象牙，皮肤是皎洁的白雪；至于害羞而遮掩的部分，依我愚见，守礼的正人只能极口称叹，不能用事物比方。"

比伐尔多说："我们还想问问，她是什么血统，什么氏族，什么门第。"

堂吉诃德说："她不是罗马古代的古尔修氏、咖由氏、西比翁氏，或近代的郭罗那氏、乌西诺氏；不是咖达卢尼亚的蒙咖达氏、瑞盖塞内氏；不是巴伦西亚的瑞贝利亚氏、比良诺巴氏；不是阿拉贡的巴拉佛克塞氏、奴萨氏、罗咖贝尔悌氏、戈瑞利阿氏、卢那氏、阿拉高内氏、乌瑞亚氏、佛塞氏、古瑞阿氏；不是咖斯底利亚的塞尔达氏、曼利盖氏、曼都萨氏、古斯曼氏；不是葡萄牙的阿阑咖斯特罗氏、巴利阿氏、梅内塞氏；她是拉·曼却的托波索氏，虽然不是旧家，将来一定能光大门楣，成为数一数二的名门望族。从前塞尔比诺在悬挂奥兰陀兵器的纪念碑上题了这么一句：

> 不是罗尔丹的匹敌，
> 不要动这些兵器。

我也用同样的条件，奉劝诸君不要回驳我刚才的话。"

那旅客说："我尽管出于拉瑞都的咖丘比内氏，却不敢把自己的姓氏和拉·曼却的托波索氏相比。不过说老实话，这个姓氏我还从没听到过呢。"

堂吉诃德说："竟还没有听到过！"

旁人都全神贯注,听着他们俩谈话,连那些牧羊人都瞧透我们这位堂吉诃德疯得厉害。只有桑丘·潘沙把他主人的话句句当真,因为这位主人是他熟悉的,而且从小认识。只是有关漂亮的杜尔西内娅·台尔·托波索的那段话他将信将疑;因为他家离托波索不远,从未听说过这个姓名和这样一位公主。他们一边走一边谈,忽见两座高山的山坳里下来二十来个牧羊人,都穿着黑羊皮袄,戴着冠子——近前来看出是松柏枝编的。他们中间有六人抬着个担架,上面盖着许多杂色的花朵和树枝。一个牧羊人望见了说:"这些人抬着格利索斯托莫的遗体来了,遗嘱指定的葬地就在那座山脚下。"

他们就三脚两步赶去;那些人刚把担架放下,其中四人正拿了锋利的鹤嘴锄在岩石旁边挖坟坑。

大家彼此叙过礼,堂吉诃德和同来的一伙人就去看那个担架。只见尸体盖在花底下,穿着牧羊人的服装,大约三十上下年纪;虽然死了,还看得出生前相貌漂亮,体格亭匀。尸体周围放着几本书,还有许多手稿,有的散着,有的卷叠着。这时瞻仰遗体的、挖坑的和其他等人都肃静无声。有一个抬尸体的对另一个说:"安布罗修,你既要一丝不苟按格利索斯托莫的遗嘱办事,你且留心瞧瞧,这里是不是他指定的地点。"

安布罗修答道:"正是这里。我这位不幸的朋友曾有好几次在这里跟我讲他的伤心史。据说,他第一次碰见那个害人精是在这里;第一次很热情、很纯洁地向她诉说衷情也是在这里;玛赛娅最后一次断然拒绝他,也是在这里。他就此演了一幕悲剧,结束了烦恼的一生。他为了纪念这许多不幸的事,要求就在这里安置他长眠。"

他又回身向堂吉诃德和几位旅客说:"各位先生,你们不忍看的遗体,寄寓过一个天赋深厚的灵魂。死者格利索斯托莫是最杰出的天才,最有礼貌,最温文,最笃于友谊,也最豪爽慷慨;他严肃不带骄矜,和悦不流庸俗;总而言之,他品德的美好是天下第一,遭遇的不幸也是世间无双。他一往情深却受到嫌恶,倾心爱慕只受到鄙弃;他仿佛是向猛兽央告,向顽石恳求,和飘风赛跑,在无人的荒野里呼吁;他伺候了不知感激的女人,到头来，只落得年纪轻轻就送了性命。断送他的是一个牧羊姑娘。你们看见的这些手稿，他嘱咐我埋了他就一把火烧掉；要不是他这么嘱咐，你们读了就会知道，他要使这位姑娘万代传名呢。"

比伐尔多说："你要是这样处理遗稿，就比作者更残酷了。嘱咐不合情理，就不该依从。奥古斯陀大帝假如让人执行曼图阿诗圣的遗嘱，他就错了。所以，安布罗修先生，你只管把令友的遗体安葬，可别把他的遗稿烧毁。那是伤心人的嘱咐，你不该冒冒失失地照办。我劝你倒是留着这些稿子，让后世见到玛赛娅的残酷而有所鉴戒，免得一失足遗恨千古。你这位痴情朋友的身世、你们俩的友谊、他致死的缘故和临终的嘱咐，我们同来的全都知道。我们从这段惨史能看到玛赛娅多么无情，格利索斯托莫多么痴心，你的友谊多么诚挚，而一个人一纳头走上爱情的迷途，会落到什么下场。我们昨晚听到格利索斯托莫的死讯，知道要在这里下葬；他那些事我们听了非常惋惜。我们出于好奇和同情，不辞绕道决计亲眼来瞧瞧。安布罗修啊，你是个明白人，我们——至少我以个人的名义，求你顾念我们不仅同情，还愿意尽量为他效力，你就别烧毁这些稿子，让我带走几份吧。"

他不等回答，伸手就把手边的稿子拿了几卷。安布罗修见了说道："先生，我出于礼貌，你拿去的也就算了，要我不烧其余的稿子可办不到。"

比伐尔多要瞧瞧稿子上说些什么，马上打开一卷，看见标题是《绝望之歌》。安布罗修听到这个题目就说："这是那可怜人的绝笔。先生，你念给大家听吧；可见他失意伤心到什么地步了。坟圹还没有挖好呢，你有的是时候。"

比伐尔多说："好！我就念。"

在场的人都围上来听。以下是他朗诵的诗。

第十四章

格利索斯托莫的伤心诗篇,旁及一些意外的事。

格利索斯托莫的歌

狠心的姑娘,你既要众口宣扬,
你坚如铁石又冷若冰霜,
我得把地狱里惨叫的声音,
装入我幽抑苦闷的胸膛,
换去我日常言谈的腔吻,
用那种可怕的声调叫嚷,
才能痛痛快快、称心数说
你的作为和我受的创伤。
我要负痛在呼号中呕出
我的点点热血、寸寸断肠。
听吧,这不是和谐的歌声,
却是惨厉不堪入耳的哀唱,
出自我辛酸的胸膛深处,
发于压不下的怨慕凄怆,
凭此舒泻我心头的郁结,
或许也能触动你的惆怅。

狮子的怒吼,豺狼的狂嗥,
鳞甲斑斓的毒蛇嘶嘶长啸,
山魈海怪阴森森的呼喊,
预示凶兆的乌鸦呱呱鸣噪,
压不服的狂风和天地争抗,

卷起大海里汹汹滚滚的波涛，
斗败的公牛余怒未息，
气咻咻不住声地咆哮，
失侣的鹁鸪婉转悲啼，
遭忌的鸱枭凄声怪叫，
配上地狱里的呦呦鬼哭，
合成闹嚷嚷一片喧嚣，
蕴含着复杂错综的情感，
齐声助我发泄胸中的苦恼。
要道出我深入骨髓的悲痛，
必须用不同寻常的音调。

塔霍大河底的金沙璨璨，
贝底斯两岸成林的橄榄
听不到这一片悲惨的回响；
我只向僻远的幽谷深山，
或寂寞凄清的穷郊僻野，
或人迹全无的荒凉海滩，
或阳光照临不到的地域，
或向利比亚的尼罗河畔，
那许多成群的毒虫猛兽
倾诉我怎样心碎肠断，
调动我临死僵硬的舌头
说出那不可磨灭的语言。
数落你无情，哀歌断续
只缭绕着这荒寒的高原；
但为了补偿我此生短促，
这嘶声的歌曲将举世流传。

鄙夷能杀人；猜疑销蚀耐心，
不论猜疑得有因无因；
妒忌更是残酷的软刀子，
无尽期的离别黯然销魂；
惶惑不安地怕遭人嫌弃
摧毁了期待好运的信心。
这些苦恼每桩都能致死，
然而我啊，真是旷古无伦，
我妒忌、猜疑，备受鄙夷，
别离多时还依然生存，
久遭嫌弃仍热情不减；
受尽了折磨、尝遍了苦辛，
希望的女神从未露踪迹，
我意懒心灰并不追寻；
却宁愿流尽悲伤的血泪，
抛弃希望拼着抱恨终身。

希望和忧惧是否相容？
忧惧而存希望，岂非愚蒙？
该嫉妒的事分明在面前，
闭上两眼不瞧有什么用？
我心上的伤口个个是眼，
我心上开裂着百窍千孔。
自知受鄙夷，并且亲见到
十拿九稳的事竟会落空，
猜疑的事却都证实，到此
怎么能使忧惧不闯入心胸？
嫉妒，你为我套上手铐吧，

在恋爱的领域内由你称雄!
鄙夷啊,拿出你的绳索,
我俯首帖耳甘受络笼!
可是她在我心上的影像
也终于埋没在痛苦之中。

我将与世长辞;我死我生
都不指望有丝毫侥幸。
我只顾抱住自己的幻想:
以为有情人该坚贞有恒;
对专制的爱神矢忠不二,
束缚的灵魂才别无牵萦;
我认为和我作对的冤家,
内心和外貌都美好绝顶;
我遭她嫌弃是咎由自取,
磨折我是爱神施行专政。
我既已执迷于这种痴想,
又加身心已被牢牢缚定,
你的鄙夷对我指示了道路,
你只能斩断这苦恼的生命,
让躯壳和灵魂随风消散,
幸福和光荣都归泡影。

你的偏见造成我的短见,
我厌弃此生是理所当然;
如今我心上深重的创伤
能对你表白得十分明显:
只因你对我刺骨地冷酷,
我为你牺牲,死而无怨。

如果你昏暗了天蓝的美目，
因为觉得我还值你怜念，
请你切勿为我流泪；因为
我把灵魂向征服者奉献
并没有希冀任何代价，
我只愿你能欢笑开颜，
表示我的末日是你的节日。
但我这劝告真愚呆可怜！
因为我知道，我的死亡
正可以资你夸耀自炫。

永远不得解渴的坦塔娄
从地狱里来吧，这恰是时候；
昔昔浮也掮着巨石来吧；
悌修带着不离身的鹰鹫，
缚在轮上团团旋转的艾雄，
苦役的姊妹们劳碌无休，
都来向我这个胸怀里倾注
你们各自的苦恼和烦愁；
假如伤心人值得悼念，
对我这不配入殓的尸首，
请你们低唱凄切的挽歌；
守卫地狱门口的三头狗
和成千上万的鬼怪妖魔
都来参与这哀伤的歌讴；
因为对一个情死的痴人，
这样埋葬正是礼仪优厚。

离开了我这个不幸的人，

> 绝望的歌啊，也该收住余音：
> 既然使我绝望的姑娘
> 越是我苦恼她越舒畅，
> 那么，在我坟上也不要悲伤。

大家听了格利索斯托莫的歌很赞赏，可是朗诵的这位先生却说，诗里讲的好像和传闻不符。他听说玛赛拉很规矩，格利索斯托莫的诗里却抱怨什么妒忌呀、猜疑呀、遗弃呀，等等，这些话都有玷玛赛拉的清名。安布罗修深知他朋友的隐衷，他回答说："先生，你听我讲几句话就会明白。这可怜人作诗的时候已经离开了玛赛拉；他是故意走开的，因为要瞧瞧所谓'眼不见、心不想'的规律，对自己是否有用。情人分散了什么事都放不下心，格利索斯托莫把猜疑的事都当了真。玛赛拉的清名和她的美德完全相称：她是冷心冷面，有点骄傲，很瞧不起人，除此之外，即使存心嫉妒也无从指责她。"

比伐尔多说："这话很对。"

他想从抽出的手稿里另拿一份来读，可是没来得及。因为忽然出现一个光艳照人的神仙——她真像个神仙。原来牧羊姑娘玛赛拉在墓旁岩石顶上露脸了。她相貌比传说的还美。没见过她的都凝望着她默默赞叹，见过的也惊诧无言。可是安布罗修一见就气愤愤地对她说："山里的妖精啊！你难道还要来瞧瞧，给你虐待死的可怜人当了你的面、伤口里是否会冒出血来吗？或是干下了狠心事儿自鸣得意吗？或是要像个全无心肝的尼罗，居高临下地观赏烧剩的罗马吗？或是要像达吉诺的忤逆女儿践踏父亲的尸首那样，凶悍地来践踏这倒霉人的遗体吗？你来干什么？你要怎么样才称心？快说！我知道格利索斯托莫生前对你唯命是听，尽管他死了，我也叫和他友好的人全都听你吩咐。"

玛赛拉答道："唉，安布罗修，你说的全不对，我是为自己辩护来的。有人把自己的烦恼和格利索斯托莫的死都怪在我身上，我要说说明白他们这来太没道理。各位请听吧：反正跟明白人讲理，只要一会儿工夫，几句话就行。照你们说：我天生很美，害你们不由自主地爱我；因为你们爱我，我就应该也爱你们。你们是这么说、甚至这么要求我的。我凭上帝给我的头脑，知道美的东西都可爱。可是不能就说：因为他爱你美，你就也得爱他。也许爱人家美的，自己却生得丑；丑是讨厌的。假如说，因为我爱你美，所以我虽丑你也该爱我，这话就讲不通了。就算双方一样美，也不能因此有一样的感情。美人并不个个可爱；有些只是悦目而不醉心。假如见到一个美人就痴情颠倒，这颗心就乱了，永远定不下来；因为美人多得数不尽，他的爱情就茫无归宿了。我听说真正的爱情是专一的，并且应当出于自愿，不能强迫。我相信这是对的。那么，凭什么只因为你说很爱我，我就该勉强自己来爱你呢？假如天没有把我生成美人，却生得我很丑，请问，我有理由埋怨你们不爱我吗？况且你们该想想，美不是自己找的，我有几分美都是上帝的赏赐，我没有要求，也没有选择。譬如毒蛇虽然杀人，它有毒不是它的罪过，因为是天生的。我长得美也照样怪不得我。一个规矩女人的美貌好比远处的火焰，也好比锐利的剑锋；如果不挨近去，火烧不到身上，剑也不会伤人。贞洁端重是内心的美，没有这种美，肉体不论多美也算不得美。有人只图自己快活，费尽心力想剥夺意中人的贞操。贞操是身心最美的德行，一个美女难道因为男人爱她美，就该遂了他的心愿，不顾自己的贞操吗？我是个自由的人，我要悠游自在，所以选中了田野的清幽生活。山里的绿树是我的伴侣，清泉是我的镜子；绿树知道我的心情，清泉照见我的容貌。我是远处的火，不是身边的剑。见了我的相貌对我有痴心的，听了我的话就该死心。我对格利索斯托莫或其他人——反正我对他们每个人都没有假以辞色，谁都没有理由痴心妄想。该是他执迷不悟害死了自己，不是我什么狠心。如果说他要求正当，我应该答应，那么我也有回答。他在挖坟坑的这里对我倾诉正当的愿望，我就对他说：我愿意一辈子独身，把我贞洁美丽的躯壳留给大地消受。我讲得这样明白，他还不死心，偏要逆水行船，他掉进地狱去有什么说的呢？假如我敷衍他，就是我虚伪了；假如我答应他，就违背了我高洁的心愿。我已经对他讲得透亮，他硬是不明白；我并没有嫌恶他，他自己伤心绝望。

你们说吧,凭什么理把他的苦痛怪在我身上呢!他受了骗,才可以埋怨;我答应了他又赖,他才会失望;我勾引了他,他才可以空欢喜;我迎合了他,他才可以得意。他没得到我的许诺,没受我欺骗、勾引、迎合,怎么能骂我狠心杀人呢?老天爷至今没叫我爱上人,要我自投情网是妄想。但愿我这番表白对每个追我的人都有好处。大家请听吧:从今以后,如果谁为我死了,那就不是因为妒忌或遭受了鄙弃。一个人如果谁也不爱,不会引起妒忌;把话说得直接爽快,也算不得鄙弃。称我猛兽和妖精的,不妨把我当作害人的坏东西,别来理我;说我无情的别来奉承我,说我古怪的别来结交我,说我残酷的别来追求我。我这个猛兽、妖精、无情残酷的怪物,既不找你们、奉承你们、结交你们,也不用任何花样来追求你们。格利索斯托莫急躁狂妄,害死了自己,我幽娴贞静有什么罪呢?有人要我在男人中间保持清白,可是为什么不容我在山林里洁身自好呢?你们都知道,我自己有财产,不贪图别人的钱。我生性自由散漫,不喜欢拘束。我谁也不爱,谁也不恨。我没有欺骗这个,追求那个;没有把这个取笑,那个玩弄。我有自己的消遣:我和附近村上的牧羊姑娘们规规矩矩地来往,还要看管自己的羊群。我的心思只盘旋在这一带山里,如果超出这些山岭,那只是为了领略天空的美,引导自己的灵魂回老家去。"

她说完不等谁回答,转身就走进附近树林深处去了。大家觉得她的慧心不亚于她的美貌,都倾倒不已。有些人给她美目的光芒夺去魂魄,尽管听了她一番表白也没用,还想去追她。堂吉诃德看到这个情况,觉得正需要他的骑士道来保护落难女子了,他按剑朗朗地说:"不论你们什么地位、什么身份,都别去追美丽的玛赛娅;谁胆敢去追,别怪我恼火!她已经把话讲得一清二楚:格利索斯托莫的死怪不得她,她并没有错。谁求婚她也不会答应。像她这样洁身自好的,全世界独一无二;所有的好人都该敬重她,不该追她、逼她。"

那群牧羊人一个都没走开;也许因为听了堂吉诃德的威胁,也许因为安布罗修要他们完成对死友的责任。坟坑掘好,格利索斯托莫的遗稿烧掉,他们就把尸体埋葬了;一面还洒了不少眼泪。他们暂用一块大石头盖上墓

穴,因为墓碑还没有凿好;据安布罗修说,他打算墓碑上镌刻这样几句:

> 这里长眠的情痴,
> 可怜遗体已僵,
> 他曾在这里牧羊,
> 遭人鄙弃而死。
>
> 美人无情的讥嗤
> 给了他致命创伤;
> 爱神借她的力量
> 增强了自己的权势。

　　大家在墓上撒了许多花朵和树枝,又向死者的朋友安布罗修吊唁了一番,就纷纷告辞。比伐尔多和他的同伴也如此;堂吉诃德又辞别了款待他的牧羊人和两位旅客。那两人劝他一起到塞维利亚去,因为那里最宜冒险,每条街、每个拐弯上都会发生奇事。堂吉诃德对他们的劝告和美意表示感谢,可是他传闻这一带山里尽是盗贼,得去扫除干净,目前不想到塞维利亚去,也不该去呢。他们瞧他有这雄心,不再相强,说声再见就撇下他走了;路上谈谈玛赛妲和格利索斯托莫的故事,或堂吉诃德的疯傻,颇不寂寞。堂吉诃德决计去找牧羊姑娘玛赛妲,全心全力为她效劳。可是据这部信史的记载,以后的事完全出乎意料。故事的第二部分就此结束。

第十五章

告别了牧羊人也离开了那个凄惨的故事,堂吉诃德又回到了自己的生活轨迹,怀着对黄金时代的眷恋,带着对黑铁时代的不满,我们的英雄又开始了除恶扬善的正义之举,为了维护正义公理,宣扬真正的骑士精神,真不知他还要遭受多少苦难。

堂吉诃德碰到几个凶暴的杨维斯人,大吃苦头。

据熙德·阿默德·贝南黑利博士的记载,堂吉诃德辞别了款待他的牧羊人和参与格利索斯托莫葬礼的来客,就带着他的侍从,走入刚才牧羊姑娘玛赛垃进去的那座树林。他们在里面走了两个多钟头到处寻找,不见她的踪迹。后来他们走到一片碧油油的草地上,旁边有一条平静清澈的溪水;当时正是酷热的中午,这地方引逗得他们身不自主,要歇下睡个午觉。两人下了牲口,随驴子和驽骍难得在茂盛的草地上啃青。<u>他们搜刮了褡裢袋里的干粮,主仆俩不拘礼节,亲亲热热地同吃了一餐。</u>

<small>主仆二人的几次共餐都是亲亲热热的,作者欲表现什么?</small>

桑丘忘了拴上驽骍难得的前腿。他知道这匹马非常驯良,非常道学,拿定它见了果都巴牧场上所有的母马都不会起淫心。可是命运自有安排,魔鬼也不是常在睡觉的。有些杨维斯搬运夫常带着大群马匹在水草肥饶的地方歇午;堂吉诃德停留的地方恰是他们选中的,他们的一群加利斯小母马正在这片草原上啃吃青草。可巧驽骍难得偶然情动,要和那几位

马姑娘玩耍一番。他是闻到她们的气味，改了常态，也不问主人许可，撒腿就奔向她们那边去诉说衷肠。可是她们呢，看来准是觉得吃草比别的事更有滋味，所以着实回敬了他一顿蹄子和牙齿，弄得他一眨眼肚带尽断，鞍子落地，身上赤条条一丝不挂。可是他还有更难堪的呢：那群搬运夫看见他要对母马强行非礼，拿着木桩子赶来，把他一顿痛打，打得遍体创伤，躺倒在地。

堂吉诃德和桑丘看见驽骍难得挨揍，气喘吁吁地赶去。堂吉诃德对桑丘说："桑丘朋友，照我看，那些人不是骑士，只是卑贱的下等人。我这话是要让你知道，你尽可以帮我一手。咱们眼看驽骍难得受了侮辱，该替他报仇。"

桑丘答道："见鬼的报仇！他们有二十多人呢，咱们才两人，也许还不到两个，只有一个半。"

堂吉诃德说："我一人就当得一百个！"

他不再多说，拔剑向那群杨维斯人冲去。桑丘见了主人的榜样，也发奋跟上去厮打。堂吉诃德一剑就斫中一个杨维斯人，把他身上的短皮袄斫破，还带下一大片肩膀。

杨维斯人为数不少，他们瞧自己在区区两人手里吃了亏，忙拿起木桩，围着他们俩恶狠狠地擂打。桑丘是挨了第二下就倒了。堂吉诃德尽管本领超人、勇气冲天，也没用处，一般也给他们打倒。他恰恰倒在躺着的驽骍难得脚边。由此可见愤怒的村夫抡起木桩来多么凶猛。两个冒险者给打得浑身疼痛，满心气苦。杨维斯人瞧自己闯了祸，赶紧把货物装上牲口，撇下两人走了。桑丘·潘沙先苏醒，看见他主人在身旁，就有气无力地负痛说："堂吉诃德先生，哎，堂吉诃德先生啊！"

堂吉诃德也一丝没两气地含痛答道："桑丘老弟，你要什么？"

有其主必有其"奴"，受气的主人受气的瘦马，看来一场战斗又是在所难免的了。

看来骑士风度也是分对象的，这次对手的增加竟迫使这位执着的"骑士"开始恳恳仆从一同作战，这似乎有损"骑士"形象。但堂吉诃德也顾不上它了。

堂吉诃德的英勇总是同挨揍相伴。

桑丘·潘沙说："您手边要是有那'大力气'的药水，给我喝两口行吗？它能治外伤，断了骨头大概也能治。"

堂吉诃德答道："我真倒霉！我这会儿要是有这种药水，咱们就好了。可是，桑丘·潘沙，我凭游侠骑士的信义对你发誓，如果命运没另作安排，不出两天，我一定把这种药水配制出来，除非我这双手是不中用了。"

> "药水"一词反复出现，使它笼罩上了一层神秘色彩，为其以后的出场做了有力的铺垫。

桑丘·潘沙说："可是咱们这双脚照您看还得多少天才中用呀？"

挨了痛打的骑士堂吉诃德说："据我看，不知道还得多少日子呢。不过都怪我不好。那群人不像我有骑士的封号，我不该拔剑跟他们交手。准是因为我违犯了骑士道的规则，战神就叫我受这场惩罚。桑丘·潘沙啊，我现在吩咐你一句话，你好好记着，因为对咱们俩的祸福大有关系。以后如有这种下等人冒犯咱们，别等我对他们拔剑，我决不再干这种事；你倒是该拔剑痛痛快快收拾他们一顿。如有骑士来卫护他们，我也会卫护你，并且出死力跟他们拼去。这种事，你亲眼见过成千上百次了，该知道我这条铁臂多么有劲。"

> 阿Q精神再次显现，不知是自欺欺人，还是信仰使然。

这位可怜的先生战胜了勇猛的比斯盖人，自大得不可一世。可是桑丘·潘沙听了主人的吩咐并不以为然，答道："先生，我是个温和平静的人，不管受到什么冒犯都能容忍，因为我有老婆儿女要我抚养呢。我不能吩咐您，可是我也跟您讲明白：人家是乡下佬也罢，骑士也罢，反正我决不拔出剑来。从现在起直到我见上帝的日子，不管上等人、下等人、富人、穷人、绅士、贫民，随他是什么地位、什么身份，如果冒犯了我，或者想冒犯我，我不管是过去、现在、将来，反正全都原谅。"

他主人听了这一席话，答道："我但愿能够舒口气，讲话不那么吃力；但愿我这边肋上痛得不那么厉害，好让我跟你讲讲明白。潘沙,你的见解是错误的。你听我说,你这可怜家伙,咱们一向是走背运;如果时来运转,咱们一帆风顺,安然无阻地进了一个海岛的港口——我不是说要给你一个海岛吗?如果我征服了那个岛,封你做了岛上的总督,你怎么办呢?你不是骑士,又不想做骑士,也没有勇气和志气抵御敌人入侵,保卫自己的主权,你做总督简直就不行啊。你该知道,在新征服的国家或地方,民情还没有十分归顺,对新的领主不会死心塌地,保不定有人兴风作浪,想改天换日,或者像有人说的那样,想碰碰运气。所以一个新领主必须有识见,能治国安民;也必须有胆量,无论在什么境地都能够抗敌自卫。"

桑丘说:"就在咱们当前的境地,我也但愿有您说的那份识见和胆量呢。可是我凭穷人的信义发誓,我这会子最需要的是几张膏药,不是什么训话。您瞧瞧能不能爬起来,咱们把驽骍难得扶一把吧;尽管它害咱们吃了这顿打,不配咱们帮助。我再也想不到驽骍难得会这样,我老以为它很规矩,像我一样稳重呢。真是老话说得好,'日久见人心';又说是'世事无常'。您刚把那个倒霉的游侠骑士狠狠地斫了几剑,谁料随后就会有雹子和雨点似的木桩子落在咱们肩膀上呢?"

堂吉诃德说:"可是,桑丘,你的肩膀一定惯受这种风摧雨打,我的肩膀却是裹着软布细纱娇养惯的,这番遭了殃,痛得就更厉害。我猜想——说什么猜想呢?我确实知道,这种种艰苦都是和披甲拿枪的行业分不开的,不然的话,我就倒在这里活活地气死了。"

这位侍从说:"先生,原来这种倒霉事都是骑士道的收成。那么请问您,这种事是不是常有的?出这种事有没有一定的季节?因为我觉得咱们有了两次收成,再来第三次可吃

> 身份地位的差异,思想意识的不同,使主仆二人的对话很难达成一致,信息的交流在话语障碍中回旋。

> 桑丘对堂吉诃德话语的"误读",倒是说出了这次遭遇的根源。

不消了,除非老天爷大慈大悲,给咱们点儿帮助呢。"

堂吉诃德说:"我告诉你,桑丘朋友,游侠骑士一生要遭遇千百次的危险和苦难;可是他们也有千百个机会,可以马上称王称帝。你只要看看,各色各样的骑士都有这种经历,他们的传记我全熟悉。我要不是痛得喘不过气,这会子就可以讲给你听。有些骑士靠勇力升到很高的地位,而他们在成功的前后,总受到种种艰苦。譬如勇敢的阿马狄斯·台·咖乌拉曾经落在他的死冤家阿尔咖拉乌斯魔法师手里。这个魔法师把阿马狄斯捉去,缚在院子里一根桩子上,用马缰绳抽了他二百多下,这是千真万确的事。还有个不大出名的作家,可是声望也不小,据他说,太阳骑士曾经有一次落了圈套:他在一个堡垒里,忽然脚底下裂出个大窟窿,他就掉进很深的地阱,手脚都给捆住,人家用雪水和着泥沙给他灌肠,害得他差点儿送命。要不是跟他交情很深的一位法师在他奄奄一息的时候解救了他,这可怜的骑士就遭殃了。我能和这些大人物并列,也就够体面了,而他们受的侮辱比咱们刚才受的还大呢。因为,桑丘,你得明白,要是人家偶然拿着什么器械打伤了你,算不得侮辱;这是决斗章程上明文规定的。譬如一个鞋匠拿手里的鞋楦打人,楦子固然是块木片,不能因此就说挨打的人吃了一顿板子。我跟你讲这些话,免得你以为咱们这番挨揍是受了侮辱;因为那些人随手用来揍咱们的器械,不过是他们的木桩子,据我回忆,他们中间没一个是带着长剑或短剑或匕首的。"

> 堂吉诃德关注的是骑士的声誉是否在挨揍的过程中受损,桑丘看到的是挨揍结果如此狼狈,角度的不同可见二人处事的态度。

桑丘说:"我没工夫看得那么仔细,因为我还没来得及拔剑,他们的松木桩子已经横七竖八地打在我肩膀上了,打得我眼前发黑,脚里发软,一挫身就栽在这里了。至于挨了这顿桩子算不算侮辱,我是满不在乎的;苦的是给揍得疼痛,肩膀上、心眼里都痛得撒不开。"

堂吉诃德说:"可是潘沙老弟啊,你听我说,心眼里的事,日子久了会消掉;不论什么痛苦,一死就完了。"

潘沙说:"要等日子久了才消,到死才完,那不是苦恼透顶的事吗?咱们遭了殃要是贴两个膏药会好,就没什么大不了的;可是我现在看来,要医好咱们呀,把医院里所有的膏药都贴上还不够呢。"

堂吉诃德说:"桑丘,别这么说,该从疲软里提炼出劲儿来;我也要这么办呢。咱们且瞧瞧驽骍难得怎么了。照我看来,这可怜家伙这番吃的苦头不小。"

桑丘说:"这没什么稀奇的,因为他也是个游侠骑士呀。我只奇怪这头毛驴儿却一点儿没事,倒是咱们俩落得腰瘫背折。"

堂吉诃德说:"运道往往在不幸的地方开着一扇门,让坏事有个补救。我说这话有个道理。这头驴可以顶驽骍难得的缺,把我驮到个城堡里去治疗创伤。而且我认为骑这种牲口也无损体面。我记得书上说,笑神的师傅昔雷诺老头儿就是得意扬扬地骑着一匹很漂亮的驴子跑进'百门城'的。"

> 堂吉诃德的信仰总能给自己找到合理的借口。

桑丘说:"那老头儿也许真是像您说的那样骑驴去的,不过,是骑跨在驴背上,还是像一口袋肥料似的横搭在驴背上,那可远不是一回事啊。"

堂吉诃德答道:"打仗受了伤只有体面,并不丢脸。所以,潘沙朋友,别多说了,你还是照我的话,挣扎着起来,随你怎么样把我放在你的驴上,咱们快离了这儿吧,别等一下子天黑了,咱们还落在这个荒野里。"

潘沙说:"可是我听您说过,游侠骑士一年里该有大半年睡在荒山野地里,还觉得那样很幸福呢。"

堂吉诃德说:"那是指迫不得已或正逢恋爱的时候,确是

> 堂吉诃德浪漫主义的言语总是被桑丘的只言片语所戳穿,堂吉诃德为其失败的行为所编造的荒唐理由同桑丘的势利性解释比起来,充满了一种自欺的虚伪。

千真万确的。有的骑士瞒着意中人,不顾天阴天晴,严寒酷暑,在岩石上露宿了整两年。'忧郁的美男子'阿马狄斯就是这样,他在'荒岩'上住了不知是八年还是八个月——我记不清了。反正他是在那里悔过赎罪,因为我不知他怎么得罪了他的奥莉安娜公主。可是闲话少说,桑丘,上劲吧,别让这头驴也像驽骍难得那样出了事。"

桑丘说:"那就一定是魔鬼和咱们捣蛋了。"

他喊了三十声"哎唷",叹了六十口气,把引他到这里来的人诅咒了一百二十遍,才从地下爬起来,像一张土耳其弓似的伛着腰站在当道,直不起身子来。他虽然浑身疼痛,居然给他的驴备上鞍辔——那驴逍遥了一天,也是干了些放荡勾当的。他随就扶起驽骍难得。这匹马要是会叫苦,它叫的苦决不输于桑丘和他的主人。长话短说,桑丘把堂吉诃德安放在驴上,把驽骍难得系在驴后,拉住驴子的缰绳,捉摸着方向往大路上走去。他们的运气渐渐好转,没走得一哩瓦路,大道已经在望,道旁还有个客店。堂吉诃德不由桑丘分说,随着心硬说是一座堡垒。桑丘坚持那是客店;他主人说不是,那是堡垒。两人争论不已,一路到了那里还没争完。桑丘不再斤斤声辩,领着一行人畜进了大门。

第十六章

这位异想天开的绅士在他认为堡垒的客店里有何遭遇。

客店主人看见堂吉诃德横卧在驴背上,就问桑丘这人害了什么病。桑丘说他什么病都不害,只是从山上栽下来,肋上受了些伤。店主有个老婆,性情和一般客店主妇不同;她生性厚道,关心旁人的疾苦。她忙来替堂吉诃德治疗，还把她的年轻漂亮的闺女也叫来帮着照料。客店里还有个帮佣的阿斯杜利亚姑娘，她宽脸盘，扁脑勺，塌鼻子，瞎一只眼，另一只眼也有毛病。不过她体态风流，足以弥补她的缺陷。她从头到脚不满七拃，背有点儿驼，所以她不由自主，老是眼望着地。这位好姑娘帮着客店小姐在顶楼上给堂吉诃德铺了一张破陋的床。这个顶楼分明是多年堆草料的，里面还住着个骡夫，床铺和堂吉诃德的相去不远。他那床铺虽然是用骡子的驮鞍和披盖凑成的，却比堂吉诃德的强多了。堂吉诃德的床只是四块粗糙的木板架着高低不平的两只板凳；褥子薄得像床单，里面尽是疙瘩，要不是窟窿眼里露着羊毛，摸来硬邦邦的疙瘩就像石子；两条床单好像盾牌上的皮革；一条毯子上经纬的线缕分明，谁要是有兴数一数，准可以一根不漏。

> 精细锐利的描写，使粗陋的住宿条件跃然眼前，把主人公的凄凉落魄衬托得淋漓尽致。

堂吉诃德躺上这张破陋的床，店主妇和她女儿马上替他从头到脚敷上膏药，阿斯杜利亚姑娘玛丽托内斯在旁举火照着。店主妇一面敷药，看见堂吉诃德身上一道道青紫，就说这看来不像摔的，倒像揍出来的。

> 看来忠实的桑丘也开始懂得怎样去维护"骑士"的尊严了。

桑丘说："不是揍的。石头上高高低低全是尖角，一个尖角就撞出一块青紫。"

他又说："太太，您的软布省着点儿使，保不定还有人要用；我腰里就有点疼呢。"

店主妇说："那么你一定也摔跤了。"

桑丘·潘沙说："我没摔；不过看见我主人摔跤，吓一大跳，就此浑身疼痛，仿佛着了一千下棍子似的。"

那小姑娘说："真会有这种事。我常做梦从塔上摔下来，老摔不到地；一觉醒来，就觉得浑身酸痛，好像真摔了似的。"

桑丘·潘沙答道："小姐，奇怪的是我当时并没有做梦，比这会子还清醒呢,可是我身上一道道的青紫简直跟我主人堂吉诃德的一样多。"

阿斯杜利亚姑娘玛丽托内斯问道:"这位绅士叫什么名字?"

桑丘·潘沙说:"他叫堂吉诃德·台·拉·曼却,是冒险的骑士;从古以来天下最出众最勇敢的骑士里就数得到他。"

那丫头说:"什么是冒险的骑士呀?"

桑丘·潘沙说:"你太不懂事了,连这个都不知道吗?我告诉你,我的小妹,冒险的骑士是怎么回事呢,就是一会儿挨揍、一会儿做皇帝;今天是天下最倒霉、最穷困的人,明天手里就会有两三个王冠可以赏他的侍从。"

店主妇说:"你既然跟了这样一位好主人,怎么看来连个伯爵也没挣上呀?"

桑丘说:"还早着呢。我们出门冒险,才一个来月,到今还没有碰到一遭真正的奇遇。有时候找这样东西,偏出现了那样。不过老实说,我主人堂吉诃德这回受了伤、或摔了跤,如果能养好,我自己也没成残废,那么,即使把西班牙最高的爵位封我,也还不称我的心呢。"

他们讲的话堂吉诃德句句听在耳朵里,他硬撑着在床上坐起来,握着店主妇的手,说道:"美丽的夫人,请听我说,我在你这座堡垒里留宿,可算是你的荣幸。像我这样的人,不便自称自赞,因为老话说得好,'自称自赞,适见其反';不过我的侍从会告诉你我是谁。我只跟你说,有劳你服侍,我铭刻在心,一辈子感激。我现在给爱情约束得服服帖帖,我齿缝里喃喃念诵着的那位狠心美人,一双眼睛直看管着我,不然的话,我就甘心为你这位漂亮女儿颠倒,专瞧她的眼色行事了。"

自豪中透着扬扬自得,但此时这位"最出众最勇敢的骑士"却被打得浑身伤痛卧床不起。事实上的窘迫与言辞上的高傲姿态又一次形成强烈的反差。

"冒险骑士"是"一会儿挨揍,一会儿做皇帝"的定义,是桑丘从堂吉诃德身上总结出来的,但对店主妇质疑的回答,吹嘘中也表现出了对堂吉诃德的信任。

第十六章

客店主妇、她的女儿和实心眼的玛丽托内斯听了这位游侠骑士的话莫名其妙，仿佛他讲的是希腊语；不过也知道这一套无非是讨好奉承。她们没听惯，直瞪着他发愣，觉得他与众不同。她们用客店里的套语答谢一番，随他去躺着。阿斯杜利亚姑娘玛丽托内斯就去治疗桑丘的伤；他也亟待治疗呢。

骡夫和玛丽托内斯约定当晚欢会；她答应等人静后主人都睡了，就来找他，让他趁愿。据说这好姑娘只要答应了人家，尽管在深山旷野里没人在旁做证，她也守信赴约，表示自己是个一诺千金的贵妇人。她在客店帮佣并不以为耻，只说是倒霉走了背运，落到这个地步。那间透漏星光的破屋里，前面当中是堂吉诃德那张又硬、又狭、又陋、又不平稳的床。紧挨着就是桑丘的铺。那不过是一领草席和一条毯子；毯子不像羊毛的，倒像破烂的帆布。这两个床铺后面是骡夫的床铺。上文已经说过，那是用他两匹头等好骡子的驮鞍和全副披盖拼凑成的。他总共有十二匹骡子，都膘肥毛润、精精壮壮。据这部传记的作者说，他在阿瑞巴洛的骡夫里是头等富裕的。作者深知他的底细，所以特笔写他；据说他们俩还有几分亲戚关系呢。再加熙德·阿默德·贝南黑利这位历史学家对什么事都追根究底，而且很精确，只要看上文的叙述，就知道他对琐碎不足道的事也一点儿不漏，一丝不苟。严肃的史学家都可以学他的样。他们叙事太简略，读来索然无味。他们或是粗心，或是恶意，或是疏陋无知，把作品最重要的部分都沉淀在墨水瓶底里了。《塔布朗德·台·黎加蒙德》的作者和佗米利阿斯伯爵生平事迹的作者，把一桩桩情节描摹得多么细致啊，真该千遍万遍地祝福他们！闲话少叙，且说骡夫照看了他的牲口，喂过第二遍草料，就躺在驮鞍上，等待那位绝顶守信的玛丽托内斯。桑丘这会儿已经敷上膏药躺

> 辨别话语对象是对话成功的关键，否则只能是对牛弹琴。

> 一对约会的男女，一双备受伤痛折磨的主仆，一间破陋拥挤的客房，再加上一片漆黑的环境，一场好戏将要开演了。

下了；他竭力想睡，可是肋上作痛，总睡不着。堂吉诃德也痛得像兔子似的大睁着眼睛。客店里已经寂无人声，一片漆黑，只有挂在大门口正中的一盏灯笼还放着光亮。

我们这位骑士看书中了毒，老想着书上经常讲的一些情节。当时店里非常静寂，他就想入非非。上文已经说过，他把自己投宿的客店都当作堡垒；这时就想自己是在一个有名的堡垒里，店主的女儿是堡垒长官的小姐，她爱上自己风度高雅，答应当夜瞒着父母来陪他睡觉。他既把自己虚构的幻想当作真情实事，就惶恐不安，觉得自己端方的品节要靠不住了。他暗暗拿定主意，即使希内布拉王后带着她的金塔尼欧娜夫人前来亲热，他也决不亏负他的杜尔西内娅·台尔·托波索小姐。

> 品行端正的"骑士"也有着如许浪漫的性幻想，看来弗洛伊德的理论到处都有实例的验证。

他正在胡思乱想，合是他倒霉，阿斯杜利亚姑娘恰来赴约。她穿一件衬衣，光着脚，用粗布头巾裹住头发，轻轻蹑脚走进他们三人合住的屋子来找骡夫。可是她刚进门，堂吉诃德就知觉了。他虽然敷着膏药，而且腰肋作痛，却从床上坐起，张开两臂来迎接他的美人。阿斯杜利亚姑娘哈着腰、缩着脖子，屏息敛气地走来，一面伸着双手摸索她的情人。她恰恰碰着堂吉诃德的胳膊，堂吉诃德就紧紧抓住了她的手腕；当时她不敢声张，被他一把拉到身边，强按着坐在床上。他就去抚摸她的衬衣。那是粗麻布的，他却觉得是最细软的纱罗。她两腕笼着些玻璃珠串，他却看到了东方的珍珠光彩莹莹。她头发和马鬃毛一样，他却以为是灿烂无比的阿拉伯金丝，衬得太阳都黯然无光。她的气息分明氤氲着隔宿的冷杂拌味道，他却觉得她吐气芬芳。他曾经读到一位公主情不自禁，去探望一位重伤的骑士。他这时想象的种种，就和那位公主当时的打扮一一相仿；反正他心目中描绘的这位美人，相貌体态和那位公主完全一样。可怜的绅士迷了心窍，尽管

> "张开两臂来迎接"，自诩品节端正的堂吉诃德虽已暗下决心决不亏负他的"情人"，但"美人"的诱惑要远胜于无聊的誓言，那种急不可待的样子从张开的双臂流露了出来。

他摸到的、闻到的以及这位好姑娘身上的其他等等,除了骡夫谁都要作呕,却没有使他醒悟。他只觉得抱在怀里的是美丽之神。他紧紧搂着,含情低语道:"尊贵美丽的小姐,承你惠然光降,让我瞻仰你的天姿国色,我但愿能够不负你的恩情。可是惯爱捉弄好人的造化小儿,叫我浑身瘀伤、筋酸骨痛地倒在这张床上,即使有意要遂你的心愿,也无可奈何。而且,我还有更深一层的无可奈何。我已经对绝世无双的杜尔西内娅·台尔·托波索矢忠不二,她是我心窝里唯一的意中人。不然的话,承你一片深情给我这个好机会,我哪会白白放过呢,我不是那么个呆骑士呀。"

玛丽托内斯给堂吉诃德紧紧抱住,焦躁万分,身上直冒汗。她听不懂人家对她说的话,也没心思听,只闷声不响地挣扎着想脱身。骡夫那好家伙正满腔邪念,睡不着觉。他的情妇一进门他就知觉了;堂吉诃德讲的话他句句都留心听着,以为阿斯杜利亚姑娘为了别人对他失信了,不免浸着一缸醋。他挨近堂吉诃德床边,站定了瞧他那套怪话怎么收场。可是他一见那丫头挣扎着想脱身,堂吉诃德却竭力拉住不放,觉得这样捣乱太不像话,就举臂下死劲一掌打在这位多情骑士的瘦脸上,打得他满口鲜血。他还不心足,竟跳到堂吉诃德身上,用跑马步伐,从他第一根肋骨踩到末一根。那张床本来不大结实,又不平稳,经不起再添上一个骡夫的重量,豁琅一声塌下地去。店主给这一声闹醒。他高声喊玛丽托内斯,没听到回答,就料定是她闹的乱子;心上这么猜想,忙起来点了一盏油灯循声找去。那丫头瞧脾气暴躁的主人来了,吓得慌了手脚,直往桑丘·潘沙的床上躲;桑丘睡得正熟,她就钻进他的被窝,蜷缩成一团。客店主一面进屋来,一面嚷道:"婊子!你在哪里?准是你闹的事了!"

这时桑丘醒来,觉得一团东西几乎就压在身上。他以为

> 雪上加霜,这下多情骑士可要为他糊涂的"多情"付出惨痛代价了。

是魔鬼,就挥拳四下乱打,玛丽托内斯身上着了不知多少下。她负痛顾不得体面,就动手还打,打得桑丘不由得从梦里清醒过来。他发现有人打他,却不知是谁,就挣扎起身,揪住玛丽托内斯对打。两个都不要命了,打得煞是好看。骡夫在店主人的灯光下瞥见他情妇的景况,忙撇下堂吉诃德来救她。店主人也来帮一手,不过他另有用意。他拿定这番大合奏都由那丫头而起,所以要收拾她一顿。这就好像经常说的"猫儿追耗子,耗子追绳子,绳子追棍子";骡夫打桑丘,桑丘打丫头,丫头打他,店主打丫头,一个个忙得手不停留。妙的是店主那盏油灯忽然灭了,大家在黑地里恶狠狠地乱打,扭成一团;拳头落处,没一块完好的皮肉。

那晚上恰巧有个所谓托雷都旧神圣友爱团的巡逻队长在客店过夜。他听到打架吵闹,就拿起行使职权的短杖和藏置官衔的铁皮盒,摸着黑跑进屋来,一面喊道:"大家住手,服从法律的命令!大家住手,服从神圣友爱团的命令!"

他进来先碰上吃饱拳头的堂吉诃德,这时人事不知,脸朝天挺在那张倒塌的床上。他可巧揪着堂吉诃德的胡子,一面还只在喊:"大家协助执行法律!"可是他觉得揪住的人并不动弹,就以为是死了,并且以为屋里那些人都是凶手。他动了这个疑心忙高叫:"关上店门,一个别放走!这里杀了人了!"

大家听到这声喊,吓一大跳,马上一个个撒手溜了。店主人回到自己屋里,骡夫回去躺在自己的驮鞍上,那丫头也回到她的破屋里去,只有倒霉的堂吉诃德和桑丘还待在原处。巡逻队长这时撒开堂吉诃德的胡子,跑出去取火,打算寻找犯人,把他们逮捕。可是他没处取火,原来店主乘回屋的时候,故意把灯笼也灭了。他只好到炉灶上去想办法,煞费一番手脚,也费了好大工夫,才点着一盏油灯。

似乎没有了堂吉诃德的参与,打架也失去了片丝风度,混乱不堪的群架加之油灯的熄灭更增添了滑稽和看点,不同的目的和原因使每一个参与者都热情投入,从而使激烈程度不断上升。

并不高明的巡逻队长的出现,虽使场面更热闹了,但毕竟他的一声大叫结束了这场可能是无休止的闹剧,但一直像个死人一样直挺挺地躺在地上的堂吉诃德却颇让人担心。

情境赏析

桑丘的出现应该是作者在人物安排上的巧妙构思,他和堂吉诃德的相互衬托、相互比较使二人的性格、形象日渐突出。桑丘憨傻又粗俗而堂有着崇高的精神境界,他整天想着铲除罪恶从不计较衣食享受,桑丘则一直挂念着成为总督去过富足的生活,成天大鱼大肉,享尽人间富贵。从形象上二人也形成巨大差别,堂吉诃德又高又瘦,桑丘却又矮又胖,如果把二人排在一起本身就能产生滑稽的视觉效果。而通过二人不断的对话冲突,堂吉诃德的不切实际和桑丘的只重现实的性格特征都被突出地表现出来,可以说没有桑丘不但情节无法挺进,而且人物形象也将会干枯、了无生气。

名家点评

塞万提斯不学无术,不过倒是个天才,他是西班牙最逗笑的作家。

——(西)瓦尔伽斯

《堂吉诃德》标志着西班牙文艺复兴时期文学艺术的高峰,是欧洲近代小说的良好开端,是世界文学中最杰出的作品之一。

——马步云

第十七章

遥远陌生的异地，有一个破旧的客店，在客店顶楼极其寒酸的破屋子里躺着主仆二人，瘦骨嶙峋的堂吉诃德拖着一身的伤痕像具干尸似的躺在"床"上，旁边卧着受尽委屈吃尽拳头的桑丘，接二连三的受挫遭打使他们身心疲惫，无力挣扎。但天色已微明，新的一日即将开始，他们又将何去何从呢？

续叙英勇的堂吉诃德倒了霉，把客店当作堡垒，和他的好侍从桑丘·潘沙在那里遭到种种灾难。

堂吉诃德已经苏醒，他用前一天躺在"那木桩子的平原上"呼唤他侍从的那个声调说："桑丘朋友，你睡着了吗？你睡着了吗，桑丘朋友？"

桑丘满肚子气恼，回答说："倒霉！我哪能睡啊！所有的魔鬼今晚都缠着我呢。"

堂吉诃德说："大概真是这么回事，没什么说的。我瞧这座堡垒准是魔法笼罩着的；要不，我就太没识见了。我告诉你——不过我这会儿告诉你的话，你得发誓保密，等我死了才可以说出去。"

桑丘说："我发誓保密。"

堂吉诃德说："我这话是因为不愿意败坏人家的名誉。"

桑丘重复说："我说了呀，我发誓把这秘密直保到您百年以后。不过我但愿上帝让我明天就可以说出去。"

堂吉诃德说："桑丘，我怎么亏待了你，竟要我马上就死啊？"

桑丘说："不是这个缘故。只因为我最恨把东西老藏着，我不喜欢东西闷着发霉。"

堂吉诃德说:"不管怎么样吧,凭你对我的情分和尊敬,我还是信得过你的。我告诉你,今夜我碰到一桩没法形容的奇事妙事。我干脆讲吧。刚才这里堡垒长官的女儿跑来看我。她的风度和相貌都美极了,简直绝世无双。我真不知道怎样来形容她那模样的俏丽,心眼的灵巧;至于她那些遮掩着的美妙之处,我因为忠于我的杜尔西内娅·台尔·托波索小姐,就避而不谈了。我只是要告诉你,我交运有这等艳福,也许惹了老天爷的嫉妒;也许我刚才说得不错,这座堡垒真是魔法笼罩着的;反正为这些缘故吧,我跟她正谈得最甜蜜、最亲热的时候,我没看清,不知打哪儿伸来一只巨大的大手,在我下巴颏上揍了一拳,揍得我鲜血直流;接着又把我毒打一顿。昨天那些搬运夫为了驽骍难得的过失给咱们的一顿打,你是知道的;我今天挨的比昨天的还凶。所以我想,准有个魔法禁咒着的摩尔人守护着这位小姐,不让我消受她的美色。"

桑丘说:"也不让我消受,因为足有四百多摩尔人把我狠狠地揍;我挨的那顿桩子,比起来只算小点心罢了。可是先生,我请问您,刚才的事把咱们害到这步田地,您怎么说是奇事妙事呢?您还好些,因为还搂到一个据您说是绝世美人;我呢,除了挨一顿从没挨过的毒打,还有什么呢?我和生我的妈妈真倒霉呀!我又不是游侠骑士,一辈子也不想做游侠骑士,可是所有的灾殃大半却落在我身上!"

堂吉诃德说:"原来你也挨打了?"

桑丘说:"我不是跟您说,我挨了打吗?真是倒了祖宗十八代的霉!"

堂吉诃德说:"朋友,不要烦恼,我现在就来做那种宝贵的治伤油,咱们喝下,一眨眼就病痛全没了。"

这时巡逻队长点上油灯,进屋来瞧他心目中的死人。桑丘看着他进来,身上穿件衬衣,头上裹块布,手里拿个油盏子,一张脸狰狞可怕,就问他主人说:"先生,说不定这就是受魔法禁咒的摩尔人吧?他大概有事未了,又来收拾咱们。"

堂吉诃德说:"不会是那个摩尔人,因为受魔法支使的,肉眼看不见。"

桑丘说:"肉眼看不见,可是肉体感觉得到;不信,问我的肩膀。"

堂吉诃德说:"也可以问我的肩膀。不过这还不能证明这就是魔法禁咒着的摩尔人。"

巡逻队长进来,看见他们俩安静地说着话,不禁呆住了。堂吉诃德因为浑身瘀伤,又贴满膏药,所以还脸朝天挺着,动弹不得。巡逻队长走到他跟前说:"老哥,你怎么了?"

堂吉诃德说:"我做了你,说话还得讲究些礼貌。你们这里对游侠骑士说话,行得这样吗?你这蠢东西!"

巡逻队长瞧这么狼狈的人对他盛气相凌,哪里受得了,就举起油盏,连着满满一盏子油,对准堂吉诃德的脑袋砸下来,把头皮砸伤好大一块;他乘一片漆黑,三脚两步走了。桑丘·潘沙说:"没什么说的,先生,这一定是魔法禁咒的摩尔人。他准是为别人守护着宝贝,咱们?何意只是拳头揍、油盏砸。"

堂吉诃德说:"是啊,而且着魔的事没法认真,生气发火也没用,因为肉眼看不见,是变幻出来的;随你用尽方法,也找不出对手来向他报复。桑丘,你要是挣得起身,你且起来,找这座堡垒的长官,替我问他要些配制治伤油的油、酒、盐和迷迭香。老实说,我觉得这会儿很需要,因为那个鬼给我砸出来的伤口里直流血。"

桑丘浑身筋酸骨痛,挣着起来,摸黑去找店主人。巡逻队长正在外面听他的对手说些什么话呢。桑丘碰见了他,说道:"先生,不管您是谁,麻烦您行个方便,给我们些迷迭香,还要些油、盐和酒;因为有个游侠骑士里的头号人物,给店里一个魔法禁咒着的摩尔人打得身受重伤,躺在那边床上,要用这些东西治疗。"

巡逻队长听了这番话,断定这人是疯子。当时天色已经透亮,他就打开店门,叫起店主,转达了这位老兄的要求。店主把所要的东西都拿来,桑丘就去交给堂吉诃德。堂吉诃德给油盏砸得疼痛,正捧着脑袋在那里哼哼。那一砸,只砸出了两个大鼓包;他以为直流血,其实只是给那场风险急出来的满头大汗。

长话短说，他把这些药材和在一起，熬了好久，认为火候到家，这剂药已经炮制成功，就讨个瓶子来装。客店里没有瓶子，店主送了他一个铁皮的油罐子，他就用来装药。然后他对着这罐药念了八十多遍《天主经》，又把《圣母经》《赞美歌唱和辞》和《信经》也念了那么多遍，念一个字就像祝福那样画一个十字。当时桑丘、客店主人和巡逻队长在旁从头直看到底；骡夫已经悄悄去料理他的牲口了。堂吉诃德制成了心目中的神油，就想亲自试试它的效验。熬药的锅里还剩着些油罐里装不下的药，他拿来喝了一升左右。可是他刚喝下就恶心，把肚里的东西吐个罄净，吐得搜肠抖肚，浑身大汗。他就叫人家给他盖严了，让他独自躺着。他们遵命；他一觉睡了三个多钟头，醒来觉得身体舒泰，痛楚大减，自以为完全好了，并且深信自己制成了大力士的神油，有了这种药，以后无论多么危险的冲锋陷阵都不怕了。

　　桑丘·潘沙瞧他主人身体大好，也以为是奇迹。锅里剩下的药还不少，桑丘求他主人都给他。堂吉诃德一口答应。桑丘信心百倍，决心千倍，捧着锅子一口气直往肚里灌，喝下的量和他主人喝的不相上下。可怜的桑丘肠胃不像他主人那么娇，所以先还不呕吐，只是一阵阵肚痛、恶心、出虚汗、发晕，觉得马上要死了；他痛苦不堪，只顾咒骂治伤油和给他喝油的混蛋。堂吉诃德瞧他这样，就说："桑丘，你这么难受，准是因为你没有封骑士。依我看，没封骑士的喝了这种药不见效。"

　　桑丘答道："您知道这个道理，干吗还让我喝呢？真是倒了我几辈子的霉呀！"

　　这时桑丘喝下的汤药药性发作，可怜的侍从身上两个渠道一齐决口，直流猛泻；他已经重新躺下，垫的草席和盖的粗布毯子都弄得不能再使用了。他一身身虚汗，一次次昏厥，自以为要死了；大家也都这么想。他身上的狂涛恶浪牵延了将近两个钟头方才平息。桑丘和他主人不同，事后只觉得浑身瘫软，连站都站不起来。可是堂吉诃德呢，上文已经说过，他觉得身轻体健，想立刻出门冒险去。他以为耽搁在这里对不起这个世界和需要他扶助的人；况且他有了治伤的油，越加胆大放心了。所以他急不可待，亲自替驽骍难得套上鞍辔，替他侍从的驴子安上驮鞍，还帮他侍从穿衣裳，扶他上牲口。然后他自己也骑上马；客店的一个角落里有一支短柄的枪，他就拿在手里，准备当长枪使用。

客店里一起有二十多人，都站定了瞧他，店主的女儿也在内。他目不转睛地望着她，还频频叹气，一声声都仿佛从心底里抽出来的。大家只道他是肋上作痛——至少昨晚看着他敷药的人是这样想。

他们俩都已经上了坐骑；堂吉诃德站在客店门口，喊了店主，板着脸一本正经说："长官先生，我在你这座堡垒里多承盛情招待，我非常感激，一辈子也忘不了。假如有蛮横无理的人得罪过你，我希望能替你出口气，作为报答。我告诉你，我的职务无非是扶弱济穷，申雪无辜，惩罚不义。请你回想一下，如有这类的事要我效劳，只消说一声，我凭封授的骑士职位向你保证，一定叫你称心。"

店主也一本正经地回答说："骑士先生，我不用您替我出什么气；谁得罪了我，我自有手段对付。我只要您付清昨晚的各项花费：你们牲口的干草、大麦，还有你们的晚饭和床铺。"

堂吉诃德说："那么，这是个客店了？"

店主回答说："是啊，而且是个很上等的客店。"

堂吉诃德说："我一向弄错了，不瞒你说，我以为这是一座堡垒，而且是一座很不错的堡垒。既然这不是堡垒却是客店，现在只好把这笔账目勾销了事。因为我不能违反骑士道的规则。我确实知道，游侠骑士住了客店从来不出房钱，也不付别的账；我从没看见哪本书上讲到他们付钱。他们在外冒险，不分日夜和季节，或步行，或骑马，耐着饥渴寒暑，冲风冒雨，受尽折磨；他们这样辛苦，对他们不论多么殷勤款待只是合法的报酬，并且也是合情合理的。"

店主说："这个与我不相干。您且把欠我的钱付清，不用讲这些闲话和骑士道。我不管别的，只管收我的钱。"

堂吉诃德说："你就是个愚蠢卑鄙的客店主人。"

他踢动驽骍难得，绰着长枪直冲出店门，谁也没拦他。他并不瞧瞧自己的侍从是否跟在后面，一口气跑得老远。店主人瞧他跑了，账却没付，就去问桑丘·潘沙要钱。桑丘说，他东家既然不肯付，他也不付；他是游侠骑士的侍从，他东家住了旅馆或客店，什么东西都不花钱，这个规矩、这点道理在侍从身上照样适用。客店主人大怒，恫吓他说，要是不付账，就给他吃些苦头，不由他不拿出钱来。桑丘回答说：他遵守他主人奉行的骑士道，即使要他的命，也不给一文钱；游侠骑士自古以来的好规矩不能坏在他手里，他也不能让后世的侍从怪他放弃了这样公道的权利。

倒霉的桑丘真是走了背运。当时住店的客人里有四个赛果比亚的拉毛匠，三个高都比亚石马区卖针的小贩，还有两个塞维利亚市场附近的居民。这伙人喜欢闹着玩，并没有恶意，却很促狭淘气。他们仿佛是同心协力地一齐赶到桑丘身边，把他揪下驴；其中一人到店主屋里去拿了他的床毯，大家把桑丘推倒在毯子上，他们抬眼看看屋顶太低，碍着他们的道儿，就决计到后院去，那里是以青天为顶的。他们把桑丘兜在床毯里，向天空高高抛去，仿佛人家在狂欢节耍狗那样耍他。

给他们抛着玩的倒霉人没命地叫嚷，喊声直传到他主人耳里。他主人停步细听，以为又遭遇了什么奇事，后来才听清楚原来是他的侍从在叫嚷。他忙兜转马急急跑回客店，看见店门紧闭，就绕着店找地方进去。后院的围墙不高，他跑到那里发现他的侍从正遭人捉弄。他瞧桑丘那么轻盈活泼地在空中一起一落，要不是当时气愤填胸，准会发笑的。他想踩着马背爬上墙头，可是筋骨无力，连下马都不能，只好在马上向抛掷桑丘的那伙人破口大骂，一迭连声，作者简直没法记录。他们还只顾嬉笑，并不住手。桑丘在空中翻滚，不住声地叫苦，一面恫吓，一面央求，可是没有什么用处——简直一点儿用处也没有，他们直到力气使尽，才放他下来。他们把他的驴牵来，扶他上驴，替他披上外衣。软心肠的玛丽托内斯瞧他疲软不堪，觉得给他喝一罐凉水是最当景的救济，特地从井里汲了一罐透心凉的水送上来。桑丘接过罐子，正凑到嘴边，却给他主人大声喊住说：

"桑丘儿子,别喝水!儿子,这罐水要送你性命的,别喝!我这儿有的是万应神油,你瞧见吗?"他把盛药的罐子举给桑丘看看,"你只消喝下两滴,一定药到病除。"

桑丘斜过眼去一看,压倒了主人的声音大嚷道:"您大概忘了我不是骑士吧?您还是要我把昨夜剩在肚里的心肝肺肠都吐掉呀?您那见鬼的药您自己留着吧,别管我的事。"

他说完马上就喝,可是一喝是水,就不肯再喝。他求玛丽托内斯给他倒些酒来。她很乐意,而且是自己花钱买的。人家本来就说她虽然吃这一行饭,却有基督徒的气息。这时店门已经大开,桑丘喝完酒,踢动驴子直冲出大门去。尽管他的肩膀照例又替他当了灾,他却非常得意,因为没花一个钱,坚持着自己的主张出了客店。其实客店主人已经把他的褡裢袋扣下抵账,不过桑丘出门的时候急急慌慌,没觉察少了东西。店主等他一走,就要把店门牢牢闩上,可是抛掷桑丘的那伙人不赞成;即使堂吉诃德真是圆桌骑士里的一员,在他们眼里也不值半文钱。

第十八章

桑丘·潘沙和他主人堂吉诃德的谈话以及其他值得记述的奇事。

桑丘赶上他主人的时候,已经精疲力竭,连催趱驴子的劲儿都没有了。堂吉诃德瞧他那样,就对他说:"桑丘老弟啊,我现在确实相信那座堡垒或客店是魔法笼罩着的。把你恶作剧的那群家伙要不是鬼怪或另一个世界上的东西,又是什么呢?我留心到一件事,证实了我这看法。刚才我在后院围墙外面看着你那出倒霉戏,我竟爬不上墙头,连下马都不能,可见我一定是着了魔法的道儿。我凭自己的身份对你发誓:我要是爬得上墙,或下得来马,一定替你狠狠报仇,叫那起流氓恶棍一辈子忘不了他们那场胡闹。当然我知道这一来违反骑士道的规则,因为我说过多少回了,骑士除非保卫自己的身体性命,情势紧急,万不得已,照例是不准和没封骑士的人交手的。"

"我要是办得到,不管自己封不封骑士,也会替自己报复,只是办不到啊。不过我觉得捉弄我的那伙人不是您说的鬼怪,也不是魔法支使的,他们和咱们一样是有皮肉筋骨的人,而且都有名字,因为我听见他们在抛弄我的时候彼此称呼的。一个叫贝德罗·马丁内斯,一个叫德诺留·艾南代斯;我听他们管店主叫左撇子胡安·巴洛梅给。所以,先生啊,您爬不上墙、下不来马另有缘故,不是着了魔法的道儿。我现在明白了一个道理:咱们四处冒险,无非落得吃尽苦头,连自己的左右脚都分辨不出。依我浅见,现在正是收获的季节,最好还是回村料理咱们的田地去,别像老话说的'东奔西走,乱撞乱投'。"

堂吉诃德说:"桑丘,你全不懂骑士道的事。你别闹,也别着急,总有一天你会亲眼看到干这一行多么光荣。你倒说说,天下还有什么事比打胜仗、降伏敌人更快意的吗?没有了!这是没什么说的。"

桑丘说:"您这话想必是对的,不过我也不懂。我只知道自从咱们做了游侠骑士——或者自从您做了游侠骑士(因为那么体面的人物里凭什么也数不上我),咱们没打过胜仗,只有跟比斯盖人交手的那一次。您就在那次还赔掉半只耳朵和半个头盔呢。以后咱们总是挨一顿棍子,又一顿棍子,吃一顿拳头,又一顿拳头;我额外还给人家兜在毯子里抛掷了一顿,而且他们是魔法支使的,我不能报复;您说的降伏了敌人的快意,我就没法领会。"

堂吉诃德答道:"桑丘啊,我的苦恼正在这里,想必也是你的苦恼。可是我以后要想法子弄到一柄降魔的神剑,带在身上能破除一切魔法。说不定我时来运转,火剑骑士阿马狄斯的剑会落在我手里呢。那是全世界骑士的宝剑里数一数二的,不但有刚才说的那点功用,而且还像剃刀一样锐利,铠甲尽管坚厚,或有魔法呵护,它都斫得透。"

桑丘说:"我反正够倒运的,即使您真找到这么一把剑,也就像治伤油似的,只对封上骑士的才有用;至于侍从呢,随他们去吃苦罢了。"

堂吉诃德说:"这个你不用愁,桑丘,老天爷会对你开恩的。"

堂吉诃德和他侍从一边走,一边说着话,忽见前途大阵尘土滚滚而来,就对桑丘说:"桑丘啊,今天是我命里注定要交好运的日子!我告诉你,今天不比往日,我要大显身手呢,我今天的一番作为是要青史留传,永垂不朽的。桑丘,你瞧见前面卷起了一片尘土吗?数不清的民族组成了浩浩荡荡的一支大军,正向这里开发;这阵尘土就是他们翻腾起来的。"

桑丘说:"照这么说,该有两支军队呢,因为对面照样也起了这么一阵尘土。"

堂吉诃德回头一看,果然不错,喜得心花怒放;他拿定这是两支军队,开到这片旷野里来交锋打仗的。原来他脑筋里时刻想着游侠小说里讲的那些打仗呀、魔术呀、冒险呀、奇迹呀、恋爱呀、决斗呀,等等,他说的、想的、干的全都是这一路的事。其实他看见的尘土是道路两头赶来的两大群羊掀起的;羊给尘土遮掩了,没到近前还看不清楚。堂吉诃德一口咬定是两支军队,桑丘也就信以为真,说道:"先生啊,那咱们怎么办呢?"

堂吉诃德说:"怎么办?扶弱锄强啊!我告诉你,桑丘,迎面来的军队是大皇帝阿利芳法隆率领的,他的领土是广大的忒拉玻巴纳岛;我背后来的是他仇敌咖拉曼塔斯国王的军队,他名叫卷袖的潘塔坡林,因为他跟人家打架的时候常露着一条右胳膊。"

桑丘问道:"那么,两位国王干吗结下这等深仇呢?"

堂吉诃德说:"他们结仇有个缘故。阿利芳法隆是凶狠的异教徒,他爱上了潘塔坡林的女儿。那位公主很美,而且很文雅,她是基督徒;她父亲不愿意把她嫁给异教的国王,除非他背弃了伪教主穆罕默德,改信基督教。"

桑丘说:"我凭自己的胡子发誓,潘塔坡林很有道理呀!我得尽力帮他的忙。"

堂吉诃德说:"你这样就是尽本分了,桑丘,不封骑士,也能参与这种打仗。"

桑丘答道:"这个我也懂得。可是咱们把这头毛驴寄放在什么地方,打完仗才稳稳地找得到呢？骑着这种牲口去打仗，只怕从来没这个规矩。"

堂吉诃德说："这话不错。你最好还是随它去，走失不走失瞧它的运气。咱们打了胜仗，可以到手不知多少马匹，就连驽骍难得也保不定要换掉呢。我现在要把两支军队里的主将向你介绍一番，你留心听着，也留心瞧着。那边山坡上一定看得见这两支军队，咱们退到那里去，你可以观察得更仔细些。"

他们过去站在一个小山头上。堂吉诃德当作军队的两群羊要是没有给掀起的尘雾遮盖住，山头上看得很清楚。可是那些看不见而且并不存在的东西在堂吉诃德想象里却历历如睹。他高声说："那边一位骑士穿一身火黄铠甲，盾牌上画着一只戴王冠的狮子蹲伏在一位小姐脚边，那是英勇的银桥大王拉乌尔咖尔果。那一位铠甲上有一朵朵金花，盾牌是天蓝色的底子，上面有三只银子的王冠：那是吉罗夏的大公，威武的米果果兰博。他右边那个彪形大汉是天不怕、地不怕的布朗达巴巴朗·台·博利契，阿拉伯的三个部属都归他管辖。他披一张蛇皮当铠甲，举一扇大门当盾牌；据传说，那扇门就是参孙拼掉性命报仇的时候毁了大教堂拆下来的。你再回头瞧瞧那一边吧。军队前面打头的是常胜无敌的悌蒙内尔·台·咖尔咖宏纳。他是新比斯盖的王子。他军器上的徽章分成四格，是蓝、绿、白、黄四色；盾牌是褐色的底子，上面画一只金猫，标着一个'喵'字，是他情人芳名的第一个字，据说她是阿尔费尼根·台尔·阿尔咖尔贝公爵的女儿、举世无双的苗丽娜。旁边那一位沉甸甸地压在一匹高头大马的背上，穿一身雪白的铠甲，盾牌也是白的，没一点儿纹章；他是个新骑士，法国人，名叫庇艾瑞斯·巴宾，是封在乌忒利盖的男爵。还有一位骑一匹轻快的花条儿斑马，脚跟上套着马刺，直在踢那马肚子，他的徽章是一排排银铃交错着一排排蓝铃的图案，他是勇猛的奈尔比业公爵艾斯帕塔费拉多·台尔·博斯盖，他盾牌上画着一畦芦笋，有一句咖斯底利亚的标语：'我的命运贴着地面追寻前途。'"

他就这样随着自己的奇情异想，把臆造的两军将领一一举出姓名，还顺口诌出各人的铠甲、颜色、徽章和标语。他滔滔不绝地说："前面的这支军队是由许多民族组成的。有喝著名的预托河甜水的人；有玛西琉山地上来来往往的人；有在阿拉伯乐土筛取金沙的人；有在清澈的泰莫东泰河两岸著名的清凉胜地享福的人；有开凿了种种渠道来排引涵蕴黄金的巴克多洛河水的人；还有说了话不当话的奴米狄亚人；射箭出名的波斯人；一面逃跑一面战斗的巴尔提亚人和梅狄亚人；游牧的阿拉伯人；性情极残酷、皮肤极白净的西塔人；嘴唇上穿窟窿的埃塞俄比亚人；还有数不清的其他民族，他们的面貌我都认得出，只是记不起名字了。那一支军队里：有的民族喝灌溉橄榄树的贝底斯河的清水；有的用金黄灿烂的塔霍河水擦面洗脸；有的居住在圣洁的黑尼尔河流域，享用那赐福的河水；有的在牧草丰茂的塔西达平原来往；有的在享福的黑瑞斯草原上逍遥，有富庶的曼却人，戴着金黄色稻穗编的冠儿；有古老的哥特族遗民，穿着铁甲；有的是在毕苏艾咖河里沐浴的，那条河以水势悠缓闻名；有的是在瓜狄亚纳河两岸大片牧场上放牧的，那条曲曲弯弯的河以潜伏地下的暗流闻名；还有些耐寒的民族，有的住在森林苍翠的毕利内欧山头，有的居住在白云堆积的阿贝尼诺高原；总而言之，欧洲所有的民族全在那个队里。"

天啊！他说了那么多的地名，举出了那么多的民族！还一口气顺顺溜溜把各民族的特色都说出来。原来他读了那些谎话连篇的书，整个人都浸透在里面了。桑丘·潘沙眼睁睁地听着，一声不言语，有时东张张、西望望，看有没有他主人指名道姓的骑士和巨人。他什么也没瞧见，就说："先生，您讲的什么骑士，什么巨人，真是活见鬼，一个都没有啊——至少我没看见啊，大概就像那晚上的鬼一样，都是魔术变出来的。"

堂吉诃德说："你怎么说这话呀？你没听见萧萧马嘶、悠悠角声、咚咚鼓响吗？"

桑丘答道："我只听得公羊母羊的叫声，没听见别的。"

这倒是真的，因为那两群羊已经走近来了。

堂吉诃德说："桑丘，你心上害怕，所以看不准，也听不准。怕惧的一个效果就是叫你感觉错乱，觉察不到事物的真相。你要是害怕得紧，你就躲过一边去，撇我一人在这里吧；单我一个人，就可以左右两军的胜负。"

他一面说，一面踢动驽骍难得，托定长枪，一道电光似的直冲下山坡去。

桑丘大声喊住他，叫嚷说："堂吉诃德先生，您回来！我对天发誓，您冲杀到羊群里去了！您回来！我的亲爸爸都倒足了霉呀！您这是发什么疯啊？您瞧瞧，这里没有巨人，没有骑士，没有猫，没有徽章，没有杂色或一色的盾牌，也没有图案上的银铃、蓝铃和见鬼的铃。我真倒霉呀！您这是干什么呀？"

堂吉诃德并不回马，只高声叫道："唉！骑士们！谁投在卷袖的潘塔坡林大帝旗下作战的，都跟我来！你们可以瞧瞧，我毫不费力，就能降伏他的敌人阿利芳法隆·台·拉·忒拉坡巴纳。"

他一面说，一面冲进羊群，举枪乱刺，那股猛劲儿，好像真在刺杀他的宿世冤家呢。看羊的牧人大声喝住他，可是看来喝不住，就解下弹弓，把拳头大的石子向他耳边弹来。堂吉诃德并不理会这些石子，却左冲右突，嘴里喊道："不可一世的阿利芳法隆，你在哪里？你跑来！我是单枪匹马的骑士，只为你欺负了英勇的潘塔坡林·咖拉曼塔，我要惩罚你，跟你一对一地较量武力，送你的性命呢！"

正说着，一颗石子飞来打在他肋上，把两根肋骨打得陷进肉里去。他遭了毒手，断定自己不送命也受了重伤。他记起治伤油，忙取出油罐子，凑到嘴边，倒了些下肚；可是没喝上他认为足够的量，又一颗石子弹来，恰恰打在他的手和油罐上，把油罐打碎，还连带磕了他嘴里三四只板牙和盘牙，把他两个手指砸得疼痛不堪。第一颗石子来势凶猛，第二颗也不弱，可怜的骑士不由自主，从马上倒栽下来。牧羊人赶到他身边，以为他已经打死。他们赶忙集合羊群，把七八只死羊搁在肩上，不管三七二十一就急急走了。

桑丘一直站在山头上，看着他主人发疯，一面只顾揪自己的胡子，咒骂命里的倒霉时刻，叫他认识了这位主人。他瞧主人跌倒在地下，一群牧羊人都走了，就下山跑到主人那里，看见他面无人色，却还有知觉。桑丘就说:"堂吉诃德先生,我不是跟您说的吗:回来!您冲杀的不是军队,只是两群羊!"

"跟我作对的混蛋魔法师会这样变来变去的。我告诉你,桑丘,那些家伙要咱们变什么样就是什么样,非常容易。盯着我捣乱的那个恶人瞧我这番一定得胜,心上嫉妒,就把敌对的两军变作两群羊。你要是不信啊,桑丘,你瞧我面上干一件事,就会恍然大悟,知道我说的都千真万确。你骑上驴,悄悄地跟着他们去,你走不多远就会瞧见他们恢复原形,不是羊,却是一丝不假的人,正像我刚才对你形容的一样。不过你现在且别走,我要你照看呢。你过来,瞧瞧我掉了几个盘牙、几个板牙,我觉得嘴里一个都不剩了。"

桑丘走到贴近,把眼睛直凑到他嘴边。堂吉诃德喝下的治伤油这时药性发作,桑丘正向他嘴里细看,油汁冲口而出,比火枪里射出来的还猛,全喷在这位好心侍从的脸上。

桑丘说:"圣玛利亚!这是怎么回事呀?这可怜人嘴里喷出血来,一定受了致命伤了。"

可是他再仔细检查,凭颜色和气味,知道那不是血,只是他刚才瞧见主人喝的治伤油。他恶心得很,一阵反胃,把肚里的东西全吐在他主人身上;两个人都淋漓尽致。桑丘找到了他的驴,想从褡裢袋里拿些东西自己擦擦干净,并且替他主人治疗一番。他发现褡裢袋丢了,差点儿发疯。他反复咒骂自己,心里暗打主意,想撇下他主人回老家去;尽管辛苦一场,工资白丢,主人家许他的海岛总督也只好落空,他都顾不得了。

驽骍难得非常忠良,一步没离开主人。堂吉诃德这会儿爬起身,左手扪着嘴,防一口牙齿全掉出来,右手牵着这匹马,跑到他侍从那里。这位侍从正胸脯靠着驴背,手托着腮,满面愁容。堂吉诃德瞧了他那副沮丧的样儿,就说:"桑丘,你听我说,'不干超人之事,不成出众之人'。咱们经过的那些狂风暴雨,都是马上要天晴风定的征兆,表示时势就要好转。因为无论好运坏运,绝不能老不转变;由此可见,坏运交了很久,好运就在眼前了。所以你不必为我倒霉而烦恼,我那些事都和你不相干。"

桑丘说:"怎么不相干啊?难道昨天给人家兜在毯子里抛着耍弄的不是我老子的儿子?今天丢掉的褡裢袋和我的全部家当都不是我的东西?"

堂吉诃德说:"桑丘,褡裢袋丢了?"

桑丘回答说:"可不是丢了吗!"

堂吉诃德说:"那么,咱们今天就没什么吃的了。"

桑丘说:"据您说,您能辨识野菜;您这种倒霉的游侠骑士没东西吃就可以救饥。这片草原上如果没有这些野菜,咱们就没什么吃的了。"

堂吉诃德答道:"可是我宁愿吃个两斤或四斤重的面包,加上两条沙丁鱼呢;至于狄欧斯戈利台斯描写的那些野菜,尽管拉古那医生还附上图解,我却并不稀罕。不过这都不去管它,桑丘老弟,你且上驴跟我走吧。上帝养活着天下万物,连天空的蠛蠓、地下的蛆虫、水里的蝌蚪都有它们的口粮;而且上帝慈悲无量,叫阳光普照好人坏人,雨水普及正人邪人,他决不会短了咱们的,何况你我还满处奔波着为他效劳呢。"

桑丘说:"您做说教的教士,比做游侠骑士还强。"

堂吉诃德说:"桑丘,游侠骑士件件都能,也必须件件都能;古时候有些游侠骑士,随时能在战地上像巴黎大学的学生那样说教或讲学。可见'枪头秃不了笔尖,笔头也钝不了枪尖'。"

桑丘说:"好吧,您讲的敢情都对。这会儿咱们且离了这里,找个地方过夜去。但愿上帝保佑,那儿没有毯子,也没有用毯子抛人的家伙,也没有鬼怪,也没有魔法支使的摩尔人;不然的话,我就要把包袱和挂包袱的钩子一股脑儿都交给魔鬼去了。"

堂吉诃德说:"儿子啊,你把这话向上帝祷告吧。你爱到哪里,随你领路,这回让你来挑选过夜的地方。可是你伸手给我摸摸我右上腭缺了几个牙,我这边觉得痛呢。"

桑丘伸进指头,一面摸索,一面问道:"您这边原先有几个盘牙?"

堂吉诃德说:"犬牙不算,有四个,个个都完好。"

桑丘说:"先生,您再仔细想想。"

堂吉诃德答道:"我说是四个呀,要不,就是五个。我这一辈子,不论盘牙板牙，一个都没有拔掉，也没有落掉，也没有因为虫蛀或风湿病而坏掉。"

桑丘说："那么，您底下这边只有两个半盘牙；上面这一排半个都没有，什么都没有，整片光溜溜的像手掌一样。"

堂吉诃德听了这个伤心的消息，说道："我真倒霉啊！我宁可丢掉一只胳膊，只要不是拿剑的一只。我告诉你，桑丘，嘴里没有牙齿，就仿佛磨坊里没有磨石；一颗牙齿比一颗金刚钻宝贵得多。不过干了这行艰辛的骑士道，这种苦头都得忍受。朋友，骑上驴带头走吧；快慢由你，我跟着你走。"

桑丘奉命，料想哪里能找到宿头就朝那方向走，总是不离开那条平直的大道。

他们走得很慢，因为堂吉诃德牙床痛得心神不宁，不便赶路。桑丘想和他闲谈消遣，让他忘掉些疼痛；桑丘的话详见下章。

第十九章

与羊群的一场大战，在取得杀死几只温驯绵羊的辉煌战绩之后，堂吉诃德再次遭受重创，愤怒的牧羊人用石块砸掉了他的一排门牙，并将其打得浑身是伤，此时的桑丘已经绝望了，他开始准备离开主人舍弃许诺的海岛回家算了。他们的小集体发生了动摇，虽经堂吉诃德的一再鼓励留住了桑丘，但真不知道他们还能一起走多久。

桑丘和主人的妙谈；以及他主人碰到死尸等奇事。

"我的先生啊，咱们这几天连连倒霉，我看一定是因为您违反了骑士道，犯了罪，所以受罚了。您发誓要把那个摩尔人——叫什么马郎得利诺的那顶头盔抢到手，不然，您就不摊着桌布吃面包，不跟王后睡觉，还有一连串发誓要做的事，可是您都没做到呀。"

堂吉诃德说："桑丘，你这话很对。不瞒你说，我把那个誓忘得一干二净了。你不及时提醒我，也准是犯了过错，所以给人家兜在毯子里抛滚。不过我决计补过赎罪，照骑士道的规则，什么事都可以挽救。"

桑丘说："我难道发过什么誓吗？"

堂吉诃德说："你没发誓也不相干，反正照我看来，你保不住是个从犯。不管怎样，咱们设法补救总是不错的。"

桑丘答道："照这么说，您可留心，别再把这句话也像您发的誓那样忘了，也许那群妖魔鬼怪又要来耍弄我；他们瞧您屡犯不改，连您都要耍弄呢。"

两人路上说着话，天已经黑了，没赶上宿头，也看不见哪里可以投宿。这命苦的是饿得要死，因为丢了褡裢袋，没东西吃了。祸不单行，他们又遭了意外。这倒绝不是幻想,看来确是一桩奇事。当时暮色苍茫,他们还只顾赶路。桑丘以为这条路是官道,拿定再走上一两哩瓦,自然会找到客店。他们走着走着,已经是黑夜了,侍从正饿得慌,主人也在想吃东西;忽见前面路上一大簇点点的光亮,好像一团流动的星星,向他们迎面而来。桑丘一见吓得心惊胆战,堂吉诃德也不能镇静自在;一个扯紧驴缰,一个勒住马,都站定了留心观看究竟。这一簇光渐渐逼近他们,愈近愈亮。桑丘见到这个景象,就像中了水银的毒,浑身索索乱抖;堂吉诃德一脑袋头发森然倒竖起来。他勉强振作精神,说道:"桑丘啊,没什么说的,这番准碰到了最艰巨、最凶险的事,我得把全身的勇气和力量都使出来才行。"

桑丘答道:"我真倒霉啊!我看这是和妖魔鬼怪打交道的事;如果真是,我怎么受得了啊?"

堂吉诃德说:"尽管是十足的妖魔鬼怪,我也决不让他们碰到你衣服上一丝绒毛。上次我是因为爬不上那后院的围墙,才让他们耍弄了你。这会儿咱们在开旷的野地里,我可以挥使我这把剑。"

桑丘说:"要是他们又像上次那样对您使魔法,叫您手脚瘫软,旷野里又有什么好处呢?"

堂吉诃德说:"管它怎么样,桑丘,我劝你壮起胆来;你亲眼瞧瞧,就知道我的胆量了。"

桑丘答道:"只要天从人愿,我是要壮起胆来呀。"

两人退到大路边,再仔细观察那簇移动的光。不一会儿,他们看见许多穿白衣的人。这景象吓得桑丘泄尽勇气,仿佛害了疟疾正在发冷,一个个牙齿都捉对儿厮打起来。他渐渐看清究竟,他的牙齿越加打颤得厉害。那些穿白衣的有二十来个,都骑着牲口,拿着亮煌煌的火把。随后来一架盖着黑布的抬床,另有六人骑着牲口伴送。他们连人带畜披着丧服,只露出骡子的脚——因为走得很慢,分明不是马。那些穿白衣的一面走,一面喃喃念诵,音调凄沉。黑夜里又在那么荒凉的地方,看到这种奇事,怪不得桑丘害怕;他主人要不是堂吉诃德,换了别人,也会害怕的。桑丘已经吓成一团,堂吉诃德却一点儿不怕;他的幻想立刻活灵活现地把这件事构成他书上讲的那种奇遇。

他以为那抬床是担架,担着个骑士;这骑士受了重伤,或者已经死了,专等他堂吉诃德代为报仇的。他更不打话,托定长枪,马鞍上坐稳身子,雄赳赳气昂昂地站在那群白衣人要经过的路当中,瞧他们渐渐走远,就高声叫道:"骑士们!或者随你们是什么人吧,站住!快快交代:你们是谁,打哪里来,往哪里去,这担架上抬着的又是谁。瞧这光景,不是你们伤害了人,就是受了人家的伤害;我该问问明白,或者惩罚你们的罪行,或者为你们报仇雪恨。"

一个穿白衣的回答说:"我们有紧急事儿,到客店还有一段路呢,没工夫停下来一一回答。"

他踢动骡子直往前跑。堂吉诃德听了这话大怒,一把揪住他骡子的笼头,说道:"别走,你还得懂点礼貌,回答我的话;要不,我就跟你们大伙儿开战。"

那头骡子胆怯,给揪住笼头,吓得掀起前腿站立起来,把它主人从臀后翻落下地。一个步行的仆人看见这人跌倒,就对堂吉诃德破口大骂。堂吉诃德动了火,不问情由,挺枪就向一个穿丧服的人冲去,把那人刺得重伤倒地。他回马左冲右突,那副灵活劲儿煞是好看;驽骍难得旋转得很轻快,简直像长了翅膀似的。那些穿白衣的都胆子小,又没带兵器,并不想厮杀;他们举着火把赶紧向旷野里逃跑,恰像庆祝日或节日晚上一群化装跳舞的人举着火炬游行。那几个穿丧服的给长袍裹缠得行动不便,堂吉诃德很轻易地把他们全伙打了一顿。他们以为这家伙不是人,而是地狱里的魔鬼,为了夺取抬床上那具尸首来袭击他们的,他们无可奈何,只好败退下来。

桑丘都看在眼里,对他主人的勇气不胜钦佩,心里暗想:"没什么说的,我这个主人果然像他自己讲的那么勇敢有力呢。"当时第一个颠下骡的人旁边有个火把还在地下燃烧,堂吉诃德在火光里看见了他,就跑去把枪头指着他的脸叫他投降,否则刺死他。倒在地下的人回答说:"我早已给你降服得不能动弹,一条腿都折了。您如果是信奉基督教的绅士,请不要杀我，杀我是要亵渎圣教的，因为我是个硕士，现在执行初等的神职。"

堂吉诃德说："你既然是教士，着了什么鬼迷跑到这里来啊？"

倒在地下的人说："着了什么鬼迷？先生，只是我倒霉罢了。"

堂吉诃德说："我刚才问你的话你不好好回答，你还得大倒霉呢！"

那硕士答道："我立刻遵命，请听我说：我刚才自称硕士，其实不过是学士；我名叫阿朗索·罗贝斯，家在阿尔戈班达斯。我刚从拜沙城来，一起还有十一个教士，就是拿着火把逃跑的那些人；我们护送抬床上的尸体到赛果比亚去。那是一位绅士的尸体，他死在拜沙，暂时埋在那里，现在呢，我已经说了，我们正把他的骨头送回他家乡赛果比亚去安葬。"

堂吉诃德问道："谁杀死他的呢？"

学士答道："上帝借一场瘟病送了他的命。"

堂吉诃德说："那么老天爷省了我的事了。如果是别人杀他的，我还得为他报仇呢。既然是老天爷要了他的命，我只好缩着脖子不作声；假如老天爷要杀我本人，我也只好这样。教士先生，我告诉您，我是拉·曼却的一个游侠骑士，名叫堂吉诃德；我的事业是遍天下去打抱不平，为人除害。"

那学士说："我不懂您这个打抱不平是怎么回事。您害我折了一条腿，我原先好好一个人给您弄成瘸子，一辈子也站不平了。您为人除害，却害苦了我，叫我终身受害。我碰到您这位多事冒失的人真是够倒霉的。"

堂吉诃德说："世界上的事不是都沿着一条轨道的。阿朗索·罗贝斯先生，这次的事坏在你们来的时候恰在夜里，又穿着这种法衣，拿着火把，嘴里喃喃念诵，有的还穿着丧服，你们实在像另一个世界的邪鬼妖精，所以我不能不尽我的责任来跟你们厮杀。哪怕确实知道你们是地狱里的魔王，也得跟你们厮杀呀。我一直就是把你们当作那种东西了。"

学士说："反正我命该如此吧。害我倒足了霉的游侠骑士先生，我一条腿在骡子身下的脚镫和座鞍中间压住了，麻烦您帮我脱出来。"

堂吉诃德说："您怎么不早把苦处告诉我呀？我还只顾絮絮叨叨地没完没了！"

他连忙大声喊桑丘过来，可是桑丘不愿意。原来那些有身份的先生们带着一匹驮骡，满载着吃的东西，桑丘正在那里卸货呢。他把自己的外衣做成个口袋，尽量塞满东西，装在自己的驴背上，然后才听命跑来，帮他主人从骡子身下拉出学士先生，扶他骑上骡，又拣了火把交给他。堂吉诃德叫这位学士去找同伙，并代向他们道歉说，方才冒犯他们是事不由己。桑丘插嘴道："假如那几位先生要知道冒犯他们的勇士是谁，请告诉他们，那是鼎鼎大名的堂吉诃德·台·拉·曼却，又称'哭丧着脸的骑士'。"

学士骑骡走了。堂吉诃德问桑丘为什么这会儿忽然称他"哭丧着脸的骑士"。

桑丘答道："我告诉您吧，我在那倒霉人的火把底下瞧了您一会儿，您刚才也许是因为厮杀得疲劳或掉了牙齿，真是哭丧着脸，没那么样儿的狼狈相。"

堂吉诃德说："不是这么回事儿。从前骑士都有绰号，一个叫'火剑骑士'，一个叫'麒麟骑士'，这个叫'姑娘们的骑士'，那个叫'凤鸟骑士'，另外还有'飞狮骑士''骷髅骑士'，等等。他们凭这些绰号和标志名闻天下。专管记述我生平事迹的那位博士一定觉得我也该像他们那样取个绰号。我说呀，准是那位博士把'哭丧着脸的骑士'放在你的舌头上和心眼里了，叫你这会儿脱口就叫出这个绰号来。我打算以后就采用这个称号，将来有机会，一定请人在我的盾牌上画一个哭丧着脸的像，这个诨名就显得更恰当了。"

桑丘说："不必费工夫花钱去画这幅像，您只消露出脸来，让人家照照面，不用什么画像和盾牌，人家马上会叫您'哭丧着脸的人'。没错儿，真是这么回事。因为我老实跟您讲，先生啊，（我说句笑话），您挨着饿，掉了牙，一副倒霉相，我刚才说了，哭丧着脸的画像很可以省掉的。"

堂吉诃德听了桑丘的趣谈呵呵地笑了。不过他还是打算采用这个绰号，照自己的设想去画他的盾牌。他对桑丘说："桑丘啊，我想刚才我是对神圣的东西动手行凶了；按'据此，凡受魔鬼引诱者……'那个条款，我就要被驱逐出教会。可是我确实知道自己并没有动手，只动用了这支枪，而且当时没想到是冒犯了教士或教会的什么东西。我这么个虔诚的基督教徒，对教会当然是尊崇的，我只以为那是另一个世界的妖魔鬼怪。如果要把我开除出教会，我就记起了熙德·如怡·狄阿斯的事：他当着教皇陛下把一位国王使节的椅子砸了，因此给驱逐出教会；可是照罗德利戈·台·比伐尔那天的行径，他实在是一个很有体面、很勇敢的骑士！"

上文已经说过，那位学士听了这番话一句不搭理，只顾走了。堂吉诃德想瞧瞧抬床上的尸骸是否只剩了骨头，可是桑丘不答应，说道："先生，我见过您多次冒险，只有这一遭最得手。那些人虽然败退，也许想到打败他们的只是单独一人，就会又羞又恼，等喘过一口气，又来找咱们，给咱们个厉害瞧。这头驴已经装备停当，附近就是山，咱们都饿得慌，现在咱们只消开步走就得了。常言道：'死人进坟墓吧，活人且吃面包。'"

他赶着驴，请主人跟着走。堂吉诃德觉得桑丘说得有理，不再多话，跟着就走。他们在两座小山中间走了一段路，跑到一个宽敞幽静的山谷里。两人下了牲口，桑丘卸下了驴背上的东西；他们饿得胃口正好，就躺在草地上把早饭、午饭、点心、晚饭都并作一顿吃。教士先生们向来不难为自己的肚子，这次伴送尸首，驮骡上带了好几篓子熟肉，主仆俩吃了不止一篓，填满了空肚子。可是他们又遭到一件不如意的事，桑丘认为这事比什么都糟。原来他们没有酒喝，连一口白水都不能到嘴。两人口渴难熬；桑丘看着满地碧油油的细草，说出一番话，详见下章。

第二十章

*英勇的堂吉诃德·台·拉·曼却经历了破天荒的奇事，
却毫无危险；世上著名的骑士从未有像他这样安然脱身的。*

"我的先生，凭这片草地，可以断定附近有泉水或河流润湿了地脉。咱们最好往前走走，也许会找到可以解渴的地方。这会儿渴得厉害，实在比饿肚子还苦。"

堂吉诃德觉得主意不错，他牵着驽骍难得，桑丘把晚饭吃剩的东西装上驴背，也牵着驴子，两人就在草地上摸索着往前走；因为夜色昏黑，什么都看不见。可是他们没走得二百步，忽听得水声震耳，好像有一股瀑布从悬崖峭壁里冲泻下来。他们大为高兴，停步倾听究竟是哪方传来的；忽然又听到另一种响声，搅扰了水声入耳的快意。桑丘天生懦怯胆小，听了尤其沮丧。那是有节奏的敲打声，夹杂着铁片和铁链的碰擦声，再加上汹涌的水声。除了堂吉诃德，谁听了都会害怕的。上文已经说过，当时夜色昏黑，周围又都是大树，轻风吹动树叶，窸窣作响，阴森可怕。孤零零落在那么个地方，一片漆黑，只听得水声和飕飕的树叶声，再加击拍声不停，风声不息，长夜漫漫，又不知身在何处，都叫人心惊胆战。可是堂吉诃德怀着大无畏的心，跳上驽骍难得，挎着盾牌，绰着长枪，说道："桑丘朋友，你该知道，天叫我生在这个铁的时代，是要我恢复金子的时代，一般人所谓黄金时代。各种奇事险遇、丰功伟绩，都是特地留给我的。我再跟你说一遍，我是有使命的。我要光复圆桌骑士、法兰西十二武士和世界九大英豪的事业。那些普拉底尔呀，塔布朗德呀，奥利房德呀，悌朗德呀，斐伯呀，贝利阿尼斯呀，以及前代著名的全伙游侠骑士，都要给我比下去。因为我要在当今之世，干大事，立大功，拿出惊人的武力，衬得他们最辉煌的成就都黯然无色。忠诚的侍从啊，你可注意，今夜这样一团漆黑，这样寂无人声，树林里这些低沉嘈杂的声息，咱们跑来寻找的水源发出这样可怕的响声，好像是从月亮的高山上冲泻下来的，再加这一片击拍不停的刺耳声——种种凑合一起，或单独的每一桩，都可以使战神也心惊胆战，何况没惯经这类惊险的人呢。可是这种种只激发了我的勇气，使我一颗心按捺不住，不管是多么艰巨的冒险，也要尝试一番。所以，你把驽骍难得的肚带紧一紧，咱们分手吧。你在这里等我三天，不用多，到时我不回来，你就可以回家。你回家以后，为了照应我和帮助我，请到托波索去走一遭，通知我那位绝世无双的杜尔西内娅小姐：她所颠倒的骑士为了不辱没她，要干些事业，争些体面，就此送命了。"

桑丘听了主人的话伤心痛哭道："先生，我不懂您为什么要去冒这种凶险。现在正是黑夜，这里又没人看见，咱们尽可以绕道避开，哪怕三天不喝水也使得。反正没人看见，更不会有谁说咱们胆怯。还有一层，咱们村上的神父您是很熟的，我听他讲道说：'寻找危险的人，危险里送命。'所以咱们不应当干这种惊人的大事去招惹上帝；这种事一旦遭到了，只好靠奇迹才脱得难。老天爷已经保全了您，没像我那样给人家兜在毯子里耍弄。您和伴送尸体的一大群人打架，又让您占了上风，平安无事。老天爷为您显的奇迹已经够多的了。况且您一离开这里，不管谁来抢我的灵魂，我准吓得马上送掉；假如我刚才的话感化不了您的硬心肠，您就顾念这一点，回心转意吧。我离开家乡，抛下老婆孩子来伺候您，满以为是上算的，不是吃亏的。可是，'贪心撑破了口袋'，贪心照样也打破了我的愿望。我对您多次许我的倒霉海岛正盼望得紧，以为马上可以到手的，谁知道海岛不给我，现在却要把我撇在这么个人迹不到的地方。我的先生，你瞧上帝分上，别对我这么不讲理呀。你一定要干这件事，不肯罢休，那么至少也等天亮再说。据我牧羊的时候学到的窍门，再等三个钟头天就亮了，因为小熊星的嘴巴正在我头顶上，它跟我右胳膊连成一直线的时候恰好是半夜。"

堂吉诃德说："桑丘，今夜一片漆黑，天上一颗星都不见，你说的成一直线呀、嘴巴呀、脑袋呀，你怎么瞧出来的？"

桑丘说："您说得不错。可是怕惧有许多眼睛，地层底下的东西都看得见，天上的更不用说。况且想情度理，分明是不一会儿就要天亮了。"

堂吉诃德说："管它一会儿、不一会儿，反正不论现在或任何别的时候，总不能说我因为人家哭呀，求呀，就放弃了骑士应尽的责任。所以，桑丘，我请你甭再多说。上帝这会儿既然要我立志冒这个破天荒的奇险，自然会保护我平安，也叫你宽心。你只需把驽骍难得的肚带束紧，在这里等着我。我活也罢，死也罢，赶紧就要回来的。"

桑丘瞧他主人拿定主意，满不理会自己的劝告哭求，就决计凭捣鬼来强迫他等待天亮。他在束紧马肚带的时候，悄悄儿人不知鬼不觉地用他驴子的缰绳拴住驽骍难得的前腿。堂吉诃德要动身却动身不得，因为那匹马不会跑只会跳了。桑丘·潘沙瞧自己的诡计有效，就说："哎！先生，老天爷瞧我流泪央求动了慈悲，叫驽骍难得不能跑了。您如果还要固执，只顾踢它，硬要它走，就会触犯造化的神道，就是老话说的'向钉子上硬碰'。"

堂吉诃德很着急，越是使劲踢马，越不能叫它行走。他想不到马腿会拴住，觉得还是捺定性子等天亮，或者等驽骍难得能够走路再说。他没料到桑丘捣鬼，以为另有缘故，所以他说："桑丘，既然驽骍难得不能行走，我只好等待黎明开颜微笑了。可是她迟迟不来，我是哭着等待呢。"

桑丘答道："不用哭啊，我可以给您讲故事消遣，等着天亮。除非您要照游侠骑士的习惯，下马在青草地上睡一会儿；这样呢，天亮以后，到您要去冒眼前这番奇险的时候，就越发精神抖擞了。"

堂吉诃德道："你还说什么下马、什么睡觉呀？难道我是那种临危偷安的骑士吗？你生来是贪睡的人，你睡你的，你要干什么随你去。我可有和自己志趣相称的事要干呢。"

桑丘答道："我的先生，您别生气，我说的不是那意思。"

他挨到堂吉诃德身边，一手在马鞍前，一手在马鞍后，抱住了他主人的左腿，一步不敢分离；他实在是给那个不停的、有节奏的敲打声吓坏了。他刚才说要讲个故事给主人消遣，堂吉诃德就叫他讲。桑丘回答说，要不是听着那个声音心慌，他确是要讲的。

"不过我还是勉强讲一个吧。我要是能讲到底，没人打搅，那是个很妙的故事。您请留心听着，我这就讲了。往事已成过去，将来的好事但愿人人有份；坏事呢，留给寻求坏事的人……我的先生，我告诉您，古人讲故事，开场白不是随口乱说的，这是罗马检察官加东的一句名言，说是'坏事呢，给寻求坏事的人'。这句话恰好当景，好比指头上戴的戒指那么合适，这就是叫您耽在这里，哪儿都不要去寻求坏事。这条路既然这么可怕，没人逼着咱们，咱们还是走别的路吧。"

堂吉诃德说："桑丘，把你那故事讲下去，咱们该走哪条路由我做主。"

桑丘接下说："那么，我讲。埃斯忒瑞玛杜拉一个村子里有一个牧羊人，就是说啊，一个看羊的。据我这故事里说，这个牧羊人或是看羊的名叫罗贝·汝伊斯。这个罗贝·汝伊斯爱上了一个牧羊姑娘，她名叫托拉尔巴。这个牧羊姑娘托拉尔巴的爸爸是个有钱的牧户。这个有钱的牧户……"

堂吉诃德说："桑丘，照你这个讲法，每句话都重复两遍，你这故事说两天也没个完。你该像有头脑的人那样连连贯贯地讲啊，不然就别讲了。"

桑丘说："我们村里讲故事都像我这样，我没有别的讲法，您也不该叫我另改新样儿。"

堂吉诃德说："随你怎么样讲，反正我命里注定只好听你的，你讲下去吧。"

桑丘接着说："那么，我的亲爱的先生啊，我刚才是这么讲的，这牧羊人爱上了牧羊姑娘托拉尔巴。她是个又胖又野的姑娘，带点儿男人相，因为她有些些胡子。她现在仿佛就在我眼前呢。"

堂吉诃德说："原来你认识她？"

桑丘答道："我不认识她。不过跟我讲这故事的人说，事情千真万确，转讲给别人听的时候，尽可以一口咬定，并且发誓说都是亲眼看见的。且说，一天去，一天来，魔鬼是不睡觉的，什么事都捣乱；他挑拨一番，把牧羊人对牧羊姑娘的爱情变成厌恨。缘故呢，据人家的贫嘴恶舌，说是这位姑娘害他吃了点醋，她的行为出了格，犯了规。牧羊人从此对她厌恶入骨，情愿离开家乡，跑到永远见不到她的地方去，免得跟她照面。托拉尔巴虽然从来不爱罗贝，这会子瞧罗贝嫌弃她，马上就爱得他不得了。"

堂吉诃德说："这是女人的常态：谁爱她呢，她瞧不起；谁嫌她呢，她就爱。讲下去吧，桑丘。"

桑丘说："后来牧羊人打定了一个主意，并且想到就做到。他赶着自己的一群羊，经过埃斯特瑞玛杜拉郊原，打算进葡萄牙国境。托拉尔巴知道了就去追他。她赤脚步行，远远地跟在后面，手里拿一支杖，脖子上搭一只褡裢袋，据说里面带着一面镜子，一只梳子，还有一瓶搽脸的不知什么油膏。且不去管她带些什么东西吧，我这会儿懒得追根究底了。我只说，据这个故事，牧羊人带着一群羊要渡过瓜狄亚纳河。那时候正是水涨，差点儿就要漫上岸来。他到了河边，附近没一只船、没一只小艇，也没有摆渡的人把他和一群羊渡到对岸去。他非常着急，因为眼看托拉尔巴已经快追上他了，她准要哀求痛哭，纠缠个不休。他四下里极力寻找，居然找到一个渔夫,旁边有只小船。船小得很,只容得一个人和一只羊。他顾不得许多,跑协情商,讲定由这个渔夫把他和他的三百只羊摆渡过河。渔夫上船把一只羊渡过河去,回来又把一只羊渡过去,又回来又把一只羊渡过去。渔夫摆渡几只羊,您可记清楚了,要是漏掉一只,故事就完了,一句也讲不下去了。我连着讲吧,且说对岸下船的地方都是烂泥,滑得很,渔夫一去一回要耽搁很久。可是他回来又摆渡一只,又一只,又一只。"

堂吉诃德说:"你就算全都过去了吧,别这样去一趟、来一趟的,讲一年也摆渡不完。"

桑丘说:"这会儿已经摆渡几只羊了?"

堂吉诃德说:"我哪里知道。"

"我早说过,您得记清楚了。现在,天晓得,这个故事就此完了,讲不下去了。"

堂吉诃德说:"哪有这种事?记清楚摆渡的羊数,对这个故事那么要紧吗?数错一只,故事就讲不下去了?"

桑丘答道:"讲不下去了,先生,怎么也讲不下去了。因为我问您渡了几只羊,您说不知道,就在这个当儿,底下的事都从我脑筋里跑了。底下的事实在很有意思,也很有趣味呢。"

堂吉诃德说:"照这么说,故事就是完了?"

桑丘说:"跟我妈妈一样的完了。"

堂吉诃德说:"老实告诉你,你这个寓言或故事或历史新鲜极了,谁都想不出来;你这种讲法和这种结尾法是从来没有的。当然,我没有指望你这副好头脑能想出别的故事来。我并不奇怪,那敲打不停的声音大概搅得你头脑糊涂了。"

桑丘说:"您怎么解释都行,反正我就知道我这个故事没法再讲下去;摆渡了几只羊的数目一错,故事到那里就完了。"

堂吉诃德说:"随它爱哪里完就哪里完吧。咱们且瞧瞧驽骍难得能不能走路了。"

他又去踢马,马又跳了几下,还停留原处;它的两腿拴得非常牢固。

这时候快要天亮了，桑丘不知是着了清早的凉气，还是晚饭吃了滑肠的东西，更可能是因为自然之理，他急要干一件别人替代不了的事。可是他胆小得要命，连手指甲的黑边缘那么宽的几分几毫都不敢离开他主人。他的水火事儿不干又不行。他就用个折中办法，放开搭在鞍后的右手，轻轻解开裤带上的活扣。他的裤子全靠这条带子系住，带子一解，裤子马上掉落下来，像脚镣似的套在脚上。然后他高高掀起上衣，露出两瓣不很小的屁股。他满以为到此已经过了难关，不料难的还在后面：他方便的时候要不出声响实在办不到。他咬紧牙根，缩拢肩膀，狠命屏住气。可是不幸得很，白费了许多力，终究还是走漏了一点儿声音，和吓得他胆战心惊的那个声音大不相同。堂吉诃德听见了，说道："桑丘，这是什么响？"

他回答说："不知道啊，先生，准是出了什么新的乱子；险事和倒霉事总是大伙一齐来的。"

他再碰碰运气，居然很顺利，没像前番那样；他没再出声，没再折腾，就把憋在肚里的那堆东西出脱干净。可是堂吉诃德的嗅觉和听觉同样灵敏，桑丘和他又是紧紧挨在一起的，一阵阵气味直往上冒，不免向堂吉诃德的鼻孔里钻进一些去。他赶紧捂住鼻子，用两指紧紧捏住，齆着鼻子说：

"我瞧啊，桑丘，你是吓坏了。"

桑丘说："对呀，可是您怎么这会儿忽然知道了呢？"

堂吉诃德说："因为你这会儿身上的气味比往常浓郁了，而且不是龙涎香的气味。"

桑丘说："很可能。不过这怪不得我，却要怪您半夜里带我到这种荒僻的地方来。"

堂吉诃德两个指头还捏着鼻子，说道："朋友，你走开几步吧。以后对自己一身多检点些，对我也该有个分寸。我把你惯坏了，你就这样不拘礼貌。"

桑丘说："我可以打赌，您准以为我方便一下是放肆了。"

堂吉诃德答道："桑丘朋友啊，'还是少搅拌为妙'。"

主仆俩说着话，过了一夜。桑丘瞧天快要亮了，就轻轻解开驽骍难得的束缚，自己也系上裤子。这匹马生来好性子，可是这会儿一恢复自由，就发脾气似的只顾用前蹄扑地——因为不是小看它,它实在不会蹦跳。堂吉诃德瞧驽骍难得能活动了,认为是好兆,他相信这就是敦促他去冒险。这时已经天亮,东西都看得清楚。堂吉诃德发现四周都是很高的栗树,遮得阳光不透。他听那敲打的声音还是不停,却不知从哪里来的。他不再犹豫,踢动驽骍难得准备出发,临行再次向桑丘告别,叫桑丘在这里至多等待三天,照他上次的话,过了三天他如果不回来,那就是上帝的意旨叫他在这番冒险里送命了。他又讲到托桑丘向杜尔西内娅传送的口信。至于桑丘的工钱,他说不用着急,他离乡之前已经立下遗嘱,写明按桑丘当差多久,该多少工钱如数照付;不过如果上帝保佑他安然脱险,一无损伤,那么,答应给桑丘的海岛可以千拿万稳。桑丘听他的好主人又说这套叫人伤心的话,又哭起来;他打定主意,他主人这件事情没有完结,他决不离开。

本传作者凭桑丘·潘沙的眼泪和高尚的决心,断定他是好出身,至少是老基督徒。堂吉诃德看到他侍从的情意,有点心软,不过还不至于流露出来,只装得声色不动,循着水声和拍打声一路跑去。桑丘步行跟随,照例牵着他的驴;他交运也罢,倒运也罢,和这头毛驴总是形影不离的。他们在绿荫沉沉的栗树底下走了好一段路,忽见高山下面一片草地,一股汹涌的瀑布从岩石里冲泻下来;山脚下有几间破屋,看样儿不像房子,却像倒塌的房基。他们发现还直在拍打不停的响声就是从那里出来的。驽骍难得听了水声和拍打声很害怕,堂吉诃德安抚着它,一步步向那几间屋子跑去,一面向他的意中人虔诚祷告,他遭到了危险,求她保佑;顺便也祷告上帝照应,不要抛弃他。桑丘紧紧跟在后面,拼命伸着脖子,突出眼珠,在驽骍难得腿缝里张望,想瞧瞧究竟什么东西吓得自己这样心惊胆战。他们又走了一百步左右,在一个转角处,赫然真相大明,疑团尽消。他们听来阴森可怕的声音,一夜来搅得他们提心吊胆的(读者请勿见怪),原来是砑布机上六个大槌子交替着拍打,造成的一片喧响。

堂吉诃德一看原来如此,瞪着眼直发愣,一句话都说不出来。桑丘瞥了他一眼,只见他把脑袋直垂到胸前,满面羞惭。堂吉诃德也瞧了桑丘一眼,见他鼓着两个腮帮子,含着满嘴的笑,分明就要憋不住了。他尽管心里懊恼,看到桑丘这副模样也不禁笑起来。桑丘瞧他主人先开了头,就放肆了,他笑得只好两手捧着腰,免得笑破肚皮。他忍住几次,可是忍住了又笑起来,笑得跟原先一样厉害。堂吉诃德瞧他这样,已经冒上火来,禁不起他又连讥带讽,学着自己的腔吻说:"桑丘朋友,你该知道,天叫我生在这个铁的时代,是要我恢复黄金时代或金子的时代。各种奇事险遇、丰功伟绩,都是特地留给我的。"当初堂吉诃德听了这可怕的敲打声,说了一席话,这时桑丘差不多照样学了一遍。

堂吉诃德瞧桑丘拿他挖苦取笑,恼羞成怒,举枪把他打了两下。这两下要不是打在背上而打在头上,他就从此不用付工钱了,除非付给桑丘的继承人。桑丘开了玩笑大讨没趣,怕他主人还不罢休,忙赔着小心说:"您别生气,天晓得,我是开玩笑。"

堂吉诃德说:"就因为你开玩笑,我偏不开玩笑。哈哈笑的先生,你过来。照你瞧,假如咱们碰到的不是砑布机上的槌子,而是一件凶险的事,我当时没有拿出应有的冒险精神和干事的劲头吗?难道我当了骑士,听到响声就该知道是砑布机发出来的吗?况且,我也许一辈子没见过那种东西呢——我的确没见过,不像你乡下佬,生长在砑布机旁边的,你才见过。假如你把那六个槌子变成六个巨人,叫他们一个一个或全伙一起和我厮打,我要不把他们个个打得两脚朝天,我就随你笑去。"

桑丘说:"算了算了,我的先生,我承认刚才是太乐了,乐得过了头。我但愿您以后逢到什么凶险,老天爷都叫您像这次一样安然无事。咱们现在已经讲和了,您说说吧:当初咱们吓破了胆,不是个笑话和话柄吗?至少我是吓坏了;至于您呢,我现在知道您是不害怕的,也不懂得什么叫怕。"

堂吉诃德说:"我承认刚才的事可笑,但是不该当作话柄;不能指望每个人都聪明绝顶,会把事情一眼看准。"

桑丘说:"至少您会把枪一下子打准:要打我的脑袋,却打在背上。这是亏得上帝保佑,我自己也躲闪得快。可是,算了,'碱水里什么脏都洗得掉';我听人说,'害你哭的人爱你深';况且主人骂了底下人,事后往往赏他一条裤子。不知道主人揍了底下人一顿板子,照例赏什么东西。如果他是游侠骑士，大概就赏海岛或陆地上的王国吧？"

堂吉诃德说："凭运道，这种事都有可能，你说的这些都会兑现。刚才的事请你原谅；你是明白人，你会了解，一个人一时性起，不由自主。以后你记着：你得克制自己，别跟我多说话。我读过不知多少骑士小说，就没见过侍从对主人像你这样多话的。这实在是咱们俩的大错。你对我不够尊敬，是你错；我随你这样，是我错。比如说吧，阿马狄斯·台·咖乌拉的侍从甘达林是封在斐尔美岛的伯爵，据书上讲，他见了主人总是拿着帽子，低着头，像土耳其人行敬礼那样鞠躬到地。咱们再瞧瞧堂咖拉奥尔的侍从咖萨巴尔，他也沉默得很。那部真实故事长极了，可是那么长的故事里，只提到他一次；这就可见他那样出奇的沉默，真了不起。桑丘，你听了这些话可以知道：主仆之间，上头和下人之间，骑士和侍从之间，一定要有个界限。所以从今以后，咱们得放端重些，别嬉皮笑脸的。因为我要是跟你发火，不管怎么样，'遭殃的总是瓦罐儿'。我许你的赏赐到时自然会来；要是没有，我已经跟你说了，你的工资至少是拿稳的。"

桑丘说："您说的都很对。不过，我想问问，假如您那些赏赐还遥遥无期，只好靠工资的话，从前侍从伺候了游侠骑士赚多少钱呢？他们讲工资的时候，是论月，还是像砌砖匠似的有一天算一天呢？"

堂吉诃德说："我不信那时候的侍从拿什么工资，他们只领赏赐。我留在家里一份密封的遗嘱，上面提到了你。我是为了防备万一。因为在这个糟糕的时世，还不知骑士道实行起来是怎么样呢。我不愿意为了小小的疏忽，害我的灵魂在阴司受罪。我告诉你，桑丘啊，这个世界上，只有冒险家担的风险最大。"

桑丘说："对呀，光是矷布机上几个槌子的声音，就把您这样一位勇敢的骑士吓得提心吊胆。不过您尽管放心，从今以后，我张开嘴巴，决不再拿您的事来开玩笑，只把您当作东家和天生的主子来颂赞。"

堂吉诃德说："你要这样，就能在这个世界上生存了。尊敬父母是第一要紧，其次就是把主人也当父母那样尊敬。"

第二十一章

砑布机那可怕的声音同"骑士"开了一个不小的玩笑，也骗走了桑丘许多的眼泪，让他为堂吉诃德平白担心不已，生怕失去了这位荒唐的主人。但这次事件却使二人感情加深了许多，也考验了他们主仆关系的稳定性，在这轻松的玩笑之后，他们又有了新的动力，也许他们真能团结一致去干出一番事业呢。

我们这位无敌骑士赢得曼布利诺头盔的大冒险和大收获，以及其他遭遇。

> 深恶(wù)痛绝：指对某人或某事物极端厌恶痛恨。恶：厌恶。痛痛恨。绝：极。

这时下起小雨来了。桑丘想和他主人到砑布机的机房里去躲躲，可是堂吉诃德为了那场惹气的笑话，对砑布机深恶痛绝，怎么也不肯进去。他们就往右一拐，走上一条昨天没经过的路。走了一程，堂吉诃德看见一个人，骑着马，头上戴着个闪闪发亮的东西，好像是金的。他一见立刻转身对桑丘说：

"照我看来，桑丘，老话没一句不真，因为都是从经验来的，而经验是一切学问之母。老话说：'这扇门关了，那扇门就开。'这是尤其千真万确的。我这样说有个缘故。昨晚运道也许用砑布机欺骗咱们，关上了咱们寻找奇事的门，今天却给咱们大大地敞开了另一扇门，让咱们去找更美好、更确实的奇事。我要不及时赶进这扇门，就得自己认错，不能再说是对砑布机少见多怪或者黑夜里看不真。为什么呢？我要是没看错，有人朝咱们这边来，头上就戴着曼布利诺的头盔呢。我为这只头盔发的誓，你是知道的。"

桑丘说:"您说话得仔细,干事更得仔细啊。我但愿别又是捶打得咱们昏头昏脑的砑布机之类。"

堂吉诃德说:"你这该死的家伙!头盔跟砑布机又有什么相干呀?"

桑丘答道:"我不知道。不过,老实讲,我要是能像往常那样多话,我也许能说出一番道理,说明您这话是错了。"

堂吉诃德说:"你这顾虑重重的混蛋!我刚才的话怎么错了?你倒说说。你就没瞧见对面来了一位骑士,骑着一匹花点子的灰马,头上戴着一只金子的头盔吗?"

桑丘说:"我只瞧见一个人骑着一头驴,——像我这头驴似的一头灰驴,他头上戴着个闪亮闪亮的东西。"

堂吉诃德说:"那就是曼布利诺的头盔呀!你走开,单让我来对付他。你可以瞧瞧,我不用白费时间,一句话不说,马上就能完事,把我一心向往的头盔弄到手。"

桑匠说:"我会小心躲开,不过,我再说一遍,但愿天保佑,这是香菜,不是砑布机。"

堂吉诃德说:"老哥,我跟你说过了,再别提砑布机的话,连影儿都别提,我发誓……我不多说,我会打得你灵魂出窍呢!"

桑丘不再作声,生怕他把嘴巴张成圆形而发的那个誓,当真干出来。

且说堂吉诃德看见的头盔呀、马呀、骑士呀,是怎么回事。那里附近有两个村子:一个很小,村上既没有药剂师的铺子,也没有理发师;接境的另一个村上却都有。所以大村子里的理发师也为小村子服务。这小村子里有个病人要放血,又有个人要剃胡子,理发师就带着铜盆到小村子里去。他去的时候恰巧下雨,他的帽子大概是新的,怕沾湿,所以把盆顶在头上。那盆擦得很干净,半哩瓦以外都闪闪发亮。他骑

曼布利诺的头盔是堂吉诃德的一个梦魇,成了他的一块心病,但却也是一块很起作用的遮羞布,多次掩盖了堂吉诃德失败的真正原因,成了一个很管用的借口。它的这次出现,不知能给堂吉诃德带来什么命运。

转眼间曼布利诺的头盔在作者的解读中变成了理发师的铜盆,不知道二者究竟有多大的关联能让堂吉诃德一口咬定那就是誓言中的头盔,也不知道面对如此巨大的反差,堂吉诃德是否能真正接受它的事实。

的驴就像桑丘说的,是一头灰驴。堂吉诃德眼里就看成了花点子的灰马呀骑士呀和金子的头盔。因为他按照自己那套疯狂的骑士道想入非非,把所见的东西一下子都改变了。他心目中的那位倒了霉的骑士走近前来,他更不搭话,纵马挺枪,直向那人刺去,一心要把他刺个对穿。他和那人劈面相迎,并不勒住马,只喊道:"奴才!动手自卫!要不,就把我应得的东西双手献出来!"

理发师做梦也没想到或提防到这种事,看见这个怪东西迎面冲来,只好滚鞍下驴,躲过他的长枪。他比雄鹿还矫捷,身子刚着地,立刻跳起来往野外飞跑,风都追他不及。他把盆儿丢在地下;堂吉诃德见了很得意,说道:"海獭看见猎人追赶,凭本能知道是要它身上的一件东西,就用牙把那件东西咬下来;这个异教徒很乖,也学了海獭的样。"他吩咐桑丘把头盔拾起来。桑丘双手捡起,说道:"啊呀,这盆儿真不错!要说值钱的话,至少也值一个当八的银瑞尔!"

> 桑丘的话总是充满了戏耍的成分,简单直接却让人忍俊不禁。

他把盆交给他主人。堂吉诃德拿来立刻戴在头上,转过来,转过去,想找面盔的部分,可是找不到。他说:"这只有名的头盔当初是配着一个异教徒的头形铸造的,那人的脑袋一定大得很。可惜这东西缺了一半。"

桑丘听他把盆儿叫作头盔,忍不住好笑;可是想到他主人的火气,笑了一半忙又忍住。

> 堂吉诃德不愧为真正的"骑士",每次都能凭借"合理"理由坚持住自己的观点,不过作者似乎还是让他显得过于顽固了。

堂吉诃德说:"桑丘,你笑什么?"

他说:"我是想到那位异教徒原主的脑袋那么大,这只头盔完全像一只理发师的盆儿了。"

"桑丘,我告诉你我是怎么想的。这只有名的神盔,大概是由意外事故,落在一个外行人的手里了,那人不识货、不知道它的价值,瞧是纯金铸成的,一定就糊里糊涂地把那一半熔化卖钱了,把剩下的一半做成这么个东西,看着就像你说的理发师的盆儿。不过,随它是怎么回事,反正我识货,不在乎它变样。回头哪个村子里有金匠,我叫他修理一下,要修得像锻神替战神打造的东西一样好,甚至更好。目前我就凑合戴上,总比没有头盔好;如果有石子打来,就可以抵挡。"

桑丘说:"可以呀,只要人家不用弹弓来弹你。上次那两支军队混战的时候,他们用弹弓打的石子,打折了您几个大牙,把害我呕掉肠子的万应神油的罐儿也砸破了。"

堂吉诃德说:"损失那些油我并不心疼,因为你知道,桑丘,那个药方我记在心上呢。"

桑丘答道:"我也记得呀。可是我这一辈子如果去按方配制,或者再喝点试试,天叫我马上就死!而且我打算动用身上的五官一齐护着自己,既不受伤,也不伤人,压根儿用不着这种药。至于再给人兜在毯子里抛呢,这话我不提,因为这种倒霉事没法预防,碰到了只好缩着肩,屏住气,闭上眼,听凭命运和毯子抛送。"

堂吉诃德听了这话,说道:"桑丘啊,你这个基督徒很糟糕,吃了人家一次亏,老也不忘记。你该知道,伟大的心胸不计较细事。你难道折了腿、断了肋骨、破了脑袋吗?你就念念不能忘记那番玩笑呀?仔细想来,那是捉弄你,闹着玩儿的。我如果没看明这点,早回去为你报仇了;我要为你干的事,准压倒希腊人为拐走海伦而造成的浩劫。其实那位海伦如果活在现代,或者我的杜尔西内娅活在那个时代,可以拿稳了说,海伦的美貌不会有那么大的名气。"

他说到这里,长叹一声,把叹息送上云霄。桑丘说:"就算是开玩笑罢了,反正也不能认真报仇。随它是认真、是玩笑,我终归尝到那个滋味了,也知道那是我身上抹不掉、心上忘不了的。不过这些都不去说它,我且问您,您把那个曼

> 桑丘简直是成心作对,哪壶不开偏提哪壶。

低诺打倒了,他那匹看来像灰驴的灰点子花马,撇在这里没个着落,咱们把它怎么办?照那个人拔腿飞跑的样子,不见得再想回来找它了。天啊!好一匹灰驴啊!"

堂吉诃德说:"我向例不剥夺我手中败将的东西。按骑士道的规则,也不准剥夺他们的马匹,叫他们步行。除非打仗的时候,胜者损失了坐骑,才可以夺取败者的马匹作为合法的俘获。所以,桑丘,这匹马呀,驴呀,不管你当它什么东西吧,你随它去,它主人等咱们走了会回来找它的。"

桑丘说:"我真恨不得牵了走呢!至少把自己的驴和它对换也好,我觉得我的驴没它那么好。骑士道的规矩实在是严厉,连换掉一头毛驴儿都不准。我请问您,驴子身上配备的东西,总可以调换吧?"

堂吉诃德答道:"这个我可不大清楚,还拿不定,得仔细研究呢;你如果急切需要,暂且让你换吧。"

桑丘说:"急切得很,即使是我自己身上穿的戴的,也没那么急切的需要。"

他得到许可,马上举行换帽礼,把自己的毛驴装扮一新,比原先漂亮好几倍。然后他们吃了些驮驴上抄来的干粮,又喝了些推动砑布机的溪水;只是背着脸不看那些砑布机。他们受了惊吓,对那些东西深恶痛绝。

他们饥火已平,气恼也消了,两人骑上牲口,不择道路,随驽骍难得任意而行,因为这样才是游侠骑士的本色。马的主人随着马的意向,就连那头毛驴也那样,总是又亲热又和顺地跟着那匹马;马到哪里,驴就跟到哪里。他们终究又回到大路上,毫无定向,只顺着大路随便跑。

他们一路走,桑丘对主人说:"先生,您许我跟您说一两句话吗?自从您下了那道严厉的命令不让我说话,我肚子里好些东西都闷得发霉了。这会儿我舌头尖上有句话要说,我

堂吉诃德的骑士道再次成了桑丘的障碍,对于桑丘来说,明知主人的错误却不想过于理会,因为战利品的最终处理才最能吸引他。

桑丘的贪小便宜本性实在难改,理发师够倒霉的了,但桑丘仍不放弃占他点儿便宜。

不愿意憋坏了它。"

堂吉诃德说:"你说吧。话要简短,啰里啰唆就没趣。"

桑丘说:"那么,先生,我就说了。这几天我老在想:您在荒野里和四岔路口来回冒险,到手的好处实在是太少了;即使克服了天大的凶险,成了大功,既没人看见,也没人知道,当然也永远埋没了,这就亏负了您的心愿和您的一番事业。所以我想,除非您有更好的主意,咱们最好还是去投奔一个正在打仗的皇帝或国王。您替他效劳,可以显显您的身手、您了不起的力气和更了不起的头脑。咱们投奔的主子看到了这种种,一定按咱们各自的功劳酬报咱们;他那里一定也有人把您的事迹写下来,一代代流传下去。我干的事就不提吧,因为不过是侍从的事罢了。如果按骑士道的规则,侍从干的事也得记下来,那么我敢说,我的事不该略过不提。"

堂吉诃德答道:桑丘,你说得不错。但是一个骑士要达到这个地步,先得四面八方去冒险,经受考验;等功成名就,一旦到了哪一国的京城,那里已经久闻他的大名了。他进了城,小孩子一见立刻跟上来围住他,大喊'这是太阳骑士呀''蛇骑士呀'或者其他徽号的骑士,反正他是在那个徽号下干了大事业的。他们会说:'这是单枪匹马战胜大力巨人布洛咖布鲁诺的骑士呀!''禁咒了将近九百年的波斯国玛梅鲁戈大帝,靠这位骑士破了魔法的呀!'他的事迹就这么一传十、十传百地播开了。后来国王在宫殿里听到小孩子和许多别人的嚷嚷,赶到宫殿窗口,一看见这位骑士,凭铠甲或盾牌上的徽章认出他是谁,就不由自主地喊道:'啊呀,骑士道的模范来了!我满朝的骑士们快出去迎接呀!'大家奉旨赶出去,国王亲自跑到半楼梯,紧紧拥抱了这位骑士,和他行吻面礼,然后携手带他到后宫,会见王后和公主。这位公主的才貌反

没有好处可捞的荒野冒险使桑丘失望透顶,但聪明的桑丘意识到了这一点,并开始试图用堂吉诃德向往的名利来诱使他去追寻更大的功勋,为他谋取更多的好处。

正是当代第一、举世无双的。她立刻凝目注视着骑士,骑士也盯着公主看,都觉得对方像天神一般,不是凡人。他们不知怎么的给撩拨不开的情网套住了,却不知怎样表达爱慕的情意,心上非常痛苦。随后准有人把骑士送到陈设富丽的房间里,替他卸下盔甲,又拿一件华丽的红袍给他穿上。他披戴着盔甲就够漂亮的,换上便服越显得风度翩翩。当晚他和国王、王后和公主同进晚餐。他两眼离不开公主,只顾偷偷看她;她也乖觉地偷眼看骑士,因为据我刚才的话,她是一位很慎重的姑娘。饭罢,忽有个又丑又小的侏儒进餐厅来,后面跟着一位漂亮的傅姆,两个巨人陪在她左右。她提出了一件艰险的事,是古代一个法师造成的,谁能完成这件事,就公认他是天下最好的骑士。

"国王命令在场的骑士都尝试一下。大家都不行,成功的只有这位做客的骑士,这就越发增长了他的名望。公主快活极了,她爱上这样杰出的人物,更觉得心满意足。无巧不巧,这位国王或王子或随他是什么,正和一个势均力敌的敌人苦战。做客的骑士在宫里住了几天,要求参战,为国王效劳。国王一口应允,骑士恭恭敬敬地对国王吻手谢恩。这天晚上,他去向公主告别。公主卧房的窗对着花园,她曾经隔着窗子的栅栏和骑士谈过好几次话;她的心腹侍女替她传递消息。当时骑士长吁短叹,公主昏厥过去,侍女忙去舀凉水;侍女很着急,因为天快亮了,怕私情泄露,坏了公主的名誉。后来公主醒过来了,她把一双白手从栅栏里伸给骑士;骑士就千遍万遍地亲吻,用眼泪冲洗这双玉手。两人约定怎么样互通或好或坏的消息。公主要求他尽早回来;他连连发誓允诺。他再次吻了公主的手和她告别,心上说不尽的难受,简直要活不下去了,回屋倒在床上,满腔离愁,一夜没睡。他大清早起来,向国王、王后和公主辞行,可是只见

在塞万提斯眼里,这才是真正骑士小说的传统路子,他借用骑士迷堂吉诃德之口讲述了这样一个庸俗陈规的故事,从而加强了对其的讽刺效果。

到国王和王后，听说公主不舒服，不能见他了。骑士知道她是为了离别悲伤，只觉得万箭钻心，差点儿脸上流露出来。牵线的侍女当时在场，都看在眼里，回去告诉公主，公主听了不禁流下泪来。她说，她最苦恼的是不知这位骑士什么出身，是否帝王的后代。侍女一口保证说，他如果不是帝王公侯的子孙，决不会这么高贵、温文、勇敢；这话安慰了公主的心。她极力自己宽慰，免得父母看出她的心病。过两天，她也就在公共场所露面了。这位骑士早走了，他投入战争，征服了国王的敌人，夺得许多城池，打了好几次胜仗。他回宫和公主在经常相会的地方见面，约定由他去要求国王酬报他的功勋，把公主嫁给他。国王不答应，因为不知道他的出身。可是，他和公主或是私奔了，或是别有什么办法，公主终究做了他的妻子。国王对这桩婚事很满意，因为后来发现骑士的父亲原来是一位英勇的国王。我不知道他的国土在哪里，因为我想地图上是不会有的。父王去世，公主继承，这位骑士转眼做了国王。这就该论功行赏了，侍从和所有帮他登上宝座的人都有赏赐。新王把公主的一个侍女配给侍从——不用说，她就是那个牵线的侍女，她父亲是一位很显赫的公爵。"

桑丘说："正合了我的心愿；这得实实在在，没有虚假。我就是这样指望的，事情准会像您刚才讲的那样，一一应在您这位哭丧着脸的骑士身上。"

堂吉诃德答道："桑丘，这还用说吗！从前游侠骑士做到帝王就是这样一步步升上去的。现在只要看哪个基督教或异教的国王正在打仗，又有美貌的女儿。不过现在还顾不到这点，因为我已经说过，上朝之前，先得在别处显身手，扬名气。况且我还有个缺陷：假如有国王正在打仗，他又有美貌的女儿，而我已经名满天下，我却不知道怎么能发现自己是

公主和王子的结合在堂吉诃德眼中才是完美的，这也是骑士小说的理想结局，看来堂吉诃德的骑士浪漫化已经深入骨髓了。

> 帝王的子孙，就连叔伯的亲也攀不上。国王要是这方面拿不稳，即使我功勋显赫，尽配得过公主，他也不肯把公主嫁我呀。所以我只怕就为这一点缺陷，白卖了力气，还是一场空。当然，我出身旧家，有财产，还有权利要求五百苏艾尔多的罚金，说不定将来为我写传的博士会把我的祖宗考察清楚，发现我原来是什么国王的第五、六世的子孙。我告诉你，桑丘，世界上有两种家世：一种是从帝王传下来的，一代代衰落，到末了只剩了一个点，像个底在上、尖在下的金字塔；另一种是从平民开始，步步高升，直升到公侯。两种家世不同：一种丧失了过去的地位；一种取得了过去未有的地位。我的家世大概是前一种。据考证，我也许是名门望族出身，将来做我丈人的国王准会满意。即使他不满意，公主对我准是一片痴情，明知我是挑水夫的儿子，也会不顾父命，把我认作家主和丈夫。不然的话，我就抢了她，随意把她带到别处去，等过些时候，或者等她父母身死，他们的气恼也就完了。"

<small>堂吉诃德两种家世的概括有着一定的说服力，但究根结底，丧失过去地位的那些人，他们过去的地位也是前人取得的过去未有的地位。</small>

> 桑丘说："这里正用得上一句混蛋的话：'硬抢也能到手，何必向人乞求。'不过还有句话更当景：'实心眼儿求人，不如一走脱身。'我说这话有个缘故。做您老丈的国王陛下如果不肯回心转意，把公主小姐嫁给您，那就别无办法，除非像您说的，抢了她带到别处去。不过这样也不妥；您还没跟他们讲和，还没安安顿顿做上国王呢，这个时候，可怜的侍从对他那份赏赐，还得瞪着眼干等吧？除非将来做他老婆的心腹侍女跟着公主一起逃出来，和他同过苦日子，等老天爷另作安排——因为我相信他主人一定马上把侍女赏他做正室夫人了。"

> 堂吉诃德说："这是谁也不能阻挡的。"

> 桑丘说："那么咱们只要靠上帝保佑，随命运去安排得了。"

> 堂吉诃德说："桑丘啊，随上帝照我的愿望和你的需要去

<small>桑丘似乎把堂吉诃德想象的故事现实化了，竟开始研究起了细节问题。</small>

安排；'谁自卑自贱，就是卑贱的人'。"

桑丘说："随老天爷安排吧。我是个老基督徒，我能做到伯爵就足够了。"

堂吉诃德说："还不止呢。即使你做不到伯爵也不要紧，因为我既然是国王，就可以封你爵位，不用你花钱买，也不用你格外效劳。我封你做了伯爵，你马上就是绅士了，人家爱怎么说，随他们说去；尽管他们不愿意，也少不得称你一声'阁下'。"

桑丘说："好哇！我可会卖弄我的官眼儿。"

他主人说："该说'官衔'，不是'官眼儿'。"

桑丘说："就算官衔。我说呀，我是很会做官的。讲老实话，我从前当过教会的庭丁；我穿上庭丁的袍儿，神气极了，大家都说，凭我的气概，可以做教会的总务员呢。如果我披上公爵的袍儿，或者像外国伯爵的派头，浑身戴着黄金珠宝，那可多么体面啊！保管一百哩瓦以外的人都要赶来看我了。"

堂吉诃德说："你一定很漂亮。可是你得经常剃胡子。像你这种又浓又粗又乱的胡子，至少每两天剃一回；不然的话，大老远就看得出你是什么人。"

桑丘说："那只消用个理发的，把他雇在家里，不就行了吗？假如少他不得，可以叫他跟在我背后，像贵人的马弁那样。"

堂吉诃德问道："你怎么知道贵人有马弁跟着呢？"

桑丘说："我告诉您。几年以前，我在京城里待过一个月。我看见一位贵人在那里散步，他个子很小，据说爵位很高。有个人骑马来回跟着他跑，好像他的尾巴似的。我问人家这人干吗老跟在那人背后，却不跟着别人。人家说，这是他的马弁，贵人照例有个马弁跟着。从此我就知道了，一直没忘记。"

"官"对桑丘来说就是钱和富足的生活。

> 幻想总是美好的，陷入幻想中的主仆二人深浸其中不能自拔，真让人不忍唤醒他们的美梦。

堂吉诃德说："对呀！所以你照样也可以叫你的理发师跟着你。风气不是一下子兴起来的，也不是一致同意了创造出来的。说不定你就是第一个背后带着个理发师的伯爵；而且剃胡子比套马更是贴身的事。"

桑丘说："理发师的事您留给我就行，您只管想办法做国王，封我做伯爵。"

堂吉诃德说："有那一天。"

他抬头忽有所见，看见的是什么东西，且待下一章叙述。

情境赏析

几经波折之后，再通过主仆二人的对话可见，在长时间的接触之后，两人在患难中已建立起了深厚的友情，堂吉诃德以平等的态度对待桑丘，桑丘也对主人关怀备至，忠心耿耿。虽然桑丘时常还会惦记起那许诺中的海岛，但对堂吉诃德本人的关心却在游侠中日渐上升。他没有堂吉诃德那么高的觉悟，也不想争夺回黄金世界，他只是一个普普通通的农民，是一个有血有肉的农民，既有目光短浅、狭隘鄙陋、讲究吃喝等弱点，也有重感情、讲信义等美德。

名家点评

堂吉诃德本身表现了什么呢？首先是表现了信仰。简言之，对超出个别人物之外的真理的信仰，这真理不能轻易获得，它要求虔诚的皈依和牺牲，但经由永恒的皈依和牺牲的力量是能够得到的。

——（俄）屠格涅夫

第二十二章

带着战利品——脸盆，扬扬自得的堂吉诃德又开始了功成名就的幻想，他也企盼着能走一条骑士小说记载中的成功之路，有王国和美丽多情的公主，这些美好的未来把桑丘也陶醉了，他也亟待着主人的成功给自己带来好运，只是不知他们是否能实现这个缥缈的梦想。

堂吉诃德释放了一伙倒霉人，他们正被押送到不愿去的地方去。

曼却的阿拉伯作家熙德·阿默德·贝南黑利在这部正经、夸张、细致、有趣而又异想天开的故事里记述如下：在上文二十一章末尾，著名的堂吉诃德·台·拉·曼却和他的侍从桑丘·潘沙一番谈话之后，堂吉诃德抬眼看见前面路上来了十一二个步行的人，一条大铁链扣着他们一个个的脖子，把他们联成念珠似的一串；他们都戴着手铐。一起还有两人骑马，两人步行；骑马的拿着新式火枪，步行的拿着标枪和剑。桑丘见了说："这队人是国王强迫着送到海船上去划船的。"

堂吉诃德问道："怎么强迫？难道国王强迫了谁吗？"

桑丘说："不是的，我只是说，这些人是犯了罪罚去划船，强迫他们为国王当苦役。"

堂吉诃德说："不管是怎么回事吧，这些人反正是硬押着走的，不是自愿的。"

桑丘说："对啊。"

瞧吧！爱管闲事的堂吉诃德是不会放弃这个机会的。

他主人说:"照这么说,恰好就是我的事了;锄强救苦正是我的责任。"

桑丘说:"您小心啊,国王是最公道不过的;他强迫这些人是因为他们犯了罪,惩罚他们。"

> 过分的正义感也会让人走向偏激,此时的堂吉诃德已失去对正邪的判断力,只一味地寻找理由为自己急切建功的心理作依据。

这时候,一串囚犯已经走近前来。堂吉诃德很客气地请教押送的人,为什么把一群人这样押着走。一个骑马的回答说:他们是到海船上去的苦工,是国王判了罪的犯人;此外没什么可说的,也没什么可问的。

堂吉诃德说:"可是我还想问问每个人招祸的缘由呢。"

他还说了许多好话央求。另一个骑马的就说:"我们携带着这些混蛋犯罪的案卷呢,只是现在不便停下来找给您看。您去问他们本人吧。他们要是高兴,会跟您讲;这种人干坏事和讲坏事都有兴味,一定乐意。"

其实堂吉诃德即使得不到准许,也会自作主张去问。他既然得到准许,就跑向那串囚犯,问打头第一人犯了什么罪,落得这样狼狈。那人说是为了恋爱。

堂吉诃德说:"就为了恋爱吗?如果为了恋爱得押上海船,我早该在那儿划船了。"

> 没想到囚犯也如此幽默,竟把偷盗行为比作了恋爱,也不乏为一种创举。

那囚犯说:"不是您心眼里的恋爱:我是爱上一大筐浆洗好的衬衣,竟把它紧紧搂住了,要不是给法律的铁手夺下,我至今也不会自愿放手。我是当场拿住的,不用严刑逼供。审问完毕,我背上吃了一百鞭子,再饶上三年'古拉八斯',事情就了结了。"

堂吉诃德问道:"什么叫'古拉八斯'?"

囚犯说:"'古拉八斯'就是罚上海船做苦工。"

这人是个小伙子,二十四岁左右,据说是庇艾德拉依塔的居民。堂吉诃德照样又去问第二个囚犯。那人愁眉苦脸,一言不发。第一个囚犯替他回答说:"他呀,先生,因为他是金丝雀;就是说,是音乐家、歌唱家。"

堂吉诃德说:"什么?音乐家和歌唱家也罚上海船做苦工吗?"

囚徒说:"是啊,先生,吃了痛苦唱歌是最糟糕的事。"

堂吉诃德道:"我倒是听说'唱歌能驱愁解闷'。"

囚徒道:"该反过来说:'唱歌一次,哭一辈子。'"

堂吉诃德说:"这话我可不懂了。"

一个押送的公人说:"绅士先生,吃了痛苦唱歌,按这帮无赖的黑话,就是上了刑招供。这个犯人上了刑就认罪了,供出自己是'夸特来罗',就是偷牲口的贼。他既然招了,就判了六年划船的苦役,背上还吃了二百鞭。他老是愁眉苦脸的,因为和他一起的匪徒——那边牢里和这边同路的,瞧他自己招供,不能咬着牙抵赖,都瞧不起他,把他欺侮捉弄。他们说:自称'无罪'或'有罪'一样都是两个字,一个人犯了罪如果人证、物证都没有,死活全凭自己的舌头做主,那就算运气够好的了。我觉得这话也有道理。"

> 囚犯的话真需要一个专职翻译,就凭此一项也不冤枉他们。

堂吉诃德说:"确是不错的。"

他照样又去问第三个囚犯。这囚犯满不在乎地立刻回答说:"我因为短了十个杜加,得要到古拉八斯夫人家去待五年。"

堂吉诃德说:"我愿意出二十杜加,让你脱难。"

> 囚犯亦有道。弱者不但受尽欺侮让人鄙视,而且也会轻易失去难得的机会。

那囚徒说:"我看这就好比身在海上,饿得要死,尽管有钱却没处买需要的东西。您要给我的二十杜加,如果来得及时,我可以用来润润书记官的笔,活活辩护律师的心思,那么,我今天准还在托雷都的索果多维尔市场上逛呢,不会像狗似的牵着在这条路上走。不过上帝是伟大的,忍耐吧,不用多说了。"

第四个犯人道貌岸然,一把白胡子直垂到胸前。堂吉诃德问他为什么到那边去,他听了就哭起来,一句话也不说。第五个囚犯代他答道:"这个体面人要到海船上去待四年;他临走还穿上礼服,骑骡逛了大街。"

桑丘说:"照我看,那就是游街示众了。"

那犯人说:"是啊。他的罪名是做捐客,而且是皮肉交易的捐客;干脆说吧,这位绅士是拉皮条的,也懂得几分邪术。"

堂吉诃德说:"他如果没有那几分邪术,单为拉皮条,就不该罚去划海船,倒是可以指挥海船,做个舰队司令。因为拉皮条的事谈何容易,要通达世情的人才做得。在治理得当的国家,这是最少不了的职业,不是好出身都不配干。这事该像别的职业那样,要有监督和检查,又该像交易所的经纪人那样,得经过选派,限定人数。这就可以避免许多弊病。如果干这一行的是笨人和糊涂蛋,譬如不很晓事的丫头老妈子呀,年轻无识的小童儿和骗子呀,那就弊病多了。在紧要关头,必须有机智的时候,这些人往往拿着面包不会往嘴边送,自己的左右手都分辨不出。我还有许多话要说,还想讲明干这件国家大事的人为什么应该精选,不过现在不是时候,将来有人负责改善这事,我再跟他谈吧。目前我只说:他白胡子一把,道貌岸然,为了拉皮条受这样的罪,我看了心上很难受;不过他既然又有邪术,我就不能同情了。当然,我并不像一些死心眼的人,以为邪术能够转移或克服人的意志;我确实知道世界上没有这种邪术。我们的意志是自由的,不受药草和符咒的强制。无识妇女和江湖骗子常配制些有害的药来愚弄男人,说是能激起情欲。其实呢,我已经说了,意志是没法强制的。"

那老头儿说:"对呀。老实讲,先生,我那邪术的罪是冤枉的;拉皮条的罪呢,我不能抵赖。不过我绝没有想到这是干坏事,因为我只求世上男女皆大欢喜,没有争吵,也没有

> 拉皮条在堂吉诃德口中成为一个正当且难做的职业,而皮条客则成为了必须有好出身有很强办事能力的专业人员,真是闻所未闻。

> 看来老捐客也是身负重任,为城邦的安定,人民的安居乐业呕心沥血、鞠躬尽瘁了。

烦恼，安安静静过日子。但是我空有一片好心，免不了还是要到那边去。我已经上了年纪，又加小便有病，一刻不得安顿；这一去，再没有回来的希望了。"

他说罢又哭。桑丘觉得他很可怜，从怀里掏出一个当四的银瑞尔来周济他。

堂吉诃德又前去问另一个囚徒犯了什么罪。这人不像先前的一个，回答很爽利。他说："我到那边去是因为跟两个表姐妹和两个别人家的姐妹玩得太放肆了；我和她们随意取乐，结果我的子女繁殖得乱七八糟，魔鬼也算不清这笔糊涂账。我犯的事都证据确凿；我既没有靠山，又没有钱，差点儿断送了我的脖子。我判了六年划船的苦役；行啊，我犯了罪，就自食其果呀。我年纪还轻呢，但愿能活下去，留着性命，总有办法。绅士先生，您要是有什么东西周济我们这群可怜虫，将来上帝在天堂上会报答您，我们在世间念经的时候也会记着为您祷告，求上帝不亏负您这满面慈祥，保佑您长寿绵绵，身体康健。"

这个囚徒是大学生装束，据一个护送的公人说，他很有口才，而且精通拉丁文。

这队囚犯的末尾一人三十岁左右，相貌很好，不过两个眼珠子是对接的。他的枷锁和别人的不同：脚上拖一条很长的铁链，缠住全身；脖子上套着两个铁圈，一个圈扣在铁链上，另一个圈是所谓护身枷或叉形护身枷上的。这个铁圈下面垂着两条铁棍，到齐腰的地方装一副手铐，把两手套住，再用大锁锁上。这就使他不能把手举到嘴边，也不能把脑袋低到手边。堂吉诃德问为什么这人和别人不同，要这么许多枷锁。护送公人回答说：因为他一人犯的案，比所有别人的案总在一起还多；而且他非常胆大狡猾，就是这样押着，还保不定会逃走。

> 大学生的觉悟就是高啊，明白罪有应得，受苦是应该的，对前景尚且有几分乐观，只是不知对自己所犯之罪有无深刻忏悔之意。

> 一看"装束"就可见是个危险人物，千万可别招惹了这种人。

> 堂吉诃德说:"如果他不过是罚去划船,他又能犯下什么罪呢?"
>
> 护送公人说:"他判了十年苦役,这就相当于终身剥夺公权了。咱们只要一句话就说得明白:这家伙是大名鼎鼎的希内斯·台·巴萨蒙泰,诨名'强盗坏子小希内斯'。"
>
> 那囚犯接口道:"说话客气点儿啊,差拨先生,这会儿可别给人家起诨名,扣绰号。我名叫希内斯,不是小希内斯;我姓巴萨蒙泰,不是什么'强盗坏子'。各人自己瞧瞧自己吧,这就够了。"
>
> 那差拨说:"天字第一号的贼强盗,你如果不指望人家给你封上嘴巴,就别这么标劲十足。"
>
> 那囚犯答道:"'人的行为得顺从上帝的意旨',这是没什么说的。不过总有一天,人家会知道我是不是'强盗坏子小希内斯'。"
>
> 护送的公人说:"你这撒谎的混蛋,他们不是这样称呼你吗?"
>
> 希内斯说:"是这样称呼,可是我自有办法叫他们不这样称呼,不然的话,我拼掉他们的毛!我甭说生在哪里的毛!绅士先生,您要是有什么东西给我们,快给了我们走吧。您只顾打听人家的历史,真叫人不耐烦。您如要问我的历史,我告诉您,我是希内斯·台·巴萨蒙泰,我的历史已经亲手写下来了。"
>
> 差拨说:"这是真的。他写了自己的传,写得没那么样儿的美。他在牢里把那本自传押了二百瑞尔。"
>
> 希内斯说:"即使押了二百杜加,我也要赎它回来的。"
>
> 堂吉诃德说:"就那么好吗?"
>
> 希内斯说:"好得很呢!压倒了《托美思河上的小癞子》那类的书,不管是从前的或将来的,比了我的自传都一钱不

大名鼎鼎:形容名气很大。**鼎鼎**:盛大的样子。

囚犯的尊严也需要来维护。

值了。我可以告诉您,我这部自传里写的全是事实;谎话决不能编得那么美妙。"

堂吉诃德问道:"书名叫什么呢?"

希内斯说:"《希内斯·台·巴萨蒙泰传》。"

堂吉诃德问道:"写完了吗?"

他回答说:"我一生还没有完,怎么能写完呢。我从自己出世写起,到最近这次又罚去划船为止。"

堂吉诃德说:"那么,你从前已经去划过船?"

希内斯答道:"我为上帝和国王当差,去过一次,待了四年,尝过硬面包和牛筋鞭子的味道。到海船上去我也不怕,那里有机会续写我的书。因为我还有许多事情要写,西班牙的海船上多的是闲工夫。当然,我也用不了很多时间,因为心里已经有稿子了。"

堂吉诃德说:"看来你很有才气。"

希内斯说:"也很倒霉,因为高才总是走背运的。"

差拨说:"混蛋总走背运。"

巴萨蒙泰说:"我跟你说过了,差拨先生,说话客气点儿。上头交给你这支差拨的棍子,叫你解送我们这班可怜人到国王陛下指定的地方去,不是叫你来糟蹋我们的。你要是不客气,哼哼……我不用多说。'客店里沾上的肮脏,说不定有一天会漂洗干净。'大家别闹,好好过日子,说话放和气些。咱们耽搁得够了,上路吧。"

差拨因为巴萨蒙泰出言不逊,举起棍子要打他。可是堂吉诃德拦身挡住,求差拨别虐待这人,因为他一双手已经锁得那么牢固,让他舌头放松点儿也就算了。他回到一串犯人那里,对他们说:"亲爱的弟兄们,我听了你们的话,事情都明白了。你们虽然是犯了罪受罚,却不爱吃那个苦头。你们到海船上去是满不情愿、非常勉强的。看来你们有的是受刑

> 囚犯写自传倒是件稀奇事,看来古代也有出书热。

> 虽身陷囹圄尚义正词严,大有"士可杀不可辱"的精神,让人也不禁肃然起敬。不管沦落到何种境地,骨气和尊严都是不可丢的。

的时候不够坚定，有的是短了几个钱，有的是没有靠傍，一句话，都是法官裁判不当，断送了你们，没让你们得到公正的处置。老天爷特意叫我到这个世界上来，实施我信奉的骑士道，履行我扶弱锄强的誓愿。我听了你们的事深受感动，义不容辞，要为你们实现上天的旨意。不过我也懂得，事情可以协商，就不要蛮做，这才是谨慎之道。所以我想要求押送的差拨先生们行个方便，放了你们，让你们好好儿走吧。尽有别人为国王当差呢，不用这样强迫的苦役。我认为人是天生自由的，把自由的人当作奴隶未免残酷。况且，押送的诸位先生，"堂吉诃德接着向他们说，"这群可怜人并没有冒犯你们各位呀。咱们一旦离开了人世，有罪各自承当；上帝在天上呢，他不会忘了赏善罚恶。好人不该充当刽子手，这个行业和他们不沾边。我现在平心静气向你们请求，你们答应呢，我自有报酬；如果好话不听，那么，我这支枪、这把剑、这条胳膊的力量，会叫你们听话。"

差拨说："笑话奇谈！说了半天，说出这种荒唐的话来！要我们释放国王的囚犯！竟好像我们有权力释放他们，您也有权力命令我们！先生，您好好儿走您的路吧，把脑袋上的尿盆儿戴正了，'别找三只脚的猫儿'。"

堂吉诃德说："你就是猫！就是耗子！就是混蛋！"

他一面说，一面直冲上去。说时迟，那时快，对方措手不及，被他打倒在地，用长枪刺伤。恰是堂吉诃德的运气，那人是带火枪的一个。其他押送的人出乎意外，都惊慌失措。不过他们立刻定下神，骑马的几个拔剑在手，步行的拿起标枪，一齐来斗堂吉诃德；堂吉诃德就不慌不忙地应战。那队囚犯一看有机会脱身，就设法挣脱锁住他们的铁链，打算逃跑。这件事却便宜了堂吉诃德。当时乱成一团，押送的人一面要追赶逃脱的囚犯，一面又要对付赶着他们厮打的堂吉诃

> "人是天生自由的"，堂吉诃德尚有几分启蒙者的姿态，只是不明就里的胡闹使正义之举大打折扣，真不知向国家机器公开挑战会给他带来什么噩运。

> 鲁莽的结果不能证明你的勇敢，倒可以让你慢慢去悔恨。

德，弄得两头都顾不全。桑丘也出一份力，释放了希内斯·台·巴萨蒙泰。这人第一个脱却枷锁，灵便地跳出来。他直取倒地的差拨，夺了剑和火枪，举枪向这人瞄瞄，那人指指，尽管没有开枪，却把场上押送的人赶得无影无踪；他们怕巴萨蒙泰的火枪，又加脱身的囚犯向他们投掷许多石子，所以都逃走了。桑丘为这件事很担忧，他料想逃走的人一定会去报告神圣友爱团，团里一打起警钟，他们的巡逻队马上会出来追捕逃犯。他把这话告诉主人，求他快快离开那里，躲到附近山里去。

> 桑丘尚有几分理智，可这次惹出的事端恐怕过于棘手了。

堂吉诃德说："好啊。不过目前该怎么办，我自有主张。"

当时一群囚犯正在起哄，把差拨剥得只剩了贴身的内衣。堂吉诃德叫他们过来，他们就围上来听他有何吩咐。堂吉诃德对大伙儿说："有教养的人受了恩惠知道感激；不知感激是上帝最不容恕的罪行。我说这话有个缘故。你们各位已经亲身受到我的恩惠了；你们要报答，就该为我了却一个心愿。我要你们扛着脖子上解下的铁链，立刻上路，到托波索城里去拜见杜尔西内娅·台尔·托波索小姐，对她说，她的哭丧着脸的骑士叫你们去向她请安，还把我今天这桩了不起的事，从开头直到我把你们释放，一一告诉她。完成了这个差使，就随你们自便了。祝愿你们前程美好。"

> 知恩图报是"有教养的人"应做到的，但堂吉诃德却忽视了他所面对的对象是一群无理的囚犯。

希内斯·台·巴萨蒙泰代表大家答道："我们的救命恩人先生啊，您吩咐的事是我们万万办不到的。因为神圣友爱团一定会来搜捕我们；我们不能在大道上一起行走，得各自设法躲进地道去。您还是想法变通一下，把您向杜尔西内娅·台尔·托波索小姐的效劳和献礼改作念经，我们可以为您念诵若干遍的《圣母颂》和《信经》。这事不论日夜，不论逃跑或休息，打架不打架，都做得到。您如要我们这会子回到埃及的肉锅旁边去，换句话说，要我们扛着这副链子到托波索的大道上去,那就等于说,目前不是上午十点,却是夜晚;您要我们干件事就仿佛'要榆树结梨'。"

堂吉诃德勃然大怒道:"好吧,婊子养的先生,强盗坏子小希内斯,或者随你叫什么名字吧,我发誓,我要叫你单独一人,夹着尾巴,背着整条链子到那边去。"

> 真把自己当救世主了,这群犯人可不是省油的灯啊!有他好看的了。

巴萨蒙泰看到堂吉诃德荒谬绝伦,竟要释放他们,早料到他头脑不大清楚。他本来不是好惹的,这时受到辱骂,就向伙伴们丢个眼色;他们就退后几步,拣起石子来打堂吉诃德。石子雨点似的打来,堂吉诃德拿着盾牌招架不住,可怜的驽骍难得又像铜铸的一般,踢它刺它都不动。桑丘躲在驴子后面,避掉了向他们俩打来的一阵阵雹子。堂吉诃德的盾牌没多大用处,石子来势凶猛,他身上着了不知多少,竟打倒在地。他刚倒下,那大学生就扑上来,抢了他头上的盆儿,在他背上打了三四下,又在地上摔三四下,险的把盆儿打破。一群囚犯把他披在铠甲上的袍儿抢去;他们还想剥他的袜子,幸亏有护膝压住,没有剥掉。桑丘的大氅也给他们剥去,只剩了贴身的衣裤。他们怕神圣友爱团,一心只想逃走,并不想扛着铁链去拜见杜尔西内娅·台尔·托波索小姐,所以把抢来的东西大伙分了,就各自逃走。

> 驴子的沉思不知在思考什么大事,但桑丘的担心和堂吉诃德的失望气愤却十分切实,真不知他们这次闯的祸如何去收场。

旷野里只剩了驴子和驽骍难得、桑丘和堂吉诃德。驴子低着脑袋默默沉思,时常把耳朵扇动一下,以为那阵石子雨还没有停止,耳朵里还听到那个声音呢。驽骍难得也给一阵石子打倒,躺在它主人身边。桑丘穿了一身衬衣裤,想着神圣友爱团栗栗自危。堂吉诃德对那群囚犯行了大好事,却在他们手里大受虐弄,气得不可开交。

情境赏析

　　堂吉诃德热爱自由，向往平等，憎恨奴役和压迫，他坚持"人天生是自由的"，所以毫不迟疑地去释放囚犯。堂吉诃德的悲剧在于他生活在一个火枪大炮盛行的时代，但他却用中世纪的长矛来改造社会；他怀着拯救人类的理想，但采取的却是过时的形式；他脑袋里装着人文主义，穿得却是古代骑士的甲胄，用昨天的方式解决今天的问题。所以他对囚犯的行为换来的却是囚犯们的一顿痛打和掠夺，这就是给真诚的报答！给善良的报答！塞万提斯在本章末尾用一种既酸楚又痛苦的笔调，描绘了这一凄惨的情景，使人黯然神伤。

名家点评

　　西班牙的文豪塞万提斯所作的《堂吉诃德》中的主角，就是以那时的人，偏要行古代游侠道，执迷不悟，终于困苦而死的资格，赢得许多读者开心，因而爱读、传布的。

——鲁迅

第二十三章

主仆二人这下终于闯了个大祸，触犯了国王法令开罪了神圣友爱团，被自己所救的囚犯痛打掠夺是一种嘲讽和羞辱，但比起可能的牢狱之灾又不算什么了。气愤的"骑士"可能被愤怒迷住了心窍。还没有认识到危险，但明智的桑丘却已感到了危机，这一次他是否能再次提醒主人设法去躲开灾难呢？让我们看看他们这次的结局吧！

著名的堂吉诃德在黑山的遭遇——这部信史里罕有的奇事。

堂吉诃德吃了大亏，对他的侍从说："桑丘，我常听说，'对坏人行好事，就是往海里倒水'。我要是早听了你的话，就免了这番气恼。可是事情已经做下了，忍耐吧，从此学个乖。"

桑丘说："您会学乖，就好比我会变土耳其人。可是您既然说，早听了我的话不至于吃这个亏，那么，您就听我的话，免得再吃更大的亏吧。我告诉您，跟神圣友爱团讲骑士道是不行的，他们把所有的骑士都看得一钱不值。我跟您说吧，这会子我耳朵里就听到他们的箭飕飕地响呢。"

堂吉诃德说："桑丘，你天生是个胆小鬼。可是我省得你说我固执、老不听你的劝告，这一遭就听你的话，避开你害怕的凶神。不过有个条件：你这一辈子，无论死呀活呀，都不准对人说我这次是害怕而逃避危险；你得说，我是听从你的请求。如果说我害怕，你就是胡说。从现在直到将来，从将来回溯到现在，你如果有这个念头或说这个话，我就要反驳你，声明你是撒谎。别再多话了。你别以为我是要逃避危险；我这一遭沾着点儿害怕的嫌疑，尤其得讲讲明白。你只要有这种想头，我就待着不走，一人在这里等着，不仅等着你害怕的神圣友爱团，还等着以色列十二族的友爱团，玛咖贝欧七兄弟的友爱团,咖斯特和波鲁克斯的友爱团,和世界上所有的弟兄们和友爱团。"

桑丘说:"先生啊,回避不是逃跑。凶险很大、出路很少的场合,死挺着算不得聪明。聪明人留着自己的身子等待来日,不在一天里拼掉性命。我跟您说吧,我虽然是个乡下土包子,还懂得几分谨慎小心的道理。所以您听我的话,决不会后悔。您要是能上马,上马吧;要是不行,我扶您上去,您跟我走。我的脑袋告诉我,这会子咱们的一双脚比一双手更有用处呢。"

堂吉诃德不再多说,他骑上马,由桑丘骑驴领路,从一个山口走进附近的黑山。桑丘打算越过山岭,从比索或阿尔莫多瓦·台尔·冈坡出来;他们可以在深山里躲几天,如果神圣友爱团追捕他们,就寻找不到。他发现驴背上的干粮还在,那群囚犯穷搜乱抢,居然没有拿走;他认为这是奇迹,加添了上山的劲头。

他们当晚到了黑山深处。桑丘决计在那里过夜,或许再多待几天,反正瞧他们带的干粮能支持多久就待多久。他们在软木树林里的两块大石头中间过夜。据愚昧的外教徒看来,一切事情都是命里注定的。命运驱使那有名的骗子和强盗希内斯·台·巴萨蒙泰又和他们碰上了。希内斯靠堂吉诃德的发疯仗义,脱去了枷锁,当然怕神圣友爱团追捕,所以决计到这座山里来躲避。他像堂吉诃德和桑丘·潘沙那样受了命运的摆布和怕惧的驱使,恰恰也到了他们俩寄宿的地方。那时候他们俩刚刚睡着,希内斯凭当时的天色,还认得出他们是谁。坏人往往忘恩负义,而且一个人窘急的叫候,不免干些不应该的事,或顾了眼前的便宜,不顾将来的利害。希内斯原是个没良心的,又不怀好意,就想偷桑丘·潘沙的驴。他并不理会驽骍难得,因为那头劣马既不能押钱,也卖不出去。桑丘·潘沙睡得正熟,希内斯偷了他的驴,天亮以前早已跑得老远,追寻不到了。

太阳出来,大地欢笑,却苦了桑丘·潘沙,因为发现他的灰驴丢了。他不见了驴伤心痛哭,哭得那么悲切。堂吉诃德竟给他哭醒了,只听得他在诉说:"哎,我肠子里生出来的儿子啊!我自己家里养大的孩子啊!我孩子们骑着玩的伴侣啊！我老伴儿的开心丸子啊！叫我街坊眼红的宝贝啊！我的负担，靠你减轻！我的生活，一半也靠你支撑！因为你每天赚二十六文钱，分担了我饭食的半份儿开销啊！"

堂吉诃德瞧他痛哭，问明缘故，就极力用好话安慰，叫他别着急，还答应给他出一张交换票据，凭票把家里五匹驴驹里的三匹给他。

桑丘这才宽心，他擦干眼泪，忍住抽噎，向堂吉诃德谢赏。堂吉诃德到了山里，觉得这种地方正会碰到他指望的奇遇，心上很愉快。他追忆着从前游侠骑士在荒山僻野里遭逢的事，边走边想，一心专注，把别的事全都忘了。桑丘认为已经到了安全的地方，忧虑全消，只想着夺来的干粮还有剩余，正好拿来填饱肚子。他驮着灰驴身上的东西，跟在主人背后，把粮袋里的干粮掏出来往自己肚里塞，且吃且走，满不愿意再遭逢别的奇遇。

他抬眼忽见他主人停着马，想用枪头挑起地下一堆不知什么东西。桑丘想他或许需要帮忙，立刻赶上去。堂吉诃德刚用枪头挑起一个鞍垫，上面系着一只手提箱。箱子已经半烂——竟可说全烂了，不过重得很，得桑丘下地去捡起来。他主人叫他看看箱子里是什么东西；桑丘立刻遵命。箱上束着链子，还锁着锁，可是他从破烂的地方看见里面有四件荷兰细麻纱衬衫，还有些别的内衣，都是很精致很干净的。他又发现一块手绢里包着一大堆金艾斯古多。他看见了说道："谢天啊！这遭奇遇给我们发了利市了！"

他细细搜寻，又找出一册装潢精致的记事本。堂吉诃德问他要了这个本子，叫他把钱留下，那是赏给他的。桑丘吻了堂吉诃德的双手谢赏，又把手提箱里的内衣全掏出来，装在盛干粮的口袋里。堂吉诃德在旁看着，说道："桑丘，据我想，准有个迷路的旅客在这座山里碰到强盗，被他们杀了，搬到深山里来埋了，一定是这么回事。"

桑丘答道："不见得，要是强盗，不会留下这笔钱。"

堂吉诃德说："你说得不错。究竟是怎么回事，我可猜不透也想不明白了。且慢，咱们瞧瞧这记事本上有没有什么线索，能帮咱们打开这个闷葫芦。"

他打开本子,第一眼就瞧见一首十四行诗,看来还是初稿,字却写得很好。他高声念出来,让桑丘也听听。原诗如下:

> 或许是恋爱神的昏聩糊涂,
> 也可能是他异常的残狠,
> 再不然就是对我责罚过甚,
> 残酷的折磨使我这样痛楚。
>
> 但昏聩和神明名实不副,
> 恋爱神是无所不知的天神,
> 他绝不凶顽,却无限悲悯,
> 那么,是谁遣使我这样受苦?
>
> 如果是你,茜丽,那是谬误,
> 无瑕的美质决不包蕴祸害,
> 也不可能是上天把我蹂躏。
>
> 反正我身死在即,这是定数,
> 如果查不出病因何在,
> 不靠奇迹怎能妙手回春。

桑丘说:"诗里看不出什么线索,除非从您说的那个'线缕'上抽出个头绪来。"

堂吉诃德说:"哪有什么'线缕'呀?"

桑丘说:"您不是在叫人家'线缕'吗?"

堂吉诃德说:"我说的是'茜丽'。这首诗是对一位小姐诉苦的,'茜丽'一定就是她的名字。我瞧这首诗确实写得不错,要不,我就是个大外行了。"

桑丘说:"唷,您还会作诗呀?"

堂吉诃德说:"你想不到我作得多好呢。我明儿叫你送封信给我的杜尔西内娅·台尔·托波索小姐，通篇都是诗，你就知道我作诗多么内行了。我告诉你吧，桑丘，古时候的游侠骑士，差不多个个都是了不起的抒情诗人和音乐家。作诗和奏乐这两种本领——或者该说这两种天赋和才能，和多情的游侠骑士是分不开的。不过古代骑士的诗热情有余，略欠雕琢。"

桑丘说："您再念念那本子，也许会找到些关节。"

堂吉诃德翻过一页，说道："这是散文，好像是封信。"

桑丘问道："是公文信吗？先生。"

堂吉诃德说："看这封信的开头，好像是情书。"

桑丘说："那么您大声念吧，我最喜欢这种谈情说爱的东西。"

堂吉诃德说："好！"

他就高声朗读。信上说：

你的背约失信和我注定的苦命，使我到了这座荒山里。我在这里埋怨你的话，也许要等你听到我的死讯之后，你才会听到了。负心人啊，人家比我有钱，不是比我品德好，你怎么竟为他抛弃了我呢？我如果以美德为贵，我就不必羡慕人家有福，叹恨自己不幸。你相貌美好受人景仰，你的行为却使人看低了你。我凭你的美貌把你当作天使，凭你的行为知道你不过是个女人罢了。你害得我心乱如麻，我但愿你能心平如镜。但愿上天叫你永远看不破你嫁的欺心骗子，免得你后悔，也免得我违着心吐气称快。

堂吉诃德念完信，说道："信里比诗里更找不出什么东西来。只有一点是明白的，写信的是个失恋的情人。"

他把记事本差不多每一页都翻了，又找出些诗和信，有的笔迹清楚，有的潦草模糊。写的无非是埋怨呀、悲哀呀、忧虑呀、相思和痛苦呀、有情和无情呀等等；也有赞扬的，也有伤感的。堂吉诃德翻看记事本的时候，桑丘在翻检手提箱。他把一个个角落都搜遍；又检看了鞍垫的四角，把每一条缝都拆开，每一撮羊毛都理过，生怕忙中有错。他找到的艾斯古多有一百多个,引起了他好大的贪心呀!他并没有再找到什么,不过他觉得到手的那笔钱作为酬劳,已经绰绰有余,尽管给人兜在毯子里抛弄,喝了治伤油呕吐,挨了七横八竖的桩子,吃了骡夫的拳头,丢失了褡裢袋,抢掉了外衣,再加跟了这位好主人受到种种饥寒劳累,都不冤枉了。

  哭丧着脸的骑士急切要知道手提箱的主人究竟是谁。他凭那首诗、那封信、那些金币和精致的衬衣,料想那人准是个痴情公子,受不了意中人的鄙夷和折磨,自寻短见了。可是在那崎岖的荒山里,没人可以问讯。他只好随着驽骍难得的意向——也就是随它挑可走的路,往前走去。他深信在这座荆棘丛生的荒山里,必定有意外奇遇。

  他怀着这个信念信马而行,忽见前面山冈上有个人飞步跳过一块块岩石、一丛丛灌木。那人看来没穿衣服,胡子黑而浓,头发多而乱,赤着脚,光着小腿,大腿上穿着裤子,好像是棕色丝绒的,可是破烂不堪,许多地方露出肉来,他也没戴帽子。尽管他像刚才说的那样飞越而过,他的状貌却一一都落在哭丧着脸的骑士眼里。这位骑士想去追赶,可是不行,因为驽骍难得太弱,不善走崎岖的山路,而且它生来脚步慢,性子也慢,压根儿跑不快。堂吉诃德立刻猜想那人是手提箱和鞍垫的主人,打定主意要去追赶,即使得在这座山里跑一年,也要找到了那人才罢休。所以他叫桑丘下驴抄近道到山那边去,他自己由另一边过去,这样也许会碰到刚才一瞥而过的人。

  桑丘说:"这可不行,我一离开您就心惊肉跳,见神见鬼的。我跟您说开了吧,从今以后,我就是寸步不离地紧跟着您。"

  哭丧着脸的骑士说:"好吧,你要依靠我的勇气,我很高兴。尽管你吓掉了魂,我总有勇气扶持你。你现在跟着我慢慢走或随步走,把一双眼睛当灯笼使。咱们走遍这条山脊,说不定会碰到方才看见的那人。咱们捡到的那些东西,没错儿准是他的。"

  桑丘听了这话,答道:"还是别去找他好。如果找到了他,那些钱果然是他的,分明我就得还给他呀。还是别白费力气,让我保留了那笔钱吧。原主将来自会出现,不用钻头觅缝地找。到那时候,大概钱也花光了,国王就不向我追究了。"

堂吉诃德说:"桑丘,看来你错了。咱们既然看准原主是谁,那人又近在眼前,那就义不容辞,得找到他,把东西还他。只要咱们看准他是原主,就等于知道原主是谁,咱们不找他是有罪的。所以,桑丘朋友,你别为了要找他就不乐意,我可要找到了他才乐意呢。"

他就踢动驽骍难得往前跑去;桑丘驮着东西步行跟随,这都是小希内斯·巴萨蒙泰造成的。他们在山路上跑了一转,忽见山沟里倒着一匹死骡子,鞍辔俱全,尸体给野狗和乌鸦吃得只剩一半了。他们一见,心上越发拿稳:飞跃而过的人准是骡子和鞍垫的主人。

他们正在看那头死骡子,忽听得一声唿哨,好像是牧人赶羊的哨声,随后看见左边跑出一大群山羊;羊群后面,在一个山顶上,出现一个赶羊的老牧人。堂吉诃德大声请他下山到这边来。老牧人高声说:这里简直人迹不到,只有来往的羊群或出没的豺狼等野兽;谁把他们带到了这种地方来。桑丘请他下来了再跟他仔细讲。那牧羊人就下山前来,说道:

"我可以打赌,你们是在看死在这条山沟里的雇佣骡子吧?说实在话,这头骡子倒在那里已经六个月了。请问,你们在附近碰见了那骡子的主人吗?"

堂吉诃德说:"我们没碰到谁,不过离这儿不远看见一个鞍垫和一只手提箱。"

牧人说:"我也看见了,可是没去捡,也没走近去,怕沾了晦气,也免得人家指控我做贼。因为魔鬼是狡猾的,他在你脚底下放些东西,叫你绊倒了还不知是怎么回事。"

桑丘答道:"我就是这么说呀。我也看见那些东西了,老远就没肯过去。东西原封不动地撇在那里呢;'我不要挂铃铛的狗'。"

堂吉诃德说:"老哥,请问你,你可知道那些东西的主人是谁呢?"

牧人说:"我知道多少,都可以告诉您。大概六个月以前,有个漂亮斯文的年轻人到了三哩瓦以外的一个牧羊人的小屋里来。他的坐骑就是死在这里的骡子,他的鞍垫和手提箱也就是你们看见了没碰的。他打听我们这座山里哪一处最荒僻。我们对他说，这里就是。这是真话，因为你们如果再往山里走半个哩瓦，也许连出来的路都找不到呢。我不懂你们怎么会跑到这儿来，因为大路小路都不通的。且说那年轻人听了我们的回答，掉转辔头，就往我们指点的地方跑。我们喜欢他长得漂亮，听了他问的话，瞧他急急忙忙地回身往山里跑，都觉得奇怪。我们从此没有再看见他。直到几天以前，他忽然半路上拦住我们的一个同伙，也不打搭话，就对他拳头脚尖乱打乱踢，随后跑到驮骡身边，把驮带的面包和奶酪抢光，飞快地又躲进山里去。我们几个放羊的知道了这件事，就去找他，在山里最荒僻的地方跑了差不多两天，总算找着了；他在一棵大软木树的树洞里蹲着呢。他和和气气地迎出来，身上的衣服已经破烂，脸给太阳晒得又干又黄，我们简直不认得他了。不过我们记得他的衣服，还可以凭那破烂的衣服认出他是我们要找的人。他很有礼貌地跟我们招呼，说话不多，却很诚恳。他说自己罪孽深重，他这种行径是为了忏悔赎罪，请大家不要见怪。我们问他姓名，他却怎么也不回答。我们又对他说，不吃东西活不了命，他什么时候需要粮食，请告诉我们他住在哪里，我们对他很关切，马上会给他送去；假如他不要我们送，至少可以出来问我们要来吃，不用抢。他感谢我们的好意，请原谅他前几次的抢劫，还答应以后不再抢，只求看上帝面上给他些吃的。至于他的住处，他说并没有一定，夜来碰到哪里可住就住下。他说完伤心痛哭。我们听他哭得那么悲切，想到初次看见他是什么样子，这次又是什么样子，真该是石头人才能够不陪眼泪呢。我已经说过，他是个和蔼可亲的青年人，说话很文雅，可见是有教养、懂礼貌的。他那样斯文，我们在场的尽管是乡下佬也看得出来。他正和我们说着话，忽然顿住了，好半晌，一双眼直勾勾地看着地下。我们很惊讶，等着瞧他发完这阵呆又怎么样，看着都觉得可怜。他一会儿睁眼瞪着地，好些时候连睫毛都不动；一会儿又闭上眼，抿紧嘴唇，皱起眉头。我们一看就知道他是发疯了。果然，他倒下地，忽又怒冲冲地跳起来，拼着性命，咬牙切齿地扑到旁边一人身上，我们要是没把那人拉开，准给他打死咬死。他一面嚷着说：'啊！费南铎，你这奸贼！你害得我好苦！这会儿呀，这会儿呀，我可不饶你了！你的心是万恶之窝，尤其是奸诈的巢穴；我非要亲手挖出你这颗心才罢！'他说些话都是骂那个费南铎的，还指责他背信弃义。我们费了好大劲才把我们的伙伴从他手里拉开。他不再多说，撇下我们飞跑着躲到密密丛丛的荆棘里去，我们都没法追赶。我们由此猜想，他那疯病是发一阵好一阵的。大概那个名叫费南铎的干了什么对不起他的事；他会落到这个地步，想必受害不浅。我们的猜想都坐实了。他以后出来好几回，有时候问放羊的要东西吃，有时候就抢。他发疯的时候，尽管我们放羊的好意把东西送给他，他也不理，非要打几拳抢走。他清醒的时候就客客气气求人家看上帝面上给他点东西吃，吃了还含着眼泪连声道谢。"那牧羊人接着说："我老实告诉你们两位吧，我和另外四个看羊的——我的两个帮工和两个朋友——昨天打定了主意要找他出来；等找到了，不管他愿意不愿意，定要把他送往八哩瓦以外的阿尔莫多瓦尔城去。他的病要是能治，就在那儿治，或者趁他神志清楚，问明他姓甚名谁，有没有亲属可由我们去报告他的苦难。两位先生问的话，我知道的都说了。还有，你们找到的那些东西就是那人的；你们看见那飞跑的人，衣服露着肉的，也就是他。"——因为堂吉诃德已经告诉牧羊人，刚才看见一个人在山上飞跑。

堂吉诃德听了牧羊人的话很惊讶，越发要知道那不幸的疯子究竟是谁。他还抱定原先的主意，要在这座山里满处寻访，每个角落、每个山洞都不放过，要找到了那人才罢。可是事情巧得出于意外。正在这个当儿，他要找的年轻人就在对面山沟里出现了。他一面走过来，一面喃喃自语，说的话靠近了都听不清，离远了更不用说。他的衣服就像上文说的那样，不过堂吉诃德在他走近的时候，看到他身上那件破烂的短袄是龙涎香皮子做的。由此可知穿这种衣服的绝不是卑贱的人。

那年轻人近前来向他们打招呼，声音带些嘶哑，不过很客气。堂吉诃德也很客气地还礼，然后，他下了驽骍难得，斯斯文文地过去拥抱那人，好半晌把他紧紧抱在怀里，仿佛是多年的老相识。我们把堂吉诃德称为"哭丧着脸的骑士"；那一位呢，我们不妨称为"晦气脸的褴褛汉"。他让堂吉诃德拥抱了一番,退后一步,双手搭在堂吉诃德肩上,把他细细端详,好像要认认是否相识。他看了堂吉诃德的神情相貌和浑身的铠甲,大概和堂吉诃德见了他一样惊奇。长话短说,两人拥抱之后,那位"褴褛汉"先开口,说的一席话详见下章。

第二十四章

续叙黑山里的奇遇。

据记载,堂吉诃德全神贯注地听着褴褛的"山中绅士"说话。那人开言道:"先生,我虽然不认识你,不知道你是谁,我衷心感谢你对我表示的好意和礼貌。承你热情拥抱,可见你对我的心意,我但愿能够报答你。可是我走了背运,力不从心,只好虚有此愿了。"

堂吉诃德说:"我一心想帮助你,甚至打定主意,不找到你不出这座山岭。你过着这样古怪的生活,分明是心里有烦恼;我想问问,你的烦恼有没有办法解除。要是有办法,我一定千方百计去找。如果你的烦恼绝不能找到安慰,那么我就陪你尽情号哭一场;遭了不幸能有人同情,总是个安慰。假如我怀着这番好心该有什么酬报,那么,先生,我有个请求。你是很有礼貌的,我请你为了礼貌,为了你生平最心爱的人,赏脸告诉我:你究竟是谁,为什么跑到这种荒僻的地方来,和没灵性的牲畜同样生死;照你的衣服和你的模样,你不是过这种日子的人。"堂吉诃德接着又说:"我虽然是个卑微的罪人,却奉行了骑士道。我凭骑士道和游侠骑士的职业起誓,如果你答应我的请求,我一定怀着游侠骑士应有的热忱,对你的不幸能补救就补救,不然就像我刚才说的,陪你痛哭一场。"

"树林里的绅士"听了哭丧着脸的骑士这么说,只把他看了又看,再又从头到脚地看。他看了个仔细,说道:"你要是有东西给我吃,看老天爷面上给我些吧。等我吃了东西,你有什么吩咐,我都听命;我就这样来答谢你表示的一番好意。"

桑丘马上去掏他的粮袋，牧羊人也去掏他的口袋，他们拿出些干粮给褴褛汉充饥。他拿来就吃，来不及一口一口咽，却直着脖子吞，像傻子似的吃得快极了。当时他和看吃的人都一言不发。他吃完了招呼大家跟他走。他们由他带着绕过一块岩石，到一片青草地上。他就躺下了，大家也躺下，谁都不开口。褴褛人躺舒服了，说道："各位先生，你们如要我把自己那些说不尽的苦恼一口气讲出来，就得答应我一件事：不要问我什么话，也不要搅乱我这段伤心史的头绪。因为一搅乱，故事就讲不下去，只好悬在那儿了。"

褴褛汉这番话使堂吉诃德想起他侍从讲的故事，渡河几只羊的数目忘了，故事就悬在那里了。且说这位褴褛汉接着道："我把话说在前头，为的是要把自己的糟心事快快讲完；重温旧事，不免勾起新的烦恼。你们问得越少，我就讲完得越快。不过我也不漏掉要紧的情节，凡是你们要知道的事我都会讲。"

堂吉诃德代表大家答应了褴褛汉的要求，这人就原原本本讲述如下："我名叫卡迪纽，家在安达路西亚的一个大城市里。我出身高贵，父母很有钱，可是我这样的苦命准叫我父母痛哭，亲属慨叹，有钱也抵赎不了；因为命由天定，钱财没法补救。我那城里有个天堂，爱神把我所追求的光明全安顿在那里——陆莘达真美呀，她就是我的天堂。这位小姐和我一样富贵，而比我福气好，只是不够坚贞，辜负了我对她的心愿。我从小就对陆莘达爱慕崇拜，她也小姑娘家一片天真地诚心爱我。我们父母知道我们的心，可是并不担忧，因为他们很明白，到我们爱情更深厚的时候，无非让我们结婚就完了；彼此门户相当，家道相称，简直就是天生的配偶。我们俩年岁渐长，情爱也越深。陆莘达的父亲后来为了礼教的防范，不许我上门了。诗人乐于歌唱蒂斯贝的故事，陆莘达的父亲这样多少是模仿了蒂斯贝的父母。他的禁令使我们火上加火，情外添情。他们能管住我们的舌头，却管不住我们的笔头，而要表达心里话，笔头总比舌头灵便；因为当着情人的面，最坚决的主意也会游移，最勇敢的舌头也会懦怯。哎，我的天！我写给她多少情书啊！我收到她多少优雅有趣的回信啊！我编写了许多歌词和情诗,表达灵魂深处的感受,描摹埋藏在那里的热情,流连往事,向往前途。到后来我忍无可忍,憋不住要和她见面。我觉得若要称心如愿,最好是正式向她父亲求婚。我决计照这办法,一下子把事情解决。我想到做到。她父亲回答说:承我瞧得起,要求和他家攀亲,他很感谢;不过,我父亲还在,应该由我父亲出面求亲才对,如果他老人家不很乐意,陆莘达不是可以偷娶偷嫁的女人。我谢了他好言回答,觉得这话有理,只要我向父亲一开口,他准会同意的。因此我立刻去见父亲,要把心上的事禀告他。我到他屋里,看见他拿着一封拆开的信,没等我开口,就把信递给我说:'卡迪纽,你看看这封信,李卡多公爵有心要提拔你呢。'各位想必知道,这位李卡多公爵是西班牙的头等贵人,他的领地是安达路西亚最肥沃的部分。我接过信来读了一遍,辞意非常恳切,假如我父亲不答应他,我本人也会不以为然的。公爵要我马上到他那里去做他大公子的伴侣——不是仆人,他保证瞧我是怎样的人才,安插我合适的位置。我读了信哑口无言,尤其是听到我父亲说:'卡迪纽,你过两天就动身,去听候公爵的吩咐。你该感谢上天,送你走上这条路,从此可以不负我对你的期望了。'他还说了些类似的话来勉励我。我动身的前夕把情形都去告诉陆莘达,也告诉了她的父亲,求他等待几天,把女儿的亲事缓一缓,让我先瞧瞧李卡多对我的安排。他一口答应。陆莘达连连发誓保证,又频频晕倒,我看她分明也是同意的。我到了李卡多公爵家,受到非常优厚的接待,甚至不久引起了旁人的嫉妒;例如那些老家人,他们觉得公爵另眼照顾我,就不免损害他们的利益。最欢迎我的是公爵的二公子。他名叫费南铎,是一位慷慨多情的风流公子。没几天他和我就成了密友,招得大家尽说闲话。大公子虽然很喜欢我,也待我好,总不如费南铎那么亲近。朋友彼此什么秘密都谈,这是常情。堂费南铎对我的庇护已经变成友谊,他就把心事都告诉我,尤其是他不人随心的一件私情事。他爱上一个农家姑娘。她父母很富裕,是公爵的佃农。这姑娘美丽、贞静、聪明、善良,真是十全十美,熟悉她的人都说不出她哪方面更美好些。她的相貌品性使堂费南铎热情如火。他无法克服这位姑娘的坚贞,满足自己的欲望,只好下决心答应娶她。我出于友谊,告诉他这样不妥,还举了些活生生的例子,竭力劝他打消这个念头。可是我看阻挡不住,就决计把这事告诉他父亲李卡多公爵。堂费南铎是个机灵人,防到这一招。他知道我是个忠心的仆人,不能隐瞒这种有损主人家体面的事。他就哄我说:他要撇开一心眷恋的美人,最好走开几个月,打算和我一起避到我父亲家去;我家乡出产全世界最出色的骏马,他可以向公爵托词,说那儿有几匹好马,他要去看了买下来。他的主意尽管不怎么好,我为自己的爱情打算,一听就满口赞成,认为再好没有,因为我觉得这是回去看望陆莘达的大好机会。我存着这个心,赞成他的主意,也附和他的建议。我催他赶紧走,说爱情不论多么坚定,眼不见、心不想是自然之理。据我后来知道,他和我谈这番话的时候,早已假借未婚夫的名义,享用了那个农家姑娘。他怕父亲知道了他那样胡闹要难为他,打算等机会适当,再把事情抖搂出来。其实,年轻人的爱情多半不是真正的爱情,只是情欲。情欲只求取乐,欢乐之后,欲念消退,所谓爱情也就完了。这是天然的界限,不能逾越,只有真正的爱情才无限无量。我这话无非说,堂费南铎把那姑娘骗上了手,欲念消了,爱情也冷了。他原先只说走开了眼不见、心不想,后来却是存心躲避,免得履行婚约。公爵准许他出门,吩咐我陪他同走。我们到了我住的城里,我父亲按堂费南铎的身份款待他,我就马上去看陆莘达。尽管我爱她的心始终如一,没有冷,也没有呆钝,可是一见了她,这颗心好像又获得了新生。我不幸把自己的恋爱告诉了堂费南铎。我觉得照他对我那么友谊深挚,我什么都不该瞒他。我对他夸赞陆莘达怎么美,怎么有风趣、有识见。我的夸赞动了他的心,想瞧瞧那么美好的小姐。我不幸又随顺了他。一天晚上,陆莘达在经常和我会面的窗口,蜡烛光下我指给他看了。她已经卸妆;堂费南铎一见她的容貌,马上把生平所见的美人全撇在脑后了。他张口结舌,呆瞪瞪地,魂都掉了,反正他已经颠倒不能自主。你们听了下文,就知道他入迷多深。他的爱情是瞒着我的,只有天知道。偏偏命运又助长了他的痴迷。有一天,他看见陆莘达给我的一封信,要求我去向他父亲求婚,措辞很委婉,很合礼,又很热情。他看了信对我说,天下女人多半才貌不能兼备,只有陆莘达才貌双全。我现在不妨老实承认,我虽然知道他的称赞很确当,可是出于他的口,我听来很不入耳。我有点害怕担心。因为他时时刻刻只想跟我谈论陆莘达,总把话引到她身上去,尽管扯不上也硬扯上。这就惹起我一种说不出的妒忌。我不是怕陆莘达的信义靠不住,可是,她能叫我放心,命运却使我放心不下。堂费南铎常要求看我和陆莘达来往的信,只说我们两人的妙笔,他读来很有趣味。陆莘达很喜欢骑士小说,一次她向我借看《阿马狄斯·台·咖乌拉》……"

堂吉诃德一听他提到骑士小说,忙说:"您要是一开头就说陆莘达小姐爱读骑士小说,不用您夸赞,我就知道她聪明绝顶。她假如对这样有趣的书不感兴趣,我瞧她就不会像您形容的那么好。对我呀,不用费那么许多话来形容她怎么美、怎么好、怎么聪明,我只要知道她有这点爱好,就拿稳她是天下最美丽、最聪明的姑娘。我只愿您把《阿马狄斯·台·咖乌拉》送给她的时候,把《堂儒亥尔·台·希腊》那部妙书也一起送去。我知道陆莘达小姐一定欣赏,比如书上讲的达莱达和咖拉亚呀,达林耐尔牧童的俏皮话呀,他那些牧歌里的佳句呀,而且他唱来多么有趣,多么传神,多么自然啊!这本书您将来可以补送,而且也不用等待多久,您只要跟我回乡,我那儿可以供给您三百多本书,都是我解闷消闲的。且慢!我这会儿想起来了,有些恶毒忌刻的魔术家存心害我,弄得我一本书都没有了。您请原谅,刚才答应不打断您的话,这会儿又打岔了。我一听到骑士道和游侠骑士这类事,要我不说话就办不到,仿佛要太阳光不发热、月光不发潮一样。您该讲下去了,请您原谅,您讲下去吧。"

堂吉诃德说话的时候,卡迪纽低垂着脑袋,好像在沉思。堂吉诃德一再请他讲下去,他也不抬头,也不搭理,过了好久,才仰起头来说道:"我心里纠结着一个念头,谁都没法消除,也改变不了。我认为那个大坏蛋艾利沙巴师父是玛达西玛王后的情人。谁说不是,谁不信我这话,就是个大傻瓜!"

堂吉诃德一听之下,怒气冲天,像往常那样发誓说:"我发誓!没那事儿!这是恶意中伤,或者竟可以说是诽谤污蔑。玛达西玛王后是很高贵的公主，这样高贵的王妃怎么会和江湖医生有私情呢？谁反驳我就是混蛋胡说！我不论步战、马战，拿兵器或赤手空拳，黑夜或白天，随他喜欢怎么交手，一定要叫他认了错才甘休。"

卡迪纽只顾眼睁睁地瞪着堂吉诃德。他已经疯病发作，没心情讲自己的旧事了。堂吉诃德听到有关玛达西玛的话很愤怒，也没心情再听他讲。说也奇怪，堂吉诃德一心为玛达西玛辩护，仿佛她是自己的合法夫人；那些倒霉书竟把他迷惑到这步田地！且说卡迪纽已经疯了，听人家骂他胡说呀、混蛋呀，等等，不由得也大怒。他从身边拣起一块大石子，对堂吉诃德胸口使劲掷来，把堂吉诃德打了个仰面朝天的大筋斗。桑丘·潘沙看见主人吃了亏，捏起拳头就去打那疯子。褴褛汉回手一拳，把桑丘打倒在地，然后跳在他身上，把他的肋骨踩了个畅快。牧羊人想卫护桑丘，一样也挨了打。那疯子把大家打倒打伤，就撇下他们，心平气和地躲到山里去了。桑丘觉得自己平白无故受了一顿收拾，气愤不过。他爬起身，找牧羊人出气，怪他不早说这人会发疯，让他们有个防备。牧羊人说他早就说过，桑丘自己没听见，不能怪人。桑丘·潘沙还是不肯住嘴，牧羊人再又跟他分辩，两人弄得互相揪着胡子对打起来，亏得堂吉诃德排解，才没打得皮破血流。桑丘紧紧揪住那牧羊人说："哭丧着脸的骑士先生，您别管我。这回他和我同是乡下佬，不是有封号的骑士。他得罪了我，我尽可以像上等绅士那样，跟他交交手，报复一下。"

堂吉诃德说："话是对的，不过我知道刚才的事一点儿不能怪他。"

堂吉诃德平息了两人的火，又问牧羊人有没有办法找到卡迪纽，因为他心痒难熬，要知道他那段故事怎么结局呢。牧羊人还像原先那样说，不知道卡迪纽究竟住在哪里，不过他们如果在附近多跑跑，卡迪纽保不定疯不疯，反正会碰到。

第二十五章

为躲避神圣友爱团的追捕，主仆二人逃进了深山准备暂避一时，但上帝似乎从不愿意让他所钟爱的子民休息片刻，在那里他们又遇到了一件令人伤心愤慨的爱情悲剧，那个被夺去爱人而发疯的年轻人不仅让读者为其难过，更使堂吉诃德深受刺激，因为情人纠缠出的爱情故事也是一个真正骑士所不可缺少的，不知下一步，堂吉诃德对此事会做出什么反应。

英勇的曼却骑士在黑山有何奇遇；
他怎样模仿"忧郁的美少年"吃苦赎罪。

堂吉诃德辞别了牧羊人，骑上驽骍难得，叫桑丘跟着走。桑丘满不情愿，只好骑驴跟随。他们渐渐走入山里最险陡的去处。桑丘心痒痒地想跟主人说话，只希望他先开口，免得自己违背命令。可是他主人总不说话。他再也按捺不住，说道："堂吉诃德先生，请您祝福了我，打发我走吧。我想就此回家，找我的老婆孩子去了。我跟他们在一起，至少可以随心如意地说说话。您要我跟着您日日夜夜在这种荒僻的地方奔走，想跟您说话又不能够，这简直是活埋了我。假如造化现在还让牲口说话，像伊索的时代那样，那还好些，我想讲什么，可以跟我的驴谈谈，我倒了霉也好受些。像这样一辈子东奔西跑地找稀奇事儿，碰到的呢，不过是挨踢呀、给兜在毯子里抛掷呀、石子砸呀、拳头揍呀，等等，这还不够，还得封上嘴巴，心里有话也不敢说，像哑巴似的，这实在是件苦事，叫人忍受不了。"

堂吉诃德答道："桑丘，我懂你的意思；你煎熬不住，要求解除我对你舌头的禁令。现在就算是开禁了，你想说什么，说吧。不过有一个条件，开禁只限于咱们在这座山里来往的时候。"

桑丘说:"好,现在就让我说话吧,天知道以后怎么样呢,眼前我且享受这项特权。我说呀,您何必拼死命地卫护着那个什么玛吉玛沙王后呢?那个阿巴德是不是她的情人又有什么关系呢?这件事,您也没法儿判断。您如果不去管它,我相信那疯子会把故事讲下去,咱们也就免得给石子砸呀,给脚踩呀,再饶上那六七八个反手巴掌了。"

堂吉诃德说:"老实讲,桑丘,你要是像我一样,知道那位玛达西玛王后多么规矩,多么高贵,你一定会说我很有涵养,听他说出那么亵渎的话,竟没有打歪他那嘴巴。不论嘴里说或心上想王后跟外科医生有私情,都是莫大的亵渎。根据那段故事的真情,那疯子讲的艾利沙巴师傅是很有头脑、很有识见的人,他是王后的老师,也是她的医生。可是把王后当作他的情妇就荒谬透顶,应当严加斥责的。你该知道,这话是卡迪纽神志昏迷的时候说的,可见他是信口胡扯。"

桑丘说:"我就是这么说呀,疯子的话,何必当真呢。您为那个倒霉的王后辩护,还亏得您运气好,不然的话,要是石子不打在您胸口,却打在脑袋上,咱们就够瞧的了。至于卡迪纽呢,他是个疯子,只好由他。"

"凡是游侠骑士,只要听到女人的名誉受到诽谤,就该挺身出来辩护,不论是什么女人,也不论诽谤的人疯不疯;何况事关玛达西玛那样高贵的王后呢。我因为她品性高尚,特别敬爱她。她不仅相貌很美,头脑也很清楚,而且她饱经忧患,深有修养。艾利沙巴师傅替她出出主意,陪她做个伴儿,对她很有帮助,也是莫大的安慰;她就能够小心而耐心地经受自己的苦难。因此那些识见全无、存心不良的俗物,就传说或猜疑她是艾利沙巴的情妇了。我再重复一遍:他们是胡扯!谁这么想、谁这么说的,就是一百二百个胡扯!"

桑丘说:"我既不这么说,也不这么想。随他们自食其果,随他们和面包一块儿吃下去。那王后和医生是不是情人,他们自己会向上帝交代。'我从自己的葡萄园里出来,什么也不知道';我不爱管别人的事。'谁买了东西又抵赖，自己的钱包有数'。况且'我光着身子出世，如今还是个光身，我没吃亏，也没占便宜'。他们如果是情人，又与我什么相干呢？'许多人以为这儿挂着咸肉呢，其实连挂肉的钩子都没有'。不过，'谁能在旷野里安上大门呢'？再说吧，'人家对上帝都会说闲话的'。"

堂吉诃德说："天哪！桑丘，你一连串说些什么废话呀？你把些成语连成一串，跟咱们讲的又有什么相干呢？对不住，桑丘，别说话了。从今以后，你只顾赶你的驴，不相干的事你别管。你运用自己的五官，认识清楚：我不论过去、现在、将来，我干的事都是对的，也都合骑士道的规矩；我对这些规矩，比哪个骑士都熟悉。"

桑丘说："先生，咱们在这个没有路径的山里瞎跑着找个疯子，找到了呢，他也许就要把他没干完的事干完——不是讲完他那故事，却是把您的脑袋和我的肋骨一股脑儿砸碎完事。难道骑士道的好规矩要咱们这么办吗？"

堂吉诃德说："我再跟你说一遍，桑丘，你别再多话了。我告诉你：我到这里来，不单是要找那疯子，我还得在这座山里干一件事，我由此可以天下闻名，百世流芳；一个游侠骑士得干下了这件事，才成为地道杰出的骑士。"

桑丘·潘沙问道："这件事很危险吗？"

哭丧着脸的骑士答道："不危险。可是骰子转出来的点子里，说不定没有彩头，只有晦气。不过这件事全靠你卖力。"

桑丘说："靠我卖力？"

堂吉诃德说："是啊。我要派你到一个地方去，你去了要是能早早回来，我的苦行就可以早早结束，我的光荣也就可以早早开始。你甭瞪着眼莫名其妙，桑丘，我告诉你吧，那位著名的阿马狄斯·台·咖乌拉是第一流的、十全十美的游侠骑士；说他第一流还不对，他是当时代全世界骑士里独一无二的，是天字第一号人物，是超群出众、带头领队的。谁要是说堂贝利阿尼斯有些地方可以跟他比美，那么，堂贝利阿尼斯和说这句话的人都是活见鬼！我可以千稳万妥地发誓，他们都错了。我还告诉你：一个画家如果要靠绘画的艺术出名,他就凭自己的知识,选择最杰出的几个画家,尽力模仿他们的原作。凡是为国增光的事,多半离不了这个常规。一个人如要取得谨慎忍耐的美名,就得模仿尤利西斯。荷马描写了他的性格和经历的苦难,从中活画出一个聪明有能耐的人物。维吉尔描写伊尼亚斯,也活生生地体现出这个孝顺儿子如何刚毅、这个智勇兼备的领袖如何英明。他们描写的不是真人真事,而是想象的当然必然的事物;描画出来的种种美德就成了后世的典范。因此,勇敢多情的骑士可以把阿马狄斯当作北极星、启明星或太阳;凡是在爱情和骑士道的旗帜下战斗的,都应该模仿他。照这个道理,桑丘朋友,我觉得一个骑士愈是极力模仿他,就愈符合骑士道的典范。阿马狄斯有一件事特别表现了他的谨慎、刚毅、勇敢、忍耐、坚贞、热情。他受了奥莉安娜小姐的冷淡就退隐到'穷岩'上去苦修赎罪,改名为'忧郁的美少年'。他自己选择了这种生活,取这个名字确是意味深长的,而且很合适。我模仿他这件事,就比劈杀巨人呀、斩断蛇头呀、宰掉毒龙呀、打败军队呀、摧毁舰队呀、破除魔法呀等容易多了。在这个地方干这件事,又是天造地设。既然机缘凑合,我就不应该错过。"

桑丘说:"干脆,您打算在这个荒僻的地方干些什么事呀?"

堂吉诃德说:"我不是跟你说了吗?我要模仿阿马狄斯,在这里做伤心人,做疯子,做狂人;同时也要模仿英勇的堂罗尔丹。罗尔丹在泉水旁边发现些形迹,知道美人安杰丽咖和梅朵罗干下了丑事,就此气得发疯。他把树木连根拔掉,搅浑清泉,杀死牧人,赶散羊群,烧掉茅屋,推倒房子,把一匹匹母马倒拖着走,还干了许多狂暴的事,都值得记载史册,一代代流传下去。罗尔丹,或奥兰陀,或罗佗兰多——这三个名字原是一个人——他发了疯干的、说的、想的种种事,我虽然不打算一桩桩照办,我可以挑最重要的尽量模仿一个大概。也许我以后单模仿一个阿马狄斯就够了。他发疯不闯祸,只是伤心流泪,照样也成了最有名望的骑士。"

桑丘说:"我觉得干这种事情的骑士都因为受了刺激,都有个缘故才这样疯疯傻傻、吃苦修行。您可有什么缘故要发疯呢？哪一位小姐瞧不起您了吗？还是您发现了什么形迹，认为杜尔西内娅·台尔·托波索小姐和摩尔人或基督徒干了什么不规矩的事呢？"

堂吉诃德说："这就是筋节所在，正是我干这件事的妙处。一个游侠骑士有缘有故地发疯，不奇怪；关键是要无缘无故地发疯，让我那位小姐瞧瞧，虚的尚且如此，何况实的呢。还有一层，我念念在心的杜尔西内娅·台尔·托波索小姐已经多时不见，这就够叫我发疯的。就像前些时候那个牧羊人安布罗修说的：情人分散了，什么事都放心不下。所以，桑丘朋友，你不用白费唇舌来阻挡我。我这番学着样发疯很奇很妙，而且是从来没有的。我现在就发疯，得一直疯下去。我打算叫你送一封信给我那位杜尔西内娅小姐，我要等你捎了她的信回来再说呢。如果她的回信不负我一片忠贞，我的疯病就会好，我的苦修忏悔也就结束。不然的话，我就要当真的发疯了。既然是真的发疯，就不会感觉苦恼。所以不管她怎样回信，反正到你回来的时候，你临走看见我忍受的痛苦烦恼都会解脱。我或是神志清楚，为你带来了喜讯而快慰；或是疯疯癫癫，你带来了噩耗我也漠无感觉。可是，桑丘，我问你，曼布利诺的头盔你藏好了吗？我看见你从地下捡起来了。那个坏心眼的家伙想砸碎它，可是砸不碎，可见是精炼细制的东西。"

桑丘听了这话，回答说："我凭上帝老实跟您讲，哭丧着脸的骑士先生，您说的有些话，我简直受不了，也不耐烦听。听了您那些话，我就觉得您跟我讲的骑士道呀，征服王国和帝国呀，拿海岛赏人呀，给人家什么恩典什么爵位呀，所有这些游侠骑士照例规矩的一套，全都是空话骗人，都是'三孩经'或'山海经'或咱们说的什么经。您把个理发师的铜盆说成曼布利诺的头盔，好多天了还硬不认错，人家听了该怎么想呢？当然认为说这种话还自以为是，准是头脑有毛病。盆儿我收在粮袋里呢，全砸瘪了。我带在这里有个打算：如果天可怜我，有朝一日让我跟老婆孩子团聚，我到家把它修补一下，剃胡子的时候好用。"

堂吉诃德说："桑丘，你听着，我也照你的样儿发誓说：全世界古往今来的侍从里，数你头脑最简单。游侠骑士的事，看起来都是虚幻的，荒唐无稽的，而且都是不顺当的。你跟了我这么多时候，难道还没有注意到吗？不过那都是假象。因为我们身边老跟着一大群魔术家，凡是和我们有关的事物，他们都要变化，爱怎么变就怎么变，全看他们是存心帮我们还是害我们。所以你看来是一只理发师的铜盆，我看来是曼布利诺的头盔，在别人眼里又可能是什么别的东西。其实呢，那是曼布利诺的头盔，卫护我的那位魔术家叫大家看作一只理发师的铜盆，这是他特别照应我。因为那只头盔是了不起的宝贝，人人都会追着我来抢我的。如果他们看着不过是一只理发师的盆儿，就不想要了。刚才那人想砸碎它，扔在地下也没捡，分明就是这个道理。他要是识货，怎么也不会撂下的。朋友，你好好儿收着吧，我目前没有用处。如果我决计学罗尔丹而不学阿马狄斯那样苦修赎罪，我还得卸下全副盔甲，像刚出娘胎那样光着身子呢。"

他们说着话，跑到一座高山脚下。这座山在周围许多小山里孤峰特峙，简直像削出来的。山边缓缓流着一条小溪，山坡上成片的草地，青葱悦目。这里的树木自然成林，点缀些花草，更显得境地幽静。哭丧着脸的骑士选中了这块地方来苦修赎罪；他一见就发了疯似的大声说："天啊！我就选中这块地方来号哭自己的苦命了！我的泪水要涨满这条小溪，我一声声的长叹要把这片森林里的树叶吹拂得不得静止，借此来表明我这个伤心人的悲痛。荒野里诸位不知名的山神啊，我这个痴情的可怜虫和意中人分离多时，疑神疑鬼地放不下心，只好到深山里来哭诉那位绝世美人的冷酷，请你们听我诉苦吧！树林里的诸位女神啊，善走而又好色的山羊怪追求你们，搅扰你们的清静，你们害怕而躲到了这里来；我求你们对我的苦恼洒一把同情之泪，至少不要听着厌烦吧！杜尔西内娅·台尔·托波索啊！我黑暗中的光明！痛苦中的快乐！前途的北斗星！命运的主宰！我求天保佑你称心如意！我离开了你，到了这种地方，落得这步田地，求你顾怜我，不要亏负我的一片忠贞！寂寞的树木啊！以后你们就是我隐居的伴侣了，请你们轻轻摆动树枝，表示不多嫌我吧！至于你啊，我的侍从，不论我走运背运，你总是我随心的伴侣！我在这里的一举一动，都是为了我心上的人儿，你看了牢牢记着，好去向她报告。"

他一面说，一面下了驽骍难得，转眼就卸下了它的鞍辔。他在它臀部拍一巴掌，说道："盖世奇才而又倒霉透顶的马儿啊，我这个不得自由的人，现在让你自由了！你爱到哪里去，就去吧！你脑门子上标着自己的价值呢。你的神速，阿斯托尔佛的飞马都赶不上，著名的骏马弗隆悌诺也不如，尽管布拉达曼泰为它付出了昂贵的代价。"

桑丘瞧他这样，就说："多亏那个好家伙，免得咱们费手脚替我那灰毛儿卸鞍辔了。老实说，我少不了也会拍弄它几下，称赞几句。不过灰毛儿要是还在这里呢，我决不让人家卸它的鞍辔。我从前靠天之福是它的主人；我从来不恋爱，也从来不伤心绝望，它也就和这种事情全不沾边，不需要什么自由，所以不用卸它的鞍辔。其实，哭丧着脸的骑士先生，如果我当真的要走，您当真的要疯，那么，还是重新替驽骍难得备上鞍辔，让它顶灰毛儿的缺，我来去可以省些时候。我要是一步步走去送信，不知几时走到，也不知几时走回来呢；因为，干脆说吧，我的脚力是不行的。"

堂吉诃德说："好吧，桑丘，随你怎么办都行，我觉得你的主意不错。我看，三天以后你就可以动身。这几天里我要你瞧瞧我为她说些什么话、干些什么事，好让你一一向她报告。"

桑丘说："我已经看见了，还有什么要看的呢？"

堂吉诃德说："你看见的算什么呀！我现在还得把身上的衣服撕掉，把盔甲四面乱扔，把脑袋到石头上去撞，还有些一类的事，叫你看了都吃惊呢。"

桑丘说："您看上帝面上，把脑袋去撞石头可得小心啊。说不定你撞的那块石头上有个尖角，一撞上去，您这套苦修赎罪的勾当就一股脑儿全完了。我说呀，您这一套反正都是假的，装样儿的，开玩笑的，假如您认为撞头少不了，非撞不行，那么，您把脑袋撞撞水面，或者撞撞棉花那类的软东西，也就算了。您把事情全交给我，我会去跟咱们那位小姐说，您把脑袋在石头角上撞，那石头角比金刚钻还硬。"

堂吉诃德回答说："桑丘朋友，多谢你一番好意。可是我要跟你讲明白，我干的这些事都不是开玩笑，却是很认真的。不然的话，我就违反了骑士道的规矩了。按那些规矩，我们什么谎话都不准说，说了谎就要按叛徒的罪名处罚。干了这件事而冒充那件事，就跟说谎一样。所以我说撞头，就得着实地使劲撞，不能带一星半点儿的虚假。你还得留下些软布给我裹伤，因为咱们倒了霉把治伤油丢了。"

桑丘说："丢了驴更倒霉呢，因为软布和这类东西一起都丢了。我请您别再提起那倒霉的油，我只要一听到那话儿，不光是反胃，连我的灵魂都翻腾起来。我还求您一件事。您叫我再等三天瞧您发疯，您只算那三天已经过去了吧。您发的疯，我也只算已经亲眼看见，证据确凿了。我会去对咱们小姐讲它个天花乱坠。您写了信派我马上动身吧，因为我急着要回来救您出这座炼狱呢。"

堂吉诃德说："桑丘，你说这是炼狱吗？该说地狱才对。假如还有不如地狱的去处，你就可以说这里不如地狱。"

桑丘说："据我听说，'一个人进了地狱，就永被拘留。'"

堂吉诃德说，"我不懂你讲的什么'拘留'。"

桑丘答道："'拘留'就是说，一个人进了地狱，就永远不出来了，也出不来了。您在这里可不是这么回事呀。您要是被拘留了，我这一双脚尽管套上马刺，狠命催着驽骍难得快跑也不中用。可是现在呢，我只消跑到托波索，见到咱们的杜尔西内娅小姐，我就会去对她形容您正在干些什么疯疯傻傻的事——反正疯呀傻呀都是一回事。尽管她一上来比软木树还硬，我也要叫她变得比手套还软。然后我就带着她甜蜜的回信，像魔法师似的乘着风直飞回来，救您出这座炼狱。您认为是地狱，其实不是，因为您有希望出来。我已经说了，一个人进了地狱就不能再有这个希望；我不信您对这句话还有什么说的。"

哭丧着脸的骑士道："你说得不错。可是咱们用什么办法写信呢？"

桑丘接着问道："您给我驴驹子的单据也写吗？"

堂吉诃德说："都要写。这会儿没有写信的纸，咱们可以学古时候的办法写在树叶上或蜡板上。可惜这些东西现在也像纸一样难得。不过我倒想起了可以写字的纸，再好没有了；那就是卡迪纽的记事本子。你记着，你一到前面村里，就找人工楷抄在纸上。那儿有的是小学教师。如果没有，随便哪个教堂的管事员都会替你抄。你可别去找法院的文书，他们那种公文字体连魔鬼都看不懂的。"

桑丘说："可是签名怎么办呢？"

堂吉诃德答道："阿马狄斯写了信从不签名。"

桑丘说："那好。不过单据非签名不可。如果抄写，人家说签名是假的，我就领不到驴驹子了。"

"票据也写在那个记事本上，我是要签名的，我外甥女看了一定照办，不会为难。至于那封情书，你就署名'至死对你忠心的、哭丧着脸的骑士'。请人代签这个名没多大关系，因为我记得杜尔西内娅不会写字，也不识字，生平没见过我的笔迹，也没看过我的信。我和她的恋爱向来只是心灵上的，至多不过规规矩矩地看一眼罢了，就是看一眼也很难得。我敢据实起誓：我这十二年来，虽然爱得她比自己这一对早晚要埋掉的眼珠还宝贝，我只见过她四次。说不定每一次她都没知道我在看她。她父亲洛兰索·戈丘艾罗、她母亲阿尔东沙·诺加雷斯真是把她养在深闺的。"

桑丘说："啊哈！原来洛兰索·戈丘艾罗的女儿就是杜尔西内娅·台尔·托波索小姐！她不是又叫作阿尔东莎·洛兰索吗？"

堂吉诃德说："就是她。她配做全世界的女皇。"

桑丘说："她是我很熟悉的。我可以告诉您，她会掷铁棒，比村子里最壮的大汉还来得。天哪，她多结实啊！身子粗粗壮壮，胸口还长着毛呢！

哪个游侠骑士或浪游的人娶了她，即使陷在泥里，她也能一把胡子揪他出来。哎呀，我的妈！她中气真足，嗓门儿真大！我告诉您，有一天她跑到村子里的钟楼上去喊她家的长工，他们在她爹的田里，离她有半个多哩瓦呢，可是听着她的声音，仿佛就在头顶上似的。她好在一点儿不装正经，因为她很随和，跟谁都开玩笑，对什么事都是嘻嘻哈哈的。我现在跟您说吧，哭丧着脸的骑士先生，您为了她不但可以发疯，应该发疯，您还真有理由给她气得上吊呢。尽管吊死了要给魔鬼带走，可是人家知道了都会说您上吊实在应该！我但愿这会子已经动身上路，专程去瞧她了。好些日子没见她，想必改了样子。老在乡下风吹日晒，女人的脸皮子经不起这样糟蹋的。堂吉诃德先生，我跟您说句老实话，我到今天一直很糊涂，当真的以为杜尔西内娅小姐是您爱上的一位公主，或是什么尊贵的人物，值得您贡献那些珍贵的礼物呢，譬如像那个比斯盖人呀，那一队囚犯呀，还有其他等人——因为我跟您做侍从以前，您一定也打过许多胜仗。您不论过去将来，总是吩咐您打败的人跑去跪见阿尔东莎·洛兰索姑娘——我是说，杜尔西内娅·台尔·托波索小姐；可是我仔细想想，这对她有什么好处呢？也许他们跑去的时候，她正在理麻或打麦，他们见了会觉得很窘；她呢，说不定对您奉送的这份礼物会又好笑又好气的。"

堂吉诃德说："桑丘，我跟你说过多少回，你这人说话太多。你生成一副死脑筋，却常常自作聪明。我给你讲个小故事，叫你知道你是多么傻、我是多么有道理。有个寡妇年轻漂亮，无拘无束，又很有钱，尤其很放荡风流。她爱上一个粗粗壮壮的年轻教士。这事给教士的上司知道了，有一天这位上司亲切地规劝这位寡妇说：'夫人，像您这样尊贵，这样美貌，又这样有钱，我们修道院里多少大师、多少博士、多少神学家都可以像梨子似的由您挑选，由您说："我要这个，不要那个"，您怎么却爱上像某人那么卑贱、那么低微、那么愚蠢的家伙呢？我很诧异，也怪不得我诧异呀。'寡妇的回答很俏皮，也很直爽。她说：'师父啊，您尽管认为某人笨，但如果说我挑错了人，那就是大错，而且您的脑筋也太古板了。因为他在某一点上，比亚里士多德还有学问；我爱他，就是为了他那一点。'我也照样告诉你，桑丘，杜尔西内娅·台尔·托波索在某一点上，比世界上最高贵的公主还高贵；我爱她，就是为了她那一点。老实说吧，诗人歌颂女人，无非随意捏造个名字，并不都是真有那么个意中人。书里、歌谣里、理发店和戏园子的墙壁上满是女人的名字，什么阿玛丽莉呀，斐丽呀，西尔维亚呀，狄亚娜呀，伽拉泰呀，费莉达呀，等等，你以为那些都是有血肉皮骨的女人吗？古往今来歌颂她们的诗人真有那些意中人吗？绝不是的。他们多半是捏造一个女人，找个题目来作诗，表示自己在恋爱，或者借此抬高身价。所以我只要当真的认为阿尔东莎·洛兰索姑娘美貌贞静就行了，她的家世无关紧要；不用调查了家世给她什么封号，她在我心眼里就是世界上最尊贵的公主。你该知道，桑丘——也许你还不知道，最动人爱恋的只有两件东西：相貌美，声名好。这两件东西在杜尔西内娅身上都是十全的。她的相貌世上无双，她的声名女中第一。总之，我认为我说的完全恰如其分，一点儿不多也一点儿不少。她的美貌和她的尊贵，都由我任意想象，不论海伦，或鲁克瑞霞，或古时候希腊、回回、罗马的任何有名的美人都比不上她。别人爱怎么说，随他们说去吧。也许愚昧无知的人会批评我，可是识见高明的人不会责备。"

桑丘答道："我认为您的话都对，我是一头驴罢了。不过我不知怎么的又提起驴来，因为'在绞杀犯家里，不该提到绳子'。您且把信写好，我就辞了您动身了。"

堂吉诃德拿出记事本子，走过一边去，安安静静地写信。他写完把桑丘叫到跟前，说要念给他听，让他记在心上，防路上万一丢失了信，因为照自己那么倒霉，什么事都保不定。桑丘听了答道："您在本子上写它两遍三遍，交给我，我带着小心在意就是。指望我记在心上可就荒唐了；我记性没那么样儿的糟，常常连自己的名字都记不起来。不过，您还是给我念吧，听听准是很有趣的，一定写得好极了。"

堂吉诃德说：你听着，信上这么说：

堂吉诃德给杜尔西内娅·台尔·托波索的信

尊贵无比的小姐：

　　一别至今，肝肠寸断。我身不安，心不宁，但愿最甜蜜的杜尔西内娅·台尔·托波索身心安宁。如果你凭貌美而小看我，你仗高贵而鄙视我，你对我的轻蔑使我尝遍了辛酸，我尽管有能耐，也受不起这样的苦，因为苦得太厉害，也太长久了。唉，冷酷的美人，亲爱的冤家啊！我为了你落到什么田地，我的好侍从桑丘会——告诉你。假如你愿意救我，我就是你的人了，不然呢，也就随你吧。反正我只要一死，就随了你的狠心，也了了我的心愿。

至死是你的
哭丧着脸的骑士

　　桑丘听他读完信，说道："我的爹呀！我一辈子没听见过这么文雅的东西！我的天呀！怎么您心上想说什么，信上都会说出来！还安上'哭丧着脸的骑士'这么个签名，真是好极了！说真话，您简直就是魔鬼变的，什么都能。"

　　堂吉诃德说："干我们这一行就得件件都能。"

　　桑丘说："唉，您现在把交换三匹驴驹子的单据写在背面吧，把名字签得清清楚楚，让人家一看就认得出来。"

　　堂吉诃德说："好啊。"

　　他写完就照下面念道："外甥小姐：请您凭这张交换驴驹的单据，把家里您照看的五匹驴驹里取出三匹，交给我的侍从桑丘。我请您把这三匹驴驹来抵偿我在这里已经收到的三匹。凭此据并桑丘的收据，就可以把驴驹如数交接。本年八月二十二日于黑山深处立据。"

　　桑丘说："写得好！您签上名吧。"

　　堂吉诃德说："这不用签名，我画个花押就跟签名一样。别说为三头驴驹子，就是三百头，这也行了。"

　　桑丘回答说："您的话准没错儿。让我去给驽骍难得套上鞍辔，您就准备为我祝福吧,因为我打算马上动身,您还得干些什么疯疯癫癫的事,我都不瞧了。我会对她说,我看见您干了多少多少疯傻的事,叫她听不下去。"

"桑丘,你至少得依我一件事,因为这是少不了的。我说呀,我要你瞧我脱光了衣服,耍一二十套疯子的把戏,不用半个钟头就行。你亲眼看见了,随你加油加酱,也可以放心赌咒,说是真的。我一会儿要干的事,保管你讲都讲不完。"

"我的先生,看上帝分上,别叫我瞧你光着身子,我瞧了心上难受,忍不住要哭的。我昨夜为那头灰驴哭了一场,脑袋直发涨呢,今天不能再哭了。您如果一定要我瞧您耍些发疯的把戏,您就穿着衣服,耍几套简单方便的吧。其实,我已经说过,您不用为我耍,省点儿时间,让我早早回来。我带回的消息一定是您指望的,也不亏负您的。不然的话,让杜尔西内娅小姐瞧着点儿!她的回答要是不合道理,我一心至诚地向天起誓,我会拳打脚踢,从她肚子里逼出个好的回答来。凭什么让您这样一位大名鼎鼎的游侠骑士发了疯呀?无缘无故的,为一个——那位小姐别叫我说出好的来!哼!我什么都说得出!反正我豁出去了!我会耍这一手!她还不知道我呢,老实说吧,她如果知道,可得怕我!"

堂吉诃德说:"说老实话,桑丘,看来你和我疯得正不相上下呢。"

桑丘答道:"我没您那么疯,只是比您火气大些。闲话少说,您在我回来之前,吃些什么呢?您也得像卡迪纽那样,到大路上去抢牧羊人的东西吃吗?"

堂吉诃德说:"这个不用你操心。我只吃这片草地上的野菜和这些果树上的果子,即使另有可吃的东西也决不吃。我这件事的妙处,就在不吃东西,单吃这一类的苦头。咱们再见吧。"

"可是您知道我发愁的是什么?这个地方很隐僻,我这会子撇下您一走,只怕找不到原路回来。"

堂吉诃德说:"你且认清这里的标记。我决不离开附近这一带,我还要经常爬上最高的岩石,瞧能不能在你回来的时候望见你。还有个最妥当的办法，免得你找不到我或迷失道路。这里满山都是灌木，你斫下些丫枝，回头一路出去，走一程就撒下些，直到你走上平地为止。你回来找我的时候，那些灌木枝可以一路上指引你，仿佛引导悌修斯走出迷宫的那条线一样。"

桑丘·潘沙说："好，我就照办。"

他斫了些灌木枝，然后求他主人为他祝福；两人不免还洒了好些眼泪，就此分手。堂吉诃德很郑重地把驽骍难得托付给桑丘，叫他务必爱马如己，尽心照顾。桑丘骑上马，就向平原跑去，一路上照他主人教的办法，隔几步撒些灌木枝。堂吉诃德还直留他，叫他至少瞧自己耍那么两套发疯的把戏，他却不理会，只顾走了。可是他没走得一百步，又跑回来，说道："我说呀，先生，您刚才的话很对。尽管您一人耽在这山里就是大发疯，我至少还得看您发一次疯，以后我发誓说看见您发疯，就不会良心不安。"

堂吉诃德说："我不是早跟你说的吗？你等一等，桑丘，不到念一遍《信经》的工夫，我就疯给你看。"

他急急忙忙褪下裤子，脱得精光，只剩一件衬衫，然后啥也不顾，先踊身跳跃两次，又两番头在下、脚在上倒竖蜻蜓。他露出了些东西，桑丘忙揽住马缰回转身，免得再看见第二眼。他觉得可以安心赌咒发誓，说看见他主人发疯了。我们且随他赶路去，他一会儿就要回来的。

第二十六章

为爱疯狂的堂吉诃德开始了深山"修炼",准备让世人为其痴情所感动,这将是一个痛苦且吃力的工作。而桑丘则快马加鞭去为他的情人传递书信,以便能及早赶回早日救主人于水火之中。我们现在就跟随他的身影,去寻找下一个故事吧!

续叙堂吉诃德为了爱情在黑山修炼。

且说哭丧着脸的骑士一个人在干些什么事吧。据史书记载,堂吉诃德下身精光,上身穿件衬衣,跳跃一番,又倒竖蜻蜓。他瞧桑丘不肯耽着看他发疯,已经走了,就爬到一块大岩石顶上。他有一件事曾经反复想过好多回,总没有打定主意:罗尔丹疯得癫狂,阿马狄斯疯得忧郁,他究竟学哪个好?学哪个合适?他这会子在岩石顶上又细细思忖,嘴里自言自语:"罗尔丹尽管名不虚传,的确是个很好的骑士,也的确很勇敢,但是他并没有什么稀奇,因为他毕竟有魔法护身,谁也杀不了他,除非把个大钉子钉进他的脚跟,可是他脚上老穿着七层铁底的鞋呢。不过一切法术难不倒贝尔那都·台尔·加比欧,他全识得破。他在隆塞巴列斯双手把罗尔丹扼死了。罗尔丹的胆量且撇开不谈,只说他怎么会神志昏迷的。这事千真万确,因为他在泉水旁边发现些迹象,又听到牧羊人传说,安杰丽咖跟梅朵罗睡过不止两次午觉,那小子是个卷头发的摩尔人,是阿格拉曼泰的侍僮。他既然认为他意中人确是亏负了他,那么他发疯也是理所当然。我呢,并没有同样的缘由,怎么能照着他的样发疯呢?我可以打赌,我的杜尔西内娅·台尔·托波索一辈子也没看见过一个穿摩尔服装的地道摩尔人,她现在就像生她的妈妈一样,如果我对她多心,也像疯狂的罗尔丹那样发起疯来,分明就是侮辱她了。至于那个阿马狄斯·台·咖乌拉呢,他没有神志昏迷,也没有做出疯疯癫癫的事来,可是他享有多情之名,不输世界上最多情的人。据传记上说,他的意中人奥莉安娜吩咐他:不得她许可,不要去见她。他受了嫌弃,并没有干什么事,只是跟一位修士结伴在'穷岩'隐居,在那儿尽情痛哭,求上帝保佑;直到后来他万分苦恼的时候,老天爷援救了他。这都是实在的事。那么,我这会儿何必费事把衣服脱光呢?何必去损伤这些树木呢?树木又没害我什么。我何苦把碧清的溪水搅混呢?等我口渴的时候可得喝水呀。真该把阿马狄斯永远记在心里,堂吉诃德·台·拉·曼却该尽量模仿他!据说他虽然没有完成伟大的事业,却为了试图干那些事业而献身了;但愿这话将来也能移用在我身上。我虽然并没有遭到杜尔西内娅·台尔·托波索的嫌弃,但是我说过,离别了她就够我受的。哎,好,说干就干!让阿马狄斯的事,一桩桩都到我脑筋里来,启示我应该从何学起吧。不过我知道,他干的事多半是念经和祷告上帝保佑,我没有念珠,可怎么办呢?"

这时他想出一个办法。他把衬衫的下摆撕下一大条,挽了十一个结子,其中一个挽得特别大些。他在那里一直就把这几个结子当念珠用,念了几千万遍的《圣母颂》。苦的是当地找不到一个隐居的修士,可以请来听他忏悔,给他安慰。他无可消遣,就在那里一片草地上蹀来蹀去,作了许多诗,或写在树上,或刻在树上,或划在地面的沙上。那些诗都抒写他心里的忧郁,也有几首是赞美杜尔西内娅的。不过后来人家在那里找到他的时候,发现只有下面几首诗还完整,字迹也还清楚。

> 四周围参天的高树,
> 遍地碧油油的绿草,
> 还有漫山丛生的灌木,

你们如果不笑我苦恼，
请倾听我圣洁的哭诉。

愿你们别为我悲凄，
虽然我心痛如剜；
为了向你们聊申谢意，
堂吉诃德在此哭哭啼啼，
思念远方的杜尔西内娅·台尔·托波索。

最坚贞不二的情人，
为了躲避他心爱的姑娘
跑到这个地方来藏身；
他弄成这副狼狈相，
不知是为了什么原因。

爱情大促狭暴戾，
总侮弄他、虐待他；
待要倾泻满腔的涕洟，
堂吉诃德在此哭哭啼啼，
思念远方的杜尔西内娅·台尔·托波索。

在崎岖曲折的山径上，
寻找奇遇，不辞艰险，
诅咒着山石般坚硬的心肠，
但是乱石荒榛之间，
倒霉人只找到灾殃。

爱情用鞭子当武器，
不用柔软的带子抽打；
因为鞭伤了后脑的颈皮，

堂吉诃德在此哭哭啼啼，

思念远方的杜尔西内娅·台尔·托波索。

他们看到上面几首诗里，杜尔西内娅的名字下面还附上"台尔·托波索"几个字，都忍不住大笑。因为他们猜想，堂吉诃德准以为诗里如果单提杜尔西内娅的名字，而不加上"台尔·托波索"几个字的说明，人家就看不懂他的诗。据他自己承认，他果然是这个心思。他写的诗不少，可是上文已经说过，除了这三首，其余都字迹模糊，而且也不完整了。他就这样作诗消遣，还只顾长吁短叹，叫唤着当地森林里的牧神、树神、河溪里的女神，以及含悲带泪的"回声"神，请他们回答他、安慰他、倾听他的诉苦。他在等待桑丘回来的时候，找了些野菜充饥。假如桑丘不是耽搁三天而耽搁了三星期，哭丧着脸的骑士一定面貌全非，连他的生身妈妈都认不得他了。

我们让他叹气作诗去吧。且说桑丘奉命出差，碰到了些什么事。他走上大道，寻路往托波索去。第二天，他来到上次不幸遭人兜在毯子里抛掷的客店。他一看见那客店，立刻觉得自己又在天空翻滚，就不肯进去了。其实他不妨进去，也应该进去，里面正开饭，他好多天只吃冷食，很想吃些热的呢。

他因此不由自主地在客店旁边直打转，拿不定主意究竟进不进去。正在这个当儿，店里出来两个人。他们一眼就认识他，其中一个对另一个说："硕士先生，你瞧，那骑马的不是桑丘吗？据咱们那位冒险家的管家妈说，他当了她家主人的侍从，跟着一起出门的。"

那位硕士说："是他呀！那匹马也就是咱们那位堂吉诃德的马呀！"

他们对桑丘熟悉得很，原来不是别人，正是桑丘本乡的神父和理发师，也就是检查和处决那些书籍的两个。他们认明是桑丘和驽骍难得，就想问问堂吉诃德的消息，忙迎上来。神父喊着桑丘的名字说："桑丘·潘沙朋友，你的主人呢？"

桑丘·潘沙立刻也认出了他们俩。他打定主意决不泄露主人何在、情况如何。所以他回答说：他主人正在某一个地方办一件非常要紧的事，什么地方、什么事情他不能说出来，挖掉他的眼睛也不能说出来。

理发师说："不行！桑丘·潘沙，你不说出他在哪里，我们就怀疑你杀了他又抢了他的东西。你骑的是他的马，我们正怀疑你呢！我跟你老实说：你得交出这匹马的主人来，不然的话，你逃不了干系！"

"你们不用吓唬我，我从来不是抢东西杀人的家伙。一个人生死有命，或由上帝做主。我主人在这座深山里苦行修道呢，是他自己喜欢的。"

于是他一口气把所有的事全抖搂出来：他主人目前如何光景；遭遇了什么事情；他怎么去捎信给杜尔西内娅·台尔·托波索小姐；这位小姐就是洛兰索·戈丘艾罗的女儿，是他主人打心窝里爱恋的姑娘。两人听了桑丘的话不胜诧异。他们虽然知道堂吉诃德发疯，也知道他发的是什么样的疯，可是每次听到他发疯的事，还不免惊奇。他们叫桑丘把捎给杜尔西内娅·台尔·托波索小姐的信给他们瞧瞧。桑丘说：信写在一个记事本里，他主人吩咐他到了前面村里找人抄在纸上。神父听了就叫桑丘把信拿来，让他恭笔誊写。桑丘伸手到怀里去掏摸那记事本子，却找不到。他即使找到如今，恐怕也找不出来。原来那本子还在堂吉诃德身边，没有交给桑丘，桑丘也忘了问他要。

桑丘找不到那记事本，立刻面如死灰，赶紧又浑身摸索，还是没有。他不问情由，两手把自己的胡子乱揪，竟揪下了一半；又在自己脸上、鼻子上一连打了五六拳，打得满面流血。神父和理发师瞧他这副模样，忙问出了什么事，把自己这样糟蹋。

桑丘说："出了什么事吗？我一换手、一眨眼的工夫，丢失了三匹驴驹子，每一匹都抵得一座大房子呢。"

理发师说："究竟是怎么回事儿呀？"

桑丘说："我把笔记本子丢了，上面有写给杜尔西内娅的信，还有我主人画了押的一个笔据，笔据上叫他外甥女从他们家的四五匹驴驹子里拿出三匹来给我。"

他接着就告诉他们怎么把灰驴丢了。神父安慰他说，等找到了他主人，一定叫他为桑丘立一个正式笔据，按合法的规定写在纸上，因为写在笔记本上的向来不能算数，是无效的。

桑丘这才放了心。他说，既然如此，丢掉杜尔西内娅的信也不着急了，他大致还记得，随时可以让他们笔录下来。

理发师说："好啊，桑丘，你说吧，让我们写下来。"

桑丘竭力追忆信上的话，站定了只顾搔头皮；一会儿着力在左腿上，一会儿着力在右腿上，一会儿看着地，一会儿望着天，把一个手指甲啃得只剩了半截。他们两个直等着他开口。好半晌，他才说道："天晓得，硕士先生，我要能记住信上的话呀，那真是活见鬼了！不过开头是这么说的：'尊贵无皮的小姐'。"

理发师说："不会是'无皮'，除非是'无上'或是'无比'吧。"

桑丘说："这就对了。我要是没记错呢，下面说——我要是没记错的话，接下是这么说：'一憋着筋，肝肠撑断。我身不安，心拧了，冷酷的冤家美人。我吻你的手。'还讲什么救命呀、什么苦恼。就这么一顺溜的下去，结尾说：'至死对你忠心的、哭丧着脸的骑士。'"

他们俩瞧桑丘这般好记性，不胜好笑，都把他的记性大大夸赞一番，还叫他把那封信再背两遍，好让他们也记在心上，等有工夫再写下来。桑丘又翻来覆去背了三遍，每遍都不一样，遍遍笑话百出。接着他把自己主人的其他些事情也讲了。至于他不愿光顾的这家客店里曾把他兜在毯子里抛掷，这事他却一字不提。他还讲，等他从杜尔西内娅·台尔·托波索小姐那儿带了好消息回去，他主人就要设法谋做大皇帝，至少也做个国王。这是他们商量好了的事。凭他主人的人才和勇力，这是很容易办到的。他主人成功之后，就要为他桑丘完婚。到那时候，他少不了已经成了鳏夫了。他主人就把伺候皇后的宫女配给他做老婆，那宫女还承继了大片肥沃的田地，那是在大陆上的，不是什么海岛河岛；海岛他现在不稀罕了。桑丘一面讲，一面只顾抹拭鼻子，他的神情是那么正经，头脑又是那么简单，更

第二十六章

使神父和理发师惊奇不已。他们想不到堂吉诃德疯得这么厉害,把这个可怜家伙也拖带得疯了。他们懒得去纠正他,觉得反正于他的天良无损,还是随他去为妙;况且听他满口荒唐,也怪有趣的。他们叫他求上帝保佑主人身体强健,很可能将来有一天,他主人真做了大皇帝,起码也做了大主教之类的贵人。桑丘回答说:"两位先生,我这会儿想问问,假如命里注定我主人不要做皇帝,倒要做大主教,那些游侠的大主教通常对侍从赏赐些什么呢?"

神父说:"他们通常是赏个神职,有的领干薪,有的带管教区;或者赏个执事,给固定的薪俸,外加祭台上的外快。外快往往和薪俸不相上下呢。"

桑丘说:"那么,侍从得是个独身汉吧?至少得会帮做弥撒吧?这样说来,我就糟糕了。我是有老婆的,而且连头一个字母都不认得。要是我主人不照游侠骑士的老规矩去做大皇帝,却要做大主教,我可怎么办呢?"

理发师说:"桑丘朋友,别着急。我们会求他、劝他、甚至抬出良心来责备他,叫他做大皇帝,别做大主教。他做大皇帝还比较容易,因为他那好战的心,压倒了学道的心。"

桑丘答道:"我也这么想。不过我敢说,他什么都来得。我呢,打算祷告上帝,指引他做个事儿,对他自己最相宜,对我又最有利。"

神父说:"你讲得对,你干事也一定符合好基督徒的要求。可是据你说,你主人还在苦行修道呢,现在得想办法叫他放弃这种没有必要的苦修。这会儿正是吃饭的时候,咱们还是进客店去,一面想想咱们该怎么办,一面可以吃饭。"

桑丘说:他们俩尽管进去,他只在外边等着,以后再告诉他们自己为什么不进去,也不便进去;可是请他们为他弄些热东西吃,再为驽骍难得要些麦子。他们俩就撇下桑丘进客店,过一会,理发师给桑丘送来了饭食。当下神父和理发师两人细细商议。神父想出一个办法,既配合堂吉诃德的脾胃，也能完成他们的计划。他一一告诉了理发师。他打算乔装打扮成一个出门浪游的少女，叫理发师尽可能把自己扮成少女的侍从，然后两人跑到堂吉诃德那里去。少女假装遭了苦难，向堂吉诃德求助，堂吉诃德既是勇敢的游侠骑士，少不得答应她。她提出要求，她到哪里，也要堂吉诃德跟到哪里，只说她受了一个坏骑士的侮辱，请堂吉诃德替她雪耻；还请他别要求她除下面罩，也别探问她的身世，等为她雪耻复仇之后再说。神父拿定堂吉诃德会吃这一套。这样就可以哄他出山，把他带回家乡；到了家乡，他们就可以设法医治他那古怪的疯病。

第二十七章

神父和理发师怎样按计而行；以及这部伟大历史里值得记载的事。

理发师认为神父的计策不错，而且很妙，所以他们马上就按计行事。他们问客店主妇要了一条裙子和几块头巾，把神父的道袍做抵押。店主人有一条灰褐色的牛尾巴，平时插梳子用的；理发师拿来做成一部大胡子。店主妇问他们这些东西要来干什么用。神父简单地把堂吉诃德的疯病告诉她听，说他目前还在深山里，他们想乔装打扮了去哄他出山。店主夫妇恍然大悟，原来那疯子正是炮制治伤油的那位客人，他的侍从也就是给人兜在毯子里抛弄的家伙。他们就把这疯子在他们店里的事全告诉了神父，连桑丘绝口不提的也都讲出来。长话短说，店主妇把神父打扮得没那么样儿的好看。他穿一条细呢裙子，裙上钉着一条条一拃宽的黑丝绒横条，整条裙子从前到后都镶嵌褶裥。他的上衣是绿丝绒的短袖紧身，白缎子沿边。这套衣裙准是万巴王时代做的呢。神父不肯戴女人头巾，只戴着他自己的睡帽。他把绑腿的黑绸带子一条蒙在脑门上，一条当作面罩，遮住胡子和脸颊。他戴上可充当阳伞的宽檐大帽，又披上大氅，像女人那样横坐在骡背上。理发师也骑骡，胡子直垂到腰间，颜色是灰褐夹花白，上文说过，那是用灰牛的尾巴做的。

　　他们辞别了店里众人，也辞别了那个好丫头玛丽托内斯。她虽然是有罪过的人，却发誓要念一串《玫瑰经》，求上帝保佑，让他们把着手要干的这桩慈心救人的难事办妥。神父刚出店门，忽又转念，自己不该这样打扮；一个做神父的扮成这般模样，虽说是为了干一件要事，究竟不成体统。他把这意思告诉理发师，要和他调换服装，让理发师扮落难女子，自己扮侍从，这样比较合适，不致扫尽神父的体面。他说，如果理发师不依他，随堂吉诃德给魔鬼抓去，他也决不再往前一步。恰好桑丘跑来，看见他们俩这样打扮，忍不住哈哈大笑。理发师到底都依了神父的主张，两人把原先的计划变通了一下。神父教导理发师该摆出什么样的身份，用什么话去说动堂吉诃德，劝他跟他们一同回去，别为了无谓的苦修赎罪还耽在他选中的那片荒山野地里。理发师说他不用教导，自己都会应付。他不肯马上换装，要等跑近堂吉诃德所在的地方再换。所以他把衣服叠上，神父也把胡子藏好，两人跟着桑丘一同上路。桑丘把他和主人在山里碰见疯子的事都讲给他们听了，只是没说发现手提箱和箱子里的东西。这家伙傻虽傻却有点贪心呢！

　　第二天，他们跑到一个地方，路上有桑丘标志他主人所在的灌木枝。桑丘认得那路标，就告诉神父和理发师这是上山的入口，假如他们得乔装打扮了救他主人出山，这里可以化装了。原来神父和理发师已经和桑丘讲明：如果要免他主人自寻苦恼，他们不装扮成那副模样跑去是不行的。他们再三叮嘱桑丘：别说破他们是谁，只算是不认识的；他主人想必定会问，给杜尔西内娅的信捎去没有，如果问到这话，就说，信送到了，她不识字，所以托他捎回口信，请堂吉诃德马上去见她，不去她要生气。他们说，这个口信对桑丘自己非常要紧，因为凭这么一说，再加上他们打算说的一套，稳可以叫他主人不再那么受罪，还可以劝他主人马上设法去做大皇帝或国王——桑丘不用担心，他主人不会去做大主教。桑丘听了一一牢记在心，很感激他们存心劝他主人做大皇帝而不做大主教，因为照他估计，若要赏赐自己的侍从,大皇帝比游侠的大主教更有权力。他对神父和理发师说:最好让他先去找他主人,传达那位小姐的口信;也许不用他们费多大的事,单靠那个口信就可以叫他出山了。他们觉得这话有理,决计等他见了主人回来,听了他的消息再说。

桑丘上山,把他们俩撇在山峡口上。从峡口流出一条平静的小溪,溪边的山石背后和树木底下一片清荫,怡人心目。那时正当八月盛暑,往常是当地最热的天,时间又是下午三点,那块地方越显得可爱。他们身不由己,就在那里歇下等待桑丘。两人正在树荫里休息,忽听得没有乐器伴奏的唱诵声,很悠扬悦耳。他们想不到这种地方会有人唱得这么好,非常惊讶。尽管人家常说,山林里有些牧羊人嗓子非常好,那不过是诗人的夸张,不会真有其事。况且唱的不是牧羊人的山歌,却是文雅的诗,他们听了越发诧异。他们确没听错,唱的是以下几首诗:

  是什么使我的幸福渺茫难期?
    嫌弃。
  是什么使我痛苦上增添痛苦?
    嫉妒。
  是什么把我的耐心不断熬炼?
    相思不见。
  照这样,任何药石针砭
  都不能解除困顿我的病痛,
  因为使我灰心绝望的种种
  是嫌弃、嫉妒和相思不见。

  是什么使我这样苦闷悲哀?
    恋爱。
  是什么使我弃绝了上进之心?
    命运。

> 是谁坐视我痛苦缠绵？
> 　　　　苍天。
> 照这样怎能怪我惴惴不安
> 怕这一场奇病会断送了我，
> 因为他们勾结着把我折磨：
> 恋爱、命运和那苍苍上天。
>
> 改善我的命运凭何良方？
> 　　　　死亡。
> 恋爱的欢乐怎样可以追寻？
> 　　　　变心。
> 恋爱的苦恼怎样得以避免？
> 　　　　疯癫。
> 照这样要指望我身愈病痊
> 除非是糊涂人事理不明，
> 因为如要治疗我的痴情，
> 只能依靠死亡、变心、疯癫。

那个时间、那个季节、那荒僻的地点、那个嗓子和那熟练的唱功，使倾听的人又诧异，又叹赏。他们悄悄地等那人再唱些别的，可是等了一会儿没有声音，就想去找那好嗓子的歌唱家。他们正要起身，听得那人又唱了，忙停下来。唱的是下面一首十四行诗：

> 神圣的友爱，你凭矫健的翅膀
> 早已轻捷地飞身高上云端，
> 单把自己的影子留在人间，
> 你却和幸福的神灵逍遥天堂。

> 你只许世人隔着帷幕窥望
> 正义的和平，他们欲见无缘；
> 罪恶蒙上了道德的假面，
> 隐隐现现透出诱惑的光芒。
>
> 友爱啊，求你别再高居天上，
> 让虚伪穿上你家人的号衣，
> 毁灭了人间所有的真心诚意。
>
> 你如果不去揭破那些欺诈，
> 世界上眼看着就要纷争不已，
> 又回复到混沌初辟的时期。

一声长叹结束了歌唱。两人还倾耳静听，可是歌声变成了哭泣和哀叹。他们决计要去瞧瞧哪个伤心人唱得这么好听，又叹息得这么凄惨。他们没走多远，转过一块岩石，看见一个人，那相貌神情，就跟桑丘形容的卡迪纽相仿。这人见了他们并不吃惊，照旧低着头，好像沉思的样子，也不抬眼看他们，只在他们俩突然跑来的时候瞥了他们一眼。神父凭这人的种种特点已经料定他是谁，又听说过这人的倒霉事，所以就迎上去。他很善于辞令，虽然说话不多，却说得极委婉。他谆谆劝导，叫这人抛弃这种苦恼的生活，不然，万一在这里断送了性命，那就更是不幸中之大不幸了。卡迪纽常发疯，神志昏迷，可是这时候却完全清醒。他看到两人的装束不像这一带荒野里来往的人，已经觉得诧异，听他们讲到自己的事仿佛都熟悉（因为照神父对他讲的话，分明知道他的事），就越加惊奇，因此回答说："两位先生，我虽然不认识你们，却很明白你们两位是上天派来解救我的。天保佑善人，连坏人也常蒙上天保佑。我何德何能，有劳两位跑到这种与世隔绝的荒僻地方来。你们要劝我离开此地，另找好的去处，举出了各种中肯的道理，叫我看到自己过这种生活多么不合情理。可是我知道，假如我解脱了这个苦难，就要陷入更大的苦难。两位不知道这个缘故,也许会把我当作头脑不清的人,甚至头脑完全糊涂的人。你们真要是这么想,也不足怪,因为我自己明白,每当我想起自己那些不幸的事,觉得万箭钻心,不能忍受,我就不由自主地变成石头一样,什么知觉都没有了。人家把我神志昏迷的时候干的事告诉我听,讲得有凭有据,我才知道自己确是失去了知觉。我毫无办法,只好空自悲叹,诅咒命运,并且把自己发疯的缘由向愿意听的人告诉一番,希望他们谅解。因为明白事理的人知道了缘由,对后果就不会诧怪;尽管无法补救,至少不会责备我,他们对我这个疯子的嫌恶,会变成对我这个苦命人的怜悯。如果你们两位也像别人那样存心来开导我,那么,请你们且不要头头是道地劝说,还是听听我那数说不完的倒霉事吧。你们听了也许就不再白费心思来安慰我了。我的苦恼是无可救药的。"

他们俩正要听他亲口讲讲致病的根源,就请他讲,并且答应决不违反了他本人的意愿去帮助或安慰他。这位倒霉的绅士就把自己的伤心史讲给他们听。他讲的话和他的讲法,都跟前两天对堂吉诃德和牧羊人讲的差不多。上文已经说过,堂吉诃德为了维护骑士道的尊严,对艾利沙巴师傅的事斤斤计较,因此故事没有讲完。这番运气好,卡迪纽没有发疯,居然一直讲到底。他讲到堂费南铎在《阿马狄斯·台·咖乌拉》书里找到的那信,说他记得很清楚,原信如下:

陆莘达致卡迪纽:

你的品性之美,我每天都有所发现,我对你的器重也与日俱增。这仿佛是我欠你的债,不能抵赖。假如你要我完偿这项债务而不伤我的体面,你很容易办到。我父亲知道你,他又很爱我。如果你真像自己说的和我想的那样看重我,那么,我父亲不用勉强我就可以把应该属于你的归还你。

我已经讲过:我向陆莘达的父亲求婚是受了这封信的鼓励;堂费南铎把陆莘达看作最聪明最有主意的女人,也由于这封信;使他蓄意不等我如愿就毁了我，也正是这封信。我告诉堂费南铎：陆莘达的父亲一定要我父亲出面求亲，这一点他很在乎；而我怕父亲不答应，还没敢对他说。我不是怕我父亲不知道陆莘达的高贵、善良、德貌双全，无论门第人品，都足以替西班牙的任何世家增光，可是我看出他不愿意我马上结婚，先还要瞧瞧李卡多公爵怎样提拔我。总之，我告诉堂费南铎，我为这点顾虑，不敢冒冒失失地就去跟我父亲讲；我另外还有些怕惧，自己也不知道怕什么，只觉得一心盼望的事永远不会实现。堂费南铎听我讲了就一力承当，说要去见我父亲，叫他找陆莘达的父亲谈谈。哎，野心勃勃的玛利欧啊！残酷的卡悌利纳啊！恶毒的西拉啊！奸诈的加拉隆啊！反叛的维利多啊！挟私报复的胡良啊！贪钱的犹大啊！忍心害理、恩将仇报的奸贼啊！我这个可怜虫一片天真，把心里的秘密向你和盘托出，我哪一件事对你不起了？我什么地方得罪你了？我对你说的话，我为你出的主意，哪一点不是为你的体面和利益着想啊？可是我这个倒霉人有什么好埋怨的呢！灾星带来的晦气，仿佛从天而降，来势凶猛，地上没力量抵挡，世人也无法防止，这是没什么说的。堂费南铎是贵家公子，又明达事理对我的效劳也还知道，而且他不管爱上谁，都能够遂心如愿的，谁想到他会像常言所说的丧尽天良，竟要夺我仅有的、还没到手的一只小羊羔呢。不过这些话都不说了，说也没用，我还是把没讲完的痛史讲下去吧。且说堂费南铎觉得我在旁边碍着道儿，不便实行他那奸恶的计策，决计把我差遣到他哥哥那里去，借口要我去讨一笔款子偿付六匹马价。其实他只为实行自己的恶计，要把我支使出去，故意在他答应找我父亲谈话的那一天买了六匹马，叫我去讨那笔钱。我怎会料到这是骗局呢？怎会起这个疑心呢？当然不会的。我却觉得那几匹马买得很上算，非常高兴，愿意立刻动身。那天晚上我和陆莘达会面，就把我和堂费南铎商量好的事告诉她，还说，我们正当的愿望拿定可以满足。她和我一样，全没提防到堂费南铎的欺心，只叫我尽早回来，因为照她料想，只等我父亲和她父亲当面一讲，我们俩马上可以称心如愿。不知道是怎么回事，她说完这话，眼泪汪汪，嗓子也哽住了，好像还有许多话要说，却一句也说不出口。这是从来没有的奇事，使我很诧异。我们俩只要机会凑巧，或是我设法找到机会，见了面总很快活、很称心。我们的谈话里搀不进什么眼泪呀、叹息呀、嫉妒呀、猜疑呀、忧虑呀，等等。我总是夸耀自己幸运，承上天把她给我做了意中人。我赞她美，称赏她的品德和识见。她有来有往，情人眼里看到我种种值得称赞的好处，也满口称赞我。此外我们还谈论有关街坊亲友的许多家常琐碎。我最放肆的行为是硬拉着她一只纤纤玉手，凑到嘴边去亲吻一下，可惜窗外那道半截高的铁栅栏挡在我们中间，而栅栏的缝又很窄。我动身的倒霉日子前夕，陆莘达一反常态，又是哭，又是长吁短叹。然后回身走了。我看到她那压抑不住的伤感和往日大不相同，心里很吃惊，觉得惶惑不安。可是我并不丧气，只以为是她对我爱情深挚，亲密的人一旦分离，悲痛总是难免的。总之，我凄凄惶惶地离开了她，满肚子猜疑，却又不知道猜疑些什么。这分明是预兆，暗示我就要遭到悲惨不幸的事了。

我到了地头，把信呈给堂费南铎的哥哥。他接待得很殷勤，只是不马上打发我走，却要我耽搁八天。这使我很不乐意。他还叫我躲在李卡多公爵瞧不见我的地方，因为他弟弟信上嘱咐他，捎这笔钱要瞒着他们父亲。这都是奸贼堂费南铎的计策，他哥哥有的是钱，尽可以马上打发我。这种命令使我简直不愿意服从，因为觉得要离开陆莘达那么多天，日子实在过不下去，尤其因为我刚才讲的，我们分别的时候她非常伤心。不过我毕竟是个听话的佣人，尽管知道这要损害自己的幸福，我还是服从了。可是我在那里刚待了四天，忽有人找我，给我捎来一封信。我看到信面上的姓名地址，知道是陆莘达写的，因为是她的笔迹。我拆着信战战兢兢，心想准是出了什么大事，她才远道寄信来，往常我们相处的时候，她很难得写信的。我来不及看信，先问来人：信是谁交给他的，在路上耽搁了多久。那人说，他有一天中午，偶尔在城里一条街上走过，看见个很美的女人在窗口招他。她含着两眶泪，情急慌忙地说：'朋友，你看来是个基督徒；你真是个基督徒的话，我求你看上帝分上，立刻把这封信按封面上的姓名地址送去，人名地点都是大家知道的。这是为上帝干一件大好事。我这个手巾包里的东西请你收下，你办事可以方便些。'她一面说，就从窗口扔出一个手巾包裹和我交给你的这封信，包里有一百瑞尔和我这里带着的一只金戒指。她看见我捡起信和手巾包并打招呼表示遵命，就离开窗口，没再等我回答。我想给你送信即使要费点事，我已经得了很好的报酬；又看到信面上的姓名原来是你，先生，我对你是很熟悉的；那位美人的眼泪也使我义不容辞，所以我决计不转托别人，亲自赶来送信。我自从拿了信一路赶来，总共费了十六小时。从那边到这里，道路的远近你是知道的，有十八哩瓦呢。那位满心感激的临时信差在讲话的时候，我全神贯注地听着，两腿索索地抖个不住，几乎连站都站不住。后来我拆了信，看到信上说：

> 堂费南铎曾答应去见你父亲，劝他找我父亲面谈。他履行这句诺言的时候，只遂了自己的心愿，没顾到你的利益。我告诉你吧，先生，他已经向我父亲求我为妻。我父亲觉得堂费南铎这门亲压倒了你这门亲，所以一口应允，急不可待，再过两天就要举行婚礼。这是很秘密的，很少几个人参加，见证只有上帝和几名家人。我的情况，你可想而知。你也瞧瞧，你是否该回来了。将来你看到这件事情的结局，会知道我是否真心爱你。但愿上帝保佑。这封信到你手里的时候，我还没有被迫和那个背信弃义的人携手成礼。

"总之，信上是这么说的。我看了信，不再等东家打发，也不再等那笔款子，马上就动身上路。我当时心里明白，堂费南铎差我到他哥哥那里去，并非为了买马，而是别有用心的。我一方面痛恨堂费南铎，一方面又怕失掉我凭多年的真心诚意赢得的宝贝，因此我仿佛长了翅膀，飞也似的，第二天就赶回家乡了。那时候正便于会见陆莘达。没人看见我进城；我骑回去的骡子已经寄放在那个送信的热心人家里。运气凑巧，我跑去正逢陆莘达在她窗口的栅栏前面——我们经常谈情的地方。陆莘达立刻看见我了,我也立刻看见她了,不过彼此都不像往常一样。世上有谁能把女人复杂的心思和多变的性情看透识破呢?谁都不敢夸这个口,这是千真万确的。且说陆莘达见了我,就对我说:'卡迪纽,我已经穿上新娘的礼服,堂费南铎那奸贼和我那贪心的爸爸、还有几个见证正在厅堂上等着我。不过他们只会看到我死,不会看到我结婚。朋友,你别慌,你且设法来瞧瞧这场祭献的典礼。我如果凭一张嘴阻止不了这件事,我还怀着一把短剑,天大的强暴也抵挡得住。我可以一剑结束自己的生命,借此表白我对你始终如一的心。'我怕没时间细讲,急急忙忙地说,'小姐,但愿你说到做到。你既然怀着短剑,准备自保坚贞,我这里带着一把长剑,可以卫护你,如果咱们运命舛错,我还可以自杀。'我想她大概没来得及听完,因为传来一片催促声,新郎正等着她呢。当时我的悲苦像黑夜那样笼罩着我,我的欢乐像落日那样沉没了。我眼前不见了光明,心里失去了理智。我没有力气到她家去,一步也挪移不动。可是我考虑到自己如果在场,对事情的发展大有关系,就极力振奋精神,跑进她家。她家出入的道路我都熟悉,而且她家暗里正忙着大事,所以谁也没看见我。我潜身匿迹,偷入厅堂,躲在一个弧形窗的凹处。我前面有两幅窗帘交掩着,人家看不见我,我从窗帘的缝里却看得见厅堂上的一举一动。我在那里等待的时候心慌意乱,思前想后,万念交攻。那种种情绪,现在谁能表达呢?那真是没法说的,也不说为妙。我只说新郎到了厅堂上来,他还是随常衣服,毫无装饰。傧相是陆莘达的一位堂兄,厅堂上没有外客,只有几名家人。过了一会,陆莘达由她妈妈和两个侍女陪着从内室出来。她的服饰恰配她的身份和美貌,又华贵,又时髦。我急急惶惶,没有心情细看她的服装,只见衣服是深红和白色,头纱和衣服上缀满的珠宝钻石灿灿放光,衬得那一头金黄色的好头发特别美丽。宝石和厅堂上四支四芯大蜡烛的光,都不如她的头发耀眼。记忆力啊!你和我抵死作对,不容我心地安宁!你现在何苦叫我看到自己倾心爱慕的冤家这样美貌无双呢?残酷的记忆,你不如叫我把她当时的行为追忆一下,重温一遍吧;她那么明显地辜负我,如果不能促我报仇，至少也可以激我自杀。两位先生，请你们听了这些琐琐屑屑不要厌烦。因为我的苦恼不能三言两语草草带过，也不应该那样；我自己觉得每个情节都值得详细叙述。"

神父插嘴说，听他讲这些细节非但不觉得厌烦，还很感兴趣，因为都是不该忽略的，和重大事件同样值得注意。

卡迪纽接着说：大厅上大家到齐之后，教区神父就进来了。他按照结婚的仪式，拉着新郎新娘的手说：'陆莘达小姐，你是否愿意按神圣教堂的规定，和这位堂费南铎先生结为夫妇？'我等着陆莘达的一句话来判定自己的死生，从窗帘缝里探出整个脑袋和脖子，全神贯注，心怦怦地听她怎么回答。嗐！我当时但能有那胆量，拦出来大喊一声说：'啊，陆莘达！陆莘达！你下一步得慎重啊！别忘了你对我的信义！记着你是我的未婚妻，不能再嫁别人！你该知道，你答应一声"愿意"，马上可以断送我的性命！唉，剥夺我体面、杀害我生命的奸贼堂费南铎啊！你要怎么着？你图什么？你该想想，你既是基督徒，就不能随你的心，因为陆莘达是我的妻子，我是她的丈夫。'嗐！我真是疯了！现在离开了他们，也没有危险，却空说当时应该怎么办。我让强盗抢了我的宝贝，只顾咒骂强盗，如果我这片怨命的情绪换作报仇的胆气，我尽可以找那强盗雪恨呀。总而言之，我当时既然胆小糊涂，现在惭恨疯狂而死，正是我活该的。

神父等着陆莘达回答，她半晌不作声。我还以为她要拔出短剑自明心迹，或吐露些有利于我的真情呢，却听得她有气无力地说：'我愿意'。堂费南铎也答应一声'愿意'，给她戴上戒指，两人就结下了解不开的亲。新郎过来拥抱新娘，她却一手按住胸口，倒在她妈妈怀里晕过去了。现在且讲讲我当时的情况吧。我听得她一声'愿意'，明白自己的希望是一场空，陆莘达的诺言是鬼话，而我这时失去的宝贝再也不能重获。我不知所措，觉得老天爷唾弃了我，生长我的大地把我当作仇敌了。我呼吸堵塞得不能叹息，眼睛枯涩得不能流泪，只有火气旺盛，忿火炉火浑身燃烧着我。陆莘达一晕倒，大家都乱了手脚。她妈妈解开她胸口让她回过气来，发现她怀里有一张封好的字条。堂费南铎立刻拿去就着烛光细看，看完了坐在椅上，手托着腮，很有心事的样子，随旁人去救护自己的新娘，也不插手帮忙。

我瞧他们家一片混乱，就大着胆子跑出来，不管人家看没看见。我打定主意，如果给人看见，就大干一场，惩罚奸诈的堂费南铎，也不饶那昏迷未醒的水性女人，让人人知道我满怀气愤是理直义正的。可是命运准是保留着我去承当更倒霉的事呢——假如还会有更倒霉的事。命里注定我往后昏迷不清的头脑，那时候格外清醒。我不愿把怨愤向我的两大冤家发泄，只想惩罚自己，把他们应得的痛苦，亲自施加在自己身上，甚至比他们应得的还变本加厉。我当时如果向他们俩报复，很容易办到，因为他们心上绝没有想到我这个人。可是我即使当场杀了他们，突然一死的痛苦是一下子就完的，而我糟蹋自己却是长期缓慢的自杀，比马上送命更加痛苦。干脆说吧，我离开了他们，跑到我寄放骡子的人家。我麻烦主人给骡子备上鞍辔，也不及向他告辞，就骑骡赶出城去，像罗德一样，不敢回头看。我孤身在郊外，夜里的一片漆黑遮蔽着我，四下里的沉寂仿佛等着听我诉苦。我没什么顾忌了，不怕人听见，不怕人看见，就放开嗓子，解开舌头，把陆莘达和堂费南铎千百遍地咒骂，好像这样就能抵消他们对我的亏负。我骂她残酷、薄情、诈伪、负心，尤其骂她贪婪，被我仇人的财富迷了心窍，把对我的爱情转移到幸运的富贵公子身上。我在任情咒骂的时候，却又替她开脱。我说，一个姑娘在父母家闺房里受到的熏陶教育，无非是服从父母；父母为她挑了这样一个富贵漂亮的公子做丈夫，她当然乐于听命，她要是不答应，人家就以为她是糊涂蛋，或是另有所欢了，这对她的声名是很不好的。可是我马上又把话说回来。她只要说已经和我订有婚约，她父母觉得她挑选了我还算不错，就会原谅她。因为在堂费南铎向她家求亲之前，他们如果没有奢望，也不能找到比我更好的女婿。她在最后那个紧要关头，不妨慢着和人家结婚，尽可以说已经和我私订终身；反正随她怎样说，我都会坐实她的借口。总之，我断定她薄情浅见，又眼高心大，贪慕荣华显赫，竟把自己的诺言全抛在脑后了；而我却陶醉于自己抱定的希望和正当的爱情，把她的空话信以为真。

　　我叫骂着失魂落魄地跑了一夜，天亮跑到这座山的一个峡口。我上山不辨路径，跑了三天，到一片草地上，不知那是山的哪一面。我问几个牧羊人哪里是山里最荒僻的地方。他们说朝这边走就是。我马上就朝这边走，打算到这里来了却我的余生。我到了这一带荒僻的地方，我的骡子因为又累又饿，我想它更可能是要扔掉我这个毫无用处的背累，竟倒地死了。我只好下地，当时精疲力竭，饿得发慌，又没处求救，而且也不想求救。我就这样在地下躺了不知多久。我爬起来的时候已经不觉得饿，只见身边有几个牧羊人，想必是他们给了我吃的喝的，因为他们告诉我他们怎样发现了我，还说我当时满嘴胡言乱语，分明是神志昏迷的征象。从此我自己觉得有时候脑筋不清，非常混乱糊涂。我竟会疯疯癫癫，或把衣服撕破，或在僻静的地方大叫大喊，或咒骂自己的命运，或百无聊赖地反复呼唤我负心人的芳名。我当时没有别的指望，只求呼号而死。等我清醒过来，就觉得浑身瘫软疼痛，动都不能动。

　　我经常住在一棵软木树的窟窿里，那窟窿容得下我这个苦命人的身体。这座山里来往的牧牛牧羊的人可怜我，养活着我。他们把吃的东西放在路旁边或石头上，预料我会走过那里，并且看见那些东西。我尽管心理昏乱，凭生理的需要，知道怎样活命，看见了吃的东西会馋，就想拿来吃。他们在我清醒的时候告诉我说：我有几回碰到牧羊人由村里运粮到这边草屋来，就拦路挡住，尽管他们愿意给我吃，我却要抢。我苦恼的残生就是这样过的，要等上天照应，让我死了才罢；或者等我的记性死了，记不起陆莘达怎样美、怎样负心，记不起堂费南铎怎样欺侮我，如果天保佑有那一日，而我还活着，我才可以往好处着想。不然呢，我只可以求上天对我的灵魂无限慈悲吧，因为我甘心在这种痛苦的生活里沉沦，自己觉得没有勇气也没有力量超脱出来。

　　"两位先生啊，这是我遭遇不幸的伤心史。你们说吧，像这样的事，我能讲得比刚才还冷静吗？请不要白费唇舌，把你们按道理认为可以救人的方法来劝诫我，因为你们对我劝诫，好比名医为不肯服药的病人处方，都是没用的。我没有陆莘达就不要恢复健康。她本来是我的，或者应该是我的，她却甘心跟了别人；那么，我本来是能有幸福的，也就甘心做苦命的人了。她愿意凭她的反复无常，置我于死地；我就愿意毁了自己，让她称心。后世的人可以把我看作样品，因为只我一个没有倒霉人共有的特长：他们往往因为找不到安慰就安定下来；我却为此越加悲痛，我相信到死也余恨难消。"

卡迪纽滔滔不断地讲完了这个缠绵悱恻的故事。神父正打算安慰他几句，忽听得一个悲切的声音在那儿诉说，就把他的话打回去了。

第二十八章

堂吉诃德生在黑铁时代,一个游侠骑士道没落且到处充满黑暗的时代,这是他的悲剧也是他大展宏图的好机会,因为这个到处充斥不平和压迫的社会里,有着许许多多受苦受难的人,也许他们正亟待勇敢的骑士来解救他们,这其中包括一位落难女子。

神父和理发师在这座山里遇到新奇有趣的事。

勇敢无比的骑士堂吉诃德诞生的时代,真是无比的幸福快乐!因为他立志高尚,要在当时的世界上,恢复那被人遗忘而且已经半死的游侠骑士道。全亏他这样一来,我们在缺乏娱乐的今天,不仅能够津津有味地品尝他的信史,还能够欣赏里面穿插的故事。有些穿插很奇妙真实,竟也不输正文呢。这部书里叙述的事,节外生枝,线上打结,现在又继续如下。且说神父正想去安慰卡迪纽,忽听得一个声音,就此停顿下来。那个声音悲悲切切地数说着以下一段话:"啊呀,天哪!我真能找到个地方,让我悄悄地埋了自己吗?我这身子成了沉重的负担,我实在不愿意再背着它了!如果这座山真像我期望的那么荒僻,我就是找到了葬身之地!哎,我这个苦命的人啊!迷失了路没人指引,心上痛苦没人安慰,落了难没人解救,全世界竟没一个可以做伴的人!只有这里的乱石荒荆是我最相契的伴侣,因为在它们中间,我还能够向上天哭诉。"

这一番话,神父和他的同伙听得一清二楚。他们断定声音就在附近,就起身寻找那说话的人。他们走了不到二十步,看见山石后面一个农夫装束的小伙子坐在一棵白杨树下。当时看不见他的脸,因为他正低着头在树旁河溪里洗脚呢。他们脚步很轻,那人没有听见,一门心思地洗脚,没顾到旁的。溪水里有许多石头,他那一双脚就像嵌在石头堆里的两块白玉。他们看见这双脚又白又美,不胜惊奇,觉得这双脚不配踩泥块,也不配跟着犁和耕牛奔跑,和身上的装束不相称。神父走在头里,瞧那人还没觉知,就做手势叫他那两个伙伴在附近岩石后面躲一躲。他们都躲起来,注视那小伙子在干什么。他穿一件两侧开衩的灰褐色短外衣,腰里紧紧地束着一条白毛巾。他的裤子和绑腿也是灰褐色的,头上戴一只灰褐色的便帽;绑腿卷到小腿的半中间,那两条腿真是雪花石膏似的白。他洗完那双纤美的脚,从便帽底下抽出一块擦布,把脚擦干。他抽出那块擦布的时候,抬起脸来,那几个注视他的人乘此瞧见了他无比的美貌。卡迪纽不由得低声对神父说:"这人既不是陆莘达,就该是天上神仙了,不会是凡人。"

小伙子脱下便帽,脑袋左右一摇晃,把头发都披散下来,那头发真是叫太阳的光芒都要嫉妒的。他们这才知道看似农夫的小伙子原来是娇弱女子,而且是绝世美人。他们三人里,两人生平没见过这等美貌,卡迪纽如果不认识陆莘达,也就大开眼界了,因为据他后来说,只有陆莘达可以跟她比美。她那一头金红色的头发又长又多,不但遮没肩背,连全身都罩没,只露出一双脚。她把两手当梳子用。如果说她的脚在水里像两块白玉,她的手在头发里就像雪花捏出来的。三个注视着她的人看了越加惊奇、越加急切地要知道她究竟是谁。因此他们决计跑出来。他们起身的时候有些声响,那美貌姑娘立刻抬起头,两手分开蒙在眼前的头发,看是什么响。她一见他们,马上站起来,不及穿鞋,也不及挽上头发,忙抢了身边一捆东西——好像是衣裳,惊慌失措地想要逃走。可是她那双柔嫩的脚受不了山石的棱角,没走得五六步就跌倒了。那三人看见,就赶上去。神父第一个赶到,对她说道:"姑娘,不管你是谁,劝你别跑了。我们这几个人是存心来帮你的。你不用跑,跑也没用,你这双脚既跑不动,我们也不会让你跑掉。"

她又惊又慌,听了这番话只不作声。其他两人这时也跑来了,神父拉着她的手说:"姑娘,你这套衣服把我们蒙住了,可是你的头发却泄露了真相。你分明是遭了什么重大的事故,才用这样不合式的衣服遮掩着自己的美貌,跑到这样荒僻的地方来。幸亏我们在这里找到了你,即使不能解救你的苦难,至少也能帮你出出主意。一个人不论遭了多么大的苦难,不论多么烦恼,只要还活着,就不至于连人家好心出的主意都不愿意听。所以,姑娘——或者先生,随你喜欢怎么称呼都行,我劝你不要害怕;且把你或好或歹的遭遇告诉我们,我们全伙每个人都会同情你的不幸。"

神父说话的时候,那化装的姑娘呆呆地看着大家,也不开口,也不出声,活像村夫突然看见了从未见过的稀奇东西那样。神父反复劝说,她才长叹一声,打破沉默,说道:"这片荒山既然不容我藏身,我披散的头发又不容我冒充男人,我现在就不必再遮遮掩掩了;你们不说破我,也不过是出于礼貌罢了。事到如此,诸位先生,我只有感谢你们表示的一番好意,因此也不得不答应你们的要求。我只怕你们听了我那些不幸的事,同情之外,还得赔上相当的烦恼;因为我的不幸没办法补救,也没语言可以安慰。不过你们已经知道我是女人,瞧我年纪轻轻,孤单一人,又扮成这副模样,这种种都可以使我声名扫地的;免得你们怀疑我的贞操,我只好把一心要隐瞒不说的事告诉你们了。"

这位姣美的姑娘把以上那些话一口气说完。她口角玲珑,声调柔婉,使他们对她的才和貌都倾倒不已。他们又表示愿意帮忙,请她把答应讲的快讲出来。她并不推辞,文文静静地穿上鞋,挽起头发,在一块石头上坐定,让那三人围着她坐下。她极力忍住眼泪,沉着清楚地讲述自己的身世:"安达路西亚有个公爵的封邑,领主是西班牙第一等的大贵人。他有两个儿子:大儿子是他家业的继承人,也承袭了他那些好的品性;小儿子承袭了他什么,我不知道,只知道他承袭了维利多的欺心,加拉隆的奸诈。我的爹妈是属这位公爵管辖的农民,出身卑微,不过很有钱;假如他们的家世能和他们的财产相称,那就十全十美,我也不至于遭到目前这种不幸了。因为我的薄命大概就由于他们不是贵族。当然,他们也并不下贱,不至于自惭家世,可是也不够高贵。我总觉得自己的不幸都因为出身卑微。干脆说吧,他们是庄稼人,是身家清白的平民百姓,所谓世代相传的基督教徒。他们家财万贯,凭富裕和阔绰,已经渐渐攀上乡绅的行列,甚至是起码的贵族了。可是他们最得意的是有我这么一个宝贝女儿。他们没有别的儿女,又很溺爱,所以我是历来爹娘宠出来的最娇惯的女儿。我是他们照鉴自己的镜子,是他们老来的拐杖。他们所有的愿望,只要上天容许,都以我为主,而且都是非常好的,和我本人的愿望没一点儿参差。我不仅是他们心灵的主人,也是他们财产的主人。家里的佣人由我雇用,由我辞退。安排播种、登记收获,都是我管的。家里的油磨、酒榨、多少头牛羊、多少箱蜜蜂,一句话,像我爹那么一个富农应有尽有的,全归我一手经营。我是大总管,也是女主人。我尽心竭力,他们也心满意足。我每天给牧牛牧羊的头儿、家里的管事人和其他雇工们布置好工作,有余闲就做些姑娘家分内的活儿来消遣,譬如针线、刺绣、纺织之类;有时候休养精神,扔下这些,读读宗教书籍,或者弹弹竖琴,因为我亲身体会到,疲劳的时候,音乐能怡情养性。这是我在父母家的日常生活。我讲得这么仔细,不是卖弄,也不是表示自己家里有钱,只是要让你们明白,我从这么好的境地落入当前的苦难,并不是自己的罪过。"

"那时候我每天忙着许多事情,而且关在家里,简直像在修道院里一样,大概除了家里的佣人,外人谁也见不到我。我上教堂望弥撒是在大清早,有我妈妈和女佣人们紧紧陪随,我的脸是遮得严严密密的,我又非常拘谨,眼睛只望着下脚的地方。可是爱情的眼睛——也许该说游荡的眼睛比山猫的眼睛还尖。堂费南铎——就是那位公爵的小儿子,凭这双眼睛东张西望,竟看见了我。"

她一提到堂费南铎这个名字,卡迪纽立刻变了脸色,冷汗直冒,神情非常激动。神父和理发师曾经听说他的疯病是常发的,这时瞧他那模样,生怕他又要发疯了。可是卡迪纽除了冒汗,倒还镇定,他别无举动,只眼睁睁地盯着那农家姑娘看,心上已经猜到她是谁了。她呢,并没有注意到卡迪纽的激动,还继续讲她的事:据他后来对我说,他一看见我,就颠倒得不由自主。这从他的行为上都看得出来。他要对我表明自己的心,使了种种手段。他贿赂了我们全家。他向我爹妈送礼，给他们种种优待。我们那条街上每天都热闹得像过节或庆祝什么喜事似的，每晚演奏音乐，闹得谁也不得睡觉。数不清的情书，不知怎么的会送到我手里，信上满纸诉衷情、献殷勤的话，许的愿和发的誓比信上的字数还多。这些事我不细说了，因为我要把自己那数说不完的伤心事，快快讲完了罢休。他种种讨好非但没叫我心软，反叫我横下了心，好像他是我的死冤家，好像他要赢我欢心的事，都是来惹我生气的。我并不是瞧不上堂费南铎的高贵气派，也不是多嫌他对我用情。我看到这样一位贵公子对我倾心爱慕，心上说不出的喜欢。我看了他信上恭维我的话也并不腻味。我觉得我们女人不论多么丑，听到称赞自己美，总是乐意的。可是我自己的操守和我爹妈经常的劝告，都不容我接受他的殷勤。我爹妈已经看透堂费南铎的用心；因为他早拼着给人人看破，满不在乎了。我爹妈对我说，他们全靠我的贞洁来保全他们的声名体面。他们叫我别忘记自己和堂费南铎的门第太不相称；只要明白这一点，就能看出他尽管嘴里说得天花乱坠，心上是只图寻欢取乐，并没有顾到我的幸福。他们说，如果我愿意给他点儿什么阻挡，好叫他打消妄想，他们可以马上叫我嫁个合意的人，不论本城或附近地区的贵家子弟都由得我挑选，因为凭他们的家产和我的声名，这都是好办的。我听他们提出的办法这样切实，他们的话又确有道理，就越加坚贞自守。我对堂费南铎从不肯答应一句话，让他自以为能遂心如愿；我没给他任何渺茫的希望。

"我的端重他大概以为是矜持，使他的邪欲越加旺盛。他对我表示的情意我该称为邪欲；假如那是正当的爱情，你们今天就不会有机缘听我讲这件事了。堂费南铎后来知道我爹妈在给我找配偶，为的是要叫他死了心别再想弄我到手，至少可以多几个人来卫护我。这是他听到或猜到的。他因此就干出一件事来。你们听我讲吧。有一天晚上，我在卧房里，身边只有一个贴身的使女，屋子的门都关得严严地，防有人钻空子对我强行非礼；当时这样小心防范，又是深闺静夜，不知怎么回事，他忽然在我面前出现了。我一看见吓得眼前发黑，舌头发硬，喊都喊不出声。我想他也不会让我叫喊,因为他立刻跑上一步,把我搂在怀里。我已经说过,当时我惊慌失措,没有力量抵拒了。他就对我说了一套话。我真不懂他嘴舌怎会那么伶俐,竟把假话说成真话。那奸贼用眼泪来保证自己的誓言,用叹息来保证自己的忠诚。我这个孤单的可怜虫,一辈子守在家里,对这种事情毫无经验,不知怎么的也竟相信了他的话。不过我对他只有正当的同情,并没有因为他的流泪叹气就感动得违礼非分。我最初的惊慌已经过去,心魂渐定,凭自己都没想到的胆量对他说:'先生,假如像你这样抱住我的是一只凶猛的狮子,它要我做了丢脸的事或说了丢脸的话才肯放我,我也不能答应;这好比要把过去变作未来一样办不到。你尽管抱住我的身体,我的心却是坚贞不移的。你如果遂着自己的心蛮来硬做,我就会叫你瞧瞧,你的心远不是我的心。我是属你管辖的农民,不是你的奴隶。你不能仗自己出身高贵,糟践我这个出身卑贱的人。我地位低,是农家姑娘;你是主子,是绅士,可是我和你同样的尊重自己。你的力气压不服我,你的钱财我不稀罕,你的诺言哄不倒我,你的叹息和眼泪也不能使我心软。如果我父母为我选择的丈夫凭以上种种来求我,我会随顺他,我和他是一条心的。所以先生,你现在强求硬逼的事,如果是合理的,尽管我不贪求,也愿意答应你。我这话无非表明:除了我合法的丈夫,谁也休想在我身上得到些什么。'那个没信义的绅士说:'美丽无比的多若泰啊(这就是我这个倒霉人的名字),如果你不过是计较这一点,你瞧,我现在就和你握手为盟,订下婚约,鉴临一切的上天和你这里的圣母像都是见证。'"

卡迪纽听说她名叫多若泰,又激动起来。他心上着实了,知道原先猜想的果然不错。他对这件事的结果虽然略有所知,却要听个究竟,所以不愿意打断她的话,只说:"姑娘,你叫多若泰吗?我听说过一个和你同名的人,她遭遇的不幸大概也和你差不多。你讲下去吧,回头我要告诉你些事情,准叫你又吃惊又伤心的。"

卡迪纽的话和他那套怪样儿的破烂衣服引起了多若泰的注意。她要求卡迪纽如果知道有关她的任何事情,赶快讲出来。她说,如果命运还留给她一点儿好处,那就是她还没有丧失勇气,能承当任何灾祸,反正她拿定自己已经倒霉透顶，不能再增加一丝一毫了。

卡迪纽回答说："姑娘，假如我的猜想不错，我马上会告诉你，可是目前还不是时候，你知道了也没什么用。"

多若泰说：好吧，我且继续讲我的事。堂费南铎把我屋里的一尊圣母像放在面前，作为我们俩订婚的见证。他海誓山盟，保证一定娶我。可是我没等他住嘴，就对他说，这事还得从长计议，他父亲瞧他娶了自己管辖下的乡下姑娘，准会发怒；我劝他别为我这点儿美貌迷昏了头，因为不能借此开脱自己的错误。我说，他假如真心爱我，要待我好，那就该让我安分，因为门第太不相当，婚姻决不会美满，开头的一股子热情也不能持久。这些话，还有些记不起的，我都跟他说了，可是没能够叫他回心转意。不打算守约的人，订约的时候不计较困难，他就是那样。当时我心上自问自答：'女人靠结婚升高了地位的，不由我开始。贵公子贪恋美色，或者更可能因为盲目的爱情，娶地位不相称的女人，堂费南铎也不是第一个。反正我没有立榜样、开风气。命运给我的体面，我何妨就领受呢？即使他满足了自己的要求也就结束了对我的爱情，我在上帝面前毕竟是他的妻子了。假如我不理他而严词拒绝，预料他就要不客气动粗；我受了污辱，人家不知道我怎会好端端地落到这个地步，还会责备我，我却无法替自己开脱，因为我怎么能叫我爹妈和旁人相信这位公子是擅自闯进我卧房来的呢？'这许多计较，我一下子都想到了。再加堂费南铎发的誓，举出的见证，流的眼泪，他的俊秀文雅，再加他表现的一片真情，也渐渐打动了我，使我没头没脑地毁了自己。心无所属的规矩女孩子，身当此境，都会把持不住的。我就叫过贴身伺候的使女，让她随同神证，做个人证。堂费南铎把他发过的誓重新证实一番，另又加上几位神圣做见证，说他如果失信背约，愿上天对他降下千灾百难。他又眼泪汪汪，叹息深深。他抱着我始终没有松手，这时候越加抱得紧了。伺候我的女孩子随就退出我的闺房，从此我就不复是闺女了，他也就成了负心的骗子。

我觉得堂费南铎只嫌我遭殃的那一夜太长，急着等天亮。一个人餍足了，就一心只想离开他得到餍足的地方。我这么说是因为堂费南铎忙忙地想走。原来他是由我的使女引进来的，这时又由她设法，天没亮就把他送出去。他和我告别的时候，已经不像来的时候那样热情了。他叫我放心，说他的誓言是真诚可靠的，还从手上脱下一只贵重的戒指作为信物，替我戴上。他就走了。我当时不知是悲是喜，只能说，夜里这件事弄得我心神恍惚，简直失落了魂魄一般。我那使女出卖了我，把堂费南铎藏在我卧房里，我竟没精神也没心思去责骂她，因为自己也拿不定这番遭遇是好是坏。我临别对堂费南铎说：我反正已经是他的人了，他不妨照样晚上到我屋里来相会，等他愿意把事情公布的时候再说。可是他除了第二晚，再也没有来过。一个多月之久，无论在街上或教堂里，我连他的影儿都看不到。我知道他在城里，日常出去打猎，这是他非常喜爱的消遣，可是我费尽心机，总找不到他。

"那些日子，那一时一刻，在我是多么愁苦沉闷，只有我心里自知。我那时候对堂费南铎的真诚已经怀疑了，甚至不相信了。我从前没有责骂过我的使女，那时候开始怪她胆大妄为了。而且我得忍住眼泪，强作欢笑，不然的话，如果我爹妈问我为什么不称心，我就不得不撒谎支吾。不过这种种情况只是暂时的。因为我马上就抛开一切顾虑，不再讲究体面，不再求忍耐，我把自己的私情也和盘托出了。原来不多几天以后，村里传来消息，说堂费南铎已经在附近城里结婚，娶的是个绝世美人，她父母都很高贵，只是家道不那么富裕，凭她那份嫁妆，还攀不上那么高贵的亲。据说她名叫陆莘达，他们结婚那天还出了些奇事。"

卡迪纽听到陆莘达的名字，耸起肩膀，咬住嘴唇，皱紧眉头，接着就流下两行泪来。不过这并没有打断多若泰的话头，她继续说："我听到这个不幸的消息，不是心寒，而是愤火中烧，差点儿跑到街上去大嚷，把我上当受骗的事公布出来让人人知道。不过我当时抑住了愤怒，因为我打算当晚干一件事。我真是那么干了。我换上这套衣服赶往城里去。农民家雇有长工，我这套衣服就是我父亲的一个长工给我的。我听说我的冤家在城里，我就把自己的倒霉事全告诉了那个长工，求他陪我到城里去找他。那长工先是怪我鲁莽，不赞成我的主意，可是瞧我很坚决，就自告奋勇要陪我,据他说,陪我到天涯海角也愿意。我立刻把一套女人衣服、一些首饰和现钱塞在一只麻纱枕套里,防万一有用。当夜人静以后,我瞒着出卖我的使女,带着那个长工,怀着满腔心事从家里逃出来,步行到城里。我急急赶去,身上仿佛长了翅膀似的,尽管我认为事情已经干下了,不能挽回,我至少要去问问堂费南铎,凭什么心肠干出这种事来。我走了两天半才到城里,一进去就打听陆莘达父母家的住址。我探问的人把我没想打听的事都告诉了我。他指点了那家的住址,又讲那家女儿结婚出的事。那件事城里已经传遍,三五成群地纷纷议论。据那人说,堂费南铎和陆莘达结婚的晚上,陆莘达答应了一声愿意结婚,立即晕死过去。新郎正解松她的胸口让她缓过气来,忽发现陆莘达的亲笔字条,声明她不能做堂费南铎的妻子,因为她是卡迪纽的未婚妻。据那人说,卡迪纽是本城的一位贵公子。字条上说,她当着堂费南铎的面说愿意结婚,是为了不违拗父母之命。总之,那人说,字条上表示她存心等婚礼完毕就自杀,并且说明自杀的缘故。据说,他们在她衣服底下不知哪里找到一把短剑,这就证明字条上写的不是空话。堂费南铎就此觉得自己受到了陆莘达的嘲弄和轻蔑,不等她苏醒,拿起她身边那把短剑要去戳她。如果不是给她父母和其他在场的人拦住,他真就干出来了。那人还说:堂费南铎当下就走了,陆莘达到第二天才醒过来,她就告诉父母她和刚才讲的那个卡迪纽确实已经订婚。还据说,那次举行婚礼的时候卡迪纽也在场,他万想不到陆莘达会跟别人结婚,瞧她竟嫁了别人,就伤心绝望,出城走了,临走留下一封信,说明陆莘达怎么亏负了他,他从此要跑到与世隔绝的地方去。这许多事城里传得沸沸扬扬,大家都在议论。还有更招人议论的事呢。传说陆莘达已经从她父母家出走,也不在城里,满城都找不到她;她父母急得没了主意,不知道怎样去找她。我听了这些话,心上又生了希望,觉得自己的事还有挽救的余地;尽管没找到堂费南铎,也比看到他结婚好些。我想,上天这样阻挠他第二次结婚,也许是要提醒他对第一次结婚承担的责任,叫他想到自己究竟是基督教徒,对灵魂的关心应该压倒世俗的打算。我这么想来想去,强自安慰,却得不到安慰。我是自骗自,用渺茫的希望来维持我已经厌倦的生命。

"我在城里找不到堂费南铎，正不知怎么办，忽听得叫喊消息的报子宣布，谁找到了我有重赏，还把我的年龄和身上这套衣服作为标志，细细形容了一番。据说我是由陪我的那小伙子拐带逃跑的。我听了这个消息非常刺心，由此可见，我已经声名狼藉。我出走已经够丢脸的，又说是私奔，跟的又是那么卑贱、那么不值得顾恋的人。我一听到这个消息，立刻带着我的佣人逃出城去。他当初答应为我效忠，这时候渐渐露出靠不住的样子。那晚上我们怕给人找着，躲到了这座山里最隐僻的去处。可是正应了老话说的'祸不单行'，又说是'灾祸往往由小到大，衔接而来'，我就碰到了这种情况。我那个好家伙的佣人虽然向来老实，瞧我到了这么隐僻的地方，觉得荒山野地里有机可乘，就想占个便宜。这实在是他自己混账，不是我的美貌诱惑了他。他不顾廉耻，对上帝毫无畏惧，对我也丧失敬意，竟来向我求欢。他最初打算用好话央告，可是我义正词严，拒绝他那无耻的要求，他就对我动粗。多亏天道圣明，保佑正人。我正当的心愿得到了上天的庇护。我力气虽小，也没费多大劲，竟把那个小子推下峭壁。我撇他在那里，不知他是死是活。我连忙跑入深山，虽然又怕又累，居然还跑得很快。我心上没别的打算，只求藏在深山里，别让我父亲和他派出来的人找到我。我存着这个心躲在山里，大约过了几个月，忽碰到一个牧畜主。他雇用了我，把我带到一个深山坳里。这些时候我一直在那儿做他的牧童。我设法经常待在野外，为的是不让人看见我这一头头发——刚才就是这一头头发，害我无意中露出本相来。可是我所有的机灵和谨慎全没用处，因为我的主人瞧破我不是男人，也和我那个佣人一样起了坏心。遭了难不能单靠运气来解救。我不能再一次找到对付我那个佣人的悬崖峭壁，好把我那个主人也推下去送他的命。我觉得如果跟他较量力气或向他求饶，还不如离了他再躲进荒山。所以我又躲起来，想找个去处，能毫无顾忌地凭叹气流泪求上天可怜我落难，给我智慧和机会，帮我从困境脱身，否则就让我这个无辜遭受本乡和外地议论的可怜虫，在这个荒凉隐僻的地方一死了事，谁也别再记起我。"

第二十九章

他们凭何妙计,解除了我们这位多情骑士最严厉的赎罪自罚。

"诸位先生,我讲的就是我这出悲剧的事。现在你们可以明白,我叹息、数说、流泪,不是无缘无故,也没有过分。你们只要想想我是怎样的不幸,就知道对我劝慰都是多余的,因为事情已经无可挽救了。我只求你们一件事,想必是你们轻而易举的。我现在提心吊胆,怕家里人找到我。请你们指点一个容我安身的地方,让我去度过余生。当然,我知道爹妈溺爱,一定会欢迎我回家的。可是这番再见,我已经不复是他们心目中的女儿了。我一想到这点,就羞惭得无地自容。我已经丧失了他们对我责望的清白,每看到他们的脸,就要想到他们正看到我的丢脸。我为此宁愿流亡他乡,一辈子不再见他们的面。"

她说到这里,默不作声,脸上泛出红晕,显然很痛心,很惭愧。听她讲话的几个人对她不幸的遭遇又同情,又惊奇。神父正想安慰劝解,卡迪纽却抢先说:"姑娘,你是大财主克雷那尔多的独养女儿、美丽的多若泰吧?"

多若泰听他提起自己父亲的名字,又瞧这人模样儿寒酸——卡迪纽衣衫褴褛已见上文——她觉得很奇怪,就对他说:"兄弟,你是谁?你怎会知道我父亲的名字?我要是没记错,我讲自己这桩倒霉事的时候,直到现在始终没有提起他的名字。"

卡迪纽答道:"姑娘,你刚才讲到陆莘达称为未婚夫的倒霉人,我就是他,我就是那个没造化的卡迪纽。坑害了你的家伙行为卑鄙,把我弄成目前这副模样。我穿得破破烂烂,衣不蔽体,在人世间得不到一点儿安慰,最糟的是连头脑都不清楚了,因为我已经神志糊涂,只靠天照应还有零星片刻的清醒。多若泰啊,堂费南铎胡作非为的时候我正在场,亲耳听到陆莘达说愿意嫁他的。她晕倒以后的下场,她怀里发现了字条的后文,我都没勇气再看；那么许多不幸的事积在一起，心上受不了。我忍无可忍，离开了她家，留下一封信，托我寄放东西的那家主人亲手交给陆莘达。我就跑到这个荒僻的地方来，打算在这里了结余生。因为我从那时候起，痛恨自己的生命，仿佛是不共戴天的仇敌。但是命运只剥夺了我的理性，并不要剥夺我的生命；也许它特地留我一命，好让我今天有幸和你相逢。我相信你讲的都千真万确，因此，说不定老天爷在咱们自以为倒霉的事情里，还为咱们两人留着一步意外的好运呢。因为陆莘达既然是属于我的，就不能嫁给堂费南铎，这句话她已经说得明明白白了；而堂费南铎既然是属于你的，也就不能娶她。那么，咱们很可以希望上天把分属于你我的归还原主。因为名分已经定了，改换不了。咱们这点安慰不是从空虚的希望或胡思乱想里来的，所以我是要另打主意了，姑娘，劝你也另打正经主意，准备等待更好的运气吧。我凭自己是绅士和基督徒向你起誓：我决不弃你不顾，直要瞧你得到堂费南铎的保护才罢；如果我的劝说不能叫他承认他对你的责任，我就拿出我绅士的权利，名正言顺地为他欺侮了你而向他挑战。我为了要在这个世界上为你申冤，可以把他对不起我的事丢开，由上天去为我报复。"

多若泰听了卡迪纽这番话不胜惊奇，瞧他这么激昂慷慨，愿为自己效劳，不知该怎样答谢，就要去吻他的脚，可是卡迪纽不答应。神父出来解围，又称赞卡迪纽讲得有理；他急切要求并劝说他们俩跟自己一起回乡，因为在那里可以添补些必需的东西，如要寻找堂费南铎，或把多若泰送还她父母，或者他们认为怎么办最合适，到了那里就可以着手去办。卡迪纽和多若泰听了很感激，都接受这番好意。理发师一直出神地听着，没有作声，这时也殷勤致辞，和神父一样热心地表示要尽力为他们效劳。他又约略讲了他和神父到这里来的缘故，也讲到堂吉诃德发疯的离奇，又说他们正在等待堂吉诃德的侍从，那侍从找他主人去了。卡迪纽记起他恍惚在梦里和堂吉诃德吵过一架；他讲给大家听，只是说不出为什么争吵。这时候，他们听得叫喊，听出是桑丘的喊声。原来桑丘到了和他们分手的地方却找不见他们，所以大声叫唤。他们跑去迎上他，探问堂吉诃德的情况。据桑丘说，他看见他主人身上只穿一件衬衫，面黄肌瘦，饿得要死，还直在为他的意中人杜尔西内娅唉声叹气；又说他已经告诉主人，杜尔西内娅小姐命令他下山回托波索村上去，她在那里等着呢，可是他主人说，已经打定主意，先得干下一番事业，能博得美人眷顾，才肯跑去相见。桑丘说，照这样下去，他主人做大主教都没指望，别说做大皇帝了，请他们瞧瞧该怎么办，才救得他主人出来。神父叫桑丘别着急，他们准叫堂吉诃德离开那里，不管他愿意不愿意。神父接着就告诉卡迪纽和多若泰，他们打算用什么办法治好堂吉诃德的病，至少把他送回家去。多若泰听罢说：她扮落难女子比理发师好，而且她身边带着衣服呢，穿上活脱儿就是那个角色；她也懂得要堂吉诃德中计该怎样表演，这事不妨交托给她，因为她读过许多骑士小说，熟悉落难女子向游侠骑士求救的那套话。

神父说："那就样样齐全，只要马上着手就行。咱们一定是都碰上了好运道：你们两位意外地发现自己的事还可以补救，而我们要办的事也更加顺当了。"

多若泰马上从她的枕套里拿出一件质料精致的连衣长裙和一件华丽的绿披肩，又从一只小盒子里拿出一串项链、几件首饰。她一眨眼的工夫把自己打扮成一位雍容华贵的小姐。她说从家里带了这类东西防万一有用，可是至今还没用到。大家瞧她风度娴雅、相貌姣美，都不胜喜爱，认为堂费南铎抛弃这样的美人，实在是眼力太差了。可是最对她倾倒的是桑丘·潘沙，他觉得生平没见过这等美人——他确实是没见过，所以急切请问神父，这位极美的姑娘是谁，她到这种荒僻的地方找什么来了。

神父说："桑丘老哥啊，咱们不说虚头，这位漂亮小姐是伟大的米戈米公王国男系嫡派的继承人。她是来找你主人，求他帮忙的。有个凶恶的巨人欺负了她，她要你主人代她报仇。你主人是举世闻名的好骑士，这位公主久闻大名，特地从几内亚赶来找他的。"

桑丘·潘沙说："找得也巧！碰见得也巧！假如我主人有幸，能把您刚才讲的那个婊子养的巨人杀掉，替她报了仇，申了冤，那就运气更好了。只要那个巨人不是鬼，我主人碰见了准会杀死他；我主人碰到了鬼却是毫无办法的。硕士先生，我别的且不说，有一件事要请您帮个忙。我想请您劝我主人赶快和这位公主结婚，免得他想去做大主教——我就怕他有这个念头。他结了婚当不了大主教，就可以顺顺当当地去做大皇帝，我也就可以称心如愿了。这件事我曾经细细打过算盘。照我估计，我主人做了大主教对我不利。因为我是结了婚的人，教会里用不着我；我有老婆孩子，要领取教会的薪俸还得请求特准，事情就没完没了。所以，先生啊，叫我主人马上娶这位公主是最要紧的——我至今还不认识她，不知道怎么称呼。"

神父答道："她叫米戈米公娜公主；因为她的王国叫作米戈米公国，她当然就是这个名称了。"

桑丘说："这可是没什么说的，我看见许多人都从自己出生的地方取名，叫什么贝德罗·台·阿尔咖拉呀，胡安·台·乌贝达呀，狄艾戈·台·瓦利亚多利德呀等等；在几内亚想必也是这样的。"

神父说："准是的。至于你主人结婚的事，我一定尽力撺掇他。"

桑丘听了这话非常满意，而神父瞧他头脑简单也非常惊讶，想不到他主人的痴想在桑丘心上生了根，竟拿定他主人要做皇帝。

这时多若泰已经坐上神父的骡子，理发师也已经戴上牛尾巴做的胡子。他们叫桑丘领他们到堂吉诃德那里去，一面叮嘱他不要说认识神父和理发师，因为全靠他装作不认识，他主人才做得成皇帝。神父和卡迪纽不愿意跟他们同走。卡迪纽防堂吉诃德记起上次他们俩的争吵，而神父暂时还不必跑去，所以两人让大伙先走，他们缓步跟随。神父没忘了教导多若泰该怎么行事，可是她听了只叫大家放心，她自会按照骑士小说上描写的一套去表演，一丝不走样。她和一行人走了四分之三哩瓦的路，望见堂吉诃德在重叠的乱山岩里，已经穿上衣服，只是没戴盔甲。多若泰瞧见了他，向桑丘问明是谁，就把坐骑打上几鞭；满面胡子的理发师紧紧跟着她，两人跑到堂吉诃德那里。理发师就下骡去抱扶多若泰。她很轻快地下了骡，跑去跪在堂吉诃德面前。他请她起来，她却跪着说了以下一番话："勇猛的骑士啊，我是天下最苦恼、最受气的姑娘。我凭您的仁心热血,求您一件事。这不但有助于我,也可以增加您的荣誉,抬高您的声望。您如果不答应,我就跪在这里再不起身。我是个可怜人,听到了您的大名,特地远道赶来求您救苦救难的。如果您的勇力果然名不虚传,您就义不容辞,得帮帮我。"

堂吉诃德答道:"美丽的小姐啊,你要是跪在地下不起来,我就一句话也不搭理,也不听你的。"

落难女子答道:"您如果不答应我的要求,我就决不起身。"

堂吉诃德说:"只要你这件事不损害我的国王、我的国家和主管我心灵的那位小姐,我就答应你。"

这位悲苦的姑娘说:"我的好先生,您说的都不会受到损害。"

这时桑丘·潘沙跑到他主人身边,在他耳朵里悄悄地说:"先生,尽管答应她的请求,没什么大不了的事。那不过是去杀掉一个大型的巨人罢了。向您求救的是高贵的米戈米公娜公主,她是埃塞俄比亚大米戈米公王国的女王。"

堂吉诃德说:"随她是谁,我做事总要尽职责,凭良心,遵守自己奉行的规则。"

他转身向那姑娘说:"美丽无比的小姐,请起身吧,你要求的事我答应就是了。"

那姑娘说:"那么我就把要求您的事讲讲吧。有个奸贼无法无天,篡夺了我的王国。我要劳您大驾,马上起身跟我回去;还请答应我,在我这件事完成之前,您决不找别的事去冒险拼命。"

堂吉诃德答道:"我重申,我答应你。小姐,你从今以后,可以抛开心上的烦扰,让你那委顿的希望重新振奋起来。你靠天保佑,又有我为你出力,不久就可以夺回权位,在你那古老伟大的国家重登宝座,叫那些反对你的坏人无可奈何。咱们就着手干事吧;常言道:'拖拖延延,就有危险'。"

落难女子坚决要吻他的手,可是堂吉诃德在各方面都是谦恭有礼的骑士,怎么也不答应。他扶她起来,恭恭敬敬地和她行了个拥抱礼。他吩咐桑丘查看一下弩骍难得的肚带，立刻替他披上盔甲。当时他的盔甲正像战利品似的挂在树上呢。桑丘取了下来，又查看了马肚带，随即为他主人披上盔甲。堂吉诃德瞧自己披挂停当，就说："咱们瞧上帝分上，动身为这位贵公主效劳去吧。"

理发师还跪在那里，竭力忍着笑，一手按着胡子，生怕这部胡子掉了下来，这条妙计就行不下去。这时他瞧堂吉诃德已经答应请求，忙着准备干事去，他就起身用另一只手去搀扶女主人，和堂吉诃德一起把她扶上骡子。堂吉诃德随就骑上弩骍难得，理发师也上了坐骑，只剩桑丘步行。桑丘不免又记起那丢失的灰驴，这时正用得着。不过他一切都甘心忍受，因为觉得他主人已经踏上那直达皇帝宝座的大道，马上就要做皇帝了。他拿定主人会和这位公主结婚，至少也能做到米戈米公国的国王。他只担心一件事。这个王国在黑人的土地上，将来他封地上的百姓想必都是些黑人。他想到这里，马上想出一个补救的好办法，心上自忖："我封地上的百姓是黑人，这对我有什么关系呢？我只消把他们装上船，运到西班牙，就可以把他们卖掉。我收回的身价是现金，拿来买个爵位或官职，就可以安安逸逸过一辈子，这不就行了吗？如果糊里糊涂，没有头脑，没有手段，不会把自己的百姓转眼三万一万地卖出去，那就糟了！我发誓得飞快地把他们连大带小、全部或尽量出脱，随他们多黑，也要把他们变成白的或黄的。瞧吧！我是个傻呆呢！"他一边走，只管一门心思地打算盘，竟把步行的辛苦都忘了。

卡迪纽和神父在乱树丛里望见这一切经过，不知道怎样迎上去和他们搭话。亏得神父机灵，立刻想出个应付的办法。他从随身带的剪子套里拿出剪子，几下就剪掉了卡迪纽的胡子；然后把自己身上的一件灰褐色短上衣给他穿上，又给他披上一件黑大氅，自己脱剩一套紧身衣裤。卡迪纽完全改了样，只怕照了镜子连自己都不认得了。他们化装的时候堂吉诃德一行人已经走向前去，可是山里满处荆棘，又加道路险陡，骑了牲口走路不便，反不如步行快；他们两人化装完毕，轻轻便便走上大道，还赶在堂吉诃德那伙人的前头呢。长话短说，他们俩跑到山峡口的平原上，等堂吉诃德和一行人从山里出来，神父就对着这位骑士仔细端详，装出似曾相识的样子，然后张开两臂迎上去，叫道："真是巧遇啊！这位就是骑士道的模范、我的老乡堂吉诃德·台·拉·曼却呀！这位绅士的表率、落难人的靠山和救星、游侠骑士的佼佼者却是在这里呀！"

他一面说，一面抱住堂吉诃德的左膝盖。堂吉诃德对这人的言谈举动很诧怪，留神细看，才认出是神父。他很出乎意外，忙着要下马。可是神父不答应。堂吉诃德就说："硕士先生，您别拦我，我自己骑着马，倒让您这样德高望重的人步行，太不像话了。"

神父说："这个我可怎么也不能答应。您这样一位大人物，应该骑马；因为咱们这个时代的大事业大冒险，都是您在马上干的。我呢，不过是个区区教士。您同路的随便哪一位如果不嫌，让我骑在鞍后就行。大家知道贝加索是一匹飞马；著名的摩尔人穆扎拉盖——他着了魔法禁咒，至今还在公普鲁多大城附近的苏雷玛大山底下躺着呢——他骑一匹神骏的斑马；我骑在鞍后，就仿佛骑着飞马或斑马一样。"

堂吉诃德说："硕士先生，就是这样我也不能同意；我知道我们这位公主小姐会瞧我面子，吩咐她侍从把坐骑让给您；如果骡子吃得消，他可以骑在鞍后。"

公主回答说："我看吃得消，而且知道我这位侍从先生是不用吩咐的；他非常客气，非常有礼，有骡子可骑却让一位教士步行，他是决不答应的。"

理发师说："是啊。"

他立刻下骡，请神父上鞍；神父不再推让，就骑上去。那骡子原是雇来的，这就足以说明它是一头刁骡子。事不凑巧，理发师刚骑在鞍后，骡子就掀起后臀，往空踢了两下。假如那两下踢在尼古拉斯师傅的胸口或脑袋上，他准要诅咒这番出门寻访堂吉诃德是倒足霉了。他虽然没踢着，却掀翻在地，仓促间竟把脸上那部胡子掉了。他无法挽救，只好双手护着脸，呻吟说，踢掉了大牙。堂吉诃德看见这个跌倒的侍从脸上脱下一大堆胡子，胡子不连着下巴颏儿，也没有血；他说："天啊！这可是了不起的奇迹呀！他脸上一部胡子全掉了，连根拔了，好像特地剃下来的。"

神父生怕自己的计策泄露,忙捡起胡子,赶到躺着直在哼痛的尼古拉斯师傅身边,把他的脑袋扶在怀里,一下子替他把胡子安上,嘴里还念念有词,说是在念一种专粘胡子的咒语,回头他们瞧了就知道。他替理发师戴好胡子就抽身走开,侍从又像原先那样胡须满面,完好无恙。堂吉诃德看了说不出的惊奇,要求神父几时有空教他这个咒语。他相信咒语一定还有别的功效。因为揪下了胡子,皮肉总有损伤,既然咒语能使皮肉完好,那分明就不止能粘上胡子了。

神父说:"您猜得对。"他答应有机会马上教他。

到前面客店还有二哩瓦路;他们讲定这一路上,神父骑的骡由他和另外两人轮着骑。当时堂吉诃德、公主和神父三人乘坐牲口,卡迪纽、理发师和桑丘·潘沙三人步行。堂吉诃德对那位姑娘说:"高贵的公主,您要到哪里,就带我们去吧。"

神父不等她答话,抢先说:"公主,您要带我们到哪一国去呀?大概是要到米戈米公王国去吧?准是的;要不,我对这些国家就是一无所知的了。"

她很识窍,知道该回答一声"是",所以她就说:"是啊,先生,我正要取道到这个王国去。"

神父说:"照这么说,咱们就得路过我的家乡。从那儿可以取道往咖太基。到了咖太基,机会凑巧就可以乘到船;如果顺风,海上平静,没有风暴,那么,不到九个年头可以望见美欧娜大湖——我是说,美欧底台斯大湖。那儿离您的国土大概不过一百多天的路程了。"

她说:"先生,您错了。我离开那里还不到两年,虽然一路上没碰到好气候,我还是见到了我一心要见的堂吉诃德先生。我一踏上西班牙国土,立即听到他的大名,就想找他,求他保护,靠他无敌的勇力为我维持公道。"

堂吉诃德打断她说:"够了,请别夸奖吧。凡是恭维的话我都不爱听;尽管这不是恭维,也污染我纯洁的耳朵。公主啊,我只有一句话,不论我有没有勇力,我有的没的全都贡献出来,直到我送掉性命为止。这个以后再谈吧。现在我要请问硕士先生,怎么会单身跑到这里来,也没个人跟着,而且身上穿得这样单薄，真叫我很吃惊呢。"

神父说："这个我一讲就明白。我告诉您，堂吉诃德先生，我跟咱们的朋友尼古拉斯理发师一起到塞维利亚去收一笔款子。那是好多年前到美洲去的一个亲戚给我捎来的，数目不小，有六万多比索，都是足色；这笔钱是非同小可的。我们昨天经过这里，忽然碰到四个强盗，把我们的东西抢光，连胡子都抢了，而且把胡子割得不像个样子，害得理发师只好戴上一部假胡子了。"他又指着卡迪纽说："这位年轻先生也给他们收拾得完全改了样。妙的是这一带的人都在传说，抢劫我们的是几个发送到海船上去划船的囚犯。据说有个非常勇敢的人，不顾押送的公差和卫兵阻挡，约摸就在这个地方把一大群囚犯全释放了。没什么说的，那人准是个疯子，不然就是和那些囚犯一样的大坏蛋，或者是没有灵魂又没有良心的家伙。因为他故意把豺狼放到羊群里去，把狐狸放到鸡群里去，把苍蝇放到蜜里去，他是有心违法乱纪，反抗国王和天派的主子，干犯国家公正的法令。我说呀，他是存心剥夺海船上划船的脚力，并且使安静了好多年的神圣友爱团又忙乱起来。一句话，他干这件事是断送自己的灵魂，肉体也得不到好处。"

桑丘已经告诉神父和理发师，他主人释放了一群囚犯扬扬自得，所以神父提出来严加谴责，瞧堂吉诃德怎么回答。堂吉诃德听着神父的话，脸上红一阵，白一阵，却没敢承认释放那群好家伙的就是他自己。

神父接着说："抢劫我们的就是那些囚犯。释放他们的人不让他们去受该当的惩罚，但愿上帝慈悲，饶恕他吧。"

第三十章

为了帮助陷入疯狂状态的堂吉诃德，神父们可谓绞尽脑汁，不管怎么说他们用骑士小说的故事情节和美丽的多若泰暂时骗住了堂吉诃德，把他从深山中拉了出来，我们的骑士对此似乎还深信不疑，只是很难预料壮心不已的他再次回到社会里又会做出什么惊世之举。

美人多若泰的机灵以及其他逗乐的趣事。

神父还没讲完，桑丘插嘴道："我老实说吧，硕士先生，干这件事的就是我主人呀。而且我事先不是没提醒他，我说这事得小心，释放那伙人是犯法的，因为押送到那边去的都是天字第一号的坏坯子。"

堂吉诃德当时就发话道："你这个笨蛋！游侠骑士路见吃苦头、带锁链、受压迫的人，无须查究他们是犯了罪还是走了背运，才落到这个地步，受这等苦楚；他看到他们有难，就该帮他们一把。他着眼的是他们的苦楚，不是他们的罪行。我碰到了连锁成一串的一队垂头丧气的人，我按照宗教的训诫把他们打发了，没顾到别的。硕士先生的圣德和威望，我是没什么说的。除他之外，谁认为我是干错了，哼！他对于骑士道就是个瘟外行！他就像婊子养的、出身下贱的人那样胡说八道！我要凭我这把剑着实地教训他！"

他一面说，就在马鞍上坐稳身子，把顶盔戴上。因为他当作曼布利诺头盔的那只理发师的盆儿就在鞍框上挂着，给

> 桑丘是做不了骑士的，他没有固定立场，推卸责任倒是十分及时。

囚犯砸坏了正待修理呢。

> 这不禁让人想起鲁迅笔下的狂人,到底是少数人脑子出了问题,还是大多数庸众出了问题?

多若泰很乖觉,也很风趣。她早看透堂吉诃德脑筋有病,而且除了桑丘·潘沙,人人都在取笑他。她也不甘落后,瞧堂吉诃德火气冲天,就对他说:"骑士先生,请别忘了您答应我的话啊。照您答应的话,您就不能再为别的事拼命,随它多么紧急也不行。您别生气吧。如果硕士先生早知道那队囚犯是您这条天下无敌的胳膊放走的,他宁愿嘴上缝三针,甚至把舌头咬三下,也决不说出冒犯您的话来。"

神父说:"这话我满可以发誓保证的,我还情愿割掉一部胡子呢。"

堂吉诃德说:"公主啊,我就不多说了,我一定把冒上来的义愤压下去,平心静气,且把答应你的事完成再说。不过我既然一心一意愿为你效劳,你如果没什么不便,就请回答我几句话。你的苦难是怎么回事?你要我找谁去雪恨报仇?对方有几个人?是些什么人?"

多若泰答道:"只要你听了苦恼不幸的事不厌烦,我很愿意讲。"

堂吉诃德说:"我的公主啊,我不会厌烦的。"

多若泰说:"那么,诸位先生,请听我讲吧。"

她这么一说,卡迪纽和理发师就忙去站在她旁边,想瞧瞧这位灵心妙舌的多若泰怎样捏造自己的故事。桑丘也挨近去,他和他的主人一样,对这位姑娘的身世还一无所知。她在鞍上坐稳,先咳嗽几声,清了嗓子从容说道:"诸位先生,请听我讲,我名叫……"

> 有惊无险!看来健康的人总是有办法骗取"疯子"的信任。

她说到这里,顿了一下,原来她把神父给她取的名字忘掉了。神父已经知道,就点拨她说:"公主啊,怪不得您讲起自己的不幸就讲不下去,因为不幸的事往往使遭受的人把记性坏了,甚至连自己的名字都记不起来。您就是这样,忘了自己名叫米戈米公娜公主,是大米戈米公王国的合法继承人。现在这么一提,您记性虽坏,也就可以把要讲的事顺顺当当地记起来了。"

那姑娘说:"真是这么回事。我想往后我不用再提,自己会把这段历史好好讲完。我父亲名叫智慧的悌那克利欧。他精通魔术,凭这门学问,算准我母亲哈拉米莉亚王后要比他早死,他自己不久也要过世,我就成为无父无母的孤儿。他说,他虽然为这件事担心,他算准的另一件事更使他着急。据他说有个彪形巨人名叫攒眉怒目的巨人庞达斐兰都,管辖着和我国差不多是接境的一个大岛。原来那巨人的两眼虽然长得端正,两个眼珠子却总是斗鸡似的相对着。这是因为他居心歹毒,要人家看了害怕。据我父亲推算:那巨人知道我成了孤儿,就要率领大军入侵,夺取我的整个王国,不留一个小村子让我安身;除非我肯嫁他,才免得亡国落难。可是我父亲预知我对于这样不相配的婚姻是不愿意的。他这话一点儿不错,我绝不想和那巨人结婚;不论多高多大的巨人,我都不嫁的。我父亲还说:他死之后,我一看到庞达斐兰都要进犯国境,就别留在国内防守,自取灭亡;如果我要让忠心的老百姓活得性命,不至全被歼灭,我得毫无抵抗,把整个国家让给他。因为那个巨人力大无比,我们没法抵御。我只好带领几个手下人,立刻到西班牙去。那里有一位名震全国的游侠骑士,我找到了他,我的苦难就有解救。我要是没记错,那位骑士名叫堂阿索德或堂希诃德。"

桑丘·潘沙插嘴说:"公主,你说的准是堂吉诃德,别号哭丧着脸的骑士。"

多若泰说:"准是的。他还说:那位骑士是高高的个儿,消瘦的脸,他左肩膀下面,靠右边,或是约摸在那地方有一颗暗红色的痣,上面还有几根鬃毛似的汗毛。"

> 骑士小说的故事倒是很好编排,随意凑成倒也有几分意思。

> 这也是一种叙事方式,虽是为一时之需,却也不失为一段不错的骑士小说的开端。

堂吉诃德听了这话，对他的侍从说："桑丘，儿子，来，帮我把衣服脱下，我要瞧瞧那位先知的国王所预言的骑士是我不是。"

多若泰说："可是您干吗要脱衣服呢？"

堂吉诃德说："因为要瞧瞧我身上有没有你父亲说的那颗痣呀。"

桑丘说："不用脱衣服，我知道您背脊当中有那么样的一颗痣；您这颗痣，主身强力壮。"

多若泰说："这就行了。朋友之间不计细节，痣长在肩膀上或背脊上没多大分别，只要有那颗痣，长在哪里都一样，反正都在同一个人的皮肉上。我贤明的父亲说的话分明句句都准，我来投靠堂吉诃德先生也正是碰对了。他就是我父亲说的那一位，因为我父亲形容的面貌，跟我听到的那位骑士的面貌完全一致。那位骑士的名气大得很，不仅在西班牙，就在拉·曼却也人人知道，我在奥苏那一下船，就听到人家传说他干的许多丰功伟绩，我马上知道这就是我要找的人了。"

凭这句话多若泰能说堂吉诃德"脑筋有病"吗？

堂吉诃德问道："可是您怎会在奥苏那下船呢？那又不是海口。"

神父不等多若泰回答，忙插嘴道："公主大概是说：她在玛拉加下船以后，第一次听到您的事是在奥苏那。"

多若泰说："我就是这个意思。"

神父说："想必是这个道理。公主，您讲下去吧。"

多若泰说："以下没什么讲的了，无非我运气很好，居然找到了堂吉诃德先生。我就算是坐稳我国女王的宝座了，因为他慈心侠骨，已经答应我的请求，随我带着他走。我只要带他到攒眉怒目的巨人庞达斐兰都那里去，让他杀死巨人，把巨人无理霸占的仍旧归还我。这些事准会如我心愿的，因为智慧的悌那克利欧——我贤明的父亲早就这么说过。我父亲还用我看不懂的文字——大约是咖勒底文或希腊文指示我说：他预言的那位骑士杀了巨人，如有意和我结婚，我得一诺无辞，把自己的王国连同自己本人一并交托给他。"

堂吉诃德听到这里，说道："怎么样啊？桑丘朋友，你没听见公主的话吗？我不是跟你说过的吗？你瞧，咱们不是可以做王国的君主、女王的丈夫吗？"

桑丘说："这是我可以打赌保证的！谁砍掉了庞达斐兰都的脑袋而不愿意和女王结婚，他就是婊子养的！难道女王蠢得很吗！但愿我床上的跳蚤都能变成她那模样！"

他说着就踊身跳跃两次，简直快活得按捺不住的样子。他随就跑去把多若泰的骡子扯着缰绳带住，对多若泰双膝跪倒，求她伸手让他亲吻，表示她是自己的女王和主人。在场看了堂吉诃德的疯和他佣人的傻，谁能不发笑呢？多若泰真把手伸给他，还答应等她靠天照应收复了国土，做了国王，就封他做大官。桑丘千恩万谢的一番话又惹得大家都笑起来。

> 桑丘不仅为自己海岛总督打算，还真心替堂吉诃德考虑，能娶到这么好的一位公主，对一位骑士来说应该是一个不小的殊荣了。

多若泰接着说："诸位先生，这就是我的故事。我只有一件事还没说：跟我从国内出来的许多人，除了这位大胡子的侍从，一个都不剩了。我们在望得见港口的地方遭到了大风暴，一行人全都淹死，只有他和我浮在两块木板上到了岸边。这简直像奇迹。你们也许注意到，我一生的事都很神奇。如果有些事情我讲得太啰唆，或者不大对头，那都怪我遭受的灾难接二连三，又非同小可，把我的记性毁了；硕士先生在我开头讲的时候就这么说的。"

> 聪明的人总会给自己留下回旋的余地。

堂吉诃德说："尊贵的公主啊，我为你效劳，不论得经历多少大灾大难，也决不忘记我答应你的话。我现在重申一遍，

> 一诺千金,骑士放言,从不反悔。

> 堂吉诃德的游侠不是仅为了个人利益,而是为了维护他所信奉的一套准则。桑丘则不同,他是一个讲究实际的人,将物质利益排在第一位,从他这种急切的样子便可见一斑。

并且还发誓保证:一定跟你走遍天涯海角,直到找着了你那个凶恶的敌人才罢。我打算砍掉他那颗高昂的脑袋;这要靠上帝保佑,也靠我自己的力气——我不能说靠我的宝剑,多谢希内斯·台·巴萨蒙泰,他把我的宝剑拿走了。"

末了一句话是喃喃自语。他接着说:"我砍下了那个脑袋,让你安然做了一国的女王,你愿意怎样处置自己,全由你自便,因为我爱恋着一位小姐,心不自主,也无理可喻。我不多说,反正照我这情况,我绝没有结婚的意思,连想都不想,即使和凤凰鸟结婚都不想。"

桑丘听他主人说到不愿意结婚,觉得太不像话了,他很生气,提高了嗓子说:"我赌咒!我发誓!堂吉诃德先生,您真是脑筋糊涂了!跟这样高贵的公主结婚还有什么推三阻四的?您以为目前这份好运气是随地可拣的吗?难道咱们的杜尔西内娅小姐比她还漂亮吗?当然不如!连一半儿都比不上!我竟可以说,她给咱们跟前的这一位拾鞋还不配呢!您要往海底捞针去,我一心想封伯爵的希望就完蛋了。您结婚吧!赶快结婚!但愿魔鬼也作成您这件事。现成落在您手里的王国,您就拿下吧。您做了国王,可以封我做伯爵或总督;以后怎么样,管他妈!"

堂吉诃德听他这样亵渎杜尔西内娅小姐,忍无可忍,他更不搭话,也没哼一声,举枪就把桑丘狠狠打了两下,打得桑丘倒在地下,要不是多若泰喊住他,准把桑丘当场打死。

他停了一下,对桑丘说:"蠢货!你以为我老会让你戏弄吗?你只管犯过错我总会饶你吗?你别打错了主意,你这个无法无天的混蛋!你分明就是这么个混蛋,因为你竟敢毁谤天下无双的杜尔西内娅!你知道吗,你这个流氓、地痞、乡下佬,要不是她把力气布运到我这条胳膊里来,我连杀死一个跳蚤的劲儿都没有!你说吧,你这个贫嘴恶舌的家伙,你知道是谁赢得了这个王国？谁砍下了巨人的脑袋？谁封你做了伯爵？（这些必然的事尽可以当做真实的事。）这不是都靠杜尔西内娅的力量，使用我这条胳膊干的吗？她凭我来厮杀取胜，我靠她生存活命；她是我的命根子，有了她才有我这个人。哎，你这婊子养的混蛋，你多没良心啊！把你从泥土里提拔出来，封了你爵位，你却用浑话来报答人家的恩情！"

桑丘没受大伤，堂吉诃德的话他句句听得分明。他灵活地爬起来，躲到多若泰坐骑后面，从那儿向他主人发话道：

"先生，您说吧，您要是打定主意不和这位高贵的公主结婚，那个王国分明就不是您的了；既然不是您的，您能赏我什么好处呢？我抱冤的就是这个呀。现在这位女王就仿佛天上掉下来的，您不管怎么样且跟她结婚，以后还可以回去找咱们的杜尔西内娅小姐；有几个妃子的国王，这世界上多的是啊。至于美貌，我并不在乎。要说老实话呢，我觉得两人都好；尽管那位杜尔西内娅小姐我还从没见过。"

> 桑丘的目的，总是简单直接，在利益确保的情况下，他并不在意过程和方法。

堂吉诃德说："怎么没见过？你这个胡说乱道的反复小人！你不是刚从她那儿捎了口信来吗？"

桑丘说："我是说没仔细看她，不能分辨她哪儿长得美、哪儿长得好，我只是笼统看了一眼，觉得不错。"

堂吉诃德说："现在我原谅你了，请你也原谅我打痛了你。那是一时性起，自己按捺不住。"

桑丘说："这个我也懂得。我呢，一时性起，就想说话；话到了舌头上非说不可，一次也按捺不住。"

堂吉诃德道："可是，桑丘，你说什么话得仔细想想。因为'水罐儿一次次到井边去……'底下我不说了。"

> 主仆二人倒都是大方之人，彼此毫不记怨。

桑丘说："好哇！上帝在天上呢，坏事他都瞧见。我是话说坏了，您是事情干坏了，咱俩谁更坏，上帝会来裁判。"

多若泰说:"行了行了。桑丘,过去吻你主人的手,请他饶恕吧。从今以后,你称赞人或骂人都得小心着点儿,别再说那位托波索小姐的坏话。我不认识她,只知道自己是听她命令的。你且放心依靠上帝,将来少不了会封爵封地,让你像王爷似的过日子。"

桑丘垂头丧气地跑到主人身边,求他伸出手来。堂吉诃德很严肃地把手伸给桑丘亲吻,还为他祝福,然后叫他跟着自己前走几步,因为有很要紧的事问他并和他细谈。桑丘听命,两人离开大伙往前跑了一段路,堂吉诃德对桑丘说:"自从你回来了,我还没机会也没工夫问问你这次来往捎信的详细情况。现在正好有工夫也有机会,你快把大好消息告诉我吧,好让我喜欢。"

> 堂吉诃德关心的问题正在于此,看桑丘如何应付过关。

桑丘说:"您有什么要问的,您问吧。我能把脑袋探进去,就照样能缩出来。可是我的先生,以后请您别那么存心报复。"

堂吉诃德说:"桑丘,你为什么说这话呢?"

桑丘答道:"我说这话呀,因为您刚才打我那两下子,其实还是为了那天晚上魔鬼在咱俩中间挑起的那场争吵,我说话冒犯咱们的杜尔西内娅小姐还在其次。我对她就像对圣人的遗物那样敬爱呢——当然,那只因为她是属于您的,不是说她像遗物那样陈年古董。"

堂吉诃德说:"桑丘,你千万别再提那话儿,我听着生气。那件事我早已原谅你了。你该知道老话说的:'重新犯罪,重新忏悔'。"

> 冤家路窄,看来桑丘的驴是文中不可缺少的一个道具,连塞万提斯都不忍其就此消失,以防影响骑士瘦马、仆人小驴的漫画效果。

正说着,只见迎面有人骑着一头驴跑来,近前一看,好像是个吉卜赛人。桑丘只要看见驴子就全神贯注;他一见那人,就认得是希内斯·台·巴萨蒙泰。他从这个人的线索,认出了自己的驴。果然,巴萨蒙泰骑来的正是他的灰驴;那家伙防人家认得,又因为要卖掉驴子,所以化装成吉卜赛人;他会说吉卜赛语和其他好多种语言,都像说家乡话一样流利。桑丘看见了他,认明他是谁,立刻大喊道:"啊!小希内斯,你这个贼!这头驴是我的宝贝、我的命根子!它是省我脚力、供我享福的!快还给我!你这个婊子养的!你这个贼!滚开吧,别霸占我的东西!"

其实他不必说那么多话,也不必那么臭骂;希内斯一听他开口,立即下驴飞跑,转眼就无影无踪了。桑丘跑到他的灰驴旁边,一把抱住说:"我的宝贝、我的伙伴儿、我心眼儿里的灰毛儿啊,你好吗?"

他一面说,一面把驴当人似的亲吻抚摩。驴子静静地由他亲热,一声不响。大家跑上来,都恭喜桑丘找到了灰驴。堂吉诃德尤其高兴,他对桑丘说,给他三匹驴驹的票据并不因此作废。桑丘对主人感恩道谢。

> 驴子是桑丘的宝贝,没了驴子,桑丘的漫画形象也减了几分。

他们主仆俩说话的时候,神父对多若泰说:她那故事编得又巧妙,又简短扼要,而且和骑士小说里的一模一样,可见她聪明得很。她说以前有空常把这种书当作消遣,不过她不知道各省的位置,也不知哪里是海口,就捉摸着说是在奥苏那下船的。

神父说:"我知道是这缘故,所以赶忙点拨一句,替你圆场。这套胡编乱扯,只要和骑士小说上讲的一个腔调,这位倒霉的绅士马上都信以为真,你说怪不怪?"

卡迪纽说:"真是疯得古怪,从来没有的。他这种疯病,要假装也假装不出,得有他那样的奇情异想才行呢。"

神父说:"还有可怪的:这位绅士除非触动了他的病根,说的话才荒谬,如果谈别的事,他头头是道,可见他的头脑各方面都清楚、稳健,所以只要不提起骑士道,谁都认为他识见很高明。"

> 神父一席话直指骑士小说,一位各方面皆有见识的绅士一提到骑士道竟变成了一个白痴疯子,可见其流毒甚重。

他们这边议论，堂吉诃德和桑丘也在那边谈话。堂吉诃德说："潘沙朋友，咱俩争吵的事，从此撒开手别再计较了。你现在别生气，也别记恨，且告诉我：你是在什么地方找到杜尔西内娅的？怎么找到的？那是什么时候？她正在干什么？你跟她说了些什么话？她怎么回答的？她看了我的信，脸上怎么样？那封信是谁给你誊写的？反正你认为值得讲究的，都告诉我，不要加油加酱或说些谎话来哄我高兴，更不要防我不高兴而瞒着什么不说。"

桑丘答道："先生，若要说老实话呀，那封信谁也没替我誊写，我压根儿没带什么信。"

堂吉诃德说："你这话确是不错。你走了两天以后，我发现我写那封信的记事本子还在身边，我因此很着急，不知道你找不到信怎么办，我直以为你半路上发现信没带走，又会跑回来。"

桑丘答道："要不是您念给我听的时候我都记在心上，我就得跑回来了。可巧我都记得，就说给一个教堂里的管事员听，他就照着一句句写下来。据他说，他看过许多驱逐出教的训令，像您那样漂亮的信，他却一辈子也没见过，也没读过。"

堂吉诃德说："桑丘，信上的话你还记得吗？"

> 真若加上三百多个"灵魂""性命""我的眼珠子"，这封夸张的情书恐怕谁读了都会倒胃口。

桑丘说："先生啊，现在记不得了。我口授了那封信，觉得再记着没什么用，就把它忘掉了。要是还有点儿没忘记的呢，那就是'尊贵无皮——'我是说，'尊贵无比的小姐'，还有末尾'至死对你忠心的、哭丧着脸的骑士'；在这个头尾中间，我夹上了三百多个'灵魂'呀、'性命'呀和'我的眼珠子'。"

情境赏析

作为仆人的桑丘在激动之余对主人一番连骂带责备的斥责差点儿要了自己的命，而那一番风趣幽默的语言，把桑丘的性格特点再次展露无遗，那种圆滑略带狡黠的处世态度恰好与堂吉诃德坚持骑士道原则、不为利益所诱、奋不顾身的进取精神形成鲜明对比。在与桑丘的对话中，堂吉诃德的那种执着于理想、不畏艰难、不怕牺牲的高贵品质也清晰地表现出来。

名家点评

塞万提斯在武侠小说里安插了下层阶级的真实刻画，掺和了人民的生活，开创了近代小说。因此正如同我们把莎士比亚推崇为"后世戏剧艺术的开山祖师"一样，我们也应该推尊塞万提斯为近代小说的开山祖师。塞万提斯、莎士比亚、歌德成了三头统治，在叙事、戏剧、抒情这三类创作里分别达到登峰造极的地步。

——（德）海涅

第三十一章

多若泰"公主"的事堂吉诃德一口应承下来了，在此事上他和桑丘暂时的轻微摩擦也得到了和解，一切都平静下来，而且桑丘的驴子也偶然地失而复得了，真是皆大欢喜，这时他的注意力才开始集中到了更重要的"情书"上，只是桑丘杜撰的伪情书实在令人倒胃，不知能否让堂吉诃德满意。

堂吉诃德和侍从桑丘·潘沙的趣谈以及其他事情。

> 真让人难以接受，甚至开始怀疑堂吉诃德的素养了。

堂吉诃德说："你这些话，我听来都还满意。说下去吧。你去的时候，那位绝世美人在干什么呢？准在为我这个被她俘虏的骑士穿珠子，或者用金线绣花吧？"

桑丘说："不是的；她正在她家后院里簸两个阿内咖的麦子。"

堂吉诃德说："那你可以拿稳，麦粒儿经过她的手，准变成一颗颗珍珠。朋友，你瞧了那麦子吗？是白的还是黑的？"

桑丘说："是黄的。"

堂吉诃德说："我可以向你保证，麦子经她簸过，做出来准是雪白的面包，决没有错。你再讲下去吧。你把信交给她，她拿来亲吻没有？把信顶在头上了吗？她行了什么相应的礼节来迎接我那封信呢？她是怎么办的？"

桑丘说："我把信交给她的时候，她刚盛了一大筛麦子，一纳头地使劲儿簸呢。她对我说：'朋友，把信放在那个口袋上吧，我得把这些麦子全簸完了才能看信。'"

堂吉诃德说:"多谨慎的小姐呀!她这准是因为要把那封信仔细阅读,反复寻味。桑丘,说下去呀。她一面干活儿,跟你说了些什么话呢?她问到我了吗?你怎么回答的?你一直讲下去,把所有的话都告诉我,别有一星半点儿的遗漏。"

> 解读同一事件的不同角度会得出许多大相径庭的结论。

桑丘说:"她什么也没问。可是我告诉她,您怎么为了她一直在苦修赎罪,光着上半身,住在这座山里,像个野人似的,睡就睡地下,吃面包也不摊桌布,胡子也不梳理,只顾哭,还只顾诅咒自己的命运。"

堂吉诃德说:"你说我诅咒自己的命运可不对了。我倒是庆幸自己的命运呢,而且一辈子庆幸,因为能攀上这位高不可攀的杜尔西内娅·台尔·托波索小姐,和她恋爱。"

桑丘说:"她真是高得很,说实话,她比我还高一拃呢。"

堂吉诃德说:"怎么的,桑丘?你跟她比过身量吗?"

桑丘答道:"凑巧比了一下。我去帮她把一口袋麦子扛上驴背,我们俩挨得很近,我发现她比我高出好一拃还不止。"

堂吉诃德说:"她既有那么高的身材,也就有数不清的才德来配合衬托!桑丘,有一件事我是拿定的:你挨近她,准有一股阿拉伯的味儿,一种芬芳或不知名的馨香,像高贵的手套铺里若有若无的兰麝之气,你总闻到吧?"

桑丘道:"我只好说闻到一点儿男人味儿。准是她使了大劲出了汗,有点汗酸气。"

> 又高又大且有汗酸气,为籭麦子无心看"骑士"的情书,桑丘还真是一个捣蛋的高手、使坏的专家。

堂吉诃德说:"不会。我很知道那朵带刺的玫瑰、那朵野百合花、那融化的龙涎香是什么味道。你准是伤风了,不然就是闻到了自己身上的气味。"

桑丘说:"都可能;因为我自己身上常有那股子味儿,当时就以为是杜尔西内娅公主玉体发散出来的了。这没什么稀奇,魔鬼彼此都是一样的。"

堂吉诃德说:"好吧,她当时已经筛完麦子,送往磨房去

> 了。她看信的时候有什么表情呢？"

> 桑丘说："她说不识字，也不会写，所以没看信，只把那信撕得粉碎，说是不愿意让别人看见了把她的秘密泄露给村里人。她说，反正我已经告诉了她您怎么爱她，怎么为她一直在山里奇奇怪怪地苦行修道，那就够了。一句话，她叫我传个口信，说她吻您的手，她懒得写信了，只想见见您，所以要求您并且命令您，见到了我，就离开这片灌木林，别再疯疯癫癫的，除非您有更紧急的事，不然就快上路往托波索去吧，因为她急着要和您见面呢。我告诉她您绰号'哭丧着脸的骑士'，她听了大笑。我问她，好久以前有个比斯盖人到她那里去了没有。她说去了，还说那人顶老实。我又问起那群囚犯，她却说至今一个也没看见。"

> 堂吉诃德说："你讲的这些事都还不错。可是我问你，你给她捎了我的信去，临走她酬报了你什么首饰呢？照游侠骑士和他们意中人之间的惯例，侍从呀、侍女呀或侏儒呀为他们彼此传递了消息，他们总酬报些贵重首饰的。"

> "这很可能，我认为这个惯例很好。不过这一定是古时候的事吧，现在只行得给一块面包和干酪了。我临走，咱们杜尔西内娅小姐隔着后院矮墙就递给我这么一块面包和干酪；说得地道些，那是一块羊奶干酪。"

> 堂吉诃德说："她是最慷慨不过的；她没给你金镶的宝石首饰，一定是当时手边没有。可是'过了复活节给的节赏，照样是好的'。我快要和她见面了，该怎么着，都会照办。桑丘，你可知道我奇怪的是什么？我觉得你好像是乘着风来往的，因为从这里到托波索有三十多哩瓦的路，你一去一回只耽搁了三天多点儿。所以我相信准有精通魔术的法师在关心我的事，而且是我的朋友。这是理所当然的，不然我就不是个出色的游侠骑士了。我说呀，这位魔法师想必在你走路的

桑丘未免太过分了，这番话可能对骑士打击太大了。

现实情况尽管是桑丘杜撰的，与堂吉诃德的美妙幻想严重对立，可他一点儿都不死心，还处处维护他的心上人的高雅形象，可以说是"自欺欺人"透顶。

时候帮了你一把力,却没有让你觉知。从前有个魔法师趁游侠骑士睡眠的时候,把他摄走了;这个骑士不知是怎么回事,第二天醒来,离临睡所在的地方已有一千多哩瓦的路。游侠骑士们常互相帮助,要不靠这种魔法,遭了危险怎么能彼此帮忙呢。有时候游侠骑士在亚美尼亚的山里跟毒龙、或凶猛的妖怪、或别的骑士搏斗,吃了败仗,命在顷刻;忽然,一转眼的工夫,他的一位身在英吉利的朋友乘着一朵云或一辆火焰车到了他面前,他承这位朋友救了性命,当晚就在自己家里舒舒服服地吃晚饭了。从这里到那里往往隔着两三千哩瓦的路呢。这都靠经常照应这些英勇骑士的魔术家们有本领、有学问。所以,桑丘朋友,你这么短短几天就从这里到托波索走了一个来回,我并没什么信不过的。因为我刚才说了,准有和我好的魔法师摄了你在空中飞行,你却没有感觉到。"

> 你不得不佩服堂吉诃德的自我安慰和故意误读的本领!

桑丘说:"也许是吧。说老实话,驽骍难得跑得像吉卜赛人的驴,耳朵里灌了水银似的。"

堂吉诃德说:"仿佛灌了水银吗?大批的魔鬼簇拥着它呢!魔鬼自己能跑,如果高兴,还能带着人畜跑,叫他们跑了路不累。这话且撇开不说吧。我那位小姐命令我去见她,这事你瞧我这会儿该怎么办呢?我觉得应该听从她的命令,可是又觉得办不到,因为我已经答应了咱们一起的那位公主的请求。照游侠骑士的规矩,说了话要当话,顾不得自己的喜好。我一方面牵肠挂肚要去看看我那位小姐,另一方面又为自己的信义和完成这番事业的光荣振奋得不能罢手。不过我打算加紧赶路,快到巨人那里去。等我砍掉了巨人的脑袋,扶助公主安安稳稳做了女王,我就立刻回去瞧那位放光照耀着我的女郎。她听了我委婉的解释,就会赞成我,知道我迟迟不去是要为她扬名。反正我这一辈子,无论过去、现在、未来,凡是凭武力得到的成就,全靠她的保佑,全靠有了她这么个主子。"

> 骑士的取信于人、坚守承诺和骑士的浪漫情怀在堂吉诃德身上得以全面地体现了出来。

桑丘说:"啊呀,您的头脑真是糊涂了!您说吧,先生,您这一趟路打算白跑吗?这样富贵的亲事,陪嫁是一个王国呢,您就随便放弃吗?老实告诉您,我听说这个王国方圆有两万多哩瓦,凡是养生活命的东西都富足极了,全国的地域比葡萄牙和咖斯底利亚并在一起还大呢。看上帝分上,别多说了;您刚才那些话,说了该自己惭愧的。您听我的劝告,别见怪,前途哪个村里有神父,您马上就结婚吧。要是没有神父,咱们的硕士就在这儿,给您主持婚礼再好没有。我告诉您,我这把年纪了,可以给您出出主意,我这些话也说得正在筋节上。'天空的老鹰,不如手里的麻雀';'有好的偏挑坏的,好的不要就不来了'。"

堂吉诃德说:"你听我说,桑丘,假如你劝我结婚,不过是要我杀了巨人马上做国王,有力量照应你,把许你的东西给你,那么我告诉你,我不用结婚,也很容易叫你遂心。我只需事先讲明条件:打了胜仗,尽管不结婚,也得把国土分割一部分给我,让我随意赏人。我分到了国土,你说吧,不给你给谁?"

> 二人的矛盾点终于得到了解决,堂吉诃德还真是一个懂得变通的高手呢。

桑丘答道:"这是明摆着的。不过您得留心挑选沿海的地方。我要是过得不乐意,可以把我管辖的黑人装上船,照我以前说的办法打发他们。您别心心念念想马上去见咱们的杜尔西内娅小姐,您只顾去杀掉那个巨人,了结这桩事情。没错儿,我拿定这件事大有名利可图呢。"

堂吉诃德道:"我说呀,桑丘,你这话讲得很对,我应该听你的劝告,先不去看杜尔西内娅,且跟着公主走。我还告诫你,咱们刚才的话,你跟谁都一字不提,也别告诉咱们一起的人。因为杜尔西内娅既然那么谨慎,不愿意人家知道她的心思,我就不该替她泄漏,也不该让别人泄漏。"

桑丘道:"照这样说,您怎么又叫您打败的人都跑去见咱们的杜尔西内娅小姐呢?这不就是签字声明您很爱她、是她的情人吗？那些人既然得跑去跪在她面前，说是奉您的命去致敬的，您两位的心思怎么隐瞒得了呢？"

堂吉诃德说："哎，你真傻！真是死心眼儿！桑丘，你不懂吗，这都是大大抬高她身份的呀！你该知道，照我们的骑士道，一位小姐手下有许多游侠骑士是很光荣的。他们只是为她自身，一心一意给她效劳，一片忠诚，不求报答，只指望她肯收录为她名下的骑士。"

> 真理总是在堂吉诃德手中，说来也让人佩服他的口才和机灵。

桑丘说："我听过神父讲道，说我们爱上帝就该这样：只为他自身而爱他，不是为了追求荣誉或害怕责罚。不过我倒愿意为了他的权力而爱他并为他效劳呢。"

> 有些亵渎上帝的意味，却真实反映了桑丘这类小人物的势利心态。

堂吉诃德说："别瞧你是个乡下佬，有时候说些话顶有意思！你倒像个有学问的人。"

桑丘答道："说老实话，我是不识字的。"

这时候理发师尼古拉斯喊他们停停，那里有一脉流泉，他们要歇下喝点水。堂吉诃德就带住了马，这样一来桑丘非常乐意。他撒了半天谎很劳神，生怕他主人从他话里捉出错来。因为他虽然知道杜尔西内娅是托波索的一个农家姑娘，他却是从没见过。

卡迪纽已经换上多若泰初出现时穿的那套衣服；衣服虽然不怎么好，比他换下的强多了。他们大伙在泉水旁边下了牲口，大家都很饿，就拿出神父在客店里买的东西来充饥。

这时路上走过一个男孩子。他对水边的那群人注视一下，就赶到堂吉诃德面前，抱住他的腿，放声大哭道：

"啊呀，我的先生！您不认得我了吗？那么请您仔细认认：我就是绑在橡树上的那小子安德瑞斯，多亏您解救的呀！"

堂吉诃德认识那孩子，他搀住孩子的手，转身对旁边一伙人说：

"诸位请听，这个世界上强横霸道的人干下的暴行，全靠

234 堂吉诃德

> 终于遇到一个知恩图报的家伙,堂吉诃德的功绩似乎要得到他人认可了,看看他夸耀的表演吧。

游侠骑士去铲除,可见他们多么重要。我可以给你们举个例子。前几天我走过一个树林,听到悲惨的叫喊,好像是什么人负痛求救的声音。我觉得这和自己的职责有关,忙循声赶去,只见一棵橡树上绑着个孩子——就是你们面前的这小子。他到了这儿来我很高兴,因为可以证明我的话没一点儿虚假。当时他光着上半截身子绑在一棵橡树上,一个乡下佬用马缰绳抽得他皮开肉绽。据我后来知道,那是他的主人。我一看见就问那人为什么毒打他。那家伙说孩子是他的佣人,不光是没脑子,而且还不老实,干了些坏事。这孩子说:'先生,他无非因为我问他要工钱,就把我鞭打。'他那主人讲了一套不知什么道理给自己遮脸。我听了并不相信。干脆说吧,我叫那乡下佬把孩子解下来,叫他发誓带着孩子回家,把工钱照实算还,还另加些赏钱。安德瑞斯小子,我讲的不都是真话吗?我威风凛凛地命令他,他诺诺连声地照办,你不是看见的吗?你不用顾虑,且把那些事情向他们几位讲讲,让他们知道我说的一点儿不错,游侠骑士云游世界确是有益的事。"

那孩子答道:"您讲的都很真实,可是结局却满不是您想的那样。"

堂吉诃德说:"怎么满不是?那乡下佬没付你工钱吗?"

> 事情突然又转向了,孩子的申诉是堂吉诃德不曾想到的,但他当时究竟应不应该把这孩子放下来呢?

孩子答道:"不但没付工钱;您一走,树林里只剩了我和他两个,他就重新把我绑在那棵橡树上,又从头把我鞭打一顿,打得我成了揭掉皮的圣巴多罗美。他每打一下,就对我说一句俏皮话把您挖苦取笑。我要不是痛得厉害,听了也要笑的。那坏家伙真是害我吃足苦头,我从那次打伤以后,直在医院治疗。这全是您的罪过。假如您走您的路,没请您去的地方别去,也别多管闲事,那么我主人把我抽了十几下或二十几下也就完了;他会解我下来,把该我的工钱付给我。

可是您把他侮辱得过了头，乱骂一通，惹起他的火来；他不能对您发作，等您一走，就把一肚子气都出在我身上，害得我这一辈子都抬不起头来了。"

堂吉诃德说："坏就坏在我当时跑了，没等他付了你工钱再走。其实我早就有经验，该知道乡下佬除非有利可图，说了话从来不当话。安德瑞斯，你总记得我当时发的誓：他要是不付你工钱，我一定去找他；他即使躲在鲸鱼肚里，我也一定找他出来。"

安德瑞斯说："是有这个话，不过没什么用。"

堂吉诃德说："有用没用，你这会儿瞧吧？"

他一面说，一面忙着起身，叫桑丘为驽骍难得备上鞍辔；这匹马在他们吃东西的时候正在一边啃青草。

多若泰问他这是要干什么。他说，那乡下佬太混账了，不管世界上有多少乡下佬，他也要把那一个找出来惩罚他，逼他把拖欠安德瑞斯的工钱如数付清。多若泰说："请他别忘记自己的诺言，她的事没完，他不能承担别的事；这点道理，他比谁都明白，所以请他且平心静气，等从她的国土回来再计较。"堂吉诃德说："这话不错，安德瑞斯少不得像您公主说的那样，暂且忍耐一下，等我回来再说。我再一次对他发誓，再一次答应他：一定替他报仇，叫他工钱到手，否则决不罢休。"

安德瑞斯说："这种发誓我是不相信的；什么报仇我都不在乎，这会儿只希望有点盘缠，让我到塞维利亚去。您这儿要是有什么给我吃的、或给我带走的，给我点吧，我就向您和所有的游侠骑士们告别了。但愿他们游来游去，对自己也大有好处，就像对我的一样好！"

桑丘从他的干粮里拿出一块面包、一块干酪，递给那小子说："拿去吧，安德瑞斯小哥儿，我们大家都沾上了你的晦气。"

安德瑞斯问道："你沾了什么晦气呀？"

事情没办好，仅仅因为堂吉诃德走得早了点吗？

> 桑丘的抱怨总是及时精当。

桑丘答道:"我给你的这份干酪和面包,天晓得我自己是不是要吃呢。朋友啊,我告诉你,游侠骑士的侍从经常得挨饿吃苦,还得遭受些别的事,那滋味说不出来,只好自己感受。"

安德瑞斯拿了面包和干酪,瞧他们谁也没别的东西给他,就低着头动身上路。他临走对堂吉诃德说:

> 安德瑞斯的诅咒让人心寒,他们都是受害者,但是谁害了他们呢?

"游侠骑士先生啊,您要是再碰到我,尽管瞧我给人切成一块块,请您看上帝分上,别来救我帮我,还是随我倒霉去。凭我多么倒霉,总不如受您帮忙倒霉得厉害。但愿上帝诅咒您!诅咒世界上所有的游侠骑士!"

堂吉诃德要起来打他,可是他拔腿飞跑,谁也别想追得上。堂吉诃德听了安德瑞斯的一番话羞忿不堪,大家只好极力忍住笑,免得他无地自容。

▌情境赏析▌

桑丘是由于文化水平低,草凑了这么一封低劣的情书,堂吉诃德的素养那么高,怎么也犯如此可笑的错误?对那么倒胃的措辞竟然首肯,其原因能仅仅是他受骑士小说中低劣情书质量的毒害太深,连审美趣味都发生变化了吗?更可笑的是堂吉诃德的一番美妙设想——被桑丘毫不客气地推翻。而他竟不为所动"据理力争",这种冷幽默的效果更具吸引力。安德瑞斯恩将仇报的诅咒也让我们在深思之余更加怀疑骑士道了。

▌名家点评▌

薄伽丘《十日谈》中的讽刺辛辣尖刻;拉伯雷《巨人传》中的讽刺具有嬉笑怒骂、冷嘲热讽的特点;塞万提斯的《堂吉诃德》则是一种幽默的讽刺,他善于把讽刺蕴于主人公的言行和幽默的语言中。

——(英)笛福

> 堂吉诃德的好心情让小牧童安德瑞斯搅和得一塌糊涂，难道自己的行侠仗义、自己恪守的骑士道精神会有问题吗？显然不是。但面对周围一群强忍大笑的朋友，堂吉诃德又无处诉苦，他强烈地要求一个志同道合的人，而不用多久竟让他遇到了。

堂吉诃德一行人在客店里的遭遇。

他们吃罢那顿好饭，就给牲口套上鞍辔，一路上没什么值得记载的事，第二天，他们到了桑丘怕去的那家客店。他虽然不愿意进去，却又没法不进去。客店的主妇、主人和他们的女儿以及玛丽托内斯看见堂吉诃德和桑丘来了，都欣然出来迎接。堂吉诃德严肃而随和地和他们相见，吩咐他们给他铺一张好好的床，别再像上次的那样。店主妇说：只要他付账比上次漂亮，准给他一张王爷也睡得的床。堂吉诃德一口答应，他们就在他上次睡觉的顶楼上给他铺了一张还像样的床。堂吉诃德已经筋疲力尽，昏头昏脑，倒头就睡了。

他们刚关上店门，店主妇就赶着理发师一把揪住他胡子说："我凭圣十字起誓，你不能老拿我的尾巴当胡子用，你得还我尾巴！像话吗，我丈夫的那件东西只好放在地上了——我是说他的梳子，我向来把它插在我这条好尾巴上的。"

她尽管揪，理发师却不肯放手。后来神父对他说：给她吧，这套玩意儿现在不用了，不妨除掉假面，露出真相，只消对堂吉诃德说，那天遭到一群囚犯的抢劫，逃进了客店来；如果他问起公主的侍从，就说公主已经打发侍从先回去通知她的百姓，说她就要带着他们大家的救星一同回国。理发师听了这话才肯把尾巴还给店主妇，并且把借来解救堂吉诃德的那些东西都还了。店里的人见了多若泰的美貌都大惊小怪，就连农夫打扮的卡迪纽那么俊秀也使他们惊奇。神父吩咐店家瞧店里有什么可吃的就做给他们吃。店主指望好报酬，忙给他们开上一桌像样的饭。这时候，堂吉诃德正在睡觉。大家觉得他睡觉更比吃东西要紧，就不去叫醒他。饭后，店主夫妇和女儿以及玛丽托内斯和其他旅客都在场，神父和理发师对他们谈起堂吉诃德的古怪疯病，又讲到怎样把他找回来的。店主妇就把堂吉诃德和骡夫的故事讲给大家听。她注意桑丘是否在场，一看没有，就把他给人兜在毯子里抛弄的事都讲出来，大家听了非常好笑。神父说，堂吉诃德读的那些骑士小说害他迷了心窍。店主道："我不懂怎么会有这种事。老实说，我觉得世界上没有比这种书更有趣的了。我这里就有两三部，另外还有些抄本。我和许多别人都靠这几部书有了生趣。收获的季节，逢到节日，收割的人都聚在我这里；我们中间总有个把识字的，就拿一本来读，我们三十多人都围着他，听得津津有味，简直都返老还童了。至少，单说我自己吧，我听到书上那些骑士狠狠地劈呀、砍呀，我就恨不得照样也来那么几下。我但愿日日夜夜有人把这种书读给我听呢。"

店主妇说："我也巴不得你日日夜夜的听去，因为只有你听小说的时候家里才安静；你听出了神，连骂人都忘了。"

玛丽托内斯说："真是这样。说老实话，我也顶爱听。这种故事美极了，尤其是讲到一个姑娘在橘子树下给她的骑士搂在怀里，她的傅姆又眼红、又提心吊胆地给他们望风。我说呀，这味道就像蜜糖一样的甜蜜蜜呢。"

神父对店主的女儿说："你呢，小姑娘，你觉得怎么样？"

她回答说："先生，我实在是不知道。我也听，老实说，我虽然不懂，听着也顶有趣。不过我不像我爸爸那样喜欢一刀一枪的打架，我喜欢听骑士离开了意中人伤心叹气。真的，有几回我都哭了，觉得他们怪可怜的。"

多若泰说："那么，小姑娘，假如他们为你哭哭啼啼，你会好好儿安慰他们吧?"

小姑娘说:"我不知道该怎么办,只知道有些女人太狠心,弄得她们的骑士管她们叫老虎呀,狮子呀,还有不知多少难听的名字。哎呀,我真不懂她们是什么样的人,这样没心肝,好好儿一位有身份的人,她们瞧一眼都不肯,叫人家不是死了,就是疯了。我不懂干吗这样装蒜;如果说是为了礼法,那么结婚就是了,人家就是要结婚呀。"

店主妇说:"住嘴吧,你这丫头!你对这些事情倒好像内行得很。姑娘家不该这么懂事,也不该这么多嘴。"

她说:"这位先生问了我,我不能不回答呀。"

神父说:"得了得了。店主先生,请把你那几部书拿来,我想看看。"

他说:"好啊。"

他到自己屋里去拿出一个有锁链锁着的旧提包。他打开提包,拿出三大本书,还有些书法很好的手稿。神父翻开第一本,一看是《堂西荣希留·台·特拉西亚》;另一本是《费丽克斯玛德·台·伊尔加尼亚》;又一本是《大元帅贡萨洛·艾南台斯·台·果都巴传,附狄艾果·加西亚·台·巴瑞台斯传》。神父看了头两本的书名,回脸对理发师说:"这会儿要有我朋友的管家妈和外甥女在这里就好了。"

理发师说:"不用她们,我也会把书送上后院或送进火炉去,这炉子烧得正旺呢。"

店主说:"您原来要烧掉我的书吗?"

神父说:"只烧《堂西荣希留》和《费丽克斯玛德》这两本。"

店主说:"难道我的书是邪门歪道,或是正教分排,所以您要烧掉吗?"

理发师说:"朋友,你说的是正教分派吧?不是'正教分排'。"

店主说:"对啊。不过您要烧书的话,那就烧掉大元帅和狄艾果·加西亚;我宁愿让您烧掉我一个儿子,这两本书可一本也不让烧。"

神父说:"老哥啊,这两部书是凭空捏造的,里头全是胡说八道。这部大元帅的传却是真史,讲的是贡萨洛·艾南台斯·台·果都巴的生平事迹。他凭自己的丰功伟业,赢得大元帅的称号;这显赫的称号只有他当之无愧。

这位狄艾果·加西亚·台·巴瑞台斯是高贵的骑士,生长在埃克斯特瑞玛杜拉的特鲁希留城。他是非常勇敢的战士,而且力大无比,磨坊的车轮转得最猛的时候,他一个指头就抵住了;他双手捧着一把宽刃的剑守住桥堍,一支大军成千上万的人就过不了桥。这类事他干了不少。他是一位绅士,又是写自传,当然很谦虚;如果让没有拘束的旁人照直写,他的事迹可以把赫克托、阿喀琉斯、奥兰陀等人的事迹都压倒呢。"

客店主人说:"去你的吧!抵住一个磨坊的车轮有什么稀罕呀!您这会儿真该读读书上讲的费丽克斯玛德·台·伊尔加尼亚的事。他反手一剑,把五个巨人都齐腰斩断;他们就像小孩子用豆荚做成的小修士一样。有一次,他和一支非常强大的军队厮杀,队里有一百六十万人,个个浑身披挂,可是他们就像一群绵羊似的给他打得落花流水。至于我们这位堂西荣希留·台·特拉西亚,您简直没法儿说了。照书上的故事,他的胆量和气魄真了不起呀。有一次他乘船在河里走,忽见水里蹿出一条火蛇来。他立即扑上去,骑跨在它鳞甲斑斓的背脊上,两手下死劲扼住它的咽喉。那条蛇觉得要扼死了,没别的办法,只好直往水底下沉。这位骑士不肯松手,跟着沉下水去。他到了水底下,原来那里有宫殿,有花园,富丽堂皇,美得不得了。那条蛇立刻变成个老人,告诉他好些千奇百怪的事。先生啊,您甭多说了。您要是听到那些故事,准乐得发疯。您说的什么大元帅,什么狄艾果·加西亚,真是不值一文钱。"

多若泰听了这番话,悄悄对卡迪纽说:"咱们这位店主只差一点点,就可以做堂吉诃德第二了。"

卡迪纽说:"我也这么想。瞧他这光景,准是把书上的话句句当真的,赤脚修士也没法打消他这个信念。"

神父重又申说:"你想想吧,老哥,世界上压根儿没有费丽克斯玛德·台·伊尔加尼亚,没有堂西荣希留·台·特拉西亚,没有骑士小说里讲的那类骑士。那都是吃饱了饭没事干的才子凭空捏造的。他们编故事是为了你所说的消遣;你那群收割的人就是读来消遣的。我认真对你发誓:世界上从来没有那种骑士,也从来没有那些了不起的作为和离奇的遭遇。"

店主答道："您把这根骨头扔给别的狗吧！好像我连五个指头都不会数，自己的鞋哪里紧了都不知道！您别打算用奶糊来喂我，天晓得，我不是小娃娃！您要我相信这些好书全是胡说骗人，那就是大笑话了。这些书是由枢密院的大老爷们批准了付印的。如果书上谎话连篇，讲的那许多打仗呀、魔法呀能叫人头脑颠倒，那些贵人会准许出版吗？"

神父说："朋友啊，我跟你说过了，那是写来给咱们解闷的。治理得当的国家容许下棋、打球、打弹子之类的游戏；有人不愿意工作，或者不必工作，或者不能工作，就可以借此消遣。国家准许印行这种小说，也正是这个道理。想来谁也不至于那么糊涂，会把这种书当作真情实事，确实也没有这种人。至于骑士小说该怎样写才好，我有我的见解，如果现在讲来合适，诸位也愿意听，我可以讲讲，也许有可取之处，甚至有人还会感到兴趣。不过我希望将来会有人出来挽救文风，到时我可以把自己的意思说给他听。目前呢，店主先生，请你相信我的话，把书拿回去，书上讲的是真是假，你自己打主意吧。但愿这几本书对你大有好处！但愿上帝保佑你，别犯了堂吉诃德一样的病！"

店主人说："那可不会，我还不至于发了疯自己去当游侠骑士。从前呢，据说有著名的骑士漫游世界，可是我很明白，现在是没有的了。"

他们正说得热闹，恰好桑丘跑来。他听说这个年头儿没有游侠骑士了，又听说所有的骑士小说全是胡说撒谎，就很着急、很担心。他暗打主意，且看他主人走了这一遭怎么下场，假如到头来并不像他想的那么便宜，他决计辞了这个主人，回到老婆孩子身边，干他的老本行去。

店主正要把提包和书拿走，神父说："且慢，我要瞧瞧这是什么手稿，字写得好漂亮。"

店主人把手稿拿出来给神父看，原来是八大张手抄稿，头上大字标题：《何必追根究底》（故事）。神父默读了三四行，说道："我真觉得这故事的题目不错，我想从头到底读它一遍。"

店主人回答说："您尽管读呀。我告诉您，有几位旅客读了非常满意，盯着要讨我这份稿子,可是我没肯给。这一提包的书和手稿是人家忘在这儿的,我打算还给原主;很可能过些时候他会回来取。我尽管少不了这几部书,还是得还人家,因为我虽然是个开店的,我毕竟是个基督徒呀。"

神父说:"朋友,你这话很有道理。不过我要是喜欢这个故事,你得让我抄一份。"

店主人说:"您尽管抄去。"

两人说话的时候,卡迪纽已经把这故事读了一段。他和神父所见略同,所以就请神父把故事读给大家听。

神父说:"假如这时候大家不想睡觉,宁可听我读故事,我就读。"

多若泰说:"听故事消遣,在我就是很好的休息,因为我心神还不大安定,要睡也睡不着。"

神父道:"那我就读吧。我愿意读,至少很好奇,说不定这故事还有点儿趣味呢。"

尼古拉斯理发师和桑丘都求他读。神父瞧大家都有兴听,他自己也有兴读,就说:"那么,大家请听吧,故事开场了。"

第三十三章

《何必追根究底》(故事)。

佛罗伦萨是意大利托斯加卡省有名的繁华城市。那里有两个富贵公子:一个叫安塞尔模,一个叫罗塔琉。两人非常要好,认识他们的人因为他们的交情不同寻常,把他们称为"朋友俩"。他们都没有结婚,都很年轻,年岁相仿,生活习惯也相同。因此他们交情很深。安塞尔模喜欢谈情说爱,罗塔琉却喜欢打猎。安塞尔模往往撇开了自己的嗜好来追随罗塔琉,罗塔琉也放弃了自己的嗜好来陪伴安塞尔模。这样呢,两人同心同意,便是准确的钟表也不能像他们那样协调。

安塞尔模爱上了本城一位高贵美貌的小姐,为她神魂颠倒。她父母和她本人都是非常好的,所以安塞尔模打算向她父母求亲。他干什么事都要请教朋友,他征得罗塔琉的同意,就打定主意,着手办事。罗塔琉代他说合,把婚事谈妥。安塞尔模很称心,不久就和那位小姐结婚了。卡蜜拉嫁了安塞尔模也很满意,经常感谢上天,也感谢罗塔琉做媒成全了她的幸福。办喜事照例是要庆贺的,开头几天罗塔琉照常到他朋友安塞尔模家去,尽力撑朋友的场面,为他摆酒庆贺。可是办完喜事,贺客稀少了,罗塔琉就存心不常到安塞尔模家去。有识见的老成人都会称许他。他觉得朋友结了婚就不该再像彼此单身的时候那样来往。真诚的友谊是不多心的,也不该多心,可是有妇之夫的体面很碰不起,兄弟之间都有顾忌,何况朋友之间呢?

　　安塞尔模觉察到罗塔琉疏远他,就大加埋怨。他说:早知道结婚妨碍朋友照常来往,他就一辈子不结婚;他单身的时候,两人感情融洽,赢得"朋友俩"的美名,不该只为顾忌,抛掉这个尽人皆知的好称号;如果他们之间可用"请求"这个字眼,他就请求罗塔琉仍旧把他家当作自己的家,随意出入。他保证卡蜜拉和丈夫是一条心的,她知道他们俩从前多么要好,现在看到罗塔琉的疏远也很惶惑不安。

　　安塞尔模还讲了许多别的话,劝罗塔琉照常到他家去。罗塔琉解释了一番,说的话很高明中肯。安塞尔模对这位朋友的诚意也满意了。他约定罗塔琉每星期两次再加每个节日到他家吃饭。罗塔琉虽然答应,却要看怎样对朋友的体面相宜才决定自己的行止。他把朋友的声名看得比自己的还重。他有句话说得好,他说:一个人靠天之福,娶到了如花美眷,就该对自己请上门的朋友加意选择,对妻子来往的女友也不能大意;做丈夫的当然不能禁止妻子上菜场、上教堂以及公众庆祝或私人祈祷的场合,可是她在那些地方看来碍眼的事,在亲信的女友或亲戚家里就很方便。罗塔琉还说,每个结了婚的人都该有个朋友指出自己的疏忽。因为丈夫对妻子往往过于宠爱,怕她生气,就不去告诫她什么事该做、什么事不该做;而这却牵涉到自己的体面或头脸。如有朋友提醒一下,很容易补救。可是像罗塔琉所说的那么高明、那么忠诚的朋友,哪里去找呢?我实在不知道了;只有罗塔琉是这样的。他小心翼翼地为朋友的体面着想,设法把约定到这位朋友家去的日子压缩裁减。因为像他这样一个富贵公子,自己知道颇有几分人才,如果经常到卡蜜拉那样漂亮夫人的家里去,那些吃了闲饭没事干的人就不免歪言散语、恶意中伤。尽管她的贤德封得住恶毒的口舌,他却不愿意自己和朋友遭人家议论。他因此在约定到安塞尔模家去的那两天,往往推说有迫切的事分不开身。于是他们俩一个朝朝暮暮地埋怨,一个口口声声地推诿。有一天,两人在城外草地上散步,安塞尔模对罗塔琉说了以下一番话:"罗塔琉,我的朋友,你也许以为我享着上帝赏赐的福气,正感激不尽。我有这样的父母,天赋的才和人间的财都不薄;而且锦上添花,还有你做朋友、卡蜜拉做妻子。这两件宝贝,我看得比命根子还珍重。别人在我这个境地就心满意足了;而我呢,却是世界上最苦恼、最不称心的人。不知是从哪天起,我心上纠缠着一个离奇古怪的愿望,我自己都诧异,私下责怪自己,克制自己,极力把这愿望掩埋在心底里。可是我按捺不住,仿佛蓄意要把心事张扬出来。这个秘密早晚得公开,所以我宁愿交给你来保管吧。你是我的真心朋友,我拿定你知道了会设法帮我。我的疙瘩就解开了,我靠你的关怀可以心情愉快,自己发了疯找的不论多少烦恼也就都抵消了。"

罗塔琉听了安塞尔模这番话莫名其妙,不懂他为什么要来这么一篇开场白,也捉摸不出他为了什么愿望烦扰到这个地步。罗塔琉免得空着急,就怪安塞尔模不推心置腹,这样拐弯抹角,对不起他们深挚的友谊。做了他的朋友当然会劝他消除烦恼,或帮他满足愿望,难道他还信不过这点交情吗?

安塞尔模答道:"你说得不错,我正因为信得过咱们的交情,所以要把纠缠着我的心愿告诉你。罗塔琉,我的朋友,我想知道我的妻子卡蜜拉是否真像我想的那么贞洁、那么完美。我无法证实。金子要经过烧炼,才见得成色好坏;她照样也得经过一番考验,才见得她的节操。朋友啊,照我看,一个女人得有人追求,才能断定她是否贞洁。她如果对情人的许愿、送礼、流泪、日夜的纠缠不迁就,那才算得坚贞。"他接着说:"女人如果没人引诱她不正经，她的正经有什么稀罕呢？如果她没有机会放纵，而且知道丈夫一旦发现她行为不端，就会要她的命，那么，她规矩谨慎有什么了不起呢？女人如果只为胆小或没有机会而不失节，我看就不如受了男人挑诱而屹然不动来得可贵。我另外还可以讲许多道理来阐明我的见解。我为此要我的妻子卡蜜拉受些考验，叫她受到引诱，而引诱她的又是个配得过她的人，我打算借这番锻炼验看她的成色。我相信她是真金不怕火烧的。果然如此，我就把自己看作最幸福的人了；我可说是心满意足，圣人所谓'哪里去找？'的那种女人，我恰好碰到了。假如我的料想恰恰是错了，我的考验得不偿失，我当然是苦痛的；可是由此证实了自己的见解也就心安理得。反正随你怎么反对都没用，我这件事是横着心非干不可的。所以，罗塔琉，我的朋友啊，请你权当我进行这件事的工具吧。我会给你方便，我认为追求一个安静贞洁的女人所少不了的配备，准叫你应有尽有。我把这件难事交托给你，另外还有个缘故。假如卡蜜拉败在你手里，你不必攻破最后一关，可以顾全体面，适可而止，没完事也只当大功告成。这样呢，你们不过是心上侮辱了我。我知道你厚道，关于我丢脸的事是绝口不谈的，所以不会传出去。如果你要我活了不白活，你得赶紧上阵出马，不是温吞吞、懒洋洋地求欢，却得拿出劲道，用尽心思，不亏负我的嘱咐和咱们的老交情。"

罗塔琉全神贯注地听安塞尔模讲完，除了上文几句插话，始终没有开口。他瞪着眼把这位朋友看了好久，简直就像看怪物似的；然后说道：

"安塞尔模，我的朋友啊，我怎么也不能相信你刚才的话不是开玩笑。我早知你是认真的，就不会让你说下去；我不听你，就堵住了你的长篇大论。照我想，不是你不认识我，就是我不认识你。可是不然：我明知你是安塞尔模，你也知道我是罗塔琉。可惜我觉得你不是从前的安塞尔模了，你准也以为我不是原来的罗塔琉了。因为你说的那些，不像我老友安塞尔模的话；你也不该向你知心的罗塔琉提出那种要求。良朋好友之间的依赖和利用，应该像诗人所说的：'能供在祭坛上'。这就是说，不该利用友谊干违反上帝的事。异教徒对于友谊尚有这样的体会，基督徒反而不如他们吗?因为基督徒该知道,谁都不能为人间的友谊抛弃神的友谊。假如一个朋友竟不顾一切,撇开了自己对上天的责任来为朋友效劳,那就除非是为朋友的名誉和性命,绝不是为轻微的小事。现在我问你,安塞尔模,你要我不顾一切,顺着你的心,干你提出的卑鄙透顶的事,是你的名誉或性命遭到了危险吗?分明都没有啊。照我看来,你却是尽力要毁掉自己的名誉和性命,而且把我的名誉和性命也赔进去。因为一个人丧失了名誉,还不如死了好;我如果毁掉你的名誉,分明也就是送掉你的性命。我既然随了你的心意成了你的工具,把你害到那个地步,我不是也就丧失了名誉吗?因此不也就丧失了性命吗?安塞尔模,我的朋友,关于你那个愿望,我想到些话要跟你讲,请你耐心听完,你再说你的,让我来听你,咱们有的是时间。"

安塞尔模说:"好啊,你有什么话,说吧。"

罗塔琉接着说道:安塞尔模啊,我觉得你现在的头脑就像一般摩尔人的头脑一样。对他们引证《圣经》也罢,凭思索、凭信条来说理也罢,都不能叫他们了解自己信仰上的错误。得向他们举出浅显的、看得见拿得稳的实例,用驳不倒的算学公式来讲。比如说,'从相等的数量里减掉相等的数量,余下的依然相等'。可能这样解释还不明白,那就得做手势比给他们看。尽管这样,还是没法能叫他们信服咱们圣教的真理。对你讲理也是这样。你的愿望太荒谬不合事理,我简直觉得要你从糊涂里醒悟过来是白费工夫。我只说你糊涂,因为这会儿不愿意用别的名称。我甚至想惩罚你的恶愿,随你胡闹去。可是我对你的友谊不容我这样忍心;明放着你有毁了自己的危险,我不能坐视。我给你把事情摆摆清楚吧。我问你,安塞尔模,你不是叫我向一个贞洁的女人去追求探诱、送礼献媚吗?你确实对我这样说的呀。你既然知道自己的夫人幽娴贞静,你还求什么呢?你既然相信她不会输在我手里——她一定会赢的——那么你现在对她的鉴定已经够好了,还有什么可改进的呢?她本人又比现在增添了什么美德呢?也许你并不把她看得像你说的那么好,不然就是你没知道自己要求的是什么。假如你并不把她看得像你说的那样,你又何必证明呢?你不妨随意把她当作一个不规矩的女人看待就完了。如果她确实是像你相信的那么贞洁，事实又何必加以考验呢？经过考验，价值还是照旧呀。所以没什么说的，想干这种有害无益的事是莽撞糊涂，况且又没有必要，分明就是发疯罢了。干艰苦的事，无非为了上帝分上或世俗的打算，再不然，就是兼为两者。修道的圣人要自己血肉之躯过天使一样的生活，他们是为上帝。有人漂洋过海，忍寒冒暑，走遍各地，追求所谓财运，那是为世俗的打算。勇敢的战士看到敌方城墙给炮弹轰破，马上奋不顾身，为保卫自己的信仰、自己的祖国和君王，长了翅膀似的冒着万死直冲上去，他们是为上帝分上也兼有世俗的打算。这些都是世人勉力的事，尽管有艰难险阻，都可以赢得光荣、名誉和利益。但是你要干的那件事既得不到天界的光荣，也得不到人间的财富和名誉。假如事情的结局恰如你的希望，你也不会比现在更得意、更有钱、更光荣；要是适得其反，你的苦恼就不堪设想。到那时候，你尽管认为没人知道你的羞耻也没用，因为自己心里知道，就足以叫你伤心，叫你抬不起头来。我可以引著名的诗人路易斯·谭西洛写的《圣彼得的眼泪》第一章末尾的诗来证明这个道理。那一节是这样说的：

> 彼得望着将要破晓的天，
> 加添了悲痛，越发意乱心亏，
> 虽然当时没有谁在旁边，
> 他心里明白自己是犯了罪：
> 伟大的胸怀不肯自欺自骗，
> 不必被人知道才感觉羞愧，
> 有了过错良心的谴责难免，
> 尽管天地之外一无人见。

所以尽管没人知道，痛苦还是难免的，你就要经常流泪；如果不是流眼泪，就是心上流血泪，像诗人讲的实心眼儿的医生用魔杯喝了酒那样。谨慎的瑞那尔多斯不肯尝试，就比他高明了。这虽然是诗人的幻想，包含的教训却值得我们深思，并引为鉴戒。我现在还要跟你讲个道理，你听了就会明白你要干的事是大错特错的。安塞尔模,假如你托天之福,或交了好运,得到一颗最上好的钻石。鉴识宝石的人对这颗钻石的水色和分量没一个不满意的,一致认为钻石不能更重、更好、更纯粹,你自己也没什么说的。如果你想把这颗钻石放在铁砧上,用铁锤使劲捶打,瞧它是否真像大家说的那么坚硬纯粹,我问你,这样想合理吗?何况你竟要这么干呢!这颗钻石即使经得起你这无聊透顶的试验,并不能增长什么价值和光彩;如果碎了呢——这是可能的,你就一无所有了。这是当然的。钻石的主人就成了大家心目中的大傻瓜。安塞尔模,我的朋友,你该知道,卡蜜拉无论在你自己或别人心眼里都是一颗上好的钻石,不该叫她有砸碎的危险。她保得住坚贞,并不能抬高她现有的价值;如果竟保不住,你现在且想想,她失节之后成了什么样的人,到那时候你因为毁了她、毁了自己而自怨自恨,就是活该了。你想想吧,贞洁端重的女人是稀世之宝,而女人的体面全靠她声名好。你夫人的声名既然这么好,你认为不能再好了,你对这个事实何必怀疑呢?朋友啊,你该知道,女人是有缺陷的动物,不该在她生命的历程上布置绊脚石,应该为她扫除一切障碍,让她平安顺利地成为贞节无亏的女人。据生物学家说,银鼠是皮毛最洁白的小动物,猎取银鼠有个窍门。瞧它经常在哪里出入,就堵上污泥,然后把它赶到那里去。它就蹲着不动了,宁可被猎人捉住,也不肯从泥里过去,玷污了皮毛;它们爱干净,连自由和生命都顾不得。贞洁的女人就好比银鼠;贞洁的美德比雪还白,比雪还干净,要保持女人这点清白不让玷污,就不能用对付银鼠的办法,让追求她的情人把送礼献媚这种污泥堵在她前面。那些障碍,单靠她自己的坚贞可说是决不能突破的,得帮她去清除,让她去追求清白的操守,美好的名誉。贞洁的女人又好比水晶镜子,呵上一口气就昏暗了。应该把她们当作圣人的遗物那样,只许瞻仰,不容抚摸。应该把她们当作鲜花盛开的美丽的花园那样爱护,园主不让任何人进去,也不让抚弄花朵,只许远远地隔着园子的铁栅领略花卉的芬芳娇艳。我想起了新戏里听来的几首诗,我觉得正合用,可以说给你听听。一个高明的老头儿劝一个年轻姑娘的老父把女儿关闭在深闺

里,他有几句话是这么说的:

> 女人是琉璃做成,
> 别考验她的坚脆,
> 试试她碎、不碎,
> 因为两者都可能。
>
> 而碎掉更是容易,
> 你如果冒险尝试,
> 你就是无知的傻子,
> 打碎焊不上的东西。
>
> 这样看法并非过虑,
> 大家都认为应该,
> 因为世上有达那艾,
> 也就会有金钱雨。

"安塞尔模啊,我以上的话都是为你着想;现在说说为我自己的考虑吧。假如我的话太多了,请你原谅,因为你已经进了迷宫,我要拐弯抹角地带你出来,这许多话都少不了。你把我当作朋友,却完全违背了友谊,要丢我的脸,而且还极力要我来丢你的脸。你要丢我的脸是很明显的。我如果照你的要求去追卡蜜拉,她瞧我存心干这种非礼背义的事,一定把我当作无耻的邪人。你要我丢你自己的脸也是一清二楚的。卡蜜拉瞧我追她,准以为我是看她轻佻,才胆敢向她披露邪心。她就会觉得自己受了侮辱;她受的侮辱也就是你受的侮辱,因为你是属于她的。不是常有这种情形吗:一个人妻子不贞,尽管做丈夫的并不知情,也不是他自取其咎,也不由他做主,也不是他粗心大意、疏于防范,可是人家还奉送他一个鄙贱的称号;知道他妻子丑事的人尽管明知他是倒霉,自己没有过错,只是妻子淫荡,他们对他却没有怜悯,心眼里只是瞧他不起。不过我要告诉你,淫妇的丈夫尽管不知道妻子不贞,自己也没有过错,他既不知情,也无责任,他丢脸却是千该万该。你不要厌烦，这些话都是为你好。据《圣经》上说，上帝在乐园里创造了咱们始祖亚当，就叫他睡觉，趁他睡里从他左肋下取出一条肋骨，造成了我们的原始母亲夏娃。亚当醒来看见她，就说：'这是我肉里的肉，骨头里的骨头。'上帝说：'男人为了他的女人，要离开自己的父母，他们两人要合为一体。'从此就制定了神圣的婚姻大礼，把男女两人牢牢缚在一起，到死才能分开。这个神奇的典礼功效非常之大，能使两人合成一体；融洽的婚姻还不止如此，两人虽然各有自己的灵魂，却只有同一个心愿。由此可见，妻子和丈夫是一体，妻子有污点或遭侮辱，就连丈夫也不干净，尽管他毫无过错。比如一个人脚上或四肢任何部分疼痛，全身都感觉到，因为是一体；脚踝上的伤虽然不由脑袋造成，脑袋也感觉到。所以妻子的羞耻丈夫有份，因为他们是一体。世上的体面和丢脸，都是由血肉之躯造成的，淫妇的丢脸就属于这类，做丈夫的当然有份，他尽管不知情也不免丢脸。安塞尔模啊，你夫人幽娴贞静，你要去搅扰她的心境，该瞧瞧你自己担当的风险，该瞧瞧你这样追根究底多么无聊而且多事。你该想想，你孤注一掷，所得微乎其微，所失却非常重大，我都没法说，只好不说了。假如我这许多话还不能打消你的馊主意，你尽可以另找别人做侮辱你、害你倒霉的工具，我不想做这个工具；即使为此断送你的友谊——这是我莫大的损失，我也无可奈何。"

有品行、有识见的罗塔琉讲完了；安塞尔模心绪纷乱，半晌说不出一句话来。他末了说："罗塔琉，我的朋友，你看见我把你讲的话都留心听了。我从你的议论、你举的例、你打的比喻里，看出你识见高明，对我也一片真情。我如果不听你的话而固执己见，就是弃善就恶。这是我知道而且也承认的。可是你得体谅我现在仿佛害了某种女人的病，只想吃泥土呀、石灰呀、煤炭呀，以及不堪入口、看着都反胃的东西。你得设法把我医好。这也容易，只要你对卡蜜拉试探一下，随你半冷不热、敷衍了事都行。她也不至于那么脆弱，会见几次就体面扫地。你只消试试，我就满意，你也就对我尽了朋友的责任，使我不但活得不冤枉，也心安理得，不再去丢自己的脸。我还有个缘故，你单为这个也得依我。我已经打定主意要做这番试验,你不能让我把自己的痴念告诉别人;否则你极力为我保持的体面就保不住了。至于你自己的体面呢,你追求卡蜜拉的时候在她心眼里尽管有点亏损,也没多大关系,可说毫无关系,因为不久你瞧她果然坚贞不二,不出咱们所料,你就可以把咱们设的圈套据实告诉她,你的信誉就恢复了。你担的风险很有限;却使我说不尽的称心满意,即使你眼睛里还有重重困难,也请你答应我吧。我刚才说过,你只消试一试,事情就算是圆满了。"

罗塔琉瞧安塞尔模很固执,要他回心转意又举不出别的例子,也讲不出别的道理,而且听他声言要把他那荒乎其唐的打算告诉别人,那就更糟了,因此他决计答应安塞尔模的要求。他拿定主意,干这件事既要不搅乱卡蜜拉的心情,又要叫安塞尔模满意。他就答应下来,说等自己高兴就进行,但嘱咐安塞尔模不要向别人声张。安塞尔模亲热地拥抱罗塔琉,感谢他惠然应允,好像他给了自己莫大的恩惠。两人约定第二天就着手办事。安塞尔模安排下机会和时间让罗塔琉和卡蜜拉两人密谈,还备了钱和首饰让罗塔琉送给卡蜜拉。他叫罗塔琉为卡蜜拉演奏音乐,还作诗赞美她;假如罗塔琉懒得作诗,他可以代笔。罗塔琉一一答应,不过他的存心和安塞尔模所想的远不是一回事。他们这样讲定,就回到安塞尔模家里。卡蜜拉很焦急地等着她丈夫,因为比往常回家晚了。

安塞尔模在家说不尽的称心;罗塔琉回去却说不尽的烦恼,不知怎么样把这件无聊的差使搪塞过去。当晚他想出一个方法,既哄得过安塞尔模,又不侮辱卡蜜拉。第二天他就到朋友家吃饭。卡蜜拉知道丈夫和他的交情,对他殷勤款待。饭罢撤了杯盘,安塞尔模就请罗塔琉和卡蜜拉小坐聊天,他要去办一件要紧的事,大约过一个半小时回来。卡蜜拉求他别走,罗塔琉愿意陪他去,他都不听,定要罗塔琉留下等他,说还有大事得和罗塔琉商量。他又叮嘱卡蜜拉在他回来之前别把罗塔琉撇在一边。他借故走开大可不必,他却装得好像非出去不可,谁也看不出他是假装。安塞尔模走了,饭桌上只剩卡蜜拉和罗塔琉两人,佣人都吃饭去了。罗塔琉觉得自己真像他朋友要求的那样上了战场,面前的敌人单凭美貌就可以征服一队武装的骑士。怎叫罗塔琉不心惊胆战呢？不过他自有办法。他两肘撑在椅子的扶手上，手托着腮，请卡蜜拉原谅他无礼，想在安塞尔模回来之前休息一下。卡蜜拉请他到起坐室去睡觉，比椅子里休息舒服。罗塔琉不肯，就坐在那里打盹儿，等待安塞尔模回来。安塞尔模回来看见卡蜜拉在自己屋里，罗塔琉还没有醒，就以为自己耽搁得久了，他们俩谈完话还有时间睡觉。他急要等罗塔琉醒来，和他一起出去，问问他的成败。事情都如他的意。罗塔琉醒了，两人立刻出门，安塞尔模就探问罗塔琉。罗塔琉说，他觉得一开头就倾吐衷情不大好，所以他只恭维卡蜜拉美，说城里一片声地称赞她美丽聪明。他认为这样入手最妥，可以哄她喜欢，下一次就听得进他的话。他说魔鬼引诱有操守的人就用这种手法，这个地狱里的煞神总扮成光明天使，满面善良，开头不让人识破他的诡计，到末了就可以露出本相，如愿以偿。安塞尔模很满意，说以后他每天可以给罗塔琉同样的机会；他不必出门，有家里的事当身，卡蜜拉不会看透他捣鬼。

  这样过了好多天，罗塔琉并没有跟卡蜜拉讲过一句话，只对安塞尔模说，已经跟她谈过，她毫不为动，没表示一点儿可以迁就的意思，却警告他如果邪心不改，她就要告诉自己的丈夫了。

  安塞尔模说：“这就很好。卡蜜拉到今还没有给空话打动。现在得瞧瞧她对实力是否也顶得住。我明天给你两千元金艾斯古多让你奉送她，另外两千元金艾斯古多让你买些首饰去引诱她。女人不论多么贞节，都喜欢穿得漂亮，打扮得俏丽，美女尤其如此。假如这也撩她不动，我就称心了，不会再来麻烦你。”

  罗塔琉回答说，他尽管知道这件事是枉费心力，注定要失败的，他已经开了头，总要干到底。第二天，他收到四千金的钱，也收到四千斤的烦恼，因为他不知道再怎么圆谎。后来他决计对安塞尔模说，对卡蜜拉送礼许愿，就像对她甜言蜜语一样，都打不动她；以后不用再麻烦，都是白费工夫。谁知命运却另有安排。那天安塞尔模照常把罗塔琉和卡蜜拉撇在一起，自己却去躲在隔壁，从钥匙洞里观察两人的关系。只见罗塔琉半个多钟头没跟卡蜜拉说一句话，再待一个世纪也不会跟她说话。安塞尔模这才明白他朋友说卡蜜拉怎样回答全是凭空捏造的。他要问个究竟，就出来把罗塔琉叫到一边去，问他事情有何进展，卡蜜拉心情如何。罗塔琉说，这件事他不想干了，卡蜜拉的回答非常严厉，他没胆量再向她兜搭了。

安塞尔模说："啊！罗塔琉，罗塔琉，你真是对不起我，辜负了我的信任！我刚从这个钥匙洞里看你，没见你对卡蜜拉说一句话。可见你前几次也没说话，准没错儿。那么，你为什么骗我呢？为什么弄玄虚叫我不得遂心如愿呢？"

安塞尔模没再多说，不过这几句话已经使罗塔琉够窘的。他给朋友揭穿，觉得丢脸，发誓说，以后保证叫安塞尔模满意，决不再撒谎。他说安塞尔模不妨留心侦察，就会知道这是真话；不过安塞尔模不必费这个心了，因为他一定认真地顺着安塞尔模的意思办事，叫他无可怀疑。安塞尔模就相信他了。安塞尔模要方便这位朋友，让他放心不用提防，决计离家到邻村朋友家去住八天；他叫那位朋友来信殷勤邀请，他在卡蜜拉面前就有个借口。安塞尔模啊！你真是倒了霉、打错了主意！你干些什么、策划些什么、安排些什么呀？你在设法丢自己的脸，打算断送自己，这都是自害自，你该知道呀！你妻子卡蜜拉是正经的。你安安顿顿受用她。谁也不来打扰你的幸福。她的念头不离自己的闺房。在这个世界上，你就是她的天；她的愿望都是为你，她的乐趣都在你身上，她的一片心只以你为准，只求合你的愿望和天意。她好比蕴藏着贤惠、美丽、贞洁、幽娴等等品德的宝矿；她不用你费力，已经把自己所有的和你所要求的宝藏全都给你了，你为什么不顾矿井倒塌的危险，还要挖掘下去，由新的矿脉里找新的、从来没有的宝藏呢？她那个矿井只靠她脆弱的天性做支架，是很不牢固的。你该知道，一个人如果追求不可能的事，当然就放弃了可能的事。一位诗人说得好：

> 我从死亡求生命，
> 我从衰病求健康，

牢狱里求自由解放，
封锁的地区求通行，
向叛徒求忠实坚强。

可是我运蹇命穷，
永远是劳而无功。
这也是上天的意旨：
我追求不可能的事，
可能的就因此落空。

第二天安塞尔模动身到那个村上去，临走嘱咐卡蜜拉说：他出门期间，罗塔琉会来照料家务，陪她吃饭；她务必把罗塔琉当她丈夫本人一样看待。卡蜜拉是个聪明贞静的女人，听了丈夫临走的吩咐很为难。她提醒丈夫说，他不在家，让别人坐在他座位上吃饭不成体统；假如他是怕她不会当家，那么，这次不妨试试她，经过这番考验，就知道更重的担子她也挑得起。安塞尔模说，他爱这么安排，她只消依顺就行。卡蜜拉说，这样不合她的意愿，不过她遵命就是了。安塞尔模出门，第二天罗塔琉到他家来吃饭；卡蜜拉接待得很殷勤，也很大方。她从不单独和罗塔琉在一起，总有男女佣人跟随，有个名叫蕾欧内娅的使女更是不离左右。卡蜜拉很喜欢这个使女，因为从小在娘家和她一起长大，嫁了安塞尔模把她带过来的。罗塔琉开始三天什么话也没跟卡蜜拉讲。其实饭后撤了杯盘，佣人们匆促吃饭的时候，他还是有机会的。佣人们吃饭匆促正是卡蜜拉的命令，她甚至吩咐蕾欧内娅在女主人吃饭前吃，叫她时刻跟在身边。可是蕾欧内娅心心念念想着自己乐意的事，正要趁饭后的时机寻快活，常把女主人的吩咐放在脑后，她反而像奉了命似的，把卡蜜拉和罗塔琉两人撇在一起。可是卡蜜拉非常贞静，脸色端庄，举止安详，使罗塔琉不敢轻易开口。

卡蜜拉的美德使罗塔琉箝舌无言，可是这对他们两人却更有害。因为他舌头虽然不动，心却在动，正把卡蜜拉的美好一一观察。石头人见了她也不免动情，何况血肉之身呢。罗塔琉照理可以跟她说话的场合，只把她看了又看，觉得她真可爱。这个念头渐渐地侵蚀了他对安塞尔模的忠实。他千番百次想出城到别处去，叫安塞尔模一辈子见不到他，他也一辈子见不到卡蜜拉。可是他见了卡蜜拉又喜又爱，已经撇不下、离不开了。他极力克制自己这种贪恋之情，只顾天人交战，独个儿就责备自己疯了，骂自己不够朋友，甚至不是好基督徒。他曾为自己和安塞尔模争辩较量，结论是自己虽然不够忠实，究竟怪安塞尔模太荒谬托大；他私心要干的事在上帝和世人面前都情有可原，犯了罪不怕受罚。

干脆说吧，卡蜜拉的美丽贞静再加她那位糊涂丈夫给予的方便，使罗塔琉信义扫地。他在安塞尔模离家后头三天还只顾内心交战，要克制自己的爱情。可是以后他就不顾一切，率意而行，如痴如狂地向卡蜜拉说起疯话来。卡蜜拉吓坏了，她一言不答，站起身躲进自己屋里去。可是爱情是不会死心的；罗塔琉碰了一鼻子灰并不绝望，反而对卡蜜拉越加颠倒了。她万想不到罗塔琉会这样，不知该怎么办。她觉得让他再有机会和自己会面不妥当，也不合适，决计当夜就派佣人送一封信给安塞尔模。信见下章。

第三十四章

可怜的安塞尔模真是无中生有，本已得到一个美丽贤淑的妻子，却非要做出一些无聊之事，这将不仅害了自己也连带了妻子卡蜜拉和朋友罗塔琉，真不知这一荒唐而悲惨的故事会如何结束。

《何必追根究底》的下文。

常言道，无将之军不行，无主之堡不保；可是我认为已婚的年轻妇女更不能身边没有丈夫，除非那是万不得已。你走了我很苦恼，实在受不了这孤单。你如果不能马上回来，我只好到我父母家去住几天，顾不得给你看家了。因为你留给我的保护人虽然借这个名义待在这里，我觉得他只图自己快活，并不为你尽心。反正你是个聪明人，我不用多说，也不便多说。

安塞尔模接到信，知道罗塔琉已经开始干事，卡蜜拉的反应也正合自己的希望。他得了这项消息乐不可言，就捎回口信叫卡蜜拉无论如何不要离家，他不久就要回来的。卡蜜拉得了安塞尔模的回音很吃惊；她越发为难了，既不敢硬着头皮待在夫家，更不敢回娘家，因为待在夫家难保自己的清白，回娘家又违背了丈夫的命令。她打定的主意对自己更是不妙。她决计待在夫家，不再躲避罗塔琉，免得佣人说闲话。她后悔写了那封信，生怕丈夫疑心是罗塔琉看出她轻佻才非礼冒犯。她信得过自己的节操，她依靠上帝和自己的贞静，随罗塔琉说什么话，只还他一个不理睬，不再去告诉自己的丈夫,免得惹他去决斗或替他招麻烦。她甚至考虑,如果丈夫问到为什么写那封信,她该怎样为罗塔琉开脱。这些心思很光明正大,只是既不合适,也没用处。她却是怀着这种心情听了罗塔琉第二天说的话。罗塔琉抵死纠缠,使卡蜜拉渐渐心软。他流的泪,说的话动了她的怜悯。她十分克制,眼睛里才没流露感情。罗塔琉都看出来了,越加热情如火。总之,他觉得必须乘安塞尔模外出的时机,把这座堡垒加紧围攻。他称赞她美,借以打动她的虚荣;因为这点虚荣最能抵消美人的高傲。他紧攻紧打,用猛烈的火力来突破卡蜜拉的坚贞;她即使是铁人儿也抵制不住。他流泪、央求、献好、赞美、纠缠不已,显得他一往情深,满腔热忱,竟使卡蜜拉贞操扫地;他意想不到而求之不得的事,居然成功。

卡蜜拉败了,投降了。可是怎能怪罗塔琉的友谊靠不住呢?这是明显的例子:要克服爱情,只有逃走一法,谁也不该和这样的强敌交手。因为人性使然,只有神力才能克服。卡蜜拉出毛病只有蕾欧内娅知道,这一对辜负朋友的新情人瞒不了她。罗塔琉没肯告诉卡蜜拉她丈夫的意图,也没说自己和她上手是靠她丈夫给了方便;他怕卡蜜拉小看了他的爱情,认为不是有心追求,不过是现成有那机会。

过了几天,安塞尔模回家了。他并未发觉家里已经丢失了最重大却最轻忽了的一件宝贝。他马上到罗塔琉家去,见了这位朋友。两人拥抱后,安塞尔模就探问自己性命交关的事。

罗塔琉说:"安塞尔模,我的朋友,我可以告诉你:你夫人不愧是贤德妇女的模范。我对她讲的话,她只当耳边风;我许的愿她鄙夷不屑;我送的礼她坚不肯收;我假惺惺的眼泪她公然取笑。一句话,卡蜜拉具备美人的千娇百媚,而且贞洁谦和,也具备正经女人令人敬重的种种品德。朋友,你的钱毫无用处,还在这里,你拿回去吧,送礼许愿这等卑鄙的手段打不动卡蜜拉的坚贞。安塞尔模,你该满意了,不用再考验她了。女人往往令人添烦恼、生猜疑,掉在苦海里;你既已安然脱离苦海,就别再掉进去了。你渡过尘世的船是上天给的,别再找领港人去检验船身是否坚固。你不妨权当自己已经进了安全港,抛下稳重的锚安顿下来,等候上帝召唤吧。"

安塞尔模听了罗塔琉这番话心满意足，仿佛对上帝的圣旨那样虔诚相信。不过他要求罗塔琉不要就此罢休，来一番追根究底作为消遣也好，只不必再像以前那样上劲。他只要罗塔琉作几首诗，借柯萝莉的名字来赞美卡蜜拉；他会去告诉卡蜜拉，说罗塔琉爱上一个女人，要赞扬她而不碍面子，所以称她为柯萝莉。安塞尔模还说，如果罗塔琉懒得费神作诗，他可以代笔。

罗塔琉说："那倒不必。文艺的女神并不讨厌我，她们平常也偶尔来拜访我。你只管把你为我捏造的话去告诉卡蜜拉，说我爱上了人，诗由我来作。尽管我的诗配不上那么好的题目，至少是我尽了力的。"

这一对朋友，一个糊涂，一个奸诈，一起商量停当。安塞尔模回家问卡蜜拉，上次送他那封信是什么缘故。卡蜜拉正诧异他没提起呢，就回答说，她觉得罗塔琉对她有点放肆，不像安塞尔模在家时那样规矩；不过现在她知道是误会，是她自己多心，因为罗塔琉老躲着她，不跟她见面或单独在一起。安塞尔模说她大可不必多心，因为他知道罗塔琉爱上了城里一位高贵的小姐，假借了柯萝莉的名字在赞美她。他说，即使罗塔琉没有这回事，也不用怀疑他的老实和他对自己的深情厚谊。卡蜜拉听到罗塔琉爱上柯萝莉的惊人消息并不难受，因为她知道是凭空捏造的，罗塔琉已经向她交代了底细，说明他是要乘机赞美她自己。不然的话，她一定要伤心吃醋了。

第二天，他们三人一起吃饭的时候，安塞尔模请罗塔琉把他为意中人柯萝莉作的诗念些给他们听，好在卡蜜拉不认识那位小姐，他可以放了心畅所欲言。

罗塔琉道："即使她认识，我也没什么要隐瞒的。赞美意中人的相貌并埋怨她冷酷，对她的清名无损。反正我可以告诉你们，昨天我作了一首诗叹恨柯萝莉的无情，让我念给你们听。

十四行诗

夜晚，人静后寂寞的深宵，

>世人都已沉酣在甜梦里，
>我独向上帝和柯萝莉，
>诉说我无穷无尽的苦恼。
>
>天渐亮，见红日杲杲
>在玫瑰红的东门口升起，
>我有声无调地连连叹气，
>重复昨日的怨苦和牢骚。
>
>太阳升上了灿烂的宝座，
>夺目的光芒直射地面，
>我叹息愈频、怨苦更甚。
>
>天又夜了，我又伤心诉说；
>我在烦恼中忽然发现：
>天聋哑，柯萝莉不闻不问。"

卡蜜拉觉得这首诗不错；安塞尔模尤其欣赏，他称赞诗写得好，又说那位小姐太冷酷，诗里真情毕露，她却不搭理。卡蜜拉听了这话就说：

"难道痴情的诗人说的都是真心话吗？"

罗塔琉答道："诗人说的不是真话，可是情人说的却千真万实，而且还没有道出真实情感的万分之一呢。"

安塞尔模说："这是没什么说的。"他在卡蜜拉面前一力为罗塔琉打边鼓。卡蜜拉毫不知安塞尔模的计策，只是一片心的爱上了罗塔琉。

卡蜜拉对罗塔琉的事都感兴趣，而且知道他心上想的、诗里写的都是为她，柯萝莉就是她自己，所以她问罗塔琉还记得什么别的诗也请念来听听。

罗塔琉说："记得。不过我相信这一首还不如刚才一首好；或者该说，比刚才那首更糟。你们不妨自己瞧吧，我现在念给你们听。

十四行诗

　　我自分将死,这话你如不信,
　　我更无生望、必死无疑,
　　我死在你脚边也无悔意,
　　还是一心爱你,狠心的美人!

　　等待我抛却生命、荣誉和幸运,
　　到了万事全忘的境地,
　　人家会在我绽裂的心里,
　　看到你的倩影镂刻多深!

　　那是我临终遗留的至宝;
　　你的冷酷使我痴情胶固,
　　胶固的痴情断送了我这一生。

　　唉,我冒着海上的怒涛,
　　漆黑的夜里摸索航路,
　　不见港口,也不见北斗星。"

　　安塞尔模对这首诗也像对第一首那样赞赏。他就这样一环又一环连成锁链,把耻辱牢牢扣在自己身上。罗塔琉愈侮辱他,他愈觉罗塔琉对他尊重。卡蜜拉堕落愈深,她丈夫愈看得她品德高、声名美。有一天,卡蜜拉只有那个使女在旁,就说:"蕾欧内妲,我的朋友,我想到自己太不自重,心上惭愧。我都没叫罗塔琉在我身上多赔些时候,一下子就遂顺了他。我怕他瞧不起我的爽利,忘了自己当初要我依他使了多大的力。"

　　蕾欧内妲答道:"我的太太,你别为这个烦心。只要给的是珍贵的好东西,给得爽利并不就贬低了价值。况且老话说:'趁早给赏,一物当两'。"

　　卡蜜拉说:"可是老话又说:'得来容易,看作等闲'。"

　　蕾欧内妲说:"这句话不能用在你身上。据我听说,爱情有时飞行,有时步行;有人的爱情是奔跑的,有人的爱情是踱步的;有的冷静,有的热烈；有人为爱情受伤，有人为爱情送命。爱情从初生到长成，只在一刹那之间。爱情在早上攻打一座堡垒，往往到晚上就攻破了，因为它的力量所向无敌。爱情趁我们先生不在家，就把你和罗塔琉降伏了。罗塔琉准是跟你同样情况，你怕什么呢？爱情得趁热打铁，不能慢吞吞等安塞尔模回来；他在家事情就完不成了。情人要如愿，全靠机会；恋爱都由机会助成，尤其是开头。我对这些事很内行，多半是亲身经验，不是听来的。太太，我将来跟你细谈吧，因为我也有肉体和青春的血。况且，卡蜜拉夫人，你并没有一下子就依顺罗塔琉，你是从他的眼睛里、叹气里、说话里，从他的许愿送礼上看到了他的一片心，由他的那一片心和种种美德看出他实在可爱，你这才依顺了他呀。所以你别想不开自寻烦恼。你尽管放心，罗塔琉就像你看重他那样看重你。你可以称心满意，因为虽然坠入情网，你爱的是个值得敬重的人。据说真正的情人该有'四德'，他不但有这'四德'，情人品德表上的那一套他样样俱全呢。不信，我背给你听。我觉得他一知感激，二和善，三够得上绅士，四慷慨，五热情，六坚定，七温文，八诚实，九显赫，十忠诚，十一年轻，十二高尚，十三正直，十四贵家出身，十五富裕，十六阔绰，十七就是我刚才说的'四德'，十八沉默，十九真挚，二十热心爱护你的名誉。"

卡蜜拉听她侍女背了这一连串，忍不住笑了，觉得这个情场老手，行为准比口说还内行。蕾欧内娅承认确是如此，说她正和本城一位年轻绅士谈情呢。卡蜜拉听了很不放心，生怕有了这条漏缝，自己的声名就难保了。她追问蕾欧内娅，只是口头上谈情呢，还是超过了口头。蕾欧内娅并不难为情，脸皮很厚，说是超过了口头。女主人行为不检，女佣人也就无耻，这本来是一定的道理；她们看到女主人已经失足，自己就不在乎瘸脚拐腿，也不怕女主人觉察。卡蜜拉没办法，只好求蕾欧内娅别把她卡蜜拉的事告诉自己的情人，和情人行事也当缜密，免得给安塞尔模或罗塔琉发觉。蕾欧内娅说一定听命。可是她的行为只坐实了卡蜜拉的忧虑，卡蜜拉正是从蕾欧内娅这条漏缝丧失了清名。这个使女又放浪，又胆大，她瞧女主人的行为不比从前了，竟擅自引情人来家过夜，拿定女主人知道了也不敢闹出来。这是女主人出了毛病带来的又一个苦处：她们成了自己佣人的奴隶，佣人做了无耻下流的事，她们得代为遮掩。卡蜜拉就是如此。她屡次在家里撞见蕾欧内妲和情人在一起，非但不敢责骂，还给她机会窝藏情人，替她扫清障碍，免得自己的丈夫知道。不过麻烦还是难免。蕾欧内妲的情人有一次破晓从安塞尔模家出来，给罗塔琉看见了。罗塔琉没看清是谁，起初还以为是鬼呢；可是瞧那人蒙头遮脸、躲躲藏藏地，就起了疑心，不那么想得简单了。他这点疑心险的断送一切，还亏得卡蜜拉挽救了危局。罗塔琉在这个蹊跷的时刻看见安塞尔模家里跑出个人来，没想到是蕾欧内妲引进去的；他压根儿没想到世界上有个蕾欧内妲。他只觉得卡蜜拉既然会轻易和自己上手，也会和别人那样。这又是女人行为不端的后果。当初对她央求诱惑、使她失身的男人就信不过她的节操，总以为她对别人更容易失身，起了疑心就信以为真。这时罗塔琉清楚的头脑全糊涂了，谨慎的考虑都抛开了，尽管卡蜜拉没丝毫对不起他，他却妒火中烧，按捺不住，拼命要对她报复。他不好好儿想想，甚至想都不想，等不及安塞尔模起来，就不管三七二十一跑去找他，对他说："我告诉你，安塞尔模，这好多天来我一直在天人交战。有句话我极力想不告诉你，可是不能不说，也不该再瞒你。你可知道，卡蜜拉这座堡垒已经失守，完全由我管领了。我迟迟没告诉你，因为还断不定她是轻佻还是在试探我，要瞧我奉你命的谈情是否真心。我认为她如果是咱们想的正经女人，她早该告诉你我追求她；我瞧她还没告诉你，就知道她答应我的话是认真的。她答应等你下次出门，在你贮藏首饰的小房间里和我幽会。"——他的确常在那里和卡蜜拉幽会——"我不主张你冒冒失失地马上向她报复，她究竟只在心上犯了罪，也许不等干出事来，又懊悔了。你向来采纳我的意见；请听我这会儿给你出个主意，叫你把事情弄明白，还能仔细想个合适的办法来报复。你假装又像往常那样出门两三天，你却设法躲在你那间小屋里，壁衣和什物后面藏身很方便。到时你可以亲眼瞧瞧卡蜜拉安的是什么心；我也可以亲眼瞧瞧。但愿她的心是正经的，可也难保不是；那么，你就可以悄悄儿乖觉谨慎地下手为自己雪耻。"

安塞尔模以为卡蜜拉抵住了罗塔琉的假意进攻,正扬扬自得,不料听到罗塔琉这番话,惊骇得不知所措。他一言不发,两眼瞪着地,一根睫毛也不动,半晌说道:"罗塔琉,你真够朋友,没亏负我的期望。我完全听从你的主意;你爱怎么办就怎么办,你瞧这件万想不到的事该怎么保密就怎么保密。"

罗塔琉一口答应。可是他辞了安塞尔模出来,对自己的每句话都后悔了。他觉得自己太胡闹,他尽可以自己对卡蜜拉报复,不必使这样卑鄙毒辣的手段。他咒骂自己糊涂,怪自己轻率,不知事情怎样挽回或补救。后来他决计全告诉卡蜜拉。他有的是机会,当天就单独会见了她。卡蜜拉瞧有机会和罗塔琉谈话,就对他说:"我告诉你呀,罗塔琉,我的朋友,我有件苦事,憋得我心都要胀破了,不胀破才是怪事。蕾欧内娅现在肆无忌惮,她的情人每晚留在这里过夜,天亮才走。谁看见那人天色朦胧从我家出去,就会疑心到我,这对我的声名大有妨害。我苦的是不能责骂她;咱们靠她做心腹,这就封上了我的嘴,对她的私情事也不好开口。我生怕这样下去会出事。"

罗塔琉听了卡蜜拉的话,开始还以为是假撇清,表示从她家出去的那人不是她的情人而是蕾欧内娅的。可是他看卡蜜拉流泪着急,求他想办法,知道是真情;他这才对自己干的事感到惶恐后悔。不过他还是叫卡蜜拉不要烦恼,他会对付蕾欧内娅,不让她肆无忌惮。接着他就告诉卡蜜拉自己因误会而妒火中烧,向安塞尔模和盘托出,并约他躲在小房间里亲眼瞧她的不贞。他求卡蜜拉饶恕自己的疯狂,一时冒失,弄得这样尴尬,求卡蜜拉设法解救。

卡蜜拉听了大吃一惊。她很生气,很有分寸地数说了他一顿,责备他坏心眼,想出这样糊涂糟糕的主意来。可是女人的理智虽然不如男人,干好事或坏事的机智却天生比男人强。当时事情好像是无从补救了,可是卡蜜拉立刻计上心来。她叫罗塔琉将计就计,让安塞尔模躲起来;她打算借机开一个方便之门,从此她和罗塔琉可以一劳永逸,不必再担惊受怕。她没把自己的主意全说出来,只嘱咐罗塔琉留心等安塞尔模躲好了,听到蕾欧内娅召唤就到她那儿去；她问什么，只管回答，好像没知道有安塞尔模在旁偷听一样。罗塔琉一定要她把计划说出来，让他心里有数，能从容应付。

卡蜜拉说："我告诉你，没什么要你应付的；我问什么，你只消回答就行。"她不愿意预先把自己的打算告诉罗塔琉，怕他不依，要另出主意或另想办法；她觉得自己的打算是再好没有的。

罗塔琉随就走了。第二天，安塞尔模推说要到他朋友的村上去，他出了门就回家躲起来。这事很顺利，因为卡蜜拉和蕾欧内娅存心给他方便。

安塞尔模躲在那里等人家剥掉他的面皮，不用说，他心里是七上八下的。他眼看心爱的卡蜜拉给他的最高幸福，马上就要断送了。卡蜜拉和蕾欧内娅拿定安塞尔模已经躲好，就跑到那个小房间去。卡蜜拉一进屋，长叹一声，说道："唉，蕾欧内娅，我的朋友，我不愿意把我想干的事告诉你，怕你阻挡；不过你如果把我问你要的这把安塞尔模的短剑趁早刺进我这倒霉的胸膛，岂不更好呢？可是你别刺我；叫我代人受过，不合道理。我先要问问明白，罗塔琉放肆下流的眼睛里看到了我什么行为，使他抛弃了朋友，侮辱了我，胆敢向我吐露那么卑鄙的心愿。蕾欧内娅，你到窗口去叫他一声，他准在街上指望着遂他的邪心呢。可是我先得遂我自己的心！我的心有多正，就有多狠！"

那晓事知情的蕾欧内娅答道："哎，我的太太，你拿了这把短剑想干什么呀？你要自杀还是要杀掉罗塔琉呀？随你干哪一件，都会断送你的声名。你还是隐瞒了遭受的侮辱，别让那坏人这会儿进来，发现家里只有你我两人。太太，你想想，咱们是软弱的女人，他是个男人，而且是打定了主意的；他既然迷了心窍，色胆包天，存着恶意跑来，只怕你没下手，他倒先得手，害得你比送命还糟。我真要诅咒我们的安塞尔模先生，自己家里让这个不要脸的家伙来胡作非为。太太，我瞧你是要杀掉他；如果杀了他，他的尸首怎么处理呢？"

卡蜜拉道："朋友啊，你问怎么处理吗？留给安塞尔模去埋呀。掩盖自己的羞耻该是轻松的活儿。你去叫罗塔琉来，快叫去，我受了侮辱应该报复，一时一刻的拖延都对不住我的丈夫。"

安塞尔模全听见,他的心思随着卡蜜拉的话转变。他听到卡蜜拉决心要杀掉罗塔琉,就想挺身出来拦住她。不过他又想瞧瞧这样贞烈的决心会造成什么局面,就克制了自己,打算到时再露面阻挡。

卡蜜拉这时一阵昏厥,倒在那屋里的床上。蕾欧内娅就悲悲切切地哭着说:"唉!美德的花朵呀!贤惠女人的顶峰呀!贞节的模范呀!你如果不幸而死在我怀里,我可真糟糕了呀!"

听她这样数说,谁都以为她是世上最悲伤、最忠诚的使女,而她的女主人俨然又是个受围困的裴内洛贝。卡蜜拉一会儿苏醒过来,说道:

"蕾欧内娅,你怎么还不去把那位忠实的朋友叫来呀?比他更忠实的朋友,太阳没照见过,黑夜也没包藏过!你去啊,跑啊,赶紧啊,快走啊。我期待着一场理直气壮的报复呢,你别拖拖拉拉泄了我的火气,弄得一场报复化作几句恫吓和咒骂。"

蕾欧内娅说:"我的太太,我就去叫他。可是你先得把短剑给我,免得你趁我不在干出些事来,叫爱你的人一辈子伤心落泪。"

卡蜜拉说:"蕾欧内娅,我的朋友,你放心去吧,我决不干那种事儿。尽管你觉得我为了自己的体面又冒失,又死心眼儿,我却不至于像人家讲的鲁克瑞霞那样,不把污辱自己的人杀掉,却杀了毫无过错的自己。我死就死,可是一定要对那个肆无忌惮、害我伤心流泪的人报了仇,吐了这口气才死呢。"

蕾欧内娅经女主人再三催促,才去叫罗塔琉。卡蜜拉一面等她回来,一面自言自语:"天啊!尽管罗塔琉马上会知道真情,我让他把我当作浮贱的女人究竟欠妥;也许还是像以前一次次拒绝他好。好是好,可是他动了邪心掉在泥坑里,如果让他平安脱身,我就不能为自己报复,我丈夫的羞耻也不得洗雪了。那奸贼既然一肚子邪念头,安着这个恶心思,合该叫他用性命抵偿!如果事情闹出来,就让全世界知道:我卡蜜拉不但是个贞妇,还有胆量对非礼之徒报复。不过,我觉得最好还是把这事告诉安塞尔模。我当初送信到村上去,就是想告诉他呀。他准是太忠厚老实了,想不到这样交情深久的朋友会存心侮辱他,所以我暗示了危险他也不来救我。头几天就连我自己也不相信,可是他越来越无耻,公然赠送礼物,漫天许愿,不断地流眼泪,我这才看透他安着什么心;不然的话,我怎么也不会相信的。不过我现在何必思前想后呢?拿定了勇敢的主意,还用考虑吗?当然不用!好,无聊的念头,别来搅我!让我报复吧!叫那个没信义的家伙进来!叫他向前来!近我的身来!我要叫他死!叫他完蛋!管它以后是什么结局!我当初嫁给天配给我的丈夫,我是清白的,我离开他也是清白的。不过我浴血而死的时候,我的干净血得和那负心朋友的肮脏血交流在一起,这是最遗憾的事。"

她一面说,一面拿着明晃晃的剑,在屋里歪歪倒倒地走来走去,还做着手势,简直发疯似的;她不像娇弱女子,却像个不要命的凶徒。

安塞尔模躲在壁衣后面,全看得清楚,心上不胜惊奇。他觉得凭自己所见所闻,更大的疑团也可以消释了。他怕出意外的祸事,情愿豁免了罗塔琉亲来证实。他正要露脸出场,拥抱自己的妻子,把真情告诉她,忽见蕾欧内娅领着罗塔琉进来,忙又缩住。卡蜜拉一见罗塔琉,就用短剑在面前地下划一长道,对他说:"罗塔琉,你听我说:假如你胆敢跨过或走近这道线,我立即把手里的剑刺进自己的胸膛。你且不要开口,先听我说完了,随你回答。第一,我要问问你,罗塔琉,你认识不认识我的丈夫安塞尔模,你对他是怎么个看法;第二,我也要问问,你认识不认识我。你回答吧。这不是什么难题目,不用迟疑,也不用思索的。"

罗塔琉不是笨人,当初卡蜜拉要他撺掇安塞尔模躲起来,他就猜出她的用意。所以他很乖觉凑趣,顺着她意思一吹一唱,把谎话说得比真话还可信。他当时回答说:"美丽的卡蜜拉,你问的话和我前来的意愿毫不相干,没想到你叫我来是要问这些话。假如你是要延迟你许我的好事,你不妨尽量延迟,因为如愿的希望越近,心上越加慌乱。不过,免得你说我不回答你,我就回答吧。我认识你的丈夫安塞尔模,我们从小认识。我们的交情你知道得很深,这段交情我不愿意谈,免得证明自己对他不起。我是为了爱情迫不得已;更大的过错为了这个坚强的理由也情有可原。我也认识你;我像他一样的尊重你。如果不是为了我视为至宝的你,我不至于违背自己的本分和神圣的友谊；现在我把这些都糟蹋了，因为抵不过爱情这个强敌。"

卡蜜拉道："你对一切值得爱重的东西简直是不共戴天的仇敌！你既然招认了刚才的话，你还有什么脸站在我面前呢？你知道，我是他的镜子；而你呢，正该从他身上照鉴自己，瞧瞧你侮辱他实在岂有此理。可是，哎，我真倒霉啊，我这会儿明白了，你这样不守本分，准因为我有点儿轻浮——我不愿意说轻佻，因为不是有意；女人觉得不必拘谨的时候，无意中往往会有失检点。除此之外，我问你，奸贼，你凭什么以为你那下流无耻的心愿可以得逞呢？我听了你的央求说过一言半语、或有任何表示、叫你心生妄想吗？你求情说爱，我哪一次没严厉地申斥吗？你大开口许下的愿，我相信了吗？你阔手笔送来的礼，我接受了吗？可是我认为情人的痴心妄想，没有希望就断绝了。你对我有意，想必是我无心造成的。所以我愿意把你的狂妄，归罪于我自己，你该受的惩罚，也由我自己承当。我丈夫是最有体面的人，可是你费尽心机去扫他的面子，我却又漫不经心，疏于防范，或许助长了你的邪心。我要为我丈夫受的侮辱，来一番赎罪的祭献。现在叫你来，就是要你到场看看，让你知道，我对自己都这样冷酷，对你决不讲人情。我再一次声明：我怀疑自己有失检点，滋生了你的妄想；我正是为这点疑心惶恐不安，决计亲手惩罚自己，因为如果假手别人，我的罪过会闹出去。可是我要对一个人报了仇才泄得心头之恨；我对自己下手之前，得杀了他，带着他同死。我不论到哪个世界，都可以看到天道无私，那个送我上绝路的人，自己也受到了惩罚。"

她一面说，一面拿着那把出鞘的短剑向罗塔琉直扑上去，又猛又快，出人意外，分明是只想一剑刺进他的胸膛，连罗塔琉都拿不定她这番行动是真是假了。他只好靠自己的本领和力气，不让卡蜜拉下手。卡蜜拉这场别致的把戏演得惟妙惟肖，她要逼真如实，还不惜用自己的鲜血来渲染。她瞧自己刺不中罗塔琉，或是假装刺不中，就说：

"尽管命运不让我正当的心愿完全得偿，我对自己至少还做得几分主,命运也没法阻挠我。"

她拿剑的手已经给罗塔琉捉住,她用力挣脱,把剑锋对着自己身上不伤要害的部分,一剑刺在左肩锁骨下。她立刻倒在地下,好像是晕死了。

蕾欧内娅和罗塔琉吓呆了;他们瞧卡蜜拉躺在自己的血里,拿不定这件事的真假。罗塔琉慌忙把剑拔出来,一看伤势很轻,心才放下,不禁暗暗钦佩美丽的卡蜜拉足智多谋。他随即串演自己担当的角色,仿佛卡蜜拉已经死了,对着她的身躯放声恸哭,不仅咒骂自己,还咒骂指使他的人。他知道老友安塞尔模正在旁听,故意说些话,叫他觉得即使卡蜜拉已经送命,也不如他罗塔琉命苦。蕾欧内娅把卡蜜拉抱上床,求罗塔琉出去找个人来悄悄地为卡蜜拉治伤;还求他出个主意,如果到安塞尔模回家她女主人的伤还没好,怎么向男主人交代。罗塔琉说:随她们俩怎么说吧,他心乱如麻,想不出好主意。他只嘱咐蕾欧内娅设法止血,他自己就要躲到不见人迹的地方去。他装出非常悲痛的样子走了。他出门四顾无人,就不停地画十字,惊佩卡蜜拉的机变,以及蕾欧内娅恰到好处的表演。他料想安塞尔模一定死心塌地把自己的夫人看作珀霞第二。这出戏演得巧妙透顶,他急要和安塞尔模一起赞美戏里的真情或假意。

卡蜜拉流血不多,只够把假戏润色得像真事。蕾欧内娅照罗塔琉的吩咐止了女主人的血,用酒洗净伤口,尽力包扎好。她一面包扎,一面说话;假如她先前什么都没说,单这套话就可以叫安塞尔模把卡蜜拉当作贞洁的模范。卡蜜拉的话也配搭得好。她骂自己没胆量,既然厌世寻死,就该有点儿勇气,她却害怕了。她请教使女,要不要把这事告诉她亲爱的丈夫。蕾欧内娅劝她别告诉,否则他就有义务向罗塔琉报复,不免担受危险;贤德的女人该为丈夫尽量扫除引起事端的事,不惹他去和人家争斗。卡蜜拉说,她觉得这个主意很好,决计照办,不过她怕自己的创伤瞒不过安塞尔模,得设法解释。蕾欧内娅说,她可不会撒谎,就连开玩笑的撒谎也不会。

卡蜜拉说:"那么,妹妹啊,我怎么会撒谎呢?我即使性命交关,也不敢撒谎，连帮腔都不敢。咱们打不破这重难关，还是和盘托出吧，别说了谎给捉出来。"

蕾欧内娅答道："太太，你别着急。咱们跟他该怎么说，我从这会儿到明天还可以想想。你受伤的地方不显，也许可以遮着不让他看见。说不定天会保佑咱们的心胸皎洁。我的太太，你安静一下，别激动，免得我主人看出你神魂不定。你把事情都交给我，交给上帝；上帝对好心愿总是支持的。"

安塞尔模全神贯注地观看了这出断送他体面的悲剧，剧中人表演得惟妙惟肖，假扮的角色竟像真人的本相。他眼巴巴等天黑，好寻机会出去看他的好友罗塔琉。他证实了妻子贞洁，要在罗塔琉面前自庆得到了这样一颗宝珠。她们俩存心给他出门的机会和方便；他没错过，出去就找罗塔琉。他对罗塔琉的连连拥抱，他心满意足的话，他对卡蜜拉的赞美，这里简直无法叙述。罗塔琉听了脸上没一点儿喜色，因为想到朋友上了当，想到自己岂有此理地侮辱了他，实在内愧。安塞尔模瞧罗塔琉没精打采，以为他是因为卡蜜拉受了伤而引咎自责。他劝了一通，叫他别为卡蜜拉的事着急，她的伤一定很轻微，因为她们俩决定不告诉他，可见是不用担忧的，他倒是劝罗塔琉从此和自己一起行乐吧，因为他多亏好友出力充当了试验品，现在真是放心得意了。他不用别的消遣，只想作诗赞扬卡蜜拉，叫她流芳百世。罗塔琉赞成这个主意，说他也要来帮着树立这个光荣的模范。

安塞尔模就此成为上了当还欣然自得的大傻瓜，全世界找不到第二个。人家断送他的名誉，他却以为是为他赢得了光荣，把这人亲手拉回家去。卡蜜拉见了罗塔琉，面上待理不理，心里却含着微笑。事情一时上没闹破，直到几个月后，命运的轮子转了过来，掩盖得非常巧妙的丑事就传扬开了。安塞尔模为他不知分寸的追根究底，竟赔掉了性命。

第三十五章

堂吉诃德大战满盛红酒的皮袋;《何必追根究底》的故事结束。

故事还剩不多点儿,忽然桑丘·潘沙慌慌张张从堂吉诃德睡觉的顶楼上出来喊道:"各位先生,我主人在打仗呢!我从没见他打得那么拼死命的,你们快来帮忙!啊呀,跟咱们米戈米公娜公主作对的巨人给他挥手一剑,脑袋瓜就像个萝蔔似的齐根砍下来了!"

神父放下还没念完的故事,问道:"老哥,你说什么?你疯了吗,桑丘?那个巨人在两千哩瓦以外呢,你这话不是活见鬼吗?"

这时他们听得那边屋里轰然巨响,堂吉诃德大叫道:"站住!你这个贼!你这个强盗!恶棍!你现在可落在我手里了!你的弯刀子也不中用了!"

听声音他好像在狠砍那墙壁。桑丘说道:"你们别待在这儿只顾听呀,倒是进那屋去劝劝架,或者帮我主人一手吧。不过现在也不用了,那巨人分明已经送了性命,向上帝招供一生的罪孽去了。我看见流得满地是血,砍下来的脑袋滚在一边,有大酒袋那么大呢。"

店主人一听这话,说道:"那屋里床头边堆着些装满红酒的皮袋呢。我可以发誓,那位堂吉诃德或堂魔鬼准是在酒袋上砍了几剑,这位老兄把流出来的酒当作血了。"

他一面说,一面进那间屋去;大家都跟着他。他们看见堂吉诃德装束得非常古怪。他只穿一件不够长的衬衫,前襟遮不没大腿,后襟比前襟还短去六指宽。他两腿很瘦长,上面全是毛,一点儿不干净。他头上戴一只油腻的小红睡帽,那是店主人的;左手裹着一条毯子,那是桑丘见了就恼火的——什么缘故,桑丘肚里明白。他右手拿一把出鞘的剑四下里乱挥,嘴里只顾叫嚷,仿佛真在跟什么巨人打架。妙的是他眼睛还没睁开,原来没睡醒,正做梦和巨人交战呢。他一心专注要去完成这桩大事,所以睡梦里已经到了米戈米公王国和敌人交手了。他自以为砍的是巨人,对那些酒袋连连挥剑，酒流得屋里满地都是。店主人看了怒不可遏，扑向堂吉诃德，捏紧拳头狠命地揍，要不是卡迪纽和神父把店主拉开，他就结束了这场和巨人的战斗。可怜的骑士到这地步仍然没醒过来。理发师拿了一大罐新汲的凉井水，对他没头没脸地浇，他才算醒了，不过也没有清醒，还不明白自己是怎么一回事。多若泰因为堂吉诃德衣不蔽体，没肯进来瞧她这位恩人和她的敌人交战。

桑丘满地找那巨人的脑袋，却找不到，就说："我现在明白了，这整个客店是着了魔道的。上次就在我这个地方，有人揍了我好多拳，打了我好多棍，可是不知是谁，始终没瞧见一个人。今天呢，这个脑袋又不知到哪里去了；我亲眼看着它砍下来的，那血呀，就像喷泉似的从脖子里直喷出来。"

店主人道："你这个背叛上帝和神灵的家伙，胡说些什么血呀，什么喷泉呀！你这个贼，你没瞧见吗，血和泉水不过是戳破了酒袋、泡在屋里的红酒啊！谁戳破我的酒袋，叫他的灵魂到地狱里泡着去！"

桑丘道："我什么也不理会，只知道那个脑袋要是找不到，我那份伯爵的封地就好比盐着了水全化掉了，我就倒霉透顶了。"

清醒的桑丘比他那个做梦的主人还糟；他主人许他的报酬已经迷糊了他的心窍。店主人瞧这侍从痴呆懵懂，他主人又直闯祸，恼怒非常，发誓决不再像上次那样随他们赖账逃跑，这回他们骑士道的特权没用了，新账旧账都得清偿，连戳破酒袋的修补费也得要他们出账。

神父这时候捉住堂吉诃德双手。堂吉诃德自以为大事已了，正向米戈米公娜公主朝见报功呢。他对神父双膝跪下说："尊贵美丽的公主啊，你从此可以安生，那下贱的东西不能再为非作歹。你的事，我靠上帝帮助，靠我当作命根子的小姐保佑，已经圆满完成；我答应你的话就此取消了。"

桑丘听了说道："可不是我说的吗？我并没有喝醉了酒呀！瞧！我主人不是已经把那巨人宰了而且腌上了吗！事情都妥当了！我的伯爵是现成的了！"

主仆俩疯疯傻傻，看了他们谁能不笑呢？大家都哈哈大笑，只有店主没好气。后来理发师、卡迪纽和神父费了不少事，出了不少力，把堂吉诃德扛上床。他就沉沉睡去，看来已经精疲力竭。他们随他睡觉，且到店门口去安慰桑丘·潘沙，因为他没找到巨人的脑袋。他们又要平店主的气，那就更费事了。他看到自己的酒袋横遭不测，恼怒得不可开交。店主妇嚷道："这个游侠骑士到我们店里来，该是我们倒了霉！我但愿一辈子没碰见他！他害我赔了多少钱啊！上次他和一个侍从、一匹马、一头驴在这儿过了一夜，晚饭、床铺、稻草、麦子的账全没付就跑了。他说自己是冒险的骑士，一切花费都不用出钱，游侠骑士的收费章程上这样规定的。但愿这些冒险的骑士倒尽了霉吧！这回又是为着他，这位先生跑来把我的尾巴拿走了，还来的尾巴又蚀了几文钱的价，毛都脱了，我丈夫要用也不中用了。这还不够，他又把我的酒袋戳破，酒都流光。我但愿流出来的是他的血呢！他别打错了主意，我凭我爸爸的骨头和我妈妈的灵魂起誓，一定要他把欠下的钱一一还清，要不，我不姓我的姓，不是我爸养的！"

店主妇气呼呼地数说，她的好佣人玛丽托内斯也从旁帮腔。她女儿不作声，有时微微地笑笑。神父答应尽力赔偿他们的损失，不仅酒袋和酒，更要紧的是那条稀罕的尾巴。他们这才满意了。多若泰安慰桑丘·潘沙说，他主人斫了巨人脑袋的事一经证实，她回国坐稳王位，准赏他个头等的伯爵封邑。桑丘听了很称心。他向公主一口咬定：那巨人的脑袋他确实看见的，而且看见上面的胡须直拖到腰部呢。他说，如果脑袋找不到，就是因为这家客店里的事都由魔法支使；他在这里住过，有经验。多若泰说，这些话她都相信，她叫桑丘别着急，事情一定顺手，他准会称心满意。大家都已经心平气和，神父瞧那个故事所余无几，想读完它。卡迪纽、多若泰和其他的人都请他读。神父乐得为大家助兴，自己也有趣味，就继续读下去：且说安塞尔模证实了卡蜜拉的贞节，日子就过得快活，无忧无虑。卡蜜拉故意对罗塔琉铁青了脸，让安塞尔模把她对罗塔琉的心意往错里捉摸。罗塔琉配合她的做作，要求安塞尔模答应他不再上门，因为卡蜜拉分明见了他讨厌。可是安塞尔模蒙在鼓里，怎么也不答应。他这样千方百计丢自己的脸，却以为是称了自己的心。这时蕾欧内娅觉得可以放胆偷情，非常乐意。她拿定女主人会为她掩盖，甚至还会教她怎样少担风险，所以肆无忌惮。结果有一天，安塞尔模听见蕾欧内娅屋里有脚步声。他要进去瞧瞧是谁；觉得有人顶着门，就越要把门推开。他下死劲推开门，进屋恰好看见一个男人从窗口往街上跳。他急要去追，想瞧瞧是谁，可是不行，蕾欧内娅抱住他不放，她说：“我的先生，您放心，别着急，出去的人您也甭追。这全是我的事，他是我的丈夫。”

安塞尔模哪里肯听，他火得什么都不顾，拔出短剑要刺蕾欧内娅，一面对她说，如果不老实招供，就要她的命。蕾欧内娅吓昏了，也没理会自己说的是什么话，答道：“您别杀我，先生，我有事奉告，您意想不到那事多么要紧。”

安塞尔模说：“快说，不然就杀了你。”

蕾欧内娅道：“我这会儿心上乱得慌，没法儿说。宽限我到明天早上，我告诉您一个惊人的消息。您只管放心，窗口跳出去的是本城的一个年轻人，和我订了婚的。”

安塞尔模这才平静下来，答应她放宽期限。他对卡蜜拉的品德没有丝毫疑虑，绝没想到蕾欧内娅会讲她什么坏话。他告诉这使女，如果她该说的不说，休想出这房间。他走出来，把她反锁在内。

他立刻去看卡蜜拉，把蕾欧内娅的事、她答应告诉他紧要大事等话都搬给她听。卡蜜拉的惊慌不消说得。蕾欧内娅准会把女主人失节的事据自己所知一一告诉安塞尔模，这是可想而知的。她吓得魂不附体，也不敢再等着瞧个究竟；当夜看安塞尔模已经睡熟，就收拾了自己最珍贵的首饰，又拿了些钱，瞒着家里，出门到罗塔琉家去了。她一五一十告诉了罗塔琉，求他或者窝藏她、或者和她一起逃到安塞尔模找不着的地方去。罗塔琉听了慌得一句话也说不出，更想不出什么主意。后来他决计把卡蜜拉送进一个修道院去，那院长是他的亲姊妹。卡蜜拉同意。事情很急迫，罗塔琉少不得连夜把她送去，安顿在那里；他自己马上出城，没让一人知觉。

第二天早上，安塞尔模并没理会卡蜜拉不在身边，他急要听蕾欧内娅说些什么，起床就到锁着她的屋里去。他开门进去一看，不见蕾欧内妲，只见窗口悬着一长串联结着的床单，分明她是缒着下楼逃走了。他一肚子懊恼，忙回去要告诉卡蜜拉；不料她不在床上，家里满处都找她不到。他着急得很，打听家里佣人，谁也不知究竟。他找卡蜜拉的时候忽见她的箱子都开着，珍贵首饰大半没了，这才知道家里出了丑事，而祸首不是蕾欧内妲。他不及穿着整齐，急急惶惶地出去找他的朋友罗塔琉，想把糟心事告诉他。罗塔琉却不在家，据佣人说，他昨夜就出门了，家里的现钱他都带走了。安塞尔模差点儿发疯。谁知没兴一齐来，他回家发现男女佣人已经逃跑一空，只剩了一宅空房子。

这是怎么一回事呢？该怎么说呢？怎么办呢？安塞尔模都不知道，他神志逐渐迷乱了。他想想自己一下子妻子、朋友、佣人全都没有了，仿佛上天不再庇荫他了，尤其糟的是丧失了名誉体面，因为他从卡蜜拉的失踪，看到自己就此毁了。他过了好一会，决计到乡间的朋友家去；他当初就是在这个朋友家住，造成这番祸事。他锁上大门，骑了马，垂头丧气地上路。他半路上感慨万端，忍不住下地把马拴在树上，倒在树脚下放声哭叹，直耽搁到傍晚。忽见一人骑马从城里来，彼此打过招呼，他就问起弗罗仑西亚城里有什么新闻。那人说："出了些好久没听到的新奇事。传说住在圣胡安的阔少爷安塞尔模昨晚给好友罗塔琉拐走了老婆卡蜜拉，安塞尔模本人也不知去向。卡蜜拉的使女昨夜从安塞尔模家窗口用床单缒着下来，给市长逮住，事情全是她说出来的。详细情况我也不知道，只知道城里人都诧异，安塞尔模和罗塔琉是最要好不过的，向来叫作'朋友俩'，这样的知心朋友中间，想不到会出这种事。"

安塞尔模说："罗塔琉和卡蜜拉走哪儿去了，有人知道吗？"

城里来的人说："市长正加紧缉访，还没找到他们俩的影踪。"

安塞尔模说："再见吧，先生，上帝保佑你。"

城里来的人答道："上帝保佑你。"说着就走了。

安塞尔模听了这个噩耗，气得发昏，简直活不下去了。他挣扎起身，到了乡间的朋友家。这个朋友还不知他的倒霉事，看他脸色灰黄，以为他害了什么大病。安塞尔模随就要个地方睡觉,又要些文房用具,还要求关上房门,独自休息。朋友一一依言。他孤孤单单,想到自己的不幸,心上沉重不堪,分明感觉到自己命在顷刻了。他打算留个字条,说明自己突然死亡的原因。他动笔写了几句,没写完就咽了气,他那点没分寸的好奇心害他气死了。主人家到天晚没听得安塞尔模呼唤,进去瞧瞧他是否病又加重;只见他半个身子在床上,半个身子趴在书桌上,前面摊着他留字的纸,一支笔还拿在手里。主人上去叫他,不见搭理,就去拉他的手,摸着冰凉,才知道已经死了。这位朋友很惊慌,忙把家里佣人叫来做见证。他又看了留下的字条,认得是死者的笔迹,上面说:"我愚蠢无聊的愿望断送了自己的性命。假如卡蜜拉听到我的死讯,我希望她知道我原谅她。因为她没有义务创造奇迹,我也没有必要这样要求她。我的耻辱是咎由自取,何必……"

安塞尔模只写到这里,可见他到此无话可说,就此死了。第二天,他朋友把他的死耗通知了他的亲属。他们已经知道他的丑事,也知道卡蜜拉躲在哪个修道院里。卡蜜拉差点儿跟着丈夫走了同一条路;这不是因为听说丈夫去世,而是因为听说情人出走了。据说她做了寡妇既不肯离开修道院,又不肯发愿做修女。过了不多几天,消息传来,罗塔琉打仗阵亡了。原来这位后悔无及的朋友逃到拿坡黎斯,参加了洛特瑞先生和大元帅贡萨洛·艾南台斯·台·果都巴的战争。卡蜜拉得了这个消息,才发愿进会。她悲伤太过,不久也死了。事情的开始这样荒谬绝伦,只能落得这样结束。

神父说:"我觉得这故事不错,不过我不信真会有这种事。如果是编的呢,那就是编得不好,因为不能设想一个丈夫会像安塞尔模那么荒唐,不惜赔了身家性命,来试验妻子的贞操。情人之间还说得过去,夫妇之间总有点不合情理。至于叙事的方式,我没什么挑剔的。"

第三十六章

听完了故事大家总算喘了一口气,悲剧和眼泪是使人伤神的东西,它远不及堂吉诃德和桑丘的滑稽来得让人轻松愉快,现在大家便开始把目光收回露出你的笑脸往下看吧,不过现在看的不是"骑士"们而是另一出喜剧。

客店里发生的其他奇事。

> 神秘总会让人无端地紧张,使人生出一些好奇。

这时候店主在客店门口喊道:"好漂亮的一队过路客人呀!要是到这儿来,咱们可热闹了。"

卡迪纽问道:"什么样的人?"

店主说:"四个男人骑着短镫高鞍的马,拿着长枪和盾牌,都戴着黑面罩。跟他们一起,还有个穿白衣服的女人乘马坐在横鞍上,也蒙着脸。另外还有两个步行的小厮。"

神父问道:"来得很近了吗?"

店主人说:"很近了,快到了。"

多若泰听到这话就戴上面罩,卡迪纽忙躲到堂吉诃德的屋里去。店主所说的一群人已经到了店门口。骑马的四人身材举止都很斯文,他们下了马就去搀扶坐横鞍的女人,其中一个张臂把她抱下。卡迪纽躲着的那间屋子门口有一只椅子,那人就把女人放在椅子上。这时女人和四个男人都没有除下面罩,也没说一句话。女人坐下了才深深叹口气,耷拉着两条胳膊像个极虚弱的病人。那两个步行的小厮把几匹马都牵到马房去。

神父看了心上纳闷儿,不知这群衣服整齐、默不作声的人究竟是谁。他跟着那两个小厮,向其中一个探问。小厮说:

"天晓得!先生,我说不上他们是谁,只知道看样子很有身份,尤其是刚才把那位小姐抱下马的一个。另外几个都很尊敬他,什么都听他吩咐。"

神父问道:"那位小姐是谁呢?"

小厮答道:"这个我也没法说,一路上我没看见她的脸,只听到她经常唉声叹气,每次都仿佛要死过去似的。我只知道这么一点儿。这也怪不得,我和我这伙伴跟了他们才两天,因为是路上相逢的,他们连说带劝,许下重酬,叫我们跟到安达路西亚去。"

神父问道:"你没听见他们称呼吗?"

小厮说:"实在没听见。他们怪得很,一路上都不出声,只有那可怜的姑娘不时地叹气和哭;我们听了很难受。照我们猜想,她一定是给人押送到什么地方去。看她的装束,大概是修女,更可能是要去做修女的。也许她不愿意,所以好像很伤心。"

神父说:"都可能。"

他撇下两个小厮,回到多若泰那里。多若泰听了蒙面姑娘叹气很同情,就走到她身边说道:

"我的小姐,你有什么不舒服吗?如果是女人的常病,女人有经验会医治的,我甘心情愿服侍你。"

那伤心的姑娘只不作声。尽管多若泰热情关切,她还是一声不响。后来,一个蒙面的绅士——据小厮说是最受尊敬的那人,过来对多若泰说:"小姐,你不用讨好这个女人,她对人家为她干的事向来不知感激。你也不用指望她回答,除非你愿意听她撒谎。"

小厮的话再次起了铺垫作用,勾起了读者更大的兴趣,急切地想揭开他们的面纱。

> 对话有时很难达成，因为彼此的话语里总是充满了矛盾。

一直默不作声的女人这时说道："我从来不撒谎。就为我一片真诚、绝不撒谎，才遭到了现在的横祸。这话请你问自己就知道。因为正是我的真诚，造成了你的欺诈。"

卡迪纽在堂吉诃德的卧房里，和说话的女人只隔着一重门，她的话听得清清楚楚。他立刻大叫道："天啊！谁在说话呀？我听到的是谁的声音呀？"

那位小姐听得喊声，大吃一惊，忙回过头去。她看不见叫喊的人，就站起来，要往那屋里跑。绅士见了就拦住她不许动。那小姐匆忙中蒙面的绸子掉下来，露出一张非常秀丽的脸，只是容颜惨淡，神色不安，骨碌碌转动着眼珠四面张望，着急得好像发了疯似的。多若泰等人看了她那样儿，虽然不知道是为什么，都觉得很可怜。那绅士还紧紧抱住她的肩膀，自己的面罩滑下来也顾不及扶，那面罩就整个儿掉了。多若泰正搂着那姑娘，她抬头一看，和自己同搂着这女郎的正是自己的丈夫堂费南铎。她一见之下，不由得从心底里发出"唉"一声无限伤心的长号，立即仰面晕倒，多亏理发师从旁扶住，她才没摔在地下。神父忙过来替她除下面罩，好往她脸上洒水。抱住那女人的绅士确是堂费南铎；多若泰一露脸，他就认出来了，顿时面如死灰。在他怀里挣扎的女人是陆莘达，堂费南铎到此还没肯放手。她已经听出是卡迪纽在叹气，卡迪纽也已经听出她的声音。他听到多若泰晕倒前的那一声"唉"，以为是陆莘达喊的，立刻面无人色地从屋里冲出来。他第一眼就看见堂费南铎抱着陆莘达；堂费南铎也立刻看见了卡迪纽。陆莘达、卡迪纽和多若泰三人都目瞪口呆，不知道这是怎么一回事。

> 戏剧性的场面终于发生了，这就是无巧不成书。两对情人纠缠的情感，一时交织在一起形成一次爆发的契机。

大家一言不发，面面相觑：多若泰看着堂费南铎；堂费南铎看着卡迪纽；卡迪纽看着陆莘达；陆莘达看着卡迪纽。还是陆莘达第一个开口对堂费南铎说："堂费南铎先生，请你放了我吧。不为别的，你为了自己的品德也得放手。我是墙上的薜荔，得让我爬在墙上。你的纠缠和威胁，你许的愿、送的礼，都不能把我从自己依附的墙上拉下来。你瞧瞧，神奇的天道把我送到自己真正的丈夫面前来了。你付了不少代价，该从经验知道，我除非死了才会忘记他。我的话已经说得明明白白，你现在只好把爱变作恨，喜欢变作厌恶，就此杀了我。我能死在自己的好丈夫面前，死也不冤枉了；也许正好向他表明，我对他的忠心是至死不变的。"

> 这是陆莘达的爱情宣言，坦诚而决绝。

多若泰这时清醒过来。陆莘达的话她全听见，由她话里，知道了她是谁。她瞧堂费南铎还抱住陆莘达不放，也不说话，她就鼓勇起身，向他双膝跪下，热泪莹莹地说道："我的先生，你两臂环抱的太阳要是没耀花你的眼睛，你会看见跪在你脚边的是薄命的可怜人多若泰——你薄情到几时，我就薄命到几时。我原是出身低微的农家姑娘，你或者出于好心，或者出于一时高兴，抬举我做了你的人。我向来贞静，日子过得快活，直到我听了你的央求，看了你表面上正当热烈的情感，才败坏了操守，把身心交付给你。我落到目前的境地，又看到你这会儿的情况，知道你全没有把我放在心上。不过你别看错了，以为我出走是因为丢了脸，我只是因为给你抛弃了心上悲伤。你当初愿意和我结婚，而且已经照你的办法和我结了婚；现在即使后悔，也没法不做我的丈夫了。我的先生，你请想想：我对你的心意是独一无二的，抵得过你别处去追求的美貌和高贵的门第。你不能和美丽的陆莘达结婚，因为你是我的丈夫；她也不能和你结婚，因为她是卡迪纽的妻子。你知道，勉强爱一个崇拜你的人还容易，要叫嫌弃你的人转过来热爱你可就难了。你缠着我的时候，我是不懂事的；你央求我的时候，我是贞洁的。我的家境，你不是不知道；我怎样会一切依你，你自己很明白：你没有借口、没有

> 贞操并不仅属于道德层次，它也是一种彼此的忠诚。

理由说自己是受了欺骗。这是事实。而且你不仅是个上等人，还是个基督徒。你为什么有始无终，借故把婚礼拖延呢？我是你的正室妻子；你不愿意把我当妻子，至少也该收我做个奴隶。我只要是你的人，就觉得很幸福了。你别抛弃我，让街头巷尾把我的耻辱当作话柄；也别害得我父母老来痛苦。他们是你的好子民，向来对你府上忠心耿耿，不该受这样的报答。假如你觉得你的血搀了我的血就不纯，那么，你请看吧，世上贵族的血都经过掺杂，很少例外，也许竟没有例外。血统的高贵不高贵，不以女方的为准，况且真正的高贵还在于道德品性。你如果剥夺我的名分，那么你道德有亏，就比不上我高贵了。反正，先生，我千句并一句：随你愿意不愿意，我总归是你的妻子。你瞧不起我，无非因为自己高贵；假如你自诩高贵，你的诺言就不该是谎话，你的诺言就保证我是你的妻子。你签的字也是保证。你许愿的时候指天为誓，天也是保证。如果这许多保证都没用，你自己的良心在你欢乐的时候也一定会发出无声的呼吁，为我申诉，叫你在最称心快意之际内愧不安。"

> 这是一席怨妇的申诉，它将像卓文君的家书一样令人感到心酸，但愿无耻的堂费南铎能如当年风流的司马相如一样被其感化，回心转意，把本将成为事实的悲剧变成喜剧。

受害的多若泰还说了些旁的话，说得伤心流泪，连堂费南铎的几个同伴和其他在场的人都陪着落泪了。堂费南铎只是听着，一句话不说。她讲完了又流泪叹气；除非铁石心肠的人，才能冷眼瞧她那悲苦的样儿。陆莘达在旁看着，既同情她的痛苦，又惊讶她的美貌慧心，想到她身边去安慰几句，却给堂费南铎抱住了不能动身。堂费南铎又惭愧，又惶恐，对多若泰看了好半天，才撒开手放了陆莘达，说道："你赢了，美丽的多若泰，你赢了。你举出这么大堆的真理，谁也没胆量抵赖。"

> 温柔的美丽常常能温暖一切冷酷。

陆莘达身体很虚弱；堂费南铎一撒手，她差点儿跌倒。可巧卡迪纽在旁边；他不愿意给堂费南铎看见，正躲在堂费南铎背后。这时他撇开怕惧，不顾一切，赶上去扶住陆莘达，把她抱在怀里，说道："我的心坚貌美的小姐啊，如果慈悲的上天让你现在能休息一下，我相信我的怀里就是最安稳的地方；以前我有幸和你订了婚，你在我怀里休息过。"

陆莘达听了这番话，眼睛转到卡迪纽身上。她已经听到他的声音，这时亲眼看见了他本人，一时忘情，竟撇开一切拘束，伸臂抱住卡迪纽的脖子，脸贴着他的脸说道：

"我的先生，你是我的命根子，尽管厄运还会作梗，我的生命还会受到威胁，你终归是你这个奴隶的真主人。"

堂费南铎和其他在场的人看到这等破天荒的事，大为惊奇。多若泰瞧堂费南铎脸色铁青，伸手按剑，好像是要和卡迪纽拼命的样子；她看出苗头，立即抱住堂费南铎的两膝，一面亲吻，一面紧紧抱住，不让他动。她眼泪始终没停，说道："我唯一的靠山啊，你在这个意想不到的当口上要干什么呀？你自己的妻子在你脚边；你图谋的妻子在她丈夫的怀抱里。你想想吧：你要拆散天配的姻缘，好不好呢？行不行呢？人家排除了一切障碍，证实了自己的忠贞，当着你的面，把自己甘露似的眼泪润湿了自己丈夫的脸颊和胸膛，你要把她拉来做自己的配偶，合适不合适呢？我求你看上帝和自己的人格分上，不要看见他们俩这样光明坦白的表示就此火冒三丈，倒是该熄火平心，让这一对有情人终成眷属，白头偕老，别再去破人好事，这才见得你的高尚慷慨，大家也就知道你能够以智胜情。"

多若泰说话的时候，卡迪纽虽然抱着陆莘达，一双眼睛却盯在堂费南铎身上，瞧他如有危害自己的行动，决计不顾性命，尽力自卫，并向一切侵害他的人动手。堂费南铎的几个朋友、神父和理发师一直都在场，忠厚的桑丘·潘沙也在；他们这时就上去围住堂费南铎说情。他们说，该顾惜多若泰

爱情的力量总会不经意地显出自己的威力，把深陷其中的男女陶醉。

危机并没有完全解除，危险随时袭来。

的眼泪；他们认为她说的分明都是真情，她的希望完全正当，不能欺骗她。他们叫他想想，彼此在这儿意外相逢，看似偶然，其实绝非偶然，是上天特意安排的。神父又提醒说：陆莘达和卡迪纽只有死别，没有生离，即使挥剑要把他们分开，他们准乐于就死。他说，到了无可奈何的境地，最聪明的办法还是勉力自制，表示心胸宽大，好心好意让他们享受天赐的幸福。神父叫堂费南铎端详一下多若泰的美貌，就知道比得上的都少有，别说更美的了；况且她又是低声下气、一片至诚地爱他。神父特别警戒他，如果以上等人和基督徒自居，就不得不履行诺言。他说，履行诺言，就顺从了上帝，也能得到有识之士的赞许。有识见的人都承认美人的特权；出身卑微的美人，只要品德好，不论地位多么高贵的男人都配得上，男人把她抬举到自己的地位，并不降低自己的身份。一个人受了爱情的摆布，只要没有非礼犯罪，就无可非议。

> 代表基督的神父总是具有一定的感召力，他的每一句话都可谓是"金玉良言"，令人信服。

其他人也说了许多好话。堂费南铎毕竟有高贵的血统和大丈夫的胸怀，渐渐回心转意，承认了这些真情实事；他要抵赖也不行呀。他表示听从金玉良言，俯身抱起多若泰，对她说："我的夫人，起来吧！你是我心上的人，我不该让你跪在我脚边。我始终没向你表白这番意思，也许是上天要我看到你对我的真挚，叫我知道该怎样尊重你，才不亏负你。我求你不要责备我放浪，把你撇在脑后。我当初哄你上手，后来不肯娶你，居心是完全相同的。不信，你只消回脸瞧瞧快乐的陆莘达那双眼睛，就会原谅我的一切过错。她既已如愿以偿，我有了你也称心满意，我祝愿她和她的卡迪纽同享安乐，多福多寿；求上天保佑我和我的多若泰也和他们一样。"

他说完又抱住多若泰，脸偎着脸，把满腔热情强自抑制，不让爱怜和悔恨在眼泪里尽情流露。陆莘达和卡迪纽以及旁观的众人却不像他那样。他们有的因为自己快乐极了，有的因为瞧见别人那么快乐，都感动得涕泪横流，好像一齐遭了大祸。连桑丘·潘沙都哭了。不过据他后来说，他原以为多若泰是米戈米公娜公主，指望着她好大一份赏赐，不料她并非公主；他是为这个缘故才哭的。大家眼中流泪，心上震惊。过了一会儿，卡迪纽和陆莘达跑去跪在堂费南铎面前，感谢他的一番好意。他们说话非常得体，堂费南铎简直无言可对。他扶起两人，热情有礼地拥抱了他们。

　　堂费南铎随后问多若泰怎会远离家乡，跑到这个地方来。多若泰把告诉过卡迪纽的话简洁地讲了一遍。她叙说自己落难的经过，娓娓动听，堂费南铎和他的同伴都但愿她讲得再长些。她讲完，堂费南铎接着讲他在那城里的事。他在陆莘达怀里发现了一张字条，声明她已经和卡迪纽订婚，不能再和堂费南铎结婚。他就想杀掉陆莘达；要不是她父母拦住，他真会干出来。他羞忿交加，随即离开了陆莘达家，决计再等机会报复。第二天他听说陆莘达已经出走，不知下落。后来，过了几个月，风闻陆莘达在一个修道院里，发愿如不能和卡迪纽共同生活，就一辈子不出修道院。他知道了这个情况，就邀集这三位绅士一起到修道院所在的地方。他没去会见陆莘达，怕修道院里知道了自己的行踪，加意防备。他等一天修道院开着大门，就留两人在外望风，自己带一人进修道院去找陆莘达。他看见陆莘达正在廊下和一个修女谈话，趁她猝不及防，把她挟持出门。他们带了她先到一个村里，置备了带着她上路必不可少的东西。他们这些事干来很顺当，因为那所修道院坐落乡间，离城很远。据他说，陆莘达瞧自己落在他手里，就晕死过去；清醒之后，只是淌眼抹泪，唉声叹气，没说过一句话。他们带着沉默和眼泪到了这个店里；在他，这就好比上了天堂，世间一切不幸在这里都结束了。

到什么时候桑丘都不忘怀他"海岛总督"的幻想，而塞万提斯也总会想起他，即使是如此感人的场面也拿他开开玩笑。

"大团圆"不仅仅是中国人的传统，西班牙式的"大团圆"也有几分温馨。

情境赏析

　　桑丘本以为他做海岛总督的愿望可以实现了。正暗自欣喜，而正在这时一群不速之客光临了，客店的一番相遇，最终使两对情人都成了眷属，在众人皆大欢喜之时，只有桑丘伤心不已，因为他做海岛总督的美梦一夜之间化成了泡影。这次客店的偶然相遇使各路人马都汇集在一起，使小说情节得到第二次收拢。

名家点评

　　这位好汉骑士想叫早成陈迹的过去死里回生，就和现在的事物冲撞，可怜他的手脚以至脊背都擦伤了，所以堂吉诃德主义是个笑话。

——（德）海涅

第三十七章

又有一个故事在此收了尾，两对恋人最终都有了完满的结局，这幸福的场面却被堂吉诃德错了过去，而桑丘发现米戈米公娜公主转眼间变成多若泰，自己快到手的海岛总督也没了，别提有多失望了。他尚且如此失望，如果堂吉诃德醒转过来发现了这一秘密又会怎样呢？

米戈米公娜贵公主的故事，以及其他趣事。

桑丘把那些话都听在耳里，心上很懊丧。他眼看着封爵的希望烟消云散，美丽的米戈米公娜公主变了多若泰，巨人变了堂费南铎，而他的主人却只顾睡大觉，对这些事都懵懵懂懂。多若泰拿不稳自己的幸福，只怕是做梦；卡迪纽的心思和她相仿，陆莘达也和他一样。堂费南铎觉得自己已经深入迷途，声名和灵魂险些断送；他感谢上天施恩，从中挽救了自己。总之，客店里所有的人看到这些不可分解的纠结变得有条有理，都很高兴。神父高明地指出此中都有天意，恭喜每个人转了好运。最欣喜的是店主妇，因为卡迪纽和神父答应赔偿堂吉诃德带累她的一切损失和负担。只有桑丘心上懊丧，闷闷不乐，上文已经讲过。他垂头丧气跑到他主人屋里，恰好他主人刚睡醒，他就说："哭丧着脸的先生啊，您只管睡个足吧，不用费心去杀什么巨人或者为公主恢复什么王国，这些事都已经完成了。"

堂吉诃德说："这话很对，因为我和那巨人恶狠狠地打了一仗，从来也没打得那么凶狠的。我反手一剑，嚓！把他的脑袋斫下地去，血就像水那样，流得满地开河。"

桑丘答道:"您不如说像红酒那样呢。我告您吧,大概您还不知道:杀死巨人就是戳破了一个酒袋;血呢,就是皮袋里六个阿罗巴的红酒;砍下来的脑袋呢,……是生我的婊子,是他妈的活见鬼!"

堂吉诃德说:"你疯了,说的什么话呀?你还有脑子吗?"

桑丘说:"您起来吧,您就会知道自己干了什么好事,咱们还得赔多少钱。你也会看到公主变了一个名叫多若泰的民间女人;还有些别的事情,您知道了究竟,准会奇怪的。"

堂吉诃德说:"这类事我一点儿不奇怪。你可记得,上次咱们在这儿住的时候我不是跟你讲过吗?这里的事全都是魔法支使的。现在旧事重演,有什么稀奇呢。"

桑丘答道:"假如我给人兜在毯子里抛掷也是这一类的事,我就信您的话了;可惜不是啊。我那件事千真万确;我看着这里的店主,扯着毯子,一个劲儿地把我往天上抛,笑得真爽朗,干得也真欢。我尽管是个可怜的傻瓜,我认识里面的人物,就知道绝不是什么着魔,不过是我倒霉,遭了好一场折磨罢了。"

堂吉诃德说:"算了,上帝将来会补偿你。给我把衣服拿来,我好穿了出去;我要看看你说的那些事情和变故呢。"

桑丘伺候他穿衣。这时候,神父正向堂费南铎等人讲堂吉诃德的疯病:他怎么胡想自己受了意中人的冷淡,到荒山里去过活;他们又怎么用计把他骗回来。神父把桑丘讲给他听的事差不多都讲了。大家听了很诧异,也很好笑,他们和一切人一样,都觉得从来没见过他那么古怪的疯子。神父又说,多若泰夫人已经转了好运,原先的计策不便进行了,得另想办法,把堂吉诃德送回家乡去。卡迪纽主张把未了之事干完,多若泰串演的角色可以让给陆莘达。

堂费南铎说:"不,不用这样。我愿意多若泰把她的戏演下去,如果这位老先生的家乡离这儿不远,我乐于出一点儿力帮他治病。"

"至多两天的路程。"

"为了这样的好事,再远我也愿意走。"

这时堂吉诃德跑来了。他全副武装，曼布利诺头盔虽然砸得七凹八凸，也顶在脑瓜上，还挎着盾牌，拄着权当长枪的树枝。堂费南铎等人看见堂吉诃德的古怪模样都很惊奇。他的脸有半哩瓦长，又干又黄，身上是东拼西凑的盔甲，神态却很温和。大家一声不响，听他有什么话。他很严肃地看着美丽的多若泰，说道："美丽的公主啊，我听这位侍从说，你已经从宝座上跌下来，你的身份改掉了，你已经从女王和贵公主变成了平民家的姑娘。假如是您那位精通魔术的父王怕我不能给你适当的帮助，叫你这么变的，那么，我说他是外行，不熟悉游侠骑士的历史。他要是像我一样肯下功夫读书，随处都会读到那些远不如我有名的骑士，完成了更困难的事。个把小小的巨人，随他多么自高自大，杀死他没什么了不起。几个钟头以前，我和一个巨人交手。把他……我不多说，免得人家冤我撒谎；不过到了时候，自然水落石出，我这件事总会在意想不到的时候传播出来的。"

　　店主插嘴道："和你交手的是两只酒袋，不是什么巨人。"

　　堂费南铎立即叫他住嘴，怎么也不准打断堂吉诃德的话。堂吉诃德接着说："被人篡夺了王位的贵公主啊，我干脆说吧：假如你父亲是为我说的那个缘故改变了你的身份，你千万别当真；因为不论处在多么凶险的境地，我的剑总可以杀出一条路来。我凭这把剑，不出几天，就可以把你冤家的头斫在地下，把王冠戴在你头上。"

　　堂吉诃德说完，等候公主回答。公主知道堂费南铎决计要她把这出戏演下去，把堂吉诃德哄回家乡，所以彬彬有礼、一本正经地回答说："英勇的哭丧着脸的骑士啊，谁跟你说我身份变了，他就是胡说八道，因为今天的我依然是昨天的我。我的确交了好运，我的境遇变得称心如意了，可是我的身份并没有变，我的心愿也没有变，还是要仗仗你这位盖世英雄和无双的力士。所以，我的先生啊，请你仍旧尊重我的生身父亲，承认他有先见之明，凭他的学问，找到了这个千稳万妥的方法来挽救我的厄运。我相信我要不是靠了你，一辈子也不会碰上今天的好运。在场各位多半可以证明我这话千真万确。咱们今天已经走不了多远的路，且等明天吧；我指望的好下场，就依靠上帝的慈悲和你的勇敢了。"

聪明的多若泰一番话毕，堂吉诃德听了满面怒色，转向桑丘道："桑丘小子，我这会儿告诉你，你是西班牙最大的浑小子。我问你，你这贼流氓，你刚才不是对我说，这位公主变成了一个名叫多若泰的姑娘吗？不是还说我斫下的那个巨人的脑袋是生你的婊子吗？还一派胡言，弄得我一辈子也没那么样糊涂的。我发誓……——他眼看着天，咬紧牙根——得把你收拾一顿，叫游侠骑士的一切撒谎的侍从有所警戒。"

桑丘答道："我的先生，您别生气。我说米戈米公娜公主变了身份也许是我弄错了。不过我说斫了巨人的脑袋——干脆说吧，戳破了酒袋，流出来的是红酒，不是血，这话一点儿没错。天晓得，戳破的酒袋就在您床头边；红酒把您那间屋子变成湖了。不信，'煎鸡蛋的时候您就知道'——就是说：等这位店主先生叫您赔账的时候，您就知道了。至于女王娘娘的身份没变，我打心坎里高兴；这来人人都有好处，也有我的一份儿。"

堂吉诃德道："我现在告诉你，桑丘，你是个傻瓜；对不起，这一句话就够了。"

堂费南铎说："得了，这话不用再提。公主既然说这会儿天晚了，明日动身，那就照办吧。咱们今晚可以谈一宿话，明天清早，大家跟随堂吉诃德先生上路。他担当了这件大事，准会显出了不得的英雄身手，我们要好好见识一番呢。"

堂吉诃德答道："该我来伺候你，跟随你。我多谢你的美意，也多承你看得起，我愿意舍生忘死，不负你的赏识；假如有比生命更大的牺牲，我也毫无顾惜。"

堂吉诃德和堂费南铎彼此恭维客套了一通。这时店里有客来，打断了他们的话。这旅客穿一件束腰的蓝布短外衣，半长袖，没有领子；裤子是同样的蓝布，便帽也是蓝色；脚上穿一双枣黄色的软皮靴；肩带上挂一把摩尔弯刀。凭他的装束看来，他好像是新从摩尔国家回来的基督徒。一个摩尔装束的女人坐一匹驴紧跟着。她蒙着脸，包着头巾，戴一只锦缎小帽，披一件罩没全身的长外衣。男人身材俊健，四十多年纪，黑黝黝的脸，上唇胡须很长，领下一部美髯。干脆说，他仪表不俗，假如穿上好衣服，一望而知是有身份、有家世的人。他进店要一间客房，听说没有，脸色很懊丧。他跑到摩尔装束的女人身边，把她抱下驴。陆莘达、多若泰、店主妇和女儿，以及玛丽托内斯从没见过摩尔服装，觉得新奇，都跑来围着她。多若泰向来和蔼，又很机灵，她瞧这女人和陪随的男人没有客房很扫兴，就对女的说："我的小姐，你别为这里设备简陋烦心，客店里照例就是这样的。只要你愿意，是不是就在这里和我们——她一面指指陆莘达——一起安置；说不定再往前去还找不到这样好的接待呢。"

蒙面女人一言不答，只从自己座位上站起身，两手交叉胸前，低头深深一鞠躬，表示感谢。他们瞧她默不作声，料想摩尔女人不会说基督教国家的语言。那个俘虏直在忙别的事，这时进屋看见一群女客围着自己的女伴，她听了她们的话只不作声，就对她们说："诸位夫人小姐，这姑娘只会说本国话；我的话她勉强能懂。你们问什么，她不会回答，想必也没有回答。"

陆莘达说："我们没问什么，只请她今晚和我们做伴儿，到我们屋里去歇，她就可以受用店里所有的方便。我们是一片诚心，看到外国人、尤其外国女人有什么需要，都愿意帮忙。"

那俘虏说："我的小姐，我为她也为自己吻你的手。此时此地，你这样一位小姐表示这番美意，真是恩惠不浅，实在可感，我感激得很。"

多若泰道："请问先生，这位小姐是基督徒还是摩尔人呀？我们瞧她这样装束，又不说话，但愿她不是我们猜想的那种人。"

"她的服装和外表是摩尔人，内心却是十足的基督徒，因为这是她最迫切的愿望。"

陆莘达说："那么她还没有受洗礼吧？"

俘虏答道："还没有机会。她要受洗先得学会圣教规定的各种仪节，除非命在旦夕，才能省免。她自从离开祖国阿尔及尔至今，并未有那个危险。可是上帝会保佑她不久按自己的身份举行体面的洗礼；她和我的服装是配不上她那身份的。"

大家听了都想知道摩尔女郎和俘虏的来历。不过当时谁也不愿意问，因为觉得是他们休息的时候，不该探问身世。多若泰挽着摩尔女郎的手，拉她坐在身边，请她揭掉面罩。摩尔女郎瞧着俘虏，好像要他解释人家问的话，并告诉她该怎么办。俘虏用阿拉伯语对她说：她们请她揭掉面罩，她不妨照办。她就把面罩脱下，露出一张极标致的脸。多若泰认为她比陆莘达美，陆莘达认为她比多若泰美；旁人都觉得这摩尔女郎是唯一能和她们俩比美的，甚至有人觉得她比她们俩还长得好些。美人向来享有特权，并且有令人一见倾心的魅力，所以大家马上都赶着向这位摩尔美人殷勤献好。

堂费南铎问俘虏，摩尔姑娘叫什么名字。俘虏说：她叫蕾婳·索赖达。她听见这个回答，知道人家问了基督徒什么话，满面娇嗔，急忙说："不！不索赖达！玛利亚！玛利亚！"她表示自己不叫索赖达，叫玛利亚。

旁人听了她的话，又瞧她那么恳切，不止一人流下泪来，尤其女人，因为她们天生心慈肠热。陆莘达很亲热地抱着她说："对！对！玛利亚！玛利亚！"

摩尔女郎答道："对！对！玛利亚！'马刚歇'索赖达！"——"马刚歇"指"不是"。

这时已经天黑，店主听了堂费南铎同伴的吩咐已经殷勤小心、极尽讨好地准备了晚饭。到时大家挨着一张狭长的餐桌坐下，因为店里没有圆桌，也没有方桌。他们不顾堂吉诃德推让，请他坐了上首第一席。堂吉诃德就叫米戈米公娜公主坐在旁边，因为她是自己保护的人。挨次下去是陆莘达和索赖达；对面是堂费南铎和卡迪纽，然后是俘虏和其他几位绅士；神父和理发师坐在女客的一面。大家高高兴兴吃晚饭。他们瞧堂吉诃德不吃东西大发议论，越加起劲了。堂吉诃德像上次和牧羊人同吃晚饭时那样忽有所感，说道："各位先生，咱们仔细想来，干游侠骑士这一行的人，见识到的实在都是大事和奇事。不然的话，你们说吧，如果有人这会儿从这座堡垒的大门进来，看见咱们现在的情形，谁能想象咱们的身份呢？谁会说我旁边这位小姐就是鼎鼎大名的女王，而我就是大家传说的哭丧着脸的骑士呢？放定这一行是在世间一切行业之上；干起来危险愈大，这行业就愈加可贵。谁说拿笔杆子的行业比拿枪杆子的高，那就请他们滚开去！凭他们是谁，我都要骂他们胡说八道。他们根据的理由，往往是劳心胜于劳力；拿枪杆子只用体力。好像那是粗人的事，只需蛮力气就行。好像我们所谓用武的行业不包括那些苦心划策的防御。好像将士带领军队或防守围城，不是既劳力又劳心的。试问，要识透敌人的用意、打算、诡计和困境，要防止预料到的危险，光靠体力行吗？这都是费心思的事，体力是用不上的。咱们现在瞧瞧吧，文武两行都得劳心，哪一行更辛苦呢？这可先要看各方追求的目标。目标愈高，志向就愈可贵。不过我所谓拿笔杆子的职业，不包括教士的神圣职务；教士的目标是引导灵魂上天堂，这是超出一切的最高目标。我所说的拿笔杆子的行业，宗旨在于办好公平分配，各人给应得的一份，并督促大家遵守公正的法律。这个目标确实伟大，高尚，值得颂扬，可是比了拿枪杆子的目标就不如了。拿枪杆子的目标是和平；这是人类在这个世界上所能企望的最大幸福。世界和人类听到的最早的福音，是在我们见到光明的晚上，天使在天空唱的：'在高天之上，荣耀归于上帝！大地之上，和平归于善意的人！'人间和天上最好的导师教导他的信徒和门徒：无论到什么人家，先打招呼说，'愿你家里和睦平安！'他又屡次向他们说：'我给你们和平；我把和平留给你们；我愿你们和平。'和平就好像他亲手赐予的宝物；没有这件宝物，无论人间天上，都不能有什么幸福。和平是打仗的真正目标，而拿枪杆子的职业就是打仗。打仗的目标是和平就比拿笔杆子的目标高；这一点已经确定无疑了。咱们现在再瞧瞧，文武这两行哪一行更劳累身体。"

堂吉诃德侃侃而谈，说话很得当，听着他的议论，谁也不能说他是疯子。而且在场的多半是绅士，绅士和拿枪杆子的行业分不开，听了这番议论格外入耳。他接着说："我现在谈谈书生的苦处。第一是穷。不是说他们个个都穷，我不过是按最穷的来说。我觉得说他们穷，就把他们的苦况说尽了，因为一切好东西，穷人全没份。他们从各方面尝到穷的滋味，或者挨饿，或者受冻，或者衣衫不周，或者又饿又冻又褴褛。不过他们尽管不能按时吃饭，或者吃的是财主们的残羹冷炙，还不至于没得吃；最不堪的无非他们所谓'吃施食'。他们总可以在街坊的灶边炉旁待着，即使不能取暖，也可以挡挡寒气。他们晚上总可以在屋子里睡觉。他们还从许多细事领略穷的味道。譬如说吧：没替换的衬衫；没第二双鞋；衣服单薄敝旧；一旦有口福，人家请吃饭，就放量吃得撑肠挂肚。这些我就不一一列举了。他们在我形容的这条崎岖小道上行走，这里绊倒，那里摔跤，这里倒下，那里又爬起，终于得到了自己企求的学位。咱们看见许多人历尽艰难困苦，到了这一步，就飞黄腾达了；咱们看见他们坐在安乐椅里辖治世界，他们吃得好，住得暖，穿上鲜衣华服，睡在铺着细布和花缎的床上，再也不挨饿受冻、衣衫破烂、垫着草席子睡觉了。这是他们靠自己的才能，得到了应有的报酬。可是他们受的折磨，比起战士来就差得远了。我现在谈谈战士的苦处。"

第三十八章

堂吉诃德对于文武两行的奇论。

堂吉诃德接着说："咱们刚才谈到书生的穷和种种苦况，现在瞧瞧当兵的是否富裕些。咱们会看到当兵的比穷鬼还穷。他靠着活命的那几文钱军饷，不是迟迟不发，就是永远拖欠。动手抢劫吧，就难免送掉性命并丧尽良心。他简直穿不起衣服，满是绽口裂缝的上衣常时既充礼服，又充衬衫。严冬在荒野露宿，往往只靠嘴里呵气挡寒；而空心饿肚呵出来的气，准和物理相反，等于倒抽的冷气。他困顿了一天，想必盼望天黑，可以在现成的床上休息一下。他的床倒是决不会窄——要是嫌窄，只怪他自己——因为他可以随意量出多宽的地皮，在上面称着心翻来翻去，不愁床单滑落。他过着这种日子，一旦打仗，就是他毕业获得学位的日子了。他头上包扎伤口的纱布就是他的学士帽。枪弹也许打穿了他的太阳穴，也许残废了他一条胳臂或一条腿。假如他没受伤残废，蒙上天慈悲,保全了身躯性命,那么,他大概还像原先一样穷,并且不免还要一次次上阵,一次次打仗。要每次都胜利,才会分到一星半点儿好处;这是千载难逢的奇迹。请问,各位先生,你们留意到吗:打仗立功而受赏的,比打仗阵亡的,人数相差多少?你们一定说,不能比,阵亡的数不胜数,活着拿到报酬的,计算起来不会满三个位数。这就和拿笔杆子的情形相反了。笔杆子都可以靠薪水过活,暗里的油水还不算。可见战士吃的苦头大,报酬却小得多。不过这里也有个说法:酬报二千名文人,比酬报三万个武士来得容易。酬报文人,只要给个本行的职位;至于武士呢,除非他们效忠的主子把自己的私产赏赐他们,就无法酬报。既然无法酬报,就又证明我说的话不错。不过这笔糊涂账是算不清的,咱们不去谈它了。咱们还是再谈谈枪杆子比笔杆子优越吧。这事至今还无定论,因为各执己见。拿笔杆子的,除了以上的理由,还说:枪杆子没有笔杆子就维持不下去,因为战争也有它必须服从的法律,而法律是笔杆子制定的。枪杆子反驳说:法律不靠枪杆子就站不住;因为民主国家的自卫、王国的存在、城市的保障、公路的安全、海上盗寇的肃清,全靠枪杆子。一旦发生战争,暴虐和混乱就跟着来了,无论民主国家、王国、帝国、城市、海道、陆路,不靠枪杆子都要遭灾受祸;战争不停,横行霸道就是势所必然,灾难也就没完没了。按照颠扑不破的道理,代价愈高,换来的东西就愈宝贵。拿笔杆子的要出人头地,得赔工夫、熬夜、挨饿、衣衫不周、头昏、肚子胀,还有连带的许多苦处,刚才已经说过一些。可是,如要按规矩成为好战士,书生吃的苦他都得吃,而且苦上千万倍,因为一举足都是性命交关的。书生忧贫叹苦,哪里可以和战士的遭受相比呢?战士在堡垒上站岗,如果知道敌人正朝他那里挖掘地道、埋设地雷,他怎么也不能擅离岗位,也不能躲开一触即发的爆炸;他只能把情形报告长官,让长官想办法也挖地道来对抗,自己还得守在那里,战战兢兢等着随时轰然一声、不用翅膀就飞上云霄,然后又掉到地底下去。这种危险也许不算什么。且设想汪洋大海上,两只兵船头对头拼死战斗的情况吧。还有比这个危险的吗?当时两只船难分难解,战士只能用船头二尺宽的撞角作立足之地。他眼看面前不到一支长枪的距离，敌人的大炮正瞄着自己；一尊尊大炮就是一个个催命使者。他一不留神，就会掉入海波深处。可是他毫无畏惧，一心要立功争光，冲着炮火，狠命要跳过两船中间的距离，踏上敌船去。他一倒下，就要到天地末日才起得来。可是一个倒了，另一个立即填上他的空子。大海像冤家似的又在等着这一个；这个一跌到海里，后面一个接着一个冲向前去就死，没片刻停留。这是战争紧张时出现的最英勇无畏的精神，是最可歌可泣的景象。古代还没有魔鬼的枪炮行凶逞暴，那真是幸福啊！谁首先制造这种魔鬼传授的武器，我相信他准在地狱受罪。自从有了枪炮，卑鄙的懦夫就能杀死勇敢的好汉。值得万世留名的勇士，也许正英气勃勃，施展豪杰身手呢，一颗流弹飞来，马上结果了他的性命，断送了他的雄心壮志；而那个放枪的家伙却可能是看见那种倒霉的枪里发出火光就吓得逃跑的。我这么一考虑，不禁要说：我在如今这个可恨的时代充当游侠骑士，心里实在懊恼。尽管什么危险都吓不倒我，可是现在有了火药和铅弹，我就没机会靠体力和剑锋在世界上扬名了；我想到这点，心上很不安。不过一切听天吧。如果我能遂心如愿，那么，我比古代的游侠骑士多担受几分风险，也就多得人家几分尊敬。"

堂吉诃德在大家吃晚饭的时候发了这通高论。桑丘·潘沙几次叫他吃，说饭后尽有工夫畅谈，堂吉诃德却把晚饭忘了，一口都没吃。在场的人瞧他对各种问题都识见高明、思路清楚，可是一讲到那倒霉的骑士道就荒唐无稽，不由得又对他添了几分怜悯之心。神父说堂吉诃德方才那套赞扬武士的议论很有道理，他本人虽然是文士，又是大学毕业生，所见也完全相同。

饭毕撤了杯盘，店主妇母女和玛丽托内斯就去布置堂吉诃德住的那间顶楼；大家决定当夜单让女客在那里休息。堂费南铎趁这时候请俘虏讲讲自己的经历，因为照他和索赖达跑进客店来的光景，料想那段经历一定娓娓动听。俘虏十分愿意，只说怕讲不好，使听者失望，但是不敢违命，还是讲吧。神父等人谢了他的美意，又敦促他讲。俘虏瞧那么许多人求他，就说不用求，只消吩咐就行。

"各位请听。我讲的是实在的经历。我这段真事，也许比往常精心编造的故事还妙。"

大家就坐安定了洗耳恭听。俘虏瞧大家静悄悄地等他开口，就用平和悦耳的声调讲了下面的事。

第三十九章

俘虏叙述他的身世和种种经历。

  "我家是雷翁山区一个村里的世家。老天待我家不薄，命运却很无情。不过那个村子穷，连我父亲都有富翁之号。他如果把挥霍家产的精力用来经营家产，确实可以做富翁。他那种散漫使钱的习气是早年当兵养成的，因为这一行是个花钱的训练所，吝啬的人能学成慷慨，慷慨的人能学成浪费；军队里，吝啬的士兵是个稀罕的怪物。我父亲花钱的手笔不止慷慨，已经够得上浪费了；这对于结了婚、有孩子继承的人是有害无利的。我父亲有三个孩子，都是男的，都到了能就业的年龄。据我父亲说，他瞧自己积习难改，就想铲除病根，就是说，分散自己的财产；因为没有财产，随你豪爽得像亚历山大，也会变得抠门儿的。所以他有一天把我们三个叫到一间屋里，大致说了以下一番话：'儿子啊，你们是我的亲骨血；这一句话就道出我对你们的热爱。可是我若不好好为你们保管财产，就显得我不关心你们的痛痒。我想了好多天，经过深思熟虑，要为你们办一件事。你们就知道我确是爱护你们的亲爸爸，并不像毁掉你们的后爹。你们已经到了就业的年龄，至少也该挑选一门将来名利双收的职业。我把家产分做四份；你们各得一份，我留一份养老。不过我要你们拿到了这份财产，就照我指出的道路各走各的。咱们西班牙有句老话："或教堂，或海洋，或伺候君王。"；我觉得这话很对。老话都是多年经历的精华，句句真实。我引的这句话，注解起来就是说，求富贵有三条路：一是进教会；二是出海经商；三是进宫伺候国王。常言道："帝王家的粒屑，胜似公侯家的赏赐。"我说这番话因为有个愿望,要你们三人各走一条路,一个读书,一个经商,一个为国王打仗;进王宫去伺候他是不容易的。打仗挣钱不多,得到的名望却往往很高。我不出八天,就把你们应得的财产用现金交付,不短一文钱,你们瞧我办事就知道。现在你们说说:我的主意你们采纳不采纳。'我是老大,他就叫我回答。我最初建议家产不要分,全由他随意花;我们是年轻小伙子,自己会赚钱。后来我表示顺从他的主意,打算当一名战士,为上帝和国王出力。我二弟开始也提了像我一样的建议;后来他选择的是到美洲去经商,把自己那份财产带去做本钱。最小的弟弟我看最聪明,他说愿意进教会,就是说,到萨拉曼咖去进修学业。

"大家商量停当,各人选定了职业,我父亲就一一拥抱我们。他在自己说的那几天里,把答应的事全办妥。我们有个叔叔不愿意祖宗基业落在外姓人手里,用现金买下我们三人的产业。我们各得一份现金,我记得是三千元银杜加。当天我们三人就辞别了我们的慈父。我觉得让父亲靠那几个钱养老于心不忍,就让他从我的三千杜加里扣下二千,因为余钱足够我当兵的费用了。我两个弟弟看了我的榜样,也各给他一千杜加。我父亲就有四千元银杜加,他自己的一份产业没卖掉,大约也值三千杜加。长话短说,我们向他和那个叔叔辞别,大家都伤心落泪。他们叮嘱我们得便务必把不论好歹的景况一一告诉他们。我们一口答应。他们拥抱了我们,又为我们祝福。我们三人一个到萨拉曼咖去;一个到塞维利亚去;我听说有热那亚的船从阿利冈德运羊毛回热那亚,我就到阿利冈德去。

"我离家已经二十二年,虽然写过几封家信,却从没有得到我父亲和两个弟弟一点儿消息。我且讲讲自己这几年的经历吧。我在阿利冈德上船,一路顺利,到了热那亚;从热那亚又到米兰,置备了武器和几件漂亮军装。我打算到庇亚蒙德去投军,可是我前往亚历山大·台·拉·巴利亚的路上,听说阿尔巴大公爵正要到弗兰德斯去。我就变计投奔了他,在他麾下打仗。艾格蒙伯爵和霍尔诺斯伯爵处死的时候,我恰在场。我升职做了瓦达拉哈拉一位著名上尉狄艾果·台·乌比那的旗手。我在弗兰德斯过了一程,听到消息说，那遗爱在民的教皇庇护五世与威尼斯和西班牙联盟去抵御公敌土耳其。当时土耳其海军刚占领了威尼斯管下的名岛塞浦路斯，这是个大损失，十分可惜。

"据确讯，堂胡安·台·奥地利大人——咱们圣明的堂斐利普国王的异母弟——要做联军总司令。盛传他正在大规模备战。我听了那些消息雄心勃勃，急要参与筹备中的这场战役。当时上级已经向我透露，也可说是切实许诺，说一有机会就升我做上尉。我却宁愿放弃这个前程，到了意大利。恰巧堂胡安·台·奥地利大人到了热那亚，准备转往拿坡黎斯去会合威尼斯的舰队，他后来是在梅西那会合的。干脆说吧，我参与了那场辉煌的大战。我那时候已经升做步兵上尉。我并没有功劳，实在是靠运气升了这个体面的职位。世界各国一向相信土耳其人海上无敌。打破这个迷信的那天，就是说，土耳其帝国威风扫地的那天，真是基督教世界的好日子。不知多少基督徒在那天交了好运，为国捐躯的人运气更好，只有我一人倒足了霉。我本来梦想我能像罗马帝国时代的人戴上海战胜利者的桂冠，谁知道那天傍晚我只落得两脚带镣，双手加铐。我且讲讲那是怎么回事。阿尔及尔王艾尔·乌恰利是个有胆量又走好运的海盗。他打胜了马尔塔的旗舰，舰上的战士除了三个重伤的，全都打死了。胡安·安德瑞亚指挥的旗舰忙赶去援救；我带着自己的部下就在这只旗舰上。我做了当时该做的事，跳上敌舰。不料敌舰突然退却，我部下的兵来不及跟上，我就单身陷敌。他们人多，我独力难当，结果浑身受伤被俘。各位大概知道，艾尔·乌恰利带领全部舰队逃跑了，我就成了他的俘虏。那天土耳其舰队里划桨的一万五千名基督徒，都恢复了渴望的自由，欣喜欢乐；我却成了俘虏，独自愁苦。

"我被他们带到君士坦丁。我主人显示自己勇敢，曾夺得马尔塔武士团的旗帜；土耳其大皇帝塞林认为他打仗尽责，封他做了海军统帅。第二年是七二年，我在拿瓦利诺，在一只悬着三盏灯的旗舰上划桨。我看到咱们在那里错过了机会，没把港口停泊的土耳其舰队全部俘获。他们船上的海陆军战士个个拿定我们要进港袭击，都收拾好衣服和'巴杀马给'（土耳其话就是鞋）准备趁早上岸逃跑；他们对我们的舰队怕透了。上天却另有安排。这不是咱们海军统帅的错失，却是上帝有意要留着这些土耳其凶手，经常来惩罚我们基督徒的罪过。艾尔·乌恰利退到拿瓦利诺旁边的摩东岛，叫全军登陆，坚守港口，悄悄等堂胡安大人回国。他大人回国的路上，拿坡黎斯的'母狼'号旗舰俘获了敌方的'俘获'号战船。'母狼'的将领就是号称军士之父的战地霹雳、常胜福将、圣十字侯爵堂阿尔瓦洛·台·巴桑。这件事我得讲讲。'俘获'号的船长是著名海盗巴巴洛哈的儿子。他凶暴无比，对俘虏没那么样的残忍。因此划桨的俘虏一看见'母狼'号旗舰追上来，立即一致放下桨，把船尾指挥台上喝令俘虏们加劲的船长一把抓住，从船尾挨座向船头传送，一面咬他的肉。他没传过桅杆多远，灵魂就进了地狱。刚才说过他待俘虏残忍透顶，所以他们恨得咬肉。我们回到君士坦丁的又一年，那是七三年，听说堂胡安大人攻克突尼斯，从土耳其人手里夺下这个国家，交给缪雷·阿默德辖领。从此世界上最残暴勇敢的摩尔人阿米达没希望再回去统治了。土耳其大皇帝丧失了这个属国很不乐意。他那族的人都很机灵，碰上威尼斯人求和的心比他更切，双方就讲和了。下一年七四年，他就去攻打果雷塔以及堂胡安大人在突尼斯附近才建成一半的堡垒。我始终在军舰上划桨，毫无自由的希望，至少不想花钱赎身，因为我打定主意，决不写信把自己的不幸告诉父亲。

"果雷塔到底失守了，堡垒也失守了。攻打这两处的土耳其正规军有七万五千人，从非洲各地来的摩尔人和阿拉伯人有四十多万。兵这么多，还带着大量的火药武器和大群的冲锋队，他们每人一撮土，就把果雷塔和那个堡垒埋没了。向来以为是攻打不破的果雷塔先失守。这不能怪守城的战士，他们是尽责尽力的。原来那边沙漠地上筑战壕非常容易，这是我们后来有了经验才知道的。一般掘地两拃深就见水，那里掘到两瓦拉深都没水。所以他们可以用沙袋把壕壁筑得比我们的城墙还高。他们居高临下的扫射，谁也受不住，谁都无法抵抗。

"大家认为咱们的兵不该关在果雷塔城里困守，敌人登陆就该出郊迎战。这都是不切实的空话，不是经验之谈。守果雷塔和那个堡垒的战士加起来还不满七千；敌军压城，那几千人尽管骁勇，哪能又出城野战，又据城坚守呢？外无救兵，包围的敌军众多，攻势猛烈，而且孤立在敌人境内，一个城堡怎能不失陷呢？不过许多人对这件事有个看法，我也所见略同。他们认为果雷塔的失陷正是天佑西班牙。这座城堡是个祸根，它好比饕餮的妖魔，好比海绵，好比蠹虫，吞吸和消耗了无穷无尽的金钱，唯一的用处，无非纪念盖世英雄卡洛五世征服了这个地方；好像他要万古留名，还得靠那几块石头！那座堡垒也失陷了，不过是土耳其人一寸一寸赢得的。守卫的战士浴血苦战，敌人大举进攻二十二次，二万五千人阵亡。堡垒里留下性命的三百名战士，没一个不是受了伤才被俘的。这就证明他们的坚强勇敢，守卫尽责。在那个咸水湖中央有个小小的炮台，或所谓碉堡，驻守的将官堂胡安·台·萨诺盖拉是威尼斯的绅士，也是有名的战士。这座碉堡是讲定了条件才投降的。驻守果雷塔的将官堂彼德罗·普艾多卡瑞洛力尽被俘，押送到君士坦丁去，半路上气愤而死。敌人还俘虏了堡垒的将官加布利欧·塞维利翁；这人是米兰的绅士，是个了不起的机械师，也是非常勇敢的战士。这两个据点上死掉好些有名人物，巴冈·台·奥利亚就是一个。他是圣胡安武士团的武士，和有名的胡安·安德瑞亚·台·奥利亚是亲兄弟。这人性情豪爽，从他对自己兄弟的慷慨就可见一斑。他死得尤其惨，是死在自己信任的几个阿拉伯人手里的。他瞧堡垒失守，听了他们的主意，化装成摩尔人，由他们带领到塔巴卡；那是热那亚采珊瑚的渔人设在海边的碉堡或驻屯所。那几个阿拉伯人砍了他的脑袋去献给土耳其舰队总司令。据说这位总司令因为没献上活人，下令把他们都绞死；这就应了咱们西班牙人的老话：'背叛尽管可喜，叛徒毕竟可恶。'"

"在堡垒里被俘的基督徒里，有一个叫作堂彼德罗·台·阿基拉。他是安达路西亚不知哪个地方的人。他是堡垒的旗手，是有名的战士；人很聪明，擅长作诗。我提起这人是因为他恰巧也到了我划桨的船上，和我同坐，同属一个主人。我们离开那个港口的时候，他做了两首十四行的哀歌，一首是为果雷塔，一首为那座堡垒。我真该背给你们听听；我背得出，并且相信你们听了一定喜欢，不会讨厌。"

俘虏一提到堂彼德罗·台·阿基拉的名字，堂费南铎就对他几个同伴瞧了一眼，三人都微笑。这时说到十四行诗，堂费南铎的一个同伴说：

"且慢着讲下去。我请问您，刚才讲的那个堂彼德罗·台·阿基拉后来下落如何。"

俘虏说："据我知道，他在君士坦丁待了两年，扮成阿尔巴尼亚人，跟一个希腊间谍逃走了，不知他脱身没有；不过我相信他准恢复了自由，因为一年后我在君士坦丁碰见了那个希腊人，只是没能够问他那次逃跑的结果。"

那个绅士说："他是自由了。这个堂彼德罗和我是亲兄弟，现在就住我们村上。他身体好也有钱，结了婚已经有三个孩子了。"

俘虏说："感谢上帝给他这样的恩典，照我看，重获自由是天下最快意的事。"

那绅士说："我兄弟作的那两首十四行诗，我也记得。"

俘虏说："那么您背给我们听吧，您一定背得比我熟。"

绅士说："好，他凭吊果雷塔的一首是这么说的。"

第四十章

受苦受难的人总是会有许多悲惨的故事,它绵长悠远给你一种无穷无尽之感,不知苦难何时是了何处是终。俘虏便是这众多故事中的一个,他的不幸现在虽已解除,但他的故事还是让人不寒而栗,却又欲罢不能。

俘虏叙述身世。

十四行诗

脱离了凡躯浊骨的灵魂,
你们为国家效死尽忠,
由尘俗的下界上升天宫,
有求能遂,这是何等幸运!

你们燃炽着满腔热忱和义愤,
英勇苦战直到精耗力穷,
把海水和沙岸染成一片殷红,
流尽自己的鲜血斫杀敌人。

你们生命已绝,勇气未消,
一息将尽时,力竭的双手,
从失败中终于取得胜利。

你们在枪炮前不幸跌倒,

　　　　　可是在人间从此名垂不朽，
　　　　　天上的荣耀更是光芒无际。

俘虏说:"我记得那首诗正是这样的。"
绅士说:"要是我记得不错，他凭吊那座堡垒的一首诗是这么说的:

十四行诗

　　凄凉满目、不见人烟的战场
　　还遗留着堡垒的废墟残基，
　　三千士卒的英魂曾从此地
　　抛却恶浊的尘世飞升天堂。

　　他们施展两臂的千钧力量，
　　寡不敌众又后无救济，
　　身疲力竭，个个遍体疮痍，
　　终于在敌人的剑锋下死亡。

　　这一片土上的累累遗踪
　　感触古往今来的有心人，
　　使他们凭吊怀想，涕泪涟洏。

　　但在这个坚固的堡垒中
　　升天的是最无私的忠魂，
　　倒地的是最勇敢的健儿。"

　　大家觉得两首诗都不错。俘虏听他们讲了他伙伴的消息很高兴，他接着讲自己的事:果雷塔和堡垒失陷后，土耳其人下令拆毁果雷塔的围墙，那座堡垒早已是一片白地，无可拆除的了。他们干脆省事，埋上三处地雷把墙炸掉。可是看来最不坚固的老墙却没炸塌，而小修士所筑的新墙未塌的部分却一轰就倒了。后来土耳其海军舰队得胜回到君士坦丁，几个月以后，我的主人艾尔·乌恰利死了。他绰号乌恰利·法塔克斯，土耳其话就是"生癞疥的叛教徒",因为他就是这么个人。土耳其人惯把一个人的毛病或特征作为名字。缘故是他们只有奥土曼皇室繁衍出来的四个族姓;其他人就像我刚才说的,或从身体的毛病或从品性的特征来命名。这癞子原是土耳其大皇帝的奴隶,在军舰上划了十四年桨,他满三十四周岁那年,划桨吃了土耳其人的一下耳光,赌气企图报复才叛教的。土耳其大皇帝的宠幸多半靠卑鄙的途径爬上高位,他却不然;他勇猛无比,因此做了阿尔及尔国王,后来又做了海上的统帅,这在土耳其帝国就是第三把交椅了。他是加勒比亚人,很有道义,待俘虏非常宽厚。他共有三千名俘虏,死后照遗嘱一半归土耳其大皇帝(因为大皇帝承袭国内一切死人的遗产,和死者的儿子平分);另一半分给隶属于他的叛教徒。我落在一个威尼斯叛教徒手里。这人原是海船上当小厮的,给乌恰利俘虏后大受宠幸,成了主人最心爱的侍僮。他是叛教徒里最残酷的。他名叫阿桑·阿嘎,后来发了大财,做了阿尔及尔国王。我跟着他从君士坦丁到了阿尔及尔,觉得离西班牙不远了,有点高兴。我并不想写信把自己遭难的事告诉家人,只是指望到了阿尔及尔,运气会比在君士坦丁时好些。我在君士坦丁想尽方法要逃走,一次都没成功。我打算在阿尔及尔另找办法,了我心愿。我一直在希望重获自由,一个办法不行,我并不心死,马上又有新的图谋,虽然也很渺茫,总可以鼓励自己。我就这样过日子。我关在土耳其人称为俘虏营的监狱或营房里,被俘的基督徒都关在那里,有属于国王的,有属于私人的,还有一种工务局的奴隶是属于公家的,专为城市的公共事业和其他工程服役。这种奴隶很难恢复自由,因为属于公家,没有单独的主人,有了赎金也无从赎身。我曾说过,城里人常把私有的俘虏安顿在俘虏营里,尤其是那些等钱赎身的,因为在等待期间可以让他们闲散着,却又逃跑不了。国王的俘虏,凡是等钱赎身的也不跟其他奴隶一起出去做苦工,除非赎金迟迟不来,要逼他们写信火急催钱,才叫他们做工,跟着别的奴隶去斫木材;这个活儿是相当重的。

我算是等钱赎身的俘虏,因为他们知道我是上尉。我声明自己穷困,也没有家产,可是他们满不理会,还是把我归在待赎的绅士一起。他们给我套上一条锁链;这不过为了标出我是这种俘虏,要防我逃跑却没多大用处。我就在那个俘虏营里过日子,一起还有好几个挑出来算是待赎的绅士和贵人。我们经常挨饿,衣衫也不周全,最苦的是时常耳闻目见我们主人对基督徒的虐待。这种虐待实在是从未见闻过的。他每天为了不足道的小事,或者竟平白无故,把自己的俘虏有的绞杀,有的扦在尖刀上,有的割掉耳朵。土耳其人认为他以残杀为业,是天生的杀星。他只宽待一个名叫台·萨阿维德拉的西班牙战士,这位战士干了许多俘虏中历久难忘的事,都是企图恢复自由的。我们都觉得他为了其中最小的事,也难免活活扦在尖刀上;他本人也屡次怕要受这个刑罚。可是我那位主人从没有打过他,也不叫人打他,也不骂他。可惜这会儿没工夫,不然,我可以讲讲他的那些作为,一定远比我自己的经历动听而且惊人。

挨着我们的监狱有一所房子,一排窗户正好俯临我们的院子,房主是有地位的摩尔富翁。这种摩尔人的窗,其实只是墙洞,上面还遮着又厚又密的百叶窗帘。有一天,我和三个同伴在监狱的阳台上消遣,练习戴着锁链跳。当时只有我们四人,别的基督徒都出去做工了。我偶然抬头,看见所说的那排窗子的一个窗口挑出一支竹竿,一头系着一块布。这支竹竿不住的挥动,好像示意叫我们去接。这引起了我们注意。我们中间一个人就跑到竹竿底下,瞧它是否掉下来还是怎么样。可是他一到那里,竹竿就往上一翘,来回摇摆,好像是摇头拒绝。这基督徒回到阳台上,竹竿又低下来像原先那样挥动。我另一个伙伴也跑到竹竿底下,遭遇和第一个相同。后来第三个又跑去,遭遇也和第一、第二个一样。我看了忍不住也要去碰碰运气;我刚去站在竹竿底下,那支竹竿就一脱手掉入俘虏营,落在我脚边。我忙去解那块布,原来挽成个疙瘩,里面有十个西亚尼。这是成色不高的摩尔金币,每一枚合咱们十个瑞尔。我得了这笔意外之财,快活自不必说。我非常诧异,不懂怎会有这般好运落到俘虏们头上,尤其是我头上,因为那支竹竿显然是等我去了才松手的,可见是给我的好处。我拿了这笔来得正好的钱,折断竹竿,回到阳台上去望那个窗口,只见里面伸出一只雪白的手,摊开指掌,随即握成拳头。我们看了猜想这笔钱准是这家女眷给的，就对着窗子，把双手交叉胸前，低头躬身行了个摩尔式的敬礼表示感谢。过一会儿，这窗口又挑出一个竹竿做的小十字架，一挑出来马上又收进去了。我们凭这点表记，料想这家准有被俘的女基督徒；是她对我们行了好事。可是那只手很白，我们看见腕上还戴着几个镯子，因此又觉得也许猜得不对。不过我们想她大概是个叛教徒，主人往往喜欢娶这种女奴做正式妻子，因为摩尔人把她们看得比本国女人稀罕。我们这些胡猜乱测都不符实情。此后我们唯一的消遣就是望着那个窗口，好比天上的星辰都围着北极转，窗里出现的竹竿就是我们的北极星。可是过了十五天没见竹竿，没见那只手，也没见任何别的信号。我们那几天千方百计打听那宅房子住些什么人，里面有没有女叛教徒。人家只说那里住的是个很有地位的摩尔富翁，名叫阿吉·莫拉陀，曾任巴塔总督要职。我们绝不指望窗口再会撒下钱来，可是出乎意外，竹竿又出现了，上面还是系着一块布，挽成的疙瘩比前番的还大。当时正像上次一样，俘虏营里只有我们几人。我们照旧试探一番，我的三个同伴先一个个跑去，可是那支竹竿非我去不掉下来；我一到那里，竹竿就脱手落地。我解开结子，发现里面有四十元西班牙的金艾斯古多，还有一张字条，写的是阿拉伯文，末尾画着个大十字。我吻吻十字，拿了钱，回到阳台上。我们大家又行了一个摩尔式的敬礼；那只手又出现了一下；我做手势表示我一定恭读那张字条，窗子随后就关上了。这事弄得我们又着急，又快活。我们谁也不懂阿拉伯文，不知纸条上写些什么，都心痒难熬。可是要找个人来读更是难事。后来我决计把事情交托一个叛教徒。他是穆尔西亚人，和我很要好；他有把柄拿在我手里，不得不为我保守秘密。原来有些叛教徒存心要回到基督教国家去，身边往往带着有地位的俘虏为他们出的证书。证书不拘方式，只要证明某某叛教徒是好人，对基督徒常有照顾，并且立志一有机会就逃回本国。弄这种证书有的是出于诚心，有的是为应急或取巧的。他们到基督教国家去抢劫的时候，如果偶尔失散或被俘，就拿出证书为凭，说自己跟土耳其人来抢劫，是为了要回基督教国家居住。他们就免得吃眼前亏，可以丝毫无损地重入教会的怀抱；以后如有机会，还可以再回蛮邦做叛徒。有些叛教徒却是诚心弄了这种证书正当使用；他们回到基督教国家就居住下来。我这位朋友是这一类的，我的伙伴们都给他写过证书，上面一片赞扬，假如这些证书给摩尔人发现，准把他活活烧死。我知道他精通阿拉伯文，能说还能写。不过我没有和盘托出，只说偶尔在自己牢房的一个洞里发现了这张纸，请他读给我听。他展开细看，喃喃地辨认字迹。我问他是否看得懂，他说完全懂，如要逐字照翻，请把墨水和笔给他，就可以翻得更加精确。我们马上照办，他就逐句翻译，译完了说：「我这篇西班牙文，全是从摩尔文翻译的，没漏掉一个字。请注意，这里的'蕾妞·玛利安'就是我们的童贞圣母玛利亚。」

我们读到了下面的译文：

"我小时候，我爸爸有个女奴；她教我用本国语言做基督教的祈祷，还告诉我许多关于蕾妞·玛利安的事。这个基督徒已经死了。我知道她没有入地狱，却是和阿拉在一起。因为我后来见过她两次；她嘱咐我到基督教国家去找蕾妞·玛利安，蕾妞·玛利安很爱我。我不知道有什么办法到那边去。我从这窗口看到过许多基督徒，觉得只有你是绅士。我是个相貌很美的小姑娘，还有很多钱可以带走。你瞧瞧有什么办法咱们一起逃跑。到了那边，你如果愿意，可以做我的丈夫；如果不愿意，我也满不在乎，因为蕾妞·玛利安会给我找到丈夫。这个字条是我自己写的，你拿给别人看得小心，别相信什么摩尔人，他们都靠不住。我为此很担心，希望你对谁也别说，因为我父亲知道了马上会把我扔在井里，再投下石子来埋了我。下次我在竹竿上拴一条线，你可以把回信系在线上；如果没人替你用阿拉伯文写信，你可以做手势回答我，蕾妞·玛利安会叫我了解你。祝愿她和阿拉保佑你，我听了女奴的嘱咐常常亲吻的十字架也保佑你。"

各位请想想，我们读了字条上的话当然又惊又喜，脸上全流露出来。那叛教徒一看就知道字条并非偶然拣来，实在是写给我们中间某一个人的。他央求我们，如果他的猜想不错，请我们信任他，把事情都告诉他，他愿意为我们的自由舍命。他一面从怀里拿出一个金属的十字架，流着眼泪说：他虽然是有罪的坏人，却一片虔诚，信仰这个十字架所象征的上帝；他凭这个上帝发誓，如果我们愿意告诉他什么秘事，他一定为我们效忠保密。

他相信——他简直预知,写这个字条的人会帮他和我们这许多俘虏都重获自由,并帮他实现重皈圣教的大愿;当初都怪他自己无知作孽,背离了圣教,好比剁下的手脚,就此腐烂了。这叛教徒痛哭流涕,自悔自恨。我们瞧他那样,就一致同意,把详细情况全告诉他。我们把挑出竹竿的小窗指给他看;他认明那宅房子,决计特地去仔细打听谁住在那里。我们还记起该写个回信给摩尔姑娘。我们现成有这位叛教徒能写摩尔文,当场就由我口授写了回信。我可以一字一句背给你们听,因为这件事的重要关节,我都历历在心,一辈子不会忘记的。我回信说:"我的小姐,愿真主阿拉保佑你,圣母玛利安也保佑你。她因为很爱你,才叫你立志到基督教国家去。你该向她祈祷,求她教你怎样完成她嘱咐的事;她大慈大悲,一定会教你。我和我一起的基督徒都愿意尽力至死为你效力。你想干什么,务必写信告诉我们,我一定回信。伟大的阿拉给我们找到一个基督教的俘虏,精通你们的文字,能说能写,你看了这个字条就知道。你就不用害怕,有什么话尽管告诉我们。据你说,到了基督教国家你愿意做我的妻子,这话我凭一个好基督徒的身份和你一言为定。你知道,基督徒不比摩尔人,说到就得做到。愿阿拉和圣母玛利安保佑你,我的小姐。"

我写完把纸叠好,等了两天,俘虏营里照例又是没人的日子,就到阳台上经常散步的地方,瞧有没有竹竿出现,一会儿果然出现了。我虽然看不见人,一见竹竿就把纸片扬扬,表示要她竿上拴线。可是线早已拴在上面,我就把纸片系上。过了一会儿,我们当作北极星瞻仰的竹竿又出现了;竿上系的小布包像和平的白旗。竹竿掉下地,我捡起一看,包里是各色各种金银币,至少值五十艾斯古多。我们增加了五十倍的快乐,拿定有希望恢复自由了。当晚我们那位叛教徒来说:他已经打听明白,那宅房子里住的正是上次说的摩尔首富阿吉·莫拉陀;他有个独生女是全部财产的承继人,城里一致认为她是蛮邦的绝世美人,附近地区好几个总督曾求她为妻,她始终不肯结婚。叛教徒还打听得这家从前有个基督教的女奴,现在已经死了。他说的都和信上一致。

我们随后就和这个叛教徒商量怎么把摩尔姑娘带到基督教国家去。这位姑娘喜欢人家称她玛利亚,她原名是索赖达。我们后来决定暂且等着瞧瞧索赖达下一次通的信息。我们明白,除了她,谁也不能打破重重难关。我们商量停当,叛教徒叫我们别心焦,他拼着送掉性命,也一定叫我们重获自由。接着四天俘虏营里人很多,所以没见竹竿出现。第五天又是那里没人的日子,就看见竹竿上挑出一个鼓鼓的包裹,出产想必丰富。竹竿和包裹对着我落下来,我看见包里又有个字条,还有一百个清一色的金艾斯古多。叛教徒也在,我们到牢房里去叫他念信;信上说:"我的先生,我不知道咱们怎么设法到西班牙去;我问过蕾娅·玛利安,可是她没告诉我。有一个办法是可行的:我以后从窗口送你许多许多金钱,你用来为自己和朋友们赎身;你们中间一人先回基督教国家去买一只船,再回来接其余的人。我爸爸有个花园在巴巴松门外海边上,我就要跟着爸爸和家里的佣人们到那里去过夏;你们可以去找我。你们到了晚上,可以大胆把我带出花园,送上船去。记着,你得做我的丈夫;要不,我求玛利安罚你。假如你不放心让别人去买船,你赎了身自己去;我知道你准回来,你比别人可靠,因为你是绅士,又是基督徒。你得设法认明那个花园。我只要看见你在这里散步,就知道俘虏营里没人,就送许多钱给你。阿拉保佑你,我的先生。"

这是第二个字条上的话。大家看了都愿意做先赎身的一个,答应去了一定回来。我也这样自告奋勇。叛教徒一律反对,他说:无论如何不能让一人先脱身,得大伙儿一起走;因为经验证明,一个人恢复了自由,就把做俘虏时许的愿都撇在脑后了。他说,一些有身份的俘虏多次用过这个办法,先让一人赎身,由他带着钱到巴伦西亚或马哼加去配备一只船,回来接那些为他出钱赎身的人;可是走掉了从没一个回来的。因为自己已经脱身,又怕再次被俘,就把一切义务都一笔勾销。这个叛教徒还举了当时那里几个基督教绅士的遭遇来证实自己的话;在那个常出奇事的地方,那件事是最出奇的。他后来说了一个切实可行的办法,就是把准备的赎金给他在阿尔及尔买一只船,借口在德土安和那一带海岸经商;他做了船主,想办法把我们都从俘虏营里救出来送上船是不难的。况且摩尔姑娘不是说要出钱为大伙儿赎身吗?我们恢复了自由,即使白天上船也很容易。他认为当前最大的困难是摩尔人不准叛教徒买船或做船主,只有出海抢劫的大船不在话下。他们怕叛教徒——尤其西班牙的叛教徒买船到基督教国家去。可是他说有办法打破这重难关;他可以和一个塔格利的摩尔人合股买船,做买卖赚了钱两人分。他借这个幌子可以做船主;其余的事就好办了。我和我的伙伴觉得最好还是照摩尔姑娘的话,派人到马唷加去买船。可是我们不敢违拗叛教徒,怕他告发。如果他泄露了索赖达的打算,我们就有送命的危险,而索赖达的生命是我们大家舍了命也要保全的。所以我们决计一切依靠上帝和叛教徒的安排。我当场给索赖达写了回信,说我们完全听从她的主意,说她讲得非常合理,就像是蕾娅·玛利安教她的;事情或从长计议或立刻进行,全凭她做主。我重又声明一定做她的丈夫。信去后第二天,俘虏营里恰又没人,她用竹竿和布包分几次送了我们二千个金艾斯古多,还有一个字条说:下一个'胡玛'——就是星期五——她要到她父亲的花园里去,她走前还要送钱给我们;如果钱还不够,只消通知她,要多少都可以供给,她父亲的钱多得很,少了不会发觉,而且钥匙全都在她手里。我们马上把五百个金艾斯古多交给叛教徒买船。我又把八百个金艾斯古多交给当时在阿尔及尔的一个巴伦西亚商人,托他向国王赎我。他先向国王保证,等巴伦西亚一有船来,立刻交付赎金;这样就把我保出来。假如他马上付钱,保不定国王怀疑我的赎金早已送到阿尔及尔,而商人谋利,隐瞒不说。我这位主人实在挑剔得厉害,我怎么也不敢立即付钱。美丽的索赖达是星期五到那个花园去,她星期四又给了我们一千个金艾斯古多,并通知我们她就要走了,要求我如果已经赎身,赶快去认认她父亲的花园,不管怎样,找机会到那里去看看她。我没多说,只回答遵命,还请她别忘了念诵她女奴教的祷告,祈求蕾娅·玛利安保佑我们。我随后就设法为我的三个伙伴赎身,让他们顺顺当当离开俘虏营;也防他们瞧我赎了身,有钱不赎他们,就给我捣乱,听了魔鬼的调唆陷害索赖达。我凭他们的为人,不必担这个心,可是我防万一出事,所以就用自己赎身的方法也为他们赎了身。我把所有的钱都交给那个商人,让他放心作保。我们防备万一,没把密谋告诉他。

第四十一章

俘虏叙述遭遇。

不出十五天,那个叛教徒已经买到一只好船,能容三十人。他要事情办得地道,渲染得逼真,故意到撒黑尔去做了一趟买卖。那个镇离阿尔及尔三十哩瓦,在奥朗的那一面;镇上无花果干的买卖很兴旺。他和上面说的塔格利人一起在这条路上来往了两三次。蛮邦把阿拉贡的摩尔人称为'塔格利'人;把格拉那达的摩尔人称为'穆德哈'人;费斯王国又把'穆德哈'人称为'艾尔切';费斯国王大半用这种人为他打仗。且说离索赖达居住的花园不到两箭之地有个海湾,叛教徒每次船过那里就抛下锚,故意和划桨的摩尔小伙子待在那里,或做祷告,或把他认真要干的事当作游戏来预演。他曾到索赖达家的花园里去讨果子;她父亲给了他,并不知道他是什么人。据他后来告诉我:他想找索赖达谈谈,说明自己是奉我派遣,打算带她到基督教国家去的,好叫她乐意放心,可是他总没机会。原来摩尔女人除非奉丈夫或父亲之命,不能让任何摩尔男人或土耳其男人看见,可是和基督教的俘虏却可以交谈,甚至可以纵情言笑。假如叛教徒和这位摩尔姑娘谈了话,我倒不免担心;她听到自己的私事在叛教徒嘴里说出来,也许要着急的。不过上帝另有安排,叛教徒空有好意,未得机会。当时,叛教徒从阿尔及尔到撒黑尔那段路上,来往很安全,不论何时何地或什么情况下抛锚,都由得他;和他一起的塔格利人全听他摆布。我呢,已经赎身。只需找几个划桨的基督徒,事情就全妥帖了。叛教徒估计了这个情势,对我说:准备带走的基督徒,除了已经赎身的几个,我得留心再找几个。他决计下星期五动身,叫我预先和他们约好。我听了就去找到十二个西班牙人,都是身强力壮的划手,可以自由出城的。我找到这许多人可不容易,因为有二十条船出海抢掠,把所有的划手都带走了。这十二个划手的主人有一条帆桨两用的海船还没完工,这个夏天不出海抢掠，否则这十二人就没处找去。我没对他们说别的，只嘱咐他们下星期五黄昏时分，一个一个悄悄到阿吉·莫拉陀的花园外面等着我。我是单独对每个人说的，还叮嘱他们如果到了那里看见别的基督徒，只说我叫他们在那儿等我，别的一概不讲。我办完这事，还得办一件更紧要的事：我得通知索赖达事情已经进行到什么地步，让她心中有数，早做准备；如果她没想到基督徒的船来了，我们突然跑去抢她，不免惊吓了她。所以我决计到花园去，瞧是否能和她谈话。我动身之前，有一天假装摘野菜跑到那个花园里。我第一个碰到的就是她父亲。在整个蛮邦、甚至在君士坦丁、俘虏和摩尔人之间通用一种语言，既不是摩尔话，也不是西班牙话，也不是任何别国话，却是各种语言的杂拌儿，大家都听得懂。他用这种语言问我在他的花园里找什么，又问我主人是谁。我确知他有个很要好的朋友名叫阿恼德·玛米，就说自己是阿恼德·玛米的奴隶，要挑些野菜做凉拌生菜。他接着问我是否在等待赎金，我主人要我多少身价。恰在这时候，美丽的索赖达从花园的宅子里出来；她早已看见我了。我上面说过，摩尔女人见了基督徒毫不羞怯，也不回避，所以她满不在乎地跑向我们那儿来；她父亲瞧她走得慢，还喊着叫她过来。

我无法形容我的心上人在我眼里风姿多么娴雅、服饰多么华贵，我只说，她美妙无比的脖子上、耳朵上和头上戴的珍珠，比她的头发还多。她按本国风俗光着脚踝，戴一对嵌满钻石的纯金脚镯或脚环——摩尔人所谓'哈尔哈尔'。她后来告诉我，据她父亲的估计，她那副'哈尔哈尔'值一万朵布拉；她手腕上戴的一对镯子也值那么多。她浑身戴着珍珠，都是最值钱的。原来摩尔女人最富丽的装饰就是大珍珠和细珍珠。所以摩尔人的大小珍珠，比世界其他各国的加在一起还多。大家知道索赖达的父亲收藏的珍珠很多，都是阿尔及尔最上好的；他此外还有二十万西班牙艾斯古多。这份财产全是我这位女主人的。只要瞧她经历了多少风波辛苦还这样美，就可以想象她安居享福时的光景，不消再问她全副盛装多么动人了。大家知道，有些女人的美是有日子、有时期的，随着境遇增减。情感会把她们的美或增加、或减少，而通常是毁掉，这是自然之理。干脆说吧，她当时浑身珠光宝气，容华焕发，至少在我眼里是绝世美人。我想到她给我的恩惠，简直觉得面前是为我降福消灾而下凡的一位天仙。她父亲等她走过来，就用他们的语言告诉她，我是他朋友阿恼德·玛米的奴隶，到花园里来摘生菜的。她就和我交谈，用那种杂拌儿语言问我是否贵族，为什么不赎身。我说已经赎了，凭我的身价，就可见我的主人多么看重我，因为我出了一千五百索尔达尼的赎金。她答道："假如你是在我爸爸手里，再加两倍的身价我也不让他放你，因为你们基督徒老爱撒谎；你们装穷，骗我们摩尔人。"

我说："小姐，这种事也许有，可是我对自己的主人确是老实的；我对谁都老实，而且永远忠诚老实。"

索赖达说："你几时走呢？"

我说："大概明天，因为这里有一只法国船，明天开船，我想搭这只船走。"

索赖达说："法国人不是你们的朋友；等西班牙有船来，搭西班牙船走不更好吗？"

我说："不，明天走稳当，除非确实知道西班牙有船来，我才等呢。我急要回国和亲人团聚，别的机会尽管好，不是现成的，我可等不及。"

索赖达道："不用说，你一定在本国结过婚，所以急着要夫妻团聚。"

我说："我还没结婚，不过已经订婚，到了那边就结婚。"

索赖达说："和你订婚的小姐漂亮吗？"

我说："漂亮极了，我如要据实形容，只消说，她和你很像。"

她父亲听了这话哈哈大笑，说道："我凭上帝发誓，基督徒啊，假如她像我的女儿，她一定美得很。我女儿是全国第一美人；不信，你仔细瞧瞧就知道我这话是千真万确的。"

索赖达的父亲懂的语言比较多，我和索赖达谈话多半靠他翻译。索赖达虽然能说当地通行的杂拌儿话，主要还靠做手势达意。我们正在闲谈，一个摩尔人急急跑来大喊：四个土耳其人跳进围墙，在花园里摘半生不熟的果子。老头儿大吃一惊，索赖达也很害怕。原来摩尔人简直都天生的怕土耳其人，尤其军人。土耳其军人对他们辖治的摩尔人强横霸道，把他们糟践得不如奴隶。索赖达的父亲当时对他女儿说:"孩子,我和那群畜生打交道去,你回屋关上门。你这基督徒呢,摘你的野菜去吧;咱们再见了。阿拉保佑你回国一路顺利。"

我鞠了一个躬;他就撇下我和索赖达去找那些土耳其人。索赖达好像是听从父亲的话要进屋去,可是她父亲刚给花园里的树木遮住,她立刻眼泪汪汪转向我说:

"塔姆七七?基督徒,塔姆七七?——那就是说,你要走了吗?基督徒,你要走了吗?"

我回答说:"小姐,我是要走了,不过无论如何,决不撇下你。下一个'胡玛'你等着我,见了我们不要害怕,咱们是确确实实的要到基督教国家去了。"

我设法把这番话说明白。她就一条胳膊勾着我的脖子,懒洋洋地向住宅走去。偏偏运气不作美,要不是天照应,可就糟了。我们俩正像刚才说的那样挨抱着慢慢走,恰好她父亲赶走了土耳其人回来,看见了我们这副模样;我们也自知落在他眼里了。索赖达很有主意,也很机灵,她不放下勾着我脖子的胳膊,却越加紧挨着我,把脑袋靠在我胸口,两膝微屈,好像要晕倒的样子。我就装得仿佛是不得已只好扶着她。她父亲急急赶来,看见女儿这副模样,忙问怎么了;瞧她不回答,就说:"一定是闯来了那些畜生,把她吓得晕过去了。"

他把女儿从我怀里接过去,抱在胸前。她吐了一口气,眼睛里还带着泪说:"阿梅七,基督徒,阿梅七。——你走,基督徒,你走。"

她父亲听了说:"孩子,不用叫基督徒走,他不碍你。那些土耳其人已经走了。你没什么害怕的,谁也不能害你。我不是跟你讲了吗,那些土耳其人听了我好言劝告,已经从原路出去了。"

我对她父亲说:"先生,你说得不错,是那些家伙把她吓坏了。不过她既然叫我走,我决不惹她厌。再见吧。承蒙你许我到这儿来摘野菜,以后我要野菜还会来,因为据我主人说,这花园里的野菜,做生菜特好,别处的都比不上。"

阿吉·莫拉陀说:"你要什么野菜,尽管再来。我女儿并不是讨厌你或任何基督徒,她是叫土耳其人走,却说了叫你走。也许她认为你这会儿该去摘野菜了。"

我马上辞别了他们俩。她仿佛心碎肠断的样子,跟着她父亲走了。我借口摘野菜,悠闲自在地满园走了一转,留心观察出入的口道,房子的关防,以及一切可乘之隙;然后我回去把经过一一告诉那个叛教徒和我的伙伴们。我眼巴巴地只等有朝一日,可以无忧无虑享受命运给我的幸福,和美丽的索赖达共同生活。一天天过去,居然那个渴望的日子到了。我们经过深思熟虑和仔细讨论,策划了一套办法;我们按计行事,步步顺利,都合我们的愿望。我和索赖达在花园谈话的下星期五傍晚,我们的叛教徒几乎就在绝世美人索赖达所在的花园对面抛锚停泊。

那些划桨的基督徒已有准备,一个个躲在花园周围等着我,摩拳擦掌,打算去袭击在望的船只。原来他们不知道叛教徒的计策,以为要他们动手杀了船上的摩尔人,才获得自由。我和我的几个伙伴一到场,那些躲着的人看见了立即围上来。那时城门已经关闭,郊外不见一人。我们聚在一起,商量还是先去找索赖达呢,还是先去捉住船上那些划桨的摩尔人。正迟疑不决,那叛教徒跑来问我们干吗耽搁;他说这会儿正是时候,他船上的摩尔人毫无防备,多半已经睡了。我们告诉他为什么打不定主意。他说,最要紧的是先把船抢到手,这件事很容易办,并且毫无危险;随后就可以去找索赖达。大家觉得这话不错,不再踌躇,就由他带领上船。他头一个跳上去,拿着摩尔弯刀用摩尔话喊道:"要性命的待着别动!"

这时候,基督徒差不多都上船了。摩尔人胆小,瞧船长这么说,吓得哆哆嗦嗦,一个也没拿起武器。他们没几件武器,简直都赤手空拳。他们不声不响地让基督徒捆住双手。基督徒捆得很快,一面恫吓他们如果嚷出什么声音,马上就把他们杀得一个不留。我们捆完,留半数看守,其余的就跟着叛教徒到阿吉·莫拉陀的花园去。运气真好,我们去开门,门应手而开,好像没关上似的。我们就悄悄地到了住宅外面,谁也没有发觉。

美丽的索赖达正在一个窗口等着我们。她觉得有人,就低声问是否

"尼撒拉尼"；就是说，是否基督徒。我说是的，请她就下来。她听出是我，一刻也没耽搁，话都不说立即下来开了门，和我们见面。她相貌的娇艳，服饰的富丽，简直没法形容。我一见她，忙捧着她的手亲吻。叛教徒和我的两个伙伴也吻了她的手；其他的人不知是怎么回事，都学了我们的样。我们好像是感激她给了我们自由，向她致谢。叛教徒用摩尔话问她父亲是否在花园里。她说是的，正睡觉呢。

叛教徒说："那么得叫醒他，把他带走；这美丽的花园里所有的贵重东西都得带走。"

她说："不行，我父亲是怎么也不许碰的。这宅房子里除了我要带走的东西，就没什么了。我带的着实不少，可以叫你们人人富足。你们等一下，我给你们看。"

她说罢又进屋去，说马上回来，叫我们悄悄儿等着，别出声。我问叛教徒刚才和她怎么讲的。叛教徒把她的话告诉了我。我吩咐他一切听从索赖达的意旨，不得擅作主张。她这时拿着一只小箱子回来，箱子里满满的都是金艾斯古多，她简直拿不动。不幸她父亲这时醒来，听到了花园里的声响。他从窗口探头一看，看见一群人全是基督徒，就一迭连声地狂叫大喊，用阿拉伯话说："基督徒来了！基督徒来了！有贼！有贼！"我们听他这么叫喊，吓得慌了手脚。叛教徒一看情势紧急，得趁旁人没有惊醒赶紧逃跑，就飞也似的上楼找阿吉·莫拉陀，我们另有几人也跟了去。当时索赖达倒在我怀里，好像晕过去了，我不敢丢下她。上楼的那几人办事爽利，一会儿就架着阿吉·莫拉陀下楼。他们已经把他双手捆住，嘴里塞一块布，不让出声，还恐吓他如果叫喊，就要他的命。他女儿见到这个情景，掩目不看他。他还不知道自己女儿落在我们手里是自愿的，直吓得目瞪口呆。当时我们最要紧的是逃走，急忙架了他上船。留在船上的人怕我们出了岔子，直在盼望。

入夜没到两个钟头，我们已经全都上船了。我们给索赖达的父亲解开捆手的绳，拿掉塞嘴的布。叛教徒重又叮嘱他不许出声，否则要他的命。他看见自己的女儿也上了船，就伤心叹气；又瞧她泰然自若，随我紧紧搂着，既不抵拒，也不愁苦，也不羞涩，越发气恼得连声长叹。可是他不忘叛教徒的恫吓，没敢开口。索赖达瞧自己已经上船，我们就要划桨开航，而她父亲还在船上，其他的摩尔人还捆在一旁，就叫叛教徒求我看她面上，放了那些摩尔人，并让她父亲回去；她宁可跳海，不能眼看慈父为她做了俘虏。叛教徒转达了这话，我说很愿意遵命。可是叛教徒说不行，如果放他们回去，他们立刻会唤起沿岸居民，惊动全城，派出快艇来追赶；海陆协力，我们就无路可逃。我们只可以在最先到达的基督教国家释放他们。大家都赞成。索赖达听我们讲了这个办法，和不能依从她的缘故，也觉满意。我们虔诚地祷告上帝保佑，勇敢的划手们欣喜无言，一个个轻快地拿起桨向马唷加岛划去；那是离我们最近的基督教国家。可是起了点北风，海上略有波浪，我们不能走马唷加的航路，只好沿着海岸往奥朗去。我们很担心，因为沿这条海岸离阿尔及尔六十海里就是撒黑尔，我们生怕给那里的居民看见。我们又怕这一带会碰到经常从德土安运货前往阿尔及尔的商船。可是我们大家心目中都有个打算：商船不比巡洋舰，我们如果碰到了，非但不会坏事，还可以俘获一只船；乘了这只船航行，就更加稳当。索赖达一路上把脑袋藏在我的两只手掌里，免得看见她父亲；我听见她直在祈祷蕾娅·玛利安保佑我们。

　　我们大约走了三十海里，天渐渐亮了，发现船离岸只三箭之地。岸上满目荒凉，不会有人看见我们。我们还尽力往海上划，因为风浪已经稍稍平静。我们划了将近两哩瓦，就叫划手轮班歇歇，大家且吃些东西，船上带的很富足。可是划手们认为这会儿不是休息的时候，决不能放下桨，还是让不划桨的人喂给他们吃。这就照办了。当时起了一阵从斜里来的风，我们只好放下桨，扬帆向奥朗去，因为只有这条路可走。我们干事迅速，扯上帆一小时走了八海里还不止；当时别无顾虑，只怕撞到巡洋舰。我们也给摩尔划手们吃了些东西，叛教徒安慰他们说，他们不是俘虏，一有机会就释放他们。他对索赖达的父亲也这么说了，索赖达的父亲答道："基督徒啊，你们出于慷慨正直，许我别的好处，我都会相信，也会指望；可是想要你们放我呀，我没那么傻！你们冒险抢了我来，难道就是要开恩放我吗?何况你们知道我是谁,也知道我的身价。你们要多少赎金,说个数吧。我为自己和这个倒霉的女儿,随你们要多少都答应。或者单放她一人也行;我心眼儿里只有她是宝贝,别的都放得下。"

他一面说,一面痛哭,我们都恻然,索赖达也不得不回脸看他。她看了很感动,就从我脚边起来,过去抱住她父亲,脸偎着脸一起哭得好生悲切,许多在场的都陪着下泪了。可是她父亲瞧她打扮得像欢庆佳节似的,而且浑身珠宝,就用本国话问她:"孩子,昨晚上咱们遭祸之前,我看见你是家常打扮。你现在穿的,是我最富的时候给你做的最讲究的衣服。你什么时候换的呢?我报了你什么喜讯,要你这样盛装庆祝呢?你说呀!我觉得这比咱们当前这场奇祸还来得奇怪啊。"

他这番话是叛教徒解释给我们听的。他女儿一言不发。阿吉·莫拉陀忽又见他女儿平时放首饰的小箱子在一边搁着;他分明记得这只箱子在阿尔及尔城里,并没有带到花园里去,越发莫名其妙,就问他女儿:怎么这只箱子到了我们手里;箱子里装的是什么。叛教徒见问,不等索赖达开口,就回答说:"先生,这许多事你不用费神问你女儿,我一句话就说明白了。我告诉你吧,她是个基督教徒,我们靠她铡断了我们的锁链,解脱了俘虏生活。她在这里是自愿的。我看她对当前的情况非常乐意,好像是从黑暗投入光明,从死亡投入永生,从烦恼投入欢乐。"

那摩尔人问道:"孩子,这话是真的吗?"

索赖达说:"是真的。"

老头儿说:"原来你是基督徒?原来是你把爸爸交给他的仇人了?"

索赖达答道:"说我是基督徒呢,我是的;害你落到这个地步的可不是我。我绝不愿意离开你或损害你,我不过是为自己造福。"

"孩子,你为自己造了什么福啊?"

她答道:"这话,你问蕾娅·玛利安吧,她会回答你,还比我回答得好。"

那摩尔人听了这话,立刻踊身一跳,投进海里去,快得出人意外。亏得他身上的衣服又大又多,一时沉不下去,否则一定淹死了。索赖达大叫救命,我们赶紧抓住他的袍儿拖上来,他已经淹得半死,知觉全无。索赖达心痛得对着他悲悲切切地啼哭，仿佛他已经死了似的。我们把他翻过身，嘴朝下；他吐出大量海水，过两个钟头就苏醒过来。这时风已转向，我们只好向岸航行，而且得用力划桨，才免得撞上岸去。我们幸好开进一个海角环抱的海湾。摩尔人把那个海角称为"加瓦·如米亚角"，用咱们的语言说，就是"基督教娼妇之角"。据摩尔传说，断送西班牙的"加瓦"葬在那里。摩尔话"加瓦"是娼妇；"如米亚"是基督徒。摩尔人向来认为船在这里抛锚不吉利；除非迫不得已，决不在这里停泊。当时海上波涛汹涌，这个地方，在我们就不是娼妇的海湾，却成了我们的救星港。我们派几个人上岸望风，划桨的还是手不停划。大家吃了些叛教徒贮存的干粮，诚诚心心祷告上帝和我们的圣母保佑我们这桩开头很侥幸的事顺利完成。我们听了索赖达的要求，打算把她父亲和捆缚在一边的摩尔人都送上岸去，因为她心软，看不过父亲被绑、本国同胞成了俘虏。我们答应开船前干这件事；那里荒无人烟，放走他们没有危险。我们的祷告蒙上天垂听，有了应验。当时风势好转，海上平静，我们又可以愉快地继续航行。我们就解放那些摩尔划手，把他们一个个送上岸；他们很出乎意外。索赖达的父亲已经完全清醒，他下船的时候说："基督徒，你们可知道这贱丫头为什么一心要放我？出于孝心吗？不是！她是要遂自己的淫心恶念，怕我碍着她。她为什么改信你们的宗教？因为你们的宗教比我们的好吗？不是！她是知道在你们国家，干没廉耻的事比在本国自由。"

我和另一个基督徒这时捉住他两臂，防他有什么疯狂的行动。他又转身对索赖达说："哎，不要脸的丫头！错打了主意的孩子！你瞎了眼睛，迷了心窍！这群猪狗是咱们天生的仇人，你由他们摆布着往哪里去啊？我真是苦命呀！娇生惯养地培育了你真是冤枉呀！"

我瞧他不肯甘休，赶紧把他送上岸。他大声咒骂哭喊，求穆罕默德转求阿拉毁灭我们。船已经扬帆开走；我们渐渐听不见他说话，却还看得见他的动作：他自己揪胡子，挦头发，趴伏在地下。他一度极力嘶号，我们听到了他的话："亲爱的女儿啊，回来吧！回到岸上来，我全原谅你。咱们的钱反正已经落在那些人手里，送给他们就完了；你快回来安慰你伤心的爸爸！你要是扔下他，他就死在这片荒地上了！"

索赖达都听见，句句话都使她伤心落泪。她无言可对，只说：

"我的爸爸，我做基督徒是为了蕾娅·玛利安，但愿阿拉让蕾娅·玛利安来安慰你的痛苦吧。阿拉知道我干的事是不由自主的。我对基督徒行方便是上天注定的，即使我不愿意跟他们走，愿意待在家里，也办不到；亲爱的爸爸，你看来最坏的坏事，我却觉得是最好的好事，一心向往，非做到不可。"

当时她父亲既听不见她这番话，我们也瞧不见她父亲了。我安慰着索赖达，大家专心航行。顺风船走得很快，我们拿稳第二天清早就可到西班牙海岸了。可是一竿子到底的好运是绝无仅有的，好运总穿插着坏运，吉凶总相伴相随。不知是我们运气不好，还是摩尔人对女儿的诅咒应验了，因为父亲的诅咒总是可怕的，不管那父亲是怎样的人。且说，我们在大海上，约摸夜里三点以后，因为是顺风不用划桨，正拴上桨、扯足风帆航行，忽见晶莹的月光下，一艘方帆大船驶近前来，船上张着大大小小的帆，偏着舵，绰着风，在我们前面斜穿过去。两船挨得很近，我们怕相撞，连忙收帆；那边也用力掌舵，放我们过去。有人就到船边上来问我们是什么人，从哪里来，往哪里去。叛教徒听他们说的是法国话，就说："这些人一定是法国海盗；他们见什么抢什么，咱们谁也别回话。"

我们听了这番警告，都一声儿不言语。我们开往前去，那只船就落在我们下风。猛不防那只船上双炮齐发，打的好像都是连锁弹。一个炮弹把我们的桅杆从半中间折为两段；桅杆带着船帆都掉进海里去。另一门炮是同时放的，炮弹正中船心，别的没打坏，只把船身打穿了。我们眼看船要下沉，一齐大声呼救，要那只船收容我们，因为我们快要淹死了。他们就卸了帆，放下船上的小艇，十二个法国人带着火枪和燃着的火绳，下了小艇到我们船边。他们瞧我们人数不多，船又在下沉，就让我们上了小艇，一面说：我们不答话，太无礼，活该落到这个下场。我们的叛教徒趁人不见，把索赖达的钱箱抛入海里。长话短说，我们都上了法国人的船。他们盘问得非常仔细，然后就像死冤家似的把我们的东西抢光。索赖达身上连脚镯都抢了。我瞧索赖达受惊，很为她担心；尤其怕他们抢了她贵重的珠宝不算，还剥夺她身上最贵重、心中最珍惜的宝贝。幸亏那些人要的只是钱。他们贪得无厌，假如我们穿的俘虏衣服值得几文钱，他们也会剥去。他们有人主张把我们用一幅船帆包了扔到海里去。原来他们冒充布列塔尼的商贩，要到几个西班牙港口去做买卖；假如饶了我们性命留在船上，他们抢劫的事就会败露，难逃惩罚。可是我心上人索赖达所有的东西，恰好是船长亲手抢的，他表示对这次俘获心满意足，不想再到任何西班牙港口去了。他准备趁夜里或别的机会过直布罗陀海峡到罗切拉去；他们原是从那儿出发的。当时他们讲明把船上的小艇给我们乘坐；我们还有个短程的航行，所需的东西也归他们供给。第二天西班牙的陆地在望，他们就如言照办了。我们一望见西班牙国土，把所有的愁苦穷困都忘得一干二净，好像没经历过一样；重获失去的自由真是天大的喜事啊！

　　我们登上小艇已经将近中午，他们给了我们两桶水和一些饼干。船长在美人索赖达下船的时候，不知动了什么慈悲，竟给她四十个金艾斯古多，还禁止手下的兵剥掉她身上这套衣服。我们上小艇的时候谢他们种种照顾，表示感恩而不怀恨。他们出海往海峡航行；我们只把眼前的陆地当作归宿。我们拼命划船，到太阳西落，已经离岸很近，估计不到夜深可以靠岸。当夜没有月亮，天色昏暗，我们不知道自己在什么地方，觉得向岸上撞去不妥。可是有许多人却主张把船撞上去；他们说，尽管沿岸尽是礁石，荒无人烟，上了岸就不用提心吊胆了。因为德土安的海盗船常在这一带出没；那些海盗在蛮邦过夜，早起照例到西班牙海岸来抢劫，然后回家睡觉。我们采取折中办法，打算慢慢傍岸，如果海上平静，能够登陆，就找个地方上去。将近半夜，我们到了一座极险恶的高山脚下。这座山并不直伸到海里，山边还有一片平地，上岸很方便。船撞上沙滩，大家跳下船，吻了陆地，含着欢欣的眼泪，感谢上帝的洪恩。我们把粮食全搬下船，把船拖上岸，大家登山，走了好一段路。我们还不放心，不信已经登上基督教国土。

　　我觉得我们是盼了好久才天亮的。我们爬到山顶上，看看有没有村落或牧人的茅屋；极目四望，并不见一个村庄，也不见一个人，也没有山径，也没有大道。我们还是决计往内地走，料想不久总会碰到可以问询的人。我最难受的是瞧索赖达一脚高一脚低的登山越岭。我驮了她一回，她瞧我劳累，尽管自己省了脚步却心里不安，反而愈加觉得吃力，就不肯再让我驮。她很有能耐，和颜悦色和我搀手同走。我们走了不到四分之一哩瓦，听得铃铛声。分明附近有放牧的牛羊。大家留心寻找，只见大软木树下一个年轻牧人正悠闲自在地拿着把刀子削一根木棍。我们大声叫唤；他一抬头，立刻霍地跳起来。据我们后来知道，他第一眼看见了那个叛教徒和索赖达，瞧他们是摩尔装束，以为蛮邦人都来捉他了，就飞也似的逃进前面树林，大喊道："摩尔人上岸了！摩尔人来了！快拿起武器！快拿起武器！"

我们听他这样叫喊，都慌了手脚，不知怎么办。我们估计这牧人的叫喊会惊动当地居民，沿海巡逻队马上会赶来查看究竟，就想到该叫叛教徒脱掉土耳其服；我们中间一个人把俘虏的外衣脱给他穿，自己只穿衬衫。我们一面祷告上帝保佑，一面顺着牧人逃走的路往前走，随时准备沿海巡逻队来截住我们。我们的猜想果然不错。没过两个钟头，我们刚走出树林，到了一片平原上，就看见五十来个骑兵纵马驰来。我们忙站定了等待。他们跑近前来不见他们寻找的摩尔人，却看到一群穷困的基督徒，都莫名其妙。其中一人就问我们：刚才一个牧人喊拿起武器，是不是因为看见了我们。我说是的。我正要诉说自己的遭遇和我们的来历，我们同来的一个基督徒却认识问话的骑兵，他不等我多讲，就说："各位先生，我们应该感谢上帝，把我们带到这个好地方来了！我要是没弄错，我们脚底下踩的该是维雷斯·玛拉加的土地呀！如果我做了几年俘虏没记忆模糊，你这位问话的先生是我舅舅贝德罗·台·布斯塔曼德呀！"

被俘的基督徒话犹未了，那骑兵已经滚鞍下马，过来抱住这年轻人说："我想看念看的外甥啊！我认识你呀！我和我姐姐——你的妈妈，和你坡有的亲人直在哭你，以为你死了。多亏上帝让我们今生还能享到和你重逢的快乐。我们知道你是在阿尔及尔。瞧你和同伴的衣服，大概是意外逃回来的。"

那年轻人说："是啊，以后有工夫一一讲给你听。"

那些骑兵听说我们是被俘的基督徒，连忙下马，一个个让出马来请我们骑着进城；维雷斯·玛拉加城离那儿还有一个半哩瓦。我们告诉他们有只小艇撇在什么地方，几个骑兵就去把小艇开到城里去。其他的骑兵让我们骑在他们鞍后；那个基督徒的舅舅鞍后带了索赖达。有人已经到城里去传了消息，大家都出来迎接。他们见了逃回的俘虏或被俘的摩尔人都不以为奇，因为这一带海边上常见这两种人。可是他们见了索赖达的美貌，大为惊讶。她到了基督教国家不再担惊受怕，心里舒畅，又加走路劳累了，这时两颗红晕，越显得妩媚。也许我是给爱情迷了眼睛，我敢说，世界上没有比她更美的人，至少我没见过。

我们立刻上教堂去向上帝谢恩。索赖达一进教堂，就说那里有许多脸和蕾妞·玛利安的一样。我们告诉她，那都是蕾妞·玛利安的圣像。叛教徒尽力向她解释圣母像的意义，教她把每个圣像都当作和她说过话的蕾妞·玛利安真身那样崇拜。她心思灵敏，听了有关圣像的话马上就领会了。我们从教堂出来，就分派到城里各家去住。和我们同来的那个基督徒把叛教徒、索赖达和我带到他父母家里。他们是小康之家，对我们热情款待，像自己的儿子一样。

我们在维雷斯住了六天。然后叛教徒打听了他需要办的手续，就到格拉那达城去准备由宗教法庭的媒介，重新皈依圣教。获得自由的其他基督徒选择了自己的道路各自走了，那里只剩下索赖达和我；我们所有的只不过是法国人好意给索赖达的几个艾斯古多。我用这笔钱买了她骑来的这头牲口；我一直是以父辈和侍者的身份伺候她，还不是她的丈夫。我打算去看看我父亲是否还在，我的兄弟是否有比我运气好的。不过天既然让我做了索赖达的伴侣，任何别的运道，随它多么好，我都不稀罕了。索赖达耐得了贫穷，顶得住艰苦，一片至诚要做基督徒，这都使我很敬佩，甘愿终身为她效劳。可是我不知道能否在国内为她找到个角落容身，也不知道我父亲和兄弟的生命财产有了什么变故；假如找不到他们，我就举目无亲了。这些忧虑不免搅扰了我和她相依为命的快乐。

各位先生，我的经历讲完了；是否新奇有趣，凭你们高见酌定吧。我但愿还能讲得短些；我免得你们烦厌，已经略去好些事情。

> 像帮助外邦人伊阿宋盗取金羊毛的美狄亚一样，索赖达为了爱情和基督教抛弃了自己的父母亲人流亡异乡，虽有一些伤痛但她归附基督的使命感，使她的行为从始至终非常坚决果敢，从她的身上我们看到了基督教对北非的征服。不过她的故事就这样过去了，接下来也许会有更多的热闹发生。

第四十二章

客店里接着发生的事，以及其他需说明的情节。

俘虏讲完了，堂费南铎说："上尉先生，你那异常的经历很新鲜，你讲得也动听。事情从头到底都是少见罕闻的，情节都惊心动魄。我们听得津津有味，即使到天亮还讲不完，我们再听一遍也乐意。"

他说罢，卡迪纽等人都表示愿为俘虏出力；他们言辞恳切，上尉对这番好意非常感激。堂费南铎特地邀请俘虏随他回家，他可以叫袭侯爵的哥哥在索赖达受洗时做她的教父；他自己要资助俘虏像模像样地回乡，不失身份体面。俘虏很客气，对这番厚意表示心领，不过都谢绝了。

天已经夜了，黑暗里有一辆马车和几骑跟从的人马到客店借宿。客店主妇说，整个店里挤得连手掌大小的空隙都没有了。

进来的那几个人是骑马的，一人说："随你怎么样，来客是大理院的审判官，总得留他。"

店主妇听到这个头衔就慌了，说道："先生啊，是店里没

> 勇敢、顽强者的生存故事总会让人在感动之余心生敬意。

> 塞万提斯未免太能凑热闹了，今晚客店里的故事已经太多了。

有床铺了。审判官大人一定是带着铺盖的;他要是随身有铺盖呢,请进来吧,欢迎得很,我和我丈夫的卧房可以让给大人。"

那个侍从说:"好吧。"

这时车上出来一个人,一看他的装束,就知道他是什么官职。他穿着长袍,袖上打着大褶裥,显然是他佣人所说的大理院审判官。他搀着一个十五六岁穿旅行服装的小姑娘;她非常秀丽高贵,大家见了都惊讶,如果没看见客店里的多若泰、陆莘达和索赖达,一定觉得这样的美人很难找到第二个。审判官带着这位姑娘进来的时候,堂吉诃德恰在旁边;他一见审判官,就说:"您放心进堡垒休息休息吧。这里地方很小,也很简陋,可是不论多么小、多么简陋,来了文武两职的人,总有招待的余地。像您这样还有美人引导的,更不用说了。不但堡垒要开门延请,连岩石都要裂出道儿,山岭都要张开口子哈腰弓背来欢迎她呢。我说呀,您请进这个乐园来吧:这里许多美人像灿烂的星星和太阳,您这位姑娘好比晴丽的天,正可以和她们做伴儿;这里都是英雄盖世的武士和艳丽绝伦的美人。"

> 怪是怪了些,不过倒不失水准和风度。

审判官听了这套话不胜诧异。他对堂吉诃德仔细端详,觉得这人的形状和谈吐同样古怪,正不知所对,忽见陆莘达、多若泰和索赖达等进来,又大为惊讶。她们是听说到了新客,又听店主妇形容小姑娘美,特来瞧她和欢迎她的。堂费南铎、卡迪纽和神父也亲切欢迎,只是不像堂吉诃德那样说话古怪。这位审判官到了店里人地生疏,又见这群美人来欢迎他美丽的闺女,觉得莫名其妙。不过他看准这许多旅客都是有身份的人物,只有堂吉诃德的状貌举动叫人摸不着头脑。大家客套了一番,估计客店的设备,决定还是照原先的安排,让女眷在那间顶楼上安置,男客仿佛守卫她们

> 莫名其妙:没有人能说出它的奥妙(道理),表示事情很奇怪,使人不明白。

似的在外间休息。那小姑娘是审判官的女儿；她跟其他女客一起很高兴，审判官也很满意。她们有客店的一张窄床，又拼上审判官带的半份铺盖，这一夜可以过得比预料的还舒服些。

那俘虏一见审判官，就怦然心动，觉得他是自己的弟弟。他向审判官的佣人打听他东家的姓名籍贯。那人说，主人是胡安·贝瑞斯·台·维德玛学士；听说他家乡在雷翁山区的一个村里。俘虏听了这话，又凭自己的观察，断定审判官就是听了父亲的主意选择了笔杆子那一行的弟弟。他又激动，又快活，就把堂费南铎、卡迪纽和神父叫过一边，把这事告诉他们，说这审判官准是自己的弟弟。据那个佣人说，他主人刚选上墨西哥的大理院审判官，正要到美洲上任去；又说那姑娘是他的女儿，她妈妈生下她就死了，他主人得了这位前妻遗下的陪嫁很有钱。俘虏请教他们用什么方法透露自己是谁，要不要先试探一下，瞧他弟弟会不会嫌他穷，怕丢自己的脸，还是踊跃认亲。

瞧，故事又来了，真是一个多事之夜，到处都充满了骚动，让我们等着看另一场戏吧！

神父说："我来替你试探吧。上尉先生，我相信你弟弟一定骨肉情深。他面貌和善，准是有修养、有识见的，不像个傲慢没心肝的人。他对于人生的得意失意一定有适当的看法。"

上尉说："可是我不愿意突然亮相，还是婉转点儿好。"

神父说："我刚才说了，我有办法，准叫大家满意。"

这时开上晚饭，男客除了俘虏，都围着桌子坐下；女眷在她们屋里吃。神父吃晚饭的时候说："审判官先生，我在君士坦丁做过几年俘虏；那时候我有个伙伴儿跟您同姓。他在西班牙步兵里是最勇敢的战士，最勇敢的上尉。他力气大、胆量大，可是倒的霉也一样大。"

神父的睿智稳妥让人十分放心，这个开头就是说话艺术的表现。

审判官问道："我的先生，那位上尉叫什么名字呢？"

神父答道:"他叫儒伊·贝瑞斯·台·维德玛,家乡在雷翁山区的一个村里。他和我讲过他父亲和他们兄弟的一件事;要不是他那么个老实人亲口讲的,我准当做老太太们冬日围炉说的故事呢。他说他父亲把家产分给三个儿子,还训诫了他们,训得比加东还高明。我知道他选了从军的道路很成功:他胆大力大,单靠本领高强,一无依仗,不多几年就升作步兵上尉,而且看来不久就可以升作陆军中校。可是他走了背运。雷邦多大战那天是许多人获得自由的好日子,他却在那天失去了自由,他指望的前程全都吹了。我是在果雷塔被俘的,我们经历不同,却在君士坦丁碰到一处了。他后来到了阿尔及尔,又有一番奇遇。"

> 叙事简单明了,又留有余地。

神父于是把审判官的哥哥和索赖达的事约略说了一遍。审判官留心听着,他听审都没这样全神贯注。神父只讲到法国人怎么洗劫了那艘船上的基督徒,以及他那位伙伴和摩尔美人落得多么穷困。他说不知道他们俩下落如何,是到了西班牙呢,还是给法国人带到了法国去。

神父讲话的时候,那位上尉只离开几步在旁听着,一面注意他弟弟的一举一动。他弟弟听神父讲完了,长叹一声,含泪说道:"唉,先生,你不知道刚才讲的是多么重要的消息,和我关系多么深切!我是个不轻易流露声色的人,可是听着也不禁流泪。你说的那位勇敢的上尉是我哥哥。你不是听他讲故事似的讲过我们父亲提出的三条道路吗?他比我们两兄弟坚强,也比我们有志气。他走的是光荣伟大的当兵的道路。我选的是文职;靠上帝洪恩和我自己努力,挣到这个地位。我的弟弟在秘鲁。他发了财,他寄给我父亲和我的钱早超过了他带出去的款子。我父亲靠他供养,手里很有钱,尽够他照旧乱花;我也能比较宽裕地完成学业,得到了目前的官职。我父亲还奄奄一息地活着,只等着大儿子的音信,

> 审判官的反应正合人意,看来今晚这件俘虏的故事又会有一个完满的结局。

只在祷告上帝,让他能活着和大儿子见面。我只是奇怪,像我哥哥这样一个明白人,怎么经历了这许多吉凶甘苦,都不想告诉父亲。如果我父亲或我们随便哪个弟弟知道了他的光景,他又何必靠竹竿的奇迹才赎身呢。我现在着急得很,不知那些法国人究竟是释放了他呢,还是为了要掩盖他们的抢劫竟把他害死了。本来我这次出门很称心,可是听到他的消息,这一路去只为他焦愁了。唉,我的好哥哥,我要是能知道你在哪里,就可以来找你并解救你,即使自己受难也甘心情愿。唉,假如咱们老父得知你还活着,即使你在蛮邦最深的地窖里,凭他和我们弟兄的钱,总能救你出来。唉,貌美心慈的索赖达,但愿我能报答你对我哥哥的恩情!几时你的灵魂得庆重生,几时你们两人结婚,我们大家该多么快活呀!我真希望能亲来参与这些喜事!"

又是一段感人肺腑的表白,今晚的塞万提斯似乎要赚足大家的眼泪。

审判官听到他哥哥的消息十分悲伤,说了以上那些话。旁人都陪着伤心。神父觉得自己的目的和上尉的要求都达到了,不愿意延长人家的悲痛,就起身离开饭桌,跑到索赖达所在的房里,把她搀出来;陆莘达、多若泰和审判官的女儿都跟出来。上尉等着瞧神父怎么办事。神父另一手搀了上尉,带着两人走到审判官和其他那些客人前面,说道:"审判官先生,收了你的眼泪吧,你已经如愿以偿了;你的好哥哥、好嫂子就在你面前。这是维德玛上尉,这是对他有大恩的摩尔美人。那些法国人害得他们这样狼狈,你正可以显示你的心胸多么慷慨了。"

如愿以偿(cháng):按所希望的那样得到满足。指愿望实现。偿:实现,满足。

上尉赶上去拥抱他的弟弟;他弟弟两手托住上尉的胸口,要远着点儿端详他。可是他认得是自己的哥哥,就紧紧相抱,快乐得热泪盈眶;旁人看着也忍不住落泪。这两兄弟说的话和流露的感情,想象都不容易,更无从描写了。他们约略讲了各自的经历,表达了骨肉至情。审判官拥抱了索赖达,并

> "基督教美人和摩尔美人"的拥抱在此不仅是随意的一笔，其中用意还是仁者见仁智者见智吧！

表示愿意把自己的全部财产供她使用，又叫自己的女儿去拥抱她。大家看了基督教美人和摩尔美人在一起，又洒了几点愉快的眼泪。堂吉诃德一言不发，在旁留心观看，把这许多奇事都归纳到骑士道的幻想里去。当时大家主张上尉和索赖达跟着他们的弟弟到塞维利亚去，一面把上尉的下落和他获得自由的事通知他们父亲；他们父亲如有可能就可以来参与索赖达的婚礼和洗礼。因为审判官的行程不能耽搁；他听说，结队的商船过一月从塞维利亚开往新西班牙去，他不便错过。总之，大家都为俘虏交了好运称心快意。这时一夜三停已经过了两停，大家想在天亮前休息一下。堂吉诃德自告奋勇，愿意守卫这座堡垒，防有巨人或凶徒艳羡这里的美人而来袭击。凡是知道堂吉诃德的都向他表示谢意。他们把他的怪病告诉审判官，审判官听了很感兴趣。只有桑丘·潘沙瞧大家老晚还不休息，很不耐烦。当夜他垫着驴子的全副配备睡觉，比谁都舒服，下文要讲到他得为这套配备付出多大的代价。这时女眷们在房里休息，其余的人也都将就着安顿下来，堂吉诃德就照自己答应的话，跑出客店去守卫堡垒。

> 黎明的歌声飘进美丽姑娘们的耳朵，这歌声背后又会是一段怎样的故事呢？

天快亮的时候，女客们忽听得悠扬婉转的歌声，不由得倾耳细听；尤其是多若泰，因为她正清醒。审判官的女儿克拉拉·台·维德玛在她旁边却睡得很熟。她们都想不出谁会有这样的好嗓子。那是没有乐器伴奏的清唱。她们一时觉得歌声在后院，一时又像在马房里，正留心捉摸，卡迪纽走到她们房门口说："谁要是没睡着，请听听，有个年轻的骡夫在唱歌，唱得简直迷人。"

多若泰说："先生，我们是在听呢。"

卡迪纽就走了。多若泰悉心倾听，唱的原来是这样的话——

情境赏析

塞万提斯在阿尔及尔的俘虏、奴隶生活和多次叛逃经历，使这部分文字备受关注。破落的客店成为了一个集合地，它把众多的故事在此收拢起来。尤其是当一个带着恋人的战士出现时，整个文章把堂吉诃德的传奇思想终于具体化了，一个英雄屹立于众人眼前，他就是堂吉诃德定义的"骑士"，只是少了幻想多了一份残酷和真实。而这个战士的经历却正是塞万提斯本人战斗生活的写照。战士的经历延续到客房时还没结束，不过作者为了保证故事的完整性牵强地插入"俘虏的弟弟也来到客店"这个过于巧合的情节。这虽然生硬却是古典小说所允许和热衷的。

名家点评

堂吉诃德和桑丘是塞万提斯在《堂吉诃德》这部长篇巨著中着力刻画的两个典型形象，也是世界文坛上极具魅力的人物形象。他们在性格上互为补充，相得益彰。

——马步云

第四十三章

有情人皆成了眷属,俘虏也终获得了自由,并携妻归来又与兄弟相遇。客店一时成了集悲、喜剧于一体的"炼狱",每一位身入其中的人都在极大情感的冲激中得到了净化,过分的刺激不要说身陷情境之中的主人公,就是读者也备感疲惫,但黎明的歌声仍是充满了诱惑力,它又是从哪里飘来?背后又掩盖着一个什么故事呢?

年轻骡夫的趣史以及客店里发生的其他奇事。

我 在情海航行,
四望一片汪洋;
能否到达港口,
胸中毫无希望。

我追求一颗星,
她在遥空放光,
巴利努罗所见,
哪有那么明亮!

我探索着航路,
她要引我何往?
我故意装作无心,
却一心在她身上。

女孩儿的羞缩,

> 像云幕遮掩着星光，
> 我越是要看她，
> 她越在幕后躲藏。
>
> 明朗灿烂的星！
> 我为你憔悴忧伤，
> 假如你隐没不见，
> 我也就命尽身亡。

多若泰听到这里，觉得这样悦耳的歌声不该让克拉拉错过，就把她来回摇撼醒了，对她说："对不起，小妹妹，把你弄醒了。我要你欣赏这个好嗓子，也许你一辈子也听不到的。"

克拉拉惺忪醒来，听了多若泰的话也没懂，还直问。多若泰又说了一遍，她才支棱起耳朵来。可是她刚听了接着唱的两句，就很奇怪地浑身发抖，好像突然害了三日疟的重症。她紧紧抱住多若泰说："哎，我的好姐姐！你干吗弄醒我呀？我能闭上眼睛封住耳朵，看不见听不见这歌唱的可怜人，就是我天大的福气了。"

"小妹妹，你这话什么意思？你知道，唱歌的据说是个年轻的骡夫呀。"

克拉拉答道："不是的。他是几个封邑的主人。他牢牢地霸占着我的心，他要是不撤退，我一辈子也赶不掉他。"

多若泰听了小姑娘这套多情的话很惊奇，觉得她这点年纪还不会这样懂事，就说："克拉拉小姐，你说得我摸不着头脑了。你说的心呀、封邑呀是什么意思？你听了那人的歌声这样神情不安，他究竟是谁？你再讲讲明白吧。不过你这会儿先别讲，因为我顾了你激动的心情，就不能欣赏他唱的歌了。他好像换了调子在唱一支新歌。"

克拉拉说："随他唱去吧。"

她不愿听，把两手按住耳朵。这又使多若泰很奇怪。多若泰留心听他唱了以下的歌词：

> 我的甜蜜的希望！
> 你不顾困难、突破障碍，
> 在自己开辟的路上
> 毫不犹豫，一个劲儿地直往前迈！
> 愿你不要消沉，
> 即使一步步都是向死亡逼近。
>
> 懒汉不去争求，
> 就得不到任何光荣和胜利；
> 如果随波逐流，
> 只图在安逸享乐中沉迷，
> 不向命运反抗，
> 幸福和快乐不会从天而降。
>
> 求爱情的幸福
> 怎又能计较代价昂贵，
> 最珍异的宝物
> 莫过恋爱中领略的情味；
> 如果得来容易，
> 看作等闲是自然之理。
>
> 为爱情百折不挠，
> 最难的事也竟会成功，
> 我要达到目标，
> 就顾不得当前险阻重重；
> 即使难若登天，
> 我也决心努力、勇往直前。

歌声停止，克拉拉又哭起来。多若泰觉得奇怪，不懂怎么一个唱得这样好听，一个却哭得这样难过。她又探问克拉拉刚才没讲完的话。克拉拉怕陆莘达听见，紧紧抱住多若泰，把嘴贴着她耳朵，防有泄露。她说："我的姐姐，这唱歌的是一位阿拉贡绅士的儿子；这位绅士是两个封邑的主人。他在京城住，和我们家对门。照我爸爸的家法，我们家的窗口冬天总挂着幔子，夏天挂着百叶窗帘。可是我不知道怎么回事，这个正在上大学的儿子瞧见我了；不知是在教堂还是别处瞧见的。反正他就爱上我了。他老从他们家窗口对我做手势，流眼泪，表达他的心意。我就相信了他，爱上了他，自己也不明白是怎么回事。他对我做种种手势，有一个是把两手勾起来，表示愿意跟我结婚。跟他结婚我顶乐意，可是我独个儿没有妈妈，不知跟谁讲，所以事情就那么拖着，我也没表示什么。只是趁彼此爸爸都不在家的时候，把窗幔或百叶窗帘掀起一点儿，让他看得清我。他就快活得不可开交，好像发疯似的。后来我爸爸要离开那地方了。我从没机会和这位公子说话；我没告诉他这件事，不过他知道了消息。我猜他准是伤心得病了。所以我们动身那天我没看见他，想临别瞧他一眼都不能。我们走了两天，在离这儿有一天路程的一个城里，进客店的时候我在门口看见他了。他扮成个骡夫，扮得很像，要不是他在我心上的印象很深，一定认不出来。我认出了他又惊又喜。他避着我爸爸偷偷看我；他在路上或是在我们投宿的客店里碰见我总躲着我爸爸。我知道他的身份，想到他为了爱我步行跟随，吃这许多苦，我心疼得要死；他走到哪里，我的眼睛也跟到哪里。我不知道他跟来有什么打算，也不知道他怎么会背了自己的爸爸溜出来。他爸爸只有这么一个儿子，非常疼他；而且他也得人爱，你见了他就知道。我还可以告诉你，他唱的歌全是自己编的，我听说他学问很好，又有诗才。我还告诉你，我每次见了他，或听到他唱歌，就浑身发抖，心怦怦地跳，怕我爸爸识破他，并看出我们的爱情。我从来没跟他说过一句话，可是我爱得他呀，没了他我活不下去！我的姐姐，你欣赏的好嗓子就是这么个人，别的我也不知道了。不过单凭那嗓子也分明可见他不是你说的年轻骡夫，却是我说的封邑主人和霸占住我这颗心的人。"

多若泰说："堂娜克拉拉小姐，你不用多讲了，"她一面连连吻着她，"我说呀，不用多讲了，等天亮再说吧。我希望上帝成全你们，这件事开头这样一片天真,结局该是圆满的。"

克拉拉道:"唉,小姐,哪里能指望什么结局呀!他爸爸那样富贵,准觉得我给他儿子当丫头都不配,别说嫁他做妻子了。如果要瞒着我爸爸去和他结婚,我是不干的。我只要这个小伙子回家去,别跟着我。我眼不见,和他离得老远,也许心上就不这么难受了。可是我知道,我想的这个办法对我不会有多大用处。我不知道这是什么见鬼的事,也不知道我对他的爱情是哪儿来的,因为我和他都很小呢。真的,我想他大概和我同年;我现在还不到十六,据我爸爸说,要到圣米盖尔节我才满十六岁。"

多若泰听堂娜克拉拉说话孩子气,忍不住笑了。她说:"小姐,我看不久就要天亮了,咱们休息一会儿吧。感谢上帝,咱们过了今天,还有明天,事情总有希望,除非我这人毫无办法呢。"

她们就睡了。整个客店里寂无人声,只有店主妇的女儿和女佣玛丽托内斯没睡,她们知道了堂吉诃德的病,又知道他正披挂骑马在外面守卫,就决计要捉弄他一番,至少听他说说疯话,也可以解闷。

原来这客店的窗子都不临街,只有堆干草的屋子有个墙洞是朝外开的,干草可以从那里扔出去。这两个中小人家的姑娘就在这个墙洞口守着。只见堂吉诃德骑马挂枪,一声声的叹气,又痛苦又深长,好像连心肝都要吐出似的。还听得他柔声软语:"唉,美丽聪明、有才有德的杜尔西内娅·台尔·托波索小姐呀!全世界敬爱的典范呀!你这会儿在干什么呢?听你驱使的骑士为了向你效劳,甘心冒险遭难,你想到他吗?变换着三副脸的月亮啊!请把她的消息传报我!也许你忌妒她的相貌,这会儿正在端详她。她大概在自己宫殿的廊下散步或阳台上凭栏,左思右想:我为她心碎肠断,她怎样按自己的身份体面,给我些安慰呢?我吃尽了苦,她给我什么幸福呢?我受足了累,她怎样让我休息呢?而且怎样叫我死里得生,怎样报酬我的功劳呢?她准是在想这些事吧?太阳啊!你这会儿准忙着驾马,赶大清早瞧我的意中人去。你见了她请替我问候。不过你招呼她的时候,千万别吻她的脸,我可要嫉妒的!我记不清你从前是在德沙利亚郊外还是在贝内欧河边,燃烧着情焰和妒火,汗流如雨,追赶那个两脚如飞的狠心女人;

反正我嫉妒得比你那时候还厉害。"

堂吉诃德这套情致缠绵的话刚说到这里，店主妇的女儿"唼唼"地喊他说："先生，劳驾请到这儿来。"

当时月色皎洁，堂吉诃德听见招呼和说话，回过头，月光下看见有人在墙洞口叫他。在他想象里，这客店是一座壮丽的城堡，这墙洞是窗，窗外当然还有镀金的栅栏。他疯疯癫癫的头脑立刻认为堡垒长官的漂亮女儿像上次那样痴情颠倒，又来纠缠。他不愿意显得无礼无情，就兜转辔头，来到墙洞边，见了那两个姑娘，说道："美丽的小姐，我可怜你：你所钟情的骑士只好辜负你的品貌和家世了。可是你不要怪这个苦恼的人；他对一位小姐一见倾心，奉她为唯一的心上人，他爱情专注，不能再顾念第二人了。好小姐，你原谅我吧；你请回屋去，别再和我谈情，免得我拿出更冷酷无情的嘴脸来。假如你出于爱慕，觉得我有什么中你意的，只要不问我索取爱情，都可以向我开口。我凭那位在我心上而不在我眼前的亲爱的冤家发誓，即使你问我要一绺根根都是活蛇的梅杜煞的头发，甚至要一瓶太阳的光芒，我也立刻给你。"

玛丽托内斯插嘴道："骑士先生，我们小姐不要这些东西。"

堂吉诃德说："聪明的傅姆呀，请问你们小姐要的是什么呢？"

玛丽托内斯说："只要你这双美手伸一只给她，来平息她燃烧着的情火。她给这股热情摆布得不惜声名，竟跑到窗口来了。要是给她父亲知道，至少也要割掉她一只耳朵呢！"

堂吉诃德答道："这我倒要瞧瞧呢！如果他对多情的女儿下毒手，损伤她的嫩皮肉，那么他的下场就是一切父亲里最悲惨的！"

玛丽托内斯料想堂吉诃德一定答应她的要求，盘算一下，就下来跑到马房里，拿了桑丘·潘沙套驴子的缰绳，急急赶回窗洞口。这时堂吉诃德刚站上马鞍，因为他料想这位伤心的姑娘正隔着栅栏守在窗口，他得站在马鞍上才够得到那里。他伸手给她道："小姐，请你接受我这只手——这只清除世界上一切罪恶的手。我告诉你，这只手是任何女人的手都没碰过的；就连主宰我整个身心的小姐也没碰过。我不是伸给你亲吻，却是让你瞧瞧手上交错的筋、纠结的肌肉,和粗壮的血管,想一想这只手连着的胳膊该有多大的力量。"

玛丽托内斯说:"咱们这会儿瞧吧。"她把缰绳打个活扣,套在堂吉诃德的手腕上,然后下地把下半截缰绳牢牢拴在房门的插销上。堂吉诃德觉得腕上绳子勒得痛,说道:"你好像不是在抚摩我的手,却是在刮皮磨肉。别这样虐待它呀。是我的心对你无情,怪不得这只手;况且也不该把你一腔怨怼全发泄在小小一只手上。你该知道,痴情人不这么毒辣地报复。"

可是谁也没听见堂吉诃德的话,因为玛丽托内斯把他拴缚停当,和她的同伴笑得要死,赶紧抽身跑了。堂吉诃德就这样拴在那里,无法脱身。

他就像上面讲的那样:两脚站在驽骍难得背上,整条胳膊伸在窗洞里,手腕给扣住了拴在门的插销上。他战战兢兢,只怕驽骍难得稍一移动,他就悬空吊在一条胳膊上了。所以他一动都不敢动。好在驽骍难得很有耐心,也很安详,尽可以站一百年也不动窝儿。堂吉诃德瞧自己给拴住了,两个女人都已经走了,就想到上次也是在这座堡垒里,一个魔法支使的摩尔骡夫把自己揍得浑身瘀伤。他认为这次又着了魔道,暗暗责怪自己冒失。照游侠骑士的规矩,一件事尝试不成,就证明是别人分内的,不必再去尝试。他前番在这座堡垒里吃过大亏,这次不该又莽莽撞撞自投罗网。他抽着胳膊,瞧是否能够脱手。这只手却扣得牢牢地,怎么也抽不脱。当然,他只能小心翼翼地抽,防驽骍难得动弹。他想坐在鞍上,又不行,只好站着,除非把手扯断。

瞧瞧这时节的堂吉诃德吧!他但愿有一把阿马狄斯的宝剑,可以破掉一切魔法。他嗟怨自己命运不好。他确信自己已被魔法镇住,深恐世界上没有他就不可收拾。他又记起心爱的杜尔西内娅·台尔·托波索。他叫喊酣睡在鞍垫上、连生身妈妈都记不起的好侍从桑丘·潘沙。他呼唤索尔冈斗和阿尔吉斐两位博士来帮忙。他请求好友乌尔甘达来搭救。眼看快要天亮了,他毫无办法,急得像公牛似的直叫吼。他并不指望天亮以后可以脱离苦难,满以为自己受了魔法的禁咒,一辈子得这样受罪。他瞧驽骍难得岿然不动，愈觉得这是魔术的定身法。他相信自己和这匹马永远得这样不吃、不喝、也不睡，除非运转灾消，或有本领更高强的魔术家来破掉这个邪法。

谁知道事出意外。天刚透亮，来了四骑人马，装备和服饰很讲究，鞍旁都挂着火枪。店门还没开，他们就大声打门。堂吉诃德并没有放弃守哨的职务，他一见大声喝道："随你们是骑士、是侍从、或不管什么人，不准敲这座堡垒的大门。明摆着这会儿里面正睡觉呢，照规矩要等大天亮才开城门。你们走开点，等天亮了我们再瞧是否该为你们开门。"

一个客人说："这是什么见鬼的堡垒或城堡，有这许多规矩条文？你如果是店主，快叫人开门。我们是过客，只要给牲口喂些麦子就走，我们赶路呢。"

堂吉诃德说："各位骑士，你们瞧我像个客店主人吗？"

那人说："我不知道你像什么，只知道你把客店叫作堡垒是胡说八道。"

堂吉诃德说："堡垒就是堡垒！而且是全省最好的，里面还有手拿宝杖、头戴王冠的人物呢。"

旅客道："还是倒过来说：宝杖落在头上，王冠捧在手里。大概有什么戏班子在这里吧？他们常有你所说的王冠和宝杖。这么一个小小的客店，店里又静悄悄的，我不信戴王冠拿宝杖的人会在这里住。"

堂吉诃德答道："你不通世故，不知道游侠骑士经常遭遇的事。"

同来的旅客不耐烦听他们对话，又狠狠打门，把店主闹醒，住店的客人也都醒了。店主就起来问谁在敲门。这时，四匹马里有一匹过去闻闻驽骍难得。驽骍难得正垂头丧气，贴着耳朵，一动不动地驮着他那位直挺挺的主人。它虽然看似木马，究竟是血肉之躯，把持不住，也就去嗅嗅对它温存的那匹马。它这么一动，就和堂吉诃德的双脚错开；他滑下马鞍，要不是吊着一条胳膊，就跌下地去了。他痛楚难当，以为手腕断了，不然就是胳膊扯下来了。他离地很近，脚尖能触拂地面。这来却害苦了他。他活像受了吊刑，脚和地若即若离，满以为往下挣挣可以着地，却是上当；因为狠命伸长肢体，越发加添了痛苦。

第四十四章

续叙客店里的奇闻轶事。

堂吉诃德一迭连声地狂叫大喊;直闹得店主急急开了大门,忙忙跑出来瞧是谁;店外的几个过客也赶上去。玛丽托内斯醒来听见这片喊声,想起了是什么缘故,趁人不见,忙跑到堆干草的屋里,解下拴着堂吉诃德的那条缰绳。堂吉诃德立刻摔在地下。店主和那几个旅客看见他摔下来,就过去问他干吗大叫大嚷。他一言不答,脱去腕上的绳索,爬起身,骑上驽骍难得,挎着盾牌,绰枪放马往野外奔驰了好一段路,又兜转马缓步回来,说道:"谁说我着魔是罪有应得,不管他是谁,只要我的女主人米戈米公娜公主准许,我就说他是胡说!就向他挑战!和他决斗!"

新到的几个旅客听了他的话非常诧怪。店主告诉他们:这人是堂吉诃德;是个疯子,不用理会他。他们才恍然。

他们打听店主,店里是否有个十五六岁、骡夫打扮的小伙子。照他们形容的模样,好像是堂娜克拉拉的情人。店主说,客人多,没注意到他们打听的人。可是他们中间有一人看见了审判官乘的马车,说道:"一定在这里呢,据说他是跟着这辆车走的。咱们留下一人守门,三人到里面找他去;最好再留一人在周围巡逻,免得他爬后院围墙逃走。"

一个说:"就这么办吧。"

两人进了客店,一个守在门口,一个在周围巡逻。店主全看在眼里,猜不透他们为什么要这样戒备,不过料想是要找刚才说的小伙子。

天已大亮,又经不起堂吉诃德刚才那番叫嚷,旅客都醒了,也都起来了。堂娜克拉拉和多若泰起得最早;一个是因为情人近在咫尺,心魂不定,一个是想要看看那个小伙子,两人都没睡好。堂吉诃德瞧那四个旅客都不理会他,也不回答他的挑衅,气恼得不可开交。他曾经答应那位公主:他应承的事没有完成,决不干别的事。若不是骑士道的规则不容许他失信,他早去找那四个人打架，强逼他们应战了。可是米戈米公娜还没恢复王位呢，他觉得不该再挑起新的事端。他只好闷声不响，在一边等着瞧他们找出谁来。一个旅客居然找到了那个年轻人；他正熟睡在一个骡夫身边，全不提防有人来找他，更没想到会找着他。

那旅客一把捉住他的胳膊说："堂路易斯少爷，你穿的这套衣裳和你的身份真是相称得很啊！你躺在这个铺上，也真不辜负你妈妈对你的娇养！"

那年轻人揉着没睡醒的眼睛，对抓住他的人细细一认，立刻认得是他父亲的佣人。他大吃一惊，好半天答不出一句话来。那佣人接着说：

"堂路易斯少爷，你现在没别的办法，只好乖乖地回家去，除非你愿意把你的爸爸、我们的主人赶出人世；他为你出走，伤心得只有死路一条了。"

堂路易斯说："我爸爸怎会知道我走的是这条路、穿的是这套衣服呢？"

那佣人答道："是你的知心同学说出来的；他瞧你爸爸为你出走悲伤得不可开交，心上过不去，就忍不住说了。你爸爸立即打发我们四个家人出来找你；我们都在这儿伺候你呢。我们真是喜出望外，居然能把这差使办妥，带你回去和日夜盼望着你的爸爸见面。"

堂路易斯答道："这可要瞧我的愿望和上天怎么安排呢。"

"你只好答应回家，没别的办法。你还能有什么愿望啊？上天还能怎么安排啊？"

睡在堂路易斯旁边的骡夫把他们的话全听在耳里，就起身把经过告诉已装束整齐的堂费南铎、卡迪纽等人，说有人把年轻骡夫称为"堂"，和他谈了些什么话，怎么要他回家他却不肯。他们领教过这小伙子的好嗓子，听了这番话，都很想知道他的底细；如果他受到压迫，还愿意帮他一把，所以就一起跑来。那年轻人还在和家里佣人争辩呢。多若泰恰好从她们屋里出来，堂娜克拉拉失魂落魄地跟着她。多若泰把卡迪纽叫过一边，三言两语讲了那唱歌的人和堂娜克拉拉的事。卡迪纽也把小伙子家佣人来找他的经过告诉多若泰。他说话的嗓门儿大了一点儿，给克拉拉听见了。她急得魂不附体，要没有多若泰扶住，就跌倒了。卡迪纽叫多若泰陪她回屋，他说这事他会设法圆转。她们俩就回屋去。

这时，来找堂路易斯的四名家人都在客店里围着堂路易斯，劝他别再扯皮，马上跟他们回家，好让他爸爸安心。堂路易斯说，他有一件有关性命体面的大事未了，怎么也不能回去。那几个佣人就胁逼说：他们无论如何不能撇了他走，不管他愿意不愿意，得带他回去。

堂路易斯说："这可办不到，除非带了我的尸首回去；随你们怎么样儿带我，反正得等我死了才行。"

别的旅客都跑来看他们争吵，其中有卡迪纽，堂费南铎和他的同伴，审判官，神父，理发师和堂吉诃德。堂吉诃德认为这会儿不用他守卫堡垒了。卡迪纽已经知道这年轻人的身世，就问那几个要带他同走的人为什么强迫他。

其中一人说："为的是要救他爸爸的命；他爸爸见不到这位少爷的面，只怕活不成了。"

堂路易斯打断他说："你不用在这里讲我的事情。我是自由的，我要是愿意，自己会回去；我不愿意呢，谁也不能强迫我。"

那佣人说："您强不过一个'理'字，您不讲理，我们可得按理办妥这件事，尽我们的责任。"

审判官插嘴道："让我们听听到底是怎么回事儿吧。"

那人认得这位街坊，就说："审判官大人，这位少爷是您街坊的儿子，您不认识吗？您瞧瞧，他穿了这样一套不像样的衣裳从家里逃走了。"

审判官当下对他仔细一看，原来认得，就拥抱他说："堂路易斯老弟，你穿了这样不合身份的衣裳，逃到这里来，是小孩子家胡闹呢，还是有什么重大的事故呀？"

小伙子满眶眼泪，无言可对。审判官叫那四人安心，事情总会有办法。他挽了堂路易斯的手，把他带过一边去，问他为什么逃出来。他正在盘问，忽听得客店门口大叫大嚷。原来当夜住店的两个旅客瞧大家只顾讲究那四人的来意，就想趁此赖账溜走。可是店主对切身的事究竟比闲事关心，两人刚要出门，他就抓住他们讨账，还臭骂他们存心卑鄙，直骂得他们挥拳相报。他们手下无情，可怜的店主只好大喊救命。店主妇和她女儿瞧只有堂吉诃德最闲，可以去帮打，店主妇的女儿就对他说："骑士先生，您凭上帝给您的本领，救救我可怜的爸爸吧。那两个坏蛋把他当石臼里的谷子那样狠命地舂呢。"

堂吉诃德不慌不忙，慢条斯理地答道："美丽的姑娘，你的要求不当景，因为我已经应承了一件事，还没完成，我在这个期间干别的事是不容许的。不过我可以教你个乖。你快跑去告诉你爸爸，叫他尽力对付，怎么也得顶住。我这会儿去求米戈米公娜公主准许我救他；她要是答应，我准会救他脱难，你可以放心。"

玛丽托内斯在旁说："天可怜见！等您求得这个准许，我主人已经到了另一个世界去了。"

堂吉诃德答道："小姐，请你容许我去求这个准许。等我求得准许，他到了另一个世界也不要紧，我可以打那儿救他回来，不怕那边不答应。至少我可以向送他命的人报仇，准叫你们称心满意。"

他不多说，就去跪在多若泰面前，照游侠骑士的口气说：这座堡垒的主人遭了大难，请求她的恩旨准许他去援救。公主惠然应允。堂吉诃德立即挎上盾牌，拿着剑，赶到店门口。两个旅客还直在狠揍店主。堂吉诃德到那里却呆住不动了。玛丽托内斯和店主妇问他为什么还不动手，她们一个求他帮帮主人，一个求他帮帮丈夫，可是堂吉诃德都不理会。

他说："我拿剑和当侍从的人交战是不合规矩的，所以不动手。你们把我的侍从桑丘·潘沙叫来吧，保卫这位店主并为他出这口气是侍从分内的事。"

他们当时在客店门口。那里正打成一团，拳头巴掌一下都不落空，遭殃的是店主；玛丽托内斯、店主妇和她女儿气愤得要命。她们以为堂吉诃德懦怯，一个瞧丈夫挨打，一个瞧主人挨打，一个瞧爸爸挨打，都只好干着急。

咱们暂且撇下店主，反正总有人会救他；如果没有，那就让他捺下性子受罪吧，谁叫他冒冒失失不自量力呢。咱们拨转话头，谈谈离他五十步以外的事吧。刚才讲到审判官把年轻人拉过一边，问他为什么步行到这里来，为什么穿这套不像样的衣服。年轻人显然有非常苦恼的事压在心上；他紧握审判官的手，泪流满颊，说道："我的先生，我只好向你和盘托出了。我由上天注定，又加邻居的方便，见到了你的女儿、我身心的主人堂娜克拉拉小姐。我一见她，就完全由她摆布了。你是我的尊长，也是我的父辈，假如你不反对，她今天就可以和我结婚。我穿了这种衣裳从家里逃出来，都是为了她；我像射出来的箭飞向箭标，航海的人追随北极星那样追逐着她。她并不知道我的爱情，只有几次望见我流泪，也许猜到一点儿。先生，你知道我父母的富贵，而我是他们的独生子。假如你觉得这样的家境不错，而有意成全我的幸福，你就把我作做儿子吧。如果我父亲另有打算，我追求的幸福他不如意，慢慢儿事情都会变，人的心愿也不能固执一辈子。"

这少年情人不再多说。审判官听得怔住了；一方面因为堂路易斯把心事讲得这么委婉郑重，一方面也因为事情突如其来，出乎意外，一时没了主意。他没多说，只叫那青年人别着急，暂且稳住他家佣人不要当天回去，这样就有工夫商量个面面俱到的办法。堂路易斯坚持要吻审判官的手，甚至把眼泪都滴在他手上。别说审判官，铁石人也会感动的。审判官很世故，知道这门亲事对他女儿多么有利；不过他尽可能总要征得对方父亲的同意。他还听说那位父亲正在为儿子谋取爵位呢。

两个旅客和店主已经妥协。因为堂吉诃德对他们的好言劝告比威胁有效，他们就把欠的账都付清了。堂路易斯的家人正等着审判官谈完话，听他们小主人怎么决策。可是魔鬼从来不休息。被堂吉诃德夺了曼布利诺头盔、又被桑丘·潘沙换去驴子全副鞍辔的理发师受了魔鬼驱使，恰在这时候跑进客店来。他牵驴进马房，看见桑丘·潘沙正在修补驮鞍。他一见这个驮鞍，立刻认得是自己的，就大胆上来扭住桑丘，说："啊！贼爷爷！这会儿给我抓住了！把你抢去的盆儿、驮鞍和全副鞍辔都还我来！"

桑丘猛不防被人扭住，又听他这般辱骂，就一手抓住驮鞍，另一手在理发师脸上打了一拳，打得他满口流血。可是理发师抓住驮鞍，并不就此放手，反而放声大叫，叫得店里的客人都赶来看。他喊道："快来维护国法！主持公道！这拦路打劫的强盗，抢了我的东西，还要害我的命！"

桑丘答道："你胡说！我才不是拦路打劫的强盗！这些东西是我主人堂吉诃德由合法战争赢来的战利品。"

堂吉诃德这时在场，瞧他的侍从能守能攻，非常满意。他从此把桑丘看作有胆量的人，暗暗打算一有机会就封他做骑士，料想他做了骑士一定出色。那理发师喋喋争吵，还说："各位先生，这个鞍垫确实是我的，好比我们免不了一命归天那样确实；我一看就认得，仿佛是我肚子里生出来的。我的驴就在那边马房里，不容我撒谎。不信，可以检验；驮鞍要不是贴配那驴儿，我就是混蛋！我还声明，我一只簇新的铜盆儿，一次都没用过，值一个艾斯古多还不止，也是在抢掉驮鞍那天给他们抢了。"

堂吉诃德忍不住要反驳几句。他拦在桑丘和理发师中间，把他们分开；又把驮鞍放在当地，让大家看明白究竟那是什么东西。他说："各位瞧吧，这位好侍从分明搞错了。他所说的盆儿，过去、现在、将来，一直是曼布利诺的头盔。那是我凭正义战争夺来的，按名分是我的东西。至于这个驮鞍，我管不着。不过我可以告诉你们，这脓包骑的马匹有些配备，我的侍从桑丘要求拿来装点自己的坐骑；经我准许，他就拿了。至于马鞍子怎么又变了驴子的驮鞍，我只有一个照常的解释：游侠骑士遭遇的事常有这种变化。桑丘儿子，快去把这位老哥当作盆儿的头盔拿来，做个证据。"

桑丘道："嘻，先生，假如您只有这一个证据，那么，马利诺的头盔分明是个盆儿，马鞍子也分明是这家伙的驮鞍呀。"

堂吉诃德说："我吩咐什么，你就干去。这座堡垒里的东西不会都有魔法障掩。"

桑丘就去把盆儿拿来。堂吉诃德马上接在手里，说道："各位请瞧瞧，这侍从有什么脸说这是个盆儿而不是我说的头盔呢。我凭自己奉行的骑士道发誓：这只头盔就是我从他那里夺来的，原物分毫没变。"

桑丘接口道："这是千真万确的。我主人得了这东西，至今只用来打过一次仗；就是释放一群带锁链的倒霉蛋那次。他挨了好一阵石子，要不亏这只盆儿盔，就吃不消了。"

第四十五章

审判官尚没处理好自己的女儿和堂路易斯的事情,理发师又搅进来凑起热闹来,过去的"宿怨"也该解决了,无缘无故被人抢去脸盆和驴子身上的"套装",这一股怒气现在都要发泄,也是到算账的时候了。这件本来十分简单明了的事,但因对象是堂吉诃德而复杂化,古怪的他是否能最终接受理发师的指责呢?

判明曼布利诺头盔和驮鞍的疑案,并叙述其他实事。

新来的那个理发师说:"这两位一口咬定的话,您几位听来怎么样?他们竟硬说这不是盆,倒是头盔呢。"

堂吉诃德道:"哪个骑士说不是头盔,我就要他承认自己是撒谎!哪个侍从说这话,我就要他承认自己是一千个撒谎,一万个撒谎!"

> 双方各执己见,一时相持不下,还真是件令人头疼的事。

我们熟悉的那位理发师也在场。他深知堂吉诃德的脾气,存心帮着他胡说,把这场笑话闹下去,让大家取乐。他就对那个理发师说:"理发师先生,不问你是谁,请听我说。我和你是同行,我的营业执照已经领了二十多年,对于理发业的用具全都熟悉,没一件不知道的。我早年也当过一程子兵,懂得什么是头盔、高顶盔、带面甲的盔,和其他军用项目——我指各种武器。也许别人另有高见,不过我说呀,这位好先生手里的东西,非但不是理发师的盆儿,而且差得远着呢,好比白和黑、真和假那样不能混淆。我还有句话。这

> 不管是不是笑话,这一番话倒是帮助了堂吉诃德。

件东西虽然是头盔,却不完整了。"

堂吉诃德说:"的确不完整了呀,因为缺了护脸颊和嘴巴的那一半儿。"

神父体会他这位朋友的用意,接口道:"是啊。"

卡迪纽、堂费南铎和他的同伴们都附和着这么说。审判官要不是记挂着堂路易斯的事,也会凑趣。不过他正为这事放心不下,没兴致胡闹。

受捉弄的理发师说:"上帝保佑我吧!哪有这种事呀?这许多体面人物都说不是盆儿,却是头盔!大学里头等聪明人碰到了这种事,也要莫名其妙的。好吧,假如这盆儿是头盔,那么,这个驮鞍也该是这位先生说的马鞍子了。"

堂吉诃德说:"我看像驴子的驮鞍。不过我刚才说了,这件事与我无干。"

神父说:"到底是驴子的驮鞍还是马鞍子,凭堂吉诃德先生一言为准。关于骑士或坐骑的事,我们大家都由他说了算。"

堂吉诃德说:"各位先生,我老实说吧,我两次在这座堡垒里借宿,遭遇了不知多少稀奇古怪的事,搞得我在这里什么都拿不准了,觉得全都是妖法捣鬼。头一次,一个摩尔妖人把我狠揍了一顿;他一群同伙也没饶过桑丘。昨晚,我拴着一条胳膊吊了差不多两个钟头,也不知为什么遭了这场灾难。所以我现在如果来判决这个疑案,就不免鲁莽。谁说这是盆儿,不是头盔,我已经有话回驳。至于这件东西究竟是驮鞍还是马鞍,我却不敢妄下断语,只凭各位的高见来决定。你们不像我封过骑士,也许就不受堡垒里妖术的影响,耳目清醒,看到的不是幻象,可以如实判断。"

堂费南铎道:"没什么说的,堂吉诃德先生的一番话很有道理,这场争辩该由我们大家公断。我可以悄悄地收集了各

> 堂吉诃德成了"真理"的裁决者,不知是因为他是圣人还是因为他是疯子。

> 正常人的故意为之,同堂吉诃德真诚地信服有着极大的不同,也能产生不同的效果。

位的意见,把结果照实公布,这样最踏实。"

知道堂吉诃德脾气的觉得这是绝妙的笑料;不知道的却觉得荒谬绝伦,尤其堂路易斯的四个佣人、堂路易斯本人和新来的三个过客。这三人看样子是神圣友爱团的巡逻人员。不过最气愤的是那个理发师。他眼看自己的铜盆变成了曼布利诺头盔,深信自己的驮鞍一定也会变成一个贵重的马鞍。大家都笑呵呵地瞧堂费南铎跟这个那个交头接耳,听取各人对这件你争我夺的宝贝作何看法,究竟是驴子的驮鞍呢,还是马鞍子。堂费南铎向许多人收集了意见,高声说:"老哥,你听我说。我听了许多意见,觉得烦了,因为我请教的每个人都说,这是马鞍子,而且是一匹骏马的鞍子,当作驴子的驮鞍是荒谬。事情由不得你和你的驴儿,你得顺从大家,因为这是马鞍,不是驮鞍;你的说法是没有根据的。"

那可怜的理发师说:"你们各位都搞错了,要不然,叫我上不得天堂!但愿我的灵魂到了上帝眼里,就像驮鞍在我眼里是驮鞍不是马鞍。可是,'法律总顺从……'我不多说了。我明明没有喝醉酒,我还没吃早点呢,除非我作了孽吧。"

> 大家的逗趣,对理发师来说可并不那么轻松。

理发师的死心眼儿和堂吉诃德的荒唐一样,逗得大家都笑了。堂吉诃德说:"现在各人把自己的东西拿走就完事;'上帝既肯成全,圣贝德罗也就赐福'。"

四个佣人之一说:"这是存心开玩笑吧?在场这几位都是明白人——看来都是非常明白的人。我就不信他们会乱说这不是盆儿,那不是驮鞍。不过他们既然强词夺理,睁着眼睛说瞎话,其中必有奥妙。因为我可以赌咒——"他随后就赌了个咒说:"全世界的人都不能叫我相信这盆儿不是理发师的盆儿,这驮鞍不是公驴的驮鞍。"

> 强(qiǎng)词夺理:本来没有理,硬说成有理。

神父说:"很可能是母驴的。"

那人说:"那也一样;问题不在这里。我是要问,究竟这是驮鞍呢,还是像你们各位说的不是驮鞍。"

新来的一个巡逻队员直在听他们争辩,这会儿焦躁说:"分明是驮鞍!就好比我爸爸是我爸爸!不管过去未来,谁说不是,准是喝醉了酒!"

堂吉诃德答道:"你这个混蛋!你胡说!"

他一支枪始终没有离手,这时就举枪对这个巡逻队员的脑袋狠狠打下来。要不是那人侧身躲过,准给他打倒。枪打在地下,折成几段。其他几个巡逻员瞧自己伙伴遭了毒手,就以神圣友爱团的名义大呼求救。

> 局面转眼开始混乱,这次热闹可大了。

店主人也是这个团体的一分子,立刻进屋去拿了行使职权的杖和自己的剑去帮一手。堂路易斯的佣人忙围住堂路易斯,防他趁乱逃走。那个理发师瞧店里一片混乱,就去抢自己的驮鞍;桑丘也抓住不放。堂吉诃德拔剑在手,冲上去和巡逻队厮杀。卡迪纽和堂费南铎都帮着他。堂路易斯大声喊他家佣人快舍了自己去支援他们。神父大声吆喝;店主妇尖声叫嚷;她女儿急得直叫苦;玛丽托内斯在旁啼哭;多若泰吓慌了;陆莘达打着哆嗦;堂娜克拉拉晕了过去。那个理发师拿棒打桑丘;桑丘捏着拳头把理发师一顿乱捶;堂路易斯的一个佣人怕主人逃跑,抓住他的胳膊,却被堂路易斯一拳打得满口鲜血;审判官在维护堂路易斯;堂费南铎把一个巡逻队员踢翻在地,两脚在他身上踩了个痛快;店主又以神圣友爱团的名义大叫求救。这时店里闹成一片:有哭的,有叫的,有惊慌的,有遭殃的,有的使剑,有的挥拳,有的举杖打,有的用脚踢,许多人皮破血流。堂吉诃德瞧大家乱成一团,觉得仿佛一头栽进阿格拉曼泰军营的一片混乱里去了,就大喝一声,震动客店,说道:"大家都住手!插剑入鞘!不

> 混乱的打斗掺入女人们各自的反应,把片厮杀展现得更加形象紧张。

要吵！谁是要性命的，听我说话！"

大家听他一喊，都停顿下来。他接着说："各位先生，我不是跟你们说过吗？这座堡垒是魔术控制着的，里面妖魔成群。你们睁眼看看吧，阿格拉曼泰军营里的混乱已经转移到咱们这儿来了，可见我的话没有错。你们瞧，那儿是为一把剑，这儿是为一匹马，那边是为老鹰，这边是为头盔；你争我吵，其实都是着了迷。审判官先生，神父先生，请你们两位一个代表阿格拉曼泰王，一个代表索布利诺王，为大家讲和吧。我凭全能的上帝起誓，在场这许多有体面的人，为这点细事互相残杀，实在太荒唐了。"

> 这个提议倒是蛮清醒的，只是不知他开始干什么了。

那几个巡逻队员不懂堂吉诃德的一套话；他们吃了堂费南铎、卡迪纽和他们同伙的亏，不肯罢休。那个理发师却愿意，因为自己的胡子和驮鞍打架时都揪坏了。桑丘是个好佣人，听主人哼一声就立刻服从的。堂路易斯的四个佣人知道打下去自己毫无好处，也都住手。只有店主觉得堂吉诃德这疯子骄横无礼，在他店里时刻闹事，非罚他一下不可。到头来，吵嚷总算暂停，不过堂吉诃德的心目中，驮鞍还是马鞍，盆儿还是头盔，客店还是堡垒，要经过天地末日的审判才有分晓。

大家听了审判官和神父的劝解，都气平怒息。堂路易斯的佣人又逼小主人跟他们回家。审判官趁他们在谈判，把堂路易斯的话一一告诉堂费南铎、卡迪纽和神父，请教他们这事怎么处置。他们商量停当：堂费南铎就向堂路易斯的佣人透露了自己的身份，说要带堂路易斯到安达路西亚去见他那位袭侯爵的哥哥，他哥哥一定以礼相待；他这来是因为堂路易斯的主意很明显，即使把他的身体扯得七零八碎，他这会儿也决不肯回去见他父亲。那四个佣人得知堂费南铎的地位和堂路易斯的主意，决计先回去三人，把经过禀告东家，留

> 身份和地位在解决纠纷和矛盾时往往有着非凡的功效，似乎地位就是真理的象征和代表。

一人伺候和看守着堂路易斯等待后命。这一场纠纷,凭阿格拉曼泰的威望和索布利诺王的智谋,居然排解开了。可是无事生非、唯恐天下不乱的那家伙觉得受了冷淡和戏弄;而且白费心机挑动了一场纠纷,自己没有捞到什么,因此决计重新挑拨是非,显显本事。

> 此处给下文又埋下伏笔。

却说那几个巡逻队员知道了对手的身份,就泄了气,觉得打下去不管怎么了局,吃亏的总是自己,所以都罢手了;可是挨堂费南铎踢打的那一个身边带着几张捉拿逃犯的拘票,有一张正是捉拿堂吉诃德的。原来桑丘忧虑得不错,神圣友爱团因为堂吉诃德释放了一队囚犯,下令逮捕他。那巡逻队员忽然记起这张拘票,就想核实一下。他从怀里掏出一张羊皮纸,找到有关的条款,一个字一个字地念,因为他阅读力不高。他念一个字,就对堂吉诃德看一眼,把拘票上描绘的相貌按着堂吉诃德的面目逐一核对。他断定这家伙分明就是要拘捕的人。他一核实,立即叠起羊皮纸,左手拿着这张纸,右手一把紧紧抓住堂吉诃德的衣领,抓得堂吉诃德回不过气来。他大嚷道:"快来协助神圣友爱团!抓住这个拦路打劫的强盗!瞧瞧拘票上写着呢!这不是闹着玩儿!"

> 大事终于被揭开,桑丘明智的担忧也终于变成了现实,看堂吉诃德如何应付惩罚。

神父拿过拘票一看,描绘的果然正是堂吉诃德。堂吉诃德瞧这混蛋对自己撒野,火气冲天,浑身的骨头都要爆裂了。他拼命用两手卡住那巡逻队员的脖子,那家伙要没有同伙帮忙,不等堂吉诃德松手早送命了。店主对同僚团友理该救援,忙去帮一手。店主妇瞧丈夫又打架,就又大喊大叫;玛丽托内斯和店家女儿立即放声呼应,求上天保佑,又求在场的人帮忙。桑丘看了说道:"老天爷呀!怪不得我主人说这座堡垒是着了魔道的,这话真没说错!待在这里没一个钟头的安静!"

堂费南铎分开了巡逻队员和堂吉诃德。他们俩一个揪住对方的衣领，一个卡住对方的脖子；堂费南铎拆开双方的手，两人都舒了一口气。巡逻队并不就此甘休，却要求大家帮着把犯人捆起来，交他们处理，说这是对国王和神圣友爱团应尽的责任。他们以神圣友爱团的名义再次责望大家帮着捉拿这一名拦路打劫的强盗。堂吉诃德听了这些话，微微一笑，非常镇静地说："听着！你们这些下贱的家伙！让带锁链的重获自由，释放囚犯，救苦、扶危、济困，你们把这个叫作拦路打劫吗？唉！卑鄙小人啊！你们凡夫俗子，老天爷没开你们的窍，你们既不懂骑士道的高尚，也看不到自己的罪恶和愚蠢！不尊敬游侠骑士的影子就是犯罪！何况你们冲撞了骑士本人呢！听着！什么巡逻队！你们是结队的强盗！借神圣友爱团的特权拦路打劫的！我问你们：哪个糊涂蛋竟签发拘票来逮捕我这样的骑士呀？游侠骑士不受法律制裁，他们奉行的法律是手里的剑，他们依仗的权力是浑身的勇气，他们服从的命令是自己的意志。谁连这点都不懂吗？再说吧，绅士只要封了游侠骑士，承担了骑士道的职责，不辞劳苦，那么，他享受的特权和豁免的义务就比贵族册封书上规定的还多。哪个没脑子的家伙连这个规矩都不知道吗？什么产业税呀、交易税呀、国王结婚税呀、皇家特税呀、通行税呀、摆渡税呀等等，哪个游侠骑士付过呢？哪个裁缝给他做了衣裳收他工钱呢？哪个堡垒主人款待了他要他付账呢？哪个国王不请他同桌吃饭呢？哪个姑娘不爱上他而对他千依百顺呢？还有一句话，世界上不论过去、现在、将来，一个游侠骑士面对四百巡逻队员，要是没本领把他们打四百大棍，他还算得骑士吗？"

> 自我维护的精彩演说，他对游侠骑士的顶礼膜拜，以至将自己也当成了人们崇拜的偶像。此番话可以看出他身上喜剧和悲剧的因素。

第四十六章

巡逻队经历的奇事和我们这位好骑士堂吉诃德的狂怒。

神父在堂吉诃德发话的时候向那些巡逻队员疏通，说堂吉诃德有神经病，瞧他的言谈举动就知道，所以请他们别追究他干的事，即使捉到官府，少不得作为疯子马上释放。那个带着拘票的巡逻队员说：堂吉诃德疯不疯他管不着，他只执行上司派给他的职务；他把犯人捉到了，随人家释放三百次也可以。

> 堂吉诃德的"疯子"定位，在朋友中看来是公认的了。

神父道："可是你们这回还是别押他走；照我看，他也决不肯让你们押走的。"

神父说了许多好话，堂吉诃德又干了许多疯事，那几个巡逻队员如果还瞧不透堂吉诃德是疯子，他们自己就是双料的疯子了。所以他们觉得多一事不如少一事，甚至愿居间调停理发师和桑丘·潘沙的争吵。长话短说，他们以警务人员的身份，公断了这个案子，驮鞍让双方对换，肚带和笼头物归原主。两人虽然不完全称心，也都不吵了。神父为那只曼布利诺的头盔瞒着堂吉诃德给了理发师八个瑞尔，偿还盆价；理发师写下收据，保证此后永无争执。这两件主要争端就此解决，只要堂路易斯的佣人同意先回去三个，留一个陪着小主人跟堂费南铎走，客店里就平静无事了。这时店里的情人和勇士鸿运高照，困难渐次解决，事情都可望圆满收场。堂路易斯的几个佣人答应全听他吩咐。堂娜克拉拉因此喜形于色，只要看她的脸，就知道她心上多么快活。索赖达对目前许多事情虽然不甚了了，却在留心观看各人的脸色，一知半解地跟着同忧同

> 息事宁人是一种皆大欢喜的办法，这可能也是一种"国际惯例"吧！

乐。她尤其关心她的西班牙人，一双眼直盯着他，一片心也直围绕着他。店主注意到神父拿钱给那个理发师，他就索取堂吉诃德住店的花费，还要求赔偿损坏的酒袋和流掉的酒。他发誓说，如果这笔账不付清，驽骍难得和桑丘的灰驴休想出他的店门。神父又出面调停，审判官慷慨解囊，愿意代出这笔钱，不过还是由堂费南铎付了。客店里安安静静，堂吉诃德所谓阿格拉曼泰军营里的一团混乱，变了奥塔维欧朝代的一片太平景象。大家认为这都亏神父热心，又有口才，也亏得堂费南铎无比慷慨。

> 调节和金钱才是问题解决的关键。

堂吉诃德一身轻松无事，他本人和他侍从的种种麻烦都已解除，觉得应该上路，把公主挑选他干的大事完成。他打定主意，跑去跪见多若泰。多若泰非要他起身才让他说话，他敬从尊命，就站起来说："美丽的公主啊，有句老话说：勤快是好运之母。一个人经历了许多大事，就知道只要认真干，没把握的事也能顺手。这点道理在军事上尤其明显。打仗的时候，敏捷可以先发制人，出其不意，打败敌人。尊贵的公主啊，我说这话有个缘故。我觉得咱们目前逗留在这座堡垒里没有好处，也许还有大害，将来自会知道。保不定和你为敌的巨人，靠他的奸细钻头觅缝，探知我要去歼灭他，就趁早修建了攻打不破的城堡，使我枉费心机，我的胳臂虽有使不完的力气，也徒劳无功。所以，我的公主啊，我刚才说了，咱们得防他这一招，赶紧动身去求取好运吧；等我和你那个仇敌一见面，你就可以称心享福。"

> 没想到认真的堂吉诃德还真是"不辱使命"，仍一直念念不忘除魔降妖之事。

堂吉诃德说完，安心敬候美貌公主的玉音。她俨然以君王的身份，仿着堂吉诃德的口吻开言道："先生，你不愧是扶弱锄强的骑士，一片热忱，愿意帮我脱难，我不胜感激。愿上天保佑，你我都能如愿以偿；你就会看到世界上确有知感的女人。我的行期，还是趁早；这方面咱们所见略同。你要我怎么样，都随你安排。我既已把身体托你保护，把光复王国的事业交给你去完成，我就一切凭你高见酌定，决无异议。"

堂吉诃德说："听凭上帝安排吧。公主这样谦逊，我一定不失时机，扶你重登世袭的宝座。咱们趁早动身为妙，常言道：拖拖延延，就有危险。我想到这句话就急着要上路。好在能使我畏惧的人，天上还没有诞生，地狱里也没有收容过。桑丘，给驽骍难得套上鞍辔，备好你自己的驴和女王的马，咱们辞别了堡垒主人和各位先生们，立刻动身吧。"

桑丘一直在他身边，这时摇着脑袋，说道："唉，主人啊，主人啊，'村里的丑事，比传闻的还多'！这话请女客们别见怪。"

"你这傻瓜！世界上哪个村上、哪个城里会有坏我名头的丑闻呢？"

桑丘道："我是个好侍从、好佣人，所以有些话应该告诉自己的主人。不过您要是生气，我就闭口不说了。"

堂吉诃德道："你要说什么就说吧，只要不是存心吓唬我。你胆子小，是你的本色；我不知畏惧，也是我的为人。"

桑丘道："哎唷！不是这个话！我只是说，这姑娘自称大米戈米公王国的女王，其实，她和我妈妈一样，不是什么女王，我知道得很清楚。要是女王的话，她不会瞅人家一转身，或者找个背人的地方，就和咱们这伙里的某一位偎着脸儿磨鼻子。"

桑丘这番话说得多若泰满面通红。原来她丈夫堂费南铎有几回趁人不见，用嘴唇向她索取了一点儿爱情的报酬。桑丘看在眼里，觉得她这样轻佻像个妓女，不像大国的女王。多若泰听了桑丘的话无言可对，也不想回答，随他说去。他接着说："先生，我这话有个道理。咱们东奔西走，黑夜受

这次的出发不知又要引出什么事端来。

轻佻（tiāo）：（言语举动等）不庄重，不严肃。

罪，白天更吃苦，劳累了一场，如果到头来却让这个客店里作乐的人去享现成，您何必催我去备马、套驴、装置娘儿们的坐骑呢？咱们还是安安静静地待着，'让每个婊子纺她的线，咱们吃咱们的饭'。"

啊呀！我的天！堂吉诃德听了他侍从这一派胡言，生了好大的气呀！他气喘吁吁地，舌头都僵了，眼里火星直冒，说道："啊！你这混蛋！你这蠢货！你好狂妄！你啥也不懂，却恶嘴毒舌，背地里胡说八道坑害人！你当着我的面，当着这许多贵妇人小姐，竟敢说出这种话来！你的糊涂心眼里都是这样下流无耻的想头！你给我滚！你这魔头！你这撒谎精、促狭鬼！你这诡计多端、造谣生事的家伙！你这不敬帝王的逆贼！你快滚！别站在我跟前！免得惹起我的火来！"

他一边说，一边皱紧眉头，鼓起腮帮子，瞪着四周的人，还使劲顿着一只右脚。瞧他这一腔怒火有多旺啊！桑丘听了他这番话，又瞧他满面怒容，吓得矮了半截，但愿脚底下立刻裂出个口子来，把他吞下去。他不知所措，只好转身躲开这位发火的主人。幸亏机灵的多若泰深知堂吉诃德的脾气，她要平平他的火，说道："哭丧着脸的骑士先生啊，你这位好侍从说那些浑话也许不是无因，你别生气。他是很明白的，也有基督徒的良心，决不会捏造证据坑害人。分明还是你刚才说的那个缘故，骑士先生，这座堡垒里一切都由魔法摆布。我说呀，也许桑丘着了障眼法，真是看见了那些丢我脸的事。"

堂吉诃德听了说道："我凭全能的上帝发誓，公主这句话说在筋节上了。桑丘这糊涂虫准是着了障眼法，不然的话，决不会看见那些事。我深知这倒霉家伙是好心肠，也是死心眼儿，不会捏造证据冤枉人。"

> 桑丘还是很正统和正直的，他的直言不讳还真让人无地自容、难以承受。

> 又是出力不讨好，桑丘和堂吉诃德之间存在着太多的差别。

> 多若泰的机灵应变解决了许多问题，变通看来真是个行事的好手段。

堂费南铎说:"是这么回事,保不定将来还会有这种事。所以,堂吉诃德先生啊,您得原谅他,和他言归于好,'依然如故',别让那些幻象迷糊了他。"

堂吉诃德同意;神父就去找桑丘回来。桑丘低声下气地跑来,跪下要求吻他主人的手。堂吉诃德伸手给他亲吻,然后祝福了他,说道:"桑丘儿子,我不是几次三番跟你说吗,这座堡垒里的事全都是魔法变幻出来的,你现在该知道我这话不错了吧。"

桑丘道:"这话我相信,不过毯子的事得除外,那是正常手法干出来的真事。"

堂吉诃德道:"你别这么想;要是真有那事,我早该替你报仇了,现在也会替你报仇。可是过去也罢,现在也罢,我都无从着手,不知找谁去报复呀。"

> 主仆二人的认真和滑稽总是相生相伴,让人掩口失笑。

大家都问什么毯子的事。店主就仔仔细细讲桑丘怎样在半空中翻滚。大家听了大笑;桑丘要不是主人再次保证那是魔法,一定大怒了。不过桑丘傻虽傻,却始终认为自己没着什么魔,确实是给一群有血有肉的人兜在毯子里耍弄了;他的主人坚持那是如影如梦的鬼怪干的,他却并不相信。

这群贵宾在客店住了两天,觉得该动身了。他们打算让神父和理发师照他们的原意把堂吉诃德带回家乡治病,而多若泰和堂费南铎却不必借解救米戈米公娜女王的那套谎话一起奔走。他们就想了一个办法。恰巧有一辆牛车路过,他们和赶车的讲定,设法把堂吉诃德用牛车运走。他们用栅栏做成个笼子模样的东西,能容堂吉诃德宽宽舒舒地待在里面。堂费南铎和他的伙伴、堂路易斯的佣人、巡逻队员以及店主等人照神父的主意和安排,一个个蒙上脸,打扮得各式各样,叫堂吉诃德认不得。他那天打了几次架,正在睡觉休息;他们一声不响,进了他的屋。

> 武力有时要比策划更简单直接，而且也能收到极佳效果。

堂吉诃德做梦也没想到这一着，睡得正酣。他们走到床前，使劲把他按住，牢牢缚定手脚。等他惊醒，已经动弹不得，只能瞪眼瞧着这群奇形怪状的东西发怔。他那牢不可破的观念又在他的疯癫的头脑里翻腾，认为这些就是这座魔堡里作祟的鬼怪，他自己分明是中了定身法，所以不能抵御。这都是神父定计的时候预料到的。当时在场的许多人里，只有桑丘是头脑正常而没有化装的。他虽然和主人疯得相差无几，却还认识这些乔装的人物。他要等着瞧他们把他主人捆住了怎么发落，一直没敢开口。堂吉诃德也一言不发，等着看他这场祸事的结局。他们把木笼抬来，把堂吉诃德关在里面，外面用木条钉得结结实实，即使狠狠地颠簸两下也不会开裂。

> 聪明人对付脑子有病的人在此显得绰绰有余，武力和诱骗往往就能解决问题了。

他们随就把笼子扛在肩上，正要扛出屋子的时候，理发师（不是驮鞍的主人而是咱们认识的那位）尽力装出令人毛骨悚然的声音，说道："哭丧着脸的骑士啊！你受了拘禁不要苦恼，因为你大力担当的事业，要这样才能早早完成。曼却的猛狮和托波索的白鸽要双双低垂他们高昂的脖子，接受婚姻的束缚，结合为一。那就是你功业圆满的日子。由这个破天荒的结婚，将生育出一群凶猛的小狮子来，他们要学着勇敢的爸爸张牙舞爪。追求达芙妮的太阳神在黄道带上跑不到两转，我的预言就会应验。至于你这位侍从啊，你是一切腰里挂剑、脸上留胡子、鼻孔里闻气味的侍从里最高尚、最顺从的一个！你眼看游侠骑士的模范给人家这样押走，不要懊丧。只要上帝有意，你好主人许你的愿不会落空，你马上会做大官，高贵得连你本人都不认识自己。我凭撒谎圣姑向你保证，你的工钱一定照付，你到时就知道。你一步步跟着这位英勇的、着了魔的骑士走吧，因为你们俩是同一个归宿。天机不可泄露，我不便多说，愿上帝保佑你，我这就回到自己知道的地方去了。"

他这套预言说到末了几句,嗓门儿提得特高,然后渐渐低沉下去。同伙的人虽然明知是开玩笑,听来却好像是真的。

堂吉诃德从这番话里得到了安慰,因为他立刻领会了个中意义,知道自己注定要和心上人杜尔西内娅·台尔·托波索缔结神圣合法的婚姻,她蕴藏丰富的肚子里要出产一窝小狮子——也就是一群小吉诃德,使曼却的光辉照耀万世。他深信自己没有误会,就提高嗓子长叹一声,说道:"预告我未来幸福的不知哪一位啊,请你转求主持这件事的大法师,在你这些可喜的、绝妙的预言一一应验之前,别让我死在他们关禁我的笼里!只要预言有准,我在牢笼受苦就是光荣;我带着枷锁心上也舒服;我躺的硬板就不是挣命的场所,却是温柔乡!至于你对我侍从桑丘·潘沙的安慰呢,我也有句话。我相信他心地善良,为人规矩,不论我走好运坏运他都不会离开我。如果他和我都倒了霉,我许他的海岛之类竟不能到手,那么他的工资至少是不会落空的。我不能报答他的辛勤,可是尽我力之所及,他的工资,我在写好的遗嘱上已经列下一款了。"

桑丘·潘沙恭恭敬敬地向他鞠躬,亲吻了他的双手,因为两手缚在一起,不能单吻一只。

那群鬼怪就把木笼扛出去,装在牛车上。

> 话语的解释权永远掌握在自己手中,正因如此误会才会经常光顾俗人。

> 在如此关键的情况下,尚不忘桑丘,看来这个主人蛮称职的。

情境赏析

沉湎于往昔骑士道的堂吉诃德缺乏现实感的思想状态,他的性格中存在着荒唐可笑的一面。然而尽管他疯疯癫癫、滑稽可笑,但他的一切举动都出自真诚善良的动机,掩藏着崇高伟大的精神。他为实现理想,从不胆怯,从不退缩,总是勇敢向前,即使牺牲生命也在所不辞,他是伟大、高尚的，不能不让我们为之感动，为之流泪。也许他有太多荒诞的言行，但与他崇高的理想相融，一切又会让人在开怀的同时会心一笑。

名家点评

这位披甲执枪的游侠骑士，是一位人文主义者兼主观主义者的悲剧性典型。作为人文主义者，他的理想是进步的，动机是良好的；作为一个主观主义者，他的行为则是可笑的，造成的后果则是可悲的。主观和客观的脱离、理想和现实的脱离，造就了一个既有喜剧色彩又有悲剧因素，既令人可笑又令人可敬的人物。

——（法）雨果

第四十七章

客店的故事终于落下了帷幕，在大家共同的努力下每一件事都有了一个差强人意的结果，这时堂吉诃德又被翻了出来，再次成为故事的中心，成为众人亟待解决的问题，在众人皆大欢喜的情况下，他们采用了一种更为简单的办法，抛弃了温和的欺骗，直接把他装进了笼子。

堂吉诃德出奇地着魔以及其他异事。

堂吉诃德瞧自己关在笼里，装上牛车，说道："我读过许多很正经的游侠骑士传记，可是用魔法把骑士像我这样摄走，我还从没读到、看到、听到过。而且牛这种又懒又笨的牲口一定走得很慢。照例，摄走的骑士是裹在乌云里的，或者乘一辆火焰车，再不然，骑一匹飞马之类的怪兽，忽的一下子就从天空走了。现在却把我装在牛车上拉走！天啊！真叫我莫名其妙！大概今非昔比，骑士道和魔法都换了样了。我是世界上新出的骑士，冒险的骑士道已经没人知道，由我第一个重新恢复，也许因此就另创了新样的魔术，别有新法摄走着魔的人了。桑丘儿子，你以为我这话怎么样？"

桑丘答道："我不知道，我不像您读过那么许多游侠骑士的书。可是我敢保证，这伙不完全是真正的妖魔鬼怪。"

堂吉诃德道："真正的？我的爹呀，既然是鬼怪，怎么能是真正的呢？那是虚幻的形状，特来对我施行魔法的呀！你要瞧我这话对不对，只消把他们碰碰或摸摸，就知道他们没有实在的肉体，只是虚影子。"

桑丘说："先生，老实说吧，我已经碰过他们了。这个鬼在这儿忙忙叨叨，他身上的肉很结实；而且还有一点儿古怪，我听说魔鬼身上都有硫黄气，还有别种臭味，可是这个鬼却远不是那样的，他身上的龙涎香半哩瓦以外就闻到了。"

桑丘指的是堂费南铎，他是一位贵公子，身上想必有桑丘说的这种香味。

堂吉诃德说："桑丘朋友，这没什么稀奇。我告诉你，魔鬼是很调皮的。他们尽管熏染着些气味，他们是精灵，本身并没有气味；要有的话，就绝不是香，只能是恶臭。因为他们无论跑到哪里，总离不开地狱，他们的痛苦，丝毫不会减轻。香味是闻了舒服的，他们决不会有香味。假如你觉得那个魔鬼有龙涎香味，不是你弄错了，就是魔鬼存心迷惑你，叫你不知他是魔鬼。"

主仆俩只顾谈论。堂费南铎和卡迪纽决计赶紧动身，免得桑丘识破他们的计策；桑丘已经猜透八九分了。他们把店主人叫过一边，吩咐他给驽骍难得套上鞍辔，给桑丘的驴儿装上驮鞍。店主人马上照办。这时神父已经和那几个巡逻队员讲好，请他们一路护送，每天给若干报酬。卡迪纽把堂吉诃德的盾牌和那只铜盆挂在驽骍难得的鞍架两侧，做手势示意，叫桑丘骑驴牵着驽骍难得，又叫两个巡逻员拿着火枪押在牛车两旁。店主妇和她女儿和玛丽托内斯在牛车临走的时候，出门和堂吉诃德告辞，假装为他遭难伤心流泪。堂吉诃德对她们说："好心的夫人小姐们请不要哭。干了我们这一行，这种灾难都是免不了的，否则我就不是个有名的游侠骑士了。名望不高的骑士从来没有这种遭遇，因为世界上谁也不理会他们。英勇的骑士就不同，他们的品德和功勋招来许多国王和骑士的嫉妒，那些人就使出卑鄙的手段来陷害好人。可是话又说回来，高尚的品德是压不倒的，单靠它本身的力量就足以抵制魔法祖师索罗阿斯德斯的全套邪术，克服一切困难，像阳光一样照耀世界。美丽的夫人小姐们，如果我有什么失礼的地方开罪了你们，请不要见怪，我绝不是有意的。现在我给坏心眼儿的魔术家关进了这个笼子，请你们为我祷告上帝，救我出来。我决不忘记在这座堡垒里受到的优待；如有一天出得这个牢笼，一定尽力报答你们的厚爱。"

　　堡垒里的女人和堂吉诃德谈话的时候,神父和理发师正在辞别店里的许多客人,其中有堂费南铎和他的伙伴,上尉和他的弟弟,还有多若泰和陆莘达等称心如意的小姐。他们彼此拥抱,约定互通消息。堂费南铎把自己的住址告诉神父,让神父把堂吉诃德的情况写信告诉他,因为他很关心。他答应也要把神父盼切的消息一一奉告,比如他自己的结婚呀、索赖达的受洗呀、堂路易斯的事呀、陆莘达的回家呀,等等。神父答应了堂费南铎的要求。他们又互相拥抱,重申前约。店主拿出些手稿给神父,说是从存放《何必追根究底》那篇故事的箱子夹层里找出来的。他说物主不会回来,不妨都拿去,反正自己不识字,不要这些东西。神父谢了他,打开一看,标题是《林果内德和郭塔迪琉的故事》,才知道是一篇故事。他认为《何必追根究底》那篇很不错,料想这篇也是好的,因为可能都是一个人的手笔。他就收起来等有工夫再看。

　　他和理发师朋友防堂吉诃德立即识破他们,都戴着假面具;两人上了坐骑,跟在车后。一行人挨次出发。车辆打头,由车主带领。两旁是刚才说的两个带火枪的巡逻队员,随后是桑丘·潘沙骑驴牵着驽骍难得。神父和理发师各骑壮骡,像上文说的蒙着脸缓步押在队后;牛车走得很慢,他们不能超前去。堂吉诃德坐在笼里,捆住两手,伸直两腿,背靠着栅栏,默默地忍受一切,简直不像血肉之躯,却像一尊石像。他们就这么慢吞吞、静悄悄走了两哩瓦路,到一个山坳里。赶牛车的觉得这里可以让牛歇歇力,啃吃点青草,就向神父说了。理发师却主张再走一程,他知道附近有个山坡,转过山坡又有个山坳,那里的青草更茂盛,地方比这里还好。因此他们继续前行。

　　这时神父回头,看见背后来了六七骑旅客,行装都很漂亮。他们一会儿就赶上来了,因为他们不像牛走得滞缓,却像乘了教长的骡,急要赶往一哩瓦内已经在望的客店去打尖的样子。急急赶路的追上慢慢走路的,彼此叙过礼。赶来的一行人里有一个正是托雷都的教长,跟随的都是他的伴当。他看见牛车、巡逻队员、桑丘、驽骍难得、神父和理发师一队人行列整齐,尤其看到堂吉诃德关在笼里,忍不住就要打听为什么把人这样押解。不过他瞧见巡逻队员的标记,料想那人准是抢劫或其他罪行的凶犯,给神圣友爱团逮捕了。他询问一个巡逻队员,那人答道:"先生,我们不知道这位绅士为什么要这样走路,你叫他自己说吧。"

堂吉诃德听见他们回答,接口说道:"各位绅士先生熟悉游侠骑士的事吗?要是熟悉,我就把我的不幸向各位讲讲;不然呢,我就不白费唇舌了。"

神父和理发师看见赶路的和堂吉诃德·台·拉·曼却交谈,怕自己的计策败露,忙赶上前来随机应对。

教长听了堂吉诃德的话,答道:"老兄,我对于骑士小说实在是熟悉得很,比维利亚尔邦多的《理论学大全》还读得熟。你要是只有这点要求,那就尽管放心把你的话告诉我。"

堂吉诃德道:"好吧。绅士先生,你既然这么说,我就讲给你听。我受了恶法师的忌妒和欺骗,着了魔道,给关在笼子里押着走。美德虽有好人爱惜,更有恶人压制呢。我是个游侠骑士:不是默默无闻的那种,却是世世传名、人人效法的模范骑士,即使嫉妒性变成的嫉妒精,或者波斯的一切魔术家、印度的一切婆罗门、艾悌欧比亚的一切神秘家全都和我为难,也奈何我不得。"

神父插嘴道:"这位堂吉诃德·台·拉·曼却先生说得不错,他着了魔道给装在车上运走,不是他有罪过,却是嫉贤忌能的家伙设计害他。先生,他就是那位'哭丧着脸的骑士',您也许听到过他的大名。他的丰功伟绩,将来要铭刻在青铜和大理石上,万古不抹,忌他的人用尽心机也消灭不了。"

教长听到笼子里外的人说话都是一个口吻,莫名其妙,惊异得几乎要在自己身上画十字;跟从的那些人也纳闷儿。桑丘·潘沙要听他们讲话,正挨在旁边,这时就想把事情摆一摆,说道:"各位先生,随你们爱听不爱听,我这会儿讲的是真话。要说我主人堂吉诃德先生着了魔道呀,那就是我妈也着了魔道了!他头脑完全清楚,吃也吃,喝也喝,也像别人那样干他的水火事儿，和他昨天进笼以前一模一样。照这样子，怎能叫我相信他是着了魔呢？我听见许多人说过，着魔的人既不吃，也不睡，也不说话。我的主人要是没人管着，说起话来，比三十个律师还说得多呢。"

他随就转脸瞧着神父说："哎，神父先生啊！您以为我不认识您吗？这一套新魔法为的是什么缘故，您以为我瞧不透吗？那么我告诉您，您尽管遮着脸，我却认识您；我还告诉您，您尽管诡计多端，我也识得破。干脆一句话：嫉妒占上风，美德就倒霉；抠门儿的地方，就没有慷慨。魔鬼没有好下场！要没有您这位神父，我主人这会儿已经娶了米戈米公娜公主，我至少也是个伯爵了，因为无论凭我东家哭丧着脸的骑士的赏赐，或者凭我自己的功劳，这是拿稳了的。可是我现在看到老话说对了：命运的轮子比磨坊的轮子还转得快；昨天平步青云，今天就掉在泥里。我是为自己的老婆孩子懊恼：他们满可以指望做爸爸的当了海岛或王国的总督重返家门，可是他们得瞧爸爸当了马夫回家了。神父先生，我跟您说这番话，不过是要奉劝您神父先生：您这样虐待我主人，您摸摸自己的良心吧；您关禁着堂吉诃德先生不让他救人行好，小心将来见了上帝和您算账！"

理发师打断他道："'少胡说吧'！桑丘，你和你主人成了同道啦？老天爷！我看你该进笼去陪他；你也中了骑士道的迷，和他一鼻孔出气，正该和他一样的着魔。真糟糕，他许你的海岛你就那么贪图呀，竟在你脑壳子里结成胎了。"

桑丘答道："谁也没叫我怀胎！就是国王也不能叫我怀胎的！我穷虽穷，却是老基督徒，对谁都没有亏欠；要说我贪图海岛，还有人贪图更坏的呢。'干什么事，就成什么人'。'只要是人，就能做到教皇'，别说一个海岛的总督！况且我主人赢来的海岛，多得没人可给呢。理发师先生，您说话小心，天下事不光是剃剃胡子，而且'彼德罗和彼德罗之间，还有个分等'。我说这些话呀，因为咱们都是熟人，'灌水银的骰子，别当着我掷'。我主人着魔的事，上帝知道真相，咱们还是不谈吧。因为'少搅拌为妙'。"

理发师不愿意和桑丘多说，怕这家伙傻头傻脑，把他和神父极力遮掩的事全抖搂出来。神父也防到这层，所以请教长和他一起抢前几步，他可以解答人在笼中的谜，还告诉他其他趣事。教长依言带着佣人随神父前去，一面留心听神父讲堂吉诃德的性格、生平、他的疯病、习惯，等等。神父把他发病的根源、连一接二的遭遇、直到关进这笼子，都说了个大概，还说他们打算带他回乡治疗。教长和他的佣人对堂吉诃德的怪事不胜惊诧。教长听完说道："神父先生，我实在觉得所谓骑士小说对国家是有害的。我有时是无聊，有时是上当，几乎把这种小说每本都看过一个开头，可是总看不下去，因为千篇一律，没多大出入。我认为这种作品是所谓米雷西亚故事之类，都荒诞不经，只供消遣，对身心没有好处，和那种既有趣又有益的故事大不相同。尽管这种书的宗旨是解闷消闲，可是连篇的胡说八道，我不懂能有什么趣味。人要从实际或想象的事物上看到或体味到完美、和谐，才会心赏神怡；一切丑陋、畸形的东西不会引起快感。如果小说里讲一个十六岁的孩子，挥剑把一个高塔似的巨人像杏仁糕那样切成两半，或者描写打仗，敌军有百万之众，而主人公匹马单枪，准获全胜，不管读者信不信，这种小说怎么能动人呢？各部分怎能合成彼此和谐的整体呢？或者写一个王后或女皇，见到素不相识的游侠骑士，就投身倒在他怀里，这样有失体统，我们还有什么说的呢？或者写一座挤满了骑士的高塔，简直就像一条顺风的船在海里航行，今晚在朗巴尔狄亚，明晨到了印度胡安长老辖治的国土，或是托罗美欧从未发现、马可波罗从未到过的地方，这种故事，除了无知不学的粗坯，谁会读了满意呢？假如有人驳我，说这种小说原是凭空捏造的，不必计较情节的细致真实。那么我要反驳说：凭空捏造越逼真越好，越有或然性和可能性，就越有趣味。编故事得投合读者的理智，把不可能的写成很可能，非常的写成平常，引人入胜，读来可惊可喜，是奇闻而兼是趣谈。要作品完美，全靠逼真模仿，否则刚才说的种种要求都办不到。小说的各部分要能构成一个整体：中段承接开头，结尾是头中两部一气连贯下来的。我读过的骑士小说，没一部是这样一气呵成的，都支离拉杂，好像不是想塑造完美的形象，却存心要出个怪物。而且文笔粗野，事迹离奇，写爱情很不雅，写礼貌失体，战事写得啰唆，议论发得无聊，旅程写得荒谬，总而言之，全不懂该怎么写作。所以基督教国家该把这种书像无用的人一样驱逐出境。"

神父洗耳恭听，觉得这位教长识见高明，一番议论都有道理，就告诉他自己所见略同，也厌恶骑士小说，所以把堂吉诃德所藏的许多都烧掉了。他讲自己怎样审查了那些书籍，哪几部判处极刑，投入火内，哪几部幸获赦免。教长听了大笑。他说自己虽然列举了这种小说的种种弊病，却发现有一个好处。它的题材众多，有才情的人可以借题发挥，放笔写去，海阔天空，一无拘束。譬如船只失事呀，海上的风暴呀，大大小小的战事呀，他都可以描写。他可以把勇将应有的才能一一刻画，比如说：有识见，能预料敌人的狡猾；有口才，能鼓励也能劝阻军士；既能深思熟虑，又能当机立断；无论待时出击，或临阵冲锋，都英勇无匹。他可以一会儿描述沉痛的惨事，一会儿叙说轻松的奇遇。他可以描摹德貌兼备的绝世美人，或文武双全的基督教绅士；或蛮横狠毒的匪徒，或慈祥英明的国君。他可以写出臣民的善良忠诚，君王的伟大慷慨。他可以卖弄自己是天文学家，或出色的宇宙学家，或音乐家，或熟悉国家大事的政论家，假如他要充魔术家也无不可。他可以写尤利斯的足智多谋，伊尼斯的孝顺，阿喀琉斯的勇敢，赫克托的倒霉，席侬的诈骗，欧利阿罗的友爱，亚历山大的慷慨，恺撒的胆略，特拉哈诺的仁慈和真实，索比罗的忠诚，加东的英明，等等，一句话，凡是构成英雄人物的各种品质，无论集中在一人身上，或分散在许多人身上，都可以描写。如果文笔生动，思想新鲜，描摹逼真，那部著作一定是完美无疵的锦绣文章，正像我刚才说的那样，既有益，又有趣，达到了写作的最高目标。这种文体没有韵律的拘束，作者可以大显身手，用散文来写他的史诗、抒情诗、悲喜剧，而且具备美妙的诗法和修辞法所有的一切风格。史诗既可以用韵文写，也可以用散文写。

第四十八章

教长继续讨论骑士小说,旁及一些值得他思考的问题。

神父说:"教长先生,您说得对!现在还有人不讲求入情合理的想象,也不遵照艺术的法则,仍然写那种小说,真该严厉批评。照那样用散文写作,就休想有杰出的文豪,能和希腊拉丁的诗坛二霸比美了。"

教长答道:我有时也想照自己心目中的准则,试写一部骑士小说。老实说吧,我已经写了一百多页。我不知道对自己作品的估价是否恰当,拿出去请教过爱好这种小说的学识兼备之士,也请教过一味喜欢荒唐奇怪的不学无术之徒。他们都异口同声地赞美。可是我没有再写下去,因为觉得这件事不是我的本分,而且发现没头脑的人比有头脑的多。尽管几个高明人的赞赏,可以抵消大伙糊涂虫的嘲笑,我知道看这种书的多半是假充内行的俗物,不愿意挨他们七嘴八舌的批评。不过我中途搁笔,甚至拿定主意不写下去,主要还有个道理。我看了现在上演的戏,心上想:现在风行的戏,情节无论出于虚构、或有历史根据,几乎全都是没头没尾的胡言乱语,远说不上好。可是观众看得津津有味,齐声叫好。编剧和演戏的都说:戏剧就该这样,非如此不能投合观众的嗜好。那些情节紧凑、安排精密的戏,只有寥寥几个内行欣赏,一般人领会不到它的技巧。他们编戏、演戏的,最好还是随和着大众混饭吃,犯不着博取少数人的赞许。我按照上面说的艺术规律,精心费力写出来的书,也逃不了这样的遭遇,我就成为'四岔路口的裁缝'了。我屡次劝告那些见解错误的演员们说:演出有艺术造诣的戏比荒谬无稽的更卖座、更走红。可是他们执迷不悟,随你说得头头是道,凿凿有据,他们都当耳边风。我记得有一天跟那么个成见很深的人说:不多几年前,西班牙演出了国内一位名作家的三个悲剧,你记得吗?那三个悲剧呀,不论智愚雅俗,看了个个赞赏;演员们单靠那三个戏赚的钱，比后来上演三十个头等好戏赚的还多。

"那个领班的演员说：'您说的准是《依萨贝拉》，《斐丽斯》和《阿雷汉德拉》那三个戏吧'。我说：'一点儿不错。你瞧瞧，那几出戏不是严格遵守艺术规律吗？遵守了规律，不还是人人欣赏的好戏吗？所以不能怪观众要求离奇荒诞，只怪演员们不演别的戏。真的，像《负心的报应》呀、《驽曼夏》呀、《痴情的商人》呀、《欢喜冤家》呀，都一点儿不荒谬。还有些行家编写的戏也不荒谬；编者由此得了名，演员们由此得了利。'我还发了些别的议论。我觉得他听了似信非信，没有心服，不肯抛除成见。"

神父道："教长先生，您这番话，勾引了我往日对时新戏的厌恶；就像我对骑士小说一样的痛恨。按照图利欧的见解，戏剧应该是人生的镜子，风俗的榜样，真理的造像。现在演出的戏却是荒谬的镜子，愚昧的榜样，淫荡的造像。假如戏里第一幕第一景出场一个穿抱裙的小娃娃，在第二景已经成了有胡子的大男人，这不是荒谬绝伦么？假如描摹老年人勇猛，小伙子懦弱，仆人满口掉文，小童儿满腹智谋，国王像脚夫，公主像灶下婢，这不又是荒谬绝伦吗？剧情的演展应该遵守一定的时限，写戏的人是否注意这点呢？我看到的戏，第一幕在欧洲，第二幕在亚洲，第三幕收场在非洲；如果还有第四幕，那么准在美洲结局了；一出戏里就遍历世界四大洲。按说，戏剧的原则是模仿真实。可是有的戏演贝比诺王或者查理曼大帝时代的故事，却把艾拉克刘大帝做主角，而他又像果多弗莱·台·布利翁那样捧着圣十字架进耶路撒冷，光复了圣陵。发生这些事情的各个时代相隔不知多少年呢。或者基本是虚构的剧情，却掺上历史的真事，不管是哪个人物、哪个时代的事，都东扯西拉，混杂一起。这种戏编得连真实的影子都没有，荒谬得刺人眼目，情理难容；稍有识见的人看了都不会满意的。糟的是，偏有那些瞎丁眼、蒙了心的人，以为这已经十全十美，如果再要求改进，就是过于挑剔了。再说宗教戏吧。戏里捏造了多少虚假的奇迹呀！多少伪造和附会的事呀！这个圣人的奇迹竟会归到那个圣人身上去！就是在世俗的戏里，作者只要觉得来个奇迹或所谓奇观，可以轰动糊涂人，引他们来看戏，就不顾一切，大胆捏造。这都是歪曲事实、违反历史的，而且也有损西班牙作家的名誉,因为严守戏剧规律的外国人看到咱们编的戏谬误荒唐,就把咱们看作野蛮无知了。也许有人说,治理得当的国家容许公开演戏的主要目标,就是供人民正当的娱乐,免得闲暇滋生邪念。一出戏不论好坏,都能达到这个目标。所以不必制定规律,也不必用规律去约束作家和演员。但是这话有漏洞。请听我反驳。好戏更善于贯彻这个目标,坏戏远不能比。在一出精心结构的戏里,诙谐的部分使观客娱乐,严肃的部分给他教益,剧情的发展使他惊奇,穿插的情节添他的智慧,诡计长他识见,鉴戒促他醒悟,罪恶激动他的义愤,美德引起他的爱慕。随他多蠢的人,看了一出好戏心里准有以上种种感受。如果说一出戏具备了这些因素,反不如不具备更能娱目快心,那就绝不可能。现在经常上演的戏,大半是不够格的。这不能怪剧作家。有些作家明知自己的毛病,也深知该怎样写,可是剧本已经成了买卖的货物,他们也说得不错,除了时行的那类剧本,戏班子不肯出钱买。戏班子是作家的主顾,演员有什么要求,作家总设法迎合。我们只要看看我国一位大才子所写的数不清的剧本,就知道确是这么回事。他笔下有文采,有风趣;他的曲词非常工致,思想新颖,有许多含意深长的箴言警句,总之,他文字很美,格调很高,所以他名满天下。可是他为了投合演员的喜好,只有几个剧本写得无懈可击,并非个个剧本都好。还有些作家编剧漫不经心,戏里毁谤了某某国王,侮辱了某某豪门,演戏的屡次挨打,因此演完戏就得逃走。麻烦一时上还说不完,不过都是可以避免的。只要请一位有才有识的人常驻西班牙京城,把京城以及全国各地要上演的剧本预先审查一下;未经许可和批准,当地官府不准上演。这样一来,演员们会注意把剧本送上京城,以后演出可以平安无事;剧作家顾虑到作品要经行家法眼审阅,编写的时候就会细心多下功夫。这样就能写出好的剧本,戏剧的目标也就贯彻得完善:群众有了娱乐,西班牙的才子们出了名,戏班子赚了钱,并保险不出乱子,免除了戏班子受罚的祸事。如果新出的骑士小说也有人负责审查,或者就由审查剧本的兼任,那么,您所说的那样完美的骑士小说准会出现,使咱们的文章宝库增光生色,把旧的骑士小说直比下去。不仅闲人,就是最忙的人,读这种小说也是正当的消遣。因为弓弦不能老绷紧了不放，人是个软弱的东西，没一点儿适当的松散是支持不住的。"

教长和神父谈到这里，理发师跑来对神父说："硕士先生，这就是我说的好地方。咱们可以歇午；丰盛的草地上可以放牛啃青。"

神父说："对，我赞成。"

他把这意思告诉教长。教长看见山坳里的景色，也愿意盘桓一下，跟着大伙儿休息。他一来是要欣赏风景，又加和神父谈得投机，还想仔细听听堂吉诃德干的事，所以打算在那里歇午，就打发几个佣人到前去不远的客店里替大家买饭。一个佣人说：他们的驮骡准已经到了前面客店了；驮骡带的吃食很多，他们只需向客店要些大麦，别的都不用买。

教长道："照这么说，你们就把坐骑都赶到前面客店里去，把那匹驮骡牵回来。"

桑丘对时刻守着他主人的神父和理发师是有戒心的，他看到这时可以背着这两人和主人说话，就跑到笼前说道："先生，我对于您着魔的事，有句话要说，不说良心难受。我告诉您，跟咱们一起来的那两个蒙脸的人就是咱们村上的神父和理发师呀。我想他们就为了妒忌您干了些事大出风头，把他们比下去了，所以使诡计这样押着您走。假如我这话不错，您就并非着魔，不过上了当，做了傻瓜。我要找个凭据，想问您一句话。您的回答如果不出所料，他们捣的鬼就给我抓住了，可见您不是着魔，只是脑经混乱。"

堂吉诃德说："桑丘儿子，你要问什么，问吧。我一定好好回答，叫你满意。据你说，跟咱们走的那两人是咱们街坊上熟识的神父和理发师。可能看样子是他们俩，实际上并不是，你千万别当真。你该知道，那两人如果照你说的像神父和埋发师，那一定是禁咒我的魔法师变成了他们的形状。魔术家要变什么就变什么，容易得很。他们变成了咱们朋友的模样，叫你以为真是咱们的朋友，你就胡思乱想，掉在迷魂阵里怎么也出不来了。他们借此还可以叫我捉摸不定，不知这场灾祸是从哪儿来的。你尽管说跟我一起的是咱们村上的神父和理发师；我呢，眼看自己关在笼里，心里明白，除非魔力,人力决计办不到。只能说,我着的魔道是从古到今独一无二的,打破了书上的框框;除此还能怎么解释呢?所以你可以拿定他们绝不是你说的那两个,好比我绝不是土耳其人一样。至于你要问我什么话,你就问吧;随你从现在问到明天,我也一一回答。"

桑丘大嚷道:"圣母保佑我吧!我跟您讲的全是真话。您这回倒了霉关在笼里,是着了人家的坏心眼儿,不是着了魔道。难道您脑壳子那么厚,那么没脑子,竟不能了解吗?不过随您这样,我还是要向您切实证明,您并不是着魔。但愿上帝解除您的魔难!但愿您忽然间投进了杜尔西内娅小姐的怀抱!我现在凭这些愿望向您请问。"

堂吉诃德说:"别对我赌咒了,你要问就问吧。我已经说过,一定照实回答。"

桑丘道:"这就是我的要求。您是以游侠骑士的名义拿枪杆子的,我要您按这种战士的本分,完全照实回答,一分不多也一分不少……"

堂吉诃德道:"我告诉你,我是什么谎也不撒的。你快问吧;这没完没了的赌咒呀,要求呀,拐弯儿抹角的,真叫我心烦了,桑丘。"

"哎,我拿定主人是好人,靠得住。那么,请不要见怪,我就问了,因为这和咱们讲的事是有关系的。自从您进了笼子,以为是着了魔道,您想不想干通常说的大小方便的事呀?"

"不懂什么方便的事,你要我直截了当地回答,就得说明白些。"

"难道您不懂大的方便或小的方便吗?学校里的儿童一断奶就这么说呀。好吧,我是要问问,您想不想干一件人身上省不了的事?"

"啊!我懂你的意思了,桑丘!好几回呢!现在就想!快让我脱了这个累吧!别弄得怪脏的!"

第四十九章

头脑尚很清楚的桑丘从一开始便识破了诡计,为了保住自己的海岛总督,他极力地去戳穿神父们,力图唤醒堂吉诃德,这倒给大家带来了不小的麻烦,本已经顺利"解决"了骑士返乡的问题,现在给桑丘一顿大闹,笼子里的堂吉诃德可是不能安宁了。

桑丘·潘沙向他主人讲了一番颇有识见的话。

桑丘说:"啊!我可抓住把柄了!这就是我一心要知道的事呀!您听我讲,先生,一个人心境不好,大家就议论说:'某人不知是怎么回事儿,不吃不喝,也不睡觉,问他什么,回答得牛头不对马嘴,准是着魔了。'这句话不错吧?可见着魔的人不吃不喝不睡觉,也不干我刚才说的那件生理上的要事。如果像您这样急着要干那事,如果喝就喝,吃就吃,问什么都回答,那就是没有着魔。"

堂吉诃德答道:"桑丘,你说得对。可是我跟你讲过,着魔有多种多样,说不定换了时代就改变了方式。尽管从前着了魔就不干我要干的事,现在却行得都干了。一时有一时的习惯,没什么可说的,也不能凭这个来论断。反正我心里有数,知道自己是着了魔,因此也就心安理得。如果我认为自己并没有着魔,却偷懒怕事,随人家关在笼里,对急等着我去救苦救难的可怜人不理不睬,我的良心就沉重得很了。"

桑丘答道:"可是我说呀,您最好试验一番,就证据确凿,死心塌地了。您试试走出这个笼子;我一定尽力帮忙,甚至拉您出来。您再试试骑上您这匹好马驽骍难得;照它这样垂头丧气,好像也着魔了。然后咱们俩再去探奇冒险，碰碰运气。碰上了钉子再回笼子也不迟。假如您倒足了霉，或者我糊涂透顶，我说的办法不成功，那么，我凭一个忠心好侍从的信义向您保证，我一定进笼来陪您。"

堂吉诃德答道："桑丘老弟，你说得不错，我愿意照办；几时你找到机会让我脱身，我什么都听你的。不过，桑丘啊，你将来会知道，你没有明白我这番遭难是怎么回事。"

神父、教长和理发师已经下骡在前面等待；这位游侠骑士和那游而不侠的侍从说着话也到了。赶车的随就卸下拉车的几头牛，让它们在平静的油油绿野里随便跑。那里很清凉，尽管像堂吉诃德那样着魔的人不在乎，他侍从那样清醒的人就想歇歇了。他要求神父放他主人出笼走走，不然的话，弄脏了这个监牢，像他主人这样一位骑士耽在里头就不成体统。神父懂他指什么，表示很愿意答应他的要求，只是怕他主人一出来又犯老脾气，跑到不知哪里去。

桑丘说："我保证他不跑。"

教长道："我也保证；如果他以骑士的身份，答应非得到我们准许决不走开，那就更妥当了。"

堂吉诃德全听在耳里，答道："我答应啊！况且像我这样着魔的人，身不由己。给定身法镇住的，三个世纪也脱不了身，即使逃走了，也能从天空摄回来。"他因此声明：不妨放他出来，对大家有利；否则他就要对不住大家的鼻子了，除非他们趁早走开。

教长不顾堂吉诃德双手还捆在一起，就握住一手让他发誓保证；他们随即开笼放他。他出了笼子快活得不可开交，先伸个大懒腰，然后跑到驽骍难得身边，在它臀上拍了两下，说道："马儿里的尖儿顶儿呀，我还是相信上帝和圣母会保佑咱俩不久都称心如愿的：你呢，能把主人驮在背上；我呢，能骑着你执行上帝派我到世上来担当的职务。"

堂吉诃德说完就和桑丘一起跑到个隐僻的地方去。他从那儿回来觉得轻松多了，越发急着要实行他侍从的计划。

教长在注视他。他疯得古怪，而谈吐应答却非常高明，只是上文屡次交代过，一提到骑士道，他就犯失心疯了。教长看着很惊奇。当时大家都坐在青草地上等待教长的那匹驮骡。教长动了怜悯之心，对堂吉诃德说："先生，您读了些拙劣无聊的骑士小说，怎么脑筋就糊涂了，竟自以为着了魔，还把这类分明虚假的事都信以为真呢？从前世界上会有那无穷无尽的阿马狄斯、那大群大群的著名骑士吗？什么特拉比松达皇帝呀，费丽克斯玛德·台·伊尔加尼亚呀，那么许多女人坐的马匹和游荡的姑娘呀，还有那么多的蛇和怪兽和巨人，那么多闻所未闻的奇遇和各种各样的魔法，那么多的打仗和凶狠的搏斗，那么华丽的服装，那么多的痴情公主、封为伯爵的侍从、滑稽的侏儒，那么多的情书和谈情说爱，那么多好斗的女郎——一句话，骑士小说里讲的那许多荒唐的东西，稍有理性的人，哪里会信以为真呢？就说我自己吧，我读这种小说的时候，如果没想到那是一派胡言，读来也还有趣；可是想到了，哪怕是骑士小说里的杰作，我也恨得要把它往墙上摔，如果旁边有炉火，竟要扔到火里去。这种小说，叙述的是怪事，提倡的是邪说，迷惑了许多愚昧的人，该当受这种刑罚。它们甚至把有身份、有学问的人都搞糊涂了。就像您先生吧，落得给人关在笼子里，装在牛车上拉走，仿佛狮子老虎一处处给人看来卖钱似的，不就是个明显的例子吗？唉，堂吉诃德先生，您该爱惜自己，从糊涂里清醒过来！别辜负上天的恩赐；您有这副好头脑，很可以读些对身心有益的书，对自己的名声也有好处。假如您癖爱英雄豪杰、丰功伟绩的故事，那么可以读《圣经》里的《士师记》。您读到的是伟大的现实，勇敢透顶而完全真实的事。卢西塔尼亚有个比利阿它；罗马有个恺撒；卡塔戈有个阿尼巴尔；希腊有个亚历山大；咖斯底利亚有个费尔南·贡萨雷斯伯爵；巴兰西亚有个熙德；安达路西亚有个贡萨洛·费尔南台斯；埃斯特瑞玛杜拉有个狄艾果·加西亚·台·巴瑞台斯；黑瑞斯有个加尔西·贝瑞斯·台·巴尔咖斯；托雷都有个加尔西拉索；塞维利亚有个堂玛奴艾尔·台·雷翁。他们那些英勇的事迹，卓越的才智，读来有趣有益，可敬可喜。我的堂吉诃德先生啊，您读这种书才对得住自己的好头脑；您就能熟悉古史，爱慕美德，修养了品性，改良了作风，使您胆大而又心细，敢作敢为，无畏无惧。这都是为了上帝的光荣、您自己的利益和您家乡拉·曼却的名声呀。"

堂吉诃德全神贯注,恭听教长的宏论,等他讲完,眼睛还盯了他半天才开言道:"先生,照您这番话,世界上从来没有游侠骑士;骑士小说全是撒谎骗人的,对公众有害无益;我读这种小说就是错,读了信以为真更是大错,学着书上的榜样,选择了艰苦卓绝的游侠的职业,尤其错尽错绝;您认为世上压根儿没有咖乌拉的阿马狄斯,或希腊的阿马狄斯,或书上洋洋大观的全伙骑士。您是这个意思吧?"

教长说:"确实就是这个意思。"

堂吉诃德道:"您还说,这种书害苦了我,搞得我头脑糊涂,给关进了笼子;您说我该改过自新,另换读物,看些真实而有趣有益的书。"

教长说:"是啊。"

堂吉诃德说:"那么,我看呀,头脑糊涂而着了魔道的,正是您先生自己!您满口咒骂的是世界上人人相信、个个认为千真万确的事呀!您读了那种小说生气,主张判处极刑,投入火里;其实,该受这种刑罚的,恰恰是您这种人。谁想证明世界上从来没有阿马狄斯,小说里那许多游侠骑士都是从来没有的,那就仿佛要人相信太阳不放光,冰霜不寒冷,大地不滋育万物一样。譬如莆萝丽贝斯公主和吉·台·博尔果尼亚的事,或查理曼大帝时代,大力士和曼底布雷大桥的事,请问世界上谁有本领叫人怀疑那是假的呢?我可以发誓,这些事就好比此时此刻是白天一样的千真万确啊。假如是捏造的,那么像赫克托呀、阿喀琉斯呀、特洛亚的战争呀、法兰西的十二武士呀、英吉利的亚瑟王呀,都该是捏造的了。那位英吉利的亚瑟王变了乌鸦,至今还活着,他国内还时刻等待着他呢。假如照您的话,那么,就像古阿利诺·梅斯基诺的事,寻求圣爵的事,也可以胡说是骗人的了;堂特利斯丹和伊塞欧王后的恋爱、希内布拉和朗斯洛特的恋爱也可以胡说是捏造的了。可是有人还约略记得见过金塔尼欧娜傅姆,她是大不列颠呱呱叫的斟酒女人。这是确实的,我还记得我祖母每看到披着长头纱的傅姆就说:'孙孙啊,这个傅姆就像金塔尼欧娜。'所以我知道她老人家准见过这位傅姆,至少看过她的画像。再说吧,庇艾瑞斯和美人玛加隆娜的故事，谁能说不是真的呢？勇敢的庇艾瑞斯曾骑着木马在天空飞行，开动木马的转轴比车杠略大些，至今还在皇家军械博物馆里，陈列在巴比艾加的鞍旁。罗尔丹的号角有梁木那么大，还保存在隆塞斯巴列斯。可见十二武士确实是有的；像庇艾瑞斯呀、熙德呀，这种到处冒险的骑士都真有其人。勇敢的卢西塔尼亚人胡安·台·梅尔罗到过博尔果尼亚，在拉斯城和大名鼎鼎的查尔尼郡王庇艾瑞斯师傅交过手；后来又在巴西雷亚城和安利给·台·瑞梅斯丹师傅较量过武艺，两次比武都是他得胜，威震天下。难道可以说这位游侠骑士不是真的吗？勇敢的西班牙人贝德罗·巴尔巴，和我家男系嫡派祖宗谷帖艾瑞·吉哈达，在博尔果尼亚战胜了圣保禄伯爵的几个儿子，那一次次的决斗和冒险难道不是真的吗？堂费南铎·台·贵瓦拉到阿雷玛尼亚去冒险，和奥地利公爵同族的霍尔黑先生决斗，这件事您也能否认吗？苏威罗·台·吉牛内斯在'过道口'的枪术比赛，路易斯·台·法尔塞斯师傅和西班牙骑士堂贡萨罗·台·古斯曼的武功，咱们国内外基督教骑士的种种丰功伟绩，难道都可以说是骗人的吗？这都是千真万确的事啊。我再说一遍，谁把这种事情都一口否认，就是心上蒙了脂油，脑子里灌满糨糊了。"

教长瞧堂吉诃德真假混淆，而对骑士道的事知道得原原本本，暗暗惊佩。他回答说："堂吉诃德先生，我不能否认您讲得有点道理，尤其关于西班牙游侠骑士的事。我也承认法兰西十二武士确是有的。可是杜尔宾大主教所写的那许多事，我却不能都信以为真。他们原是法兰西国王挑选的武士，并称十二武士，因为本领、身份、胆量彼此相等。实际上也许有个高低，但按理是一律平等的；而且也像现在的圣悌亚果会团或加拉特拉瓦会团的成员那样，按理一律是本领高、胆量大、出身好的人。现在称为圣胡安会团的骑士，或阿尔冈塔拉会团的骑士，从前就叫作十二武士团的骑士，因为团里选的是十二个同等的武士。至于熙德是历史上的人物，贝那尔都·台尔·咖比欧也是，都没什么说的；不过他们干的那许多功绩我觉得很靠不住。您还说，庇艾瑞斯开动木马的转轴至今还在皇家军械博物馆里，陈列在巴比艾加的鞍旁；可是，对不起，我太糊涂，或者太近视了，尽管您说那根转轴很大,我却只看见那个马鞍,没看见转轴。"

堂吉诃德答道:"可是转轴的确是在那里。我再举个凭据吧。我听说为了防它霉烂,外面还包着个牛皮套子呢。"

教长说:"都可能,不过我可以凭自己的教职发誓,我实在没有看见。就算那里确实有个转轴,我不能因此就相信那许多阿马狄斯的故事是真事,书上成群的骑士是真人。像您这么有声望,有才能,又天生一副好头脑,也不能因此就把荒唐的骑士小说上那么许多狂妄的事都信以为真实不虚呀。"

第五十章

堂吉诃德和教长的滔滔雄辩以及其他事情。

堂吉诃德说:"笑话!这种书是审查合格,有国王特准才出版的。不论老少、贫富、雅俗、贵贱,或各种各样身份、性格的人,读了都津津有味,一致赞赏。书上每讲一个骑士,总把他的父母呀、籍贯呀、亲属呀、时代呀、地点呀一一交代,把骑士干的事,一举一动、逐天逐日地细细描述,可见都是真人实事。这种书会撒谎吗?您住嘴吧,别说这种侮蔑的话,还是聪明点儿,听从我的劝告。您读读这种小说,就知道多么有趣了。不信,我举个例,您听了试想,还有什么事更引人入胜的。譬如讲,这会儿咱们眼前,忽见一个大湖,湖里是沸滚的柏油,许多蛇虫蜥蜴和其他种种恶毒可怕的动物在里面游泳。湖当中传来个凄厉的声音说:'唉!哪位骑士在看这可怕的湖呀?你如要得到埋在黑水底下的幸福,得奋身投进这墨乌、滚热的油里来。这黑漆似的湖面覆盖着七个魔女的七座宫殿,没胆量下来就不配见识到这里的奇观。'骑士听了不假思索,不计性命,连压在身上的坚固的盔甲都没脱下,只祷告了上帝和意中人,立即跳进沸腾的湖心。当时他全不知这下子身落何地,不料却掉在万花如锦的草茵上;风景比仙境福地还美好。那里的天特别青,光特别亮。前面有个幽静的树林,绿树葱茏,怡人心目。许多彩羽缤纷的小鸟在枝叶丛中飞来飞去,啼声婉转可听。一泓清溪,像流动的水晶;水底的细黄沙和白石子像筛出来的金屑和莹润的珍珠。那边是一座用苍玉和大理石精工细筑的喷泉。那边另有个喷泉很别致,用细贝壳和黄的、白的蜗牛壳砌成,配合得错落有致,还镶嵌着闪亮的水晶和仿造的翡翠。这种艺术模仿天然而巧夺天工。喷泉对面巍峙着一座壮丽的宫殿。墙壁是整块的黄金,塔尖是金刚钻,门是紫蓝色的玉石。一句话,这座建筑瑰丽无比,材料尽是金刚钻呀、红水晶呀、红宝石呀、珍珠呀、黄金呀、翡翠呀,等等,构造又精巧绝伦。还有更妙的呢。殿门开处,涌出了成群的少女。她们的衣饰光华夺目,假如我现在像书上那样一一叙说,那就一辈子也说不完。少女里有一个像是领队的,她一声儿不言语,搀着投入沸湖的勇士,一同走进这座宝殿。她把这位骑士脱得像刚出娘胎那样一丝不挂,用温水给他洗完澡,浑身敷上香膏,给他穿上一件喷香透软的丝衬衫。另有个姑娘跑来给他披上一件袍子,据说至少抵得上一个城的价值,甚至还不止。更有妙的,她们把这位骑士带进另一间屋,里面已经摆上酒席,桌面好整齐呀,简直叫人看得眼珠子都瞪出来。她们浇水给他洗手,水是用麝香和各种香花蒸滤的。她们请他坐在象牙椅上,这群姑娘鸦雀无声地在旁伺候,送上的菜都是山珍海味,烹调得法,这位骑士竟不知吃哪一样好。他好像听到歌声,却不知谁在唱,也不知从哪儿来的。骑士吃完饭斜靠在椅里,也许照当时的习惯正在食后剔牙,忽然又来了一位美人,比先出来的那群姑娘美得多。她坐在骑士身边,告诉他那是什么宫殿,她是怎么着了魔法的禁咒,等等。骑士听了非常诧异,谁读到这个故事也都说不尽的惊奇。我不想再讲下去,反正不论是谁,读了随便哪一本骑士小说的随便哪一段,都会又惊又喜的。我决不骗您,您且听我刚才的话,读读这种小说,就会知道,有烦恼可以消释,心里不痛快可以转为舒畅。譬如我自己吧,我可以大胆说,自从做了游侠骑士,就变得勇敢、文雅、有气度、有教养、慷慨、有礼、胆大、温和,而且耐心好,不论劳苦吧,关禁吧,魔道吧,都能忍受。尽管我不久前给人家当作疯子关在笼里,只要上天保佑,时运不捣乱,我希望凭自己的力气,不出几天就可以做到一个王国的国王。到时就可以显显我是知道感激、待人慷慨的。因为说老实话,先生,穷人尽管慷慨透顶,也表达不出来;这种感激之情,好比不见行动的内心信仰,都是死的东西。所以我希望赶快交运,做个皇帝,就可以表明自己的心胸,对朋友们做点好事,尤其对我这位可怜的侍从桑丘·潘沙。他是天下的头等好人,我想封他做个伯爵。我已经许了他好久,我只怕他没本领辖治自己的封邑。"

桑丘听到他主人末了几句话,就说:"堂吉诃德先生,这个伯爵的封邑呀,我直在巴望,您一直在许我;您且使出劲来封我吧,我保证有本领治理我的封地。如果没本领,我听说有人专租用领主的封地,每年上缴多少钱,地方上全归他们管理,领主什么都不用操心,只需伸着大腿安坐享受;我也可以照这么办。我不打小算盘,只把事情一股脑儿推卸干净,像公爵那样享用自己的地租,那边的事随人家管去。"

教长说:"桑丘老哥,你不妨照你说的那样去享用租金,可是地方上的司法行政却得封地主人自己经心呀。这就得有本领,有头脑,而首先得有明辨是非的诚意;如果根本没有这份诚意,就不免一招错、满盘错了。上帝往往成全老实人的好意,阻挠狡猾家伙的坏心。"

桑丘答道:我不懂这套高深的道理,只知道伯爵的封地几时到手,我就会管理。我和别人一样有个灵魂,也和别人一样有个肉体;别人会在自己的封地上做王,我照样儿也会。我做了王,爱干什么就干什么;我能这样就称心了;我称了心就满足了;满足的人就没有要求了;没有要求,事情就完了;到这地步,就要用两个瞎子的话说:'上帝保佑你,咱们再见吧'。

"桑丘,你这套哲学倒是不错,不过伯爵的封邑,等等,还大有问题呢。"

堂吉诃德插嘴道:"我不懂还有什么问题。伟大的阿马狄斯·台·咖乌拉封他的侍从做了斐尔美岛的伯爵,我不过是学他的样。桑丘·潘沙是游侠骑士的侍从里最出色的,封做伯爵完全可以愉快胜任。"

教长想不到堂吉诃德的一套疯话竟言之成理;他描叙骑士在湖底冒险也娓娓可听;他读了书上编的谎话都牢记在心;又见桑丘傻头傻脑,一门心思想封授伯爵,觉得真是奇事。这时他的几个佣人已经从客店牵了驮骡回来。他们在青草地上铺个毯子,摆上吃食,大家就坐在树阴下打尖,让赶车的趁此放他的牛。他们正吃呢,忽听得附近灌木丛中一阵骚乱,夹着铃铛声,随即看见那里跳出一只很好看的母羊,浑身是黑、白、黄三色的斑点。一个牧羊人叫喊着追来,用他们惯用的话叫它站住或回去。那只逃走的母羊慌慌张张冲着人跑来,仿佛求救,到了人前就站住了。牧羊人赶来一把抓住双角,当它有灵性似的对它说:"哎,花花儿!花花儿!你这个野姑娘!这几天你真是满处的踣儿呀!我的姑娘,是豺狼吓着你了吗?美丽的花花儿,你到底为什么缘故,你不告诉我吗?可是你有什么缘故啊,你无非因为是个姑娘家,不能安静罢了!只怪你不学好样!你们姑娘家都是一样的脾气!回来吧,朋友啊,回来吧!你待在羊圈里或者和你的女伴们一起,即使不很称心,至少是安稳的。你该管着她们、带领她们;你如果这样晕头转向地乱跑,叫她们更怎么得了呢?"

大家听了牧羊人的话觉得很妙,尤其是教长,他就对牧羊人说:"唉,老兄啊,我劝你歇歇,别急着把这头羊立刻赶回去。既然照你说它是个姑娘家,那就勉强不来,得尽着她天生的性情。你吃口东西,喝点酒,平平火气吧;让这只羊也借此喘口气。"

他一面用刀尖扦了一块熟兔的里脊递给他。牧羊人道谢一声,拿来吃了,又喝些酒,定定神,然后说:"我希望您几位别因为我对畜生讲道理,就把我当作傻子。我是话里有话的。我是个粗人,可是还不至于辨不清人和畜生。"

神父说:"这点我是明白的。我凭经验知道:山林出文士,牧人的茅犀里有哲学家。"

牧羊人答道:"先生啊,至少有上过当、学了乖的人。我这话,只怕各位听了不信又不懂,所以我想冒昧讲一桩实实在在的事,各位如果不厌烦,肯费点工夫听听,就会明白这位先生——他指指神父,和我的话都是不错的。"

堂吉诃德说道:"我觉得这件事有那么一点点骑士冒险的情味,所以凭我自己来说,老哥,我很愿意听你讲。我想你讲的事一定新鲜,听着准会又惊心、又开心的。在场诸君都是很有风趣的人,并且喜欢这种新闻奇事,他们保准也愿意听你讲。所以,朋友,你讲吧;咱们大家都听着!"

桑丘说:"别把我算在里面!我拿了这个肉饼子要到水边去大吃一顿,把肚填满,三天也不用吃东西。因为我听我们堂吉诃德先生说,游侠骑士的侍从有吃的就得尽量吃,吃不下才罢。他们常会闯进深林,六七天也出不来;假如肚里没吃饱,或者粮袋里没带足粮食,就死在那里变成木乃伊了。当侍从的常有这种事。"

堂吉诃德说:"桑丘,你这话很对。你要到哪儿去就去吧;吃得下多少就尽量吃。我身体已经饱满,只是心神上还有点欠缺,听听这位老兄讲故事正合我的需要。"

教长说:"我们大家都要借此消遣呢。"

他请牧羊人开场讲故事。牧羊人抓着羊角,在它背上拍了两下,说道:"花花儿,挨着我躺下,咱们不忙着回羊圈呢。"

母羊仿佛懂话,等他主人坐下,就很安静地躺在旁边,瞧着主人的脸,好像也在等他开口。牧羊人就讲了以下的故事。

第五十一章

关于骑士小说是否有害的争论，使论战双方僵持不下，每个人都为着不同的目的和信仰卷入其中，桑丘更是为了得到主人恩准的封地和权利，也插嘴帮腔，一时间好不热闹。恰在此时牧羊人的及时出现缓和了白热化的气氛，结束了一场不可能有结果的论战。

牧羊人对押送堂吉诃德的一行人讲的事。

"离这山坳三哩瓦有个村子，地方虽小，却是这一带最富庶的。村上有个很体面的农民。尽管有钱就有体面，大家尊敬他却因为他的人品好，有钱还在其次。不过据他自己说，他最得意的是有个非常美貌聪明、文雅贞静的女儿。凡是认识她或见过她的，都惊叹老天爷给她这样好的品貌。她从小就长得端正，越大越出挑得标致，到十六岁竟成了绝世美人。她的美名传到了四周的村上。可是何止四周村上呢！老远的城市里，甚至王宫里，各式各等人都知道她。他们从各地跑来看她，好像是什么稀罕东西，或是大显神通的偶像。她父亲把她看管得很紧，她自己也很检点。年轻姑娘自己不谨慎，随你锁着她，监视着她或把她关起来都管不住的。"

"爸爸的财产和女儿的美貌打动了不少人，本村外地的都来求亲。那个爸爸要处置这件无价之宝却没了主意；求亲的人多得数不清，他不知许了谁好。我也是个求亲的。人家认为我大有希望．因为她爸爸知道我这个人；我是本村的，家世清白，年纪正轻，家里很富足，人也不蠢不笨。本村还有个求亲的和我资格相仿，因此那个爸爸拿不定主意，觉得两人都配得过她女儿。那位害苦了我的有钱姑娘名叫蕾安德拉。她父亲免得为难，就把这两个求婚人的情况告诉她;因为我们两人既然不相上下,他认为最好还是让本人自己挑选。要为女儿成家的爸爸可以学学这个办法。我不是主张随她们挑选卑鄙下流的人,只主张把好的摆在面前,随她们从中挑个如意郎君。我不知道蕾安德拉选的是谁,只知她爸爸稳住了我们两人,说女儿年纪还小,又说些不着边际的话,也没答应,也不拒绝。我的情敌名叫安塞尔模,我叫欧黑纽——我是向你们介绍这个悲剧里的人物。事情至今还悬着呢,不过可以料想结局准是悲惨的。"

"这时我们村上来了个人,名叫维山德·台·拉·洛加。他是本村贫农家出身的。这人当了兵到过意大利和许多别的地方。他是幼年十二岁的时候,有个大尉带着军队路过我们村子,把他带走的;过了十二年,他穿着五颜六色的军装,浑身戴着玻璃和金属的装饰品还乡了。他的新衣服脱一套、换一套,天天改装;不过都是质料单薄、颜色显亮、不结实、不值钱的。乡村的人本来刻薄,有了闲暇越发尖嘴薄舌。他们注意到他的衣饰,仔细统计一下,发现他的衣服连绑腿和袜子共有三套,颜色各个不同。他把那三套变来换去地配搭着穿;假如你心中无数,就以为他穿出来的衣服有十多套,羽毛有二十多枝。别以为我讲的是不相干的闲话,这都是有关紧要的。"

"我们广场上一棵大杨树下有条石凳;他坐在那里谈自己的生平事迹,叫我们听了嘴巴张着都合不拢。地球上没一处他没到过;没一次打仗他没参加过。他杀死的摩尔人,比摩洛哥和突尼斯所有的摩尔人还多。他跟人决斗的遭数,据他说来,多得压倒了甘德呀、卢拿呀、狄艾果·加西亚·台·巴瑞台斯呀,以及他提出名字的上千个人;而且百战百胜,不流一滴血。他却又卖弄自己的伤疤,说是历次战役里中弹留下的痕迹;可是我们什么斑点也瞧不见。再加他没那么样的狂妄,对地位平等或相识的人,就'你'呀'你'的称呼。他还说:他不认得生他的爸爸,只认得自己这条胳膊;他没有家世,只有生平立下的功绩;他'当了战士,对国王也不输什么'。这不可一世的人还懂得些音乐,会弹弹吉他琴,据说他能挥拨得轻快,弦上传出心里的话。他的才能还说不完。他能做诗;村上每有芝麻绿豆的细事，他就能编个足有一个半哩瓦长的歌谣。"

"蕾安德拉家有个窗子面临广场，她常在窗口窥望我形容的维山德·台·拉·洛加这位战士、大力士、风流人物、音乐家和诗人。他那鲜亮的服饰中了她的意。他每编个歌谣总散发二十份抄本；那些故事迷了她的心窍。他演说的生平事迹也传到了她耳里。反正是魔鬼安排的吧，男的还没敢妄想高攀，女的已经爱上他了。恋爱的事只要女方有意，很容易成功。蕾安德拉和维山德就这么顺顺当当地同心合意了。许多求婚的人还没一个看出蕾安德拉的心愿，她已经把自己的心愿兑现。她妈妈早已去世；她抛下亲爱的爸爸，跟着那当兵的逃出了村子。维山德这个胜利，比他自吹自唱的许多功勋都真实。村上人和别处传闻的人都骇然。我简直不知所措，安塞尔模也目瞪口呆，她爸爸伤心，亲戚们愤慨，法院关怀，神圣友爱团也出动了。他们守住街道，又在树林里和各处搜寻。三天之后，他们在一个山洞里找到了这个任性的蕾安德拉。她身上只脱剩一件衬衣；她从家里卷走的一大笔钱和贵重首饰都没有了。他们把她送还那伤心的爸爸，并盘问她这桩丢脸的事。她不用人家追究，就承认上了维山德·台·拉·洛加的当。他要哄她从家里逃出来，答应娶她为妻，带她到天下最富丽豪华、穷奢极欲的城市拿坡黎斯去。她心眼糊涂，更糟的是着了迷，都信以为真。她偷了爸爸的钱财，出走的当夜都交给维山德了。他带她到了一座险陡的山里，把她关在人家找到她的那个山洞里。她说那个兵没有玷污她的身体，只抢劫了她的东西，就撇下她跑了。这又使大家很诧异。先生，那小子竟能那么克制自己，叫人不好相信。可是她一口咬定，非常恳切，这倒使伤心的爸爸有点安慰。他女儿失去了贞操就无法挽回；既然这件宝贝还在，抢掉些财物也不计较了。他找到蕾安德拉的那天，没让我们见她，就把她送进附近的修道院去关起来，指望人家对她丢脸的事会渐渐淡忘。蕾安德拉年纪轻，她的过失情有可原；至少对她品行好坏不很关切的人会这么想。不过有人知道她很聪明伶俐，觉得她不是错在不懂事，而是错在轻佻任性。女人家多半是没头脑、欠稳重的。"

"蕾安德拉关起来以后，安塞尔模眼里没了光亮，至少看不见乐意的东西了；我也举目无欢，面前一片昏黑。我们没了她，苦恼一天天加多，耐心一天天减少。我们咒骂那位战士衣服鲜明，也咒骂蕾安德拉的爸爸防范疏忽。后来，我和安塞尔模一起离开了那个村子，跑到这个山坳里来。他在这里放他自己的一大群绵羊；我放我自己的一大群山羊。我们就在树林里过日子，随着自己的情兴，对美人蕾安德拉或者共同赞美，或共同咒骂，或为她各自叹息，各自对天诉苦。向蕾安德拉求亲的许多别人学着我们的样，也跑到山里来牧羊。来了好多人，满处都是牧羊人和羊群，处处都能听到美人蕾安德拉的名字，简直把这里变成了牧羊人避世的地方。有人诅咒她，说她水性杨花；有人怪她贱坯子、轻骨头；有人为她开脱，又有人把她责骂；有人称赞她的相貌，又有人鄙薄她的品行。一句话，人人瞧她不起，却又爱她不舍。这股痴狂的风气越来越盛，有人从没跟她讲过话，却怨她冷淡了自己；甚至还有人害了妒忌的疯病，悲恨苦恼。其实蕾安德拉从没挑起任何人的嫉妒，因为我说过，人家还没知道她对谁钟情，就看到了她的丑行。这儿的山洞里、溪水边、树荫下，处处都有牧羊人向天诉说自己的不幸。哪里激荡出回声，重复的是蕾安德拉的名字：山里交响着'蕾安德拉'，水声呜咽着'蕾安德拉'。我们眷恋着她，迷醉于她；心死犹存希望，无故忽又生愁。我的情敌在这许多疯子里显得最没有道理，也最有道理。他满可以埋怨，可是他只诉说和意中人拆散的苦恼。他弹一手绝妙的六弦琴，作的诗也很有才情；他弹着琴唱唱自己的诗，凄凄切切。我另走一径，比他省力，我觉得也比他恰当。我骂女人见异思迁，口是心非，背约负信，而且滥用情感，不知好歹。各位先生，我跑来的时候和这只山羊说那些话，讲那些理，就是这个缘故。它尽管是我羊群里最好的一只，我却不稀罕它，因为它是个姑娘家。这就是我所要讲的真情实事。我对你们讲得详细，我招待你们的心意也一样周至。我的茅屋不远，那儿有新鲜羊奶，美味的干酪，还有种种甜熟的果子，非但好吃，还很好看。"

第五十二章

堂吉诃德和牧羊人打架；又冲犯一队苦行人，出了一身大汗圆满收场。

大家听了牧羊人讲的事很感兴趣，尤其那位教长。他听那牧羊人叙事文雅，不像个粗野的牧人，非常诧异。他因此说，神父所谓山林出文士确是不错的。大家都愿意为欧黑纽效劳，堂吉诃德尤显得慷慨，他说：“牧羊老哥，我真恨不得立刻动身去为你出力。不用说，蕾安德拉待在修道院里是不愿意的。我不怕修道院长和所有扣住她的人，我准救了她出来交给你，随你处置；只要你遵守骑士道的规则，不侮辱姑娘家。可惜啊，我现在不能去冒险了。不过我相信上帝的保佑，不论作恶的魔术家法力多大，早晚得输给行善的魔术家。到那时候，我可以答应你，一定帮你的忙；这是我义不容辞的，扶弱济困是我的职责。”

牧羊人端详着堂吉诃德，瞧他衣服破旧，形容憔悴，觉得奇怪，就问身边的理发师说：“先生，这人的模样儿和说话都这么怪，是谁啊？”

理发师答道：“还有谁呢！就是大名鼎鼎的堂吉诃德·台·拉·曼却呀！他除强暴，申冤屈，扶助童女，镇伏巨人，是一位百战百胜的好汉。”

牧羊人道：“我觉得您这话就像骑士小说上的一套；您说的那些都是游侠骑士的事呀。我想您大概是说笑话，或者呢，这位先生的脑袋大概是空的。”

堂吉诃德接口道：“你是个头号大混蛋！你的脑袋才是空的！你才是个没脑子！你那个臭婊子养的婊子妈妈的肚子也从来不如我这个脑袋饱满！”

他口说就动手，抓起旁边一个面包，使蛮劲向牧羊人劈面摔去，把他鼻子都砸扁了。牧羊人不懂得开玩笑，瞧人家认真伤害他，就不顾地毯上的杯盘和围坐吃饭的人，跳起来直扑堂吉诃德，两手卡住他的脖子。牧羊人稳可以把堂吉诃德卡死，幸亏桑丘·潘沙及时赶来，抓住牧羊人两肩，把他推倒在席面上，把盘儿砸破、杯子打碎，吃的东西泼的泼、滚的滚。

堂吉诃德脱出身来，就去骑在牧羊人身上。牧羊人给桑丘踢得浑身青紫，满面流血，趴在地上打算摸索一把刀子，索性来个白刀子进、红刀子出。教长和神父劝住了他。理发师却做个手脚，让牧羊人把堂吉诃德压在身下。牧羊人的拳头雨点似的向堂吉诃德脸上打来，这位可怜的骑士就和牧羊人一样的满脸是血了。教长和神父差点儿笑破肚皮，几个巡逻队员也兴高采烈；他们好像看狗打架，挑拨它们互咬。只有桑丘·潘沙急得没办法，因为教长的一个佣人抓住了他不让他去帮主人。

当时除了两个打架的相扭着对抓，旁人都在取笑作乐。忽听得一声号角，音调非常凄楚，大家不由得循声转脸看去。最激动的是堂吉诃德。他这时压在牧羊人身下，做不得主，而且挨了好一顿打，可是他对牧羊人说：

"你有勇气和有力量压倒我，想必是魔鬼吧？魔鬼老哥，我要和你停战一会儿，不出一小时。因为我觉得准又出了要我去冒险的事，这凄厉的角声是喊我的。"

牧羊人已经懒得相打，立即放开手。堂吉诃德站起身，也循声瞭望。只见顺着山坡下来许多穿白衣的人，装束像苦行赎罪的。

原来那年久旱不雨，各村居民纷纷结成祈祷和苦行赎罪的队伍，求上帝开恩，普降甘霖。所以附近村人结队去朝拜山坡上一个圣人的茅庵。堂吉诃德看见苦行赎罪的人衣服古怪，忘了曾多次见过，却以为来了奇险之事，专等他这位游侠骑士去承当的。他们抬着一尊披丧服的偶像；这越加证实了他的疯想，以为这群强徒抢走了一位贵家女子。他一动念立即如飞地赶向正在啃青的驽骍难得，从鞍框里拿了辔头和缰绳，一转眼备好马，问桑丘要了剑，就上了坐骑，挎着盾牌，大声向在场的许多人喊道："诸位，这会儿可以瞧瞧名副其实的游侠骑士在世界上多么紧要！我说呀，等我释放了这位抢走的贵妇人，你们就知道该不该尊敬游侠骑士了。"

他靴上没有马刺，说着话，就用两腿夹夹驽骍难得的肚子；这匹马在这部信史里从未脚不沾地地飞奔，这时却撒腿快步向苦行赎罪的队伍跑去。神父、教长和理发师想拦也拦不住，桑丘大声喊也喊不住；桑丘说："堂吉诃德先生，您往哪儿去呀？什么魔鬼附在您身上，叫您去反抗咱们的正教呀？真糟糕！您可知道这是苦行赎罪的队伍，座上抬的是圣洁童女的神像呀！先生，您干什么得小心！这回的事可说您是不在行的了！"

桑丘喊破了嗓子也没用。堂吉诃德一心要赶上那队穿白衣的人，去解救那位披丧服的女人，所以压根儿没听见桑丘的话；即使听见，哪怕是国王的命令，他也不肯回头的。他赶上队伍，驽骍难得已经走不动了；他勒住马，喘吁吁地厉声喝道："你们大概不是好人，所以蒙着脸。你们站住听着，我有话跟你们说！"

抬偶像的先停下。一起有四个诵经的教士，其中一个瞧堂吉诃德一副怪相，骑着那匹皮包骨头的瘦马，说不尽的可笑，就说："老兄啊，你有什么话，快说吧。这些弟兄们把自己鞭挞得皮开肉绽，除非你说两句就完，我们不能站住了听你的，没这个道理的。"

堂吉诃德答道："我一句就完。我要你们立刻释放这位美人！她这样愁眉苦脸，眼泪双流，分明是给你们抢走的，而且还受了你们极大的侮辱。我活在世上就是要遏止这种暴行。这位女子是要求她所应得的自由，你们要是不放她，我决不准你们前进一步！"

大家听了堂吉诃德这一套话，知道他准是个疯子，都哈哈大笑。这一笑，给堂吉诃德的火上撒了炸药。他一声不言语，拔剑直向担架冲去。一个抬担架的把担子丢给伙伴们，挥舞着休息时支撑担架的桠叉来迎战。堂吉诃德向他猛斫一剑，斫在叉上，削去两个丫角，只剩了一个木桩子。那人就用木桩对着堂吉诃德的肩膀狠命打来，正打在拿剑的那一边。堂吉诃德的盾牌挡不住这股蛮力，可怜他滚鞍落马，跌翻在地。桑丘·潘沙气呼呼赶来，瞧他倒了，忙大声叫使木桩的住手，因为这是一位着了魔道的骑士，一辈子没害过人。那村夫并不理会桑丘的话，可是瞧堂吉诃德直僵僵地挺着，以为死了，忙撩起长袍，掖在腰带里，像一头鹿似的落荒逃走了。

这时押送堂吉诃德的一行人都赶来了。朝圣的那队人见他们跑来，中间还有带着大弓的巡逻队员，怕事情不妙，就团团簇拥着那尊偶像。苦行赎罪的掀掉兜帽，握紧鞭子，教士也拿好了长柄烛台，都准备等对方冲上来就抵挡，如有余力，还要打过去。可是他们没料到命运另有更好的安排。原来桑丘以为主人死了，什么都顾不及，只扑在主人身上放声号哭，哭得没那么样的悲切，也没那么样的可笑。堂吉诃德一行的神父认识朝圣队里的神父；这就打消了两名巡逻队员所引起的怕惧。这个神父对那个神父三言两语介绍了堂吉诃德，那神父和一群苦行人就去看这可怜的骑士是否死了；只听得桑丘·潘沙噙着眼泪在数说："哎呀，骑士道的模范，你大有作为的一辈子，就给这一棍子断送了呀！哎，你是你一家子的体面！你为整个拉·曼却也为全世界增添了名望和光荣！世界上没了你，为非作歹的家伙没人惩罚，就到处横行了！哎，你比所有的亚历山大都慷慨，我才伺候了你八个月，你已经把海里最好的海岛许给我了！哎，你对骄傲的人谦虚，对谦虚的人骄傲；你冲锋冒险，忍受侮辱，莫名其妙地恋爱，你专学好样，专打坏人，和卑鄙的人作对——干脆一句话把你说尽了吧，你不愧是一位游侠骑士呀！"

桑丘的哭号唤醒了堂吉诃德。他开口第一句就说："最甜蜜的杜尔西内娅，我现在的痛苦，还比和你别离的情味好受些。桑丘朋友，你扶我上魔车吧，我整个肩膀打得脱臼脱节，坐不稳马鞍了。"

桑丘答道："我的主人，您说得对，我就照办。咱们和这几位存心为您好的先生一起回乡吧；以后再设法出来，准会名利双收的。"

堂吉诃德道："说得好！桑丘！咱们还是等待这步坏运过去了再说；这是上策。"

教长、神父和理发师都说他这办法好得很。他们听了桑丘·潘沙的傻话非常好笑，一面照旧把堂吉诃德放在车上，一行人重整队伍，准备出发。牧羊人辞别了他们大伙；巡逻队员不愿再往前去，神父付钱打发了他们。教长也辞别分手；他关心堂吉诃德的病情，要求神父告知以后的状况。大家各走各的，那里只剩了神父、理发师、堂吉诃德、潘沙和驯良的驽骍难得；它和主人家一样耐心，一样逆来顺受。

赶车的套上他的几头牛，给堂吉诃德垫上一捆干草，又照旧慢吞吞随着神父的指引前行；六天之后，到了堂吉诃德的家乡。他们进村正是中午，又恰逢礼拜日；村里人都在堂吉诃德车辆经过的广场上，大家都拥上来看。他们认得这位街坊，大为惊奇。一个孩子跑去通知堂吉诃德家里说：管家妈的主人、外甥女的舅舅面黄肌瘦地躺在牛车的干草堆上回来了。两个好女人号哭着自打耳光，重又咒骂倒霉的骑士小说；瞧她们那样真是可怜。堂吉诃德进门的时候，她们又号哭咒骂，并自打耳光。

桑丘·潘沙的老婆听说堂吉诃德回乡，知道自己的丈夫是跟出去做侍从的，忙赶到场上去。她一见桑丘，开口先问驴儿好不好。桑丘说，驴儿比它主人还好。

她说："感谢上帝的恩典。可是你这会儿跟我说说吧，大哥啊，你做了侍从，到手了什么好处呢？你给我带了裙子回来吗？你给孩子们带了鞋回来吗？"

桑丘说："我的老伴儿啊，我没带这些东西，可是我带回来的，比这些更贵重。"

他老婆说："那我很高兴。大哥你把那更贵重的东西给我瞧瞧吧。自从你走了，长年累月的，我愁闷得慌；我要看看你带来的东西，让我快活快活。"

桑丘道："老伴儿啊，我到了屋里给你看，你这会儿且安心。只要上帝让我们再一次出门冒险，你瞧着，我一转眼就成了伯爵，做了海岛的总督。还不是一般的海岛呢，那是最呱呱叫的！"

"我的老伴，但愿天保佑能有这等事，咱们正用得着。可是我问你，海岛是什么呀？我不懂啊。"

桑丘答道："'蜜不是喂驴的'。老伴儿啊，到了时候你就懂了；你听见臣民一片声地称你夫人，还要奇怪呢。"

华娜·潘沙问道："桑丘啊，你说的夫人呀、海岛呀、臣民呀，都是些什么呢？"华娜·潘沙是桑丘老婆的名字；他们俩不是本家，不过按拉·曼却的习惯，女人用丈夫的姓氏。

"华娜，你别忙，这许多事不能一下子都问明白。反正我说的是真话就行了,你可以闭上嘴巴。不过我顺便告诉你,世上最乐的事,就是跟一位探奇冒险的游侠骑士,做个有体面的侍从。当然,事情往往不会称着我们的心,一百次的遭遇里,九十九次的下场是倒霉别扭的。这是我亲身的体会;因为我有时给人家兜在毯子里抛弄,有时挨打挨揍。不过话又说回来,我们没事找事的时候,穿深山,入丛林,爬岩石,访问堡垒,随意住客店,他妈的一个子儿也甭花,这都是很美的。"

桑丘·潘沙和他老婆华娜·潘沙谈话的时候,堂吉诃德的管家妈和外甥女把堂吉诃德接到屋里,给他脱掉衣服,扶他躺在日常睡觉的床上。堂吉诃德斜眼看着她们,不知自己在什么地方。神父诉说这回费了多少事才把他带回家来,嘱咐外甥女好好调护他,又叫她们时刻小心,别再让他跑掉。两个女人听了又大哭大喊,咒骂骑士小说,又祷告上帝把那些撒谎捏造、胡说乱道的作者一个个都摔到地狱深处去。总之,她们不知怎么办,又担心将来,怕这位东家、这位舅舅一旦觉得好些了,又跑得不知去向。这果然给她们料中了。

但是本传作者尽管钻头觅缝,探索堂吉诃德第三次出门干的事,却找不到什么报道;至少没找到真实的记载。不过据拉·曼却保留的传说,堂吉诃德第三次出门到了萨拉果萨,参与了那里举办的几场有名的比武。他干的事不愧他的胆略和卓越的识见。至于他怎么结局,怎么去世,本传作者一无所知,要不是凑巧碰到了一位老医生,就永远不会知道了。这医生有一只铅皮箱,据他说是有一次翻造隐士的破屋,从废墟里发现的。箱子里有些羊皮纸的手稿,字是戈斯体,诗却是西班牙文。诗里叙说了堂吉诃德的许多事迹,还提到杜尔西内娅·台尔·托波索的美貌、驽骍难得的形状、桑丘·潘沙的忠心、堂吉诃德的坟墓和有关他生平和习惯的种种墓铭和挽诗。这部新奇故事的作者真实可信,把可以辨认誊清的几首附录于下。他搜求了拉·曼却的全部文献,一一考证,费了好大心力写成这部书,不求别的,只要读者看了,也像高明人士对骑士小说那样信以为真。那么,他就觉功夫费得不冤枉,可以心满意足,并有兴再去寻找新的记载;即使不能都像这部一样真实,至少是一样新奇有趣的。

以下是铅皮箱里羊皮纸上的诗。

英勇的堂吉诃德•台•拉•曼却生荣死哀

拉•曼却阿加玛西利亚城诸院士赋诗悼念

阿加玛西利亚城的摩尼冈果院士吊堂吉诃德墓

这位狂人照耀曼却的事迹,
压倒了哈松•台•克瑞塔;
他的头脑灵活得就像那
风信鸡,只可惜于己无益;

他名传异域、威力所及
从开泰伊直到加埃它;
他天开的异想以及盖世才华
不朽的大作家也难与匹敌。

他靠勇敢和一往情深,
压倒了阿马狄斯之流,
使加拉奥尔等不足挂念,
贝利阿尼斯等湮没无闻,
他生前骑着驽骍难得邀游,
如今在冰冷的石板下长眠。

阿加玛西利亚城的台尔•巴尼瓦多院士赞杜尔西内娅•台尔•托波索

十四行诗

这位姑娘粗眉大眼、宽盘儿大脸,
胸脯高耸,气昂昂、雄赳赳,
她是杜尔西内娅,托波索的王后,
伟大的堂吉诃德曾为她颠倒迷恋。

他踏遍了黑山岭的南北两边，
在有名的蒙帖艾尔郊外奔走，
在芳草芊芊的阿朗惠斯平原逗留，
为她这样徒步跋涉，劳瘁不堪。
这都是他坐骑驽骍难得的过失！

哎，运命对他们俩何其不仁，
曼却的姑娘青春美貌忽而殒殁，
而我们这位战无不胜的游侠骑士，
虽然大理石上铭刻着他的姓名，
却也未能摆脱爱情的痴狂和迷惑。

阿加玛西利亚城大才子台尔·咖普里丘索院士
赞堂吉诃德的坐骑驽骍难得

十七行诗

这金刚石的宝座坚润光泽，
战神血污的双足曾肆加践踏；
拉·曼却的疯子凭他勇敢泼辣，
敢把他的旗帜高涨在这座侧。

他的兵器一件件在这里陈设，
那锋利的剑曾用来斫削刺杀。
他显出了稀罕的本领，少见的豪侠！
艺术为新的骑士创出了新的风格。

从前阿马狄斯为咖乌拉增光，
他勇敢的子孙又屡次为希腊立功，
把他们祖先的名气四方传播；

如今贝隆那的朝廷把王冠奖赏
给堂吉诃德；拉·曼却靠这位英雄，
自豪的事比希腊和咖乌拉的还多。

他的盖世英名永远不会湮没，
但看驽骍难得都超群绝伦，
布利阿多罗和巴亚多不如它神骏。

阿加玛西利亚城的台尔·布尔拉多院士吊桑丘·潘沙

十四行诗

桑丘·潘沙在此，他躯干虽小，
胆量却大，这来真是稀奇！
我敢担保，在一切侍从里，
他最老实，最不使乖弄巧。

他差点儿就能到手伯爵的封号，
可惜生在这个罪恶的世纪，
陷害他的势力伙同一气，
就对他的灰驴儿也没肯轻饶。

骑着毛驴（恕我用词不雅），
这侍从随着驯良的驽骍难得
驯良地跟他主人奔走西东。

哎，人世的希望全都虚假！
满以为从此可以坐享安乐，
原来这不过是影、是烟、是梦！

阿加玛西利亚城的台尔·咖契狄亚布洛院士吊堂吉诃德墓

> 在这里长眠的骑士
> 挨足了打,走尽背运,
> 他遍尝道途艰辛,
> 和驽骍难得同行同止。
>
> 桑丘·潘沙那大傻子
> 长眠之地也在附近,
> 向来以侍从为业的人,
> 唯他最忠厚诚挚。

阿加玛西利亚城的台尔·悌基托克院士吊杜尔西内娅·台尔·托波索墓

> 这是杜尔西内娅之墓;
> 随她多么结实胖大,
> 死确是狰狞可怕,
> 已使她肉销骨枯。
>
> 她颇有高贵的气度
> 原出身清白世家,
> 吉诃德爱上了她,
> 就此光耀了她的乡土。

以上是能辨认的几首诗,其余给虫蛀得字迹模糊,只好委托一位院士凭推测来考订原文。据说他熬了许多夜,费了不少心血,已经大功告成,打算和堂吉诃德第三次出门的记载一起公之于世。

> 也许别人能用更好的"拨"来弹唱。

第五十二章

堂吉诃德的二次出行可谓轰轰烈烈,做出了许多"惊天动地"的伟业,一身伤痕,满面疲惫,竟还丢掉了一排牙齿、半只耳朵……甚至几次在鬼门关外徘徊。仅靠这些他就已经够写一部骑士小说了,他的传奇经历和坚定的信仰现如今都陪同他一起在家养病了,但内心如海涛般骚动的骑士情结能让他安于宁静吗?

神父、理发师两人和堂吉诃德谈论他的病。

熙德·阿默德·贝南黑利在本书第二部讲堂吉诃德第三次出行。据说,神父和理发师大约有一个月没去看堂吉诃德,免得惹他记起旧事。他们只探望他的外甥女和管家妈,嘱咐她们小心调护他,给他吃些补心养脑的东西,因为他的病根显然是在心里和脑袋里。她们俩说,已经照这么办了,以后还要竭力调养他;照她们看,她们家主人有时候好像头脑很灵清了。神父和理发师听了非常高兴。这部伟大的信史第一部末一章里,讲到他们使堂吉诃德着了魔,用牛车把他拉回家来。他们觉得这件事确是做得不错。他们决计去看望他,瞧他的病是否真有好转。不过他们料想他的病是好不了的。两人约定绝口不谈游侠骑士,怕他伤口的新肉还嫩,保不定又碰破。

他们去拜访堂吉诃德,看见他坐在床上,穿一件绿色羊毛绒内衣,戴一顶托雷都出产的小红帽儿,枯瘦得简直像个木乃伊。他殷勤接待两人;听了他们问候,就诉说自己起居健康的情况,讲得事理清楚,语言恰当。大家闲聊,谈论到建国治民之道:哪些弊政该补救或抨击,哪些恶习该改变或扫除。三人都俨然是新出的政论家、当代的李库尔果或新型的索隆。

他们把国家改革一新,仿佛投入熔炉,重新铸造了一个。堂吉诃德谈论各种问题都头头是道,所以那两个特来实地考察的人确信他已经神志清楚,完全复元了。

当时外甥女和管家妈也在旁,瞧她们的家主头脑这么灵清,说不尽地感激上帝。神父本来打算不谈骑士道,可是他要着实知道堂吉诃德的病是否确已断根,就改变了主意。他东说说、西讲讲,谈起京城里传来的新闻。他说听到确讯,土耳其人结集了强大的海军,进逼西班牙国境,不知他们有什么图谋,也不知这场大风暴要在什么地区爆发。土耳其人的威胁几乎年年给基督教国家打警钟,使它们都加紧备战;国王陛下在拿坡黎斯和西西里亚沿海一带以及马耳他岛上都有防备。堂吉诃德听了这番话,说道:

"国王陛下及时防卫国境,叫敌人不能攻其不备,可见他深知兵法。不过他假如请教我,我却有个妙策,他老人家这会儿怎么也想不到的。"

神父一听这话,心上暗想:"啊呀!可怜的堂吉诃德!我看你疯得透顶而且傻得没底了。"理发师也这么想,一面就问堂吉诃德有什么妙策;还说许多人向国王献计,都不切实际,只怕他的也是同样货色。

堂吉诃德说:"使剃刀的先生啊,我的计策就妙在应机当景,绝不是迂阔的空谈。"

理发师道:"我不是说您不切实;不过我看到从来大家向国王陛下献的计策,差不多全都无用:或是行不通,或是荒谬绝伦,或是,照办了就有害于国王和国家。"

堂吉诃德说:"可是我的妙策既不是办不到,也并不荒谬;谁也想不出更加方便、切实、巧妙、简捷的办法来。"

神父说:"堂吉诃德先生,您说了半天,还没把您那条妙策说出来呢。"

堂吉诃德道:"我这会儿一说,明天早上就传到枢密院诸公的耳朵里去了。我干吗白费心思,把功劳让给别人呀。"

理发师说:"我在这里,面对上帝,保证不把您的话向任何人泄露。据《神父的故事诗》,那神父给强盗抢掉一百杜布拉和一头善走的骡子,发誓不说出去;后来在做弥撒的开场白里向国王告发了那个强盗。我就是学着那位神父发誓。"

　　堂吉诃德说:"我不知道这些故事,只知道这个誓是靠得住的,因为我相信理发师先生是可靠的人。"

　　神父说:"即使他不是,我可以担保他像哑巴一样,决不把您的话说出去;否则依判罚款。"

　　堂吉诃德说:"可是神父先生,您担保他,谁担保您呢?"

　　神父答道:"我的职业可以担保;因为保守秘密是我的职分呀。"

　　堂吉诃德这才说道:"我凭耶稣圣体发誓,国王陛下只要用个叫喊消息的报子,传令全国的游侠骑士,在指定的某日到京城来聚会。尽管只来六个,说不定其中一个单枪匹马就能打得土耳其全军覆没。两位请听我讲。游侠骑士一人摧毁二十万大军,难道是从来没有的事吗?在他眼里,二十万人好比只长着一个脖子呀!二十万人只像一块杏仁糕呀!不然的话,专记这种奇事的历史,会有这么多吗?假如鼎鼎大名的堂贝利阿尼斯没死,或者阿马狄斯·台·咖乌拉的子子孙孙里有一个还活着——当然就碍着我的道儿了,且不说别人。可是咱们现在只要有他们中间的一个去抵抗土耳其人,哼!土耳其人只怕就完蛋了。不过上帝自会照顾信奉他的人,给他们派救星来,即使不能像过去的游侠骑士那么凶狠,至少也一样的勇敢。上帝知道我的意思,我不多说了。"

　　外甥女插嘴道:"啊呀!我舅舅准是又要去当游侠骑士了!不信,我死给你们看!"

　　堂吉诃德答道:"我到死也是游侠骑士。不管土耳其人从南来、从北来,不管他们的兵力多么强大,随他们来吧!我再说一遍,上帝明白我的意思。"

　　理发师插嘴道:"各位请听我说个塞维利亚的小故事;因为正合适,我忍不住要讲讲。"

　　堂吉诃德请他讲,神父等人都静听。理发师讲了以下的故事:塞维利亚有个人精神失常,他亲属就把他送进当地疯人院。这人是奥苏那大学毕业的,专攻寺院法。不过许多人认为他即使是萨拉曼加大学毕业的,也一样会发疯。这位硕士在疯人院里关了几年,自以为头脑清醒,神志完全正常了。他写信求大主教解救他的苦难。他说靠上帝慈悲,他一度昏迷的神志已经完全复元,而他的亲属贪图他的财产不放他出院,硬冤他是一辈子好不了的疯人。他写得情词恳切,事理清楚。大主教给他迭次来信打动了,派本府一个教士向疯人院长探问究竟,并和那疯子谈谈,他果然头脑清醒了,就放他出院。教士领命去了。疯人院长对教士说:那人并没有好,他的言论往往很高明,可是到头来总露出马脚,说些荒乎其唐的话,抵消了那些高论;只要和他谈谈就能摸出底细。教士愿意试试,去见了那疯子,和他谈了一个多钟头。疯子始终没说一句糊涂话,谈吐有条有理,使教士确信他已经复元。疯子说,院长受了他亲属的贿赂,对他不怀好意,硬说他的病时好时发,没有断根。他说自己只为家产太多,才吃这个大亏;他冤家贪图那份财产,竟不让人相信他靠上帝洪恩,已经从畜类重又变成了人。反正他讲得很动听,显然院长有嫌疑,亲属给贪心昧了良心,而他呢,头脑完全清醒。教士就决计带他回去见大主教,由大主教亲自判明是非真伪。那位好教士抱定这个主意,请院长下令把硕士入院穿的衣服发还他。院长重又叮嘱那教士不要轻率,说硕士依然是个货真价实的疯子;再三劝阻,却毫无用处。院长心想既是大主教的命令,就听从了。他们让硕士换上自己半新的体面衣服。硕士脱掉了疯人服装,打扮得像好人一样,就要求教士行个方便,让他向同院的病人告别。教士也愿意陪着去瞧瞧院里的疯子,他们和院长等人一同上楼。有一个栅栏里关着个动武的疯子,不过他这时很安静。硕士走到栅栏前,对这疯子说:"老哥,你瞧瞧有没有什么事要托我,因为我要回家了。上帝恩德无边,就连我这样不值一顾的人,也蒙他照顾,头脑重又清醒。我现在已经完全正常了;上帝真是无所不能啊!你该信赖上帝;他既会叫我复元,也会叫你复元,只要你信赖他。我一定记着给你送些好吃的东西来,你千万得吃。你听我说,我是过来人,我想咱们发疯都因为肚里空虚,脑袋里就充满了气。你得鼓起劲来!倒了霉垂头丧气,会伤生减寿的。"

对面另一个栅栏里有个疯子赤条条躺在一床旧席上。他听了硕士这番话，起身大声问谁病好了出院。硕士答道："老哥，出院的是我，因为不用再待在这儿了。这是上天的洪恩，我说不尽的感激。"

那疯子说："硕士啊，你说话得仔细，别上了魔鬼的当。我奉劝你别乱跑，好好儿待在自己屋里吧，免得再回来。"

硕士答道："我知道自己现在好了，不用再回来了。"

那疯子说："你好了？哼！瞧着吧！但愿上帝保佑你！今天把你当作没病的人放你出院，就是塞维利亚的罪过。我代替朱庇特管辖这个世界，我凭朱庇特发誓：我单为塞维利亚这点罪过，要向这个城市狠狠降罚，叫它千年万载也忘不了，这就是我诚心所愿！小矮子硕士啊，你可知道，我真有这本领！我刚说了，我是掌管雷霆的朱庇特，我手里有怒火熊熊的霹雳，经常可以吓唬世人，摧毁世界。不过我另有办法惩罚这个愚昧的城市。我从现在起整整三年里，叫塞维利亚全城和四郊不下一滴雨！你可以出院了？你健康了？你病好了？我倒是疯子、疯人、不得自由的？哼！要我下雨呀，就好比要我上吊！"

旁人都在听这疯子叫嚷，我们这位硕士却转身握住教士的双手说："我的先生，您甭着急，别理会这疯子的话。他是朱庇特不肯下雨吗？我却是水的父亲、水的神道、耐普图诺呀！不管什么时候，只要我想下雨，或需要下雨，雨就下了。"

那教士答道："您说得对，耐普图诺先生，不过招朱庇特先生发火究竟不妙，您还是待在这里，等哪天方便，我们有工夫再来找您吧。"

院长等人都大笑，弄得那位教士很不好意思。疯人院里给硕士脱下衣服，还把他留在院里；这故事也就完了。

堂吉诃德说："理发师先生，您认为这个故事正当景，忍不住要讲吗？哎，使剃刀的先生啊！'隔着筛子瞧不见东西的人，真是瞎子'！况且把人家的才德、相貌、家世互相对照，总是讨厌的，您连这点都不知道吗？理发师先生，我不是海神耐普图诺，我也不要求人家称我见识高明，因为我并不高明；我不过竭尽心力，让大家知道，不恢复崇奉骑士道的盛世，是个大错。从前有游侠骑士负责捍卫国家，保护幼女孤儿和孩童，除暴安良，那时代的人多么享福啊；咱们这个衰败的时代可不配有那么大的福分了。现在多半的骑士，身上只有锦缎衣服的窸窣声，没有钢盔铁甲的铿锵声了。现在没什么骑士冒着严寒酷暑或风吹雨打，浑身披挂，在野外露宿了；没什么骑士还像先辈那样脚不离镫、身靠长枪，只求打个盹儿了。以前的游侠骑士，从深林出来跑进深山，从深山跑到荒凉的海边，海上总有狂风大浪。他看见海滩上一只小船，桨呀、帆呀、桅杆呀、绳索呀，什么装备都没有。可是他毫无畏惧，跳上船，随怒涛恶浪去摆布。他跟着海波起伏，一会儿耸到天上，一会儿落到海底。他顶着不可抵挡的暴风，想不到一上船已经走了三千多哩瓦的路。他上岸在陌生的远方遭遇到许多事，都值得镌刻在青铜上，不是写在纸上的。像这种游侠骑士，现在都绝迹了。现在这年头，懒惰压倒了勤快，安逸压倒了勤劳，罪恶压倒了美德，傲慢压倒了勇敢；甚至拿枪杆子的也空谈而不实行了。这一行，只有黄金时代靠了游侠骑士才走得红。不信，你们说吧，谁比鼎鼎大名的阿马狄斯·台·咖乌拉更纯洁勇敢呢？谁比巴尔梅林·台·英格拉泰拉更聪明呢？谁比白骑士悌朗德更随和呢？谁比李苏阿尔泰·台·格瑞西亚更豪侠多情呢？谁比堂贝利阿尼斯受的伤更多，而且伤的人更多呢？谁比贝利翁·台·加乌拉更刚毅呢？谁比费丽克斯玛德·台·伊尔加尼亚临险更勇往直前呢？谁比艾斯普兰狄安更诚挚呢？谁比堂西隆希琉·台·特拉西亚更奋不顾身呢？谁比罗达蒙泰更勇敢呢？谁比索布利诺王更谨慎呢？谁比瑞那尔多斯更胆大呢？谁比罗尔丹更无敌于天下呢？谁比汝黑罗更温文尔雅呢？据杜尔宾的《环球志》，现在的费拉拉公爵全都是汝黑罗的后代。神父先生，我另外还可以说出许多骑士来，都是发扬光大了骑士道的游侠英雄。我要向国王进言所说的游侠骑士就是这一类人。国王陛下罗致了他们，既有了得力的帮手，又可以省掉一大笔费用，土耳其人到头来无法可施，只好揪自己的胡子。现在大主教府的教士既然不带我出疯人院，我就待着好了。假如照理发师的话，朱庇特不肯下雨，那么有我在这儿呢，我要下雨就下雨啦！我这话是要叫那位靠洗脸盆干活儿的先生明白，我懂他言外之意。"

理发师说："堂吉诃德先生，我实在不是这意思。天晓得我是一番好意，您不该生气。"

堂吉诃德答道:"该不该生气,我自己明白。"

神父插嘴说:"我始终还没开口,可是听了堂吉诃德先生的话,心上倒有点儿纳闷儿,想痛痛快快地问问。"

堂吉诃德答道:"神父先生还有什么话,不妨都说出来;有什么纳闷儿的,尽管问,闷在心里不是滋味。"

神父说:"您不见怪,我就说吧。堂吉诃德先生,我有件事想不通。您提的那一大群游侠骑士,难道都是这个世界上有血有肉的真人吗?我怎么也没法儿相信呀。我觉得那都是凭空捏造的一派胡言,都是睡梦刚醒或半睡半醒的梦话。"

堂吉诃德答道:"这又是世俗的通病,许多人硬是不信世上真有这种骑士。我曾经在各种场合,多次向形形色色的人极力纠正这个流行的错误。有时我讲不清,有时根据事实,居然讲明白了。我的根据是千真万确的。譬如阿马狄斯·合·咖乌拉吧,我简直可说亲眼见过。他是个高个子,白白的脸儿,一部黑胡子修得很整齐,神气温和而又威严;他不多说话,不易动怒,发了火一会儿就平息下去。我可以把故事里写的全世界的游侠骑士一个个都像阿马狄斯这样细讲他的形容相貌。读了故事对他们就有个印象,再按他们的行事和性情脾气仔细推究,他们的面貌呀、颜色呀、身材呀就一一活现在眼前了。"

理发师问道:"堂吉诃德先生,您看巨人莫冈德该有多高啊?"

堂吉诃德答道:"世界上究竟有没有巨人,各有各的说法。不过《圣经》里的话是没半点儿虚假的。照《圣经》上看来,确实有巨人。因为《圣经》上讲到斐利斯人歌利亚斯,说他身长七腕尺半,那就高得很了。西西里亚岛上发现过巨大的胫骨和肩胛骨。那么大的骨头,准是巨人身上的,那些巨人该有塔那么高呢。这是可以用几何学来推算的。不过,我拿不定莫冈德究竟有多高。我想不会很高;我这话有根据。因为我看见记述他的专著里说,他常睡在屋里;既然屋里容得下他,显然他不会太高大。"

神父说:"对啊!"

堂吉诃德这套疯话神父听得很有趣，他就举出一个个游侠骑士来请堂吉诃德设想他们的相貌，譬如瑞那尔多斯·台·蒙答尔班呀，堂罗尔丹呀，还有法兰西十二武士里的其他几人。

堂吉诃德答道："照我猜想，瑞那尔多斯是宽盘儿大脸，面色通红，眼睛很灵活，有点儿鼓；性如烈火，专好结交强盗和亡命之徒。罗尔丹、或罗佗兰多、或奥兰陀呢——历史上这三个名字是通用的，我拿定是中等身材，宽肩膀，多少有点儿罗圈腿，黑脸，红胡须，身上汗毛很重，眼睛里杀气逼人；他沉默寡言，可是温文有礼。"

神父说："假如罗尔丹像您说的这样，他可不够漂亮，怪不得美人安杰丽咖公主瞧不入眼，扔了他去找她相好的那个刚出胡子的小摩尔人了；那人一定风流俊俏、活泼有趣。她不爱罗尔丹的严肃，却爱上梅朵罗的温柔，可见很有眼力。"

堂吉诃德说："神父先生，这个安杰丽咖是个没脑子的姑娘，喜欢乱跑，也有点儿轻浮；她那许多风流放荡的事，随着她的艳名到处流传。她鄙弃了成千的王孙、爵士、才子、好汉，却看上一个还没长胡子的小童儿，既没有财产，也没有声望，只因为他对朋友感恩知报才有点名气。安杰丽咖的失身当然是不体面的；歌颂她美貌的大诗人阿利奥斯陀写到这里，就不敢或不愿再叙述她的事了。他搁笔以前，写了以下两行诗：

> 至于她怎样接位做了中国的女皇，
> 也许别人能用更好的'拨'来弹唱。

这话分明像预言；因为诗人也有'先知者'或预言家的称号。这句预言是很准的。后来安达路西亚的著名诗人曾为她的眼泪悲歌，咖斯底利亚独一无二的著名诗人也曾歌颂她的美貌。"

理发师插嘴道："堂吉诃德先生，我请问您，这么许多诗人赞美她，是否也有人作诗嘲笑她呢？"

堂吉诃德说："假如萨克利邦泰或罗尔丹是诗人，我想他们准会把这位姑娘着实地挖苦一番。诗人选中了意中人，不论是假托的还是真的，如果意中人瞧他不起，拒绝了他，他就用讽刺和毁谤来雪耻报仇，这是诗人地道而现成的手法。当然，心胸宽大的人是不屑做这种事的。据我所知，至今倒还没有谁作诗毁谤这位颠倒一世人的安杰丽咖公主呢。"

神父说："真是奇迹！"

他们谈话的时候，管家妈和外甥女已经走开了；这时忽听到她们俩在院子里大叫大嚷，大家忙赶去。

第五十四章

桑丘·潘沙和堂吉诃德的外甥女、管家妈等大吵，以及其他趣事。

据这部传记上说，堂吉诃德、神父和理发师听见吵闹，原来是桑丘硬要进来探望主人，堂吉诃德的外甥女和管家妈拦着门不放，嚷着说："这流氓到我们家来干吗？老哥啊，回你自己家去吧！哄了我们家主人出去乱跑的就是你！不是别人！"

桑丘答道："魔鬼的管家妈！给人家骗出去乱跑的是我！不是你主人！是他带着我满处跑，你们把事情全弄颠倒了。他花言巧语，答应给我一个海岛，骗了我从家里出去，我到今还等着这个海岛呢。"

外甥女说："该死的桑丘！让倒霉的海岛噎死你！什么海岛？是好吃的吗？你这个馋嘴佬！"

桑丘答道："不是吃的东西，是管辖的东西；我可以管辖得比四个市政府和四个京城长官还好呢。"

管家妈说："随你怎么说，这里不要你来！你这个满肚皮鬼主意的家伙！管你自己的家、种你租的地去！别胡想什么海岛河岛啦！"

神父和理发师听了三人的对话很好笑。堂吉诃德怕桑丘说溜了嘴，讲出许多促狭的胡话来，对自己声名有碍。他就喊桑丘进来，一面叫她们俩住嘴，别拦着他。桑丘进来，神父和理发师告辞出去。他们瞧堂吉诃德脑袋里一团糟，那套该死的骑士道的谬论根深蒂固，都觉得他的病是没指望的了。神父对理发师说:"老哥啊,你瞧着吧,咱们想不到的时候,这位先生又要展翅高飞了。"

理发师答道:"这还用说吗?不过侍从的傻,竟和骑士的疯一样叫我吃惊呢。他死抱着那个海岛,随你怎么解释也没法消除他这个念头。"

神父说:"但愿上帝挽救他们吧。咱们得时刻留心,瞧着这一对骑士和侍从会疯傻到什么地步。我觉得两人竟是一个模子里打造出来的。主人的疯要没配上佣人的傻,就一文不值了。"

理发师说:"是啊。我很想听听他们俩这会儿说的话呢。"

神父说:"我拿定外甥女和管家妈会告诉咱们。照她们俩的脾气,不会不偷听。"

这时堂吉诃德关上门,只和桑丘两人在屋里。堂吉诃德说:"桑丘,你说是我把你从家里骗出去的,这话我听了很难受,因为你明知我也没待在家里呀。咱们俩一起出门,一起赶路,一起满处跑;两人同甘共苦。如果说,你给人家兜在毯子里抛弄过一次,我挨过的打有一百次呢;这就算是我比你便宜吧。"

桑丘说:"这也是应该的呀。照您自己的话,倒霉事儿和游侠骑士是紧紧连在一起的,和侍从还远着点儿啊。"

堂吉诃德说:"桑丘,你错了,古话说得好:'首疾……'"

桑丘道:"我只懂咱们本国话。"

堂吉诃德道:"我是说,脑袋有了病痛,身体各部都有病痛。我是你的主人,就是你的脑袋;你是我的佣人,就是我身上的一部分。所以我有病就牵连到你,你有病也牵连到我。"

桑丘说:"应该是这样啊!可是,我既然是您的一部分,我这部分给人家兜在毯子里抛弄的时候,您做了我的脑袋却在围墙外面瞧着我在天空翻滚,没有觉得痛苦呀。既然脑袋有病痛,浑身各部都有病痛,那么身上哪一部分有病痛,脑袋也该有病痛呀。"

堂吉诃德道:"桑丘,你这话大概是说,你给人家抛弄的时候,我没有感受痛苦。如果你是这个意思,我劝你别这么说,也别这么想,因为我当时心上的痛苦，比你身受的还厉害。可是这话咱们这会儿甭提了，将来再仔细讲究吧。桑丘朋友，我问你，村儿里在说我什么话？老乡们、绅士、骑士们对我有什么意见？关于我的勇敢、我的功绩、我的礼貌，他们怎么说的？我要在当今之世把废掉的骑士道重新振兴，人家有什么议论？一句话，桑丘，凡是我问的这些，你听到什么都得告诉我，别添一句好话，也别瞒掉一句坏话。忠心的臣仆该把真情照实报告主人，既不加油添酱地讨好，也不藏头掩尾地隐瞒。我告诉你，桑丘，如果君王听到的全是不加粉饰的真情实况，没有奉承迎合的花言巧语，那么过去的世纪就改了样，咱们这个世纪也不该称为'铁的世纪'了，我觉得咱们近年来却是黄金时代呢。桑丘，你该照我的叮嘱，凡是我问你的，你听到过什么，就明明白白、诚诚恳恳地照实告诉我。"

桑丘答道："好得很呀，我的先生，不过有句话得讲在前头：您既然要我听到什么都搬给您听，没一点儿遮盖，那么我说了您可别生气。"

堂吉诃德说："我决不生气，桑丘啊，你尽管直说，不用拐弯儿抹角的。"

"那么，我先告诉您，老乡们说您是头号儿的疯子，说我这傻瓜也不输您。绅士们说您不安安分分做绅士，总共有了四棵葡萄两亩地，身上拖一片挂一片的，却自称'堂'，一下子成了骑士。骑士们说，他们不喜欢绅士和他们平起平坐，尤其那种只配当侍从的绅士，皮鞋都自己擦，黑袜子上补着绿丝线。"

堂吉诃德说："这话和我不相干，我向来穿得整齐，身上从没有补丁；可能衣服破些，那也是盔甲磨破的，不是穿旧了破的。"

桑丘说："关于您的勇敢、您的礼貌、您的功勋，各有各的看法。有人说：'疯而有趣。'有人说：'有勇气，只是没运气。'有人说：'有礼貌，可惜不得体。'他们还有许多话呢，直挑剔得咱们通身上下百孔千疮了。"

堂吉诃德道："桑丘，你该知道，'出人头地，遭人嫌忌'，哪里都是一样。名人而不遭毁谤，那是绝无仅有的。尤利乌斯·恺撒是最坚毅、最英明勇敢的统帅，人家说他野心勃勃，还说他的衣服和私德都有点儿不干净。亚历山大靠生平事业赢得'大帝'的称号，人家说他有几分酗酒的习气。

赫拉克利斯功绩累累，人家说他荒淫骄奢。又譬如像阿马狄斯的弟弟堂加拉奥尔吧，人家说他太好斗，说他哥哥动不动就爱哭。哎，桑丘，好人都受到这样的毁谤呢；如果我受到的只是你说的这些，就算不错了。"

桑丘说："我的爹！糟的是不止我说的这些呀！"

堂吉诃德问道："那么还有别的话吗？"

桑丘说："'还有尾巴上的皮没剥下来呢。'刚才说的那些，只算小点心罢了。您如要知道全套儿诽谤您的话，我马上给您找个人来，他会一五一十地搬给您听，一星半点儿也不遗漏。巴多罗梅·加尔拉斯果的儿子刚从萨拉曼加大学得了学位，昨晚回家。我去欢迎他，他告诉我说，您的事已经写成书了，书名是《奇情异想的绅士堂吉诃德·台·拉·曼却》。他说书上也有我，名字就叫桑丘·潘沙；还有杜尔西内娅·台尔·托波索小姐，还讲些事光是咱们两人经历的，不懂那个写传的怎么都知道，我诧异得直在自己身上画十字。"

堂吉诃德道："我告诉你，桑丘，写咱们这部传记的一定是个法师或博士，这种人笔下要写什么，眼睛里就看见什么。"

桑丘说："难怪呢！原来是法师和博士，所以我刚才讲起的那个参孙·加尔拉斯果学士说，那个写传的名叫熙德·阿默德·贝兰黑那！"

堂吉诃德说："这是个摩尔人的名字。"

桑丘说："准是的。我听说摩尔人都爱吃'贝兰黑那'。"

堂吉诃德说："桑丘啊，'熙德'按阿拉伯文就是'先生'；你一定把这位熙德的姓说错了。"

桑丘说："很可能。您这会儿要我去把那位学士找来吗？我立刻就去。"

堂吉诃德说："那好极了。你那些话说得我心里痒痒，不把事情问个明白，吃一口东西都在胸口堵着。"

桑丘说："那么我就找他去。"

他撇下主人去找那位学士，一会儿就带了学士回来。他们三人谈的话很有趣。

第五十五章

祸福难料,备受挫折为人所诋的堂吉诃德骑士竟得到了认可,开始受到他人重视,一本专门记载他丰功伟绩的作品终于问世了,这对身陷困境的堂吉诃德来说无疑是一个最好的安慰和鼓励,但这究竟是一本什么样的书呢?它又能怎样去描述堂吉诃德的行为呢?书的作者又会是一个什么样的人呢?让我们一起揭开谜底吧!

堂吉诃德、桑丘·潘沙和参孙·加尔拉斯果学士三人的趣谈。

堂吉诃德一面等着加尔拉斯果学士,一面默想桑丘的话。他打算问问那位学士,人家把他写到书上去,讲了他些什么。他不信真会有那么一部传记。他的剑上敌人余血未干,难道他发扬骑士道的丰功伟业已经写成书出版了吗?可是他想准有一位善意或恶意的法师靠魔术干了这件事。假如那人出于善意,就是要把他干的事抬得比骑士里最杰出的成就还高;假如出于恶意,就是要把他那些事贬斥得比历史上卑微的侍从里最卑鄙的行为还低。不过他想,书上从来不写侍从的事,假如确有桑丘说的那么一部传记,叙述的既是游侠骑士的事,那就必定是严肃、正经、堂皇而且真实的。他这么一想,稍微放心些。可是作者称为熙德,想必是摩尔人;摩尔人都不老实,而且诡计多端,不能指望他们说真话。他想到这层,又放心不下。他又怕书上把他的恋爱描写得不端重,损害了杜尔西内娅·台尔·托波索小姐的清名。他希望书上能写出他对这位小姐一心一意,毕恭毕敬,把王后、女皇和形形色色的女人都不放在眼里,而且总是严肃地抑制着自己的情欲。他正在这样反复寻思,桑丘已经带着加尔拉斯果来了。他连忙殷勤接待。

那位学士虽然名叫参孙,并不是名副其实的大个子,只是个大滑头。他脸色苍白,心思却很伶俐,大约有二十四岁,圆圆的脸,扁塌鼻子,大嘴巴;照这副相貌,好像是个调皮促狭的性格儿,喜欢开玩笑、捉弄人的。他一见堂吉诃德,果然本性流露,对堂吉诃德双膝跪倒,说道:"堂吉诃德·台·拉·曼却先生,请您伸出贵手,让我亲吻。我虽然只是教会里下四等的职员,却要凭我这件圣贝德罗式的道袍发誓宣言:全世界古往今来最有名的游侠骑士就是您!熙德·阿默德·贝南黑利把您的丰功伟业写成书,我真要祷告上帝为他赐福!那位搜求奇书的人不辞辛苦,把这部阿拉伯文的故事翻成西班牙语,让大家都能欣赏,我更祝他福上添福!"

堂吉诃德扶了他起来,说道:"照您这话,真是出了一部写我的传记吗?作者真是个摩尔博士吗?"

参孙道:"这是千真万确的,先生,据我估计,现在这部传记至少已经出版了一万二千册,不信,可以到出版这部书的葡萄牙、巴塞罗那和巴伦西亚去打听。据说也在安贝瑞斯排印呢。我看将来每个国家、每种语言,都会有译本。"

堂吉诃德说:"一个有声望的好人生前看到自己的美名在各种语言里流传,那一定是最称心的。不过我说的是'美名';如果是'丑名',那就比什么样的死都难受了。"

学士说:"要讲美名呀,所有的游侠骑士里数您第一了。您为人多么高尚,您冲锋冒险的时候多么勇敢,困苦的时候多么坚定,倒了霉、受了伤多么能够忍耐,您对堂娜杜尔西内娅·台尔·托波索小姐那种超脱肉体的爱情多么贞洁等,那摩尔作者和基督教译者各用自己的语言刻意描摹,写得活灵活现。"

桑丘·潘沙插嘴道:"我从没听见谁把杜尔西内娅小姐称作堂娜,她不过是杜尔西内娅·台尔·托波索小姐。传记上这点就已经错了。"

加尔拉斯果答道:"这是无关紧要的。"

堂吉诃德说:"确是无关紧要的。可是我请问您,学士先生,这部传记里,我干的哪件事最出色呢?"

学士答道:"各人趣味不同,见解也不一样。有人认为最出色的是风车的事——就是您看见许多长臂巨人的那一次。有人认为砑布机的事最出色。您不是看见两支大军后来忽又成了两群羊吗?有人最欣赏书上记载您形容那两支军队的一番话。您碰到迁葬赛果比亚的尸体那事也有人夸赞。有人认为您释放一群囚犯是压卷的奇闻。还有人认为您碰到两个贝尼多会的巨人、后来又和英勇的比斯盖人打架那桩最呱呱叫。"

桑丘问道:"学士先生,请问您,驽骍难得那家伙忽起邪心、想打野食的那一遭——就是我们碰到一群杨维斯人的事,书上也写了吗?"

学士答道:"那位博士什么都不放过,全写下来,连桑丘老兄在毯子里翻跟斗的事也没漏掉。"

桑丘说:"我没在毯子里翻跟斗,是在天空里翻的,那是身不由己。"

堂吉诃德说:"我觉得人世间的历史上总是一会儿得意、一会儿失意,尤其是游侠骑士的经历,决不会都一帆风顺。"

学士说:"可是有人看了故事里堂吉诃德先生一次次挨揍,但愿作者能饶他几顿打呢。"

桑丘说:"这就可见书里都是真话了。"

堂吉诃德道:"按理这些尽可以略过不提。枝枝节节无关故事的真实,如果写了有损主人公的尊严,就不必写。老实说,伊尼亚斯本人也并不像维吉尔描写的那么孝顺,尤利西斯本人也不像荷马形容的那么狡猾。"

参孙说:"您说得对呀。不过诗是诗,历史是历史。诗人歌咏的是想当然的情节,不是真情实事。历史学家就不然了,他记载过去的一言一行,丝毫不能增减。"

桑丘说:"这位摩尔先生既然一心要说真话,那么,我主人吃的棍子里分明也有我的份儿呀。每次他背上挨打,我总得全身挨打。不过这也不稀奇,因为我这位主人亲口说的:脑袋有病痛,浑身各部全都有份。"

堂吉诃德说:"桑丘,你真是鬼得很!什么事你都不愿意忘记,你记性真不错呢。"

桑丘说:"我吃了那些棍子,即使愿意忘记,我肋骨上还有余痛,不让我忘记啊。"

堂吉诃德说:"住嘴吧,桑丘,别打岔了,还是请学士先生讲讲这部传记里怎么说我的。"

桑丘说:"还有说我的呢;听说我也是这部传记里的一个主要'人户'。"

参孙说:"'人物',不是'人户',桑丘老哥。"

桑丘说:"又是个挑字眼儿的!要这样下去,一辈子也没个完。"

学士说:"桑丘,你是故事里的第二号人物,不是的话,上帝叫我倒一辈子的霉!有人最爱听你说话,觉得你比书上最聪明的人还说得有意思。不过也有人说你太死心眼儿,这位堂吉诃德先生答应让你做海岛总督,你就信以为真了。"

堂吉诃德说:"'墙头上还有太阳呢。'等桑丘再多活几年,多长些识见,做起总督来就更合适、更能干了。"

桑丘说:"天晓得!我这一把年纪还不会管辖海岛,等我活到玛士撒拉的年纪还是不会的。毛病是那海岛还不知在哪儿呢,倒不是我没有管辖海岛的脑瓜子。"

堂吉诃德说:"你只管求上帝保佑,什么都会遂心如愿,说不定比你想的还好呢;没有上帝的旨意,树上一片叶子都不会抖动。"

参孙说:"是啊,如果上帝有意,给桑丘管一千个海岛也有的是,别说一个。"

桑丘说:"我也见过些总督,我觉得那些人给我拾鞋都不配。可是他们得称作'大人',吃饭用银盘儿。"

参孙说:"他们那种总督是容易做的,不比海岛总督。海岛总督至少得懂文法。"

桑丘说:"'文'呢,我还凑合;'法'呢,和我无缘,我也不理会,我根本不懂。反正这事随上帝安排吧,但愿他派我到最能为他效劳的地方去。我说呀,参孙·加尔拉斯果学士先生,那个写传记的笔下没有出我的丑,我真是说不尽的高兴。我凭好侍从的身份说句真话,如果他写我的事情不是我这么个老基督徒该做的,那就聋子都会听见。"

参孙说:"那真是奇迹了。"

桑丘说:"不管奇迹不奇迹,如果要形容个'人户'吧,总得留心怎么说、怎么写,不能随便想到什么就胡说乱写。"

学士说:"有人认为穿插那篇《何必追根究底》的故事是个毛病;不是情节不好,或讲法不好,只是穿插得不合适,和堂吉诃德先生的一生不相干。"

桑丘说:"我可以打赌,那狗养的'把筐子和白菜一样看待'了。"

堂吉诃德说:"我现在看来,给我写传的那人不是博士,大概是个不学无术、胡说八道的人,像乌贝达的画家奥巴内哈那样信笔乱涂。人家问那位画家画什么,他说:'画出来是什么就是什么。'一次他画一只公鸡,画得糟极了,一点儿也不像,只好用笔画粗黑的字注明'这是一只公鸡'。我那部传记大概也是这样的,要有了注解人家才懂。"

参孙说:"那倒不。那部传记很流畅,一点儿不难懂。小孩子翻着读,小伙子细细读,成人熟读,老头子点头簸脑地读;反正各种各样的人都翻来覆去读得烂熟,每看见一匹瘦马,就说,'驽骍难得来了!'读得最起劲的是那些侍僮。每个贵人家的待客室里都有这么一部《堂吉诃德》;一人刚放下,另一人就拿走了;有人快手抢读,有人央求借阅。总之,向来消闲的书里,数这部传记最有趣,最无害。什么下流话呀,邪说异端呀,整部书里连影儿都没有的。"

堂吉诃德道:"写书不这样就不是写信史,而是谎话连篇了。写历史而撒谎的人该像伪币铸造者一样活活烧死。可是我不懂为我写传的那人为什么要穿插些不相干的故事,我本人的事可写的很多呢。他一定是记住了那句老话:'不论稻草干草……'其实,他只要把我的心思、我的叹息、我的眼泪、我的抱负、我的遭遇等写出来,就是厚厚一本书了,至少也有'焦黄脸儿'的全集那么厚。干脆说吧,学士先生,我认为编写历史或任何著作,都须有清楚的思想,高明的识见。作者是大才子,作品才会有警句和风趣。喜剧里最聪明的角色是傻乎乎的小丑;因为扮演傻瓜的绝不是傻子。历史好比圣物,因为含有真理;真理所在,就是上帝所在。可是尽管这么说,有些人写了书四处发卖,就像卖油炸饼一样。"

学士说:"一本书不论多糟,总有几分好处。"

堂吉诃德答道:"这是当然的。有人靠写书名利双收,可算不负苦心。可是作品一出版,作者声名一落千丈或者几百丈,也是常有的事。"

参孙说:"有个缘故。作品出版了,人家可以仔细阅读,就容易发现毛病。作者名气越大,读者越要挑剔。大诗人、大历史学家等靠天才得名的,总招人忌妒;那些人自己没出过一本书,就以批驳旁人的作品为快,乐此不疲。"

堂吉诃德说:"这没什么稀奇。许多神学家自己不善讲道;听了别人讲道,他挑错儿却是能手。"

加尔拉斯果说:"堂吉诃德先生,您说得对呀。我但愿那些挑错儿的人厚道些,少吹毛求疵,别看见了辉煌的作品偏要在光彩里找飞扬的尘土。假如说'高明的荷马有时候打盹儿',那么该想想,荷马要作品完好无瑕,已经聚精会神,费了多少工夫。说不定找错的以为是缺点,其实仿佛脸上的痣,有时反增添了妩媚。我觉得出版一部书风险很大,要人人称好、个个满意是绝不可能的。"

堂吉诃德说:"我的传记只有寥寥几人满意吧。"

"那倒不是。好比'愚昧之徒数不胜数',欣赏这部传记的也数不胜数。有人怪作者记性不好,忘了讲明谁偷了桑丘的驴;驴偷了也没明说,只能从文字里推测。可是一会儿桑丘又骑着他的驴了,不知那驴是哪儿来的。他们又说:桑丘在黑山从皮包里找到一百艾斯古多,这笔钱怎样下落,下文忘了交代,再也没有提起。桑丘怎么花的,买了什么东西,很多人关心呢;这也是个漏洞。"

桑丘答道:"参孙先生,我这会儿没心思报账或交代事情。我饿得慌,要是不喝两口酒提提神,就要发晕了。我家有老酒,老伴儿正等着我呢,我吃完饭再来吧。谁有什么要问的,不管毛驴儿怎么偷了,一百艾斯古多怎么花了,我都有话说。"

他不等人家回答,也不再多说,只管回家了。

堂吉诃德留学士便饭，家常饭菜添了一对鸽子。席上谈论些骑士道，加尔拉斯果非常凑趣。饭罢睡过午觉，桑丘回来了，他们又接着谈。

第五十六章

桑丘·潘沙答学士问，以及其他须说明补充的事。

桑丘回到堂吉诃德家，接着讲下去。他说："参孙先生不是要打听我那驴儿是谁、在什么时候、怎么样偷的吗？请听我讲吧。我主人招了那伙囚犯的祸，又碰上了送往赛果比亚的尸体，我们要逃避神圣友爱团，连夜跑进黑山，躲在一个树林里。我们打了几次架浑身酸痛，力气也使尽了；我主人靠着长枪，我骑在灰驴背上，两人都仿佛躺在四层羽毛褥子上似的酣呼大睡。我更是睡得死；不知谁这时跑来，用四根棍子四边支住我的驮鞍，把我的灰毛儿从我两腿中间牵走了；我骑在鞍上，竟没有知觉。"

"这事好办，也不新奇。萨克利邦泰围攻阿尔布拉卡的时候，也遭了同样的事。布鲁内洛那有名的贼就是用这办法从萨克利邦泰两腿之间牵走了他的马。"

桑丘接着说："天一亮，我刚伸个懒腰，那些棍子就倒了，把我摔了一大跤。我的灰驴哪儿去了呢？找不着了。我眼泪直流，哭了一场。给我们写传的人要是没把我的痛哭写进去，就漏掉了一个好节目。过了不知几天，我跟着米戈米公娜公主一路走的时候，忽见一人骑着我那头灰驴迎面跑来。那人打扮得像吉卜赛人；原来就是我主人和我解救的囚犯——那大骗子、大坏蛋希内斯·台·巴萨蒙泰。"

参孙说："这没有问题。毛病是灰驴还没出现，作者却说桑丘骑着他的灰驴。"

桑丘道："这个我可没法说了。不是作者的错，就是排印工人的粗心吧？"

参孙说:"分明是这么回事。可是,那一百艾斯古多又是怎么个下落呢?花了吗?"

桑丘答道:"都花在我自己、我老婆和我孩子身上了。所以我老婆才捺定心让我跟着堂吉诃德先生满处跑呀。假如出门那么久,一个子儿也没带回来,把驴儿也丢了,那还行吗?谁还有什么要问的,我在这儿等着呢;我当着国王的面也有话说。我的钱带回家没有,花了没花,谁也管不着。假如我出门挨的棍子拿钱来抵,就算四文一棍,那么,再给我添上一百艾斯古多也抵不了我挨打的半数。各人自己摸摸良心吧,别把白的说成黑的,黑的说成白的。'人再好也不过像上帝造的那样,往往还坏得多呢'。"

加尔拉斯果说:"我得记着告诉那位作者,如果他的书再版,一定得添上桑丘老兄的这段话,就更出色了。"

堂吉诃德问道:"学士先生,传记里还有别处需要修改的吗?"

学士答道:"总有吧,可是不至于像刚才指出的那些非改不可。"

堂吉诃德道:"是不是作者预告还出第二部呢?"

参孙答道:"是的。不过据说那第二部还没找着,不知在谁手里,是否会找出来。而且有人说:'不论哪部书,续篇从来没有好的。'又有人说:'堂吉诃德的故事有那么多就够了。'所以那第二部还不定出不出呢。不过也有人不那么严格,却爱逗乐儿。他们说:'再来些堂吉诃德故事吧!只要写堂吉诃德冲杀,写桑丘·潘沙多嘴,随他怎么写,我们都喜欢。'"

"作者怎样打算呢?"

参孙说:"他正在钻头觅缝找那部稿子,打算找到就付印。他只要有利可图,不在乎什么虚名。"

桑丘说:"作者要的是钱吗?他写得好才怪呢!他就得像复活节前夕的裁缝那样手忙脚乱地赶,能指望赶出好针线来吗?那位摩尔先生不管是什么家伙,干活儿可得仔细呀。我和我主人的冒险和各式各样的遭遇够他写的;别说第二部,一百部都行。那位先生准以为我们俩在草堆上睡熟了。他如果给我们脚上钉马蹄铁,就会知道我们到底是哪只脚瘸了。反正我说呀,我主人要是听了我的话,我们这会儿早按照好游侠骑士的老规矩,在外面为人锄强暴、伸冤屈了。"

桑丘话还没完,只听得驽骍难得连声嘶叫。堂吉诃德觉得这是大吉之兆,决计在三四天内再出门一趟。他把这个主意告诉学士,还请教这次出门先到哪里。学士主张到阿拉贡王国的萨拉果萨城。过几天那里庆祝圣霍尔黑节,要举办几场极隆重的武术竞赛;堂吉诃德在比武场上可以压倒全阿拉贡的骑士——也就是压倒全世界的骑士,从此名震天下。学士还称赞他出行的主意打得好,不愧大丈夫;不过劝他冲锋冒险的时候小心点儿,因为他活着不是为自己,多少人靠他救苦救难呢。

桑丘插嘴道:"参孙先生,我就是嫌他不顾性命,见了一百个披挂的武士,就像馋嘴孩子见了六个熟甜瓜似的直抢上去。哎呀!学士先生!有时候该往前冲,也有时候该往后退呀,不能老是'西班牙人向前冲啊!圣悌亚果保佑我们!'而且我好像记得我主人自己说过:太胆小是懦弱,太胆大是鲁莽,勇敢是恰好适中。照这个道理呢,我不要他无缘无故逃跑,也不要他该退不退,拼命往前冲。可是,别的不说吧,我主人如果要我跟他,我有句话得预先讲明白:打仗的事全归他来,我只照管他吃喝洗换的事;我一定尽力,可是别指望我拔剑斫人,即使是行凶的坏蛋我也管不了。我呀,参孙先生,不想靠勇敢出名,只求人家知道我是游侠骑士手下最忠心的好侍从。据我主人堂吉诃德先生说,外边海岛多的是;假如他酬报我勤谨卖力,赏我个海岛,我就接受他这份重赏。如果他不赏我,我为人在世谁也不靠,只靠上帝。况且我做不做总督,一样的吃饭,也许不做总督,吃饭更香呢。保不定魔鬼在总督的座旁放了一块绊脚石,叫我绊个跟头,把大牙都磕掉。我生来是桑丘,我打算到死还是个桑丘。不过话又说回来。如果不费力气,不冒风险,老天爷白给我一个海岛或这类的东西,我不会推辞,我没那么傻。老话不也说吗:'如果给你一头小母牛,快拿了拴牛的绳子赶去。'还说:'如果好运来了,把它留在家里。'"

加尔拉斯果说:"桑丘老哥,你这番话说得就像个大学教授。不过你还是要相信上帝和堂吉诃德先生;他准会给你一个王国呢,何止一个海岛呀。"

桑丘答道:"多一点儿少一点儿都一样。不过,加尔拉斯果先生,我可以告诉您,我主人如果把王国给我,他没把王国扔在漏了底的口袋里。我也估量过自己,知道自己确有本领管理王国和海岛。这话我跟我主人已经讲过几遍了。"

参孙说:"小心啊,桑丘,当了官就改了样;说不定你一做总督,就连生身妈妈都不认了。"

桑丘说:"只有出身下贱的才会忘本。我是个彻头彻尾的老基督徒,绝不是忘本的家伙。只要瞧瞧我的为人,我会对谁没良心吗?"

堂吉诃德说:"求上帝保佑吧。你几时做总督,全由他安排;我觉得就在眼前了。"

他接着告诉学士,他想去辞别杜尔西内娅·台尔·托波索小姐;如果学士会作诗,烦他代笔写几句辞行诗。他要学士务必把那位小姐芳名的字母,挨次用作每行诗的第一个字母;全诗每一行的第一个字母就拼成"杜尔西内娅·台尔·托波索"这名字。学士说自己虽然不是当世公推的西班牙三个半著名诗人之一,这种体裁的诗也还会作。不过有个很大的困难。这个名字有十七个字母,假如作四首"四行诗",就多一个字母,假如作"五行诗",那么,二首"十行"或"复句体"就欠三个字母。话虽如此,他一定想办法省掉一个字母,把杜尔西内娅·台尔·托波索的名字放在四首"四行诗"里。

堂吉诃德说:"就得这样,因为女人一定要看见自己的名字明明白白标在诗里,才相信那首诗是为她作的。"

他们把这事谈妥,又把动身的日期定在八天以后。堂吉诃德叮嘱学士严守秘密,尤其得把神父、尼古拉斯师傅、他的外甥女和管家妈蒙在鼓里,免得他们阻挠他的雄心壮举。加尔拉斯果一口答应,就起身告辞,临别嘱咐堂吉诃德,不论事情顺利不顺利,有机会务必一一告诉他。他们彼此分手,桑丘自去置备出门必需的东西。

第五十七章

在学士加尔拉斯果的鼓动下，堂吉诃德和桑丘雄心大增决计再次出行，去建立更大的功勋，开创骑士道的天下。真不知这位学士也误入痴迷还是想多收集一些材料以增加作品内容，总之这次出行的促成又给了我们阅读的文本。在我们期待的目光下，也许众多的读者和主人公一样对今后故事的发展一无所知，不过仆从桑丘却对未来充满信心，看看他与妻子的对话便知道了。

桑丘·潘沙和他老婆泰瑞萨·潘沙的一席妙论，以及其他值得记载的趣谈。

这部传记的译者译到这里，怀疑这一章是假造的，因为在这一章里，桑丘·潘沙的谈吐不像他往常的口气；他头脑简单，决不会发那么精辟的议论。不过译者尽责，还是照译如下：桑丘回家兴高采烈，他老婆老远看见他满面喜色，就说：

"桑丘大哥，你怎么了？乐得这个样儿？"

他答道："老伴儿啊，我但愿老天爷别让我这样快活呢。"

她说："老伴儿，我不懂你的话呀。你说但愿老天爷别让你这样快活，这话怎么讲呢？我是个傻瓜罢了，我不懂怎么一个人会但愿自己不快活。"

桑丘答道："你听我说，泰瑞萨。我主人堂吉诃德又要第三次出去探奇冒险了，我已经打定主意跟他出门，所以很高兴。咱们家里穷，我没别的办法。咱们花了一百个艾斯古多，说不定又能找一百个回来；我有这指望，也很高兴。可是我

> 作者准备高谈阔论了，所以事先先做了一下声明，让你做好心理准备。

> 桑丘出游的"实际"目的突出了堂吉诃德的"虚幻"，这是一种对照。

得离开你和孩子们,心上又怪难受的。上帝要怎么,就怎么;他如果肯让我待在家里吃现成饭,不用我在野地里和大路上奔波,我的快乐就是十足的了。我现在算是快活,却夹带着和你分别的痛苦啊。所以我说得好:但愿老天爷别让我这样快活。"

泰瑞萨说:"你瞧瞧,桑丘,你做了游侠骑士一伙的人,说话尽拐弯抹角的,谁都听不懂了。"

桑丘说:"老伴儿啊,上帝什么都懂;他懂我的话就行,不用多说了。我告诉你,大姐,这三天你留心照看着灰毛儿,叫它随时都能出动。你喂个双份儿,把驮鞍等配备检查一下。我们不是出去吃喜酒,是漫游世界,和巨人、毒龙、妖魔打交道,要去听他们呼啸咆哮的。不过我们如果不碰到杨维斯人和魔道支使的摩尔人,那些东西也不难对付。"

> "实际"的桑丘真的变疯了,还是在和妻子摆迷魂阵?

泰瑞萨说:"老伴儿,我也知道游侠侍从这口饭不好吃,我直祷告上帝让你快快脱离这步坏运呢。"

桑丘答道:"我告诉你吧,老伴儿啊,我要不是想到不久能做海岛总督,我这会儿就倒下来死了。"

泰瑞萨说:"可别这么说,我的老伴儿。'老母鸡害了瘟病,也但愿它活着'。随魔鬼把世界上一切总督的官儿都抢去,你还是过你的日子。你不做总督,也从娘肚子里出来了;不做总督,也活到了今天;将来上帝要你进坟墓,你不做总督也进坟墓,人家会抬你去。世界上不做总督的多着呢,谁就活不下去了?谁就算不得人了?世上最开胃的东西是饥饿;这是穷人短不了的,所以穷人吃饭最香。可是我告诉你,桑丘,假如你哪天做了什么总督,千万别忘了自己的老婆儿女。记着,小桑丘已经十五周岁,假如他那位当修道院长的舅舅要他当教士,就该送他进学校了。你知道,如果给你女儿玛丽·桑却成家,她不会叫苦的。我想她准像你盼做总督一样

> 桑丘与老婆产生了"对立",从而使作品人物显出层次,也把笔触深入到了社会底层,透露出了底层人民的愿望。

的盼做新娘呢。反正'女儿嫁个丈夫不如意,总比如意的姘头好'。"

桑丘道:"老实说吧,老伴儿,如果上帝让我做个什么总督,我一定把玛丽·桑却嫁给大贵人。谁不能给她贵妇人的头衔,休想娶她。"

泰瑞萨说:"不行,桑丘,最好是嫁个门当户对的。你叫她脱了木屐穿高跟鞋,脱了灰色粗呢裙换上钟形裙子和绸衬裙,不称'小玛丽'和'你',改称'堂娜'和'您夫人',那丫头连自己都糊涂了,动不动就得出丑,露出本相来。"

桑丘道:"住嘴吧,你这傻瓜!过那么三年两年,什么习惯都会养成。到那时候,贵妇人的气派和架子都像配着身子定做的那么合适了。即使不合适,又有什么要紧呢?只要她是贵妇人,怎么样儿都行!"

泰瑞萨道:"桑丘啊,你得估量着自己的地位,别只想飞上高枝儿。记着这句老话:'他是你街坊的儿子,给他擦擦鼻子,把他留在家里。'咱们的玛丽如果嫁了个伯爵或乡绅,人家发起脾气来就可以作践她,骂她乡下姑娘呀、庄稼汉的女儿呀、纺线丫头呀,等等,那才美呢!老伴儿啊,我可死也不答应的!真是!我养大了女儿是让人家糟蹋的吗?桑丘,你只管把钱带回家,嫁女儿的事归我来。咱们这儿胡安·多丘的儿子罗贝·多丘是个身强力壮的小伙子,你我都认识,我知道他对咱们的姑娘很有意思。他家和咱们家门户相当,是很好的一门亲事。咱们的女儿可以常在眼前,父母、儿女、孙子、女婿可以在一起和和睦睦,安享上帝赏赐的福气。你千万别把她嫁到王爷和大人的府第里去,到了那里,人家不会体谅她,她自己也不知道怎么做人。"

桑丘说:"你听我说呀,你这笨蛋!你这魔鬼的老婆!我要女儿嫁个贵人,给我生下外孙现成就是贵人,你干吗无缘

> 实际、朴素而又单纯的心愿。

> 看来痴迷的桑丘连妻子小小的愿望都难满足了。

无故地挡着我呀？我告诉你，泰瑞萨，我常听见长辈说，福气来了不享，福气走了别怨。现在好运正在敲咱们的大门，咱们不该关着门不理睬。'乘着顺风，就该扯篷'。"

这部传记的译者就为桑丘这种语气和下面的一段话，怀疑这章是假造的。

桑丘接着说："你这个蠢货！我要能闯上个总督的肥缺，咱们就从烂泥里拔出脚来了，那可多好啊！你怎么不明白呢？玛丽·桑却就可以嫁我选中的姑爷；人家就要称呼你堂娜泰瑞萨·潘沙；你坐在教堂里，身底下要铺着毯子、垫子和绸单子，城里那些乡绅夫人看了只好白着眼干瞪。要不，你就一辈子老是这个样儿吧！长不大，缩不小，仿佛壁衣上织成的人像一样！这事已经说定了；随你还有多少话，小桑却得做伯爵夫人。"

泰瑞萨答道："老伴儿，你这番话仔细想过没有？你尽管这么说，我只怕咱们女儿做了伯爵夫人就完蛋了。随你叫她做公爵夫人也罢，公主娘娘也罢，不过我得跟你讲明，我是不愿意的，也决不答应。大哥，我向来赞成平等，没有根基，空摆架子，我看不顺眼。我受洗的时候取名泰瑞萨；我这名字干净、利索，没有添补的，没有拖带的，也没有戴上'堂妮''堂娜'的帽子。我爸爸姓卡斯卡霍。我呢，因为嫁了你，就叫泰瑞萨·潘沙；按理我是泰瑞萨·卡斯卡霍，可是'帝王总顺从法律的心愿'。我叫这个名字顶乐意，不用人家给我安上什么'堂'；这称号怪沉的，我承担不起。我也不爱招人议论。我如果出门打扮成伯爵夫人或总督夫人，人家就要说：'瞧这个喂猪的婆娘好大气派！昨天还忙着纺麻线呢、上教堂望弥撒没有包头，撩起裙子来遮脑袋；今天却穿上钟形裙子，还戴着首饰，摆足架子，好像咱们都不认识她似的。'如果上帝保全着我的七官、五官或所有的几官，我决不

> 堂吉诃德行侠仗义的理想，发展到桑丘那里则现实得多，为改变自己贫穷的命运才跟主人闯荡是他唯一的目的。

> 西方规矩，男人入教堂该脱帽，女人入教堂得戴帽。

让人家这么说我。你呢,大哥,你做你的总督或海岛,随你称心摆架子。我凭我妈妈的性命发誓,我和我女儿决不离开家乡。'好女人是断了腿的,她不出家门。''贞静的闺女,干活儿就是快乐。'你跟着你的堂吉诃德碰好运去,随我们和坏运混吧。上帝瞧我们有多好,会把运气改得多好。老实说吧,父母祖宗都没有'堂'的称号,我就不知道这个'堂'是谁封的。"

> 桑丘的老婆虽有些安于贫穷不思进取,但却比丈夫更实际些。

桑丘说:"我问你,你身上附了魔鬼吗?上帝保佑你吧,老伴儿,你把许多话乱七八糟混在一起,什么夹石夹核呀,首饰呀,老话呀,摆架子呀,和我说的有什么相干呢?你这个糊涂虫!傻瓜蛋!我就该这么叫你,因为跟你说不明白,运气来了,只顾躲避。你听我讲,假如我叫女儿从塔顶上跳下来,或者照堂娜乌尔拉咖公主的主意,出去跑码头,那么你不依我还有个道理呀。假如我一眨眼立刻给她安上个'堂娜'和贵妇人的头衔,把她抬举起来,坐在高座儿上,头上还张着幔子,呆在阿拉伯式的起坐室里,身边的丝绒垫子比摩洛哥阿尔莫哈达斯朝代的摩尔人还多,照那样儿,你为什么偏不答应,硬要违拗我呢?"

> 桑丘以前曾用"上了魔鬼的当"来评价堂吉诃德,联系起来想想,你有什么体会?

泰瑞萨说:"老伴儿,我告诉你吧。老话说:'掩盖你的也揭露你。'人家见了穷人不放在眼里,见了阔人就要盯着细看。假如这个阔人从前是穷的,人家就要嘀嘀咕咕说闲话,没完没了的耍贫嘴。街上这种人多得像成群的蜜蜂呢。"

> 这里揭露出了一个怎样的现实问题?

桑丘说:"泰瑞萨,你留心听我一句话,也许你一辈子也没听见过。这不是我自己想出来的,是上次大斋的时候,神父在村上宣讲的。我记得他说:眼前的东西,比记忆里的印象更动人,更叫人撒不开。"

桑丘这段话又使译者断言本章是假造的了,因为桑丘说得出这样高明的话吗?他接着说:"所以咱们看见谁穿了华丽的衣服，佣人前呼后拥，尽管记得这人贫贱时候的光景，可是不由自主地就对他毕恭毕敬了。他从前也许是穷，也许是出身不好，那是过去的事，都不实在了；只有眼前看见的才实在。命运已经把这人提拔起来——我说的都是神父的话，一字没改——如果他得意了不轻狂，对人慷慨和气，不和世袭的贵族竞争，那么，泰瑞萨，你可以拿定，人家不记他过去的卑贱，只着重他当前的为人；除非那种心怀忌妒的家伙，看见谁得意都不放过。"

> "现在"才是真实的道理，桑丘是深有体会的。

泰瑞萨说："老伴儿，我不懂你的意思，随你爱怎么办吧，别再长篇大论说得我脑袋发胀。你结计要照你说的那样……"

桑丘说："老伴儿，'决计'，不是'结计'。"

泰瑞萨说："老伴儿，你别跟我计较。上帝就是叫我这么讲的，我不会咬文嚼字。我说呀，假如你一定要做总督，那么带着你的小桑丘一起去，你马上可以教他做总督。爸爸的职务，儿子得继承和学习。"

> 词语的差异反映出思想的分歧，桑丘的思想已离开了原本所属的平民阶层。这种变化是否合理，将给他带来怎样的命运？

桑丘说："我做了总督，会叫驿站派马接他。我还要捎钱给你；到那时候我不会没钱，如果总督没钱，少不了有人借给他。你得把孩子打扮得像个总督的儿子，不能还是原先的寒碜模样。"

泰瑞萨说："你只管捎钱回来，我会把他打扮得漂亮。"

桑丘说："好，咱们已经讲定了，咱们的女儿得做伯爵夫人啊。"

> "夫为妻纲"，中西皆然。

泰瑞萨说："哪天她做了伯爵夫人，我就当她是死了埋了。不过我再说一遍：你爱怎么办，随你吧。我们做女人的，尽管丈夫是糊涂蛋，也得听他；这是我们天生的责任呀。"

她说着认真的哭起来，仿佛眼看着小桑却死了埋了似的。

桑丘安慰她说：尽管他们的女儿得做伯爵夫人，他还要尽量拖些时候再说吧。他们俩的一席话就此结束。桑丘因为要置备行装，又去看堂吉诃德。

第五十八章

全书很重要的一章：堂吉诃德和他外甥女、管家妈三人谈话。

桑丘·潘沙和他老婆泰瑞萨·卡斯卡霍闲扯的时候，堂吉诃德的外甥女和管家妈正在劝说自己的舅舅、自己的主人。她们看出了一些苗头，知道他正想第三次溜出门去，充当倒霉的游侠骑士。她们讲了种种道理要打消他这个馊主意，可是只好比在荒寂无人的沙漠里说教，在冰冷无火的炉上打铁。尽管如此，她们还是劝了许多话。管家妈说："我的先生，您像个冤魂似的山上山下乱跑，什么探奇冒险，我看就是自找晦气；您要是不拴住脚待在家里，我真要叫嚷着向上帝和国王告状，求他们来管着您了。"

堂吉诃德答道："管家妈，我不知道上帝听了你告状怎么回答，也不知道国王陛下怎么回答，只知道我自己如果是国王，就懒得回答每天没完没了的瞎告状。国王听了得一一回答，这是他的大苦事。所以我不愿意把自己的事去麻烦他。"

管家妈说："先生，请问您，国王陛下的朝廷上没有骑士吗？"

堂吉诃德说："有啊，多得很呢。朝廷上得有骑士来装点元首的伟大，炫耀帝王的尊严。"

管家妈说："那么您干吗不安安顿顿呆在朝廷上为万岁爷出力呢？"

堂吉诃德道："大娘，你听我说。骑士不能都待在朝廷上，在朝廷上侍卫的，不能——也不必都是游侠骑士。世界上得有各种各样的骑士。尽管都是骑士，却大不相同。朝廷

一对无能为力的女人将怎样面对这一即将发生的事实呢？

> 在堂吉诃德的眼中骑士的冒险和艰难是一种至高无上的光荣。

> 狂言乱语里透出的是骄傲和高人一等，这种无端的幻想将使人丧失理智。

上的骑士只待在自己屋里，不出宫廷的门槛，不花一文钱，不知寒暑饥渴的苦，看看地图就算周游世界了。可是我们这种货真价实的游侠骑士得受晒、受冻，风里雨里、日日夜夜、或步行或骑马，一脚一个印儿地踏遍世界。和我们交手的敌人不是纸上画的，是使真刀真枪的真人。我们得不顾一切，舍生拼死去和他们厮杀。这又和决斗不同。决斗有许多讲究，你是不知道的；譬如说，使用的枪或剑是否长短合度呀，身上是否带着护身符之类的东西呀，阳光的照射是否双方平均呀等等。可是这些无聊的细节和规矩，我们都一笔勾销了。我告诉你吧，假如这儿有十个巨人，每一个不但头碰天，还顶破了天，两腿像矗立的高塔，胳膊像大海船的桅杆，眼睛像磨坊的大轮子，而且比炼玻璃的火炉还亮，一个游侠的好骑士见了这群巨人就不能怕惧，得大胆从容地冲上去和他们拼命。这些巨人的盔甲是一种鱼鳞做的，据说比金刚石还硬；他们使的不是剑，是大马士革的钢刀，或是我见过几回的那种带钢刺的铁锤头子；尽管如此，这位骑士有本事一转眼把他们打得一败涂地。管家妈，我跟你讲这些话是要你知道骑士各有不同，这第二类骑士——或者该说，这第一等的游侠骑士——受到君王另眼看待是理所当然的。据我们读到的传记，有个把游侠骑士不止救了一国，却救了好几国呢。"

外甥女插嘴道："哎！舅舅！您可知道，游侠骑士的故事都是胡说八道呀。他们的传记如果还没有烧掉，就该穿上'锡福衣'，或插上标签，让人知道是伤风败俗的坏东西。"

堂吉诃德说："我凭养活我的上帝发誓，你要不是我亲姐妹生的亲外甥女，你这样轻口薄舌，我准揍得你呼天叫地。你一个小姑娘家，织个花边儿还没熟练呢，竟口吐狂言，批评起游侠骑士的传记来了？假如给阿马狄斯先生听见了，他怎么说呢？不过他倒一定会原谅你，因为他是当时最谦和的骑士，而且对年轻姑娘最肯帮忙。可是说不定有些骑士听了就不答应了。骑士并不个个都温文有礼，有的是坏蛋，有的是粗坯。自称骑士的未必都是真正的骑士；有的是纯金，有的是合金，看着都像骑士，却不是个个都经得起考验。有些出身微贱的努力学作骑士，有些出身高贵的甘心自卑自贱；前一种人因为要强或品德好，就升上去了；后一种人因为懒惰或卑鄙，就堕落了。两种人名称一样，行为截然不同，咱们一定要有辨别的眼力。"

外甥女说："哎呀！舅舅啊，您见多识广，用得着您说教的时候，您真可以到大街上登坛大说一通呢。可是您这么高明，却又说瞎话，而且明明是疯话。您年岁不小，身体虚弱，却自以为年富力强；您这一把年纪压得您弯腰弓背，却要去替人家伸冤屈；而且您明明不是骑士，却自以为是骑士；尽管绅士可以做骑士，穷绅士是做不到的呀！"

堂吉诃德说：外甥女啊，你这句话很有道理。我有许多关于家世的议论，说出来准叫你惊佩，不过我不想把神圣的事和世俗的事混在一起，所以不讲了。你们俩听着，世界上的家族，可以归结为四种。第一种开始卑微，逐渐兴盛，成了最显贵的大族。另一种开始就是煊赫的大族，始终保持着原有的气焰。又一种原先贵盛，逐渐衰败，变得微不足道，像一座金字塔，底子虽大，到头来减削得只剩一个几乎瞧不见的尖儿了。另外最普通的一种，开始就没什么好，往后还是够不上一个中平，到末了照旧默默无闻；平民百姓的家世就是这样。譬如说吧，奥士曼皇室就是从卑微升为显赫的那第一种。这一支从卑微的牧人起家，现在正气焰熏天。始终保持原状的那第二种呢，许多王公贵族都是例子。他们传袭了祖宗的爵位，没有长，也没有缩，平平稳稳守着家业，保持了原状。至于开始显赫，后来没落的，那就有成千上万的例子

> 身体和家世的论证倒有几分道理，但在骑士眼里，一切都会有应对的办法。

> 几种家世的阐述有着惊人的概括力，它囊括了几种家族士族的发展轨迹。而对平民家世的概括却道出了一个社会现实和不公。

了。譬如埃及的法拉欧内氏呀、托洛美欧氏呀，罗马的恺撒氏呀，还有美狄亚、阿西利亚、波斯、希腊、蛮邦等国数不尽的王子皇孙，说得不客气，就像蚂蚁那么一大群呢。这许多氏族都已经衰亡，和祖先同归于尽了；即使还有后代，也微乎其微。至于平民的家世，我只有一句话：他们活在世间只是充数，黯然无光，卑不足道。你们两个傻子啊，我讲这些话是要你们明白，家世是算不清的糊涂账，只有乐善好施的积德之家才是高贵的。为什么呢？品性恶劣的贵人就是大贱人；手笔啬刻的富人就是精穷鬼。有了钱不一定就有福气，要会花钱——不是乱花，要花得恰当，才会有福气。穷绅士只能靠品德好，才显得自己家世好。他应该温文有礼，和气勤谨，不骄横，不傲慢，不背后议论人，最要紧的是居心仁厚。高高兴兴给穷人两文钱，和打着钟放账同样慷慨。像我说的这种种有德之士，陌生人一见面也能断定他是好出身，要是看不出来，那才怪呢。美德博来赞誉，有美德就有人赞美。管家妈和外甥女啊，一个人要发财出名，有两条路可走：一条文的，一条武的。我拿着枪杆子比笔杆子顺手；凭我这种偏好，可见是战神星座的照临下生出来的。所以我简直不由自主，尽管人人反对，也要走武的这条路。这是天意，是命定，是自然之理，尤其是我本人的志愿；你们想劝我回心转意只是枉费唇舌。我知道做游侠骑士得吃无穷的辛苦；可是也有无限的快乐。美德的道路窄而险，罪恶的道路宽而平，可是两条路止境不同：走后一条路是送死，走前一条路是得生，而且得到的是永生。我记得咱们西班牙的大诗人说得好：

> 只有这崎岖小道
> 通向永生的境界，
> 别的路都达不到。

微乎其微：形容非常少或非常小。

乐善好施：爱做好事，喜欢施舍。

文武之道皆在于发财、出名。

外甥女说："啊呀，不得了！我舅舅又是个诗人呢！他什么都懂，什么都会。我可以打赌，他要做了泥瓦匠，盖一所房子就像做个鸟笼一样容易。"

堂吉诃德答道："我告诉你吧，外甥女啊，我要不是全副精神都在游侠骑士的事业上，我什么活儿都会；我能做各种玩意儿，尤其是鸟笼和牙签。"

这时忽听得敲门。一问，原来是桑丘·潘沙。管家妈恨透桑丘，不愿意见他，立刻躲出去。外甥女开了门，堂吉诃德出来张臂欢迎桑丘。主仆俩关在屋里又谈了一番话，和前番的一样妙。

> 把外甥女的讽刺当作一种炫耀，真让人怀疑堂吉诃德的智力。

▎情境赏析▎

人物语言的不断冲突是本文一大特色，在本章节中桑丘同妻子展开了一段精彩的对话。他们一家作为西班牙乡村中最普通农民中的一员，他们的对话朴素而自然。喜欢用一连串的民间谚语来表达自己的看法，虽然有时也并不恰当，用词也不尽准确，但他们口中经常会吐出一连串令人瞠目结舌、拍案叫绝又忍俊不禁的俗语、民谚来，构成了他们特有的语言风格，使文章增加了一道异彩。

▎名家点评▎

《堂吉诃德》无疑是一部讽刺作品。当时西班牙的专制政权用骑士的荣誉和骄傲鼓动封建贵族去建立世界霸权，而美化封建关系的骑士文学正适合他们的需要。因此，这种荒唐怪诞的骑士文学在当时西班牙和整个欧洲都广泛流行着。

——张书立

第五十九章

桑丘的老婆和堂吉诃德的外甥女、管家婆，都没能劝服两位意志坚定的游侠，为着不同的目的走在一条路上的主仆二人有着惊人的相似。亲人的苦口婆心只能使他们出行的决心更坚定，也许只有魔鬼才能拉回他们对骑士道路的信服。现在主仆二人躲在屋子里密谋，留下了一群提心吊胆的女人……

堂吉诃德和他的侍从打交道，以及其他大事。

管家妈看见桑丘·潘沙和他主人关在屋里，立刻猜到他们俩在谈什么，料想他们商量妥当了就要第三次出门。她一肚子焦愁，披上外衣去找参孙·加尔拉斯果学士。她觉得这人很会说话，又是主人家的新朋友，也许能打消他那个疯狂的主意。加尔拉斯果学士正在院子里散步。她满头大汗，惶惶然赶去跪在他脚边。加尔拉斯果看了她又愁又急的样儿，问道："怎么啦？管家太太，您失魂落魄的出了什么事吗？"

"没事儿，参孙先生，不过我主人憋不住了，一定是憋不住了！"

参孙问道："大娘，他哪儿憋不住？他身上哪儿漏啦？"

她答道："不是漏，他那老毛病又要发了。我的学士先生呀，我是说，他又要出去碰运气了——我也不懂凭什么叫作运气，反正这是第三次了。头一次，他挨了一顿板子，浑身青紫，给人家横搭在驴上送回来的。第二次是关在木笼里用牛车拉回来的。他自己说是着了魔道。那可怜人回来的时候又黄又瘦，一双眼睛都落了坑儿，就连他生身妈妈都认不得他了。我用了六百多个鸡蛋才调养得他恢复了一点儿原样。这事上帝知道，大家知道，我那群老母鸡也知道；它们是不让我撒谎的。"

学士说:"这话我完全相信。您那群老母鸡好极了,肥极了,规矩极了,哪怕胀破肚子也不肯乱叫的。管家太太,您真的只是怕堂吉诃德先生出门吗?没出别的事吗?"

她说:"没有,先生。"

学士说:"那么您别着急,且安心回家,给我做点热乎乎的早饭;您如果会念《圣阿波洛尼亚经》,可以一路念回去。我马上就来。叫您瞧我大发神通呢。"

管家妈说:"什么!念《圣阿波洛尼亚经》?假如我主人牙痛,那才合适,可是他那毛病在脑袋里面呢。"

加尔拉斯果答道:"管家太太,我这话没错儿。您请回吧,别跟我争,因为我告诉您,我是萨拉曼加大学毕业的学士,这就甭再多说了。"

管家妈走了。学士立即去找神父。他们两人怎样商量,下文自有交代。

堂吉诃德和桑丘·潘沙关着门谈的一番话,历史上一字不改,都记下来。桑丘对他主人说:"先生,我已经改化了我老婆,叫她让我跟您跑,随您带我到哪儿都行。"

堂吉诃德道:"桑丘,你该说'感化',不是'改化'。"

桑丘答道:"我记得好像求过您一次两次:您如果听得懂我的意思,就别纠正我的字眼儿;如果不懂,就说'桑丘'或者'你这家伙,我不懂你的话'。我要是说不明白,您再改正我。因为我非常性良……"

堂吉诃德立刻说:"桑丘,我不懂你的话,什么'我非常性良'?"

桑丘道:"'我非常性良'就是'我非常那样儿'。"

堂吉诃德道:"你越说越糊涂了。"

桑丘道:"假如您不懂,我就不知道怎么说了;我也没办法了,上帝保佑我吧。"

堂吉诃德道:"哦,我想出来了!你是要说,你'非常驯良'——温顺,好打发,说什么都听,教你什么都领受。"

桑丘道:"我可以打赌,您一上来就懂;您是存心折腾我,叫我再说一二百个错字您就高兴。"

堂吉诃德道:"也可能吧。不过言归正传,泰瑞萨怎么说呢?"

桑丘道:"泰瑞萨说:我对您得'指头并拢,不要漏缝''白纸黑字,永无争执''条件讲好,不用争吵''许你两件,不如给你一件'。我说呀,'女人的主意,没多大道理';可是'不听妇女话,男人是傻瓜'。"

堂吉诃德道:"我也这么说。桑丘朋友,你讲吧,讲下去。你今天真是满口珠玑。"

桑丘说:"我讲吧,反正您比我明白,咱们都不免一死,今天在,明天就没了;小羊老羊并不分先后。一个人活在世上,只有上帝给的那点寿命。催命神是聋的,他来敲门的时候总很匆忙,随你软求也罢,硬顶也罢,有王位也罢,有教职也罢,他都不问不闻。这是人人都知道的,教士在讲坛上也这么讲。"

堂吉诃德道:"你说的都对,只是我不懂你什么用意呀。"

桑丘说:"是这么个意思:我要您讲讲明白,我伺候您每月多少工钱;您把这笔钱从家产里拨给我。我不愿意单靠赏赐;赏赐来得太晚,也许并不好,也许还会落空。上帝保佑我自靠自吧。反正我不计多少,只要知道能赚多少。'老母鸡一个蛋也孵''积少成多''有点小便宜,就算不失利'。您答应的海岛我不相信,也不指望了;不过我老实说,如果您真给了我,我不会毫无良心,也不是死抠门儿,我愿意估计岛上有多少收入,一直扣我的工钱。"

堂吉诃德说:"桑丘朋友啊,'照直'扣跟'一直'扣是一回事吧?"

桑丘说:"我知道,我可以打赌,该说'照直',不说'一直';不过没关系,反正您明白我的意思。"

堂吉诃德说:"明白得很,直把你一肚子心思都看透了。你连珠箭似的抛出这许多老话,你瞄着什么我也知道。桑丘,你听我说:假如我能在哪一本游侠骑士的传上找到个例子,明说或暗示侍从每月或每年通常有多少进账,那么,我尽可以跟你讲定工钱。可是所有的传记我差不多都看过,记不起哪个游侠骑士和他的侍从讲工钱。我只知道做侍从的都只图犒赏；主人忽然交了好运，就酬报他们海岛之类的东西，至少爵位总是有的。桑丘，你凭这点希望和外快愿意再伺候我，很好；如果要我打破游侠骑士的成规，那就休想。所以，我的桑丘啊，你家去把我这意思告诉你的泰瑞萨吧。她肯让你跟我弄点犒赏，你自己也乐意，'则妙乎佳哉'；不然呢，咱们也照旧是朋友。'鸽子房里有饲料，不怕没有鸽子'。我还告诉你，儿子啊，'到手一件糟的，不如想望着一件好的''报酬不好，宁可不要'。桑丘，我这么说呀，就是要你知道，我也会像你那样喷沫似的满口成语。反正我就是一句话，我告诉你：你不愿意单靠恩赏跟我出去碰运气，那么上帝保佑你，让你成个圣人吧。我不愁没有侍从，他还可以比你听话，比你小心，不像你那么笨、那么多嘴呢。"

桑丘满以为他主人没了他，即使全世界的财宝都在外边招喊，也不会出去；他一听主人家这么斩钉截铁，顿时觉得前途茫茫，灰溜溜地没了主意。他正在发呆想心事，参孙·加尔拉斯果学士进来了。管家妈和外甥女也跟进来听这位学士怎样劝阻她们家主人出门。参孙那大滑头又像上次那样跑来抱住堂吉诃德，高声说道："啊呀，游侠骑士的典范啊！拿枪杆子的光辉榜样啊！西班牙的国宝和国师啊！谁想阻挠你第三次出门，我正式祷告全能的上帝，叫那一两个人挖空心思也想不出办法，命尽寿终也不能遂心。"

他转脸对管家妈说："管家太太甭再念诵《圣阿波洛尼亚经》了，我知道天数已定，堂吉诃德先生又得去干他的英雄事业。我应该怂恿这位骑士大发慈悲，大展威力，不要埋没自己。游侠骑士的种种任务，譬如申雪冤屈呀，保护孤儿童女呀，扶助已婚和守寡的妇女呀，都专等着他一人去干呢！哎，漂亮、勇敢的堂吉诃德先生啊！您阁下别等明天，今天就动身吧。假如出门还欠些什么东西，有我在这儿呢，我本人和全部家产都供您使用。您这位伟大的骑士先生如果要我做侍从，我就荣幸极了。"

堂吉诃德听了这话，转脸向桑丘道："桑丘，我不是跟你说的吗？我要侍从，多的是！你瞧瞧，是谁自愿做我的侍从？不是别人，是独一无二的参孙·加尔拉斯果学士呀。他是萨拉曼加大学里逗乐儿的妙人，身强体健，手脚灵便，沉默寡言，经得起寒暑饥渴，游侠骑士的侍从应有的本领样样俱全。不过他又是司法行政的能手，学界的博士，文坛的才子，老天爷决不容我为了称自己的心，委屈了他。让这位新回来的参孙留在家乡，为家乡和他白发苍苍的双亲增光吧。我随便怎样的侍从都行，反正桑丘是不屑跟我走的了。"

桑丘深受感动，噙着泪说："我愿意跟您走的！我的先生啊，谁也不能说我'肚子吃饱，动身就跑'。真的，我不是没良心的种。潘沙世世代代是什么样的人，谁都知道，尤其咱们村上人。况且您给了我许多好处，您答应的还多着呢，我知道您是有心要重赏我的。我跟您讲工钱是听了老婆的话。她呀，打定了主意要人家做一件事，就逼得人非依她不行，给木桶上箍也没她敲打得紧。可是男子汉就得是个男子汉，女人毕竟是女人。我到哪里也不能说不是个男人，在自己家里也得做个男子汉呀，谁不乐意就随她吧。咱们没事儿了，您只要立下遗嘱，附个条款，写得着着实实，不能翻灰。完了咱们马上就动身吧，免得参孙先生心上着急，他不是说他的良心松弄您第三次出门吗？我再说一遍吧：我愿意死心塌地地伺候您；古往今来一切游侠骑士的侍从，都好不过我去。"

学士听了桑丘·潘沙的用字和口气很惊奇。他虽然读过《堂吉诃德》第一部，总不信桑丘真像书上形容的那么逗笑。这会儿听他把遗嘱上"不能反悔"的附款说成"不能翻灰"，就知道书上的话都可靠。他断定桑丘是当代最死心眼的傻瓜，这主仆俩一对疯子，世界上找不出第三个。当下堂吉诃德和桑丘互相拥抱，又言归于好。伟大的加尔拉斯果这时成了他们的先知者，他们听了他的主意，又经他赞许，决定过三天动身，乘这时先置备些路上必需的东西，还要找一只连面罩的头盔，因为堂吉诃德说非戴这样的头盔不行。参孙答应送堂吉诃德一只，他说他朋友有，一定肯给他，只是已经生锈发霉，黑黢黢的，不像个锃亮的钢盔了。管家妈和外甥女儿把学士千遍万遍的咒骂。她们觉得家主出门就是去送死,所以自揪头发,自抓面皮,像常见的哀丧婆那样哭号。其实参孙劝堂吉诃德再出去是按计行事。那是他预先和神父、理发师等一起策划的,下文就见分晓。

且说堂吉诃德和桑丘三天里把他们认为必需的东西置备齐全,桑丘稳住他老婆,堂吉诃德稳住外甥女和管家妈,两人傍晚出门,往托波索去了。他们走的时候,除了那位学士,谁也没有看见。学士送他们离村走了半哩瓦路。堂吉诃德骑着他驯良的驽骍难得,桑丘骑着他的老灰驴儿,桑丘的褡裢袋里装满了干粮,钱袋里带着堂吉诃德给他备缓急的钱。参孙拥抱了堂吉诃德,要求堂吉诃德不论运道好坏,务必捎个信给他,让他能为他们倒运而高兴,或为他们交运而发愁,也算是尽尽朋友之谊。堂吉诃德一口答应。参孙回村,他们俩就直奔托波索大城。

第六十章

堂吉诃德去拜访意中人杜尔西内娅·台尔·托波索,一路上的遭遇。

阿默德·贝南黑利写到这里说:"全能的阿拉万福!"他重复了三遍:"阿拉万福!"据说这是因为堂吉诃德和桑丘重又出马,读者可以指望这部趣史又要叙述主仆俩的奇事和妙谈了。他要求读者撇开堂吉诃德前一段的游侠生涯,一心专注他今后的行事。作者既已给了我们那点指望,他如此要求并不为过。这位奇情异想的绅士前番从蒙帖艾尔郊原出发,这次是先到托波索去。作者接着讲他的故事。

路上只有堂吉诃德和桑丘两人。参孙一走,驽骍难得就一声声嘶叫,灰驴儿就连珠也似的放屁。主仆俩觉得马嘶驴屁都是好兆,主上上大吉。据说灰驴儿一边放屁一边叫,交响还盖过了马嘶声,所以桑丘认为自己的运气压倒了他主人的运气。他这看法是否根据他专长的占星学,历史上无从查考,只听说他每绊一下或摔一跤,就懊悔这番不该出行;他傻虽傻,这倒不算错,因为绊了摔了会弄破了鞋或跌断肋骨。堂吉诃德对他说:"桑丘朋友，天直黑下来，到托波索只怕得摸着黑走路了。我打算别的事搁后，先到托波索去，在那里可以领受绝世美人杜尔西内娅的祝福和赞赏。我想，有她金口称许，什么凶险的事都一定会圆满结束。世上唯有意中人的青睐，最能激发游侠骑士的勇气。"

桑丘答道："这话我也相信。可是您到哪儿去和她说话见面呢？您要领受她的祝福，总得有个地方呀。这事可难办了。您上次不是写信说自己在黑山发疯，叫我去捎给她的吗？我那次是隔着后院的矮墙看见她的。她也许可以隔着那矮墙为您祝福。"

堂吉诃德道："桑丘，你怎么老爱说你看到那位绝世美人是隔着后院儿的矮墙呢？那一定是豪华宫殿的走廊、游廊、门廊或什么廊。"

桑丘答道："都可能，不过我看着是一道墙，除非我记错了。"

堂吉诃德说："不管怎么样吧，咱们且到那里去。我只要能见到她，不管是从墙顶上，窗口里，门缝或花园的栅栏缝里，都是一样。她那焕发的容光，能照得我心地雪亮，意气风发，使我智勇双绝。"

桑丘答道："可是说老实话，先生，我看见杜尔西内娅·台尔·托波索小姐的时候，她不怎么亮，没有发光。我不是告诉您她正在簸麦子吗，准是簸得灰尘像云雾似的，把她的脸遮暗了。"

堂吉诃德说："杜尔西内娅小姐簸麦子！桑丘啊，你怎么老这么说，老这么想，还信以为真、一口咬定呢？簸麦子是苦工，贵人家小姐不干，也不用干的。她们另有自己分内的工作和消遣，老远就看得出她们的华贵。桑丘啊，你忘了咱们诗人描写水晶宫里四位仙女的诗了？她们从人人喜爱的塔霍河里钻出来，坐在绿草地上编织华丽的花边。据那位天才诗人的形容，那花边是用金线、丝线还穿了珍珠编织的。你看见我那位小姐的时候，她一定也是在干这种活儿。不过准有个恶魔术家对我心怀嫉妒，把我所喜爱的事都变掉了原样。据说我的传记已经出版，我只怕著书的博士是我冤家，保不定胡说八道：一句真话带上千句谎话，不据实记载，却信口乱扯。哎！嫉妒真是万恶的根源，美德的蠹贼！桑丘啊，一切罪恶都带着些莫名其妙的快乐，可是嫉妒只包含厌恨和怨毒。"

桑丘答道："我也这么说。我想，加尔拉斯果学士讲的咱们那部传记，准把我糟蹋得声名狼藉了。我凭良心说，我从没讲过哪个魔术家的坏话，也没有招人忌妒的财产。我确是有一丁点儿刁，也有几分混，不过我那股淳朴天真的傻气像一件大斗篷似的把什么都遮盖了。我尽管没什么好，却一向死心塌地地虔信上帝和罗马圣教，而且是犹太人的死对头。给我写传的人该可怜我，对我笔下留情呀。可是随他们爱怎么说去吧。'我光着身子出世，如今还是个光身；我没吃亏，也没占便宜。'反正我能眼看自己有幸写在书上供大家传阅，随它写我什么，我都不在乎了。"

堂吉诃德说："桑丘，你这话叫我想起当代一位名诗人的事。他写了一篇挖苦妓女的诗。有一个女人他拿不定是否是妓女，就没写她，也没提她。那女人瞧诗里没有自己的芳名，就向诗人抱怨，问他凭什么漏了她一个，要他把讽刺诗增长，把她写进续篇；不然的话，她警告诗人小心莫怪。诗人如言写得她非常不堪。她很满意，因为眼看自己出名了，尽管出了臭名。另有件相仿的事：有个牧羊人不过是图后世留名，放火烧了有名的狄亚娜神庙——相传那是世界七大奇迹之一。当时政府禁止任何人口头或书面上提到这人的名字，不让他趁愿。可是后世还是知道他名叫艾罗斯特拉托。这又牵连到大皇帝卡尔洛五世和一位罗马骑士的故事。卡尔洛大帝要参观有名的圆穹殿——就是古代的诸神殿，现在改了更好的名称，叫作诸圣殿。古罗马遗留下来的建筑，这是最完整的，也最能令人见到建造者的雄伟气魄。殿形像半只橘子，高大无比，里面很轩亮，阳光全从殿顶一个圆形天窗里透进去；大皇帝就从这个窗口瞭望全殿。当时有一位罗马骑士陪从在旁指点这座宏大建筑的优美精巧。他们下来之后，骑士对卡尔洛大帝说：'万岁爷，我屡屡动念，要抱住您玉体从天窗里跳下去，由此我就万古留名了。'大皇帝答道：'多谢你没把这个恶念当真干出来。以后我决不再给你机会考验你的忠诚了，你不准再来见我或接近我。'他随即厚赏打发了这位骑士。桑丘，我是要说明好名之心是个很大的动力。你想想，霍拉修浑身披挂，从桥上跳进悌布瑞河，是谁推他的吗？穆修把胳膊和手放在火里烧，是谁强迫他的吗？库尔修投入罗马城中心裂开的一个无底火坑，是谁逼他的吗？恺撒不顾神示，渡过儒比贡河，是谁驱使的吗？再举个当前的例子吧。最文雅的高尔泰斯率领西班牙的好汉登上新大陆，沉没了船只孤军作战，是谁命令的吗？古往今来的种种壮举，都是为了名呀。世人干非凡的事业，就是要赢取不朽之名。不过我们这种信奉基督正教的游侠骑士该关心身后，天堂上的光荣是永恒的，尘世的虚名还在其次。这个世界的末日有定期，不论多么持久的名气，到那时候就同归于尽了。所以，桑丘啊，我们游侠骑士得遵照基督教为我们规定的任务干事，不能乱来。我们得打掉巨人的骄横；要心胸宽厚，铲除嫉妒；气度平静，克制愤怒；减食熬夜，不贪吃懒睡；对意中人坚贞不二，切戒淫荡。我们不仅是基督徒，还要做个骑士，走遍天下，找机会成名，不能好逸恶劳。桑丘，你瞧，我们得在各方面努力，才能博得人人称道，并极口赞扬。"

桑丘说："您这许多话我全懂，不过我这会儿有点疑惑，要您戒绝一下。"

堂吉诃德说："要我'解决'一下吧？你尽管说，我尽力给你解释就是了。"

桑丘说："请问您，先生，从前那些胡琉呀，奥古斯多呀，还有您说的一个个英勇的骑士，现在哪里去了呢？"

堂吉诃德道："那些异教徒呢，没什么说的，准在地狱里；那些基督徒呢，如果是好基督徒，那么，不在炼狱里，就在天堂上。"

桑丘说："好。可是我问您，那许多大贵人的墓前，点着银灯吗？他们坟堂的墙上，挂着拐棍儿呀、裹尸布呀、头发呀、蜡做的眼睛呀、腿呀等东西吗？要是没有，那墙上有什么装点呢？"

堂吉诃德答道："异教徒的坟墓往往是壮丽的山陵。胡琉·恺撒的骨灰放在一座大金字塔顶上，罗马人称为'圣贝德罗尖塔'。阿德利亚诺大帝的墓是一座大殿，有大村子那么大，称为阿德利亚诺陵，现在称为罗马圣安亥尔殿。阿尔悌弥莎王后为她丈夫冒索雷欧建造的陵墓是世界七大奇迹之一。可是奉献的裹尸布等表明墓里是圣人，异教徒的坟上没这类点缀。"

桑丘说："这个我明白。我现在要请问您：救活一个死人好，还是杀掉一个巨人好呢?"

　　堂吉诃德答道:"这还用问吗?当然救活一个死人好啊。"

　　桑丘说:"这来我可把您问住了。照您说来,一个人如能起死回生,叫瞎子开眼,瘸子不瘸,病人不病,他墓前点着灯,坟堂里挤满了信徒,都跪着瞻仰他的遗物,那么,无论现世来世,他的名气就是最好的,压倒了古往今来世界上一切异教的大皇帝和游侠骑士。"

　　堂吉诃德答道:"对啊。"

　　桑丘说:"所以只有圣人的遗体和遗物,才有刚才说的那种名气,那种种出奇的灵验,受到种种异常的敬礼。圣人的遗体或遗物前面,咱们圣教准许点着灯烛,供着裹尸布呀、拐棍呀、画像呀、头发呀、眼睛呀、腿呀,等等,借此增加世人的信仰,发扬基督教的声誉。帝王把圣人的遗体或遗物抬在肩上,还把圣人的骨头片儿拿来亲吻,用来装饰他们的礼拜堂和他们最宝贵的祭台。"

　　堂吉诃德说:"桑丘,你这许多话是什么用意呢?"

　　桑丘道:"我就是说,咱们该去做圣人呀,咱们追求的美名就到手得更快了。我告诉您,先生,昨天或前天——反正是新近,可说是昨天或前天吧,两个赤脚小修士册封了圣人。他们拴在身上折磨自己肉体的两条铁链子,现在谁能吻一吻、摸一摸,就是莫大的荣幸了。上帝保佑的万岁爷有一所军械博物馆,里面藏着一把罗尔丹的宝剑,据说人家把那两条链子看得比那把宝剑还神圣呢。所以,我的主人啊,随便哪个教会里一个卑微的小修士,都比伟大的游侠骑士高贵。发狠把巨人、妖魔或怪龙捌两千枪,在上帝眼里,远不如悔罪自打二十多下鞭子。"

　　堂吉诃德说:"你这些话都有道理。不过修士不是人人能做的,上帝要把他选中的人引上天堂有许多门路呢。骑士道就算得一门宗教,骑士也能成圣上天。"

　　桑丘答道:"是啊。不过我听说,天堂里的修士比游侠骑士多。"

　　堂吉诃德说:"这是因为世界上的修士比骑士多呀。"

　　桑丘道:"骑着马跑来跑去的人很多啊。"

堂吉诃德道:"多是多,当得起骑士这个名头的很少。"

两人谈谈说说,过了一夜又一天,没碰到什么大事,堂吉诃德因此很不耐烦。第二天傍晚,他们望见了托波索大城。堂吉诃德一见兴致勃勃;桑丘却忧心忡忡,因为他不知道杜尔西内娅的家在哪里,而且他和主人同样从没见过这位小姐。他们俩一个为了要见她,一个为了没见过她,都心里七上八下。桑丘想,如果主人叫他到托波索城里去,他真不知怎么办呢。堂吉诃德决计到天黑了进城,两人暂在托波索城外橡树林里等着。他们到时进城,遭逢的事大可一叙。

第六十一章

> 桑丘企盼已久，终于和堂吉诃德再次出行了，虽然不知道这次是否能得到海岛总督的职位，但出游就比在家闲居有了更大的可能性。可是刚一开始问题便产生了，堂吉诃德非要遵循骑士规则去拜访情人杜尔西内娅，这可难坏了桑丘，他曾欺骗过主人，并没将信交给杜尔西内娅，更不知其住处，这下可有他的好看了。

本章的事读后便知。

堂吉诃德和桑丘走出树林到托波索，恰好是半夜或午夜前后。村里静悄悄的，家家户户都已安睡，俗语所谓"挺尸"。当时夜色朦胧，桑丘倒宁愿是一团漆黑，才好借口迷路。满村汪汪狗叫，堂吉诃德听来聒耳，桑丘听来心慌，偶尔也有几声驴鸣，几声猪叫猫叫。夜深人静，越显得响亮。这位痴情的骑士觉得都是不祥之兆。不过他还是对桑丘说："桑丘儿子，你领我到杜尔西内娅的宫殿里去吧，也许咱们赶去，她还没睡呢。"

桑丘答道："我的天哪！叫我领您到哪个宫殿去呀？我上次见到那位贵小姐，她住的不过是一宅很小的房子。"

堂吉诃德说："她那会儿准是在宫殿的小院落里休息，和身边几个侍女闲散一下，后妃公主们兴得那样。"

桑丘说："先生，您硬要把杜尔西内娅的住宅说成宫殿，我也没办法，我只问您，现在什么时候了，她家大门难道还敞着吗？咱们这会儿去敲门打户惊吵人家，行吗？情人探望相好，不管多早晚，随时可以打门进去，难道咱们也照那样儿去叫门吗？"

堂吉诃德答道:"桑丘,咱们不管怎样先得找到那座宫殿,再想办法。桑丘,你瞧,除非我眼花了,前面黑魆魆那一大片,准是杜尔西内娅的宫殿。"

桑丘说:"那么您请带路吧。也许果然是的。不过我即使亲眼看见,亲手摸到,要我相信那是杜尔西内娅的宫殿,就是要我相信这会儿是青天白日!"

堂吉诃德打头走了大约二百步,跑到那片黑影里,一看前面是座高塔,立刻知道那座房子不是宫殿,却是镇上的大教堂。他说:"桑丘,咱们跑到教堂前面来了。"

桑丘说:"是啊。但愿上帝保佑,别叫咱们走到自己的坟墓里去,这时闯进墓园可不是好兆。我记得好像跟您讲过,这位小姐的住宅是在一条死胡同里。"

堂吉诃德说:"该死的糊涂蛋!王公贵人的府第哪有在死胡同里的?"

桑丘答道:"先生,各地风俗不同,也许托波索就兴得把王爷大人们的住宅盖在死胡同里。您让我在附近大街小巷里找找吧,也许在什么旮旯儿里呢。这倒霉的宫殿!害得我们团团转!但愿一群狗来吃了它吧!"

堂吉诃德说:"桑丘,嘴里放尊重些,那是我那位小姐的家,不许胡说!'咱们过节得和和气气';别'落了吊桶再赔掉绳子'。"

桑丘答道:"我以后忍耐着点儿就是了。咱们女主人家的房子,您是到过几千次的,可是这会儿您也没找着;我只来过一次,您要我就此熟门熟路,黄昏黑夜也能找到吗?照您这样,我还得怎么忍耐呢?"

堂吉诃德说:"你真要惹得我发狠了。你这混蛋!我告诉你:我一辈子没见过这位绝世美人杜尔西内娅,也从没跨进她宫殿的门槛;我不过听到她才貌双全的大名,就此闻声相思。这话我不是跟你说过一千次了吗?"

桑丘答道:"我这会儿才第一次听到。我告诉您吧,您既然没见过她,我照样儿也没见过她呀。"

堂吉诃德说:"怎么可能呢?你不是跟我讲过,你给我捎信去,看见她在簸麦子吗?"

桑丘答道:"先生,您别死盯着这句话,我告诉您,我那次见她和捎回口信,也都是听到的。要我认识谁是杜尔西内娅小姐,就好比要我把拳头打在青天上!"

堂吉诃德说:"桑丘啊桑丘,玩笑有时可以开,有时就不得当。我说没有和意中人见过面、说过话,你也就照样说一通,那怎么行呢?你自己知道满不是这么回事呀。"

两人正说着话儿,只见一人赶着两头骡迎面而来。他们听见犁拖在地上的响声,料想是个农夫天不亮就下地去干活儿的。果然,这农夫一路还哼着歌儿:

> 是你们不幸,法兰西军士,
> 遭到了隆赛斯巴列斯的事。

堂吉诃德听了说:"罢了,桑丘,咱们今晚休想再碰到什么好事!你没听见这乡下佬边走边唱的歌儿吗?"

桑丘说:"听见。不过隆赛斯巴列斯的追杀和咱们什么相干呢?他也可能恰好唱一支加拉依诺斯的歌儿,对咱们的运道好坏都一样啊。"

这时农夫已经走近,堂吉诃德问他说:"上帝保佑你交好运,好朋友!我请问你,天下第一美人堂娜杜尔西内娅·台尔·托波索公主的宫殿在哪儿?"

那小伙子说:"先生,我是外地人,来了才不多几天。我在一个富农家做帮工。教区神父和教堂管事人就住在他家对门,他们俩掌管托波索住户的花名册,您找的公主,问他们就知道。不过照我看,镇上并没有什么公主,只有许多贵夫人小姐,她们在自己家里大概也算得公主。"

堂吉诃德说:"那么,朋友,我问的公主大概就是你所说的贵小姐了。"

那小伙子答道:"也可能。天已经透亮了,再见吧。"

他不等人家再开口,赶着骡子走了。桑丘瞧他主人没了主意,垂头丧气,就说:"先生,天快亮了。太阳出来了咱们还在街上可不好。咱们还是出城去,您就躲在附近树林里;我等天亮了再到这儿来找咱们小姐的房子或宫殿,反正每个角落都要找遍。要是找不着,就是我倒霉。要是找着了呢,我就告诉那位小姐,您指望和她见见面而不牵累她的声名,所以正在某处等着她的吩咐和安排。"

堂吉诃德说:"桑丘,你这几句话抵得千言万语。这个主意正合我心,我很听得进。来吧,儿子啊,咱们去找个地方,我就躲起来,你就照你的话再来找我那位小姐,去见见她,跟她谈谈。她聪明温柔,她对我的恩赐也许是我想望不到的。"

桑丘急要撮弄他主人离村,因为怕他主人戳穿了杜尔西内娅托他捎信到黑山去的那套鬼话。他们走得快,一会儿就出了村子。离村两米里亚有个树林或灌木丛,堂吉诃德就躲在里面,桑丘又回村去找杜尔西内娅谈话。他办这趟差使的所见所闻,值得精心细读。

第六十二章

桑丘使杜尔西内娅小姐着魔的巧计以及其他真实的趣事。

这部伟大史书的作者说,本章的事他怕没人相信,想略过不叙了,因为堂吉诃德疯得不可思议,世界上头号大疯子也远远赶不上他。可是作者不怕人家不信,还是不折不扣地照实记述。他这来很有识见,因为真理即使拉成了丝,也扯不断;即使混杂在谎话里,也会像油在水里那样浮现出来。他续叙如下。堂吉诃德在托波索大城附近的橡树林、灌木林或不知什么树林里躲下了,立即吩咐桑丘再进城去,代他求求那位小姐准许她所颠倒的骑士前去拜见,领受她的祝福,好让他以后逢凶化吉,转危为安。他责成桑丘务必把话传到,才许回来见他。桑丘满口答应,说准像前番一样带着喜讯回来。

堂吉诃德说:"你走吧,儿子,你去见了那位容光灼灼像太阳那样的美人,别耀花了眼睛。你真是天下最幸福的侍从啊!她是怎样接待你的,你得一一记在心上。譬如说,你传话的时候,她脸上变色没有?她听到我的名字，激动不激动？照她那身份，准有一间富丽的摩尔式起坐室；你跑去假如她正坐在那里，她是否还坐得定？假如正站着，你瞧她是否一会儿着力在这条腿上，一会儿又着力在那条腿上？她回答你的话，是否两遍三遍、说了又说？她是否由温柔变得严肃，又由冷淡转为热乎？她是否头发不乱也举手整理鬓角？反正，儿子啊，她一举一动你全得注意。如果你都照实告诉我，我就能看透她心窝里对我的情分。桑丘，你也许不知道，我告诉你吧：情人之间，只要牵涉到他们的恋爱，他们的外貌和举动准把心里的底细透露出来。朋友，你去吧，我就孤凄凄地待在这里，但愿你比我顺利，带回的音信比我惴惴期望的还好。"

桑丘说："我快去快回。我的先生，您放宽了您这颗细小的心；您的心这会儿大约只有榛子大小了。常言道，'雄心冲得破坏运''这儿没有腌肉，就没有挂肉的钩子'；又说，'意料不到的地方会蹿出一只野兔来'，你就想想这些话吧。我这么说有个缘故。咱们晚上虽然没找到咱们小姐的宫殿，这会儿天亮了，也许我忽然会找到；等我找到了，我自有办法。"

堂吉诃德说："唉，桑丘，你总是把成语用得恰到好处，但愿天公作美，也这么凑趣地称了我的心。"

桑丘随就转身打着他的灰驴儿跑了。堂吉诃德满肚子愁闷骑在鞍上，靠着长枪休息。我们撇下他不提，且跟着桑丘走路。桑丘这时也一样的心事重重。他一出树林，回头望不见他主人了，就下驴坐在一棵树脚下，自问自答：

"'桑丘老哥，请问你老人家到哪儿去啊？你走失了驴儿，要去找吗？''没那事。''那么你找什么呢？''我找的东西，说也白说。我找个公主，她美得浑身放光，整一座天堂都在她身上。''那么，桑丘，你打算到哪儿去找她呢？''哪儿去找吗？到托波索大城去找啊。''好吧，你是为谁找的呢？''为那位鼎鼎大名的骑士堂吉诃德·台·拉·曼却呀；他专打不平，谁渴了就给他吃，谁饿了就给他喝。''好得很啊，可是桑丘，你认得她家吗？''我主人说，她住在王宫或壮丽的大宅子里。''你哪天去过吗？''我和我主人都从没去过。'——'那么你是存心来勾引这里的公主，搅扰本地的娘儿们的！给托波索人知道了，把你一顿板子，打得你浑身没一根完好的骨头，那才是活该！打得好！老实说，他们不会瞧你是为主人当差，就说：

> 朋友，你是送信的，
> 千错万错没你的份儿。'

'桑丘，你别托大，曼却人很正经，火气也很旺，招惹不得。天啊，你要是给人家识破，就不妙了。''快滚蛋吧！''天雷啊，把你的霹雳打到别处去！'这会儿还不走，却要讨人家的好，'找三只脚的猫'吗？况且在托波索城里找杜尔西内娅，就好比'在拉维那城里找小玛丽，或在萨拉曼加城里找某某学士'。这事准是魔鬼给我找的，没别的主儿！"

桑丘自问自答一番，心上有了个计较，暗想："好！咱们活一辈子，只有死是扭不转的，一个人大限临头，由不得自己做主；可是别的事都有办法对付。据我这位主人的许多表现看来，他是个应该拴起来的疯子。我呢，和他也不相上下。常言道：'跟谁一起，和谁一气'；又说：'不问你生在谁家，只看你吃在谁家'；如果这些话是不错的，我跟随他、伺候他，就比他更没脑子了。他实在是个疯子，常把这个混做那个，黑的看成白的。这类的事不少，譬如把风车说成巨人，把修士的骡说成单峰骆驼，把两群羊说成敌对的两支军队，等等。他既是这样一个疯子，我如果碰到个乡下姑娘，哄他说她就是杜尔西内娅小姐，他很容易相信。要是他不信，我就赌咒；他还不信，我就再三赌咒；他死不肯信，我就拼命一口咬定，反正不管怎样，我的气势总高过他一头。也许这么硬挺一下，他瞧我交不了差，下回就不再派我这种差使了。他不是说有恶毒的魔法师对他不怀好意吗，我想他也许就以为魔法师跟他捣乱，把杜尔西内娅变了样儿。"

桑丘·潘沙这么一想，心又放宽了，仿佛自己的差使已经办妥。他直休息到下午，让堂吉诃德以为他是到托波索去走了一个来回。事有凑巧，他刚起身要跨上他那头灰驴，只见从托波索出来三个乡下女人，骑着三匹驴驹或小母驹——作者没有说明，大概是小母驴，那是村里女人常骑的。

反正这种琐细不必深究。桑丘一看见,忙赶回去找他主人。堂吉诃德正在那里长吁短叹,悱恻缠绵地数说衷情,一见桑丘,就说:"桑丘朋友,有什么消息啊?我今天能用白石标志吗?还是该用黑石呢?"

桑丘答道:"您最好用赭石,像学院毕业生的膀子那样,因为看起来醒目。"

堂吉诃德说:"那么,你是带了好消息来了。"

桑丘答道:"好得很呢!杜尔西内娅·台尔·托波索小姐带着两名侍女瞧您来了!您只要把驽骍难得的肚子踢两下,跑出树林去,就会看见她。"

堂吉诃德说:"嗳唷!神圣的上帝!桑丘朋友,你说什么呀?小心别哄我,别用假喜信来解除我的真烦恼啊。"

桑丘答道:"我哄了您有什么好处?况且马上就给您戳穿了。先生,你踢踢马,快来吧!咱们的公主娘娘梳妆打扮着来了,她真是个公主的样儿。她和两个使女都黄灿灿的一片金光,浑身是珍珠串儿、金刚钻、红宝石,穿的都是锦绣,那锦绣足有十层呢!她们披在肩上的头发像太阳的光芒,风里闪呀闪的。她们还骑着三匹花点子小驴马,真是没那么样儿的好看。"

"你说的是小女马吧?桑丘。"

桑丘答道:"小驴马或小女马没多大分别。不管她们骑的是什么牲口,反正她们是最漂亮的姑娘,不能再漂亮了;尤其是咱们的杜尔西内娅公主娘娘,她简直迷得人头晕眼花。"

堂吉诃德说:"桑丘儿子,咱们走吧。多谢你给我带来这样喜出望外的消息;我下次有什么冒险的事,准把胜利品里最好的 份给你做报酬。你知道,我家三匹母马正圈在咱们村里公地上等着下驹子,假如你不愿意拿胜利品做报酬,我就把今年生的小驹子都给你。"

桑丘答道: "我愿意要驹子,因为下一回冒险的胜利品还不定好不好呢。"

这时他们已经跑出树林,看见了离他们不远的三个乡下女人。堂吉诃德放眼朝托波索去的路上观望,可是只看见那三个村姑。他满腹狐疑,问桑丘是否把杜尔西内娅一行人撇在城外了。

桑丘答道:"怎么在城外呀?她们正向这儿跑来,身上光芒万道,像中午的太阳,您怎么看不见呢?难道您眼睛长在后脑勺儿上吗?"

堂吉诃德说:"我只看见三个乡下女人,骑着三头驴。"

桑丘道:"上帝从魔鬼手里救我出来吧!难道这三匹雪白雪白的小母马或什么马,您看着像驴吗?老天爷!要真是驴呀,我这几茎胡子都可以揪掉!"

堂吉诃德说:"那么我告诉你吧,桑丘朋友,明明是驴,或许是小母驴。这就好比我是堂吉诃德、你是桑丘·潘沙那么千真万确;至少,我看着像驴。"

桑丘说:"先生,住嘴吧,别乱说了;您睁大眼睛瞧瞧,您心上的小姐马上就到了,快去向她致敬吧。"

他一面说,一面就抢着迎上去,下驴扯住她们一头驴的笼头,双膝跪下说:"美丽的王后、公主、公爵夫人啊,请您赏脸见见您俘虏的骑士吧。他在您贵小姐面前慌作一团,脉搏也停止了,成了一块大理石了。我是他的侍从桑丘·潘沙;他就是团团转的骑士堂吉诃德·台·拉·曼却,别号哭丧着脸的骑士。"

这时堂吉诃德已经去跪在桑丘旁边,突出一对眼珠子,将信将疑地瞪着桑丘称为王后和公主的那女人。他看来看去只是个乡下姑娘,相貌也并不好,是个宽盘儿脸,塌鼻子。他又惊又奇,只不敢开口。另外两个乡下女人看见这一对不伦不类的怪人跪在地下挡住她们的女伴,也很诧异。可是给他们挡住的女人一点儿不客气,很不耐烦地发话道:"你们这两个倒了霉的!走开呀!让我们过去!我们有要紧事呢!"

桑丘答道:"哎呀,公主啊!托波索全城的女主人啊!您贵小姐看到游侠骑士的尖儿顶儿跪在面前,您心胸宽大,怎么不发慈悲呀?"

另一个乡下女人听了这套话就说:"'嚄!我公公的驴呵!我给你刷毛啵!'瞧瞧现在这些起码的绅士!倒会拿乡下女人开心的!好像人家就不会照样儿回敬。走你们的路吧!让我们走我们的!别自讨没趣!"

堂吉诃德忙说:"桑丘,你起来。我现在知道:厄运折磨着我,没个餍足;命运叫我走投无路,苦恼的心灵找不到一点安慰。品貌双全的小姐呀!我这个伤心人唯一的救星啊!恶毒的魔术家迫害我,叫我眼上生了云翳;别人见到你的绝世芳容,只在我眼里你却变成个乡下穷苦女人了。假如魔术家没把我也变成一副怪相,叫你望而生厌,那么,你看到我一心尊敬,尽管瞧不见你的美貌,还是拜倒在地,你就用温柔的眼光来看我吧。"

那村姑答道:"啊呀,我的爷爷!我是你的小亲亲,和你谈乱爱呢!走开点!让我们过去!我们就多谢你了!"

桑丘走开让她过去,借此摆脱了自己的纠葛,心上非常得意。暂充杜尔西内娅的那个村姑瞧没人挡路了,忙用带刺的棍子打一下她的"小驴马",往前面草地跑去。她那一棍不比往常,驴儿痛得厉害,腾跃起来,把这位杜尔西内娅小姐掀翻在地。堂吉诃德一见,忙赶去扶她。桑丘也去把滑到驴肚底下的驮鞍重新安好、缚牢。堂吉诃德就要去把那位着魔的小姐抱上坐骑。那位小姐却已经爬起来,而且上驴不用帮忙。她退后几步,然后跑个快步,两手按着小驴的臀部,就势踊身一跃上鞍,像男人那样骑跨在驴背上,矫捷得不输老鹰。桑丘失声叫道:"我的天啊!咱们这位女主人比鹞子还轻巧呢!最灵活的果都巴人或墨西哥人上高鞍也没她这本领。她跳过了鞍子的后梁;鞋上没戴马刺,也能叫她的小驴马跑得像斑马一样。她两个使女也不输她,都一阵风地跑了。"

确是这么回事。那两个女人看见杜尔西内娅上了牲口,就打着驴子跟她飞跑,一口气跑了半哩瓦多没回头。堂吉诃德目送她们,直到看不见了,才转脸对桑丘说:"桑丘,你瞧瞧魔术家多么恨我呀!他们防我见了意中人高兴,竟变掉了她的本相。他们把我恨到什么地步就可想而知!我活在世上,真是个地道的倒霉人,厄运把种种灾难都降落在我身上。而且你看,桑丘,那些奸贼变了杜尔西内娅的模样心还不足,竟把她变成那么一个又蠢又丑的乡下姑娘;贵小姐经常熏着龙涎香和花香,身上浸透了这种芬芳,他们竟连她这股香味都变掉了。我告诉你吧,桑丘,我赶去扶杜尔西内娅上她的小母马——这是照你的说法，因为我看来是小母驴——她身上一股子生蒜味，熏得我晕晕地直恶心。"

桑丘忙嚷道："嘻！你们这群混蛋的魔术家！倒霉的坏心眼儿！我但愿眼看你们像沙丁鱼似的水草穿腮，联成一串儿！你们本领大，花样多，干了多少坏事呀！你们这群恶棍！你们把杜尔西内娅小姐珍珠似的眼睛变得像橡树子儿，把她纯金的头发变得像牛尾巴上的红鬃毛，一句话，把她的万种风姿变成一副丑相，你们不过瘾，还要变掉她身上的香味！如果我们闻到她的香，还能猜透那丑皮壳儿底下原来是个什么样的人呀！不过说老实话，我一点儿没有看见她丑，只看见她美。她右边嘴唇上有一颗痣，上面有七八根金线似的黄毛，至少有一拃手长，像一撇胡子。"

堂吉诃德说："这种痣，脸上和身上相称着生。杜尔西内娅既然脸上有一颗，那么和这颗痣一顺的大腿面上一定也有一颗；可是痣上的毛像你说的那样就太长了。"

桑丘答道："不过我可以告诉您，痣上那几根长毛看着顶顺眼。"

堂吉诃德说："朋友啊，这话我相信，因为杜尔西内娅天生是样样都十全十美的。像你说的痣，她身上如有一百颗，那就不是痣，而是灿烂的月亮和星星了。可是桑丘，我问你，你给她重缚的鞍子，我怎么看着像个驮鞍，究竟是扁平的骑鞍，还是女人坐的横鞍呢？"

桑丘答道："都不是，那是短脚镫的高鞍子，上面盖着个出门用的罩子；那罩子富丽极了，值半个王国呢。"

堂吉诃德说："桑丘啊，这许多我一样都没看见。我又要说了，我还要说一千遍呢，我是世界上最倒霉的人。"

堂吉诃德乖乖地上了钩，混蛋的桑丘听着他这些死心眼儿的话，险些忍不住笑出来。长话短说，两人讲究了一番，就骑上牲口，取路往萨拉果萨去。那座著名的城里年年有盛大的庆祝，他们打算及时赶到。不过他们一路上碰到好多了不起的奇事，都值得大书特书，看了下文便知分晓。

第六十三章

天大奇事：英勇的堂吉诃德看到大板车上"死神召开的会议"。

堂吉诃德一路前去，想着魔术家恶作剧，把他的杜尔西内娅小姐变作粗蠢的村姑，气恼得不可开交。他却又想不出什么办法叫她恢复本相，心烦意乱，不觉把驽骍难得的缰绳也撂下了。野地里青草茂盛，驽骍难得觉得没人牵制，每走一步就停下来啃草。桑丘·潘沙打断主人的沉思说："先生，牲口是不烦恼的，只有人才烦恼；人要是烦恼过了头，反而变成牲口了。您自己克制一点儿，定定神，捡起驽骍难得的缰绳，振作一下，醒醒吧！拿出游侠骑士该有的气魄来！您见鬼啦？干吗这样垂头丧气的？'咱们魂灵出了窍，到法兰西去了？'游侠骑士的健康最宝贵，什么魔法呀、变形呀都是不足道的，随它世上有多少杜尔西内娅，都让魔鬼带走好了。"

堂吉诃德发狠道："住嘴！桑丘！不许说这种浑话糟蹋那位着了魔法的小姐。她倒霉都是我的罪过；那些坏蛋因为恨我，就叫她当灾。"

桑丘答道："我也这么说呀。从前见过她的，今天见了她，'怎么能硬着心肠不掉眼泪呢'？"

堂吉诃德道："桑丘，你真可以这么说，因为你看见了她十全十美的姿容，障眼法没有迷糊你的眼睛、遮盖她的美貌。那股恶毒的魔力只捉弄我一个人，只捉弄我一个人的眼睛。不过我想到一件事，桑丘，你把她的美貌形容得不像个样儿。我记得你说她眼睛像珍珠。鱼眼睛才像珍珠，女人的眼睛不那么说。我想杜尔西内娅的眼珠准像碧绿的翡翠，眼睛是大大的，眉毛是弯弯的，像天上的虹。你该把她眼睛里的珍珠拿出来做她嘴里的牙齿；桑丘，你准是把眼睛和牙齿说颠倒了。"

桑丘答道："也许是这么回事。因为我看到她的美貌，就像您看到她的丑相一样，心里糊涂了。不过您一切都随上帝安排吧，这万恶的烦恼世界上,什么事都带着几分刁恶哄骗、弄虚作假,将来怎么样只有上帝知道。我的先生,我只有一件事最不放心:将来您战胜了巨人或骑士,叫他们去拜见美丽的杜尔西内娅小姐,那些倒霉蛋到哪里去找她呢?我仿佛能看到他们一伙傻瓜在托波索跑来跑去找杜尔西内娅小姐;即使迎面碰上,也只像见了我爸爸一样全不认识呀。"

堂吉诃德说:"桑丘,那些吃了败仗前去拜见杜尔西内娅的巨人和骑士也许不受障眼法的摆布,会认识她。我以后把我打败的家伙送一两个去拜见杜尔西内娅,叫他们事后向我报告,这样试验一下,就知道他们能不能认识她了。"

桑丘答道:"先生,我觉得您这话很有道理。照这办法,咱们的闷葫芦就打破了。假如只有您一个人看不见她的真相,那么遭殃的是您,不是她。只要杜尔西内娅小姐健康愉快,咱们只顾冒险去,她着魔的事且放开些,慢慢儿自有办法。时间是最好的药,什么病都治得好。"

堂吉诃德想要回答,还没有开口,忽见大路上穿过一辆板车,车上的人物奇形怪状,简直意想不到。车夫是个丑恶的魔鬼,领头带着驾车的几头骡子。车上没有顶篷,也没有围栏。堂吉诃德第一眼看见个死神,身子是骷髅,那张脸却是活人的。旁边一个天使戴着一对彩色的大翅膀。那边是个皇帝,戴一顶金色的皇冠。死神脚边是古比多神,他眼睛没蒙上,只带着他的弓、箭和箭袋。车上还有一个骑士,浑身武装只欠一顶头盔;他戴着一只宽檐儿帽,上面插满了五颜六色的羽毛。另外还有些人物,装束和脸相都各式各样。堂吉诃德突然看见这些形形色色的人物有点吃惊,桑丘早吓坏了。堂吉诃德以为又是奇遇,这么一想,立刻兴致勃勃,凭他那股天不怕、地不怕的胆量,拦住大车,喝道:"随你是车夫、是魔鬼,或是什么东西,快快招出来:你是谁?到哪里去?乘车的都是谁?你这辆车不像普通的板车,倒像卡龙的摆渡船呢。"

魔鬼停了车,和和气气地说:"先生,我们是安古罗·艾尔·马罗的戏班子。今天是基督圣体节的第八天,我们早上在山坡后面的村里演了一出寓言戏《死神召开的会议》;今天下午还得上前面那个村里去演。我们因为两处很近，省得卸了装再化装，就穿着戏装上路了。这小伙子扮死神；那个扮天使；那位是领班人的太太，她扮皇后；那人扮战士；那一个扮皇帝；我扮魔鬼，是戏里的一个主角——我是这班子里扮主角的。您如果还要打听什么别的，问我就行，我会一一回答；我是魔鬼，什么都知道。"

堂吉诃德答道："我老实说吧，我一见这辆大车，以为碰上了什么奇事呢。现在知道，亲眼目见的东西，还得亲手摸一摸才知道虚实。再见，朋友们，你们庆祝节日去吧！如有什么事用得着我，我很愿意帮忙。我从小就喜欢看戏，年轻的时候对演戏这一行兴味很浓。"

也是合该有事。他们正说着话，戏班子里扮丑角的赶上来了。他身上戴着许多小铃铛，手里拿根棍子，一头上系着三个鼓鼓的气球。这小丑跑到堂吉诃德旁边，挥舞着棍子，把气球在地上拍打，一面大跳大蹦，震得浑身铃铛乱响。驽骍难得见所未见，吓破了胆，尽管它瘦骨嶙峋，却像骏马追风似的，咬着马嚼铁一个劲儿地往野地里蹿去，堂吉诃德的力气哪里收勒得住。桑丘估量他主人不免落马，忙跳下灰驴急急赶去救护。可是他刚追上，他主人已经滚在地下了；驽骍难得倒在他旁边，它是带着主人一起摔倒的。它每次狠命奔跑，照例这样下场。

桑丘刚撇下灰驴赶去救主人，那拿着气球跳舞的鬼怪已经跳上灰驴，用气球拍打它；打得并不痛，可是灰驴害怕，又听见铃铛乱响，就朝戏班子要去的村子飞跑。桑丘眼看着这边是他的灰驴跑了，那边是他的主人摔了，都需要照管，不知先顾了哪头好。他毕竟是个好侍从、好佣人，一心爱主人，顾不得疼驴子。可是他每见那几个气球高举空中又落到灰驴臀上，就好比要他命似的又急又怕，宁愿一下下都打在自己眼珠上，也不要碰了灰驴尾巴尖上一根毛。他牵心挂肠地赶到堂吉诃德身边，瞧主人摔得很厉害，忙扶他上驽骍难得，一面说："先生，鬼把我的灰毛儿抢走了。"

堂吉诃德问道："哪个鬼？"

桑丘说："那个拿气球的。"

堂吉诃德说："他即使带着你的驴躲在地狱最深最黑的窖里，我也会把它抢回来。桑丘，你跟我来。那辆板车走得很慢，我可以把那几头拉车的骡子拿来抵偿你丢失的灰驴。"

桑丘说:"先生,不用费这番手脚了,您别生气吧。我看见那个鬼已经下驴,灰毛儿又回到老路上来了。"

果然不错。那个鬼故意学堂吉诃德和驽骍难得的样,也和灰驴一起摔了一跤。鬼就步行到前面村上去,驴子又回到它主人这边来。

堂吉诃德说:"尽管如此,那个鬼太无礼,还是该找车上随便哪一个来惩罚一下;就惩罚皇帝也好。"

桑丘说:"您快收了这个念头,听我的话,戏子是有大家宠爱的,千万碰不得。我知道有个戏子犯了两起命案被逮捕了,可是什么事也没有,连法庭上的费用都一个子儿没花。您可知道,他们是凑趣的人物,逗人开心取乐的,所以大家护着他们,捧着他们,把他们当宝贝;尤其皇家戏班子里那几个有名头的戏子,穿的衣服和浑身气派简直就像王子一样。"

堂吉诃德答道:"尽管那个鬼戏子是人人宠爱的,我也不让他夸口。"

那辆车已经走近前面的村子。堂吉诃德说着就转身向板车赶去,提高了嗓门儿大嚷:"你们这群开心逗乐儿的家伙!别走!等一等!我要教训你们呢!你们对游侠骑士侍从的坐骑这样无礼是不行的!"

堂吉诃德喊声响亮,板车上听得一清二楚。他们从话里听出发话的人是什么用意。死神立即跳下车,皇帝、赶车的魔鬼和天使跟着下来,连皇后和古比多都没待在车上。他们拣了些石子一翅儿排开,准备掷石子迎战。堂吉诃德瞧他们毫无怕惧,摆着长阵,一个个高举手里的石子准备狠狠地掷过来,就勒住马缰,暗暗盘算怎样冲上前去能少受伤害。他这么一停顿,桑丘就赶上来了。桑丘瞧他是要向那整齐的行列冲去厮杀的样子,就说:"您这样一来就是疯了!我的先生,您想想,迎头打来的石子是什么也挡不住的,除非把自己扣在铜钟里。况且您也该估量一下:死神在他们队里呢,而且皇帝亲自上场,天神和魔鬼都帮着他,您单枪匹马去和那个军队交手,不是勇敢,只是鲁莽啊。假如您还不肯罢休,那么请瞧瞧,他们队里虽然有帝王和各种首脑,却没一个能做您对手的游侠骑士呀;这总可以叫您别再上前了。"

堂吉诃德说:"桑丘,你这话正说在筋节上,既有力,又有理,我就回心转意听你的了。我跟你讲过好几遍,我不能和没封骑士的人交手,那是不合规矩的。桑丘,人家欺负了你的灰毛儿,你要报复是你的事。我可以在这儿为你呐喊助威,还帮着出出主意。"

桑丘答道:"先生,我不用对谁报复,受了欺侮报复的不是好基督徒。我还要和我的灰驴讲明,它受了委屈得听我做主,我的主张是和和平平过一辈子。"

堂吉诃德说:"桑丘啊,你是个好人!你是个聪明人!你是个名副其实的基督徒!你是个老实人!你既然抱定这个主意,咱们就撇下这群鬼怪吧,和他们打交道说不上冒险,咱们得另找合适的事。我看咱们在这个地方准会有许多意外的奇遇呢。"

他随即兜转马头,桑丘也骑上他的灰毛儿;死神和他那个行踪无定的队伍又乘车继续上路。碰到死神之车的险事,就此圆满收场;这多亏桑丘·潘沙用金玉良言劝了他主人。第二天,堂吉诃德碰到一个痴情的游侠骑士。他那番遭遇和这次的一样令人惊奇。

第六十四章

失望地离开所谓的杜尔西内娅之后,主仆二人又意外地同"死神"相遇,眼看又是一场注定失败的战斗,但桑丘却机灵地劝解开了。这与其说桑丘的机智取得了成功,莫不如说在经历许多无畏的失败和被打事件之后,堂吉诃德变得明智了许多,不再一味地去逞一时骑士之勇,而开始了衡量双方力量对比和形势优劣。逃开了一次小劫,他们却遇到了更为令人惊奇的事。

天大奇事:英勇的堂吉诃德和威武的镜子骑士会面。

> 抓到自己手里的才是真实的、重要的,古今的道理大同小异。

堂吉诃德碰到死神的那晚上,经桑丘劝说,吃了些灰驴驮带的干粮,主仆俩就在绿荫沉沉的几棵大树底下过了一夜。晚饭时桑丘对他主人说:"先生,假如我不领您那三匹母马的驹子做人报喜的赏赐,倒要您这次冒险的战利品,我就是个大傻瓜了!'天空的老鹰,不如手里的麻雀',这是千真万确的。"

堂吉诃德答道:"你如果肯让我冲上去厮杀,皇帝的金冠和恋爱神的五彩翅膀至少是你应得的战利品;我一定抢来给你。"

桑丘·潘沙说:"戏里皇帝的宝杖和皇冠都是铜片或铅皮做的,从来不用真金。"

> "戏剧是人生的镜子",一句话就已证明了堂吉诃德的清醒和高明。

堂吉诃德答道:"这话不错。戏里的道具不宜用好东西,仿造的就行,因为戏剧本身就是个假象。戏剧是人生的镜子;我们自己的面貌和模范人物的形象,只有在戏里表现得最生动逼真。编剧和演戏的人把这面镜子随时供我们照鉴,这对国家大有好处。所以,桑丘,我希望你不要瞧不起戏剧,要尊重编剧和演戏的人。不过戏剧究竟是哄人的假象。你没看见戏里的国王呀、大皇帝呀、教皇呀、绅士呀、夫人小姐呀等角色吗?一个扮恶人,一个扮骗子,这是商人,那是战士,这是乖觉的傻角,那是痴騃的情人;演完了一个个脱下戏装,大家一样都是演戏的。"

> 痴騃(ái):痴傻。騃:傻。

桑丘答道:"是啊,我见过。"

堂吉诃德说:"人生的舞台上也是如此。有人做皇帝,有人做教皇;反正戏里的角色样样都有。他们活了一辈子,演完这出戏,死神剥掉各种角色的戏装,大家在坟墓里也都是一样的了。"

> 生命的归宿在坟墓,面对死亡人和人是平等的,多么深刻而富于哲理。

桑丘说:"这个比喻好!可是并不新鲜,我听到过好多次了。这就像一局棋的比喻。下棋的时候,每个棋子有它的用处,下完棋就都混在一起,装在一个口袋里,好比人活了一辈子,都埋进坟墓一样。"

堂吉诃德说:"桑丘,你的心眼儿一天比一天多,见识也越发高明了。"

桑丘答道:"是啊,因为沾染了您的高明呀!贫薄干枯的土地浇了粪便,翻耕一下,就会丰产。我是说呀,我这副干枯的脑筋是贫薄的土地,您对我讲的话是浇在上面的粪便;我伺候您,和您谈话,就是翻耕这片地。我希望您种瓜得瓜,种豆得豆,得到大丰收。"

堂吉诃德听桑丘做文章,不禁失笑。他觉得桑丘自称有进步是真的,因为这位侍从偶尔说些话很使他惊佩。不过桑丘若要用比喻,嵌些辞藻,往往就傻得透顶,愚蠢得没底。他只有引用成语,不论是否得当,最能卖弄自己的才情和记性;读者在故事里想必已经留意到这点了。

两人说着话过了大半夜,桑丘就想放下眼帘——他瞌睡了常这么说。他卸下灰驴的鞍辔,让它在茂盛的草地上随意啃草。驽骍难得的鞍子他没除下。他主人明明白白吩咐过:他们如在野外露宿,驽骍难得不准卸装;因为照游侠骑士从古相沿的成规,辔头可以脱下挂在鞍框上,鞍子却千万不能卸。桑丘照这办法让驽骍难得也像灰驴儿那样逍遥去。这一对驴马亲密得出奇少见,关于它们的友谊,民间有悠久的传说,本书作者曾用几章的篇幅记录下来,但因遵守史诗的写作规律,定稿时删掉了。但作者屡次忘了这个决心,描写这两头牲口聚到一起就挨挨擦擦,吃饱了休息的时候,驽骍难得总把脖子架在灰驴儿颈上(它那脖子比驴颈长出半瓦拉还不止),两头牲口眼望着地,往往可以一站三天,至少,要不是有人打搅或饿了要吃,它们可以老这么站着。据说作者曾把这一对朋友比作尼索和欧利亚洛。果然如此,就可见和平的牲畜之间,友谊多么胶固,值得大家钦佩;而人与人的友谊却非常难保,可使人类自惭。因此诗歌里说:

> 友情不会久常,
> 竹竿能变作长枪。

又有人说:

> 朋友彼此,好比眼睛里的虱子。

作者把牲畜之间和人与人之间的友谊相比,没有谁认为不伦不类,因为人类从牲畜得到不少教训,并学到许多重要的事。例如鹳的灌肠法,狗的呕吐清胃和感恩,鹤的机警,蚂蚁的深谋远虑,象的贞节,马的忠诚,等等。闲话少叙,且说桑丘在软木树脚下已经睡熟,堂吉诃德在大橡树脚下也睡着了。可是过一会儿他背后有些声响把他闹醒了。他吃惊地起来察看哪儿来的声音。原来是两骑人马。一人下鞍向伙

<small>人不解甲,马不卸鞍,堂吉诃德真把自己当作战士来要求。</small>

<small>自然性的和平宁静往往是人性可望而不可即的,过分的聪明也往往使人变得很傻,轻易地忽略掉一些重要的东西。</small>

伴说:"下马吧,朋友,给两匹马卸下辔头吧。我看这里牲口足有草吃,地方又僻静,正可以让我想念情人。"

他说着就躺下了;一倒地,身上的盔甲铿然作声。堂吉诃德就此推想他是个游侠骑士,忙跑到鼾呼大睡的桑丘身边,摇撼着他的胳膊,好容易把他摇醒了,就低声说:"桑丘老弟,咱们有奇遇了。"

> 骑士灭绝的年代,使"骑士"间的相遇变成了一种"奇遇",堂吉诃德对此尚十分清楚。

桑丘答道:"但愿上帝给我们个好的。可是,我的先生,奇遇夫人在哪儿呢?"

堂吉诃德答道:"哪儿吗?桑丘,你转眼瞧瞧,有个游侠骑士在那边躺着呢。我想他一定是不大快活,因为我看见他下马就往地下一躺,怪丧气的样子。他倒下的时候身上的盔甲铿锵地响。"

桑丘说:"可是您凭什么说这是奇遇呢?"

堂吉诃德答道:"我并不说这就是奇遇,这不过是奇遇的开端;凡是奇遇都这么开始的。你听,他好像正在调弄琵琶或弦子。照他这么哈痰、清嗓子,准是要唱个什么歌儿呢。"

桑丘说:"果然是的;他一定是个痴情骑士。"

堂吉诃德说:"游侠骑士没一个不痴情的。咱们且听着。等他一唱,咱们'拿到线头儿,就抽开了他心里的线球儿',因为心里充满什么情绪,嘴里就说出来。"

桑丘正要回答,却给树林里那位骑士的歌声打断。那嗓子还过得去,两人倾耳听他唱了下面一首:

> 似乎又要出现一个堂吉诃德了,这下可真热闹了。

十四行诗

小姐,请你凭自己的意愿
指引我一条追随的道路,
我谨遵紧跟,决不越出一步,
不论你要我怎样我都心甘。

> 如要我死而衔恨无言,
> 那就权当我已一命呜呼;
> 如要我变花样向你哀诉,
> 爱情现身说法也没我婉转。
>
> 相反的品质并存在我心里,
> 蜡的软、金刚石的硬,
> 二者都适合爱情的要求;
> 这颗又软又硬的心献给你,
> 随你在上面浅印深铭,
> 每个痕迹我誓必永远保留。

树林里的骑士唱完"咳"了一声,好像从心底倒抽出来的。他稍停一下,含悲诉苦说:"啊!贞静的卡西尔德雅·台·万达莉亚,世界上最娇艳、最冷酷的小姐啊!你怎么忍得下心,叫你的骑士流浪着吃苦受罪、没完没了地糟蹋自己呢?我已经叫所有的那瓦拉骑士,所有雷翁的、达尔台斯的、咖斯底利亚的和拉·曼却的骑士,都一致承认你是天下第一美人,这还不够吗?"

> 绝种骑士们对情人的独自倾诉都如此的相似,看来他们所受教育的骑士小说教材都是大体相近的。

堂吉诃德听了说:"没这事儿!我是拉·曼却的骑士,我从没承认过这句话。这话辱没了我那位美貌的小姐,我决无默认之理。你瞧,桑丘,这位骑士是在胡说啊。可是咱们且听着,他也许还有话呢。"

桑丘道:"有的是!他准备连着数说一个月呢。"

可是并不然。树林里的骑士听见旁边有人说话,就不再诉苦,客客气气地高声问道:"有人吗?谁啊?是称心满意的人还是个伤心人啊?"

> 两个"骑士"终于聚会了,他们的聚会将会引出什么故事呢?

堂吉诃德答道:"也是个伤心人。"

树林里的骑士说:"那么请过来吧,您见了我,就可算是见到了最恨大愁深的人了。"

堂吉诃德觉得这话又婉转，又和气，就跑过去；桑丘也跟去。

那个诉苦的骑士抓住堂吉诃德的胳臂说："骑士先生，请这儿坐。这幽静的地方天生是供游侠骑士休息的；我在这里碰到你，就可知你是一位骑士，而且是以游侠为职业的。"

堂吉诃德听了这话，答道："我是骑士；也正是你所说的那一行的。我虽然倒霉招灾，满肚子愁苦，却还有心情去怜悯旁人的不幸。我听了你唱的诗，知道你是为爱情苦恼——就是说，你的苦恼是爱上了你指着名儿抱怨的那位狠心美人。"

当时两人一见如故，并坐在硬地上谈得很投机，满不像天一亮就会彼此打破头的。

树林里的骑士问堂吉诃德说："骑士先生，你大概正在恋爱吧？"

堂吉诃德答道："我不幸正在恋爱。可是爱情寄放得适当，尽管苦恼也算不得不幸，倒该算有幸呢。"

树林里的骑士答道："这话很对，除非对方太瞧不起咱们，简直恩将仇报似的，那才叫咱们气得发疯。"

堂吉诃德答道："我那位小姐从来没有瞧不起我。"

桑丘在旁插嘴道："真是从来没有的。我们那位小姐像温顺的羔羊；比脂油还软和。"

树林里的骑士问道："这是你的侍从吗？"

堂吉诃德答道："是啊。"

树林里的骑士说："我从没见过哪个侍从敢当着主人插话的。且看我这位侍从吧，他和自己的爸爸一般高了，我说话的时候他从不开口。"

桑丘说："我的确是当着我主人插话了！我也能当着别人

> 同命相怜让两位骑士一见如故，爱情成了他们共同的话题。

插话!随他多么……我不多说了,'少搅拌为妙'。"

树林里的侍从挽着桑丘的胳膊说:

"咱们找个地方去畅谈咱们侍从的话,让咱们主人在这儿较量彼此的恋爱史吧,管保到天亮他们还讲不完呢。"

桑丘说:"好!等我告诉您我是谁,您就知道我是否算得一个最多嘴的侍从。"

两个侍从就走开了。他们那番逗人发笑的谈话,和两位主人的正经对答各极其妙。

> 物以类聚,人以群分,主人和主人的话题说不完,仆人们也有自己的谈资。

第六十五章

续叙堂吉诃德和林中骑士的事以及两位侍从的新鲜别致的趣谈。

主仆们分成两伙:侍从俩各道生平;骑士俩互诉情史。这部书先叙仆人的谈话,后叙主人的谈话。据说,两个佣人离开主人走了一段路,那个林中骑士的侍从对桑丘说:"我的先生,咱们跟着游侠骑士当侍从,多辛苦啊!真是应了上帝诅咒咱们原始祖先的话:'得头上汗湿,才口中有食。'"

桑丘道:"还可以说:得冻得要死,才口中有食。游侠骑士的倒霉侍从忍受的大冷大热都是不同寻常的。有的吃还好,因为'肚子吃饱,痛苦能熬'。可是咱们有时一两天也没一点儿东西下肚,只好喝风。"

那位侍从说:"咱们指望着恩赏,种种苦头也都忍受得下了。游侠骑士要不是倒霉透顶,他的侍从至少可以拿稳一个海岛总督的肥缺,或者一份像样的伯爵封地。"

桑丘说:"我和主人讲过,我愿意做海岛总督;他很慷

> 对主人的抱怨向来是仆人们的专利,但从中也可看到骑士生活的凄苦。

概，已经答应我好几次了。"

那位侍从说："我辛苦一场，能到手一个教会的官职就心满意足；我主人已经给我内定了一个，而且是呱呱叫的！"

桑丘说："您主人准是教团的骑士，能这样犒赏自己的好侍从。我的主人不是教士。我记得有些精明人——我看是不怀好意的，想劝我主人谋做大主教。我主人却不愿意，一定要做大皇帝。我当时心上直发抖，怕他一转念要去做教会里的官；因为我知道自己不配吃教会的俸。我告诉您吧，尽管我看着像人，做起教会里的事来就是一头畜生。"

那位侍从说："其实您算盘打错了。当海岛总督不一定好：有的地方不像样，有的穷，有的操心；反正最了不起、最没毛病的也总带着一大堆麻烦，谁倒霉做了这个官，就挑上了这副重担子。吃咱们这行苦饭的，最好还是回老家去，干些配胃口的事消遣日子，比如打猎钓鱼之类。一个人要在家乡消遣，只需一匹马、一对猎狗、一根钓竿，天下哪个侍从穷得连这些都没有呢？"

桑丘答道："这些东西我都有。当然，我没有马；不过我有一头驴，比我主人的马值两倍的价呢。我要是肯把驴和马对换呀，'上帝罚我复活节倒霉吧'！而且就应在下一个复活节上！再饶上四担大麦我也不换的。我的灰毛儿——我那头驴是一身灰毛——在我眼里这么值钱，您大概要笑话了。至于猎狗，我是短不了的，我们村上多的是。而且花旁人的钱打猎更有味呢。"

那位侍从答道："先生，我老实说吧，我已经打定主意不再跟着这些骑士胡闹，要回家乡去教养自己的孩子了。我的三个孩子就像三颗东方的明珠。"

桑丘说："我有两个。我那两个孩子真可以献给教皇呢，尤其我的姑娘。如果上帝容许，我养大了她要她做伯爵夫人

骂完之后又开始了彼此不切实际的吹嘘，仆人们是懂得仆以主贵道理的。

坏了，二人有互相拆台的趋势了。

孩子还是自己的好，没有见到侍从的孩子不知如何，但桑丘对自己孩子的赞美还是过于夸大其词了。

的,她妈不愿意也没用。"

那侍从问道:"养大了做伯爵夫人的姑娘芳龄多少啦?"

桑丘说:"十五上下,已经高得像一支长矛,鲜嫩得像春天的早晨,劲儿大得像脚夫。"

那侍从道:"她有这许多好处,不但配做伯爵夫人,还可以做树林里的仙女呢!哎呀!那婊子养的!那婊子!那小家伙多有劲儿呀!"

桑丘听了有点儿生气,说道:"她不是婊子,她妈也不是;我只要有一口气在,天保佑她们俩没一个做婊子。您说话客气着点儿!您还是游侠骑士栽培出来的呢,游侠骑士是最讲礼貌的;我觉得您这些话不大合适。"

> 这种粗悍的表扬真是让人难以接受,下层阶级的情感表达方式还真特别。

那位侍从道:"啊呀,先生,您太不识抬举了!假如一个骑士在斗牛场上把公牛搠了好一枪,或者某人一件事干得好,人家往往说:'哎,婊子养的!婊蛋!这下子真是好哇!'您难道没听见过吗?这种话好像是臭骂,其实是了不起的恭维啊。先生,假如儿女干的事不值得人家当着他们爸爸这样称赞,您就别认他们做儿女。"

桑丘说:"好!我就不认他们。照这个道理,您尽管把我和我的老婆孩子们一股脑儿都叫作婊子,因为不论我们干什么事、说什么话,都当得起这种恭维。我为了要回去瞧他们,直在祷告上帝解脱我的死罪——就是说,解脱我当侍从的危险差使。我有一次在黑山窝里捡到一只皮包,里面有一百个金元,就此痴心妄想,再一次当了侍从。魔鬼老把满满一口袋金元放在我眼前,一会儿在这里,一会儿在那里,不在这边,就在那边;我每走一步,仿佛就摸得到,可以抱在怀里,拿回家去,放出去投资,经收利息,以后就像王子那样过日子。我心上打着这个算盘,跟着我那位没脑子的主人种种吃苦受累都觉得没什么了。我明知道我那位主人若说是骑士,不如说是疯子!"

那位侍从道:"所以有句老话说,'贪心撑破了口袋'。如要讲咱们的主人呀,我那位就是天字第一号的大疯子。常言道:'驴子劳累死,都为旁人的事。'这话正应在他身上了。他要治好另一个绅士的疯病,自己就成了疯子,出门来找事干;说不定事不凑巧,会自讨苦吃呢。"

"他大概正在恋爱吧?"

那侍从说:"可不是吗,他爱上一个卡西尔德雅·台·万达莉亚,全世界找不出比她更生硬老练的婆娘。不过他的苦处不是女人厉害,却是他肠子里还有几条更厉害的诡计在叽里咕噜地闹,再过些时候就要发作了。"

桑丘说:"随你多么平坦的道路,总有些磕脚绊腿的东西。可是'别人家也煮豆子,我家却是大锅大锅地煮'。大概咱们一起的人,疯癫的比灵清的多。不过有句老话:'有人共患难,患难好承担。'如果这话不错,我有您在一起就好过了,因为您的主子和我的一样傻。" 二人的俗语谚语成堆成串,使他们过足了瘾。

树林里的侍从说:"他傻虽傻,却很勇敢,尤其狡猾。"

桑丘答道:"我的主人不这样。我告诉您:他是个实心眼儿,没一丁点儿的狡猾。他对谁都好,什么坏心眼都没有,小孩子都能哄得他把白天当作黑夜。我就为他老实,爱得他像自己的心肝一样,随他多么疯傻也舍不得和他分手。" 桑丘的称赞和表白可能有几分虚构,但他对主人的敬爱还是溢于言表的。

那侍从道:"可是老哥啊,要是瞎子领瞎子,就有双双掉在坑里的危险。咱们还是早作退步,回到咱们老家去吧。出门碰运气的常常碰不到好运气。"

桑丘不住地吐痰,好像是那种又黏又稠的痰。那位好心肠的侍从注意到了,说道:"我看呀,咱们尽说话,说得舌头都胶在腭上了。可是我鞍框上挂着一袋消痰生津的好东西呢。"

他起身一转眼拿了一大皮袋的酒和一个肉馅烤饼回来。那个肉饼直径足有半瓦拉,不是夸张;里面的馅儿是一只肥大无比的白兔。桑丘摸了一下,认为不是小羊羔,竟是一只山羊呢。他看了这些东西问道:"先生,这是随身带的吗?"

那人答道:"您想吧!我就是个三钱不值两钱的侍从吗?我那马鞍子后面驮带的粮食,比大将军吃的还好呢。"

> 人和人之间的差距是很难抚平的,仆人和仆人的待遇也不能相提并论。

桑丘不等邀请,就吃起来;他黑地里大口吞咽,那一口一口就像拴牛绳上的一个个大结子。他一面说:"您这餐饭如果不是魔法变的,至少也像是魔法变的。看了这餐饭,就知道您是一位讲究规格的侍从,而且派头十足,又阔气、又大方,不像我这样穷困倒霉。我粮袋里只有一小块干酪,干得绷硬,简直砸得开巨人的脑袋;此外不过是四五十颗豆儿、四五十颗榛子和核桃。这都怪我主人太刻苦,而且他认为游侠骑士只能靠干果子和野菜活命,死守着这个规矩。"

那侍从道:"老兄啊,我说句实在话:那些苦菜呀、野梨呀、山里的根呀茎呀,等等,我这个肚子是受不了的。咱们主人尽管抱定成见,谨守骑士道的规矩;他们爱吃什么就吃什么。我反正得带着装熟肉的篓子,还把这只酒袋挂在鞍框上。这是我心窝儿里的东西,是我的命根子,一会儿工夫就得抱着吻它千百次。"

> "仰脸看着天上的星星足有一刻钟工夫",用以形容桑丘对酒的贪欲,反映其生活的窘困再贴切不过了。

他说着就把那只酒袋递给桑丘。桑丘举起来放在嘴上,仰脸看着天上的星星足有一刻钟的工夫。他喝完歪着脑袋舒一大口气,说道:"哎,婊子养的!好家伙!真是地道的好酒啊!"

那个侍从听桑丘喊"婊子养的",就说:"瞧瞧,您称赞这酒,不就叫它'婊子养的'吗?"

桑丘答道:"如果是赞美的意思,'婊子养的'就算不得侮辱;这个道理确是不错的,我现在明白了。可是我请问您,先生,您凭自己最亲爱的人发誓说句真话,这酒是不是皇城出产的?"

树林里的侍从说:"好一个品酒的老内行!可不是那里出产的!而且陈了好几年了。"

桑丘说:"瞒得过我吗?这点就考倒了我!我品酒的本领不小,完全是天生的;什么酒拿来闻闻,就知道是哪里出产、什么品种、味道怎样、陈了多久、会不会变味,等等。侍从先生,您说这很了不起吧?可是并不稀奇,因为我父亲一支的祖上有两位品酒的行家,拉·曼却多年来还没见过更高明的呢。我把他们俩的事讲一桩给您听听,就可见名不虚传。有人从一个大酒桶里舀了些酒请他们俩尝,请教他们这桶酒酿得怎样,品质如何,有什么长处短处。他们一个用舌尖儿尝一下,一个只凑上鼻子闻闻。前一个说酒里有铁味儿;后一个说羊皮味儿更浓。主人说:酒桶是干净的,酒里也没有带铁味和羊皮味的佐料。两位品酒名家还是一口咬定。后来这桶酒卖完了;洗酒桶的时候,发现里面有个小小的钥匙,上面拴着个熟羊皮的圈儿。您瞧吧,要品酒的话,他们的后代该有资格说话吧!"

树林里的侍从道:"我说呀,咱们别来探奇冒险了;'有家常的大面包,就别找奶油蛋糕,还是回老家好'。上帝如要找咱们,到咱们家来找就行。"

"我还要伺候主人到萨拉戈萨去;以后看情况再说。"

两位好侍从只顾说话喝酒,直到瞌睡上来,舌头才拴住,口渴也稍解——要解尽他们的渴是办不到的。两人紧紧抓着那只半空的皮酒袋,含着半嚼未烂的东西就睡着了。咱们且撇下他们俩,谈谈林中骑士和哭丧着脸的骑士在干些什么。

> 夸张新奇的故事总能从底层人民口中传出,虽带几分传奇和夸张却十分吸引人。

情境赏析

　　本章引出的一段堂吉诃德和桑丘关于戏剧的谈话，最为吸引读者视线，这番对话让我们看到了一个睿智和具有哲人气质的堂吉诃德。首先，他能够认识到戏剧是人生的镜子这一哲理，通过人物的生动逼真的模仿，观看者可以从中发现对于自己有益的东西，体会到一些人生真理。其实戏剧是现实的模仿，也可以从现实中别人发生的事来参照自己、检验自己，从而使自己走出更好的人生之路。同时这段话还体现了堂吉诃德的平等意识，他认为大家虽然在戏里扮演的角色不同，但脱下戏装后都是一样的，人人平等。这场对话让我们对堂吉诃德又有了新的认识。

名家点评

　　这部使塞万提斯名垂青史的巨著——全名为《智巧的乡绅拉·芒察的堂吉诃德》，自从1605年年初在马德里问世以来，就一直受到全世界进步人类的热爱，成为世界文学的瑰宝之一。

——孟复

| 第六十六章 | 堂吉诃德这次出行还算不赖，终于遇到了一个"志同道合"者——林中骑士，"骑士"的身份让他们有了许多共同话语，连两个仆人都彼此倾心相谈甚为投机，看来他们会有一段愉快的友谊之旅了。当两个仆人饮酒吃肉酣然入睡时，他们的骑士主人又在做什么呢？他们也会像两个仆人一样相见恨晚大谈特讲自己的功绩吗？ |

堂吉诃德和林中骑士的事。

据记载，堂吉诃德和树林里的骑士娓娓长谈，树林里的骑士说："骑士先生，反正我告诉你吧，我由命运指使——或者该说，由自己选择，爱上了绝世无双的卡西尔德雅·台·万达莉亚。要比身材，谁也没她高；比地位，谁也没她尊；比相貌，谁也没她美；'绝世无双'的称号，她当之无愧。我对她一片深情，毫无非礼之想。可是她怎样对我的呢？她就像赫拉克利斯的后母对付赫拉克利斯那样尽派我各式各样艰险的差使。她答应只要我能交差，就让我如愿。可是我完成一件，她又有一件。我的苦差使连连不断，数不胜数，我也不知道完了哪一桩才得如愿。一次她命令我向塞维利亚的女巨人挑战。她名叫作希拉尔达，身体非常强壮，仿佛铜打的。她守在一个地方寸步不离，却是世界上最轻浮的、得风便转的女人。我真是'赶到、碰到、打倒'，管得她规规矩矩，不敢乱动，因为恰好那一个多礼拜直刮北风。又一次她叫我去把几块古老的大岩石——所谓吉桑都的公牛举起来。这种事用不着骑士，叫脚夫干更合适呢。又一次她叫我做一件骇人听闻的险事，她要我跳进加布拉山洞瞧那个黑洞里藏着些什么东西，回来报告她。我驯服了希拉尔达，举起了吉桑都的公牛，跳进山洞，揭穿了洞底的秘密，不过我的希望还是落空，她给我的命令和对我的轻蔑却没完没了。后来她命令我走遍西班牙各省，叫所有的游侠骑士一致承认她是当代第一美人，而我是世上最勇敢多情的英雄。我奉命走遍了大半个西班牙，降服了许多胆敢和我对抗的骑士。不过我最得意的是和鼎鼎大名的堂吉诃德·台·拉·曼却交手，把他打输；他只好承认我的卡西尔德雅比他的杜尔西内娅美。我单靠这一场胜利，就可算降服了世界上所有的骑士。因为这位堂吉诃德把他们都打败了；我又打败他，他的显赫威风就移交给我了。

**败者声望愈高，
胜者愈增荣耀。**

堂吉诃德数不胜数的丰功伟绩，现在都归在我账上，算是我的了。"

堂吉诃德听了林中骑士的话不胜骇异。他屡次想指斥这位骑士撒谎；话已经在舌尖上，可是竭力忍住，想等对方自认撒谎。所以他平心静气地问道："骑士先生，如说你降服了西班牙、甚至全世界大多数的游侠骑士，我没意见；如说你降服了堂吉诃德·台·拉·曼却，我只好存疑。也许那人相貌很像堂吉诃德，不过和他相像的很少。"

林中骑士道："你不信吗？我可以指着头顶上的青天发誓：我和堂吉诃德决斗一场，把他打败了。他是个高个子，干瘪的脸儿，瘦长的手脚，灰白头发，高高的鹰嘴鼻，嘴唇上耷拉着两撇大黑胡子。他出马上场，自称'哭丧着脸的骑士'。跟他的侍从是个种地的，名叫桑丘·潘沙。他的坐骑是名马驽骍难得。还有，他的意中人叫作杜尔西内娅·台尔·托波索，原名阿尔东莎·洛兰索。这就好比我的意中人称为卡西尔德雅·台·万达莉亚，因为她原名卡西尔达，是安达路西亚人。我举了这许多证据假如你还不信，那么，我的剑在这里呢，它能叫不信的也相信。"

堂吉诃德说："骑士先生，我有话跟你说，你静心听着。你可知道这位堂吉诃德是我生平最好的朋友，我简直把他当作自己本人一样。你举的种种情节都确切极了，不容我不信你。可是我凭切身经验，知道你打败的绝不是他。看来只有一个可能。这个堂吉诃德有许多精通魔术的冤家,有一个尤其死盯着他作对。也许魔术家变了他的模样,故意打败,借此把他凭高尚的骑士道在全世界赢来的荣誉一扫而光。我告诉你一件事,你就可知我这话是千真万确的。和他作对的那些魔术家只不过两天前,把美人杜尔西内娅·台尔·托波索的相貌体态变得像个粗蠢的乡下婆娘了。他们照样也可以自己变作堂吉诃德的模样呀。假如你听了我这些话还不相信,那么,堂吉诃德本人就在这里呢,他能用武力保卫真理,随你要步战、马战或怎么样儿战都行。"

他说着就站起身,手摸着剑,等候林中骑士的决定。那位骑士也很镇静,冷冷地回答说:"'还得了债,不心疼抵押品'。堂吉诃德先生,谁打败过你的替身,也会打败你的真身。只是游侠骑士不能像盗匪在黑地里格斗,咱们还是等到天亮,在光天化日下干事。咱们这场决斗该有个条件:输家得听候赢家发落;只要不辱没游侠骑士的身份,他全得服从。"

堂吉诃德答道:"我觉得讲定这个条件简直是太好了。"

他们讲停当,就去找自己的侍从。那两个正在打鼾,一躺下到这时候没有翻个身。他们叫醒两个侍从,吩咐备好马匹,等太阳出来,两个骑士要来一场你死我活的决斗。桑丘听到消息就吓愣了,为主人捏着一把汗,因为他已经从那个侍从嘴里得知林中骑士的本领不小。两个侍从没说话,就找他们的牲口去了。那三匹马和灰驴已经彼此嗅过,都在一处呢。

那个侍从一路走,对桑丘说:"老哥,您可知道,安达路西亚有个决斗的规矩。如果两人决斗,两个副手也不闲着。我是要让您知道:咱们主人交手的时候,咱们俩也得打个皮破骨折。"

桑丘答道:"侍从先生,这个规矩在安达路西亚的强徒恶棍里也许行得,要在游侠骑士的侍从里行就休想。况且游侠骑士的规矩,我主人全背得出,我就没听见他讲过这种规矩。就算真有,而且明文规定,我也不愿意遵守。也许我这样不爱打架的侍从会受处分,那么我就宁可认罚。我有数,罚也不过出两磅蜡烛罢了。这两磅蜡烛我出得甘心情愿,因为一打架准头开脑裂,裹伤买纱布花的钱,就比买两磅蜡烛多得多呢。还有一层,我一辈子没带过剑；没有剑就没法儿决斗。"

树林里的侍从说："这不要紧，我有好办法。我这儿带着一样大小的两只麻布口袋呢；咱们各拿一只，武器相同，可以甩口袋决斗。"

桑丘答道："这就好得很啊！这样打架不会受伤，大家借此倒正好拍掉灰尘。"

那一个说："不是这样打。麻袋轻飘飘地不行，里面得装那么五六颗光溜溜的石子，两袋一样轻重。咱们这样甩麻袋厮打，打不痛，也打不伤。"

桑丘说："瞧瞧，我的爹！他要袋里塞些海貂皮和净白棉絮，免得砸了脑袋、折了骨头呢！可是我告诉您，我的先生，即使袋里塞的是蚕茧子，我也不打这架。让咱们主人打去吧，那是他们的事儿。咱们喝咱们的酒，过咱们的日子；大限临头，果熟自落，咱们跑不了是要死的，不用放弃了晚年，抢快往死路上赶。"

那位侍从说："可是咱们总得打一架呀，哪怕半个钟头也行。"

桑丘答道："不行，我吃喝了人家的酒饭，又和人家争吵，我能那么没礼貌、没良心吗？即使小争小吵我也不干的。况且我又没动火，又没生气，平白无故的怎么能动手打架呢？"

那位侍从说："我有灵验的妙法。我只要事先悄悄儿过来给您三四个嘴巴子，打得您倒在我脚边；这样一来，您的火气即使比地鼠还好睡，准也给我打醒了。"

桑丘答道："我也有对付的办法，不输你的。我拿起大棒，不等您打醒我的火气，先打闷您的火气，叫它到了另一个世界上才会苏醒；那边儿知道我桑丘的脸是碰不得的！'各人瞧着自己的箭吧'！不过最好还是让各人的火气睡大觉。'知人知面不知心'；'出去剪羊毛，自己给剃成秃瓢'；'上帝使和平得福，斗争遭祸'；'猫儿给围赶得走投无路，也会变成狮子'；何况我是个人，天晓得我会变成什么呢。所以我现在跟您讲明，侍从先生，咱们打了架有什么祸害，全得算在您账上。"

那个侍从说："好，'天亮了瞧吧，总有好办法'。"

这时羽毛灿烂的种种小鸟已在林里啼叫，百音悦耳，仿佛是唱歌迎接鲜妍的黎明女神。她正在东方的大门口和阳台上露出娇艳的脸儿，又从头发里摇落无数晶莹的水珠。百草沐浴恩泽，仿佛也冒出白蒙蒙的细珠子来。这时杨柳滴着甘露，泉水欢笑，河流低语，树林欣欣向荣，草地上缀满了珍珠宝石。可是天刚透亮，能辨认东西，桑丘第一眼就看见了林中侍从的鼻子。那鼻子之大，衬得全身都小了。据说实在是大得出奇，鼻梁是拱起的，鼻上全是疙瘩，颜色青紫，像茄子那样，鼻尖盖过嘴巴两三指宽。这样一个颜色青紫、疙疙瘩瘩的拱梁大鼻，使他那张脸奇丑不堪。桑丘见了不由得像小儿抽风似的手脚都痉挛起来，心上暗打主意，宁愿让这个妖怪捆二百嘴巴子，也别动火打架。堂吉诃德端详着自己的对手。这人已经戴上头盔，合下面甲，看不见他的面貌，可是看得出他身体结实，个子不很高。他铠甲外面披一件罩袍或道袍，料子好像是细金丝织的，上面缀满了一个个小月亮似的闪闪发光的镜子。这副装束显得他非常威武漂亮。他头盔上飘扬着一大簇绿、黄、白三色的羽毛。他的枪倚在树上，又长又粗，钢打的枪头有一拃宽还不止。

堂吉诃德一一观察，凭那位骑士的外表，断定他一定力气很大。不过他并不因此就像桑丘·潘沙那样害怕，却泰然对镜子骑士说："骑士先生，假如你不是只顾战斗而不顾礼貌，那么我想以礼相求，请你把面甲抬一抬，让我瞧瞧你的脸相是否和你的体态一样威武。"

镜子骑士答道："骑士先生，你如要瞧我，等完了事，随你是败是胜，有的是时候。我要你承认的话已经讲明；如果我这会儿不上劲叫你赶快承认，却耽误工夫抬起自己的面甲来，那就太怠慢了美人卡西尔德雅·台·万达莉亚，所以我不能从命。"

堂吉诃德说："那么，咱们上马之前我再问问明白：你说打败过堂吉诃德，那堂吉诃德就是我吗？"

镜子骑士说："这话我们如此回答：你和我打败的骑士仿佛两个鸡蛋，无分彼此；不过你既说有魔术家在迫害你，那么你是否该骑士正身，尚待验明。"

堂吉诃德答道："行了，听你这话就知道你是执迷不悟的，叫咱们的马匹过来吧，让我给你瞧瞧真相。只要上帝保佑，我那位小姐保佑，我的胳膊不辜负我，我用不了你一掀面甲的工夫，就能看见你的面貌，你也可以知道你打败的堂吉诃德并不是我。"

当下两人不再搭话，各自上马。堂吉诃德要退远一段路以便向前冲杀，所以掉转驽骍难得的辔头往远处跑；镜子骑士照样也带转马头朝另一方向跑。可是堂吉诃德没走二十步，听得镜子骑士叫唤；两人都侧过马，镜子骑士对堂吉诃德说："骑士先生，别忘了我刚才说定的决斗条件：输家得听候赢家发落。"

堂吉诃德答道："这个我知道；不过勒令输家做的事不能违犯骑士道的规则。"

镜子骑士答道："这也是讲定的。"

堂吉诃德忽然看见那个侍从的怪鼻子，惊奇得不输桑丘，竟以为那个侍从是怪物或新出现的人种。桑丘不愿单独和大鼻子在一起，怕他用那鼻子一掸，把自己撞倒或吓倒，就此不用打架了。他瞧主人往外跑，就抓住驽骍难得鞍镫上的皮带，跟着一起跑；到他认为该转身回马的时候，就对主人说："我的先生，我求您回马冲杀之前，帮我爬上那棵软木树。我在树上瞧您和那位骑士雄赳赳地交锋，比在平地上看起来得劲儿，也看得清楚。"

堂吉诃德说："桑丘，我却知道你是要隔河看火，免得烧身。"

桑丘答道："不瞒您说，那侍从的鼻子大得奇怪，我吓得胆战心惊，不敢跟他在一起。"

堂吉诃德说："果然大得奇怪；我要不是生来大胆，也会害怕的。好，来吧，我帮你爬上这棵树去。"

堂吉诃德帮桑丘爬上软木树的时候，镜子骑士已经跑了一段路，以为够远了，料想堂吉诃德也跑得够远了；他不等号角声或其他信号，就掉转辔头。他那匹马并不比驽骍难得矫健，外表也不相上下。镜子骑士纵马向对方奔驰——其实也不过是跑个快步，忽见对手帮助桑丘上树，就勒住缰绳，半道停下来。他那匹马跑不动了，这来正中下怀。堂吉诃德看见对手飞马前来，忙用马刺狠扎驽骍难得的瘦肚子。据记载，驽骍难得扎得很痛，这一遭居然有点放腿飞跑的意思；因为它向来分明只是踱步。它向镜子骑士急驰而来。镜子骑士也猛踢马肚子，马刺的结子以下已经全陷在肉里，那匹马却站定了一动不动。他的坐骑既不听摆布，长枪又不顺手，因为他大概不内行或不及措手，没把枪柄架在托子上。正在这个紧急关头，堂吉诃德已经冲上来了。他并没看到对手的种种麻烦，稳稳当当只顾向前冲。他来势凶猛，镜子骑士身不由己，从马后翻身落地，摔得很重，手脚都直僵僵的，好像是死了。

桑丘看见镜子骑士摔倒，立即从软木树上溜下来，急急赶到主人身边。他主人下了驽骍难得去看镜子骑士，为他解开头盔上的带子，瞧他是否死了，如果没死，好让他透透气。可是奇哉怪哉！说来真叫人不信。据记载，他一看那面貌、神色、眉眼、嘴脸，全和参孙·加尔拉斯果学士丝毫无二，不禁大喊道："桑丘啊，快来瞧！你亲眼看见了也不会相信的！快来呀，儿子，看看魔术的法力和魔术家的本领！"

桑丘跑过来，一看见参孙·加尔拉斯果的脸，忙在自己身上画了无数的大小十字。摔倒的骑士还气息全无，桑丘就对堂吉诃德说："我的先生，我主张您不管三七二十一，对这个模样儿像参孙·加尔拉斯果的家伙嘴巴里刺一剑；说不定杀了他就杀了一个和您作对的魔术家。"

堂吉诃德说："你这话不错，'冤家越少越好'。"

他拔剑在手，打算实行桑丘的主张。这时镜子骑士的侍从已经把他的大丑鼻子摘掉，赶来大叫道："堂吉诃德先生，您别冒失啊！躺在您脚边的是您的朋友参孙·加尔拉斯果学士；我是他的侍从。"

桑丘瞧他不像先前那么丑了，问他："那个鼻子呢？"

那人答道："在我这衣兜儿里。"

他伸手从右边衣袋里拿出一个硬纸涂上油漆充面具的鼻子，那式样上文已形容过了。桑丘对那人看了又看，失惊打怪地大叫道："圣玛利亚保佑我吧！这不是我街坊上的老朋友托美·塞西阿尔吗？"

那个脱掉了大鼻子的侍从答道："我就是啊！桑丘·潘沙老友，我正是托美·塞西阿尔呀。我怎么上当受骗跑到这里来，待会再告诉你；现在请你求求你的东家先生,对他脚边的镜子骑士别碰、别打、别伤、别杀,因为他确实是咱们村上那位错打了主意的冒失鬼、参孙·加尔拉斯果学士。"

镜子骑士这时苏醒过来。堂吉诃德看见他已经苏醒,就把明晃晃的剑指在他脸上说:"骑士,杜尔西内娅·台尔·托波索是天下第一大美人,压倒了你的卡西尔德雅·台·万达莉亚!这话你如果不承认,马上就叫你死!还有一件事:如果你这番打架摔跤没送掉性命,你得到托波索城里去,代我拜见那位小姐,听候她发落;如果她随你自便,你得回来把拜见她的情况向我一一回报。我这一路前去,所作所为,都留下踪迹,你可以跟踪跑来找我。我说的这些条件是咱们决斗前讲定的,都符合骑士道的规则。"

跌倒的骑士说:"我承认杜尔西内娅·台尔·托波索小姐的破鞋子、脏鞋子比卡西尔德雅乱蓬蓬的干净胡子还要宝贵。我也答应去拜见你那位小姐,并且照你的吩咐,一一向你回报。"

堂吉诃德补充说:"还有一件事你得心悦诚服。你打败的骑士尽管模样儿和堂吉诃德·台·拉·曼却相仿,却不是他本人,不可能是他本人;正如你尽管模样儿和参孙·加尔拉斯果学士相仿,你不是他,却是另外一个人。我的冤家要遏制我怒气发作的劲头,而且不让我打胜了得意,所以把你变成他的相貌。"

那个手脚不能动弹的骑士说:"你怎么想、怎么判断、怎么感觉,我都依从。这一交摔得我够狼狈,如果还起得来,请让我起来吧。"

堂吉诃德和自称托美·塞西阿尔的侍从扶他起来。桑丘只顾盯着那个侍从看,一面还盘问他许多话;据他的回答,分明可见他确实是所说的托美·塞西阿尔。可是桑丘听他主人说,魔术家把镜子骑士的脸变成了加尔拉斯果学士的脸,因此横了心对自己亲眼目见的事也不信了。主仆俩终究没明白真相。镜子骑士和他的侍从垂头丧气地和堂吉诃德主仆分手,打算到哪个村镇上敷点外伤药,并且检查一下筋骨。堂吉诃德和桑丘·潘沙依旧取道往萨拉果萨去。这部故事撇下他们俩不提,先交代镜子骑士和他的大鼻子侍从究竟是谁。

第六十七章

镜子骑士和他的侍从是谁。

堂吉诃德一路行去,满心欢喜,得意扬扬。他当初以为镜子骑士有天大的本领呢,不料竟是自己手下的败将!而且这个败将如要不失游侠骑士的身份,只好履行诺言,去拜见杜尔西内娅小姐,并回来向自己报告;他由此就可以知道那位小姐是否已经解脱魔法。可是堂吉诃德有他的打算,镜子骑士却另有打算。镜子骑士这时正如上文所说,一心只想找个地方治伤。据记载,参孙·加尔拉斯果学士当初劝堂吉诃德继续他的游侠生涯是别有用心的。他和神父、理发师等要叫堂吉诃德安安静静待在家里,别出去寻事闯祸,搅得失魂落魄,曾举行过秘密会谈。当时学士出了一个主意,经大家赞同,他们就决定且让堂吉诃德出门,因为看来不让他是办不到的;参孙就扮作游侠骑士半路拦住他,不管找个什么借口去和他决斗,把他打败——他们认为这是很容易的。交手以前,参孙和堂吉诃德讲明,输家得听候赢家发落。充骑士的学士打败了堂吉诃德,就命令他回乡,两年内不得出门,或者听候赢家另有吩咐。堂吉诃德不能违反骑士道的规则;他打败了就没什么说的,只好低头听命。也许他在家待了一程,脑袋里那套幻想会消失;或者在这期间,他们会找到合适的办法来治他的疯病。

加尔拉斯果承担了他的使命。桑丘·潘沙的街坊和老友托美·塞西阿尔是个爱逗乐儿的机灵人;他自告奋勇,充当了加尔拉斯果的侍从。参孙披了上文说的那套武装,托美·塞西阿尔把上文形容的那个假鼻子安在脸上,免得给老朋友识破;两人就跟踪而来。堂吉诃德碰到死神那辆板车的时候,他们俩已经快赶上了。他们四人后来在树林里相逢的种种情节,细心的读者都已读到了。要不是堂吉诃德异想天开,以为学士不是学士,这位学士先生就一辈子休想成为硕士了,因为他"以为有麻雀的地方,并没有麻雀的窝儿"。托美·塞西阿尔瞧他主人打错算盘，出门讨了这场没趣，就对学士说："参孙·加尔拉斯果学士先生，咱们实在是活该。一件事想来容易，开手容易，可是成功往往不容易。堂吉诃德是疯子，咱们是头脑灵清的；他毫无损伤，欢欢喜喜地走了，您却受了伤，垂头丧气。自己做不了主的疯子和自愿充当的疯子，到底哪个更疯，咱们现在可以知道了。"

参孙答道："两种疯子有个不同：自己做不了主的疯子永远是疯的；自愿充当的疯子不愿意发疯就不疯了。"

托美·塞西阿尔说："照这么说，我做您的侍从是自愿发疯；现在我不愿再疯，要回家去了。"

参孙道："这是你的事。我要不能把堂吉诃德一顿棍子打得浑身青紫，你休想叫我回家。我现在不是去治他的疯病，却是找他报复了。我肋骨痛得厉害，不容我再发慈悲。"

两人谈谈说说，到了一个镇上，碰巧找到一个接骨大夫，给倒霉的参孙治好了伤。托美·塞西阿尔就回家去，撇下参孙还在那里想法报复。这件事到时自有分晓，咱们这会儿且和堂吉诃德一起快活快活再说。

第六十八章

堂吉诃德遇到一位拉·曼却的高明人士。

堂吉诃德继续走路，像上文说的那样欣欣得意，不可一世。他觉得自己打了这一场胜仗，就算得当代最英勇的游侠骑士了；今后再有什么冒险，拿定都会马到成功。他把魔术家和魔术全不放在眼里；他当游侠骑士以来数不清的一次次挨打呀，成阵的石子砸掉他半口牙齿呀，那群囚徒没良心呀，杨维斯人撒野、把木桩拦头乱打呀——这种种他都忘得一干二净。他暗想只要找到诀窍去破掉杜尔西内娅小姐着的魔法，就万事大吉；古代最幸福的游侠骑士享有天大的好运他也不羡慕。他一路走，只顾这么盘算。桑丘忽开口说："先生，您说怪不怪，我老友托美·塞西阿尔那个奇形怪状的大鼻子，这会儿还在我眼前呢。"

"桑丘，你难道真以为镜子骑士就是加尔拉斯果学士，他那侍从就是你的老友托美·塞西阿尔吗？"

桑丘答道："我不知道该怎么说。我听他讲我家老婆孩子的情况，不是他本人就说不上来。他脸上去了那个鼻子就活脱儿是托美·塞西阿尔。我和托美同住在一个村上，两家只隔着半堵墙，经常见面的。而且说话的声调也完全一样。"

堂吉诃德答道："桑丘，我和你讲个道理。你想想，参孙·加尔拉斯果学士为什么当了游侠骑士，全副武装来和我决斗呢？难道我是他的冤家吗？我什么事招了他的嫌恨吗？我又不和他竞争，他也不是我同行；我靠武艺出了名，他何必忌妒呢？"

桑丘答道："先生，不管那位骑士是谁，他和加尔拉斯果学士一模一样，他的侍从和我老友托美·塞西阿尔也一模一样，这是什么道理呢？假如照您说是魔法，那么，为什么不像别人，只像他们俩呀？"

堂吉诃德答道："这都是魔术家和我捣乱的诡计。他们预知这场决斗是我胜，就做好安排，让打败的骑士变成我朋友加尔拉斯果学士的相貌。我一看是自己的朋友，手就软了，剑也刺不下去了，心上的火气也息了；那个阴谋图害我的家伙就保全了自己的性命。桑丘啊，假如你不信，只要想想，才两天前，你亲眼看见绝世美人杜尔西内娅容光焕发，我却看见个粗蠢的乡下姑娘，眼圈上结着眼屎，嘴里臭气熏人。可见魔术家要改变人的相貌，美变丑，丑变美，非常容易，这是你亲身经历的，决不会弄错。那刁钻的魔术家既然敢玩弄这样恶毒的戏法，他假借参孙·加尔拉斯果和你老友的相貌来剥夺我得胜的光荣，就一点儿不稀奇。不过随他把我冤家变成什么样儿，我反正是打败了他，这是我可以自豪的。"

桑丘说："真情实况上帝反正都知道。"

他明知杜尔西内娅变相是他自己捣的鬼，所以他主人的幻想不能折服他。可是他也不愿多说，免得说溜了嘴露马脚。

这时有个旅客骑着一匹很漂亮的灰褐色母马，从后面赶来。这人穿一件镶着棕黄丝绒边的绿哔叽外套，戴一只棕黄的丝绒便帽；马匹是出门的装配，短镫高鞍，也全是棕黄和绿色的；金绿色的宽背带上挂一柄摩尔弯刀，高统靴的软皮帮子和肩带上扎的是一式的花纹；马刺并不镀金，却漆成绿色，油亮光洁，和他的衣服都是一水儿的绿色，看来比纯金打的还漂亮。这位旅客赶上他们，客客气气打个招呼，就踢着他那匹母马往前跑。堂吉诃德说："绅士先生，您如果和我们是同路，又不必赶路，我希望能和您结个伴儿同走。"

那旅客答道："老实说，我是怕我的母马搅扰了您的马，所以急急往前赶。"

桑丘插嘴道："先生，您放心勒住马罢，我们这匹马是世界上最老成、最规矩的；碰到母马从来不耍流氓。它只有一次不老实，我主人和我为它吃了大苦头。我再说一遍，您如果愿意，不妨慢着走。即使把您的马扣合在两只盘子里送上来，我们这匹马也决不会伸过鼻子闻一闻。"

那位旅客勒住马仔细打量堂吉诃德。堂吉诃德没戴头盔，头盔由桑丘当皮包那样挂在灰驴的驮鞍前面呢。绿衣人端详堂吉诃德，堂吉诃德更是目不转睛地端详那绿衣人，觉得他不是个平常人物。他年纪五十上下，还没几茎白头发，鹰嘴鼻，看来和悦又庄严；反正从他的服装气派，可见是个有身份的人。绿衣人觉得堂吉诃德·台·拉·曼却稀奇古怪：脖子那么长，身材那么高，面黄肌瘦，全身披挂，再加他的神情态度都是这一带多年没见过的。堂吉诃德明知这位旅客在仔细看他，也瞧透对方这副诧异的神色。他向来对谁都热和，所以不等人家问，就说："我这副模样很新奇别致，怪不得您看了诧异。不过我告诉您，我是一个'跨上坐骑，冒险探奇'的游侠骑士。您听了这话就明白了。我离开了家乡，抵押了家产，抛弃了舒服的生活，把自己交托给命运，由它摆布。我是要重振已经衰亡的骑士道。我奉行游侠骑士的职务，援助孤儿寡妇，保护已婚、未婚的女人和小孩子，虽然好多天以来东磕西绊，这里摔倒，那里又爬起来，我的志愿总算完成了大半。我干了这许多又勇敢又慈悲的事，人家认为值得写在书上，遍传世界各国。我那部传记已经印出三万册了，假如上天许可，照当前这个趋势，直要印到三千万册呢！一句话，我干脆说吧，我是堂吉诃德·台·拉·曼却，别号哭丧着脸的骑士。尽管'自称自赞，适见其反'有时没旁人替我说话，不得已只好自我介绍一番。绅士先生，您知道了我是谁，干的是哪一行，以后再看见我这匹马、这支枪、这面盾牌、这位侍从、我这一身盔甲、我这黄黄的脸色和瘦长的身材，就不会奇怪了。"

堂吉诃德不再多说。绿衣人还直发怔，好像答不上话来。他过了一会儿才道："骑士先生，您猜透我为什么见了您诧异，可是您并没有打消我这点儿诧异。照您说，知道您是谁就不会奇怪。可是，先生，您错了；我现在知道了反而越加奇怪呢。现在世界上还会有游侠骑士吗？还会出版真实的游侠骑士传吗？我不能设想当今之世，谁会去援助孤儿寡妇，保护已婚、未婚的女人和小孩子；要不是亲眼看见了您，我还不相信呢！现在盛行胡诌的骑士小说，真是伤风败俗，并且害得读者对信史也不信了。谢天谢地，您说的那部书上记载着您那些高贵而真实的游侠事业，我但愿您那部传记能把千千万万胡诌的骑士小说一扫而空。"

堂吉诃德道："骑士小说是否胡诌，还大可商榷。"

绿衣人说："难道还有谁不信是假的吗？"

堂吉诃德说："我就不信。不过这句话以后再讲吧。有人一口咬定骑士小说里写的不是真事；您不该和他们一般识见。如果咱们还要同路走一程，我希望上帝保佑，能说得您明白。"

那旅客听了堂吉诃德这几句话，料定他是疯子，准备再听他几句就可以拿稳。可是他们没谈下去。因为堂吉诃德交代了自己的生平和情况，要求旅客也讲讲。绿衣人答道："哭丧着脸的骑士先生，我是个绅士，住在前面村上；如果上帝保佑，咱们今天就能到那儿吃饭去。我名叫堂狄艾果·台·米朗达，家里很富裕；我守着老婆孩子和几个朋友过日子，每天无非打猎钓鱼。不过我不养老鹰和猎狗，只有一只驯良的竹鸡，和一头凶猛的白鼠狼。我有七十多本西班牙文和拉丁文的书；历史之外，多半是宗教著作；骑士小说从没进过我的家门。我经常翻阅的不是宗教著作，而是那种文笔优美、故事新奇、可做正当消遣的书；不过这类书西班牙很少见。我有时到街坊或朋友家吃饭,也常常还请他们。我待客的饭菜很精洁,从来不吝啬。我不爱背后议论人,也不让人家当着我议论别人。我不刺探别人的生活,不是自己的事就不去追究。我每天望弥撒,抽出一份家产周济穷人,做了好事不自吹自卖,免得成为专做表面文章的伪君子或沾沾自喜的小丈夫;这两种毛病很容易犯,该特别小心防止。我如果知道谁与谁不和,就设法为他们调解。我虔信圣母,一心依靠天主的大慈大悲。"

桑丘仔细听那位绅士讲他的身世和日常生活,觉得这种心肠好而又虔信上帝的圣人,准会显神通、创奇迹他跳下灰驴,赶去拉住绅士的右脚镫,一片至诚,简直噙着眼泪,连连亲吻绅士的脚。绅士瞧他这样,问道:"老弟,你这是干吗?你行这个大礼是什么意思呀?"

桑丘答道:"让我吻您的脚吧,我觉得您是一位骑在马上的圣人,我这一辈子总算开了眼界。"

绅士说:"我不是圣人,我的罪孽多着呢。老弟,你这样实心眼儿,可见你自己是好人。"

桑丘重又上驴,惹得他主人那张忧郁的脸也绷不住笑出来;堂狄艾果越觉诧异。堂吉诃德问堂狄艾果有几个孩子,又说古代哲学家不知有上帝,以为人生的至善就是天赋厚、运气好,有许多朋友和许多好儿子。

绅士答道:"堂吉诃德先生,我有一个儿子;假如没这个儿子,也许福气更好。他不是不好,只是不合我的指望。他现在十八岁,在萨拉曼加大学攻读拉丁文和希腊文已有六年了。我希望他钻研学问,他却只爱读诗——诗也算得一门学问吗?我要他学法律,可是怎么也没法叫他下这个功夫;神学是一切学问的根本,他也不感兴趣。现在国家厚赏品学兼优的人——因为有学无品,就是珍珠嵌在粪堆里;我希望我的儿子读了书可以光耀门庭。可是他呢,整天只讲究荷马《伊利亚特》里某一行诗写得好不好,马西阿尔的某一警句是否猥亵,维吉尔的某几行诗该怎么解释。反正他读的无非以上那几个诗人和霍拉斯、贝尔修、朱文纳尔、悌布鲁等人的著作。他瞧不起现代西班牙文的作品。不过他尽管不喜欢西班牙文的诗,目前正根据萨拉曼加寄来的四行诗专心一致地作一首逐句铺张诗,看来是要参加什么诗会。"

堂吉诃德听了这一席话，答道："先生，孩子是父母身子里掏出的心肝，不论好坏，父母总当命根子一样宝贝。父母有责任从小教导他们学好样，识大体，养成虔诚基督徒的习惯，长大了可以使双亲有靠，为后代增光。至于攻读哪一学科，我认为不宜勉强，当然劝劝他们也没有害处。假如一个青年人天生好福气，有父母栽培他上学，读书不是为了挣饭吃，那么，我认为不妨随他爱学什么就学什么。有些本领，学会了有失身份；诗虽然只供人欣赏而不切实用，会作诗却无伤体面。绅士先生，我觉得诗好比一个美丽非凡的娇滴滴的小姑娘：其他各门学问好比是专为她修饰装扮的一群使女，都供她使用，也都由她管辖。可是对这样一位姑娘不能举动轻薄，不能拉她到大街上去，不能把她送上广场或收入深宫供人鉴赏。诗是用精致的手法千锤百炼制作出来的；大作家的诗好比无价的精金。会作诗的人也该有克己功夫，不滥写粗鄙的讽刺诗或颓废的抒情诗。除了史诗、可歌可泣的悲剧或轻快伶俐的喜剧，其他各体的诗绝不是为卖钱而写作的。油腔滑调的人，不能领会诗中真意的庸夫俗子，都不配和诗打交道。先生，您别以为我说的庸夫俗子专指平民或卑贱的人；凡是没有知识的，尽管是王公贵人，都称为凡夫俗子。如果照我提的这些要求专心学诗，就可以成名，受到全世界文明国家的敬重。您说您的儿子瞧不起西班牙语的诗，先生，我认为这是不大对的。请听我的道理：伟大的荷马不用拉丁文写作，因为他是希腊人；维吉尔不用希腊文写作，因为他是罗马人。一句话，古代诗人写作的语言，是和母亲的奶一起吃进去的；他们都不用外国文字来表达自己高超的心思。现在各国诗人也都一样。德国诗人并不因为用本国语言而受鄙薄；西班牙诗人、甚至比斯盖诗人，也不该因为用本国语言而受鄙薄。不过照我猜想，先生，您儿子不喜欢的也许不是西班牙语的诗，而是那种土包子诗人；他们不通外文，也没有学问可以辅佐天才。不过即使如此，您儿子还是错了。诗才是天生的，这是颠扑不破的道理。因此有天才的人，一出娘胎就是诗人。他单靠天赋，不用学问和技巧，写出诗来就证明'我们心里有个上帝……'。我还有个说法：天才加上技巧和功夫，就造诣更高，比单靠技巧的好。人工的技巧，不如天赋的才情；不过可以补天才之不足。十全的诗人是天赋和人工配合而成的。绅士先生，我的话千句并一句，无非劝您让您儿子随着命运的指使，走自己的路。他想必很好学，而且对希腊和拉丁文已经好好打下基础；有这点底子，再加一把力，在文学界就可以登峰造极了。披长袍、挂宝剑的绅士能有文学上的成就，那是很体面的；好比主教加冕、法官披袍一样光彩。假如您儿子作讽刺诗毁坏人家名誉，您可以训斥他，撕掉他的诗。如果他像霍拉斯那样嘲笑一切罪恶，笔下也那么文雅，您就该称赞他。诗人戒人忌妒，作诗指斥嫉贤妒能的人，那是可以的。他也可以讥笑其他罪恶，只要不提名道姓。不过有些诗人宁可冒流放庞托岛的危险，还是要骂人。品行纯洁的诗人，写的诗也一定纯洁。文笔是内心的喉舌；心上想什么，笔下就写出来。作者有才有德，诗笔通神，就会得到国君的尊重，名利双收，还能桂冠加顶。相传天雷不打桂树；诗人有幸戴上桂冠，就表示谁也不能碰他了。"

　　绿衣人听了堂吉诃德这番议论，钦佩之至，不再把他当作疯子了。当时附近有几个牧羊人在那里挤羊奶；桑丘不耐烦听绿衣人和堂吉诃德说话，就跑去问牧羊人要些羊奶。绿衣人对堂吉诃德的头脑和识见十分倾倒，打算再跟他谈谈。可是堂吉诃德一抬头，忽见路上来了一辆大车，上面插满了国旗。他以为又出现了奇事，就大声喊桑丘拿头盔给他。桑丘听得叫喊，忙撇下牧羊人，踢着灰驴赶回来。他主人这番是遇到奇险了。

第六十九章

如果不是亲眼所见你恐怕难以置信，荒唐的堂吉诃德对诗竟有如此深厚的造诣，且见解深刻独到。不管怎样，他将凭着这套本领在绿衣绅士家里受到热情的招待，虽然不知道他在接下来遇到的惊险中能否安全脱身，得以去达成绅士家的拜访，但我们似乎并不用去担心主人公的安全，因为他是一个"福将"。

堂吉诃德胆大包天，和狮子打交道圆满成功。

据记载，堂吉诃德喊桑丘拿头盔给他的时候，桑丘刚向牧羊人买了些乳酪。他听主人催唤得紧，慌了手脚，不知把乳酪往哪里装；钱已经付了，舍不得扔下乳酪。他忽想到主人的头盔可以盛东西，就把乳酪装在里面，回去瞧他主人有何吩咐。他主人等他跑来，说道："朋友，快把头盔给我；马上要有事了，我得武装起来。如果我没料准，我就不是个冒险的行家！"

穿绿衣人听了这话，放眼四看，只见一辆大车向他们行来，车上插着两三面小旗。他料想这是给皇家解送钱粮的车，就把这意思告诉堂吉诃德。可是堂吉诃德总以为自己碰到的是一桩又一桩的奇事险事，听了并不相信，他说："'胸有成算，获胜已半'，我早做戒备决不吃亏。因为我亲身体验到：我的冤家有的是显形的，有的是隐身的，而且我也拿不定他们在什么时候、什么地方、找什么机会、变成什么模样来攻击我。"

他就转身问桑丘要那头盔。桑丘不及倒出乳酪，只好把盛着乳酪的头盔交给主人。堂吉诃德接过来，也没瞧见里面的东西，急匆匆往头上一合。乳酪一经压挤，浆汁沿着堂吉诃德的脸和胡子直淌下来。他大吃一惊，对桑丘说:"桑丘,这是怎么回事儿?我觉得我这个脑袋烂了,或是脑子溶化了,或是汗从脚底直冒到头上来了。假如是汗,那就绝不是吓出来的,尽管咱们这会儿遭到的事很可怕。你有什么东西给我擦擦汗吗?这么多汗,把我眼睛都迷住了。"

桑丘一声不响,拿了一块布给他,一面暗暗感谢上帝,没让他主人看破底细。堂吉诃德擦净了脸,觉得有东西冰着脑袋,脱下头盔一看,里面都是软白块儿,他凑近鼻子闻了闻,说道:"我凭杜尔西内娅·台尔·托波索小姐的生命发誓,你这里盛的是奶酪呀!你这个作弊捣鬼的混蛋!"

桑丘假作痴呆、慢条斯理地回答说:"如果是奶酪,您给我吧,让我吃了它——不,还是让魔鬼吃去,因为准是魔鬼放在那里的。我有那么大胆,敢弄脏您的头盔吗?您真是抓到那个胆大的家伙了!我老实告诉您吧,先生,上帝开了我的心窍,我明白了:我是您栽培出来的,又和您连成一体,所以魔术家一定也在和我捣蛋呢。他们要您忍不住发起火来,又像往常那样揍我一顿,就故意把脏东西放在您头盔里。可是这回他们实在是枉费心机,我相信主人通情达理,注意到我身边既没有酪,也没有奶,也没有这类的东西;要有的话,我一定吃在自己肚里,不会放在您头盔里。"

堂吉诃德道:"你说得不错,大概是这么回事。"

那位绅士一一看在眼里,都觉得奇怪,尤其是这时候的堂吉诃德。他擦净了头、脸、胡子、头盔,又把头盔戴上,坐稳马鞍,拔松了鞘里的剑,握紧长枪,喊道:"好,谁要来,来吧!即使和头号的魔鬼交手,我也有这胆量!"插着旗子的大车已经近前来。车上没几个人,只有几头骡子拉车,赶车的骑着当头一匹,另有个人坐在车头上。堂吉诃德跑去拦在车前道:"老哥们哪儿去?这是什么车?车上拉的是什么东西?车上插的是什么旗?"

赶车的答道:"这是我的车,车上拉的是关在笼里的两头凶猛的狮子,是奥兰总督进贡朝廷、奉献皇上的礼物。车上插的是咱们万岁爷的旗子,标明这里是他的东西。"

堂吉诃德问道:"狮子大不大?"

坐在车门前的那人答道:"大得很,非洲运来的许多狮子里,最大的都比不上这两头。我是管狮子的，运送过别的狮子，像这样的我还没见过。这是一公一母，前头笼里是公的，后面笼里是母的，两头狮子今天还没喂过，都饿着肚子呢。所以请您让开一步，我们得赶到前头站上去喂它们。"

堂吉诃德听了冷笑道："拿狮崽子来对付我吗？挑这个时候，拿狮崽子来对付我！好吧，我凭上帝发誓，我要叫运送它们的两位先生瞧瞧，我是不是害怕狮子的人！老哥，你请下车；你既是管狮子的，请打开笼子，放那两头畜生出来！魔术家尽管把狮子送来，也吓不倒我！你们两位可以在这片野地里瞧瞧我堂吉诃德·台·拉·曼却究竟是个什么样的人！"

那位绅士暗想："罢了！罢了！我们这位好骑士露了馅了！准是给乳酪泡软了脑袋，脑子发酵了。"

这时桑丘赶来对绅士说："先生，请您看上帝分上，想个办法叫我主人堂吉诃德别和狮子打架；不然的话，咱们大家都要给狮子撕成一块块了。"

绅士说："你怕你主人和那么凶猛的野兽打架呀？你以为他会干这种事吗？他竟疯到这个地步吗？"

桑丘说："他不是疯，是勇敢。"

绅士说："我去劝他。"

堂吉诃德正在催促管狮子的打开笼子；绅士赶到他面前，对他说："骑士先生，游侠骑士应该瞧事情干得成功才去冒险；决计办不到的事，就不去冒险。勇敢过了头是鲁莽，那样的人就算不得勇士，只是疯子。况且这两头狮子又没来干犯您；它们一点儿没这个意思啊。那是献给皇上的礼物，拦着不让走是不行的。"

堂吉诃德答道："绅士先生，您照管您那些驯良的竹鸡和凶猛的白鼠狼去；各人有各人的事，您甭插手。我是干自己分内的事；狮子先生和狮子夫人是不是来找我的，我心里明白。"

他转身向管狮子的人说："先生，我对天发誓，要是你这混蛋不马上打开这两个笼子，我就用这支长枪把你钉在车上！"

赶车的瞧这个浑身披挂的怪人固执得很，就说："我的先生，请您行个方便，让我先卸下这几头骡，安顿了它们，再打开笼子。我没别的产业，只有这辆车和这几头骡,要是牲口给狮子咬死,我这一辈子就完了。"

堂吉诃德答道:"你真是个没有信心的!下车把骡儿卸下吧;你要干什么,干吧。你回头就知道这都是白费手脚。"

赶车的跳下车,急忙卸下那几匹骡子。管狮子的人就高声叫道:"在场的各位先生们请做个见证:我开笼放出这两头狮子是迫不得已。我还要警告这位先生:两头畜生闯下的祸、外加我的工资和全部损失,都得归在他账上。各位快躲开吧,我就要开笼了。我是不怕的,狮子不会伤我。"

绅士又劝堂吉诃德别干这种丧心病狂的事去讨上帝的罚。堂吉诃德说,他干什么事自己有数。绅士说他准有误会,劝他仔细考虑。

堂吉诃德说:"好吧,先生,您如果以为我这件事准没好下场,不愿意亲眼看我遭难,您不妨踢动您的灰马,躲到安全的地方去。"

桑丘听了这话,含泪求堂吉诃德别干这种事。他主人从前碰到风车呀,碰到吓坏人的砑布机呀,反正他主人一辈子遭逢的桩桩件件,比了这件事都微不足道了。

桑丘说:"您想吧,先生,这里没有魔术的障眼法。我从笼子门缝里看见一只真狮子的脚爪;一只爪子就有那么大,可见那狮子准比一座山还大呢。"

堂吉诃德说:"你心上害怕,就觉得狮子比半个世界还大。桑丘,你躲开去,甭管我。我如果死在这里,你记得咱们从前约定的话,你就去见杜尔西内娅,我不用再吩咐你。"

堂吉诃德还讲了许多话,显然要他回心转意是办不到的了。绿衣人想拦阻他,可是赤手空拳,敌不过他的武器,而且堂吉诃德明明是个十足的疯子,自己犯不着和疯子打架。堂吉诃德又催促管狮子的人,连声恫吓。当时那位绅士、桑丘和赶车的只好乘狮子还没放出来,各各催动自己的牲口,赶紧逃得越远越好。桑丘深信主人这番要在狮子爪下丧命了,只顾哭,又诅咒自己的命运,怪自己千不该、万不该再出门当侍从。他一面自嗟自怨,一面不停手地打着他的灰驴往远处跑。管狮子的瞧那一群人都已经跑得老远,就对堂吉诃德再次来一番警告。堂吉诃德说,这些话他听过了,不用再提，枉费唇舌；他只催促快把笼门打开。

堂吉诃德乘管狮子的还没开笼，盘算一下，和狮子步战还是马战。他防驽骍难得见了狮子害怕，决计步战。他就跳下马，抛开长枪，拔剑挎着盾牌，仗着泼天大胆，一步一步向大车走去，一面虔诚祈祷上帝保佑，然后又求告杜尔西内娅小姐保佑。本书作者写到这里，不禁连声赞叹说："堂吉诃德·台·拉·曼却啊！你的胆气真是非言语可以形容的！你是全世界勇士的模范！你可以和西班牙骑士的光荣、堂玛奴艾尔·台·雷翁先后比美！我哪有文才来记述你这番惊心动魄的事迹呢？叫我怎样写来才能叫后世相信呢？我竭力尽致的赞扬，也不会过分呀。你是徒步，你是单身；你心雄胆壮，手里只一把剑，还不是镌着小狗的利剑；你的盾牌也不是百炼精钢打成的；你却在等候非洲丛林里生长的两头最凶猛的狮子！勇敢的曼却人啊，让你的行动来显耀你吧！我只好哑口无言，因为找不出话来夸赞了。"

作者的赞叹到此为止，言归正传。管狮子的瞧堂吉诃德已经摆好阵势，他如果不打开狮笼，这位威气凛凛的骑士就要不客气了。他就把前面笼子的门完全打开；里面是一头公狮子。那狮子大得吓人，形状狰狞可怕。它原是躺在笼里，这时转过身，撑出一只爪子，伸了一个懒腰；接着就张开嘴巴，从容打了一个大呵欠，吐出长有两手掌左右的舌头来舔眼圈上的尘土，洗了个脸；然后把脑袋伸出笼外，睁着一对火炭也似的眼睛四面观看，那副神气，可以使大勇士也吓得筋酥骨软。堂吉诃德只是目不转睛地看着它，专等它跳下车来相搏，就把它斫成肉丁。

他的疯劲儿真是破天荒的。可是那只气象雄伟的狮子并不摆架子，却彬彬斯文，对胡闹无理的冒犯满不在乎。它四面看了一下，掉转身子把屁股朝着堂吉诃德，懒洋洋、慢吞吞地又在笼里躺下了。堂吉诃德瞧它这样，就吩咐管狮子的打它几棍，叫它发了火跑出来。

管狮子的人说："这个我可不干，我要惹火了它，我自己先就给它撕成一片片了。骑士先生，您刚才的行为真是勇敢得没法儿说；您这就够了，别把坏运气招上身来。笼门敞着呢，狮子出来不出来都由得它；不过它这会儿还不出来,那就一天也不会出来了。您的盖世神威已经有目共睹,依我说,决斗的人有勇气挑战,有勇气出场等待交手,就是勇敢透顶;对方不出场,那是对方出丑,胜利的桂冠就让那个等待交手的人赢得了。"

堂吉诃德说:"这话不错。朋友,把笼门关上吧。我还请你做个见证,把你这会儿亲眼看见我干的事,尽力向大家证实一番:就是说,你放开了狮子,我等着它出来;它不出来,我还等着;它还是不出来,又躺下了。我该做的都已经做到;魔术家啊,滚开吧!上帝庇佑正道和真理!庇佑真正的骑士道!现在你照我的话关上笼子,我就去招呼逃走的人,让他们从你嘴里,听听我这番作为。"

管狮子的如言办理。堂吉诃德把他擦脸上乳浆的布系在枪头上,召唤逃跑的人回来。他们一群由绅士押后,还只顾逃跑,一面频频回头来看。桑丘忽见白布的信号,说道:"我主人一定降伏了那两头猛兽!不信,我死给你们看!因为他在喊咱们呢。"

他们都停下,看见打信号的确是堂吉诃德。他们胆壮了些,慢慢往回走;后来听清了堂吉诃德的呼喊,就回到大车旁边来。堂吉诃德等他们到齐,对赶车的说:"老哥,你重新驾上骡子,照旧走你的路吧。桑丘,拿两个金艾斯古多给他和管狮子的;我耽搁了他们,这就算是赔偿他们的。"

桑丘说:"这钱我给得甘心情愿。可是那两头狮子怎么了?打死了吗?还是活着呢?"

管狮子的就一五一十细讲那场决斗怎么结束的。他极力夸赞堂吉诃德的胆量,说狮子见了他害怕,尽管笼门好一会儿大开着,却不肯出来,也不敢。他还说:这位骑士要惹狮子发火,逼它出来;他告诉骑士那是招惹上帝生气,骑士不得已,勉强让他关上了笼门。

堂吉诃德说:"桑丘,你听见了吧?怎么样?魔术家敌得过真正的勇士吗?他们可以夺掉我的运气,可是我的力气和胆气是夺不掉的。"

桑丘付了钱,赶车的驾上骡;管狮子的吻了堂吉诃德的手谢赏,还答应等上朝见了皇上,一定把这件英勇的事迹亲向皇上禀告。

"万一皇上问是谁干的这件事,你可以说,是'狮子骑士'。我向来称为'哭丧着脸的骑士',以后要改称'狮子骑士'了。我本来是沿袭游侠骑士的老规矩;他们可以瞧情况随意改换称号。"

那辆车自奔前程;堂吉诃德、桑丘和绿衣人也照旧赶路。

这时堂狄艾果·台·米朗达一言不发,全神专注地观察堂吉诃德的言行,觉得这人说他高明却很疯傻,说他疯傻又很高明。他还没听说过堂吉诃德的第一部传记;如果读过,就会了解他是什么样的疯,对他的言谈举止也就不会惊讶了。那位绅士既然没读过那本书,就把堂吉诃德一会儿看作有识见,一会儿又看作疯子;因为他说起话来通情达理,谈吐文雅,讲来头头是道,而他的行为却莽撞胡闹,荒谬绝伦。绅士暗想:"他把盛满乳酪的头盔戴在头上,以为魔术家烂掉了他的脑袋,还有比起这来更疯傻的吗?他竟要去和狮子搏斗,还有比起这来更鲁莽荒谬的吗?"他心里正在捉摸推敲,堂吉诃德忽对他说:"堂狄艾果·台·米朗达先生,您一定以为我是个荒谬的疯子吧?这也怪不得您,因为据我的行为,我不是荒谬的疯子又是什么呢?可是我希望您能看到,我并不像自己表现的那么疯傻。一位勇敢的骑士在斗牛场上,当着国王,一枪刺中凶猛的公牛;他是体面的。节日比武的时候,骑士披着鲜亮的铠甲,在贵夫人小姐们面前驰骋入场,也是体面的。各种武术演习可供朝廷的娱乐,也可以炫耀国王的威力,参加的骑士们全都体面。可是游侠骑士在荒野里,大路上,出山入林,探奇冒险,立志完成自己的事业,图个万世流芳;他这就压倒了以上那些骑士,比他们更体面。我认为游侠骑士在荒野里援助一个寡妇,比朝廷上的骑士在城市里伺候一位姑娘更有体面。骑士各有专职。朝廷上的骑士有许多事应该做到。他伺候夫人小姐;穿了漂亮的礼服为皇家点缀门面;家里好饭好菜养活一批破落绅士;他安排比武,带领演习;他还得有高贵慷慨的气派,尤其得做个好基督徒。他能这样,就算称职。可是一个游侠骑士得走遍天涯海角,经历险阻艰难,常人办不到的事,他得随时随地挺身担当。他在荒山野地,大暑天在骄阳里受晒,大冬天在风雪里挨冻,他不怕狮子,不怕妖魔,不怕毒龙,却要把这些坏东西找出来,和它们决战,把它们一一征服;这是他的本行,他的主要任务。我既然有幸充当了一名游侠骑士,见到自己分内的事就不该回避。我明知和狮子搏斗是鲁莽透顶的,可是正是我该做的事呀。我知道鲁莽和怯懦都是过失;勇敢的美德是这两个极端的折中。不过宁可勇敢过头而鲁莽,不要勇敢不足而懦怯。挥霍比吝啬更近于慷慨的美德,鲁莽也比懦怯更近于真正的勇敢。堂狄艾果先生,关于这种冒险的事啊,您不妨听我的话:同样是输,少打一张牌不如多打一张,宁可让人家说'某某骑士鲁莽冒失',不要落到个'某某骑士胆小怯懦'的品评。"

堂狄艾果答道:"哎,堂吉诃德先生,您的言行举动都合情合理。我看游侠骑士的法则都保存在您心里呢;世上如果已经失传,问您就知道。时候不早了,咱们赶紧一步,到我家庄子上去歇歇吧。您刚才干的事尽管不用体力,究竟耗损精神,到头来身体还是劳累的。"

堂吉诃德说:"堂狄艾果先生,多谢您好意邀请,我荣幸得很。"

他们催动坐骑,午后两点到了堂吉诃德称为"绿衣骑士"的堂狄艾果的庄上。

第七十章

堂吉诃德在绿衣骑士庄上的种种趣事。

堂吉诃德看堂狄艾果的住家是个宽敞的庄子。大门口的门额虽然用粗石头砌成,却镌着家徽。院子里有个储放酒坛的棚子;地窖开在进门的过道里;四处堆放着许多酒坛子。这东西是托波索的特产,堂吉诃德睹物思人,记起了那位着魔变相的杜尔西内娅。他长叹一声,情不自禁地高吟道:

　　曾使我赏心悦意的东西,
　　如今看了只能追忆伤心!

对着这些托波索的坛子,不禁想起了使我辛酸苦辣的甜蜜姑娘!

堂狄艾果的妻子和儿子一起出来招待；那个大学生兼诗人的儿子已把堂吉诃德这番话听在耳里。母子俩瞧他奇形怪状，都很惊讶。堂吉诃德下了驽骍难得，彬彬有礼地请女主人伸手给他亲吻。堂狄艾果说："太太，这位是堂吉诃德·台·拉·曼却先生，他是世界上智勇双全的一位游侠骑士，你得好好款待。"

那位太太名叫堂娜克利斯蒂娜，她对堂吉诃德很和气也很殷勤。堂吉诃德对答合礼，照样又和那大学生应酬一番。那大学生听他的谈吐，觉得他通达人情，头脑也很清楚。

原作者在这里细述堂狄艾果家的布置，把乡间富户的陈设一件件形容。译者把这些琐屑一笔勾销了。故事重在真实，不用烦絮。

他们把堂吉诃德让到一间屋里，桑丘替他脱下盔甲。他身上只剩一条大裤腿的裤子，一件沾满铁锈的麂皮紧身。他的衬衣是翻领，像学生装的式样；领子没上浆，也不镶花边；脚上穿一双浅黄色的软皮靴，套在外面的硬皮鞋上打着蜡。他把剑挂在海狗皮的肩带上，因为据说他多年来腰上有病。他外面披一件好料子的灰褐色大氅。他首先要了五六大桶的水冲洗头脸，洗下来的水还是乳白色的。这都承馋嘴佬桑丘的情，买了那些倒霉的乳酪，把他主人染得那么白。堂吉诃德穿了刚才说的那套衣服，潇洒悠闲地步入另一间屋；那位大学生在那里陪着他，打算和他聊聊，等着开饭。女主人堂娜克利斯蒂娜因有贵客光临，要隆重款待，显显她家的气派，正忙着备饭。

堂狄艾果的儿子名叫堂洛兰索；堂吉诃德脱卸盔甲的时候，他问父亲：

"爸爸，您带回来的客人究竟是什么样的人啊？他的名称和相貌都很怪，又说是游侠骑士，妈妈和我都摸不着头脑呢。"

堂狄艾果答道："孩子，我也不知道该怎么说。不过我告诉你：我看见他干过些疯狂透顶的事，可是他的谈吐却非常高明，竟把他干的傻事都盖过了。你且跟他谈谈，捉摸捉摸他的头脑。你是个乖觉孩子，他到底是高明还是疯傻，你自己瞧吧。我呀，老实说，宁可当他疯傻，不敢当他高明。"

所以堂洛兰索就和堂吉诃德闲聊了一番。堂吉诃德对堂洛兰索说："您爸爸堂狄艾果·台·米朗达先生和我说,您才能很高,心思很细,而且是个大诗人。"

堂洛兰索答道:"我也许算得上诗人,要说是大诗人可就没影儿了。我对诗的确很喜爱,也喜欢读好诗,可是我父亲说的大诗人却当不起。"

堂吉诃德说:"您这样谦虚我很赞成,因为作诗的没一个不骄傲,都自命为天字第一号的大诗人呢。"

堂洛兰索说:"例外总有,说不定有个把诗人并不以大诗人自居。"

堂吉诃德说:"那是少有的。据您爸爸说,您正在一心一意地作诗呢;请问,作的什么诗啊?如果是逐句铺张诗,我对这一体略有所知,希望先读为快。假如您参加赛诗会,我劝您争取第二奖,因为第一奖往往是徇私或照顾贵人的。第二奖靠真本领,第三奖其实是第二奖;第一奖呢,其实该是第三奖;这和大学里颁发学位一个样儿。不过话又说回来,'第一'究竟是表示出人头地的词儿。"

堂洛兰索暗想:"到此还不能把你当疯子呢;再听下去吧。"

他说:"我想您一定进过学校;哪些学问是您的专门啊?"

堂吉诃德答道:"我专攻游侠学。这门学问可以和诗学相比,甚至还高出一等呢。"

堂洛兰索道:"我不知道这是什么学问,至今还没听说过。"

堂吉诃德道:"这门学问包罗万象,世界上所有的学问差不多都在里面了。干这一行的,该是个法学家,懂得公平分配公平交易的规则,使人人享有应得的权利。他该是个神学家,有人来请教,就能把自己信奉的基督教义讲解清楚。他该是个医学家,尤其是草药家,在荒山僻野能识别治伤的药草,因为他踪迹所至,往往是找不到人治伤的。他该是个天文学家,看了天象,就能知道一夜已经过了几小时,自己是在什么方位、什么地带。他应该精通数学,因为这门学问是处处都少不得的。宗教和伦理所规定的道德,游侠骑士都该具备,这且不谈,先从小节说起。他该像'人鱼'尼古拉斯或尼古拉欧那样善于游泳;该会钉马蹄铁和修理鞍辔。再说到大的方面吧:他该对上帝和意中人忠贞不贰;该心念纯洁,谈吐文雅,手笔慷慨，行为勇敢，碰到困难该坚韧，对穷人该仁慈；还有一点，他该坚持真理，不惜以性命捍卫。一个真正的游侠骑士，具有这许多大大小小的才能品德。他对这门游侠学，该学而能通，学而能用。堂洛兰索先生，您可以瞧瞧，这种学问难道是一门小玩意儿吗？不能和学院里最高深的课程相比吗？"

堂洛兰索答道："假如照您这么说，这门学问就比什么别的学问都高了。"

堂吉诃德道："什么'假如'呀？"

堂洛兰索说："我就是说：具有这许多品德才能的游侠骑士从前有过吗？现在还有吗？我不大相信呢。"

堂吉诃德答道："有句话我说过多少遍了，现在再说一遍吧。世界上多半认为游侠骑士是从来没有的；要他们知道游侠骑士确实古今都有，得上帝通灵显圣，开了他们的心窍才行，我磨破嘴皮子也只是白说，我已经有多次经验了。所以您尽管未能免俗，我这会儿却懒得辩白。我只求上天叫您醒悟，让您知道：游侠骑士在古代多么有用，在现代多么急需。可是这个年头儿，可怜的世人只知道偷懒享乐了。"

堂洛兰索暗想："我们这位客人溜了缰了。不过他怎么说也是个心胸高尚的疯子；我要是看不到这一点，我就是个鄙俗的笨伯了。"

他们俩只谈到这里，因为开饭了。堂狄艾果问儿子这位客人的头脑究竟如何。他儿子说："他疯得一塌糊涂，哪个医生也分析不清他的心思。不过他是一时糊涂、一时灵清的疯子，灵清的时候居多。"

大家吃饭。饭食正像堂狄艾果路上讲的那样又精洁，又丰盛，又鲜美。堂吉诃德特别喜欢他们家非常安静，简直像苦修会的修道院一样。饭罢，向上帝谢过恩，大家洗了手，堂吉诃德就恳切要求堂洛兰索把他参与竞赛的诗念给他听。堂洛兰索说："有些诗人心痒痒地爱把自己的诗念给大家听，可是人家请他们念呢，他们又拿腔不肯。我不愿意学那种榜样，我的逐句铺张诗就念给您听吧。这首诗不是指望得奖的，不过是个练习罢了。"

堂吉诃德说："我有个高明的朋友不赞成做逐句铺张诗耗费神思。他说这种诗从来扣不紧原诗，往往越出原诗的意义；而且格律太严，不准有问句，不准用'他曾说''我要说'等词儿，不准把动词变作名词，不准改动原诗的意义,此外还有种种束手束脚的规律,想必您都知道。"

堂洛兰索道:"说老实话,堂吉诃德先生,我存心要找您的岔子,可是找不到。您像一条鳝鱼那样滑溜得抓不住。"

堂吉诃德说:"我不懂您的话,什么滑溜得抓不住。"

堂洛兰索说:"这话以后再讲吧。现在我先念那四行原诗,再念我铺张的诗。"

原　　诗

如能把我的过去转为现在,
而时光从此就静止不变;
或者未来马上在目前实现——
那可望而不可即的未来……

逐句铺张诗

世事的变迁从来没有止息;
命运慷慨地给了我无限幸福,
时过事变,都已成为陈迹,
我的幸福一去不再回复,
无论是一大注或小小点滴。
命运啊,我向你匍匐尘埃,
千年万岁地期望和等待,
求你重新对我施惠开恩,
我整个身心将鼓舞欢欣,
如能把我的过去转为现在。

我不图享受、不求光荣,
不慕财富,不羡高官厚禄,
不想出人头地、得意成功,
只要我惆怅追忆的幸福
重又回来与我朝夕相共。

命运啊,你答应了我这一件,
就止住了我心上的熬煎——
最好是我所盼望的好运
只在刹那间立即来临,
而时光从此就静止不变。

我要求的事绝不可能;
流光的奔注岂能拨转方向,
使"已经"又成为"未曾";
世上哪有这么大的力量
能颠倒今古把这事完成。
时间像奔腾澎湃的急湍,
它一去无还,毫不流连,
所以两种愿望一样痴愚:
或者要当前再回到过去,
或者未来马上在目前实现。

沉溺在疑惑和忧虑之中,
一会儿希望,一会儿又在怕惧,
这样生存和死去有何不同,
还不如毅然决然地死去,
从此摆脱生存难免的苦痛。
我自己就宁愿一死为快,
但这事行来却又有碍,
因为凭我更可靠的直觉,
我活着对未来感到胆怯——
那可望而不可即的未来。

堂吉诃德听堂洛兰索念完这首逐句铺张诗,起身拉住堂洛兰索的右手,嚷道:"我真要颂赞上天!伟大的少年人啊,全世界诗人该数您第一了!您应该戴上桂冠,而为您加冕的不是什么赛普雷和加埃塔。有位诗人说是这两个地方给他戴上了桂冠,上帝原谅他吧。如果雅典的那些学院还在,该由它们为您加冕,或者由现在的巴黎大学、波洛尼亚大学和萨拉曼加大学。假如诗会的裁判们剥夺您的头奖,我求上天叫太阳神用箭射死他们!叫文艺女神永远不进他们家的大门!先生,您的诗才真了不起,我要知道您才情的各个方面,希望您再念一首长行的诗行吗?"

  妙的是堂洛兰索尽管把堂吉诃德看作疯子,却依然爱听他对自己的称赞。哎,恭维真是无往不利、无人不爱的东西呀!堂洛兰索就逃不过它的魅力,欣然应允,又为堂吉诃德念一首十四行诗;这首诗的题材就是比若莫和蒂斯贝恋爱的传说。

十四行诗

这美丽姑娘和比若莫两情相欢,
就在分隔彼此的墙上凿个窟窿;
虽然渠道很小却有奇功妙用,
引得爱神维纳斯特地赶来观看。

两人一墙之隔含情脉脉无言,
因为不敢凭声音来传达隐衷;
但魂灵一来一往有路可通,
爱情自有办法克服一切困难。

可是造物捉弄,偏偏阴错阳差,
这鲁莽的姑娘未能偿愿如意,
却自寻死路成了爱情的牺牲。

真是闻所未闻:他们在一把剑下
忽地双双毙命,同在一个墓里安葬,
又同在传说里起死回生。

  堂吉诃德听堂洛兰索念完这首诗,说道:"我的先生,我真是有幸,在当今千千万万蹩脚的诗人里，见到您这样一位高手的诗人！我凭这首诗的造诣，知道您确是高手。"

堂吉诃德在堂狄艾果家受到很隆盛的款待；他住了四天，向主人告辞说：深感盛情，可是游侠骑士常闲着享福是不行的，他有职务在身，急要去探奇冒险了；听说这地方机会不少呢。他打算在附近盘桓几天，等到了萨拉果萨比武的日子，再到那儿去；反正他走的是必经之路。他听到蒙德西诺斯洞附近的人传说洞里许多怪事，想进去看看；然后再探究一下通称"七湖"的如伊台拉湖发源何地，真正的泉脉在哪里。堂狄艾果父子称赞他这个主意好，又说：他们家有什么他喜欢的，他们都愿奉献；对他这样人品高、职业又高的骑士理该如此。

堂吉诃德和桑丘·潘沙终究要走了。桑丘的懊丧和他主人的高兴正不相上下。他在堂狄艾果家吃饱喝足，称意得很。在荒野挨饿，或者靠干粮半饥半饱的滋味他不愿再尝了。不过他也没办法，只好把自己认为必需的东西尽量塞满粮袋。堂吉诃德临走对堂洛兰索说："我有句话不知道跟您说过没有，如果说过，不妨再说一遍。您如果想找捷径一举成名，万人仰望，您只要别做诗人，改行做游侠骑士。游侠骑士的道路比诗人的道路还窄，可是您由此一转眼就可以做大皇帝。"

堂吉诃德是否疯子，凭这几句话就可以定下铁案。且听他还有话说："我真想带了您堂洛兰索先生一起走，我就可以教您该怎样宽恕弱小，镇压强暴；这都是干我这一行的美德。可是您年纪还小，求学是好事，不便跟我走。我只想对您进一句忠言：您是一位诗人，您如果虚心受益，采纳人家的劝告，您就能享大名。做父母的看不见子女的丑；作者对自己头脑里产生的孩子尤其溺爱不明。"

堂狄艾果父子听堂吉诃德谈话一会儿有理，一会儿糊涂，掺杂一起，而且说来说去，一门心思只是要寻事闯祸，都觉得可怪。宾主表示惜别，女主人也亲自出来送客。堂吉诃德骑上驽骍难得，桑丘骑上灰驴儿，一起动身走了。

第七十一章

多情的牧人和其他着实有趣的事。

堂吉诃德离开堂狄艾果家的村子没走多远，碰到两个教士或大学生装束的人和两个老乡，四人都骑着驴。一个大学生用绿麻布包袱充提包，里面兜的好像是白色细毛料的衣服和两双毛线袜子。另一个大学生只拿着两把击剑用的黑剑，还是簇新的，上面都套着皮头套子。两个老乡带着大包小裹，看来是从大城市里买了带回自己村里去的。那四人碰见堂吉诃德，也和别人初次见到他一样吃惊，急要知道这个怪人是谁。堂吉诃德招呼了他们，听说是同路，就要和他们结伴，请他们放慢驴子，免得自己的马跟不上。他不等人家问，就三言两语报道了姓名职业，说自己是四处探奇冒险的游侠骑士，名叫堂吉诃德·台·拉·曼却，别号"狮子骑士"。这些话两个老乡听来全是外国话或黑话。两个大学生却听得懂，马上看透堂吉诃德脑经有病。不过他们对他又诧异，又敬重，一个大学生说："骑士先生，探奇冒险没有一定的路程；如果您也是随便跑，就和我们同走吧。我们是去吃喜酒的，那家的喜事办得阔绰极了，拉·曼却远远近近多少年来都没见过那种排场，您不妨去开开眼界。"

堂吉诃德请问是哪位王子的婚礼，那么了不起。

那大学生说："不是什么王子的婚礼，只是乡下小伙子娶乡下大姑娘。新郎是本地首富，新娘是绝世美人。这场喜事办得很别致，新娘家村子附近的草地上要有一番大热闹呢。新娘因为美，绰号季德丽亚美人；新郎绰号卡麻丘财主。女的十八岁，男的二十二岁，天配就的好一对儿。有人好管闲事，熟悉各人的家世；他们认为女家比男家的门第高。可是现在不讲究这个了；有了钱，什么都盖得过。那卡麻丘花钱的确很大方。他坚持要青草地上全搭上凉棚，遮盖得阳光不进。他还安排了各种舞蹈：有舞剑的；有带着小铃铛跳舞的，他那村上有人会把铃铛摇撼得没那样的好听；双手拍鞋底的舞蹈不用说，他请了大批人来跳呢。不过我料想那个伤心人巴西琉会来闹事；将来说到这番婚礼，别的都记不得了，他那事准是忘不了的。巴西琉那小伙子和季德丽亚是街坊，住在她隔壁。恋爱神生怕人家忘掉了比若莫和蒂斯贝的情史，借此又重演一番。巴西琉和季德丽亚两小无猜，也心心相印；村上大家没事就把这一对孩子的恋爱讲来消遣。两人渐渐的大了，季德丽亚的父亲就不让巴西琉再像往常那样在他家出入。他省得放心不下，时刻防范，就把女儿许配卡麻丘财主。他看不中巴西琉；巴西琉人才不错，可是家道平常。凭良心说公道话，我们认识的小伙子里算他最矫健：掷铁棍是能手，角力也出众，又是球场上一员健将。他跑得像鹿一样轻快，蹦跳得比山羊还灵活；在'球撞九柱'的游戏里，他发的球竟像有魔力似的。他唱歌像云雀，弹个吉他琴简直能叫弦子说话，尤其善于击剑，他的剑术是最出色的。"

堂吉诃德插嘴道："他单靠这一点儿本领，不但可以和季德丽亚美人结婚，如果希内布拉王后今天还活着，他和这位娘娘结婚也配得过，朗沙洛特等人都阻挡不了的。"

桑丘·潘沙一直不声不响地听着，这会儿插嘴道："这就该听听我老婆的话了！她抓住成语说的'每只羊都有匹配'，主张婚姻要门当户对。我觉得巴西琉那小伙子顶不错，但愿他能娶到季德丽亚姑娘；谁不让有情人结婚，就祝福他——不，我说反了，该惩罚他不得长寿安乐！"

堂吉诃德说："如果彼此有情就结婚，那么女儿嫁什么人以及几时结婚，都不由父母来挑选和做主了。挑选丈夫只随着女儿的心愿，那就保不定有的选中了爸爸的佣人，有的看见过路的荒唐鬼，就爱上他漂亮潇洒。爱情容易迷人心眼。一个人成家立业，糊里糊涂是不行的；挑选配偶尤其容易上当，必须非常小心，还要靠上天特别保佑，才能挑选得合适。聪明人出远门，预先找个靠得住、合得来的伴儿；人生的道路要走到死才完，也得结这么个伴儿。况且夫妻两口子是一床上睡觉、一桌子吃饭、处处在一起的。娶老婆不比买商品可以退还或交换，却是一辈子的结合。婚姻是一条绳索，套上了脖子就打成死结，永远解不开了，只有死神的镰刀才割得断。我对这件事还有许多话要说呢，可是不想多说，因为我很关心巴西琉的事，不知硕士先生是否可以再讲点儿给我们听听。"

堂吉诃德称为"硕士"的大学毕业生道："也没多少可讲的了。巴西琉自从知道季德丽亚美人和卡麻丘财主定了亲，脸上没见过笑容，也没说过一句有头有脑的话。他老是忧忧郁郁，自言自语，分明是气糊涂了。他吃得少，只吃些水果；睡得也少，要睡就贴地躺在野外，像牲口一样。他有时眼看着天，有时眼盯着地，呆呆的像一尊披着衣服的雕像，只见风吹得他衣服飘动。一句话，他分明是伤透了心。所以我们和他相熟的都心里有数，明天季德丽亚答应一声'愿意'，就是宣判他的死刑。"

桑丘说："'上帝会有更好的安排。''上帝叫人长个疮，就给人对症的药。''事还未来，谁也难猜。''到明天还有好几个钟头呢，房子塌下只消一个钟头或一刹那。''我见过半边下雨半边晴。''今晚上床睡觉，明早起身不保。'请问，'谁能夸口在命运的轮子上钉上了一个钉子呢'？明明是没有的呀。'女人的"愿意""不愿意"之间，插不进一个针尖'——我就不敢插。我只要知道季德丽亚一心一意爱巴西琉，我愿意向巴西琉'奉送鼓鼓一口袋好运气'；因为据我听说，'情人眼里，黄铜变金子，穷光蛋变阔公子，眼屎也变成珠子'。"

堂吉诃德说："倒霉的桑丘，你想说什么呀？你这连串儿的格言成语，谁也不懂你什么意思，除非魔鬼！但愿他把你带走吧！我问你，你这家伙，什么钉子呀、轮子呀、这个、那个，你自己了解吗？"

桑丘答道："哎，如果没人懂我的意思，就怪不得您把我的成语当作胡说八道了。可是没关系，我自己明白，我刚才的话并不糊涂。只是，我的主人啊，您对我说的话、甚至对我干的事尽爱吹毛球子。"

堂吉诃德说："该说'吹毛求疵'，不是'吹毛球子'。好好的话都给你说别了，你这个糊涂蛋。"

桑丘说："您别死盯着我，您知道我不是京城里生长的，也没在萨拉曼加上过大学，字眼儿说不准。真是的！上帝保佑我吧！总不能叫萨亚戈人说话都像托雷都人；即使托雷都人，转文儿的话也不见得都说得好啊。"

那个硕士说:"这话对了,尽管同在托雷都、硝石厂、菜市等地区的人就不如成天在大教堂走廊里散步的人说话文雅。即使生长在马哈拉洪达的人,说话未必就纯粹、精确、文雅、清楚,要有口才的上等人才能这样呢。我说要有口才,因为许多上等人都没有。运用口才的时候就精炼了语言。各位先生,我呢,对不起,是萨拉曼加大学专攻寺院法的;我自负说话明白易晓,也善于表达。"

另一个大学生说:"你不是自负你运用手里这两把黑剑的本领超过你运用舌头的本领吗?你要是击剑术上少费点功夫,你在硕士榜上可以得第一,不至于名居榜末。"

硕士答道:"学士啊,你听我说:你以为击剑术没用吗?你这看法是大错特错的。"

学士名叫戈丘威罗,他答道:"我不是什么'看法',却是颠扑不破的真理。假如你要证实一下,你现带着两把剑呢,正是个好机会。我有手劲,有力气,胆量也不小,合在一起,准可以叫你承认我这看法是不错的。你且下驴,摆出你的架势,使出你那些圆圈儿和尖角的手法和种种技巧吧。我靠外行的蛮本领,准叫你大白天也看到眼前金星乱迸!只要上帝保佑,我这剑法天下谁也顶不住,能叫我转身逃跑的可说还没出世呢!"

那击剑家说:"你转身不转身我管不着,保不定你上场立脚之处,就是你横尸之地。我告诉你:你所瞧不起的剑术可以当场致你死命。"

戈丘威罗答道:"这是马上就有分晓的。"

他立刻下驴,怒冲冲地抽了一把硕士驴上带的剑。

堂吉诃德就说:"你们别闹意气;我愿意主持这场比剑,判决这个悬案。"

他下了驽骍难得,握着长枪,去站在路当中。这时硕士已经悠闲地拿出把式向戈丘威罗迎战。戈丘威罗直冲上去,真是眼里迸出火来。两个老乡就坐在驴上观看这场你死我活的恶战。戈丘威罗斫呀,刺呀,劈呀,反手挑呀,双手斩呀,一下下比雹子还密,没头没脑地紧连成一片。他像发怒的狮子那样猛冲猛扑。可是硕士剑头上的皮头套子劈面打了他一巴掌,使他气头上也不得不停下来,像吻圣物似的把那皮头套子吻了一下,虽然不那么虔诚。硕士随就把剑头指着他短道袍上的一个个纽扣连连刺斫,把道袍的下幅划得一缕缕像乌贼鱼的须须;还两次打落了他的帽子,弄得他狼狈不堪,又急又气又怒,抓住剑柄,用尽力气把剑抛得老远。那两个老乡一个是法院的公证人,他赶去拾了那把剑;据他后来证明,戈丘威罗把剑抛出了几乎四分之三哩瓦。由此可见技巧胜于蛮力是千真万确的。

戈丘威罗筋疲力尽地坐下,桑丘跑去对他说:"哎,学士先生,您要是肯听我的话,从此就别再挑拨人家跟您比剑了。您只可以角力或者掷铁棍,因为您年纪轻,劲道足,这种事来得;那种号称击剑师的您可对付不了,我听说他们的剑头能刺进针眼儿呢。"

戈丘威罗答道:"我太不懂事;这会儿栽了跟头却学了乖,由经验明白了道理,我是服气的。"

他站起来拥抱硕士,两人的交情更深了一层。他们估计那个拾剑的公证人还有好一会儿耽搁,不耐烦等他,就继续上路,打算早早赶到季德丽亚的村上去;他们四人都是那个村上的。

一路上硕士向大家谈论剑术的妙处,讲得入情入理,有凭有证,大家听了心悦诚服,戈丘威罗也抛除了成见。

夜色昏黑,他们在村外就看见前面的灯火像天空的繁星,又听到各种乐器的合奏,里面有笛子、小鼓、弦子、双管、各式手鼓的声音。他们再往前,村口看见一座树枝搭成的棚子,上面挂满灯笼;当时风很微弱,连树叶都不动,灯笼不怕吹灭。弹弄音乐的都是贺喜客人,一队队在那里游玩;有的跳舞,有的唱歌,有的弹弄着上面说的那些乐器。整片草地上洋溢着欢乐。还有好些人正在搭起一座座看台,准备登台看庆喜的演戏和跳舞;因为明天就是在这里举行财主卡麻丘的婚礼——也许就是巴西琉的丧礼。老乡和学士都请堂吉诃德进村。他却不肯,讲了一番大道理,推辞说游侠骑士向来在郊野露宿,村镇上即使有金漆天花板的房子也不便去住。他离开大道,又往野地里走了一段路;尽管桑丘怀念着堂狄艾果庄上的舒服日子,满不情愿,他主人也不理会。

第七十二章

辞别了绅士，离开了短暂舒适的生活，主仆二人又重新上路，继续他们的游侠生活。路上遇到的两个大学生，是两个同乡，把堂吉诃德引到了一处村庄，那里张灯结彩正热火朝天地准备着财主卡麻丘的婚礼，但热闹欢笑的背后却隐藏着他人的悲伤，这给即将举行的婚礼笼罩上了一层阴影。再加上多事的堂吉诃德的意外介入，事情可能会变得复杂。

富翁卡麻丘的婚礼和穷人巴西琉的遭遇。

太阳神的光芒还没晒干黎明女神金发里的露珠，堂吉诃德已经摆脱四体的懒惰，起身去叫他的侍从桑丘。桑丘正在打鼾呢。堂吉诃德看了且不叫醒他，只赞叹说："哎，你呀，真是世界上最有福气的人！你不嫉妒人，也没人嫉妒你。你安心睡觉，魔术家不害你，魔术也不搅扰你。我再说一遍，我还要说一百遍呢。你睡吧；你不为爱情捻酸吃醋而失眠，也不为债务或一家几口子的生计操心熬夜。你不受雄心大志的驱策，也不受世俗虚荣的摆布。你的愿望不过是喂饱自己的一头驴，你一生的生活已经由我包了——做主人理该如此，也历来如此。佣人睡大觉，主人却在熬夜，打算怎么样养活他、提升他、酬报他。如果天干地旱，做主人的心忧，佣人却不担干系；丰年他伺候主人，荒年主人得养活他。"

桑丘还睡着呢，只由他说去。如果堂吉诃德没拿枪柄把他拨醒，他还有得好睡。他醒来觉得又困又懒，可是转脸四

> 多彩的笔端，传神的比喻，时常使文章生动丰富起来。

看说:"好像凉棚那边飘来一阵香,是烤腊肉带些生姜和茴香的味道。我可以打保,喜事一开头就透出这种香味,筵席一定办得丰盛。"

堂吉诃德说:"馋嘴佬啊,别多说了,起来吧,咱们去瞧瞧他们的婚礼,还瞧瞧遭人白眼的巴西琉要干出些什么事儿来。"

桑丘答道:"随他干什么事儿吧,他有钱,就娶得到季德丽亚;他没一个子儿,却想高攀吗?说老实话,先生,我主张穷人安分知足,别想吃天鹅肉。我可以拿自己这条胳膊打赌,卡麻丘的钱能把巴西琉全身都埋没呢。这是没什么说的。卡麻丘可以送季德丽亚漂亮的衣服和珍贵的首饰;他准送过。季德丽亚要是瞧不起这些东西,倒看上巴西琉能掷铁棍、耍黑剑,那她就是个笨丫头了。铁棍儿掷得好,剑术精妙,换不到酒店里一杯酒。这种本领不值钱,狄尔洛斯伯爵有这本领也赚不了钱。要家里富足,又有这些本领,我才羡慕!打好石脚,上面才盖得大房子;世界上最结实的基础是钱。"

堂吉诃德说:"桑丘啊,瞧上帝分上住嘴吧。我看你随处都有一番议论;如果尽你说,你就连吃饭睡觉的工夫都没有了。"

桑丘说:"您记得吧,咱们这次出门以前,讲定条件,让我有话说个畅快,只要不触犯别人或触犯您。我觉得自己始终没违犯这个条件呀。"

堂吉诃德答道:"我不记得有这么个条件。就算有,我也希望你别再多说了,且跟我来吧。昨晚的那种音乐又在那片草地上演奏起来,婚礼一定趁早上荫凉举行,不会在闷热的下午。"

桑丘听命,给驽骍难得套上鞍辔,给灰驴儿也装上驮

> 桑丘和堂吉诃德对婚礼关注重心的不同——一个关心食物,一个关心失意的巴西琉——可以看出二人境界的高下。

鞍，两人上了坐骑，慢慢向凉棚走去。桑丘第一眼就看见整棵榆树做成的大木叉上烧烤着整只公牛；燃烧的木柴堆得像座小山。柴火周围放着六只炖肉的砂锅——不是普通砂锅，却是半截高的大酒坛，一锅子就能吞掉屠宰场上所有的肉。一只只整羊搁进肉锅就像小鸽子似的不见踪迹。不知多少剥了皮的兔子、褪了毛的母鸡挂在树上等待下锅；各种禽鸟野味数都数不清，也在树上晾着。装五十多斤的皮酒袋，据桑丘点数有六十多只，后来知道里面满满的都是上好的醇酒。白面包堆得像打麦场上的麦子。干奶酪漏空着砌成了一垛墙。两只比染缸还大的油锅里正炸着面果子，旁边是一大锅蜜；两把大勺捞出油炸果子就浸在蜜里。五十多个男女厨子都干净利索、高高兴兴地忙着干活儿。那只烧烤的公牛肚里有十二只猪崽子缝在里面，烤出来就越加鲜嫩。各种香料看来不是论斤却是打趸儿买的，都敞着放在一只大柜里。这次的喜酒虽是乡下排场，却丰盛无比，可供一队战士放量大吃。

　　桑丘·潘沙一一眼看心赏，暗暗喜欢。他先是被砂锅炖肉打动了心，直想吃它一罐杂拌儿肉。接着又看中了皮酒袋，后来又爱上煎锅里出来的油炸果子——那么大号的油锅简直不像煎锅。他实在憋不住了，跑去赶着一个忙忙碌碌的厨子，很客气地说了一套害馋痨的话，要求拿面包蘸蘸锅里的汤汁。那厨子说："老哥啊，多谢卡麻丘财主，今天是谁都不会挨饿的好日子。您下驴找把勺子，捞一两只母鸡好好儿吃一顿吧。"

　　桑丘说："没勺子呀。"

　　厨子说："你等等，唉，你这人真是太拘谨了。"

　　他说着拿起带柄的大锅，伸进炖肉的大坛子，舀出三只鸡、两只鹅给桑丘说："吃吧，朋友，晌午饭还得等一会儿

夸张的排场让人目瞪口呆，虽然食物皆为普遍肉类，但数量和规模仍不免令人心动，财主背后的实力也让人信服。

财主如此大方倒是和中国传说中的土财主大有不同。

呢，你先捞些油水当点心吧。"

桑丘说："我没有家伙盛呀。"

那厨子说："你就连锅一起拿去。卡麻丘有的是钱，又是人逢喜事，心开手宽，这些东西他都奉送了。"

> 主仆二人总是有着太多的差异，桑丘看重物质利益的即得，堂吉诃德更注意精神的享受。

桑丘干这些事的时候，堂吉诃德却在观看成队驰入凉棚的十二骑人马：马匹骏逸，鞍辔华美，边缘上还缀着小铃铛；骑马的十二个老乡都是盛装。他们步伐整齐，绕着草地跑了好几圈，一面齐声欢呼："卡麻丘是大财主！季德丽亚是天下第一大美人！郎财配女貌！祝他们白头偕老！"

堂吉诃德暗想："这些人分明没见过我的杜尔西内娅·台尔·托波索，要是见过她，对季德丽亚的称赞就不会这样没有分寸。"

各色各样的舞队随后就从凉棚各面进来。舞剑的一队是二十四个矫健的小伙子，身穿雪白的麻纱衣，手拿五彩丝绣的手巾，一个灵活的少年领队。骑骏马的队伍里有人问那领队的有没有哪个受伤

"靠天保佑，我们都好好儿的，还没一个受伤。"

他马上又混入队里。他们旋转击刺，灵活无比；堂吉诃德尽管见过这种剑舞，却觉得从没有这样出色的。

他也很欣赏随后进来的一队漂亮姑娘。她们年纪轻得很，看来只是十四岁以上，十八岁以下；衣服都是浅绿色；头发一部分挽着，一部分披着，全是纯金色，赛过太阳的光芒；上面戴着茉莉、玫瑰、长春、忍冬各色花朵缀成的花圈。领队的是一个道貌岸然的老头儿和一个上了年纪的妇女；想不到他们俩还那么轻健。一人吹着萨莫拉的短笛伴舞。姑娘们脸上和眼里的神情很稳重，脚步却很轻盈，一个个都舞态蹁跹。

接着进来一队表现舞剧或"哑剧"的，里面八个仙女，

分成两组：一组由爱神带领，另一组由财神带领。爱神身上安着翅膀，带着弓、箭和箭袋；财神穿着华丽的五彩织金衣。每个仙女背后缀着一方白羊皮纸，上面大字标着自己的名字。爱神组里第一个是"诗艺"，第二个是"才智"，第三个是"家世"，第四个是"英勇"；财神组里第一个是"豪爽"，第二个是"礼品"，第三个是"财富"，第四个是"享受"。这个队伍的前面有四个扮野人的拉着一座木制的堡垒；他们身上绕着藤萝，裹着绿麻布，活像真的野人，差点儿没把桑丘吓坏。堡垒的正中和四面都标着"慎重的堡垒"几个大字。四人敲手鼓、吹笛子，奏乐伴舞。舞剧由爱神开场，他先舞蹈两转，抬眼看着堡垒上城垛中间的一位姑娘，向她张着弓说：

> 民间庆典活动的丰富多彩是人们难以想象的，塞万提斯在此给大家展示出了一幅生动的民俗画卷。

　　　　我是万能的恋爱神，
　　　　威镇天空、海洋、大地；
　　　　我管辖全世界的人，
　　　　他便是沦入地狱里，
　　　　还是我治下的亡魂。

> 爱情的力量是伟大的，从"爱神"的宣言便可发现。

　　　　什么是怕惧，我不知道，
　　　　我要怎样，总能做到；
　　　　尽管是天大的难事，
　　　　我也能遂心得志：
　　　　一切得顺从我的喜好。

他朗诵完毕，向堡垒顶上放了 箭，退回原位。接着财神就出位跳舞两转，等鼓声停顿，念道：

　　　　爱神只是我的前导，
　　　　我可比他更有本领；

> "财神"的表白很直接，但却十分入理，把人的贪婪尽展眼前。

我的门阀尤可自豪，
全世界最荣华昌盛，
权势最大、声望最高。

见到我这样的财神，
不趋炎附势的能有几人！
不靠我招来钱财，
做事只能件件失败！
我保佑你一生幸运！

财神退位，"诗艺"上来，也照样舞蹈两转，抬眼看着堡垒上的姑娘说：

> "诗艺"仅用来捧人，未免过于小视了她。

我是动人喜爱的"诗艺"，
姑娘，我锤炼了才思，
语言高雅、想象新奇，
作成千首万首的诗，
包着我的心献给你。

你安步幸福的长途，
遭到许多女人的忌妒；
我的殷勤你如不嫌，
我要把你捧上青天，
叫人人都自愧不如。

"诗艺"下去，财神队里的"豪爽"出来，舞蹈了两转，说：

我就是豪爽的美德，
我并不挥霍浪费，
却也不刻薄吝啬，

> 两者都是过分的行为,
> 我采取适中的准则。
>
> 可是我为你的体面,
> 从此更要放手花钱,
> 尽管是过分也有光彩,
> 因为我的一腔情爱,
> 借此才能向你表现。

为了美人去豪爽,也不知这算是什么豪爽法。

两组的角色一一出场舞蹈几转,念一首诗,有文雅的,也有滑稽的,然后各归原位。堂吉诃德记性很好,不过他只记住了以上几首。两组随即合成一队,一会儿牵手,一会儿各自各地跳舞,姿态优美活泼。爱神每转到堡垒前面,就朝上射箭;财神只在堡垒壁上掷镀金的彩弹,掷上就爆裂了。他们舞蹈了好一会儿,财神拿出一只看来是装满了钱的斑猫皮大钱袋向堡垒打去;堡垒倒塌,板子一块块脱落,露出一个没法隐藏的小姑娘。<u>财神的一组赶上去,拿一条大金链套在她脖子上</u>,表示拿获并俘虏了她。爱神的一组见了忙作势抢救。这种种动作都配合手鼓的音乐,用盘旋中节的舞蹈表演出来。四个野人调停了斗争,敏捷地把堡垒上的木板重新装好,仍旧把那姑娘关在里面。舞剧就此收场,看的人都非常高兴。

表演的情节讲述了金钱能抢夺爱情的事实,财神的大金链子是一个很有说服力的东西。

堂吉诃德向一个扮仙女的打听这出舞剧是谁编排的。她说是村上的一位神父,他很有才情,擅长写这种歌剧。

堂吉诃德说:"我可以打赌,这位教士准和卡麻丘亲,和巴西琉疏;他不专心向上帝做晚祷,却爱作游戏诗文。这出舞剧把巴西琉的本领和卡麻丘的财富表演得恰到好处。"

桑丘·潘沙听见他们谈话,插嘴道:"'胜者为王',我站在卡麻丘一边。"

> 中国有句俗话叫"吃人的嘴短",桑丘现在就认准了财富才是真理的占有者。

堂吉诃德说:"干脆一句话,桑丘,你分明是个势利小人,你就是叫喊'胜利者万岁'的那种家伙。"

桑丘答道:"我不知自己是哪种家伙,可是我很明白,我从卡麻丘的肉锅里捞来的肥油水,巴西琉的肉锅里是决计捞不到的。"

他就把满满一锅的鹅和鸡端给堂吉诃德看,一面高高兴兴地拿起一只母鸡来吃,吃得津津有味。他说:"巴西琉的本领算了吧!'一个人有多少钱,就值多少价;值多少价,就有多少钱'。我奶奶有话:世界上只有两家,有钱的一家,没钱的一家,她站在有钱的那边。堂吉诃德先生啊,现在这个年头儿,'甭讲究本领,只看钱财就行'。'装着金鞍辔的驴,赛过套着驮鞍的马'。所以我再次声明,我是站在卡麻丘一边的。他肉锅里鹅呀、鸡呀、野兔呀、家兔呀,多丰富啊!巴西琉的肉锅里只有泔水罢了,没有东西捞到手,只会泼湿你的脚。"

堂吉诃德说:"桑丘,你议论发完没有?"

> 此时的桑丘真像怪物史瑞克的毛驴。

桑丘答道:"没完也得完啊,因为我瞧透您听着不耐烦呢。要是您不打断,我足有三天可说的。"

堂吉诃德道:"桑丘啊,但愿天保佑,我死之前能瞧你变成个哑巴。"

桑丘答道:"照咱们这种日子,您没死我先就埋了。到那时我就成了十足的哑巴,要等天地末日——至早到最后的审判日,我才开口说话呢。"

堂吉诃德说:"哎,桑丘,就算有这等事,你的沉默也盖不过你一辈子过去、现在、未来的烦絮。而且照自然规律,我总死在你前头,所以我一辈子别想瞧你变哑巴,即使你喝酒睡觉的时候也没希望。我这话就算是说绝了。"

桑丘道:"老实讲吧,先生,那位白骨娘娘——我指那死神——完全没准儿。她不分小羔羊、老绵羊，一起都吃下肚去。我听咱们神父讲：她的脚不仅践踏贫民的茅屋，照样也践踏帝王的城堡。这位娘娘权力很大，却不娇气，一点儿不挑剔。她什么都吃，吃什么都行：各种各样的人，不问老少贵贱，她一股脑儿都塞在自己粮袋里。她不停地收割，从不睡午觉，干草青草一起割下来。看来她吃东西不嚼，面前有什么就囫囵吞下，因为她害馋痨，一辈子也吃不饱。她那个骷髅架子没有肚皮，却好像有水臌病，把世人的生命当凉水似的喝来止渴。"

这种对死亡的阐释倒有几分特别，桑丘的脑子倒是机灵得很。

堂吉诃德打断他说："桑丘啊，你说得够了。'适可不已，前功尽弃'。说实在话，你用乡谈俗语对死神发挥这一通议论，比得上一个好的宣讲师呢。我告诉你，桑丘，如果你天生的智慧再配上一副好头脑，你就可以随身带了讲坛，各处讲道去，还能讲得顶不错。"

桑丘答道："'为人好，胜讲道'，我不懂别的神学圣学。"

堂吉诃德说："你也用不着。不过我不明白你怎么懂得这许多。畏惧上帝是智慧的根源，可是你只知道害怕壁虎，你也知道畏惧上帝吗？"

桑丘说："先生，您只管您的骑士道，别管人家怕不怕。我和谁都一样的畏惧上帝！您且让我消嚼了肉锅里的这些美味，别的都是废话，等将来到了另一个世界上再讲不晚。"

对上帝的畏惧在桑丘来说远不及对肉锅的钟爱。

他说完，把锅里的东西拿来大吃，狼吞虎咽，引得堂吉诃德也馋了，要不是又有事分心，准会陪同大嚼。欲知何事，请看下文。

第七十三章

续叙卡麻丘的婚礼以及其他妙事。

> 隆重的婚礼在诸多铺垫后终于开始了,场面的壮大先声夺人。

堂吉诃德和桑丘俩正说着话,忽听得一片喧嚷之声,原来是那马队在奔驰呐喊,欢迎新郎新娘。他们俩由各种乐队和仪仗队簇拥着,一起还有本村神父、男女两家亲属、邻村的体面人物;大伙儿都华装盛服。桑丘一见新娘,说道:"啊呀!她可不是乡下姑娘打扮,她像个漂亮的贵夫人!天啊,我看她胸前挂着的不是锁片儿是贵重的珊瑚串儿!她穿的不是古安加的绿毛料,是三十层绒面儿的丝绒!她衬衣上的绉边绝不是白麻纱,我敢保证,那是缎子!瞧她那一双手上戴的那些戒指,我可以担保,那不是玉石的,是金子的!而且比金子还贵,镶着奶油一样腻白的珍珠,一

> 转借桑丘之口让我们看到了新娘的美貌,也只有这等人才方可般配如此盛大的庆典。

颗珠子就抵得过人脸上一颗眼珠子呢!哎,婊子养的,她那头发多美呀!除非是假的呢,我一辈子也没见过那么长、那么金黄的头发!瞧她那气派,那身段,简直挑剔不出一星半点儿的毛病来!她头发上、脖子上挂着一串串首饰,就像一棵能走的棕榈枣树,枝头上挂着一串串的棕榈枣儿;可不活是那个样儿吗?我凭良心打赌,这样出色的姑娘,谁都赛不过的!"

堂吉诃德听了这套村俗的赞叹,不禁发笑,可是也觉得除了杜尔西内娅·台尔·托波索小姐,她是最美的了。季德丽亚美人脸色略带苍白,大概因为做新娘连夜打扮,不得好睡;这是常事。他们那群人来到草地旁边一座铺着地毯、装点着树枝的台前,台上是准备举行婚礼、观看跳舞演戏的。他们刚到那里,只听得背后有人大叫:"你们真是只顾自己,

这么着急!请等一等啊!"

大家听得喊话,回头看见一人,穿一件黑外衣,衣上镶着火红的边,头上是一顶丧事戴的柏枝冠,拿一支长手杖。他走近了,大家认得是漂亮的巴西琉。人人都提心吊胆,不知他这番话有什么下文,怕他这会儿跑来事情不妙。

> 事端终于突起,这身装扮便有一种决绝之感。

他跑得很累,喘吁吁地赶上来,当着新郎新娘站住,把手杖带钢头的一端插在泥里,面无人色,瞪着季德丽亚,嘶哑的声音抖颤着说:"负心的季德丽亚,你明知按咱们奉行的神圣规则,得我死了你才能另嫁别人。我是看重你,不肯委屈你,所以要花些时候尽力整顿好家业,再和你结婚,这是你也知道的。可是你辜负了我的一片心,把许给我的又给了别人。他有钱,又有好运道,天大的福气都是他的!我不甘心又怎么,这是天意啊!我省得碍着他的道儿,只好毁了自己,成全他的幸福。但愿有钱的卡麻丘和没心肝的季德丽亚白头偕老,我巴西琉是穷人,没法子追求幸福,只有死路一条,让我这会儿就死吧!"

他说着把插在地里的手杖握紧了一拔,拔脱的是个剑鞘,露出一把长剑,剑柄插定在地里。他身体灵便,意志坚决,身子向剑尖一扑,这可怜人立即扦在剑上,背上透出鲜血淋漓的半支剑;他倒在地下,浸在自己的血里。

> 惨剧如此不经意地发生,衬托着喜庆的画面,更显得凄楚。

他的朋友们瞧了这悲惨的景象,忙拥上去救护。堂吉诃德也下了驽骍难得赶去帮忙,把他抱在怀里,发现他还没咽气。有人要拔掉他的剑,可是在场的神父主张先让他忏悔,怕剑一拔他马上咽气。巴西琉却稍为缓过些来,哼哼唧唧、有气无力地说:"狠心的季德丽亚,假如你肯在我临死和我行个婚礼,我能博得这个福气,我轻生的罪过也许会蒙上天原宥。"

神父听他这样说,就提醒他拯救自己的灵魂要紧,别一心念着肉体的情爱;还劝他诚心求上帝饶恕他种种罪过,并饶恕他这样轻生。巴西琉说:假如季德丽亚不和他行结婚礼,他怎么也不忏悔;要称了这个愿,才有心思、有力气忏悔。

堂吉诃德听了这话嚷着说:巴西琉要求的事合情合理,也轻而易举;卡麻丘先生不论是从新娘父母家娶一位小姐,或是在勇敢的巴西琉身后娶他的寡妇,都一样体面。他说:"这会儿无非答应一声'愿意',因为这位新郎的洞房就是他的坟墓。"

这时卡麻丘急得不知怎么好,巴西琉的朋友都求他让季德丽亚和巴西琉行了婚礼,免得巴西琉的灵魂离开躯体就堕入地狱。卡麻丘动了恻隐之心,又觉得义不容辞,就说,只要季德丽亚愿意和巴西琉行个婚礼,他也赞成;反正他自己的婚礼延迟不了多久。大家立即围住季德丽亚,有的求她,有的泪眼相向,有的以理相劝,都要她和可怜的巴西琉行个结婚礼。她却比大理石还坚定,比塑像还沉着,好像不会开口,或许说不出口,或许不愿开口。可是神父告诉她,巴西琉的灵魂马上要从牙关出窍了,劝她快打主意,别再犹豫。季德丽亚美人听了很激动,好像伤心悔恨的样子;她默默走到巴西琉身边。他两眼上翻,气息奄奄,还在念诵季德丽亚的名字,看来就要像异教徒那样戴罪而死了。季德丽亚跪在他身边,没开口,只做手势要他伸手。巴西琉睁眼直瞪瞪地看着她说:"哎,季德丽亚,你这会儿来可怜我,你的好心肠只是杀死我的软刀子!因为你尽管愿意嫁我,我却没力量承受这份幸福,我的创痛立即致我死命,我也没力量抵挡了。哎!我命里的灾星呀,我只求你别用结婚来敷衍我,或再次哄我。我要你老实声明:你和我行这番婚姻大礼不是受了强迫,却是完全自愿的。我已经大限临头,你不该哄我,况且

"洞房就是他的坟墓",智慧的语言背后是一部分人无力摆脱的命运。

义不容辞:道义上不允许推辞。

我对你这样一片真心,你不能对我虚情假意。"

他说着就昏厥过去。在场的人都觉得他这一昏厥就活不过来了。季德丽亚庄重而羞怯地伸出右手握住巴西琉的右手,对他说:"我的心是百折不回的;我毫无勉强,愿意和你结婚,只要你没有被自己冒失的行为搅乱了神志。"

巴西琉答道:"我靠天照应,心里清清楚楚,毫不混乱。我愿意娶你,做你的丈夫。"

季德丽亚答道:"不论你能不能活下去,我愿意嫁你,做你的妻子。"

桑丘在旁咕哝说:"这小伙子受了这么重的伤,话还多得很。别让他谈情说爱了,叫他注意自己的灵魂吧。我瞧他那灵魂并不溜出牙关,却逗留在舌头上了。"

巴西琉和季德丽亚握手的时候,神父恻然泪下。他向新郎新娘祝福,还求上天让新郎安息。这位新郎受了神父的祝福,立即一跃而起,自己拔掉了穿身的剑;他那副涎皮赖脸的神色实在少见。在场众人都愣住了,有几个没心眼的大嚷道:"奇迹呀!奇迹!"

可是巴西琉说:"不是'奇迹呀!奇迹!'却是妙计呀!妙计!"

神父目瞪口呆,惊诧之下,伸双手去摸索巴西琉的创口,发现那把剑并没有刺透身体,只刺穿了牢缚身上的一根灌血的铁管子。据后来透露,管子里的血是调配好的,不会凝结。神父、卡麻丘和在场众人这才知道受了捉弄。新娘子上了当并不懊恼。有人说这番婚礼是骗局,不能算数;她却再次声明愿和巴西琉结婚。因此大家猜想这件事是男女双方串通的。卡麻丘和回护他的人大怒,准备动手报复;许多人拔剑要和巴西琉厮杀。帮巴西琉的人也有那么多,立刻拔剑出鞘。堂吉诃德绰着枪,把盾牌严严护着身体,一马当先,直冲出场;

"死亡"的婚礼让人悲恻,穷人们也许只有在死神面前才能够有情人终成眷属。

穷苦人的智慧有时不免极端,但却能达到预期效果。

剑拔弩张,空气紧张,火拼之势一触即发,这场婚礼真是惊险之极。

<u>大家都忙着让开</u>。桑丘向来不喜欢这种事,他认为捞到美味的肉锅边是不可侵犯的圣地,忙躲到那里去。堂吉诃德大喊道:"各位请住手!情场失意,不行得报复。该知道恋爱和打仗同是争夺:兵不厌诈;恋爱也可以出奇制胜,只要不损害情人的体面。季德丽亚和巴西琉的姻缘是按照天道和天意安排的。卡麻丘有的是钱,要什么都买得到;他随时随地都能称心如愿。巴西琉只有这一只小羊羔,无论什么人,随他权力多大,都不该夺他的。上帝配成对,世人拆不开。谁想拆开他们俩,先得吃我手中枪!"

他说着就使劲把长枪挥舞得神出鬼没,那些不认识他的人都吓得胆战心惊。卡麻丘遭季德丽亚唾弃很恼火,不再要这个姑娘了。神父是个晓事的好心人,也向他劝说。卡麻丘很听从神父的话,就和同伙收剑回鞘,表示都心平气和了。他们对巴西琉的诡计倒无所谓,只怪季德丽亚那么依顺他。卡麻丘想,季德丽亚结婚前已经深爱巴西琉,结婚后想必旧情难断,他没娶季德丽亚安知非福,也许正该感谢上天呢。

<u>事情平静下去了,双方各得其所,财主卡麻丘倒也有几分绅士风度。</u>卡麻丘和他手下人气都消了,巴西琉和他的一帮人也平静下来。卡麻丘财主表示受了捉弄并不懊恼,而且毫不介意,决计照旧庆祝,只当自己结婚一样。可是巴西琉夫妇和他们一起的人不愿意参加,都回到巴西琉的村上去。富翁有人谄媚趋奉,有品有德的穷汉也是有人拥戴敬重的。

巴西琉的一伙觉得堂吉诃德是个有胆气的正人,带着他一起回村。只有桑丘满不愿意,因为卡麻丘家丰盛的酒席和种种庆祝到夜晚才散,他却不能参加。他没精打采,跟他主人随同巴西琉一伙离开了埃及的肉锅,心上直恋恋不舍。锅里捞的那点没吃完的油水,只叫他想到错失的大吃大喝;所以肚里尽管不饿,心里却非常不快。他没有下驴,闷闷地跟着驽骍难得的脚迹走。

情境赏析

　　语言是开路的先锋，语言的运用是否恰当，表现得是否充足，选择是否协调等都会直接影响到作品的成败，从而也影响到读者的阅读和接受。塞万提斯正是认识到这一点，所以在作品中加工了民间语言，也融会了民风民俗，改变了过去骑士小说中的矫揉造作的文风和苍白无力的叙事，使作品通俗易懂、生动丰富，深受大众欢迎。尤其是在人物语言上的个性设置更是匠心独运，根据人物的不同地位、身份、修养、学识等来设置不同语言，使文章真实生动，令人清爽。

名家点评

　　塞万提斯并不是一概地反对所有的骑士小说。他只反对那些荒唐无聊、不近人情的骑士小说，他并不否定骑士小说这种体裁，认为骑士小说也有个好处，就是可以发挥作者的才情和想象，创造种种有趣的人和事。塞万提斯认为要使拙劣的骑士小说绝迹，最好的办法就是去创作出一本更好的骑士小说来。

——（法）巴尔扎克

第七十四章

盛大的婚礼终于过去了，惊险的场景却历历在目，巴西琉凭借自己的勇敢和智慧在众人的帮助下夺回了新娘，保全了一对幸福的伴侣。堂吉诃德的正义和勇敢再次发挥了作用，避免了一场流血事件的发生，维护了一对真心相爱的青年。唯有没被满足食欲的桑丘闷闷不乐。众人一起回到了巴西琉的家里，在那里主仆二人也许会得到更高的礼遇。

英勇的堂吉诃德冒险投入拉·曼却中心的蒙德西诺斯地洞，大有所获。

新婚夫妇深感堂吉诃德出力帮忙，对他殷勤款待。他们觉得他智勇双全：武艺比得上熙德，口才比得上西塞罗。桑丘老兄破费新郎新娘家，享乐了三天。据新夫妇告诉他们：假装受伤的计策季德丽亚美人并非同谋，不过巴西琉预料她会照他的打算和他结婚。他承认事先曾把那计策告诉几个朋友，让他们紧要关头上出一把力，保他骗局成功。

堂吉诃德说："追求美好的目标算不得欺骗。"他认为有情人能成眷属是最美好的目标，不过也不能忘记，饥饿穷困是爱情的大敌。因为爱情总是欢欣快乐的，尤其是有情的男子娶到了意中人，可是穷困就要时时刻刻迫害他，和他作对。堂吉诃德说，他这话是要奉劝巴西琉先生别不务正业，他擅长的那些玩意儿只能博得虚名，赚不了钱；他得从事正当的生计，凭他的聪明勤快，一定能发家致富。穷人难道就不能讲体面吗？体面的穷人，娶到美貌的妻子就是体面的保证，谁要抢掉他的妻子就是剥夺和毁掉他的体面。穷人的妻子美丽贞洁，就佩戴上胜利的桂冠。光是她那点美貌，人家见了就馋涎欲滴，像鹰隼见了美食直扑下来抓取。如果她貌美而又穷困，那就连老鸹子、鹞子等鸟儿都要飞来抢吃。她受到这种种追袭还能坚贞自守,那就真替她丈夫争面子了。

堂吉诃德接着说:"聪明的巴西琉,你记着一句话,我忘了哪位高明人士说的:好女人全世界只有一个;他劝每个丈夫把妻子看作世上唯一的好女人,这样就一辈子称心如意了。我是没结过婚的,至今不想结婚。不过谁要是请教我怎样挑选妻子,我不客气可以好好指点他。第一要注意那女人的名声,家产还在其次。规矩女人光是品性好不会就有好名声,还得行为好才成。女人公然轻浮放荡,比私下偷偷摸摸更丢脸。娶了好女人要保持她的好品性是容易的,还可以指望她好上加好呢。如果娶了坏女人,要她改好就费事了,因为好是坏的反面,要颠倒过来可不容易;尽管不是办不到,终究是件难事。"

桑丘听了这套话暗想:"我主人一听我讲的话有道理,就说我可以两手搬个讲坛,到处讲道去,还可以讲得顶好。我说他呀,用连串儿的老话训起人来,不但可以两手搬个讲坛,他每一个指头都能顶两个讲坛,到广场上去发挥一大通。这位游侠骑士什么都懂!魔鬼也得让他三分!我还以为他只懂骑士道呢!他什么事都有一套主张。"

桑丘自言自语,他主人听到了一些,就问:"桑丘,你咕哝什么?"

桑丘道:"我啥也没说,也没咕哝,不过心里在想,可惜我结婚前没听到您这番话,也许我现在只好说:'没有牵制的牛,浑身舔得自由'。"

堂吉诃德说:"桑丘,你的泰瑞萨就那么不好吗?"

桑丘道:"不是那么不好,却是并不那么好,至少不像我希望的那么好。"

堂吉诃德道:"桑丘,你不该说你老婆的坏话,她究竟是你儿女的妈妈。"

桑丘答道:"我们俩是公平交易。她如果想说我坏话,照样儿也说,尤其是吃醋的时候,那就连魔鬼都受她不了。"

长话短说,他们在新夫妇家里待了三天,主人家简直把他们当王公一样款待。堂吉诃德要求那位精于击剑的硕士为他找个向导,带他到蒙德西诺斯地洞去；因为他要亲自进洞瞧瞧那些说神说鬼的流传是真是假。硕士说他有一个表亲，是大学里的高才生，最爱看骑士小说，他一定愿意带堂吉诃德到地洞口去，还可以领他看看如伊台拉湖——那一带湖沼不但是拉·曼却的胜地，西班牙全国都有名。硕士还说，堂吉诃德和他那位表亲一定谈得来，因为那个小伙子有著作已经出版并献给王公贵人。接着那位表亲邀请来了，牵着一匹怀胎的母驴，驮鞍上盖一块五颜六色的毡子——也许是厚麻布。桑丘给驽骍难得套上鞍辔，把自己的灰驴儿也装备好，又装满了粮袋。那位表亲的粮袋也装得饱满，和桑丘的放在一起。他们求上帝保佑，然后辞别众人，取路向有名的蒙德西诺斯地洞去。

　　堂吉诃德在路上问那位表亲的职业和专长，那位表亲说：我是研究古希腊拉丁文学的，以著书为职业；出版的书都很风行赚钱。我有一本书叫作《礼服宝典》，描写了七百零三种礼服，还讲到衣服的颜色、佩戴的标记和徽章。上等人宴会和庆祝要穿什么礼服，可以随意从书里选样，不必去请教人，也不必浪费精力、自出心裁。

　　"因为我设计的礼服，不论心怀忌妒的、受人冷淡的、没人想到的、离家出门的种种人，各有合适的式样，穿了恰配身份。我还有一部破天荒的奇书，可称为《变形记，或西班牙的奥维德》。我用俳谐的笔法，仿照奥维德那部名著，化正经为滑稽，描写塞维利亚的希拉尔达，玛达雷娜的天使，果都巴的维辛盖拉沟，吉桑都的公牛、黑山岭，马德里的雷加尼托斯泉、拉瓦庇艾斯泉，以及庇奥霍泉、金沟泉和普利奥拉泉。我也记载这些故事的另几种传说，以及有关的寓言、比喻等。这部书读来既有趣味，又广见闻，还对身心有益，真是一举三得。我还有一部书叫作《维吉尔·波利多罗补遗》，专考订事物的创始。这本书很渊博，考据精详，波利多罗遗漏的重要项目，我都细细补订，用优雅的文笔解释清楚。维吉尔没指出世上谁第一个害感冒，谁第一个用水银治疗杨梅疮；我都查考出来，引证的书籍至少也有二十五种。我这种工作的价值，我这种书在世界上的用处，你就可想而知了。"

桑丘留心听这位表亲说完,接口道:"先生,我但愿上帝保佑您每一本书都顺顺当当地出版。我请问您,第一个抓脑袋的是谁?您什么都知道,这也一定知道。我想准是咱们的祖先亚当吧?"

那位表亲答道:"准是的,因为亚当有脑袋,脑袋上生头发,这是千真万确的。他既然有脑袋,又有头发,而且是世界上第一个人,那么他总有一次抓了一下脑袋。"

桑丘答道:"我也这么想。可是我再问您,世界上第一个翻跟斗的是谁?"

那位表亲答道:"不瞒你说,老哥,我这会儿断不定,还得研究研究。等我回书房翻翻书考证一番,以后再告诉你吧。咱们保不定还会见面呢。"

桑丘说:"哎,先生,您不必费这个心了,因为我刚才问的,这会儿想出来了。我告诉您吧:世界上头一个翻跟斗的是魔鬼,他被上帝从天上摔出来,就翻着跟斗直掉到地狱里。"

那位表亲说:"朋友啊,你说得对。"

堂吉诃德说:"桑丘,这个答案不是你自己的,你准听见别人说过。"

桑丘答道:"先生,您住嘴吧。不瞒您说,假如我有意自问自答,我问答到明天也没个完。真是!问个傻问题再来个无聊的回答,我还用请教别人吗?"

堂吉诃德说:"桑丘,你无心的话却很有意思。有人费了心力考订问题,考订明白了既不增进智慧,也不添长学问,真是一钱不值。"

他们说着闲话过了一天,晚上宿在一个小村子里。那位表亲说:那里离蒙德西诺斯地洞不过两哩瓦地了,如果要下地洞,就得带些绳子,好拴住身子缒下去。堂吉诃德说,即使那个地洞直达地狱,他也得下去瞧瞧究竟多深。因此他们买了约五六十丈绳子。第二天下午两点,他们到了洞边。洞口很宽,只是长满了荆棘、鬼馒头树和蔓草蒺藜,密密丛丛,把洞口完全盖没了。三人下了马,桑丘和那位表亲立即用绳子把堂吉诃德牢牢地拴起来;桑丘一面对堂吉诃德说:"我的主人啊,您干什么事得仔细啊,别把自己活埋了,也别像冰在井里的酒瓶那样悬挂在里面。真的,这地洞比摩尔人的地窖子还可怕，进去探索不是您的事。"

堂吉诃德说："你拴吧，别多说了。桑丘朋友，这件事是专等我来做的。"

那个向导说："堂吉诃德先生，我请您务必多多小心，并且带着一百只眼睛，把洞里的形形色色看个仔细，说不定有些东西可以写到我那部《变形记》里去呢。"

桑丘·潘沙说："您这件事正是拜托老内行了。"

他们说着话，把堂吉诃德拴缚停当。绳子并不拴在盔甲外面，却拴在衬盔甲的紧身袄上。堂吉诃德说："咱们粗心了，没带个小铃铛来。应当拿个小铃铛拴在我身边绳上，只要铃声响，就知道我还在往下缒，而且还活着。不过现在办不到了。随上帝摆布，由他来指引我吧。"

他就双膝跪下，向天低声祷告：他这番又冒奇险，求上帝保佑胜利归来。接着他又高声说："哎，杜尔西内娅·台尔·托波索啊！大名鼎鼎的绝世美人！主持我一切行动的女主人！我真是有幸，能把你作为我的意中人！如果你能听到我的呼声，希望你以第一美人的身份，听我的恳求。我现在急切需要你的帮助，求你务必答应。我就要投身下地洞去了；这不过是要世人知道，我只要有你保佑，就没有办不到的事！"

他说完走到洞口，一看却没法下去，也没个入口，除非拨开荆棘，或砍出一条路来。他就拔剑把洞口的荆棘蔓草一阵子乱砍，惊起不知多少老大的乌鸦，它们密密成群地直冲出来，把堂吉诃德冲倒在地。假如他不信基督而迷信预兆，就会觉得这是不祥之兆，下去保不定活埋在洞里。

他站起身；三人等洞里的乌鸦和一起出来的蝙蝠之类都飞尽了，那位表亲和桑丘放出绳子，把堂吉诃德缒下那阴森森的地洞。他下洞之前，桑丘为他祝福，又在他身上画了千把个十字，说道："游侠骑士的模范啊！上帝和法兰西山上的圣母指引你吧！天不怕、地不怕、铁心铜臂的好汉啊！你现在要下去了！你要离开光天化日，自己钻进黑洞里去；我再说一遍，但愿上帝指引你，保佑你平安回来，重见天日。"

那表亲也照样为他祈祷。

堂吉诃德下洞只叫他们把绳子放了再放。他们俩就把绳子慢慢儿放，后来听不见洞里的声音，那五六十丈绳子也都放完了。他们就想把堂吉诃德再吊上来。不过他们还是停留了半小时左右，然后重把绳子收回，只觉得毫不费力，一点儿分量都没有。由此可见堂吉诃德还在洞里呢。桑丘这么猜想，痛哭着急急把绳子往上收，要瞧个究竟。可是他们收回了四五十丈绳子，觉得有重量了，两人都大喜；又收回五六丈，就分明看见了堂吉诃德。桑丘对他嚷道："我的主人啊，欢迎您回来了！我们以为您要在那边成家立业、传宗接代呢！"

　　堂吉诃德一言不答。他们把他完全吊出来，只见他双目紧闭，好像是睡熟的样子。他们把他平放在地下，解掉绳子，他还是不醒。他们把他翻来滚去、推推搡搡，好一会儿他才睁开眼，伸一伸手脚，好像酣睡初醒的样子；然后吃惊地转眼四望，说道："上帝饶恕你们吧！朋友啊，我正在过人世间所没有的美好日子，你们却把我拉出来了。我真是现在才知道，人生的快乐像梦幻泡影，一眨眼就过去，或者像田野里的花朵儿，开过就萎了。哎，生不逢辰的蒙德西诺斯！哎，身受重伤的杜朗达尔德！哎，薄命的贝雷尔玛！哎，哭哭啼啼的瓜迪亚那和如伊台拉的几个可怜姑娘！看了你们那里的湖水，就可见你们明媚的眼睛里流出了多少泪！"

　　堂吉诃德这些话好像是痛彻心肝的哀呻。那位表亲和桑丘留心听他说完，就请教他那些话什么意思，又问他在那个地狱里有什么见闻。

　　堂吉诃德说："你们把那个地洞叫作地狱吗？可别这么说！那是大错特错的，回头你们就会知道。"

　　他要吃些东西，因为饿得慌。他们把那位表亲盖在驮鞍上的毡子铺在草地上，搬出粮袋里的干粮，三人亲亲热热坐在一起，把午点和晚饭并作一顿吃。饭罢，堂吉诃德·台·拉·曼却说："孩子们，你们都坐着，留心听我讲。"

第七十五章

绝无仅有的妙人堂吉诃德讲他在蒙德西诺斯地洞里的奇遇
——讲得离奇古怪,使人不能相信。

那时是下午四点钟,太阳隐在云后,天光暗淡;堂吉诃德乘着阴凉,要把自己在蒙德西诺斯地洞里的种种经历,讲出来请两位屈尊倾听。他就开场叙说:"从地洞下去大约八九丈,右边有一块凹进去的地方,搁得下一辆驾着几头骡子的大车。有一线微光从地面射进。我当时悬挂在黑黝黝的洞里,不知下去是什么路数,身体又累,心上又急,恰好看见那块凹处,就想进去歇一会儿。我大声叫你们等我通知再放绳子。可是你们准没听见。我把你们放下的绳子收了盘作一堆,坐在上面发愁。没人缒着我了,怎么下洞呢?我正想不出个办法,忽然睡着了。不知怎么的醒来发现自己在一片幽静的草地上;那美丽的风景,地面上从来没有,世界上心思最巧妙的人也想象不出。我睁大眼睛,自己揉了几下,知道不是做梦,确实是醒着。可是我还不放心,又把自己的脑袋、胸脯都摸索一番,证明我当时确是自己本人,不是幻影虚像,我的触觉、感觉和心里有条有理的思想,都证明那时那地的我,就是此时此地的我。我随即看见一座富丽堂皇的宫殿,墙壁看来是透明的水晶。殿门开处,出来一位道貌岸然的老者。他穿一件深紫色的长呢袍,直拖到地上,胸前和肩上围一条绿缎子的学士围巾,头上戴一顶黑色米兰式软帽,雪白的胡子垂到腰带以下。他不佩剑,只拿着一串念珠,颗粒儿比普通的核桃还大,间在每十颗中间的一颗有鸵鸟蛋那么大。他那副庄严高贵的气派,叫人肃然起敬。他走到我面前,紧紧拥抱了我,说道:'英勇的堂吉诃德·台·拉·曼却啊,我们被魔法禁魇在这个隐僻的洞里,已经好多年了,直在盼望着你,等你来把这个洞里的秘密公之于世。这件事只有你这样的盖世英豪才承担得起。大名鼎鼎的先生啊,你跟我来,我要带你瞧瞧这座水晶宫里的奇事呢。我名叫蒙德西诺斯，是这座宫殿的终身主管。地洞的名称就是由我而来的。'我听说了他是谁，就问世上相传蒙德西诺斯遵照好友杜朗达尔德临死的嘱咐，用小刀剖开这位朋友的胸膛，把他的心挖出来送给贝雷尔玛夫人，这话是否真实。他说确有这事，不过他使的不是刀子，也并不小，却是一柄比锥子还锐利的尖头匕首。"

桑丘插嘴道："准是塞维利亚人拉蒙·台·奥赛斯打造的匕首。"

堂吉诃德说："我不知道。可是绝非拉蒙·台·奥赛斯打造的，因为他才去世不久，我讲的那桩惨事记载在隆塞斯巴列斯战史里，是好多年代以前的老话了。况且你这考证无关紧要。"

那位表亲说："对呀，堂吉诃德先生讲下去吧，我听得有趣极了。"

堂吉诃德说："我讲着也觉得有趣呢。那位老者领我进了水晶宫，到一间地室里。那屋子阴凉极了，全是雪花石膏造成的。里面有一座大理石的坟墓，雕刻得非常精致。墓石上直挺挺地躺着一位骑士，他不是墓上常见的青铜、大理石或绿玉的像，却是有骨肉的人。他右手按在胸口靠心的一边。我看见手上毛茸茸的，筋都暴出来，可见很有力气。蒙德西诺斯没等我问，瞧我满面诧异，就对我说：'这就是我的朋友杜朗达尔德，在当时那些又勇敢又多情的骑士里，他是出类拔萃的。他和我，还有许多男男女女，都是法兰西魔术家梅尔林用魔法禁魇在这里的。据说这个魔术家是魔鬼的儿子；我看他不是什么魔鬼的儿子，人家说他比魔鬼本事还大呢。他为什么禁魇我们，用的是什么法术，谁也不知道。不过总有一天会见分晓；我想那时期也不很远了。我只有一件事很诧异。杜朗达尔德是在我怀里咽气的，这就好比这会儿是大白天一样确实。他死后我亲手挖出了他的心——那颗心真有两磅重呢，因为据博物学家说，动物心脏大的，胆量也大。这位骑士分明是死了，可是他到现在还像活着似的，常要呻吟叹气，不知是怎么回事儿。'他刚说完，那伤心的杜朗达尔德大叫一声，说道：

——唉，蒙德西诺斯表哥啊！
我最后拜托你一件事：

> 你等我咽了这一口气，
> 灵魂脱掉躯壳，离开人世，
> 你就把我胸膛里的这颗心，
> 送给我情人贝雷尔玛氏，
> 你可以剖开胸膛挖取，
> 或用匕首，或者就用刀子。

蒙德西诺斯老人听了这番话，双膝跪下，含着两泡眼泪说：'杜朗达尔德先生，我最亲爱的表弟啊，咱们不幸失败的那天，你嘱咐我的话，我早已照办了。我很谨慎地把你一颗心全挖出来，胸膛里没剩一星半点儿。我用一块花边手绢儿把那颗心抹得干干净净；我随就把你埋了，然后带着那颗心到法兰西去。我一双手在你胸膛里掏摸了一番，染满鲜血，可是我为你流了那么多眼泪，竟把手上的血都冲洗干净了。我亲爱的表弟呀，我还有确凿的证据呢。我出了隆塞斯巴列斯，到了前面村上，就在你那颗心上撒了一把盐，防它变味儿，等送到贝雷尔玛夫人面前，那颗心虽然不新鲜，至少是腌上了。这多年来，贝雷尔玛夫人，你，我，你的侍从瓜迪亚那，傅姆如伊台拉和她的七个女儿、两个外甥女，还有你的许多相识和朋友，都被魔法师梅尔林禁魇在这里，虽然五百年过去了，咱们这些人一个都没死呢。只有如伊台拉和她的女儿和外甥女儿不在这里。梅尔林瞧她们哭哭啼啼，大概是可怜她们，就把她们一个个都变了湖沼，在人世间和拉·曼却称为如伊台拉湖。七个女儿变的湖是西班牙国王的，两个外甥女儿变的湖属于崇高的圣胡安会。你的侍从瓜迪亚那也是为你伤心流泪，就变成了一条河，他的名字成了河名。他流到地面上，看到高空的太阳，想起自己把你抛下了，伤心得不可开交，竟又钻到地底下去了。可是他究竟不能脱离天然的河道，还得时常出来见见阳光和世人的面。几个如伊台拉湖的水都流进他那河里，汇合起来，浩浩荡荡流入葡萄牙国境。不过他一路上忧忧郁郁，没有心情在自己的水里养育以美味闻名的鱼，他那条河里出产的鱼味道不鲜，很粗糙，和金色塔霍河里的鱼大不相同。哎，我的表弟啊，我这些话已经跟你讲过好多遍,你总不回答;我想你大概不信我,或者没听见吧。上帝知道,我为此多么痛苦。现在我要报你一个信,即使不能安慰你,总不会增添你的烦恼。你可知道,梅尔林法师预言的那位大有本领的伟大骑士正站在你身边,你睁开眼就能看见他。这位堂吉诃德·台·拉·曼却侠骑士道死灰复燃,比古代更光芒万丈。有他来出力援助,禁魇着咱们的魔法也许就能破除。大事业得大人物才干得成。'那可怜的杜朗达尔德有声无气地说:'即使破不掉,我说呀,表哥,捺下性子,洗牌吧。'他不再多说,侧过身子照旧无声无息地躺着。这时忽听得号啕的号哭,夹着深长的叹息和哽哽咽咽的抽噎。我回头隔着水晶墙壁,看见一队美貌姑娘排成两行走来,都穿着黑色丧服,头上像土耳其人那样缠着白头巾。押队的女人神气端庄,看来像一位贵夫人。她也穿着黑色丧服,披的头纱又长又大,直拖到地下;缠头的白巾比别人的至少大两倍。她两条眉毛联成一道,鼻子有点儿塌,大嘴巴,嘴唇颜色鲜红,有时露出一口牙齿,稀稀落落,不整不齐,可是白得像去皮的杏仁。她双手托着一块细麻纱手绢儿,里面一件干瘪的东西,想必就是那颗腌成腊肉的心。据蒙德西诺斯说,那一队人全是杜朗达尔德和贝雷尔玛的侍女,跟男女主人一起着了魔术禁魇在那里的;末了一个拿手绢儿捧着一颗心的就是贝雷尔玛夫人。每星期她有四天带着侍女排队边走边唱;其实就是对杜朗达尔德的遗体和挖出的心哀唱挽歌。他说,贝雷尔玛在我眼里也许丑点儿,不像传说的漂亮。那是因为她中了魔法,日夜受罪,只要看她的大黑眼圈儿和一脸病容就知道。他说:'她脸发黄,眼下有黑圈并非因为妇女月月儿有的毛病,她已经好几个月、甚至好几年没那回事了。她看到时刻捧在手里的那颗心,想着情人的苦命,自己心上悲痛,所以变成那副模样。要不为那个缘故,她风姿艳丽,而且聪明活泼,可以把这一带无人不知、举世闻名的贵小姐杜尔西内娅·台尔·托波索都比下去呢!'我当时说:'蒙德西诺斯先生,您别说溜了嘴,您只管讲您的故事,可是请别忘了,'比长较短,惹人反感',所以奉劝您别把谁跟谁比。绝世美人杜尔西内娅·台尔·托波索和堂娜贝雷尔玛夫人各不相干;我的话只说到这里。'他回答说:'堂吉诃德先生,您别见怪,我承认自己错了。我刚才说杜尔西内娅比不上贝雷尔玛夫人是我胡说。我忽然明白您是她的骑士,我咬掉舌头也再不把她来和任何人比较,除非和天比.'我当初听了那番品评很生气,后来伟大的蒙德西诺斯对我赔了这么个礼,我就心平气和了。"

桑丘说:"可是我很奇怪,您怎么不揪住老头儿,把他浑身骨头都踢断,把他胡子拔得一根儿不剩呀?"

堂吉诃德答道:"那不行,桑丘朋友,我要那样就是我不对了。咱们得尊敬老人,即使他不是骑士也该尊敬,何况他是一位骑士,又中了魔法,更不用说了。我们俩还谈了许多话,我记得我们彼此都没有欠礼。"

那位表亲插嘴道:"堂吉诃德先生,您在地底下才一会儿工夫,我不懂您怎么看见了这么许多东西,还讲了这么许多话。"

堂吉诃德问道:"我下去了多久呀?"

桑丘答道:"一个多钟头吧。"

堂吉诃德说:"绝不可能,我在那儿天黑了又天亮,天亮了又天黑,一共三次。照我估计,我在那个隐僻的洞里过了三天。"

桑丘说:"我主人的话一定没错儿。他碰到的事都是着了魔道的,说不定我们觉得是一个钟头,他在那边儿却仿佛是三天三夜了。"

堂吉诃德说:"准是这么回事。"

那位表亲问道:"我的先生,您那些时候吃东西没有呢?"

堂吉诃德答道:"一口都没吃,也不觉得饿,压根儿没想到吃喝。"

那位表亲问道:"着魔的人吃东西吗?"

堂吉诃德答道:"他们不吃东西,也不大方便,一般认为他们的指甲、胡须和头发会长。"

桑丘问道:"先生,着魔的人睡不睡觉呢?"

堂吉诃德答道:"当然不睡。至少我跟他们一起的三天里,谁都没合眼;我也和他们一样。"

桑丘说:"这就应了咱们的老话:'跟谁一起,和谁一气.'您和着了魔挨饿熬夜的人在一起,当然也就不吃不睡了。可是我的主人啊,我有句话您别见怪。您讲的这许多事,假如哪一点我会当真,让上帝把我带走吧!——我差点儿没说让魔鬼把我带走!"

那位表亲说:"怎么不当真?难道堂吉诃德先生撒谎了吗?他即使要撒谎,这一大堆谎话也来不及编呀。"

桑丘说:"我不信我主人是撒谎。"

堂吉诃德问道:"那么你说是什么呢?"

桑丘答道:"您不是说,您在那边儿地底下和一大群着魔的人在一起吗;我想那个梅尔林,或者对那伙人施行魔法的魔术家们,准把您讲的这套故事安装在您心眼里了。"

堂吉诃德答道:"桑丘啊,你说的都可能,不过并不是这么回事。我刚才讲的都是我亲眼看见、亲手摸过的。蒙德西诺斯带我见识了不知多少奇奇怪怪的事,这会儿没工夫细说,咱们路上等有机会,我再慢慢儿讲给你听。可是我现在告诉你一件事,他指给我看三个乡下姑娘,在那片阴凉的草地上像山羊似的跳跳蹦蹦。我一看认出一个是绝世美人杜尔西内娅·台尔·托波索,另外两个就是咱们在托波索城外看见和她一起的那两个乡下姑娘。你说怪不怪?我问蒙德西诺斯是否认识那几个女人。他说不认识,她们在那片草地上才出现了不多几天,想必是几个着了魔道的贵家小姐。他说这并不稀罕,因为从古到今,着了魔道、变成奇形怪状的女人,那儿多的是,有两个他都认识:一个是希内布拉王后,还有一个是她的傅姆金塔尼欧娜,朗塞洛特'刚从不列颠到此',曾为他斟酒的。"

桑丘听了主人这番话,觉得岂有此理,简直笑死人。他明知杜尔西内娅着魔是他捣的鬼,魔法师就是他本人,证据也是他捏造的。所以他断定主人已经神志昏乱,完全疯了。他说:"亲爱的主人啊,您下地洞真是交了坏运,又逢季节不利,日子不好;您碰到蒙德西诺斯先生准又是倒霉的时辰,害您回来变了个样儿。您当初在地面上好好儿的,上帝给您的好头脑没一点儿毛病,随时还引用格言成语教训人呢;可是您现在满嘴尽是荒唐透顶的胡言乱语了。"

堂吉诃德说:"桑丘,我知道你这个人,所以不会把你的话当真。"

桑丘答道:"您尽管为我刚才说出口的话、或想说没说的话打我杀我,您讲的那通话不经修改,我还是不会当真的。趁现在您还没和我翻脸,我请问您:您凭什么知道那位贵小姐就是咱们的女主人呢?您跟她谈话了吗?您说了什么?她怎么回答的?"

堂吉诃德答道:"她还穿着上次你指给我看的时候她穿的那套衣服,所以我认得。我和她说话,她一句也不搭理,转身飞也似的跑了,比射出去的箭还快。我想追她,可是蒙德西诺斯说追不上她,劝我别白费力,况且一会儿我就该出洞回来了。他又说:他将来会教我怎样破掉禁魔着他们一伙人的魔法。可是我在那里见到一件事是我最伤心的。蒙德西诺斯和我讲话的时候,那位倒霉小姐杜尔西内娅的一个女伴悄悄地跑到了我身边来,两眼含泪,颤声低语说:'我们的杜尔西内娅小姐吻您的手,请您把近况告诉她。她现在手头很窘,所以恳求您借六个瑞尔给她——或者您身上有多少都借给她,凭我手里这条新棉布衬裙做抵押,她保证不久就还您。'我听了这话很吃惊,就转身问蒙德西诺斯说:'蒙德西诺斯先生,贵人家女子着了魔道难道也会穷困吗?'他说:'堂吉诃德·台·拉·曼却先生,您听我讲:穷困是普遍的,哪儿都有,谁都难免,着魔的人也免不了。杜尔西内娅·台尔·托波索小姐既然叫人来借这六个瑞尔,抵押品看来也不错,您借给她就是了。她一定窘得日子不好过呢。'我说:'我不要抵押品,也不能如数给她,因为我这里只有四个瑞尔。'桑丘啊,那就是你上次给我路上布施穷人的。我把那四个瑞尔给了她说:'朋友,烦你转告你家小姐,她手头拮据,我知道了很难受,巴不得自己有傅加的巨富来资助她。还请你告诉她:我见不到她的娇容,听不到她的妙语,身体怎么也好不了。我一片至诚,求她给个机会,让她所颠倒的骑士和她见个面儿、说个话儿。还有句话也请你转达。从前曼士阿侯爵眼看他外甥巴尔多维诺斯在山坳里快要咽气的时候,曾经发誓为他外甥报仇,说这个仇不报,他吃面包决不摊桌布,等等;我也要照样发誓为她解除魔法。我从此要走遍世界七大洲,比葡萄牙太子堂贝德罗还走得远;她着的魔法不破,我决不休息。我这个誓,她也许无意间会风闻到。'那姑娘说:'您对我们小姐这样是应该的,还不够呢.'她拿了那四个瑞尔凌空一跳,离地有两个瓦拉;就算是对我行的礼。"

桑丘听到这里,大嚷道:"哎呀!神圣的上帝啊!我主人好好儿的头脑,竟变得这样疯疯癫癫,世界上怎会有这等奇事呀?魔术家和魔法怎会有这么大的法力呀?哎,我的先生,您看上帝分上,注意保全自己的声名,别胡思乱想搅混了脑经啊!"

堂吉诃德说:"桑丘,你是因为爱我,才这么说。这都是你浅见寡闻,凡是异常的事,你就以为不可能了。我刚才跟你说过,等我将来慢慢儿把我在那边经历的事讲些给你听,你就会相信我这会儿说的都千真万确,没什么可争辩的。"

第七十六章

许多细枝末节,可是要深解这部巨著却少不了。

据这部历史巨著的译者说,他据熙德·阿默德·贝南黑利的原作,翻译到蒙德西诺斯地洞探险一章,发现书页边缘上有作者亲笔批的一段话,照译如下:

"我怎么也不信英勇的堂吉诃德确实经历了前一章所写的种种。他以前遭遇的奇事都可能,也像是真的,地洞里的这番却出于情理之外,没一点儿真实的影子。我也决不能说堂吉诃德撒谎,因为他是当代最诚实的君子,最高尚的骑士,即使用乱箭射死他也不肯说半句谎话的。而且他还说到种种细节,一刹那决没工夫编出这么成套的谎话来。所以这段情节如有虚造之嫌,不能怪我。我不问真假,只是有闻必录。读者先生,你是有眼光的,请你目下判断,这不是我的事,我也无能为力。不过确有人说,堂吉诃德临终承认这段经历是自己编的,因为读过的小说里都有这么一套。"阿默德插了这几句话,言归正传:那位表亲很惊讶,想不到桑丘竟敢冒犯主人,而他主人却又容忍他。看来,杜尔西内娅·台尔·托波索尽管着了魔,堂吉诃德见到了这位意中人一定很高兴,所以当时脾气显得那么和悦;不然的话,桑丘挨一顿板子正是活该,因为他对主人的语言实在是太放肆了。那位表亲对堂吉诃德说:"堂吉诃德先生,我觉得跟您走这一趟获益匪浅,少说有四项好处。第一,我有幸认识了您。第二,我知道了蒙德西诺斯地洞里的秘密,以及瓜迪亚那河和如伊台拉湖是怎么转变出来的;我正在编写《西班牙的奥维德》,这些都是好材料。第三,我发现了古代就有的纸牌戏。您说,杜朗达尔德听蒙德西诺斯讲了一大通话,醒来说:'捺下性子,洗牌吧。'由此可见早在查理曼大帝时代已经玩纸牌了。因为他这句话绝不是着魔以后学来的,准是着魔以前、在法兰西查理曼大帝时代就行得这么说了。我写的那部《维吉尔·波利多罗〈古代事物渊源考〉补遗》里,波利多罗准遗漏了纸牌的渊源;我恰好可以补进去。这件事很重要,而且像杜朗达尔德先生那样真诚的人,说的话一定可靠。第四,我确实查明了瓜迪亚那河的来源,这事直到现在还没人知道呢。"

堂吉诃德说:"是啊,不过您这些书是否能批准出版,还拿不定吧?如果上帝施恩,您能获得批准,我请问您打算把书献给谁呢?"

那位表亲说:"接受我献书的王公贵人,西班牙多的是啊。"

堂吉诃德答道:"并不多。不是他们不配,却是他们不愿意接受。他们觉得作者的努力和敬意该有报酬,他们不肯承担这项义务。可是我认识的一位贵人和那些人不同;他一人承担了这项义务,而且慷慨豪爽,假如我把他待人的好处全说出来,只怕许多有气量的人也要眼红呢。现在没工夫说这些闲话,咱们且去找个地方过夜吧。"

那位表亲说:"离这儿不远住着个隐居的修士,据说当过兵,大家承认他是个好基督徒,很有识见,待人也很厚道。他住房旁边有一间小屋,是自己花钱盖的,小虽小,留几个客人过夜还行。"

桑丘问道:"那位隐居的修士养母鸡吗?"

堂吉诃德说:"不养母鸡的隐士很少,从前埃及沙漠里修道的隐士,穿的是棕榈叶,吃的是草根,现在的隐士不是那样的了。我说那时候的隐士好,并不是说现在的不好,只是现在那些隐士不如从前那样苦行清修。可是不能就以为现在的都不好,至少我认为他们是好的。随他们多坏吧,假冒为善的伪君子总比公开作恶的坏蛋好一些。"

他们正说着话,看见有个人徒步而来,用棍子打着一头驮着长枪长戟的骡子急急赶路;他走近了也不停步,匆匆打个招呼就过去了。堂吉诃德喊他说:"老哥啊,你歇歇吧;你走得太急了,只怕你这头骡子吃不消呢。"

那人说:"先生,我不能歇啊。我这儿带的兵器是明天要用的,所以歇不得。再见吧。我今晚打算在隐士住处再向前的客店过夜,你要是也走这条路,咱们会在客店碰头;你如要知道这些兵器是干什么用的,我可以讲些新闻给你听。再见吧。"

他急急趱骡前去,堂吉诃德没来得及探问什么新闻。他好奇心重,按捺不住,决计立刻动身到那家客店过夜,不去光顾那位表亲所说的隐士了。

三人上了牲口,立即取道直往客店,到傍晚才赶到。那位表亲半路上向堂吉诃德建议问隐士要口酒喝。桑丘·潘沙听了立即带转他的灰驴儿向那里跑去;堂吉诃德和那表亲也跟着带转牲口。可是桑丘的运道看来不行,偏偏隐士不在家——这是跟随隐士修道的女人说的。他们问她要些高价的酒;她说主人没有高价的酒,如要廉价的水,她乐于供给。

桑丘说:"我要是爱喝水,路上有的是井,尽可以喝个畅快。哎!卡麻丘的喜酒啊,堂狄艾果家的大吃大喝啊,真叫我念念不忘!"

他们离开隐士家,催动牲口往客店去,走不多远,看见前面有个年轻小伙子,他并不急急赶路,他们一会儿就追上了。那小伙子肩上扛着一把剑,剑上挑着一捆衣服,看来是他的宽腿裤、大氅、衬衣之类。因为他身上只穿一件丝绒短袄,袄上有几处光秃秃的像缎子那么发亮,袄儿下面露着衬衫。他脚上穿着丝袜和京城时行的方头鞋。这人约摸十八九岁,满面高兴,身体看来很矫健,一面走,一面唱歌儿解闷。他们追上他的时候听他刚唱完一段,那位表亲记得他唱的是:

> 我从军是因为穷困;
> 如果有钱,我决不肯。

堂吉诃德先去和他攀话说:"漂亮的先生啊,您这样走路倒是轻便得很。我冒昧请问,您到哪儿去啊?"

那小伙子答道:"我轻装走路是因为天热,也因为穷。我是去投军的。"

堂吉诃德道:"因为天热不消说得;因为穷是什么道理呢?"

那年轻人说:"先生,我这捆衣服里有一条丝绒裤子,和这件短袄是一套;要是路上糟蹋了,进城穿上不像样,我却没钱另买新的。我是为这缘故,也为了图凉快,所以这样轻装赶路,等到了驻军的地方再穿上;还有十二哩瓦的路呢。我打算到那儿去投军。从那儿上船反正有车辆,据说船在伽太基。我不愿意再待在京城里伺候穷光蛋了,宁可伺候国王,为他打仗去。"

那表亲问道:"您得过什么赏赐吗?"

那小伙子说:"我如果伺候了西班牙哪一位当朝大佬或王公贵人,准有赏赐到手。这全靠投奔的主子好。阔人家的佣人常会升做旗手呀、上尉呀,或弄到个把好饭碗儿。可是我倒霉,老伺候些谋差使的或碰运气的,工钱少得可怜,浆洗一条领子就花了工钱的一半。当个小厮,东家干了到西家,会交什么好运才怪呢。"

堂吉诃德说:"朋友,您老实说,您伺候了几年,难道连一套号衣都没挣到手吗?"

那小厮说:"我得过两套。主人家给的号衣是专为他们自己装门面的;他们到京城来办完了事回家,就把号衣又收回了。您不见新修士没正式入会,出院得交还道袍、换上自己原来的衣服吗?我就和他们一样。"

堂吉诃德说:"真是意大利人所谓'精明刻薄'了。不过您抱着一腔壮志离开了京城,还是大可庆幸的。您是首先为上帝效力,其次为自己的国君,而且干的是当兵的一行,这是世界上最光荣、最有益的事。干武的行业不如干文的赚钱,可是武的比文的光荣;这句话我已经说过多次了。尽管由文人起家的比由武士起家的多,武士有说不出的高尚,独具光彩,压倒一切,文人是比不上的。我现在有句话希望您记着,困难的时候会对您有帮助也有安慰——就是说呀:什么倒霉事都别去愁它,最坏无非一死;

如果死得好，死就是最好的事。有人问古罗马英雄恺撒大帝，怎样死最好。他说，最好是意外的，突然的，没准备的。虽然这话出于一个不知有上帝的异教徒，可是很有道理，因为这样就省了心理上的苦恼。假如你在两军交锋时候阵亡，那么，管它是炮弹打死或地雷炸死呢？反正总是一死，事情就完了。据泰仑斯说：阵亡远比逃命光荣。好战士对指挥官越服从越光荣。我还告诉你，孩子，战士身上带着火药味，胜如带着麝香味。假如你这个光荣的职业直当到老，尽管你浑身伤疤，折了手，瘸了腿，你至少也是个光荣的老人，而且你那份光荣是穷困压不灭的。况且咱们国家正设法救济老弱残废的军人呢。现在有些人家嫌老年的黑奴不能干活儿，就借口'解放他们'，把他们赶出门，让他们被饥饿驱遣到死；国家不能用这种办法对待年老的战士。我这会儿不想多讲，只请你骑在我鞍后，咱们一起上客店吧。我请你吃晚饭，明天早上你再赶路去。但愿上帝不负你的好志气，给你一份好运气。"

那小伙子没骑堂吉诃德的马，只接受他的邀请到客店同吃了晚饭。当时桑丘心上暗想："上帝保佑我这位主人吧！他能说这么一大套很有道理的话，怎么又说他见到了蒙德西诺斯地洞里那些胡说八道的事呢？嘻！这怎么讲呀？"

他们到客店已经暮色苍茫。桑丘很高兴，因为他主人知道客店是客店，没像往常那样当作堡垒。他们一进门，堂吉诃德就向店主打听那个运送长枪长戟的人。店主说，那人在马房里安顿他的骡子呢。那位表亲和桑丘也就去安顿他们的驴，把马房里最好的马槽和最好的地方让给驽骍难得。

第七十七章

勇士堂吉诃德的地洞之行，又使他构织出了一系列神幻的想象，他是一个十分特别的骑士，时而疯傻异常，让人忍俊不禁、哭笑不得；时而又满口道理，宛若哲人。他每每的长篇大论，常常精辟入理让人叹为观止，使人不知是他的世界更真实还是我们的生活更现实。但他也有好奇心，看他急于寻找运兵器人的样子便知。

学驴叫的趣事，演傀儡戏的妙人，以及通神的灵猴。

> 好奇之心人皆有之，骑士更是与众不同。

堂吉诃德就像热锅上的蚂蚁一样，要听运送兵器的人讲新闻。他到马房去找到了那人，盯着要他立刻就讲。那人说："我那件新闻不能站着匆匆忙忙地讲。好先生，让我喂饱了牲口，准讲给您听。"

堂吉诃德说："你别耽搁吧，什么事我都可以帮你干。"

他说到做到，忙去筛大麦，洗马槽。那人瞧他这样不拿身份，也就愿意依他的请求讲给他听。那人去坐在一条石长凳上，堂吉诃德和他并坐，那位表亲、那个小厮、桑丘·潘沙和店主都围在旁边。那人说："各位先生请听，离这个客店四个半哩瓦有个市镇。市政府里有位委员，他丢了一头公驴；这是他家一个丫头捣的鬼，免得啰唆，详情就不说了。这位市政委员千方百计地找，总找不到。过了半个月，据说市政府另一位委员在广场上碰到丢驴的那个同僚，就对他说：'老哥啊，你得好好谢我，我报你一个好消息，你的驴找着了。'那人说：'我一定谢你，还要重谢呢。可是请问，我那驴在哪

> 牵扯政府官员的故事，总能吸引下层人民的注意力，这种题材的故事在各处皆屡见不鲜。

儿呢?'那人说:'在树林里,我今儿早上看见的。它驮鞍也没了,身上装备的东西什么都没了,瘦得那副样子,瞧着简直心疼。我想把它赶回你家来,可是它已经野了,怕见人。我走近去它就逃跑,直躲到树林深处去了。你要是愿意跟我找去,我回家安顿了这头母驴就回来。'公驴的主人说:'谢谢你,将来一定竭力厚谢。'我讲的这些细节,知道真相的人都讲过,和我讲的一个样儿。干脆说吧,两位委员一起走到树林里去找那头驴子。可是找来找去,踪影全无,找遍了邻近四周都没有。发现那驴子的人就对失主说:'老哥啊,你听我说,我想到个办法。这头驴即使不在树林里,竟埋在地底下,我这办法也一定能找它出来。我会学驴叫,叫得活像;假如你也能将就叫两声,咱们就定能找到它。'失主说:'老哥啊,说什么将就叫两声呀?我凭上帝发誓,我叫得比谁都像,驴子都不如我呢。'"

"那一位说:'咱们等着瞧吧。我是这样打算:你沿着树林这边走,我沿那边走,就把周围都走遍了;每走几步,你学一声驴叫,我也学一声,那头驴要是在树林里,一定听见,就会和咱们搭腔。'失主说:'老哥,你不愧天才,这个办法妙极了!'两人就按计划行事,分头走去。他们学驴叫差不多是同时,彼此都把对方的叫声当作真的驴叫,以为驴找着了,忙循声赶去。两人一会面,那失主说:'老哥啊,难道刚才叫的不是我那头驴么?'那一个说:'不是驴,是我啊。'失主说:'老哥,我老实说吧,要是单凭叫声呀,你跟驴子没一点儿分别。我这一辈子没听见过学驴叫这样活像的。'出主意的那人说:'老哥,这几句夸奖回敬你自己才对。我凭创造我的上帝发誓,世界上驴叫学得最像的也输你一着。因为你中气足,声音的高低长短、节奏的回旋顿挫都恰到好处,惟妙惟肖。我实在自愧不如,对你的绝技低头佩服。'失主说:'唉,

> 两位市政委员倒是智慧不凡,学驴叫引出毛驴不失为好办法,就是有失身份了。

我说呀,我凭这一技之长,可算是有点本领,从此可以自豪了。我以前也觉得自己驴叫学得不错,可是不知道有你说的这么绝。'"

"那一个说:'我告诉你,有些绝技在这个世界上是白糟蹋了;有了本事不会用,就冤枉了这套本事。'失主答道:'咱们这套本事要不是为咱们这会儿的事,别处也用不上;就为这件事,也得上帝保佑才行呢。'他们讲完又分头走开,重又学起驴叫来。他们每次听到对方的叫声,总当作真的驴叫,两人又找到一处去。后来他们约定一个暗号,每次连叫两声,表明是学叫的,不是真的驴叫。他们这样走几步连叫两声,把一座树林绕遍。失踪的驴并没有应和,声息全无。它怎会应和呢?这头可怜的驴在树林深处已经给狼吃了。他们发现了残骸,失主说:'怪道呢,我说它怎么不应一声;因为它只要没死,听到咱们叫,一定会答应,不然就不是个驴了。可是老哥,我虽然费尽力气,只找到吃剩的死驴,我却领教了你这样妙的驴叫,这就很上算了。'那一个说:'老哥,"还让你第一";"修道院长唱得好,助手也呱呱叫。"'两人白忙一场,哑着嗓子回镇。他们把寻驴的事原原本本告诉亲友,还彼此互相吹捧了一通。这件事就在附近村镇上传开了。魔鬼是不偷懒的,最喜兴风作浪,随时到处搬弄是非。他调唆得别处镇上的人一见我们镇上的人就学驴叫,分明是当面嘲笑我们的市政委员。小孩子也跟着闹,这就好比发动了全地狱的小鬼。一处处村镇上都学起驴叫来,害得我们镇上的人就此像白人里的黑人一样惹眼。这场玩笑闹得非常没趣,我们几次拿了兵器,结队和嘲笑我们的人打架。谁也劝不住,平时怕事退缩的也一齐动手。最欺侮我们的是两哩瓦以外的一个镇。我估计明后天我们学驴叫的镇上要结队和那个镇上的人打架去。我买那些长枪长戟是为了早做准

这种"绝技"闻所未闻,不知二位高官准备怎样做才能不冤枉这套本事。

兴风作浪:比喻挑起事端或进行破坏活动。

市政委员不为市民做正经事,无端地竟引起一场群架,长枪长戟都用上了,结果难以预知啊。

备。这就是我所说的新闻；也许你听来很平常，可是我没有别的事奉告了。"

他刚讲完，客店门口来了个人，穿的长筒袜、裤子、上衣都是麂皮的；这人高声问道："店主先生，有房间吗？未卜先知的猴子马上就到，梅丽珊德拉脱险的戏也就要来开演了。"

店主说："唷！这不是贝德罗师傅吗！今晚上咱们可热闹了！"

上文忘了说，这位贝德罗师傅用绿绸子捂的膏药贴没左眼和小半边脸，好像那半个脸上有什么毛病。店主接着说："欢迎啊，贝德罗师傅，猴子和演戏的道具在哪儿呢？我没看见呀。"

那一身麂皮衣的人说："说话就来。我抢先一步，瞧瞧有没有房间。"

店主说："您贝德罗师傅要房间，即使阿尔巴公爵住的也腾给您！您把猴子和道具运来吧，今晚店里有客，您的戏和猴儿准赚钱。"

贴膏药的人说："那好极了，我一定减价；只要不亏本就是好交易。我去招呼拉着猴儿和道具的车赶紧就来。"

他随即出去了。

堂吉诃德问店主贝德罗师傅是谁，带的是什么戏的道具和什么猴儿。店主说："那人是演傀儡戏的名手，常在曼却·台·阿拉贡一带来往，演的是《鼎鼎大名的堂盖斐罗斯解救梅丽珊德拉》。故事很有趣，演得又精彩，这一带地方多年来没见过这样的好戏。他还带着一只猴儿；那猴儿的本领别说猴儿里少见，咱们人都没有的。问它什么事，它会留心听着，然后跳上它主人的肩膀，咬耳朵把答话告诉主人；这贝德罗师傅就替它说出来。它讲的多半是过去的事，不大讲未来；

> 故事完了，今晚的正戏也要开演了，"未卜先知的猴子"让人多了一层企盼。

尽管不是句句都准,大致是不错的,因此我们相信它有魔鬼附身。它每说一件事——我意思是它咬着主人的耳朵叫他传一次话,就要收两个瑞尔,所以大家认为这位贝德罗师傅非常有钱。他是意大利人所谓的'上等人''好伙伴'。他日子过得好极了,说起话来,一人抵六人;喝起酒来,一人抵十二人。他靠的不过是自己一条舌头、一只猴子和一套傀儡戏。"

> 听介绍,这位贝德罗师傅便充满了神秘色彩,他的故事注定不一般。

正说着,贝德罗师傅已经回来,拉傀儡戏道具和猴子的车也来了。那猴子很大,没有尾巴,光秃秃的屁股磨得一毛不剩,脸相却并不凶恶。堂吉诃德一见那猴子,就问它:

"未卜先知的先生,请问您,我们交的是什么运?前途怎么样?瞧,这是我的两个瑞尔。"

他吩咐桑丘拿两个瑞尔交给贝德罗师傅。贝德罗师傅替猴子答道:"先生,凡是未来的消息,这畜生是不泄露的;过去的事它多少知道些,现在的也知道一点点。"

> 桑丘倒精明得很,但凡是算命的皆会拿你过去的事来取信于你,让你心甘情愿地去扔钱。

桑丘说:"真是!我才不花一个子儿请人讲我过去的事呢!谁比我自己还知道得清楚呀?花钱请教别人就太荒唐了。不过猴儿精先生既然知道现在的事,这里是我的两个瑞尔,请问您,我老婆泰瑞萨·潘沙这会儿在干什么?怎么样儿消遣?"

贝德罗师傅不肯收钱,说道:"还没有为您效劳呢,不能先拿报酬。"

他用右手拍拍自己的左肩,那猴儿就跳上去,把嘴巴凑着他的耳朵,牙对牙切切地响,过了一会儿就跳下来。贝德罗师傅忙抢到堂吉诃德面前,双膝跪倒,抱住他的腿,说道:"我抱着的这两条腿呀,就好比赫拉克利斯的两根柱子!您就是重光骑士道的大伟人、赞不胜赞的骑士堂吉诃德·台·拉·曼却呀!懦弱的人靠您壮胆,要跌倒的人靠您支持,躺下的人靠您扶起来，一切不幸的人都靠您帮助和安慰！"

堂吉诃德怔住了，桑丘惊奇得傻了，那位表亲骇然，那小厮莫名其妙，驴鸣镇上的人直发愕，店主也目瞪口呆，总而言之，演傀儡戏的这番话使人人都十分惊讶。他接着说："你呀，桑丘·潘沙老哥，世界上头等好骑士的头等好侍从啊，你放宽了心，你的好老婆泰瑞萨身体很好，这会儿正在梳理一磅麻。我还可以说得仔细点儿：她左边有一把缺口壶，装着一壶好酒，她一边干活儿，一边喝酒消遣呢。"

桑丘答道："这话我完全相信，她就是这么个会享福的。只要她不吃醋，她比我主人说的那位才德双全的女巨人安当多娜还好呢。有些女人宁可连累儿孙，也不亏待自己，我的泰瑞萨就是这样的。"

堂吉诃德说："唉，一个人读破万卷书，走遍万里路，就*见多识广*。可不是吗？我要不是这会儿亲眼看见，怎会相信有通神的猴子呢！我正是这位猴儿先生所说的堂吉诃德·拉·曼却，只是它夸赞太过了。可是不管怎么说吧，谢天谢地，我确是生来心热肠软，总想待人好，只怕亏负了谁。"

那小厮说："我如果有钱，就要问问猴子先生，我这趟出门会有什么遭遇。"

贝德罗师傅已经从堂吉诃德脚边爬起来，听了这话，答道："我刚说了，凡是问未来的事，这小畜生一概不回答的；它要能回答呀，没钱也不要紧。我如果能为堂吉诃德先生效劳，什么利益都不计较。我现在得去布置我的戏台了，因为我已经答应请大家看白戏，借此为堂吉诃德先生解闷消遣。"

店主大喜，忙去指点哪里可搭戏台，一会儿工夫戏台就搭好了。

堂吉诃德觉得一只猴子居然这样通灵，不管它知道未来

倒有几分玄机，难道猴子真有那么灵通？真不知是人灵还是兽灵。

见多识广：见过的多，知道的广。形容阅历深，经验多。识：知道。

也罢,过去也罢,总是旁门邪道,所以有几分戒心。他乘贝德罗师傅去布置戏台,就拉桑丘到马房角落里,背着人讲几句私话。他说:"桑丘啊,你听我说,那猴儿太神了,我仔细想来,它主人贝德罗师傅准和魔鬼订过约:或是默契,或有明文。"

桑丘道:"假如是魔气,又是和魔鬼定的,那就不用说,准是顶肮脏的臭气。可是贝德罗师傅要那魔气有什么用呢?"

"你没懂我的意思。我是说,他准和魔鬼订过什么合同,让猴儿借魔鬼的本领说话,他就靠着吃饭,他发了财将来把自己的灵魂交给魔鬼;这个与全人类为敌的魔鬼专要人的灵魂。不信你只要看,那猴子只知道过去和现在的事;魔鬼所知道的不也是这么一点儿吗?魔鬼不能预知未来,只会猜测,也猜不大准。只有上帝不论过去、现在、未来,无所不知。所以那猴子的话分明是魔鬼的口气。我不懂怎么没人向宗教法庭去告发他,对他严加审讯,逼他吐出真情,究竟靠了谁能有这么大的神通。因为那猴子分明不是星命家,它和主人并没有批出个'命造'和'运道'来;他们没这个本领呀。现在西班牙盛行算命;小娘儿们、小当差的或补鞋的老头子,都会胡乱批个命书,就像地下拣一张纸牌那么容易。他们假充内行,胡说乱道,糟蹋了这门真正的学问。我知道有位夫人请教星命家她的小哈巴狗会不会生育,一窝下几只,什么毛色。那算命先生批了命,说那哈巴狗会生育,一窝下三只,一只绿,一只红,还有一只杂色,不过受孕的时辰必须在星期一或星期六的白天或晚上十一二点之间。过两天那只母狗吃得太饱胀死了。那算命的在当地就像别的算命先生那样成了'铁口'。"

桑丘说:"不过我倒希望您叫贝德罗师傅问问那猴子,您在蒙德西诺斯洞里经历的事是不是真的,因为——您别见怪

> 即使受到奉承,堂吉诃德也能保持"清醒的头脑","与魔鬼定约",倒是有几分想象力。

> 这种怀疑的精神倒是挺值得提倡,对算命的讽刺也溢于言表。

啊,我觉得像哄人的瞎话,也许只是个梦。"

堂吉诃德答道:"都可能。你怎么主张,我都依你;不过我总有点儿说不出的顾忌。"

恰好贝德罗师傅跑来,说傀儡戏台已经搭好,请堂吉诃德先生看戏去,那出戏值得一看。堂吉诃德就告诉贝德罗师傅:他想请教猴子,他在蒙德西诺斯地洞里的经历究竟是梦是真,因为自己都分不清。贝德罗师傅并不答话,回去带了猴子来,当着堂吉诃德和桑丘的面,对猴子说:"猴儿先生,这位骑士想请教你,他在一个蒙德西诺斯地洞里的经历究竟是假的还是真的。"

贝德罗师傅打了个照例的信号,猴子就跳上他左肩,在他耳边仿佛窃窃私语,贝德罗师傅听完就说:"猴子说:您在那洞里经历的事,一部分是假的,一部分是真的。您问的事它只知道这些,别的可不知道了。您如果还有旁的要问,等下星期五吧;据它说,这会儿它的神通已经使尽了,要到星期五才复原呢。"

<small>聪明的回答相当于什么都没答。</small>

桑丘说:"我的主人啊,我不是跟您说的吗?我不信您在地洞里遭遇的那些事全是真的,连一半儿都信不过。"

堂吉诃德答道:"将来总会有分晓。什么事都有个水落石出,哪怕埋在地底里的,到时候也会露出来。这会儿甭多说了,咱们去看贝德罗师傅的戏吧,我想总有点儿新鲜玩意儿。"

<small>水落石出:水落下去,石头就露出来。比喻真相大白。</small>

贝德罗师傅答道:"怎么说有点儿呀?我那戏里有六万种新鲜玩意呢!堂吉诃德先生,我告诉您,我那出戏是全世界最有趣的。你们纵然不信我,也当相信这件事。我得开场演戏去;时候不早了,戏里要表演和讲解的情节多着呢。"

堂吉诃德和桑丘依言跑去看戏。戏台已经布置好,周围点满了小蜡烛,一片辉煌灿烂。贝德罗师傅随即钻进帷幕,

> 这种套语很有中国古代章回体小说的味道，不知是不是西班牙说书人的旧迹。

因为戏里的傀儡得他来操纵。有个男孩子是他的徒弟，站在帷幕外面，由他讲解戏里的情节，并用棍子指点一个个出场的角色。

全客店的人都坐在戏台前面，也有站着的。堂吉诃德、桑丘、那小厮和那位表亲坐在最好的座位上。讲解员就开始讲解。欲知戏里事，请看下面文章。

第七十八章

续叙演傀儡戏的妙事，以及其他着实有趣的情节。

> 戏里的故事开始了，但生活中的故事从未停止过。

"泰雅人和特洛埃人都静寂无声"，因为看戏的都专心等着听讲解。帷幕里响起一片铜鼓喇叭声，又有好几响炮弹。随后那男孩子朗着嗓子说道：

"这里表演的是一件千真万确的事，每字每句都是从法兰西历史和西班牙民歌里来的。这是堂盖斐罗斯先生救回他夫人梅丽珊德拉的故事。梅丽珊德拉给西班牙桑苏威尼亚城的摩尔人抢去了——那时候的桑苏威尼亚就是现在的萨拉果萨。请看！堂盖斐罗斯正在那里掷骰子玩儿，正是歌谣唱的：

　　堂盖斐罗斯在掷骰子赌博，
　　他早已把梅丽珊德拉抛在脑后。

这会儿出场的是查理曼大帝：请看他头戴皇冠，手拿宝杖；传说他就是梅丽珊德拉的父亲。他瞧女婿这么悠闲自在很恼火，跑来骂他了。请看他骂得多狠啊，恨不得用宝杖去

打他几下呢。有人说他确实打了,而且打得很重。他把女婿教训了一顿,说如果不设法救出自己的妻子,就丢尽了脸。他说:

——我的话到此为止,你仔细想想吧。

瞧,这位大皇帝转身走了,撇下堂盖斐罗斯在那里发脾气呢。他把桌子连骰子摔得老远,催着要自己的盔甲和武器,又问他表亲堂罗尔丹借杜林达纳宝剑。堂罗尔丹不肯借剑,却愿意陪他去冒险。可是我们这位英雄赌气不要他陪,说他妻子即使给藏在地底下,他单枪匹马也救得她出来。他就披挂准备出发。各位请回脸瞧瞧,那边一座塔是萨拉果萨堡垒里的,现在叫作阿尔哈斐利亚塔。塔里一位穿摩尔服装的女郎走到阳台上来了;她就是绝世美人梅丽珊德拉。她被俘以来,怀念巴黎和自己的丈夫,常在那里瞭望着通向法兰西的道路,聊以解忧。快瞧,这会儿出了一件意外的事。各位没看见那摩尔人吗?他一个指头搁在嘴巴上,蹑手蹑脚地从梅丽珊德拉背后上来,在她唇上亲了一吻。瞧,她忙不迭地唾了一口,又用雪白的衬衣袖擦嘴;瞧她哭啊叫啊,气得自揪头发,仿佛她那美丽的头发是她这番受欺侮的祸根。请看走廊里这位尊贵的摩尔人;他是桑苏威尼亚的玛西琉国王。他看见了那摩尔人放肆无礼;他铁面无私,尽管那人是自己的亲属和宠臣,立即下令逮捕,抽二百鞭,牵出去游街:

> 叫喊消息的报子在前,
> 举着棍子的公差押后;

瞧,这家伙犯罪还没得逞,已经判罪处刑。摩尔人不像咱们,不用'起诉',不用'还押听审'。"

> 又将是一段骑士救美的故事,倒是正合了堂吉诃德的胃口。

> 摩尔人成了野蛮的代名词,民族的偏见随处可见。

堂吉诃德高声打断他说:"孩子啊,你直截了当地讲解,别绕弯儿,也别打岔儿;要审明一个案子,得有许许多多、反反复复的证据呢。"

贝德罗师傅在帷幕里也插嘴道:"孩子,你别加油添酱,照这位先生说的办法最好;平铺直叙,别耍花腔;太花妙就不成调儿了。"

> "平铺直叙"是否就是塞万提斯文学创作的主张呢?

那孩子说:"我照办就是了。"他又讲下去。"那边一人骑马跑来,身披法国式斗篷;他不是别人,正是堂盖斐罗斯。这边是他妻子在塔里阳台上站着;那色胆如天的摩尔人已经受了处分,她好像平静些了。她不知来的正是自己的丈夫,就像歌谣里唱的那样嘱咐他说:

　　骑士,你如到法兰西去,
　　请访问一下盖斐罗斯;

她还有许多话我现在不重复了,因为啰唆总是讨厌的。且看堂盖斐罗斯怎样亮出真相,梅丽珊德拉也认清他是谁了,所以那副快活得样子。她这会儿正从阳台上缒着下地,打算骑在她那位好丈夫的鞍后一同逃走。可是,啊呀,真糟糕!她裙子给阳台的铁栏杆挂住了,把她吊着上下不得。可是看啊,老天爷大发慈悲,救了她的急,堂盖斐罗斯赶紧跑来了!他不惜扯破那条华丽的裙子,抓住自己的妻子使劲儿把她拉下来,一扭身就把她安放在鞍后,让她像男人那样骑着,叫她两手搭在他胸前,紧紧抱住他,免得跌下,因为梅丽珊德拉夫人不习惯这样骑马。请再看他那匹马一声声嘶叫,驮着一个是英雄、一个是美人的女主人,自鸣得意呢。瞧他们俩掉转马头出城,欣欣喜喜地同回巴黎去了。你们这一对古今少见的有情人啊!祝你们一路无灾无难,转回家乡,亲朋团聚,终身享福,长命百岁!"

贝德罗师傅忙又高声喊道:"孩子,平铺直叙,不要堆砌。凡是矫揉造作都讨厌。"

那讲解的孩子并不回答,只顾讲下去:

"有人没事干就好管闲事,他们看见梅丽珊德拉脱离牢笼,马上去告发。玛西琉国王得知,立即下令打警钟。瞧,一声令下,城里一片钟声,一座座堡垒的一个个塔里都在叮当响应。"

堂吉诃德插嘴道:"没这个事儿!贝德罗师傅的警钟可打错了!摩尔人不打钟,只敲铜鼓,又吹一种喇叭似的号筒。桑苏威尼亚城里敲警钟真是太荒谬了。"

贝德罗师傅就停止了打钟说道:"堂吉诃德先生,您别吹毛求疵,细中还有细,太精细就没个底了。荒谬百出的戏不知多少呢,不是经常上演吗?还演得顶顺利,观众看了不但叫好,还敬佩得很。孩子,你只管讲下去,别理会人家怎么说。尽管戏里的错误像阳光里的灰尘那么多,我只要塞饱自己的钱袋就行。"

堂吉诃德说:"这话倒也不错。"

那孩子又讲下去:"瞧!多少骑兵披着雪亮的盔甲,都出城去追赶那一对情人了!吹响了多少喇叭、多少号筒啊!擂动了多少大鼓小鼓啊!我只怕他们给追兵捉住,拴在马尾巴上拖回来,那就惨了。"

堂吉诃德看见那么多的摩尔人,听到响成一片的鼓角声,觉得该为逃亡的一对出把力,就站起来大喝道:"有我在这儿呢!像堂盖斐罗斯这样有名的骑士、多情的英雄,我决不能眼看他遭了毒手!你们这群混蛋,站住!不许追赶!不然的话,先得跟我打一仗!"他口说就动手,拔剑跳到戏台旁边,急忙忙、恶狠狠地向戏里那些摩尔人挥剑乱砍。有些傀儡砍倒了,有些断了脑袋,这个折了脚,那个剁成块儿。有一剑

塞万提斯极力反对矫揉造作的骑士小说,这也是他主张的一次直接表达。

贝德罗师傅的话倒是有几分道理、粗制滥造地去追求传奇性以吸引观众,且不去管什么事实倒确是演戏者的专利。

戏里戏外不分,不算是一个好观众,投入不是坏事,但过分投入以至忘记自己倒是缺少了欣赏的闲适。

狠狠地从上直劈下来，贝德罗师傅要不是一蹲身缩着脖子趴下，他那脑瓜子就得像粉团似的切成两半了。贝德罗师傅大喊道："堂吉诃德先生，您快住手！瞧瞧，您这会砍杀的不是真的摩尔人，只是硬纸做的傀儡呀！嗐，我真倒霉！这可是苦了我啊，把我的全部家当都断送了。"

他说他的，堂吉诃德还连连的刺呀、劈呀、砍呀、扫呀、剑如雨下，没一会儿工夫，一座戏台全打塌了，道具和傀儡七零八落；玛西琉国王受了重伤，查理曼大帝连脑袋带皇冠都劈作两半。看戏的乱作一团，猴子爬上屋顶溜了，那位表亲战战兢兢，那个小厮也很吃惊，连桑丘·潘沙都吓坏了。据他事后发誓说，从没见过自己的主人这样发疯似的愤怒。一套傀儡戏的道具差不多全毁了，堂吉诃德这才平静一些，说道："游侠骑士是世界上少不了的！有人硬是不信！好，叫他们这会儿都跑来看看吧！要不是有我在这里，英雄堂盖斐罗斯和美人梅丽珊德拉的下场就不堪设想了！不用说，准给那一群狗东西赶上，他们非死即伤。所以骑士道在这个世界上比什么都要紧，应该永远流传下去！"

贝德罗师傅唉声叹气说："好，骑士道永远流传下去，让我死了吧！我真是倒霉透顶，正像堂罗德利戈国王说的：

> 昨天我是西班牙的国王……
> 今天城上的每一堵矮墙．
> 都已经不是我的了！

刚才我还是帝王的主人，马房里有数不尽的马匹，箱子和皮包里有数不尽的鲜衣华服。可是不到半小时，一转眼的工夫，我一败涂地，穷成了叫花子；而且我那猴儿也逃了，我得连牙齿都出了汗才捉得它回来。这都怪这位骑士先生不问青红皂白，乱发脾气。据说他扶弱锄强，救危济

> 典型的臆病患者，这种损害他人来维持骑士道算得什么道理？

困,还干许多好事呢。高高在上的老天爷啊,他怎么偏偏对我就没一点儿慈悲呀!真是,哭丧着脸的骑士,害得我也哭丧了脸!"

> 耳闻和亲见总是会存在差距的,贝德罗身受其害有苦难言。

桑丘·潘沙听了贝德罗师傅的话很可怜他,就说:"贝德罗师傅,你别怨苦,我听了心上难受。我告诉你,我主人堂吉诃德是一点儿不马虎的真正基督徒,他只要知道哪里对不起你,就会认账,好好儿赔钱,还给你不少便宜呢。"

"堂吉诃德先生要是肯赔我点儿钱,我就满意了,他老人家也可以心安理得。因为谁要是损坏了别人的财产不赔还人家,就上不了天堂。"

> 虽有几分疯气,但倒是奥利之人,非江湖骗子模样。

堂吉诃德说:"这话不错,可是贝德罗师傅,我到如今还不知道自己损坏了你什么财产呀。"

贝德罗师傅答道:"还说没损坏吗?地上这许多残缺的尸体是谁打下来的?不是您这位大力士的铁臂吗?这些尸体是谁的家当?不是我的吗?我靠谁过日子?不是靠它们吗?"

堂吉诃德听了说:"魔术家又和我捣乱,他们总是先把人物的本相在我眼前露一露,随后就变掉了原样。我以前几次料到是这么回事,现在完全证明了。各位先生,我老实告诉你们,我刚才看见的都是真人真事:梅丽珊德拉真是梅丽珊德拉,堂盖斐罗斯真是堂盖斐罗斯,玛西琉真是玛西琉,查理曼大帝真是查理曼大帝。所以我怒火中烧,要尽我游侠骑士的职责,为那一对逃命的夫妻助一臂之力。我刚才干的事,都出于这一番好意。假如我弄错了,不能怪我,都是那些混蛋魔术家捣乱。不过这番错误虽然不是存心作恶,我还是认错赔钱。贝德罗师傅为那些斫坏的傀儡要我赔多少钱,随他说个数目吧。我一定马上用响当当的现钱赔他。"

贝德罗师傅对他一鞠躬,说道:"英勇的堂吉诃德·台·拉·曼却,您真是江湖上穷人的救星和恩人,您的仁爱是少见的,我知道您会赔我。斫坏的傀儡值多少钱,请店主先生和桑丘老大哥给咱们公断吧。"

店主和桑丘同意。贝德罗师傅马上从地下拣起个没脑袋的萨拉果萨国王玛西琉,说道:"这位国王分明是不能回复原状的了。断送了我这个国王,得赔我四个半瑞尔,你们瞧瞧,怎么样?"

堂吉诃德道:"你往下说吧。"

贝德罗师傅两手捧着个劈开的查理曼大帝道:"这个大帝劈成两半儿了,我要五又四分之一瑞尔不算多。"

桑丘说:"不少了。"

店主说:"也不多,抹掉零头就算五个瑞尔吧。"

堂吉诃德说:"五又四分之一,照数给他。这场大祸的总账上,不差这四分之一瑞尔。贝德罗师傅赶紧吧,快吃晚饭了,我有点饿了呢。"

贝德罗师傅说:"这个没鼻子的独眼美人儿是梅丽珊德拉;我天公地道,要两个瑞尔零十二文铜钱。"

堂吉诃德说:"梅丽珊德拉和她的丈夫这会儿早已进了法兰西国境。不然的话,准有魔鬼作祟了。我看他们骑的马不仅是奔驰,简直飞也似的。梅丽珊德拉如果一路顺利,已经和她丈夫在法兰西安安逸逸地享福了,你别挂羊头卖狗肉,拿个烂掉鼻子的女人冒充梅丽珊德拉。但愿上帝让每个人都保住自己的财产;贝德罗师傅,咱们放稳了脚步,也放平了心。你再说下去吧。"

贝德罗师傅看出堂吉诃德头脑颠倒,又把刚才演的故事当真了。他生怕堂吉诃德发了疯又赖账,忙说:"这大概不是梅丽珊德拉,是她的侍女,赔我六十文铜钱我就很满意了。"

他酌量着损坏的傀儡一一讨价,由那两位中间人公断,

算起账来每一个人都精明了许多,双方的讨价还价是否会再生纠纷呢?

骑士风度还蛮足的,虽一文不名,但大方风度却不改。

赔款总数是四十又四分之三瑞尔；双方都很满意。桑丘当场付清了钱。贝德罗师傅另外还要两个瑞尔作为他寻找猴子的酬劳。

堂吉诃德说："桑丘，那两个瑞尔给他就完了。那不是为了找猴儿，是为了润喉咙。现在谁要能报我一个确切的喜讯，说堂娜梅丽珊德拉夫人和堂盖斐罗斯先生已经回到法兰西和家人团聚，我酬谢二百瑞尔也心甘情愿。"

贝德罗师傅说："要问这个消息，最好找我那猴子，可是这会儿魔鬼也捉它不到啊。照我估计，它和我很亲，今晚上它肚子饿了，得回来找我。'天无绝人之路；明天再瞧吧'。"

傀儡戏的一场风波就算平息，大家和和气气同吃晚饭。堂吉诃德很慷慨，这餐晚饭全是他付账的。

天没亮，运送长枪长戟的人先走了。天亮以后，那位表亲和那个小厮都来向堂吉诃德告别：表亲回家乡；小厮继续赶路，堂吉诃德还资助了他十二个瑞尔。贝德罗师傅深知堂吉诃德这个人，怕和他再打交道，所以摸黑起身，带着打坏的傀儡戏道具和他的猴儿，上路碰运气去了。店主是不认识堂吉诃德的，瞧他疯疯癫癫，散漫使钱，觉得很怪。桑丘照主人的吩咐从宽报酬了店主；他们辞别出门，大约是早上八点左右。让他们走吧，咱们乘机且把这部历史名著的来龙去脉交代一下。

> 在堂吉诃德眼里，只有骑士道的实行和正义得以维护才是最重要的。

> 来龙去脉(mài)：山形地势像龙一样连贯着。本是迷信的人讲风水的话，后来比喻人、物的来历或事情的前因后果。

情境赏析

本章涉及一段关于学驴叫的趣事，看似与堂吉诃德游侠无关，实则不然，在文中它起了两个作用：一是为下文故事展开起到铺垫作用；二是体现了作者主观意图——反映西班牙的社会现实。在这里，作者以犀利的讽刺笔调和嘲笑的态度对于西班牙的上层统治阶级进行了无情的鞭挞。两位委员身为统治者，都不学无术，以善学驴叫的一技之长而自豪、互相吹捧，可笑而可悲。他们对人民不管不问，都以学驴叫为特长，最终竟引起两地人为此混战。作者正是通过这一事例讽刺了西班牙的社会现实，揭露了其中的腐败与罪恶。

名家点评

在欧洲一切著名的文学作品中，把严肃和滑稽、悲剧性和喜剧性、生活中的琐屑和庸俗与伟大和美丽如此水乳交融，这样的范例仅见于《堂吉诃德》。塞万提斯的创作是如此地巧妙，可谓天衣无缝；主角与桑丘，骑着各自的牲口，浑然一体，可笑又可悲，感人至极……

——（俄）别林斯基

第七十九章

> 有因必有果，从前文可以看出本文作者是一个做事有始有终的人，对于每一个人的故事他都会给一个适当的结局才让他（她）离开读者视线消失于行文中，尽量保证了每一个插入故事的完整性。当上章出现了一只未卜先知的猴子时，堂吉诃德对其表示了怀疑，甚至认为它与魔鬼订约，而贝德罗对堂吉诃德身份的即刻认定也让读者心生惊奇，对于这些作者是否还会给予一个解答呢？

贝德罗师傅和他那猴子的来历；堂吉诃德调解
驴叫纠纷，不料事与愿违，讨了一场没趣。

这部历史巨著的作者熙德·阿默德在本章开头说："我像真基督徒那样发誓……"译者解释说：熙德·阿默德分明是摩尔人，他这句话无非表示自己发的誓就像真基督徒发的那样可信。他是借此保证这部书是信史，而书上讲贝德罗师傅和那只名震大镇小村的灵猴是何来历，尤其千真万确。熙德·阿默德接着说：这个故事的第一部里，讲到堂吉诃德在黑山释放了一群囚徒，那伙为非作歹的坏蛋不知感激，反而恩将仇报；其中一个名叫希内斯·台·巴萨蒙泰，读者想必记得。堂吉诃德曾把这人称为强盗坏子小希内斯；桑丘·潘沙的灰驴就是他偷的。这故事的第一部付印时，印刷所疏忽，漏掉了他偷驴的时间、方法等细节。许多读者摸不着头脑，不知是印刷所的脱漏，只埋怨作者失枝脱节。其实希内斯是乘桑丘·潘沙骑在驴上打瞌睡，把那头驴偷了。从前萨克利邦泰围攻阿尔布拉卡的时候，布鲁内洛设法从他两腿中间牵走了他的马匹；希内斯也用了同样的办法。桑丘怎样重获灰驴，上文已经讲过了。且说这个希内斯是法院要逮办的逃犯，他犯案累累，案情重大，他自己记下来的就有厚厚一本书呢。他怕落法网，所以逃入阿拉贡境内，用膏药贴没了左眼睛，靠演出傀儡戏过日子。演傀儡戏和变戏法都是他的拿手本领。

那只猴子是土耳其释放回国的基督徒卖给他的。经他训练，一看到他的信号，就跳上他的肩膀，在他耳边窃窃私语，或者好像是窃窃私语。他到各村各镇演傀儡戏，总带着这只训练好的猴子；每到一处去，就千方百计从邻近刺探那里的新闻和个中人物，一一记在心上。他到了那地方，先演傀儡戏；戏目不一，都诙谐有趣，而且是大家熟悉的。演完戏，他就吹那猴子的本领，说它知道一切过去和现在的事，只有未来不能预言。猴子每回答一个问题，他要讨两个瑞尔。他捉摸着问话的人是贫是富，有时候也肯减价。假如他知道某家出过什么事，他到了那家去，尽管那家不想花钱请教猴子，他也对猴子发信号，然后说，猴子告诉他如此这般，所说的和事实分毫不差。因此他威信很高，到处受欢迎。他乖觉透顶，答话很圆滑，往往恰说在筋节上。谁也没追究过他那猴子怎么会通神，他就愚弄了人家，装满了自己的钱包。那天他一进客店就看见了堂吉诃德和桑丘，他既然认识这两人，要吓唬他们俩和客店里其他的人就很容易。不过，前一章里堂吉诃德在斫杀玛西琉国王并扫荡那队骑兵的时候，劈下的那一剑如果再往下些，贝德罗师傅就得赔掉一条命了。

叙明了贝德罗师傅和他那猴子的来历，言归正传。堂吉诃德出了客店，决计先到艾布罗河两岸附近观光一番，然后再到萨拉果萨去，因为比武的日期还远，尽有工夫一路游赏。他打着这个主意，继续登程，走了两天，没碰到值得记载的事。第三天，他正要走上一个山头，听得震耳的鼓角声和枪声。他以为是军队过境，就踢着驽骍难得上山去瞧瞧，到了山顶，看见底下一大堆人大约有二百多。他们拿着各种兵器，长枪呀、大弓呀、长戟呀、长柄斧呀、尖头杖呀，还有几支火枪和许多盾牌。他下山坡近前走了一段，才看清那些旗子的颜色和上面的标识。最醒目的是白缎子旗上画的一头驴，和小种的真驴一般大，正昂头张嘴、吐出舌头、伸着脖子叫呢，活像一匹真驴；周围一圈大字，写着两句诗：

两位市长学驴叫，
气力并没白费掉。

堂吉诃德就明白那群人是驴鸣镇上的。他告诉了桑丘，还解释了旗上的诗。他说：讲那件新闻的人把学驴叫的两人说成市政委员，其实不是的；据旗上的诗看来，他们都是市长。桑丘·潘沙答道："先生，这没关系，说不定那时候是市政委员后来又做了市长，因此两个称呼都行。况且学驴叫的是市政委员或市长无关紧要，只要是学过驴叫就是了，市长也罢，市政委员也罢，都可能学驴叫。"

干脆说吧，主仆俩知道这是受嘲笑的镇；因为邻镇的人把他们嘲笑得不像话，实在不能和睦相处了，所以结队出来打架雪愤。

堂吉诃德就走近去。桑丘向来不喜欢参与这种事，心上捏着一把汗。那群人以为堂吉诃德是他们一面的人，随他进了自己的队伍。堂吉诃德掀起护眼罩，从容不迫地直跑到画驴子的旗底下。领队的人见了他，也像一切初见他的人那样觉得惊讶，都围上来看他。堂吉诃德瞧他们只眼睁睁地瞪着自己，谁也不来招呼或诘问，就乘这个鸦雀无声的当儿，朗朗地说道：

"各位好先生，我有一番话要和你们谈谈。请你们务必让我讲到底，不要打岔。要是听不入耳，那么，只须略有表示，我立刻封上嘴巴，钳住舌头。"

那伙人都说他有什么话请讲吧，愿意洗耳恭听。堂吉诃德于是开言道：

"各位先生，我是一个游侠骑士；耍枪杆子是我的职业，扶弱锄强、救危济困是我的本分。前两天，我听说了你们那件没趣的事，也知道你们为什么时常向人动武，争回自己的面子。我把你们那件事在心上深思熟虑，觉得按决斗的法则，你们其实不能算是受了侮辱。任何一个人不能侮辱全镇的人。如果为了叛国杀君的事向叛贼挑战，而不知叛贼是哪一个，那就只好向敌方的全城或全镇挑战。譬如堂狄艾果·奥尔东内斯·台·拉接吧，他不知道叛国杀君的只是维利多·多尔弗斯一人，他就向萨莫拉全城挑战。照那个情况，报仇雪耻就成了萨莫拉全城居民的事。当然，堂狄艾果先生也过火了些，他挑战的对方，包括已死、未生的人，甚至泉水、面包等都是他的冤家,那就太不合战规了。可是也怪他不得,一个人盛怒之下,那条舌头就像冲决了堤岸的洪水,就连自己的爸爸或师傅或铁钳子都管制不住。照我讲的这番道理,哪一个人都不能侮辱一国、一省、一城、一镇或一村。一个地方的居民以为受了某人的侮辱而去报复,大可不必,因为他们显然没有受侮辱。小孩子和老百姓嘴里的诨名和绰号不知多少呢:比如'钟娘娘镇'呀,'陶瓦罐儿的'呀,'种茄子的'呀,'捕鲸鱼的'呀,'制肥皂的'呀等等。如果以上哪一个地方的人听到本地的诨号就跟人家拼命,那就够瞧的!如果所有那些著名城市的居民,为些无聊的小事,一怒之下,都寻衅动武,挥刀舞剑,那可真够瞧的了!那是怎么也不行的,我劝你们千万别那样。明白事理的男子汉,井井有条的国家,只为四件事才该不顾生命财产,拿起武器奋战。第一是保卫正教;第二是保卫自己的生命——这是人情天理;第三是保卫自己的名誉、家庭和财产;第四是在正义战争中为国王效忠。假如我们要再加第五件,那就是保卫自己的国土,这也可以包括在第二件里。这五件是最重要的。此外,我们为了某些正当合理的事也该拔剑争斗。可是细事小节只能一笑置之,算不得侮辱;为这些琐屑小事动武就毫无道理了。况且冤冤相报,压根儿是不合道义的;这种不合道义的举动违反咱们信奉的圣教。咱们的圣教谆谆告诫:慈悲对敌,恩德报怨。这条戒律好像很难遵守,其实违诫的只有一种人:他们重人世而轻天界,不顾灵魂,只知肉体。耶稣基督是上帝,也是有血有肉的人,他从不撒谎。他立法垂训说:'我的轭是软和的,我的担子是轻的。'他决不命令我们做办不到的事。所以,各位先生,你们不论按照圣教的戒律或世间的规则,都该平心静气。"

桑丘听了暗想:"我敢打赌,我这位主人准是什么神学圣学家。即使不是,他和这种什么家也就像两个鸡蛋似的一模一样。"

堂吉诃德住嘴喘口气,瞧大家静悄悄地听着,就想再讲下去。可是桑丘乘主人停顿的时候,自作聪明,插嘴道:"我主人堂吉诃德·台·拉·曼却以前称哭丧着脸的骑士,现在称狮子骑士。这位绅士一肚子好学问,拉丁文呀、本国语呀,全都精通,就像大学里的学士一样。他这番教训,都是以他头等好战士的身份说的;他对于决斗的种种法则简直滚瓜烂熟呢。我可以担保,你们听他的话就行,决没有错儿。况且,他刚才不是说的吗,听人家学一声驴叫就发火是很没道理的。我记得小时候高兴学驴叫就学着叫,谁也不管我。我叫得抑扬顿挫,惟妙惟肖;每学一声驴叫,满村的驴都跟着叫。可是我照样还是我爹妈的儿子,我爹妈是很有体面的人哩!我这点本领招了我们村上好几个头面人物的妒忌,不过我是满不在乎的。我讲的都是真话,可以当场叫给你们听,因为这门学问和游水一样,学会了一辈子忘不了。"

他就一手捂着鼻子学了一声驴叫,叫得非常响亮,震荡得四周都山鸣谷应。他身边的一人以为是嘲笑他们,就举棍把桑丘·潘沙狠狠地打了一下。桑丘吃不住,从驴背上倒栽下来。堂吉诃德看见桑丘吃了大亏,立刻举枪向动手的人冲去。可是许多人拦在中间,没法向那人回手。雨点似的石子一阵阵向他打来,数不尽的大弓和火枪都瞄着他。他一看情势不妙,只好掉转驽骍难得的辔头拼命逃跑,一面至诚祷告上帝保佑他脱险,时时刻刻只怕背后飞来一颗子弹,身上打个透明窟窿。他跑一会儿还得喘息一下,瞧自己是否接得上气。那队人看他逃走,也就算了,并不向他开火。他们把刚苏醒的桑丘抬放在驴背上,让他随着主人跑。桑丘昏头昏脑,管不了自己的驴;可是他那灰驴和驽骍难得是寸步不离的,自然会跟上去。堂吉诃德跑了好一段路,回头看见了桑丘;他瞧没人追赶,就站住等待。

那一队人直守到天黑,敌方没来应战,他们就欣欣喜喜地回镇。他们如果知道古希腊的风俗,准要在那里建一座胜利纪念碑呢。

第八十章

作者贝南黑利说:细读本章,自有领会。

勇士逃跑,总因为发觉了敌人的毒计,聪明人宁可留着性命,等待良机。堂吉诃德正是证实了这个道理。他瞧那群人气势汹汹,用意不善,忙转身逃跑,竟把桑丘抛在脑后,也没想到桑丘面临的危险;他跑到老远,认为已经脱险,才勒住马。桑丘横卧驴背,在后跟随,已见上文。他追上主人的时候已经清醒;他滚鞍下驴,伏在驽骍难得脚边,浑身疼痛,狼狈不堪。堂吉诃德下马查看他受的伤,发现他从头到脚完好无恙,就对他发火说:"桑丘,你会驴叫真是倒足了霉!在绞杀犯家里讲绳子,有这个理吗?驴叫的音乐用棍子来配合,不是正恰当吗?桑丘啊,你还该感谢上帝,他们只拿棍子揍你一下,没用短剑在你脸上画个十字。"

桑丘答道:"我透不出气,没劲儿回答。咱们骑上牲口快走吧,我以后再也不学驴叫了。不过有句话我还是要说的:有些游侠骑士把忠实的侍从撇给敌人去捣成泥、舂成粉,自己却逃走了。"

堂吉诃德答道:"退却不是逃走。我告诉你,桑丘,勇敢而不谨慎,就是鲁莽;莽夫的成功多半靠运气,不靠勇气。我承认自己是退却,但不是逃走。许多勇士逃得性命,卷土重来;我是学他们的样。历史上这种例子多的是,我这会儿懒得讲,一来你听了毫无用处,二来我也没这个兴致。"

桑丘这时已经由堂吉诃德扶上灰驴,堂吉诃德自己也骑上驽骍难得。他们望见四分之一哩瓦外有个白杨树林,两人就慢慢地向那树林走去。桑丘倒抽着气一声声"哎唷""哎唷"叫痛。堂吉诃德问他怎么回事,他说,从屁股往上、从脖子往下,痛成一片,简直痛得发晕。

堂吉诃德说:"你这么痛,不用说,准是揍你的那根棍子长得很,一棍子打来,你整条背脊都挨着了;要是打着的地方再宽些,你还痛得厉害呢。"

桑丘说:"唷!多亏您这么一说,我才恍然大悟!您一句话就把事情都讲明白了!我的妈呀!那一棍子打着的地方处处都痛,还要您讲了我才明白!道理那么深奥呢!假如我痛在两脚踝上,也许得捉摸个缘故;可是我哪里挨打哪里痛,还用捉摸吗?老实说吧,我的主人啊,'别人的痛苦,一根头发丝都挂得住'。我一天比一天明白了,跟您在一起是没什么指望的。这回您让我挨打,下一回、再下一百回,您又会让我像从前那样给兜在毯子里抛,或者受别的捉弄。这回是打在我背上,下回会打在眼睛上。我实在是个糊涂蛋,一辈子没出息!要不,我另打主意好着多呢!我要是回老家,到老婆孩子身边去,靠上帝的恩典养家糊口,可不是好着多吗?我却跟着您荒野里东奔西走,喝凉水,吃苦饭;至于睡觉呢,侍从老哥啊,你量下七尺地,如果不够,再加七尺,要多宽都由你,有的是泥土地!从前的游侠骑士都是傻瓜蛋!谁是第一个游侠骑士——至少谁第一个跟着这种骑士当侍从的,我但愿他活活地烧死!直烧成枯炭!现在的游侠骑士呢,我没话说,得尊敬他们,因为您不就是一个吗?而且我也知道,您不论嘴里说、心里想,魔鬼都比不上您聪明!"

堂吉诃德道:"桑丘,我稳稳地可以和你打赌,你这会儿畅着嘴巴说个痛快,身上哪儿都不疼痛了!儿子啊,你想说什么就说吧,只要你疼痛全消,我听了你这派浑话生气也情愿。你既然一心想回家和老婆孩子团聚,上帝也不容我阻挡你。我的钱就在你手里,你估计咱们出门多久,你每月该有多少工钱,自己扣吧。"

桑丘答道:"您和参孙学士的父亲多梅·加尔拉斯果不是很熟吗,我在他家做帮工的时候,每月赚两个杜加,还管饭。我不知道跟了您能赚多少,不过我知道当游侠骑士的侍从比干农活儿辛苦。真的,农活儿不管多累、多苦,我们晚上总有砂锅杂烩吃,总在床上睡觉;我伺候了您就没在床上睡过觉。我在堂狄艾果·台·米朗达家舒服了几天,靠卡麻丘肉锅里的油水吃了个足,在巴西琉家又吃又喝又睡大觉,除此之外,我总是露天睡在硬邦邦的泥地上,受尽大热大冷、风吹雨打的种种苦头,吃的是干奶酪的边皮和面包头儿,喝的是野里路边的溪水或泉水。"

堂吉诃德说:"桑丘,你说的都对。我该比多梅·加尔拉斯果给的再加多少,你说吧。"

桑丘说:"我看,您一月再加我两个瑞尔,我就很上算了。这是工钱。还有您答应我的海岛总督呢,您得再赔我六个瑞尔;一起是三十瑞尔。"

堂吉诃德答道:"好得很啊,咱们出门二十五天,桑丘,你就照自己定的工钱算吧,欠你多少,我已经说过,你自己扣下得了。"

桑丘说:"唷!我的妈!您这笔账算得大有出入呢。要赔我那个海岛,得从您答应我的那一天算起。"

堂吉诃德说:"那么桑丘,我答应你多久了呢?"

桑丘答道:"我记得足有二十年再加三天左右。"

堂吉诃德在自己脑门子上拍了一个大巴掌,哈哈大笑道:"我出入黑山以来,或者从咱们一次次出门到今,还没满两个月,桑丘,你怎么说那个海岛已经许了你二十年呢?我这会儿明白了,你是想把我交给你的钱都算你的工钱一口吞掉。你要真有这个心,我马上全部奉送,但愿你拿了大有好处。我只要能甩掉你这么个糟糕的侍从,尽管穷得没一个镚子也甘心,你这个不守骑士道的家伙,我问你,哪有游侠骑士的侍从向主人计较每月加多少工钱的?你读到过吗?你这个十足的流氓、混蛋!游侠骑士的故事浩如烟海,你去读读吧!读读吧!你这句话如有哪个侍从说过、想过,我就让你把这句话钉在我脑门子上,再弹我四下鼻子!你掉转灰驴儿回老家吧!从今起再也不要你跟我了!嗜,我的饭是白扔掉的!大好前程许了不知好歹的人!当你是人,你哪有一分灵性呀?这会儿我正要抬举你,叫人家不管你老婆怎样也得称你'大人',你却要辞我回去了!我正打定了千稳万妥的主意,要让你在全世界最好的海岛上做总督,你却要走了!这就应了你自己常说的话:'蜜不是喂驴的。'你现在就是一头驴,将来也是一头驴,到死还免不了是一头驴!我看你呀,到死也不会知道自己是个冥顽不灵的畜生!"

桑丘白瞪着两眼,听他主人臭骂,懊悔得眼泪直流。他放低嗓子颤声说:"我的主人啊,您说得不错,我是驴子欠一条尾巴。您要给我安上一条,就恰好合适。我愿意一辈子像驴似的伺候您。您饶恕我,可怜我不懂事;您想想,我知道什么呢?我多说话也只是糊涂,并不是安着坏心。反正'有错知改,上帝所爱'。"

"桑丘啊,你要说话不夹成语才怪呢!好吧,我原谅你,可是你得改过,别再这样专爱打小算盘,该心胸宽大些。我许你的海岛尽管不在眼前,却是很有把握的;你鼓起劲儿来等着吧。"

桑丘说,他尽管没劲儿,也要硬撑着听主人的话鼓起劲来。

他们说着话跑进了白杨树林。树虽然没有手,却有脚;堂吉诃德去躺在一棵榆树脚下,桑丘去躺在一棵榉树脚下。一夜来,桑丘很苦恼,因为露水重,棒疮受了潮湿越发疼痛;堂吉诃德只在想念情人。不过两人都还睡着了。天亮他们又寻路向著名的艾布罗河岸走去。他们在那里遭遇的事下一章叙述。

第八十一章

上魔船、冒奇险。

堂吉诃德出了白杨树林,走一程,又一程,走了两天,到艾布罗河边。两岸风光明媚,河水溶溶,又清澈,又悠缓,像流动的水晶。堂吉诃德看着心旷神怡。这一派景色勾起他无限情思。他只顾把蒙德西诺斯地洞里的见闻反复回想。虽然贝德罗师傅的猴子说那些事真假参半,他只觉全是真的,不像桑丘那样认为都是假的。他一路走去,忽见一只小船拴在河边树上;船上空空的,连桨都没有。堂吉诃德四望不见一人,立即不问情由,下了驽骍难得,吩咐桑丘也下驴,把两头牲口一起牢牢拴在那里的杨柳树上。桑丘问他为什么忽然下地,又要把牲口拴上。堂吉诃德说:"我告诉你,桑丘,我千拿万稳,准有骑士或什么贵人落了难,情势危急;这只小船是邀我乘了去援救的。骑士传记里,魔法师显身手常干这类事。如果骑士遭了难,需要别的骑士营救,他们俩之间尽管远隔二三千哩瓦,甚至还不止,魔法师用一朵云或一只船,一眨眼就从空中或海上把救星送到落难人所在的地方。桑丘啊,这只船泊在这里,显然就是这个缘故,一清二楚,千真万确。你别耽搁,快把灰驴和驽骍难得拴在一起,咱们照上帝的指引出发吧。即使赤脚修士求我别上船,我也不会听他的。"

桑丘答道:"我也不知道该不该说您又发疯了,不过您既然这么说,您又到处爱干这种事,我只好低头服从。老话不是说吗:'吃主人的饭,照他说的干。'可是我如果不老实说,我心上不安。我得告诉您:照我看,这只船不是魔船是渔船,因为这条河里的鳕白鱼是世界上最呱呱叫的。"

桑丘说着话已经把两头牲口拴好;他得把牲口撇给魔法师照管,心里非常懊丧。堂吉诃德说:抛下这两头牲口不用担忧,路远迢迢,放船接他们的人会当心喂养。

桑丘说:"什么'远条条'?我一辈子也没听说过这个话。"

堂吉诃德说:"'路远迢迢'就是离这儿很远的意思。你不懂,怪不得你;你又没冒充通文,谁也不会责备你。"

桑丘说:"牲口都拴好了,咱们这会儿怎么办?"

堂吉诃德答道:"怎么办?画个十字起锚啊——就是说,咱们上船去,把船缆割断。"

他带领桑丘一起上了船,割断船缆,那船就悠悠荡荡地漾开去。桑丘瞧离岸将近两哩瓦,就浑身发抖,怕翻船淹死;不过他最难受的是听到灰驴叫、看到驽骍难得要挣脱绳子。他对主人说:"灰毛儿瞧咱们走了,伤心得直叫号;驽骍难得想脱身蹿到河里来跟着咱们。哎,亲爱的朋友们,你们安安静静待着吧!我们一时发疯,离开了你们;但愿过一会儿心地明白了,就会回来!"

他说着悲悲切切哭起来。堂吉诃德不耐烦,生气说:"你这脓包,怕什么呀?你的心是奶油做的吗?哭什么?真是胆小如鼠,难道谁在迫害你吗?你身在福中不知福,还不知足呢!你又不是在黎斐阿斯山岭里赤脚步行,你却是在水波清澈的河上,像一位大贵人似的安坐在船舷上,转眼就出海去了。可是咱们一定早已出海,至少已经走了七八百哩瓦。如果我这儿有仪器测量一下北极的角度,就能知道走了多少路。不过平分南北极的赤道线如果还没有过,准也快到了;我要是估计得不对,就是大外行!"

桑丘问道:"咱们到了您说的那个赤豆儿线上,就是走了多远的路呢?"

堂吉诃德答道:"很远了。因为照最伟大的著名宇宙学家多罗美的核计,整个有水有陆的地球分作三百六十度;咱们到了赤道线,就是走了一百八十度。"

桑丘说:"啊呀,您引证的名人多体面呀!什么涂了蜜的什么鸡,什么芋头学家。"

堂吉诃德听桑丘把多罗美的名字和核计都听错了,忍不住大笑。他说:

"桑丘,我告诉你,船一过赤道线,船上每个人身上的虱子就死光了,即使金子换虱子,等重抵价,满船也找不出一个活虱子。从加的斯上船到东印度群岛去的西班牙人或别国人,凭这个征象也可以判定自己是否过了赤道线。所以,桑丘啊,你只要摸摸自己腿上有没有活东西,咱们就心中有数;如果摸不到,就是已经过赤道了。"

桑丘答道:"这套话我一句也不信。反正您怎么吩咐,我照办就是。可是何必这样试验呢?我明明看见咱们离岸不过五瓦拉,两头牲口就拴在上游两瓦拉的地方,驽骍难得和灰毛儿还在原处呀。我现在这样瞄着岸看去,我可以发誓,咱们走得比蚂蚁还慢呢。"

"桑丘,你听我的话试验一下,别的甭管。有些东西你是不懂的:什么两分两至圈呀、经线呀、纬线呀、黄道带呀、黄道呀、南北极呀、两至呀、两分呀、行星呀、十二宫呀、方位呀、天地两仪的度数呀,等等;你要是都懂,或者懂得一点儿,那么,咱们现在交了纬线几度,看到了十二宫的哪一宫,经过了哪几个星座,正行经哪个星座,你都能一清二楚。我还是叫你自己身上摸索一下,我看你准比光洁的白纸都干净了。"

桑丘就自己摸索,他轻轻探手到左大腿弯子里,抬头望着主人说:

"这试验靠不住吧?要不,就是您说的那个地方还没到,差着好多哩瓦呢?"

堂吉诃德问道:"怎么?你摸到些什么了?"

桑丘答道:"不少呢!"

他弹着指头,把一只手全浸在河里。当时水势不急,那小船不用魔力或魔法帅暗中推送,顺着水势向河心漂荡。

他们忽见河面上有几座高大的水力磨房。堂吉诃德忙喊桑丘说:"朋友啊,你看见前面那座城堡吗?魔法师送我来援救的人——不知是受困的骑士,还是落难的王后、公主、王妃,一定就关在里面呢。"

桑丘说:"先生,您说什么见鬼的城堡呀?您没看清那是磨麦子的水力磨房吗?"

堂吉诃德说："桑丘，住嘴吧，尽管看着像磨房，其实并不是。魔法师会叫东西变样，我已经跟你讲过了；不是把东西真的变了，只是叫人看着好像变了。我亲眼看见我日夜思念的杜尔西内娅变了相，所以领会到这一层。"

这时小船已经流到河中心，不像先前走得慢了。磨房工人看见一只小船顺流而来，马上就要卷进水车轮子搅出来的急湍里去，大家忙拿了长棍出来拦挡。这一群面粉人儿的脸上、衣上蒙着一层白，形状可怕。他们大喊道："你们这两个冒失鬼！你们到哪儿去呀？不要命了吗？你们要干什么？要投河自尽，让这些轮子打成一块块吗？"

堂吉诃德就说："桑丘，我没错吧？这里就是等着我来大显身手的地方！瞧瞧出来的这些强徒！好一群妖怪啊！多可怕的嘴脸呀！……哼！叫你们一个个混蛋睁开眼睛瞧瞧吧！"

他就站起来对磨房工人厉声喝道："你们这群坏心眼儿的混账东西别打错了主意！你们把谁关在堡里，下在牢里了？不管他是怎么样的人，贵族也罢，平民也罢，马上给我放出来！我是堂吉诃德·台·拉·曼却，别号狮子骑士，上天特地派我来救人的。"

他说着就拔剑向磨房工人挥舞。他们听了他那套疯话莫名其妙，只顾用长棍子去拦那只小船；船已经流到轮与轮中间汹涌的漩涡里去。

桑丘眼看情势危急，双膝下跪，恳求天保佑他脱险。天果然保佑了他。磨房工人手段又稳又活，用棍子抵住了小船；不过还是免不了船底朝天，把堂吉诃德和桑丘都翻下水去。堂吉诃德还好，他像鹅一样会游水，只是身上的盔甲重，两次带累他沉下水去；要不是磨房工人们蹿进河里把两人拖上来，主仆俩就送命了。他们上了岸，浑身湿透，也解尽了渴。桑丘忙跪着合掌望天，诚心祷告了一大通，求上帝保佑他，从此不再受主人胡闹的牵累。

这时几个渔夫跑来——他们是小船的主人，一看船已经给水车的轮子撞得四分五裂，就扭住桑丘要剥他的衣服，又要堂吉诃德赔钱。堂吉诃德没事儿人一样，静静地说：船破了他愿意赔，可是他们得立即释放堡垒里关着的人，不论是一个或几个。

一个磨房工人道："你这疯子说的什么人、什么堡垒呀？难道你要把跑来磨麦子的人带走吗？"

堂吉诃德心上暗想："罢了，要叫这群混蛋干一点儿好事，好比沙漠里说教。目前准有两个本领高强的魔法师在斗法呢：这个要干的事，那个阻挠；这个派船接我，那个就把船打翻。这事只求上帝帮忙吧；因为全世界都在钩心斗角，互相牵制，我能力有限，毫无办法了。"他望着磨房大喊道："关在监狱里的朋友们，我不知你们是谁，可是我请你们原谅！我倒了霉，你们也只好倒霉；我救不了你们了！你们等待别的骑士吧！"

他说完和那几个渔夫讲妥，付五十瑞尔赔他们的船。桑丘交了钱蛮不情愿，嘀咕说："再这么乘两次船，咱们的钱包就空了。"

渔夫和磨房工人看着这两个怪人很诧异，也不懂堂吉诃德对他们喊话和质问是什么用意。他们料想是两个疯子，就撇下他们；工人回磨房，渔夫回家。堂吉诃德和桑丘返回他们的牲畜那里，又去过他们牲畜一般的生活。上魔船的冒险就此结束。

第八十二章

每当堂吉诃德理智多一点儿之时，他的言行举止往往能给他和桑丘带来好处，受到礼遇，而一旦陷入疯狂幻想中，桑丘也要跟着倒霉了。瞧，对着水车的假想攻击，不仅弄了个落汤鸡，差点儿丢了小命，到头来还得赔人钱财。但用作者的话说他们"牲畜一样的生活"还是得进行下去，只是桑丘恐怕更担心他们的钱包了。

堂吉诃德碰到一位漂亮的女猎人。

> 主仆二人的不同心思，反映出了两类人物的不同特点。

主仆俩垂头丧气，回到他们的牲口那里。桑丘尤其懊恼，因为动了他钱袋里的老本儿，就动了他的命根子；花掉一文本钱，仿佛是挖掉他的眼珠子。他们终于默默地上了坐骑，离开那条大河。一路上堂吉诃德只顾想念情人，桑丘却在盘算怎样发财得意，觉得前途渺茫。他傻虽傻，却看透主人的行为简直全是疯疯癫癫的。他打算等待机会溜之大吉，自回老家去。可是他有他的打算，命运却另有安排。

第二天夕阳西下，他们刚走出一簇树林，堂吉诃德举眼看见前面一片绿草地，草地尽头聚着一群人，走近才看出是放鹰打猎。他更向前走，看见里面有一位漂亮的贵夫人，乘一匹雪白的小马，马上的鞍鞯都是绿色，侧坐的马鞍是银的。那女人自己也穿一身绿，打扮得华丽非常，高贵无比。她左臂擎一只苍鹰，堂吉诃德因此料想她不是寻常人，想必是那群猎人的主子。他料得确实不错。当时他对桑丘说："桑丘儿子，你过去对乘马擎着苍鹰的夫人说：我狮子骑士向她尊

> 面对贵妇，堂吉诃德既主动又谨慎，从他对桑丘的叮嘱便可看出他的细心。

贵的美人行吻手礼；请她让我亲自过去致敬，竭力伺候她，听她使唤。桑丘，你得好好儿说，留心别扯上你那些成语老话。"

桑丘答道："我会扯上吗！这还用吩咐！真是的，向贵夫人小姐们传话，我也不是第一遭！"

堂吉诃德说："你不过向杜尔西内娅小姐传过一遭话，还有第二遭吗？至少我没有再派遣过你。"

桑丘答道："不错啊，可是'还得了债，不心疼抵押品'；'富家的晚饭说话就得'。这就是说：我呀，不用叮嘱，自己都会，什么都懂得一点儿。"

堂吉诃德说："桑丘，你这话大概是不错的。好好儿去吧，上帝指引你。"

桑丘趱着灰驴跑得非常快。他赶到漂亮的女猎人那里，下驴跪在她面前说："漂亮的夫人啊，前面那位骑士是我的主人狮子骑士；我是他的侍从，家里叫我桑丘·潘沙。那位狮子骑士不久前也称哭丧着脸的骑士，他叫我向您禀告：他一心想来伺候您这位尊贵美丽的夫人——他是这么说的，我也这么想的；您要是肯接受他这份情意，不但您自己面上增光，他承您赏脸，也非常得意呢。"

那位夫人答道："好侍从，你这个口信传得真是礼貌周全。请起来吧，哭丧着脸的骑士在我们这里很有名；你是这位伟大骑士的侍从，不该跪着。起来吧，朋友，请告诉你主人，我们夫妇——公爵和我——欢迎他到我们这儿的别墅里来。"

桑丘站起身，瞧这位贵夫人又美丽、又客气，觉得很惊讶，尤其可怪的是听说她知道自己的主人哭丧着脸的骑士；她没称他狮子骑士，想必因为这个名号是新近才起的。这位不知是什么封号的公爵夫人又说："侍从老哥，我问你：现在出版了一部《奇情异想的绅士堂吉诃德·台·拉·曼却传》，书上讲的不就是你主人吗？他不是有个意中人名叫杜尔西内

好运转瞬即来，公爵夫人的热情邀请不仅让桑丘意外，读者亦然。

娅·台尔·托波索吗?"

桑丘答道:"是啊,夫人,那就是我的主人呀。按说,书里还有个侍从叫桑丘·潘沙,那就是我;除非我在摇篮里给换掉了——我意思说,除非那本书付印的时候改掉了。"

公爵夫人说:"我听了你这些话挺高兴,桑丘老哥,你去跟你主人说:他到这儿来我们欢迎得很,使我喜出望外。"

> 公爵夫妇的正式出现才是好戏的开始。

桑丘听到这么和悦的答复,兴冲冲地回去向主人一一转达,又用村言俗语,把这位贵夫人多么美丽、多么和蔼有礼大吹大捧了一通。堂吉诃德就抖擞精神,踩稳了脚镫,戴好护眼罩,踢着驽骍难得,斯斯文文地赶去吻那位公爵夫人的手。公爵夫人已经请了她的丈夫过来,把堂吉诃德叫桑丘传的话告诉了他。他们夫妇读过堂吉诃德故事的第一部,知道这人疯头疯脑,急要认认他,都兴高采烈地在那里等着。他们打算迎合他的心意,随他说什么都顺着他。骑士小说他们也读过,而且很喜欢;他们准备按这种小说里招待游侠骑士的礼节来招待这位客人。

> 越要表现却越糟糕,这种出场可真有损骑士形象。

这时堂吉诃德掀起了护眼罩已经跑来。桑丘瞧他要下马,忙着下驴去给他扶住鞍镫,可是偏偏一脚绊在鞍旁的绳子里,怎么也甩脱不开,倒挂着摔了个嘴吃屎。堂吉诃德下马向来要人扶住鞍镫,以为桑丘在那儿扶着呢,一歪身就要下马;那鞍子想必没有缚好,随着也歪过来,他连人带鞍都跌在地下。他不胜羞愧,齿缝里喃喃咒骂桑丘——那倒霉蛋一只脚还套在足镣里呢。公爵吩咐手下那些打猎的去援救骑士和侍从。他们扶起堂吉诃德,他摔得很狼狈,一瘸一拐地强挣扎着要去向两位贵人下跪。可是公爵怎么也不答应,反自己下马去拥抱堂吉诃德,一面说:"哭丧着脸的骑士先生,我很抱歉,您到了我这儿,头一件事就这么倒霉;可是侍从粗心大意,往往引起更糟的事呢。"

堂吉诃德答道:"公爵大人,我能见到您是大好运气,决不倒霉;即使掉进深坑,我乘着和您相见的那股喜气也会腾身出来。我这个该死的侍从只会掉弄舌头说浑话,要拴稳个马鞍子都不行。可是我无论摔倒了或爬起来了,无论站在地上或骑在马上,我总是为公爵大人和公爵夫人效力当差的。她是美人的魁首,高贵的榜样,真不愧为您的夫人!"

公爵说:"且慢啊,堂吉诃德·台·拉·曼却先生,世界上有堂娜杜尔西内娅·台尔·托波索小姐,就不该称赞别的美人。"

> 公爵不但对堂吉诃德的事情了如指掌,且又十分熟悉骑士作风。

桑丘·潘沙已经甩脱脚上的绳子,正站在旁边,他不等主人答话,抢先说道:"我们的杜尔西内娅·台尔·托波索小姐实在是美极了,这是没有第二句话可说的。可是'意料不到的地方会蹿出一只野兔来'。我听说造化像陶匠那样,造了一件美的东西,就能照样造两件、三件、一百件。我说这话呀,因为我们公爵夫人和杜尔西内娅·台尔·托波索小姐真不相上下。"

堂吉诃德转向公爵夫人说:"尊贵的夫人,您瞧吧,天下没一个游侠骑士的侍从比我这侍从更多话、更逗乐的。如果您贵夫人让我在您跟前当几天差,就知道我这话是千真万确的。"

公爵夫人答道:"好桑丘要是逗乐儿,我就另眼相看了,因为可见他很聪明。堂吉诃德先生,您知道,笨人不会逗乐打趣。好桑丘能逗乐,有风趣,我就知道他是聪明的。"

> 幽默的人都很聪明,但聪明的人不一定幽默。

堂吉诃德补充说:"还爱说话。"

公爵说:"那就更好了,一肚子俏皮,三言两语说不尽。咱们别耽搁了,请伟大的哭丧着脸的骑士……"

桑丘说:"尊贵的先生,您该称狮子骑士;因为现在没有哭丧着的脸儿了,那脸儿是狮子的了。"

公爵道:"那么请狮子骑士先生到我们这儿的堡垒里去,我和公爵夫人一定按他高贵的身份,用我们经常款待游侠骑士的礼数来款待他。"

桑丘这时已经把驽骍难得的鞍子缚妥。堂吉诃德骑上驽骍难得，公爵骑上他那匹漂亮的马，两人让公爵夫人走在中间，一起向别墅跑去。公爵夫人叫桑丘紧跟在她身边，因为听着他的妙谈非常有趣。桑丘不用邀请，夹在他们中间，还插嘴讲话，逗得公爵夫妇很乐。他们觉得真是有缘，能把这样一对游侠的骑士和游荡的侍从请到他们的别墅里去。

> 公爵夫妇的热情快活是对堂吉诃德骑士道的敬重，还是因为有了一对活宝？

第八十三章

许多大事。

桑丘估量自己赢得了公爵夫人的宠爱，满心欢喜。他向来贪舒服，料想公爵府里的款待一定不输堂狄艾果家和巴西琉家。他只要有得享受，决不放过。

> 桑丘在这一点上始终不变，贪吃、贪财成了本性。

据记载，公爵抢先回府，吩咐家人怎样接待堂吉诃德。堂吉诃德随公爵夫人刚到门口，里面就出来两名小厮，都披着齐脚面长的深红缎袍，像起床穿的便服。他们把堂吉诃德抱下马，悄悄在他耳里说："尊贵的先生，您去抱我们公爵夫人下马吧。"

堂吉诃德就去抱公爵夫人下马，彼此谦让了一大通。公爵夫人坚决不答应，非要公爵抱她才肯下马，说区区不足道的人万不敢劳累这位大骑士。后来还是公爵出来抱了她下马。他们一进大院，里面又出来两个漂亮姑娘，拿着一件贵重的猩红大氅给堂吉诃德披在肩上。大院四周围的游廊上立刻挤满了男女家人，他们高声喊道："欢迎天字第一号的游侠骑士！"

> 第一次受到古礼待遇，堂吉诃德惊喜、兴奋，但公爵夫妇不是傻子，他们这种夸张的接待必有他意。

大家都拿着成瓶的香水向堂吉诃德和公爵夫妇身上洒。

堂吉诃德身当此境,又惊又喜;他这才第一次心上踏实,确信自己真是游侠骑士而不是虚想的了,因为他受到的款待,和他书上读到的古礼一模一样。

桑丘不顾灰驴,紧跟着公爵夫人进了别墅。可是他把驴子孤零零地撇在外面又很不放心,看到迎接公爵夫人的仆妇群中一位颇有身份的傅姆,就跑去低声对她说:"您是贡萨雷斯夫人吧?对不住,我不知道您的尊姓大名……"

那位傅姆答道:"我叫堂娜罗德利盖斯·台·格里哈尔巴。兄弟,你有什么吩咐?"

桑丘答道:

"劳您驾出大门跑一趟;我把一头灰毛驴撇在那儿了,麻烦您叫人送它到马房里去,或者您自己送去也行;那小可怜儿胆子小,一点儿受不得孤单寂寞。"

傅姆答道:"假如主人和佣人一样的头脑,我们真是交上好运了!但愿你们主仆倒尽了霉!去你的,兄弟,照管你那驴儿去吧;我们这儿当傅姆的没干过这种活儿。"

桑丘答道:"可是我老实告诉您,我主人满肚子典故;我听他背诵过朗塞洛特的故事,说是:他刚从不列颠到此,傅姆照料他的马匹,他自己有夫人们服侍。朗塞洛特先生的马匹要和我那头驴对换,我还不肯呢。"

> 仆人的这句话同主人们对堂吉诃德的盛情倒是形成极大反差。

傅姆说:"兄弟,你要是个油嘴,等有了听客,找到主顾,再卖你的俏皮;我只能给你个无花果。"

桑丘答道:"那可好啊!您那无花果准是烂熟的!假如数着年纪赌输赢,您反正输不了。"

傅姆火气直冒,说道:"这婊子养的!我多少年纪,我会向上帝交代,和你什么相干?你这个一肚子大蒜的混蛋!"

她嚷得公爵夫人也听见了。公爵夫人转脸看见傅姆气得发抖,眼睛都红了,就问她跟谁吵。

傅姆说:"跟这家伙呀。他的毛驴儿在大门外,巴巴地叫我把驴送到马房去,还引经据典说,不知什么地方有这规矩,夫人们伺候一个什么朗塞洛特,傅姆照料他的马匹。这还不够,末了竟说我上年纪了。"

公爵夫人说:"这话太气人了。"

她就对桑丘说:"桑丘朋友,你该知道,堂娜罗德利盖斯很年轻,她披着头巾是她有身份,也是行得这样,并不是因为上了年纪。"

桑丘答道:"我要有那意思,叫我下半辈子没好日子过!我不过因为实在心疼我那灰驴儿,觉得堂娜罗德利盖斯夫人心肠最好,托她照管就可以放心。"

> 仆人也分贵贱,尤其是尊贵人家的仆人更多几分傲气。

这番争吵堂吉诃德全听见,就对桑丘说:"桑丘,你这些话也配在这里讲呀?"

桑丘说:"先生,一个人不管在哪儿,需要什么总得说啊。我在这里想起灰驴,就在这里讲它;假如在马房里想起,就会在马房里讲。"

公爵说:"桑丘很有道理,不能怪他。灰驴有人喂,桑丘尽管放心;他的驴和他本人一样不会受怠慢。"

> 公爵此话不是自己欠水平,就是故意取笑桑丘。看来此处是宴无好宴啊。

这些话,除了堂吉诃德,大家听了都很乐。大家说着话到了楼上,把堂吉诃德让进客厅;里面挂着非常华丽的锦缎帷幔,六个年轻姑娘伺候堂吉诃德脱卸盔甲。公爵夫妇要让堂吉诃德觉得人家是按游侠骑士的身份款待他,已经教了她们该怎样伺候。堂吉诃德脱掉盔甲,只穿着紧身的裤子和麂皮上衣。他又瘦又高又细溜,两片脸颊仿佛在口腔里接吻似的。伺候他的那几个姑娘看着他那副模样,要不是男女主人反复告诫在先,准会笑破肚皮。

她们要堂吉诃德脱光了换衬衣,他却坚决不答应。他说,游侠骑士不该失礼,就像不该胆怯一样。不过他说,不妨把衬衣交给桑丘。他带着桑丘躲进一间讲究的卧室,脱换了衬衣;瞧无人在旁,就对桑丘说:"我问你,你这个新丑角和老笨蛋,你怎么可以得罪那位有身份、有体面的傅姆呀?你怎么那个时候想到了灰驴呀?公爵和他夫人细心周到,会把咱们的牲口撇下不管吗?桑丘,你真该小心点儿,别露了馅儿,让人看透你是个乡下老粗。你这个糊涂人啊,你记着,佣人越是有体面、有教养,人家对他主人也越加看重。贵人有一件事最占便宜:他们的佣人也和他们一样知礼。你这个不见世面的家伙,连累我也倒了霉!你不想想,人家瞧你是个乡下老粗或逗乐笑的傻瓜,不也就把我当作江湖骗子或冒牌骑士了吗?桑丘朋友,你那样是要栽跟斗的,千万当心别犯那毛病。爱嚼舌头说笑话的,一句不当景,就成了讨厌的小丑。得把自己的舌头严加管束,话没出口,先想一想。你该知道,咱们到了这里,靠上帝再靠我的本领,大可名利双收呢。"

> 堂吉诃德对桑丘的一番教训、开导,显出了骑士对身份的关注和对礼节的重视。

桑丘恳切答应说:他宁愿封上嘴巴或咬掉舌头,也不愿说一句不很对景的话,一定遵命先想一下,然后开口;他请主人放心,他绝不会连累主人丢脸。

堂吉诃德穿好衣服,套上挂剑的肩带,披上猩红大氅,戴上侍女给他的绿缎圆顶帽。他装束停当,到了一个大厅上。只见侍女们双双排队,个个捧着洗手的用具,毕恭毕敬地伺候他洗手。随后管家的带领十二个小厮迎接他去吃饭,公爵夫妇已经在那儿等候了。小厮们四周簇拥着他,按照隆重的礼节,把他送进饭厅。一桌盛馔已经开上,只摆着四个席位。公爵夫妇走出饭厅来迎接,他们一起还有个道貌岸然的教士。贵族家总有一位教士做家庭导师。这种教士出身并不高贵,所以不会教导贵族做义不容辞的事:他们凭自己狭隘的心胸,抑制贵人的宽大;他们要教诲贵人家节约,造成了贵人家的吝啬。和公爵夫妇同来迎接堂吉诃德的那一位,想必就是这

> 隆重的场面,却夹杂了对教士的评点,从教士的形象中透露出了公爵夫妇的一个侧影。

种教士。宾主说了一大套恭维的话,主人一左一右陪伴着堂吉诃德去坐席。公爵让他坐首位,他再三辞谢,强不过主人,只好从命。教士就在对面坐下,公爵夫妇打横。

桑丘跟在旁边,瞧这两位贵人对自己的主人这样恭敬,惊讶得眼睛都瞪出来了。他看着公爵和他主人为了坐那个首位只顾你推我让,就说:"我们村上有个关于坐席的故事,各位要听吗?"

堂吉诃德听到桑丘这话就发抖,拿定他要说傻话了。桑丘看了主人一眼,懂得他的心思,就说:"我的主人啊,您别怕我说溜了嘴或是说话不当景。您刚才教训我说话应该多呀、少呀、合适呀、不合适呀那一套,我并没有忘记。"

堂吉诃德说:"桑丘,我几时教训你来?你有话,能干脆说,你就说。"桑丘道:"我要讲的话呀,是千真万确的;现放着我主人堂吉诃德在场,他不会让我撒谎。"

堂吉诃德说:"桑丘,你撒谎和我什么相干,随你爱撒多少谎,我管不了;可是你要说什么话,自己先想想。"

"我已经来回地想过了,'打警钟的人很安全',回头我说出来就知道我这话没错儿。"

堂吉诃德说:"这傻瓜专爱胡说,尊贵的先生夫人还是叫他出去吧。"

公爵夫人说:"我凭公爵的生命发誓,桑丘一刻也不准走开。我非常喜欢他,我知道他很聪明。"

桑丘说:"我是不聪明的,多承您看得我好;但愿您贵夫人一辈子聪明!我且讲那个故事吧。一次我们村上有个绅士请客。他很有钱,出身也很高贵,他是阿拉莫斯·台·梅狄那·台尔·冈坡的子孙。他娶的是堂娜曼西亚·台·吉牛内斯。这位夫人的父亲就是圣悌亚果教团的骑士堂阿隆索·台·玛拉尼翁,他就是在艾拉都拉淹死的;为了他,几年前我们村上还吵了一

> 不知深浅的桑丘,不看场合总是让主人担心,这次谁知道又要出什么洋相。

> 公爵夫人是铁了心地要看主仆二人的笑话了。

场，据我听说，我主人堂吉诃德也牵连在里面了，铁匠巴尔巴斯特罗的儿子——那淘气鬼小托马斯就是那次吵架受了伤……我的主人啊，这些事不都是真的吗？您给我打个保呀，别让这里的先生夫人们当我是撒谎嚼舌根的人。"

那教士说："我这会儿只看准你是个嚼舌根的，还没见撒谎；你再说下去，我就拿不定你是什么样的人了。"

"桑丘，你举了这么许多见证，这么许多细节，我只能说你讲的是实事。你讲下去吧，讲得简短些，照你这样啰唆，两天也讲不完。"

公爵夫人说："依我的意思，别简短，尽管六天讲不完，还是让他照自己的老样儿讲；假如他讲六天，那六天就是我生平最解闷的日子。"

桑丘接着说："那么，各位先生夫人，我讲下去。那位绅士呀——他的事我都一清二楚，我们两家离不了一箭的路——他请的那位客人是庄稼人，穷虽穷，却是有体面的。"

那教士插嘴道："兄弟，你快讲吧；照你这样讲，一辈子也讲不完。"

桑丘答道："只要上帝保佑，不到半辈子就能讲完。且说，那庄稼人到了请客的绅士家——那位绅士现在已经死了，祝愿他的灵魂安息吧；据说他死得像天使似的——我当时不在场，到坛布雷克收割去了……"

"哎呀，儿子，你快从坛布雷克回来吧，别再等这位绅士下葬，快把故事讲完，免得急死人。"

桑丘说："当时是这么回事：主人客人正要坐席——他们俩这会儿分明就在我眼前呢……"

桑丘讲得啰啰唆唆，断断续续，那位好教士满面不耐烦，堂吉诃德一肚子恼火。公爵夫妇瞧着觉得非常有趣。

桑丘说："他们俩不是正要坐席吗，庄稼人一定要让绅士

> "解闷"一词道出了公爵夫妇的用心，但他们仅是想从桑丘的故事中得以解闷吗？

> 桑丘的聒噪麻烦在不同人眼里产生了不同效果，也是每个人身份思想的反映。

坐首位，绅士也一定要庄稼人坐首位——因为绅士在家，什么事都是他说了算的。可是那庄稼人自以为有礼貌、懂规矩，只顾推让。后来那绅士火了，两手按着他的肩膀，硬叫他坐下，一面说：'坐下吧，你这傻瓜；我不论坐在哪里，总是在你上首。'这就是我的故事。我拿定这是很当景的。"

> 桑丘的故事很有道理，也很当景，就是毫不顾及主人的面子。

堂吉诃德那张黑黝黝的脸儿，顿时涨得颜色斑驳陆离。两位贵人看破桑丘话里带刺，竭力忍着笑，怕堂吉诃德恼羞成怒。公爵夫人防桑丘再讲什么浑话，忙掉转话头，请问堂吉诃德：杜尔西内娅小姐有没有什么消息；他最近又向她奉献了什么巨人或歹徒，因为他一定降伏了不少。堂吉诃德说：

"尊贵的夫人，我的厄运只有开头，没个完了。我降伏过几个巨人，也曾经把坏蛋和歹徒送去献礼，可是她现在着了魔道，变成一个丑极了的乡下姑娘了，叫他们到哪里去找她呢？"

桑丘·潘沙道："我也不知道是怎么回事，我看她明明是绝世美人儿，至少非常活泼，会蹦会跳，就带翻跟斗卖艺的都输她几分。真的，公爵夫人，她从地下一蹦就上了驴，利索得像猫儿一样。"

公爵问道："桑丘，你看见她着魔了？"

桑丘答道："什么看见呀！她着魔的一套，是哪个鬼家伙发明的？还不就是我吗！她就像我爸爸一样的着魔！"

那教士听他们讲什么巨人呀、坏蛋呀、魔法呀等，恍然明白这位客人准是堂吉诃德·台·拉·曼却；堂吉诃德的故事是公爵经常阅读的。他已经屡次责备公爵无聊，读这种胡说八道的东西。他拿定自己猜得不错，就很生气地对公爵说：

> 教士虽不屑堂吉诃德所为，但却点破了公爵夫妇拿他取乐的用意，话虽尖锐刻薄装痴撒癫癫，傻里傻气。

"公爵大人，这位先生干的事，上帝要记在您账上的！您把这堂吉诃德或是堂傻瓜或是堂什么玩意儿当作疯子，尽招他装疯卖傻，我看他未必就像您想的那么糊涂。"

他把话锋转向堂吉诃德说：

"你这个没脑子的家伙啊!你是游侠骑士吗?你降伏了巨人、抓住了歹徒吗?这是哪儿来的事呀?你规规矩矩,我也好好儿跟你说。你还是回家去,如有儿女就培养儿女,照管着家产,别再满处乱跑,喝风过日子,让人家不论是否相识,都把你当作笑话。你真是倒了霉的,世界上古往今来哪有游侠骑士呢?西班牙哪有巨人呢?拉·曼却哪有歹徒和着了魔的杜尔西内娅呢?你那一大堆胡说八道都是哪儿来的呀?"

堂吉诃德悉心静听,等这位道貌岸然的教士讲完,他不顾公爵夫妇在座,怒气冲冲,霍地站起来,说道……

不过他怎样说,应该专章记录。

情境赏析

在小说中堂吉诃德不仅是一个被作家叙述的客体,还是一个具有独立价值和意义的叙述主体。在作家向我们描述现实世界的同时,堂吉诃德也在为我们描述构造了一个完整的幻想世界,从读者的角度来看,堂的叙述是一种虚构叙事,他的叙事角度正好与现实相悖,缺乏理性。但此处的公爵夫妇却严格按照骑士礼节来招待他,满足他的心理要求,帮助他在现实中实现了自己的奇思异想。这样做不仅让堂更坚信他自己所生活的虚构世界,从而失去了对现实世界的判断力,也能使夫妇二人在捉弄嘲笑的过程中感受到优越感,增添笑料和乐趣。

名家点评

堂吉诃德是最讲道理、最有理性的疯子,我们虽然笑他,也敬他爱他,因此我们可以笑自己敬爱的人,不带一点儿恶意或轻鄙之心。

——(英)蒲柏

第八十四章

一次偶遇，美丽高贵的公爵夫人把主仆二人引到了家里，在那里他们得到公爵夫妇隆重的欢迎，并且全部按照骑士古礼来接待。受宠若惊的主仆二人每一个举动都被严肃背后的滑稽气氛衬托得可笑至极，唯有不予配合的教士仗义执言，让堂吉诃德"受辱"，也道出了公爵夫妇的用心。但堂吉诃德怎能让人随意污蔑骑士道呢？他的回击接下来便展形……

堂吉诃德对责难者的回答，以及其他或正经或滑稽的事。

堂吉诃德站着浑身发抖，像中了水银的毒，他愤怒而激动地说："我虽然满腔义愤，还是尽力克制，因为我是在这里做客，又当着两位贵人的面，而且您的职业是我向来尊重的。还有一层，大家都知道，穿道袍的人和女人一样，唯一的武器是舌头，所以我只打算和您舌剑唇枪，厮杀一场。按道理您是好言教导人的，不料您这样破口谩骂。诚心诚意的责备不挑当前这种场面，也不发您这样的议论。反正您当着大众把我恶狠狠地责骂，太没分寸了。和颜悦色地劝说，不比疾言厉色更有效吗？自己压根儿不懂这是怎么一回事，就破口骂人疯呀、傻呀，有这个理吗？请问，您看见我干了什么疯傻的事该挨您的骂呀？您命令我回去照管家务和妻子儿女，您知道我有没有妻子儿女呢？有些人是穷学生出身，生长在方圆二三十哩瓦的小地方，什么世面都没见过，居然混进贵人家去做了导师。这种人也配胡言乱语地议论骑士道、批评游侠骑士吗？游侠骑士一年到头东奔西走，不贪享受，吃辛吃苦，干些流芳百世的好事，这难道是无聊或虚度光阴吗？如果英雄豪杰或贵人们把我当傻瓜，那就是我无可洗雪的羞耻；如果对骑士道完全外行的书呆子说我没脑子，我觉得不值一笑。

我是个骑士，只要上帝容许，我到死也是骑士。各人志趣不同：有的雄心豪气，有的奴颜婢膝，有的弄虚作假，有的敬天信教；我呢，随着命运的指引，走的是游侠的险路。我干这个事业不为钱财，重的是名誉。我曾经扶弱锄强，降伏巨人，镇压妖怪。我也一往情深，因为游侠骑士非如此不可。我的爱情不出于色欲，而是高尚纯洁的心向神往。我处处蓄意行善，一言一行，只求于人有利无害。一个人存着这片心，干着这类事，孜孜不倦，大家该不该骂他傻子呢？请尊贵的公爵大人、公爵夫人说说吧。"

桑丘说："天哪！说得真是好啊！我的主人先生，您不用再辩解，话都给您说尽了，面面俱到，再没什么可争的了。这位先生不相信从古到今世界上有游侠骑士，那就怪不得他胡说乱道了。"

教士说："我听说有个桑丘·潘沙，他主人许了他一个海岛。兄弟，你大概就是那人吧？"

桑丘答道："我就是啊，别人配做海岛的主人，我也配呀。'你和好人一起，就和好人一气'；'不问你生在谁家，只看你吃在谁家'；'靠着苍葱大树，就有清荫蔽护'；这些话对我都用得上。我靠着一个好主子，跟他奔走了几个月，如果上帝容许，我也会变成像他那样的人。只要他长寿，我也长寿，他准会做到大皇帝，我也准会做到海岛总督。"

公爵说："那是一定的，桑丘朋友。我有一个很不错的海岛，正没人管呢；我就以堂吉诃德先生的名义，叫你做岛上的总督。"

堂吉诃德说："桑丘，快跪下，吻公爵大人的双脚谢赏。"

桑丘遵命照办。教士看了勃然大怒，起身说："我凭自己的道袍发誓，您大人简直和这两个可怜虫一样傻了。有头脑的人都会跟着发疯，怎么叫这些没脑子的家伙不疯呀！您大人和他们一起吧。他们待在您家，我就回我老家去了，省得我空费唇舌来劝您。"

他不再多说，没吃完饭就走了；公爵夫妇劝留也没用。公爵觉得那教士那么生气大可不必，笑得连话都说不出，实在也没怎么劝留。他止了笑，对堂吉诃德说："狮子骑士先生，您驳斥得理直气壮，给自己挣足了面子。他那番话好像是侮辱，其实完全不是，因为教士和妇女一样，都没有本领侮辱人。您对这种事是最内行的。"

堂吉诃德答道:"对呀!妇女、孩童和教士受了冒犯不能自卫,他们都没资格受侮辱;既然没资格受侮辱,也就不能侮辱人。您大人知道,冒犯和侮辱有个分别。能侮辱人的,他冒犯了人还坚持不止,那才是侮辱。谁都能冒犯人,可是冒犯还说不上侮辱。举个例吧:一个人毫无防备,在街上给十个拿武器的人打了一顿,这人拔剑奋战,可是寡不敌众,没能够争回面子;这人是受了冒犯,但是没有受侮辱。我再举个例吧:如果有人在别人背后打了几棍立刻逃走,没让挨打的人追上;挨打的人是受了冒犯,但是没有受侮辱。冒犯了人还坚持到底,那才算得侮辱。假如乘人不备打了人,又拔剑站定不动,那么,挨打的人是受了冒犯也受了侮辱:受冒犯呢,因为那人打他是鬼鬼祟祟的;受侮辱呢,因为那人打了他悍然自若,并不逃跑,却站在那里。决斗是不幸的,可是有它的规则;按那些规则,我可说是受了冒犯,却没受侮辱。因为孩童妇女冒犯了人不能坚持,也逃跑不了,也没本领站定了抵抗;教士正也一样。这三种人都不能使用武器打人和捍卫自己。他们当然得保护自己,可是他们不能冒犯别人。我刚才说自己可算受了冒犯,现在想想,我就连受冒犯也说不上。人家压根儿没资格受侮辱,更不能侮辱人。如此说来,我不必为那位先生的话生气;我也并不生气。不过他心里嘴里都不承认世界上有过游侠骑士,实在是大错特错;我但愿他再多待一会儿,让我跟他讲讲明白。如果阿马狄斯祖孙哪一个听到他这么说,我看他老先生就凶多吉少了。"

桑丘道:"对啊!他们准一剑斫得他从头到脚裂成两半儿,像剖开的石榴或熟透的甜瓜一样。他们可不是好惹的!我敢发誓,如果瑞那尔多斯·台·蒙答尔班听了这小矮个子的话,准一个嘴巴子打得他三年不开口。哼!叫他去碰碰他们吧,瞧他怎么逃出他们的手掌!"

公爵夫人听了桑丘的话,笑得要死,觉得桑丘比他主人更逗乐儿,而且疯得更厉害。当时许多别人也这么想。堂吉诃德总算气平了。饭罢,撤去席面,就来了四个使女:一个捧着银盆;一个提着银水壶;一个肩上搭着两块洁白细软的毛巾;第四个卷起衣袖,露着两截胳膊,雪白的(真是雪白的）手里，拿着一块拿坡黎斯出产的圆形香皂。捧盆儿的使女淘气地装出一副正经的样儿，把盆凑在堂吉诃德的胡子底下。堂吉诃德默默注意着这些礼节，以为当地习惯不洗手而洗胡子，所以拼命把胡子往前凑。拿水壶的就浇下水来，拿肥皂的很灵敏地在他胡子上打肥皂，揉出一堆堆雪花似的肥皂沫子。这位骑士服服帖帖随她们摆布，不仅胡子上都是肥皂沫，就连脸上、眼皮上也都是，只好紧紧闭上眼睛。公爵夫妇对这番奇怪的盥洗礼毫不知情，都等着瞧怎么回事。洗胡子的使女把肥皂沫堆积得一拃厚，推说没水了，叫提壶的使女去拿水，请堂吉诃德先生等一等。提壶的去拿水，堂吉诃德就在那儿等着；那副滑稽的怪相简直难以想象。

在场的许多人都看着他。他那焦黄的脖子伸了半瓦拉长，眼睛紧紧闭着，胡子里全是肥皂；大家看了他这副样子居然忍住不笑，实在是意想不到的，也是了不起的克制功夫。那几个恶作剧的使女垂着眼皮，不敢看主人。他们俩明知这群使女胆大胡闹，可是堂吉诃德那副模样实在逗乐，所以又怒又笑，不知对她们该责罚还是奖励。后来提水壶的使女回来，她们给堂吉诃德冲洗完毕，带着毛巾的使女仔细替他擦干，四人一起对他深深鞠躬致敬，就准备退场。可是公爵防堂吉诃德看破这番胡闹，喊住捧盆的使女说：" 过来给我洗，留心别半中间使完了水。"

那女孩子很伶俐，忙也照样把盆儿凑在公爵颔下；她们给他好好儿打上肥皂，洗净擦干，然后一起行礼退出。后来据说，公爵当时赌咒，她们如果不照样给他洗，就难逃惩罚；她们总算识窍，主人客人同样待遇，才算补过赎罪。

桑丘留心看着这套盥洗的礼节，自言自语说："天啊！如果本地风俗不单给骑士洗胡子，也给侍从洗，那可多好啊！我真需要这么洗洗呢！要是再用剃刀给我刮刮，那就更妙了。"

公爵夫人问道："桑丘，你嘟嘟囔囔说什么呀？"

他答道："太太，我是说，别处王公贵人府上据说吃完饭浇水洗手，不用肥皂洗胡子。长寿果然有益，活得长就见识得多。谁说长寿是长受罪呢，这样洗胡子不是受罪却是享福呀。"

公爵夫人说:"桑丘朋友,你甭愁,我叫使女也给你洗;如要着实洗,可以把你全身泡在肥皂水里。"

桑丘答道:"我只要洗洗胡子就够了,至少目前如此;将来怎样,上帝会有安排。"

公爵夫人说:"管家的,你照看着桑丘先生,他有什么要求,全得依他。"

管家的说,他一切听桑丘先生吩咐,就带了桑丘去吃饭。公爵夫妇和堂吉诃德还坐着闲聊,谈的无非是耍枪杆子和游侠的事。

公爵夫人说,久闻杜尔西内娅·台尔·托波索小姐的美名,想必举世无双,就连拉·曼却都找不出第二人。她的美貌,堂吉诃德先生准记得亲切,请形容一番吧。堂吉诃德听了这话长叹一声说:"杜尔西内娅·台尔·托波索小姐简直美得难以想象,不是语言所能形容的。她的丽影全印在我心上呢;假如我能把这颗心挖出来,装在盘里,放在这桌上,供在您贵夫人面前,您就可以亲自看看,不用我空费唇舌了。可是她的美貌不用我来一一描摹,我也不能胜任,该让别人来。这得用巴拉修、悌芒得斯、阿波雷斯等画家的笔,用雕刻家李西玻的刀,才能把她的美貌描绘在木板上,雕刻在大理石和青铜上;还得用西塞罗尼亚纳和德模斯提纳辞令来颂赞她。"

公爵夫人问道:"堂吉诃德先生,什么叫'德模斯提纳'呀?这话我一辈子也没听见过。"

堂吉诃德答道:"德模斯提内斯和西塞罗是世界上最大的修辞家;德模斯提纳辞令就是德模斯提内斯式的修辞,正如西塞罗尼亚纳辞令就是西塞罗式的修辞。"

公爵说:"就是啊,你敢情一时迷糊了,连这个都不懂。可是堂吉诃德先生要能把杜尔西内娅小姐描摹一番,我们就高兴极了。尽管是一个简略的大概,她也一定能活现在我们眼前,把一切美人都比得黯然无色。"

堂吉诃德答道:"她前不久遭了一场大难,我要形容她,就不由得伤心落泪。她从此在我心里的印象也模糊了,不然的话,我一定遵命。尊贵的先生夫人请听我讲。前几天我去吻她的手,指望她赞许我这第三次出门,并为我祝福。我发现她完全换了个人儿了。她着了魔,公主变成了村姑,美人变成了丑女,天使变成了魔鬼,香喷喷变成了臭烘烘,谈吐文雅变成了出口鄙俗,斯文庄重变成了轻佻粗野,光明变成了黑暗,干脆说吧,杜尔西内娅·台尔·托波索变成个萨亚戈的乡下女人了。"

公爵听到这里,大叫道:"天啊!哪个害人精干下了这等坏事呀?谁把世界上人人珍爱的才貌品德夺去了呀?"

堂吉诃德答道:"谁吗?除了忌我害我的魔术师,还有谁啊?这种恶人真不少呢。他们活在世上专摧毁好事,宣扬坏事。魔法师从前就害我,现在又害我,将来还要害我,直要把我和伟大的游侠事业埋没在地下才肯罢休。他们选中我的要害来中伤我。夺去游侠骑士的意中人,就是夺去他的眼睛,夺去照亮他的太阳,夺去养活他的粮食。我虽然说过好几次,现在我还是这句话:游侠骑士没有意中人,就仿佛树无叶、屋无基、影无形。"

公爵夫人道:"这是千真万确的。可是有口皆碑的新书堂吉诃德先生传该是信史吧?从那本书上看来好像您从没见过杜尔西内娅小姐,世界上压根儿没这个人,她只是您的梦中爱宠,她的十全十美都是您任意渲染的。"

堂吉诃德答道:"这里有许多讲究呢。世界上有没有杜尔西内娅,她是不是我臆造的,谁知道呢?这种事情不该追根究底。我的意中人并不是无中生有,我心目中分明看见那么一位可以举世闻名的小姐:她千娇百媚,一无瑕疵;庄重而不骄傲,多情而能守礼;她有教养,所以彬彬有礼;彬彬有礼,所以和蔼可亲;而且她出身高贵——大家闺秀的姿容风度是小家碧玉万万比不上的。"

公爵说:"这是不错的。可是我读了堂吉诃德先生传,有句话憋不住要吐一吐,想必不会见怪。照书上看来,托波索或什么地方确是有个杜尔西内娅,她也正是您描摹的绝世美人,可是要说她出身高贵呢,她和您熟读的故事里讲的那些奥利安娜呀、阿拉斯特拉哈瑞娅呀、玛达西玛呀等高贵的女子就不能相提并论了。"

堂吉诃德答道:"可是我有我的道理。杜尔西内娅'干什么事,就成什么人'；高贵以美德为准。好人尽管地位低，比地位高的坏人可敬可佩。况且杜尔西内娅有资格升做头戴王冠、手执宝杖的王后，这并不稀奇，德貌兼备的女人还能升得更高呢。她尽管看来不算高贵，底子里却是很高贵的。"

公爵夫人说："堂吉诃德先生，您的话四平八稳，句句着实。可见托波索确有一位杜尔西内娅，她活在当今之世，是一位高贵的美人，当得起堂吉诃德先生这样的骑士为她效劳——我不能把她捧得再高了。我从今不但自己相信这些事，还要叫全家都信，如果公爵不信，我也要叫他信。不过我有一点想不明白，而且对桑丘·潘沙也不大满意。那书上说：桑丘·潘沙给您捎信，看见那位杜尔西内娅小姐正在筛一大口袋麦子，还指明是红麦子，这就叫我不信她出身高贵了。"

堂吉诃德答道："高贵的夫人，您可知道，游侠骑士的遭遇都有常规；我的呢，简直破格反常。这也许因为命运的安排不可捉摸，也许是忌我的魔术家恶意捉弄。大家知道，有名望的游侠骑士差不多都有天生独到之处。有的不受魔法影响，有的皮坚肉硬、刀枪不入。譬如法兰西十二武士里鼎鼎有名的罗尔丹吧，据说他浑身除了左脚底都不会受伤；要刺伤他的左脚底，只能用个粗钉子，别的武器都不行。贝那尔都·台尔·加比欧在隆塞斯巴列斯瞧刀枪不能伤他，就把他抱起来卡死了他。据古代的传说，赫拉克利斯就这样杀死了地神之子——那凶猛的巨人安泰；贝那尔都记起这件事，用了同样的手法。我因此知道自己也有特殊的天赋。不是说我有钢筋铁骨，因为我多次深感自己皮肉娇嫩，一点儿碰不起。也不是能使魔法失效，因为我曾经给人关在笼里；要不是魔术的法力，谁也不能把我关进去。可是我相信，那次的魔法给我破掉以后，就没有魔法能伤害我了。魔法师既不能在我身上施展他们的恶毒手段，就下手害我心爱的人。杜尔西内娅是我的命根子，他们就摆布了她来要我的命。我想他们是乘我的侍从给我捎信去，就把她变成个乡下女人，正在干粗活儿筛麦子。不过我也说过，那麦子不是红的，也不是麦子，其实是东方的珍珠。尊贵的先生夫人，我可以讲一件事证明我说的确是真情。不久前我到托波索去，始终没找到杜尔西内娅的府第。第二天,我的侍从桑丘看见她的真身是绝世美人,我看来却是个又蠢又丑的乡下姑娘;而且她那样聪明透顶的人,竟连话都不会好好儿说。我自己既没有着魔,而且照理也不可能再着魔了,那就当然是她着了魔、受了害、改变了模样;我的冤家准把他们对我的仇恨,发泄在她身上了。我若看不到她恢复本相,到死都要为她辛酸流泪的。我讲这许多事,无非请大家别理会桑丘说杜尔西内娅筛麦子的那套话;她既然在我眼里会变相,也就会在他眼里改了样。杜尔西内娅是高贵的,出身清白世家;那种人家托波索有不少呢。她的家乡多半要靠她这位绝世美人而出名,好比以前特洛亚因海伦而出名,西班牙因那个加瓦而出名,不过她那名气是美好的,不是丑名。还有件事我想跟您两位谈谈。从来游侠骑士的侍从里,没一个像桑丘·潘沙那样有趣的。他有时傻得调皮,要捉摸他究竟是傻是乖,也大可解闷。他要捣起鬼来就是个混蛋,他没头没脑又分明是傻瓜。他什么都怀疑,又什么都相信。我正以为他笨透了,他忽又说些极有识见的话,好像很高明。反正我这个侍从呀,拿谁来对换我都不肯的,贴上一座城市我也不换。送他去做您大人赏的官呢,我不知好不好,还拿不定主意。我看他做官倒是有点本领,他那副头脑磨炼磨炼,做什么官都行,就好比国王能管理自己的税收一样。而且许多事情证明,做总督不用多大才干,也不用多少学问,咱们现有上百个总督简直连字都不识,管起下属来却像盘空的老鹰一样。最要紧的是心放得正,再加办事认真。因为总有人帮他们出主意,指导他们该怎样干。比如没上过大学的绅士,做了官自有帮手替他们审判案件。我只劝桑丘'不贪得非分之财,也不放过应有之利';还有些零碎的告诫可以请他采纳,对他管辖的海岛也有益,我先存在心里,等适当的时候再说吧。"

公爵夫妇和堂吉诃德正谈到这里,听得府里一片叫嚷。忽见桑丘闯来,气呼呼地,像小孩儿戴围嘴那样围着一块粗麻布,后面跟着好些佣人——其实都是厨房里帮忙的和打杂儿的。一个端着盛水的小木盆,那盆水浑腻腻的,看来是洗碗的脏水。那人紧追着桑丘,硬要把木盆塞在他胡子底下;另一个厨房里帮忙的好像是要给他洗胡子。

公爵夫人问道:"兄弟们,这是干吗?你们对这位先生要怎么着?你们怎么不想想,他是已经任命的总督啊。"

要给桑丘洗胡子的那家伙说:"这位先生不让我们给他浇洗。我们是照规矩办事;我们公爵大人和他的东家先生都这么洗了。"

桑丘很生气地说:"我愿意洗呀,可是得用干净点儿的毛巾,清点儿的碱水,也不能用这脏的手。我主人洗的是'天使的水',我洗的却是'魔鬼的灰汤',我和他也不至于这样天悬地隔呀。各地王公贵人府里的规矩,总得不讨人厌才行;你们这种盥洗的规矩,比吃苦赎罪还难受。我的胡子是干净的,用不着这样洗。谁来给我洗,谁碰我脑袋上一根毛——我指我的胡子,对不起,我就狠狠地还他一拳,打得拳头嵌在他脑壳子里!这种使碱水洗的礼毛不是款待客人,倒像是有意和他捣乱呢。"

公爵夫人瞧桑丘发火,又听了他这套话,笑得气都回不过来。可是堂吉诃德看他很不像样地围着一块五颜六色的粗布,一大群厨房里打杂的包围着他,心里很不高兴。他就对公爵夫妇深深行个礼,表示他有话说,先打个招呼;然后他很镇静地对这群人说:"喂,各位先生,请别盯着这小子。各位从哪里来,还请回哪里去,或是听尊便上别处去。我的侍从和谁都一样干净,这些小木盆儿就像细脖子小口的酒瓶一样,他是受不了的。奉劝各位听我一句话:别招他,他和我都不懂得开玩笑的一套。"

桑丘抢着说:"不,让他们过来把土包子傻瓜开玩笑吧!我要肯吃他们的呀,就好比这会儿是半夜!叫他们拿个梳子或别的什么来,给我把胡子梳梳,要是梳出什么不干净的东西,我随他们乱七八糟地剪剃去。"

公爵夫人还只顾笑,一面说:"桑丘·潘沙的话很有道理,随他说什么都有道理。他是干净的,他就像自己说的那样,不用洗。如果他不喜欢咱们的规矩,就得听他。你们伺候这样一位人物,洗这样一部胡子,不用纯金的水盆水壶和德国毛巾,却把木盆木钵和擦碗的抹布拿来了,你们不是太粗心大意吗?也许该说,你们太撒野了。一句话,你们是坏心眼儿,也不懂礼貌;你们是一群混蛋,所以对游侠骑士的侍从不怀好意,这是遮掩不了的。"

伺候盥洗的这群涎皮赖脸的家伙，连跟进来的管家，都觉得公爵夫人是认真训斥，就把桑丘胸口那块粗麻布拿掉，讪讪地撇下桑丘，一起退出去。桑丘认为这是一场天大的灾难，深幸自己脱险，就过去跪在公爵夫人面前，说道："贵夫人给的恩惠也非同小可。我受了您的大恩无法报答，只好希望自己封为骑士，下半辈子专为您贵夫人效劳。我是个庄稼汉，名叫桑丘·潘沙，已经结婚，生有儿女，现在当侍从。我哪方面能为您贵夫人服务，只要吩咐一声，我立即奉命。"

公爵夫人答道："桑丘，你分明是从培训礼貌的专科学校里毕业的——我是说：堂吉诃德先生是最和气、最讲究礼貌或你所谓'礼毛'的人，你呢，也真不愧是他一手栽培的。你们俩好比两颗明星：一颗是游侠骑士的北斗星，一颗闪耀着侍从的忠诚；祝愿你们主仆万事顺利！桑丘朋友，你起来吧，我一定催促公爵大人落实他的话，尽快让你做总督，这样来酬答你的殷勤。"

他们没再多谈，堂吉诃德就去睡午觉了。公爵夫人告诉桑丘，她和使女们饭后在一间很风凉的厅上，桑丘如果不困得慌，请陪她们一起消磨长昼。桑丘回答说：他夏天照例要睡四五个钟头午觉，不过为了伺候她夫人，一定拼命撑着不睡，听命到她那里去。他说完也走了。公爵重又教导家人怎样按骑士小说里的古礼款待堂吉诃德，一丝不能走样。

第八十五章

公爵夫人由侍女陪伴着和桑丘·潘沙娓娓闲话——值得细心阅读。

据说桑丘因为有言在先，那天没睡午觉，饭后就去找公爵夫人。公爵夫人爱听他说活，叫他坐在身边矮凳上。桑丘讲礼貌不肯坐。公爵夫人说，他不妨以总督的身份就座，以侍从的身份谈话，他凭这两重身份，就连武士熙德·儒伊·狄亚斯的椅子也坐得。桑丘耸耸肩，表示恭敬不如从命。公爵夫人的侍女和傅姆们围着他，静悄悄地等着他开口。

可是先开口的是公爵夫人，她说："我读了新出版的伟大骑士堂吉诃德传，有些事想不明白，趁这会儿没别人，想请教总督大人。譬如说吧，好桑丘从没见过杜尔西内娅——我指杜尔西内娅·台尔·托波索小姐，也没把堂吉诃德先生的信捎去，因为信写在记事本上，这个本子还留在黑山里呢。他怎么大胆说瞎话，竟捏造回信，还说看见她筛麦子呀？这样胡闹撒谎，把大美人杜尔西内娅的芳名都糟蹋了，忠心可靠的好侍从兴得这样吗？"

桑丘听了这话一声不响，起身蹑脚哈腰，伸着个指头按在嘴唇上，在厅上跑了一圈，把所有的帷幔都掀开看过，然后回去坐下说："尊贵的夫人啊，我已经查明这里没人偷听；现在随您问什么，我都可以放心回答，不用害怕了。我先要告诉您，我主人堂吉诃德是个十足的疯子，尽管他有时候说些话呀，不单是我，谁听了都觉得非常高明，而且头头是道，连魔鬼也没他那样的口才。可是我千拿万稳，知道他是失心疯。所以我敢无中生有，哄他上当。一次是捏造了那个回信，又一次是七八天以前的事，还没写进书里去呢——就是堂娜杜尔西内娅小姐着魔的玩意儿。我哄他那位小姐着魔了，其实是完全没影儿的事。"

公爵夫人请桑丘讲那桩着魔的玩意儿。桑丘就一五一十讲了一遍，大家都听得津津有味。公爵夫人说："好桑丘讲的事，搅得我放心不下，仿佛有个声音在我耳边悄悄说：'堂吉诃德·台·拉·曼却既然又疯又傻，他侍从桑丘·潘沙知道这回事，却又跟着伺候他，而且把他的空口许愿信以为真，专等着兑现；那就放定桑丘比主人更疯更傻。照么说，公爵大人啊，你把海岛给这个桑丘去管辖就是没打算了。他自己都管不周全，怎么能管辖别人呢？'"

桑丘说："尊贵的夫人，您这点顾虑确有道理。您不妨直接爽快地说，或者随您怎么说吧，我承认您说得对。我要是聪明呢，早该扔下我那主人了。不过这是我命里注定的，也是我倒霉，我离不了他，只好跟他。我们俩是街坊，我吃过他的饭，和他交情很深，他也知道我的心，不亏负我，他还把自己的几匹驴驹子给了我；别的不说，我至少是忠心的。所以，要拆开我们呀，除非用铲子和鹤嘴锄。公爵大人许我的总督，您贵夫人如果不愿意让我做，那么，我天生就不是总督呀。也许我不做总督，心上更踏实；因为我傻虽傻，却懂得这句成语：'蚂蚁长翅膀，自取灭亡。'说不定侍从桑丘比总督桑丘更容易上天堂。'本地的面包，和法兰西的一样好'；'猫儿在夜里全都是灰的'；'谁到下午两点没吃上早饭，那才是倒霉'；'肚子都一般大，相差不了一拃'；这个肚子呀，据老话说，'不论稻草、干草，一样塞饱'；'田里的小鸟有上帝喂养'；'四瓦拉古安加的粗绒，比四瓦拉赛果比亚的细呢子保暖'；'一旦去世入土，贵人小工同路'；'教皇虽然比教堂司事地位高，死后占的地盘一般儿大小'，因为进坟墓总得把自己紧紧包扎好，或者不由自己，别人会来包扎，然后就永远埋在地下了。我再说一遍吧，您夫人如果瞧我傻，不愿意把海岛给我，我通情达理，绝不会计较。况且我听说，'魔鬼就躲在十字架后面'；又说，'闪闪发亮的不都是黄金'。如果古代的歌谣不是信口开河，驾牛犁田的庄稼汉万巴提拔上去做了西班牙国王，锦绣堆里享福的罗德里果，却抓去喂蛇了。"

傅姆堂娜罗德利盖斯在旁，忍不住插嘴道："哪会信口开河呀！歌谣里说，罗德利果国王活活地给扔在坑里，里面尽是癞蛤蟆、长虫和四脚蛇；过了两天，他在坑里有气无力地哼呢，说是：

> 我身上哪一部分罪孽最重，
> 它们在那里咬嚼得我最痛。

要是做了国王得喂爬虫，这位先生宁愿做庄稼汉是很有道理的。"

这位傅姆死心眼儿，逗得公爵夫人哈哈大笑。桑丘的一番议论和连串的成语使她很惊佩，她就说："好桑丘想必知道，骑士答应了一件事，赔掉性命也不能失信。我们公爵大人虽然不是游侠骑士，毕竟还是骑士，答应了给你一个海岛就一定做到，旁人嫉妒怀恨也没用。桑丘放宽了心吧，说不定你忽然间就做了那个海岛的总督。但愿你紧紧抱住自己的官职，等另有大好肥缺再放手。我只劝你记着，岛上的百姓都是忠心的，也都是好出身，得用心治理才行。"

桑丘答道："好好儿治理的话不用嘱咐，我生来心肠好，同情穷人。

'人家自己发面、自己揉,他的面包你可不能偷'。我发誓,'灌水银的骰子,别当着我掷';我是'老狗不听唔唔呼唤';谁也别想蒙混我,因为'鞋哪儿紧了,穿鞋的自己知道'。我这些话无非说,好人我会保护,坏人决不宽容。我认为做官全看一个开头,说不定我做了半个月总督就大有兴味,而且熟练得比我从小熟练的干农活儿还在行。"

公爵夫人说:"你说得对,没有天生的本领,主教也是人学出来的,不是石头雕就的。不过咱们再谈谈杜尔西内娅着魔的事吧。桑丘把乡下姑娘说成杜尔西内娅,他主人不认识就说杜尔西内娅着了魔;桑丘自以为捉弄了主人,其实,我说句千真万确的话,这都是迫害堂吉诃德先生的那些魔法师设下的圈套啊。因为我凭可靠的消息,确实知道跳上驴背的那乡下女人真是杜尔西内娅·台尔·托波索。好桑丘自以为骗了人,其实是受骗了。世上许多事咱们没有亲眼看见,却是千真万确的;你骗人受骗的那回事正也如此,你非信不可。我可以奉告桑丘·潘沙先生,我们也有要好的魔法师把各处的事情据实报告我们。真的,那跳跳蹦蹦的乡下女人从那时到现在始终是杜尔西内娅·台尔·托波索,她和生她的妈妈一样着了魔;说不定哪一天她忽然会恢复本来面目,桑丘到那时就知道自己是上当了。"

桑丘·潘沙说:"这都很可能。我主人讲他在蒙德西诺斯地洞里看见的形形色色,我现在也相信了。他说看见了杜尔西内娅·台尔·托波索小姐,穿的衣服就是我胡说她着魔的时候穿的那一套。尊贵的夫人啊,您讲的一定不错,我都弄颠倒了。因为我笨头笨脑,不会一下子编出那么一套精致的谎话来;我主人也不会那么疯,听了我那套没影儿的胡说八道就信以为真。可是,好心的夫人,您别就此把我当作坏心眼儿;您不能指望我这么个糊涂虫能看透混账魔法师的黑心肠。我是怕主人骂,才扯了那么个谎,并不是存心害他。如果害了他,上帝在天上呢,各人的心思逃不过上帝的眼睛。"

公爵夫人说:"这话不错。可是蒙德西诺斯地洞里什么形形色色,请桑丘讲讲吧,我很想听呢。"

桑丘就把那次的事细细讲了一遍。公爵夫人听罢说道:"桑丘在托波索城外看见的乡下女人,伟大的堂吉诃德不是在那洞里又看见了吗?可见她确实就是杜尔西内娅;而且有不少无事生非的魔法师在这里面大显身手呢。"

桑丘·潘沙说:"我说呀,我们小姐杜尔西内娅·台尔·托波索如果是着了魔,那就只好由她去当灾;我主人的冤家又多又恶,我不跟他们吵架去。我清清楚楚看见一个乡下女人,当然认为她只是个乡下女人罢了。如果她是杜尔西内娅,那不能算在我账上,怪不得我。咳!人家动不动责备我:'这是桑丘说的,这是桑丘干的,这又是桑丘,那又是桑丘。'好像桑丘只是个不成才的东西。可是据参孙·加尔拉斯果的话,我桑丘·潘沙是全世界风行的书里写的桑丘·潘沙呀。参孙·加尔拉斯果至少也是萨拉曼加大学的学士,不会无缘无故撒谎。所以谁也不该找我的茬儿。我的名声是好的;据我主人说,名声比钱财还重要。那个总督不妨叫我去当,我准叫大家出乎意外呢。因为谁是好侍从,就能做好总督。"

公爵夫人说:"好桑丘这会儿说的,全像加东的格言,至少像'盛年早夭'的米盖尔,维利诺亲口说的话。总而言之,照桑丘自己的口气说吧,'披着破大氅的,往往是个好酒徒'。"

桑丘答道:"我老实说,夫人,我生平喝酒从来没有坏心,多半是为了口渴;我是很坦白的。我什么时候想喝就喝,有时人家请我喝,我为了情面和礼貌,不想喝也喝。朋友祝酒,谁石头心肠不为他干杯呢?不过'我虽然穿鞋,并不踩脏了鞋'。而且游侠骑士的侍从经常只喝水,他们常在丛林荒野和山石上来往,挖掉一颗眼珠子也换不到一滴酒。"

公爵夫人答道:"想必是这样的。现在桑丘去休息吧;桑丘当总督的事,我们以后再细细商量,并且尽早做好安排。"

桑丘又吻了公爵夫人的手,还请她照顾灰毛儿,因为它是自己眼睛里的明珠。

公爵夫人问:"什么灰毛儿?"

桑丘答道:"就是我的驴呀;我不称驴,常叫它灰毛儿。我刚到府上,不是求这位傅姆太太照看它吗;她生了好大的气呀,好像我说了她相貌丑啊、年纪老啊似的。其实傅姆喂喂驴子，还比坐在厅堂上做摆设合适。唉，我们村上有个绅士对这种女太太实在厌恶透了！"

傅姆堂娜罗德利盖斯说："他一定是个乡下佬；他如果是绅士，又是有教养的，就会把她们高高供在月宫里。"

公爵夫人说："好了，好了，堂娜罗德利盖斯住嘴吧，潘沙先生也请放心，灰毛儿交给我照管就完了。它既然是桑丘的宝贝，我就也把它放在自己的心坎儿上。"

桑丘答道："放在马房里就行，要放在您贵夫人心坎儿上，一刹那的功夫它也不配，连我也不配；这就仿佛用刀子扎我一样了，我决不答应的。尽管我主人有话：'同样是输，少一张牌不如多一张牌'，可是对付驴子还得有个分寸，要恰到好处。"

公爵夫人说："桑丘带着它上任去吧，可以随心如意地供养它，甚至还可以让它领退休金养老。"

桑丘说："公爵夫人啊，您别以为这有什么稀奇，上任做官带去的驴子，我见过不止两头了，我带自己的驴去算不得新鲜事儿。"

桑丘的话又添了公爵夫人的乐趣。她打发了桑丘去休息，就把他的话一一告诉公爵，两人一同出主意捉弄堂吉诃德。他们那番玩笑开得很精彩，把骑士小说里的一套照搬照演，非常有趣，是这部历史巨著里出色的奇事。

第八十六章

> 世界上没有免费的午餐，也没有无缘无故的爱。当堂吉诃德主仆二人仍沉浸在礼遇的幻想中时，公爵夫妇已开始了一系列捉弄他们的计划，陶醉者尚不醒悟，戏弄者却已开始加紧了步伐。我们也许乐于看到堂吉诃德沉迷于幻想时的疯狂举动，但你是否愿意接受他被贵族当作小丑戏耍时所带来的笑声呢？

本书最出奇的奇事：大家学到了为绝世美人杜尔西内娅·台尔·托波索解脱魔缠的方法。

公爵夫妇听了堂吉诃德和桑丘·潘沙的谈话兴致勃发，决计仿照骑士小说的一套，安排些奇事来捉弄他们主仆。这一对贵人夫妇就根据堂吉诃德在蒙德西诺斯地洞里的见闻，布置了一场绝妙的恶作剧。公爵夫人想不到桑丘竟会那么天真，当初自己捣鬼，胡说杜尔西内娅·台尔·托波索着了魔道，这会儿却把这事死心塌地的信以为真。夫妇俩教导了家里佣人怎么行事，六天后就请堂吉诃德同去打围，还带了大群猎手，那排场不亚于国王出猎。他们送给堂吉诃德一套打猎服；也给了桑丘一套，是绿色细毛料的。堂吉诃德不愿意穿，辞谢不受，说他不久还得干他那艰苦的武士本行，不能携带衣柜或行李。桑丘却把送他的衣服收下，打算有机会把它卖钱。

打猎那天，堂吉诃德披上盔甲，桑丘也穿了猎装，骑上灰毛儿。人家请他骑马，可是他舍不得撇下那头驴。他夹在

> 请注意"仿照"和"捉弄"二词。

> "打围"一节是恶作剧，写出了各种人物的性格，作为复杂而巨大的场面，描写的方法也值得借鉴。

围赶的一群人中间。公爵夫人出猎,打扮得非常漂亮;堂吉诃德出于礼貌,不顾公爵辞谢,亲自为她拉着缰绳。大伙到了两座高山中间的树林里,各人领命或守望或埋伏,都分头四散。他们就大喊大叫地开始打围。猎狗汪汪地叫成一片,加上一声声号角,吵得人说话都听不见。

公爵夫人知道野猪出没的地方,她下马两手拿着一支尖利的标枪去站在那里。公爵和堂吉诃德也下马站在她两旁。桑丘跟在全伙猎人的最后,他不敢撇下灰驴,怕它遭祸,所以没有下驴。公爵夫妇和堂吉诃德刚站定位子,和许多佣人排成一列,就看见一头肥大的野公猪遭到猎狗包围和猎人追赶,咬着利齿獠牙,喷吐着白沫,向他们这边冲来。堂吉诃德一见就挎着盾牌,拔剑迎面而上。公爵也拿着标枪赶去;公爵夫人要不是给公爵拦住,也抢先迎上去了。只有桑丘一见这头恶狠狠的畜生,就撇下灰驴没命地逃跑。他想爬上大橡树,却又爬不上,正在半中间抓住树枝拼命往上蹬,偏偏倒足了霉,那根树枝断了。他跌下来又给树上的丫杈挂住,悬在半空,下不了地。他狼狈不堪,眼看自己的新绿衣也扯破了,而且那头猛兽如果跑来,恰好够得着他。他急得连声大叫救命;单凭他那叫声,谁都以为他给野兽咬住了。那只獠牙的野猪终究给密布的标枪刺倒。堂吉诃德这才听出是桑丘在叫喊,转脸一看,桑丘正头朝地、脚朝天倒挂在橡树上,和他共患难的灰驴站在旁边。据熙德·阿默德说:桑丘·潘沙和他的灰驴两情胶固,哪里有桑丘·潘沙就也有灰驴,有灰驴就也有桑丘,两个不在一起是很难得的。

堂吉诃德跑去救下桑丘。桑丘脱身下地,忙检看打猎服的裂口,觉得直心疼,因为在他看来,这件衣服抵得一份家产呢。这时大家把沉甸甸的野猪横搭在骡背上,还盖上些迷迭香和桃金娘的花枝,标明是俘获品;他们一起回到树林里。

> 虽然众人只打一只野猪,但面对野兽的凶猛,堂吉诃德的胆识还是令人敬佩的。

> 桑丘的惜财如命再次呈现,这才是真实的他。

那里早已搭了几座大帐篷，里面已经安好桌子，摆上筵席。筵席非常丰盛，一看就知道主人家排场阔绰。桑丘把衣上的裂口给公爵夫人看，说道：假如打野兔或小鸟，我这件衣服就好好儿的，不至于这样，野猪这种家伙，碰上它的獠牙就可以送命，我不懂找上它有什么趣味。我记得古代歌谣里说：

> 你就像有名的法维拉，
> 给几只大熊分吃掉。

堂吉诃德说："那是哥斯族的国王，打围的时候给熊吃了。"

桑丘答道："可不是吗！我就不赞成王公贵人冒着这种危险取乐；况且这类畜生又没犯罪，杀了它取乐也不应该。"

公爵说："桑丘啊，你错了，打围猎取大野兽不比别的，正是王公贵人分内的事。打猎是打仗的影子，也得有策略，能出奇制胜，才稳稳地手到擒来。打猎得忍受大冷大热，不能贪懒贪睡。打猎可以增强体力，锻炼得手脚灵便。反正这对谁也没害处，而对许多人是一桩乐事。况且围猎大野兽更不比一般人的打猎，只有王公贵人才办得到，和放鹰隼打猎一样。所以桑丘啊，你得打破成见，等你做了总督，该把打猎当正经，你就知道这件事大有好处呢。"

桑丘答道："不见得，'好总督是断了腿的，他不出家门'。人家有事辛辛苦苦跑来找他，他却在树林里消遣呢，那还像话吗！照那样，他的官还做得好吗？我老实说吧，公爵大人，打猎消遣不是总督的事，是闲来无事的人干的。我指望的消遣无非复活节玩个纸牌，星期四和节日打打球；什么围猎呀打猎呀不合我的脾胃，还搅得我良心不安呢。"

"桑丘啊，但愿天意能如人意！因为'说是说，干是干，相隔很远'呢。"

> 如果我们评说公爵关于围猎是王公贵族的分内的事的言论，仅反映的是这类人的无聊之极，似乎略显不够。

<blockquote>没上任就开始幻想自己的总督的位置,一连串的俗语也不先注重一下形象。</blockquote>

桑丘说:"随它怎样,反正'还得了债,不心疼抵押品';'尽管你贪黑起早,哪有上帝保佑好';'是肚子带动两脚,不是两脚带动肚子'。我就是说呀:如果上帝保佑,我又认真尽责,一定管辖得比盘空的老鹰还精明。嗨,'只要把指头放在我嘴里,就知道我咬不咬'。"

堂吉诃德说:"该死的桑丘!但愿上帝和天堂上的圣人都来诅咒你!真是我常说的,你哪一天能连说几句话不扯上成语呀?公爵大人和夫人,请别理会这傻子,他滥用的成语,不是一下子两句,却是两千句,实在叫人受不了!他要是有一句用得对景,上帝保佑他吧!我要是爱听他说,上帝也保佑我吧!"

公爵夫人说:"桑丘·潘沙用的成语很利落,尽管比希腊勋爵的还多,并不因为多了就不稀罕。据我看,别人引的成语再确当,也不如他引的有趣。"

<blockquote>煞费苦心地布置如此壮观的骗局仅为取笑堂吉诃德,博一时之乐,可见他们内心的空虚和可耻。</blockquote>

他们说着闲话,走出篷帐,在树林里看了些打围人埋伏和驻守的地方。太阳下去,天渐渐黑了。虽然是仲夏之夜,却朦朦胧胧,不像往常晴朗,仿佛天公作美,要助成公爵夫妇的那套把戏。夜色渐深,忽见树林周围起了火似的,随就听得四面八方远远近近号角响成一片,配合着别的军乐,好像有大队骑兵过境。他们在树林里简直给火光耀花了眼睛,军乐震聋了耳朵。接着传来一片声的"雷利利",像摩尔人战场上厮杀的呐喊。同时喇叭声、号角声、咚咚的鼓声、悠扬的笛声繁声交奏,紧接不断,聒噪得神清心定的人听了也神迷心乱。公爵呆呆瞪瞪,公爵夫人神色不安,堂吉诃德在惊讶,桑丘索索发抖;反正连知道内情的都觉得可怕。大家正心惊胆战,忽然乐止,寂静无声。一个像魔鬼似的信使吹着号角骑马而来;那号角是空心的牛角,大得出奇,发出的声音阴森惨厉。

公爵说:"喂,报信的老哥,你是谁?到哪里去?好像有军队开过树林,是什么军队?"

使者粗声大气地答道:"我是魔鬼,来找堂吉诃德·台·拉·曼却。前来的是六队魔法师,带着一辆凯旋车,车上是天下无双的杜尔西内娅·台尔·托波索。她着了魔,现在和法兰西勇士蒙德西诺斯同来通知堂吉诃德怎样为她解除魔法。"

"听你的说话,瞧你的模样,你大概确是魔鬼。堂吉诃德·台·拉·曼却就在你面前,你既是魔鬼,就该认识这位骑士呀。"

魔鬼答道:"我凭上帝和良心发誓,我没看见他;我心里忙乱,把正经事忘了。"

桑丘道:"这魔鬼一定是好人,也是好基督徒;要不,就不会'凭上帝和良心'发誓。现在我明白了:地狱里也有好人。"

> 桑丘的这句话是否有什么暗示呢?看来他已略有察觉。

那魔鬼并不下马,只转脸向堂吉诃德说:"该落在狮爪子下的狮子骑士啊,落难的勇士蒙德西诺斯派我来找你传话:他带着一位杜尔西内娅·台尔·托波索小姐来教你怎样为她破掉魔法,叫你在这里等他。我没别的话要传,不再耽搁了。但愿我同伙的魔鬼都跟着你,好天使都跟着这位先生和这位夫人。"

他说完,拿起那只大牛角吹一声号,不等回答就转身走了。

大家越发惊奇,尤其桑丘和堂吉诃德。桑丘因为知道杜尔西内娅着魔是怎么回事,不料大家都说她着魔;堂吉诃德因为蒙德西诺斯地洞里的事自己还拿不定是真是假呢。他正在追想这些事,公爵问他说:"堂吉诃德先生,您打算在这儿等吗?"

他答道:"为什么不等呀?即使地狱里所有的魔鬼都来缠着我,我也不怕,屹立在这里等着。"

> 不同反应,表现了主仆二人的不同观念。

桑丘说:"如果我再看见一个魔鬼,再听到他那种号角,我还在这儿等着才怪呢!"

夜色一片漆黑,树林里点点星火,像地面上吐出的火气,在空中流动。同时又听到一种怪声,仿佛牛车的实心轮子转出来的。据说这种牛车经过的地方,叽叽嘎嘎刺耳的响声能把一路上的狼和熊都吓跑呢。又加喊声四起,仿佛树林周围真有军队在交锋。这边轰隆隆的炮响,那边噼噼啪啪的枪声,厮杀呐喊好像就在耳旁,远处却又传来摩尔人"雷利利"的叫声。当时号角喇叭声、鼓声、炮声、枪声,再加可怕的车轮声,拉杂喧嚣,便是堂吉诃德也得鼓足勇气才承受得住。桑丘吓破了胆,晕倒在公爵夫人的长裙边上了。公爵夫人让他躺在自己裙上,忙叫人在他脸上洒了些水,他才苏醒。那时轮子叽嘎作响的一辆牛车恰好开到他那里。

> 如此场面,真让人不得不佩服公爵夫妇的想象力和才能。

四头笨牛拉车,牛身上披盖的全是黑色,牛角上各缚着一支亮煌煌的大蜡烛;车上有个高高的座位,坐着一位道貌岸然的老者。他胡子雪白,垂到腰带以下,穿一件黑布长袍。车上点满了蜡烛,照得清清楚楚。领车的是两个丑鬼,也穿着黑布衣服。他们的脸丑极了,桑丘看了一眼忙闭目不敢再看。牛车到他们前面,高坐车上的老者起身大声说:"我是李冈斗法师。"

他不再开口,车就过去了。随后又来了这样一辆牛车,上面也坐着一位老者。他叫车停下,声音也像前一个老人那么严肃,说道:"我是阿尔基菲法师,我和不可捉摸的乌尔甘达是好朋友。"

这辆车往前去了。

> 把魔法师都搬了出来,本钱可下得不小了,本来荒谬的事情,在此显出了严肃劲。

接着又来一辆同样的车,不过座上的人不是老者,却是个身体结实、面貌狰狞的壮夫。车到那里,那人也站起来,声音比前两人粗暴;他说:"我是魔法师阿尔加拉乌斯,是阿马狄斯·台·咖乌拉和他那些子子孙孙的死冤家。"

车辆往前去了。这三辆车走了一段路都停下,刺耳的车轮声也就停了。这时听到的不是聒噪,却是和谐悦耳的音乐。桑丘大高兴,认为是好兆。他一时一刻没敢离开公爵夫人一步,这时就对她说:"夫人啊,'哪里有音乐,就不会有坏事'。"

公爵夫人道:"正好比哪里有光亮,就不会有坏事。"

桑丘答道:"光是火发的,火堆就发亮,咱们四周不都是吗?这些光亮保不定会烧着咱们;不过音乐总是表示欢乐的。"

堂吉诃德听了他们的话,说道:"这还得瞧吧。"

看了下章,就知道他说对了。

> 谚语是经验的结晶,看看这次是否灵验了。

第八十七章

续叙为杜尔西内娅解脱魔缠的方法,还有别的奇事。

随着悦耳的音乐,开来一辆凯旋车。拉车的六匹棕色骡子都身披白纱,背上各骑着一个"拿蜡烛的悔罪者"。这些人也穿白衣,各拿一支点亮的大蜡烛。这辆车比前几辆大二三倍。另有十二个悔罪者站在车上两侧,都穿着雪白的衣服,拿着亮煌煌的蜡烛,使人看了又惊又奇。一位美人高高坐在中间座上。她身上披着一重重银纱,上面满缀金箔,不说富丽,至少也很灿烂。她脸上那层透明的轻纱遮不住她的芳容,明烛辉煌,照见她相貌姣好,年龄十八九岁。她旁边坐着一个身披长袍、头盖黑纱的人物。车到公爵夫妇和堂吉诃德面前,号角喇叭声停止,车上竖琴琵琶的音乐也跟着罢奏。披长袍的起立,掀开长袍,揭去面纱,赫然露出一具可怕的骷髅。堂吉诃德惴惴不安,桑丘吓作一团,

> 音乐背后是可怕的骷髅,此时连设计者都"有点害怕"了,可见效果不错。

公爵夫妇也有点害怕。这个活死神站了起来,舌头涩滞,有声无力,睡醒似的说道:

> 我是历史上有名的梅尔林,
> 传说魔鬼是我的生身父亲,
> 几千年来没人知道是扯谎;
> 我在魔法师中间称王,
> 曾探出阴阳死生的奥妙;
> 敢抗拒时间滚滚的波涛,
> 不让古今累积的无限岁月,
> 埋没了游侠骑士的丰功伟业;
> 我顾念他们卓绝艰苦,
> 向来对他们非常爱护;
> 虽然一般邪魔歪道的法师,
> 往往残忍暴戾,凶狠阴鸷,
> 我却心胸宽厚,一片慈悲,
> 乐于行善,只求有益人类。
>
> 我在阴森幽暗的阎罗地府,
> 聚精会神孜孜写咒画符,
> 学会了神通指望功夺造化;
> 忽听得绝世美人杜尔西内娅·
> 台尔·托波索娇滴滴的哀号,
> 心血来潮,知道她着了魔道,
> 贵小姐变了粗蠢的村姑;
> 这使我也为她发愁叫苦。
> 我要博究这门神秘的学问,
> 深奥的书籍翻阅了十万多本。
> 现在我附魂于这具骷髅,

囊中自有妙计特来营救；
她遭了灾难痛苦不堪，
仗我来为她解脱魔缠。

> 阿谀奉承也是活死神的拿手好戏。

智勇兼备的堂吉诃德先生！
曼却的光辉、西班牙的豪英！
全世界披坚执锐的武士
都靠你增光，奉你为师！
不图安逸、不求享乐的人，
流血流汗不辞艰难苦辛，
不畏强暴，永远奋勇战斗，
你就是他们瞻仰的北斗！
你这位赞不胜赞的骑士，
请听着，我有要事告知：
杜尔西内娅·台尔·托波索美人
如要摆脱妖氛邪法的缠身，
你得叫侍从桑丘脱裤，
露出肥鼓鼓的大屁股，
自己狠狠鞭扑三千三百，
不得手下留情轻打轻拍，
要皮肉麻辣辣地疼痛才行；
使她着魔的法师一致决定，
要如此她才恢复原形。

> 桑丘又要遭殃了，胆小怕事的人总是躲不开厄运。

夫人先生们，我来此无它，
就为传达以上这一番话。

　　桑丘接口道："我凭上帝发誓，别说三千鞭，就是自打三鞭，我都仿佛自己戳三刀一样！这样解除魔道，真是活见鬼！我不懂我的屁股和魔术有什么相干！我凭上帝说，如果梅尔林先生解救杜尔西内娅·台尔·托波索小姐只有这个办法,那就让她带着缠身的邪魔进坟墓吧!"

堂吉诃德说:"你这肚里装满大蒜的乡下佬!我会抓住你,把你剥得一丝不挂,像刚从娘胎里出来的时候那样,然后把你绑在树上,别说三千三百鞭,我要给你六千六百鞭,一下下打得着着实实,叫你挣三千三百下也挣脱不了。你别顶嘴,我要把你打得灵魂出窍呢。"

> 事情有些麻烦,不愿合作的桑丘可要让堂吉诃德头痛了。

梅尔林忙道:"这不行,桑丘老哥吃鞭子得由他自愿,不能强迫,而且随他什么时候高兴就打,不定期限。他如果图省事,也可以央别人代打,不过那就可能打得重些。"

> 桑丘的话虽有些恶毒且无善心,但理由充足,他的凭白挨打本就没有道理可言。

桑丘答道:"不管是别人下手、自己下手,不管是手重手轻,反正谁的手也休想碰我一下。杜尔西内娅·台尔·托波索小姐活该受罪,怎么叫我的屁股当灾呢?难道她是我肚子里生出来的吗?我主人动不动叫她'我的生命'呀,'我的灵魂'呀,又是他靠着活命的根子呀,他们俩才是连在一起的;他应该去为她吃鞭子,费尽心思、拼着身体,为她解脱魔缠。怎么倒叫我来鞭打自己呢?'我急急拒绝'!"

桑丘话犹未了,梅尔林旁边那位披着银纱的美人霍地站起来,掀开面上薄纱,露出一张美丽非凡的脸。她像男孩子似的没一点儿羞涩,声音也不像姑娘家,冲着桑丘·潘沙说:"唉,你这个混账的侍从!铁石心肠的傻瓜!老面皮的混蛋!人类的公敌!是谁叫你从高塔上跳下来吗?叫你吞十二个癞蛤蟆、两条壁虎、三条长虫吗?叫你用泼风快刀宰掉你的老婆孩子吗?值得你这样推三阻四地作难!三千三百下鞭子,孤儿教养院里哪个可怜的孩子不月月经常忍受啊!你却当作一件了不起的大事!好心肠的人,甚至千年万代以后,知道你这样,都要诧异的。唉,你这个狠心的畜生!睁开你这双见不得光亮的猫头鹰眼睛,看看我这两颗明星似的眼睛吧!

看看我美丽的脸颊上粗粗细细的泪痕吧！我现在还只十几岁——今年十九，还不到二十，花朵儿似的年华，却在乡下女人粗糙的皮壳子里糟蹋了！你这个刁钻恶毒的怪物，你看了也该有点感动呀！也许你认为我这会儿并不像乡下女人；这是梅尔林先生特别照顾，要我凭美貌来感动你；因为落难美人的眼泪，能把硬石头化为软棉团，猛虎化作绵羊呢。你这只强头倔耳的畜生啊，把你的肥屁股使劲儿打呀！打呀！别痴骏懵懂，只知道吃了又吃呀！我全得靠你，才能恢复原先的皮肉细腻、性情温柔、容貌美丽呢！如果你顽强无情，不顾惜我，你也得为旁边这位可怜的骑士着想呀——我指你的主人，我瞧透他的灵魂正在喉咙里哽着，离嘴巴不到十指宽，只等着你一声拒绝或答应，就冲出嘴外或回进肚里去。"

> 年华：时光；年岁。

> "杜尔西内娅"的伶牙俐齿倒是非同寻常，连咒带讽刺，可不像大家闺秀的作风。

堂吉诃德听了这话，摸摸自己的喉咙，转身对公爵说：

"公爵大人，杜尔西内娅的话确是一点儿不错，我的灵魂像弓弦上的栓子似的绷硬一块，正哽在喉咙里呢。"

公爵夫人问道："桑丘，你听了这话怎么说呀？"

桑丘答道："夫人，我还是刚才的话：要我吃鞭子呀，'我急急拒绝'。"

公爵说："桑丘，你说错了，该说'坚决拒绝'。"

桑丘答道："公爵大人您别管我。说错了字眼是小事，我这会儿顾不到。我得挨打或自己打那么多鞭子，搅得我心里乱了谱，说什么、干什么都做不了主了。可是我实在不懂，我们堂娜杜尔西内娅·台尔·托波索小姐那样央求人，是哪儿学来的。她跑来要我把自己鞭打得皮开肉绽，却称我'傻瓜''强头倔耳的畜生'，还加上一连串只有魔鬼才该承受的丑名儿。难道我的肉是铜打的吗？难道她能不能解除魔法和我有什么相干吗？她送了我见面礼吗？譬如白单子呀、衬衣呀、头巾呀、袜子呀——老实说，我都用不着，可是她带着

> 在堂吉诃德和"杜尔西内娅"强硬的要求下，桑丘表现了十分的气愤，对"总督"提出如此无礼且态度更无礼的要求实在是过分。

这么一大筐东西来和我情商了吗？她只是一句又一句地臭骂呀。老话说：'背上驮着银和金，驴儿上山就有劲'；'礼物碾得碎岩石'；'求上帝保佑你，也得自己努力'；'许你两件，不如给你一件'；这些话她也该知道啊。至于我这位主人先生，如果他要我变得像梳理过的羊毛和棉花那样，就该抚摩着我的颈毛来哄我；可是他却说，要抓住我，把我脱光了绑在树上，要把打我的鞭数加上一倍。我这两位好心肠的男女主人该想想：他们打的不单是一个侍从，还是个总督啊；他们却好像是请我'用些樱桃下酒吧'。他们还得学学怎样央求人，怎样讲礼貌呢！'各个时候不同'；一个人也不能老是好脾气。我这会儿因为撕破了这件绿大氅正心痛得要死，他们却来叫我心甘情愿地鞭打自己；这就好比叫我变成个凶暴的官长，远不是我的心愿啊。"

> 公爵的装腔作势具有一定的权威和功效。

公爵道："我老实告诉你，桑丘朋友，你要不把心肠放得比烂熟的无花果还软，你就做不成总督。如果我给岛上的百姓找个残忍的总督，心肠像石头一样，不论落难女子流泪，或年高德劭的大法师恳求，都不能感动他，我就于心有愧了。干脆一句话，桑丘，你或者鞭打自己，或者让别人鞭打你，不然的话，就休想做总督。"

桑丘答道："给我两天期限，让我考虑考虑行吗？"

梅尔林说道："那可怎么也不行。这事得此时此地决定：杜尔西内娅或者恢复乡下女人的模样，回蒙德西诺斯地洞去；或者呢，保留着现在的相貌，送到仙乡福地去等待鞭打满数。"

> 众人可谓软硬兼施，看来桑丘此次是劫数难逃了。

公爵夫人道："唉，桑丘老哥，你吃了堂吉诃德先生的饭，该有点儿良心和勇气呀。咱们为他那么个好人，为他那高尚的骑士道，都该出力相助。朋友啊，吃鞭子的事，你答应了吧。让魔鬼滚蛋！害怕的是脓包！你知道这句老话：'雄心冲得破坏运'。"

桑丘牛头不对马嘴地忽然转脸问梅尔林道:"梅尔林先生,请问您,刚才那报信的魔鬼跑来传蒙德西诺斯先生的话,要我主人在这儿等他,他要来教我主人怎样为堂娜杜尔西内娅·台尔·托波索小姐解除魔法呢;怎么他到今没来,影儿也没见呀。"

梅尔林答道:"桑丘朋友啊,那魔鬼是糊涂东西,也是大混蛋。我派他来找你主人传我的话,没叫他传蒙德西诺斯的话。蒙德西诺斯在他那地洞里,他中了魔法还没有解除,直在等待,这件事'还有尾巴上的皮没剥下来呢'。如果魔鬼欠了你什么,或者你有事要和他打交道,我可以把他叫来,听你打发。现在你且把吃鞭子的事答应了吧。你听我的话,这件事对你的灵魂肉体都大有好处:仁爱的心对灵魂有益,出掉点血对身体无害,我知道你是多血的体质。"

桑丘道:"世界上医生真多,连魔法师都是医生。既然大家都劝我甘心自打三千三百鞭,尽管我不明白这是什么道理,我就答应吧。不过有个条件:得趁我高兴打才打,不能规定期限。我一定尽快还清这笔账,让世人能瞻仰堂娜杜尔西内娅·台尔·托波索小姐的美貌。看来她并不像我猜想的那样,倒真是很漂亮的。我还有个条件:不能要求我打得自己出血,假如有几鞭像赶苍蝇似的轻轻掸过,也得算数。还有,假如我数错了,梅尔林先生全知道,得替我记着数儿,打了多少鞭得通知我。"

> 勉强答应了下来,但却又留下许多余地,桑丘的小聪明还是不少的。

梅尔林答道:"你不会多打,不用通知,因为打满了数,杜尔西内娅小姐着的魔道立刻就解除了;她满心感激,会跑来向好桑丘道谢,甚至还有报酬呢。所以你不用计较打多打少,老天爷决不容我对谁有分毫欺心。"

桑丘说:"哎,那就随上帝安排吧!我是倒了霉,只好答应——就是说,我照讲定的条件,接受这件苦差使。"

桑丘的话刚完,号角喇叭立刻又响成一片,又放了几阵枪。堂吉诃德抱住桑丘的脖子,在他额上和脸上吻个不止。公爵夫妇和在场众人都非常满意;那辆大车就往前开去,大车经过公爵夫妇面前的时候,漂亮的杜尔西内娅对他们俩鞠躬,又对桑丘深深地行了一个屈膝礼。

这时天已经大亮,野花欣欣向荣,晶莹的溪水淙淙泻过有白有灰的鹅卵石,去和别处的河流聚会。大地欢欣,天色明朗,空气清和,阳光晴丽,都预告黎明带来的好天气。公爵夫妇围猎大有收获,那套把戏演得顺利有趣,两人都很高兴,回府准备还连续着开玩笑,因为他们觉得这比任何正经事都有趣。

> 欣欣向荣:形容草木长得茂盛。比喻事业蓬勃发展,兴旺昌盛。荣:茂盛。

情境赏析

作者是一个善于营造恐怖气氛的专家,首先从听觉角度来描写,我们一起领略到的是静谧的夜、零星的火,进而听到"一种怪声",慢慢引出怕人的情绪,这还没有结束,声音突然又由单面转向多面,喊声、枪声、号角声、车轮声交织一起,气氛顿时紧张之极。接着又通过视觉的刺激加重恐怖,一群魔法师之后主角登场,白衣、蜡烛、肃穆的白给人一种崇高、凝重的感觉,加之轻柔的音乐,一切都美妙起来。但与此相对,乐声一止,神秘的披长袍者便露出可怕的面貌,至此恐怖达到顶点。从静态到动态的过渡,借助人的反应来衬托、渲染,比喻的生动形象,都是这次描写成功的关键。

名家点评

堂吉诃德象征没有判断、没有辨别力的理性和道德观念;桑丘恰相反,他象征没有理性、没有想象的常识;两人合在一起,就是完整的智慧。

——(英)寇尔列支

第八十八章

公爵夫妇苦心设计的把戏空前成功,那恐怖的气氛把"导演"自己都吓着了,可见演出效果的不一般。堂吉诃德主仆二人更不用提连惊带怕吃尽了苦头,最倒霉的要数桑丘"总督",还没上任呢,就得为"杜尔西内娅"恢复容貌做出牺牲,白白地要狠打屁股上千下,可真苦了我们的"总督"大人。可是这仅是公爵夫妇捉弄行动的初始,以后也许会变本加厉呢。

"悲凄夫人"一名"三尾裙伯爵夫人"的破天荒奇事;
桑丘·潘沙写给他老婆泰瑞萨·潘沙的家信。

公爵有个大总管很会开玩笑、出花样,他串演了梅尔林的角色。夜里那场戏全是他编导的,诗是他作的,还由他教导一个小童儿串演了杜尔西内娅。后来他在男女主人协助下,又导演了一场非常滑稽的新戏。

公爵夫人第二天问桑丘,他答应为解救杜尔西内娅而忍痛吃苦的事开始没有。他说开始了,昨夜打了自己五鞭。公爵夫人问他用什么打的。他说用手打的。

公爵夫人说:"那是自己拍几下,算不得鞭打。你这样手下留情,我知道梅尔林法师决不会满意。好桑丘得做一条带刺儿或挽结子的鞭子,要打得痛才行。因为'要识字得流血',你只出那一点儿代价就要使杜尔西内娅那么高贵的小姐重获自由,哪有这么便宜呢。桑丘该知道,'敷衍塞责,不算功德'。"

桑丘答道:"我需要一条鞭子或绳子,打起来不太疼的,您夫人给我一条合适的吧。老实说,我虽然是个乡下佬,皮肉却不像麻做的,倒像棉花。

我不能为别人的好处糟蹋自己。"

公爵夫人说:"好啊,我明儿给你一条合适的,对你的嫩皮肉就像亲姊妹那样体谅。"

桑丘接着说:"您尊贵的夫人,您可知道,我写了一封信给我老婆泰瑞萨·潘沙,把我出门以后的事都告诉她了。信在我怀里,只欠姓名住址没写上。我要烦您读一遍,因为我觉得这封信有总督的气派——就是说,总督应该这样写。"

公爵夫人问道:"谁口授的呢?"

桑丘答道:"除了我,还有谁来口授呀?"

公爵夫人道:"你亲笔写的吗?"

桑丘答道:"那就甭想。我不会看书写字,只会签个名。"

公爵夫人说:"拿来看看吧;你的信一定洋溢着你特殊的才情。"

桑丘从怀里掏出没封上的信,公爵夫人接过来,只见信上写道:

桑丘·潘沙给他老婆泰瑞萨·潘沙的信

我虽然吃足鞭子,却是很有体面的骑士;我虽然是总督大人,却得赔上好一顿鞭子。我的泰瑞萨啊,这句话你现在不懂,将来自会明白。我告诉你,泰瑞萨,我已经打定主意,你出门得乘马车,千万千万!因为走路不坐马车,就仿佛四脚爬行。你是总督夫人了,留心别让人家背后揭你的短!我现在送上一件绿色的打猎服,是我女主人公爵夫人赏我的;你可以给咱们女儿改做一件连衣长裙。据我在这里听说,我主人堂吉诃德是个有头脑的疯子,又是个有趣的傻瓜,我也不输他。我们到过蒙德西诺斯地洞,梅尔林法师抓我来给杜尔西内娅·台尔·托波索解除魔缠。那位小姐就是咱们那儿的阿尔东莎·洛兰索。我得打自己三千三百鞭(已经打了五鞭),她就会摆脱魔法,像她的生身妈妈一样。这件事你对谁都别提。'如果把你的那东西露出来,有人会说是白的,也有人会说是黑的'。再过几天,我就要上任做总督去;我是一心想弄钱,据说新总督上任都这样。我想去看了情况,再通知你是否该来和我做伴。灰毛儿很好,它多多问候你;我即使给他们送到土耳其去做大皇帝,也不会抛了它。我们公爵夫人吻你的手一千遍,你得回礼吻她的手两千遍,因为据我主人说,礼貌周全不花钱,却比什么都值钱。上帝没有再像上次那样给我装着一百艾斯古多的皮箱,可是我的泰瑞萨,你别着急,'打警钟的人总是很安全',做了总督就仿佛'碱水里什么脏都洗得掉'。我只有一件事很担心,据说尝到了总督的滋味,就舔嘴咂舌,放不下手;要真是这样,我付的代价不会很小。不过'残疾叫花子讨来的钱,也是好一笔薪俸呢'。所以不管怎样,你总会发财享福。求上帝多多给你好福气,保佑我能伺候你。

你的夫君
桑丘·潘沙总督
一六一四年七月二十日于公爵府。

公爵夫人读完信,对桑丘说:"总督先生有两件事不对。第一:他好像是说,这个总督是他鞭打了自己换来的;可是他明知不是这么回事,我们公爵大人许他做总督的时候,谁也没想到吃鞭子的事呀。第二:读了这封信,觉得他很贪心。我只怕他'看来像香菜',因为'贪心撑破了口袋',贪心的总督,昧了心不分是非黑白。"

桑丘答道:"夫人,我不是那个意思,假如您觉得这封信写得不得体,只要撕了重写;就怕我文才有限,越写越糟。"

公爵夫人说:"不,这封信很好,我想给公爵看看呢。"

他们就同上花园去,那天大家在那里吃饭。公爵夫人把桑丘的信给公爵看了,公爵非常赞赏。饭罢撤去杯盘,他们和桑丘谈笑了好一会儿,忽听得凄凉的笛声和沉郁的鼓声。大家听了这种混杂而又阴惨惨的军乐都有点惊惶,尤其堂吉诃德,简直坐不安席。桑丘不用说,早又躲到他的避难所——公爵夫人的裙边去;因为那音乐确实凄厉可怕。大家正心神不定,忽见两个穿黑色丧服的人跑进花园来;那丧服又长又大,直拖到地上。他们一边走,一边各敲一面大鼓,鼓上也蒙着黑布。旁边跟着个吹笛子的,也穿一身深黑。随后一人魁伟非凡,他那件深黑色的道袍又长又大,不是穿在身上,竟是罩在身上的。袍上斜搭着一条很宽的黑肩带,挂一把大弯刀,刀鞘刀把都是黑色。他脸上遮一块透明的黑纱,纱里隐隐约约露出一部雪白的长胡子。他严肃安详,随着鼓声的节奏迈步前来;那高大的身材,走路的姿态,从头到脚的一身黑,再加陪奏的音乐,使不相识的人都心怀畏惧。

公爵等人都站着等待。这人缓步从容走到公爵面前,双膝跪下。可是公爵一定要他站起来说话。这大个儿遵命起身,掀开面纱,露出一部世上从没有那样又长又大又白又浓的胡子。他声如洪钟,望着公爵说:"尊贵的公爵大人,我叫白胡子'三围裙',是'三尾裙伯爵夫人'或'悲凄夫人'的侍从。她有一件离奇古怪的糟心事,简直是意想不到的;她派我来求您大人准许她向您诉诉苦。不过她先要打听一下,那位英勇的常胜骑士堂吉诃德·台·拉·曼却是否在您府上。她是饿着肚子徒步从冈达亚王国走到您这儿来找他的。她能这样走来实在不可思议,也许是靠了魔术的法力。她这会儿在贵府门外等着,您如果答应,她就进来。我奉命向您禀告的就是这几句话。"

他说完咳嗽一声,双手把胡子从上到下一捋,静待回音。公爵说:"好侍从白胡子'三围裙'啊,我们好多天前就听说'三尾裙伯爵夫人'遭了灾难,魔法师们因此称她为'悲凄夫人'。魁伟的侍从,你不妨请她进来,英勇的骑士堂吉诃德·台·拉·曼却在这里呢;他心胸慷慨,你主人有什么事都可以依仗他。你还告诉她,假如要我保护,我也一口允诺,因为是我作为一个骑士应尽的义务。我们骑士保护各种妇女;你主人是守寡的傅姆,受了欺侮伤心可怜,我们应该格外为她出力。"

"三围裙"听了这话,屈一膝行了个礼,对吹笛打鼓的人做个手势,叫他们奏乐,他就像来的时候那样随着音乐的节奏慢步出去。大家看了他那副神气都很惊奇。公爵转向堂吉诃德道:"大名鼎鼎的骑士啊,嫉恨和愚昧毕竟压不没才德的光芒。我为什么说这话呢?您在我这里才六天,受苦遭难的人已经老远的跑来找您了;而且不是乘着马车或骑着骆驼,却是饿着肚子徒步走来的。他们相信凭您的力量,什么苦难都有解救。可见您的丰功伟绩已经全世界闻名了。"

堂吉诃德答道:"公爵大人,我但愿上次晚饭前痛骂游侠骑士的那位好教士能亲自来看看,世界上没有这种骑士行不行。他至少可以得到些切身的体会。遭了大难而痛苦不堪的人,不找法官求救,不找村上的教堂司事,不找足不出家乡的绅士,也不找安逸的朝臣;那种朝臣只会打听了人家的事当新闻讲,不会自己干些事业让人家去传说记载。只有游侠骑士最能救危济困,扶助童女寡妇。我有幸能做个游侠骑士,对上天感激不尽;我为这行光荣的职业,遭受什么艰苦都甘心。请那位傅姆来吧,有什么要求尽管说。我凭这条壮健的胳膊和这颗雄心,一定解救她的困难。"

第八十九章

续叙"悲凄夫人"的奇事。

公爵夫妇瞧堂吉诃德乖乖地进了圈套,都乐极了。桑丘忽然发话道:"我希望这位傅姆别挡了我做总督的道儿。我听到托雷都一个好口才的药剂师说:有傅姆夹在里面,就没有好事,哎呀!那药剂师见了傅姆真是头痛啊!所以我在想,既然各式各种傅姆都讨厌,悲凄的傅姆更不知是怎么样的了——她不是叫'悲凄夫人'什么'三长裙'或'三尾巴'吗?——在我们家乡,长裙就叫尾巴,尾巴就是长裙。"

堂吉诃德说:"桑丘朋友,快住嘴。这位傅姆夫人既然老远跑来找我,绝不是药剂师讲的那种人。况且她是伯爵夫人;伯爵夫人往往是陪侍王后女皇充当傅姆的,她本人在家里就有傅姆伺候,是十足的贵夫人。"

堂娜罗德利盖斯在旁插嘴道:"我们公爵夫人的傅姆只要运道好,也做得伯爵夫人呀;可惜'法律总顺从帝王的心愿'。谁都不该说傅姆的坏话,说老姑娘傅姆的坏话尤其不该。我自己虽然不是老姑娘,却知道老姑娘傅姆更比寡妇傅姆强。'给我们剪毛的,剪子还没放手呢'。"

桑丘道："可是傅姆身上该剪掉的东西真不少！据那位药剂师说，'饭即使粘锅，还是别搅和'。"

堂娜罗德利盖斯说："这些侍从呀，就是我们的冤家对头。他们在接待室里游魂似的，偷看我们的一举一动；除了念经祷告，时时刻刻就在嚼舌头议论我们，把我们祖先的骨头都刨出来，把我们的好名声都毁了。可是我要告诉这些木头人儿：我们尽管半饥半饱，尽管不论皮肤粗细都得穿上黑衣服，仿佛在大游行的那天，粪堆得用帷幔遮掩似的。可是这个世界上还有我们的日子呢，而且是和贵人一起过的！侍从们看不顺眼也只好干瞧着！说老实话，我要有机会，可以叫在场各位、甚至世上所有的人都瞧瞧：我们当傅姆的，什么美德都齐全。"

公爵夫人说："我相信贤惠的堂娜罗德利盖斯说得不错，而且理直气壮。不过她如果要为自己和其他傅姆辩护，驳倒那个坏药剂师的坏话，叫伟大的桑丘·潘沙不存偏见，她还是等适当的机会吧，这会儿不是时候。"

桑丘答道："我闻到了总督的味道，就摆脱了侍从的傻气。所有的傅姆都不值我一笑。"

议论傅姆的话到此为止，因为笛声鼓声又起，"悲凄夫人"大驾光临了。公爵夫人问公爵该不该出去迎接，因为她是高贵的伯爵夫人。

桑丘不等公爵回答，抢先道："瞧她是伯爵夫人呢，我赞成您两位出去迎接；可是她又是傅姆，所以我主张两位一步也别动。"

堂吉诃德说："桑丘，谁叫你多嘴了？"

桑丘答道："谁吗？先生，我还不配多嘴？您是全世界最有礼貌、最懂规矩的骑士，我是您一手栽培的侍从呀！我听您说过，关于这种事，'同样是输，少一张牌不如多一张牌'，'对聪明人不用多话'。"

公爵说："桑丘说得对。咱们先瞧瞧那位伯爵夫人是什么人品，再斟酌对待她的礼数。"

这时笛手和鼓手又像前次那样吹吹打打进来了。

这一短章到此结束，专章另叙这件破天荒的奇事。

第九十章

"悲凄夫人"讲她的奇祸。

十二个傅姆排成双行,跟随着那队奏哀乐的人走进花园。她们身穿宽大的丧服,好像是砑光哔叽做的;头披细白布长巾,把丧服盖得只露出一点儿边缘。"三尾裙伯爵夫人"由她侍从"白胡子三围裙"搀扶着走在后面。她穿的是极细密的平绒尼;如果把绒毛刷出来,绒毛结成的卷儿准比马尔多斯出产的豌豆还大呢。她的尾巴或裙梢——不管什么名称吧——有三个尖儿,三名穿丧服的小童各拿一个。那三个尖是三只锐角,形成一个很好看的几何形。人家一看那三尖的裙尾梢,就知道她为什么名为"三尾裙伯爵夫人";那名称好比说,有三个裙尾梢的伯爵夫人。据贝南黑利说:她确是因裙得名。她本来该称"狼伯爵夫人",因为在她属地上出产最多的是狼;如果不是狼而是狐狸,她就该称"狐狸伯爵夫人"了。照那里的风俗,君主往往凭统治的地方出产最富的东西取名。可是这位伯爵夫人卖弄她那新样的裙子,不用"狼"取名而用了"三尾裙"。

十二个傅姆引着这位夫人稳步慢行进园,脸上都蒙着黑纱;那黑纱不像三围裙的面纱透明,却非常厚实,遮得严严密密。这个傅姆队伍进园,公爵夫妇和堂吉诃德都站起来,旁人也都起立。队伍停步,两列分开;悲凄夫人还由三围裙搀扶着从中走向前来。公爵夫妇和堂吉诃德卜前十几步去迎接。她双膝跪下,嗓音不像莺啼燕语,却又沙又哑,说道:"各位贵人请不要多礼,我是你们的小厮——我意思说,我是你们的女佣人。我满肚子悲凄,都不会按规矩回礼了。我遭了奇灾横祸,头脑不知轰到了哪里去;一定是落在老远的地方,我越找越没影儿了。"

公爵答道:"伯爵夫人,一眼看来就知您是一位贵人;谁瞧不出您的身份,就是有眼无珠;我们应该对您足恭尽礼。"

他搀起这位夫人,扶她坐在公爵夫人旁边的椅子上;公爵夫人也很客气地接待她。堂吉诃德一声不响;桑丘心痒难熬地想看看"三尾裙"或随便哪一个傅姆的脸。不过她们不露脸,他怎么瞧得见呢。

大家静悄悄地等着,悲凄夫人先开口道:"最尊贵的大人,最美丽的夫人,最高明的各位先生,你们最豪迈的心胸,对我最深切的苦恼一定会给以最浓厚的同情;我的糟心事能把最坚硬的铁石心肠都化成最温软的棉花呢。可是我先要请问:有一位天字第一号的伟大骑士堂吉诃德·台·拉·曼却,还有他那位天字第一号的好侍从潘沙是否也在这里。我要问明了这句话,再把我的事向各位禀告——不能说'讲',得说'禀告'。"

桑丘忙抢嘴道:"区区就是那个潘沙;这位就是天字第一号的堂吉诃德。天字第一号的最悲凄的太太啊,您不妨把您最想要说的话说出来,我们大家都摩拳擦掌,最甘心乐意地准备充当您天字第一号的佣人呢。"

堂吉诃德起身对悲凄夫人说:"苦恼的夫人,假如游侠骑士的胆气和勇力能解救你的困难,我愿竭尽绵薄,为你效劳。我就是堂吉诃德·台·拉·曼却,扶危济困是我的责任。夫人啊,你不用恳求,也不用拐弯抹角,请直截爽快地把苦处说出来。我们听了即使不能帮助,总会同情。"

悲凄夫人听了这话,直扑到堂吉诃德的脚边,又忙抱住他的脚,说道:"天下无敌的骑士呀,您的双脚双腿是骑士道的石基和铁柱,让我跪在前面吧。让我吻吻这双脚,因为我的灾难全靠这双宝脚开步走,才得解救呢。英勇的侠客,您干的那些实实在在的事,把阿马狄斯呀、艾斯普兰狄安呀、贝利阿尼斯呀干的那些神话似的事都比得黯然无色了!"

她又转向桑丘,捉住他的双手说:"你呀,古往今来游侠骑士的侍从里,数你最忠实!你的好处比我这位三围裙的胡子还大还多!你伺候堂吉诃德这样伟大的一位骑士,就好比伺候了全世界所有的骑士!你真可以这样自豪!我求你凭最忠实的美德,在你主人面前好好儿替我说情,让他赶紧帮帮我这个最卑微可怜的伯爵夫人吧。"

桑丘说:"我的好处是不是像您侍从的胡子那样又大又多,我倒满不在乎;我只要'灵魂离开人间,还能髭须齐全',肉体上的胡子是无关紧要的。您不用说情拜托,我能叫主人尽力帮忙。因为他很喜欢我,而且目前正有事求我呢。您把困难抖搂出来吧,我们会对付;咱们什么事都可以商量。"

公爵夫人和知道这出把戏底细的人都笑破了肚皮,暗暗称赞三尾裙表演精妙。这位夫人重又坐下,说道:"广大的忒拉玻巴纳和南海之间,离戈莫林海岬二哩瓦,有个著名的冈达亚王国。摄政的是阿尔契皮埃拉国王的寡妇堂娜玛衮西娅王后。他们俩的独生女安多诺玛霞公主是冈达亚王国的女王储。这位公主从小由我管教,因为伺候她妈妈的那许多傅姆里我年纪最大,身份也最贵。安多诺玛霞到十四岁长得十全十美,连造物主也不能添补分毫。可是别以为她才貌不能两全;她的聪明美丽都是天下第一,除非司命女神嫉妒狠心,剪断了她的生命线呢,那就仿佛把最甜美的葡萄带生摘下,上天决不容许这种坏事的。我钝嘴笨腮,说不出她多么美。她颠倒了不知多少国内外的王孙公子。有个家居京城、没有官职的公子哥儿,靠自己年轻漂亮,又多才多艺、能说会道,也妄想吃天鹅肉。各位如果不厌絮烦,我可以讲讲那个人的本领。他会弹吉他,能叫琴弦替他说话;又是个诗人,还擅长跳舞;他会做鸟笼,一旦穷困,单靠那项手艺就可以谋生。他那许多本领可以翻倒一座大山呢,别说颠倒一个娇嫩的小姑娘了。可是那涎皮厚脸的家伙如果没先用计收服我,他要单凭风流伶俐来攻占我们姑娘那座堡垒还办不到。那流氓先博得我的欢心;我就好比一个昏庸的总督,把堡垒的钥匙交给他了。干脆说吧,他送了我这样那样首饰,我就迷了心窍都听他的了。不过最打动我的还是他的诗。他住的小巷对着我的窗口;有一晚,我从窗栅栏里听到他唱歌;我记得这句词儿:

> 是我那位甜蜜的冤家
> 给了我沁入心魂的痛苦;
> 我只能感受,不能吐露,
> 痛苦更在隐忍中增加。

我觉得字句圆似珍珠，声调甜于蜜糖。从此以后呀，我领会了这种诗是害人的，认为国家的主宰应当按柏拉图的主张，把诗人——至少写这种香艳诗的人驱逐出境。比如曼图阿侯爵的歌谣，能使妇女孩童又解闷，又流泪；可是这种诗人的诗却是软刀子，柔绵绵地刺透你的心肠，像电闪触伤了身体而不损坏衣服。他又一次唱道：

> 悄悄地来吧，死的幽灵，
>
> 不要让我知道你来，
>
> 保不定死亡的愉快
>
> 又会给我新的生命。

这类诗句都是听来使人心醉，读来令人神往的。这种诗人如果降格作几支冈达亚流行的所谓回旋曲那就叫人灵魂飞舞，心花开放，通身安定不下，觉得像水银一样。所以，各位先生夫人，我认为艳体诗人实在应该流放到蜥蜴岛去。可是不怪他们，只怪那些没脑子的糊涂虫还吹捧他们、相信他们呢。他们笔下尽是陈腐的比喻和离奇的废话，什么'在死亡里生活'呀，'在冰里燃烧'呀，'在火里发抖'呀，'没有希望的希望'呀，'离开了你还在你身边呀'，等等，我要是个够格儿的好傅姆，这种话就听不入耳也不会相信。再譬如说吧，他们动不动许你许多珍贵的东西：阿拉伯的凤凰呀，阿利阿德纳的王冠呀，驾在太阳车上的马匹呀，南海的珠子呀，铁巴河里的黄金呀，潘加亚的香料呀等，这又算什么呢？想象不出的东西，办不到的事，空口答应毫不费力，不过笔下铺张一番罢了。可是我胡扯到哪里去了呢？嗐！我这个倒霉人！我自己的罪过还数不完，却没头没脑议论别人的过错！嗐！我再说一遍，我是个倒霉人！不是诗歌迷惑了我，是我自己糊涂，不是音乐引诱了我，是我自己轻佻。我愚蠢透顶，毫无识见，为那位公子哥儿堂克拉维霍开了方便之门。他由我做牵头，以丈夫的名义，一次次到受骗的安多诺玛霞的卧房里来。她是受了我的骗，不是受他的骗。他如果不是她丈夫，我虽然罪孽深重，他给她拾鞋我也决不答应！这是不能通融的！我帮衬的事不管怎样总得先结婚。只是他们的好事有个障碍：两人地位不同，堂克拉维霍是个没有官职的少爷，而安多诺玛霞公主呢，我已经说了，是国家的女王储。这个私情勾当靠我遮盖严密，一时上瞒过了人。后来安多诺玛霞的肚子作怪，忽然膨胀起来，我觉得事情要闹破了；我们三人慌慌张张商量应付的办法。我们决计不等丑事败露，先由堂克拉维霍要女王储出一张和他订婚的笔据，他拿着向教廷主管婚姻的人要求准许这件婚事。这张笔据由我口授，写得铁案如山，就连大力士也推不倒。教廷就着手办事了；主管教士看了那张笔据，又听了公主亲口的供认。公主和盘托出，主管教士就下令把她寄放在一个很有体面的警官家里……"

桑丘插嘴道："原来冈达亚也有警官，也有诗人，也有回旋曲。可见全世界都是一样的。三尾裙夫人啊，您快讲吧，时候不早了。我心痒痒地要知道您这个老长的故事怎么收场呢。"

伯爵夫人说："我就讲下去。"

第九十一章

一波未平一波又起，公爵夫妇的想象力不禁让人佩服，他们那种闲暇无事、胡思乱想的本领真是世上少有。桑丘的屁股还没开花，另一个花样又冒了出来，可怜的悲凄夫人一行又找到了堂吉诃德，他们那老套但却很能打动人心的故事看来也是来自骑士小说，只是我们尚难预料这次会把主仆二人怎样。

三尾裙继续讲她那听了难忘的奇事。

桑丘随便说什么，公爵夫人都觉得非常有趣，而堂吉诃德总非常着急，他叫桑丘住嘴。悲凄夫人接着道："干脆说吧，公主经过反复盘问，咬定原先的供词，没一字出入。教廷主管人批准了堂克拉维霍的陈请，把公主判为他的合法妻子。安多诺玛霞的妈妈堂娜玛衮西娅王后气破了肚子，没过三天，我们就送她入土了。"

桑丘说："她准是死了。"

三围裙答道："当然啦！我们冈达亚不把人活埋，只埋死尸。"

桑丘答道："侍从先生，有个晕过去的人，大家以为死了，就埋了。我想玛衮西娅王后该是晕过去了，不见得就是死。只要人还活着，事情总可补救；公主也没干下什么大不了的傻事，她妈妈何必气得那样呢。我听说常有公主和小厮或奴仆结婚；假如这位公主干了这种事，那才糟得无可挽救呢。现在她嫁一个像您形容的那么有才有貌的公子哥儿，要说她傻也可以，其实并不太傻。因为——我主人就在这里，他不会让我撒谎，据他的规律：文士可以成为主教；骑士、尤其游侠骑士，可以成为帝王。"

堂吉诃德说："桑丘说得对，游侠骑士只要有一星半点儿的运气，马上就能做到世界上最大的帝王。悲凄夫人请讲下去吧。我料想这故事才讲了甜的一节，苦的还在后头呢。"

伯爵夫人道："可不是苦的还在后头！而且苦得很，苦瓜相形之下都算是蜜甜，夹竹桃都算得可口了。王后确是死了，不是晕过去；我们把她埋了。我们刚盖上土，刚向她说了'永别了，安息吧'；忽见——唉！真是'道此谁能不泪流'！——巨人玛朗布鲁诺骑着一匹木马站在王后墓旁。他是玛衮西娅的亲表哥，是个凶暴的魔术家，特来为亲表妹报仇的。他要惩罚堂克拉维霍的狂妄，安多诺玛霞的执迷不悟，就在墓前运用法术，叫他们俩当场着了魔，女的变成一只铜猴，男的变成一条不知什么金属的可怕的鳄鱼，他们俩中间隔着一个金属的柱子，上面刻着几行叙利亚文，翻成冈达亚文，现在再翻成西班牙文，就是以下一句话：'这一对胡闹乱来的男女，要等英勇的曼却人和我决斗之后，才能恢复原形；司命女神已经注定，这件空前的险事，要靠那位曼却人的大力收场。'那巨人随即从刀鞘里拔出一把又宽又大的弯刀，一把揪住我的头发，要割断我的脖子，把脑袋齐根剁下来。我吓得声音堵在嗓子里都出不来了。我万分危急之际，拼命壮着胆挣出颤抖的声音，向他苦苦哀求，他才发慈悲住手。他就召集宫里所有的傅姆，就是在场的我们这些人；他把我一人的罪过怪在大家身上，狠狠责骂，说我们心肠恶，手段更坏，阴谋诡计尤其可恨。然后说，他不想一刀宰掉我们，却要精细折磨，叫我们死得又慢又苦。他这话刚出口，我们大家立刻觉得满脸的毛孔都张开了，整个脸上好像针扎似的，一摸，发现自己变成了这副模样。"

悲凄夫人和其他傅姆掀开面纱，露出一张张髭须丛生的脸，红胡子、黑胡子、白胡子、灰胡子各色都有。公爵夫妇满面惊奇，堂吉诃德和桑丘都愣住了，在场的人都非常诧异。三尾裙接着说："玛朗布鲁诺那坏蛋原来是叫我们嫩脸上生满粗硬的鬃毛，这样来惩罚我们。唉，天啊，宁愿他用大弯刀斫下我们的脑袋，也别让这密茸茸、乱蓬蓬的毛掩盖了我们焕发的容光呀！各位试想：一脸胡子的傅姆还有什么前程呢？哪个爸爸妈妈会可怜她呢？谁会帮助她呢？她面皮光滑柔腻，把美容药水油膏千搽万搽，还没人爱她；现在一张脸像野草丛生的地皮，她可怎么办呢？我们想到自己的不幸，泪水流得泛江满海，眼睛都哭得干枯了；要不然，我讲到这话又得泪花滚滚呢。哎，傅姆啊，我的伙伴们啊，咱们的父母生咱们的时辰真是不吉利啊！"

她讲到这里，好像就要晕过去了。

第九十二章

这件大事的几个细节。

爱读这种故事的人真该感谢原作者熙德·阿默德叙事详尽，琐屑无遗。他把人物的心思梦想都描写出来，达出了隐情，打破了疑团，解除了争端。总而言之，他一丝不苟，一点儿也不含糊。享有大名的作者啊！交好运的堂吉诃德啊！出风头的杜尔西内娅啊！逗乐儿的桑丘啊！但愿你们大伙儿一个个都万世传称，为世人解闷！

据记载，桑丘看见悲凄夫人晕过去，就说："我凭正人君子的宗教、凭我历代祖先的灵魂发誓：这种事真是我从没听过见过的，我主人也从没讲过，他想都想不到。玛朗布鲁诺啊，你是魔术家又是巨人，我不敢咒你，但愿千千万万的魔鬼保佑你吧！你难道没别的办法惩罚这群可怜的娘儿们，非得叫她们生胡子吗？你把她们下半个鼻子截掉，尽管说话齉声齉气，不也比满脸胡子好吗？我可以打赌，她们可没钱找人剃胡子呀。"

一个傅姆说："先生，你说得对，我们哪有钱找人剃胡子呀；我们有个省钱的办法，用橡皮膏贴在脸上，然后砉一下撕掉，脸皮就像石臼底一样光滑了。冈达亚当然也有那种串门子的婆娘，专给女人去汗毛，修眉毛，炮制各种美容品，可是我们家傅姆从来不让这种婆娘上门，因为她们多半是自己干不了皮肉生涯，就为人家拉皮条的。我们要没有堂吉诃德先生的帮助，就得带着胡子进坟墓。"

堂吉诃德说："我要不能去掉你们的胡子，就得按摩尔人的风俗揪掉自己的胡子了。"

三尾裙恰在这时候苏醒，说道："英勇的骑士啊，我昏迷中听到你这响亮的一声答应，立刻就苏醒过来。大名鼎鼎的侠士、战无不胜的好汉啊，我再次恳求你：你一口答应的事，务必做到啊。"

堂吉诃德答道："我决不耽搁。夫人，你瞧瞧我该怎么办，我急要为你效劳呢。"

悲凄夫人道："请听我说。从这里到冈达亚王国，陆地上要走五千哩瓦左右，空中飞行不用绕道，就是三千二百二十七哩瓦。玛朗布鲁诺还有句话得告诉你，他说：我们如果有幸找到了救星，他要送一匹马给他，远比驿站的马好，也不那么放刁。那匹马就是庇艾瑞斯英雄抢回玛加隆娜美人乘的木马。它不用辔头驾驭，只由脑门子上的关捩子操纵，飞行轻快，仿佛一群魔鬼抬着似的。据古代传说，那匹马是梅尔林法师制造的。庇艾瑞斯是他的朋友，曾经借了这匹马远行——就是刚才说的，去抢了美人玛加隆娜，带在鞍后一起飞回家；当时目见的人个个都惊得目瞪口呆。梅尔林只借给和他要好的人，或者索取高价出租。自从伟大的庇艾瑞斯借用以来，还没听说有谁骑过那匹马。现在玛朗布鲁诺用法术霸占了它，常骑着漫游世界：今天在这里，明天到法兰西，后天到波多西。那匹马妙的是不吃不睡也不磨损马蹄铁；它不生翅膀，能在空中奔跑，跑得非常平稳，骑在上面可以平端着满满一杯水一滴不洒。所以美人玛加隆娜骑在上面快乐得很。"

桑丘插嘴道："要说跑得平稳，得数我那灰毛儿；尽管不是在天空而是在地上，我拿定全世界跑快步的都赛不过它。"

大家都笑了。悲凄夫人接着说："如果玛朗布鲁诺让我们灾难脱身，入夜半小时内他就会把那匹马送来。因为他跟我讲过：我一旦找到了那位骑士，他立刻就把木马送到我跟前来，让我知道找对了人。"

桑丘问道："那匹马能带几个人呢？"

悲凄夫人说："两人。一个坐在鞍上，一个坐在鞍后；如果没有抢来的女人，那两人往往就是骑士和侍从。"

桑丘说:"悲凄夫人,请问那匹马叫什么名字呢。"

悲凄夫人答道:"它取的名字不是贝雷罗封德的贝伽索,不是亚历山大大帝的布赛法洛,不是狂人奥兰多的布利利亚多罗,不是瑞那尔多斯·台·蒙答尔班的贝亚尔德,也不是汝黑罗的弗隆悌诺;据说太阳车上的两匹马叫博泰斯和贝利托阿,戈斯族末代国王——那倒霉的罗德利果在他丧命亡国的战役里乘的马叫奥瑞利亚,这些名字木马都没取用。"

桑丘说:"这许多名马的称号很响亮,它既然都不用,我可以打赌,它也不会叫作驽骍难得;我主人这匹马的名字取得合适,比刚才举的那许多都强。"

满面髭须的伯爵夫人说:"是啊。不过木马的名字也取得很合适,它叫'如飞·可赖木捱扭'。因为它是木头的,脑门子上有个关捱子,并且跑得飞快。这个称号和著名的驽骍难得正可比美。"

桑丘说:"名字是不错的。可是用什么缰辔驾驭呢?"

三尾裙答道:"我已经说了,用那个关捱子呀。把关捱子拧拧,就可以随意控驭;或者临空飞行,或者掠地奔跑,或者照最合宜的准则,走一条适中的路。"

桑丘说:"这匹马我倒很想瞧瞧呢。可是别指望我骑上去,不论要我骑在鞍上或鞍后,都是'要榆树结梨'。我骑着自己的灰毛儿,驮鞍比丝绵还软,我才勉强坐个平稳;现在要我骑在木马的硬屁股上,没衬没垫的,怎么受得了呀!天晓得,我不愿意为了让人家脸上光滑,磨损自己的坐臀。剃胡子各人自想办法吧,我不打算陪主人走那么老远的路。况且这件事也用不到我,不比解除杜尔西内娅小姐的魔法非我不可。"

三尾裙说:"朋友啊,你有用,而且用处很大;据我所知,没了你什么事都不行。"

桑丘答道:"我声明,咱们得讲理。主人冒险的事,和侍从什么相干呀!事情成功,美名是他们享,苦差是我们当。哼!难道历史上会说:'某骑士全靠他的侍从某某帮助,完成了什么什么事……'吗?书上只会说:'三星骑士巴拉利博梅侬降伏了六个妖怪',一个字也不会提到那个紧跟骑士出生入死的侍从,仿佛世界上就没那么个人呀!各位先生夫人,我再说一遍:让我主人自个儿去吧,祝他大吉大利。我呢,就待在这里,伺候我的女主人公爵夫人。说不定我主人回来的时候,杜尔西内娅小姐的厄运已经大有转机了。因为我打算等闲来无事,自打一顿鞭子,打得浑身伤疤,再也长不出一根汗毛。"

"可是好桑丘啊,如果需要你陪去,你还是得去,求你的都是好人呀。你不能为了不必要的顾虑,叫这些太太们老这样胡须满面;那就真糟糕了。"

桑丘答道:"我再次声明,咱们得讲理。一个男子汉不妨吃些苦头,为监禁的少女或育婴堂的孤儿行好事,可是为傅姆去掉胡子,那就冤枉了!我宁愿眼看她们从高的到矮的、从正正经经的到扭扭捏捏的一个个都长上胡子!"

公爵夫人说:"桑丘朋友,你对傅姆太狠了。你是偏信了托雷都药剂师的话。他实在是不对的。我家有些傅姆,可以充傅姆的模范呢,这位堂娜罗德利盖斯就不容我说她不是。"

罗德利盖斯说:"是或不是,随您贵夫人说得了,反正实在是怎么样,上帝都知道。我们傅姆不论好坏,不论有胡子没胡子,都和别的女人一样是娘肚子里出来的。上帝既然叫我们生在这个世界上,他自有安排。我一心只想着他的慈悲,顾不了谁的胡子。"

堂吉诃德说:"行了,行了,罗德利盖斯夫人。三尾裙夫人和各位随从的夫人啊,我相信上天会顾怜你们的,因为桑丘准听我吩咐。只要等可赖木捱扭送来,只要等我和玛朗布鲁诺交手,我准能一剑砍掉他的脑袋,比剃刀剃掉你们的胡子还容易。'坏人得意,为时无几'。"

悲凄夫人答道:"哎,英勇的骑士啊!但愿满天星辰都化作慈悲的眼睛注视着您,给您运气和勇气,让您能扶助我们这伙挨骂受欺、被药剂师厌恶、侍从批评、小厮捉弄的傅姆。哪个年轻女人不做尼姑倒做傅姆,就是自己糊涂,活该受罪!我们这些傅姆真是可怜虫呀!即使我们是特洛亚王子赫克托的直系子孙,我们女主人还是呼来喝去,也许她这样就觉得自己是王后了。巨人玛朗布鲁诺啊,你虽然是魔法师,却最是说话当话的;快把独一无二的可赖木捱扭送到这里来吧,让我们灾退身安。假如天热了我们脸上还盖着密密丛丛的胡子,我们可糟糕了呀!"

三尾裙说着无限伤心,大家听了都流泪,连桑丘也热泪盈眶。他暗想,如果为这群老太太去掉脸上的绒毛须他陪着主人走遍天涯海角,他也不再推三阻四了。

第九十三章

可赖木捱扭登场,冗长的故事就此收场。

天色渐黑,预计神马可赖木捱扭该到了。堂吉诃德已经等得不耐烦,生怕上天并未选定自己去完成这件大事,所以玛朗布鲁诺不把那匹马送来;再不然,就是玛朗布鲁诺不敢和他决斗。这时花园里忽然来了四个身披翠绿藤萝的野人,同扛着一匹大木马。他们把这匹马四脚着地放下,一个野人说:"哪位骑士有胆量乘坐这个神工制造的东西,就请他骑上去吧。"

桑丘说:"我不骑。我既没有胆量,也不是骑士。"

那野人说:"假如这位骑士有侍从,可以骑在马屁股上。大勇士玛朗布鲁诺一口担保:他专等着比剑,这位骑士尽可放心前去,绝没有谁暗害他。这匹马脖子上有个关捱子;只要扭动一下,它就把你们从天空直送到玛朗布鲁诺那里去。可是你们得把眼睛蒙上,免得飞高了头晕;等听见马嘶,就是到达地头的信号,到那时才能开眼。"

他们交代完毕,撇下木马,慢步由原路出去了。悲凄夫人见了这匹马,含泪对堂吉诃德说:"英勇的骑士,玛朗布鲁诺没有失信,这匹马果然来了。我们的胡子日生夜长,我们每个人为每根胡子恳求你快给我们剪剃吧。这也没多大麻烦,只要你带着侍从,骑上木马,赶紧上路。"

"三尾裙伯爵夫人,我立刻照办,而且心甘情愿。免得耽搁,我不用坐垫,靴上也不戴马刺了;我急着要瞧您夫人和她们几位都剃得脸上光光的。"

桑丘说:"我不干;顺着我也罢,逼着我也罢,反正我怎么也不干。假如剃胡子的事非我骑上马屁股才行,那么,我主人另找侍从吧,这几位太太也另想办法刮光面皮吧。我不是巫师,不喜欢在天空飞行。假如我那海岛上的百姓知道他们的总督在天上飞来飞去,他们不说闲话吗?况且从这里到冈达亚有三千零不知多少哩瓦,假如马跑不动了,或者巨人发脾气了,我们回家路上得有五六年的耽搁呢;到那时候,世界上还有什么海岛河岛要我去做总督呢?常言道,'拖拖延延,就有危险';又说,'如果给你一头小母牛,快拿了拴牛的绳子赶去'。对不起,我顾不了这几位太太的胡子了。'圣贝德罗在罗马过得很好';就是说,我在这里府上过得很好,受到种种厚待,还指望主人赏我做总督呢。"

公爵答道:"桑丘朋友,我答应你的海岛不是浮动的,逃跑不了;它根子很深,直扎到海底下,大力士也拔不出、挪不动。咱们都知道,要到手一个高官美职,多多少少总得出些贿赂。要做我那海岛的总督呀,也得送贿赂;那就是陪你主人堂吉诃德去完成这桩后世留名的奇事。你还会骑着可赖木捼扭回来;它行步如飞,来回只是一转眼的事。假如你走了背运,流浪在外,那就只好一路上住着客店步行回来。反正你回来了那海岛还在原处,岛上的百姓总欢迎你去做总督。我也不会变计。这是实话,桑丘先生,你如果犹豫,就太辜负我对你的厚意了。"

桑丘说:"您甭说了,先生。我是个可怜的侍从,当不起您这样客气。让我主人上马吧;给我蒙上眼睛,为我求上帝保佑吧。我还请问,我在天空飞行的时候,能祷告上帝保佑或天使救护吗?"

三尾裙答道:"桑丘,你尽管求上帝保佑;求谁都行。玛朗布鲁诺虽然是魔术家,却是个基督徒;他行使魔法非常谨慎,谁也不得罪。"

桑丘说:"哎,那么上帝保佑我吧!最神圣的加埃塔的三位一体保佑我吧!"

堂吉诃德说:"自从我忘不了的矸布机事件以来,还没见过桑丘这样害怕。假如我也迷信预兆,他这么胆怯就使我也泄气了。可是桑丘你过来,如果在场各位不见怪,我要跟你说两句私房话呢。"

他和桑丘走到花园的树丛里，拉着桑丘两手说道："桑丘老弟，咱们就要出远门了。咱们几时能回来，承担了那件事还会有什么闲工夫，那只有上帝知道了。所以我求你这会儿假装去找一件路上必需的东西，回屋去费一点点功夫，把你承担的三千三百鞭兑现一部分，至少打五百鞭吧，你反正总得打呀。'着手一干，完事一半'。"

桑丘说："天晓得，您老人家准是糊涂了。您就像老话说的，'看见我怀孕了，却指望我是处女！'这会儿得坐着硬木板远行，您却要我打烂自己的屁股吗？您实在是不讲道理了。咱们现在且去给这几位傅姆剃掉胡子；等回来了，我向您担保，一定赶紧还清这笔债，叫您称心满意；我没别的好说了。"

堂吉诃德答道："好桑丘，你既然这么答应我，我也就安心了。我相信你说到做到；因为你这人傻虽傻，却真是又忠又信的。"

桑丘说："我不是又棕又青的，我是黑苍苍的。不过我即使是杂色的，我也说到做到。"

他们就回去同乘木马；临上马堂吉诃德说："桑丘，你蒙住眼睛上马吧。叫老实人上当不是光彩的事，人家也犯不着老远的接了咱们去捉弄咱们。即使事情不顺手，咱们这番英勇仗义的作为，谁都不能毁谤。"

桑丘说："先生，咱们走吧。我老挂念着这几位傅姆的胡子和眼泪；她们脸上这层绒毛不脱净，我吃一口东西都没胃口。您先蒙上眼睛上马吧。我不是得骑在鞍后吗？您骑在鞍上的分明得先上啊。"

堂吉诃德说："你说得对。"

他从衣袋里掏出一块手绢，请悲凄夫人给他把眼睛蒙得严严的。他刚蒙上，又把手绢扯开道："我记起了维吉尔著作里特洛亚的巴拉迪翁。那是希腊人献给巴拉斯女神的一匹木马，木马肚里全是武装的骑士，他们毁掉了特洛亚城。所以咱们先得瞧瞧可赖木揆扭肚里有什么东西。"

悲凄夫人说："那倒不必。我可以为它作保；我知道玛朗布鲁诺一点儿不歹毒奸诈。堂吉诃德先生，您不用顾虑，尽管放心上马；出了事由我挡灾。"

堂吉诃德觉得如果太仔细，要求万无一失，就不像个好汉了，所以不再计较，就骑上可赖木捱扭，并且试了试它那个转动灵便的关捩子。他没有脚镫，垂着两腿，活像弗兰德斯帷幔上描绘或织成的罗马人凯旋图里的人物。桑丘蛮不情愿，一步一捱地跟过去骑在鞍后。他尽量坐稳身子，觉得这个木马的屁股没一点儿温软，实在太硬些。他请求公爵是否可以从公爵夫人的客堂里或哪个小厮的床上拿个坐垫或枕头给他用用，因为这个马屁股不像木头，竟像大理石呢。三尾裙忙说："可赖木捱扭身上不让装鞍辔或披盖东西，最好是学女人那样横坐，也许觉得好受些。"桑丘照办了。他一面告别，一面让人家给他蒙上眼睛；可是刚蒙上，他又露出眼来，恋恋不舍地含泪望着大家，请为他的急难多多念几遍天主经和圣母经，一旦他们有难，上帝就也会叫人家为他们念经。堂吉诃德听了这话说道："你这个混蛋！何必这样哀求苦恼呀？难道你是上断头台或是要咽气了吗？你这个没胆量的脓包！你坐的位子，不正是玛加隆娜美人坐的吗？历史总不会扯谎吧；她从那儿下来，不是进坟墓，却是去做法兰西的王后呀。你旁边的位子正是从前庇艾瑞斯英雄坐的；我坐在这个位子上，哪一点比不上他吗？你这个胆小的畜生，快把眼睛蒙上吧！蒙上吧！你心上害怕，嘴里可不用出声啊！至少别在我面前出声啊！"

桑丘答道："给我蒙上眼吧。我求上帝保佑，您却不愿意；我央人代我祷告，您又不准；那就别怪我害怕了，保不定大堆魔鬼把咱们扔到贝拉尔维琉去呢。"

两人蒙上眼，堂吉诃德觉得一切就绪，就去拧那个关捩子。他刚摸上，一群傅姆和花园里所有的人都高声喊道：

"英勇的骑士啊，上帝指引你！"

"大胆的侍从啊，上帝保佑你！"

"你们这会儿已经上天了，冲着风直往前去，比射出的箭还快！"

"我们在地上望着你们，都惊骇得目瞪口呆了！"

"勇敢的桑丘啊，坐稳了！你在摇晃呢！当心别摔下来！从前太阳神的儿子想驾驭太阳车，不就摔死了吗？你这一摔呀，准比那莽小子还摔得惨呢!"

桑丘听了喊声,紧紧挨着主人,两臂抱住他说:"先生,他们讲话咱们都听得见,而且就在身边似的,怎么说咱们已经飞得那么高了呢?"

"桑丘,你别理会这种事;这就和咱们这番飞行一样,都不合自然界的规律。即使离开了他们一千哩瓦,也能什么都看见、什么都听到。你别死抱着我呀,你要把我扳倒了。我真不懂你干吗这样慌张。我敢发誓,我一辈子没乘过更平稳的坐骑,简直好像一步都没有挪动似的。朋友啊,别害怕,事情实在很顺利,好风正在吹送咱们。"

桑丘答道:"是啊,我这边的风大极了,好像一千只风箱正对着我吹呢。"

果然有几只大风箱正对着他鼓风。公爵夫妇和他们的总管为这件事策划周密,该做的都做到。

堂吉诃德觉得风吹,就说:"桑丘啊,咱们现在一定是到了冰雹雪花的老家——那第二层天。雷电霹雳的老家在第三层天。如果照这样再升上去,咱们马上就要到火焰天了。我还不知道怎样操纵这个关搂子,才免得升到烧身的熊熊大火里去。"

这时公爵家人用竿子挑着小撮儿易燃易灭的亚麻,远远地熏他们的脸。桑丘感到灼热,说道:"我可以打赌,着火的那层天咱们准到了,或者很近了,因为我的胡子大部分烤煳了。先生,我想露眼瞧瞧咱们在哪儿呢。"

堂吉诃德说:"这可要不得,你别忘了陀援尔巴硕士的经历。他骑着竹竿,闭着眼睛,由一群魔鬼带着飞行,十二个钟头到了罗马,降落在城里一条街上,街名叫陀瑞·台·诺纳。他目见当地的骚乱和波尔邦攻城被杀的经过。第二天他回到马德里,就把亲眼目见的事讲给大家听。他还说自己在天上飞的时候,魔鬼叫他睁眼,看见月球近在身边,好像一伸手就摸得到。他说没敢向地面观望,怕头晕眼花。所以桑丘,咱们不必露出眼睛来,谁负责送咱们的,会照管咱们。也许咱们正盘旋着往上飞,准备忽然往下一蹿,直取冈达亚王国;好比鹰隼绕着下面的鹭鸶盘旋上升,往上飞只为蹿下去抓那只鹭鸶。咱们虽然觉得离开花园没半小时,一定走了好老远的路了；我这话是有把握的。"

桑丘答道："这种事我也不懂，不过我说呀，那位玛加隆内或玛加隆娜夫人坐在这个屁股上如果还会满意，她的皮肉一定娇嫩不到哪里去。"

公爵夫妇和花园里那些人听了这两位好汉的对话乐得不可开交。他们要结束这场精心策划的大胡闹，就用亚麻点火烧着可赖木掭扭的尾巴。马肚子里装满花炮，立即噼噼啪啪一阵子爆炸，把烤得半焦的堂吉诃德和桑丘·潘沙抛在地下。

当时三尾裙和那队满面胡子的傅姆都不见了，花园里那些人一个个倒卧在地，好像昏迷了似的。堂吉诃德和桑丘慌慌张张爬起来四面观望，发现自己还在花园里。他们看见许多人躺在地下，非常惊奇；尤其奇怪的是花园尽头有一支长枪插在地里，枪头上两条绿丝绳挂着一幅光洁的白羊皮纸，上面金色大字写道："著名骑士堂吉诃德·台·拉·曼却解救了三尾裙伯爵夫人（又名悲凄夫人）和她的同伙；只为他承担了这件事，她们立即灾难脱体。"

"玛朗布鲁诺十分满意；傅姆的脸上已经一毛不剩，国王堂克拉维霍和王后安多诺玛霞亦已恢复原形。魔术家的魁首梅尔林法师有令：等侍从鞭打满数，白鸽就能摆脱迫害她的鸷鸟，投入她情侣的怀抱。"

堂吉诃德读了这段话，知道是指杜尔西内娅解除魔法的事。他深感上天叫他只冒了这一点儿危险就大功告成，那伙老太太的脸皮又光滑如旧了；她们这会儿都已经无影无踪。他跑到还未苏醒的公爵夫妇旁边，抓住公爵的手说："公爵大人啊，请听好消息吧！灾难都解除了！十全十美，一举成功，那标杆儿张挂的纸上明写着呢。"

公爵好像从沉睡中渐渐清醒；公爵夫人和倒卧在花园里的其他人也和他一样。他们都惊诧万状，把假戏搬演得像真事似的。公爵眯着眼读了那幅字纸，张臂去拥抱堂吉诃德，说他是古往今来最了不起的骑士。桑丘只顾寻找那位悲凄夫人，想瞧瞧她脱掉胡子的脸蛋儿，因为她身材俊俏，相貌想必美丽。可是人家告诉他说：可赖木掭扭燃烧着从天上刚掉下地，那群傅姆和三尾裙脸上的胡须就一股脑儿连根脱净，她们全伙转眼都不知去向了。公爵夫人问桑丘这番远行的经过。桑丘答道:"夫人,我觉得我们飞到了火焰天——这是据我主人说的;我想露一缝眼瞧瞧,可是我主人不准。我呢,有那么一点点好奇心,不让知道的越想知道。我偷偷儿把蒙眼的手绢靠鼻子那儿扳开一缝,向地球望了一眼。我觉得整个地球还没有一粒芥子大,上面来来往往的人只比榛子稍为大些;可见我们飞得多高了。"

公爵夫人道:"桑丘朋友,你别乱说啊。看来你瞧见的不是地球,只是上面来往的人。假如你看见的地球像一粒芥子,每个人却像一粒榛子,那么,光一个人就把整个地球遮掉了;这还不明显吗?"

桑丘道:"对呀。不过我是从一个侧面看去,所以整个地球都看见了。"

公爵夫人说:"桑丘,你想想,你怎么能从一件东西的侧面看到它的全面呀?"

桑丘答道:"我不懂看到看不到,反正我告诉您夫人:我们是靠魔术在天上飞行;靠了魔术,就不论从哪个侧面都能看到全地球和所有的人。假如您不信,我以下讲的您也不会相信了。我把蒙眼的手绢掀到眉毛上,看见自己离天不过一两拃的远近。高贵的夫人,我凭一切神灵发誓,那个天真是大得无边无际啊!我们正飞过七只母羊的星座。我小时候在家乡当过牧童,所以一见那几只羊,就想逗它们玩玩,要是不能遂心,我可真要难过死了。那我怎么办呢?我就不声不响,也没和主人说,悄悄儿下了可赖木捩扭,和那群母羊玩了三刻钟左右。它们真是可爱!像紫罗兰!像花朵儿!可赖木捩扭站着等我,动都不动。"

公爵问道:"好桑丘和母羊玩,堂吉诃德先生怎么消遣呢?"

堂吉诃德说:"这种种事物都不合自然界的规律,所以桑丘的话虽然荒唐,也没什么奇怪。我呢,没挪动蒙眼的手绢,天呀、地呀、海呀、岸呀,什么也没看见。我倒真是觉得在天空飞,而且将近火焰层了,可是我们不会飞过那层天。火焰层夹在月亮层和天顶之间呢,我们要是到了桑丘所说的七只母羊的星座,早给火焰烧着了。我们没有烧着,因此桑丘不是撒谎就是做梦。"

桑丘道:"我没撒谎,也没做梦。不信,可以盘问我那几只羊是什么样儿的，就知道我说的真不真。"

公爵夫人道："那么，桑丘，你说是什么样儿的呢。"

桑丘回答道："两只绿，两只红，两只蓝，一只杂色。"

公爵说："那些羊真怪了，地球上不常见这种颜色——我是说，没这种颜色的羊。"

桑丘说："天上和地上的羊当然不一样，这还用说吗！"

公爵问道："桑丘，我问你，有没有公羊和母羊在一起呢？"

桑丘答道："先生，我没看见；可是我听说，没一只公羊的角顶得过月牙儿的两角。"

他们不愿意再问桑丘这番旅行的事。他虽然一步没出花园，看来正打算漫游天界，把所见所闻一一向他们报道呢。

悲凄夫人的事就此结束。公爵夫妇一辈子都把这事当做笑话，不仅是当时取乐。桑丘假如寿长几百岁，这也是他几百年津津乐道的谈资。堂吉诃德凑到桑丘耳边说："桑丘，你如要人家相信你在天上的经历，我就要你相信我在蒙德西诺斯洞里的经历。我不多说了！"

第九十四章

桑丘的屁股总算保住了，但天上的一趟旅行也真够受的，又是烟熏又是花炮的狂轰滥炸，差点儿要了人命，看来做英雄去与巨人决斗不是件轻松的活儿，但桑丘不明就里的一顿瞎吹胡说，不仅没给他们增添英雄色彩，反倒使二人原形毕露，给公爵等人留下了一段长久的笑料。可是玩笑还在继续下去，公爵夫妇掌握着权力。

桑丘·潘沙就任海岛总督之前，
堂吉诃德对他的告诫和一些语重心长的叮嘱。

悲凄夫人的事收场圆满而且有趣，公爵夫妇得意非凡；他们瞧堂吉诃德主仆乖乖地受骗，决计把玩笑再开下去。他们打算依照诺言叫桑丘去做海岛总督；先定好计策并教导家人和当地居民怎样捉弄桑丘，第二天，就是可赖木捘扭飞行以后的那天，公爵就通知桑丘收拾行装，准备上任，说他岛上的百姓像盼望五月天的雨水那样等待着他呢。桑丘对他深深一鞠躬，说道："我上过天，曾在高高天上瞰望地球，看到地球才那么一点点大，从此我想做总督的热肠就冷了一半。在一粒芥子上发号施令有什么了不起呢？管辖几个榛子大小的人儿有什么尊严呢？地球上的勾当，我看不过是那么回事罢了。您大人要能给我一小块天，不到半哩瓦也好，我就比到手了地上最大的海岛都称心了。"

公爵答道："我告诉你，桑丘朋友，我不能掰一块天赏人，指甲大一块也不行；那只有靠上帝的恩典。我能给的已经给你了，那是个完整平坦的海岛，而且非常肥沃；你要是能利用时机，可以靠人世间的钱财博得天堂上的福禄。"

桑丘答道:"好,就是那个海岛吧。我一定尽力做个好总督,即使有坏人捣蛋,也拦不住我升天堂。我倒不是贪图富贵,只是想尝尝做总督的滋味。"

公爵说:"桑丘啊,你尝到了那个滋味,一定舔嘴咂舌,啃住不放。你发号施令,大家不敢道个不字,那才是世间第一快事。你主人呢,他照这样下去,准会做到大皇帝;到那时候,他决不让人夺掉位子,只会深悔没早些当上皇帝。"

桑丘答道:"公爵大人,我想啊,对人发号施令确是好事,把一群牲口呼来喝去也是好的。"

公爵说:"'让我和你埋葬在一起吧',桑丘,你什么都了解。照你这样明白,可以做个了不起的总督呢;我愿你不负众望。这话且不提,我先告诉你,明天你就要到那个海岛去上任了;今天下午,他们要为你置备些总督的服装和出门必需的东西。"

桑丘说:"我穿什么都行,不管怎样装束,我总归是桑丘·潘沙。"

公爵说:"这话对,不过服装应该和职位相称。法官穿军装、战士穿道袍总不合适。你呢,桑丘,可以半文半武的打扮,因为我给你的海岛上,文武两行一样重要。"

桑丘答道:"文呢,我懂得很少,因为我连 ABC 都不识。不过我心上记住一个十字,就够我做个好总督了。至于武呢,我拿到什么兵器就使用什么,直到精疲力竭为止;到那时,就听凭上帝安排了。"

公爵说:"桑丘记性这么好,他不会有错儿。"

这时堂吉诃德也来了。他听说了公爵和桑丘讲的话,又知道桑丘立刻要上任做总督,就想教桑丘怎样担任这个官职。他请得公爵准许,拉着桑丘的手到自己屋里;一进屋硬按桑丘在身边坐下,平心静气地说道:"桑丘朋友,我说不尽的感谢上天,因为我还没碰到好运,你先交上好运了。我本来指望靠我交了好运来酬报你;现在我的运道刚有转机,你却抢在头里,好运从天外飞来了。有些人纳贿呀,请托呀,贪黑起早地争夺,还是一场空;别人跑来,不知怎么的,一下子就把大家想望的职位稳稳地拿到手里。

这就合了老话说的：'事成事败，全看运道好坏'。我看透你是个傻瓜；你不起早，不熬夜，也没有卖什么力，只不过沾了点游侠骑士的边儿，却不费吹灰之力，现成做了海岛总督。桑丘啊，我这话无非叫你别自以为功有应得，却该感谢上天的宏恩和骑士道的大力。儿子啊，官场是波涛凶恶的大海，你就要卷进风浪去了。我现在来给你指引航路，导你安然进港——我就好比是你的加东吧；你该好好儿听取我的告诫。"

"儿子，你首先得畏惧上帝，'畏惧上帝，智慧自生'。有智慧就不会做错事。"

"第二，你得观察自己，求自知之明；这是最难能可贵的。有自知之明，就不至于像妄想和牡牛相比的蛤蟆那样自大。你得意忘形的时候，只要想想自己在家乡当过牧猪奴，你就会像开屏的孔雀看到了自己那双丑脚丫子。"

桑丘答道："对，不过我养猪的时候还是个孩子呢。我成了小伙子就赶鹅不赶猪了。我觉得这也不要紧，做总督的不全是帝王家的子孙呀。"

堂吉诃德说："是啊，出身卑微的，当了官应该宽严适中，小心谨慎，才免得人家嘀嘀咕咕说坏话；随你什么地位，都逃不了人家议论的。"

"桑丘，你不妨夸耀自己出身贫贱；你说自己世世代代是庄稼人，不会低了身份。大家瞧你不引以为耻，就不会来侮辱你。你宁可夸耀自己是贫贱的好人，不是富贵的坏人。出身穷苦而升做教皇或大皇帝的不知多少呢，我如果一一举例，准叫你不耐烦。"

"桑丘，你记着：假如你一心向往美德，以品行高尚为荣，你就不必羡慕天生的贵人。血统是从上代传袭的，美德是自己培养的；美德有本身的价值，血统却没有。"

"所以，你当了岛上的总督，如有亲戚来访，不要撵他走，或得罪他，应该留他住下，殷勤款待。上天生人，不愿意他们互相鄙薄；你待人宽厚，可以上应天意，下顺人情。"

"总督不宜老是单身在外，不接家眷。假如你接了老婆去，就得指导她、教育她，把她生来的粗蠢洗净磨光。贤明的总督往往有些善政，可是总给愚蠢的老婆败坏了。"

"万一你成了鳏夫（这是谁都保不定的），想凭自己的官职娶个更好的夫人，你别娶那种靠你弄钱的女人，拿着你的帽子求乞，嘴里说'不要，不要'。我认真告诉你，法官老婆勒索的贿赂，到天地末日，都得由她丈夫偿还；生前没放在心上的账，到那时得加四倍完偿。"

"无识之徒自作聪明，往往很喜欢随意判决案件，你千万别那样。"

"你不能只听富人的申说，该看到穷人的涕泪；可是也不能存心偏袒。"

"富人许愿送礼也罢，穷人哀告哭求也罢，你总得尽力查明真相。"

"对犯人能宽恕就别苛酷；执法严厉的名气，不如存心忠厚的声誉。"

"你执法而手下留情，不要是因为受了贿赂，应该是出于恻隐之心。"

"如果你审判冤家的讼案，该撇开私愤，尽力实事求是。"

"审判案件，不能感情用事，是非不明。判错了案，往往不能挽救；即使能挽救，也得赔掉自己的名誉和财产。"

"如有美女告状，你该避开眼睛，别看她流泪，转过耳朵，别听她叹气，只把她的状子仔细推究；免得她的泪水淹没了你的理智，她的叹气动摇了你的操守。"

"如果对犯人势必动刑，就不要辱骂。那倒霉家伙受了刑罚已经够苦恼的，你不用再恶语伤人。"

"罪恶是人的生性，你该把受处分的犯人看作本性未改的可怜虫。只要不损害对方当事人，要尽量宽恕。仁爱和公正尽管同是上帝的品德，我们看来，仁爱比公正更有光彩。"

"桑丘，你如果能听我这些告诫，你享的年寿就会长，你的声名会流传悠久，俸禄吃不完，福气说不尽。你的儿女婚姻如意，子孙都算得世家子弟；你自己过得平安，和大家处得融洽，到你百岁的时候，你的重孙们会依依恋惜地为你合上眼睛。我刚才是教你怎样洗刷精神；现在听我教你怎样修饰仪表。"

第九十五章

堂吉诃德给桑丘的第二套告诫。

听了堂吉诃德那一席话，谁不说他识见高明、志趣高尚呢？可是这部大著里屡次说过，他只牵涉到骑士道才发疯，议论别的事神志很清楚，因此他的言行总不合拍。他给桑丘的第二套告诫讲得很俏皮，愈显得他疯虽疯而通达人情世故。桑丘全神贯注地听着，尽力记在心上，看来他准备上任一一奉行，做一个好总督。堂吉诃德接着说："你该怎样照管自己一身和一家呢，桑丘，你第一要清洁。指甲得剪干净，别学人家养长指甲。那种人以为长指甲衬得手形美，不知道指甲长了就不是指甲，却是鹰爪子了。这是怪腌臜的坏习惯。"

"桑丘，不要松着腰带，邋邋遢遢；衣服不利索是精神萎靡的表现。尽管恺撒大帝穿衣服也松松散散，大家认为那是故意装的，所以不足为凭。"

"小心琢磨一下你那个职位有多少进账。假如有钱给佣人做制服，别讲究华美，只求实惠大方，而且该兼顾穷人——就是说，假如有钱做六套制服，你只做三套，省下钱照顾三个穷人有衣穿。那么，你不仅在人世间有人伺候，到了天堂也有人伺候。这样分发制服是创举，爱摆阔的人是想不到的。"

"别吃大蒜和葱头，免得人家闻到味道就知道你是乡下佬。"

"走路要慢，说话要沉着，可是别像自己恭听自己说话似的'凡是矫揉造作都讨厌'。"

"'吃饭须有节制，晚饭尤宜少吃'，因为全身的健康都靠胃里消化得好。"

"喝酒别尽量；喝过了量，就保不定泄露秘密，或背约失信。"

"桑丘，你当心别两边牙齿一起嚼，也不要当着人嗳气。"

桑丘说："我不懂什么'嗳气'。"

堂吉诃德说:"桑丘啊,'嗳气'就是'打嗝儿'。'打嗝儿'这词儿虽然很生动,却是咱们语言里最恶心的词儿,所以斯文人就采用文言,不说'打嗝儿',说'嗳气';不说'一声声打嗝儿',说'一声声嗳气'。这种字眼尽管有人不了解,也不要紧,一习惯就用上了,也就很容易了解。这样会丰富语言;语言是大伙儿应用出来的。"

桑丘说:"先生,您叫我别打嗝儿的话,我真得记在心上,因为我老爱打嗝儿。"

堂吉诃德说:"桑丘啊,说'嗳气',别说'打嗝儿'。"

桑丘答道:"我以后说'嗳气',一定不忘记。"

"还有,桑丘,你说话总乱用大批成语;以后别那样。成语是简短的格言,你用不上也硬扯上,说得不像格言,倒像废话了。"

桑丘说:"那可只有上帝才改得了我。我肚里的成语比一本书里的还多;我一说话,那些成语一拥而来,争先出口;我的舌头碰上哪句就说出来,顾不得合适不合适。不过我以后留心,当了大官,不合身份的成语就不用。反正'阔人家的晚饭,说话就得';'条件讲好,不用争吵';'打警钟的人很安全';'自留还是送人;应该有个分寸'。"

堂吉诃德说:"真是这个话!桑丘,你把成语连连串串地说吧!谁也不来管你!'我妈妈打我,我还是老样儿'!我正在叫你别用成语,你却一眨眼来了一大串;和咱们的话什么关系呢,连影儿都没有啊。我告诉你,桑丘,成语要用得当景,乱七八糟地引用,又没意思,又鄙俗。"

"你骑马不要把身子靠在鞍后,也不要直挺挺地撑开两腿;也不要松散着骨头,好像还骑着你那头灰驴儿似的。有人骑在马上是骑士,有人只是马夫。"

"不要睡懒觉,不和太阳一同起身就辜负了那一天。桑丘,你记着,'勤敏是好运之母',反过来,懒惰就空有大志,成不了事。"

"我现在对你说最后一句忠言,虽然不能帮你修饰仪表,你却得牢记在心;我相信这和我刚才讲的一样重要。你千万不要追究别人的家世,至少不要比较别人的家世。一比较,势必分个高下,比下去的就会恨你,你抬

"你该穿紧身长裤,长上衣,外衣更得长些。千万别穿宽腿短裤,无论绅士或总督都不合适。"

"桑丘,目前我只想到了这些话。如果你经常和我通信,我可以瞧你的情况随时告诫你。"

桑丘答道:"先生,我明知您的话都是金玉良言,可是我如果一句都不记得,有什么用呢?您叫我别留指甲呀、有机会再娶一个老婆呀,我确是忘不了的。可是您东拉西扯讲了一大堆,好比去年天上的浮云,我心上早已没影儿了。您得给我写下来。我尽管不识字,也不会写,我可以交给听我忏悔的神父,让他及时提醒我。"

堂吉诃德说:"啊呀!我的天!做总督的不识字,也不会写,真说不过去!唉,桑丘,你该知道,一个人不识字,或是个左撇子,不是他父母非常卑贱,就是他自己非常顽劣,改不好,也学不会。这是你的大毛病。所以我想,你至少得学会签名。"

桑丘答道:"签名我会啊;我在家乡做过教会总务员,会画几个字母,像货包上打的印记,据说就是我的名字。我还可以假装右手折了,叫人代签。'只有命里该死,才是没法的事'。我当了官,掌了权,要怎么办都由得我。况且,'法官是自己的父亲……';总督还比法官大呢。我做了总督,你来瞧瞧,就知道了!谁敢小看我或得罪我,哼,'出去剪羊毛,自己给剃成秃瓢';'上帝宠爱他,就认识他的家';'富翁的胡言,人家当格言'。我打算手笔阔绰,等我做了总督,有了钱,花钱又大方,我的短处就盖掉了。哎,'你把自己变成蜜,苍蝇就会来叮你';我有个老奶奶说,'一个人有多少钱,值多少价';'人家财多势大,你怎么奈何他'。"

堂吉诃德听到这里说道:"啊呀,桑丘,但愿上帝罚你吧!让六万魔鬼把你和你的成语一股脑儿带走吧!你把成语连串说了足有一个钟头了。你说一句,就像捏着我鼻子往嘴里灌水似的折磨我。我告诉你:总有一天,你会给这些成语送上绞架;你的百姓为了你这些成语会赶你下台,或合伙起来造反。我问你,蠢家伙,你这些话是哪儿来的呀?傻瓜啊,你是怎应用的呀？我要说一句成语，又要用得恰当，就像刨地似的得出一身汗、使好大力气呢。"

桑丘答道："嘻，我的主人先生，您真是小题大做。我搬用自己的家当，您生什么闲气呀？我没别的家当和本钱，只有成堆成串的成语。我这会儿就有了四句，像定做的那么合适，或者像装成一篮的四个梨子一样。可是我不说了，因为'善于沉默的是桑丘'。"

堂吉诃德说："这个'桑丘'不是你，因为你非但不善沉默，还惯爱多嘴乱说。不过我倒想问问，你这会儿想到了哪四句当景的成语？我记性也算不错的，可是想来想去没想出一句来。"

桑丘答道："'千万别把大拇指夹在两个大牙中间'；'人家叫你滚蛋，或问你干吗找他老婆，都是没法回嘴的'；'无论瓦罐碰了石头，或者石头碰了瓦罐，遭殃的总是瓦罐'。这些话正说在筋节上，还有更恰当的吗？一个人千万别和主人或上司顶嘴，因为到头来总得吃亏，好比指头夹在两个大盘牙中间——尽管不是大盘牙，盘牙也一样。况且主人已经发话了，你就没什么可说的，正如叫你'滚蛋！'或者问你'找我老婆干什么'一样。至于'石头碰瓦罐'的意思，瞎子都瞧得见。'一个人能看到别人眼里的刺，就该看到自己眼里的梁木'。这才免得人家说'骷髅夫人害怕抹脖子的女尸'。您知道吧，'傻子对自己家的事，比聪明人对别人家的事熟悉'。"

堂吉诃德答道："那可不见得，桑丘；傻子对自己家或别人家的事都糊里糊涂，因为一个人资质笨就学不乖。桑丘，这些话咱们甭再多说了。你总督做不好，是你的罪过，也替我丢脸。不过我可以自慰：我能见到的，都诚诚恳恳地告诫你了；我已经尽了责任，许你的海岛，你也到手了。我只怕你把那个海岛搞得一团糟；而我如果及早告诉公爵，你这个小胖子只是一个塞满了成语和鬼主意的口袋儿，那个海岛就不致遭殃。所以我心上总在疑惑不安。桑丘啊，但愿上帝指示你、督促你居官尽职，让我也放下了心。"

桑丘答道："先生，假如您觉得我不配做这个总督，我马上就辞官退位。我对自己灵魂上的一星半点儿，看得比全身还宝贵。我这个没官没位的桑丘，面包葱头总吃得饱，做了总督，吃竹鸡鹧鸡，也不过一饱。况且'不论贫富贵贱，睡着了全都一样'。其实，您想想吧，做总督的事当初还是您跟我讲的，我像个秃鹰似的，懂得什么海岛总督呀。假如您认为我做了总督要给魔鬼带走，那么，我宁愿做桑丘上天堂，不愿做总督下地狱。"

堂吉诃德说："天晓得，桑丘，单凭你这两句话，就配做一千个海岛的总督呢。你天性好；如果天性不好，有学问也没价值。你只求上帝保佑，自己抱定宗旨不要游移，就是说，要一心专注，把你任内的事情办得妥当。人有善心，天必助之。现在咱们吃饭去吧，公爵大人和夫人准在等咱们了。"

第九十六章

桑丘·潘沙上任做总督；堂吉诃德留府逢奇事。

据说谁读过熙德·阿默德的原著，就知道本章没有按原文翻译。原作者在这一章里怪自己写的堂吉诃德传枯燥无趣，只能老讲堂吉诃德和桑丘，不能节外生枝，来一些耐人寻味的穿插。他说自己的心、手、笔，总是盯着一个题目，只能让一两人出场，拘束得受不了，既吃力又不讨好。所以他在本书第一部里巧出心裁，穿插了些故事。《何必追根究底》和《俘虏的军官》那两篇和本传无关，可是另外几篇却和堂吉诃德的遭遇交缠在一起，不能不写。作者说，照他猜想，许多人一心要读堂吉诃德的故事，准忽略了那些穿插，草草带过，没看到那些故事写得多好；如果那些故事自成一书，不和堂吉诃德的疯、桑丘的傻纠缠在一起，那本书的妙处就有目共睹了。所以作者在这第二部里，不论穿插的故事牵搭得上、牵搭不上，一概排除不用，只写本传应有的情节，就连这些情节也要言不烦。他尽管才思丰富，能描写整个宇宙，也约束着自己，只在他叙述的狭小范围里回旋。他希望读者领略到这点良工苦心，别只说他写得妙，而不知道他略而不写更是高呢。

言归正传。堂吉诃德那天告诫了桑丘,饭后就把自己的话写下交给他,让他好找人念给他听。可是桑丘拿到手就掉了,那篇告诫就落在公爵手里。他和夫人同看,夫妇俩不料堂吉诃德这疯子竟这样通情达理,越加惊奇不已。他们还要继续开玩笑,所以把自己采地上的一个小城暂充海岛,当天下午打发桑丘带了一批人上任去做总督。跟去照看他的是公爵的总管。这人很机灵,也很爱捉弄人——不机灵就不能捉弄人了;三尾裙伯爵夫人就是他扮的,表演之妙,已见上文。他既有这种本领,又经公爵夫妇悉心教导,对桑丘这场恶作剧就非常成功。且说桑丘一见这总管,觉得他脸相恰像三尾裙,就转身对主人说:"先生,公爵大人这位总管的相貌,和悲凄夫人一模一样;我这话要是错了,让魔鬼立即把我这个正直和虔诚的人带走!"

堂吉诃德把总管仔细端详了一番,对桑丘说:"桑丘,魔鬼何必把你这个正直和虔诚的人带走呢?我不懂你的意思了。总管的相貌尽管和悲凄夫人一模一样,他并不因此就是悲凄夫人呀。假如总管就是悲凄夫人,既是两人,又是一人,那就太玄了;要追究明白,就得钻牛角尖,现在不是时候。你听我的话,朋友,咱们得虔诚祷告,求上帝保佑咱们俩别受恶巫师恶法师的摆布。"

桑丘答道:"先生,我不是开玩笑,我刚才听他说话,活是三尾裙的声音。好吧,我现在不多说,可是以后得时刻留心,瞧有什么破绽,就知道我是不是瞎多心。"

堂吉诃德说:"对。你有什么发现或者在任上遭到什么事,都通知我。"

桑丘就由许多人簇拥着出门了。他是文官打扮,穿一件宽大的棕黄色波纹羽缎外衣,帽子也是这种料子的。他骑一匹短镫高鞍的骡子。他的灰驴鞍辔鲜明,披盖着绸子,跟在骡子后面;这是公爵的命令。桑丘走几步就回头看看自己的驴;他带着这个伴儿非常称心,即使日耳曼大帝要和他对换个位子,他也不会答应。他临走吻了公爵夫妇的手向他们告别,又领受了主人的祝福。当时堂吉诃德含着眼泪,桑丘抽搭着脸差点儿哭出来。

亲爱的读者,让好桑丘一路平安地上任去吧。你下文看到他怎样做总督,准会笑破肚皮。现在且讲讲他主人当夜的经历。你读了如果不哈哈大笑，至少也会像猴儿似的咧着嘴嬉笑，因为堂吉诃德的事不是令人吃惊、就是引人发笑的。据记载，桑丘一走，堂吉诃德就苦苦想念；如果能叫公爵收回成命，不让桑丘当总督，他真会做出来。公爵夫人看透他的忧郁，就问他为什么无精打采，假如因为身边少了个桑丘，那么，府里侍从呀、傅姆呀、侍女呀有的是，都能伺候得他满意。

　　堂吉诃德说："尊贵的夫人，我的确想念桑丘；可是我郁郁不乐不光是为他。您夫人种种关怀，我只能心领。我求您准许，我屋里不要谁来伺候。"

　　公爵夫人道："唷，堂吉诃德先生，那可不行。我有四个使女美得像花朵儿，叫她们来伺候您吧。"

　　堂吉诃德说："我看来她们不像花朵儿，只是我的眼中刺。她们这类人要进我的屋，就比登天还难。请夫人体谅下情，让我关门自便，免得我受了诱惑把持不住；您一片殷勤，反而坏了我的操守。反正我宁可和衣而睡，决不要别人伺候我脱衣服。"

　　公爵夫人答道："行了，行了，堂吉诃德先生，您放心，我一定下令，连一只母苍蝇都不准飞进您卧房，别说一个姑娘。我知道贞洁是堂吉诃德先生最出色的美德，我决不败坏他这点操守。您尽管自个儿随心所欲，决没人来打搅。卧房里需要的用具，您屋里应有尽有，不必开门出外方便。但愿大美人杜尔西内娅·台尔·托波索的芳名，千年万代全世界传闻，因为她当得起您这样一位贞洁勇敢的骑士爱慕。也但愿慈悲的上天感化咱们的总督桑丘·潘沙，叫他赶紧完成苦行，好让大家再瞻仰这位贵小姐的美貌。"

　　堂吉诃德答道："您这话正合您高贵的身份；贵夫人嘴里不会提到贱女人。杜尔西内娅有您称赞，就增添了幸福和名望；别人怎么样儿极口赞誉，也抵不过您这几句话的分量。"

　　公爵夫人说："哎，堂吉诃德先生，现在该吃晚饭了吧，公爵准在等咱们了。您就来吧，吃了晚饭，早早安置；昨天到冈达亚的那趟路够远的，您一定累了。"

　　堂吉诃德答道："夫人，我一点儿不累。我可以打赌，我生平骑过的牲口，没有比可赖木捱扭更安静、更平稳的了。我不懂玛朗布鲁诺为什么把又快又驯良的坐骑不问情由地烧了。"

公爵夫人说："他害了三尾裙和随从的傅姆，还害过些别人；做魔法师的总不免干坏事。他也许后悔了，就把害人的工具全都毁掉；他忙忙碌碌东奔西跑，全靠可赖木捱扭，所以就把它烧了。烧下的灰里和那幅胜利纪念牌上，永远保存着伟大骑士堂吉诃德的英名。"

堂吉诃德又再三向公爵夫人道谢。晚饭后他独自回房，没让一个人跟进去伺候。他牢记着大骑士阿马狄斯的美德，生怕自己受了诱惑，一时情不自禁，对不住意中人杜尔西内娅。他锁上门，在两支烛光下脱衣服。他正在脱袜子——啊呀，糟糕了！真丢人啊！——不是泄了秽气或诸如此类有失体统的事，只是袜上迸断了丝，脱了二十多针，成了二十多个透明格子眼儿。这位老先生窘得不可开交。他如能买到一小股绿丝线（因为袜子是绿的），出一两银子都愿意。

贝南黑利写到这里，感叹道："唉，贫穷啊贫穷！我不懂那位果都巴大诗人凭什么把你称为

未获'世人感谢的神圣礼品！'

我虽然是摩尔人，凭我和基督徒的来往，深知仁爱、谦虚、信顺上帝、安于贫穷都是圣德；可是我总觉得安贫尤其高不易攀。贫穷有两种：一种是咱们大圣人所谓'把你的财产都看作不是你的'；那是超脱了外物，心清无累。我现在说的贫穷却是另一种；是缺少外物，困乏拮据。哎，贫穷啊，你为什么专爱欺侮斯文人呢？为什么叫他们鞋上裂了口，得遮遮掩掩；衣上的扣子，得杂凑着丝的、鬃毛的和玻璃的呢？为什么他们的衣领往往是皱的，不是熨成褶裥而撑得笔挺呢？"（可见衣领上浆，熨得笔挺，由来已久。）作者接着说："死要面子的斯文人真可怜！背着人吃糟糠，压根儿没东西塞牙缝，出门却剔着牙装模作样！他们的体面碰不起，半哩瓦以外就怕人看见他们鞋上有补丁，帽上有汗渍，衣服破旧，肠肚空虚。这种人真是可怜啊！"

堂吉诃德看到袜上抽了丝,又尝到这种苦恼。可是他发现桑丘有一双出门的靴没带走,稍为放心,打算明天借穿。他上床靠着枕头歪着,闷闷不乐:一方面因为桑丘不在,觉得寂寞;一方面也因为那双袜子无法修补,只好出丑了。他但愿能缝上几针,即使用另一种颜色的丝线,带出穷困的幌子,也比露着窟窿好。他灭了烛,天热睡不着,起来把窗子打开些;窗外有铁栏,窗下是个幽静的花园。他一开窗,听见花园里有人走动,还说着话,就留心听听。说话的人嗓门儿很大,他听得清楚。一个说:"唉,艾美任霞!别强迫我唱歌。你知道,自从那外方客人到了咱们府里,我见了他的面,就此不能唱歌只能哭了。况且咱们太太睡得不熟,一下就醒,我怎么也不能让她知道我到了这儿来。就算她睡熟了不醒吧,要是瞧不起我的那位新伊尼亚斯睡熟了听不见,我唱也是白唱呀。"

另一个说:"亲爱的阿尔迪西多妲,你放心,我知道公爵夫人和全家都睡熟了,只有害你失魂落魄的那位先生没睡。我刚才听见他开窗,准醒着呢。可怜的痴情人啊,你弹着竖琴,柔声低唱吧。假如公爵夫人听见,咱们只说天太热,屋里待不住。"

阿尔迪西多妲答道:"艾美任霞啊,你说的不在点儿上。我是怕歌里流露了心事。人家不了解爱情的威力,就会把我当作轻佻任性的姑娘。可是管它呢,'宁愿脸上蒙羞,免得心上负痛'。"

竖琴弹得很悦耳。堂吉诃德听了非常惊诧,因为他立刻记起那些无聊的骑士小说上,尽讲到这一类的事:在窗口呀,隔着窗外的栅栏呀,在花园里呀,奏乐呀,谈情呀,晕倒呀等。他随即料到准是公爵夫人的哪个使女爱上了他,不好意思直说出来。他怕自己心动,深自警戒,一面诚心祈求意中人杜尔西内娅保佑,一面决计要听听这位姑娘奏乐。他假装打个嚏,表示他在那儿听着呢。两个姑娘的话正是对堂吉诃德说的,听见他打嚏,快活得不可开交。阿尔迪西多妲挥弹着弦子,调准音调,唱道:

> 唉,你呀!挺尸似的,
>   在温暖洁白的床上,

伸着腿打着呼噜，
一觉直睡到天亮！

拉·曼却的骑士里，
数你最勇敢坚强！
你比阿拉伯的黄金，
质地还纯粹精良！

请听，我是个可怜姑娘，
好出身交了坏运，
你的眼睛像两轮烈日，
晒煳了我的灵魂。

你自己冒险探奇，
却给别人找麻烦；
你叫人家害了相思，
不顾她心碎肠断。

上帝添助你热情吧！
勇敢的小伙子，请问你：
你生在酷热的利比亚，
还是严冷的哈加山里？
你喝了毒蛇的奶吗？
是不是深山荒林的气息
助长了你的冷酷，
养成了你的孤僻？

壮健的杜尔西内娅，
她真是大可自负！
她怎么不怕野兽？
竟驯服了一头猛虎！

她从此名闻远近；
从艾那瑞斯到哈拉玛，
从塔霍到芒萨那瑞斯，
从毕苏艾加到阿尔朗萨。

如能和她换个个儿，
我不惜赔一份厚礼；
最花哨的金边裙子，
送给她我也愿意！

不能投入你的怀抱，
我只求坐在你床边！
让我给你抓抓脑袋，
掸掉些头皮的屑片！

不过这是体统差使，
轮不到我这个贱人；
我只配为你搓脚，
那才是我的本分。
我要送你许多礼物，
都是少有的好东西：
压发网呀银拖鞋、
锦缎裤子、纱大衣！

还有最上好的珍珠，
颗颗大得像五倍子！
都可称为"独一无二"，
没两颗形状相似！

你这位曼却的尼罗啊，
你放火烧着了我；

别登上塔贝雅岩石,
喷吐怒气添风助火。

我是个娇嫩的娃娃,
十五岁还不到些,
我凭上帝和灵魂发誓,
才十四岁零三个月。

我手不折、腿不瘸,
屁股也一点儿不歪,
我的长发直拖到地,
和百合花一样洁白!

我生成一张鹰嘴,
又是个扁塌鼻子,
一口牙齿恰似黄玉
衬得我姿容绝世。

如果听了我唱歌,
就知我嗓子多甜;
要问我的身材如何,
比中等还矮一点儿。
这么个娇美的姑娘,
已被你手到擒来!
我是本府一名使女,
名叫阿尔迪西多妞。

痴情的阿尔迪西多妞唱完,把堂吉诃德挑逗得六神无主。他长叹一声,暗想:"我真是倒足了霉,没一个姑娘见了我不痴情颠倒的!绝世美人杜尔西内娅也真是不幸;我全心向着她,可是总有人想来分割我的心。王后啊,你们对她有什么责望呀?女皇啊,你们干吗迫害她呀?十四五岁的小姑娘啊，你们为什么和她过不去呀？恋爱神早有安排，把我的心灵交付给这位可怜的小姐了，让她得名吧！让她得意吧！你们别来干扰！我奉告你们这群痴情人：我只有对杜尔西内娅才像个软糖糍子，对别的女人都硬得像火石一样；我是她的蜜，是你们的泻药；我眼睛里只看见杜尔西内娅美丽、聪明、端庄、妩媚，出身高贵，别的女人都丑陋愚蠢，轻浮下贱；我活着只是为她，心目中没有别人。阿尔迪西多娅啊，你哭吧！唱吧！魔堡里害我挨揍的小姐啊，随你使什么手段吧！我不管怎么样，总贞洁无瑕、忠诚不贰，永远是杜尔西内娅的人；任何魔法师都奈何我不得！"

  他想到这里，就把窗子砰一下关上。他好像碰到了什么很倒霉的事，憋着一肚子烦恼，上床睡了。让他睡一会儿吧；伟大的桑丘·潘沙就要出风头做总督了，咱们得去瞧瞧他。

第九十七章

跟随堂吉诃德历经磨难的桑丘终于达成了心愿,在公爵的恩赐下成了"海岛总督",不要说他的喜形于色了,就是读者们也暗自为其欣喜。唯堂吉诃德无人陪伴,略显寂寞了许多,他那无事生非的性格必将给他招来麻烦,无端地提醒了公爵夫人给他安排起情人的故事,看来另一出戏剧又要上演了,不知堂吉诃德又要倒哪门子霉了。不过现在顾不上他了,还是让我们去看看桑丘怎样就任总督吧!

伟大的桑丘就任海岛总督,行使职权。

太阳啊!地球的上下两面都逃不过你的观察!你是全世界的火把!天空的眼睛!你导使世人制造了凉酒瓶。有人称你丁布留,有人称你费孛;你在这里是射箭手,那里是医生;你是诗歌的亲父,又是音乐的始祖。你老在上升,看似下落却永不下落!世人承你的恩典,生生不已!太阳啊,我求你保佑,照亮我的心窍,让我能写出伟大的桑丘·潘沙做总督任内的信史!你不照顾,我就昏昏没有生气了!

且说桑丘带着随从,到了一个有千把居民的小城里,那是公爵属下一块上好的采地。城名"巴拉它了";那些人就哄桑丘说岛名"便宜他了";这也许因为"巴拉它"的意思是"便宜他",也许因为和城名谐音。小城四围有墙;桑丘到了城门口,满城官员都出来迎接;城里一片钟声,居民都欢欣庆祝。他们前呼后拥,把桑丘送到大教堂去向上帝谢恩;又行了些胡闹的礼节,把城门的钥匙献给他,表示

> 桑丘的荣耀终于盼来了,众人环星抱月地围着他,真是风光无限啊!

永远奉他为本岛总督。新总督身上的衣服、脸上的胡子和矮胖的身材,使不知底细的人很惊奇,就连知道底细的看了也觉得诧异。大家把桑丘从教堂送到官厅大堂,请他登座;公爵的总管就对他说:"总督先生,这座著名的岛上向来有个老规矩:总督上任得解答一个疑难问题,让老百姓借此捉摸捉摸新来的大人头脑怎样;他来了大家可以开心还是得担心。"

当时桑丘正在瞧他对面墙上好些很大的字。他不识字,就问墙上画的是什么。有人答道:"总督大人,墙上记着您到任的日期,说是:'某年月日,堂桑丘·潘沙先生来作本岛主人,敬祝长期安享此职。'"

桑丘问道:"堂桑丘·潘沙指谁啊?"

总管答道:"您大人啊,岛上除了这座儿上的潘沙,没有第二位呀。"

桑丘说:"那么,我告诉你,老哥,我不称'堂';我家世世代代都没有这个称号。我只叫桑丘·潘沙;我父亲也叫桑丘,祖父也叫桑丘,都是潘沙,没什么'堂'呀'堂娜'的头衔。看来这座岛上的'堂'比石子还多呢。可是不要紧,天晓得,我如果能做上四天总督,说不定把这些'堂'扫除得一干二净;这成群的'堂'准像蠛蠓一样讨厌。总管先生有什么问题,请问吧。不管老百姓开心或担心,我总尽力解答。"

这时公堂上来了两个人:一个老乡打扮,一个拿着把剪子,看来是个裁缝。那裁缝说:"总督大人,我和这老乡是来告状的。各位请原谅,我是个裁缝;谢天,我是考试合格的。昨天这位老乡到我店里来,拿出一块布,问我说:'先生,这块布够做一只便帽吗?'我量了布说够做。他大概存心卑鄙,又对裁缝有成见,怀疑我要偷他的布——我的猜想是不错的。他就问我够不够做两只。我看透他的心思,我说够做。他小

> 公爵布置的任务下人们完成得不错,桑丘刚一到任问题就出来了,看他如何应付。

> 不要用以提高身价的"堂"字;可见桑丘的平民意识还是很强的。

人贪心,添上一只又一只;我总说够做。我们直添到五只帽子。这会儿他来取,我就交给他了。他不付工钱,反要我不赔他钱就还他布。"

桑丘问对方:"老哥,是这么回事吗?"

那老乡说:"是的呀,先生;可是您叫他把那五只帽子拿出来瞧瞧吧。"

裁缝说:"好啊。"

他就从大氅底下伸出一只手,五个指头各戴着一只小帽子,说道:"这就是叫我做的五只便帽。我凭上帝和良心发誓:他那块布没一点儿多余了。我的活儿可以给裁缝业检查员鉴定。"

大家听了这个新奇的案件,看了这许多帽子,哄堂大笑。桑丘想了一想,说道:"我看这个案子不用多费周折,凭正人君子的识见马上就能判决。大家听我宣判:裁缝赔掉工钱,老乡赔掉布,帽子送给牢里的犯人,事情就完了。"

桑丘刚判处了牧户的钱包,公堂上大家都很佩服;现在听了这个判决,不由得哈哈大笑。可是总督的命令还是执行了。这时又来了两个老人,其中一个扶着一根竹杖。不拿杖的老头儿说:"总督大人,我好久以前照应这位老先生,借给他十金艾斯古多,讲明随我几时要,他就得还。我瞧他当时很拮据,若要还债就更窘了,所以好些时候没问他要。可是我觉得他无心还债,就问他要了好几回。他不但不还,还抵赖说没借过这笔钱;假如借过,早已还了。我借钱给他并没有证人;他还钱也没人看见,因为他压根儿没还。我要求您让他发个誓。他如果能发誓说已经把钱还我了,那么,无论在他生前或死后,这笔账我都勾销了。"

桑丘道:"使拐棍儿的老先生,你听了刚才的话有什么说的吗?"

<小字>案子奇怪,桑丘的判决更出人意料,却又十分得当,细想之下也确无更好的办法。</小字>

<小字>每个案子都不大,但都是让人无能为力的。</小字>

那老人答道:"总督大人,我是借过他十金艾斯古多。请您垂下手里的杖让我发誓吧。他既然愿意凭发誓为准,我可以发誓,我确已还清了他那笔债。"

总督垂下执法的杖。那老头儿好像手拿竹杖不便,交给对方代拿,然后摸着总督杖头的十字架说:他的确借过原告追索的十金艾斯古多,可是他已经亲手还给原告;原告没有放在心上,还只顾讨债。总督大人听了就问债主有何申辩。债主说:他知道债户说话可靠,又是个好基督徒,决不会撒谎;想必是他自己忘记了钱是什么时候、怎么还的,反正他以后再不问他要了。债户重又接过竹杖,低头退出公堂。桑丘瞧他忙不迭地只顾走了,又看到债主那副无可奈何的样子,就低头把右手食指点在眉心鼻梁上想了一下。他随即抬头,下令叫扶杖的老人回来。老人回来了,桑丘对他说:"老先生,你把这支杖给我,我有用呢。"

老人说:"好啊,总督大人,您拿去吧。"

他把杖交给桑丘。桑丘拿来就交给原告说:"上帝保佑你吧,你那笔钱现在还你了。"

老人说:"还我了?总督大人,这根竹杖值十金艾斯古多吗?"

总督说:"值啊,要是不值,我就是天字第一号的大傻瓜了。请瞧吧,我的本领也许管得了整个国家呢。"

他下令当场把竹杖劈开。里面果然有十金艾斯古多。大家佩服得很,觉得这位总督俨然又是个所罗门。大家问他怎么知道十金艾斯古多就在竹杖里。他说,那老人先把竹杖交给对方,然后发誓说他确实把钱还了,发完誓又要回竹杖,他因此想到那笔钱是在竹杖里。可见,总督尽管是傻瓜,上帝会教他判案;而且他听村上神父讲过这么一桩故事,就牢牢记住了——他如果不是老把要记的事忘掉,整个岛上找不

> 忙不迭(dié):指忙不及,忙不过来,很忙。

> 如果第一个案子还有些投机取巧之嫌,这一次可要震慑住市民了。

到像他那么好记性的人。那两个老头儿一个扬扬得意，一个默默羞惭，都退出公堂。在场的都惊叹不止；为桑丘作传的人到现在还断不定他究竟是傻还是聪明。

这个案子刚了结，马上又来一个女人，紧紧揪着一个男人；凭他的服装，好像是个富裕的牧户。女人大嚷道：

"别叫我受屈呀！总督先生，还我公道呀！这个世界上要没有公道，我得上天去找了！青天大人呀，这坏家伙在野地里抓住我，把我糟蹋了。我真是倒霉呀！我二十三四年的干净身子，无论摩尔人、基督徒、本地人、外乡人，谁也没敢侵犯，却给他玷污了！我向来比软木树还坚硬，保得自己像火里的金蛇一样纯，像荆棘里的羊毛一样白，现在却让这家伙现成受用了。"

桑丘说："这风流家伙是不是现成受用了你，还得瞧证据呢。"

他转脸问那男人，对女人告的状有什么申辩。那人很窘，答道：

"各位先生，我是个可怜的猪贩子。今天早上我出城卖掉四头猪（请不嫌冒昧），纳了税又经过种种克剥，四头猪的价钱差不多赔光了。我回家路上碰到这位大娘。专爱捣乱的魔鬼把我们俩配了对儿。我没有少给她钱，可是她心不足，抓住我不放，把我直揪到这里。她说我强迫了她。我发誓——我马上可以发誓，她是撒谎呢。我讲的全是真话，没一点儿虚假。"

总督问他是否带着银钱。他说身上小皮包里有二十杜加。总督命令他掏出钱包，原封不动交给原告；牧户抖嗦嗦地照办了。女人拿到钱包，对大家行了上千个敬礼，又为这位庇护弱女的总督大人祷求上帝，祝他健康长寿。她先看了钱包里确是银钱，就两手紧抓着钱包走了。牧户含着两包泪，一

扬扬得意：形容十分得意的样子。

各执一词，又是一个模棱两可之事，历来是无法判明的是非，看"总督大人"如何定夺。

双眼睛一颗心还直盯着自己的钱包。桑丘等女人出门,就对牧户说:"老哥,快去追那女人,硬把她那钱包夺下,拉她一起回来。"

> 诡道用兵,看二人谁胜谁负,罪名自然立现。

那人不傻不聋,马上奉命,一道电光似的窜出去。大家都全神贯注等着这对男女。只见他们俩扭成一团,比初次来的时候更扭得紧。女的掀起裙子,把钱包兜在里面;男的揪着要夺,可是女的死抱着,怎么也夺不下。她大嚷道:"维持上帝的公道啊!维持世人的公道啊!总督先生,您瞧瞧,这混蛋不要脸,也没点儿怕惧,闹市的大街上,竟想夺您判给我的钱包呢!"

总督问道:"他夺了你的吗?"

女人答道:"哪里夺得了!夺了我的命也夺不了我的钱包!我成了听话的小乖乖了!这倒霉蛋,臭脓包,要对付我呀,叫他休想!铁钳、铁锤、榔头、凿子都打不开我的铁拳头!狮爪子也不是对手!先得剖开我的身子,挖出我的心肝才行呢!"

那男人说:"她说得不错,我认输了,实在没那么大力气夺她的钱包,只好算了。"

总督对那女人说:"你真是又有志气,又有力气!把钱包拿来我瞧。"

> "运筹帷幄之中,决胜千里之外",对付这般刁民桑丘还是绰绰有余的。

她就把钱包交上。总督把钱包还给牧户,然后对这个力大无敌的女人说:"大姐啊,如果用你保住钱包的一半力气来保你自己的身体,赫剌克利斯也不能屈服你!走吧,让上帝痛罚你!这座海岛周围六哩瓦以内不许你再露面,再来就抽你二百鞭!你这个造谣无耻的骗子!快给我走吧!"

那女人气怯,蛮不情愿地低头走了。总督对那男人说:

"老哥,上帝保佑你,拿着钱回家吧!以后你要是不愿意丢钱,别再去寻双找对儿。"

那人喃喃道谢,也就回去了。在场的许多人觉得新总督明鉴万里,越发钦佩。记录他言行的历史学家把这些事一一记下,这是公爵大人急着要看的。

咱们且把好桑丘撂在这里吧;因为他主人给阿尔迪西多啦唱落了魂,得赶紧去看视他。

> 单瞧这几个案子,你能评定桑丘是呆傻还是精明强干吗?

第九十八章

堂吉诃德正在对付阿尔迪西多啦的柔情挑逗,
不料铃铛和猫儿作祟,大受惊吓。

上文讲到伟大的堂吉诃德听了痴情姑娘阿尔迪西多啦唱歌,心绪像乱麻一样难分难解。他上了床,万念交集,像跳蚤似的搅得他非但不能酣眠,连一刻也不得安静;他袜子上破的窟窿更添了他的烦恼。可是光阴不停留,一小时、一小时飞逝,转眼就一夜过去了。堂吉诃德看看天晓,忙从温软的床上起来。他毫不懒惰,自己穿上麂皮衣,穿上出门的靴子来遮掩袜上的破绽,披上深红大氅,戴上银花边绿丝绒小帽,把挂剑的肩带挎在肩上,然后拿着随身带的一串大念珠,严肃正经地走到前厅去。公爵夫妇已经穿着整齐,好像是在等候他。阿尔迪西多啦和她的朋友、一个小姑娘守在走廊上也在等待,看见他走来,阿尔迪西多啦就假装情不自禁,晕过去了;她朋友把她抱在膝上,赶紧给她解松上衣。堂吉诃德看在眼里,走向前去说道:"我知道这是什么缘故。"

那个朋友答道:"我就不知道什么缘故。因为阿尔迪西多啦在全府的姑娘里是最健康的;我和她相识以来,从没听到

> "英雄难过美人关",堂吉诃德面对如此娇娘,是否能坚守住对情人的承诺呢?

她哼过一声。如果世界上的游侠骑士都是铁打成的心肝，叫他们一个个倒尽了霉吧！堂吉诃德先生，请您走开点；您在这里，这可怜的小姑娘就醒不过来。"

堂吉诃德答道："小姐，您叫人今晚在我屋里放一把吉他，我要尽力来安慰这位伤心姑娘呢。爱情的病刚发作，及时点悟是对症良药。"

他说完走开，免得引人注意。他没走多远，晕倒的阿尔迪西多娅立即醒过来，对她同伴说："咱们得把吉他放在堂吉诃德屋里。他准要给咱们唱歌呢，他的歌一定好听。"

> 一切都在他人的掌握之中，堂吉诃德每一步都受制于人，今天晚上不知又有何难。

她们忙把经过告诉公爵夫人，还说堂吉诃德要一只吉他琴。这位夫人乐得不可开交，就同公爵和使女们商量了一个办法，要对堂吉诃德开一个谑而不虐的玩笑。他们喜滋滋地只等天黑。那天公爵夫妇和堂吉诃德谈得很畅快，白天和黑夜一样转眼就过去了。公爵夫人还派了一名小童儿去找桑丘·潘沙的老婆泰瑞萨·潘沙，把桑丘写给老婆的信和他要捎回家的一捆衣服送去。这名小童儿就是前番在树林里扮演杜尔西内娅着魔的；公爵夫人嘱咐他把办差的经过详细回报。各事停当，晚上十一点堂吉诃德回屋，看见一张吉他琴已经摆在那里。他拨弄了一下弦子，打开窗子，听见花园里有人行走。他把琴弦下的柱码安放合适，调准了音，吐痰清了嗓子；那嗓子虽然沙哑，却并不走调。他就唱了当天自己编的歌儿：

> 平心而论，堂吉诃德的文学造诣真还不低，单凭这首歌词就已显不凡。

　　　　爱情靠什么力量，
　　　　能叫你神魂颠倒？
　　　　无非利用你的娇懒，
　　　　一味的好逸恶劳。

　　　　如要找对症的良药，

消除那爱情的病毒,
你只要刺绣缝纫,
干些家务忙忙碌碌。

规规矩矩的姑娘家,
指望着美满的婚姻,
她有两件好嫁妆:
口碑好;品行端正。

无论朝廷上的公卿,
或四方游侠的勇士,
调情找轻佻的娘儿们,
结婚要贞静的女子。

有的男女清早见面,
到黄昏就已经上手,
那只是逢场作戏,
分开就撇在脑后。

也有的是即景生情,
今日相思、明日相忘,
心中意中没有留下
一点点深刻的印象。

一幅画上再画一幅,
图像就重叠相混;
心上已有个美人的影子,
就印不上任何旁人。

杜尔西内娅·台尔·托波索
已经占领了我的心,

> 对爱情的认识倒是清醒明智,劝讽之意含蓄而又真挚。

> 她的倩影磨灭不了，
> 因为镌刻得太牢、太深。
>
> 恋爱神是凭什么，
> 把他情人变成了神？
> 就为她品德可贵，
> 始终不渝、一片坚贞。

玩笑似乎要开大了，群猫乱跳、群魔乱舞，公爵府倒是热闹开了。

公爵夫妇、阿尔迪西多娅和府里几乎所有的人都在那儿听着。堂吉诃德唱到这里，窗外栅栏上面的走廊里忽然垂下一条系着一百多铃铛的绳索，接着又倒下一大口袋的猫儿，尾巴上都系着小铃铛。铃铛声和猫叫声闹成一片。公爵夫妇是出主意开这场玩笑的，可是听了也觉得心惊胆战。堂吉诃德毛骨悚然，不知是怎么回事。恰有两三只猫儿掉入栅栏，钻进堂吉诃德的卧房东蹿西跳，好像屋里来了成群的魔鬼。它们把蜡烛全撞灭了，只顾蹿来蹿去找出口逃走。系着大铃铛的绳索还不停地在那儿上下摆动。府里的人多半不知道这事的究竟，都惊慌失措。堂吉诃德起身举剑向栅栏乱斫，一面大嚷道："恶毒的魔法师！滚出去！玩弄妖法的坏蛋，滚出去！我是堂吉诃德·台·拉·曼却！你们的坏心眼儿害不了我！"

骑士作风到何时都不丢掉，只是对象仅为一只小猫，似有小题大做、自讨无趣的味道。

他又转身对满屋子乱跑的猫儿斫了好多剑。它们冲向栅栏，从那里出去了。可是有一只猫给堂吉诃德挥剑逼得走投无路，就跳到他脸上，抓住他的鼻子乱咬。堂吉诃德痛得直着嗓子大叫大喊。公爵夫妇听得喊声，料到大概是这么回事，忙赶向他的卧房，用万能钥匙开了门；只见这位可怜的骑士正竭力挣扎，要拉开脸上的猫儿。有人点了蜡烛进来，照见了这场大不敌小的苦战。公爵上去拉那猫儿，堂吉诃德嚷道："谁也别来插手！这恶鬼！这巫师！这魔术家！我要和他一对

一地较量一番，叫他认识我堂吉诃德·台·拉·曼却！"

可是那猫儿并不理会他的威胁，嗥叫着抓紧不放。后来还是公爵把它拉下来，扔到窗外去。

堂吉诃德的脸被抓得<u>百孔千疮</u>，像个筛子，鼻子也不很完整了；可是他嗔怪人家没让他和那恶法师苦战到底，还直生气。有人奉命送上了阿巴利修治伤油，阿尔迪西多娅用纤纤玉手给他把伤处一一包扎，一面低声说：

"冷心冷面的骑士啊，谁叫你毫无情意，还死不回头；这些倒霉事都是天罚你的。我但愿上帝叫你的侍从桑丘忘了鞭打自己，你一心爱慕的杜尔西内娅一辈子脱不了魔道，你也永远不能和她结婚相爱；至少，为你颠倒的我还活着，你就休想娶她。"

堂吉诃德一言不答，只长叹一声，上床躺下。他向公爵夫妇道谢，说他并不怕那帮变了猫儿带着铃铛来作怪的混蛋，不过很感谢他们前来相救的美意。公爵夫妇嘱咐他好好休息，随就告辞了。这番玩笑闹得这样败兴，两人都很懊恼。他们真没想到堂吉诃德为此大吃苦头，在屋里躺了五天。在这期间他又碰到一件更妙的事。为他作传的历史学家暂且按下慢叙，因为先要讲讲桑丘·潘沙呢；他做总督很卖劲儿，也做得很妙。

百孔千疮（chuāng）：比喻破坏得很严重或弊病很多。

情境赏析

语言是因人而异的，但这需要作者的把握能力，并不是每一个人都会说自己的话，但在本文中我们可以看到堂吉诃德、桑丘、公爵等人话语风格的差异。堂吉诃德是温文尔雅的，被逼急了也会冒出几句粗话，像"你这肚里装满大蒜的乡下佬""我要把你打的灵魂出窍呢"，与他昔日谈吐大不相同；桑丘则带着浓郁的乡土气息，满口西班牙谚语，且总爱不分时机地乱用一通；公爵的语言平实一些，但经常模仿桑丘说一些谚语，可见他的调皮、打趣之心。

名家点评

《堂吉诃德》是一个令人伤感的故事，它越是令人发笑，则越使人感到难过。这位英雄是主持正义的，制伏坏人是他的唯一宗旨。正是那些美德使他发了疯。

——（英）拜伦

第九十九章

倒霉的堂吉诃德平白无故被小猫抓破了鼻子，只得在床上静养，心有不甘却又无能为力了。倒是桑丘的总督做得游刃有余、悠然自得，真也算是风光无限了，只是这点风光是公爵刻意安排赐给的，随时都会给收回成本，弄不好还要连本带利。主仆二人在公爵眼界里行事，真还得多留心啊！

桑丘怎样做总督。

据记载，桑丘·潘沙退堂，大家把他送到富丽的官邸。饭厅里已经摆上一桌可享王公的盛馔；桑丘一进去，喇叭就哇嗒嗒吹起来。四个小厮上来给他倒水洗手。桑丘摆出官架子让他们伺候。乐止，桑丘就去坐在首位，也就是唯一的座位，因为桌上只摆着一份餐具。有一人站在他旁边，拿着一根鲸鱼骨的棍子；后来知道他是医师。这时伺候的人掀开洁白的细布，下面是水果和各色各种菜肴。一个大学生模样的人致祷词，一个小厮给桑丘戴上镶花边的围嘴，一个上菜的小厮就把一盘水果送到桑丘面前。可是桑丘还没吃上一口，身边那人把棍子在盘上一点，旁人就飞快地把盘子撤了。上菜的又送上一盘菜肴，桑丘正要尝尝，可是还没到手，更没到口，棍子已经在盘上点了一下，一个小厮就把那盘子撤了，和那盘水果撤得一样迅速。桑丘莫名其妙，瞪着大家，问这是吃饭还是变戏法。拿棍子的人答道："总督大人，海岛上的总督，吃饭得按照历代相传的规矩。我是医师，吃本岛的俸禄，专为本岛总督治病。我拼了自己的命，只求总督健康；我一天到晚研究他的体质，他一旦生病，我就能手到病除。我头一件事是伺候总督早晚的饭食，瞧是吃了合适的才让他吃；吃了不合适或有伤脾胃的,就指点撤掉。刚才那盘水果我嫌它生冷,那盘菜肴我嫌它燥热,而且香料太多,吃了口渴;一个人多喝了水,保养生命的血液就冲淡了。"

"照这么说,这盘烤竹鸡吃了不会有害;我看烹调得不错呢。"

医师答道:"我只要还有一口气,决不让总督大人吃这盘烧烤。"

桑丘说:"为什么呀?"

医师答道:"我们医学界的北斗星和指路明灯、伊博克拉特斯祖师爷有句名言:'多食伤脾,尤忌竹鸡。'就是说,无论什么东西,吃饱都有伤身体,把竹鸡吃一饱尤其要不得。"

桑丘说:"那么就请医师先生瞧瞧吧,这桌子上哪个菜最补人,哪个菜最不伤身,让我吃一点儿,别再拿棍子来点了。我但愿上帝留着我的生命做总督呢!我以总督的生命发誓声明:我已经饿得要死了;随你医师先生怎么说,不让我吃东西只能送我的命,不能添我的寿。"

医师答道:"总督大人,您说得对。我看啊,这盘煮兔子您不能吃,因为消化不了。这盘小牛肉要不是加了酸菜沙司烤的,倒还可以尝尝;照现在这样就吃不得。"

桑丘说:"最前面热气腾腾的大盘儿里好像是砂锅杂烩,里面杂七杂八的,总该有些又好吃又滋补的东西。"

医师说:"切忌!您这个念头是千错万错的;砂锅杂烩最不补人。只有教长呀、学院院长呀、或者乡下佬的喜庆筵席上呀才吃砂锅杂烩;总督的饭桌上可不要它!总督吃的都该是精致的上品。菜肴好比药品,一味纯药无论如何总比配合的杂药贵重。纯药不会用错;配合的杂药呢,成分里这样多些、那样少些就出毛病了。据我看,总督先生如要身强体健,这会儿该吃一百个松脆的薄面卷儿,再加薄薄几片木瓜瓢;木瓜能调理脾胃,帮助消化。"

桑丘听了这番话,往椅背上一靠,睁眼瞪着这个医师,厉声问他叫什么名字,在哪里学的医道。医师答道:"总督大人,我是贝德罗·忍凶·台·阿鬼罗医师。从加拉奎尔到阿尔莫都瓦尔去的路上,靠右边有个提了他户外拉镇,那就是我的家乡。我是奥苏那大学的医学博士。"

桑丘气呼呼地说:"那么,从加拉奎尔到阿尔莫都瓦尔路上、靠右边的提了他户外拉镇上的奥苏那大学医学博士、倒霉的贝德罗·忍凶·台·阿鬼罗先生,请你马上滚蛋吧!我指着太阳发誓,你不快滚,我就从你起,把岛上所有的医师都一顿大棒打走,至少把你这种假充内行的撵走;我对高明的医师是佩服的,把他们当神道那样敬重呢。我再说一遍,贝德罗·忍凶,快给我滚!要不,我就拿这把椅子照着你脑袋上直劈下来了。我不怕谁来查究我在任的所作所为!我理直气壮:坏医师是屠杀公众的刽子手,杀了他是替天行道。现在给我吃饭吧,要是没饭吃,我这个总督也不做了!没饭吃的官儿做它干吗?"

医师瞧总督发这么大火也慌了,打算抽身出去。这时街上忽传来一声驿车的号角。上菜的小厮从窗口探出脑袋,又缩回来说:"公爵大人的信差来了;准有紧要的消息。"

信差满头大汗,慌慌张张地进来,从怀里掏出一封信呈给总督。桑丘就把信交给总管,叫他念念封面。信封上写的是:"便宜他了海岛总督堂桑丘·潘沙亲启,或由秘书代拆。"桑丘听了问道:"这里谁是我的秘书呀?"

一人答道:"总督大人,我是您的秘书;我能读能写,是比斯盖人。"

桑丘说:"据你末了那句话,你就连大皇帝的秘书也做得。你拆信瞧瞧信上怎么说吧。"

新任秘书拆信看了一遍,说信上的事得密谈。桑丘吩咐众人退出,只留下总管和上菜的小厮。其他人连那医师都出去了,秘书就念了那封信:

> 堂桑丘·潘沙先生:听说我的冤家要侵犯海岛,准备不知哪个夜里大举进攻。你务必日夜警备,免有疏失。凭可靠的密报,已有四人乔装进城暗杀你,因为忌你的才干。你小心提防,谁找你谈话,得注意着点儿,也别吃人家送的东西。你如有危急,我会来救你。凭你的

见识，一定都能应付自如。

你的朋友
公爵
八月十六日晨四时自本地寄

　　桑丘很吃惊，旁边那几个人好像也一样吃惊。桑丘转身向总管说："咱们现在有一件事赶紧得办：忍凶医师该送进监牢去。要杀我的就是他；他是要饿死我，叫我死得又慢又惨。"

　　上菜的小厮说："还有一件事：我认为桌上的东西您都吃不得，因为是修女献的；老话说，'魔鬼就躲在十字架后面'。"

　　桑丘说："你说得也对。现在且给我吃个面包和四磅左右的葡萄吧，这不会有毒。我实在饿得慌了。如果势必打仗，咱们得随时应战，那就得把肚子吃饱，因为'是肠胃拖带着心，不是心拖带着肠胃'。秘书，你写个回信给公爵大人，说我全都听他的吩咐，一点儿也不马虎。你还代我向公爵夫人请安，求她别忘了派人把我的一封信和一捆衣服送给我老婆泰瑞萨·潘沙；说我麻烦她了，非常感激，一定尽力报答。你还可以附带问候我主人堂吉诃德·台·拉·曼却，让他知道我没有白吃他的饭。你是个好秘书，又是好比斯盖人，随你的意思，该说什么都给我添上。现在把这桌菜撤下，给我吃些东西吧。随它有多少奸细、刺客和魔法师来害我，或侵犯我的海岛，我准备和他们干一下呢！"

　　这时一个小厮跑来说："有位老乡求见，说有要事找您大人谈谈。"

　　桑丘说："这种求见的人也真怪，一点儿不动脑筋。这会儿是求见的时候吗？当官的也是血肉做的，总得休息一下，难道把我们当作石头人儿吗？看来我这个总督也做不长；要是长下去，我凭上帝和良心发誓，我对这些求见的人得立下规矩。叫那位老乡进来吧，不过先问问明白，别是奸细或刺客。"

　　小厮说："总督大人，那倒不是的；除非我瞎了眼，我瞧他很老实，像个好面包似的，活是个大好人。"

总管说:"不怕,我们都在这儿呢。"

桑丘说:"上菜的师傅,现在贝德罗·忍凶医师走了,能让吃些扎实的东西吗?就是一块面包、一个葱头也好。"

上菜的小厮说:"您大人午饭欠的,晚饭补上,让您吃个餍足。"

桑丘说:"但愿上帝也这么答应我吧。"

当时那老乡进来了。他相貌和善,一千哩瓦以外就看出是个老好人。他开口先问:"哪位是总督大人啊?"

秘书说:"上坐的不就是吗?除了他还有谁啊?"

老乡说:"那么,我向他行礼了。"

他就跪下求总督伸手给他亲吻。桑丘谦逊不敢当,请他站起来说话。老乡奉命起立,说道:"先生,我是个庄稼人,家在米盖尔图拉镇,离西乌达德·瑞阿尔不过两哩瓦。"

桑丘说:"原来也是从提了他户外拉来的。你有话就讲吧。老哥,我告诉你,米盖尔图拉镇我很熟悉,我家乡就在附近。"

那老乡接着说:"先生,我且跟您讲讲我的境况。我靠上帝慈悲,经教会批准结了婚,有两个儿子,都在上大学:小儿子打算读个学士,大儿子打算读个硕士。我是鳏夫,因为我老婆死了,说得更确实些,她怀孕的时候,一个蹩脚医生给她吃了泻药,送了她的命。假如上帝保佑,她生下了那个孩子,假如是个男孩儿,我就要叫他读个博士了,免得他眼红一个哥哥是学士、一个哥哥是硕士。"

桑丘说:"那么,假如你老婆没死,或者没有被杀,你现在就不是鳏夫了。"

那老乡说:"对啊,先生,我就绝不是鳏夫了。"

桑丘说:"咱们很谈得来啊!老哥,你快讲下去吧,因为现在不是谈话的时候,该睡午觉了。"

老乡说:"请听我讲吧。我那个打算读学士的儿子爱上一个同乡的姑娘。她名叫克拉拉·蓓蕾丽娜;她父亲安德瑞斯·蓓蕾丽农是个非常殷实的富农。'蓓蕾丽'不是传袭的姓氏。他那一族都有'贝蕾西'病,把这个病名改得好听点儿就成了'蓓蕾丽'。说老实话,那位姑娘真是蓓蕾一样美丽。她右边半个脸,像田野里的鲜花;左边呢,没那么好,因为缺一只眼,是出天花瞎掉的。她脸上的麻点儿又密又大,为她颠倒的人说那不是麻点子,是叫情人陷了进去出不来的一个个深坑儿。她非常爱干净,怕鼻涕流脏了脸,所以鼻孔朝天;那两个鼻孔就好像在避开她的嘴巴。可是她非常好看,因为嘴巴很大,要不是嘴里缺十一二只板牙和盘牙,那张嘴就比什么樱桃嘴呀、菱角嘴呀等都美。那两片嘴唇啊,我简直没法儿说;嘴片子薄极了,假如行得把嘴唇绕起来,就能绕成一束;可是颜色却和一般嘴唇不同,又蓝、又绿、又紫,斑驳陆离,实在少见少有。这位姑娘将来是我的儿媳妇,我很喜欢她,觉得她长得不错,所以把她的模样儿细细描摹,总督大人请不要见怪。"

桑丘说:"随你怎么描摹吧;我听来很解闷儿。假如我已经吃饱了饭,听听你的描摹,当饭后的甜食搭嘴,倒是顶妙的。"

那老乡说:"这份甜食还没给您端上来呢;不过这会儿没工夫,待会儿有的是时候。唉,先生,我要是能把她苗条婀娜的身材描画出来,准叫人惊讶;可是我办不到,因为她两膝盖顶着嘴巴蜷缩成一团,如果站得起身,脑袋准顶到天花板上呢。她早就可以把手伸给我的学士,和他结婚,不过她那只手是拳的,伸不出来。她的指甲很长,指甲面往下凹,衬得手形很美。"

桑丘说:"行了,老哥,你就算是已经把她从头到脚都形容到了;你要什么,干脆说吧,别拐弯抹角、拖泥带水的。"

那老乡答道:"我要麻烦您大人为我出一封介绍信给女方的爸爸,求他做成这门亲事;因为无论人间的财产或天赋的才能,双方都相当相等。我老实告诉您,总督大人,我儿子有恶鬼附身,每天三番五次地受那恶鬼折磨。他一次跌在火里,从此脸皮皱得像羊皮纸,而且老是泪眼迷离。不过他性情像天使,如果不拿棍子或拳头把自己乱打,简直就是个圣人。"

桑丘说:"老哥,你还有别的事吗?"

那老乡说:"我还有个要求,只是不敢出口。可是,不管怎么样,总得说出来，不能让它闷在肚里发霉。我说呀，先生，我要您给我三百或六百杜加，贴补的学士成家；就是说，帮他自立门户。他们得自己有个小家庭，才免得双方父母干预他们的生活。"

桑丘说："你想想还有什么别的要求，别不好意思或不敢出口。"

老乡说："没有了，真没有了。"

他刚说完，总督霍地站起来，抓住坐椅说："你这愚蠢的乡下佬，你要不赶紧滚开，躲得老远，我发誓拿这把椅子砸开你的脑袋！婊子养的流氓！你倒会给魔鬼写照！你挑了这个时候来问我要六百杜加！我请问你这浑虫，我哪来这笔钱啊？我有钱也为什么要给你这没脑子的坏蛋呢？米盖尔图拉和蓓蕾丽两家和我什么相干！我告诉你，快走！要是不走，我凭我们公爵大人的生命发誓，我说到就做到！你哪里是米盖尔图拉来的，你是地狱里派来引诱我的恶鬼！混账东西，我做总督还不到一天半，你就指望我有六百杜加了吗？"

上菜的小厮对老乡丢个眼色叫他出去，老乡好像怕总督大人发脾气，垂头丧气地跑了。这家伙很会表演他的角色呢。

咱们随桑丘去生气，但愿大家都太平无事；现在且回头看看堂吉诃德吧。他给猫儿抓伤了，正包着脸在休养，过了八天才平复。在这几天里，他碰到一件奇事，熙德·阿默德答应要照他向来的笔法，不论那事多么琐细，也详尽确切地描写。

第一〇〇章

公爵夫人的傅姆堂娜罗德利盖斯找堂吉诃德的一段奇闻，
以及可供后世传诵的细节。

堂吉诃德满面伤痕，满腹懊丧。他还包着纱布，带着斑疤——上帝没在他脸上打下手印，却是猫儿在那里留了爪痕；这种灾难也是骑士生涯里免不了的。他在屋里待了六天。一晚上，他正辗转不寐，思量着自己的种种倒霉和阿尔迪西多娅的纠缠，忽觉有人用钥匙开他卧房的门。他立刻以为是那痴情姑娘要攻其不备，引诱他对不住意中人杜尔西内娅·台尔·托波索。他心上这么想，就大声对门外的人说："你别痴心妄想，随你是什么绝世美女，也挤不掉我心窝儿里的情人！杜尔西内娅小姐啊，不论你变成又粗又蠢的村姑，或金色塔霍河里织锦的仙女，不论梅尔林或蒙德西诺斯把你拘在什么地方，你在哪里也总是我的，我在哪里也总是你的。"

他刚说完，门就开了。他忙在床上站起来。他身上裹着一条黄缎子床单，头上戴一顶睡帽，脸和胡须都包扎着（脸是因为抓伤了，胡须是因为要卷得它往上翘）；那副怪模样简直难以想象。他一双眼直盯着门口，满以为来的是害相思的阿尔迪西多娅，不料却是个十分庄重的傅姆。她披一幅又宽又大的光边白头巾，从头直盖到脚，左手捏着半支点亮的蜡烛，右手挡着火光，免得射眼；脸上还戴着一副大眼镜。她悄悄地进来，脚步很轻。

堂吉诃德站在床上，仿佛在瞭望塔上瞭望敌人，瞧她那副打扮，而且一声不响，以为是巫婆或妖女装成傅姆来害他，忙在自己身上连连画十字。这个鬼魅似的怪物一步步前来，到了屋子中间，抬眼一看，只见堂吉诃德正忙忙地画十字呢。若说堂吉诃德见了她那模样害怕，她见了堂吉诃德的模样也吓愣了，因为他披着床单，脸和胡子包着布，个子又高，一身黄色，面目可怕，她一见不由得大叫一声，说道："耶稣啊！这是个什么呀？"

她一吃惊，把蜡烛掉了，面前一片漆黑。她想转身逃跑；慌慌张张，给自己的裙子绊倒在地。堂吉诃德战战兢兢地开口说道："随你是什么鬼怪吧，听我向你通诚。请问你是谁，找我有什么事。如果是受苦的鬼魂，不妨直说，我一定为你尽力。我是天主教徒，因为愿意普行善事，就当了游侠骑士。我干了这一行，即使炼狱里的鬼魂有事相求，我也义不容辞。"

狼狈的傅姆听了这番通诚，由自己的害怕体会到堂吉诃德的害怕，就可怜巴巴地低声答道:"堂吉诃德先生——您确是堂吉诃德先生吧?您想必把我当作妖怪或炼狱里的鬼魂了。我都不是,我是公爵夫人手下有头脸的傅姆堂娜罗德利盖斯。我有件没办法的事,久仰您是排难救困的老手,冒昧特来求您。"

堂吉诃德说:"堂娜罗德利盖斯夫人,请问您是不是给谁做媒拉纤来了?我得告诉您,我的意中人杜尔西内娅·台尔·托波索是独一无二的美人,除了她,谁都不能使我动心。堂娜罗德利盖斯夫人,我干脆说吧:您只要不是来撮合私情,不妨回去点上蜡烛再来;除了私情勾当,随您要我干什么都可以商量。"

傅姆答道:"堂吉诃德先生,我会给谁撮合私情吗?您看错人了。我虽然上了些年纪,却还不是老糊涂,这种无聊的事我是不干的。谢天,我身体健康,只不过害阿拉贡的流行感冒掉了一二个牙齿,除此之外,一口板牙大牙都还齐全。您等一等,我回去点了蜡烛马上就来。您是世界上一切苦难的救星,我有糟心事要和您讲呢。"

她不等回答就走了,堂吉诃德默默沉思,等着她回来。眼前这件事搅得他心上疑虑重重,怕自己太冒失,万一受了诱惑,对不起意中人。他暗想:"魔鬼最狡猾。他瞧我见了女皇呀、王后呀、公爵夫人呀、侯爵夫人呀、伯爵夫人呀,都不动心,也许这回就借个傅姆来迷我。我常听到有识之士说:'如果勾鼻子的丑婆娘够迷人,魔鬼就不用直鼻子的美女;现在深夜无人,我这颗心万一古井生波,那么一辈子规行矩步都前功尽弃了!到此境地,还是不要冒失上阵,及早回避为妥。可是我准是头脑糊涂、想入非非了。一个披白头巾、戴眼镜的高个儿傅姆,即使头等好色之徒,见了也不会起邪心。世界上的傅姆有细皮嫩肉的吗?哪个不讨厌、哪个不满面皱纹、哪个不装模作样呀?你们这伙不近人情、索然无味的傅姆啊,去你们的吧!据说有一位夫人在她起居室的尽头放两个傅姆的半身像,都戴着眼镜,靠着镶花边的软垫,好像在那儿做活儿似的。她那办法很不错,起居室里有那两个石像,就仿佛真有傅姆在内,令人望而生畏。"他一面想,就跳下床,打算关上门不让罗德利盖斯夫人进屋。可是他刚到门口,罗德利盖斯夫人已经点着一支白蜡烛回来，劈面看见堂吉诃德裹着床单，脸上绷着纱布，包扎着胡子，戴着一只系带子的小帽，她不免又害怕了，后退两步，说道："骑士先生，咱们彼此信得过吗？您下床好像有点儿不大老实呢。"

堂吉诃德答道："夫人，我也正要问您呀，我不会受侵犯吗？"

傅姆说："骑士先生，难道您要我来向您担保吗？您还防着我吗？"

堂吉诃德说："我正是要您担保，我就是防着您。我不是大理石做的，您也不是铜打的；现在不是早晨十点，却是半夜，也许比半夜还晚些；而且屋里只有咱们两人。从前那负心而胆大的伊尼亚斯在山洞里和多情的美人狄多好上了；咱们这里更不比山洞，还可以关上门，谁也不会撞来。不过我的守身如玉和您这幅令人起敬的头巾，都是可靠的保障，不用别的了。夫人，您伸手让我搀着您吧。"

他一面说，一面吻吻自己右手，然后去握她的手。傅姆也行了同样的礼，才伸手给他搀。

熙德·阿默德插话说，他凭穆罕默德发誓，如能看着这两人手牵手从门口走到床前，他赔掉一件新大衣也心甘情愿。

堂吉诃德上了床，堂娜罗德利盖斯坐在离床不远的椅上。她没摘下眼镜，也没放下蜡烛。堂吉诃德把自己盖得严严密密，只露出一张脸。两人定下神，堂吉诃德先开口说："堂娜罗德利盖斯夫人啊，您现在不妨把您的心事连底抖搂出来吧。我一定洗耳恭听，热诚帮助。"

傅姆说："我知道您会答应我；看到您满面慈祥，就可以拿定您心地仁厚，决不会拒绝。堂吉诃德先生，您听我讲。我虽然身在阿拉贡，坐在这把椅子上，穿着这套衣服，活是个饱受轻鄙的傅姆，我其实是奥维多的阿斯图利亚人，我家和本地的高门大族都是亲戚。可是我命苦，我父母又不会营，不知怎的老早把家业败了，就把我送到马德里京城；他们要给我找个饭碗，有个安身之地，所以把我安插在一位贵夫人家做针线。我告诉您，包边合缝的家常针线活儿，是我的拿手，谁都比不上我。我父母把我撇在那家当使女，自己就回乡去，过了几年想必都上天堂了，因为他们是非常虔诚的好基督徒。我孤苦伶仃，靠区区几个工钱和大公馆里给使女的一点儿薄赏将就过日子。那家有个侍从看中了我，我可并没有撩他。他年纪不轻了，是个大胡子，相貌不错，而且是和国王一样的绅士，因为他是山区来的。我们的恋爱不是秘密，我女主人不久也知道了。她干脆叫我们经教会批准，正式结婚。我生了一个女儿；假如我曾经享过点儿福，我的福气从此就完了。我倒没有难产送命，可是孩子出世不久，我丈夫吃了一场惊吓去世了。我现在正有机会跟您讲讲那回事，您听了准觉得意想不到。"

她讲到这里就哭不成声，哽咽着说："堂吉诃德先生，请您原谅，实在由不得我不伤心；我一想到我那倒霉的丈夫，就忍不住流泪。上帝保佑他吧！他把女主人带在他鞍子后面的那副气派，多威武啊！他那匹壮健的骡子，就像黑玉一样又乌又亮！据说现在时行乘马车、坐轿子了；那时候是不行的，夫人小姐出门，就坐在侍从鞍后。有件事我不能简略，得讲一讲，好让您知道我的好丈夫多么礼貌周到，一点儿不肯马虎。马德里的圣悌亚果街是比较窄的。一次他拐进这条街，恰好一位京城长官从那里出来，两名公差在前喝道开路。我丈夫是个好侍从，他忙带转缰绳，准备让他们先走。我女主人在鞍后低声说：'脓包！你干吗？你忘了我在这儿吗？'那长官很有礼貌，带转缰绳对我丈夫说：'先生，你先请，该我让路给堂娜加西尔达夫人。'——那就是我从前的女主人。我丈夫把帽子拿在手里只顾谦让，一定要让长官先走。我女主人瞧他那样就发火了，拔出身边剪刀套里的粗针、或许是钻子，往他腰里直刺。我丈夫大叫一声，忍着痛翻滚下骡，连带着他的女主人一起落地。女主人的两个小厮忙赶去扶她，长官和公差也去扶她。瓜达拉哈拉大门一带那些游手好闲的都赶去看热闹了。我女主人步行回家；我丈夫说是肚子戳穿了，自去找理发师。我丈夫的多礼就传开了，连街上的小孩都纠缠着他。我女主人为这缘故，又嫌他眼睛有点近视，就把他辞了。我断定他是为这事气恼而死的。我成了寡妇，无依无靠，还背累着一个女儿。她越长越美，好比海浪一个高似一个，她也一天美似一天。我的一手好针线是出了名的。那年公爵夫人嫁了公爵大人。她要我做针线，就把我和女儿一起带到阿拉贡来。我女儿在这里渐渐长大，学得多才多艺：她唱歌像百灵鸟，舞蹈轻盈活泼，土风舞蹦跳得劲儿十足；又能读能写，不输学校的教师；加减乘除，算得比守财奴还精。我甭说她多么干净，反正流水也没她清洁。我记得她现在是十六岁五个月零三天左右。干脆讲吧，有个大富农的儿子爱上了我这小姑娘。他那村子是我们公爵大人的采地，离这儿不远。我也不知是怎么回事，他们俩结对成双了。男方答应和我女儿结婚，把她骗上了手，却又说了话不当话。公爵大人知道这件事，因为我向他告过状，不是一次，好几次了。我求他命令那小子和我女儿结婚。可是公爵大人装聋不理，因为那混蛋的爸爸是大财主，公爵大人问他借过钱；借别人的钱又常由那人作保，所以怎么也不肯得罪他。骑士先生，我求您为我们做主，随您或是好言劝告，或是动武，只别叫我们受屈。我听大家说，您活在世上专管锄强扶弱，主持公道。我求您顾怜我女儿是孤儿，她得人爱、年纪小，她种种好处我都说过了。老天爷在上，我凭良心说，我女主人那些使女里，没一个比得上她，给她拾鞋都不配。有一个叫阿尔迪西多娅的，人家说她最玲珑活泼，可是和我女儿一比，还差着好老远呢。我告诉您吧，骑士先生，'闪闪发亮的不都是黄金'那个阿尔迪西多娅自以为美，可并不美；太爱闹，不够文静，而且身体有毛病，嘴里有股子臭味儿，挨近一会儿都受不了。就说公爵夫人吧……我不多嘴，因为人家常说，隔墙有耳。"

堂吉诃德问道："我凭自己的生命请问，堂娜罗德利盖斯夫人，公爵夫人怎么样呀？"

傅姆说："您既然发誓请问，我只好据实回答。堂吉诃德先生，您瞧公爵夫人美吧？皮肤光致得像磨亮的宝剑，两颊白里泛红，容光照人，仿佛东边出太阳，西边又有月亮；她脚步轻盈得好像不着尘土，走到哪里，人家一见就觉得爽健。可是我告诉您，她的健康首先是上帝保佑，其次就靠两腿上开的两个口子。据大夫说，她身体里尽是脏水浊液，这些过剩的东西都由那两个口子里排泄了。"

堂吉诃德说："圣玛利亚啊！难道公爵夫人身上开着这种阴沟吗？赤脚修士说了我都不信呢。既然堂娜罗德利盖斯夫人这么讲，想必是真的了。

不过她两腿上的口子里流的该是琥珀的溶液，不是肮脏水。现在我真是完全相信了，要身体健康，开些口子是很要紧的。"

　　堂吉诃德刚说完，房门忽然砰一下开了。堂娜罗德利盖斯吓一大跳，手里的蜡烛都掉了，满屋乌黑，俗语所谓像狼的嘴巴那么黑。那可怜的傅姆随即觉得脖子给人用两手紧紧掐住了，叫喊不得；另一人不声不响地立刻掀起她的裙子，好像是用一只便鞋，把她狠狠抽打，打得简直够惨的。堂吉诃德心里恻然，但没有起床；他不知是怎么回事，也没敢出声，生怕毒打会轮到自己身上。果然，那两个不出声的凶手把傅姆打了一顿（她没敢哼一声），就赶到堂吉诃德身边，揭开他裹的被单和床单，在他身上使劲儿连连地拧，拧得他只好挥拳招架。不过很奇怪，谁都没出声。这一仗打了将近半个钟头，两个鬼怪才出去。堂娜罗德利盖斯放下裙子，没和堂吉诃德说一句话，自嗟自叹地走了。堂吉诃德给拧得浑身疼痛，又摸不着头脑，闷着一肚子气，一人躺在屋里，想不明白哪个恶法师这么害他。话分两头，咱们且撇下他，谈谈桑丘的事吧。

第一〇一章

还没舒服一会儿的桑丘,接连又遭受到了无端的打击,先是一桌子美味佳肴竟无法享用,真是馋煞人也;接着又说有刺客潜入,生命随时受到威胁,看来总督也不像想象中那么轻闲富贵啊!而那边的堂吉诃德卧床养病又不明不白地被闯入者趁黑乱打一通,真是祸不"单"行啊!

桑丘视察海岛。

上文讲到一个油滑的乡下佬把他家没过门的儿媳妇惟妙惟肖地描摹,惹得总督大人大发雷霆。那人是总管指使的,总管又是公爵指使的;他们串通一气捉弄桑丘。桑丘虽是个又村又野的死心眼儿,却能对付他们。公爵那封机密的信已经读完了,贝德罗·忍凶医师又回到厅上,桑丘当众说:"这种有事求见的人呀,不管什么时候都跑来求见,恨不得长官专为他一人的事效劳。如果长官当时不便接见,或者事情办不了,他们就嘀嘀咕咕说坏话,狠狠挖苦他,甚至把他祖宗的老底儿都翻出来。我现在真是明白了,做地方官的人得生就铜筋铁骨,才受得了这种折磨。唉,你们这种有事求见的人真是没脑子的傻瓜!急什么呢!谈话有谈话的时候呀!该吃饭睡觉了,就别来!地方长官的身体也是血肉做的,身体有身体的需要,不能亏待它。不过我是例外,要吃也不得吃;这全是这位贝德罗·忍凶·台·提了他户外拉医师先生作成我的;他要饿死我呢,还硬说这样半死不活就是延年益寿。但愿上帝叫他那种医生都活活地饿死吧!当然,我指的是坏医生,好医生是应该敬重和奖励的。"

认识桑丘的人都想不到他会发这种高论,纷纷说:大概有些人掌权做官就糊涂颠顸，另有些人官运亨通就心窍玲珑。且说贝德罗·忍凶·阿鬼罗·台·提了他户外拉医师终究不顾伊博克拉特斯的格言，答应晚上让他吃晚饭。总督大喜，热锅上蚂蚁似的只等天黑了可吃晚饭，觉得时间凝止不流了。他左盼右盼，总算盼到了时候。晚饭有凉拌葱头牛肉和白煮牛蹄子，那蹄子已经隔了好几天。他放量大吃；即使有米兰的鸽子、罗马的野鸡、索兰托的小牛肉、莫融的斑鸡或拉瓦霍斯的鹅，他吃来也不能更香。他一面吃一面对他的医师说："医师先生，你听着，以后别费心给我弄什么山珍海味；那些东西只会害我肠胃失调。我吃惯的是羊肉、牛肉、腌猪肉、腌牛肉、萝卜、葱头；吃了讲究菜就不合适，有几次都恶心了。上菜的师傅可以给我来个砂锅炖杂烩：杂七杂八的肉越是不新鲜，臭烘烘的炖上越是香喷喷；凡是吃得的东西都可以装进去。我就谢谢上菜的师傅，将来一定酬报他。谁也别来捉弄我，'不要把人看死了'；'同吃同住，和平相处'；'天上的太阳，普照万方'。我管辖这座海岛啊，'不贪得非分的财，也不放过应有的利'。大家睁开眼睛，'瞧着自己的箭'。该知道，'魔鬼在山悌良那'。谁惹我生了气，瞧着吧，叫他意想不到呢。唉，'你把自己变成蜜，苍蝇就会来叮你'。"

上菜的小厮说："总督大人，您的话句句是金玉良言，我代表全岛居民向您保证，一定小心谨慎，为您效忠卖力。您一上任就行仁政，我们凭什么要对您不客气呀。"

桑丘答道："这话我相信，谁要对我不客气，他就是傻了。我再说一遍：我得吃饱，我的灰驴也得喂好，这是最要紧的。待会儿咱们还要出去视察呢。我打算把岛上的坏事和不务正业的闲人一股脑儿扫除干净。我告诉你们，朋友，国家的无业游民好比蜂房里的雄蜂；白吃了工蜂酿的蜜。我得要照顾农民，维护绅士的权利，奖励好人，尤其要尊重宗教和教士。你们瞧瞧，我这话有点道理吗？还是我太多事了呢？"

总管说："总督大人，您讲得很有道理。我知道您是毫无学问的，想不到您满肚子良言宝训。公爵大人和我们这些人都没料到您这副本领。奇事天天有，玩笑变了正经，要捉弄别人，反见得自己可笑了。"

天黑了，总督得到忍凶医师的准许，吃过晚饭，准备出去视察；随行的有总管、秘书、上菜的小厮、记录总督言行的史官，还有一小队公差和公证人。桑丘拿着执法杖走在中间，神气活现。他们在城里才巡了几条街，忽听得剑锋击碰的声音；赶到那里，原来两人在打架。他们看见长官跑来，都住了手；一个说："看上帝和国王分上，快来救命啊！闹市抢劫，还拦路行凶，这怎么行啊？"

桑丘说："好百姓，别闹！本人就是总督，你们为什么打架说给我听听。"

另一个说："总督大人，我直截了当地说吧。这位绅士刚在前面那家赌场上赢了一千多瑞尔；天晓得他是怎么赢的。我在旁边看赌，他打出的点子是靠不住的，不止一次呢；我昧着良心没说破他。他赢了钱就走了。他至少该送我个把艾斯古多的彩头钱呀。我们这种看赌的上等人，专看有弊没弊，替有弊的遮盖，免得吵架；赢家照例分些彩头给我们。他却把钱往衣袋里一揣，拔脚走了。我气不平，追上说着好话，请他至少给我八个瑞尔。他知道我是上等人，而且既没有职业，也没有产业，因为我父母没教我职业，也没给我产业。这混蛋是加戈一样的贼，安德拉迪利亚一样的骗子，他只给我四个瑞尔。总督大人，您就可见他脸皮多厚，良心多黑！老实说吧，您要是没来，我准叫他把赢的钱全吐出来！得给他点儿颜色看！"

桑丘就问对方："你有什么说的吗？"

那人说，讲的都是实话。他只肯给四个瑞尔，因为给了那家伙好几次了。问赢家讨彩头钱得客客气气，赔着笑脸，不能计较；除非拿定赢家是骗子，赢钱是作弊的呢。只有骗子才经常把赢来的钱分摊给看赌的相识；如果赢家不肯给钱，就可见他并非坏人，而是对方无赖。

总管说："这倒是真的。总督先生，您瞧该怎么办？"

桑丘答道："我有办法。赢家，你听着：我不管你是好是坏、或不好不坏，你马上拿出一百瑞尔给这个行凶的家伙；还得出三十瑞尔给监狱里受罪的人。至于你这个既没有职业又没有产业的无业游民，你拿了这一百瑞尔，限明天离开海岛，流放十年；如果违命偷回，就罚你把未满的刑期到阴间去追补，因为我会把你挂上绞架——至少会叫刽子手替我来办。你们谁都甭回嘴，免得我手下无情。"

那两人一个掏了钱，一个拿了钱，拿钱的就离开海岛，掏钱的就回家去。总督说："我觉得这些赌场为害不浅，现在得一一取缔，除非我没这个权力。"

一个公证人说："至少这一家您是无法取缔的，因为来头很大。开赌的那位大人每年打牌输掉的钱，远比他赢得的多。您还是取缔些下等赌场吧；那种赌场更害人，作弊更明目张胆，因为出了名的赌棍不敢到大贵人开的赌场去显身手。现在赌风盛行，宁可让大家在上等赌场里赌，还比商人开的小赌场好。那种小赌场拉住一个倒霉蛋从半夜赌起，直到把他的皮都活剥了才罢休呢。"

桑丘说："公证人啊，原来这里面大有讲究，我现在明白了。"

这时一名警察抓住个小伙子跑来说："总督大人，这小子正迎面走来，一见我们公安人员，转身拔脚就跑，像一头鹿似的；可见不是个好东西。要不是他绊了一跤，别想追得上他。"

桑丘问道："小伙子，你干吗逃走？"

小伙子说："先生，我是怕公安人员盘问。"

"你是干什么的？"

"我是个织工。"

"织什么？"

"您别见怪，我织长枪上的枪头子。"

"你开什么玩笑？卖弄你的油嘴滑舌吗？好！你这会儿上哪儿去？"

"先生，我出来呼吸空气。"

"岛上什么地方是呼吸空气的？"

"有风的地方。"

"好，你真是百句百对！小子，你很伶俐啊！可是我告诉你，我就是空气，把你一路吹送到监狱里去呢。嘿，抓住他！把他带走！叫他今夜闷在监狱里睡觉！"

那小伙子说:"我凭上帝发誓:要我在监狱里睡觉,就仿佛叫我做国王一样办不到!"

桑丘答道:"怎么办不到!我要抓你就抓,我要放你就放,难道我没有这个权力吗?"

那小伙子说:"随您有多大的权力,也不能叫我在监狱里睡觉。"

桑丘说:"怎么不能?马上把他带走,叫他知道自己打错了主意;他即使买通了牢头禁子也没用。如果牢头禁子放你出狱一步,我就罚他二千杜加。"

那小伙子说:"这都是笑话!我只要还活着,谁都不能叫我在监狱里睡觉。"

桑丘说:"你这小鬼,我问你,我叫你戴上锁镣关在牢里,你有什么神道给你脱掉锁镣放你出狱吗?"

那小伙子和颜悦色说:"总督大人,咱们讲讲道理,把话说在筋节上。假如您叫我戴上锁镣关在牢里,还警诫牢头禁子放了我要受罚,您的命令都照办了;可是我如果不愿意睡觉,整夜睁着眼不睡,随您有多大的权力,怎么能叫我睡呢?"

秘书说:"对呀,他这话说得很明白。"

桑丘说:"那么,你不睡只是你不愿意,不是和我作对。"

那小伙子说:"不是的,先生,我一点儿也没有这个意思。"

桑丘说:"那么你就好好儿走吧。回家睡觉去,愿上帝给你好梦;我并不想剥夺你的好梦。可是我劝你以后别和官长开玩笑,保不定他当了真,叫你吃不了兜着走。"

那小伙子跑了,总督又继续巡行。一会儿,两个警察抓了一人过来说:"总督大人,这是个女扮男装的,长得还顶不错。"

两三只灯笼一齐举到她脸上,灯光下照见一张十六七岁的小姑娘的脸;头发套在金绿丝线的发网里,相貌像珍珠似的莹润可爱。大家把她从脚到头细细端详:她穿一双深红丝袜,吊袜带是白缎子的,边缘是金镶的细珍珠;宽腿短裤和敞胸的短外衣都是绿锦缎的,里面穿一件白锦缎的紧身袄，鞋是白色的男鞋；腰带上挂的不是剑，是一把镶嵌宝石的匕首；她手上还带着许多珍贵的戒指。大家觉得这姑娘很美，可是谁也没见过，想不起她是谁。合伙捉弄桑丘的那些人尤其诧异，因为这事突如其来，不是他们预先安排的；他们疑疑惑惑等着瞧个究竟。桑丘见了这么美貌的姑娘很吃惊，就问她是谁，到哪里去，为什么这样打扮。她满面含羞，眼睛望着地下说："先生，我的事得严守秘密，不能当着大家讲。不过有句话要说明白：我不是贼，也不是坏人。我是个可怜的女孩子，为了爱情赌气，就违犯了规矩。"

总管对桑丘说："总督大人，您叫大家走开，让这位小姐有话好说，免得她当着人不好意思。"

总督马上这样下令，大家都走开，只留总管、上菜的小厮和秘书在旁。那姑娘看见没几个人了，就说："各位先生，我爸爸是贝德罗·贝瑞斯·玛索尔加，他是本城卖羊毛的牧户，常到我爸爸家来。"

总管说："小姐，这话不对头；我和贝德罗·贝瑞斯很熟，他是没儿没女的。况且你刚说他是你爸爸，接着又说他常到你爸爸家来。"

桑丘说："我正要问这句话呢。"

那姑娘说："各位先生，我心慌意乱，所以说糊涂了。我是狄艾果·台·拉·李亚那的女儿，各位想必知道我爸爸。"

总管说："这就对了，我认得狄艾果·台·拉·李亚那，他是一位高贵有钱的绅士，有一子一女，自从夫人去世，全城谁也没见过他女儿的脸；他把她关得紧极了，连太阳都无法见她。不过人家还是传说她美貌绝顶。"

那姑娘说："不错，那女儿就是我。我美不美各位自己明白，因为都看见我了。"

她说着就哭起来。秘书瞧她那样，就凑到上菜小厮耳边，低声说："这位可怜的小姐，这么高贵，却改扮男装，深夜在外跑，准是遭了大祸。"

上菜的小厮说："准是的，凭她的眼泪就可见咱们没猜错。"

桑丘竭力抚慰，叫她不要害怕，遭了什么事，告诉他们，他们一定尽心帮忙。

她说:"各位先生请听。我妈妈去世十年了;十年来,我爸爸一直把我关在家里,做弥撒也在家里一个漂亮的小堂里。我白天只看见天上的太阳,晚上只看见月亮和星星,不知道街道呀、菜场呀、教堂呀都是个什么样儿,就连男人是什么样儿都不知道,我只见过我父亲、我弟弟和一个卖羊毛的牧户。那人常到我家来,所以我忽然想到冒充他的女儿,免得说出爸爸的名字来。我长年累月关在家里,连教堂都不能去,实在闷得慌。我想看看这个世界,至少看看我出生的城市,我觉得这并不丢失大家闺秀的身份。有时我听人家讲外边斗牛呢,或有竹枪比赛呢,或演戏呢,我就问我弟弟——他比我小一岁——我问他这些玩意儿是怎么回事;我还问他许多传闻的事。他仔细讲给我听。可是我越听他讲,越发心痒痒地想亲眼瞧瞧。我且干脆说我怎么毁了自己吧。我向我弟弟央求——我真是懊悔呀……"

她又痛哭不止。总督对她说:"小姐,您把底下的事讲出来吧;我们听了您以上的话,又瞧您哭个没完,都着急得很。"

那姑娘答道:"底下没多少事,只有许多眼泪了;因为要满足不安分的愿望,就得赔上许多眼泪。"

上菜的小厮爱上那位姑娘的美,又把灯笼照着看了她一眼,觉得她流的不是眼泪,却是粒粒珠玑,滴滴鲜露,甚至竟是东方的大明珠。他希望她的倒霉事没什么了不起,并不值得那样痛哭。那小姑娘还只顾哭,总督不耐烦了,叫她别尽让大家着急,时候已经不早,他还要到好多地方去视察呢。她哽咽着说:"我的丢脸倒霉不是别的,我不过要求弟弟让我穿他的男装,晚上等爸爸睡了,带我出来满城逛逛。他拗不过我,就答应了。我们对换了衣裳,他穿了我那一套恰好合身。他还没一点儿胡须,看来就像个很美的姑娘。今晚大概一小时以前,我们从家里出来,乘兴胡闹,在城里走了一转,正要回家的时候,看见来了一大群人。弟弟说:'姐姐,巡夜的来了,你飞快地跟我跑吧,给他们看见就糟了。'他说着转身就跑,简直飞也似的。我没跑几步,心里慌张,就摔倒了,警察就赶来把我带到各位先生跟前。我就当众出丑,给人家当做坏女人了。"

桑丘说:"那么,小姐,你并没有遭到什么祸事吧?也并不像你当初说的，为了爱情赌气跑出来的？"

"我没有遭到什么事。我从家里出来不是为了爱情赌气，只是要瞧瞧这个世界——这也不过就是瞧瞧城里的大街罢了。"

这位姑娘讲的确是真情。因为她弟弟撇了她逃走，给警察抓住，这时给几个警察押来了。他穿一条华丽的裙子，一件兰花缎的短外衣，上面滚着精致的金花边；头上没戴头巾，也没什么装饰，一头赤金的鬈发就像满脑袋的金圈。总督、总管和上菜的小厮把他带过一边，避开了他姐姐，问他为什么这样打扮。他和他姐姐一样又羞又窘，讲的话也都一样。上菜的小厮已经爱上那位姑娘，听了那些话大为高兴。总督对姐弟俩说："小姐，小哥儿，你们太淘气。这种小孩子家的胡闹几句话就交代了，不用费这么多功夫，还伤心哭泣；只要说，'我们是某某人，我们因为好奇，捣鬼从家里溜出来逛逛，没有别的打算'，事情就完了，干吗抽抽搭搭哭个不了呀。"

那姑娘说："您说得对。可是我吓慌了，不知怎么办才好。"

桑丘说："亏得也没出什么错儿。好，我们送你们俩回去吧，也许家里还没知道呢。以后别再这么孩子气，别心痒痒要开眼界。因为'好女人是断了脚的，她不出家门'；'女人和母鸡一样，出门就迷失方向'；'爱瞧热闹的女人，也是爱人家瞧她'。我不多说了。"

那小伙子谢了总督的美意；总督一伙就送姊弟回家。他们离家不远；到了那里，那弟弟就捡一颗小石子向窗栅栏上一扔；等门的女佣人立即下来开了门，姊弟俩就进去了。大家觉得这样秀美的孩子很少见，更想不到他们黑夜里不出城门就想看看世界。当然，他们还是孩子呢。上菜的小厮一颗心已经不由自主，打算明天向那姑娘的父亲求婚，凭自己是公爵的家人，拿定对方不会不答应。桑丘也在暗打算盘，想把女儿桑琪加嫁给那个小伙子。他准备相机行事，在他看来，娶总督的女儿，谁还会拒绝呀。

那夜的视察如此了结。过了两天，总督丢了官，他的如意算盘也打不成了。详见下文。

第一〇二章

下毒手打傅姆、把堂吉诃德又拧又抓的魔法师是谁；
小童儿如何给桑丘·潘沙的老婆泰瑞萨·桑却送信。

熙德·阿默德这部信史的细节都确凿有据。据说堂娜罗德利盖斯走出卧房去找堂吉诃德的时候，同屋另一个傅姆知觉了。做傅姆的都是耳朵长、鼻子尖、好管闲事的；这个傅姆就悄悄地跟随着那蒙在鼓里的罗德利盖斯，瞧她走进了堂吉诃德的卧房。搬嘴弄舌是傅姆的通病，这一个未能免俗，马上就去报告公爵夫人，说堂娜罗德利盖斯在堂吉诃德的卧房里呢。公爵夫人告诉了公爵，要求带着阿尔迪西多娅去瞧瞧罗德利盖斯找堂吉诃德有什么事。经公爵准许，两人蹑手蹑脚，偷偷地一步步挨到堂吉诃德房门口。她们挨得很近，屋里说话全听得清。公爵夫人听见罗德利盖斯把她身上的排泄口子都揭出来，怒不可遏；阿尔迪西多娅也气得七窍生烟。她们满肚子气愤，非和这傅姆算账不可，就砰的冲进房，像上文讲的那样把堂吉诃德又拧又掐，把傅姆痛打一顿。女人听到人家鄙薄自己的面貌或扫自己的面子，她们的恼怒是怎么也憋不住的，得发泄了才罢。公爵夫人把刚才的事告诉了公爵，他听了觉得很好笑。公爵夫人还想玩弄堂吉诃德；她派一个小童去找桑丘的老婆泰瑞萨·桑却，把桑丘写的家信捎去，她自己也附一封信，还送她一大串珍贵的珊瑚珠。那小童就是在解除杜尔西内娅魔法的把戏里扮演杜尔西内娅的。桑丘忙于做总督，把那件解除魔法的事早忘得一干二净了。

据记载，那小童儿很聪明伶俐，他要讨好主人主妇，高高兴兴地动身到桑丘家乡去了。他进村看见河边许多女人洗衣服，就打听村里是否有个女人名叫泰瑞萨·潘沙，她丈夫桑丘·潘沙是骑士堂吉诃德·台·拉·曼却的侍从。一个小姑娘正在洗衣服，听他这么问，就站起来说："泰瑞萨·潘沙是我妈妈，那个桑丘是我爸爸，那个骑士是我们东家。"

小童说:"那么,来吧,小姑娘,带我去见见你妈妈,我替你那个爸爸捎了一封信和一件礼物给她。"

小姑娘约摸十四岁左右;她说:"好呀,先生。"

她把没洗完的衣服撒给女伴儿,她不戴头巾,也不穿鞋,光着脚,披着头发,蹦蹦跳跳跑在小童马前,一面说:

"您来啊,我家就在村子口上。我妈在家呢,她好久不得爸爸的消息,够心焦的。"

小童说:"那么我给她捎来了喜讯,她真该感谢上帝呢。"

小姑娘又蹦又跑,到了村上,没进家门先嚷道:"泰瑞萨妈妈!你出来呀!出来呀!有位先生替我好爸爸捎了信和东西来了。"

她妈妈泰瑞萨·潘沙拿着个纺麻的线杆儿正在纺麻,听见叫唤就跑出来。她穿一条灰褐色的裙子;这条裙子短得好像"还不够遮羞"。她的紧身上衣和衬衫也是灰褐色。她并不很老,看来有四十多,身体很壮健,脸皮晒成了焦黄色。她看见她女儿和骑马的小童,就说:"怎么回事儿呀,丫头?这位是谁呀?"

那小童说:"是您堂娜泰瑞萨·潘沙夫人的佣人。"

他一边说,一边就跳下马,恭恭敬敬跪在泰瑞萨夫人面前说:

"堂娜泰瑞萨夫人啊,请您以'便宜他了'岛主堂桑丘·潘沙总督夫人的身份,伸出贵手。"

泰瑞萨答道:"啊呀!我的先生,快起来!别来这一套!我不是什么官太太,只是个穷乡下女人;我爸爸是种地的,我丈夫是游浪的侍从,不是什么总督!"

小童说:"您丈夫是最名副其实的总督,您是最名副其实的总督夫人。您看了这封信和这件礼物,就知道我不是胡说。"

他从衣袋里拿出一串珊瑚珠,珠串两头是镶金的扣。他把珠串套在她脖子上说:"我奉女主人公爵夫人的命令,给您捎信来了;这是总督大人给您的,另外一封信和这串珊瑚珠是公爵夫人给您的。"

泰瑞萨惊奇得目瞪口呆,她女儿也一样的发愣。那小姑娘说:"我可以拿性命打赌，这准是我们东家堂吉诃德先生干的。他答应了我爸爸好多次，要让他当总督或伯爵；这回准是让他当上了。"

小童说："就是啊，桑丘先生靠堂吉诃德先生的面子，现在当上了'便宜他了'岛的总督。这封信上写着呢。"

泰瑞萨说："绅士先生，您念给我听吧；我虽然会纺麻，却一个字也不识。"

桑琦加插嘴道："我也一字不识，可是你们等一等，我去请个识字的来——或者神父，或者参孙·加尔拉斯果学士，他们一定愿意听我爸爸的消息。"

"不用去请什么人，我不会纺麻，可是我识字。这封信我来念吧。"

他就从头到尾念了一遍。信上的话前文已有交代，这里不再重复。他随即拿出公爵夫人的信念道：

> 泰瑞萨朋友：我瞧您丈夫桑丘人品既好，又很有本领，所以要求我丈夫公爵大人让他做了一个海岛的总督；这种海岛我丈夫有好几个呢。据说您丈夫治理得像老鹰那样精明；我为此非常满意，我们公爵大人也很满意。谢天，我挑他做总督没挑错人。我告诉您，泰瑞萨夫人，在这个世界上要找一个好总督不是容易。但愿上帝保佑我做人像桑丘做总督一样好。
>
> 亲爱的朋友，我送您一串镶金扣的珊瑚珠。我但愿那是东方的明珠；可是"送一根骨头，物轻情意厚"。也许有朝一日咱们会见面相识；将来的事是没人知道的。请代我问您女儿桑琦加好，并叫她准备着，她意想不到的时候，我会给她找上一门好亲事呢。
>
> 我听说您那里出产的橡树子颗粒大。请给我捎二十多颗来；我一定当作宝贝，因为是您给我的。我等着您的长信，希望您健康安好。您如果需要什么，只要说一声，就给您照办。愿上帝保佑您。
>
> 您的好朋友
公爵夫人于本地

泰瑞萨听他念完，说道："啊呀，这位太太多好啊！又和气又谦虚！我但愿和这样的太太埋葬在一起吧！我就不喜欢这里的绅士太太，她们觉得自己是绅士太太，连风都不该碰她们一下；上教堂神气活现，简直王后似的，好像对乡下女人看一眼就降低了自己身份。瞧瞧咱们这位好太太，还是公爵夫人呢，都称我朋友，把我平等看待。我但愿她的身份和拉·曼却最高的钟塔一样高！至于橡树子，我的先生啊，我打算送她许多许多，每一颗都大得出奇，叫人赶来看新鲜。桑琦加，你这会儿且来招呼这位先生：安顿了他的马匹，从马房里拣些鸡蛋，厚厚地切一片腌肉，把他当王子那样款待他吃饭。他给咱们捎来了好消息，他脸蛋儿又这么讨人喜欢，得这样款待才对得起他。我趁这时候出去把咱们的喜讯跟街坊讲讲；神父和尼古拉斯理发师是你爸爸的老朋友，也该让他们知道。"

桑琦加说："好，妈妈，我就去。可是我说呀，你得把这串珠子分一半给我。我想咱们公爵夫人不会那么傻，把一整串都送给你一人。"

泰瑞萨说："丫头啊，全都是给你的。可是让我脖子上挂几天，我实在看着喜欢。"

小童儿说："我在手提包里还带着一捆衣服，你们回头看了也一样喜欢。衣料讲究极了，总督打猎那天才穿了一回。整件衣服都是他送给桑琦加小姐的。"

桑琦加说："祝我爸爸活一千岁！给我捎带的人也一样长寿！如果一千岁不够，就加倍祝他活两千岁！"

这时泰瑞萨手里拿着信，脖子上挂着那串珠子，出了大门，一面走，一面拍手鼓似的拍着那两封信。她恰巧碰见神父和参孙·加尔拉斯果，就手舞足蹈地说："我们现在可真是阔了！到手了一个小小的总督了！随你多么神气的绅士太太敢和我过不去，哼，我准给她点儿颜色看看！"

"你怎么啦？泰瑞萨·潘沙？你疯了吗？那是什么纸呀？"

"我没疯。这是公爵夫人和总督的来信。我脖子上这串念珠颗颗都是上好的珊瑚，两尽头的念珠是真金的。我现在是总督夫人了！"

"泰瑞萨，你胡说些什么呀？你这话除了老天爷，谁也不懂。"

泰瑞萨说："您两位自己瞧呀。"

她把信交给他们。神父拿来念给参孙·加尔拉斯果听。两人惊奇得你看着我,我看着你。硕士问两封信是谁捎来的。泰瑞萨说,是个很漂亮的小伙子,在她家呢,请他们一起回去就会看见;他还捎来了另一件礼物,也这么贵重。神父把她脖子上的珊瑚珠串拿下反复细看,断定是上好的珊瑚,越发觉得奇怪。他说:"这串精致的珊瑚珠是我亲眼看见、亲手摸到的,可是据这封信上说,一位公爵夫人派人来要二十几颗橡树子!这两封信和礼物究竟是怎么回事呢?我凭自己的道袍发誓,我真想不明白了。"

加尔拉斯果说:"咱们甭胡猜乱猜了,且去看看那位信差吧,摸不着头脑的事可以问他。"

他们就跟泰瑞萨一起回家。只见一个小童儿正在筛大麦,准备喂他的马;桑琦加正在切腌肉,准备摊上鸡蛋煎给小童儿吃。两人瞧那小童相貌漂亮,服饰讲究,都很喜欢他。叙过了礼,参孙就打听堂吉诃德和桑丘·潘沙的近况,说他们读了桑丘和公爵夫人的信还是莫名其妙,不明白桑丘做总督究竟是怎么回事;而且地中海的海岛差不多都是国王的,桑丘怎么会做海岛的总督。那小童儿说:"桑丘·潘沙做总督是千真万确的。他管辖的是不是海岛我不知道,反正是个有一千多居民的小城。至于橡树子,我告诉你们吧,我们公爵夫人非常谦和近人,没一点儿架子。别说问乡下女人讨橡树子,她还使唤过他去问街坊借梳子呢。不过您两位可知道,阿拉贡的贵夫人尽管高贵,待人却和气,不像咖斯底利亚的贵夫人那么死板板地拿架子。"

他们正说着话,桑琦加裙子里兜着些鸡蛋蹦蹦跳跳地跑来,问小童说:"请问您,先生,我爸爸做了总督,穿不穿紧身裤呀?"

小童说:"我没看见,大概穿吧。"

桑琦加说:"哎唷!我的天!我爸爸穿了紧身裤多好看呀!真怪,我从小就想瞧我爸爸穿紧身裤。"

小童说:"您以后准会看见。我凭上帝说,他只要做上两个月的总督,出门还要戴遮风暖帽呢。"

泰瑞萨已经把桑丘捎来的打猎服给神父和硕士看过。他们看破小童耍贫嘴,可是想到珍贵的珊瑚珠和打猎服,对小童就另眼相看了。桑琦加的愿望惹得他们哈哈大笑,泰瑞萨的话更逗乐,她说:"神父先生,您仔细打听打听，有谁到马德里或托雷都去，我要烦他买一条一口钟式的裙子，得头等时髦的。说老实话，我丈夫做了总督了，我得尽力为他争面子！我要有兴，还想象人家那样坐了马车到京城去呢。总督夫人还坐不起马车！"

桑琦加说："可不是吗！妈妈！但愿上帝保佑，越早越好！人家看见我和妈妈坐了马车准会说：'瞧这丫头，她爸爸是个吃大蒜的乡下佬，她舒舒服服坐着马车，倒像个女教皇！'随他们说吧，叫他们踩着烂泥走，我却脚不沾地坐在车里！嚼舌根儿的叫他们一个个都倒尽了霉！'只要身上暖呼呼，人家嘲笑不在乎'，妈妈，我说得对吧？"

泰瑞萨说："孩子，你说得对！这种种好运道，就连更好的，我的好桑丘早跟我讲过了。孩子，你瞧着，他要叫我做了伯爵夫人才罢休呢。只要交上好运，就一路好下去了。你的好爸爸也是成语老话的祖宗；他常说，'如果给你一头小母牛，快拿了拴牛的绳子赶去'。如果给你个总督的官儿，你就领了它；如果给你个伯爵的封号，你就捧住；如果拿着一份厚礼'啧啧'地喊你，你就收下。可别懵懵懂懂，好运在大门外叫唤，你却不理睬！"

桑琦加插嘴道："要是人家瞧我扬着脑袋神气活现，说我是'小狗穿了麻纱裤'等，随他们说去，我满不在乎！"

神父听了她们的话，说道："我看桑丘一家人天生都是满肚子成语，开出口来，没一句不带成语。"

小童说："是啊。桑丘总督大人处处都用成语；尽管许多是不对景的也很有趣，我们公爵夫人和公爵大人非常赞赏。"

硕士说："先生，您还咬定桑丘做总督是真的吗？真有公爵夫人给他送礼写信吗？我们摸过那些礼物，也读过那两封信，不过还是不相信，觉得这就像我们街坊堂吉诃德遭遇的事——这位先生认为他所遭遇的都是魔法师变幻出来的。所以我简直想把您摸一下，瞧瞧您这位信差究竟是眼前的虚影，还是有骨有肉的真人。"

小童说："各位先生，我只知道自己是真正的信差，桑丘·潘沙先生也确实是总督；我主人公爵大人和公爵夫人有权派他这个职位，也确实派了他。我还听说桑丘·潘沙做总督很有魄力。这里面有没有魔术，您两位自己判断吧。别的我都不知道了。这话我可以凭我父母的生命发誓；他们都还健在，我和他们是非常亲热的。"

硕士说："可能有这样的事，不过'圣奥古斯丁有疑焉'。"

小童说："谁要怀疑就怀疑吧；我讲的是事实。'真理即使混杂在谎话里，也会像油在水里那样浮现出来'。就算这话不对，'你们纵然不信我，也当相信这件事'。您两位不论哪一位不妨跟我走一趟，听来不信的事可以亲眼瞧瞧。"

桑琦加说："该我去走这一趟，先生，您可以带我坐在鞍后。我满心想去看看我爸爸呢。"

"总督的小姐不能单身出门，得乘马车，坐轿子，还得有一大群佣人跟着才行。"

桑琦加说："我凭上帝说，我骑上一匹小母驴，就仿佛坐了马车一样。您把我当作娇小姐了！"

泰瑞萨说："小姑娘，快住嘴，别胡说；这位先生的话是不错的。'什么时候，什么式样'。他是桑丘，我就是桑却；他做了总督，我就是总督夫人了。我这话有点儿道理吧？"

小童说："泰瑞萨夫人话里的道理很深，比她的本意还深呢。我想今天下午回去；给我点东西吃，马上打发我走吧。"

神父忙说："您还是到我家去便饭；招待您这样的贵客，泰瑞萨夫人有这个心却没这个力。"

小童辞谢不去，可是到头来为口腹的便宜还是答应了。神父想趁机仔细问问堂吉诃德又干了些什么事，欣欣喜喜带了他回去。

硕士自告奋勇要为泰瑞萨写回信。可是她觉得这位硕士有点滑头，不愿意他来干预自己的事。她拿了一个精白小面包和两个鸡蛋，送给一位会抄写的弥撒助手，托他写了两封信，一封给她丈夫，一封给公爵夫人。两封信都是她自己动了脑筋口授的，在这部大著里也不算下品文字，请看后文便知。

> 桑丘是一个尽心尽职的好总督，连负责捉弄他的总管都开始认可了，但这都不影响他被戏耍的命运，现在连他的妻女也卷入其中了，公爵夫妇未免过于放肆了。地位的高下并不决定人格的贵贱，玩笑开得太过火，恐怕难以收场。而直到现在桑丘还蒙在鼓里，正沉浸在总督的美好感觉中，大家还是别叫醒他了，毕竟美好的时光在一个人的一生中并不多得。

桑丘•潘沙在总督任职内的种种妙事。

总督视察的那夜，上菜的小厮思慕男装姑娘的美貌娇态，彻夜没睡。总管趁天还没亮，写了一封信给男女主人，报告桑丘•潘沙的言行。桑丘的一言一动都出人意料，看来他又痴又黠，痴中带黠，黠里有痴。第二天，总督大人起床，照贝德罗•忍凶医师的吩咐，吃了一点儿蜜饯，喝了四口冷水。桑丘恨不得吃一个面包一串葡萄做早点，可是贝德罗•忍凶已经跟他讲明白：一个人该吃得少而精，才心思灵敏，掌大权做大官的人劳心比劳力多，这句话更应该严格奉行。桑丘看到自己做不得主，虽然心里不甘，肚里难受，只好将就着算了。

桑丘为忍凶医师的诡论挨饿得厉害，暗暗咒骂他的官位，甚至连给他做官的人也咒骂在内。他忍着饿，凭肚里那点蜜饯，还是去坐堂开审。有个外地人当着总管等人首先向他请教一个问题。那人说："总督先生，有一位贵人的封地给一条大河分成两半……请您留心听着，因为这件事很重要，而且不容易处理。那条河上有一座桥，桥的尽头有一具绞架和一间公堂模样的房子。封地的主人也是那条河和那座桥的主人，他制定一条法令：'谁要过桥，先得发誓声明到哪里去，去干什么。如果说的是真话，就让他过去；如果撒谎，就判处死刑，在那里的绞架上处决，绝不饶赦。'四位法官经常在那公堂上执行这条法令。大家知道这条法令和严厉的条件，许多人还是过了桥。他们发誓声明的话显然是真情，判官就让他们过去了。可是有个人发誓声明，他过桥没别的事，只求死在那座绞架上。几位判官商量了一番说：'如果让他过桥呢，他发的誓就是撒谎，按法令应当处死；如果绞杀他呢，他要死在那绞架上的誓言就是真实的，按同一条法令，应当让他过桥。'总督大人，请问您，法官该把那人怎么办？他们到如今还判断不定。他们听说您心思灵敏，派我把这个疑难案件向您请教。"

桑丘答道："那几位判官先生派你来找我实在大可不必；我这人很呆笨，说不上灵敏。不过你把这问题再讲一遍吧，让我听明白了，也许能碰巧说在点子上。"

那人把刚才的话又反复讲了两遍，桑丘听罢说："我认为三言两语就可以讲明白。那人发誓要死在绞架上：如果绞杀他，他的誓言就是真的，凭制定的法令，该让他过桥；如果不绞杀他，他的誓言就是谎话，凭同一条法令，该把他绞杀。"

那人说："不错，总督先生把事情讲得一清二楚，没一点儿含糊。"

桑丘说："现在我说呀，发誓说真话的半个人可以过桥；发誓撒谎的半个该绞杀。过桥的条件就完全落实了。"

提问题的人说："那么，总督大人，那人得分作两半了；一半是撒谎的，一半是真实的。这么一分，不就死了吗？那条法令是必须执行的；人都死了，怎么对他执法呢？"

桑丘说："好先生，你听着，我要说得不对，就是个糊涂蛋。那过客又该处死，又该活着过桥，理由是一样的。把他处死呢，他就该活；让他活着过桥呢，他就该死。照这个情况，我认为你可以回去对派你来的几位先生说：判定他有罪无罪的理由既然一样，就该放他过桥；干好事总比干坏事光鲜。我如果会签名，可以在判决书上签名。这样判绝不是我的主意，我不过记起了上任前夕我主人堂吉诃德给我的告诫。他说，如果按法律不能判断，就该宽厚存心。上帝提醒了我这句话，目前用来恰好当景。"

总管说:"确是如此。我认为潘沙大人的裁判,就连拉塞德蒙的立法者李库尔戈也压不倒。今天上午可以退堂了。我得去吩咐他们给总督大人做些好菜。"

桑丘说:"这才称了我的心愿!可别叫我上当!只要给我饭吃,疑难案件不妨像雨点似的落到我身上来,我都能干脆解答。"

总管并没有空口许愿,他觉得如果把这样高明的总督饿死,他也于心不安,而且奉命玩弄桑丘的恶作剧只剩当夜最后一场了,因此也不想再难为他。且说桑丘那天违背了提了他户外拉医师的禁忌,吃了一餐饭。刚饭罢,忽有信差捎了堂吉诃德给总督的信来。桑丘叫秘书先看一遍,如果没什么机密,就大声念给他听。秘书奉命看了说:

"很可以朗读,堂吉诃德先生给您的这封信是该用金字写刻的。信上说:

堂吉诃德·台·拉·曼却给便宜他了海岛总督桑丘·潘沙的信

桑丘朋友,我满以为人家要说你没头脑,做事荒谬,不料只听到一片颂扬之声。我非常感谢上天,'他从粪堆里提拔穷人',把蠢人变成聪明人。据说你虽然是总督,却像个没当官的人;你虽然是人,生活却俭朴得像牲口。我告诫你,桑丘,做了官得有威仪,尽管生性喜欢俭朴,排场往往俭朴不得。当官的人仪表要和职位相称;不能因为喜欢俭朴就任性随便。你得讲究穿衣;'一根木头经过修饰,就不像木头了'。我不是叫你戴首饰、鲜衣华服;也不是叫你做了法官却打扮成战士;只叫你按职位穿衣,而且要干净整齐。

如果赢得子民爱戴,别的不说,有两件事必须做到。一是以礼待人;这话我已经跟你讲过。一是照顾大家丰衣足食,因为穷人最忧虑的是饥寒。

颁布的法令不用多。如有颁布,就得是好的,尤其得责成大家遵守并切实执行。法令没人遵守,等于没有,反叫人看破这位长官虽有识见和职权颁布这项法令,却没有威力叫人遵守。法律如果只是吓唬人的虚文而不能实施,就像充当蛤蟆王的木头一样;蛤蟆起初怕惧,渐渐瞧破了它,都跳到它身上去。

你该是好人的亲爸,坏人的后爹。不要一味严厉,也不要一味宽和,该适得其中,无过,无不及,才合情合理。你该视察监狱、屠场和菜市。总督到这种地方去很要紧:盼望迅速处理的囚犯就可以心安;屠夫就有怕惧,不敢在斤两上作弊;摆菜摊的妇女也就不敢耍花招。我相信你不是个贪污、好色或馋嘴的人;万一有那毛病,千万不能流露,你的子民或和你打交道的人一旦知道你有某种弱点,就从那里下手,害得你堕落深坑,不能自拔。你该把上任前我给你写下的告诫反复温习,你就知道如果照着干,对你大有裨益,能减轻你任内随处碰到的困难。你该写信给你两位主人,表示感激。不知感激是出于骄傲,那是一切罪恶里最大的罪恶。得了好处有感激的心,才见得日常受上帝深恩也知感激。

公爵夫人已经派专人把你的衣服和另一件礼物送给你妻子泰瑞萨·潘沙。我们正等着她的回音。我小病了几天,是给猫抓了,我的鼻子受了点伤,可是并不严重,因为魔术家虽有害我的,也有护我的。

你怀疑你们一起的总管和三尾裙的事有牵连,究竟如何?咱们相去不远,请把你所经所历一一告我。我还通知你,我打算不久就结束闲居无事的生涯了,因为我生来不是过这种日子的人。

我现在得要干一件事,可能得罪这里的两位贵人。我虽然很为难,却又顾不得,因为我无论如何,第一得尽自己的职责,不能一味讨他们的好,正如常言所说的'吾爱吾师,而吾尤爱真理'。我对你引用这句拉丁文,料想你做了总督,该学会古文了。再见吧,但愿上帝保佑你别成了人家可怜的东西。

你的朋友
堂吉诃德·台·拉·曼却"

桑丘留心听他念完;大家赞叹不已,认为很有见地。桑丘随就出来,叫秘书跟他到卧房里,关上了门。他刻不容缓,要给主人堂吉诃德回信。他叫秘书按他口述的写,一字不要增减。秘书照写了以下的信:

桑丘·潘沙给堂吉诃德·台·拉·曼却的信

我事情实在太忙了,抓脑袋的工夫都没有,更别说剪指甲;所以我的指甲养得好长呀,只求上帝补救吧。亲爱的主人,我这话是要免您惊怪,怎么到今没把上任以来好好歹歹的情况告诉您。我在这里饿得慌,比咱们俩在树林里和荒野里还饿得厉害。

前两天公爵大人来信,说有几个奸细到岛上来暗杀我。可是直到现在还没找到一个。不过有个大夫想杀我;他领了公家的薪水,专把到任的总督一个个害死。他名叫贝德罗·忍凶医师,家乡的地名叫提了他户外拉。您瞧瞧这种名字,怎不叫我直怕在他手里送命呀!据他自己讲,人家生了病他是治不了的,他只管预防。他的药方是把饭食克扣了再克扣,直把人饿成皮包骨头;他就没想到虚弱比发烧更糟糕。干脆说吧,他快要把我饿死了;我自己也烦恼得要死。我满以为做了总督可以吃热的、喝凉的,躺在铺着荷兰细布的羽毛垫上睡觉;可是我来了却像修行的隐士那样吃苦。这又不是我自愿的;大概到头来我只好让魔鬼带走。

我至今没有享权利,也没有受贿赂;我还不明白这些东西打哪儿来呢。我在这里听说,岛上的总督往往上任以前就从岛上捞了大笔的钱,不是送就是借的;据说这是做官的照例规矩,不单在这里。

我今晚视察,碰到一个很美的姑娘和她的弟弟;女的男装,男的女装。给我上菜的小厮爱上了那姑娘,据说已经看中她做老婆了;我呢,看中了那男孩子做女婿。我们俩今天就要去找那姊弟的父亲求亲。那人叫作狄艾果·台·拉·李亚那,是一位世世代代信奉基督教的绅士。

我照您的教导视察过菜场,发现一个卖鲜榛子的女摊贩把一大筐又空又烂的陈货搀在一大筐鲜榛子里。证据确凿,我就把她的榛子全没收了,送给孤儿院的孩子;他们自会分辨好坏。我罚那女摊贩十五天内不准在菜市上摆摊。大家说我这件事办得好。我告诉您,本地人都说:这种女摊贩最坏,又无耻,又黑心,又大胆。我见过别处的女摊贩,所以相信这话是不错的。

我很感激公爵夫人写信给我老婆泰瑞萨·潘沙，还送了您说的那些礼物，我将来一定要设法报恩。请替我吻她的手，并告诉她：她给我的好处没有扔在漏底的口袋里，她将来会知道我不是说空话。

我希望您不要和我那两位主人闹别扭。您和他们闹翻了分明对我不利。您不是还勉励我感恩吗？他们对您一片殷勤，他们府上盛情款待您，您要是辜负了他们可说不过去呀。

猫抓的事我不明白，大概又是经常捉弄您的恶法师干的。等咱们见了面再听您细说吧。

我想送您些东西，可是不知道什么好，只想到本岛出产的一种大便灌肠用的管子，那式样很别致。如果我这个总督还做下去，我好歹要找些东西送您。

我不知家里老婆孩子近况如何，直在挂念；如果我老婆泰瑞萨·潘沙有信给我，请代付邮费，把信转给我。愿上帝保佑您不受恶魔法师的害，也保佑我到卸任还留着性命；我觉得靠不住呢，因为照贝德罗·忍凶医师那样待我，恐怕我得把性命和官职一起交卸。

您的仆人
桑丘·潘沙总督

秘书把信封好，立刻打发了信差。那几个捉弄桑丘的家伙就聚在一起，安排怎样撺走这位总督。桑丘要治理他心目中的海岛，一下午直在制定法令。他不准岛上贩卖粮食。他准许各处的酒进口，但必须声明产地，以便按品质和牌名定价，如掺水或改变牌名，判处死罪。他减低鞋袜靴子的价格，尤其是鞋价，因为他觉得当时鞋价特高。他规定佣人的工资，因为他们贪图钱财，任意勒索。他严禁淫荡的歌曲，不问白天黑夜，唱了一律重罚。他不准瞎子唱宣扬圣迹的诗，除非证明确有那个奇迹，因为瞎子唱的多半是假造的，混淆了是非。他为叫花子设了一个监督，不是去压迫他们，而是要检查他们的真相；因为有些断手折脚或遍体烂疮的化子，其实是手脚灵便的盗贼或健康的酒徒。总之，他制定了几条很好的法令，那地方至今遵守，称为"大总督桑丘·潘沙的宪法"。

第一〇四章

叙述另一位"悲凄夫人"，一称"惨戚夫人"，又名堂娜罗德利盖斯。

据熙德·阿默德说，堂吉诃德伤痕痊愈，觉得留在公爵府里就是背弃骑士道，决计请求公爵夫妇让他动身到萨拉果萨去。那里快要庆祝节日了，他打算去夺取悬作锦标的一副盔甲。有一天他和公爵夫妇吃饭的时候，他正打算向他们开口，忽见大厅门口来了两个人，从头到脚披戴着重孝；后来才知道是两个女人。一个跑去伏在堂吉诃德脚边，全身趴在地下，嘴唇贴着他的脚，凄声长叹，哀痛非凡，把旁人都愣住了。公爵夫妇以为是府里的佣人故意和堂吉诃德开玩笑，可是听她哭泣叹息那么悲切，又疑疑惑惑摸不着头脑。堂吉诃德过意不去，他扶起这个泪人儿，叫她别闷着，且摘下面纱。她露出脸来，万想不到原来是府里的傅姆堂娜罗德利盖斯，另一个穿丧服的就是她那个受了富农儿子欺骗的女儿。大家看是这位傅姆，都很吃惊，尤其公爵夫妇；他们知道她有点儿傻气，不料她竟会这样疯头疯脑。堂娜罗德利盖斯转向两位贵人说："请大人和夫人让我和这位骑士说句话；有个没良心的混蛋把我卷进了一场是非，我要靠骑士先生解救呢。"

公爵答应她有话尽管和堂吉诃德先生畅谈。她就对堂吉诃德说："英勇的骑士，我前两天跟您讲过我宝贝女儿上当受骗的事；我身边这个可怜虫就是她。您已经答应我要为她撑腰，为她申理。我现在听说您就要离开这里，去找上帝给您的好运。我求您动身之前，向那个恶霸挑战，逼他履行婚约，和我女儿做正式夫妻。指望我们公爵大人为我主持公道呀，那就仿佛要榆树上生出梨来；里面的缘故我已经私下跟您讲过了。上帝保佑您吧，希望您别抛弃我们。"

堂吉诃德听她讲完，一本正经地说："好傅姆，你且收泪——或者擦干眼泪吧,别长吁短叹了,你女儿的事都在我身上。她当初不该轻信情人的诺言,那都是说来容易做来难的。等我求得公爵大人准许,马上就去找那昧心的家伙,找到了就向他挑战;他要是推三阻四,我就杀了他。干我这一行的,第一是压硬不欺软,就是说,扶助弱小,铲除强暴。"

公爵说:"这位好傅姆所控诉的庄稼汉,您不必劳驾去找,也不必要求我的准许去向他挑战。我就算您已经向他挑战了;我负责去通知他,叫他前来应战。我这里有决斗场;我一定命令双方遵守决斗的一切规则,也一定无偏无倚地主持公道。凡是自己封地上设有决斗场的贵人,都有这种义务。"

堂吉诃德答道:"您既然一口答应,又有这番保证,那么我现在声明:我这次放弃绅士的地位,降低身份,和那个坏蛋平等,让他能和我决斗。他欺骗这可怜的姑娘,玷污了她的清白;尽管他本人不在场,我为他这件坏事向他挑战;他要是说了话不当话,不肯和她结婚,我就要他的命。"

他随即脱下一只手套,扔在大厅当中。公爵拾起手套说:他凭自己刚才的话,代表他的子民应战;并决定日期在六天以后,战场在府前广场上,武器是骑士惯用的长枪、盾牌、截短的铁甲和全套附件;这些武器须经裁判员检查,不准耍花招、藏暗器或假借魔术护身。"可是还有一件最要紧的事:这位好傅姆和她的苦命女儿得全权委托堂吉诃德先生为她们主持公道,否则无法办事,这番挑战也不能算数。"

傅姆说:"我全权委托他。"

那姑娘流着泪,含羞带窘地接口说:"我也全权委托他。"

她们已经正式声明,公爵心上也有了办事的谱儿,戴孝的母女俩就退出大厅。公爵夫人吩咐以后别再把她们看作女佣人,只算是受了委屈跑来求救的流浪女子。府里另拨了一间房给她们俩住,当她们女客款待。别的女佣人都很骇怪,不知堂娜罗德利盖斯和她那倒霉女儿发疯胡闹到什么地步。这时又出了一件凑热闹的事,可供饭后的消遣。原来给桑丘总督夫人泰瑞萨·潘沙送信和礼物的小童回来了。公爵夫妇急要知道他这趟出差怎样,看见他回来非常高兴,就向他询问。那小童说不便当众回答,而且三言两语也交代不了,回头等人退了再向两位大人细禀,目前且请欣赏他捎回的信吧。他拿出两封,交给公爵夫人。一封信面上写:"寄给不知在哪里的公爵夫人";另一封信面上写:"寄给我的丈夫便宜他了海岛总督桑丘·潘沙;求上帝保佑他比我多享几年福。"公爵夫人心痒难熬,忙着拆开自己的信看了一遍,觉得可以念给公爵等人听,就朗读如下:

泰瑞萨·潘沙给公爵夫人的信

亲爱的夫人:我收到您夫人来信,非常高兴;我真是望穿了眼睛。珊瑚珠好得很,我丈夫的猎服也一样好。我们村上听说您夫人阁下让我老伴儿做了总督,都很快活,只是谁也不信,本村的神父、尼古拉斯理发师和参孙·加尔拉斯果学士更是死不肯信。可是我满不在乎。事情明摆着呢;只要有那事儿,随人家怎么讲吧。不过老实说,我要是没看见珊瑚珠和猎服,也不会相信。我们村上都把我丈夫当傻瓜看,不知他管羊之外,还配管什么。但愿上帝成全他,并且为他儿女打算,叫他心窍开通,好好做官。

亲爱的夫人,如果您答应,我决计把好运留在家里,舒舒服服坐着马车上京城去。好多人准在妒忌我,叫他们白着眼干瞪吧!所以我要劳您驾叫我丈夫送些钱来——得好一笔钱吧,因为京城费用大,一个面包要一瑞尔,一磅肉要三十文钱。简直贵得吓死人。如果他不要我去,叫他趁早告诉我;我像热锅上的蚂蚁,家里待不住了。据我的朋友和街坊说,我们母女如果摆足架子、神气活现地在京城里来来往往,我虽然靠他出风头,他更要靠我出风头呢;因为许多人一定会问:"马车上的夫人小姐是谁啊?"我的佣人就说:"这是便宜他了海岛总督桑丘·潘沙的太太和小姐。"桑丘不就此出名了吗?我也添了身份!"一切撇下,先到罗马"。

我非常抱歉,我们村上今年橡树子歉收。不过我还是有十来斤送您夫人,那是我到山上去拣了挑选过的,我找不到更大的了。我真巴不得一颗颗都有鸵鸟蛋那么大才好!

您贵夫人别忘了写信给我。我一定回信,把我的情况和我们村上的事一一奉告。求上帝保佑您夫人,也附带保佑我。我女儿桑却和我儿子吻您的手。

希望不仅能和您通信,还能和您见面!

供您使唤的仆妇
泰瑞萨·潘沙

大家觉得这封信很有趣,公爵夫妇尤其欣赏。公爵夫人对堂吉诃德说,寄总督的信想必妙不可言,不知能不能拆。堂吉诃德答应拆了给他们两位娱目。那信上说:

泰瑞萨·潘沙给她丈夫桑丘·潘沙的信

我最亲爱的桑丘:来信收到,我凭自己基督徒的身份老实告诉你,我高兴得差点儿发疯啦。真的,大哥,我听说你做了总督,一阵快活,只觉天旋地转,好像要倒下去死了。你知道,人家说的,突如其来的喜事,就像受不了的痛苦一样会叫人送命。你女儿桑琦加快活得溺都出来了,自己还没知觉。我眼前摆着你送我的衣服,脖子上挂着我们公爵夫人送我的珊瑚串儿,手里拿着两封信,面对着送信的人,可是只觉得自己是做梦。谁相信一个羊倌会做海岛总督呢?朋友,你现在懂得我妈妈的话了吧:'要活得久,才见得多。'我这话是希望自己活下去还要见得多,直看你做到包税员或收税员才罢。做了这种官儿舞弊是要给魔鬼带走的;不过钱在手里进出,毕竟手里有钱。公爵夫人会通知你我要到京城去。你仔细想想,把你的主意告诉我。我打算为你争面子,乘着马车去。

神父、理发师和学士、连教堂管事员都不信你做了总督,说是哄人的,或者像你东家堂吉诃德的事一样,是魔术变的戏法。参孙说他得来找你,把你头脑里的总督赶走,把堂吉诃德的疯病也除掉。我听了满不理会,只对他笑笑,瞧瞧自己的珊瑚串儿,想想你给女儿的衣服怎么改做。

我送给公爵夫人一些橡树子,但愿那一颗颗都是金子的才好。如果你那海岛上时行珍珠项链,你给我送几串来。

村上出了几桩新闻。柏尔儒艾加把她女儿嫁给一个糟糕的画匠了。那人到这村上来瞧有什么可画的;村委会叫他把咱们万岁爷的徽章画在村委办公厅的门上。他要两个杜加。他们先付工钱。他画了八天,什么也没画出来。他说不会画这样琐细的东西,把钱退回了。可是他还是靠画家的名头娶到了老婆。当然,他现在已经放下画笔,拿起铁锹,像安分的老百姓那样下地干活儿了。贝德罗·台·罗博的儿子分派了教职,剃掉头发打算做教士去;明戈·西尔瓦多的孙女明吉利娅知道了就要和他打官司,说他们俩订有婚约。人家流言蜚语,说她已经和他有了身孕;可是那小子一口咬定说没那事。

今年橄榄歉收,醋也全村找不到一滴。有一队兵路过,带走了村上三个姑娘。我不提她们的名字了;也许她们会回来,尽管有了这样那样的污点,总还嫁得掉的。

桑琦加在织花边,一天净赚八分钱;她存在积钱罐里,准备添补她的嫁妆。不过她现在是总督的女儿了,你会给她嫁妆,不用她再自己赚。广场上的喷泉已经干掉,绞架遭了雷火——但愿倒霉事都落在那绞架上就好了。

我等着你回信,还等着你决定要不要我进京。但愿上帝保佑你比我长寿,或者和我一样长寿;因为我可不愿意把你孤单单撇在这个世界上。

你的妻子
泰瑞萨·潘沙

大家对这两封信奇文共赏,笑个不休。恰巧这时又送来桑丘给堂吉诃德的信,各方的信都到齐了。堂吉诃德也拿来当众朗读,大家听了觉得这位总督是否愚蠢还很难断言。公爵夫人抽身回房,探问那小童在桑丘家乡的经历。小童一五一十据实回报,没一点儿遗漏。他缴上橡实;还有泰瑞萨给他的一个干奶酪,因为她自信做得特好,比特隆穹出产的还好。公爵夫人很喜欢,都收下了。咱们现在撇下这位夫人,且说海岛总督的好榜样、伟大的桑丘·潘沙如何卸任。

第一○五章

桑丘·潘沙总督狼狈去官。

"别妄想世事永恒不变；这个世界好像尽在兜圈子，也就是说，循环不已。春天过去，接着是早夏、盛暑，而秋而冬，然后春天又回来了：时光总是这样周而复始，轮转不休。只是人生有尽期，如风而逝，一去不返；除非到天国才得永生。"这是回教哲学家熙德·阿默德的话。许多人不靠宗教启发，单凭天赋的智慧，也能悟到此生倏忽无常，只有仰望的彼岸绵绵长久。作者说这番话，因为桑丘荣任总督，不过是云烟过眼。

桑丘做总督的第七天晚上，正在床上躺着。他饭没吃饱，酒没喝足，可是审案件、下指示、立法令、出公告等忙得他够受，虽然空心饿肚不易入睡，也困倦得抬眼不起。忽听得钟声人声闹成一片，好像全岛要沉没了。他不知这场骚乱是什么缘故，忙坐起来倾耳细听。可是人声钟声之外还听到不断的号角声和鼓声，他越加莫名其妙，吓得心怦怦跳。他下床防地下潮湿，穿上拖鞋，没披衣服就跑出去；恰好看见过道里来了二十多人，都一手拿着亮煌煌的火把，一手拿着明晃晃的剑，大喊："准备战斗呀，总督大人！准备战斗！不知多少敌人到岛上来了！你要不雄赳赳施展本领，帮我们出力，我们就完蛋了！"

他们叫叫嚷嚷、冲冲撞撞，乱哄哄地赶来。桑丘听到那片叫嚷，看到当前的情形，吓得呆了。这伙人拥到他身边，一个说："您大人打算送掉自己的性命、让全岛沦陷吗？要不，赶紧准备战斗呀！"

桑丘答道："我怎么准备战斗啊？我不会使兵器，也不会帮着打，这种事最好让我主人堂吉诃德来；他马到成功，万事大吉。我是可怜虫，对这种战斗的事一窍不通。"

另一个说："啊呀！总督大人！这话多窝囊啊！您武装起来呀！我们这会儿给您带着攻守的兵器呢。您且到这片广场上去，做我们的统帅！您身为总督，这是义不容辞的。"

桑丘说："好吧，就给我披上盔甲吧。"

他们立刻把桑丘脱得只剩一件衬衣，拿带来的两个椭圆形盾牌一前一后扣在他衬衣外面。盾牌上有做就的缺口，让他伸出胳膊。他们用绳子把那两块盾牌牢牢捆住，桑丘就像个纺锤子，直挺挺地砌在墙里或夹在板里，既不能弯腿，也不能迈步。他们递给他一支长枪；他就拿来当拐棍撑着，免得跌倒。然后他们就叫他领队开步走，为大家壮胆；还说他是北极星，是指路灯，又是启明星，有了他就万事逢凶化吉。

桑丘说："我真是倒霉了，这两块板子紧紧地夹着我的肉，膝盖都动不了，怎么走路呢？除非把我抬过去，随你们横着竖着放在一个甬道口；我可以靠这支长枪或自己的身体守住那个口子。"

又一人说："走啊！总督大人！您迈不开步不是板子碍事，只因为您心上害怕呀！赶紧动身吧，时候不早了，敌人越来越多，越喊越响，危险越逼越近了。"

可怜的总督受了催促和责备，只好举步。他刚抬脚就砰一声倒下去，自己觉得跌成了几块。他倒在地下，夹在两片盾牌中间像一只乌龟，又像合在两个木槽里的半只腌猪，也像沙滩上反扣着的小船。那群恶作剧的家伙看他跌倒在地，毫无怜悯之心，反而扑灭了火把，越发提高嗓门儿，一迭连声地喊"准备战斗"！他们在桑丘身上踩来踩去，不断地用剑在他的盾牌上乱斫。可怜的总督大人要不是把脑袋缩进盾牌，全身蜷作一团，早就遭殃了。他夹在盾牌里踢天踏地，身上一阵阵出汗，只顾诚心祷告上帝保佑他脱险。有些人被他绊倒，有些人跌在他身上，有人竟把他的身休当做瞭望台，好一会站住上面指挥，嚷着说："敌方的火力这边最猛，咱们的人都往这边来！守住那个缺口！关上那重门！截断那座楼梯！把火球运到这里来！沸油锅里加些柏油和松脂！用床垫堵住那几条街！"

那人一口气把御敌守城的各种武器都说全了。他脚下的桑丘耳听指挥，身受践踏，暗想："哎，但愿上帝叫这个海岛快快沦陷了完事，我不问生死，只求立刻脱了这场大难！"他的祷告居然上达天听，突然有人大喊：

"胜利了！胜利了！敌人败退了！哙，总督大人，起来庆祝吧！您大显英雄身手，从敌方夺来了这些胜利品，请给大家分了吧！"

桑丘浑身疼痛，呻吟说："扶我起来吧。"

他由人扶起，说道："假如我战胜了哪个敌人，就把他钉在我脑门子上吧。我不想分配胜利品。要是有谁够朋友，请给我喝口酒，因为我渴得很；还请给我擦擦汗，因为我浑身都水淋淋的了。"

他们给他擦了汗，喝了酒，又解开了那两块盾牌。桑丘惊慌疲劳之余，坐在自己床上晕过去了。一伙恶作剧的这才着急了，懊悔不该摆布得他那么狠；不过随后瞧他苏醒过来，稍又放心。桑丘问什么时候了；他们说刚天亮。桑丘一言不发，闷声不响地穿衣服。大家看着，不知他忙忙穿上衣服去干什么。他穿好了，慢慢儿一步一拐走到马房去，因为浑身酸痛，行动不便。一群人都跟着他，只见他跑到灰驴身边，抱着它脖子，在它脑门上亲了一吻，含泪说："来吧，我的伙伴儿，我的朋友，咱俩是有苦同吃、有难同当的。我和你在一起，只要记着修补你的鞍辔，喂饱你的肚子，就没有别的心事；一天到晚、一年到头、从小到大，都是快乐的。我离开了你，爬上高枝，得意自豪，心上就来了一千种苦恼、一千种麻烦、四千桩心事。"

他一面说，一面给驴子套上驮鞍；旁人都一言不发。他备好驴，忍痛硬挣扎着上了鞍，就对总管、秘书、上菜的小厮、贝德罗·忍凶医师等人发话道："各位先生，请让开一条路，让我回去照旧过我逍遥自在的日子吧。我在这里是死路一条，得让我回去才活得了命。我生来不是总督的料，敌人进攻，我不会保卫海岛，也不会守城。我内行的是耕田、种地、修葡萄和压枝条，不是制定法律或守卫边疆。'圣贝德罗在罗马过得很好'，就是说，一个人最好是干自己的老本行。我拿着一把镰刀比拿着总督的执法杖顺手。我宁可吃一饱凉拌菜汤，何苦受蹩脚医生的折磨，让他把我活活饿死呢？做了总督，尽管床上铺荷兰细布，身上穿海貂皮，却得挑上各式各样的担子；我宁可夏天躺在橡树荫里，冬天穿一件长毛羊皮大衣，无官一身轻。我跟您几位就此告别了。请告诉公爵大人，'我光着身子出世，如今还是个光身；我没吃亏，也没占便宜'；换句话说，我上任没带来一文钱，卸任也没带走一文钱。这就和别处岛上的卸任总督远不相同了。请站开点儿，让我走吧，我要去贴上些膏药呢。多谢敌人在我身上踩来踩去，看来把我的肋骨全踩断了。"

忍凶医师说："总督大人何必这样呢；我给您喝点治伤汤药，叫您马上就像先前一样健康。至于您的饭食，我如果安排不当，一定改正，您爱吃什么让您尽量吃。"

桑丘答道："'小鸡子叫得太晚了'！要我再留下，就好比要我变成土耳其人！把人这样捉弄，只能一次。我凭上帝发誓：不论这里或那里，即使把总督的官儿扣在两只盘子里端给我，要我接受呀，就是要我没有翅膀飞上天。我们世世代代的潘沙都是倔脾气，说了一次'不'，即使错了，也一口咬定'不'，不理人家怎么议论。蚂蚁长了翅膀飞在空中，就会给燕子等小鸟吃掉；我现在把身上的翅膀撇在这个马房里，重新脚踏实地了。我脚上尽管没有穿上漂亮的刻花羊皮靴，麻绳打的鞋总有得穿。'每只羊都有匹配'，'被子有多长，脚就伸多远'。请让我走吧。我已经耽搁得够久了。"

总管听罢，说道："总督大人，您头脑好，做人又很忠厚，我们正要倚仗您。您一定要走，我们很惋惜，不过还是愿意让您走的。可是众所周知，总督离任得交代在任的政绩。您做了十天总督，请把这十天干的事交代清楚，就可以动身。上帝保佑您吧。"

桑丘答道："除了公爵大人委派的人，谁也不能叫我交代。我现在就要去见他了，可以当面切实交代。况且我只走一个光身，不用别的证据，就可见我做官像天使一样。"

忍凶医师说："我凭上帝说，桑丘大人的话不错。我主张让他走，公爵见了他一定很高兴。"

大家同意，还表示要送送他，并为他置备路上吃的、喝的、用的东西。桑丘说：路途不远，不必带那么许多，也不必讲究，他只要一点点大麦喂灰驴，还要半个干奶酪和半个面包自己吃就行。大家都拥抱了他，他含着泪也和他们一一拥抱，然后独自走了。他们听了他临别的一番话，都敬佩他能明哲保身，并急流勇退。

第一○六章

如果你曾带着嘲笑的心态去观送桑丘的就职，那么现在请你以应有的尊敬去送别桑丘的离任吧！在我们看来桑丘的总督之旅只不过是公爵夫妇导演的闹剧中的一个章节，但对于桑丘来说那是他一次尽心尽责为市民办事的机会，他的认真严肃、机智多谋、审时度势本身就令人肃然起敬。但最终他还是走了，留下的还有堂吉诃德的遭遇供大家感叹。

所叙各事只见本书，别无其他记载。

> 眼看当事人跑了，热闹看不成了，公爵夫妇又开始活动运作了，结果成了各方都欢喜的一件事。

公爵夫妇决计让堂吉诃德和那富农的儿子决斗。那小子不肯认堂娜罗德利盖斯做丈母娘，已经溜到弗兰德斯去，可是公爵夫妇叫一名小厮扮作他的替身。那小厮是加斯贡人，名叫托西洛斯；他由男女主人精心训练，已经学会怎样行事。公爵过了两天告诉堂吉诃德：那富农的儿子不承认婚约，一口咬定那姑娘不尽不实，简直睁着眼说瞎话，所以他准备四天后武装成骑士，上场来应战。堂吉诃德听了这个消息非常高兴，打定主意这番要显显身手。他庆幸有这机会让两位贵人瞧瞧他的神力，兴奋得按捺不住，急煎煎只盼这四天过去，好像四万年也没那么长。

> 丢了官的桑丘仍在能力所及之内行善，平民的善心总是多了几分温暖。

咱们把这四天和别的事一起撇开，且来看看桑丘吧。他又扫兴，又高兴，骑着灰驴去找他主人，觉得和主人在一起，比做任何海岛总督都称心。他从没理会自己管辖的究竟是海岛还是城市，反正他离开那里没走多远，看见迎面来了六个拿杖的朝圣客人——就是那种唱着歌儿求施舍的外国人。他们到了桑丘面前就一翅儿排开，齐声高唱外国歌。桑丘不懂，只听明白了一个词儿——"施舍"，料想是要求施舍。据熙德·阿默德说，桑丘是非常心软的；他忙从褡裢袋里掏出自己带的半个面包和半个干奶酪，给了他们，一面打着手势表示没有别的东西了。他们欣然收下说："盖尔特！盖尔特！"

桑丘说："老哥们，我不懂你们要什么。"

有一人从怀里掏出一只钱袋给桑丘看，桑丘才明白他们是要钱。他用大拇指指指自己胸口，摊开两手，表示自己一个钱都没有。他随即踢着灰驴冲过去。当时有一人对他仔细看了一眼，就赶上来抱住他，用地道的西班牙语高声说："上帝保佑我吧！我眼睛没花吗？你不是我的好朋友好街坊桑丘·潘沙吗？这是没错儿的；我不是做梦，也没喝醉了酒呀。"

桑丘瞧这朝圣的外国人提着他的名字拥抱他，非常奇怪，默默地把那人仔细端详，却是不认识。那人瞧他愣了，就说：

"桑丘·潘沙老哥，你怎么连你街坊上开店的摩尔人李果德都不认得呀？"

桑丘再定睛细看，似曾相识，渐渐地认出来了；他在驴上抱住那人的脖子说："李果德，你穿了这套小丑的衣服，谁还认识你呀！我问你，谁把你变成了法国瘪三啊？你好大胆，怎么又回西班牙来了？要是给人抓住认出来，你可不得了啊！"

那朝圣的说："桑丘，只要你不揭破我，我穿了这套衣服拿定没人认识。咱们别站在大道上，且到前面树林里去吧；我的伙伴儿要在那里吃饭休息的。他们很和气，你回头可以跟他们一起吃饭。我也可以和你讲讲我服从皇上的谕旨离村以后的事。那个圣旨害我们一族倒霉人受尽折磨，你想必听说了。"

桑丘就和他同走；李果德招呼了他的同伴，大伙离开大

驱逐摩尔人是否是西班牙历史上黑暗的一页呢？总之塞万提斯对此一直耿耿于怀。

道，跑了好一段路，到前面树林里。他们扔下朝圣的杖，脱掉朝圣的袍，只穿紧身内衣，一个个都是很漂亮的小伙子，只有李果德老些。他们都带着褡裢口袋，看来那些口袋里都食品丰富，至少有很多下酒的东西，叫不贪酒的都想喝酒。他们躺在地上，把面包呀、盐呀、刀子呀、核桃呀、切成片的干奶酪呀、腌肉的光骨头呀等都摊在草地上。那些骨头尽管咬不动，还可以嘬嘬、吮吮。他们还拿出一种黑色的东西，据说是鱼子酱，最宜下酒；橄榄也不少，虽然是干的，也没炮制过，却清香可口。筵席上最呱呱叫的是六只皮酒袋，他们各从褡裢口袋里拿出来的。李果德老头儿已经变成日耳曼或德意志人，不是摩尔人了，他也有一只酒袋，大小和其他五只不相上下。

> 没有丰富的经历很难描绘如此精微的细节，简单且丰富是流浪者的饮食特点。

他们一起吃饭；把每件东西都切得很小，各用刀尖扦着，慢慢儿咀嚼，吃得满口香甜。吃了一会儿，大家一齐两手捧起酒袋，嘴对着袋口，眼睛望着天，好半晌只顾把袋里的酒往自己肚里灌，一面还把脑袋左右摇晃，表示喝得痛快。桑丘一一看在眼里，"一点儿不心疼"。他深知老话说的："如果到了罗马，就学那里的规矩。"所以也问李果德要了皮酒袋，捧起来两眼朝天，像他们一样喝个痛快。

那些皮酒袋只捧起来痛饮四次，第五次就干枯得像芦苇一样；那些人也都意兴阑珊了。他们吃饭的时候常有人伸出右手握着桑丘的右手，掺杂着西班牙和意大利语说："西班牙人和德意志人，都是好伙伴儿！"桑丘也用这种掺杂的语言说："我凭上帝说，都是好伙伴儿！"说完哈哈一阵大笑，简直笑了一个钟头，把丢官的事全抛在九霄云外了；一个人吃喝的时候，往往是无忧无虑的。喝完酒，大家都在草地上倒头大睡。李果德和桑丘吃得多、喝得少，所以只有他们两人还清醒。李果德把桑丘拉过一边，去坐在一棵榉树脚下，让朝圣的一群人在那边酣睡。李果德不说摩尔话，他一口西班牙语，说道：

> 平民似的狂欢是治疗郁闷的灵丹妙药。

"桑丘·潘沙，我的街坊，我的朋友啊，皇上颁布了驱逐我们民族的命令，我们的惶恐，你是知道的；至少我害怕得很，限定我们离开西班牙的日子还没到，我已经好像和儿女一起在尝受严厉的处罚了。我当时决定单身先到外地找好安身的地方，然后从容把家眷搬去，免得像许多别人那样临走乱了手脚。这就好比知道到一定的日期得搬家，就预先另找住房；我认为这样打算是有远见的。我和我们那些有年纪的人都看得很清楚，颁布的命令不像有人说的只是唬人的空文，而是一点儿不含糊的法律，到期就要执行的。我怎么能抱幻想呢？我知道我们有些人没良心、想干坏事，所以觉得皇上采取断然处置是受了上天的启示。我们并不是个个都有罪；我们中间也有虔诚老实的基督徒；不过寥寥无几，大伙儿都是坏人。这许多公敌不能留在国内，好比毒蛇不能养在怀里。干脆说吧，我们受驱逐是罪有应得，有人认为这样处罚还是宽大的；可是在我们看来，就严厉透顶了。我们无论到哪里，总为西班牙流思乡的眼泪。因为我们毕竟是西班牙生长的，西班牙是我们的家乡啊。我们到处流浪，找不到一个安身之地。我们指望蛮邦和非洲各地能收留和照顾我们，可是偏偏那些地方最欺侮我们。我们真是'身在福中浑不知，福去无踪追已迟'。我们大家都渴望回来；像我这样能说西班牙语的不少，多半撇下老婆儿女不管，自己溜回来了。我们实在是一片心地爱西班牙，我现在才懂得老话说的'乡情最浓'。且说我们离开家乡，到了法国。我们在那里虽然能被收容，我却想到各处去看看。我经过意大利到日耳曼，觉得日耳曼人不那么小心眼儿，让人信仰自由，各过各的日子，我们住在那里比较无拘无束。我在奥古斯塔附近弄到了一所房子，然后就和这帮朝圣的人合了伙。他们有许多人每年照例到西班牙来朝圣；圣地是他们的财源，利息千拿万稳，能赚多少钱都有数。

> 正如美国人讴歌的"西进运动"饱含着印第安人的血和泪，弱势群体没有选择的权力，只有屈辱地服从。

> 对故乡的深情是不分民族和种族的，那种情感也是最真最纯的。

他们几乎走遍了西班牙各地,每从城里出来,总是吃饱喝足,至少还存一个瑞尔。出门一趟,每人可赚一百艾斯古多。他们把钱兑换成金子,或藏在竹杖里,或衬在长袍的夹层里,或靠擅长的本领混出国境,带回家乡;岗哨和峡口的卫兵搜查不到。我现在告诉你,桑丘,我还有些珍珠宝贝埋在地里,打算去挖出来;那是埋在城外的,去挖没有危险。听说我女儿和老婆目前在阿尔及尔;我打算写封信去,或者取道瓦朗西亚去找她们。我打算把她们带到法国哪个港口,再到德国去过日子,听候上帝安排。桑丘啊,我确实知道,我女儿李果妲和我老婆弗朗西斯加·李果妲是真正的基督徒;我虽然比不上她们,大体说来也该算是基督徒而不是摩尔人了。我常在祷告上帝开通我的心窍,让我能为他效力。有件事我老想不明白:我老婆和女儿可以凭基督徒的身份住在法国,不知她们为什么却到了蛮邦去。"

基督教的影响和势力蔓延的确不同凡响,这也是作者经常提到的。

桑丘答道:"李果德,你想想,这事怎由得她们。她们是你舅子胡安·悌欧撒欧带走的;他是纯粹的摩尔人,当然就走他最方便的路了。我还可以告诉你,你去找埋藏的东西我看不必了,我们听说你舅子和你老婆带走许多珍珠和金钱,经检查都没收了。"

李果德说:"这很可能。不过桑丘,我知道她们没碰我埋的东西;我怕有意外,没告诉她们埋在什么地方。桑丘啊,你如果愿意陪我去,帮我把东西挖出来藏好,我就送你二百艾斯古多,你可以用来添补些必要的东西;你光景很艰难,我是知道的。"

做官的好处古今中外大同小异,桑丘倒是看得明白,只是没"做明白"。

桑丘说:"我可以帮你干这件事,但是我一点儿不贪心。我今天早上就扔掉了一个官儿;要是贪心的话,做官不到六个月,我家可以用金子砌墙,用银盘儿吃饭呢!我不贪心,而且觉得帮助皇上的敌人就是叛逆,所以决不会跟你去。即使你不是答

应我二百艾斯古多，而是当场给我四百，我也不去。"

李果德问道："你扔了什么官儿呀，桑丘？"

桑丘答道："我扔了一个海岛总督的官儿；老实说吧，那样的海岛轻易找不到第二个。"

李果德问道："那海岛在哪儿呢？"

桑丘道："哪儿吗？离这儿两哩瓦，叫作便宜他了海岛。"

李果德说："住嘴吧，桑丘，海岛在海洋里呢，大陆上哪有海岛呀！"

桑丘说："怎么没有？我告诉你，李果德朋友，我今儿早上才走，昨天还在那岛上像一尊人马星似的，称心做总督呢，可是我觉得做官危险，丢下不干了。"

李果德问道："你做了官捞到什么好处吗？"

桑丘答道："我得了一件好处：就是知道自己不配做官，只配做羊倌猪倌；而且如要靠做官发财，休息睡觉都得赔掉，连饭都没得吃。海岛总督只许稍为吃一点点东西，有保健医师照管的更吃得少。"

前半句倒是句句清楚，有点心宽体胖的意味，后半句虽是切身体会，但让人乍一听又惊讶又好笑。

李果德说："我不懂你的话，桑丘，我看你是满口胡说八道！谁会叫你做海岛总督呀？世界上没有总督的人才了？只数你了？住嘴吧，桑丘，醒醒吧！你还是瞧瞧是不是愿意照我刚才的话跟了我去，帮我掘那宝藏——我埋的东西真不少，说得上是个宝藏呢。我说话当话，一定贴补你的生活。"

桑丘答道："李果德，我已经跟你说了，我不愿意。你尽管放心，我决不告发你。我祝你幸运，咱们各走各的路吧。老话说得不错：'保住应得之利，谈何容易；贪求非分之财，自己招灾。'"

既仁义可嘉又洁身自好不图非分之财，倒不失为君子。

李果德说："桑丘，我不勉强你。可是我问你，我老婆、女儿和我舅子出去的时候，你在村上吗？"

桑丘说："我在呀。我可以告诉你，那天你女儿打扮得美极了，满村的人都跑出来看她，说她是绝世美人。她临走一面哭，一面同送行的女伴和相识的人一一拥抱，求他们祷告上帝和圣母保佑她。她说得好伤心，连我这么个不爱哭的都掉眼泪了。我老实说，我们许多人想把她藏起来，或者半路上把她抢回来；可是不敢违犯皇上的法令，只好罢休。最伤心的是堂贝德罗·格瑞果琉——你认识那位阔少爷。据说他对你女儿颠倒得很，你女儿一走，他就失踪了。大家料想他是打算抢她，所以跟着走了；可是至今还毫无音信。"

李果德说："我常怀疑那少爷迷恋着我女儿。可是我信得过我们李果妲的品行，尽管知道那少爷很爱她，我从不担心。你一定听说过：摩尔女郎和信基督教的世家子恋爱是稀罕事，简直从来没有的。照我看来，我女儿是一心想做基督徒，不是想恋爱，她对那阔少爷的殷勤不会在意。"

> 当爱情掺杂进社会的污浊空气时，它便失去了光环，成了麻烦事。

桑丘说："但愿如此，不然的话，双方都是找麻烦。李果德朋友，咱俩就在这里分手吧，我打算今夜赶到我主人堂吉诃德那里去呢。"

"桑丘老哥，再见吧，上帝保佑你。我的同伙已经起来了，我们这会儿也该上路了。"

两人拥抱一番，桑丘骑上灰驴，李果德拄着杖，彼此分手。

第一〇七章

桑丘在路上的遭遇，以及其他新奇事。

> 厄运总喜欢成群结队，刚失了总督又掉进了深坑，这一夜如何去熬啊！

桑丘给李果德耽搁了，那天没能赶回公爵府。他离府还有半哩瓦地，太阳就下去了，而且夜色很昏黑。不过正是夏天，他不大着急，就离开大道去等天亮。他正在找个安顿的地方，不巧走入废墟，连人带驴掉在一个很深的坑里。他往下陷的时候,自以为要跌到地狱底里去了,一片心求上帝保佑。可是他掉下去二丈多,灰驴就着地了;他发现自己还骑在驴上,没受一点儿损伤。他浑身摸索,又屏住气检查身上有没有什么地方出了窟窿眼儿。他满以为跌得粉身碎骨了,瞧自己还完完整整,不破不缺,就一遍又一遍感谢上天慈悲。他又摸索泥坑的四壁,瞧是否可以不必求救,自己爬出来。可是四壁滑溜溜的,没处可以攀登。桑丘非常懊丧,听到灰驴负痛嘶叫,更是难受。这不怪灰驴,它实在够狼狈的,不是无病呻吟。桑丘慨叹说:"唉!活在这个烦恼的世界上,随时随地会有飞来横祸。昨天还在海岛上做总督,一呼百应,谁料今天埋在坑里,找不到一个帮手,没一个下人、没一个百姓跑来救命!即使灰驴不摔死,我不烦恼死,我们也得活活饿死啊!我主人堂吉诃德·台·拉·曼却下了蒙德西诺斯魔洞,日子过得比家里还舒服,饭食床铺都现成;我哪有他么好福气呢!他那儿看见的是美妙的景致;我这里呢,大概只有癞蛤蟆和蛇罢了。我真倒霉呀!都是我发了疯妄想做官,落到这个下场!几时上天开恩,让我和灰驴出得这个坑,恐怕也只剩两副白森森的光骨头了!人家知道桑丘·潘沙和他的灰驴形影不离,看见了也许会猜到是谁的骨头。我还是要说,我们俩真倒霉呀!假如在家乡,和亲人一起,即使遭了灾难得要送命,还总会有人同情,临终给我们合上眼睛;现在我们连这点运气都没有!我的伙伴儿、我的朋友啊,你白为我劳苦一辈子,我怎么对得起你啊!你原谅我吧,且尽力哀求司命的神道解救我们吧。我一定给你戴上桂冠,叫你像个桂冠诗人;还给你吃双倍的口粮!"

　　桑丘唠唠叨叨,那驴儿痛苦得很,一声不应。一夜来人畜不断地一个悲叹一个哀鸣,好容易熬到天亮。桑丘在晨光里一看,阱坑深得很,单靠自己是怎么也出不去的。他怨苦

> 陷入绝望中的人总会想起许多碎片似的事件,交织在一起搅乱心思。

> 天放亮了,一夜的煎熬真不知人、畜是如何挺过来的,可怜的桑丘。

了一番，又大喊大叫，指望有过路人听见。可是他好像在旷野里叫喊，四周一个人都没有。他看准自己是死定了。灰驴还嘴朝天躺着；桑丘转过它的身躯，让它脚着地；它才勉强站起来。他看见褡裢口袋和自己落在一处，就掏出一块面包来喂驴；它吃得倒还有味。桑丘当它懂事的那样说："肚子吃饱，痛苦能熬。"

那时他忽然看见泥坑侧面有个洞，洞口容得下一个人，不过得伛着脑袋缩着身子。他爬进去一看，里面很大，由洞顶透进一缕阳光，照亮了全洞。他看见这个洞延长过去，扩大成另一个大洞。他就回到灰驴那里，用石片把洞口周围的泥土狠狠地挖，一会儿那洞口就容得下一头驴还绰绰有余。他拉着缰绳牵驴进去，直走过这个洞，想瞧瞧那一边有没有出口。他从延长的隧道里走去，有时漆黑一片，有时昏黑一团，可是时时刻刻都在提心吊胆。他心上想："全能的上帝保佑我吧！这种意外之事，我碰上了是倒霉，该叫我主人堂吉诃德碰上就成奇遇了。他走进泥坑地窟，看到的准是开满花朵儿的花园和加丽阿娜的宫殿；而且只等走出黑暗的隧道，就是繁花遍地的草坪。但是我造化低，既没有主意，也没有勇气，走一步就好像脚底下会突然裂出更深的坑来，把我吞没了完事。'祸若单行，就算大幸'。"他摸着黑一面想，一面走，大概走了半哩瓦路，忽见前面隐约透着光亮，他心眼里的黄泉路看来是有出口的。

熙德·阿默德·贝南黑利撇下桑丘不提，又回头描写堂吉诃德。堂吉诃德要为堂娜罗德利盖斯的女儿打抱不平，正兴冲冲地等着预定的日期去和奸骗她的混蛋决斗。只隔一天就到期了，所以他一清早出门去演习。他踢动驽骍难得跑个快步，纵马直冲到一个土坑边上，要不是使劲勒住缰绳，就连人带马跌进坑里去了。他总算勒住马，没跌下去，就在马

> 对堂吉诃德的联想是崇拜还是不可理解？

> 主仆二人的再次见面倒是特别，就怕堂吉诃德再生幻觉不认他这个仆人。

上凑近去看那个深坑。这时听得下面有喊声；仔细一听，听出了叫喊的话："喂，上面有人吗？如有基督徒或仁人君子听见叫唤，请行个好吧！我是被活埋的可怜虫！我是倒了霉、丢了官的总督！"

堂吉诃德听着好像桑丘·潘沙的声音，又惊又奇，就放声大喊道："底下是谁啊？谁在叫苦啊？"

下边答道："谁会在这里呀！谁落得只好叫苦呀！无非是著名骑士堂吉诃德·台·拉·曼却的侍从呀！那个作了孽、倒了霉、做了便宜他了海岛总督走投无路的桑丘·潘沙呀！"

堂吉诃德听了越发吃惊，莫名其妙，料想桑丘·潘沙是死了，阴魂在这里受苦赎罪呢，就说："我凭基督徒招魂引鬼的正道向你通诚：请问你是谁？如果是受罪的阴魂，请问你要我干什么？救苦解难是我的职业。凡是在另一个世界上受罪，自己不能超拔的，我也有责援助。"

> 莫名其妙：不能说明其中的奥妙。指事情很奇怪，说不出道理来。

下面的声音答道："照这么说，和我说话的先生，准是我主人堂吉诃德·台·拉·曼却，声调也分明是他！"

堂吉诃德说："我就是堂吉诃德呀；我的职业是援救一切苦人，不问死的活的。告诉我你是谁吧，我实在摸不着头脑。如果你是我的侍从桑丘·潘沙，死了没给魔鬼带走，靠上帝的慈悲正在炼狱里，那么，咱们教会可以做功德拯救炼狱里的亡灵，我一定尽我的财力，求教会超度你。你是谁，把姓名说出来吧。"

> 堂吉诃德的正义感是很可嘉的，但总是那么不合时宜。

下面答道："堂吉诃德·台·拉·曼却先生，我凭上帝发誓，我就是您的侍从桑丘·潘沙。我还活着呢，并没有死。我不过是丢了官；这事一言难尽，将来再细说吧。昨晚上我连人带驴掉在这个坑里了。灰驴儿可做见证，它就在我身边呢。"

不仅桑丘报了名，那驴儿仿佛懂话，立刻也发出一声驴叫，响亮得震动了整个地洞。

堂吉诃德说："这证据真是呱呱叫！我听到这声驴鸣，就仿佛爹娘见了亲生儿女。我的桑丘啊，我也听出是你的声音了。你等着吧，公爵府就在附近，我去找人来救你。你掉在这个坑里，准是作孽了。"

桑丘说："您去吧，看上帝面上，快快回来！我活埋着受不了，而且害怕得要死。"

> 这出戏可是公爵夫妇的意外所得，不过此时可怜的桑丘也不会给他们多少欢笑。

堂吉诃德跑回别墅，把桑丘的事告诉公爵夫妇。他们很诧怪。那个地洞是老早就有的，跌下去不足为奇；可是他们不知道桑丘回来，不明白他怎么离开了任所。长话短说，他们出动了许多人，拿了粗粗细细的绳子，费了好大力气，才把灰驴和桑丘从黑洞里救出来。有个大学生目见经过，说道："瞧这个泥坑里出来的倒霉蛋！都快饿死了，面无人色，看来也没一文钱。我但愿瘟官卸任，一个个都像他一样！"

> 桑丘的牢骚满腹情有可原，偷鸡不成反蚀把米，谁不气恼？

桑丘听了说道："血口喷人的老哥啊，我上任做总督不过八天十天，始终没吃饱，时时刻刻都在挨饿；医生折磨我，敌人又踩断我的骨头；我既没有机会纳贿，也没有机会征税。照我这情况，我觉得不该落得这样下场。可是'人有千算，天有一算'；'如何是好，上帝知道'；'什么时候，什么式样'；'谁也别说"我不喝这里的水"'；'许多人以为这儿挂着咸肉呢，其实连挂肉的钩子都没有'。反正上帝了解我就行；尽管还有许多话可说，我也不多说了。"

"桑丘，你别生气，别听了人家的闲话发火；那就烦恼无穷了。你问心无愧，随人家说去吧。要堵住人家的贫嘴，就仿佛'在旷野里安上大门'。当官的卸任发了财，人家说他做了贼；如果没钱，就说他是傻瓜笨蛋。"

桑丘答道："这回人家一定不会把我当贼，只会笑我笨蛋。"

他们说着话,由许多孩子、大人簇拥回府。公爵夫妇已经在走廊里等候着堂吉诃德和桑丘。桑丘说他的灰驴一夜过得够狼狈的,所以他一定要先到马房里去安顿了它,然后才上楼见两位贵人。他跪下说:"两位大人,我到便宜他了海岛上去做总督,是奉您两位的命,我实在是不配的。我光着身子进去,如今还是个光身;我没吃亏,也没占便宜。我这个官当得好不好,那里有见证,可以让他们说。我解决了疑难,宣判了案件,经常饿得要死,因为岛上有个管总督的官名叫作提他户外拉的贝德罗·忍凶医师;他要饿死我。昨晚上敌人来袭击我们,情势很危急。岛上人说,全亏我的英雄身手,突破敌人,取得了胜利。但愿上帝凭这句话多么真实,保佑他们多么健康吧。干脆说,我是在那个时候掂了一下总督身背上的担子,估计自己承当不起,而且也不配。我宁愿趁早甩了这个官,免得连累自己摔倒。我是昨天晚上走的:海岛上的街道呀、房子呀、屋顶呀等,我去的时候是什么样,走的时候都还照旧。我没有问谁借过钱,也没有捞摸什么油水。我打算制定几条有用的法令,可是没那么干,怕人家不遵守,有了那些法令也等于没有。我就那么离开了海岛;除了我的灰驴,没有别的伙伴儿。我掉在一个隧道里,一路往前,直走到今天早上,凭光亮看见了出口;不过出来不易;要不是老天爷把我主人堂吉诃德送来救我,我直到天地末日还出不来呢。现在,公爵大人,公爵夫人,奉命当总督的桑丘·潘沙在这里拜见您两位。我当了仅仅十天总督,明白自己绝不想当总督——别说管辖一个海岛,管辖全世界都不想;所以拿定了主意,来吻您两位的脚。小孩子游戏里的话说'你跳过来,让我跳过去';我学着他们的话,跳出了总督的位子,又回来伺候我主人堂吉诃德了。我吃他那口饭虽然担惊受怕,总还吃得饱。我呢,只要吃饱肚子,吃萝卜或吃山

安顿:安排,安置。

情势:情况和趋势;形势,态势。

鸡都一个样。"

桑丘说了这一大篇话；堂吉诃德直怕他荒谬百出，听他没几句不得当的，暗暗感谢上天。公爵拥抱了桑丘，说总督一眨眼就丢了官，他很过意不去，将来要照应桑丘做个油水多的闲官。公爵夫人也拥抱了桑丘，吩咐家人好好伺候他；因为他看来跌得够惨，而遭受的作弄更是恶毒。

情境赏析

桑丘在第三次出游前便梦想着海岛总督，对美好的未来充满憧憬，在受到妻子泰瑞萨的怀疑时曾表现了十分的愤怒，"笨蛋""蠢货"连珠炮般从口中弹射出来，加上他不停地反问，不断地假设，出游的强烈决心令我们一览无余。在他的观念中，跟随堂吉诃德便可成为海岛总督，成为了海岛总督就能财源滚滚不用受贫困之累了，结果事与愿违，钱没赚到还连惊带饿，没有想象中的一点儿好处，此时桑丘的失望、沮丧无以复加。

名家点评

他（堂吉诃德）也愿意除强暴——或者阻止罪恶，可是塞万提斯这部真实的故事叫人知道这是徒劳无功的；堂吉诃德一心追求正义，他的美德使他成了疯子，落得狼狈不堪，这个故事之可笑正显示了世事之可悲可叹，所以《堂吉诃德》是一切故事里最伤心的故事。

——（英）拜伦

第一〇八章

> 桑丘的倒霉总督做够了，终于回到了堂吉诃德身边，也许他再也不想总督的荣耀和财富了，它给了桑丘太多的伤害，留下了太多的痛苦回忆，穷苦人的卑贱看来是无法去登上高位的，安贫乐道才是幸福之本。桑丘的事暂告一段落，堂吉诃德的决斗却已临眼前，这次被操纵的决斗会有怎样的结局呢？

堂吉诃德·台·拉·曼却维护傅姆堂娜罗德利盖斯的女儿，和小厮托西洛斯来了一场旷古未有的大决斗。

公爵夫妇觉得桑丘做总督的把戏很有趣。当天总管回来，把桑丘的一言一行几乎全向他们报告了，还形容怎样袭击海岛，把桑丘吓坏，以至一走了事；他们听了越发好笑。据记载，预定决斗的日子接着也到了。公爵已经反复教导他的小厮托西洛斯，只许打败堂吉诃德，不许杀伤他。他吩咐决斗时双方都把枪头取下。他对堂吉诃德说：他老先生最讲仁爱，决不愿意这次决斗里伤生害命；况且教会早有决议禁止这种事，能通融在这里决斗就不容易了，别太认真地拼什么死活。堂吉诃德说，一切凭公爵大人做主，他都听命。到了大家担心的那天，府前广场上已经按公爵的命令搭好一座大看台，让裁判员和原告傅姆母女坐在上面。附近村镇上成千上万的人都拥来看新鲜；因为他们祖先都没听见过这种决斗，别说他们自己了。

司仪员首先进场检查阵地，他防有暗设的机关或绊腿的东西，全场一处处都巡视一遍。然后傅姆母女进场就位。她们头上披的纱不仅盖没眼睛，竟遮到胸口。堂吉诃德上场的时候她们神情很激动。过一会儿，小厮托西洛斯在号角声中上场了。他魁伟的身躯连头带脸都罩在雪亮的铁甲里，骑着一匹高头大马，四个蹄子踩得地都要塌陷下去。那匹马看来是弗利西亚种，背很宽，全身灰色，每个蹄子上挂着二十来斤的毛。这位勇士事先受过他主子公爵大人的教导：他怎么也不准杀死英勇的堂吉诃德·台·拉·曼却，一上场相对冲杀的时候得设法闪开身子，免得两人撞个正着，否则堂吉诃德就性命难保。当时托西洛斯跑过广场，在傅姆母女座前稍停一下，把要求结婚的姑娘瞧了一眼。堂吉诃德已经上场，这场决斗的主持人就召唤了他和托西洛斯一起到傅姆母女面前，问她们是否委托堂吉诃德·台·拉·曼却为她们主持公道。她们一口应承，说不论堂吉诃德为她们怎么办事，她们全都认账。这时公爵夫妇都在走廊上，望下去恰好就是广场。广场上人山人海，都等着瞧这场空前的恶战。双方讲定条件：如果堂吉诃德打胜，输家就得和堂娜罗德利盖斯的女儿结婚；如果他输掉，结婚的诺言就不作准了，赢家再没有任何义务。

司仪员为双方平分了阳光，叫两人各自站好位子。这时战鼓擂动，号角吹扬，天惊地动。观众捏着一把汗，有的只怕要出乱子，有的希望结局圆满。堂吉诃德只顾诚诚恳恳祷告上帝和杜尔西内娅·台尔·托波索小姐保佑，一面等着信号，准备冲杀。可是那位小厮想的却是另一回事，且说说他的心事吧。

他向挑战的姑娘瞧那一眼的时候，觉得从没看过这等美人。称为恋爱神的瞎小子乘机想把小厮的一颗心抓来添作自己的胜利品，就悄悄儿挨到那倒霉小厮的身边，把一支两米长的箭射进他左胸，把他的心穿透。这件事恋爱神可以放胆干，因为他是肉眼看不见的，来去自由，干了事无从追究。那小厮着了迷，直在想他倾倒的美人，冲杀的信号已经发了，他却没注意。堂吉诃德听到那声军号，立即踢动驽骍难得撒腿奔跑，向对方冲击。他的好侍从桑丘看见他出发，就大喊道：“游侠骑士的模范啊！上帝指引你！保佑你胜利！正义在你的一边！”

托西洛斯看着堂吉诃德向他冲来，还是站定在位子上一步不动，只大声叫唤决斗的主持人。那人跑来瞧他有什么要求，他就说：“先生，这场决斗,是为了决定我和那位姑娘结婚不结婚吧?"

主持人说:"是啊。"

那小厮说:"罢了,我一直在良心不安呢,如果再动手打起来,就越发罪孽深重了。我说呀,我就算自己是打输了,愿意马上和那位姑娘结婚。"

主持人莫名其妙,他是一起策划这番决斗的,这时不知该怎么回答。堂吉诃德瞧对方不来迎战,也就半途停下。公爵不知道为什么不决斗了,主持人赶去报告了托西洛斯的话,他出乎意料,勃然大怒。托西洛斯乘这时跑到堂娜罗德利盖斯面前,高声说道:"夫人,我愿意和你女儿结婚。这事不用拼命,好好儿说就行,我何必为这个争吵打架呢!"

英勇的堂吉诃德听了说:"那么我的责任就算尽了。让他们顺顺当当地结婚吧。'上帝成全的,圣贝德罗也赐福'。"

公爵下楼到广场上对托西洛斯说:"骑士啊,你真是自己认输了吗?你真是因为良心不安,愿意和那姑娘结婚吗?"

托西洛斯答道:"是的,大人。"

桑丘插嘴道:"这来可好!'把老鼠消耗的喂猫,就免了无穷烦扰'。"

托西洛斯的头盔始终紧扣着脑袋,闷得他透不过气来。他急切解脱不下,只好请人帮忙。旁人给他脱下头盔,他的小厮嘴脸就赫然呈现。堂娜罗德利盖斯和她女儿看见了大叫道:"这是捣鬼呢!让公爵大人的小厮托西洛斯冒充我的丈夫!不说是卑鄙,也够恶毒的!还有公道和王法吗?"

堂吉诃德说:"两位别着急,这不是恶毒,也不是卑鄙。就算是的,也不怪公爵大人。这是魔法师和我捣乱,他们嫉妒我胜利了得意,就把你丈夫变成小厮的嘴脸。听我的话,别理会我那些冤家的坏心眼儿,只管和他结婚。反正没错儿,他就是你要嫁的人。"

公爵听了这话,满腔怒火都消了,哈哈大笑道:"堂吉诃德先生遭逢的事真是千奇百怪,我都要相信我这小厮不是我的小厮了。不过我有个办法,你们瞧怎样。结婚过半个月再说,且把这个变相的家伙关起来,他过半个月也许就恢复原形了。魔法师对堂吉诃德先生的恶毒,到那时还不消失吗?况且叫这家伙变了相,对他们又没什么好处。"

桑丘说:"啊呀,公爵大人,那些坏蛋只要是和我主人有牵连的,就拿来变这变那,都成了规矩了。前几天我主人打胜一个骑士,叫作镜子骑士。他们把那骑士变成我们街坊上的老朋友参孙·加尔拉斯果学士。他们又把我们的杜尔西内娅·台尔·托波索小姐变成了乡下姑娘。所以照我想呀,这小厮一辈子就是个小厮了。"

罗德利盖斯的女儿这时说道:"不用追究小厮不小厮,他愿意和我结婚,我很感激。我宁愿做小厮的正式妻子,不愿做绅士玩弄的女人,何况玩弄我的还不是什么绅士。"

总之,这场决斗的结果是把托西洛斯关起来,瞧他究竟变成什么模样。大家为堂吉诃德得胜欢呼,可是多数人很扫兴,因为眼巴巴等了半天,没看见武士们打得断手折脚。他们像小孩子等着看绞刑,如果犯人得到受害者或法庭的饶赦而没出场,就觉得没趣。观众散场,公爵和堂吉诃德回府,托西洛斯给府里关起来。堂娜罗德利盖斯母女非常称心,因为照她们看来,这场纠纷反正总是喜事收场。托西洛斯也这么希望。

第一〇九章

*堂吉诃德向公爵辞别;
公爵夫人的淘气丫头阿尔迪西多拉和堂吉诃德捣乱。*

堂吉诃德觉得应当脱离公爵府上这种安闲的生活,老待在府里,让公爵夫妇把自己当游侠骑士款待,却什么事都不干,实在是旷废职守,将来上帝面前交代不过。所以有一天他就向公爵夫妇告辞。他们很依依惜别,但也不挽留。公爵夫人把桑丘老婆的信交给桑丘。桑丘流泪说:"我老婆泰瑞萨·潘沙得了我做总督的消息,抱着好大的希望,谁料到头来我还得跟着主人堂吉诃德·台·拉·曼却去流浪冒险呢?不过我很高兴,我们泰瑞萨不忘本分,送了公爵夫人那些橡树子,她如果没送,就是不识好歹,准叫我心上很不安。我可以自慰,这份礼物不能算贿赂,因为送礼的时候我已经当上总督了。受了恩惠，哪怕送点儿薄礼表示感激，也是应该的。反正我是光身上任的，离任还是光身，可以问心无愧地说：'我光着身子出世，现在还是个光身，我没吃亏，也没占便宜。'一个人能这样说，并不容易。"

这是桑丘临走那天自言自语的话。堂吉诃德头天晚上已经向公爵夫妇辞行。清早就全身披挂，来到府邸前面的广场上。全府的人都在走廊上送行；公爵夫妇也出来了。桑丘骑着灰驴，带着褡裢口袋、提包和干粮，满心欢喜，因为公爵手下那位扮演"三尾裙"的总管给了他一只钱袋，里面有二百金艾斯古多，供他们路上用的；这事堂吉诃德还没知道呢。当时大家都在送行，那淘气促狭的阿尔迪西多娅杂在公爵夫人的许多傅姆和使女中间，忽然哭喊道：

> 坏蛋骑士，你勒住马，
> 听我说完再走不迟：
> 你还不会控驭牲口，
> 别只顾踢它的肚子！
>
> 负心人，你逃避什么？
> 你睁开眼睛瞧瞧：
> 我又不是恶毒的蛇，
> 我只是幼稚的羊羔。
>
> 恶魔，你瞧我不起，
> 可是狄亚娜的山上，
> 或维纳斯的树林里，
> 哪有我这样美丽的姑娘！
>
> 狠心的维瑞诺，逃跑的伊尼亚斯，
> 你和魔王做伴儿吧，咱们有算账的日子！
>
> 你那十个锋利的爪子

一下抓开了我的胸膛，
血淋淋地抢走了一副
温柔和顺的女儿心肠。

我雪白光致的腿上
一副黑色的吊袜带，
怎么也给你拿去了？
还带走我头巾三块！

还骗去两千声叹息，
压抑着的爱火情焰，
能把二千座特洛亚城
都燃烧成白地一片！

狠心的维瑞诺，逃跑的伊尼亚斯，
你和魔王做伴儿吧，咱们有算账的日子！

但愿你的侍从桑丘
生就一副铁石心肠，
使你的杜尔西内娅
摆脱不了她的魔障。

我们这里经常看到
好人替坏人当灾；
你那小姐为你的罪过
吃苦受难正是活该！

罚你一辈子逢凶遭灾！
快意的事儿像泡影！
你自诩心坚如石吗？
叫你变作杨花水性！

狠心的维瑞诺，逃跑的伊尼亚斯，
你和魔王做伴儿吧，咱们有算账的日子！

但愿人人都骂你负心，
从塞维利亚到马切那，
从格拉那达到罗哈，
从伦敦到英格拉泰拉。

你要有兴赌博消遣，
罚你拿不到一张王牌！
骰子颗颗和你作对，
手气没那么样儿的坏！

要是你修脚剪鸡眼，
叫你剪个鲜血淋漓！
如果人家给你拔牙，
牙根就断在牙龈里！

狠心的维瑞诺，逃跑的伊尼亚斯，
你和魔王做伴儿吧，咱们有算账的日子！

阿尔迪西多娅连哭带喊地数说。堂吉诃德瞧着她一句不搭理，只转脸问桑丘道："桑丘啊，这痴情姑娘说的三块头巾和一副吊袜带是你拿的吗？我凭你祖先的灵魂请你老实说。"

桑丘答道："三块头巾是我拿了，可是吊袜带我连影儿都没见。"

公爵大人很惊讶，尽管知道阿尔迪西多娅淘气，却没料到她会这样大胆。这番胡闹，事先没走漏一点儿风声，突如其来，更使她吃惊。公爵有意帮着开玩笑，就说："骑士先生，你不应该受了我家的款待，却胆敢偷我家使女的东西——至少三块头巾，至多还饶上她的一副吊袜带。可见你心胸卑鄙，真是闻名不如见面。你要不把吊袜带还她，我就和你拼个你死我活。尽管魔法师把你上次的对手变成了我家小厮托西洛斯的嘴脸，我却不怕他们照样也变掉我的相貌。"

堂吉诃德答道:"我受过您大人多少优待,但愿上帝保佑,别叫我对您拔剑。头巾我就还,因为桑丘说是他拿了。吊袜带我没拿,他也没拿,实在没法儿还。您这位使女如果在她收藏东西的地方留心找找,准会找到,公爵大人,我从来没做过贼,一辈子也不会做贼,除非上帝抛弃了我。这位姑娘自己说是为爱情颠倒了,她说话确也颠三倒四。这不是我的罪过,我不必向她道歉,也不必向您两位道歉。请别把我看得太低了。我再次向您告别,请让我上路吧。"

公爵夫人说:"但愿上帝一路保佑你,堂吉诃德先生,你为世人立了什么功,请经常通知我们。再见吧,你待在这里,我这些使女眼里看见你,心里的火就越烧越旺。我这个使女一定得狠狠责罚,叫她以后眼不邪看,嘴不乱说。"

阿尔迪西多娅这时插嘴道:"哎,英勇的堂吉诃德,再听我一句话。我错怪你偷了吊袜带,请你原谅。我凭上帝和自己的灵魂说,吊袜带戴在我腿上呢,我就像骑着驴儿找驴儿的人一样头脑糊涂了。"

桑丘道:"瞧,是不是!我拿了东西隐瞒,还像话吗!我要干这事,做总督的时候有的是机会呀。"

堂吉诃德向公爵夫妇等人鞠躬致敬,然后兜转辔头,离开公爵府,取道往萨拉果萨去;桑丘骑着灰驴跟在后面。

第一一○章

堂吉诃德一路上碰到的奇事应接不暇。

堂吉诃德摆脱阿尔迪西多娅的纠缠,跑到郊外,觉得身心舒适;他抖擞精神,重又当他的游侠骑士。他转身对桑丘说:

"桑丘啊,自由是天赐的无价之宝,地下和海底所埋藏的一切财富都比不上。自由和体面一样,值得拿性命去拼。不得自由而受奴役是人生最苦的事。桑丘，我这话有个道理。咱们在公爵府待过，你亲眼看见了那里的穷奢极欲。我天天吃可口的筵席，喝冰凉的好酒，可是我心里却像又饥又渴那样难熬；因为吃的喝的都不是自己的东西，不能心安理得。咱们不能白受人家的好处，应该报答；这就心有牵挂，不能自由自主了。不叨人家的光，靠天照应有一口饭吃，就是好福气！"

桑丘说："不过您这番话还得说回来；公爵的总管给了我一个钱包，里面有二百金艾斯古多，咱们不知感激可不好。这个钱包好比我的止痛膏药或定心丸子，我贴胸藏着，防备个缓急。供咱们白吃白喝的贵府难得碰到，下客店有时还得挨揍呢。"

游侠的骑士和侍从说着话走了一哩瓦多路，看见前面一片草地上有十一二个农夫装束的人，把外衣垫在身下坐着吃饭；旁边摊着一方方白布单子，彼此隔开着些，都遮盖着东西。堂吉诃德走到那些人面前，客客气气叙过礼，请问单子底下是什么。一人回答说："先生，单子下面是浮雕的圣像。我们城里修建祭坛，用来装潢的。我们怕褪了色，所以盖着块布，抬在肩上也免得撞坏。"

堂吉诃德说："能让我瞧瞧吗？运送这样郑重，一定是很好的雕像。"

另一人说："确是好得很！不信，听听价钱就知道。真的，每一个像值五十多杜加呢。您等一等，我给您瞧瞧，就知道这不是瞎话。"

他不吃饭了，起身过去揭开第一幅雕像。那是个骑在马上的圣乔治：他那匹马的脚边盘着一条毒龙；他的长枪正刺中毒龙的咽喉；他的神情就像往常画他的那样勇猛。整幅雕像涂染得黄烘烘一片金光。堂吉诃德看了说道："这是圣乔治，捍卫圣教的武士里数一数二的，也是童女的保护神。咱们再瞧瞧那一幅吧。"

那人又揭开一幅，只见浮雕着圣马丁骑在马上，正把自己的大氅分割一半给一个穷人。堂吉诃德看了说道："这又是一位捍卫基督教的勇士。他最了不起的是慷慨，勇敢还在其次。桑丘，你只要看他把大氅分半件给穷人，就知道了。看来当时一定是冬天，不然照他那样仁慈，准把整件大氅送人。"

桑丘说:"不见得吧,他该是记取老话说的'自留还是给人,应该有个分寸'。"

堂吉诃德笑了,又请揭开另一块布。那是西班牙王国的保护神,他骑着马,拿着一把血淋淋的剑,在摩尔人的身躯和头颅上践踏。堂吉诃德道:"不用说,这也是基督教队伍里的骑士,叫作摩尔人的杀星、堂圣狄艾果。他不论生前死后,在圣人和骑士里都是最勇敢的。"

接着又揭开一幅,浮雕着圣保罗倒在马下,背景里有描绘他皈依正教的一般情节。他好像在和耶稣基督对答,神态栩栩如生。

堂吉诃德说:"这一位本来是对咱们圣教最狠的敌人,后来却成了功劳最大的卫道者。他活着的时候像满处奔波的骑士,死的时候是坚定不移的圣人;他在上帝的葡萄园里操作,从来不知疲劳。他是异教徒的导师,曾经在第三重天上亲受耶稣基督的教诲。"

几幅浮雕都看了,堂吉诃德叫他们重新盖好,说道:"老哥们,我能看到这几幅浮雕,可算是好兆。这几位武士和圣人以奋斗为生,都是我的同行。不过我和他们不同:他们是圣人,使用神圣的武器;我是罪人,武器是人间的凡铁。他们靠自己努力,进了天堂;因为天堂要努力才进得去。我努力到今,还不知能有什么成就。假如我的杜尔西内娅灾退身安,我事情顺手,脑筋清楚,也许就能转入好运。"

桑丘接口道:"'但愿上帝垂听,魔鬼耳聋无闻'。"

那些人瞧堂吉诃德模样古怪,听了他的话也莫名其妙。他们饭罢抬起雕像,辞别堂吉诃德重又上路了。

桑丘自觉有眼不识主人,不知道他这么博学,全世界的事好像都写在他指甲上或印在心上呢。他说:"我的主人啊,咱们今天的事如果算得上奇遇,那真是咱们出门以来最称心如意的了。咱们没挨揍,没受惊,没拔剑,没摔跤,也没挨饿。感谢上帝,让我经历了这番奇遇。"

堂吉诃德说:"桑丘,你这话不错。不过你该知道:时候不同,运道也不一样。通常所谓预兆是不足为凭的,聪明人看来,不过是碰巧罢了。相信预兆的人,早起出门,碰到个圣芳济会的修士,就仿佛碰到了妖怪,忙转身回家。曼多萨那一家人饭桌上泼翻一点儿盐,就满肚子忧愁,好像造化得借这种细事来预示灾祸。有见识的人不该从细事来琢磨天意。西比翁到了非洲,上岸就摔一跤。他的军士以为不吉利,可是他抱着土地说:'非洲啊,你休想逃跑,我已经把你牢牢抱住了!'所以桑丘,我有缘看到这些雕像,只是恰好碰在巧头上。"

桑丘答道:"准是的。我还想问您一句话:西班牙人和敌人交战的时候,为什么喊着摩尔人的杀星、圣狄艾果的名字说:'圣悌亚果!关上西班牙!'难道西班牙是敞着的,所以得关上吗?还是别有意思呢?"

堂吉诃德答道:"桑丘,你太死心眼儿了,你可知道这位伟大的红十字骑士是上帝赏赐给西班牙的保护神,西班牙人每次和摩尔人死战,都靠他保护,所以交战时总把他当救星,向他祷告呼吁。常有人打仗的时候看见他显圣,把摩尔军队打得落花流水,全军覆没。这种事西班牙历史上有不少例子呢。"

桑丘掉转话头道:"先生,我真想不到公爵夫人的丫头阿尔迪西多娅脸皮那么厚;恋爱神准把她一箭穿透了心。据说恋爱神是个瞎小子,可是尽管两眼迷糊,或者竟是青盲白瞎,他要射哪颗心,不论多么小也能射中、射透。我又听说,爱情的箭碰到贞洁的姑娘,尖头就钝了。可是碰到这个阿尔迪西多娅,箭头子好像没有钝,却越发锋利了。"

堂吉诃德说:"桑丘,我告诉你,爱情没有顾忌,也不讲理。爱和死有一点相同:不论帝王的高堂大殿,或牧人的茅屋草舍,它都闯进去。一颗心一旦被爱情占领了,马上就没有惧怕,也没有羞耻。所以阿尔迪西多娅胆大脸厚,把心事都嚷出来。她的多情害得我很窘,却引不起我的怜惜。"

桑丘说:"这可太狠心了!哪能这样不知好歹呀!要是我啊,听她说一句两句情话,就连骨头都酥了。他妈的,真是铁石打造的心肠,灰泥凝成的灵魂啊!可是我不明白那姑娘看中了您什么,要那么样颠倒。衣服华丽吗?神气英俊吗?举动漂亮吗?脸蛋儿长得美吗?是哪一件还是总在一起,动了她的心呢?我说句老实话吧,我常把您从脚尖直到头顶上仔细打量,只看到好些可怕的地方,却没什么可爱的。我听说美是动人爱慕的第一个条件，也是最主要的；您既然一点儿不美，那可怜的姑娘爱上了您什么呢？"

堂吉诃德答道："桑丘，你听我说。美有两种，灵魂的美和肉体的美。聪明、纯洁、正直、慷慨、温文有礼都是灵魂的美，相貌丑的人也可以具备的。如果不以貌取人，往往对相貌丑的也会倾心爱慕。我呀，桑丘，明知自己不是美男子，不过也不是丑八怪。一个好人只要不是奇形怪状，灵魂上有我刚才讲的种种美德，就能动人爱慕。"

他们说着话，走进沿路的树林。堂吉诃德忽然撞进张挂在树上的绿丝网里了。他很诧怪，对桑丘道："桑丘，我觉得这些丝网蹊跷极了。我可以拿性命打赌，准是那些害我的魔法师瞧我对阿尔迪西多娅冷面无情，就帮她出气，网住我不让我走路。可是让他们瞧吧，即使这不是绿丝网，而是坚牢不破的金刚石网，或是火神捉他老婆的奸而炼成的钢丝网，也只能像草绳或棉线的网一样经不起我一撞。"

他打算冲突出去，把网撞破。忽见树林里出来两个美女，打扮得像牧羊女，不过衣料是精致的锦缎，裙料是贵重的金波纹绸。她们披着金黄的头发，像阳光那么耀眼；还戴着绿桂叶和红花朵编成的花冠。两人看来都只十六七岁。

桑丘大出意外，堂吉诃德也很诧怪，太阳都要停下来瞧瞧这两位姑娘呢。四人一下子都愣了，还是一个牧羊姑娘先开口，对堂吉诃德说："骑士先生，请别把这网撞破了，这是我们张着玩儿的，不妨碍你。你大概不知道我们是什么人，张着这些网干什么，让我解释几句吧。这里是附近一带风景最美的地方。我们就住在两哩瓦外的村上。那里有许多富贵人家，彼此好些是亲戚朋友。我们约定各家父母子女带着亲友一起到这里来玩玩；女孩子扮成牧羊姑娘，小伙子扮成牧童，把这地方变成个牧羊人的新乐园。我们熟读了两篇牧歌：一篇是著名诗人加尔西拉索的作品；一篇是优秀的葡萄牙诗人加莫艾斯用本国语写的，不过我们到今还没演出一篇呢。我们是昨天刚到的。这里有一条大河，灌溉着两岸的草地。我们在河边树荫下搭了几座帐篷，据说叫作野营；昨晚又张了这几口网，打算吆喝得小鸟儿昏了头投进网来。先生，你要是有兴，我们欢迎你来做我们的客人；我们这里是极乐无愁的世界。"

她说完,堂吉诃德答道:"美貌绝顶的小姐啊,我看见你们这样的美人,仿佛安泰翁撞见狄亚娜在溪水里洗澡一样出乎意外。我赞成你们的消遣,多承你们邀请,我也很感激。如有用我的地方,请吩咐一声,我一定遵命。干我们这一行的,总要求不负人家的美意,做点儿好事相报,何况对你们这样高贵的小姐呢。这几个网占不了多少地,即使挡着整个地球,我也要另找新世界绕道过去,决不撞破你们的网。别以为我说话夸张,我告诉你们吧,说话的不是别人,是堂吉诃德·台·拉·曼却!说不定你们听到过这个名字。"

另一个姑娘说:"啊呀,亲爱的朋友,咱们交了大好运啦!你知道这位好先生是谁吗?我告诉你,他是世界上最勇敢、最多情、最彬彬有礼的人。有一部传记专写他的事,已经出版了,我都读过;那本书总不会骗人吧!我可以打赌,他旁边的准是他那位头等逗乐儿的侍从桑丘·潘沙。"

桑丘说:"对啊!我就是您说的那个逗乐儿的侍从呀!这位先生是我的主人,书上写的和大家传说的堂吉诃德·台·拉·曼却就是他!"

那个姑娘说:"哎,朋友,咱们求他别走吧。如果能留住他,你我的爸爸和哥哥该不知多么高兴呢!我也听说过这一位的勇敢和那一位的逗乐儿,人家尤其推崇这位先生用情专一,世界上找不出第二人。他的意中人是杜尔西内娅·台尔·托波索,西班牙全国都公认她是第一美人。"

堂吉诃德说:"那也是应该的,除非你两位的美貌把她比下去了。两位小姐,你们不用留我;我有职务在身,一刻也不能偷懒。"

这时一个姑娘的哥哥跑来了。他也是牧羊人打扮,衣服的华贵和两个姑娘不相上下。她们告诉他说:这一位就是英勇的堂吉诃德·台·拉·曼却,另一位是侍从桑丘;他读过堂吉诃德的故事,知道这位骑士。那漂亮的牧童和堂吉诃德叙过礼,邀请他到他们的帐篷里去。堂吉诃德却不过情,就跟了他去。当时猎鸟的已经开始吆喝,网里飞满了各种小鸟;因为网和树林一色,小鸟逃命反投进去送命了。那里一起有三十多人,都穿得很华丽,扮成牧童或牧羊姑娘。他们读过堂吉诃德的故事,知道这主仆俩。堂吉诃德和桑丘一到，消息马上就传开了，大家都非常开心。他们走进帐篷，只见里面已经摆上丰盛清洁的筵席；堂吉诃德是贵客，大家推他坐了首位。人人都看他，觉得他怪。饭罢撤去杯盘，堂吉诃德提高了嗓子，朗朗地说："世上最大的罪过有人说是骄傲，我却说是不知感激。老话不说嘛，'地狱里尽是不知感激的人'。我自从懂得是非善恶，总留心不犯这个罪。我受了人家的好处，如果不能报答，就存着一个感激图报的心；如果这样还觉得抱歉，就把受到的好处广为宣扬。因为一个人受了好处老挂在嘴上，他力能从心的时候准会报答。一般说来，受惠的人处境总比较差些。譬如说吧，上帝至高无上，仁慈普及，人间的恩惠相形之下就微小得不足道了。受了恩惠无法补报，只好靠一片感激之心稍加填补。我多承你们招待，可是没力量照样儿答谢，只好尽我的心，用我自己的办法图报。我打算在这条通往萨拉果萨的大道上驻守两天，叫来往的行人都承认这两位乔装的牧羊姑娘是全世界最文秀美丽的小姐。不过有一句话请各位别见怪：我一心爱慕的绝世美人杜尔西内娅·台尔·托波索小姐，她们俩还比不上呢。"

桑丘留心听主人说完，大嚷道："世界上怎么有人敢一口咬定我这位主人是疯子呢？诸位牧羊的先生小姐们说说吧：教区神父不论多么有识见、有学问，能讲出我主人的这番议论吗？游侠骑士不论威名多大，敢提出我主人提出的话吗？"

堂吉诃德怒得满面通红，转向桑丘道："唉，桑丘，找遍全世界，能有谁不说你里外都是傻瓜呢？不光是傻，还带着点儿混！我的事要你来管吗？我是不是疯子由你断定吗？闭上嘴巴，不用你答话！你且去瞧瞧驽骍难得，要是没套上鞍辔，就给套上，咱们说了话得照着干！真理在我的一边，谁敢道个不字，注定输在我手里！"

他满面怒容，气愤地站起来。旁人都很诧怪，拿不定他究竟是不是发疯。他们劝他别这样要挟人，他感恩图报的心意是举世共知的，他的勇敢也无须再加证明，记载他丰功伟绩的书上已经讲得够多了。可是堂吉诃德坚持他原先的主意，骑上驽骍难得，挎上盾牌，拿起长枪，跑去站在离草地不远的大路当中。桑丘骑着灰驴跟在背后，一群牧歌里的人物也跟着，急要瞧瞧他那番新奇狂妄的挑衅怎样结束。

　　堂吉诃德就那样站在路当中大声喊话，响彻云霄，说道："哙！从现在起，往后两天以内，凡是在这条路上来往的过客，不论骑士、侍从，步行的、骑马的，都请听着：游侠骑士堂吉诃德·台·拉·曼却驻守在这里，有件事要你们大家承认！天下最文秀美丽的小姐，除了我意中人杜尔西内娅·台尔·托波索小姐，就数这儿草地上和树林里的几位美女了。谁说不对，上来吧，我在这儿等着他呢！"

　　他连嚷两遍，没一人路过。可是造化对他的作弄愈来愈妙。他才站了一会儿，只见路上来了一大群骑马的，有许多还拿着长枪，挨挨挤挤，疾驰而来。跟着堂吉诃德的那伙人一见，知道待在那里会有危险，立即转身远避。只有堂吉诃德毫无畏惧，站定在那里；还有桑丘躲在驽骍难得臀后。那群拿长枪的人跑近前来，打头的一个向堂吉诃德大喊道："快让路呀！你这个不要命的家伙！这群公牛会踩得你粉身碎骨的！"

　　堂吉诃德答道："嘿，你们这伙暴徒！公牛算什么！即使哈拉玛两岸最猛的公牛，也不在我眼里！你们这群混蛋，我刚才已经把话说开了，你们不一口承认，就得和我决斗！"

　　原来有个镇上过一天要斗牛，先把这群凶猛的公牛赶去圈上。领队的是几头驯牛，还有大批牧人和圈牛的人护送。这大群的牲口和人潮水般涌向前来。说时迟，那时快，那赶牛的不及答话，堂吉诃德要躲也来不及，他和桑丘连人带坐骑全撞翻在地，遭了践踏。桑丘给踩得腰塌背折，堂吉诃德吃了惊吓，灰驴负伤，驽骍难得也不健全了。他们好容易又站起身来。堂吉诃德赶紧磕磕绊绊追上去，一面嚷道："你们这群混蛋！慢走一步！等着你们的不过是个单身的骑士！尽管说，'如果敌人逃跑，为他们建造一座银桥'，我可不是那个脾气，也不赞成那句话。"

　　疾驰而去的队伍并不停步，只把他的恫吓当作耳边风。堂吉诃德疲惫不堪，只好停下。他没出得这口气，反添了恼怒，坐在路边，等桑丘、驽骍难得和灰驴前来。然后主仆俩都上了坐骑；他们没有回到乔装牧羊人的乐园去辞行，两人扫尽了兴，丢尽了脸，继续赶路。

第一一二章

主仆二人离开了公爵夫妇，终于免受愚弄了。对于桑丘来说也得到了一袋金币，对于堂吉诃德来说他也受到了骑士待遇，应该是各得其所了，虽有一些不快，但与各自所好相较也就显得微不足道了。重新的游侠就意味着受苦，意味着新鲜的故事即将生成，这次牧民美女便颇有意味，虽遭公牛冲撞，但行为意图仍是可取的。

堂吉诃德遭到一件奇事，也可算是巧遇。

堂吉诃德和桑丘受了那群公牛的冲撞践踏，浑身尘土，筋疲力尽，亏得在绿树荫里发现一泓清泉；他们让灰驴和驽骍难得卸下鞍辔，松散一下，两人就在水边坐下歇歇。桑丘从褡裢口袋里掏出些干粮，又拿出些熟肉。堂吉诃德漱了口，洗了脸，清凉一下，精神也爽朗些。他心上气恼，不想吃东西；桑丘谨守礼貌，主人没吃，不敢先尝。可是他瞧主人只顾出神，不把面包往嘴边送，也就不客气了，一声不响，把摆着的面包和干酪尽往肚里塞。

堂吉诃德说："桑丘朋友，吃吧，你性命第一，得吃饱活命。我倒了霉满肚子烦恼，干脆让我气死算了！桑丘啊，我一辈子是活着挣命；你呢，死也得吃饱肚子。我这话是认真的，不信，你只要瞧瞧：我是史书上记载的人物，武艺赫赫有名，行动彬彬有礼，贵人们尊敬，姑娘们爱慕；我正想靠自己的英雄事业，博得举世闻名，谁料今天却让那群肮脏的畜生踢呀踩呀，作践个够。我想到这里，满口的牙都软了，手也麻痹了，胃口也倒尽了，宁愿找个最惨的死法，叫自己活活饿死！"

桑丘忙着咀嚼，一面腾出嘴来说："照您这样，老话说的'死也做个饱鬼'，您大概不会赞成啰。我反正不想自杀。我只想学皮匠的办法：咬住皮子使劲儿撑，要多长，撑多长。我吃饱肚子，听凭老天爷让我活多少日子。我告诉您，先生，最傻的事就是像您这样命都不要。您听我的话：吃点儿东西，在这片草地上睡一会儿。您瞧吧，等您醒来，心上就不这么气闷了。"

堂吉诃德觉得桑丘这番话并不傻，颇有明哲保身的道理，就采纳了。他说道："桑丘啊，我有件事要跟你讲讲；你要是肯听我，就能给我减掉些烦恼，我心上一定会轻松些。我听你的话去睡觉，你就走远几步，解开衣服，用驽骍难得的缰绳把自己鞭打三四百下。你要解救杜尔西内娅，还欠着三千多鞭呢；你还掉点儿债吧。那可怜的小姐只为你漠不关心，直摆脱不了缠身的魔法，多苦恼呀！"

桑丘说："这话不妨从长计议。咱俩且睡一会儿，将来听凭上帝吩咐就是了。您知道，一个人不乘着一股子猛劲，下不了手鞭打自己；身体不壮实，尤其肚里空虚的时候更办不到。请杜尔西内娅小姐耐心点儿；她会出乎意外，发现我把自己打得满身鞭痕呢。'只要不死，尽有日子'，就是说呀，我还活着，答应的事总是要做到的。"

堂吉诃德谢了桑丘，然后吃了点东西；桑丘大吃一顿，两人就躺下睡觉，让驽骍难得和灰驴那一对形影不离的朋友随意在那片丰茂的草地上啃青。他们醒来已经黄昏时分，两人又骑上牲口赶路。一哩瓦外好像有客店在望，他们忙趱着牲口跑去。我这里说客店，因为堂吉诃德不像往常把客店当作堡垒，他说的是客店。

他们到了那里，问店主有没有客房。店主说，不但有客房，凡是吃的、喝的、用的，只要萨拉果萨有，他店里一应俱全。主仆俩下了牲口，桑丘领了客房的钥匙，把粮袋放在屋里。他让主人坐在大门口的石条上，自己把牲口带到马房里，喂了一顿草料，再出来伺候主人。这回他主人没把客店当作堡垒，他特别感谢上天。他们将近晚饭才回屋，桑丘问店主有什么吃的。店主说："瞧客人的口味吧，要吃什么，就点什么；天上的飞鸟，地下的家禽，海洋里各色各样的鱼，店里全都供应。"

桑丘说："不用那么许多，给我们烤一对童子鸡就行。我主人身体弱，吃得少；我自己也不太贪嘴。"

店主说没有童子鸡，都给老鹰抓走了。

桑丘说："那么劳驾给烤一只嫩嫩的小母鸡吧。"

店主说："小母鸡吗？啊呀，我的爹，老实告诉您，昨天我进城去卖了五十多只。除了小母鸡，您要什么，随便点吧。"

桑丘说："照这么说，小牛肉或小羊肉总短不了吧？"

店主人说："今儿个店里没有，刚吃完。下星期可多的是。"

桑丘说："真是远水不救近火了！这样没有，那样没有，看来大概只有咸肉和鸡蛋多得很。"

店主答道："没什么说的，您这位贵客真是死心眼儿！我刚说了没有母鸡，老的小的都没有，叫我哪来鸡蛋啊！酌量吃点别的美味吧，别要天鹅肉。"

桑丘说："店主先生，你有什么东西，干脆说吧；咱们有什么吃什么，甭再啰唆了。"

店主说："我有一对小牛蹄似的老牛蹄，或是老牛蹄似的小牛蹄。这是千真万确的，我已经加上豆子、葱头和咸肉，炖在火上了，这会儿正在叫人'来吃吧！来吃吧！'"

桑丘说："好！这份儿菜不要让别人碰，我就定下了，决不少给钱，因为我最爱吃这东西；随它老牛蹄、小牛蹄，我都一样。"

店主说："谁也不碰的；这里的客人很高贵，厨子、买办和伙食都自己带。"

桑丘说："要讲高贵，谁也比不上我主人，不过他有职务，不能把伙食房带在身边。我们躺在草地上，把橡树子和山楂当饭吃。"

店主问桑丘他主人是干什么的；桑丘不愿意回答，他们的谈话就到此为止。堂吉诃德在屋里等吃晚饭，店主把牛蹄子连砂锅端上，自己也老实不客气坐下同吃。堂吉诃德这间房和邻屋只隔着薄薄一层板壁，堂吉诃德听到那边好像有人说话："我说呀，堂黑隆尼莫先生，这会儿晚饭还没开上，咱们把《堂吉诃德·台·拉·曼却》的第二部再念一章吧。"

堂吉诃德听到自己的名字，立刻站起来，竖着耳朵，只听得堂黑隆尼莫答道："堂胡安先生，读过《堂吉诃德·台·拉·曼却》第一部，再读这第二部就索然无味了。全是胡说八道，读它干吗呀！"

堂胡安说："读读也好，'一本书不论多糟，总有点好的东西'。不过我最生气的是书上形容堂吉诃德抛弃了杜尔西内娅·台尔·托波索。"

堂吉诃德听见这话，勃然大怒，嚷道："谁说堂吉诃德·台·拉·曼却抛弃了杜尔西内娅·台尔·托波索，或者将来会抛弃她，我就和他拼命，叫他知道绝没有这种事！绝世美人杜尔西内娅是抛不开的，堂吉诃德也不是会抛弃她的人。他处世为人的方针是忠贞不贰，他一辈子死心塌地的奉行这句话。"

隔壁的人问道："谁在和我们对答呀？"

桑丘说："答话的就是堂吉诃德·台·拉·曼却本人！除了他还有谁啊！他说到做到，怎么说就怎么干。'还得了账，不心疼抵押品'。"

桑丘话还没完，两个绅士装束的人已经进屋来了。一个抱住堂吉诃德的脖子说："见了您的面，就知道名不虚传。不用说，您先生就是游侠骑士的启明星、北斗星、堂吉诃德·台·拉·曼却的真身！瞧这本书，作者要冒您的名，夺您的功呢；这只能是妄想。"

他一面把同伴手里的书交给堂吉诃德。堂吉诃德一言不发，就翻来看；看了一会儿，还给那绅士说："我略为翻了一下，就发现三件事岂有此理。第一是序言上的几句话。第二是作者用阿拉贡语，因为他有时不用冠词。第三是重要的情节不合事实，尤其显得作者愚昧无知。我侍从桑丘·潘沙的老婆叫泰瑞萨·潘沙，这里却把她叫作玛丽·谷帖瑞斯。这么关键的事都出毛病，其他就可想而知了。"

桑丘插嘴道："这种人也算得历史学家呀！把我老婆泰瑞萨·潘沙叫作玛丽·谷帖瑞斯！那么对咱们的事还会搞得清吗？先生，您再瞧瞧书上有没有我，改了名字没有。"

堂黑隆尼莫说："朋友，听你的口气，一定是堂吉诃德先生的侍从桑丘·潘沙了！"

桑丘说:"是啊,这是我脸上有光彩的事呀!"

那绅士说:"不用说,这本新书的作者诬蔑了你;你分明是个有品格的人,他却把你写成个馋嘴佬,而且头脑糊涂,毫无风趣,和你主人第一部传记里的桑丘竟是两个人了。"

桑丘说:"上帝原谅他吧。我又不碍着他,何必理会我呢!'乐器让内行人吹弹''圣贝德罗在罗马过得很好'呀。"

两位绅士知道那家客店的伙食很差,堂吉诃德准吃不惯,就请他过去同吃晚饭。堂吉诃德向来近人情,领受了他们的邀请;那只砂锅就留给桑丘去做主人了。桑丘坐了首位,店主人同桌坐下;那锅老牛蹄或小牛蹄两人一样爱吃。

晚饭时堂胡安向堂吉诃德探问杜尔西内娅·台尔·托波索小姐的情况。她结婚了吗?生过孩子吗?怀过孕吗?如果是黄花闺女,那么,尽管她守身如玉,对堂吉诃德先生也心心相印吗?堂吉诃德答道:"杜尔西内娅是闺女,我对她的心是没那么样儿的坚定,可是我们俩的交情还是老样儿。她相貌变得像个粗蠢的乡下姑娘了。"

他就把杜尔西内娅小姐怎么着魔、他在蒙德西诺斯地洞里怎么碰见她、梅尔林法师叫桑丘吃多少鞭子为她解除魔法等一五一十告诉那两位绅士。他们亲耳听到这些奇闻,高兴得不得了;事情这么离奇,讲得又这么引人入胜,都使他们啧啧称奇。堂吉诃德一会儿好像很明白晓事,一会儿又成了失心疯,他们拿不定他究竟在这两头中间的哪一处。

桑丘吃完晚饭,撇下醉饱的店主到他主人那里去。他进门说道:"两位先生,我可以打赌,您那本书的作者和我是说不到一块儿的。据您两位讲,他把我说成了馋嘴佬;我但愿别又把我说成醉鬼。"

堂黑隆尼莫说:"他是把你说成醉鬼了。我不记得怎么说的,只觉得话很刺耳,而且我一看这位好桑丘的面貌,就知道那是谎话。"

桑丘道:"您两位听我说吧:那个故事里的桑丘和堂吉诃德是另外两人,不是我们;熙德·阿默德·贝南黑利写的才是我们俩。我主人是勇敢、聪明、多情的,我是个逗乐的死心眼儿,并不害馋痨,也不是酒鬼。"

堂胡安道:"你说得不错。从前亚历山大大帝下令:他只准许阿沛雷斯为他画像,别人都不许。假如办得到呀,也该照样下令:堂吉诃德的事业,只许原作家熙德·阿默德记述,别人都不许插手。"

堂吉诃德说:"谁爱写我,随他写吧,可是别糟蹋我,一味污蔑叫人忍受不下。"

堂胡安说:"堂吉诃德先生受了什么污蔑都能报复,可是我觉得他的耐心像一面又坚固又阔大的盾牌,把种种污蔑都顶住了。"

他们闲聊着消磨了大半夜。堂胡安劝堂吉诃德把那本书再多看看,瞧讲的是什么。堂吉诃德不肯,说只算已经读过了,断定全书都荒谬。作者万一知道这本书堂吉诃德读过,就该得意了;干吗长他人志气呀!况且一个人该心里干净,更该眼里干净,不该接触丑恶肮脏的东西。两位绅士问堂吉诃德打算到哪里去,他说要到萨拉果萨去参与年年举行的锦标赛。堂胡安说,这部新书里描写堂吉诃德参加了一项挑圈竞赛,不管那堂吉诃德是谁吧,反正那项竞赛写得一点儿不生动热闹,武士的标语题签寥寥无几,服饰非常简陋,只是一连串的胡说八道。

堂吉诃德说:"我就为这个缘故,决计不到萨拉果萨去了。这就可以向全世界揭破这本新书作者的谎话,让大家知道我不是他写的那个堂吉诃德。"

堂黑隆尼莫说:"您这办法很好。巴塞罗那也有比武,堂吉诃德先生可以到那里去显身手。"

堂吉诃德说:"我正是这么打算。时候不早,两位请睡吧,我就告别了。希望您两位把我当作一个朋友,让我为两位效劳。"

桑丘说:"我也这么说;也许我对两位也能有点儿用处。"

堂吉诃德和桑丘告辞回屋。堂胡安和堂黑隆尼莫想不到堂吉诃德的识见和傻气是混在一起分不开的。他们拿定这两人是真正的堂吉诃德和桑丘,阿拉贡作者写的是假冒的。

堂吉诃德清早起来,拍着板壁和那边两位房客告别。桑丘付账很大方,还奉劝店主对本店的伙食少吹嘘些,或者多置办些。

第一一二章

堂吉诃德到巴塞罗那;他一路上的遭遇。

堂吉诃德清早出客店很凉快,看来是个凉爽的天。他先打听了哪条路不经过萨拉戈萨而直达巴塞罗那。他听说那部新出的故事把他污蔑得不像话,所以一心要揭破作者的谎言。他们走了六天,无话即短。第六天他们刚离开大道,走进浓密的树林,太阳就下山了。熙德·阿默德向来叙事精确,这次却没说明成林的是橡树还是软木树。

主仆俩下了牲口,靠树坐着休息。桑丘吃了一饱,马上就睡熟了。堂吉诃德却合不上眼;他是心上有事,倒不是肚子饿。他神思飘忽,一会儿好像在蒙德西诺斯地洞里;一会儿看见杜尔西内娅变成乡下姑娘,一蹦就跳上了小母驴;一会儿听见梅尔林法师在告诉他,按什么条件、用什么办法来解除杜尔西内娅的魔缠。他想到自己的侍从桑丘毫不上进,漠不关心,只好干着急。照他估计,桑丘才打了自己五下;这和他亏欠的数字简直天悬地隔呢。他非常焦急,暗想:"从前亚历山大大帝劈开了戈迪乌斯的结子说'劈开就算解开';他果然统治了全亚洲。我如果不顾桑丘愿不愿,硬把他鞭打一顿,说不定也能解救杜尔西内娅。讲定只要桑丘挨三千多鞭子,杜尔西内娅就能消灾脱难,那么管它是自己打的还是别人打的呢?反正打足那个数目就行了。"

他这么一想,忙拿了马缰绳准备当鞭子使,跑到桑丘身边去。桑丘的裤子由几条皮带扣住上衣;可是大家知道他只扣着前面一条皮带。堂吉诃德刚动手去解他那条带子,桑丘就醒了,说道:"谁啊?谁摸索我,还解我的腰带?"

堂吉诃德答道:"是我;我来替你尽责,也解掉些自己的烦恼。桑丘,我要鞭打你,问你讨回点儿债。杜尔西内娅直在受苦,你满不在乎,我真是心焦得要死了。这里背静,你乖乖地自己解下裤子,让我至少打你两千鞭吧。"

桑丘说:"那不行,您可别动手动脚;要不,我凭上帝发誓,我一定闹得聋子都听见。我欠下的鞭子得我自愿还账才行,不能逼债。我这会儿不想吃鞭子呢。反正我向您保证,等我几时高兴,一定把自己拍打几下。"

堂吉诃德说:"不能随你,桑丘。因为你心肠硬,虽然是乡下佬,皮肉却又娇嫩。"

他就动手硬要解桑丘的腰带。桑丘瞧他那样,忙跳起来,扑上去一把扭住,挥拳就打;又伸脚一勾,叫他摔了个脸朝天,然后把右膝跪在他胸口,捉住他双手,叫他动弹不得,连呼吸都困难。堂吉诃德说:"怎么?你造反啦?你吃了主人的饭,却动手打起主人来了?"

桑丘说:"'我没有废君立君,不过是保卫主人'——我就是自己的主人。您答应我躺着不动,这会儿也不鞭打我,我就放您;不然的话,'叛徒啊!堂娜桑却的敌人,我马上就要你的命!'"

堂吉诃德一口答应,发誓连桑丘外衣上的绒毛都一根不碰;桑丘什么时候鞭挞自己,听他自便。桑丘这才站起来。他走得老远,打算靠着另一棵树休息;忽觉脑袋上什么东西碰了一下,举手摸到两只穿着鞋袜的人脚。他吓得浑身乱颤,忙跑到另一棵树旁,又是那样,就急得大喊堂吉诃德救命。堂吉诃德过来问他出了什么乱子,为什么事害怕。桑丘说,树上挂满了人脚。堂吉诃德摸了一下,明白是怎么回事,就对桑丘说:"咱们大概离巴塞罗那不远了;那地方官府捉到土匪和强盗,往往把二三十个一起挂在树上绞死。你甭害怕,你黑地里摸到的准是他们的脚。"

堂吉诃德一语道着了。

晓色朦胧,他们抬眼看见累累满树都是尸体。他们看了这许多死强盗很吃惊,不料天亮了又跑来四十多个活强盗,把他们团团围住;这一惊更非同小可。那伙人说的是加达卢尼亚话,叫他们不许动,等他们的头领来发落。当时堂吉诃德毫无防备,马没有套上鞍辔,长枪倚在树上,自己空手站着。他觉得还是双臂交抱着胸口,低头等待时机为妙。

强盗搜查灰驴,把褡裢袋和手提包里的东西抢劫一空。桑丘总算运气,公爵送的和家里带出来的艾斯古多都在贴肉缠着的腰包里。可是这群好汉就连藏在皮肉中间的东西都会搜刮去，亏得他们的头领这时跑来了。他大约三十三四岁，体格很结实，中等以上身材，黑黝黝的皮肤，神情很严肃。他骑一匹高头大马，身披铁甲，腰两侧分插着四支小火枪。他看见那伙喽啰（他们中间称为"侍从"）搜索桑丘·潘沙，就喝令住手。他们立即听命，桑丘的腰包总算幸免。强盗头子看见一支长枪倚在树上，一面盾牌放在地下，堂吉诃德浑身披挂，那忧郁的模样，就像整个人都是忧愁苦闷凝成的。他就过去说："老哥，别丧气，你没有落在杀人不眨眼的魔君手里，我罗盖·吉那特宽厚为怀，不是狠心人。"

堂吉诃德答道："啊呀！原来你就是英名盖世的罗盖！我丧气不是因为落在你们手里了，我只为自己太不经心，没备上马就给你手下的勇士捉住。按我奉行的游侠骑士道，我应该是自己的哨兵，得时刻戒备。我告诉你，英雄罗盖，假如他们来的时候我拿着长枪和盾牌，骑在马上，要我投降可没那么容易！我是堂吉诃德·台·拉·曼却，我的丰功伟绩是举世闻名的。"

罗盖·吉那特一听就知道这人不是吹牛，而是有点疯癫。他常听人讲起堂吉诃德，对这人的所作所为并不信以为真，也不能理解一个人怎会那样发疯。他现在碰到堂吉诃德了，可以就近瞧瞧传闻的虚实，所以很高兴，说道：

"勇敢的骑士啊，别懊恼，你这会儿未必倒霉，说不定正由你这点错失，背运倒会往好转。老天爷常由世人意想不到的曲折，把跌倒的人扶起，叫穷人变成富人。"

堂吉诃德正要道谢，背后传来一阵马蹄声。马只有一匹，疾驰而来的是个小伙子，约摸二十来岁，穿一套滚金花边的绿色锦缎骑马裤和宽大的短上衣，帽上像瓦龙人那样斜插着羽毛，称脚的皮靴上打着蜡，一对马刺、一柄匕首、一把剑都是镀金的；他手里拿一支小火枪，腰左右各插一支手枪。罗盖闻声回头，只见这漂亮的少年上前来对他说道："大勇士罗盖呀，我是来找你的。我遭了祸，你纵然救不了我，也可以助我一臂之力。你不会认识我；让我自己介绍吧，免得你摸不着头脑。我是你好朋友西蒙·佛尔德的女儿克劳迪娅·黑隆尼玛。我爸爸的死冤家克拉盖尔·多尔瑞利亚斯也是你的冤家，他那帮人是和你作对的。你知道，这多尔瑞利亚斯有个儿子名叫堂维山德·多尔瑞利亚斯——反正不到两小时以前有这么个姓名的人。他就是我这桩祸事的根苗。我不啰唆了，只简单讲讲怎么回事。他看中了我，向我求情；我没有拒绝，瞒着爸爸也爱上了他。姑娘家尽管躲在家里不见外人，她要爱上人总有机会。干脆说吧，我们俩订下了婚约，不过我们的交情只到此为止。我昨天听说他背约要娶别人，今天早上结婚。我又急又气，按捺不住，乘我爸爸出远门还没回来，忙穿上这套衣服，骑着这匹马拼命去赶堂维山德，离这儿大约一哩瓦追上了他。我没去向他抱怨或听他推诿，就对他开枪了；先用这支火枪，接着又用了这两支手枪。我相信他身上中的子弹绝不止两颗。我溅了他的鲜血，争回了自己的体面。他有一群佣人围绕着，我就撇下他走了。他们没敢抵抗，也没那本事！我现在要请你把我送到法兰西去投靠亲戚，还求你保护我父亲，别让堂维山德一帮的那许多人放肆报复。"

罗盖想不到克劳迪娅这么个美人却是敢作敢为的女侠，竟干出这等事来。他说："来吧，小姐，咱们且去看看你那个冤家死了没有，再斟酌下一步该怎么办。"

堂吉诃德留心听着两人说话，这时插嘴道："这位小姐不用别人保护，这是我的事！把我的马匹和兵器拿来，你们在这里等着我。我去找那绅士，管他是死是活，一定叫他说了话当话，对得起这位美丽的姑娘。"

桑丘说："我主人作成人家的婚姻很有一手，你们尽管放心。有个小伙子也是订了婚又赖婚，前几天出我主人成全了他们的姻缘。要不是魔法师和我主人捣乱，把那小伙子变成了小厮，那姑娘这会儿早已不是闺女了。"

罗盖关念着克劳迪娅美人的事，并没有听见他们主仆的话。他吩咐喽啰们把灰驴驮带的东西全还给桑丘，各自退守昨晚派定的岗位；他随即和克劳迪娅飞马去找堂维山德，瞧他受了伤是否死了。他们到了克劳迪娅向堂维山德开枪的地方，不见那人，只见地上新溅的鲜血；放眼四望，看见山头一簇人，料想是堂维山德的佣人，或是抬着主人的尸体去埋，或是人还活着，送去治疗。他们料得不错。两人急急追去；那群人走得慢，一下就追上了。只见堂维山德由那些佣人抱着，奄奄一息地求他们把自己放下，让他死吧，他伤口疼痛得不能忍受了。

克劳迪娅和罗盖跳下马，赶到他身边。那些佣人看见罗盖吓得战战兢兢；克劳迪娅见了堂维山德心情激动，虽然铁青了脸，还未免有情，进前去握住他双手说："你要是不负心背约，哪会到这个地步！"

受伤的人睁开半闭的眼睛，看见克劳迪娅，说道："漂亮的小姐，你准是有什么误会了。我知道是你对我下毒手。你怎么对得起我的一片情意呢？无论我的心念或是我的行为，都没有一分一毫辜负了你呀。"

克劳迪娅说："你今天不是要和富农巴尔瓦斯特罗的女儿蕾欧诺拉结婚吗？难道那是没影儿的事吗？"

堂维山德说："确实没影儿。是我的灾晦，叫你听到这么个消息，一生气就要了我的命。我死在你的手里和你的怀里，就很幸福。你如果愿意，咱们握手行了婚礼吧；你就知道我刚才说的都是真话。你既然以为我辜负了你，那么我这样赔礼再好没有了。"

克劳迪娅紧握着堂维山德的手，悲伤得倒在他血污的胸口。他一阵抽搐，也死过去了。罗盖慌了手脚；那些佣人忙舀了些凉水，对他们脸上喷洒。克劳迪娅苏醒过来，堂维山德却一命呜呼了。克劳迪娅看到亲爱的丈夫已经死去，呼天抢地的大哭。她把自己的头发揪下乱扔，把脸皮也抓破，做尽伤心人表示悲痛的种种举动。

她自怨自责道："顾前不顾后的狠心女人啊！你真是轻率，怎么由着坏心摆布，干出这等事来！为爱情赌气，就丧心病狂了！我的丈夫呀，我爱你却是害你，把你从洞房推进坟墓！"

克劳迪娅哭得非常伤心，向来不惯流泪的罗盖也陪着流泪了。那些佣人都哭，克劳迪娅哭晕了几次；山头上一片悲声。罗盖·吉那特吩咐堂维山德的佣人把尸体抬到主人家所在的附近村上去埋葬。克劳迪娅告诉罗盖她已经看破世情；她有个姑母是修道院长，她打算进修道院奉事上帝了却余生。罗盖称赞她主意打得好，还答应不论她到哪里，他都愿护送，如果堂维山德的亲属或任何人冒犯她父亲，他一定抵制。克劳迪娅坚决不要他送，忍泪谢了他，就哭着走了。堂维山德的尸首由他的佣人抬走；罗盖也回到同伙那里去。克劳迪娅·黑隆尼玛的恋爱就这样了结。这又何足怪呢？她这段伤心史都由吃醋赌气造成；醋海风波是凶险的，能断送一切。

罗盖·吉那特回去，看见喽啰们还守在指定的地方，堂吉诃德骑着驽骍难得正在他们中间演说呢。他说做强盗性命难保，灵魂还得受罪，劝他们改行。可是他们多半是粗犷的加斯贡人，听不进堂吉诃德的话。罗盖一到，就问桑丘·潘沙，灰驴驮带的财物归还他没有。桑丘说还了，不过还欠三块头巾，一块足足抵得过一座城池的价值。

旁边一人说："这家伙！胡说什么呀？头巾在我手里，值不了三瑞尔。"

堂吉诃德说："这话不错。不过我侍从也有道理；那是人家送的，物轻人意重。"

罗盖叫那人立刻把三块头巾还给桑丘。他命令部下一翅儿排开，把上次分赃以来抢到的衣服、珍宝、钱财全都拿出来放在面前。他一眼就估定了价值，分不开的折成钱，然后分给大家。他分得非常公平，没一点儿偏差。大家都称心满意。罗盖分完了，对堂吉诃德说：

"要是不能分得这么均匀，休想和他们合伙。"

桑丘插嘴道："我这会儿看到了，公平真是好，连强盗也非公平不可。"

一个喽啰听见这话，举起枪柄要打桑丘；要不是罗盖·吉那特大声喝住，他准把桑丘打得头开脑裂。桑丘吓软了半边，打定主意，和这帮人在一起，再也不开口了。

有些喽啰守在路旁窥伺来往的人，这时跑来报告罗盖。"头领，离这儿不远，到巴塞罗那去的路上来了大队人马。"

罗盖说："是找咱们的，还是咱们要找的人？看得出吗？"

那喽啰说："正是咱们要找的人。"

罗盖说:"那么全伙出动,马上把他们押来,别跑掉一个。"

大家奉命出发,只有堂吉诃德、桑丘和罗盖留在那里等着,瞧他们押些什么人来。当时罗盖对堂吉诃德说:"堂吉诃德先生,您大概觉得我们这种生活很新奇吧?我们干的事和遇到的事确实都新奇,而且都危险。我老实说,我们提心吊胆过日子,没一刻安闲。我干这一行是因为受了屈,要吐一口气;那口怨气,随你性情多么和平也是憋不住的。我天生心肠软,不肯害人。可是受了那场冤屈,一心要报复,就顾不得自己的好心善意,咬紧牙关走上了这条路。'深渊和深渊响应',坏事牵动坏事;我接二连三,不仅为自己报仇吐气,别人有冤,也都由我来代打不平。不过我靠上帝保佑,虽然走上邪路,还指望能回到光明大道上来呢。"

堂吉诃德听罗盖说话和善近情,出乎意外,因为他以为杀人抢劫的家伙没一个好心眼。他说:"罗盖先生,治病第一得看准病情,下了药还得病人肯吃。您现在是有病,也知道自己的病情;上天——该说上帝——是我们的医师,会给您对症下药。药不是仙丹,不会一吃就好,可是吃下去逐渐会见效。还有一层,聪明人犯了罪,比笨人改得快。从您话里可见您很明白。您只要勇于改过,耐着性子等待,良心的毛病自会逐渐好起来。如果您要找一条解救自己的捷径,您就跟我走吧;我教您做游侠骑士。您经历了千艰万难,借此吃苦赎罪,转眼就可以升入天堂。"

罗盖听了堂吉诃德的劝告不禁大笑。他掉转话头,讲了克劳迪娅·黑隆尼玛的惨事。桑丘听了非常伤心,因为他对那位姑娘的美丽、勇敢和泼辣都钦佩得很。

出去打劫的喽啰回来了。他们押着两个骑马的绅士,两个步行的朝圣者,一车妇女,六个护送的佣人,有步行的,也有骑马的,还有跟那两个绅士的两名骡夫。喽啰把掳来的一群人围在中间;大家鸦雀无声,等候罗盖·吉那特大王发落。他就问两个绅士是什么人,到哪里去,带着多少钱。一个绅士答道:"先生,我们俩是西班牙的步兵上尉。我们的部队在拿坡黎斯。据说有四艘海船停在巴塞罗那,奉命要开往西西里岛;我们是去上船的。我们身边有二三百艾斯古多;当兵的向来穷,没几个钱,我们有这许多就很富裕了。"

罗盖照样又问那两个朝圣者。据说他们打算上船到罗马去，两人的钱凑在一起大概有六十瑞尔。罗盖又问车上是谁，到哪里去，带多少钱。一个骑马的说："车上是我们的女主人拿坡黎斯法院院长夫人堂娜玖玛·台·基纽内斯；她带着一个小女儿、一个使女和一个傅姆。我们六人是护送的，身边有六百艾斯古多。"

罗盖·吉那特说："那么，咱们一起有九百艾斯古多、六十瑞尔。我部下大约有六十人。瞧每人该分多少吧，我不大会算。"

一群强盗听了这话，齐声高呼："罗盖·吉那特长命百岁！谁想干掉他就是狗强盗！休想！休想！"

被俘的一群眼看自己的钱要抄去了，两个上尉神色焦急，法院院长夫人满面愁容，两个朝圣者也垂头丧气。他们的懊恼非常明显。罗盖让他们着急了一会儿，却不愿延长他们的愁苦，他转脸向两个上尉说："两位上尉先生请帮帮忙借我六十艾斯古多；法院院长夫人请帮忙借我八十，因为'修道院长靠唱歌吃饭'，我部下这帮伙伴们得要点饷银。回头我给你们出一张通行证，你们拿了就可以自由走路，不受阻挠；尽管我还有部下分散在附近一带，碰到也不会伤害你们。我绝不愿意冒犯军士和妇女，尤其是贵夫人。"

两个上尉连连道谢，满心感激，觉得罗盖真是宽容大度，不拿他们的钱。堂娜玖玛·台·基纽内斯夫人要下车来亲吻罗盖大王的手和脚，可是罗盖怎么也不答应，反请她原谅自己，干了这凶恶的营生，不得已冒犯了她。这位法院院长夫人吩咐她佣人把她份里的八十艾斯古多马上交出来；两个上尉已经掏出了他们的六十艾斯古多。两个朝圣的就要把他们的戋戋之数全部奉献，可是罗盖叫他们别忙；他对部下说："这许多艾斯古多你们每人两个，余下二十个，十个给两位朝拜圣地的，十个给这位好侍从，让他给咱们江湖上扬扬名。"

罗盖吩咐把随身带的文具拿来，写了一张向部下头目打招呼的通行证，交给那群被俘的人，就和他们告别，放他们上路。他们想不到罗盖这样豪爽大度，真是个非常人物，觉得这位鼎鼎大名的强盗颇有亚历山大大帝之风。有一名喽啰用半法语半西班牙语说："咱们这位头领不配当好汉，只配做修士；以后他再要卖弄慷慨，用他自己的钱吧，别使我们的。"

这个倒霉家伙声音大了些；罗盖听见了，拔剑把那人的脑袋险的劈作两半，一面说："谁口吐狂言，肆无忌惮，我就这样责罚！"

大家吓怔了，谁也没敢哼一声。他们对他就是这么服服帖帖。

罗盖走过一边去，写信给巴塞罗那城里的一个朋友，通知他说：众口传扬的堂吉诃德·台·拉·曼却正在他那里，这位著名的游侠骑士是最有趣味最有识见的人；他罗盖就要把这位先生送到巴塞罗那来，四天以后，在施洗约翰的纪念日，如到城外海边去，就能见到他们主仆——骑士全身披挂，骑着驽骍难得，侍从桑丘骑驴跟随。罗盖嘱咐朋友把这消息传给尼阿罗一帮朋友，让他们拿堂吉诃德打趣取乐，可是别让他的冤家加台尔一帮知道了也来趁热闹。不过这件事办不到。因为堂吉诃德的疯狂和高明以及他侍从桑丘·潘沙的滑稽，都注定是供全世界娱乐的。罗盖派一名喽啰送信；那人就乔装成老乡，混进巴塞罗那去。

第一一三章

罗盖是一个强盗但有时他的行为方式更像一位古代骑士,他没有堂吉诃德那么多不切实际的幻想,却有着强盗无形中形成的规则即"道"。罗盖,堂吉诃德和桑丘到了巴塞罗那开始了新的征程。

堂吉诃德到了巴塞罗那的见闻,还有些岂有此理的真情实事。

堂吉诃德和罗盖一起过了三天三夜;他们生活里的新奇事层出不穷,即使是三百年也没个穷尽。他们天亮在这里,吃饭又在那里;有时拔队逃跑,却不知躲谁;有时原地等待,也不知等什么。他们站着睡觉,才做了半个梦,又转移到别处去。他们成日成夜忙着放哨、望风、吹旺火枪里的引火绳,不过他们没几支火枪,多半用燧发枪。罗盖不和部下一起过夜;他在哪里总瞒着他们。因为巴塞罗那总督出了许多告示要他的命;他战战兢兢,对谁都不敢托大,怕自己部下行刺,或捉他去报功。他的生活真是辛苦得很。

罗盖带着堂吉诃德、桑丘和六个喽啰抄荒僻小道到巴塞罗那去。圣约翰节的前一晚,他们到了城外海边。罗盖拥抱了堂吉诃德和桑丘,给了桑丘上次许他的十个艾斯古多,和他们主仆客套一番,郑重告别。

罗盖走了,堂吉诃德就在马卜等天亮。一会儿东方发白,晨光静穆,照得花儿草儿欣欣向荣。忽听到悦耳的喇叭、铜鼓和铃铛声,还有"走开!走开!靠边儿!靠边儿!"的喝道声,好像有人从城里出来。太阳要亮相,驱开朦胧晓色,露出它那个比盾牌还大的脸盘儿,从海上缓缓高升。

堂吉诃德和桑丘放眼四看，见到了生平未见的大海，只觉浩浩渺渺，一望无际，比他们在拉·曼却所见的如伊台拉湖大多了。海边停泊的一艘艘海船，正在卸船篷，上面张挂的许多彩带和细长三角彩旗在风里抖动，蘸拂着水面。船上喇叭、号角众音齐奏，远近军乐一片悠扬。海船开动了，在平静的水面摆出交战的阵势。顿时有无数骑兵应战似的从城里奔驰而来，都制服鲜明，马匹雄健。船上的战士连连放炮，城上也放炮回敬。城上炮声震天，惊心动魄，海船的大炮也声声相应。大地如笑，海波欲话，天气晴朗，只有炮火的烟雾偶尔浑浊了晴空；这种情景好像使人人都兴致勃发。桑丘不明白怎么海上浮动着的庞然巨物会有那么许多脚。

那群穿制服的骑兵声声欢呼，呐喊着"利利利"，奔驰到堂吉诃德面前，弄得他莫名其妙。其中一个是得到罗盖传信的朋友，他高声向堂吉诃德说："欢迎啊，游侠骑士道的模范和师表、启明星和北极星——您的名称一时都说不尽。英勇的堂吉诃德·台·拉·曼却，欢迎您到我们城里来！您是历史学家熙德·阿默德·贝南黑利笔下那位真实的堂吉诃德，不是那部骗人的新书里伪造的冒牌货。"

堂吉诃德还没答话；那几个骑兵不等他开口，领着队伍围绕着他左旋右转，转成个螺旋形。堂吉诃德回身对桑丘说："这些人认识咱们。我可以打赌，他们读过咱们的故事，连阿拉贡人新出版的那一部都读过。"

和堂吉诃德攀话的骑兵又转回来说："堂吉诃德先生，请您和我们同走吧。我们都是为您效劳的，都是罗盖·吉那特的好朋友。"

堂吉诃德答道："骑士先生，大概礼貌是滋生不息的；罗盖大王对我的盛情传给你们，你们又对我这样客气。我一定追随你们，唯命是从；如果我也能为你们效劳，我就更高兴了。"

那位绅士也照样客套一番，大队人马就簇拥着堂吉诃德，在喇叭铜鼓声里进城。魔鬼专干坏事，小孩却比魔鬼还坏。两个顽童在堂吉诃德一伙进城的时候挤进人群，挨到他们身边，一个掀起灰驴的尾巴，一个掀起驽骍难得的尾巴，各把一束荆棘插进它们的身体。两头可怜的牲口觉得剧痛，就夹紧了尾巴；一夹紧越发疼痛难熬，只顾乱蹦乱跳，把两位主人都掀下地去。堂吉诃德又羞又窘，忙给他那匹老马拔掉尾下的装饰品；桑丘也给灰驴拔掉。带领堂吉诃德的几名骑兵要去打那两个顽童，可是他们早混进周围千百成群的孩子里去，没法奈何他们了。

堂吉诃德和桑丘又骑上牲口，还那么缓步从容，随着音乐，跑到带头的那位绅士府上。那是个高门大宅；干脆说吧，是个有钱人家。熙德·阿默德暂把他们主仆撇在那里了，我们也就撇下他们再说吧。

第一一四章

一个通灵的人头像，以及不能从略的琐事。

堂吉诃德的东道主名叫堂安东尼欧·台·莫瑞诺。他是个风趣的富绅，喜欢开开玩笑，可是不失分寸，不伤和气。他既已把堂吉诃德请到家来，就想揭他的疯狂给大家取乐，而又手段巧妙，不招他本人生气。"惹人气恼，不算玩笑"，得罪了人取笑就不值一笑。堂安东尼欧一上来先请堂吉诃德卸下盔甲，让他像上文屡见的那样穿着麂皮紧身，到他家阳台上去亮亮相。阳台下临城里最热闹的大街，来往行人都望得见。许多大人小孩就像看猴儿似的看堂吉诃德。制服漂亮的骑兵又在堂吉诃德面前驰骋，仿佛他们穿上节日服装是专供堂吉诃德检阅的。桑丘高兴无比，好像莫名其妙地又碰上卡麻丘结婚之类的事，或闯进了堂狄艾果·台·米朗达家或公爵府那样的人家。

堂安东尼欧那天请几个朋友吃饭；大家对堂吉诃德都恭恭敬敬，把他当游侠骑士看待。他扬扬得意，喜形于色。桑丘的趣谈妙语连一接二，宾主和全家佣人都听得聚精会神。饭时堂安东尼欧对桑丘说："桑丘老哥啊，我们这儿知道你最爱吃白鸡和肉丸子，吃不了就揣在怀里，明天再吃。"

桑丘说："没那事儿，先生，我是爱干净的，并不馋。我主人堂吉诃德在这里呢，他还不知道吗，我们俩一把橡树子或核桃往往吃个七八天呢。有时碰上人家给我一头小母牛，我就赶快拿了拴牛的绳子赶去，那倒也是真的。就是说呀，人家给我什么，我就吃什么，不错过机会。谁说我馋嘴肮脏，我就要告诉他不是那么回事——这话我还另有个说法呢，不过碍着在座各位贵宾，我就不说了。"

堂吉诃德道："真的，桑丘吃得又清淡，又干净，这是可以写刻在铜碑上万世流传的。他饿了确也有点狼吞虎咽，因为吃得快，两边大牙一起嚼；不过总很干净，一点儿不肮脏。他做总督的时候学得吃相秀气极了，吃葡萄呀，甚至吃石榴子呀，都用餐叉扦着送到嘴里去。"

堂安东尼欧说："啊呀！桑丘做过总督吗？"

桑丘说："做过啊，在一个海岛上，叫便宜他了岛。我做了十天总督，分内该做的事——都做了。那十天真忙，没一会儿安闲。我得了这番经验，对世界上所有的总督职位都不稀罕了。我从岛上逃出来，又掉在坑里，拿定要送命了，想不到还能活着出来。"

堂吉诃德把桑丘做总督的事细细讲了一遍，大家听得津津有味。

饭后，堂安东尼欧拉了堂吉诃德的手到一间屋里。全屋没有陈设，只有一张好像碧玉做成的独脚桌子；桌上供一个好像铜铸的半身人像，仿佛罗马帝王的头像那样连着胸脯。堂安东尼欧带堂吉诃德满屋走了一转，又围着桌子绕了几圈，然后说："堂吉诃德先生，我已经看了咱们这里确实没有外人，门也锁着。我现在要告诉您一桩怪事，或者该说是一件奇闻，不过您得严守秘密。"

堂吉诃德道："我发誓决不泄露，还可以保证上再加保证。"他又称呼着这位新相识的名字说："我告诉您，堂安东尼欧先生，您的话只从我耳朵里进去，决不从我嘴里出来。您想说什么，尽管放心说，我一定守口如瓶。"

堂安东尼欧说："您既然这么担保，我就要叫您见所未见，闻所未闻了，您准会大吃一惊。我把闷在心里不敢告诉人的秘密吐露出来，也可以松一口气。"

堂吉诃德不懂为什么这样郑重其事，急要知道究竟。堂安东尼欧就拉着他的手去摸那个铜人头，又把碧玉的独脚桌子从面到脚都摸遍，然后说："堂吉诃德先生，这个人头是世界上第一流魔法师制造的。他大概是波兰人。他师父艾斯戈迪留是很有名的,据说干过许多神奇的事。那波兰魔法师在我家住过。我出一千艾斯古多请他制造了这个人头。如果凑近它耳朵随便问什么话,它都能回答,这就是它独具的神通。那魔法师画符念咒,上观天象,选了好时辰动手,造成这个人头。咱们明天可以试验一下;今天不巧是星期五,它星期五是不开口的,只好等明天。您可以先想想要问什么话。我见识过这种人头,知道它回答的话句句都准。"

堂吉诃德觉得一个人头有这种本领离奇得很,对堂安东尼欧的话不大相信;不过马上可以试验,也就不愿多说,只谢他向自己推心置腹。他们出来,堂安东尼欧又锁上门,两人同上客厅。当时其他男客都在那里听桑丘讲他主人遭逢的种种奇事。

那天下午,他们带堂吉诃德上街逛逛。他没有披挂,只是平常出门装束,穿一件黄褐色尼大衣。那么大热天穿了那件大衣,便是冰块也要冒汗的。主人家叫佣人们设法绊住桑丘,不让他出门。堂吉诃德上街骑的不是驽骍难得,却是一匹稳重的大骡子,鞍辔很鲜明。他们给堂吉诃德穿上大衣,偷偷在衣背钉一方羊皮纸,上面大字写着"这是堂吉诃德·台·拉·曼却"。街上人看见堂吉诃德,就看见他背上的标签,都念道:"这是堂吉诃德·台·拉·曼却。"堂吉诃德以为路上的人都认识自己,大为惊讶,转脸向并辔而行的堂安东尼欧说:"游侠骑士道最受人器重,谁当了骑士就名满天下,天涯海角的人都知道他。不信,您瞧瞧吧,堂安东尼欧先生,这里的小孩子几时见过我呢,可是连他们也认识我。"

堂安东尼欧说:"对呀,堂吉诃德先生。美德像火一样包藏不住,一定冒出头来。您干的这一行尤其光芒四射,盖过一切。"

堂吉诃德正骑骡在街上缓步徐行,可巧有个咖斯底利亚人读了他背上的大名,高声说道:"倒霉的堂吉诃德·台·拉·曼却!你背上挨了不知多少板子,你怎么还没送命,却跑到这里来啦?你这疯子!自己在家里发疯也罢了,还惯把你交往的人都变成疯子和傻瓜。不信,瞧瞧和你一起的几位先生就知道了。糊涂虫啊,你还是回家去,照管自己的家产和老婆孩子吧,别再疯疯癫癫,闹得迷糊了心窍。"

堂安东尼欧说："老哥，你走你的路；没请教你，别来训人。堂吉诃德·台·拉·曼却先生心里雪亮，我们和他一起的也并不糊涂。美德是到处都尊重的。让你倒尽了霉吧！人家又没招你，多管什么闲事！"

那咖斯底利亚人说："您这话真是不错。向这位好先生进忠告，就是找钉子碰。不过据说这疯子对什么事都识见高明；他这副好头脑全给游侠骑士道毁了，实在可惜！从今以后，即使我活一千岁，即使有人向我请教，我要再给他进忠告，让我和子子孙孙都像您说的那样倒尽了霉吧。"

那个进忠告的人走了，他们继续闲逛。可是大人小孩都跑来读那标签，拥挤不堪，堂安东尼欧只好假装给堂吉诃德掸掸背，把那方纸取下。

他们天黑才回家。当晚有个女客的跳舞会。堂安东尼欧的妻子是美丽活泼又风趣的一位贵夫人。她为堂吉诃德请了几个女友做陪客，让她们瞧瞧这古怪的疯人，借此消遣。大家吃了一餐丰盛的晚饭，十点左右舞会开始。有两个女客很淘气促狭，虽然是正经女人，她们为了开个把不得罪人的玩笑，却有点放肆。她们俩无休无歇地拉堂吉诃德跳舞，折磨得他不仅身体疲惫，精神也很烦倦。他那模样煞是好看：又高、又细、又瘦、又黄，紧窄窄的衣服，僵撅撅的身子，举动又非常笨滞。两个年轻太太假意偷偷儿向他送情，他也悄悄地表示谢绝；可是瞧她们纠缠不已，就高声说："'害人鬼怪，速去勿待'！我不要这种情意，别来缠我！两位夫人自己识趣吧。绝世美人杜尔西内娅·台尔·托波索独霸着我这颗心呢，不容我接受别人的撩拨。"

他跳舞跳得精疲力竭，一面说着话，一面就在客厅当地坐下了。堂安东尼欧叫人把他抬上床去。桑丘抢先上来拉着他说："我的主人先生，您真是倒了霉，跳什么舞呀！您以为勇敢的人都能跳舞、游侠骑士都是舞蹈家吗？我说呀，您要是这么想就大错了。有人宁愿拼着性命杀个巨人，也不愿跳舞。要是手拍脚的蹦跳，您如果不会，我还可以替您，我跳得像老鹰一样灵活呢；跳舞我可一点儿不会。"

桑丘这番话说得大家都笑了。他伺候主人上床安睡，给他盖好毡子，让他出汗；如果跳舞着了凉，就可以发散掉。

第二天，堂安东尼欧觉得可把人头的法术试验一番了。参与的客人有堂吉诃德、桑丘和堂安东尼欧的两个朋友；舞会上折磨堂吉诃德的两位夫人当晚由堂安东尼欧夫人留住过夜，这时也在里面。堂安东尼欧带他们进了安放人头的屋子，锁上门，介绍了那人头的神通，嘱咐大家切勿外传，并且说，究竟如何还没试验过呢。堂安东尼欧已把个中奥妙告诉他这两个朋友，他们要不是事先知道，也会像其他客人一样吃惊的。怎不叫人吃惊呢，那东西是煞费心思才制造出来的呀。

堂安东尼欧首先凑到人头的耳边，放低了声音，可是大家都听得见；他问道："脑袋，凭你的本领说说吧，我这会儿在想什么？"

那脑袋并不掀动嘴唇，声音却清清楚楚，在场的人都听见，它说："我不知道人家的心思。"

大家很惊奇，尤其看到桌子周围和整间屋里不可能有人代答。

堂安东尼欧又问："这里有几个人？"

还是那个声音轻轻答道："有你和你夫人、你的两个朋友、你夫人的两个朋友，还有一位著名的骑士堂吉诃德·台·拉·曼却，再加他的侍从桑丘·潘沙。"

大家越加吃惊，吓得毛发都竖起来。堂安东尼欧退立一边说："行了，你是个聪明的脑袋，会说话的脑袋，能回答问题的脑袋，神奇的脑袋！现在我知道花了钱没有上当。谁有什么要问的，上来问吧！"

女人一般都任性，而且好奇。堂安东尼欧夫人的一个女友抢先过去问道："脑袋呀，我问你，我要变成个很美的美人，有什么办法吗？"

回答说："只要很端重就行。"

那位夫人说："我不多问了。"

她的女伴随即凑近去问道：

"脑袋呀，我想问问，我丈夫真心爱我吗？"

回答说："瞧他怎么待你，就会明白。"

那位太太退下来说："这还用问！要知道心思，当然得瞧行为呀。"

堂安东尼欧的一个朋友接着上前去问脑袋："我是谁？"

回答说:"你自己知道。"

那绅士说:"我不问这个,只问你是否认识我。"

回答说:"认识呀,你是堂贝德罗·诺利斯。"

"脑袋呀,你真是什么都知道,我不想多问了。"

他退下来,另一个朋友上去问道:

"脑袋呀,请问你,我的大儿子有什么心愿?"

回答说:"我说过不知道人家的心愿。不过我可以告诉你,你儿子的心愿是要埋葬你。"

那绅士说:"这真是'眼睛能见,手就指点'。"

他不再多问。堂安东尼欧太太近前去问道:

"脑袋呀,我没别的要问,只想请教你,我的好丈夫是否长寿?"

回答说:"是!寿长着呢。他身体健康,起居有节,这样就能延年益寿。许多人生活没有节制,往往促短了寿命。"

然后堂吉诃德近前去说:"你是能解答问题的,请问,我在蒙德西诺斯地洞里那段故事,是真的还是做梦?我侍从桑丘答应的那些鞭子,靠得住吗?杜尔西内娅能摆脱魔缠吗?"

回答说:"地洞里的事很难说,也有真,也有梦。桑丘答应的鞭子得慢慢儿来。杜尔西内娅的魔缠到时自会摆脱。"

堂吉诃德说:"我没有别的要问了。我只要能看到杜尔西内娅摆脱磨难,我就如愿以偿,欣喜透顶了。"

末了桑丘上前去问道:

"脑袋啊,我还会当总督吗?我能有朝一日,甩掉当侍从的苦差吗?我能再见老婆孩子吗?"

回答说:"你可以做一家之主。你几时回家,就能见到你的老婆孩子。你不伺候人,就不当侍从了。"

桑丘说:"真是好!这话我自己会说呀。预言家贝罗格鲁留也不过是这么说。"

堂吉诃德说:"蠢货,你要怎么回答呀?这脑袋有问必答,不就行了吗？"

桑丘说："是行了呀，可是我要它再多讲点儿、多说点儿呢。"

问答到此为止，可是大家还惊骇不止；只有堂安东尼欧的两个朋友知道底细，不以为奇。熙德·阿默德·贝南黑利立即揭开盖子，省得大家纳闷儿，以为那脑袋有妖法或神通。据说马德里有个巧匠制造了这么个人头，堂安东尼欧·台·莫瑞诺曾经见过，就在自己家里仿造一个，捉弄不知情的人。人头造得很巧。桌面和独脚都用木板做成，上色髹漆得像碧玉一样。脚底下伸开四爪，就支撑得平平稳稳。那脑袋仿佛罗马帝王的头像，颜色像青铜，里面是空的。桌面也是空的，人头安在桌上严丝合缝，衔接的痕迹分毫不露。桌子脚也是空的，通连人头的脖颈。这套东西直通连到下层屋里。一根铅皮管子从下到上贯通桌脚、桌面和人头的脖颈。管子安装得很妥帖，谁也看不出。答话的人在通连的下层屋里，嘴唇凑着管口；管子上下传声，仿佛扩音喇叭，句句话都传播得清清楚楚。这套玩意儿把局外人都蒙骗了。堂安东尼欧有个侄儿是伶俐聪明的大学生，答话的就是他。他事先知道哪些人那天和他伯父同在安放人头的屋里，所以听到第一个问题对答如流，又快又准。答别的话只凭猜测；他是个聪明人，话也答得聪明。熙德·阿默德还讲到这事的下文。城里不久传开了，说堂安东尼欧家里藏着一个有神通的人头，问它什么就答什么。我们宗教的卫士耳目灵敏，堂安东尼欧怕他们知道，忙把实在情况上报宗教法庭的官长。他们下令拆掉这套装置，别再闹下去，害无识之众大惊小怪。所以十一二天后那神奇的脑袋就毁了。可是在堂吉诃德和桑丘·潘沙的心眼里，人头还是通灵的，能回答问题，尽管没叫桑丘满意，堂吉诃德却非常称心。

城里的绅士要讨好堂安东尼欧，又要招待堂吉诃德，借此瞧瞧他的疯疯傻傻，准备六天后举行一场挑圈比赛。不过这又给别的事挤掉了。堂吉诃德有兴在城里逛逛，怕骑了马小孩子缠他，就带着桑丘和堂安东尼欧拨给他当差的两个佣人步行出门。他们正在街上走，堂吉诃德抬眼看见一处门额上写着"承印书籍"几个大字。他很高兴，因为从没见过印书，很想瞧瞧。他就带着人跑进去。只见一处正在印，一处正在校样，这里在排版，那里在校对,反正都是大印刷厂里工作的常套。堂吉诃德走到一个活字盘旁边,问他们干什么呢。那些工人向他解释了一番。他很惊奇,又往前走。在另一处他凑到一个工人面前,问他在干什么。"先生,"他指指旁边一个相貌端正、神情庄重的人说,"这位先生把一本意大利文的书翻译成咱们西班牙语,我正在排版,准备拿去印。"

堂吉诃德问道:"书名叫什么呢?"

译者答道:"先生,书名原文叫 Le Bagatelle。"

堂吉诃德问道:"照咱们西班牙语,Le Bagatelle 怎么说呢?"

译者说:"用咱们的话,Le Bagatelle 就是'小玩意儿'。虽然据名称像是小品,内容却很有意思,也很重要。"

堂吉诃德说:"我懂一点点意大利文,常卖弄自己能唱几句阿利奥斯陀的诗。我的先生,我不是考您,不过出于好奇,想向您请教:您翻译的书里有 piñata 那个字吗?"

译者说:"有,常看见。"

堂吉诃德问:"您怎么翻成西班牙文呢?"

译者说:"还能怎么翻呀?不就是'砂锅肉羹'吗?"

堂吉诃德说:"我的天哪!您对意大利成语多熟悉啊!我可以跟您着实打个赌:意大利文 piace,您翻的西班牙文是'喜欢';意大利文 più,是'多';意大利文 su 是'上面';giù,是'下面'。"

译者说:"我确是这么翻的呀,这几个西班牙字跟意大利原文恰好相当。"

堂吉诃德说:"我敢发誓,您不是当代的著名人士。这个世界专压抑才子和杰作,辜负了不知多少本领,埋没了不知多少天才,冷落了不知多少佳作!不过我对翻译也有个看法。除非原作是希腊、拉丁两种最典雅的文字,一般翻译就好比弗兰德斯的花毡翻到背面来看,图样尽管还看得出,却遮着一层底线,正面的光彩都不见了。至于相近的语言,翻译只好比誊录或抄写,显不出译者的文才。这不是轻视翻译,有些职业比这个还糟,赚的钱还少呢。可是有两个著名翻译家是例外。一个克利斯多巴尔·台·

费格罗阿博士,他翻译了《忠实的牧人》;另一个是《阿明塔》的译者堂胡安·台·郝瑞基。他们翻译得非常完美,简直和原著难分彼此。可是我请问,您出版这本书是自负盈亏,还是把版权卖给书店了?"

译者说:"我自负盈亏。这第一版印两千本,每本定价六瑞尔,转眼可以销完;我想至少能赚一千杜加。"

堂吉诃德答道:"真是如意算盘!看来您还不知道书店的交易和他们同行之间的关系呢。您瞧着,将来您背着两千本书,压得腰瘫背折,您就慌了;如果书是平淡无奇、不大够味儿的,那就更没办法。"

译者道:"可是怎么办呀?您要我把书交给书店老板吗?他出三文钱买了我的版权,还好像是对我开恩呢。我出书不为求名,我靠作品已经有名了。我求的是利;没有利,空名值不了半文钱。"

堂吉诃德说:"但愿上帝保佑您一本万利。"

他又走到另一个活字盘前面,看见那里正在校改一大张刚印出来的书,书名是《灵魂之光》。他看了说:"这类书尽管多,还是该出版。现在有罪孽的人多;这么许多人沉沦在黑暗里,需要许多指路明灯呢。"

他又往前去,看见那里在校对另一本书。他问起书名,说是叫《奇情异想的绅士堂吉诃德·台·拉·曼却》第二部,作者是托尔台西利亚斯人。

堂吉诃德说:"我听到过这本书。我摸着良心老实说,这样荒谬的书,我以为早已烧成灰了。不过'每头猪都有它的圣马丁日',它也逃不了。虚构的故事愈逼真愈好,也愈有趣;真事呢,愈确实愈好。"

他面带怒色,走出了印刷厂。那天堂安东尼欧准备带他去参观泊在沿岸的海船。桑丘很高兴,因为生平没见过。堂安东尼欧通知海船舰队司令,鼎鼎大名的堂吉诃德·台·拉·曼却在他家做客,他们宾主当天下午要上海船参观。舰队司令和城里居民都已久闻堂吉诃德的大名了。这位骑士在海船上的事见下章。

第一二五章

> 堂安东尼欧不愧是贵族，想出来的办法都不一样，通灵的人头可不是很容易想到的，但费尽心思去戏弄堂吉诃德又有什么价值呢？有钱的上层人可以随意摆布下层人，以博取一笑为乐，但"烽火戏诸侯"的教训犹在，当一个阶层闲适到仅为取乐而忙碌时，本身就已暗示出了自己的没落，开始江河日下，此风愈演愈烈，最终走向的是灭亡。这是一个暗示。

桑丘·潘沙船上遭殃；摩尔美人意外出现。

> 官瘾是一个魔，迷上了就很难甩掉它，桑丘就是如此。

堂吉诃德全没料到通灵的人头是个骗局，听了它的回答只顾细细思量。他一心只记着杜尔西内娅能摆脱魔缠的那句预言，认为决没有错，所以颠来倒去地想，暗暗欢喜，相信不久就会落实。桑丘虽然像上文说的不愿做总督，却还希望有朝一日又能发号施令、一呼百诺。他做官虽然只不过是一场玩笑，不幸还是上了官瘾。

且说那天下午堂安东尼欧和两个朋友带着堂吉诃德和桑丘到海船上去。舰队司令已经知道堂吉诃德和桑丘要光临，急要看看这两位大名鼎鼎的人物。他们俩刚到海边，几只海船就放下船篷，奏起军乐来。司令船立即放小艇去接；艇上铺着华丽的花毡，安着大红丝绒靠垫。堂吉诃德刚踏上小艇，司令船就带头放礼炮；其他船上一齐响应。堂吉诃德登上右边的扶梯，水手们按欢迎贵宾的惯例，高呼"呜、呜、呜！"三次。舰队司令是巴兰西亚贵族，这里就称为将军；他和堂吉诃德握手为礼，又拥抱了他说："我今天见到堂吉诃德·

> 高贵人物对堂吉诃德的欢迎程度都是如此的热烈，他们的品味和爱好都很相似。

台·拉·曼却先生,真是一辈子最可庆幸的日子,该用白石标志,纪念游侠骑士的师表到了我们这儿来。"

堂吉诃德受到这样尊敬,非常高兴,也彬彬有礼地答谢。宾主过去坐在船尾半圆形的凳上,那里陈设得很漂亮。水手长跑到中间的过道上,吹哨为号,叫划手脱衣。他们转眼都把衣服脱下。桑丘看见那么许多人光着膀子,诧怪得眼睛都瞪出来了,又瞧他们一下子扯起船篷,干活儿快得出奇,简直像地狱里出来的一群魔鬼,越发惊讶。不过比起接着来的事,那就算不得什么了。当时桑丘正坐在过道尽头的木凳上,他旁边是右面末排的划手。那人是奉了命的,他捉住桑丘,把他高高举起。全船的划手都站在位子上等着,他们从右边开始,一双双胳膊依次轮替着把桑丘高举空中,顺着一个个座儿飞快地往前传送。可怜桑丘给他们转得头晕眼黑,满以为自己落在魔鬼手里了。他们把他传到前排,又转到左边往后传,直把他送回船尾才罢。那可怜虫折磨得气喘吁吁直流汗,不明白那是怎么回事。堂吉诃德看见桑丘不生翅膀却在空中飞行,就问将军:这是否是初上海船的照例规矩。他不想干这一行,即使有这规矩,他也不愿受这种训练。他对上帝发誓,谁要捉住他叫他在空中飞转,他一定踢得那人魂不附体;说着就按剑站起来。

这时划手们卸下船篷,放倒桅杆,响声惊天动地。桑丘以为天顶脱了榫,要塌在头上了,弯腰坐着把脑袋藏在两腿中间。堂吉诃德也有点吃惊,缩着脖子,面容失色。划手们又竖起桅杆,动作还那么神速,响声也一样大;他们自己却始终哑默悄静,仿佛是没有声音也没有气息的。水手长吹哨命令起锚,一面跳到中间过道上,挥鞭向划手背上乱抽;船就慢慢儿向海上开出去。桑丘把桨当作船身上的脚,看见那么许多红脚一齐挪动,暗想:"我主人说的着魔是没有的事,

> 彬彬有礼:形容文雅有礼貌的样子。彬彬:原意为文质兼备的样子,后形容文雅。

> 这种快而不乱的方式虽使桑丘吃尽苦头,却可见水手们的身手不凡。

这些东西才真是魔法执使的。这群倒霉蛋干了什么事，要挨这样的鞭打呀？吹哨的家伙怎么一个人胆敢鞭打这么许多人呀？现在看来，这里就是地狱了，至少也是炼狱。"

堂吉诃德瞧桑丘在留心观看，就对他说："唉，桑丘朋友，你要是肯脱光了膀子，和这群人一起吃鞭子，你解脱杜尔西内娅的魔缠可多省事啊！有这许多人陪着受罪，你的痛苦就分掉了。说不定梅尔林法师瞧这里抽的鞭子劲道足，一鞭当十鞭折算呢。"

> 堂吉诃德仍惦记着杜尔西内娅魔咒一事呢！桑丘的鞭子可要吃定了。

将军在旁听了这话不懂，正要请问，瞭望的水手忽有传报："蒙灰发来信号：沿西边海岸有一艘海船。"

将军听了就跳到中间过道上喊道："哙！孩子们！瞭望塔发来信号，望见一艘海船，准是阿尔及尔海盗船，咱们别让它溜了！"

其他三艘海船立即开到司令船旁来听指挥。将军命令两艘开到海上去，另一艘跟着司令船沿海岸航行，不让敌船溜走。水手使劲划桨，几艘船如飞地赶去。出海的两艘大约两海里外就看见敌船了。船上有十四五对桨，远望也看得出是那样配备的船。那艘船上看见了追捕的海船，就赶紧逃跑，以为增加速度就可以脱险。可是这艘司令船恰恰是数一数二的海上快船，一会儿就追上去。那边船上估计逃不了，船长不敢冒犯我们的海船司令，打算叫划手放下桨投降。可是命运另有安排。当时两船已经挨得很近，敌船上能听到喝令投降的声音。那艘船上有十四五个土耳其人；两个喝醉酒的放了两枪，打死了我们船头靠边上的两名水兵。将军因此发誓，等拿住那条船，要把船上的人一一处死。他的船狠命往前冲，反让敌船在桨底下溜跑了；司令船冲过头去好远，还得掉转身来。敌船自知情势危急，乘这个当儿扯起风帆，帆桨并用，拼命逃跑；可是冒冒失失闯下了祸，卖力也挽救不回，不出

> 真正的战斗开始了，主仆二人可真是开了眼界，但事情似乎闹大了。

半海里就给司令船追上，船舷给司令船上的一排桨搭上，船上人都活捉过来。另外两艘海船这时也赶到了，四艘船一起带着俘获的船回岸。岸上瞧热闹的人山人海。将军下令各船傍岸抛锚。他望见城里总督也在岸边，忙叫放下小艇去接，又命令放倒桅杆，把捉来的船长和其他土耳其人立即吊在桅杆上绞死。他们一起有三十六人，都是雄赳赳的壮汉，多半是土耳其火枪手。将军问谁是船长。俘虏里有个叛教的西班牙人用西班牙语答道："大人，这小伙子是我们的船长。"

> 土耳其敌船被俘，船员皆准备给吊死，一场惨剧又要上演了。

他指点的是个俊俏的绝世美少年，看来还不满二十岁。将军对这少年说："你这大胆的狗崽子！我问你，你明知逃不了，干吗杀害我的水兵？对司令船有这个礼吗？你该知道，莽撞不是勇敢；希望很渺茫的时候，应该勇敢，可是不能莽撞啊！"

船长不及回答，总督已经带着些仆从和一群城里人上船了，将军忙赶去迎接。

总督说："将军大人，您这场围猎真是满载而归啊！"

将军答道："您大人待会儿瞧瞧这根桅杆上挂的野味，就知道收获着实不小。"

总督问道："这是怎么说呀？"

将军答道："他们无法无天，也不顾规矩，杀了我船上两名最好的水兵。我发誓要把俘虏一个个都绞死；最该死的是这小伙子，他是船长。"

他就指给总督看；这小伙子在等死，捆着两手，颈间套着绳索。美貌是无言的推荐，总督举目，瞧他相貌漂亮文秀，神气很卑逊，就有意饶他一死。他问小伙子道："船长，我问你，你是土耳其人，还是摩尔人，还是叛教徒呢？"

少年用西班牙语答道："我不是土耳其人，也不是摩尔人，也不是叛教徒。"

> 剽悍的土耳其水手们竟有一个美貌年轻的船长，本身就不可思议，背后的故事应该更不可思议。

总督说:"那你是什么呢?"

少年说:"是虔信基督教的女人。"

"女人?又是基督徒?却这样打扮,干下这等事来?太奇怪了!谁相信啊!"

少年说:"各位且慢一慢把我处死,先听听我的身世吧;报复早晚一点儿没多大出入。"

哪个硬心肠听了这话不发慈悲呢?至少也先要听听那可怜虫有什么说的。将军准许他有话尽管讲,不过他罪大恶极,休想赦免。那少年就讲了自己的身世。

"我爹妈是摩尔人。我们民族不智又不幸,陷进了水深火热的灾难。我两个舅舅当时就把我带到蛮邦去。我声明自己是基督徒——我确实是真正的基督徒,不是假装的,可是他们蛮不理会。我把这话告诉督促我们流放的官员,也一点儿没用。我两个舅舅压根不信,以为我是要赖在家乡,撒谎捏造的,所以他们硬逼着我一起走了。我妈妈是基督徒;我爸爸是顶高明的,他也是基督徒。我的信仰是吃娘奶一起吃进去的。我家很有管教,我觉得自己说话行动没一点儿像摩尔人。这大概可算是美德吧。如果我有几分美貌,我相貌的美和品性的美一齐随着年岁增长。我很谨慎,经常关在家里,不过还是给一个青年公子看见了。他名叫堂伽斯巴·格瑞果琉,是贵人家的大公子,他父亲的采地和我们的村子毗连。我们怎么碰见的、怎么来往、他怎么对我倾倒、我又怎么对他有情,这些事说来话长,况且我这会儿脖子上套着绞索,没工夫细讲了。只说堂格瑞果琉愿意陪我们流放。他好在一口摩尔话说得很流利,就和别处出来的摩尔人混在一起,路上和我两个舅舅交上了朋友。我父亲很有远见,听到第一次的驱逐令,就到国外去找安身的地方。他埋藏了许多珍珠宝石和葡萄牙、西班牙的金币,埋藏的地方只有我知道。他吩

> 少年船长转眼又成了虔信基督的女人,她会有什么故事呢?

> 这个故事会让你想起谁来?对了,是桑丘老乡李果德的故事。

咐我，万一他赶不及回来我们就遭到流放，千万别碰他的宝藏。我是听话的。我和那两个舅舅还有别的亲戚朋友们一起到了蛮邦，在阿尔及尔住下；我们从此就好像落在地狱里了。国王听说我是个大美人；可是也算我运气吧，他又听说我是个大财主。他召我去，问我在西班牙住在哪里，带多少钱，有什么珍宝。我把家乡的住址告诉他，说珍宝和钱都在那村里埋着呢，如果让我亲自回去拿，很容易到手。我说着话心上直打哆嗦，只怕他不是贪财而是好色。他和我谈话的时候有人来说，我们一伙有个俊俏无比的美少年。我立刻知道说的是堂伽斯巴·格瑞果琉，他的美貌是难以形容的。野蛮的土耳其人眼里，女人再美也比不上美童子或美少年。<u>我看到堂伽斯巴的危险，代他捏着一把汗</u>。国王立即命令把那少年人带上来让他过目，又问我传说的话是否真实。我当时灵机一动，说那些话是真的，不过我奉告他，那少年不是男子，是像我一样的姑娘。我求他让我去给她换上女装；因为男装不免遮掩了她的美貌，而且她男装拜见国王，也不好意思。国王居然允许，还说过一天再和我商量回西班牙掘藏的事。我和堂伽斯巴见了面，告诉他男装要出乱子，就把他扮成摩尔姑娘，当天下午带他晋见国王。国王一见大喜，打算把这个美人留下献给苏丹。他怕后宫的女人忌妒暗害，也怕自己把持不住，就把他寄放在摩尔贵夫人家里，委托她们监护照料。堂伽斯巴就此走了。我不否认自己爱他，我们俩的痛苦，让曾经离别的情人自己体会吧。国王随即定下计策，叫我乘了这艘船回西班牙，叫那两个杀您水兵的土耳其人陪我同走。"她指指最先开口的那人说："一起还有这个西班牙叛教徒；我知道他暗里信奉基督教，指望留在西班牙不再回蛮邦。别的水手都是摩尔人和土耳其人，他们不过是划手。照国王的命令，船到西班牙，我和叛教徒就换上随身带的基督徒服

> 摩尔人的不幸不仅是民族的不幸，更是个人的不幸，这位少女便是一个典型代表。

> 此时此刻，那个少年的心里无比担心、害怕。

> 事情因由清楚了，但两个愚蠢、贪婪的家伙可要遭殃了。

装,由那两个土耳其人送到岸上。可是那两人又贪又狠,想先沿海游弋,乘机抢劫些财物。他们不听国王的指示,暂且不让我们俩上岸,怕出了岔子,走漏风声,他们给捉住。昨晚我们望见了西班牙海岸,却没注意你们这四艘海船,就给你们看见了。以后的事你们都一清二楚,不用我再多说。现在堂格瑞果琉乔装了女人,混在女人一起,性命难保;我在这里束手等死——也许该说是怕死,我实在也活得腻了。各位先生,我可怜的一生就如此结束了;我命薄运低,讲的都是真情实事。我已经说过,我同族兄弟犯的罪一点儿没我的份;我求你们许我像基督徒那样忏悔了再死。"

> 美丽摩尔女郎的眼泪胜过一切解释,而作者保持故事完整性的有始有终,文风也没有改变,李果德果然和女儿相遇,接下来的情节不用看你也能猜到了。

她热泪盈眶,闭口不再多说。许多人陪着直流眼泪。总督恻然动了怜悯之心,一言不发,走到摩尔女郎身边,亲自解开了她的纤手。

信基督教的摩尔姑娘讲她怎么流离颠沛的时候,有个跟总督上船的朝圣老人两眼直盯着她。摩尔姑娘刚讲完,他就赶上去伏在她身边,抱住她的脚泣不成声,说道:"唉!我可怜的女儿安娜·斐丽斯啊!我是你爸爸李果德!我特地回来找你的;你是我的灵魂,没了你我不能过日子。"

桑丘正低着脑袋,想他这趟出游倒了霉,忽听得这番话,忙睁开眼把那朝圣者细细端详。他认得这人正是自己丢官那天碰到的李果德,这姑娘也确是李果德的女儿。她已经解掉束缚,父女俩抱头大哭。李果德向将军和总督说:"两位大人,她是我的女儿安娜·斐丽斯·李果德;名字吉利,遭遇却很不幸。她因为长得美,家里又有钱,很有点名气。我到外国去找安身之地,在德国找到了,就扮成朝圣者和几个德国人结伴回来,打算寻觅我的女儿,发掘我的宝藏。我没找着女儿,只挖到了我埋下的财宝,已经随身带出来。经过这些曲折离奇的事,我找到了我这无价之宝——我亲爱的女儿。

> 父女在这种情景下相认多了几分悲凉。

我们民族遭流放确是罪有应得，可是我们父女并不和他们一条心，从不想冒犯你们；请两位顾念我们无罪无辜，可怜我们身世悲惨，对我们网开一面吧。"

桑丘插嘴道："我认识李果德，安娜·斐丽斯确是他的女儿，我知道他这话是不错的；至于什么出去呀、回来呀、好心坏心呀等，我不想多嘴。"

大家觉得事出意外。将军说："不管怎样，我看到你们的眼泪，就把刚才发的誓收回了。美丽的安娜·斐丽斯啊，你留着性命，安享天年吧；犯罪的是那两个大胆的家伙，叫他们受罚就行。"

他下令把两个土耳其杀人犯立即吊在桅杆上绞死。可是总督为那两人恳切求情，说他们是一时疯狂，并非狠心毒手。将军就饶了他们，因为他已经冷静下来，报复得乘着一腔火气才行。他们随就设法营救堂格瑞果琉。李果德愿意拿出价值两千多杜加的珍珠宝石来办这件事。大家想了许多办法，可是都不如那西班牙叛教徒出的主意好。他建议置备一艘六对桨的小船，雇基督徒划桨，他就乘了这只船回阿尔及尔去，因为他知道上岸的地点、方法和时间，并且熟悉堂格瑞果琉住的那宅房子。将军和总督不敢信任叛教徒，也不愿把划桨的基督徒交托给他。安娜·斐丽斯担保这人可靠；她父亲李果德声明，如果当划手的基督徒陷落蛮邦，由他出钱为他们赎身。

大家商定办法，总督就下船了，堂安东尼欧·台·莫瑞诺带了摩尔姑娘和她父亲一起回家。总督嘱咐堂安东尼欧对他们父女务必尽心款待，他本人也愿意倾家供养。他的仁心厚意都是安娜·斐丽斯的美貌激发的。

现在安娜·斐丽斯的问题解决了，堂格瑞果琉的营救又成了重点，不过不用担心，作者会保佑他的。

第一一六章

堂吉诃德生平最伤心的遭遇。

据记载,堂安东尼欧·台·莫瑞诺的妻子很欢迎安娜·斐丽斯住在她家。她喜欢这摩尔姑娘聪明美丽,不同寻常,对她款待得十分殷勤。城里人好像听到钟声召唤,一齐上门去瞧这位姑娘。

堂吉诃德对堂安东尼欧说,他们营救堂格瑞果琉的办法不妥,又费事,又危险;最好是把他堂吉诃德连他的武器和马匹一起送到蛮邦,他不怕摩尔人全族的阻挡,准像堂盖斐罗斯救他妻子梅丽珊德拉那样把堂格瑞果琉救出来。

桑丘道:"您可别忘了:堂盖斐罗斯先生把老婆救回法国,来去都是陆路。咱们现在要是救了堂格瑞果琉先生,回西班牙隔着个大海呢,怎么办呀?"

堂吉诃德答道:"'只有命里该死,才是没法的事'。把船开到岸边,咱们还上不去吗?全世界所有的人也拦挡不住呀!"

"您想得真美,说得也真容易,可是'说是说,干是干,相隔很远'。我还是赞成让那个叛教徒去;我觉得他是老实人,也很热心。"

堂安东尼欧说:"如果叛教徒成不了事,就改变方法,请伟大的堂吉诃德亲自到蛮邦去。"

两天后叛教徒乘一只六对桨的快船走了,划手都是非常勇猛的健儿。又过两天,那几艘海船都开往东方去。将军临走要求总督把营救堂格瑞果琉的结局和安娜·斐丽斯的情况告诉他;总督一口应允。

> 堂吉诃德的正义感像他的执迷一样令人不得不敬佩。

> 桑丘对主人能力的怀疑从没消除过。

堂吉诃德有一天清早,披戴着全副盔甲,出门到海边闲逛。他常说他的服装是甲胄,他的休息是斗争,所以他时时刻刻披甲戴盔。忽见一位骑士迎面而来,也全身披挂,盾牌上画着一个亮晶晶的月亮。那人跑到可以搭话的远近,就高声对堂吉诃德说:"大名鼎鼎、赞叹不尽的骑士堂吉诃德·台·拉·曼却啊,我是白月骑士。你听到我那些骇人听闻的功绩,也许会想起我这个人来。我为了自己的情人,特来和你比武,试试你有多大力气。你甭管我的情人是谁,反正比你的杜尔西内娅·台尔·托波索美得天悬地隔,不能相提并论。你要是干脆承认我这句话,就饶你一命,也省得我动手了。假如你要和我决斗,那么,咱们先讲明条件。我赢了你不要你别的,只要你放下武器,不再探奇冒险,在家乡待一年。这一年里,你得安安静静,剑把子也不许碰;这样你就可以整顿家业,挽救自己的灵魂。我输了呢,我的脑袋就由你处置,我的兵器马匹就是你的胜利品,我立功博来的名声也一股脑儿奉送给你。你瞧怎么好,赶紧回答,因为我不出今天得把事情了结。"

> 堂吉诃德的权威这次遇到了直接的冲击,白月骑士的挑战看起来已准备十足。

堂吉诃德觉得白月骑士的傲慢和挑战的原因都岂有此理,瞪着眼愣住了;他沉着地回答说:"白月骑士,我还从没听到你的什么功绩。我可以打赌,著名的杜尔西内娅你压根儿没见过,要是见过,就决不会这样向我挑衅。因为见了她就开了眼界,知道她的美是古往今来谁也比不上的。我不说你撒谎吧,只说你那句话我不能承认。我照你提出的条件,接受你的挑战,此时此刻就动手,好让你当天了事。不过你输了把立功博来的名声送给我,这个条件我可不能接受,因为不知道你有什么功或多大的功。我好歹有自己干下的事业就够了。现在随你在这场上选定地位,我也选定我的地位,上帝保佑谁,让圣彼德罗也为他祝福吧。"

> 挑衅(xìn):借端生事,企图引起冲突或战争。
>
> 堂吉诃德毫不迟疑地应战了,一场骑士间的决斗再次出现,就像上次和镜士骑士决斗一样,只是不知堂吉诃德是否能继续保持荣誉。

城里人看见来了一个白月骑士，就去报告总督，还说他正和堂吉诃德讲话呢。总督以为堂安东尼欧·莫瑞诺或城里其他绅士又想出了什么新鲜玩意儿，忙赶到海边去。堂安东尼欧和许多别的绅士都跟着他。堂吉诃德正掉转驽骍难得的辔头跑远去，准备回身向前冲。总督瞧那两人是要回马冲杀，就去站在中间，问干吗忽然要决斗。白月骑士说是为了争夺第一美人的头衔；他就把自己怎么向堂吉诃德挑战、双方讲定什么条件等约略说了一遍。总督凑近堂安东尼欧，悄悄问他认识白月骑士吗，这是不是和堂吉诃德开玩笑。堂安东尼欧说不知那人是谁，也不知这是开玩笑还是当真。总督拿不定主意，不知该怎么办，可是觉得不可能是认真决斗，就站到旁边去说："两位骑士先生，如果您堂吉诃德先生和您白月骑士两位各执己见，不肯相让，非决一死战不可，那么，就凭上帝安排好了，你们打吧。"

> 可怜的骑士终于落败了，他的骑士生涯也就此结束了。

两人得到总督准许，都依礼道谢。堂吉诃德像往常临上场厮杀那样，虔诚祷告上帝和他的杜尔西内娅保佑，然后兜转马跑远些，因为看见对方也这么往远处跑呢。他们不用号角喇叭等信号，同时一起掉转马头。白月骑士的马快，跑了全程三分之二才碰到堂吉诃德。他好像故意把枪举得很高，不去碰对方，但是冲得很猛，把驽骍难得和堂吉诃德都撞翻，跌得很重。他立即居高临下，把枪头指着堂吉诃德的面甲说："骑士，你输了。你要是不承认我和你挑战所提的话，就得送命！"

> 坚强而勇敢的作风，即使战败也决不投降。

堂吉诃德摔得浑身疼痛，昏头昏脑。他没掀开面甲，说的话有声无气，好像从坟墓里出来的："杜尔西内娅·台尔·托波索是天下第一美人，我是世上最倒霉的骑士；我不能因为自己无能而抹杀了真理。骑士啊，你一枪刺下来杀了我吧，我的体面已经给你剥夺了。"

白月骑士说:"这是我决不干的。杜尔西内娅·台尔·托波索小姐尽可以保全她那美人的名声,万代流传;我只要伟大的堂吉诃德照决斗前讲定的条件,回家待一年,或待到我指定的日期。"

这些话总督和堂安东尼欧等人都听见,又听到堂吉诃德回答说,他是个一点儿不含糊的、真正的骑士,只要不损害杜尔西内娅,要求他的事一定都做到。白月骑士逼他这么答应了,就拨转马头,向总督行个鞠躬礼,不急不徐地跑回城里去。

<small>不急不徐:不快不慢。</small>

总督吩咐堂安东尼欧跟他走,设法探听他的来历。他们扶起堂吉诃德,为他卸下面甲;只见他容色苍白,汗流满面。驽骍难得摔得太狠,当时都不能动了。桑丘伤心丧气,不知所措,觉得恍惚如在梦中,认为这事全是魔法的摆布。他瞧主人吃了败仗,一年内不准动用兵器,料想主人一辈子的英名就此扫地了;他自己新近又在指望的种种好处,也像风里的轻烟一般消散无踪。他担心驽骍难得跌成残废,主人骨节脱臼,可是如果他主人从此把疯病摔掉,倒也是一件大好事。长话短说,总督吩咐用轿子把堂吉诃德抬进城;他自己也回去,急着打听把堂吉诃德打得一败涂地的白月骑士究竟是谁。

<small>一败涂地:形容失败了不可收拾的地步。</small>

情境赏析

堂吉诃德失败了,但他曾经为理想不懈奋斗、努力争取过,白月骑士击败了他,却也并没击垮他的意志。他是一个脚踏实地的行动家,尽管有时刻板得令人好笑,但毕竟还敢去做想做的事。更何况他的理想又是那么崇高:他想锄强扶弱,要用生命捍卫真理,想要人人平等、自由地相处,向往一片和谐友爱的国土……他的行为本身便已值得我们崇敬。现今社会又有几人肯为美好的理想去奋斗呢？除却物质利益又有多少崇高的思想呢？堂吉诃德用自己的经历向我们提出了发人深省的问题，我们究竟应该为什么而活着？为什么去奋斗？

名家点评

堂吉诃德虽然惹人发笑，他自己却非常严肃。小丑可以装出严肃的面貌来博笑，所谓冷面滑稽。因为本人不知自己可笑，就越发可笑。

堂吉诃德不止面貌严肃，他严肃入骨，严肃到灵魂深处。他要做游侠骑士不是做着玩儿，却是死心塌地、拼生舍命地做。

——杨绛

第一一七章

对于意志坚强的人来说,挫折是一种磨炼和考验,它们只能使自己变得更坚强。堂吉诃德就是这种人,从第一次出游开始,失败便不断光顾,饥饿和伤痛一直就伴随着他。但事实证明,这些都没有打倒我们的骑士,他的坚定信念从没动摇,推行骑士道的决心始终不变。可是现在他倒在了白月骑士的枪下,被迫退出了游侠生活,这对他简直是晴天霹雳,心灵的创伤远甚于身体的伤害……

白月骑士的来历,以及堂格瑞果琉出险等事。

堂安东尼欧·莫瑞诺追踪白月骑士,直跑到城中一家客店里;一路上许多小孩子也跟着那位骑士和他啰唣。堂安东尼欧要结识他,就跟进去。有个侍从出来迎接那骑士,为他脱卸盔甲。堂安东尼欧瞧那骑士进了楼下一间客房,心痒难熬,急要知道底细,也跟着进去。白月骑士看到这绅士盯着自己不放,就说:"先生,我瞧透你这来是要打听我是谁。明人不说暗话,乘我佣人这会儿给我脱卸盔甲,我可以把真情一一告诉你。先生,我叫参孙·加尔拉斯果学士,是堂吉诃德·台·拉·曼却的街坊。和他相识的人瞧他疯疯傻傻都看不过去;我尤其难受。我认为他要病好,得回乡在家里好好休息,所以设法哄他回家。三个月以前我扮作骑士去找他,自称镜子骑士。我存心要和他决斗,先和他讲明条件,输家听凭赢家发落,然后打败他,可是不伤他。我料定他是输家,打算叫他回乡待一年,不准出来;一年里他的病也许就养好了。可是,上天不从人愿,我给他颠下马来,吃了败仗;我的打算只落得一场空。他还是走他的路;我呢,跌得很凶,丢了脸、受了伤回去。可是我并不死心,还是要找到了他打败他。这就是今天大家看见的。他是严格遵守骑士道的,既已答应我的要求,一定说到做到。先生,我把底儿都抖搂给你了,请你别揭穿,也别向堂吉诃德透露,让我的妙计奏效,把他的病治好。他只要摆脱了骑士道那套胡想,原是个非常高明的人。"

堂安东尼欧说:"啊呀,先生,您要治好这位妙不可言的疯子,就损害了全世界的人;上帝饶恕你吧!你可知道,先生,有头有脑的堂吉诃德用处不大,疯头疯脑的堂吉诃德趣味无穷。不过照我看来,要这样一个失心疯恢复理性,您学士先生挖空心思也没用。如果不是有伤忠厚,我简直希望堂吉诃德一辈子疯下去呢。因为他一旦病好,我们丧失的不仅是一个逗乐的骑士,还得赔上一个逗乐的侍从;这一主一仆能使愁闷的化身也开怀欢笑。我看加尔拉斯果先生是白费事,不过我一定封上嘴巴,决不向堂吉诃德走漏消息,且瞧我的料想对不对吧。"

学士说,不管怎样,他这件事很顺利,希望能见效。他向堂安东尼欧说了一套愿意效劳的客气话,就告辞动身,把武器捆做一堆,装上骡背,自己骑着那匹上阵决斗的马,立即出城回乡。一路无话。堂安东尼欧把加尔拉斯果讲的事原原本本告诉总督。总督听了意兴索然,因为堂吉诃德一旦还乡,大家就不能借他的发疯来取乐了。

堂吉诃德躺了六天,又愁闷,又气恼,翻来覆去想自己吃败仗的倒霉事。桑丘安慰他说:"我的先生啊,您要是办得到,请抬起头来,寻寻快活。您该感谢上天,摔了一跤没有伤筋断骨。况且您知道:'打人一拳,就得挨人一拳';'许多人以为这儿挂着咸肉呢,其实连挂肉的钩子都没有'。您这场病不用医生治疗,可以对他们满不理会。咱们回家吧,别在他乡外地猎奇冒险了。仔细想来,您这回虽然比我倒霉,我却比您吃亏。我扔下总督的官儿不想再做了,可是还指望做伯爵呢。您不做游侠骑士,还能做国王吗?我靠谁做伯爵呀?所以我的希望都烟消云散了。"

"住嘴吧,桑丘,你可知道,我这番退休只不过一年,马上又要重干我这光荣的行业。我准会征服个把王国,准会封你做伯爵。"

桑丘道:"'但愿上帝垂听,魔鬼耳聋无闻'。我常听说,'坏的实物不如好的希望'。"

这时堂安东尼欧满面高兴跑来说:"堂吉诃德先生,我特来报喜!堂格瑞果琉和接他的叛教徒已经上岸了!——不但上岸,他已经到了总督家里,马上就要到这儿来了!"

堂吉诃德听了稍为高兴些,答道:"说老实话,我倒宁愿事情不成,得我亲自到蛮邦去走一趟呢。靠我的力量,别说解救一个堂格瑞果琉,所有拘留在蛮邦的基督徒全都能放出来。可是我这个倒霉人还胡说什么呢?我不是吃了败仗吗?不是给打倒了吗?不是一年内不准拿兵器了吗?我是不配拿剑只配纺纱的人了,还许什么愿、夸什么口呢?"

桑丘说:"先生,别说这种话,'老母鸡害了瘟病,也但愿它活着'。'今天你神气,明天我得意','胜负兵家常事',不用挂心,除非泄了气躺在床上,不能抖擞精神再上战场,那才是完蛋了呢。您赶紧起来,迎接堂格瑞果琉去;我听得人声嘈杂,准是他已经来了。"

果然,堂格瑞果琉随着叛教徒见了总督,报告了经过之后,急要见安娜·斐丽斯,两人就同到堂安东尼欧家来。堂格瑞果琉从阿尔及尔逃出来的时候还是女装,在船上就和同出来的一个俘虏对换了衣裳。可是随他穿什么服装,一看就得人爱怜,也显然是娇生惯养的。他相貌非常漂亮,大约十七八岁。李果德父女出来迎接;父亲含着眼泪,女儿脉脉含羞。一对情人并没有拥抱,因为爱情如果深厚,行动必定端重。大家看了堂格瑞果琉和安娜·斐丽斯好一对儿,都啧啧赞叹。他们俩默默无言,只用眼睛来诉说心上的欣喜和挚爱。叛教徒讲了怎么用计救出堂格瑞果琉。堂格瑞果琉讲了自己在女人堆里的危险和窘急;他说话简要,足见他少年老成。李果德慷慨解囊,酬谢了叛教徒和划手们。叛教徒重又皈依圣教;他经过忏悔苦修,好比腐烂的肢体又清洁健全了。

过了两天,总督和堂安东尼欧商量办法,让安娜·斐丽斯和她父亲待在西班牙。他们觉得女儿虔信基督教,父亲一副好心肠,这两人留下不会有什么妨碍。堂安东尼欧正有事进京,愿意去接洽这件事。他认为走走门路，送送礼物，许多困难的事都能成功。

李果德在旁，听了他们的话插嘴道："不行，靠请托送礼是没指望的。皇上任命驱逐我们的萨拉沙尔伯爵大人、堂贝尔那迪诺·台·维拉斯果从不理会请托、许愿、送礼、哀求这一套。尽管他确是恩威并用，却看透我们民族好比一个烂疮，只可以剜掉了用火来烧灼消毒，止痛油膏不济事。他眼明心细，办事认真，能叫人怕惧，承担这项重任很称职。我们使尽心机，哀求也罢，捣鬼也罢，都混不过他。他像百眼神阿戈斯，时时刻刻观察着四面八方，不让我们有一人在西班牙隐藏下来，像埋着的祸根，到时又萌芽结果。我们人多，是西班牙的隐患，现在总算一网打尽了。伟大的斐利普三世真有果断！他任用这位堂贝尔那迪诺·台·维拉斯果也真是了不起的英明！"

堂安东尼欧说："不管怎样，我到了京城，尽人事、听天命吧。堂格瑞果琉可以和我同走；他父母不见了他一定很着急，该回去让老人放心。安娜·斐丽斯不妨留在我家和我妻子做伴，或者到修道院去。总督先生想必欢迎李果德老哥在他家住下，等我办事有了眉目再说。"

总督都赞成。堂格瑞果琉听了却说，他怎么也不离开安娜·斐丽斯。不过他要去看父母，并且要设法保护这位姑娘，也就同意大家议定的办法。安娜·斐丽斯仍和安东尼欧夫人做伴；李果德住在总督家里。

堂吉诃德摔伤了不便行路，他和桑丘等堂安东尼欧动身两天后才走。堂安东尼欧动身那天，堂格瑞果琉和安娜·斐丽斯依依惜别，一个流泪叹气，一个哭着晕倒了。李果德要送堂格瑞果琉一千艾斯古多，可是这位公子辞谢不受，只向堂安东尼欧借五个艾斯古多，答应到了京城偿还。上文已经说过，这俩人先走，然后堂吉诃德和桑丘也动身上路。堂吉诃德不披挂，只是旅行的装束，桑丘步行跟随，因为灰驴背上驮着一捆兵器呢。

第一一八章

读者读后便知，听书的听来便知。

堂吉诃德从巴塞罗那出来，回望他摔跤的地方说："特洛亚就此灭亡了！我不是没有勇气，只是碰上晦气，把一生辛苦挣来的英名断送在这里了！造化在这里播弄了我！我的丰功伟绩从此失去光彩！总而言之，我这次倒了霉，没指望再转运了！"

桑丘听了说道："我的主人啊，英雄好汉得意当然高兴，失意也能沉得住气。这是我的经验之谈。我做总督虽然快活，现在步行当侍从也并不烦恼。因为我听说命运女神是个喝醉了酒的婆娘，喜怒无常，而且双目失明，一味瞎干瞎撞，推翻了谁，扶起了谁，自己全不知道。"

堂吉诃德说："桑丘，你真是个大哲学家！这话非常高明，不知是谁教你的。我告诉你吧，世界上并没有侥幸的事；世事不论好坏，都不是偶然，却是上天有意安排的。所以老话说'命运各由自己造成'。我的命运向来由我自主；我不够慎重，狂妄自信，就此出了丑。我该看到白月骑士的坐骑是匹骏马，驽骍难得驽骍，远比不上。我却冒死去拼，使尽了劲，还是给撞倒了。不过我体面虽然丢了，说话当话的这种品德并没有丧失，而且也不能丧失。我做英勇的游侠骑士，靠敢作敢为建立功业；现在成了步行的绅士，就靠说到做到保证信用。桑丘朋友啊，开步走吧，咱们回乡去过一年苦修期，在家里养精蓄锐，然后再来干我念念不忘的武士行业。"

桑丘答道："先生，步行不是滋味，不能激励赶路。咱们把兵器当绞杀犯那样挂在树上吧，我骑上灰驴，不用两脚奔波，随您一天赶多少路都行。要我搬动两脚走急路是办不到的。"

堂吉诃德说："桑丘，你说得对，把我的兵器挂起来做纪念品吧。悬挂罗尔丹全副兵器的纪念碑上有句题词：

> 不是罗尔丹的匹敌,
>
> 不要动这些兵器。

咱们挂这捆兵器的树脚上或周围树上,也可以刻上这句话。"

桑丘道:"您说得妙极了。要不是咱们路上少不了驽骍难得,该把它也挂起来。"

堂吉诃德说:"可是,驽骍难得也罢,兵器也罢,我都不想挂起来,免得人家说:'忠心效劳,不得好报'。"

桑丘说:"对呀!聪明人说:'驴子捣乱,不怪驮鞍'。既然是您的错,就怪您自己吧,别把您这副沾了血的破盔甲出气,别埋怨驽骍难得,也别难为我这双嫩脚,走不了路也硬逼着走。"

他们说着话过了一天,接着四天都一路无事。第五天他们刚进一个村子,看见客店门口聚着一大堆人,原来是节日在那里赶热闹的。堂吉诃德走近去,有个老乡嚷道:"这两位来客和咱们哪一方都不认识,咱们打赌的事可以请随便哪位公断。"

堂吉诃德说:"行啊,只要我明白是怎么回事,一定公平判断。"

那老乡说:"那么,好先生,听我说吧。这村上有个大胖子,重十一阿罗巴。他街坊呢,只有五阿罗巴重。胖子挑逗瘦子和他赛跑,讲定跑一百步路,可是双方体重得相等。人家问那胖子,双方的体重怎能相等呢?他说,应战的瘦子体重五阿罗巴,叫他背六阿罗巴铁,两人就一样都有十一阿罗巴重了。"

桑丘不等堂吉诃德回答,插嘴道:"这办法不对。大家都知道,我前不久是总督和判官,这种疑难问题和一切争论该由我来解决。"

堂吉诃德说:"你好好解答吧,桑丘朋友。我心神恍惚,'拿面包屑喂猫'都不能了。"

一群老乡围着桑丘,张开嘴巴等他判断;他得到主人准许,说道:"老哥们,那胖子的要求行不通,也全不合理。据说,决斗的武器该由应战的人选择。如果确有这话,那么,他那条件好比强迫应战的人选择自己不能取胜的武器，怎么说得过去呢？所以我主张叫挑战的胖子自己从身上不拘哪里，随意修呀、削呀、片呀、切呀，去掉六阿罗巴肉，把体重减到五阿罗巴，和对方一样，他们就可以按体重相等的条件赛跑了。"

一个老乡听了说："啊呀！这位先生真是说话像圣人，判事像教长！可是要那胖子去掉身上一两肉，他都决不答应，别说六阿罗巴肉了。"

另一个老乡说："他们还是别赛跑了，瘦子不至于压坏，胖子也不用割掉一身肉。咱们把赌注的半数拿出来喝酒，请这两位先生一起上高价酒店去吧。我的主张如果有错儿，由我承当。"

堂吉诃德说："各位先生，多谢你们的美意，可是我一刻也不能耽搁，因为遭逢了不如意的事，心绪不佳，还得赶路，只好欠礼了。"

他就踢动驽骍难得往前跑。那群人料想桑丘是他的佣人；瞧主人模样这么古怪，佣人的识见又这么高明，都很惊讶。另一个老乡说："佣人都这么高明，主人还用说吗？我可以打赌，他们要是在萨拉曼加读了大学，一定转眼就当上京城的法官。因为这种事像开玩笑一样，一个人只要在大学里读了再读，如果有靠山，又有机会，忽然间就会手拿执法的杖，或头戴主教的帽子。"

当夜主仆俩在旷野露宿一宵，第二天又上路。忽见一人迎面步行而来，脖子上挂着个褡裢口袋，手里拿着一支标枪或短矛，恰像个步行的信差。这个人走近堂吉诃德，跑着快步抢上来，抱住他右腿——因为这人站在平地上，比骑马的矮着一截；他满面堆笑，说道："啊呀！我的堂吉诃德·台·拉·曼却先生啊！我们公爵大人要是知道您又回到他府上去，该多么快活呀！他和公爵夫人还在那儿待着呢。"

堂吉诃德说："朋友，请问你是谁？我记不起你啊。"

那信差说："堂吉诃德先生，我是公爵大人的小厮托西洛斯。我就是想娶堂娜罗德利盖斯的女儿、不愿和您决斗的那人呀。"

堂吉诃德说："啊呀，我的天！魔法师捣鬼，夺我那场决斗的荣誉，把我的对手变成了你说的那小厮。难道你就是我那个对手吗？"

信差说："得了，好先生，哪有什么魔法或变相的事呀。我上场决斗就是小厮托西洛斯，退场还是小厮托西洛斯。我觉得那姑娘不错，打算不决斗就娶她。可是我打了如意算盘。您一走，公爵大人因为我没执行决斗前他给我的指示，叫人打了我一百板子。结果那姑娘做了修女，堂娜罗德利盖斯回到加斯底利亚去了。我这会儿奉主人的命到巴塞罗那去送信给总督，身边还带着满满一葫芦瓢的美酒——有点温乎乎的，可是味道很醇；还有许多下酒的特隆穹奶酪片儿，叫不想喝酒的也要喝。您喝点儿吗？"

桑丘道："我喝，我喝，我可不客气。托西洛斯老哥，你斟酒吧，全美洲的魔法师都管不了你。"

堂吉诃德说："桑丘，你真是天下第一馋胚，世上头号傻瓜！你看不出这信差是着了魔的吗？这个托西洛斯是假的呀。你跟他一起吃喝个餍足吧，我慢慢儿往前走，等着你来。"

那小厮大笑；他拿出葫芦瓢，掏出些奶酪片，还拿出一个面包，和桑丘同坐在青草地上，亲亲热热地把褡裢口袋里的干粮全吃光。他们胃口真好，连那束信都舔了一过，因为上面有奶酪味儿。托西洛斯对桑丘说："没什么说的，桑丘朋友，你这位主人该是个疯子。"

桑丘说："怎么该？他一无亏欠，如果该下什么债，用他的疯傻折抵，就可以清账，一个子儿也不该谁。我明知他是疯子，当面都跟他直说，可是有什么用呢？况且他现在已经垮了，给白月骑士打败了。"

托西洛斯请问是怎么回事，可是桑丘说，叫主人等待侍从，于礼不合，以后见了面再细讲吧。他起身抖抖外衣，掸掉胡子上的面包屑，就和托西洛斯辞别；他主人正在树荫下等着他呢。

第一一九章

堂吉诃德决计在他答应退隐的一年里当牧羊人，
过田园生活；还有些真正有趣的事。

堂吉诃德就是不打败仗，也经常心事重重，这次吃了败仗，愈添烦恼。上文说他正在树荫下待着想这想那，想到杜尔西内娅怎么摆脱磨难呀，强迫退隐的一年怎么过呀，千头万绪，像苍蝇攒聚着蜜糖似的挥逐不开，直盯着他。桑丘跑来，夸赞小厮托西洛斯慷慨。

堂吉诃德说："哎呀，桑丘！难道你还以为那人真是个小厮吗？你亲眼看见杜尔西内娅变成乡下姑娘，镜子骑士变成加尔拉斯果学士；魔法师捉弄我的这些事，你大概忘得一干二净了。可是我问你，你有没有问问你说的那个托西洛斯，阿尔迪西多娅现在怎样了？她当着我的面痴情颠倒，我走了她还哭不哭呢？是不是一转背就把我抛在脑后了呢？"

桑丘答道："我哪有心思管这些闲事呀。哎，先生，人家的心情，尤其是爱情，您这会儿还问它干吗呀？"

堂吉诃德说："桑丘，你听着，爱慕和感激是两码事。骑士蒙女人错爱，可以不报答她的柔情，但是万不可不感谢她的厚意。阿尔迪西多娅看来对我很多情。她送我三块头巾你是知道的。我临走她哭哭啼啼，不顾羞耻当众把我咒骂，可见对我的痴心；情人的怨恨往往是以咒骂了结的。我不能让她抱什么希望，也不能送她宝贵的东西，因为我的一切都已经献给杜尔西内娅了。况且游侠骑士的宝物好比仙家点幻的东西，是虚而不实的。我能给她的无非是几分怀念，无损于我对杜尔西内娅的一片心。你欠了杜尔西内娅那么些鞭子老不还，真是对不起她呢！你不肯帮那可怜的小姐，护着自己的皮肉宁可将来喂蛆虫，我真恨不得你那一身肉都给狼吃掉！"

桑丘道："先生，我实在是想不明白打我的屁股和解除魔缠有什么相干。这就好比说，'你要是头痛，膝盖上敷些油膏就好'。我至少可以发誓，您那些游侠骑士的故事里从没讲到抽鞭子可以解除魔缠呀。不过，管它怎样，等我几时高兴或者方便，我还是要打自己几下的。"

堂吉诃德说："但愿如此吧！让上天感化你，叫你记着对女主人尽责任。因为我既是你的主人，我的女主人也就是你的女主人。"

他们一路说着话，又到了前番被牛群践踏的地方。堂吉诃德还认得，对桑丘说："咱们不是就在这片草地上碰到了那些俊俏的牧羊男女吗？他们要在这里重建牧羊人的乐园呢。这个主意很新奇，也很有趣。桑丘啊，我想学他们的样儿，至少在强迫退休的一年里，咱们也改行当牧羊人，你说好吗？我去买几只绵羊和牧羊用的东西；我取名牧羊人吉诃悌士，你就叫牧羊人潘希诺。咱们在山林旷野里来来往往，唱歌吟诗；清澈的溪泉、浩荡的河水供我们喝，蜜甜的橡树子由我们放量吃，坚固的软木树干让我们坐，杨柳给我们绿荫，玫瑰给我们甜香，广阔的草原是花花绿绿的大地毡；我们呼吸的是新鲜空气，照明的是星星月亮；我们唱歌作乐，就是哀怨也心上痛快；阿波罗给我们诗才，爱情供我们诗料，我们作出来的诗不但举世闻名，还流传千古呢。"

桑丘说："天哪！这种日子正是我向往的！完全称了我的心！参孙·加尔拉斯果学士和尼古拉斯理发师要是看见咱们当牧羊人，马上会跟咱们合伙。咱们神父是爱乐、爱玩的，天保佑他别也动念钻到羊圈里来。"

堂吉诃德道："你说得一点儿不错。参孙·加尔拉斯果学士准会来做咱们的牧羊兄弟。他要来了，可以取名牧羊人参孙尼诺或牧羊人加尔拉斯公。理发师尼古拉斯可以像从前博斯冈取名内莫洛索那样，叫作尼古洛索。我不知道给神父起什么名字，除非就用他的职名，加上个尾巴，叫作牧羊人古良布洛。至于咱们爱慕的牧羊姑娘取什么名字，咱们可以挑选梨子似的细细挑选。不过我的意中人不管是牧羊姑娘或是公主，她的名字都合适极了，不用我费心再取。你呢，桑丘，随你给自己的牧羊姑娘起个名字吧。"

桑丘说："我不想给她另起名字。她原名泰瑞萨，她块头大，叫她泰瑞索娜再好没有。我作诗赞扬她，也就是夸耀自己是个贞节的丈夫，不挑精拣肥，到别人家去猎野食。神父得严守出家人的清规，心上不该有牧羊姑娘；学士要是有，名字随他自己取。"

堂吉诃德说："啊呀！桑丘朋友，咱们的生活该多美啊！满处都吹箫吹笛，敲打手鼓，摇动响片儿，弹弄三弦琴，如果再有个铜钹，那就更妙，牧羊人的乐器差不多就齐全了。"

桑丘问道："什么铜钹？我一辈子也没听见看见过。"

堂吉诃德答道："铜钹就是像蜡烛盘似的两个铜盘儿，中部隆起，相拍的时候，当中是空的，就激荡出声音来，虽然不怎么好听，也不很和谐，却不讨厌。这和笛子、手鼓一样朴质。铜钹，*albogues*，是从摩尔文来的。西班牙字凡是 al 开头的，都是这个来源，例如 almohaza，almorzar，alfombra，alguacil，alhucema，almacén，alcancía 等，不用一一列举。从摩尔文来的西班牙字，末一个字母是 i 的只有三个：borceguí zaguizamí 和 maravedí。alhelí 和 alfaguí，开头是 al，而末尾是 i，那是阿拉伯文。我因为说起铜钹，联想到这些，顺便和你讲讲。你知道，我稍为有点儿诗才，参孙·加尔拉斯果学士更有了不起的诗才，我们凭这种才情可以成为十全的牧羊人。咱们神父怎样我不说，不过我可以打赌，他准也有几分诗人气息。理发师尼古拉斯放定也有几分，因为理发师一般都会编几句词儿，弹弹吉他琴。我就诉说情人分离的苦恼，你就夸耀自己用情专一；牧羊人加尔拉斯公可算是遭了女人唾弃；古良布洛神父随他爱充什么角色都行。咱们照这样过日子多乐呀！"

桑丘道："先生，我这个倒霉蛋只怕一辈子也不会有这一天！哎，我要是当了牧羊人，有许多东西要做呢！精巧的小木匙呀，油炸面包屑饼子呀，奶油呀，花冠呀，还有种种牧羊人干不完的零星杂事，尽管没人说我头脑聪明，靠手艺精巧也可以出名！我女儿桑琪加可以到牧场上来给咱们送饭。可是，得小心！她相貌不错，有些牧羊人很坏，并不老实。我不要她'出去剪羊毛，自己给剃成秃瓢'。不论在乡下或城市、草屋茅舍或高堂大厦，爱情和奸情都是常情。'铲除祸根，罪恶不生'，'眼不见，心不动'，'实心眼儿求人，不如一走脱身'。"

堂吉诃德说："够了，桑丘。你这许多话里，随便哪一句就能说明你的意思。我多次劝你别滥用成语，用的时候检点一下，可是我好像在荒野里说教，'我妈妈打我，我还是老样儿'。"

桑丘道："您真是应了老话说的'煎锅骂蒸锅'滚开！'你这个黑屁股'，您刚怪我用成语，自己却连串儿用。"

堂吉诃德说道："你瞧呀，桑丘，我用得对景，像指头上戴戒指一样合适；你却不问情由，拿来就算。我记得跟你讲过，成语是历代聪明人从长期经验里提炼出来的短句。成语用得不当景，就变了信口胡扯。可是闲话少说，天快黑了，咱们离开大道找个地方过夜吧；还不知明天怎么样呢。"

他们走到老晚才胡乱吃上晚饭，桑丘很不称心。他想到游侠骑士有时也大吃大喝，例如在公爵府或堂狄艾果·台·米朗达家，或是碰上富翁卡麻丘的喜事，或是在堂安东尼欧·莫瑞诺家；而往常登山涉林，总非常艰苦。不过有白天就有黑夜，有黑夜又会有白天，不会长夜漫漫永不天亮的。他这么想想，就泰然睡去；他主人却彻夜不眠。

第一二〇章

堂吉诃德碰到一群猪。

夜色昏暗，月亮虽然在天上，却不知躲在哪里，因为这位狄亚娜小姐有时溜到地球的那一面去逛，使这里群山黑魆魆，大野阴沉沉。堂吉诃德身体困倦，支不住眯了一忽，可是再也不得第二忽。桑丘却不然，他从晚上一觉直睡到天亮，从不间断；可见他身体好，也没有心事。堂吉诃德给满腔心事搅得睡不着，只好唤醒了桑丘，说道："桑丘，我不懂你怎么这样漠不关心！你大概是大理石凿的，或青铜铸的，全没有一点儿心肝！我醒着，你却睡觉；我哭，你却唱歌；我斋戒得发晕，你吃饱喝足，混混沌沌。好佣人该和主人同艰苦、共患难，至少也得像个样儿呀。瞧，今夜静悄悄的，四无人声；咱们别睡了，醒醒吧。我求你起来，走开几步，拿点儿勇气出来，打自己三四百鞭子，把你解救杜尔西内娅魔缠的鞭子账还掉些吧。我不想再像上次那样逼你，因为领教过你胳膊里的劲儿；我这回是央告你。你打了自己一顿，咱们就唱着歌儿等天亮：我唱我的相思，你唱你的坚贞。咱们回乡要干牧羊的行业了，现在就可以开始呀。"

桑丘道："先生，我不是苦行僧，不会睡梦里起来鞭挞自己。而且吃鞭子是很苦的，唱歌却是很乐的；一苦一乐，合不到一起。您让我睡觉吧，别逼我鞭挞自己了。不然的话，我发誓不但不碰自己一根汗毛，连外衣上一根绒毛都不碰一下。"

"嗐！你这个侍从真是铁石心肠！我的饭你白吃了！好处白给了你，也白许了你！你做总督不是靠我吗？你指望赶快封伯爵，不还得靠我吗？而且只要过这一年，你就能如愿，因为'黑暗之后，光明有望'。"

桑丘说："这话我可不懂，只知道自己睡着了就没有怕惧、没有希望、没有困难，也没有光荣。谁发明了睡，真该祝福他！睡像一件大氅覆盖了人世的一切思虑。睡是解饿的粮，解渴的水，御冷的火，去暑的清风。一句话，睡是到处通用的货币，什么都买得到；睡是天平，是秤砣；不论牧童或国王、笨人或聪明人，睡着就彼此平等了。据我听说，睡只有一个缺憾——和死太像；一个人睡熟了和死人没多大分别。"

堂吉诃德说："桑丘，你这么高明的议论，我还从没听见过呢。可见你常说的老话不错：'不问你生在谁家，只看你吃在谁家'。"

桑丘道："啊呀，糟糕！我的主人啊，老话成串儿说的，这会子不是我了！您一开口就成堆的谚语，比我还连贯！当然，您和我有一点不同：您说得当景，我说得不当景；可是同样都是谚语呀。"

这时忽觉野地里闹哄哄地，还有刺耳的叫声。堂吉诃德忙起身按剑；桑丘忙躲在灰驴身下，用那捆兵器和驴子的驮鞍左右挡住。他吓得浑身乱颤；堂吉诃德也有点惊惶。那片响声愈来愈大，渐渐逼近。主仆两人至少一个已经吓得魂不附体，另一个的胆量是大家都知道的。原来有人赶着六百多头猪到市上去卖，正路过那里。那群猪嘴里咕哩咕哩叫，鼻子里呼哧呼哧出气，闹成一片。堂吉诃德和桑丘耳朵都震聋了，却不明白是怎么回事。大群叫叫嚷嚷的猪滚滚而来，浪潮一般把桑丘的堡垒冲塌，把堂吉诃德连人带马都撞倒，老实不客气，不顾堂吉诃德和桑丘的尊严，竟在他们身上踩着过去。这群肮脏的畜生来势迅猛，一阵子叫叫闹闹、冲冲撞撞，把驮鞍呀、兵器呀、灰驴呀、驽骍难得呀、桑丘呀、堂吉诃德呀，都乱七八糟地踩翻在地。桑丘这才知道原来是一群莽撞的猪大爷，挣扎起身，问堂吉诃德借剑，要宰掉它们五六个。堂吉诃德说："朋友啊，算了吧，是我作了孽，该受这番侮辱。游侠骑士打了败仗，就该给豺狼吃掉，给黄蜂叮，给猪踩；这都是上天的惩罚。"

桑丘说："那么，跟着打败的骑士当侍从的，给苍蝇叮、虱子咬、挨饥受饿,也该是上天的惩罚了。如果骑士是我侍从的爸爸或近亲,骑士有罪,我们子孙后代都陪着受罚,还有可说;但是潘沙和堂吉诃德两家有什么亲呀?罢了,咱们歇歇吧,乘天还没亮,睡它一会儿。只要还有明天,总会有办法。"

堂吉诃德说:"桑丘,你睡吧;你生来是睡觉的,我生来是熬夜的。天亮还有一会儿呢,我想作一首小诗散散心。你知道吗,我昨晚上心里已经有个谱儿了。"

桑丘说:"照我看,小诗里的心情没什么大不了的。您随意作诗吧,我要好好地睡呢。"

他就摊手摊脚躺在地上,盖得严严的,无牵无挂、无忧无虑地鼾呼大睡,做他的美梦。堂吉诃德靠着一棵榉树或软木树——熙德·阿默德·贝南黑利没说明什么树,一面叹气,一面吟诵了以下的诗:

> 爱情啊,你何其残暴,
> 狠狠地只把我折磨,
> 我唯有寻死、毁灭自我,
> 才剪得断缠绵的烦恼。
>
> 凭此一念,苦海有了边,
> 我欢欣得烦恼扫净,
> 忽然有了崭新的生命,
> 又点燃起熊熊情焰。
>
> 我活着只能求死,
> 求死却又生意无穷;
> 生和死这样把我捉弄,
> 真是旷古未有的奇事!

他唱一行诗就连声不断地叹息,潸潸流泪,好像为打败仗又离别了杜尔西内娅,伤透了心。

天亮了,太阳光直射到桑丘脸上。他睁眼起身,抖抖衣服,伸了个懒腰。他看见粮袋也遭了猪的作践,喃喃咒骂,咒骂的还不止那群猪。主仆俩又走上大道。傍晚,迎面来了十来个人骑马,还有四五个步行的人。堂吉诃德心怦怦地跳,桑丘也捏着把汗,因为跑来的这群人带着长枪和盾牌,全是准备动武的架势。堂吉诃德对桑丘说:"桑丘啊,我要不是有言在先,拿不得武器,前来的这伙人真不在我眼里。不过这也许只是一场虚惊。"

骑马的几人这时已经跑来围住堂吉诃德。他们一言不发,只举枪指着他的胸口或背心要他的命。一个步行的把指头挡在嘴上示意不许开口,一面牵着驽骍难得的辔头走出大道;其余几个步行的赶着桑丘和灰驴,鸦雀无声地跟着他们。堂吉诃德几次想问他们到哪里去,有什么事,可是他刚要开口,大家就拿枪头胁逼他。桑丘也受到同样看待,他每想说话,一个步行的人就用带刺的棒扎他,还扎灰驴,仿佛驴子也想说话似的。夜色四合,他们加快了步子,堂吉诃德和桑丘也加添了怕惧,尤其听他们不时吆喝:"你们这两个人猿,快走!"

"蛮子!不许开口!"

"吃人的生番,你们得还债!"

"不许咕哝!不许睁眼!凶狠的野人!残忍的妖魔!吃肉不怕血腥的狮子!"

他们叫骂的都是这一套,狼狈的主仆俩听来十分刺耳。桑丘自言自语道:"我们是什么'圆',是丸子,又是剩饭;却又是妖魔、狮子,这些名称我一个也不爱听,都是'歪风里簸出来的谷子',好比'乱棒打狗崽,没兴一齐来'。但愿这番灾祸,不过到此就完了。"

堂吉诃德呆呆瞪瞪一路走去;想不透这些臭骂是什么意思,估计凶多吉少。半夜一小时后,他们到了一所府第前面。堂吉诃德认得那是不久前住过的公爵府,说道:"天保佑我吧!这是怎么回事呀?原先这里是亲热殷勤的地方,现在我吃了败仗,好地方也变坏了,坏地方就变得更坏了。"

他们进了府前的大院,见到那里的布置越发惊讶,也更加害怕。欲知详情,请看下章。

第一二二章

准备退出江湖的堂吉诃德，意兴索然，消沉无力，被野猪的一顿践踏又闹了个昏头胀脑，气还没透一口又出现了一群莫名其妙的家奴，不由分说他就被稀里糊涂地带走了，连句争辩的机会都不给。真是虎落平阳遭犬欺啊，没有了骑士精神状态的堂吉诃德成了刀俎之肉了……

本书所载堂吉诃德经历中最新奇的事。

> 又是一场严肃、阴冷的景象，神秘、恐怖从四周布局中渗出丝丝寒气。

骑马的下马和那些步行的一同架着桑丘和堂吉诃德，把他们推推搡搡送进大院。院子四周，架上插着近百个火炬；楼上楼下走廊里，点着五百多盏灯，把黑夜照耀得如同白昼。院子正中搭着一座六尺高的灵柩台，顶上撑起一个特大的黑丝绒天幔；周围一级级台阶上的银烛台里，点着上千支白蜡烛。灵柩台上横陈一具少女的尸首，美丽非常，令人觉得死都是美的。她枕着锦缎的枕头，戴着各色香花编成的花冠，双手交叉胸前，拿着一枝黄色的棕榈。院子一边搭着台，上设两座，座上两人都头戴王冠、手拿宝杖，看来像国王的样子，不知是真的假的。台下挨着台阶另设两座，堂吉诃德和桑丘押着坐在那两个位子上。一伙人都哑默无声，还做手势不许两人说话。其实他们俩也说不出什么话，因为看了当时的情景，早惊奇得张口结舌了。这时有两位贵人带着许多随从上台。堂吉诃德一看就认得是东道主公爵夫妇。他们的座位富丽极了，就摆在国王模样的两人旁

> 又是这对夫妇在搞鬼，把死人都摆上来了，不知又要出什么花样？

边。堂吉诃德又看出灵柩台上的死人正是美丽的阿尔迪西多娅。这种种都离奇古怪。公爵夫妇登台,堂吉诃德和桑丘忙起身对他们深深鞠躬致敬;公爵夫妇也点头回礼。

忽有个管事员到桑丘身边来,给他披上一件黑麻布袍,上面画满了火焰;又摘掉他的便帽,给他戴上一只锥形帽,像宗教法庭给犯人戴的囚帽。这人附耳叮嘱桑丘不许开口,开口就堵他的嘴或者竟要他的命。桑丘把自己从上到下端详一番,只见浑身都是火焰;不过这种火焰既不烧身,他也就满不理会了。他脱下那只尖顶高帽,看见上面画着些魔鬼。他又把帽子戴上,暗想:"反正火焰也不烧我,魔鬼也不捉我。"

堂吉诃德也在端详桑丘;尽管自己惊奇得发呆,瞧他那副模样也忍不住笑了。这时,听得轻柔的笛声,好像从灵柩台底下出来的。满院静悄悄,越显得笛韵凄清。那个看似死尸的姑娘枕边忽然来了一个美少年,装束像罗马人,弹着竖琴,歌声清越,唱了以下的诗:

> 由于堂吉诃德的冷酷,
> 阿尔迪西多娅不幸丧命;
> 现在贵夫人都穿上丧服,
> 傅姆听从女主人的叮咛,
> 一律是朴素整洁的装束,
> 同来出席这里的幽冥法庭。
> 我就乘间前来弹拨竖琴,
> 哀唱这位薄命的佳人。
> 我不仅一辈子在人世间,
> 把你的美好到处揄扬,
> 即使长辞人世,命终气断,

每次堂吉诃德惹的事都要牵连桑丘遭殃,这次他是否能幸免于难呢?

> 这项使命永远耿耿不忘，
> 在阴间的艾斯蒂休河畔，
> 我的灵魂还要为你歌唱；
> 那冲洗一切记忆的逝水，
> 也将停止不流，为我潆洄。

> 果然倒霉的又是桑丘，上帝真是太不公平了，受伤的总是无辜者。

国王打扮的一人说："行了，神圣的歌唱家啊，甭唱了。绝世美人阿尔迪西多娅的短命和她的风姿是唱不完的。世人愚蠢，以为她死了，其实她并没有死。她靠自己的美名，还活在人间；靠这位桑丘为她吃点苦头，她还会起死回生。和我同当地府判官的罗达曼多啊，你已经知道不可捉摸的司命女神决定叫这位姑娘还魂了，快把她们的旨意当众宣布，让大家及早为她庆祝更生吧。"

说话的是拉达曼多的同僚米诺斯判官。拉达曼多等他说完，立即起身道："哈，全府的职事人员，不论老少尊卑，快排班上来，按住桑丘的脸，把他的鼻子弹二十四下！在他胳膊上和腰里拧十二把！再用针刺六下！凭这番礼节，阿尔迪西多娅就能重生。"

> 桑丘也并不呆，每次都拿他做替死鬼未免太牵强了，毕竟事情都和他无关嘛。

桑丘听了放声大叫道："我对天发誓！我要让人按住我的脸肆行无礼，我就宁愿叛教去当摩尔人了！老天爷！摸我的脸和这个姑娘还魂有什么相干呢？简直是'老太婆爱吃菠菜……'！杜尔西内娅着了魔，要解除魔缠，就鞭挞我！阿尔迪西多娅自己倒霉送了命，要她还魂，就得弹我二十四下鼻子！还扎得我浑身针眼儿！还拧得我两胳膊都是伤痕！'这种恶作剧，找我的小舅子去'！'我是老狗了，不听人家啧啧呼唤'！"

拉达曼多喝道："你要不要命？你是吃人的老虎也得发慈悲；你是狂傲的宁禄也得低头！闭上嘴巴忍受吧，没派你办不到的事。别推三阻四了，你得让人家按着你的脸弹鼻子，得让人扎得你浑身针眼儿，得让人拧得你哎呀呀喊痛。哙，职事人员急急如令呀！不听我的话，哼！仔细你们自己的性命！"

马上有六个傅姆排队从院子里过来，里面四个是戴眼镜的。她们都高举右手，袖口露出四指宽的手腕子——这是当时的风气，因为要显得手形纤长。桑丘看见这群傅姆，就公牛似的叫吼起来，说道："别人抚摸我也罢了，要让傅姆碰我，那可休想！我可以像我主人前番在这府里那样让猫儿抓破面皮；我可以让匕首刺透身体；我可以让烧红的夹子钳我胳膊；这种事我都能忍受，听凭您各位吩咐就是了。可是要让傅姆碰我一下，我拼了命也决不答应！"

堂吉诃德插嘴道："儿子啊，你忍耐着点儿，随了这几位先生的心吧。你这身子真了不起，折磨了它，着魔的能摆脱魔缠，死掉的能还魂再生；你真该感谢上天，给了你这种神通。"

主人的话还是具有一定的威力的。老实的桑丘也不得不就范了。

一队傅姆已经到了桑丘身边。桑丘这时稍为依头顺脑了，就在椅上坐稳了，向打头那个傅姆扬着脸，撅着胡子。那傅姆手按着他的脸，着着实实弹了他一下鼻子；然后对他深深行个屈膝礼。

"傅姆太太，少讲点礼貌，也少搽点美容油膏吧。你手上的醋酸味儿真刺鼻子！"

几个傅姆一一弹了桑丘的鼻子，其他佣人又拧了他的肉；可是他受不了针刺，怒冲冲地站起身，随手抓起一个火炬，赶着去打那些傅姆和捉弄他的人，一面说："滚！你们这群地狱里的小鬼！我不是铜打的！受不了你们挖空心思的折磨！"

桑丘终于愤怒了，什么事都应有一个限度的。

阿尔迪西多娅仰天躺了好久，大概累了，这时侧过身来。

旁边的人看见了几乎齐声喊道:"阿尔迪西多娅活了!阿尔迪西多娅活了!"

拉达曼多叫桑丘别生气,他们指望的事已经成功了。

堂吉诃德一看见阿尔迪西多娅动弹,忙去跪在桑丘面前,说道:"你不仅是我的侍从,你竟是我嫡嫡亲亲的亲儿子!你快动手鞭打自己几下,解脱了杜尔西内娅的魔缠吧。这会儿你的神通已经圆熟了,指望着你干的事准会一举成功。"

> 堂吉诃德未免得寸进尺太不体谅仆从了。

桑丘答道:"这不是千层糕上浇蜜,却是把我捉弄了又捉弄呀。刚把我拧胳膊、弹鼻子、又扎了针,跟着再抽我一顿鞭子,这可怎么说呢!干脆拿大石头绑在我脖子上,把我扔到井里去吧。假如治病都得我来做'喜事人家的老母牛',扔下井去我也不在乎了。别惹我吧;不然的话,哼哼,我就自作主张了,反正我都豁出去了!"

这时阿尔迪西多娅已经在灵柩台上坐起来,随后喇叭和笛子齐奏,大家同声高呼:"阿尔迪西多娅长命百岁!阿尔迪西多娅长命百岁!"

公爵夫妇、米诺斯王、拉达曼多王都站起来,和堂吉诃德、桑丘一起迎上去,把她扶下灵柩台。她装出如梦初醒的样子,向公爵夫妇和两位国王鞠躬行礼,又斜过眼来,瞄着堂吉诃德,说道:"硬心肠的骑士啊,上帝原谅你吧!我为了你的冷酷,在阴司待了好像一千多年了。至于你,全世界心肠最软的侍从啊,我这条性命全亏了你。桑丘朋友,我有六件衬衫要送给你,虽然不件件完整,至少都是干净的;你可以改做自己的衬衫。"

> 又是一场捉弄的完结,公爵夫妇真是兴致不减啊!

桑丘把尖顶高帽拿在手里,跪下吻她的手。公爵叫人给他去掉高帽,戴上他自己的便帽,并给他脱下画满火焰的袍子,换上外衣。桑丘向公爵讨那件袍子和尖顶高帽,想带回家乡，纪念这番破天荒的奇事。公爵夫人一口答应，借此表示自己和桑丘向来是好朋友。公爵吩咐家人把大院打扫干净，大家回屋睡觉，把堂吉诃德和桑丘送到他们原先住的屋里去。

第一二二章

承接上章，把这段故事补叙清楚。

那夜桑丘睡在一张四脚安着辘轳的小床上，不得已只好和堂吉诃德同屋。桑丘料定主人会问这问那，有许多讲究，搅得他不能睡觉。他受了折磨心里不痛快，舌头都僵了，懒得说话，宁愿一人睡在茅屋里，不愿和主人同住那间富丽的卧室。果然他并非多虑，堂吉诃德不出所料，一上床就说："桑丘，你瞧了今夜的事觉得怎么样？冷面无情竟有这么厉害呀！你亲眼看见了吧，断送阿尔迪西多娅性命的不是箭，不是剑，不是什么兵器，也不是无可解救的毒药，只不过是我一贯对她板着脸不理睬。"

桑丘答道："她死就死吧，爱什么时候死或怎么样儿死都行。我从来没招她爱我，也没有冷淡她，别找上我的门来呀。我真想不明白，我上次也说过，阿尔迪西多娅那没脑子的轻骨头，她死了还魂，折磨我桑丘·潘沙干嘛呢？我现在真是明白了，世界上确有魔术家和魔法，我保不了受害，但愿上帝解救我吧。不管怎样，我求您让我睡一觉，别再问我话了，除非您是要逼我从窗口跳出去。"

堂吉诃德道："桑丘朋友，你要是受了扎呀、拧呀、弹鼻子呀种种糟蹋，居然还睡得着，你就睡吧。"

> 世界上存在的"魔术家"和"魔法"究竟是指什么？

> 桑丘也有几分"士可杀不可辱"的气节呢。

桑丘道:"最气人的是弹鼻子欺侮我;不为别的,只为下手的是该死的傅姆。我再说一遍,求您让我睡吧;叫人失眠的种种苦恼,睡着就丢开了。"

堂吉诃德说:"但愿如此;上帝保佑你吧。"

两人都睡了。本传作者熙德·阿默德乘此讲讲公爵夫妇为什么缘故又安排了上文那套把戏。据说参孙·加尔拉斯果学士扮了镜子骑士给堂吉诃德打败后,当初的算计都落空了。他念念在心,决计卷土重来,指望这次马到成功。他碰到给桑丘老婆泰瑞萨·潘沙捎信送礼的那小厮,打听了堂吉诃德在什么地方,就另找了一套盔甲和一匹马,盾牌上画上个白月亮,用骡子驮着武器,雇了个老乡赶着骡子出门。他没有带前番的侍从托美·塞西阿尔,怕给桑丘和堂吉诃德识破。他到了公爵府,据公爵告诉他,堂吉诃德要参与萨拉果萨的比武,已经由某一条道路走了。公爵讲了他们怎么恶作剧逼桑丘自打屁股、为杜尔西内娅解除魔缠;还讲桑丘怎样捉弄主人,说杜尔西内娅着魔变成了乡下姑娘,而公爵夫人又怎么哄骗桑丘,说杜尔西内娅确是着了魔,倒是桑丘自己上了魔术家的当。学士且听且笑,想不到桑丘又傻又调皮,而堂吉诃德竟一疯至此。公爵嘱咐学士如果找到堂吉诃德,不论取胜与否,务必回府把决斗的结果告诉他。学士遵命。他到了萨拉果萨没找到堂吉诃德,又一路找去;以后的事上文已经讲了。他回到公爵府把经过一一报告,还讲了决斗的条件,说堂吉诃德是个好游侠骑士,说话当话,已经取道回乡,准备退休一年。据学士说,堂吉诃德的疯病一年里也许可以养

> 公爵夫妇可真是不遗余力,连战败归乡的落魄骑士都不放过。

好,他当初就因为可惜这么一位高明人士成了疯子,一心要治好他,才化了装跑出来。学士随即辞别公爵回乡,料想堂吉诃德跟脚也就到家了。公爵对堂吉诃德主仆的所作所为兴味无穷,乘机又对他们开了以上那番玩笑。他估计堂吉诃德

回乡准会经过他那里，就派了许多家丁，有的徒步，有的骑马，把守着远近各条道路，等碰见堂吉诃德，就把他软骗硬逼，带回府邸。他们果然碰见了堂吉诃德，忙去通知公爵。公爵早有准备，立即下令在大院里点上灯笼火把，叫阿尔迪西多娅躺在灵柩台上；整套把戏已见上文。他们演得惟妙惟肖，好像真有其事。可是熙德·阿默德认为被捉弄的固然傻，捉弄他们的也一样傻；公爵夫妇捉弄两个傻子那么起劲，可见自己和两个傻子正也不相上下。至于那主仆两个傻子呢，一个酣睡未醒，一个还睁着眼胡思乱想，只等天亮了起床。堂吉诃德不论得意失意，从不喜欢睡懒觉。

堂吉诃德真以为阿尔迪西多娅是死去还魂的。这时她遵照男女主人的意旨，跑到堂吉诃德屋里来。她带着灵柩台上带的花冠，穿一件洒金花白波纹绸长袍，披发垂肩，手里拄着一支精致的乌木杖。堂吉诃德见了她又急又窘，忙缩着脖子钻进床单和被单里去。他嘴巴好像封住了，一句客套话也说不出。阿尔迪西多娅坐在他床头边的椅子上，长叹一声，娇言软语道："尊贵的女人和贞洁的姑娘除非万不得已，才会不顾体面，把心事当众抖搂出来。我呀，堂吉诃德·台·拉·曼却先生，有这点亲身体会。我给爱情缠住了，不过我尽管苦恼，还是纯洁的；我默默忍受，心都碎了，就此送了命。硬心肠的骑士啊，我枉自哀怨，你却比大理石还坚硬！你的冷酷害我死了两天；反正看见我的人都断定我是死了。要不是恋爱神垂怜，凭这位好侍从吃些苦头救了我，我至今还在幽冥世界躺着呢。"

> 看来"游戏"还没结束，又有什么鬼把戏要耍呢？

桑丘道："恋爱神不妨叫我的驴儿吃些苦头救你呀，那我就多亏他啦！但愿上天给你找个温柔的情人，别像我主人那样。可是小姐，请问你，你在幽冥世界看见些什么了？绝望而死的人一定下地狱，地狱里在干吗呢？"

> 桑丘关心的一直是底层人民的话题。

阿尔迪西多娅答道:"老实告诉你吧,我大概没死透,所以还没进地狱。要是进了地狱,那就怎么也出不来了。我确是到了地狱门口;那儿有一二十个小鬼在打球,都穿着绑腿裤和紧身上衣,翻领和袖口上镶着荷兰花边;袖口露出四指宽的手腕子,显得手形很长。他们拿着火焰腾腾的球拍子,拍的不是球,却是书;书里好像是空空的,只有些破烂的羊毛渣子。这不是怪事吗?可是还有可怪的呢。打球的赢了高兴、输了丧气是常情,那些家伙,不管赢的输的,都满肚子牢骚,个个在发脾气咒骂。"

桑丘说:"那没什么稀奇,魔鬼认真也罢,游戏也罢,赢也罢,输也罢,总是不称心的。"

阿尔迪西多娅道:"你说的大概不错。还有件事我很奇怪——我意思那时候觉得很奇怪。他们的书只要拍一下就坏了,再经不起第二拍;新书旧书拍坏了一本又一本,源源不断,真是怪得很。有一本簇新的新书,装潢很讲究,他们拿来拍一下就四分五裂,散成一页页。一个小鬼对他的伙伴儿说:'瞧瞧那是本什么书。'他那伙伴儿说:'那是《堂吉诃德·台·拉·曼却》第二部,作者不是熙德·阿默德,却是个阿拉贡人,据他自己说,他家在托尔台西利亚斯。'那小鬼说:'你给我扔得远远的,扔到狱底里去,我看见就讨厌。'他那伙伴儿说:'就那么糟吗?'那小鬼说:'糟透了,即使有心要写得更糟,也办不到。'他们照旧拍书游戏。我对堂吉诃德是最爱慕的,听到他的名字,就把当时的情景牢牢记在心上了。"

堂吉诃德道:"不用说,那是你心上的幻象罢了。世界上哪会另有一个我呢。那部故事在这边也传阅过,可是谁都不愿意拿在手里,都放在脚底下踩。好在我也不是那部书里的主人公,冒我姓名的家伙究竟是在黑暗地狱里、还是在光天

塞万提斯对盗版书一直愤愤不平,这次借小鬼之口一泄胸中恶气。

化日的世界上,随人家说去,我都满不在乎。一部书写得好、写得真实,可以有几百年的寿命;如果写得不好,就一定随生随灭。"

阿尔迪西多娅还想埋怨堂吉诃德,堂吉诃德对她说:"姑娘,我屡次对你说,你对我用情,害得我很为难。我只能感谢你的厚意,却没有办法随你的心。我生来是杜尔西内娅·台尔·托波索的人。假如真有司命的女神,她们已经注定我是她的了。别的美人如要挤了她来做我的心上人,那是万万办不到的。我说得这样直率,你可以死心了;办不到的事不能勉强。"

<small>小说的生命力在哪里呢?作者给了我们一个提示。</small>

阿尔迪西多娅听了这番话,满面怒容,愤然道:"哎呀,你这个冷血动物!铜铁铸的灵魂!枣核儿似的心!你比自以为是的乡下佬还顽固!我扑上来准把你眼珠子都挖出来!吃败仗的先生啊!挨揍的先生啊!你以为我真是为你伤心死的吗?你昨晚上看见的全是假的呀!谁会为你这么个骆驼似的蠢货伤一星半点儿的心呢?我才不是那种女人!更别说为你死了!"

<small>自以为是:总以为自己是对的。形容主观,不虚心。</small>

桑丘说:"这倒是真的。为爱情送命是笑话。谁会当真去死,傻瓜才相信呢。"

他们正说着话,忽见昨夜弹琴唱诵的诗人跑来,对堂吉诃德深深鞠躬,说道:"骑士先生,我久闻您的大名和您的英雄事迹,十分倾倒;您要是赏脸,许我追随着大伙儿为您效劳,我就荣幸得很!"

堂吉诃德答道:"请问您是谁?我好按您的身份以礼相待。"

那少年说,他就是夜里奏乐唱诗的。

堂吉诃德道:"您的嗓子好极了,不过您唱的诗好像不大切题;加尔西拉索的那几行诗,和这位姑娘的死有什么相

<small>加尔西拉索是西班牙英雄式的诗人,是血和诗的结合。</small>

干呢?"

那音乐家答道:"您别见怪,我们这班毛头小伙子诗人,爱怎么写诗就怎么写,爱抄袭谁就抄袭谁,也不管切题不切题;随意胡唱乱写是诗人的特权。"

堂吉诃德正要回答,公爵夫妇恰来看他,就此打断。宾主谈得很久,都很高兴。桑丘逗笑的妙语和带刺的冷话源源而来,公爵夫妇真想不到他这么老实,却又这么机灵。堂吉诃德要求当天动身回乡,他是吃了败仗的骑士,只配住猪圈了,不该再留在王公府第里。他们一口答应。公爵夫人问他对阿尔迪西多娅是否回心转意,他说:"我的夫人啊,您知道,这位姑娘的病根子是懒惰;对症下药,该叫她经常有正经活儿干。她这会儿告诉我,地狱里也时兴花边。她准会织花边;该叫她不停手地织。手里有活儿,就没工夫想她心上的情人了。这是我的愚见,也是我的忠告,也确是真情实况。"

桑丘附和道:"我也这么说。我一辈子就没见过织花边女工为爱情死的。有活儿干的姑娘,只想干完自己的活儿,没工夫想到爱情。这是我自己的经验。我锄地的时候就忘了老伴儿——我指我的泰瑞萨·潘沙,我爱她比爱自己的眼毛还深得多呢。"

公爵夫人道:"桑丘,你这话很有道理。我这个阿尔迪西多娅一手好针线,以后叫她别闲着,常做做针线活儿。"

阿尔迪西多娅道:"太太,用不着什么对症下药。我只要想到这头蠢货毫无情意,就把他撇在脑勺子后面了,不必再想办法。您夫人让我走开吧,免得瞧他这副哭丧着的脸。这嘴脸真丑,看着就讨厌。"

公爵道:"这就应了俗语说的:

> 爱情是有闲心阶层的活动,为生活所迫的人是没那么多"闲心"的。

骂个不停，

　　怒气已平。

　　阿尔迪西多娅拿着块小手绢假装拭泪，一面对主人主妇屈膝行个礼，就出去了。

"女人是天生的演员"，此言不谬也。

　　桑丘说："我早料到的呀，可怜的姑娘，我早料到你是要倒霉的！你看中的人灵魂像黄麻一样干，心肠像橡树一样硬。老实说吧，要是看中我，'我这只公鸡就对你喔喔啼了。'"

　　他们谈完话，堂吉诃德穿好衣服，和公爵夫妇一起吃过饭，当天午后就上路回乡。

情境赏析

　　阅读《堂吉诃德》的过程就是不断产生疑问与解答疑问的过程，对于我们最重要的是学会"制造"这个过程。例如本章开头对公爵院子布局的描绘，首先是四周的火炬与楼上楼下的灯，无故的灯火通明却又气氛压抑，真不知何故。接着是院中央灵柩台上的少女，寥寥几笔把她描绘得像童话里的公主，再配之国王打扮的人坐在台上，把整个凝重庄严的气氛渲染得恰到好处。奇怪的摆设，灵柩台上的少女，阴沉的国王，恐怖的寂静，严肃的公爵夫妇，阿尔迪西多娅的死亡，一系列的悬念堆积起了人们的疑虑。

名家点评

　　没有比塞万提斯更糟的诗人，没有比《堂吉诃德》更蠢的作品。

（西）洛佩·德·维加

第一二三章

公爵夫妇这最后的恶作剧又让桑丘吃尽了苦头,使堂吉诃德对情人魔咒的解除又开始念念不忘且充满希望。而这一略显局促累赘的情节安排,更大的用处是让塞万提斯一泄怒气。把对盗版者的不满通过行文表达出来,既达到了讽刺目的又丰富了小说的内容。不管怎样堂吉诃德辞别了公爵夫妇,又走在了回家的路上,这最后的旅程还会发生什么事呢?

堂吉诃德和侍从桑丘回乡路上的事。

堂吉诃德吃了败仗,没精打采,但是他懊恼之中,又生出欢喜来。他懊恼的是打了败仗;欢喜的是桑丘居然有神通叫阿尔迪西多娅起死回生。只不过他还不大相信那痴情姑娘是真死。桑丘却一点儿不快活;原来阿尔迪西多娅答应送他的几件衬衫没有给他,所以很气恼,颠来倒去想这件事;他对主人说:"先生,我是天下最倒霉的医生。有些医生杀死了病人,还要诊金;其实他们什么也没干,不过开了药方签个名,由药剂师配好药,让那倒霉病人喝下就完了。可是我呢,给人治好了病,赔掉自己的鲜血,还让人家弹鼻子、拧肉、针刺、鞭打,到头来却连一个子儿也没到手。我对天发誓:如果再有病人叫我治病,得先捞到了油水才给他治呢。'修道院长靠唱歌吃饭',我不信老天爷给了我这点本领是叫我白替人效劳的。"

堂吉诃德道:"桑丘朋友,你说得对。阿尔迪西多娅不该答应了送你衬衫却不给你。尽管你那本领也是平白得来的,没要你下功夫学习;可是身体受折磨比下功夫学习还吃重。我呀,可以向你声明,你为杜尔西内娅解除魔缠挨了鞭子,如果要报酬,我一定给你;该多少给多少。只是我不知道拿了钱吃的鞭子是否有效，我怕它不灵。不过咱们也不妨试试。桑丘，你算算要多少钱，马上动手打吧；打完了可以自己支付现款，我的钱都在你手里呢。"

桑丘一听这话，眼睛也睁大了，耳朵也伸长了，鞭挞自己也甘心乐意。他对主人说："好啊，先生，我顺了您的心，自己又得了好处，哪有不肯的道理！也许您觉得我贪财，其实我只是爱我的老婆儿女。您说吧，我打自己一鞭，您给多少钱？"

堂吉诃德说："桑丘，你解救了杜尔西内娅功德无量，便是威尼斯的财富，玻多西的矿产，都不够报答你。你估计身边有多少钱，一鞭给多少，自己斟酌吧。"

桑丘说："鞭子总共是三千三百下还带点儿零。我打过五鞭，其余的还没动呢。且把那五鞭抵了零数，咱们算算那三千三百鞭吧。一鞭就算它四分之一瑞尔；再少的话，即使全世界人人勒逼我，我也不干。照这么算，就是三千三百个四分之一的瑞尔。三千呢，就是一千五百个二分之一的瑞尔，合七百五十瑞尔。三百呢，就是一百五十个二分之一的瑞尔，合七十五瑞尔，加上那七百五十，总共是八百二十五瑞尔。这笔钱，我就从您的钱里扣；我虽然挨足鞭子，回家却发了财称心满意了。'如要钓到鳟鱼……'我不用多说。"

堂吉诃德道："啊呀！修福的桑丘！可爱的桑丘！杜尔西内娅和我这一辈子该怎么报答你呀！她一定会恢复原形的！到那一天，她的坏运就转成好运，我就转败为胜，圆满收场。桑丘，你愿意什么时候动手，你瞧吧。你要是把这件事快快了结，我再加你一百瑞尔。"

桑丘说："什么时候吗？就在今晚上！保证没错儿！您准备在旷野露宿，我就把自己打得皮开肉绽。"

堂吉诃德眼巴巴地等天黑，恰像情人等幽会那样急不可待，只觉得太阳神的车子好像是坏了车轮，这一天比哪天都长。好容易天晚，他们走进路旁一座阴凉的树林，两人下了牲口，躺在草地上，把桑丘带的干粮当晚饭吃了一餐。桑丘用灰驴的辔头和缰绳拧成一条坚韧的鞭子，跑到离主人二十来步的几棵榉树丛里去。堂吉诃德瞧他毅然决然的神气，说道："朋友，当心啊，别把自己打得稀烂。你打完一鞭，再打一鞭，别急着一阵乱打，半中间就接不上气来。就是说呀，别把自己太打狠了，该打的鞭数没满，就送了性命。我离着你在这边用念珠给你计数，免得记错。但愿上天保佑，不负你的美意。"

桑丘说："'还得了债，不心疼抵押品'。我自有办法，打得痛却又不伤性命；得这样才能显示我的神通呀。"

他随即脱光上身，抓起绳索开始鞭挞；堂吉诃德就给他计数。桑丘打了七鞭上下，觉得这玩意儿不好受，价钱估得太低了。他停手对主人说，刚才讲定的交易是上当的，不能作准；每一鞭的价钱该是半个瑞尔，不是四分之一。

堂吉诃德说："桑丘朋友，你连着打吧，别泄气；我把价钱抬高一倍就是了。"

桑丘道："那么我就把性命交给上帝了！鞭子像雨点似的打下来吧！"

可是那混蛋不把鞭子往自己背上打，却打在树上，还一声声呼号，好像抽得自己灵魂都要出窍了。堂吉诃德心肠软，怕桑丘伤了性命，又怕桑丘顾前不顾后，害得他也不得如愿，就对桑丘说："朋友啊，我求你住手吧。我觉得这是狼虎药，一次不能吃多了，得慢慢儿来。'萨莫拉不是一下子攻倒的'。照我的计数，你已经打了一千多下，这次就够了。我说句俗话吧，'虽说驴子能负重，太重了也驮不动。'"

桑丘道："不行，先生，我不能让人说：'拿到报酬，就折了手。'您走远些，让我至少再打一千鞭。咱们干这么两回，也许就完事了，说不定还绰有余力呢。"

堂吉诃德说："你既然这么热心，但愿上天保佑你，你就打吧。我且走远点。"

桑丘又痛下鞭扑，把好几棵树打得皮都脱落了；这顿鞭挞真是够狠的！他在榉树上猛抽一鞭大叫道："参孙不要命了！大家同归于尽吧！"

堂吉诃德听到鞭声猛烈，呼声凄厉，忙赶去抓住桑丘用缰绳拧成的鞭子说道:"桑丘朋友,你得留着性命养家糊口;如果称了我的心,送了你的命,那是天地不容的。让杜尔西内娅再等等吧。我反正如愿有期,也就安心了。我等你蓄养了力气,再把这件事完成,让大家乐意。"

桑丘说:"我的先生,您既然叫我别打了,我就听您的。您把大衣借我披上吧,我浑身是汗,怕着了凉;我还是头一次鞭挞自己,保不定出这毛病。"

堂吉诃德依言脱下大衣给桑丘披上,自己只穿着紧身衣裤,桑丘直睡到太阳光射到脸上才醒。他们立即上路,走了三哩瓦,到一个村上投宿。两人在一家客店前下了牲口。堂吉诃德认得是客店,不是有壕沟、高塔、吊闸、吊桥的堡垒。他自从吃了败仗,头脑清醒了些;凭他下面讲的话就可见一斑。店家给了他一间楼下的房间。乡村的习惯,壁衣不用皮革;那屋里挂的是半旧的斜纹布,上面画着人物。一幅是海伦在梅内拉奥家被那个色胆如天的远客抢走;画得非常拙劣。另一幅是狄多和伊尼亚斯的故事:伊尼亚斯在海上,乘着一艘方帆快艇准备逃跑;狄多在高塔上,挥着半条床单,好像是向逃亡的远客呼吁。堂吉诃德注意到画里的海伦并不像被人强抢的,她淘气似的背着脸在笑呢;狄多美人却眼泪双流,泪珠有核桃那么大。堂吉诃德看了说:"这两位夫人不幸没有生在当代;我更不幸,没有生在她们的时代。我要是碰到画上的那两位先生,特洛亚就不会烧成白地,伽太基也不至灭亡;我只要杀掉一个巴黎斯,就铲除了这种种灾祸的总根子。"

桑丘说:"我可以打赌,不用多久,一切酒店、客店、旅馆、理发铺,家家都要画上咱们的故事了。不过我希望能有高手来画,别画得这样糟糕。"

堂吉诃德道:"桑丘,你说得不错。这个画家就像乌贝达的画家奥巴内哈一样。人家问奥巴内哈画什么呢,他说:'画出什么,就是什么。'假如他偶然画出一只公鸡,就在下面注明'这是公鸡',免得人家当作狐狸。桑丘,绘画和写作有相同之处。我觉得写堂吉诃德新传的人,正和奥巴内哈一样:描绘出什么,就是什么。几年前京城有个诗人名叫茅雷翁,也是这一路货。人家向他请教,他就随口乱说。有人问他 *Deum de Deo* 是什么意思;他说,就是'Dé donde diere'。可是闲话少说,我问你,桑丘,你今夜打算再把自己打那么一顿吗?你愿意在屋里打,还是露天打呢?"

桑丘说:"唉,先生,我打算给自己吃的那顿鞭子,屋里打、露天打都一样。不过我喜欢在树林里打,因为四周的树木好像在陪我受罪,不知哪来的奇事,那些树木竟分摊了我的痛苦。"

堂吉诃德说:"那就算了,桑丘朋友,你且养息力气;过不了后天咱们就到家了,等回去再打吧。"

桑丘说:"一切听命,不过我愿意趁热打铁,赶紧把事情了结。'拖拖延延,就有危险';'求上帝保佑你,也得自己努力';'许你两件,不如给你一件';'天空的老鹰,不如手里的麻雀'。"

堂吉诃德道:"啊呀,桑丘,成语少说两句吧,你好像又'故态复萌'了。我老跟你说,讲话要明白清楚,直截了当。你听了我这句话,将来受用不尽呢。"

桑丘答道:"我不知倒了什么霉,不用成语就说不出个道理,而且哪一句好像都用得上。不过我以后努力改吧。"

他们就结束了这番谈话。

第一二四章

堂吉诃德和桑丘回乡路上。

桑丘要在旷野里打完他那顿鞭子,堂吉诃德要看那顿鞭子打完,了却心愿;两人整天待在乡村的客店里等待天黑。忽有个骑马客人跑来,三四个佣人跟着。一个跟随的人对打头的那人说:"堂阿尔瓦罗·达尔斐,这家客店看来又干净、又凉快,您说在这儿歇午吧。"

堂吉诃德听了对桑丘道:"嗨,桑丘,我翻看我那第二部传记的时候,好像见过堂阿尔瓦罗·达尔斐这名字。"

桑丘说:"很可能呀,待会儿等他下了马,咱们问问他。"

新来的客人下了马,店主妇拨给他一间楼下的房间,恰在堂吉诃德对屋,壁上也挂着些有画图的斜纹布,和堂吉诃德屋里的一样。那人换了一套夏天衣服,跑到大门口过道里去。过道宽敞风凉,堂吉诃德正在那里散步。那人问他说:"绅士先生,您到哪儿去啊?"

　　堂吉诃德答道:"我家在附近村上,我是回乡去。您呢?您到哪儿去呀?"

　　绅士道:"我呀,先生,也是回乡去。我家在格拉那达。"

　　堂吉诃德道:"那是好地方!可是我想请问您的大名;我有个缘故,只是说来话长。"

　　那旅客道:"我叫堂阿尔瓦罗·达尔斐。"

　　堂吉诃德说:"有个新出道的文人最近出版了《堂吉诃德·台·拉·曼却》的第二部,书里有一位堂阿尔瓦罗·达尔斐,想必就是您吧。"

　　绅士说:"是啊。书里的主人公堂吉诃德是我的好朋友,是我把他从家乡带出去的;反正是我劝他去参加了萨拉果萨的比武,我自己也到了那里去。我真是帮了他不少忙。他莽撞极了,幸亏有我在,他背上才没挨刽子手拍打。"

　　"请问您,堂阿尔瓦罗,您说的那个堂吉诃德和我有点儿像吗?"

　　那人说:"不像,一点儿不像。"

　　堂吉诃德说:"那个堂吉诃德还带着个名叫桑丘·潘沙的侍从吧?"

　　堂阿尔瓦罗说:"是啊。盛传他很逗乐儿,可是我从没有听他说过一句逗乐的话。"

　　桑丘插嘴道:"那当然,逗乐的话不是人人会说的。绅士先生,您讲的那个桑丘,准是头号的流氓、笨蛋、贼骨头拼凑出来的。我才是真正的桑丘·潘沙;我的俏皮话比雨点儿还多呢。不信,您只要试试。您和我一起待一年,就会知道我开口就逗乐,说话又多又滑稽,往往自己也不知说了什么,就逗得大家没一个不笑的。至于真正的堂吉诃德·台·拉·曼却呢,他真是名不虚传,又勇敢,又聪明,又多情;他锄强扶弱,帮助寡妇,害得年轻姑娘为他死去活来;他唯一的意中人是绝世美人杜尔西内娅·台尔·托波索。这个堂吉诃德就是您面前的这位先生——我的主人；别的堂吉诃德、别的桑丘·潘沙全都是冒牌骗人的假货。"

堂阿尔瓦罗说："对啊！一点儿不错！朋友，你开口几句话就妙不可言。那个桑丘说话并不少，却没一句是这么有趣的。他那张嘴巴只爱吃东西，不会说话；他像个傻瓜，毫无风趣。那些魔法师迫害好的堂吉诃德，他们一定是借那个坏堂吉诃德又来迫害我。我真不知该怎么说了。因为我可以发誓，我离开那个堂吉诃德的时候，他正在托雷都疯人院里疗养呢，现在这里却又出现了一个堂吉诃德！不过这位先生和那一个是截然不同的。"

堂吉诃德说："我不敢说自己是好的堂吉诃德，不过绝不是那个坏的。我拿得出凭据，亲爱的堂阿尔瓦罗·达尔斐先生。我告诉您，我一辈子没到过萨拉果萨，而且一听说那个冒名的堂吉诃德在那里比武，我就不肯去了。我是要借此向大家戳穿他的谎话，所以直接到了巴塞罗那去。那里是礼仪之邦，行路的安息处，穷人的收容所，勇士的家乡；遭祸害的跑去避难，爱交游的跑去联欢，不论地势风景，都独一无二。虽然我在那里的遭遇并不称心，却很痛心，可是能到那个地方游历一番，也就算是不冤枉。总而言之，堂阿尔瓦罗·达尔斐先生，我是天下闻名的堂吉诃德·台·拉·曼却，不是那个冒名顶替的混蛋。我要求您凭绅士应尽的义务，当着本村长官正式声明，说您今天才头一次看见我，我并不是第二部传记里的堂吉诃德，我这个侍从桑丘·潘沙也不是您认识的那个。"

堂阿尔瓦罗说："行，行！不过我真想不到同时会看见两个堂吉诃德和两个桑丘，名字完全一样，人又完全不同。想必我自以为眼见的，只是假象；自以为身经的，都是幻觉。"

桑丘说："不用说，您准是像我们杜尔西内娅·台尔·托波索小姐那样着魔了。天哪，我但愿您也像她一样，要靠我自打三千多鞭来解除您的魔缠呢！那我一定打，一个钱也不要。"

堂阿尔瓦罗说："我不懂什么鞭子不鞭子。"

桑丘道，说来话长，如果他们同路，可以在路上细讲。当时已经开饭，堂吉诃德和堂阿尔瓦罗同吃了饭。可巧本乡长官带着公证人到客店来。堂吉诃德就当着这位长官正式提出申请，说他为保卫自己的权利，要请在场的这位绅士堂阿尔瓦罗·达尔斐声明：他从不认识在场的堂吉诃德·台·拉·曼却，这个堂吉诃德·台·拉·曼却，并非托尔迪西利亚斯人阿维利亚内达那本《堂吉诃德·台·拉·曼却》第二部里的堂吉诃德·台·拉·曼却。乡官按合法手续，把这项声明照公文程式白纸黑字写下来。堂吉诃德和桑丘高兴非凡；明摆着这个堂吉诃德不是那个堂吉诃德，这个桑丘不是那个桑丘，他们倒好像这还得凭一纸执照为证呢。堂阿尔瓦罗和堂吉诃德应酬了一番。这位曼却的伟人谈吐非常高明，堂阿尔瓦罗恍然明白这个堂吉诃德绝非那个堂吉诃德。但是他不懂怎么会亲身碰到两个绝不相同的堂吉诃德，料想自己是着魔了。

他们当天下午出村，走了大约半哩瓦路，到一个交叉路口；堂吉诃德和堂阿尔瓦罗就各走各的了。在他们分手之前的一小段路上，堂吉诃德已经把自己如何倒霉打了败仗、杜尔西内娅如何着魔、如何解救等都告诉了堂阿尔瓦罗；他听了越发诧异。他拥抱了堂吉诃德和桑丘，就分头取道回乡。当晚，堂吉诃德又在树林里过夜，让桑丘完成他的苦行。桑丘还像前夜那样挥鞭痛打，多亏榉树皮替他当灾，便宜了他自己的背皮。他背上鞭风也没掠过，即使上面叮着个苍蝇，也不会赶走。堂吉诃德蒙在鼓里，每一鞭都记下，加上前夜打的，共计三千零二十九鞭。太阳好像是要来瞧瞧桑丘怎样受罪，老早就出来了。他们天亮又赶路，一路谈的无非是堂阿尔瓦罗上了当，而他们却又多么精明，在乡官面前把那项声明写成了正式文件。

两人走了一天一夜，一路无话，不过桑丘当夜完成了他担当的苦差，因此堂吉诃德非常称心满意。他深信梅尔林的诺言，拿定他意中人杜尔西内娅已经摆脱魔缠。他等着天亮，想瞧瞧会不会路上碰见她；一路前去，每见一个女人，就近前去认认是不是杜尔西内娅·台尔·托波索。他就这样思思想想、寻寻觅觅，一路和桑丘走上山头，望见了家乡。桑丘望见家乡，就双膝跪下道："我念念不忘的家乡呀，快瞧瞧，你的儿子桑丘回来了！他虽然没有发大财，却挨足了鞭子。你的儿子堂吉诃德也回来了，张臂迎接他吧！他虽然败在别人手里，却战胜了自己；据他以前跟我讲的话，这是为人在世最了不起的胜利。我现在手里有钱了！因为'我虽然挨足鞭子，却是个很有体面的骑士'。"

堂吉诃德说："别这么疯疯癫癫，咱们顺顺当当回乡吧；到了家，咱们就可以自由自在地想想，以后怎么过牧羊生涯。"

两人就下坡回乡。

第一二五章

堂吉诃德入村所见的预兆，以及其他趣事。

据熙德·阿默德说，堂吉诃德进村，看见打麦场上两个孩子吵架。一个说："你干脆死了心，小贝德罗；这东西你一辈子休想再看见了。"

堂吉诃德立即对桑丘说："朋友，你听见那孩子的话吗？'你一辈子休想再看见了'！"

桑丘答道："哎，那孩子说了那句话又怎么着？"

堂吉诃德道："怎么着？你还不懂吗？那是对我说的，叫我休想再看见杜尔西内娅了。"

桑丘没来得及回答，因为看见野地里一只兔子直往他们那里窜，许多猎狗和猎人在后面追赶。兔子吓破了胆，窜过来躲在灰驴身底下。桑丘一把抓住，捧去交给堂吉诃德。堂吉诃德喃喃自语道："不祥之兆！不祥之兆！兔子跑，猎狗追；杜尔西内娅却不见踪迹！"

桑丘说："您真怪。就算这头兔子是杜尔西内娅，追她的猎狗是把她变作乡下姑娘的坏魔法师，她不是脱身了吗？我把她捉来交在您手里，您正抱在怀里抚弄她；这又有什么不祥呢？又算什么不祥之兆呢？"

两个吵架的孩子跑来看兔子；桑丘问一个孩子为甚吵架。这孩子就是刚才说"你一辈子休想再看见"的那一个。据说他拿了那个孩子的一笼蟋蜂,打算一辈子不还了。桑丘从身边掏出四文钱给那孩子,问他要了那个笼子,交给堂吉诃德说:"先生,我这会儿把预兆都破了!别说我傻,我觉得这些预兆就像隔年的浮云一样,和咱们毫不相干。我记得咱们村上的神父说过,高明人士不该注意这种细事。您自己前几天还跟我讲呢,相信预兆的是傻瓜。这种事不值得放在心上,咱们还是快到村上去吧。"

打猎的跑来要他们的兔子,堂吉诃德就交给他们。两人往村里走去,碰见神父和加尔拉斯果在草地上念经呢。这时桑丘用那件画火焰的麻布衣(阿尔迪西多娅还魂那夜桑丘在公爵府穿的)盖着灰驴和驴背上的一捆兵器,所以灰驴好像穿了一件印着徽章的罩衣;那只尖顶高帽也戴在灰驴头上——它真是世界上最奇装异服的驴子了。

神父和学士马上看见了他们俩,都赶来张臂欢迎。堂吉诃德下了马,和他们紧紧拥抱。小孩子眼尖,像山猫一样,什么都不放过;他们望见驴子的尖顶高帽,就赶来看,大伙儿传呼道:"孩子们快来!瞧桑丘·潘沙那驴子比明戈还漂亮!堂吉诃德那畜生比原先更瘦了!"

堂吉诃德和桑丘由一群小孩子簇拥着,神父和学士陪着,进村到了堂吉诃德家。他家的管家妈和外甥女已经听到他回家的消息,正在门口等待。桑丘的老婆泰瑞萨·潘沙也听到了消息。她披头散发、袒胸露臂,拉着女儿桑琦加赶来瞧她丈夫。她认为当总督的该穿得很漂亮,一看他那样儿就说:"我的丈夫,你怎么这个样儿呀?我瞧你是一步步走回来的,脚都走疼了;简直像个逃难的灾民,哪像什么总督呀!"

桑丘答道:"甭说了,泰瑞萨;'许多人以为这儿挂着块咸肉,其实连挂肉的钩子都没有'。咱们快回家,有稀罕事告诉你呢。我带钱回来了,这是人事!我赔了力气挣来的钱,没损害了谁。"

泰瑞萨说:"我的好丈夫,随你哪里挣的,带回来就是了;不管怎么个挣法,反正不是你发明的新办法。"

桑琦加拥抱了爸爸,问他带了什么东西回来,说她像五月天盼望雨水那样盼望着他呢。桑丘一边是女儿抓住他的腰带,一边是老婆拉着他的手,灰驴由女儿牵着,大伙儿一起回家。堂吉诃德留在自己家,自有外甥女和管家妈看管,神父和学士做伴。

堂吉诃德刻不容缓,立即把学士和神父拉到屋里,背着家里人,告诉他们自己打了败仗,按讲定的条件,一年内不准离乡;他身为游侠骑士,得恪守骑士道,这个条件他一定切实履行,分毫不能出入。他说,打算那一年里改行做朴实的牧羊人,在田野里过悠闲的日子,舒散他对情人的思慕之心。他要求神父和学士,如果没有要事缠身,得空就来和他做伴;他要买一群羊,大家可以名副其实地做牧羊人。他说事情已有眉目,他已经为他们都取了合适的名号。神父请教什么名号。堂吉诃德说:"他自己叫牧羊人吉诃悌士,学士叫牧羊人加尔拉斯公,神父叫牧羊人古良布洛,桑丘·潘沙叫牧羊人潘希诺。"神父和学士想不到堂吉诃德的疯病又别开生面,可是防他再出门当骑士,又指望他一年里能养好病,少不得附和着他的疯劲儿,称赞他新出的主意有趣,表示要同过牧羊生涯。

参孙·加尔拉斯果学士道:"而且大家都知道我还是个呱呱叫的诗人。我可以到处作诗:牧歌呀,京城流行的词曲呀,或者随意抒情的诗;咱们在田野里就有得消遣了。两位老哥啊,还有件最要紧的事呢:咱们歌颂的牧羊姑娘都得取个芳名,不论多硬的树上都要刻上她们的名字;多情的牧羊人照例这么干的。"

堂吉诃德说:"这是当前的要紧事。不过我已经有了天下无双的杜尔西内娅·台尔·托波索,不必再为虚拟的牧羊姑娘找名字。她是河岸和草原上的花朵儿,美丽聪明的典范,不管怎样极口赞美,用在她身上都不算夸张。"

神父道:"对啊!可是我们的牧羊姑娘还得有合适的名字呀;如果不能完全合适,将就点儿也行。"

参孙·加尔拉斯果凑趣道:"如果想不出名字,可以借用书上的,书上多的是牧羊姑娘,什么费丽达呀,阿玛丽莉呀,狄亚娜呀,芙蕾丽达呀,伽拉泰呀,贝丽沙达呀等,这都是市场上的货色,咱们买回来就是自己的了!假如我那位小姐——或者该说我那位牧羊姑娘名叫安娜,我就用安娜达的名字来颂扬她;如果叫弗朗西斯加,我就称她弗朗塞妮娅;如果叫露西娅，我就称她陆莘达，反正都是同一个名字化出来的。桑丘·潘沙如果也加入我们一伙，他老婆泰瑞萨可以称为泰瑞萨依娜。"

堂吉诃德听了变化的名字不禁笑了。神父满口称赞堂吉诃德的主意正当高尚，他重又表示，只要处理了他教区的紧要任务，就来和老友做伴。神父和学士就起身告辞，还劝堂吉诃德保养身体，多吃滋补的东西。

三人的谈话可巧都落在堂吉诃德的外甥女和管家妈耳里。他们等客人一走，就进屋来，外甥女说："舅舅啊，您是怎么回事啊？我们以为您这次回来了要安安静静、老老实实待在家里了，怎么又迷了心窍，要去做什么，

> 来的小牧童呀，
> 去的小牧童呀？

老实说吧，'麦秸已经干硬，不能当哨子吹了'。"

管家妈附和道："而且在旷野里，暑天的中午或冷天的深夜、或是豺狼嗥叫，您受得了吗？您怎么也受不了的呀！那是大老粗的行业，得从小在妈妈怀抱里就开始锻炼才行。千不好、万不好，当游侠骑士还比当牧羊人好。我的主人啊，我这会儿不是酒醉饭饱，正守着斋呢，而且五十开外的年纪了，您听我的话吧。待在家里，照管家业，常常去忏悔，多帮助穷人；要有什么灾害，由我的灵魂承当。"

堂吉诃德道："女儿啊，甭多说了，我知道自己的本分。我觉得不大舒服呢，你们扶我上床吧。你们放心，我现在当游侠骑士也罢，将来当牧羊人也罢，决不忘了照顾你们的需要；你们看到我干的事，就会知道。"

外甥女和管家妈当然都是好女儿；她们扶堂吉诃德上床，给他吃了点东西，服侍他好好睡下。

第一二六章

归家的堂吉诃德竟萌生出牧羊的愿望，这是一种回归，从骑士幻想的虚无向乡土山林的平和回归。想象也许是美丽的，但自然的亲切平实却是贴近的，草舍青山白羊俊马……一切都那么现实可近，伸手可触、放眼可见，没有什么比这更让人宁静幸福的了。但堂吉诃德真能安心享受到这些美景吗？

堂吉诃德得病、立遗嘱、逝世。

> 骑士倒下了，这次的疾病来势甚猛，让人不禁开始担心起命运是否安排在今天带走他。

> 大去之日不亦远矣，可怜的堂吉诃德终于要离我们而去了，人之将死其言也善，他会留下什么话呢？

世事无常，都由兴而衰，以至于亡；人生一世更是逃不脱这个规律。堂吉诃德也不能得天独厚，停步不走下坡路。他万想不到自己一辈子就此完了。他发烧不退，一连躺了六天；也许是打了败仗，气出来的病，也许是命该如此。他的朋友像神父呀、学士呀、理发师呀，都常去看他；他的好侍从桑丘·潘沙经常守在他床头。他们以为他打败了羞怯，而且没看见杜尔西内娅摆脱魔缠，心上愁闷，所以怏怏成病，就用尽方法哄他开心。学士叫他抖擞精神起床，开始牧羊生涯，说自己已经作了一首牧歌，把撒纳沙罗的牧歌全压倒了；又说自己出钱问金达那的牧户买了两只看羊的好狗，一只叫巴尔西诺，一只叫布特隆。堂吉诃德听着还是郁郁不乐。

他那些朋友请了一位大夫来给他诊脉。大夫觉得脉象不好，说不管怎样，救他的灵魂要紧，他的身体保不住了。堂吉诃德听了这话很镇定，管家妈、外甥女和侍从桑丘却伤心痛哭,好像堂吉诃德已经当场死了。据大夫诊断,忧郁是他致命的病源。堂吉诃德想睡一会儿,要求大家出去。他就睡了一大觉,有六个多小时之久,管家妈和外甥女只怕他再也不醒了。他醒来大声说:"感谢全能的上帝!给了我莫大的恩典!他慈悲无量,世人的罪孽全都饶恕。"

外甥女留心听他舅舅的话,觉得比往常灵清,至少比这番病倒后讲的话有条理。她问道:"舅舅,您这话是什么意思?咱们得了什么新的恩典吗?您说的是什么慈悲、什么罪孽呀?"

堂吉诃德答道:"我说的是上帝无量慈悲,这会儿饶恕了我的罪孽。我从前成天成夜读那些骑士小说,读得神魂颠倒;现在觉得心里豁然开朗,明白清楚了。现在知道那些书上都是胡说八道,只恨悔悟已迟,不及再读些启发心灵的书来补救。外甥女啊,我自己觉得死就在眼前了,希望到时心地明白,人家不至于说我糊涂一辈子,死也是个疯子。我尽管发过疯,却不愿意一疯到死呢。孩子,我要忏悔,还要立遗嘱,你去把神父呀、参孙·加尔拉斯果学士呀、尼古拉斯理发师呀那几位朋友都请来。"

那三人正好进屋,不劳外甥女去请了。堂吉诃德一见他们,就说:"各位好先生,报告你们一个喜讯:我现在不是堂吉诃德·台·拉·曼却了,我是为人善良、号称'善人'的阿隆索·吉哈诺。我现在把阿马狄斯·台·咖乌拉和他那帮子子孙孙都看成冤家对头,觉得荒谬的骑士小说每一本都讨厌,也深知阅读这种书籍是最无聊、最有害的事。我现在靠上帝慈悲,头脑清醒了,对骑士小说深恶痛绝。"

三人听了这番话,以为他一定又得了新的疯病。参孙说:"堂吉诃德先生,我们刚刚听说杜尔西内娅小姐已经解脱了魔缠,您怎么又来这一套呀?况且咱们马上要去当牧羊人,

叔本华说,一个人行走了一天,在傍晚达到了目的地,也没有什么遗憾的了。堂吉诃德临终的醒悟是否太晚了呢?

像公子哥儿似的唱歌过日子,您怎么又要当修行的隐士了呢?我劝您清醒点儿,闭上嘴巴,别胡扯了。"

堂吉诃德说:"那些胡扯的故事真是害了我一辈子;但愿天照应,我临死能由受害转为得益。各位老哥,我自己觉得命在顷刻,别说笑话了,快请神父听我忏悔,请公证人给我写遗嘱吧。大限临头,不能把灵魂当儿戏。我请你们乘神父听我忏悔,快去请个公证人来。"

大家听了觉得诧异,面面相觑,虽然将信将疑,却不敢怠慢。他忽然头脑这样灵清,料想是临死回光返照。他还说了许多又高明又虔诚的话,条理非常清楚。大家不再疑惑,确信他已经不疯了。

神父叫大家走开,他一人听堂吉诃德忏悔。学士出去找了一个公证人,还带着桑丘·潘沙一同回来。桑丘听学士讲了主人的情况,看见管家妈和外甥女在那儿哭,也抽搐着脸颊眼泪直流。堂吉诃德忏悔完毕,神父出来说:"善人阿隆索·吉哈诺真是要死了,他神志也真是清楚了。他要立遗嘱呢,咱们进去吧。"

管家妈、外甥女和那位好侍从桑丘·潘沙听了这个消息,热泪夺眶而出,压抑着的抽噎也收勒不住了。因为上文也曾说过,堂吉诃德是善人阿隆索·吉哈诺也罢,充当了堂吉诃德·台·拉·曼却也罢,向来性情厚道,待人和气,不仅家里人,所有的相识全都喜欢他。公证人跟着大家到堂吉诃德屋里,把遗嘱开头的程式写好;堂吉诃德按基督徒的照例规矩,求上帝保佑他的灵魂,然后处置遗产。他说:"(一)我发疯的时候,叫桑丘·潘沙当我的侍从,曾有一笔钱交他掌管。我们两人还有些未清的账目和人欠、欠人的纠葛,所以那笔钱我不要他还了,也不要他交代账目,只把我欠的扣清,余款全数给他;多余的很有限,但愿他拿了大有用处。我发

死是人的归宿,堂吉诃德奋斗一生却终了床榻,让人不禁恻然。

主仆一段情深似海,堂吉诃德信守了诺言并没亏待于他。

疯的时候曾经照应他做了海岛总督；我现在神志清楚，如有权叫他做一国之王，我也会叫他做。他生性朴质，为人忠诚，该受这样待遇。"

他转向桑丘道："朋友，我以为世界上古往今来都有游侠骑士，自己错了，还自误误人，把这个见解传授给你，害你成了像我一样的疯子，我现在请你原谅。"

桑丘哭道："啊呀，我的主人，您别死呀！您听我的话，百年长寿地活下去！一个人好好儿的，又没别人害死他，只因为不痛快，就忧忧郁郁地死去，那真是太傻了！您别懒，快起床，照咱们商量好的那样，扮成牧羊人到田野里去吧。堂娜杜尔西内娅已经摆脱魔缠，没那么样儿的漂亮；也许咱们绕过一丛灌木，就会和她劈面相逢。假如您因为打了败仗气恼，您可以怪在我身上，说我没给驽骍难得系好肚带，害您颠下马来。况且骑士打胜打败，您书上是常见的，今天败，明天又会胜。"

参孙说："可不是吗！好桑丘这番话说得对极了！"

堂吉诃德道：各位先生且慢，'去年的旧巢，哪还有小鸟'！我从前是疯子，现在头脑灵清了；从前是堂吉诃德·台·拉·曼却，现在我已经说过，我是善人阿隆索·吉哈诺。但愿各位瞧我忏悔真诚，还像从前那样看重我。现在请公证人先生写下去吧。

"（二）我全部家产，从现有、实有的部分，除去指名分配的款项，全归在场的外甥女安东尼娅·吉哈娜承袭。首先，管家妈历年的工资应如数付清，外加二十杜加，送她做一套衣服。我委托在场的神父和参孙·加尔拉斯果学士二位先生执行遗嘱。（三）我外甥女安东尼娅·吉哈娜如要结婚，得嫁个从未读过骑士小说的人；如查明他读过，而我外甥女还要嫁他，并且真嫁了他，那么，我的全部财产她就得放弃，由执行人随意捐赠慈善机构。（四）执行遗嘱的两位先生如果碰

桑丘此时的话语少了那些油滑的谚语，看来是动了真情，触了伤感。

幡然悔悟已不及此时的愤恨，深恶痛绝方可表达此刻堂吉诃德对骑士小说的态度。

见《堂吉诃德·台·拉·曼却生平事迹》第二部的作者,请代我竭诚向他道歉:他写那部荒谬绝伦的书,虽然没有受我委托,究竟还是为了我,我到死还觉得对不起他。"

遗嘱写完,堂吉诃德就晕了过去,直挺挺地躺在床上。大家慌了手脚,赶紧救护。他立完遗嘱还活了三天,昏厥好多次。当时家翻宅乱,不过外甥女照常吃饭,管家妈照常喝酒,桑丘·潘沙也照常吃喝;因为继承遗产能抵消或减少遭逢死丧的痛苦。堂吉诃德领了种种圣典,痛骂了骑士小说,终于长辞人世了。公证人恰在场,据他说,骑士小说里,从没见过哪个游侠骑士像堂吉诃德这样安详虔诚、卧床而死的。堂吉诃德就在亲友悲悼声中解脱了,就是说,咽气死了。

> 一代骑士终于撒手人寰了,世界没有了他并无大碍,但却略显宁静了,再也没人去追求公平自由了。

神父当时就请公证人证明,称为堂吉诃德·台·拉·曼却的善人阿隆索·吉哈诺已经善终去世。熙德·阿默德·贝南黑利搁笔了,别的作者不能捣鬼再叫他活过来,把他的故事没完没了地续写。奇情异想的拉·曼却绅士如此结束了一生。熙德·阿默德不愿指明他家乡何在,让拉·曼却所有的村镇,都像希腊六个城争夺荷马那样,抢着认他为自己的儿子。

桑丘、外甥女和管家妈怎样哀悼堂吉诃德,他墓上有什么新的墓铭,这里都不提了;只说参孙·加尔拉斯果写了如下一首墓铭:

> 邈兮斯人,
> 勇毅绝伦,
> 不畏强暴,
> 不恤丧身,
> 谁谓痴愚,
> 震世立勋,

> 慷慨豪侠，
>
> 超凡绝尘，
>
> 一生惑幻，
>
> 临殁见真。

<small>戏闹一生，供人戏耍，受尽嘲弄，但人心是公正的，墓铭之辞并不荒谬。</small>

绝顶高明的熙德·阿默德对他的笔说：我不知你是有锋的妙笔还是退锋的拙笔，我把你挂在书架子的铜丝上了，你在这儿待着吧。如果没有狂妄恶毒的作者把你取下滥用，你还可以千载长存。可是你别等他们伸手，趁早婉转地告诉他们：

> 请别来插手吧，
>
> 摇笔杆儿的先生，
>
> 国王已把这件事，
>
> 留待我来完成。

"堂吉诃德专为我而生，我这一生也只是为了他。他干事，我记述；我们俩是一体。托尔台西利亚的冒牌作者用鸵鸟毛削成的笔太粗劣，他妄图描写我这位勇士的事迹是不行的；他的才情不能胜任；他文思枯涩，不配写这故事。你如果碰见他，劝他让堂吉诃德那一把霉烂的老骨头在墓里安息吧，别侵犯死神的法权，把他从坟圹里拖出来带到旧咖斯底利亚去；堂吉诃德确实是直挺挺地躺在地下，不能再出马做第三次旅行了。他前后两次出门的故事，已经把一切游侠骑士的荒谬行径挖苦得淋漓尽致，得到国内外人士一致赞赏。你对蓄意害你的人好言劝告，也就尽了你基督徒的职责。我的愿望无非要世人厌恶荒诞的骑士小说。堂吉诃德的真人真事，已经使骑士小说立脚不住，注定要跌倒了。我也就欣然自得；作者能这样如愿以偿，还数我第一个呢！"

<small>堂吉诃德死去了，死者的灵魂是神圣的，不会再有人拿他作文牟利了，作者本人也心安了，一切平静下来了。请问读者，你的心思是否还平静？</small>

再会吧！

情境赏析

堂吉诃德临死觉醒并开始对骑士小说进行激烈攻击，但这只是他理智上的觉悟，是作家对他所做的理性宣判。而实际上，堂吉诃德真正致命的"病源"是觉醒后的他在感情上的极度失落和忧郁，因为他终于意识到自己不是拯救世界的大英雄，而只不过是一个孤独的平常人。信仰无人理解，理想无法实现，但就堂吉诃德的内心情感而言，他依然维护着自己的信仰，虽然理智和现实已宣判了这一信念的虚妄和行为的荒谬。我们在阅读这一章时也能领悟到，堂吉诃德的遗嘱确实是理性的自我解嘲和内心的无可奈何的写照。

名家点评

作者身份的改变并不影响作品的光辉，因为任何文艺作品一旦成为作品，也便不再受制于作者本人。蒙娜丽莎不仅属于达·芬奇，《堂吉诃德》也不仅属于塞万提斯。不论怎样，《堂吉诃德》的成功印证了伟人之笔高于伟人的说法。

——陈众议